国家级非物质文化遗产　广西地方特色传统戏剧

广西彩调
传统剧目120种

GUANGXI CAIDIAO CHUANTONG JUMU 120 ZHONG

阙真　整理、注评

·第一卷·

GUANGXI NORMAL UNIVERSITY PRESS
广西师范大学出版社
·桂林·

图书在版编目（CIP）数据

广西彩调传统剧目120种：全四卷 / 阙真整理、注评. —桂林：广西师范大学出版社，2018.8
ISBN 978-7-5598-0743-4

Ⅰ. ①广… Ⅱ. ①阙… Ⅲ. ①彩调剧－地方戏剧本－广西 Ⅳ. ①I236.67

中国版本图书馆CIP数据核字（2018）第051769号

广西师范大学出版社出版发行
（广西桂林市五里店路9号 邮政编码：541004
网址：http://www.bbtpress.com）
出版人：张艺兵
全国新华书店经销
湖南省众鑫印务有限公司印刷
（长沙县榔梨镇保家村 邮政编码：410000）
开本：720 mm × 1 010 mm 1/16
印张：92.25 字数：1360千字
2018年8月第1版 2018年8月第1次印刷
定价：480.00元（全四卷）

前　言

广西壮族自治区是一个多民族的地区，有壮、汉、瑶、苗、侗、毛南、回、彝、仫佬、京、水、仡佬等十多个民族在这片土地上繁衍生存。广西的戏剧不仅形式丰富多彩，有壮剧、邕剧、桂剧、彩调、侗戏、桂南采茶戏等，而且历史也很悠久。在广西城乡流传最广、最有乡土味的，当数彩调剧。彩调是广西的一种地方戏剧，主要流传范围在以桂林、永福为中心的桂北地区，以柳州、宜山为中心的桂中地区，以百色为中心的桂西南地区。彩调，亦称“采茶”“花灯”“调子”。因其唱腔中常用“哪嗬咿嗬嗨”为衬词，故民间又称其为“哪嗬嗨”或“咿嗬嗨”等。直到1955年在参加全国业余音乐舞蹈观摩演出后，方统一称为彩调。相当长的时期里，彩调与多数地方小戏一样，是通过班社走街串巷、游乡卖艺的演出来流播的。经过多代彩调艺人的不懈努力，广西彩调发展成了具有浓郁地方特色的成熟剧种。

2006年我国公布了首批国家级非物质文化遗产名录。彩调，作为一种广西地方特色的传统戏剧，一种民间文化技艺，被列入国家文化遗产保护体系之中。彩调获得了国家、政府空前的重视。在“非遗”保护语境下，彩调的生存传播面临着机遇和挑战。广西彩调开始在动态传承中寻求发展的道路，非物质文化遗产保护工程对彩调艺术的传承发展起到了积极的促进作用。

一

彩调的剧目是丰富多彩的，1949年以前，剧目大多在艺人的脑子里面，其演出流播一般是通过老艺人的口传身授。加上1949年以前彩调曾多次因“淫戏”的罪名，遭到禁演，彩调艺人备受折磨，流离失散。彩调就像是荆棘丛中的一朵小花，经过千艰万难才得以保存下来。1949年以后，党和政府为了保护、培植这个剧种，采取了种种措施。剧本是一剧之本，要保存、流传这一民间艺术，剧目的发掘是很重要的一个环节。

《临桂县彩调大事记》中记载，1954年7月，“县文化馆组织20名老艺人挖掘、整理传统剧《三看亲》等剧目”[①]。20世纪50年代初，宜山也不止一次举办老艺人训练班，搜集彩调传统剧目。可见，广西的文化单位早就有挖掘、抢救、保护彩调的意识。而且，从历史的发展来看，是越来越重视。据著名彩调艺术家江波先生回忆，广西壮族自治区文化局于1962年5月至7月，召开了全区彩调老艺人座谈会，这是一次空前的对彩调艺术全面普查、抢救的重大活动。座谈会邀请了33位彩调老艺人参加，还聘请了37位文艺干部参与。两个月内，全面和系统地抢救、挖掘传统剧目、音乐、唱腔和表演等资料。大家群策群力，仅核查传统彩调剧目一项，初步核查有568个，当时用文字记载下来的彩调传统剧本459个。其中120个戏被收入由广西壮族自治区戏剧研究室整理编印的《广西戏曲传统剧目汇编》(俗称“黄皮书”)第63集至66集(其中第63集40个，第64集28个，第65集26个，第66集26个)中。另外还将375个剧目编写成故事，收录在《彩调传统剧目故事集(上、下)》两册之中(剩下的300多个剧目手稿，1968年南宁涨大水时，不幸被洪水浸泡成为纸浆)。[②]这一普查、挖掘、抢救的举措，不仅使彩调得以生存，而且为彩调的进一步发展准

①周德荣编撰:《临桂县地方戏曲史料汇编》(内部资料)，广西桂林临桂县文化局编印，1987，第48页。

②蒋学鹏、龙杰锋:《广西彩调剧优秀传统剧目选——江波整理改编卷》(内部资料)，广西壮族自治区彩调剧团、广西壮族自治区河池市文化局编印，第402页。

备了条件。

从《广西戏曲传统剧目汇编》第63集至66集来看，彩调剧目发掘者有四十多位来自广西各地的彩调老艺人，他们分别是：李玉蓉、俸画眉、韦士辉、梁兆旭、李玉荣、陆鸿业、容观送、林瑞南、韦其英、韦三章、韦天生、李长民、李丙均、杨威、谢济舟、韦炳兴、刘顺卿、李群英、张桂妹、莫景光、黄妹、吴老年、覃刘明、林瑞甫、陆春廷、吴祥熙、梁美丽、马芳荣、何学仕、秦胜科、吴吉扬、韦尚昆、韦坤云、魏少平、满苑廷、容光送、张寿廷、韦金声、吴祥熙、阳权泰、陈裕光、韦庆华等。参与记录、校勘者也有四十多人：麻振渊、黄明、戴海平、李长民、杨钦华、黄槎客、张丽琳、杨爱民、陈亚昭、沈一乔、王垚、肖望六、韦洁晶、周游、蒋蔚生、吕吉、尚望六、董希武、涂世馨、魏少平、庞强辉、肖德六、曾新荣、朱厚镇、史伟、商霭如、吴吉扬、韦尚昆、张丽玲、郑兆威、陈孝仁、肖星六、许世芳、顾建国、罗亮、康和武、陈亚昭、潘其旭、关元光、王玉珍、孔德扬、陈宪章、李微、唐现之、韦结晶、高霭如等。他们的努力，为文化部门、研究机关、戏曲团体以及戏剧工作者提供了一份十分宝贵的剧目资料，为彩调传承立下了赫赫之功。

在“保护非物质文化遗产”的口号提出来后，广西各级文化部门更加重视彩调的搜集、整理、保护。被称为“调子窝”的桂林永福，彩调可谓是他们的一张名片，因此格外珍爱。永福县文化馆于2006年4月开始投入新一轮彩调保护发展工作：“他们下到各乡镇、各单位，联系彩调老艺人和中年以上彩调艺人，搜集、整理传统彩调剧本，先后找到老艺人林田娇、秦奉锡、龚四九、杨天纯、李克正、周宗旭以及毛圣仁、李庆荣等20多位彩调艺人，搜集到传统彩调剧本一百余本（个）。”[①]其他各地相关工作者也为彩调的保护、传承付出了新的努力。

本书共整理了老艺人发掘记录的彩调剧本120个（剧目均以《广西戏曲传统剧目汇编》第63集至66集所选为底本）。如果说搜集、抢救传统剧目仅是

①张廷兴、梁熙成主编：《永福福寿文化志》，中国档案出版社，2007，第184页。

保护彩调迈出的第一步的话，那么，艺术家们对这些原始剧本的整理、改编，是成功保护的进一步措施。彩调传统剧目都产生于封建时代，即便有无可替代的艺术价值，也是精华与糟粕杂陈。如果不能适应不断发展的社会需要，就会失去观众，失去生命力。在这些较早发掘出来的剧本基础上，经过一代又一代彩调艺术家的努力，一个又一个观众喜闻乐见的剧本相继活跃在舞台上。除了上述120个剧本，还有《王三打鸟》《三看亲》《地保贪财》《跑菜园》《一抓抓磨豆腐》《王婆骂鸡》《十月花》《双采莲》《双打店》《唐二试妻》《阿三戏公爷》《三子学艺》《油漆匠嫁女》等。有的是一直在民间流传的，有的是彩调艺术家在传统的剧目基础上改编整理而成的。在彩调的整理、改编方面，江波先生立下了汗马功劳。他从20世纪50年代初就从事彩调剧的挖掘、整理、改编、创作和研究工作，至今几十年。他在彩调这个艺苑中辛勤耕耘，春种秋收，为广西彩调事业奉献了一部《广西彩调剧优秀传统剧目选——江波整理改编卷》。从这本剧目选可以看到，其剧目都是在对老艺人口述剧目记录上的再整理。他的整理改编在剔除糟粕的同时，能尊重彩调传统、保持地方特色，尤其是熟练地运用桂北方言土语，使剧本更贴近观众。例如《王三打鸟》一剧的整理改编中，就删除了一些不健康的调笑，保留和发展了其中表现劳动人民智慧的部分。江波常谈起这个剧的整理改编体会：剧中王三有一段【浪里白】："妹子说话好活泼，我一进门她就给我倒茶喝，我一见她心就想，心想讨她（唱）做老婆。"这句唱词一出口，常常会引起观众哄然大笑，具有强烈的喜剧效果。也有人提出"讨她做老婆"一句太俗气，建议改为"共生活"。但这样观众觉得索然无味，失去了风趣，也失去了喜剧效果。江波因此体会到地方戏曲语言的方言化、口语化、通俗化往往不是以一个词的"雅"或"俗"来判断的。他为了掌握好地方语言的特点，深入到农村，采访老农村姑、民间艺人，收集民间谚语、歇后语等。长期的积累，使他在创作中能非常熟练、准确地运用桂林地方俚语、谚语和歇后语。[1]正由于江波等一批彩调功臣整理改编的传统彩调

① 郭秀芝：《传统、革新、通俗》，转引自蒋学鹏、龙杰锋《广西彩调剧优秀传统剧目选——江波整理改编卷》（内部资料），广西壮族自治区彩调剧团、广西壮族自治区河池市文化局编印，第7页。

剧目，是经过反复加工、精心打磨的，所以，我们今天看起来，还能够品尝到其中浓浓的原汁原味。像整理改编过的《三看亲》等剧，大部分已成为广西彩调剧的保留节目，无论在农村还是城市，观众百看不厌，常演不衰，具有长久的艺术魅力。

20世纪80年代始，大众传播媒体呈现多元化状态，有识之士开始注意采用现代化的手段来保护彩调这份珍贵文化遗产。比如中国艺术研究院将《地保贪财》《跑菜园》《王三打鸟》《阿三戏公爷》等剧先后录像，作为珍贵的艺术资料保存；广西的音像出版社出版发行了彩调舞台演出的光碟，为彩调爱好者提供了随时欣赏的机会。

二

广西彩调属于民间小戏，既没有反映国计民生的重大题材，也没有表现帝王将相的恢宏气势。大多是讲述城市之家长里短，或农村之姑嫂婆媳的故事。所以，其主要行当是“三小”，即小生、小旦、小丑。随着彩调这一剧种的不断发展，行当也不断丰富，各种脚色都具有自己的鲜明特点。

“生”是彩调剧的主要行当之一。按其扮演人物属性、性格特征和表演特点，彩调中的“生”大致可分为小生、老生、正生、娃娃生等类。

小生，多饰机智勇敢、活泼可爱的有志的青年男性农民或小市民。表演唱、做、念、舞并重，以演载歌载舞的小戏居多。表演中常用矮步、扇花、转身、亮相等舞蹈动作来塑造人物。

老生，多饰年事已高的正面人物，鹤发白须，重唱功。

正生，也称“文小生”，所演人物多为读书人、小商贩、教书先生等。具有相貌端正、举止文雅的特点，表演上强调唱、做俱佳。

娃娃生，饰未成年的小男孩。在传统戏中，这一类角色多在头顶束发向上，这种发型通常被称为“冲天炮”。有的还在眉宇间画一个叫“朱砂痣”的红点。娃娃生，唱、念用童声，表演天真活泼，歌舞并茂。

“旦”是彩调剧中的女性角色。按扮演人物的年龄、身份、性格及其表演特点，旦大致可分花旦、正旦、小旦、摇旦、老旦等。旦行的剧目很丰富，有“无旦不成戏”之说。

花旦，一般都是扮演少女形象，外貌俏丽可爱。常演载歌载舞的戏，表演敏捷优美，活泼热烈，唱、做、舞并重。

正旦，多为正派、心地善良的中年女性。外表素雅，言行稳重，举止端庄，以唱、做见长。

老旦，所饰人物有白发持杖的婆婆和一般老妇人，性格多样，身份不一，均以唱、做为主，唱、念多用本嗓。表演、身段、步法根据不同年龄与身份而异。老旦往往头戴勒子，朴素本色。

摇旦，又名丑旦，扮演性格泼辣或幽默滑稽、表演动作夸张或蓄意加以丑化的女性。多饰泼辣的店二嫂、媒婆和巫婆等人物，表演重念白和做功。往往手摇大蒲扇，动作扭摆招摇。面部化妆以太阳穴贴黑膏药、额头上盖红火罐印，或嘴唇上点大而黑的痣为标志。

“丑”是彩调剧的主要行当之一。一般扮演插科打诨的滑稽角色，没有年龄规定。彩调剧中的“丑”具有鲜明的喜剧特色，表演轻松活泼、滑稽幽默，唱、念、舞各项技能兼备。传统化妆多数在鼻梁部位勾画多姿多彩的各种动植物，或其他事物的图形来渲染个性特点。彩调剧中，“丑”之脚色最为丰富，细分有小丑、正丑、老丑、烂丑、褶子丑等。

小丑，多扮演青年人。虽有丑的特点，但能歌善舞，与小生有同样的表演技能。有的小丑面部化妆不一定勾画白鼻子。

正丑，所饰多为不同阶层的中青年人物，机智聪慧、开朗风趣，均为喜剧中正派人物。表演多用扇花、矮步、亮相、转身等，灵活多变、诙谐滑稽，明快大方，唱、做、念、舞并重。面部造型夸张而不丑化，穿戴整齐得体。

烂丑，多饰演不务正业、好逸恶劳之辈。以扭矮桩为主要步法，面部肌肉表现灵活，表情喜怒无常，言行滑稽可笑，以念、做见长。鼻梁部位常画有动物或植物的图形，以突出人物的特点和喜剧感。

褶子丑，又称长衫丑，所饰人物多是较有身份的、非体力劳动者。如公子、少爷、嫖客等。这类角色身穿长衫、手摇折扇。表演以高、中、矮桩为基本步法，念、做见长，扇花技巧较多。

老丑，扮演剧中的老者。不仅要求具有与烂丑同样的突出面部表演技能，鼻梁部位画有静物图形，而且以扇花、步法、身段舞蹈塑造人物。

彩调剧丑行的表演富于特色，剧目较多。有彩调研究者认为，彩调是从农村两小（小旦与小丑）基本演唱形式逐步发展起来的。而彩调的原始形式——双簧旦(即一种单人演唱的艺术形式，由一个演员兼演旦和丑两个角色，右边脸画旦脸，左边勾小丑脸，头饰和服饰均各占一半，俗称“双扮”）也与“丑”分不开。在此基础上，彩调经过长期的发展演变，“丑”之角色越来越成熟，越来越丰富。不分男女老少，均有“丑”之饰演。

彩调剧多是以“丑”来组织情节的。尽管剧中人物各式各样、丰富多彩，但剧剧都有“丑”，而且“丑”是其中主要的、重要的人物。所以，以丑行表演为主的剧目最多。只要我们翻开彩调的传统剧目，光从剧名就可以发现“丑”在彩调中不可忽略的地位。如《大脑壳借钱》《驼子背妻》《哈仔成亲》《汪三吹烟》《奸官换妻》《王婆骂鸡》《三个叫花子》《土蚂蜴扯谎》《浪子开荒》，以及蠢子戏的《蠢子卖纱》《蠢子回门》《蠢子学乖》《蠢子问卜》《蠢子赎当》，瞎子戏的《瞎子闹店》《瞎子观灯》《瞎子算命》《瞎子拿奸》等。如果说这些剧目只是明确了“丑”是剧中主要人物的话，那么，《吹破天》《洗裤玩灯》《酒醉夫妻》《酒醒不见牛腊巴》《偷鸡失鸭》《阿三戏公爷》《挖地捡金》《半夜拜菩萨》《裤子换烟》《双怕妻》《打扒灰公》《夫妻嫖院》等，则进一步将丑角戏的情节透露给了读者观众。当然，还有更多的即大部分的作品是通过人物舞台表演来展示这一特点的。

彩调情节能从多方面来凸现审丑意识。蒋孔阳先生曾说：“审丑历来都是人们审美活动的一个重要方面，因此，历来的文学艺术都有表现奇丑怪异的杰作。原始艺术和现代主义艺术，固然充满了以丑为美的审美现象……”①丑，是

①蒋孔阳:《美学新论》，中国人民大学出版社，2003，第373页。

一个同美相对而言的概念。审丑作为美学的范畴中一个不可或缺的组成部分，在文学艺术活动中，是极有意义的。戏剧中，“丑”作为一个审美元素被自觉运用的突出表现就是“丑角”产生了由陪衬的、次要的到被陪衬的、主要的地位与作用的变化。彩调作为“快乐的剧种”，大部分剧作都能够成功地运用审丑意识，使观众在接触丑角的不协调故事、性格，变形的语言、动作时，因情感得到宣泄而欢快，因咀嚼到一种独特意味而欣喜。

《三看亲》（江波整理改编），是讲年轻女子苏满妹在毛屠夫、龚裁缝、丁癞子中挑对象的故事。由于三人客观条件相当，各有所长，不易抉择。此时，满妹的养母唐妈妈佯装羊癫疯病发作，而满妹又坚持“满妹嫁到谁家去，老契妈随同满妹同过门”。毛屠夫、龚裁缝担心唐妈妈成为日后包袱而溜之大吉，心地善良的丁癞子却赶去找医生，最后自然是花落丁家。在故事情节发展过程中，心灵的美与丑顿见端倪。剧中是用屠夫与裁缝大量的“丑”来衬托丁癞子之美的，这些“丑”，不仅是外形丑陋、动作怪异，即低层次的外在形体呈现之丑，而且是在透视人性的弱点、揭示非健康心理之后，给予更深层的否定。广西彩调中，这种审丑意识的运用不是一例、两例，而是十分广泛的。像《双怕妻》（江波整理改编）中渔人之妻张金凤和樵夫之妻王桂花，性情粗暴不堪，虐待丈夫成性，丈夫在她们面前战战兢兢。酒店李老板看不过眼，施计整治了两个恶婆娘，使她们悟到“得到的不珍惜，失去了悔不及”的道理，并立誓不做“又恶又懒的女人”了。审丑意识的运用，变彩调舞台这个娱乐之地为特殊的道德法庭。形式欢快轻松，意义却严肃重大。正如莫里哀说的：“一本正经的教训，即使再尖锐，往往不及讽刺有力量：规劝大多数人，没有比描画他们的过失更见效了。恶习变成人人的笑柄，对恶习就是重大的致命打击。责备两句，人容易受下去的；可是人受不了揶揄。人宁可作恶人也不要作滑稽人。”①

从上述各例可见，随着戏剧中丑的角色功能不断完善成熟，彩调中的丑正不断地超越滑稽取乐的简单欣赏层次，进入到讽刺泄愤的深层审美阶段。

①余秋雨：《戏剧理论史稿》，上海文艺出版社，1983，第259页。

三

广西彩调剧是一个具有悠久历史的地方民间剧种。由于历史的熏陶、民间风俗的浸染、地域特点的影响，彩调剧成为多元文化的载体，具有丰富的文化价值。

第一，彰显传统美德。

无论是对传统文化的诠释、积淀和传播，还是对中华民族整体性道德与审美观念的形成乃至文化心理结构的培植，雅俗共赏、老少皆宜的戏剧，是其他任何知识形态和文艺样式难以取代的。以家长里短为主要内容的彩调，擅长通过展示日常生活来彰显中华民族的传统美德，使彩调这一民间戏曲的启智益民、规风正俗的作用得到充分发挥。

劳动致富是彩调剧的一个突出主题。劳动本来就是百姓的主要生活内容，彩调中对劳动的肯定是多角度的。比如《姐妹采桑》《打猪草》一类作品，表现一种愉快的劳动场面，以此感染观众，台上台下轻松快乐、融为一体，强化了劳动美好的主题。《挖地捡金》《妹劝哥》等一类，则是提倡要掌握生存的劳动技能、勤劳谋生。同时嘲笑那些好吃懒做、坐吃山空的懒汉思想与行为。尤其是江波整理改编的《三看亲》，其中待嫁的苏满妹，在看亲挑婿时，不要“银钱滚滚进箩筐”的毛屠夫，不选进门后“有吃、有穿、有玩、有耍”的龚裁缝，偏挑了“家道贫寒”，但“勤耕勤种”、可靠实在的丁癞子。劳动才能永久致富的平民理念，在彩调舞台上得到形象的诠释。

戏曲舞台上都是善恶分明，抑恶扬善的。彩调剧的这一特点主要体现在那些讥讽地方豪绅、恶霸权贵的作品中。如《芙蓉记》中的员外、《二妹卖花》中的财主等都属于欺压百姓的统治阶级，他们高高在上、贪婪好色、无恶不作。但身为下层百姓的李老八等人，对他们不仅不畏惧，而且凭借自己的智慧与勇敢，将他们玩弄于股掌之上，让他们在地位低微的平民面前败下阵来，受到应有的惩罚。这些情节使重视个体的价值、淡漠等级的区别等方面的平民意识得到具体体现。此外，《王二报喜》对赌博败家的暴露，《活人变牛》对害人害己的揶揄，《双怕妻》对愚昧刁蛮的嘲弄，《毛洪退婚》对嫌贫爱富的鄙夷……彩调舞台俨然成为道德的法庭，在否定这些不良思想与行为的同时，勤俭持家、助人为乐、贤良宽容等美德得到肯定，观众的道德情感因此获得满足。

忠贞的爱情是人世间最美好的一种情感，是文学、艺术领域一个不朽的话题。戏曲对它的表现是最为多姿多彩、感人肺腑的。无论是元代的《西厢记》《拜月亭》《墙头马上》《倩女离魂》，还是明清时期的《牡丹亭》《长生殿》《桃花扇》，都体现了人类爱情的专一。如果说这些爱情名著中才子佳人的爱情令人感到华丽炫目，那么，广西彩调主要是通过民间青年男女的故事来演绎爱情的忠贞，呈现出的风格是朴实清新。彩调《王三打鸟》是一部经典爱情剧，剧中毛姑妹的母亲封建思想严重，不容许女儿自择爱情。但毛姑妹不顾阻拦，与早已情投意合的王三坚持来往，愈加相爱。毛母最终只得顺水推舟，遂其所愿。用看似简单的爱情故事，揭示了纯真爱情是人类的共同追求这个深刻的主题。

第二，展现民风民俗。

广西彩调作为一种民间的戏曲艺术，从其诞生开始，就与民俗有着密不可分的联系。它不仅本身渗透着许多当地的民俗文化，而且也是地方民俗活动的重要组成部分。它如同一幅生动的画卷，形象地展现了广西民众共同创造和遵守的民风民俗，使人们看到广西民俗及其传承性和群众性的特征。彩调中的民俗成分很多，比如戏班从信仰到拜师等都有自己的规矩习俗，题材内容涉及很多民俗风情，演出活动以民俗活动为契机，等等。

课子是彩调剧的道白形式之一，介于唱、念之间，类似北方的快板和数来宝。它通常以口语化的形式来表达，常用七字偶句，但也可以破格。押韵，有节奏感。少则几句，多则数十句。节奏由慢到快，一气呵成。

课子的内容许多是反映民风民俗的。光是过年的习俗就有多方面的表现，如欢度春节习俗："正月里来是新年，家家户户挂对联。香火上贴起红对子，财神老爷贴个利市钱。瓜子落花生、糖果食品摆桌面，茶几椅子摆两边，火炉锅仔挂中间。我就跑进屋里去，恭了喜，拜了年，喊的喊喝茶、请的请吃烟。家主来，拉我上桌把酒献，吃到一半，邀我来发拳。"（《拜新年》）拜年贺喜习俗："喜洋洋、笑洋洋，尊声各位听端详。小愚晚来到你们贵村上。抬头看，好地方，前面来龙三千里，后面金鸡凤凰屏。左边有株摇钱树，右边有个聚宝盆。摇钱树、聚宝盆，早落黄金夜落银。早落黄金用斗量，夜落白银用秤称。一天不扫三寸厚，三天不扫有九寸深。丫头小子懒打扫，金银财宝堆过九重门。今天玩过花灯后，恭喜你家家户户富贵万年春、万年春。"(《小调情》)节庆观剧习俗："过新年，喜心头。闲无事，邀起朋友，东一走、西一游，一走走到东村西村、南北村门口。遇着那一班好朋友、好耍友，锣鼓二弦样样有，旦角丑角三花脸，又有小生和黑头。他们唱的是，喜怒哀乐空世界、洞房花烛假风流。万贯家财不长久，英雄好汉付东流……"(《初一拜菩萨》)

其他还有开店行商习俗，如客栈开张习俗："新开店来新开店，新床新被新草荐，若有客官来歇住，屎桶放在枕头边，解手又方便。无钱不赊欠，赊了难见面。"(《审银子》)占卜算命习俗："头戴方巾四角正，身穿蓝衫紧扣身。算人八字生和死、死和生，八个铜钱要定、要定、要定。"(《私怀胎》)流动摊贩入乡道彩习俗："喜洋洋、笑洋洋，各位父老们，听我谈来听我讲。小弟子到你贵地方，贵宝庄、贵圩场。贵地方，男女老少喜洋洋……家家户户都一样，好男子生五个，好女子生一双。大儿子朝廷为宰相，二儿子早点状元郎，三儿子皇堂做知府，四儿子两广做都堂，五儿子年纪小，骑马收账管田庄。大女儿朝廷配太子，二女儿皇帝金口配宰相。今天到你们贵场上，未有帖子和槟榔，为你们父老来请安，还望多原谅、多原谅。"(《送布成亲》)

禳灾祈福习俗，如祈求转运："喜哈哈，笑哈哈。把话讲，把话话。兄弟父老们，听我说根芽。我运气，有点差，走到庙里求菩萨。菩萨坐下不讲话，摇签讲出一巴拉。旧年已经三十岁，今年才有一十八。遇着那一个，蠢婆家。……"(《夫妻抬猪》)

这些民风民俗融入彩调之中，不仅使彩调的地方色彩更加浓郁，而且这些民俗活动随着彩调的演出，形成一条继续向民间流播的新渠道。彩调因此成为一种既能保存民俗，又可传播民俗的艺术形式，其价值之重要显而易见。

第三，记录历史往事。

任何一种文化都是历史的产物，同时又是对历史的反映。广西彩调虽然是以重神轻形为特征的民间戏曲，但它又属于叙事文学的范畴。所以，在彩调剧创作的各个阶段，都会留下一些历史的印迹。比如《对子调》，其中的课子数道："……单讲咸丰初年出强盗，红的红包头，白的白旗号。一无枪来二无炮。无杆子，背竹篙。无盾牌，背雨帽。住在桂林省，扎在五通庙。扎得三五天，遇着一帮火勇到。和他打一仗，一连放了三大炮，吓得蚂蜗跳三跳。大的吓出尿，小的吓出屎。我今看事不得了，拿起脚，又一走，又一跑，一跑跑到头个坳……"这段课子描述了大成国起义军攻打桂林的故事。据史料记载，咸丰五年两广农民起义建立了"大成国"，义军皆蓄发易服，头裹红巾，腰缠红带，称"红兵"或"红巾军"。其中广府戏（粤剧）的红角李文茂率领演员起义，转战到广西后，占领柳州作为他的根据地。咸丰八年，李文茂率好几万的军队北上围攻桂林，军队驻扎在桂林外围之重镇苏桥，声势虽然浩大，不久后却遭到来广西协助围剿的三千湖南兵马绕道偷袭，被彻底打垮了。这里以一个普通百姓的视角来反映战争的状况。这种对历史的反映，尽管是站在朝廷的立场，但因采用的是数课子人的口吻，所以较之单纯的历史记载，涉及的层面更丰富，给人留下的除了事件的印迹，还有当时人们的感受。

鸦片战争以前的中国，长期处于一种自给自足的自然经济状态。英帝国主义为征服整个中国，采用了"鸦片"加"大炮"的进攻手段。不仅使中国主权受危害，领土完整遭破坏，逐步沦为半封建半殖民地社会，而且大规模向中国倾销毒害百姓的鸦片，使百姓富者坐吃山空，贫者妻离子散，无数中国人丧尽家财和尊严。请看《裤子换烟》中汪三所数的课子：

真下贱、真下贱，不该从幼学吹烟。从小不听爹娘劝，总想吹烟闲聊天。爹娘归了世，留有房子有良田。事情不爱做，天天睡倒要吹烟。想起当年我吹烟，屋里还有钱。买起几两土，回到我家前。拿起铜锅慢慢煎，拿起滤子来滤烟。倒进铜锅里，当即煮成烟。煮起细花和白泡，煮成膏药一样粘。拿起竹片片，浇进牛角盒中间。即刻就把灯来点，点好灯，就吹烟。……烟灯烟盘摆床面，闲时果饼把嘴甜。睡的是鸳鸯枕，火箱摆床前。头一口烧出螺丝转，二口烧出爆仗烟。三口烟瘾过足了，我和朋友调一边。他讲他下得海，我讲我上得天。闲聊天来闲聊天，伸脚好比龙现爪，缩脚好比月团圆。吹烟有味道，想起好新鲜。如今没得钱，想赊他不欠。若还发了瘾，鼻涕流到嘴巴边。为吹烟卖了田和地，卖了瓦片和烧砖。衣裳没有穿，裤子没有穿。十斤担子挑不起，两个肩膀抽上天，人人见我都掉脸，莫说人嫌鬼都嫌。

汪三自幼学吹烟一直到长大成人，可见鸦片危害时间之长；汪三聚众吹烟，以及对吹烟过程和烟具的细致交代，可见鸦片危害范围之广；汪三为吹烟倾家荡产、骨瘦如柴，可见鸦片危害程度之深。彩调以其独有的形式，展示了一个不堪回首的历史场面。毫无疑问，这对人们了解和研究那段历史是有帮助的。

但当年搜集到的这批剧本，毕竟多为旧制度的产物。“黄皮书”的编者指出，受时代的局限，彩调剧本中，掺杂了一些不健康因素。“黄皮书”之所以对这些内容基本上未作删节，是为了完整保存资料，供各方面研究、参考。同样，如今我们在非物质文化遗产保护语境下的剧本整理出版工作，一方面是为了让这些抢救出来的剧本不再失传，另一方面也为研究者提供方便，并且让其在读者正确利用下，为当今中华民族的精神文明建设服务。

四

戏剧的演出是以剧本为基础的，所以人们称剧本为一剧之本。如今从《广西戏曲传统剧目汇编》中的120个彩调剧本来看，当时虽有陈宪章、李微、唐现之、黄槎客、王垚、周游等人参与校勘，但由于是印刷于20世纪60年代的内部出版物，仍存在一些不规范和错漏之处，影响了彩调传统剧目的面貌展示。比如：

1. 近/同音字混用。哪—那、冲—充、有—又、记—计、化—画、园—圆、栏—拦、尽—仅、缘—原、班—搬、包—苞、礼—理、吗—嘛、那—拿、卖—买、相—象、扭—柳、车—扯、花—化、舀—要、做—作、童—同、之—子、性—行、烱—霉、巴—吧、罢—吧、搀—掺、擤—醒、她—他……

2. 形近字混用。块—决、玄—云、耍—要、娱—误、槌—搥、两—俩、仵—忤、关—吴、兰—花、怄—呕、账—帐、呢—吗、供—哄、屙—疴、蹲—蹬、秤—称……

3. 繁简体混用。在采用繁体字的剧本中夹杂一些简体字。如：胀（脹），当（當），爱（愛），实（實），岁（歲），宾（賓）……

4. 错词、误用。魁首（正）—魁手（误）、苞米（正）—包米（误）、我俩（正）—我两（误）、圆场（正）—园场（误）、姐妹（正）—姐弟（误）、兄妹（正）—姐妹（误）、重新（正）—从新（误）、蛾眉（正）—峨嵋（误）、懒杆子（正）—橄榄子（误）、长久（正）—常久（误）、老成（正）—老诚（误）、邋遢（正）—躐蹋（误）……

5. 文中只有断句，无分段与标点。

6. 有的剧本人物表与上场人物不相符，人物有一人多称混淆的现象。

7. 剧本中对很多当代人难以理解的方言和名词未加以注释、解析。（因为当时“黄皮书”编者认为“彩调的唱词和对白，多用桂林方言，彩调流行地区主要在桂北一带，观众都能领会，因此除了偏僻的方言和名词，都不加注释”。①）

尽管前人保留下来的这120个彩调剧本存在一些不足，却是一份珍贵的遗产。如今，对于非物质文化遗产的保护，在我国文化建设的议事日程上占有很重要的位置。对彩调的保护有两个方面不容忽略：一是彩调表演艺术形式和传统剧目的承继；二是彩调艺术的研究。前者是后者的基础，研究是为了更有效的保护。作为剧目的承继，传统剧本的保存是一个不容忽略的关键。前人记录下来的这些剧本，是我们今天整理工作的基础，我们是在承继前人的事业，让广西彩调得到更好的保护。

首先，使遗散的彩调传统剧目尽可能得到抢救。1949年以后，在党和政

---

① 广西壮族自治区戏剧研究室编：《广西戏曲传统剧目汇编》（第63集），《前言》，1963。

府的领导下，开展过对彩调剧目积极抢救的工作，但上述各种剧本在“文化大革命”期间被销毁，加上快餐文化的影响，这些地方戏长时间得不到重视，所以不少图书馆、学校、文化单位都难以找全这些传统剧目。如果再不及时抢救、对传统彩调剧本加以整理出版，这些剧本将很快消失。

其次，为研究者提供第一手资料。广西彩调剧由于悠久历史的熏陶、民间风俗的浸染、地域特点的影响，成为广西重要的文化共生现象之一。广西彩调具有丰富的文化意蕴，包括道德传统、民俗民风、音乐舞蹈、方言俗语等。彩调剧本是广西多元文化的一个载体，被列入非物质文化遗产保护名录的彩调，应当保护在先、传承在后，强调“固本守正”，以经典剧目重塑带动整个剧种保护。显然，研究广西地方文化，研究彩调，必然离不开传统彩调剧本这个第一手资料。

再次，给后人留下一份珍贵遗产，使保护得到永久延续。当前，彩调和所有的地方戏曲一样，已经不为年轻一代所熟悉。但是，未来是属于青年的，文化是靠青年传承的。尽管彩调的表演技艺处于即将失传的状态，但是，如果因剧本剧目的失传导致技艺无从依附，广西彩调同样得不到真正的保护。只有留给后人一份尽可能完整的剧本，青年人才可能认识它、了解它，从而研究它、继承它，使它服务于社会。

本书主要着力于以下几个方面的工作：

第一，对原剧本进行断句标点、划分段落，尽可能做到规范、合理。对其中出现的繁体字和异体字，均遵照《现代汉语大词典》改为通行的简体字。

第二，广西彩调早期都是口口相传的，由于辗转流播，又由于过去内部刊物的印刷条件不足，原剧本难免出现一些错讹。本书在充分尊重地方的用语习惯、语法特征的前提下，对原剧本中明显有误的字、词、句进行疏通整理、修改补正，使内容表达完整、畅达。

第三，对剧本中的生字难词（不包括剧中脚色行当，以及声腔曲调等方面的术语名词。因为当年“有些记录本，因时间的仓促，漏了记录唱腔名称，老艺人又散处各乡间，校对不便，而且有些唱腔是艺人在演唱时任意选定，并无统一的规定，故我们不妄作主张、任意加添”①)、方言俗语、俚语典故等，通过注音释义、概述大意，使读者观众感受广西彩调剧的地方色彩的同时，进一步了解其文化内涵。

第四，为了方便读者阅读、领会剧本的内容，书中保留了原来剧本的“剧情简介”部分，介绍剧情梗概。但是，对其内容有一些修改或补充。“简评”部分，是整理者对每一部作品特点的简要评论，或指出剧本之思想意义，或点评其艺术特色。虽为三言两语，多是一得之见，期盼给读者在理解作品方面些许启发。

第五，本书附有“广西彩调传统剧目20种剧情提要”，对未能收入120种中，但又是脍炙人口、流播广泛的，具有较大影响的20种广西彩调传统剧目的剧情作扼要介绍，不作讨论评价。

第六，附录部分的“剧目汉语拼音索引”，按汉语拼音字母次序排序，剧名中第一音节相同者，以声调的阴平、阳平、上声、去声为序。剧名中第一个字相同且声调也相同者，按第二字、第三字音序排列先后次序。如：打扮观灯（dǎbàn guāndēng）、打吊吊彩（dǎ diàodiàocǎi）、打扒灰公（dǎ páhuī gōng）、打皮掌（dǎ pízhǎng）、打猪草（dǎ zhūcǎo）、蠢子回门（chún·zi huí mén）、蠢子卖纱（chún·zi mài shā）、蠢子赎当（chún·zi shú dàng）、蠢子学乖（chún·zi xué guāi）。

全书分四卷，王福近参与了《三难新郎》《女卖纱》的整理注评工作，刘惠参与了《娘害我》《弄假成真》的简评工作。另有侯娇娇、王亚伟、龚荷诗、苏文劲、邓晓倩、陈洁、谭晶、雷文婷等人参加了剧本录入初期工作。大家齐心协力，各尽其力。但由于我们的知识储备和生活阅历有限，书中不当之处，敬请各位专家、读者见谅与指正！

阙　真

2017年9月于桂林

① 广西壮族自治区戏剧研究室编：《广西戏曲传统剧目汇编》（第63集），《前言》，1963。

目录

送　　花

剧中人物

⊙情哥（行当：小生，简称：哥）

⊙情妹（行当：花旦，简称：妹）

全一场

［哥、妹同上。

情　哥　妹妹，吔。

情　妹　吔。

情　哥　你看这花园多好呀。

情　妹　那我们就在这花园玩起来呀！

情　哥　（唱送花腔）一送贤妹吔，贤妹呀。一送一个大南瓜。

情　妹　啐！哪个送大南瓜？

情　哥　哦！（唱）一送一朵海棠花。

情　妹　（唱）一送一朵海棠花，妹妹低头插。

情　哥　（唱）贤妹低头插，愚兄笑哈哈。

情　妹　（唱）愚兄笑哈哈，为妹回娘家。

情　哥　慢着。鸟爱树，人爱财，山伯[①]只爱祝英台。哥爱妹，我才来。

吔。(唱)贤妹吔，双手扳转[2]来。

情 妹 (唱)双手扳转来，必定就发财。

情 哥 慢着。广东广西我走过，云南四川我走来。(唱)吔，贤妹吔，脚下少双鞋。

情 妹 (唱)脚下少双鞋，剪个样子来。

情 哥 (唱)家中又无妻，样子拜托你。

情 妹 样子拜托我，长短不合脚。

情 哥 (唱)长的套袜子，短的打赤脚。

情 妹 (唱)长短总合脚，穿了哪里行？

情 哥 (唱)穿往哪里去？穿往县衙门。

情 妹 (唱)衙门我不爱，老爷会骂人。

情 哥 (唱)衙门你不爱，穿往书房行。

情 妹 (唱)书房我不爱，先生会耍文。

情 哥 (唱)先生爱耍文，穿往你家行。

情 妹 (唱)哥哥前面走，妹妹后面跟。

情 哥 (唱)急忙来得快，来到你家门。

情 妹 (唱)打开门两扇，上面一座神。

情 哥 (唱)红脸哪一个？黑脸是谁人？

情 妹 (唱)红脸赵匡胤[3]，黑脸郑子明[4]。

情哥、情妹 (唱)走上前来施一礼，保福保佑我两人。(下)

(剧终)

【注释】

①山伯：梁山伯。梁山伯是《梁山伯与祝英台》民间传说中的男主角。传说的主要内容是：梁山伯与女扮男装的祝英台同学多年，后梁山伯发现祝英台为女儿身，便提出娶其为妻。而祝英台此时已配于马氏子，梁

山伯因此抑郁而终。后祝英台在出嫁路上遇梁山伯之墓忽然开启，纵身而入。

②扳转：扳动反转的意思。

③赵匡胤：宋太祖，宋王朝的建立者。

④郑子明：郑恩，字子明，传说中的宋朝开国大将。

【剧情简介】

情哥情妹二人在花园游玩，情哥采花插在情妹头上，二人唱歌对答，一直唱回到家里。表现了青春的欢乐。

【简评】

此剧是一出两小戏，通过生旦的歌舞对唱来表现二人的相互爱慕之情。这种情节简单、载歌载舞的表演，体现了彩调早期快乐、活泼的艺术特征。

此剧由陆春廷发掘、涂世馨记录保存。

小娘送女

剧中人物

⊙江氏（行当：摇旦，简称：江）

⊙刘氏（行当：摇旦，简称：刘）

⊙毛姑妹（行当：花旦，简称：毛）

第一场

江　氏　（上，引）外当家来内当家，想起当家泪如麻。（坐）清早起来七件事，油盐柴米酱醋茶。（白）老身江氏。所生一女，取名毛姑妹。她的婆家今日搭信[①]、明日搭信，要我送她的媳妇儿回家。我不免将女儿叫得出来，送她回家，看她去也不去。女儿哪里？走来。

毛姑妹　（上）女儿来了，见过妈妈，有礼。

江　氏　我儿不要讲礼，一旁坐下。

毛姑妹　妈妈，叫女儿出来做甚？

江　氏　叫你出来，非为别事，你婆家今日搭信、明日搭信，要为娘的送你回去，你去也不去？

毛姑妹　哎呀！妈妈，那我是不去。

江　氏　为娘的带你去看鬼头，你去不去？

毛姑妹　那我去了哩。

江　氏　裹好了你的脚，就带你去。

［毛坐裹脚。

江　氏　（唱裹脚腔）叫一声女儿哟咿哟，女儿宝宝你听着、你听着。三头五岁不裹脚，十七八岁裹小脚。哎哟！我的宝宝儿，你是一个大脚婆。哎哟咿哟哟咿哟，我的宝宝儿呀，是一个大脚婆咿呀哟。（白）女儿，裹好脚了，你去提个篮子出来，为娘的带你去看鬼头去呀。

［毛下取篮子上。

江　氏　宝宝儿呀，哪里是带你看鬼头呵，今天是送你回婆家去了。

［毛哭。

江　氏　（唱送女腔）送女送在堂屋②中、堂屋中，堂屋中间挂灯笼。女儿呀，哟呀哟咿呀，里头点火外头红。女儿呀！

毛姑妹　（唱）妈妈送我堂屋中，堂屋中间挂灯笼。妈妈呀，哟呀哟咿哟，里头点火外头红。妈妈呀！

江　氏　（唱）送女送到大哂门边、大哂门边，手攀门闩泪涟涟。女儿呀，哟呀哟咿哟，手攀门闩泪涟涟。女儿呀！

毛姑妹　（唱）妈妈送我大门边、大门边，手攀门闩泪涟涟。妈妈呀，哟呀咿呀哟，手攀门闩泪涟涟。妈妈哟！

江氏、毛姑妹　（唱）送女送到田哂埂边、田哂埂边，一朵乌云照西边。我愿天公落大雨，留得女儿多住几天。

江　氏　（唱）送女送到大哂江边、大哂江边。手攀杨柳③叫渡船，女儿哟，哟呀哟咿哟，手攀杨柳叫渡船。女儿哟！

毛姑妹　（唱）送女送到大哂江边、大哂江边，手攀杨柳叫渡船。妈妈哟，哟呀哟咿哟，手攀杨柳叫渡船。妈妈哟！

［江、毛同下。

第二场

刘　氏　（上，引）老身生来六十多，好像墙头草一棵。（坐）今年腊月容易过，晓得明年活不活。（白）老身刘氏。今日在得她家，不免回家前去，辞别大伯娘。大伯娘，我回去了啊。

［内白："哎，你多住几夜才回去吧。"

刘　氏　我的媳妇没在家，我要回去。

［内白："那你就慢走呀。"

［刘出门唱路腔到家，下。

第三场

［江、毛同上。

江　氏　（唱送女腔）送女送到门口，哪嗬咿呀哟。娘女二人，哟呀哟咿哟说从头、说从头。嗨嗬咿呀哟，女儿哟。（唱数板）送女送到大门口，娘女二人说从头。一边讲来一边走，含满眼泪肚里流。为娘养你是个仔，跟从为娘到得头。不该养你是个女，养大成人嫁外头。我想嫁你街上去，老子要嫁你乡里头。家公家婆脾气丑，丈夫是你活对头。那日为娘长街走，会着你婆婆说从头。又说米海[④]失了米，又说油缸失了油。大娘二娘未经手，不是你偷哪个偷？你偷了未偷赌个咒，为娘与你来出头。你无事莫坐大门口，恐怕后生将你逗。嬉皮笑脸带个狗，假意点火起由头[⑤]。有人在家点个火，无人在家将你逗。我儿若是应了口，许你戒指与镯头。我儿若是依从了，就把为娘丑来丢。我儿是个贞节女，十字大路起牌楼[⑥]。晒衣要晒大门口，切莫晒在屋后头。这般世界人又丑，背到眼睛[⑦]把衣偷。失件旧的打断手，缝件新的愁不愁。为娘教你你要受，点点记在心里头。今日送你婆家走，为娘不接你莫回头。家婆骂你莫抢口[⑧]，公公骂你莫记仇。夫妻吵架常常有，夫妻不记隔夜仇。（尾句拖腔）

毛姑妹　（唱送女腔）妈妈送女大呀门口哟，哪嗬咿呀哟，女儿有言咿呀咿呀哟咿哟，说从头、说从头。妈妈哟！（唱数板）妈妈送我大门口，娘女二人说从头。一边讲来一边走，含到眼泪肚里流。妈妈养我是个仔，跟从妈妈到得头。妈妈养我是个女，养大成人嫁外头。娘你为何把女嫁？把女嫁到乡里头。家公家婆脾气丑，丈夫是我活对头。又说米海失了米，又说油缸失了油。那日公公长街走，买回半斤猪板油⑨。老人家做事不经手，把油放在砧板头。老虎扒山大黄狗，将油扒在后绣楼。女儿偏偏去解手，看见黄犬吃板油。女儿不该多了手，拈起放在碗柜头。大娘二娘嘴又丑，她讲女儿偷了油。女儿听得气难怄，恨不得吊死在后楼。好个黄妈妈真少有，急忙上前说从头。你偷了未偷赌个咒，判清明白也罢休。不免把我八字⑩退，另把女儿嫁外头。若在她家到得老，死在五殿⑪不甘休。（尾句拖腔）

江　氏　（唱数板）送女送到大路底，娘女二人说端的。一边讲来一边走，含到眼泪流肚里。头嫁嫁到王家内，二嫁嫁到李家里。你老子讨我把亲看，他真是个好色的。那日洞房花烛夜，为娘看见不肯依。王妈妈前来也劝我，为娘与他配夫妻。那夜与他来玩耍，因此才得怀着你。为娘有话对女讲，十月怀胎你听知。怀儿怀到正月里，有了肚子我不知。怀儿怀到二月里，二月怀胎上心里。怀儿怀到三月里，为娘吃饭倒口味。怀儿怀到四月里，少看鸭子多养鸡。怀儿怀到五月里，思想酸东酸西吃。酸李又吃得斗打斗、酸杨梅吃得半箮箕⑫。你的老子来骂我，酸杨梅吃多坏牙齿。怀儿怀到六月里，六月怀胎无饭吃。怀儿怀到七月里，思想长江大鲤鱼。昨日来个卖鱼的，身边无钱想主意。背到你老子偷些米，将米拿来调⑬鱼吃。偏偏你老子看见了，你老子看见发脾气。举手前来将我打，下面又用脚尖踢。踢到为娘不要紧，就怕踢到肚里那小的。怀儿怀到八月里，为娘肚痛为怎的。你的老子来问我，他讲我心里有寒气。他今没得多话讲，要抓剂药给我吃。怀儿怀到九月里，为娘肚子又涨起。左边动了是男子，右边动了是女儿。喊声两边齐到动，我怕是对双生的。怀儿怀到十月里，十月怀胎要降生。那夜将儿生下地，下地生出是女儿。你老子前来又问我，问是小喜是大喜？为娘讲的是女子，你老子前来要掐死你。王妈妈前来手脚快，将得我儿来拾起。我怕拾起有好处，原来拾起的是胞衣。（尾句拖腔）

毛姑妹　（唱数板）妈妈送我大路坡，女儿有言对娘说。一边讲来一边走，含到眼泪肚里落。今日送我婆家去，我的婆婆实在恶。落雨要我捞猪菜，天晴要我砍柴火。三餐茶饭未吃饱，哪有力气把事做。拿起柴挑前面走，去往高山弄柴火。大山砍柴怕猛虎，平地砍柴怕蛇多。哪个石山未爬到，哪个大岭未爬过。上岭无气出冷汗，下岭无力打了脚。山上砍柴怕蜂子，脚上又怕刺来戳。柴火砍起一大担，女儿力气奈不何。一肩二肩挑到自家里，她说是个喜鹊窝。她讲女儿不学好，与那后生唱山歌。那日公公长街走，买回一个猪头壳[14]。女儿接到来弄好，煮起有了一大锅。全家大小团团坐，亏了女儿来挂角。好东好西他吃了，骨头骨脑给我嚼。女儿接到咬一口，女儿牙齿奈不何。那日叫我煮猪潲[15]，失手打灶烂扒锅[16]。打了骂了不上算，烧红铁铗爋背壳[17]。说起妈妈不肯信，如今火疤未曾脱。不免把我八字退，另把八字嫁别个。若在他家到得老，情愿一命见阎罗。（尾句拖腔）

江　氏　（唱数板）送女送到大路外，娘女二人说开怀。一边走来一边踩，娘的眼泪流心怀。我想嫁女街上去，他今嫁你乡里来。别的生意不好做，家公就把伙店开。为娘今天来教你，样样事情早安排。开的伙店要招待，又要喜笑并颜开。上等客官上等待，清早起来杀鸡仔。中等客官中等待，买的瘦肉和鱼仔。下等客官下等待，坛子里面挖酸菜。客官吃得好爽快，下回又好进店来。女子做事打算好，门门事情做得开。清早灰塘解小手[18]，顺手前来带把柴。把那菜罐来熬起，快把鼎锅[19]蒸上来。样样事情要做好，茶也开来饭也开。（尾句拖腔。白）哎呀！宝宝女儿，到了你婆家门口了，你去叫门吧。

毛姑妹　（叫门）婆婆开门！

刘　氏　（上，开门）回来了？还不是回来了。（立刻转进，坐。）

［江在门外。

毛姑妹　（进门）见过婆婆，有礼。

刘　氏　一不是初一，二不是十五。穷人亲多，瘦狗筋多。麻雀嘴多，孵鸡婆屎多。屎少屁多，不要在这里啰里啰唆。

毛姑妹　（出门）妈妈，我进去见过婆婆有礼，她就讲一不是初一，二不是十五。穷人亲多，瘦狗筋多。麻雀嘴多，孵鸡婆屎多。屎少屁多，不要在这里啰里啰唆。

江　氏　宝宝儿，她是个瑶家婆，不懂礼的。你假意进去，见过她说万福万福。

毛姑妹　（进门）见过婆婆，万福万福。

刘　氏　什么见过万福万福？四分钱买块水豆腐，吃得饱饱的，打得你两娘仔变鬼哭。

毛姑妹　（出门）妈妈，我进去见过婆婆，万福万福。她又讲什么见过万福万福，四分钱买块水豆腐，吃得饱饱的，打得你两娘仔变鬼哭。

江　氏　宝宝女儿，为娘带给你回来的，你拿这吊篮子给你婆婆。

［毛拿篮进屋，江随进。

刘　氏　你回来就回来得了，还拿那什么东西哩？哎哟，拿个吊篮回来，我看看到底有些什么礼物。（看篮）哎哟，来了一封面，起了嗦嗦[20]了。来了两个粑粑，像饼勺。来了一块臭辣菜，内面里头蛆虫坨打坨[21]。来了四个鸡蛋子，比那鸟蛋大不多。来个鸡子四两重，嘴里未曾跌黄壳[22]。老娘看不起你这点东西。（一下将吊篮摔地上）

江　氏　亲家母，你把我的东西打烂了，你就好比打了我。毛姑妹，你拈起了东西，到后堂煮好了，为娘吃了做个饱死鬼。（转对刘）亲家母，今天我有两句话讲。

刘　氏　有话你就讲，有屁你就放。

江　氏　你还要挖开你那狗耳。

刘　氏　我这是龙耳。

江　氏　你还要请听呀。（唱骂板）亲家母来亲家母，我今有言你听着。

今日来在你家下，愁头寡脸为什么？又不给张板凳与我坐，又不倒杯茶给我喝。将我东西来打烂，你今抵得㉓打过我。走亲本来走义气，哪个挑担派一箩。今日来在你家下，愁头寡脸来骂我。你今有话当堂讲，有什么言语对我说一说。

刘　氏　（接唱）亲家母来亲家母，老娘有言你听着。今日来在我家下，讲了这个讲那个。把你的丑处数一数，把你的丑处说一说。拿个吊篮是空的，内面是些空壳壳。来了四个鸡蛋子，比那鸟蛋大不多。来了几个是粑粑，粑粑高头开拆坡㉔。来了一封是寿面，寿面里头起嗦嗦。来了一块是辣菜，内面蛆虫坨打坨。来个鸡崽四两重，嘴里未曾跌黄壳。你的女儿生得懒，每天总不把事做。你的女儿不学好，定根萝卜总操着。

江　氏　（接唱）亲家母来亲家母，老娘有言你听着。今天有话当堂讲，有话前来当堂说。今天来在你家下，你骂了这个骂那个。你今前来来骂我，靠里㉕生个干菠萝。讲我礼物来得少，我的礼物来得多。我的女儿来出嫁，我的嫁妆办得多。又有衣箱并独凳，来了十二架大抬盒。押笼银子五百两，来了六床大被窝。你今前来讲空话，讲我礼物来得疏。

刘　氏　（接唱）亲家母来亲家母，老娘有言你听着。你今有嘴也会讲，老娘有嘴也会说。你讲礼物来得重，净堂是些空壳壳。来了一个小笼子，大床只有三个脚。来了一床烂水絮㉖，棉花少来网筋多。你女儿与他同床睡，盖得头来盖不得脚。你的女儿脾气丑，把我孩儿斟㉗在那床脚。本来天气冷得很，我儿冷得牙齿敲菠萝。你讲她脾气丑不丑，你讲她脾气恶不恶。今日来在我家下，你骂了这个骂那个。你今与我来打架，我实在对你忍不过。

［刘、江打架。

毛姑妹　（劝架，劝完，跪在刘前面，唱数板）双脚跌跪尘埃地，儿媳有言你细听。不该外家久久住，逗到婆婆把气生。还望婆婆饶恕我，看到儿媳年轻人。

刘　氏　（接唱）我的仔来我的儿孙，到底是个聪明人。将得我儿来搀起，你去陪得你妈妈的小心。

毛姑妹　(接唱)走上前来双膝跪，尊声妈妈你细听。逗到我娘来恼肚，逗到我娘把气生。妈妈若不扶起我，跪在尘埃不起身。

江　氏　(接唱)我的仔来我的心，你真是个聪明人。将得我儿来搀起，叫你婆婆喊一声。

毛姑妹　(起身，对刘)婆婆，你去喊我妈妈一声。

刘　氏　才先恼相骂，如今喊亲家。我没去，喊她来喊我。

毛姑妹　(对江)妈妈，你去喊她一声。

江　氏　才先闹过架，又去喊她呀，我不去!

毛姑妹　妈妈，你去喊她先，有什么要紧?那里喊她呀，犹如喊女儿一样。

江　氏　我喊不喊她呢?喊她要答应到我。

毛姑妹　(对刘)婆婆，我妈妈来喊你了，你要答应她。

刘　氏　我早三天，就答应她的了。

毛姑妹　妈妈，你去喊她，她答应你的了。

江　氏　(向刘)亲家母。

刘　氏　哎呀!好厚脸啊、好厚脸啊。

江　氏　我一担麦子倒完了[28]啊。

毛姑妹　婆婆，你去喊我妈妈一声。

刘　氏　我喊不喊她呢?你叫她答应我哩。

毛姑妹　妈妈，我婆婆来喊你了，你要答应到她。

江　氏　我早就答应她的了。

刘　氏　亲家母哎——

江　氏　哎吔，我屁股痒啊、屁股痒啊。

毛姑妹　(对刘)她没讲屁股痒，是讲落雨怕是有水涨啊。(对江)妈妈，你去喊我婆婆一声。

江　氏　我没去。

毛姑妹　（对刘）婆婆，你去喊我妈妈一声。

刘　氏　我没去。

毛姑妹　她喊她，她也不喊。她喊她，她也不喊。我来想个主意。我讲外面有牛打架了。妈妈哎，婆婆哎，外面有牛打架了。

刘氏、江氏　哎哟，牛打架，莫踩到小孩子啊。哎呀，亲家母、亲家母。

江　氏　亲家母哎，你待媳妇待好，懂得烧红铁铗燶她的背壳。

刘　氏　那是别人讲的话，你不要信啊。毛姑仔，你妈妈来了，你杀得个鸡，煮得好好的，后堂去吃两杯酒。请。

［江、刘、毛同下。

（剧终）

【注释】

①搭信：捎口信。

②堂屋：相当于现在的客厅，在卧室之外，一般用于谈话会客。

③手攀杨柳：折柳。古人离别时，有折柳枝相赠之风俗。

④米海：米缸。

⑤由头：借口。

⑥牌楼：此处指牌坊。一种门洞式的纪念性建筑物，旧时用以表彰某人的德行。如贞节牌坊、功德牌坊等。

⑦背到眼睛：意思是不让人看见。背，避开。

⑧抢口：顶嘴。

⑨猪板油：猪油。

⑩八字：生辰八字，是一个人出生的年月日时，各有天干地支相配。每项用两个字代替，四项就有八个字，如甲子年、丙申月、辛丑日、壬寅时等。旧时人们认为根据这八个字，即可推算一个人的命运。

⑪死在五殿：意即死在阴间。传说主管地府十殿的十个掌控者称为十殿阎王，五殿的掌控者叫阎罗王。

⑫筲箕：用来装食物的一种竹器。

⑬调：调换。

⑭猪头壳：猪头骨。

⑮猪潲：猪食。

⑯扒锅：炒菜的铁锅。

⑰爀背壳：烫背脊。爀，烫。桂林话。

⑱解小手：拉小便。

⑲鼎锅：一种底部呈尖形的锅头，形状有些像鼎，所以叫鼎锅。

⑳嗦嗦：食物变质后滋生的絮状物。

㉑坨打坨：形容食物变质，蛆虫成堆。坨，堆、团，形状大小不一的团块。

㉒嘴里未曾跌黄壳：形容鸡小，就像没有长大的雏鸡。因雏鸡嘴角边是黄色的，长大后变硬才为黑色。

㉓抵得：此处意为"相当于"；"抵过"。

㉔开拆坡：食物因存放时间长而干裂有缝。桂林话。

㉕靠里：在此指喉咙。

㉖烂水絮：质量很差的烂棉胎。

㉗斟：读 dǒu，即"踢"。桂林话。

㉘麦子倒完了：倒麦子，意思是丢面子、丢份。桂林话。

【剧情简介】

毛姑妹嫁到婆家被虐待，回到娘家居住。婆家搭信来要她回去。母亲送她回婆家，一路之上，母女二人一个诉苦、一个解劝。到了婆家，婆婆和母亲有很多误会，最后还是毛姑妹讲明道理，调解婆婆和母亲的误会，才又和好。

【简评】

此剧是一部反映家庭矛盾的彩调剧。剧中矛盾尽是因婆媳之间、亲家之间的生活小事引起，没有什么重大冲突，体现了广西彩调多演家长里短的特点。这部戏唱腔上较多采用数板，大段的唱词成了这部戏的一个特色。数板这种彩调唱腔，因音域不同而有高音、中音和低音之分。曲调大同小异，由数板头、数板和数板尾三部分组成。演唱时可根据剧情需要灵活运用。常用于回忆、劝说、告诫、嘱托和责骂、训斥等场面，各行当均可使用。这个剧大段的唱词中那些出自民间的俗词俚语，不仅让读者观众对桂北方言有一定了解，而且使剧作呈现出浓郁的地方色彩。

此剧由李玉荣发掘、黄明记录保存 。

女送娘

剧中人物

⊙张莲英（行当：旦，简称：英）

⊙覃氏（行当：正旦，简称：覃）

⊙翁有亮（行当：老生，简称：翁）

第一场

张莲英　（上，引）为了母亲事，时时挂在心。我想留我母，另有当家人。（坐，白）我，张莲英。从小配与吴世庭为妻。我的生父不幸早年死去，母亲又下嫁继父翁有亮，我这个继父不务正业，嗜赌如命。母亲一气来到我家中，不觉已住数月。只因我们夫妻二人，在家中尚不能做主，全由婆母当家。母亲在这里受了不少冷言冷语，日子实在难过。我有心将母亲送回家中，又怕母亲见怪。我不免将母亲请了出来，劝她一番。言之有理，有请母亲。

覃　氏　（上，数课子[①]）嘴吃黄连苦丁丁，又听女儿叫一声。我在后面煮早饭，不知叫我为何情。

张莲英　母亲请坐。

覃　氏　有坐，不知女儿将为娘请出，有何事商量？

张莲英　女儿请母亲出来，非为别事，只因母亲到我家来已住数月，婆婆平日碎言碎语，实在难听，女儿又做不得主，这样下去，使我们母女二人都很难过。

覃　氏　依你之见呢？

张莲英　依女儿之见，我想送母亲回去。

覃　氏　我的命好苦啊！

张莲英　母亲不必难过，你且听我讲来。（唱数板）坐在堂前把话论，女儿有言你是听。母亲不要太住久，女儿难听冷言语。你看婆婆脸色变，把我母女丢一边。我劝母亲回家去，经常探母把家还。我母不要太悲伤，不怨天来不尤人。以后女儿做了主，再接母亲到来临。

覃　氏　（接唱）我女说来好有理，句句打动老娘亲。婆婆本是新发家，冷眼来看我穷人。我今不把二话讲，配夫是个赌钱精。千错万错是我错，对你不起枉为人。我女不要把我送，让我自己转回程。

张莲英　母亲不要悲伤，女儿一定要送你一程，女儿还要回去劝劝继父。女儿这里还有些银两，你拿回去用吧。母亲，你去拿行李，我也去收拾一下。

［英、覃分头下，复上。

张莲英　母亲，我们走啊！（唱）离了门庭把话论，母亲听女说端详。女儿未曾做得主，你女还有家婆娘。劝母回家少吵闹，让他几句又何妨。免得天天来吵嘴，吵吵闹闹人笑娘。女儿言语不多讲，年老懂过后生家。

覃　氏　（接唱）我女说话好聪明，十七讲给十八听。你父不该死得早，丢下母女受苦情。他把女儿卖出去，母亲又嫁给他人。现下年迈无依靠，只靠女儿养终生。塘里无鱼虾子贵，庙里无神枉费心。我女不要把娘怪，你怪母亲难活生。

张莲英　女儿懂得。

覃　氏　（接唱）我慢慢讲来你是听，女儿听娘说分明。娘是女流难保你，你母受苦命生成。我到张家命很苦，一切都是命生成。娘在家中砍柴卖，吃一升来买一升。为娘怀你十个月，临产还要起五更。养仔不知娘辛苦，养女才知报娘恩。回去但愿早早死，免得女儿挂在心。

［英、覃同下。

第二场

翁有亮　（上，无精打采地）捞赌捞赌，十个赌九个苦。若不老婆爱吵闹，裤子输了还要赌。在下，翁有亮，讨覃氏为妻。因为我爱赌钱，她时常和我吵闹。我哪里去理她，她一气就到她女儿家住了几月，我倒可以自由自在。天已不早，我不免去烧顿饭吃吃。（下）

［覃、英同上。

张莲英　母亲，我们走起来啊。（唱）沿着路途往前走，不远就到自家门。我们母女回家转，满眶眼泪往肚吞。继父脾气不大好，嗜赌如命不哼声。抬起头来往前看，不觉来到自家门。（白）开门啊！

翁有亮　（上，唱）我在后面吹洋烟，有人叫我在外面。双手打开门来看，叫我吹烟是赌钱？（开门，见覃、英）啊，原来你们母女回来了。（献殷勤地）快进来、快进来！莲英，坐下、坐下。（对覃）女儿难得回来，今天我正好买了菜，你去煮一煮，让莲英吃顿好饭。

覃　氏　你不要假正经，你这个赌鬼。

翁有亮　莫这样说，我从今以后再也不赌钱了。

张莲英　亚叔②，你果然不赌了？

翁有亮　一定不赌了！

覃　氏　这样好啊。

张莲英、覃氏、翁有亮　（唱十月花）正月里来正月正，家家户户接阳春。一来接起阳春早，二来接起百花香。二月里来二月花，家家户户把田耙。一来耙起千条路，二来耙起牡丹花。（同下）

（剧终）

【注释】

①数课子：彩调念白的一种，押韵，类似数快板。一般用于人物上场自报家门或行为。常用七字句，但也可破格，只要有节奏、朗朗上口即可。课子可长可短，常为丑角显示嘴皮子功夫的表演，也是彩调舞台表演特色之一。

②亚叔：阿叔；二叔。是对继父的地方俗称。

【剧情简介】

张莲英自幼被卖与别人当童养媳，其父死后，母因生活困难，改嫁翁有亮。翁有亮不务正业，嗜赌如命，夫妻不和，张母遂投莲英处为生。又因受婆婆冷言冷语之气，不能久居，莲英乃送母回家，一路劝慰其母，归家后又劝继父翁有亮，有亮悔改前非，遂复和好。

【简评】

彩调中有一种戏叫对台戏。因常有甲、乙两班同在一地演出，艺人为争取观众而展开竞赛，进行针对性的演出。如甲班演《男反情》(《下南京》)，乙班就演《女反情》(《下湖北》)；甲班演《四女相亲》，乙班就演《三看亲》；甲班演《两男争妻》，乙班就演《二女争夫》；等等。该剧是《娘送女》的对台戏，情节非常简单，但是反映了当时赌博风气的盛行，给社会与家庭都带来危害。

此剧由马芳荣发掘、史伟记录保存。

打扮观灯

剧中人物

⊙刘软（行当：丑，简称：刘）

⊙肖仙女（行当：旦，简称：妹）

⊙店主（行当：丑，简称：店）

第一场

［幕启，长锣。

刘　软　（舞蹈上，开门，引）喜洋洋来笑洋洋，喜怒哀乐走四方。五湖四海由我走，翻山越岭到咸阳。（白）在下，名叫刘软，滕王阁人氏。年方二十八岁，一样学不会，只爱闻乐彩调。今日圣上传旨，十五起灯，十八落灯。今天已是腊月二十三来了，我想去告别店主回家。言得有理，等我打叫仙女师妹出来。（向内）仙女师妹哪里？走来。

肖仙女　（内应）来了。（舞蹈上，念）闻听师兄到，急忙就来到。（白）见过师兄一礼。

刘　软　不用讲礼，一旁坐下。

肖仙女　谢坐。（坐）师兄哥哥，打叫仙女出来，有何话说？

刘　软　打叫仙女出来，非为别事，今日圣上传旨，到长安观灯。十五起灯，十八落灯，现在你我二人光荣了，哥封戏文公，仙女封为花鼓娘娘[1]。今日乃是二十三来了，我们捡拾行李，告别店主算数，数目清楚，我们好回家。

肖仙女　哥哥说得有理，那就打叫店主出来，把数目一算。

刘　软　可以。(向内)有请店主。

店　主　(内应)来了。(上，念)闻听客人叫，急忙就来到。(白)敬过师傅一礼。请我店主何事？

刘　软　有请店主出来，把数目算清，我们好回去了。

店　主　那我就算来。(打算盘)

[刘、妹二人下。

店　主　(算)一上一、二上二……二人挨了三两八银子。

刘　软　(内白)啊！二人挨了三两八银子。

[刘、妹取行李同上。

刘　软　店主，数目算清未曾？

店　主　清楚了，一共三两八银子。

刘　软　清了那就付钱。(给钱)

刘软、肖仙女　(出门，唱四平腔)告别店主回家去，后来有日再相逢。(下)

店　主　一见师傅出门去，我把门关进房中。(关门下)

第二场

[刘、妹同上。

肖仙女　刘哥，今日我们离了店门。

刘　软　妹妹上前引路。(起两点头)

肖仙女　刘哥，我们观的灯你还记得未有？

刘　软　记得。

肖仙女　刘哥，那我们兄妹二人同行，还要唱起来呀！(唱十月花腔)一更打扮去看花鼓灯，兄妹双双离了店家门。头是梳得清，金钗插得好。

大风咬背背对水罗裙，脚下绣花鞋时样新。（重句）二更打扮去看花鼓灯，龙头前面走，狮子随后跟。跟来跟去跟个好龙灯，跟个跟了鼓打呀闹尘尘。（重句）三更打扮去看花鼓灯，前面有班好后生。后生前面走，奴家随后跟。跟来跟去打叫奴一声。奴家一声骂，你是瞎眼睛。（重句）四更打扮去看花鼓灯，公公一声骂，婆婆骂几声。从今以后呀，永不得去玩灯。那是不要紧，总要你呀，我呀，小心。（重句）五更打扮去看花鼓灯，前面有个武庙庭。昨天作了揖，保佑你呀，我呀，二人。（重句，收腔。白）哎呀，刘哥，你我五更数得对，还有。

刘　软　有什么？

肖仙女　我来问。

刘　软　那你就问来。

肖仙女　（唱问答腔）团团歪歪，点头点尾什么灯？

刘　软　（唱）团团歪歪，点头点尾狮子灯。

肖仙女　（唱）两手八脚什么灯？

刘　软　（唱）两手八脚螃蟹灯。

肖仙女　（唱）吙！哥呀，两须六脚什么灯？

刘　软　（唱）吙！妹呀，两须六脚虾公灯。

肖仙女　（唱）吙！哥呀，一扭一捏一节一节是什么灯？

刘　软　（唱）吙！妹呀，一扭一捏一节一节是龙灯。

肖仙女　（唱）一来一往哥呀，什么灯？

刘　软　（唱）一来一往妹呀，是牌灯②。

肖仙女、刘软　（重唱）是呀，是牌灯。（四钹）

肖仙女　刘哥，我还有问。

刘　软　那请问。

肖仙女　（唱问答腔）哥呀，一人观的什么灯？

刘　软　（唱）妹呀，一人观的绣花灯。

肖仙女　（唱）二人观的什么灯？

刘　软　（唱）二人观的姐妹灯。

肖仙女　（唱）三人观的什么灯？

刘　软　（快板）三人观的桃园义气灯。

肖仙女　四人观的什么灯？

刘　软　四人观的打牌灯。

肖仙女　五人观的什么灯？

刘　软　五人观的五彩灯。

肖仙女　六人观的什么灯？

刘　软　六人观的六合[③]同春灯。

肖仙女　七人观的什么灯？

刘　软　七人观的七星姐妹[④]灯。

肖仙女　八人观的什么灯？

刘　软　八人观的八仙飘海灯。

肖仙女　九人观的什么灯？

刘　软　九人观的久长万代灯。

肖仙女　十人观的什么灯？

刘　软　十人观的全福福寿灯。

肖仙女、刘软　（唱）福寿灯。

刘　软　妹子，还有没有？

肖仙女　没有了，望哥哥数给妹子听。

刘　软　那你就听来。（数快板）一人观的灯一盏，二人观的两盏灯。三人观的灯三盏，四人观的四盏灯。五人观的灯五盏，六人观的六盏灯。七人观的灯七盏，八人观的八盏灯。九人观的灯九盏，十人观的十盏灯。

刘软、肖仙女　（唱）十呀盏灯。（收腔，四钹）

肖仙女　哥哥，行来行去，到了妹的家了。（进家，下）

刘　软　列位朋友，小观灯现已唱完。（下）

（剧终）

【注释】

①花鼓娘娘：旧时彩调班社供奉的祖师。平时用红纸写“花鼓娘娘之神位”，两边分为“清音童子”“鼓板仙师”，贴于笼箱之内。每到一处演出，即打开箱盖，焚香敬拜，也有用木牌制作置于后台的。“花鼓娘娘”也称作“九天玄女花姑娘娘”。

②牌灯：一种民间节日的文娱用具。因牌灯外形酷似骨牌，晚上表演时在透明灯箱内点一盏装饰灯而得名。舞牌灯是从龙灯表演里分离出来的一项民间群体娱乐活动。牌灯具有形式多样、造型夸张、气势磅礴等艺术特点。广西临桂四塘牌灯舞被列入广西壮族自治区非物质文化遗产保护名录。

③六合：常用于指上下和东、南、西、北四方，泛指天地或宇宙。

④七星七姐妹：七仙女，中国神话中七位女神的总称。

【剧情简介】

这是一出载歌载舞的彩调剧。描写青年刘软与师妹肖仙女二人元宵节同去观灯的场面。他们边观边舞，互相盘问各类彩灯，尽情欢乐。

【简评】

此剧虽设有三个登场角色，但从剧情来看，完全是一出刘软与肖仙女边歌边舞的对子调。尤其是第二场，男女主角先共同演唱【十月花】，从音乐上来看【十月花】是由四个基本乐句构成的复乐段，演唱者通常是多段唱词不断反复。紧接着演唱的“问答腔”，采用一问一答、一逗一挑、一唱一和、边歌边舞的形式，如同歌圩上的盘歌对唱。由此看来，《打扮观灯》突出的是以歌舞形式娱乐抒情，而不在于故事情节。

此剧由韦炳兴发掘、郑兆威记录保存。

打猪草

剧中人物

⊙金小毛（行当：小丑，简称：金）
⊙陶小妹（行当：花旦，简称：陶）

全一场

金小毛　（上，唱挑担腔）小子本姓金，竹子年年青。一家人吃饭，全靠竹子林。举步急忙行，来到竹子坪。躲在树脚下，防备人偷笋。（躲在树底下）

陶小妹　（上，唱、伴舞）小妹本姓陶，天天打猪草。昨天起晚了，今天要出早。篮子拿手上，顺手关了门。不往哪里去，单往大山行。急走急忙行，来到猪草坪。猪草青又青，真是爱坏人。篮子忙放下，忙把猪草挖。袖子来卷起，忙把猪草拔。（拔时碰断两根笋，白）呀！不好了，碰断了人家的两根笋，等我放在猪草底下，到别处去了。（接唱）做事不小心，碰断两根笋，又怕人看见，赖我来偷笋。

金小毛　（上，抓着陶）慢着，你这个姑娘哪里走？好大胆，青天白日做强盗，看你往哪里逃、哪里逃？

陶小妹　小哥哥，莫骂人，有言你细听。碰断两根笋，哪个是贼人、哪个是贼人？

金小毛　越想越起火，真真气死我。上前来、斟两脚，篮子踩破着。

［陶哭。金也假装哭，逗耍。

金小毛　小姑娘你莫哭，我是跟你开玩笑的呀。

陶小妹　（哭着偷看金）小哥哥，莫骂我，有言你听着。碰断两根笋，又挨你两脚。篮子踩破了，我要你恶、要你恶！你赔篮子给我！

金小毛　那你赔笋给我！

陶小妹　你那两根笋有什么用处？

金小毛　嘿！你的篮子也靠它来织呢。

陶小妹　（又哭）你不赔篮子，我娘就打我了。我妈好厉害的。

金小毛　（学哭）哪个讲你妈厉害？我见你妈几好的哟。

陶小妹　你学我，我不哭了。

［金、陶二人偷看。

金小毛　小妹妹，你莫哭了，我赔一个好好的给你。你姓甚名谁？

陶小妹　我叫陶小妹。

金小毛　多好听的名字呀。

陶小妹　你呢？

金小毛　我叫金小毛。

陶小妹　你的名字比我的还好听呵。

金小毛　那你回去了。

陶小妹　哎，小哥哥，你听我言呀。（唱四平腔）小毛说话好可怜，哪个要你赔回篮。总要人好心思好，人好心好水也甜。

金小毛　那我就多给两根笋给你吧。

陶小妹　谢谢小哥哥。（捡笋入篮）哎哟！那么多，我拿不动。

金小毛　那我跟你抬吧。

陶小妹、金小毛　（抬篮走圆场，唱对花腔）郎对花、姐对花，一对对到田底下。

金小毛　（唱）倒了一株草。

陶小妹　（唱）发了一株芽。

金小毛　（唱）起的甚么梗？开的什么花？

陶小妹　（唱）出的是红梗，开的是白花。

陶小妹、金小毛　（唱）咕哩隆冬。（重句。再重句）

陶小妹　（唱）我的哥哥吔！

金小毛　（唱）我的妹妹吔！

陶小妹、金小毛　（唱）这是荞麦花。（长锣。走圆场）郎对花、姐对花，一对对到塘底下。

金小毛　（唱）倒了一株草。

陶小妹　（唱）发了一株芽。

金小毛　（唱）磨的什么粉？做的什么粑？

陶小妹　（唱）磨的白白粉，做的荞麦粑。

陶小妹、金小毛　（唱）咕哩隆冬。（重句，再重句）

金小毛　（唱）我的妹妹吔！

陶小妹　（唱）我的哥哥吔！

陶小妹、金小毛　（唱）叫作荞麦粑。（长锣。走圆场）

金小毛　行来走去，也累了，你看那边好多花呀。

陶小妹　走呀。

金小毛　那我盘①你。

陶小妹　我就答你。

金小毛　那你听呀。（唱问腔）也马合子嗨，妹妹呀，八十岁的公公喜爱什么花？也马合子嗨，妹妹呀，你讲出来呀。

陶小妹　（唱）也马合子嗨，哥哥呀，八十岁的公公喜爱仁寿花。也马合子嗨，哥哥呀，是不是呀？

金小毛　是啦。

陶小妹　那我问你。

金小毛　问来。

陶小妹　你听。（唱）也马合子嗨，哥哥呀，八十岁的婆婆喜爱什么花？也马合子嗨，哥哥呀，你讲出来呀。

金小毛　（唱）也马合子嗨，妹妹呀，八十岁的婆婆喜爱白棉花。也马合子嗨，妹妹呀，是不是呀？（白）我又问你。

陶小妹　问来。

金小毛　你听。（唱问腔）十八岁的哥哥喜爱什么花？妹妹呀，讲出来呀。

陶小妹　（唱）十八岁的哥哥喜爱锦上花。哥哥呀，是不是呀？（白）我又问你。

金小毛　问来。

陶小妹　（唱）十八岁的妹妹喜爱什么花？哥哥呀，讲出来呀。

金小毛　（唱）十八岁的妹妹喜爱一心花。妹妹呀，是不是呀？（白）我又问你。

陶小妹　问来。

金小毛　你听。（唱）七八岁的小弟弟喜爱什么花？妹妹呀，讲出来呀。

陶小妹　（唱）七八岁的小弟弟喜爱笔上花。哥哥呀，是不是呀？（白）我又问你。

金小毛　问来。

陶小妹　你听。（唱）七八岁的小妹妹喜爱什么花？哥哥呀，讲出来呀。

金小毛　（唱）七八岁的小妹妹喜爱大红花。妹妹呀，是不是呀？

陶小妹、金小毛　（唱）郎对花、姐对花，一对对到我家下。

陶小妹　慢着，行来走去，到我家来了。小哥哥，进我家来煮点晌午吃[②]先。

金小毛　吔，我不去的，你又讲你妈妈厉害。

陶小妹　我妈不厉害啦，我哄你的，等我喊她。（喊）妈妈。妈不在家了，快进来吧，我们剥笋子，煮点晌午吃呀。（下复上，吃饭、饮酒。唱饮酒腔）一杯酒，慢慢筛[3]，引哥引上八仙台，二人把酒筛。

金小毛 （唱）哥坐东来妹坐西，人人都讲两夫妻。

陶小妹 啐！你笑我了。

金小毛 哦。（唱）谁知相好的。

陶小妹 （唱）二杯酒，酒又清，问哥哪年哪月生？说与小妹听。

金小毛 （唱）哥是正月十五生。

陶小妹 （唱）我是元宵闹花灯。

陶小妹、金小毛 （唱）同年又同庚。

金小毛 同年又同庚，结成婚姻，等哪天我过门来接你。

陶小妹 （含羞）小妹苦守清贫，等候你就是。

金小毛 天色不早，我回家去了呀。

陶小妹 待小妹送你一程。

［金、陶同下。

（剧终）

【注释】

①盘：盘问。这里是指盘歌。

②煮点晌午吃：煮些中午饭吃。晌午，本为中午，在此指“中餐”“中午饭”。桂林话。

③筛：倒。筛酒，即倒酒。桂林话。

【剧情简介】

少女陶小妹去打猪草，碰断少年金小毛家的两根笋。金小毛逗她玩耍，假意要她赔，陶小妹急得哭起来。金小毛安慰她，并且拔许多笋送给她，又帮她抬回家中。一路上两人歌唱问答，产生了感情。到了小妹家，小妹煮笋招待金小毛，两人最终订婚而别。

【简评】

此剧通过男女主人公的歌舞对唱来表现二人的爱情故事，并通过一定的故事情节、简单的矛盾冲突来表现男女主角金小毛、陶小妹相遇、相识、相爱的过程。同时金小毛的聪明机敏、陶小妹的天真活泼特点得到展示。剧中二人唱的“对花腔”为男女对唱曲，曲调轻松、愉快、优美、抒情，宜在游玩观光、触景咏情、互问互答时唱，运用得当也具有推动情节的作用。剧中金小毛、陶小妹就是在欢快的对唱中由相悦自然走向相爱之路的。

此剧由陆春廷发掘、涂世馨记录保存。

小调情

剧中人物

⊙李二（行当：丑，简称：李）

⊙秦四妹（行当：旦，简称：妹）

第一场

李　二　（一条龙上，整装、舞蹈。数课子）喜洋洋、笑洋洋，尊声各位听端详。小愚晚来到你们贵村上，抬头看，好地方。前面来龙三千里，后面金鸡凤凰屏。左边有株摇钱树，右边有个聚宝盆。摇钱树、聚宝盆，早落黄金夜落银。早落黄金用斗量，夜落白银用秤称。一天不扫有三寸厚，三天不扫有九寸深。丫鬟小子懒打扫，金银财宝堆过九重门。今天玩过花灯后，恭喜你家家户户富贵万年春、万年春。（坐，白）锣鼓叮咚上彩楼，男人装扮女人头。金榜题名空富贵，洞房花烛假风流。在下，我李二。自幼爹娘去世，丢下我独自一个。往日我结交了一个老同①，名叫秦大。今天年初二，不免到我老同家里拜一拜年，玩耍一会，岂不是好？出得门来，带关门户。眼观青的是山，绿的是水。青山绿水，好不喜煞人也。我还要走起来呀。（一条龙，唱小吹小打腔）出得门来往前走，要往老同家里行。四处鲜花好美景，青山绿水好喜人。将身且把路来进，要往他家走一程。（下）

第二场

秦四妹　（一条龙上，整装、舞蹈。数课子）奴乃二八女，打扮出绣房。纸花二边戴，却缘巧梳妆。（白）奴乃秦四妹，爹娘生我兄妹二人。我哥哥不在家，出去拜年了，我一人在家，不免拿点针线鞋儿出来做做，待我下面拿将出来。（过场、做绣花的动作）待我还要绣起来哟。（八板头。唱绣花歌）一绣天上蛾眉月②，二绣狮子滚绣球。三绣桃园来结义③，四绣童子拜观音。五绣五子来行孝，六绣六和又同春。七绣七星七姐妹，八绣八仙吕洞宾④。九绣九龙来戏水，十绣莲蓬藕上生。（绣困了，靠着桌子边睡着）

李　二　（上）嗳，老同。老同在家没有？恭喜呀，我来拜年。（进屋）嗳，我同年⑤没有在屋。同年妹恭喜呀！哦，睡着了。我同年妹生得好呀，生得眉清目秀，我要同她弄一弄玩才好。

［李扯一根香梗，弄妹的耳朵。妹打一个呵欠，揉一揉眼，又睡着。

李　二　咦，她还没有醒呀。

［李用香梗至另一边弄妹耳朵，妹又打了一个呵欠，揉一揉眼又睡着了。李又用香梗至另一边弄她耳朵，妹又打了一个呵欠，站起，揉揉眼坐下。椅子已为李坐下，妹要坐时，为李一搂，妹发觉，急忙走开。

秦四妹　嗳，同年哥，你怎么坐了我的板凳？

李　二　同年妹，我来同你拜年的。

秦四妹　你来同我拜年的，那我倒杯茶来。（下，倒茶上）

李　二　同年妹，你的礼性⑥太重了。

秦四妹　也不过是一杯清茶，多要一杯？

李　二　好茶不用多。

秦四妹　好一个好茶不用多。（接杯下，复上）同年哥，今天这么好意来到我家，有什么好事？

李　二　同年妹，你哪里知道，我来同老同拜年的。

秦四妹　你来和你老同拜年的，老同没在家了，就是我一个人在家。

李　二　就是你一个人在家，那我就同你拜年。

秦四妹　妹子不敢当。

李　二　那是拜得的，那我就拜起来了呀。（唱拜年歌）正月是新年，郎与妹拜年。双脚跌跪妹跟前，郎与妹拜年。（衬词略）

秦四妹　哎呀，同年哥哥，你太讲礼性了。缘何你还没有讨亲呀？

李　二　同年妹，你听着呀。（打一条龙。唱南词腔）十七十八正好要，同年妹呀。二十几岁打单身⑦，同年妹呀。

秦四妹　那你何不讨一个呢？

李　二　（接唱）心中是想讨一个，同年妹呀。身上无钱怎讨亲？同年妹呀。

秦四妹　那你何不请个会⑧了吧？

李　二　（接唱）心中是想请个会呀，同年妹呀。三朋四友不应承，同年妹呀。

秦四妹　那就问六亲九眷借了嘛。

李　二　（接唱）心中是想向他们借，同年妹呀。亲朋好友不答应，同年妹呀。

秦四妹　打会也请不起，亲朋四友也借不到，那如何是好呢？你打什么主意呢？

李　二　（接唱）我心中有话不好说，同年妹呀。

秦四妹　那你就讲了嘛。

李　二　（接唱）我说出又怕妹发脾气。

秦四妹　你大胆地讲，我不发你的脾气就是了。

李　二　（接唱）若要我今讲实话，同年妹呀。

秦四妹　那你讲了嘛。

李　二　（接唱）我是想同年妹配成婚。

秦四妹　若是这个嘛，（用眼望一下）好便是好，只是亲戚家怎能做得？

李　二　（接唱）亲上加亲那才好，同年妹呀，官上加官才有名。

秦四妹　好便是好，你我同年哥、同年妹结婚，岂不被人取笑？

李　二　（接唱）牛栏砌在田埂上，肥水不流外人田。

秦四妹　好便是好，恐怕你后来口不能对心。

李　二　（接唱）说出同年妹你不肯信，同年妹呀。我对苍天来盟誓，同年妹呀。若还到后来有二意，同年妹呀。

秦四妹　又便怎样？

李　二　（接唱）五雷打我反心人，同年妹呀。

秦四妹　（接唱）一见同年哥盟誓愿，同年哥呀。不由为妹放宽心，同年哥呀。十指尖尖我忙搀起，同年哥呀。

李　二　嗳。

李二、秦四妹　（唱）二人同唱太平春。同年哥（妹）呀，二人同唱太平春。

李　二　同年妹，你是爱唱，我也是爱玩的，何不唱个鹦歌词调，散一散心、解一解闷，好不好呀？

秦四妹　那就好。

李　二　好是好，你我二人好有一比。

秦四妹　好比何来？

李　二　你就唱旦，我就唱丑，我二人好比黄鼠狼配野狗，你在那边走，我在这边扭，那我们还要唱起来哟。

李二、秦四妹　（唱反五更）一更里一炷香，小情哥进了奴的房。娘问女儿什么东西响，风吹门环响叮当。（重句）啊呀！我的妹，我的郎，风吹门环响叮当。二更里二炷香，小情哥进了奴的绣房。娘问女儿什么东西响，打开窗子望月光。（重句）三更里三炷香，小情哥上了奴的牙床。娘问女儿什么东西响，打开栊子换衣裳。（重句）四更里四炷香，小情哥在奴的身旁。娘问女儿什么东西响，猫捉老鼠过楼梁。（重句）五更里五炷香，小情哥下了奴的牙床。娘问女儿什么东西响，隔壁王妈妈烧早香。（重句）

秦四妹　同年哥唱完了。

李　二　再加点嘛。

秦四妹　没得加了，恐怕我哥哥要回了。

李　二　再加一点点。

秦四妹　你看我哥哥回来没有，没回就再加点点。

李　二　（出门）嗳，老同你回不曾？嗳，你怎么关起门来了？

秦四妹　我关门了，等我哥哥来了，要骂人的，我进去了。（下）

李　二　今天我来这里玩了一玩、耍了一耍，正在好耍，把我哄了出来。说道，等我哥哥回来要骂人的。待我也回去了。（下）

（剧终）

【注释】

①老同：一种说法是同年出生的男性或女性相互称老同；另一种说法是在人与人交往接触中，当两人觉得相互关系比较好，能够推心置腹，可以永久交往时，就可以结交，这就被称为“老同”。

②蛾眉月：月初或月末的一种月相。因月球被照亮半球的一小部分，形似蛾眉，故称。

③桃园结义：小说《三国演义》里记载的故事。指当年刘备、关羽和张飞为了共同的目标，意气相投，在桃园对天盟誓，举酒结义。

④吕洞宾：名岩，号纯阳子。传说中的八仙之一。宋以来关于他的神奇事迹的记载很多，元明戏曲、小说中亦常以他的故事为题材。另七仙是汉钟离、蓝采和、韩湘子、曹国舅、张果老、李铁拐和何仙姑。

⑤同年：此指老同。

⑥礼性：桂北地区流行的一个词，含义相当于礼貌、教养之类。

⑦打单身：未曾嫁娶，单身一人。

⑧请个会：请会，是民间流行的一种贷款形式。通常做法是在一定的时间内，参与者每人凑相同的份子钱，轮流帮助那些急需用钱的成员。

【剧情简介】

这是一个载歌载舞的对子调。青年李二新年到老同家拜年，见老同妹长得美貌，便向她求婚，得妹依允。于是两人歌舞起来，十分开心。

【简评】

剧中前去拜年的李二有一段课子："小愚晚来到你们贵村上，抬头看，好地方。前面来龙三千里，后面金鸡凤凰屏。左边有株摇钱树，右边有个聚宝盆。摇钱树、聚宝盆，早落黄金夜落银。早落黄金用斗量，夜落白银用秤称。一天不扫有三寸厚，三天不扫有九寸深。丫鬟小子懒打扫，金银财宝堆过九重门。今天玩过花灯后，恭喜你家家户户富贵万年春、万年春。"这段课子的内容不是夸赞，就是祝福。由此可见说彩话是拜年时不可少的一个礼节，节日民俗在彩调中得到具体反映。

此剧由林瑞甫发掘、顾建国记录保存 。

金瞎子算命

剧中人物

⊙瞎子（行当：丑，简称：瞎）

⊙姑娘（行当：花旦，简称：姑）

全一场

瞎　子（背二胡，拿拐棍，小点上，念）家住衡州耒阳县，两个眼睛望不见。（坐）瞎子生来实在苦，总是用棍来带路。世间美景瞧不见，恨我不能享眼福。（白）在下，金瞎子。爹娘生我在世，瞎了一对眼睛，一样学不会，单单学会算八字、问寿年。前几日天下大雨，不能上街算八字，今日天气晴和，不免往长街走走，随便弄得一吊八百，回来使用，岂不是好？言得有理，出得门来，将门闭上。（拖门）双手把门拖，免得黄牛扯我烂被窝。五荒六月容易过，九冬十月实难过。（长锣。唱瞎子腔）天上出得九牛星，地上生我瞎眼睛。望不见路来人，真真是气坏人。别的生活学不会，单单学会算命根，与人排年庚、与人排年庚。今早出来忘带伞，太阳出来晒眼睛，望不见路来人，两眼泪淋淋。今早出来忘拿棍，只闻黄犬叫狺狺[1]，咬我脚后跟、咬我脚后跟。东街走来西街进，南街走往北街行。无人算时辰，无人排年庚。（白）到长街来了，待我喊一喊。（喊）算八字呵！问寿年呵！老人家问寿年，后生家问官员，生意人问财源，姑娘们问姻缘，我瞎子算不准，不收你们一个钱。算八字呵！问寿年呵！（拉胡琴）

姑 娘 （上，接唱瞎子腔）奴在绣房绣花绫，忽听外面拉胡琴。一定算命人、一定算命人。花针插在花鞋上，出得绣房请先生，与奴排年庚、与奴排年庚。（白）先生算命呀。

瞎 子 姑娘你在哪里喊叫？

姑 娘 我在巷子里。

瞎 子 你在帐子里，待我瞎子慢慢摸到进去。

姑 娘 啐！不是帐子里，乃是巷子啦。

瞎 子 呵！原来是巷子里。姑娘，你的门口在哪里？

姑 娘 先生，等我带你进来。

瞎 子 姑娘你带我，你就拉。

姑 娘 先生，拉什么？

瞎 子 拉马。

姑 娘 啐！哪个是你拉马的人？

瞎 子 不是什么马，乃是一根竹马。

姑 娘 （上前拉瞎子走圆场）先生，讲话要干净一点。

瞎 子 我老人家今早洗过脸出来，还不干净么？

姑 娘 先生，讲话要老实点。

瞎 子 我老人家最老实。

姑 娘 闲话少讲，到了，请进。

瞎 子 告进。

姑 娘 （唱瞎子腔）端张椅子先生坐，倒杯茶来你止渴，莫把礼来说、莫把礼来说。（下，倒茶上，白）先生请茶。

瞎 子 姑娘你请先。

姑 娘 不要讲礼。

瞎 子 （拱手）收杯下去。

[姑拿杯下，复上。

瞎子　恭喜奶奶、妈妈、嫂嫂，有礼。

姑娘　啐！奴不是奶奶、妈妈、嫂嫂，乃是一个姑娘。

瞎子　呵！原来是个姑娘，失敬了，莫见怪。请问姑娘，你算八字还是问姻缘？

姑娘　我乃是算八字的。

瞎子　呵！你算八字的。你算男八字，还是算女八字？

姑娘　我是算女八字的。

瞎子　你算女八字，你将那八字年月日时辰讲将出来。

姑娘　报将出来。先生你请听了。

瞎子　请讲。

姑娘　请听呀。（唱瞎子腔）壬寅年来娘生下，桃红柳绿奴降生，奴是二月生、奴是二月生。

瞎子　壬寅年二月乃是癸卯月，你把那日干时辰报将出来。

姑娘　报将出来，你就请听呀。（唱）二月十五娘生下，东方发白奴降生，奴是卯时生、奴是卯时生。

瞎子　（屈指算）壬寅年二月乃是癸卯月，十五日乃是丙午日干，卯时乃是辛卯时，姑娘你莫怪我讲。

姑娘　先生照命讲。

瞎子　照命讲你就请听。

姑娘　请讲。

瞎子　请听呀。（唱瞎子腔）壬寅年来你生下，癸卯月儿丙午日，辛卯的时辰、辛卯的时辰。常言带卯都是好，男带双卯福中老，女带不当好，有些不当好。

姑娘　先生，怎么不当好？

瞎子　姑娘你莫怪我瞎子讲。

姑娘　先生照命讲。

瞎子　你的命中今年犯了太岁[2]，又犯白虎，又犯五鬼。常言道得好来，太岁当堂坐，无灾必有祸。又道是五鬼六鬼，金银化成水。说道犯白虎更毒，白虎白虎，两眼鼓鼓。姑娘你今年不生癞疮，也要烂屁股。

姑娘　啐！烂你那个嘴。

瞎子　不错不错，还要烂到腿。

姑娘　闲话少讲，还要问我的寿年。

瞎子　你问你的寿年，你就请听。

姑娘　请讲。

瞎子　请听呀。（唱瞎子腔）若问寿年八十二，若问姻缘呀，姑娘，明年才动婚、明年才动婚。

姑娘　（接唱）对门有个王小姐，与奴同年月日生，也是共时辰、也是共时辰。十三十四出了嫁，十五十六有仔生，二胎来临盆、二胎来临盆。

瞎子　姑娘，我是与你算八字，谁个与你算对门的王小姐？

姑娘　先生哪里知道，对门王小姐乃是奴家的内亲啦。

瞎子　呵！原来是你的内亲。我们耒阳地方，十三四岁的妹仔，吃饭不知饥饱，睡觉不知颠倒。你们贵处的地方，十三四岁的女妹仔，就讲出了嫁，十五六岁的小妹仔就讲养了仔。真真是甲子乙丑，丙子丁丑，出你娘的丑。

姑娘　先生，怎么乱算？

瞎子　姑娘你请我算，你就把钱给我。

姑娘　先生，我把钱给你，你就请听。

瞎子　请讲。

姑娘　请听呀。（唱瞎子腔）三文铜钱打发你，不会算命的先生，难怪瞎眼睛、难怪瞎眼睛。

瞎子　（接唱）三文铜钱我不要，不会奉承的姑娘，你不出过门、你不出过门。（白）姑娘，我与你算八字算了大半天，你才把三文钱给我，不要你的。送你张狗八字。

姑 娘 （接唱）奴家闻言心头恨，不会算命的狗先生，快快滚出门！快快滚出门！

瞎 子 （接唱）今早出门闯着鬼[3]，闯着算命女妖精，真真会骂人、真真会骂人。（下）

姑 娘 （圆场，唱）奴家回到绣房内，只见花鞋不见针，真真气坏人、真真气坏人。奴家回到绣房坐，绣成花朵绣花绫，永远不算命、永远不算命。（下）

（剧终）

【注释】

①狺狺：犬吠声。

②太岁：传说中的神名。

③闯着鬼：碰上鬼，倒霉的意思。闯着，撞上、碰上之意。桂林话。

【剧情简介】

一个姑娘请瞎子算命，瞎子想骗她的钱，说她犯太岁、白虎，必有灾难。姑娘不信，将他赶出门去。

【简评】

此剧又名《瞎子算命》。剧中狡黠的金瞎子靠算命骗钱，不料遇上一个泼辣、厉害、绝不吃亏的姑娘。很快，金瞎子的欺骗手段就被姑娘揭穿了，只好狼狈离开。两个人物不同的性格特征在对比中更为鲜明突出。该剧在二人对话里常利用谐音等特点来表现其诙谐、幽默的风格。

此剧由何学仕发掘、涂世馨记录保存。

草鞋配

剧中人物

⊙金大鹏（行当：老生，简称：金）

⊙金秀英（行当：摇旦，简称：英）

⊙丫鬟（行当：花旦，简称：鬟）

⊙王驼驼（行当：丑，简称：驼）

⊙小子（行当：丑，简称：子）

⊙仙家（行当：老生，简称：仙）

⊙傧相（行当：丑，简称：傧）

⊙家人（简称：家）

第一场

金大鹏　（上，念）家有万担粮，前仓对后仓。家中多豪富，缺少一公郎。（白）老汉金大鹏。膝下无儿，单生一女，想我女儿生得十分丑陋，嫁之不去，难道要养老女不成？不免今天叫得女儿出来商量商量，岂不是好？儿呀，哪里走来。

金秀英　（上）忽听爹爹叫，急忙就来到，见过爹爹有礼。

金大鹏　我儿不要讲礼，一旁坐下。

金秀英　爹爹打叫女儿出来，有何教训？

金大鹏　唉！女儿呀，想你生得这样丑陋，为父发媒出去，没得哪个领受。唉！难道要养老女不成？

金秀英　唉，爹爹，想女儿生得丑陋，我回房前去打对草鞋，挂在门口，谁人穿得合脚，就将女儿的终身许配与他。

金大鹏　那是好的，那你回房去，打得草鞋，为父与你出字[①]在门口。

丫　鬟　（上）员外，下面用膳了。

［金、英、鬟同下。

第二场

王驼驼　（上，念）我今生得背驼驼，我也难讨好老婆。虽然家财有点点，六根[②]不全无奈何。（白）我，王驼驼。爹娘生我独自一人，双亲亡故去了，丢下一份家财，我请人家与我做媒，人家听了我这名字都不肯嫁。唉！没得办法，心中烦闷，不免带得家人前到花园游玩，岂不是好的？家人哪里？走来。

小　子　（上）见过公子有礼。

王驼驼　不用讲礼。

小　子　公子打叫我上来，哪厢走动？

王驼驼　我心中烦闷，与我到花园观花散心。

小　子　好的，小子陪伴，前去引路呀。（唱花腔）将身吔，离了吔。……（到花园）

王驼驼　家人，开得花园门。

小　子　请进。

王驼驼　有进。

小　子　哎哟，好多的鸡又来吃我们的花呀。

王驼驼　不是的，那是麻雀。小子，你可晓得花名？

小　子　晓得，哪点我都晓得。

王驼驼　你哪点都晓得，我就要盘③你一盘。

小　子　你若是盘我不过呢？

王驼驼　我盘你不过我就赏你一包。你若是盘我不过呢？

小　子　盘你不过就赏你一刀。

王驼驼　好，我也不要你那一刀，你也不要我那一包。我就盘你的花。（唱盘花腔）什么开花大？什么开花小？什么开花像玛瑙？

小　子　（唱）朝阳开花大，辣椒开花小，石榴开花像玛瑙。

王驼驼　（唱）什么花开生？什么花开死？什么花开没得子？

小　子　（唱）树木开花生，竹子开花死，棒棒开花没得子。

王驼驼　小子，我们出外一同耍去。（唱路腔，鼓打太平春）

［驼、子同下。

第三场

［鬟拿草鞋放在门口，贴招贴，站门口。

［驼、子同上。

王驼驼　（看字）金小姐有双草鞋，谁人穿得合脚，就将终身大事许配与他。（背场）我总讨不到老婆，若是草鞋穿得合脚，我讨得个小姐就好了。（向鬟）你在这里做什么？

丫　鬟　我在这里看草鞋的。

王驼驼　（拿草鞋穿）嘻，正合脚了。你小姐人才生得好不好？

丫　鬟　人才一个眼，走路脚点点，针线不消提，煮熟晓得吃。

王驼驼　咦哟，那才好哇。来，你与我报给员外听，你说我穿得合脚了。

丫　鬟　那你在外头等着。有请员外！

金大鹏　（上）昨夜灯花结彩④，今天喜鹊飞来。丫鬟，所请何事？

丫　鬟　启禀员外，外头来了个公子，小姐那双草鞋他穿得刚刚合适，又不长、又不短。

金大鹏　那这个公子和你小姐就有缘分了。请得公子进府来。

丫　鬟　有请公子。

［驼和子进。

王驼驼　见过员外有礼。

金大鹏　不要讲礼，一旁坐下。丫鬟看茶来。请问你这位公子高姓大名。

王驼驼　我是姓王，名大材。

金大鹏　好响亮的名字！公子你穿草鞋可合脚？

王驼驼　很合适。

金大鹏　相公，请到书房打坐。

王驼驼　好的。（下）

金大鹏　丫鬟，请你小姐出来。

丫　鬟　有请小姐。

金秀英　（上）丫鬟一声请，不知为何情？爹爹打叫女儿有何事？

金大鹏　儿呀，现在有位公子穿得草鞋合脚，将你终身许配与他。你说好也不好？

金秀英　那是我的缘分到了，随在爹爹。

金大鹏　那是好的。女儿前去打扮。

金秀英　女儿从命。（下）

金大鹏　有请王相公。

王驼驼　（上）见过员外有礼。

金大鹏　不要讲礼，一旁坐下。你家中还有什么人呀？

王驼驼　我家中爹娘早年丧命，丢下我独自一人。

金大鹏　将我女许配与你，留在我家，即为半子，你说好也不好呀？

王驼驼　员外不嫌弃，小生从命就是。

金大鹏　从命就是好的。丙寅丁卯，今天就好，就在我家拜堂。

王驼驼　那就是好的。

金大鹏　也到下面前去，换了衣裳。

王驼驼　好的。（下）

金大鹏　家人，喊隔壁王伯伯过来赞个礼。

家　人　好的。（下，带傧上）

傧　相　员外，有什么好事？

金大鹏　我今天为女儿选得女婿了，喊你过来说几句彩话。

傧　相　好的，叫丫鬟烧香燃烛。

丫　鬟　香烛点好。

［驼、英上。

傧　相　一对蜡烛黄又黄，点起蜡烛来拜堂，先拜天地后拜高堂。大好儿子生一对，大好女儿生一双。大儿子朝中宰相，二儿子两广[⑤]都堂。大女儿做皇后，二女儿做皇娘。你讲强不强？请进洞房。

［英、驼下。

金大鹏　王伯伯，一齐下去喝两杯。

傧　相　吵烦了。

金大鹏　好说了。来，请。

［鬟、金、傧同下。

第四场

仙　家　（上，念）高高山上一清泉，流来流去几千年。哪个吃得泉中水，不成佛来也成仙。（白）贫道，李太白大星长庚。我在云端一算，算定了金秀英与王驼驼一对夫妻，容颜不好，今晚到她洞房前去，将他换个身体，岂不是好？驾动祥云。（唱仙腔。来到洞房将法一展，化了相貌）容颜调变，吾神去也。（下）

［打五更。

丫　鬟　（上）小姐起身。（见小姐、相公变了容颜，认不出）哼！你们怎么跑进相公房来？

金秀英　我就是小姐。

王驼驼　我就是相公。

丫　鬟　昨夜我们相公背又驼，脚又跛；我们小姐脸又麻，眼又瞎。怎么怪呀？今天这么好，这么漂亮？有请员外。

金大鹏　（上）丫鬟，今天七早八早叫什么？

丫　鬟　员外，我们相公小姐生得漂亮啊。

金大鹏　毛丫头，生成的相晒成的酱，又哪么漂亮法子？

丫　鬟　小姐像个观音一样，相公像白面书生。

金大鹏　我不信。

丫　鬟　我唤他们出来。有请相公小姐到堂前。

金秀英、王驼驼　（上）见过爹爹。

金大鹏　（拉住英、驼的手，左右打量）你是我女儿，你是我郎仔啊！哈哈哈，真是天生一对，地生一双。真是漂亮。来！快到后面摆宴。

［众人同下。

（剧终）

【注释】

①字：旧时称女子许配，出嫁。

②六根：佛教名词。佛教以人身之眼、耳、鼻、舌、身、意为六根。根是“能生”的意思，因眼、耳等对于色、声等能生起感觉，故称为根。此处说的六根不全指的是身体有残缺。

③盘：此指盘花。盘花是彩调中一种演唱形式，曲调轻快活泼，幽默风趣，带有说唱性能。适宜于剧中人物戏耍逗乐、一问一答式的表演。

一般为小生、小旦、烂丑等角色使用。

④灯花结彩：过去人们认为即将有好事发生时，燃烧后的灯芯会结成一个球形，即所谓灯花结、灯花结彩。或认为灯芯迸溅火花是有喜事将发生。

⑤两广：指广东、广西。

【剧情简介】

员外金大鹏之女秀英，容貌丑陋，没人愿娶，只得自己打对草鞋挂在门口，声明谁穿得合适，即许配于他。王驼驼也因背驼，无人肯嫁。一日心中烦闷，到花园游玩，经过金家，把草鞋穿上正合适。丫鬟即报与员外知道，员外请王驼驼进去与桂英相见。一人愿娶，一人愿嫁，即时拜堂成婚。仙人知道这二人成婚，成全他们，用法术使他们变成美貌的少男少女，于是皆大欢喜。

【简评】

此剧又名《金大鹏》，故事内容简单，情节结构平直。从戏剧艺术的角度来说，没有什么可取之处。但剧中人物的爱情结局告诉人们，无论是谁，只要敢于追求属于自己的爱情婚姻，最终总是可以赢得大家的祝福。

此剧由李群英发掘、陈孝仁记录保存。

双灵位

剧中人物

⊙赖阿保（行当：丑，简称：赖）

⊙陈三妹（行当：花旦，简称：妹）

⊙张贵荣（行当：老生，简称：荣）

⊙张太太（行当：老旦，简称：太）

第一场

张贵荣 （上，引）一年之计在于春，一日之计在于晨[①]。有事莫推明早，今朝就想就行。（白）本人张贵荣。自那日卸职回来，赋闲在家，年已将近，不免我上街去看，有些什么合适的买点回来，待我交代妻子在家看门。（向内）娘子，你在家看家，我上街去买点东西回来过年。我还要走呀！（唱四平腔）出得门来慢慢想，上街前去看短长。过年不知买哪样，买点钱纸蜡烛香。赶圩的人碌碌转，为着过年大家忙。几步行程往前闯，买了这行买那行。（下）

第二场

赖阿保　（上，引）贫在闹市无人问，富在深山有远亲②。（白）在下，赖阿保，排行第五。大哥二哥三哥四哥都死了，剩我一人，打了一世长工，都没个好日子。从那日跟张老爷在衙门做事回来，以后总没有找到事情做，如今年关又到，一样没有，不免我叫老婆出来。（向内）老婆快点出来！

陈三妹　喊什么咧？

赖阿保　喊什么？今天是什么日子呀？我们一样都没有，年又到了，我喊你出来商量商量。

陈三妹　你看想什么嘛？

赖阿保　你在家，我出去看，找找老朋友借点银子才好呀。人家过年我们也要过年呀。（出）今天出门打主意去了呀。（唱路腔）急急忙忙街上去，上街前去买东西。又无钱来又无米，此次过年多受急。来到街头人挤挤，身上无钱真着急。（碰到荣）

张贵荣　赖阿保，自从那日卸职回来，你在家做些什么？

赖阿保　老爷，莫讲啦。东不成西不就，过年来了，一样没有。

张贵荣　那你的嫂嫂呢？

赖阿保　莫讲，她在家急死了。

张贵荣　哪个？她就死了吗？真可怜呀。好啦，年关又近了，你拿此银子回去料理丧事吧。

赖阿保　（接银子）多谢老爷恩德。

［荣下。

赖阿保　（背台）咦嘻，这回是财气来了，谁都挡不住。今天我讲了一句话，他却会错了意。我讲我老婆在家急死了，他却以为真死了，给我几十两银子，我是爷爷奶奶见钱眼开。管他不管，我回去和我老婆商量这个年好过的了。真所谓，人逢喜事精神爽，月到十五分外光。到家了。老婆出来出来！

陈三妹　（上）你为什么今天回来这样喜欢？

赖阿保　不瞒你讲，今天出去彩数③好得很，你看得了几十两银子回来。

陈三妹　呸！我怕你偷人家的啊。

赖阿保　不会讲话你就莫乱讲，我这个人哪去偷人家的呀？是人家送给我的。

陈三妹　这么好事，哪个送钱给你呀？

赖阿保　不讲不讲，讲起就长啦。今天我出门就撞到张老爷。

陈三妹　哪个张老爷？

赖阿保　我从前跟他做事那个。

陈三妹　就是他。

赖阿保　我讲了一句话，他会错了意，就给我银子。

陈三妹　会错什么意呀？

赖阿保　我见了老爷，他就问我说，你们回来做什么。又问到你，我就说你在家急死了。他却认为是当真死了，所以就给钱给我。我当时见了钱也不好讲什么，就把钱拿回来。他还说他过后还来看我们呢。

陈三妹　我怕讲什么，讲我死，你才死哩！

赖阿保　你听我讲嘛，讲死不会死的。不过我们得了这些钱也要想个法子吃得干净才好。等一下他还说送点钱来，你讲死不死嘛。

陈三妹　他来，他来怎么办？

赖阿保　不要紧，等一下他来了，你就装死不就得了吗？死一下嘛。

陈三妹　得就是得，怕他要看呢？

赖阿保　死了他不会看的。好，事不宜迟，把门关好，我来写个灵位牌，他一来，你就装死就是。

［赖、妹同下。

第三场

张贵荣 （上）赖阿保老婆死了，他两公婆帮了我这样久，不免我送点钱去给他办丧事。来此已是他家。赖阿保，开门！

［赖、妹同上。

赖阿保 （小声）老婆快点快点！

［妹装死。

赖阿保 来了、来了！老爷来了请进。

张贵荣 赖阿保怎样？钱够用吗？

赖阿保 哪里够？棺材都还未有。

张贵荣 来，再给你几十两银子，快去买棺材就是。（下）

赖阿保 老爷，多谢你了。（向妹）你看，死了一下，又得了几十两银子，这回年过得了吧。老婆，你上街去买鸡买肉吧。街上要小心，不给旁人知道。（下）

陈三妹 好嘛，待我上街去买东西回来过年呀。（下）

第四场

陈三妹 （上，唱路腔）拿起银钱出门外，急急忙忙上长街，合适东西我要买，鸡鸭鱼肉买回来。

［妹碰太上。

张太太 今天是年关已近，我要上长街去买点糖果回来。言得有理，我不免走起来呀。（唱四平腔）手提银两上街去，年逼岁近要着急。要把糖果来买起，过年送给娃仔吃。移步来到大街上，碰见三嫂笑嘻嘻。（白）哎呀！三嫂你也上街呀。

陈三妹 呀，太太你也上街买东西？

张太太 你也来买东西吗？阿保呢？

陈三妹　莫讲咯，如今年逼岁近，钱没得钱，他急死了。

张太太　（惊）什么他死了呀？真可怜呀。好咯，这里给你十几两银子，拿回去料理吧。（下）

陈三妹　好了，谢谢太太关照。（接银子）哎呀，这才怪啦，她会错意了。管他不管，得了银子我回去和丈夫商量先。（下）

第五场

陈三妹　（上）当家的，快出来、快出来！

赖阿保　（上）有什么事这样忙呀？

陈三妹　莫讲啦，我上街碰到张太太，她问到你，我说你在家急死了。她会错意说你死了。她也给了我十几两银子回来埋你。

赖阿保　什么埋我？埋你！

陈三妹　她还说她来看你，你看想个法子吧。

赖阿保　有法子，还是装死这个办法。

陈三妹　哪样装呢？

赖阿保　多写一个灵位牌，我们两人都装死不就成了。

［赖、妹二人装死。

第六场

［荣、太同上。

张太太　老爷、老爷。我今天上街退了财。

张贵荣　哪样退了财？

张太太　我今天上街碰到赖阿保老婆，她说赖阿保死了。

张贵荣　碰鬼啦，你还碰到赖阿保老婆？我上街碰到赖阿保说他老婆死了。怪啦，我们去看个明白。

张太太、张贵荣 （出）开门！开门！

张太太 开不得就推进去嘛。

［赖、妹同装死。

张贵荣（推门进后，见两个灵位牌，两具死尸）怪了！当真死了。（上前揭开看）喂，好像还有点气一样，越看越像。（打开看）

［赖、妹二人爬起来。

张贵荣 这两人真怪，别的不做，装死。

（剧终）

【注释】

①“一年之计在于春”两句：这是人们在千百年的生活实践中总结出来的经验。意思是一年中关键的时光是春天，一天中关键的时光在清晨，只有抓住春天和清晨这两个时段，才有希望把全年、全天的工作做好。

②“贫在闹市无人问”两句：见《增广贤文》，原句为：“贫居闹市无人识，富在深山有远亲。”这两句话揭露了生活中以金钱和富贵作为交朋结友准则的嫌贫爱富现象。但运用于此剧中，主要是强调人物的贫困。

③彩数：运气。桂林话。

【剧情简介】

年关已到，赖阿保身无分文，往长街行走，希望碰见熟人相借。赖阿保遇见旧上司张贵荣，张贵荣问到赖阿保家中情况。赖说因家中无钱过年，老婆在家中急死了。张以为真死，赠银给赖办理丧事。赖回家叫老婆装死。次日，张到赖家中吊丧，见赖的老婆装死，信以为真，又助银两买棺材。张走后，赖叫老婆拿钱上街办年货，谁知碰到张贵荣之妻，张妻探问赖阿保情况，赖的老婆说赖因无钱过年，在家急死了。张妻又以为是真死，又赠与银子，并说次日登门吊丧。赖的老婆回家与丈夫商量后，两人装死，安两灵位以骗过张贵荣夫妇。张妻回家把遇赖的老婆说赖死的事对张说，张惊讶赖的老婆已死，何以会出现在街上。夫妻二人为明究竟，同去赖家。到时发觉赖阿保和老婆都是装死，于是揭穿他们的西洋镜。

【简评】

此剧又名《得钱装死》。张贵荣登场言“一年之计在于春，一日之计在于晨”，赖阿保登场说“贫在闹市无人问，富在深山有远亲”。正好是“勤而富”与“懒而贫”的两个人的写照。两个人物形象在剧中的表现形成鲜明的对比，而且给人们多方面启迪。第一，鱼为诱饵而吞钩，人为贪欲而堕落。勤廉者平安一世，贪婪者自毁一生。第二，世上千条路，勤劳能致富。不择手段地获取财富，必定遭人唾弃。剧作以张贵荣指着赖阿保夫妇说“这两人真怪，别的不做，装死”为终结，极具讽刺意味。

此剧由张寿廷发掘、蒋蔚生记录保存。

裤子换烟

剧中人物

⊙汪三（行当：烂丑，简称：汪）

⊙汪何氏（行当：摇旦，简称：何）

⊙陈八（行当：老丑，简称：陈）

第一场

汪　三　（上，数课子）真下贱、真下贱，不该从幼学吹烟。从小不听爹娘劝，总想吹烟闲聊天。爹娘归了世，留有房子有良田。事情不爱做，天天睡倒要吹烟。想起当初我吹烟，屋里还有钱，买起几两土，回到我家前。拿起铜锅慢慢煎，拿起滤子来滤烟。倒进铜锅里，当即煮成烟。煮起细花和白泡，煮成膏药一样黏。拿起竹片片，浇进牛角盒中间。即刻就把灯来点，点好灯，就吹烟。床铺摆得好，被窝蚊帐一色鲜。垫的是毛毡，盖的是丝绵。烟灯烟盘摆床面，闲时果饼把嘴甜。睡的是鸳鸯枕，火箱摆床前。头一口烧出螺丝转，二口烧出爆仗烟。三口烟瘾过足了，我和朋友调一边。他讲他下得海，我讲我上得天。闲聊天来闲聊天，伸脚好比龙现爪，缩脚好比月团圆。吹烟有味道，想起好新鲜。如今没得钱，想赊他不欠。若还发了瘾，鼻涕流到嘴巴边。为吹烟卖了田和地，卖了瓦片和烧砖。

衣裳没有穿，裤子没有穿。十斤担子挑不起，两个肩膀抽上天。人人见我都掉脸，莫说人嫌鬼都嫌。（坐，白）我今生来颠倒颠，不该学会吹洋烟。打个呵欠发了瘾，眼泪鼻涕到嘴边。我汪三，当初爹娘在世之时，家财万贯，不听爹娘的话，不务正业，每日只顾吹烟。爹娘去世。把一份家财搞光，现在莫说吃烟，连饭都没有吃了。我老婆天天出去帮人家做零工，得钱不多，只够买米，哪有钱来吃烟。（呵欠）烟瘾来了，如何是好？身上分文全无，没有烟吹，寸步难移。（两边望）有了，我老婆不在家中，她洗了一条裤子在这里晾着，不免拿去调烟[1]。（取裤子）可惜这裤子还未曾干呀，管他不管，我去调烟要紧。（拿裤子出门，掩门）走呀！（唱倒板桨）裤子未干有点湿，我偷出去调烟吃。老婆帮工往外去，回来谅她也不知。急急忙忙烟馆去，见了老板说端的。（下）

第二场

汪何氏 （上，唱倒板桨）帮工帮了大半天，才能得了几文钱。买点米来回家转，顾得吃来难顾穿。嫁夫不好真讨厌，事情不做想吹烟。怪我爹娘瞎了眼，不该嫁到汪家前。受苦受累还不讲，实在难到六十年。奴的丈夫不听劝，气得哭地又喊天。含悲忍泪回家转，见了奴夫再进言。（白）到了，待我进去。汪三，你还不起来呀？（两边望）怎么不见他呀，待我收好裤子先。哎呀！怎么不见了？莫非汪三又把我的裤子拿去调烟吃了？如若他拿我的裤子去换烟去了，我去帮工拿什么来穿呀？谅他走不多远，我不免追上前去，把裤子拿回。（出门，掩门）汪三汪三！你不要走，我这里赶来了。（唱路华园腔）汪三做事心太偏，拿我裤子去调烟。我是帮工在外面，没裤调换好可怜。急急忙忙赶前面，见了奴夫说好言。（下）

第三场

汪　三　（上，唱路华园腔）一路走来一路转，我拿裤子去调烟。因为洋烟发了瘾，管她有穿没有穿。举目抬头来观看，不觉来此烟馆前。（白）走来走去，不觉来到烟馆门口来了。今天怎么把门关了？莫非烟卖完了？待我冒叫②一声。陈八哥，在家没有？

陈　八　（内白）是哪一个？

汪　三　是我来了。

陈　八　（上，唱数板）我在后面煮倒烟③，忽听外面叫连天。打开大门望一眼，汪三你来到我家前。你到我家有何事？从头一二对我言。

汪　三　（接唱）无事不登三宝殿④，有事才到你家前。到你家中无别事，我想前来吹洋烟。

陈　八　（接唱）你吹洋烟不要紧，我有话语说在先。今天卖烟我不欠，吃烟就是要现钱。

汪　三　（接唱）你要现钱我没有，我拿裤子来调烟。我一不赊来二不欠，先给裤子后给烟。

陈　八　（接唱）你要调烟不要紧，请你拿来我看先。看看裤子好和丑，到底抵得几盒烟？

汪　三　（接唱）我的裤子是新联⑤，又不破烂抵得钱。我把裤子交给你，看你给我几盒烟。

陈　八　（接唱）接了裤子望一眼，旧了不值几文钱。这条裤子我不要，烂了蛮多洞洞圈。

汪　三　（接唱）裤子烂了有洞眼，请你晒干补起穿。不值多来也值少，随便你给几盒烟。

陈　八　（接唱）讲过不要就不要，请你莫要来多言。裤子湿的未曾干，你就拿来调洋烟。

汪何氏　（上，唱）上街走来下街转，害我找了大半天。各处烟馆找不见，陈八家中看一遍。

陈　八　你这条裤子又湿又烂了这么多洞眼，你还拿来调烟？

汪　三　唉！陈八哥，随便你给三头两盒算了嘛。

陈　八　哎呀，你这个人呀，讲了不要就不要，又推了进来。（将裤子一丢）你滚了出去！（下）

［汪欲拾裤子，何上拾起。

汪何氏　难怪，我不在家，洗的裤子还未干，你就拿来调烟。

汪　三　老婆娘子，你不必发气，都是为我发了烟瘾，没有钱来吹烟，逼得拿这条裤子来吹烟。

汪何氏　你这不讲道理，亏你变了一个男人大丈夫，老婆洗了一条裤子还未干，你都拿来调烟，现在你跟我回去！

汪　三　哎呀！老婆娘子，恕我烟瘾发了，难走呵。

汪何氏　难走，你这种人，死了都没人可怜哪。（唱数板）叫声奴夫听我劝，我有言来听心间。你为吹烟房子卖几栋，你为吹烟卖了几多田。为吹烟你好不下贱，十个看见九个讨嫌。十斤廿斤担子挑不起，两个肩膀抽上天。走路走近难走远，天天睡倒床中间。买米买菜都无钱，还想出门来吹烟。可怜我天天帮工在外面，得钱买米回家前。我一条裤子烂洞眼，洗了未干你拿来调烟。全靠老板他不要，若还他要我就没有穿。没有穿的怎能做事？不帮工哪能买柴米油盐？看你这样不中用，以后你莫挨在我身边。管你生来或是死，各人性命要保全。

汪　三　（接唱）老婆你把我来劝，好比钢刀刺心间。这是我自己来讨贱，连累你今受熬煎。今天听说这番话，从今以后不吹烟。烟瘾发作由他死，也免被人来讨嫌。戒了洋烟来做事，或是抬来或挑肩。努力发奋在外面，何愁吃来何愁穿。我劝老婆莫变脸，点点滴滴我记心间。船到滩头晓得转，从今以后听你言。夫妻双双回家转，死心悔过不吹烟。

汪何氏　既有此心，不吹洋烟，就是好的，那我在外面累死累活都要照顾于你。

汪　三　我的好老婆、好老婆！

汪何氏　你才好意思，我就不好意思。

汪　三　拿裤子调烟，真真是不好意思、不好意思呀。

［汪、何同笑下。

（剧终）

【注释】

①调烟：换烟。

②冒叫：试叫。冒，冒昧。

③煮倒烟：正煮着烟。

④无事不登三宝殿：人们没事时是不随便进入佛殿的，比喻没事不上门。后引申为有事而来。三宝殿，泛指佛殿。

⑤新联：新缝制。

【剧情简介】

汪三吹烟，家财因此都被他耗尽。一日，汪三烟瘾发作，无钱买烟，竟将妻子洗好未干的裤子偷去换烟抽。他妻子回家发现裤子被偷，立刻赶到烟馆去找他，不仅把他教训了一顿，还表示要离开他。汪三愧悔交加，决心戒烟，夫妻才一同回家。

【简评】

清代，英国向中国大量倾销鸦片，使中国白银不断外流，导致清廷财政枯竭，社会风尚败坏，人民的身心健康受到严重摧残，社会生产力受到严重破坏。鸦片流毒甚广，上至国家，下至平民。这个劝戒烟戏，以小见大。从一个家庭悲剧切入，来反映鸦片在中国造成的危害，警示后人。

此剧由谢济舟发掘、魏少平记录保存。

拜新年

剧中人物

⊙表哥（行当：小生，简称：哥）
⊙晚妹（行当：花旦，简称：妹）

第一场

晚　妹　（上，大梳妆、扫地、挂对联，念）八月桂花香，九月菊花黄。吾乃二八女，打扮出绣房。（坐，白）我，苏晚妹，我有一个表哥，他说今天来我家拜年，等我摆点花等他。（摆花毕，下）

第二场

表　哥　（上，大整妆，数课子）正月里来是新年，家家户户挂对联。香火上贴起红对子，财神老爷贴个利市钱。瓜子落花生，糖果食品摆桌面，茶几椅子摆两边，火炉锅仔挂中间。我就跑进屋里去，恭了喜，拜了年，喊的喊吃茶，请的请吃烟。家主来，拉我上桌把酒献，吃到一半，邀我来发拳。他就猜个一心敬，我就猜个三桃园①。他就猜个五魁首②，我就猜个六合连③。他就猜个九长久，我就猜个十大全、十大全。时不通来运不通，讨个老婆耳又聋。喊她河边去挑水，她捞起裤子去捉虾公。（坐，白）我，小子无名。从前我走把长街而过，结交了一个表妹。她也情深，我也义重，两人情深义重。今天，我在家闷闷不乐。眼看今日天气晴和，又是正月新年，我不免到她家去拜个年，岂不是好？此话言得有理。出得门来，把门关上，免得黄牛咬我的烂蚊帐。五荒六月容易过，九冬腊月实在难。（唱浪里白）出得门来把话说，尊声列位请听着。（数课子）讲起愚下唱调子④，调子又是才初学。内行多外行少，若还哪点唱不对，你们列位叔叔伯伯（唱）莫发火。（收腔。唱）出得门来把话讲，尊声列位听短长。（数课子）今晚我们唱调子，调子唱得本平常。又无丑角又无腔，若还哪点唱不对，你们列位叔叔伯伯（唱）要包藏。（收腔。唱）出得门来把话排，尊声列位听开怀。（数课子）提起我们唱调子，个个都是初出台。唱不好、做不乖，若还哪点唱不对，你们列位叔叔伯伯不要（唱）丢草鞋。（收腔。白）行来行去，到表妹家来了。呀，为何白日青天，青天白日，她家的门半掩半开？好比螺蛳闭了眼，待我上前冒叫她一声。（叫）喂、喂、喂。

晚 妹 （内白）吔，我是零卖的，不趸⑤。

表 哥 不是的，我是喊你开门的。

晚 妹 （内白）猪有名、狗有姓，三岁娃仔也有个奶名呀。你怎么没有姓名？

表 哥 那你就听道呀。（唱浪里白）站在房外把话排，（数课子）叫声晚妹听开怀。要我报名就开门，我不报名（唱）门不开。（收腔）

晚 妹 （上）哥吔，你在外面听我讲呀。（唱浪里白）站在房中把话排，（数课子）叫声小哥听开怀。昨夜来了李老三，今天又来李老大。哥吔，你有钱无钱？有钱我就来开门，无钱我的（唱）门不开。（收腔）

表 哥 （接唱）站在门前把话排，（数课子）叫声小妹听开怀。昨日走把赌场过，爱打两张大字牌。银子赢了几百块，我与晚妹（唱）送财来。（收腔）

晚 妹 （接唱）送财来、送财来，（白）妹妹这几年家苦贫寒，（唱）我兄有钱多送几吊来。

表 哥　嗳，我站得脚都酸了，等我来讲她两句先。（接唱）送财来、送财来。（白）晚妹吔，总讲要我送钱来，不见你穿钱衣、穿钱鞋。晚妹妹，我和你好有一比。

晚 妹　好比何来？

表 哥　（唱）好比河边烂竹排，给人撑去又撑来。

晚 妹　烂竹排、烂竹排。啐！哥吔，妹是河边烂竹排，给人撑去又撑来。哥呀，你来是不来？

表 哥　来呀。

晚 妹　来，我家后门有个狗洞眼。（唱）你变个黄狗钻进来。

表 哥　闲话少讲，开门开门。我站得脚都酸了，快开门吧！

晚 妹　（唱四平腔）双手推开门两扇，走上前来看分明。

表 哥　慢着，总不开，等我蹲一下先。（蹲下，假装瞌睡）

晚 妹　东边雾沉沉，西边一朵云，打开门来看，人不见个人，神不见个神。那旁有一位哥哥蹲在屋檐下，等我上前打醒他。（打哥头）

表 哥　（假装不看）等我蹲过这边来。（故意撞对妹）

晚 妹　啐！因何来到妹子家中，何不请进呀？

表 哥　我以为你喊我出呢。

晚 妹　少不了，请进的。

表 哥　那我就进就进。（进。唱浪里白）进得门来施一礼。（施礼。数课子）恭喜晚妹添添喜。去年你爱我，今年我爱你。那日走把长街过，买得一封鲜花炮，（唱）噼里啪啦贺喜你。

晚 妹　（接唱）手拿板凳拖一拖，（白）叫声哥哥你请坐。你坐在堂前等一等，我到后堂（唱）倒杯茶来给你喝。

表 哥　（接唱）晚妹说话真活泼。（台口白）晚妹说话真活泼，进门就讲倒茶喝，你们列位讲我想哪样？（唱）我想和她结丝萝⑥。（返坐，喝茶，白）闲话少讲，收杯下去。

晚 妹　（收杯下，复上）哥吔，三日不来、四日不到，今日来到妹子家中，有何事干？

表 哥　非为别事，昨晚我睡到三更半夜、半夜三更，伸脚蚊又咬，缩脚尿又来。

晚 妹　啐！不是尿又来，是睡到三更笑又来。

表 哥　呵，是笑又来。昨晚我睡到三更半夜、半夜三更，我痒、痒起来。

晚 妹　啐！不是的，是想、想起来。

表 哥　呵，那就是想、想起来。

晚 妹　想点什么？

表 哥　我想来给妹子拜个年，唱点烟花小调，也好快乐快乐。

晚 妹　哥吔，你早来三日就好了。

表 哥　晚来三日便怎样？

晚 妹　晚来三日，妹子无音了。

表 哥　没有影，你走过一旁给我看。

晚 妹　啐！不是啦，是无声音啦。

表 哥　无音听字。

晚 妹　无字呢？

表 哥　无字无音，南天门打伞。

晚 妹　妹子一路同行。

表 哥　那就走起来呀！

晚妹、表哥（唱拜新年腔）正月是新年，郎与妹拜年。兄妹双双跪在这堂前，兄妹拜新年。（收）二月出芭蕉，兄妹去看蕉，蕉在深山，越看心越焦。（收）三月是清明，妹在桂花亭。连呼三声妹，妹不答应。（收）四月四月八，兄妹把秧插。回头一望插完了，兄妹笑哈哈。（收）五月是端阳，雄黄美酒香。连吃三杯泼湿妹衣裳。（收）六月三伏天，送妹到江边。送到江边又无人渡船，兄妹无姻缘。（收）七月是十三，送妹回家乡。高头撑起遮云伞，底下又拿小藤篮。（收）八月是中秋，送妹到苏州，送到苏州买个好绣球。（收）九月是重阳，和妹走江南。去到江南买两面光，留给妹梳妆。

（收）十月落大雪，愚兄去不得。人不留人，天留我这客，就在妹家歇。（收）

（剧终）

【注释】

①三桃园：猜码口令。猜码是一个数字相加的游戏，两人同时伸手喊码时（一人只能出一只手）其中一人喊中双方两只手手指相加的数为胜，通常是从0到10任意喊。猜码中两人共出三个手指，喊三桃园者胜。

②五魁首：猜码口令。

③六合连：猜码口令。

④调子：彩调。

⑤趸：整数。不趸，在此意为不趸卖，即不批发。

⑥结丝萝：就是喜结连理，结婚的意思。丝萝，即两种植物，均为蔓生，缠绕于草木，不易分开，故诗文中常用以比喻结婚。

【剧情简介】

这一个典型的对子调，描写表哥新年到表妹家拜年，两人情投意合，尽情歌舞，欢乐无比。

【简评】

此剧从内容上来看，一旦一丑，一问一答，载歌载舞。尽管场面欢乐、气氛热烈，但仅仅表现了一对青年男女打情骂俏的场面，没有故事情节，也没有人物性格刻画。不过，从形式上来看，却有一定的意义，它让人们了解到彩调初期——歌舞阶段的面貌及其特征。可见这类剧目，情节和人物不是主要的，重要的是营造一种欢乐的情绪与气氛，供人欣赏玩乐。否则这个简单的短剧，怎么能够流传至今呢？

此剧由陆春廷发掘、涂世馨记录保存。

姐妹采桑

剧中人物

⊙张金山（行当：小生，简称：张）

⊙李秀英（行当：花旦，简称：英）

⊙李秀花（行当：花旦，简称：花）

第一场

李秀英 （长锣。舞蹈上，念）三月桃花放，四月荷花香。天气晴和爽，正好去采桑。（坐，白）奴乃李秀英，妹妹秀花。想我们姐妹二人，承继祖父养蚕为生。前几日天阴落雨，家中桑叶缺少。今天天气晴和，不免打叫妹妹出来，到张家山一同采桑罢。（向内）妹妹哪里？走来。

李秀花 （上）就来。（念）姐姐一声叫，妹妹就来到。（白）见过姐姐。

李秀英 不消讲礼，一同坐下。

李秀花 姐姐今日打叫妹妹出来，所为何事？

李秀英 妹妹，今天天气晴爽，家中桑叶没有了，我们二人同去采桑好吧？

李秀花 好。姐姐，待我下面拿篮子上来。（下。取篮上）姐姐，篮子得来了。

李秀英　那我们姐妹二人就走罢。妹妹你看今天天气多好呀！

李秀英、李秀花　（唱挑担腔）把篮来拿上，顺手把门关。今天天气好，姐妹去采桑。（白）走呀。（唱八洞神仙腔）春天来，满山百花放。天气晴和爽，上山去采桑。一路来举目抬头看，粉蝴蝶成群飞过墙。（白）走呀。（长锣。唱采莲春）姐妹二人来得快，前面来到大山岗。

李秀英　来到大山岗来了。这边山人家采多，我们到那边山去采。

李秀花　好的。请姐姐前面带路。

李秀英　妹妹随来。走呀。

李秀花　（唱补缸腔）姐姐前面把路带，

李秀英　（唱）妹妹后面跟随来。

李秀英、李秀花　（唱）一同上山把桑采，谈谈讲讲笑开怀。（下）

第二场

张金山　（长锣。舞扇花上，喜悦）今天好天气呀。（唱挑担腔）今天天气好，一轮红太阳。在家闲无事，出外去玩玩。（白）我，张金山。在家无事，到外面去观观山景，采桑叶散闷，岂不是好？（慢走几步望）呵，那边山来了两个人，好像李家姐妹一样。（细看）是啰，是她们姐妹来了。（唱）李家小姑娘，采桑上山岗。我躲在树下，等她来玩玩。（白）我就躲在大树下，等她们来，和她们开个玩笑。（高兴地蹦跳着下）

第三场

李秀英、李秀花　（上，唱仙腔）太阳出来照山岗，满山花开香又香。双双蜜蜂把花采，采采花粉酿蜜糖。

李秀英　妹妹，你看这边山的桑叶多么好呀！

李秀花　姐姐，我们就在这里采罢。

李秀英　那我们姐妹二人还要采起来呀。

李秀英、李秀花　（长锣。采桑舞蹈，唱路腔）姐妹二人同采桑，心中欢喜笑洋洋。

张金山　（内大声）喂，哪个来采我家的桑叶？

李秀花　哎！这个人说话真怪啰。山上的野桑，他说是他家的，说话真不知轻重呵。

张金山　（上，笑）哈哈，我讲是哪个，原来是李家姑娘。得罪了，请原谅。

李秀英　呵，是张兄来了。自己人，讲话不必客气。

张金山　你们姐妹二人，天天都到这里采桑吗？你们家是养蚕的嘛，但不知你们可知道桑与蚕的来历没有？

李秀花　张兄，我家三代养蚕，岂能不知它的来历吗？

张金山　知道那我来问问你们。

李秀英　那你就问吧。

李秀花　若还我们答得对呢？

张金山　答得对呀，我就帮你们采满一篮。

李秀英　讲话算话，不得反悔！

张金山　男人讲话铁钉木①，岂有反悔之理。若还答不对呢？

李秀花　若还答不对嘛，我们姐妹二人永不到这里来采桑。

李秀英　那你就问来。

张金山　那你就听呀。（唱黄花腔）桑树几时栽？桑叶几时采？桑麻蚕织何人兴起来？

李秀英　（唱）桑树三月栽。

李秀花　（唱）桑叶四月采。

李秀英、李秀花　（唱）桑麻蚕织元妃②兴起来。

张金山　（唱）上古无蚕织，百姓穿甚衣？夏天穿什么？冬天什么衣？

李秀英　（唱）上古无蚕织，百姓真惨凄。夏天穿树叶，冬天穿兽皮。

张金山　妹妹真答得好。

李秀英、李秀花　答得好?

张金山　答得对。

李秀英、李秀花　答得对，还有什么话说?

李秀花　(高兴地)张兄，你不是说过，答对了帮我们采桑吗?

张金山　那我就帮你们采吧。

李秀英　那我们兄妹三人采将起来呀!

张金山、李秀英、李秀花　(唱路腔)兄妹三人同采桑，风吹桑树点点叶儿落，点点花儿开，点点花儿香。四季花儿开，四季花儿香，慢慢采起来。(重句，长锣)

李秀花　哎哟。姐姐呀，采得这么多桑叶，篮子怎么装得完呀?就是装得完也难背回去呀。

张金山　不要紧，我们装起来先，装完再作道理。(唱柳大娘腔，边装桑叶边唱)叫声李姑娘，且把桑叶装，装好桑叶再作商量。

李秀花　姐姐，这样重怎样拿呀?

李秀英　不要紧，重了我们喊张兄送回去不成吗?

张金山　(笑)哈哈，兄妹之间，送就送，要什么紧?

李秀英　张兄果有此心?

张金山　有此心。

李秀花　有此意?

张金山　有此意。

张金山、李秀英、李秀花　那就走呀。

张金山　(唱挑担腔)把篮来扛上，兄妹下山岗。齐把山来下，欢喜笑洋洋。(白)走呀。

[长锣。张、英、花同抬篮边舞边唱对花腔。

李秀英、李秀花　(唱)郎对花，

张金山　(唱)姐对花。

张金山、李秀英、李秀花 （唱）一对对到山脚下。

张金山 （唱）生的是绿叶，

李秀英、李秀花 （唱）开的是红花。

张金山、李秀英、李秀花 （唱）此花叫作（过门）叫作满月花。（重句）

李秀花 好！张兄，下了山啦，我们姐妹二人拿得动了，不要送啦。请你转回家好吧？（看前面有河）唉！姐姐，（指前面）那条河咧。

张金山 不要紧，我送你们过河。

李秀英 如此有劳了，那就走罢。走呀。

李秀英、李秀花 （长锣。唱雪花飘）下了这山坡，望见那条河。上架着独木桥，我们二人怎样来渡过？

李秀花 姐姐，你看水这样深，木桥那么险，怎么走呀？

张金山 待我先把篮子拿过去，再过来牵你们过去。

李秀花 如此，就有劳张兄了。

张金山 应当的。（拿篮子过河后复上牵英、花过河）

李秀英、李秀花 哈哈，张兄真真好心呀。（唱雪花飘）过了这渡河，上了这边坡，姐妹二人心中好快乐。（重句）

李秀英 张兄，不必送了，有劳了。

张金山 兄妹之间，说哪里话来。患难相帮，这乃是应当的。

李秀英、李秀花 那我们就此暂别了。

张金山 好。

李秀英、李秀花 （唱挑担腔）辞别张金山，打转回家乡。今日暂离别，改日再相见。（下）

张金山 （目送，唱）李家小姑娘，说话真欢畅，姐妹回家转，我也转山岗。（下）

第四场

李秀英、李秀花　（上，唱）姐妹二人把路行，一心打转回家庭。行在路上慢思忖，张兄真是好良心。金山好心说不尽，一心又把路来行。打个转身来得快，前面来到我家门。

李秀英　好！来到了。妹妹，一同进屋罢。

［英、花同下。

（剧终）

【注释】

①讲话铁钉木：讲话算数的意思。

②元妃：此指嫘祖，传说中黄帝元妃，为西陵氏之女。传为我国养蚕缫丝方法的创造者。

【剧情简介】

养蚕女李秀英、李秀花姐妹俩上山采桑，遇到相识的青年张金山。张金山帮助她们采桑，并且互相歌唱问答；采完了，张金山又帮她们抬回家。全剧表现了少男少女的天真快乐，表达了互助互爱的纯洁感情。

【简评】

此剧情节简单，但歌舞丰富。短短四场戏，演唱了【挑担腔】【八洞神仙腔】【补缸腔】【仙腔】【路腔】【黄花腔】【刘大娘腔】【对花腔】【雪花飘】九种唱腔；舞蹈方面有“舞扇花”、跳“采桑舞蹈”、“边舞边唱对花腔”等，突出表现了彩调剧载歌载舞的特征。

此剧由吴吉扬发掘、商霭如记录保存。

小补缸

剧中人物

⊙古而当（行当：丑，简称：当）

⊙王大娘（行当：摇旦，简称：王）

⊙姑娘（行当：花旦，简称：姑）

全一场

古而当 （上，念）锣儿当、鼓儿当，二十八宿闹昆阳[①]。有人问我名和姓，名字叫作古而当。爹娘生我一样学不会，每日学补缸。（白）今天天气晴和，不免挑起担子，下乡前去补缸，岂不是好的？（唱补缸腔）忙把担子来挑上，挑起担子走村坊。爹娘生我一样学不会，每日学到补瓷缸。挑起担子走得快，不觉来到是圩场。大街之上真热闹，来来往往喜洋洋。左边有个杂货铺，右边绸店卖苏杭[②]。行前几步来观看，不觉来到是肉行。肥厚猪肉真漂亮，又有猪肝搭粉肠。大街小巷都走上，无人叫我来补缸。挑起担子乡村往，我到乡村去补缸。大村小村都走到，无人叫我来补缸。举目抬头来观望，不觉来到王家庄。大叫三声瓷缸补，小叫三声补瓷缸。

王大娘 （上，接唱）我在后面烧茶汤，忽听外面叫补缸。双手打开门来望，却原来了补缸郎。补缸师傅你请进！

古而当 （接唱）敢莫[3]你家有烂缸？

王大娘 （接唱）本来我家有烂缸。

古而当 （接唱）我把担子来放上——

王大娘 （接唱）你担子放在我家香火堂[4]？（白）你挡着我家的香火了。

古而当 （接唱）我这头不放往下放。

王大娘 呸！你挡了我的土地堂[5]。

古而当 （搬开担子，接唱）那旁不放我这旁放，上前恭喜王大娘。

王大娘 不需讲礼。（锣鼓。唱）补缸师傅来坐上，我到后面倒茶汤。（跨过担子下）

古而当 （接唱）大娘做事理不当，跨我的扁担为哪行？

王大娘 （捧茶上，接唱）手端茶杯堂前上，补缸师傅请茶汤。

古而当 （接唱）大娘真正太讲礼，多谢大娘的好茶汤。又讲你家有缸子，又不见烂缸在哪旁。

王大娘 （接唱）烂缸不在堂前上，烂缸放在我的绣房。

古而当 （接唱）大娘带我前去看，看你缸子烂了有好长。

王大娘 （接唱）前面走着王大娘。

古而当 （接唱）后面跟着你的郎。

王大娘 呸！补缸郎。

古而当 哦，补缸郎、补缸郎。

王大娘 （接唱）三脚两步来得快。

古而当 （接唱）不觉来到你绣房。

王大娘 （接唱）双手把门来开上。

［当一手摸着王的胸。锣鼓。

王大娘 呸！你摸着我身啦。

古而当 （接唱）你的房里不见光。

王大娘 （接唱）忙把纱窗来开上。

古而当 （接唱）打开纱窗亮光光。

王大娘　（接唱）我把缸子来抬上。

古而当　（接唱）好比两公婆抬茶汤。

［王、当对面抬缸。锣鼓。

王大娘　呸！放下，背着抬！（唱）我今抬着前面走——

古而当　（接唱）后面跟着你的郎。（锣鼓响）

王大娘　呸！（锣鼓）

古而当　补缸郎、补缸郎。

王大娘　（接唱）抬到厅堂来放上。

古而当　（接唱）从头一二看端详。（蹲下来看缸子）你这缸子烂得怪，中间不烂烂两旁。后头烂了一个洞，（用手比画）面前烂了这么长。不要多来不要少，钱才要你五十双。

王大娘　（接唱）堂前还你一个对，铜钱给你三十双。

古而当　（接唱）我今天出门遇着鬼，遇着王大娘不开张。（挑担欲走）

王大娘　（拦住古，接唱）补缸师傅你请讲，加你价钱又何妨？

古而当　（接唱）只要大娘讲得好，不要铜钱又何妨？

王大娘　（接唱）你今实在有义气，

古而当　（接唱）总要礼来仁义长。

王大娘　（接唱）你在堂前把缸补，我去后面烧茶汤。（下）

古而当　（边补缸边唱）一个缸子一个眼，两个眼子共一双。我在堂前来补上，补得缸子一抹光。补好缸子来装水，补得好来笑洋洋。补到补到瞌睡了，（低头下来打瞌睡）两眼迷迷为哪行？（睡着打鼻鼾）

姑　娘　（上，唱）我在后面巧梳妆，发髻梳得亮光光。左边梳个盘龙髻，右边梳个凤朝阳。脸上打起苏州粉，又有胭脂点嘴旁。上身穿件红绫袄，脚下金莲三寸长。急急忙忙堂前上，只见古而当睡洋洋。端张板凳来坐上，我在旁边绣鸳鸯。叫声古老儿来苏醒，等他醒来说短长。（白）苏醒呀。

古而当　（唱）适才一梦梦吉祥，好像见个美姑娘。用手推开昏花眼，

（吃吃地笑）抬头只见美姑娘。这个姑娘生得好，好比仙女下天堂。越看越看越好看，看得我古老儿动心肠。恨不得我上前将她抱——（扑过去将缸跌烂）

姑　娘　（接唱）你缘何打烂我的缸？

古而当　（接唱）打烂你的缸不要紧，打烂旧缸赔新缸。

姑　娘　（接唱）你赔新缸我不要，我的缸用得面面光。

古而当　（接唱）讲得好来我赔你，不好不赔又何妨？

姑　娘　（接唱）你若不把缸子来赔我，我要绹⑥你去衙堂。

古而当　（接唱）老爷就是我继父，奶奶就是我继娘。

姑　娘　（接唱）你今不必讲大话，你讲大话我不慌。（转身解下腰带往当身上一套）我把带子来解下，一套套在你颈上。

古而当　（接唱）你将带子来套上，你今套我到何方？

姑　娘　（接唱）你若不把缸子来赔我，你要喊我做亲娘。

古而当　（接唱）你今年纪这样小，我嘴上胡子这么长。

姑　娘　（接唱）你把胡子来扯下，扯下胡子喊亲娘！

古而当　（扯胡子，接唱）你叫我把胡子扯，扯下胡子痛心房。

姑　娘　（接唱）那旁剃刀来剃下，剃下胡子喊亲娘！

古而当　（转身剃胡子，用手掩着嘴唱）转过身把胡子剃，剃过胡子一抹光。

姑　娘　（接唱）快快上前把我喊，我今放你转回乡。

古而当　（接唱）我今好比冬瓜仔，你今好比茄子娘。

姑　娘　（接唱）你今愿拜做干娘，我就放你转回乡。（白）走上前来，喊我做干妈。

古而当　干妈。

姑　娘　哎！

古而当　干蚂蚜⑦。

姑　娘　呸！你喊我做蚂蚜？要这样喊，亲亲嫡嫡、嫡嫡亲亲，我的亲娘呀!

古而当　哎呀！你要我怎样喊得出?

姑　娘　你不喊，我就绹起你。

古而当　我喊了、我喊了。亲亲嫡嫡、嫡嫡亲亲，我的干娘呀!

姑　娘　哎……

古而当　你真答得这么好嘛。

姑　娘　我来喊你了，亲亲嫡嫡、嫡嫡亲亲，我的干仔呀!

古而当　唔。

姑　娘　你发气呀。

古而当　要我怎么答?

姑　娘　我喊亲亲嫡嫡、嫡嫡亲亲，我的干仔！你就答“哎”，要应得好好的。

古而当　哎……

姑　娘　这才是了。干仔!

古而当　哎，干妈。

姑　娘　哎……

古而当、姑娘　(笑)哈哈哈。

古而当　日头落山，我要回去了。

姑　娘　我今天饶恕了你，你以后做事要老行[8]。(递担子与当)

古而当　遵命遵命!

[姑下。

古而当　(出门)今天补缸，一个钱也捞不到，反挨姑娘绹起，把胡子剃了，真不抵[9]。从今以后，改行卖药，卖不完自己吃。(下)

(剧终)

【注释】

①二十八宿闹昆阳：指昆阳之战。昆阳之战是王莽和刘秀两军的一场战略对决，主战场在昆阳一线（今河南叶县）。昆阳之战不仅是刘秀击败王莽的关键一战，同时也成为我国历史上以弱胜强的著名战例。二十八宿，在这里指的是刘秀手下的一批猛将。

②绸店卖苏杭：绸店卖苏杭的绸缎布料。

③敢莫：难道是。

④香火堂：指供奉神佛或祖先时燃点香和灯火的地方。

⑤土地堂：指一家一户院子里敬奉土地神的地方。

⑥绹："绑"的意思。

⑦蚂蜗：青蛙。

⑧老行：老练。

⑨不抵：不划算。

【剧情简介】

古而当到王大娘家中补缸，不小心将缸跌破了，王大娘的女儿借此和他开了一顿玩笑，也没有要他赔缸。

【简评】

这是一出轻松活泼的小戏，主要看点是古而当与王大娘的女儿之间的逗趣玩笑。剧中姑娘的俏皮可爱与古而当的憨厚老实形成对比，别有一番情趣。彩调中摇旦本是属于滑稽调笑的人物，但此剧的王大娘戏份不多，未能起到应有的作用。

此剧由李群英发掘、关元光记录保存 。

送情郎

剧中人物

⊙冲天炮（行当：丑，简称：冲）

⊙大米筒（行当：丑，简称：大）

⊙草上飞（行当：花旦，简称：草）

⊙过钱臭（行当：丑，简称：过）

第一场

过钱臭 （上，数课子）古怪古怪真古怪，这个年成古怪多。牛栏里头关鸡子，画眉笼里关骆驼。高山高岭涨洪水，清水潭里鸟起窝。棒槌晓得[①]上楼梯，灯草打烂熬酒锅。板凳晓得来走路，蚂蚜吃蛇倒转拖。一匹水牛四两重，一个耗子八百多。八十岁的公公是个红花仔，六岁姑娘做外婆。我若讲句冤枉话，一世看不见后颈窝。（坐，白）好玩好耍，家里干柴无半把。耗子走往楼梁过，吊起鼎锅当钟打。我，过钱臭。与那冲天炮的妻子，眉来眼去，走成一条道路，半路夫妻。我也舍不得她，她也舍不得我，今日闷闷不乐，到她家中前去散一散心，岂不是好？待我关好门。（关门）到她家中去走呀！（唱桂花腔）三步拿来两步走，两呀两步走。两步拿来一步行。百花一齐开，百花一齐香。花开花香，芙蓉牡丹花开一枝桂。桂是桂花香。（重句。白）哪个在屋里头？

草上飞　（内白）哪个？等一等，我来了。（上）忽听门外叫，不知哪个叫。打开门来看，看是哪一个。（开门）啊，相好的来了，请进！

［过进。

草上飞　请坐！

过钱臭　（坐）你丈夫在家没有？

草上飞　他在屋里头，说话小声点。

过钱臭　那我回去吧。

草上飞　莫回去，我和你想个主意，他这几天没得生意，你出外头去，来喊门，讲是请吹鼓手，我叫他来开门。

过钱臭　我没讨亲，没嫁女，怎么又喊他去做吹鼓手？

草上飞　吔，你晓不得[②]扯谎的，你讲和尚寺里讨老婆，尼姑嫁女哩。

过钱臭　这个主意要得，那我出去了，你关门。（出）吹鼓手老板，开门。

冲天炮　（内应）是哪一个？老婆，你去开门。

草上飞　你来开吧，有人来请你了。

冲天炮　（上）唉！这女人好懒，喊开门也不开。（开门）哦，这一位好汉，进来吧。

［过进。

冲天炮　（端凳给坐）请问老哥，是哪里的？

过钱臭　我是吊钟寺里的管家王爷。

冲天炮　你到我家里有什么好事？

过钱臭　我特意来请你的。

冲天炮　请我做什么？

过钱臭　请你吹鼓呀。

冲天炮　哎呀！古怪啰，和尚寺里有什么鼓吹呀？

草上飞　和尚寺里哪样没有鼓吹？

冲天炮　你莫插嘴哩，你晓得什么？

草上飞　我听讲过，有和尚讨老婆。和尚不讨老婆，和尚仔把哪块来？

冲天炮　不错！当真啵，和尚仔、和尚仔……

草上飞　请你去你就去嘛。

过钱臭　那你等下来，我先去买东西去了。（出门下）

冲天炮　不晓得我那徒弟在不在家，我去喊他，带起东西。（进内拿东西上，出门，唱挑担腔）今天运气好，有人来请倒。若还得了钱，急忙回家跑。（白）到徒弟家来了，徒弟开门！

大米筒　（上）师父来了，师父请进！你喊我去吹鼓呀，到哪里去？

冲天炮　到吊钟寺，和尚师父讨老婆。

大米筒　师父，哪有这种怪事？和尚讨老婆？

冲天炮　你晓得什么？和尚不讨老婆，和尚仔把哪块来？喊你去你就去。

大米筒　我听人家讲，人家命苦，送仔到寺里做徒弟的。

冲天炮　你不懂的，喊你去你就去。

［冲、大同出门。

冲天炮　（唱四平腔）你总要听你师父话。

大米筒　（接唱）怕你没得钱来拿。

冲天炮　（接唱）莫怪师父讲大话。

大米筒　（接唱）怕你吃亏难收煞。（白）看东西拿齐了没有？（看）师父，你鼓都没有拿。

冲天炮　那你去问你师父娘，拿那个皮鼓来。

大米筒　我不晓得在哪块。

冲天炮　问师父娘就晓得。

大米筒　若还师父娘晓不得呢？

冲天炮　那你就自己去拿，鼓放在枕头边。

［冲、大同下。

第二场

过钱臭　(上)主意想得好，哄得吹鼓手急忙跑。开门开门。

草上飞　(上，开门)快点进来。

过钱臭　(进，关门)这个主意想得好。

草上飞　不是想得这个主意，你哄得他出门?

过钱臭　我们烦闷得很，唱点鹦歌词调来玩一玩。

草上飞、过钱臭　(唱一盘棋)情哥哥进门来下一盘棋，手拿棋子笑嘻嘻。郎呀，有一句话来问你。笑嘻嘻，有句话来问你。(过门)这几日不到奴家里，莫不是嫖戏了别人妻?哎哟郎呀，问你是不是的?嫖戏了别人妻，哎哟郎呀，问你是不是?(过门)你家也有姐和妹，别人调戏你依不依?将心来比自己，哎哟郎呀，将心来比自己。(过门)金边帽子奴赠你，狐皮马褂奴家送你的。你穿起好阔气，哎哟郎呀，穿起好阔气。(过门)日里想郎想到晚，晚来想你。关门酉时，点灯卯时，子丑寅卯辰巳午未申酉戌亥。哎哟郎呀，哪时哪刻不想你?

大米筒　(上)开门开门。

草上飞　是哪一个?

大米筒　我是大米筒。

草上飞　(指过入内，后开门)大米筒，你回来做什么?

大米筒　师父忘了带个屁股。

草上飞　讲什么鬼话?我不晓得?

大米筒　你不晓得，我自己去拿。(进内)

［过跑出，大跟上，拉住辫子。

大米筒　捉到捉到!(对草)你在屋里头学不好，我去交代[3]师父。

草上飞　你莫乱讲，你讲我打死你啊。

［过出，躲屋后，大出门下。过复上，进门，草又将门关好。下。

第三场

冲天炮　（上）大米筒还没来，回家拿鼓这么久？你看他来了。

大米筒　（上）师父师父，你吃了亏了。

冲天炮　吃什么亏？我喊你拿鼓，你拿来没有？

大米筒　我没有拿，师父娘在屋里头学坏、偷人。

冲天炮　偷人偷了几个？

大米筒　偷一个嘛，还偷几个？

冲天炮　偷个什么人？

大米筒　偷个野人。

冲天炮　那野人在山高头，怎么偷得到？

大米筒　莫去吹鼓了，回家里头去拿野老公。

冲天炮　当真的？

大米筒　你不信你回去看，那野老公辫子都给我扯脱了。

冲天炮　好，那我两个人去，你走后门，我走前门，不让他跑。（圆场到家）开门开门！

［大下。

草上飞　（内应）哪一个？

冲天炮　是我回来了，快点开门！

［草推过入内躲，开门。

冲天炮　（进屋、发气）你这个女人家不是好人，你在屋里头偷野老公。

草上飞　哪个讲的？

冲天炮　徒弟讲的。

草上飞　莫信你那徒弟乱讲，你那徒弟是个好人么？他回来刻薄我。你去吹鼓，怎么又跑回来？

冲天炮　哪里有什么和尚讨老婆、尼姑嫁女？

草上飞　分明是你吹鼓不行，人家个个讲你吹小开门④都不会吹。

冲天炮　我吹小开门不会吹？我闭起眼睛都吹得。

草上飞　我不信，我总没听见你吹过。

冲天炮　那我闭着眼睛吹给你听看。（吹小开门）

［过趁冲闭眼吹时出来躲着。

草上飞　那大开门[5]晓不晓得吹？

冲天炮　哪有不晓得吹的？（又闭眼吹大开门）

［草开大门。冲吹完大开门。

草上飞　那送情郎[6]会不会吹？

冲天炮　哪不会？

草上飞　那你吹给我听。

［冲吹送情郎，过趁机逃走。

大米筒　（快步上）师父莫吹了，野老公走了。你吹小开门，野老公开房门。你吹大开门，他就开大门。你吹送情郎送他回去，他就走了。

冲天炮　（对草）怪不得你喊我吹这个吹那个，送你的野老公。

草上飞　你疯了？你癫了？你怕你的徒弟是个好徒弟呀。他回来调戏我、刻薄我，他问我要屁股。

冲天炮　（对大）怪不得你，你要刻薄师父娘，从今以后你不要跟我了。（推大出门）

［冲、草关门下。

大米筒　唉，下次我再不跟他去吹鼓了，我好心待他，反被他骂一顿。这样的徒弟，我不做了。（下）

（剧终）

【注释】

①晓得：知道、明白。桂林话。

②晓不得：不知道。桂林话。

③交代：告诉。

④小开门：唢呐曲牌。旋律轻快活泼。常用于迎宾送客、娶亲拜堂、及第荣归等场面。一般以唢呐主奏，管弦乐、打击乐配奏。

⑤大开门：唢呐曲牌。曲调雄浑热烈，节奏鲜明。常用于升堂、开道、庆功摆宴、出巡荣归等场面。演奏时多以唢呐领奏或双唢呐主奏，其他管乐和打击乐配奏，气氛十分热烈。

⑥送情郎：彩调音乐曲调。

【剧情简介】

过钱臭和冲天炮的妻子草上飞有私情来往。一天，过钱臭到草上飞家玩，适逢冲天炮在家。草上飞想出一计，假托过钱臭请他去吹唢呐打鼓，把冲天炮骗走，过钱臭便和草上飞在家中唱调取乐。冲天炮走后，发现忘带皮鼓，命徒弟大米筒回家去取。大米筒抵家，见草上飞和过钱臭歌舞作乐，赶来告诉冲天炮回家捉奸。冲天炮抵家，草上飞将过钱臭藏起来，假意叫冲天炮闭着眼吹小开门、大开门、送情郎，将过钱臭开门送走了。他的徒弟大米筒发现了，转告冲天炮，冲天炮听妻子谗言，反疑大米筒调戏他的妻，将大米筒赶走。

【简评】

这是一出纯粹的娱乐喜剧，为达到娱乐观众的效果，短短小剧采用了至少两种喜剧的创作手法。一是误会法的运用。“误会”是喜剧常用的一种手法，通常剧情建立在误解事实真相的基础之上。日常言语交际中的误解是有“无意误解”与“有意误解”之分的。二者尽管都是理解失误，但“无意性”与“有意性”完全不同。喜剧幽默性的语言呈现过程中，往往是利用“有意性”误会来制造“笑”。本剧中草上飞明明知道大米筒回家取的是“皮鼓”，却故意理解成“屁股”。加上草上飞在丈夫面前的肯定强调，表象离本质的距离越来越远，喜剧效果也就越发强烈。这一误会在推进剧情的同时，引发了观众意会的笑声。二是创造不谐调情境。本来给妻子吹【小开门】【大开门】【送情郎】的冲天炮与逃离草上飞之家的过钱臭，分别来看并不是什么喜剧人物，也不会被人认为是可笑的。但是当把冲天炮吹曲情节与过钱臭草上飞逃离的过程扭结在一起时，使他们形成了一种没有关系的关系，一种非自然的关系，一种可笑的不谐调关系。它的异乎常态，打碎了观众固有的认识模式，出人意料，令人感到乖讹，滑稽可笑的喜剧效果因此产生。

此剧由秦胜科发掘、黄明记录保存。

花园会

剧中人物

⊙李变雄（行当：小生，简称：李）

⊙白牡丹（行当：花旦，简称：白）

⊙红芍药（行当：花旦，简称：红）

第一场

李变雄 （上，念）三更灯火五更鸡，正是男儿立志时①。十年窗下无人问，一举成名天下知②。（白）小生李变雄。每天在学堂攻读诗文，今天起得很早，还要赶往书房。（出门，唱月调头倒板桨）清早起出门来用目观望，又只见红日东升出阳光。青的山绿的水自然景象，喜得我李变雄快步前行。阳关上早行人来来往往，我这里到书房苦读文章。（下）

第二场

白牡丹 （上，念）奴乃二八女娇娥，八宝罗裙往下拖。闲来无事插花朵，闷来弹琴与唱歌。（白）奴乃白牡丹。爹娘生我独自一人，爱奴如同掌上明珠，每日不准外出，思想起来，好不闷煞人也。（唱月调）白氏女坐楼中心中烦闷，思想起爹和妈太过狠心。命奴家终日里楼中坐定，或插花或绣朵要奴殷勤。自古道在家中要从父命，做一个贤良女谨守闺门。今日里要到那花园散闷，看一看百花开且散奴心。（白）芍药哪里？走来。

红芍药 （上）啊，来了、来了！小姐叫一声，不知为何情？见过小姐，打叫何事？

白牡丹 非为别事，你看天气甚早，我想到花园一游，散心散心呀。

红芍药 呀，小姐呀，你看你今早红光满面，我怕你要走运了。

白牡丹 死丫头，走什么运？快与我把花篮拿了出来。

红芍药 哎呀，小姐去花园观花，为什么要拿花篮去呢？

白牡丹 你知道什么？今天百花盛开，我一边观花，一边摘一些花儿回来做样。

红芍药 呵，原来如此！待奴取来。

白牡丹 快来呀！

红芍药 小姐，我扶你下楼呀。

白牡丹 我不用你扶的，一同下去吧。

红芍药 那小姐你随我来呀。（唱四小景）二八佳人去看花、去看花，轻移莲步把楼下。要到花园耍、要到花园耍，主仆二人笑哈哈。杨柳青，一蓬蒿，一朵蓉，主仆二人笑哈哈。（圆场，白）呀，小姐你看，花楼上面，好一阵南风吹来，送来花香，我们何不上花楼去观花，你讲好不好？

白牡丹 芍药说得有理，花楼上面可以看到四方八面的花。

红芍药 小姐，不但可以观花，而且可以照样描描花哩，还有更方便的呀。

白牡丹 哪样更方便？

红芍药 你看花楼下面可通阳关大道，如有花花公子走路过此，我们还得看他一看哩。

白牡丹 死丫头，真不害羞的。不要讲多，快带路上花楼去吧。

红芍药 那小姐你随我来呀。

[白、红同舞。

红芍药 （唱雪花调）满园开百花，

白牡丹 （接唱）人人都爱它。

红芍药 （接唱）对对花蝴蝶，采花来戏耍。

白牡丹 （接唱）花蝴蝶成双对，飞来飞去气坏奴家。（重句）

红芍药 （逗趣地）咳咳！小姐你讲什么话啦？

白牡丹 （不好意思地）死丫头，不要唠叨呀。

红芍药 不唠叨，你讲要和哪一个成双成对呀？

白牡丹 死丫头，还不住口，我就要打你。

红芍药 小姐，你要打我？看你走路都走不稳了，还想来打我呀？

白牡丹 你站着，我来了。（追红）

红芍药 （闪过一边）小姐，你当心，不要跌倒。

白牡丹 （不小心要跌）哎哟！

红芍药 （急上扶住）莫要开玩笑了。

[白、红二人边舞，边唱雪花调。

红芍药 （唱）那旁有枝花，

白牡丹 （唱）奴本想采它。

红芍药 （唱）正想伸手去，心中又害怕。

白牡丹 （唱）奴本想采一朵，又怕看花的人来骂。（重句）

红芍药 小姐上楼吧。

[白随红上楼。

红芍药 （看望，把花篮放好，端椅）小姐请坐。

白牡丹 芍药，你看花园之内，哪一样花好看？

红芍药 小姐，照我看来，牡丹花好，就照牡丹花绣吧。

白牡丹 如此就绣起花来。

红芍药 小姐，我也来学绣一朵。

[白、红同绣花。

白牡丹、红芍药 （唱到春来调）到春来又到春来，芍药牡丹花儿一齐开。蝴蝶双双飞，飞来飞去成双对。（重句）

李变雄 （唱十字腔）适才间在书房把书来念，为功名我这里苦读圣贤。将身儿且进这花园消遣，又只见百花开甚是新鲜。（观花园风景）

红芍药 （见李，急叫）小姐你看，那是哪家的公子？生得真好。

白牡丹 死丫头，你太唠叨了。

红芍药 小姐，若是他与你做……

白牡丹 做什么？

红芍药 做一对……

白牡丹 做一对什么？

红芍药 做一对夫妻，那才相称呢！

白牡丹 （打红）你这个死丫头。

红芍药 （逗趣地）小姐，你想叫他上来吗？

白牡丹 叫他上来做什么呀？

红芍药 做什么呀？你往日不是讲要看有称心如意的公子，就将终身许配于他吗？

白牡丹 （含羞地摆手）你……

红芍药 我……啊，小姐你叫我去喊他上楼来，好好，我和你出个主意。（把扇子往下一丢）咳咳！相公请你帮我把小姐的扇捡上来呀。

李变雄 好好，我帮你抛上去就是了。（将扇子一抛，下）

红芍药 （接扇）真是猪呀！好小姐，我没主意了，你来吧。

白牡丹 （拿花剪想打红）死丫头。

红芍药 啊，用剪刀抛下去，对！（夺剪刀往下抛，急叫）公子，请转来。

李变雄 （复上）转来何事呀？

红芍药 请你帮我们把小姐的剪刀捡上来呀。

［李捡剪又抛上楼，下。

红芍药　小姐，你看他真有本领，随便用力就抛上来了，我倒要试一试他的本领。

白牡丹　生疏的人，不要和人家开玩笑呀。

红芍药　我才不佩服他哩。（急将带有线的花针丢下楼去）相公，请来帮忙呀。

李变雄　（复上）大姐，你三番两次叫我转来何事呀？

红芍药　小姐你看人家几耐得烦的啊。相公，请你帮我们小姐捡那花针上来呀。

李变雄　（拈花针又往上抛，但几次没抛上）大姐，抛不上呀。

红芍药　相公，那你就送上来吧。（向白）小姐如何？

李变雄　叫我往哪里送上去呀？

红芍药　可以从后门送上来。

李变雄　啊，小生就从后门走上去。

红芍药　小姐，你看这公子又耐烦、人品又好，你中不中意呀？

白牡丹　（低头不好意思地）死丫头！太唠叨了。

红芍药　好小姐，你的心意我是知道的，我们就做暗点子，不要说话，只用点头摆头就知道中意不中意了。

白牡丹　怎样算中意？怎样算不中意？

红芍药　点头算中意，摆头算不中意。

白牡丹　好，那你就问吧。

红芍药　小姐，你中不中意那位相公呀？

［李暗上。白不说话，点头。

红芍药　小姐，你当真中意了？

李变雄　小生来了。

白牡丹　（羞，想避又避不开）芍药。

红芍药　小姐，叫我做什么呀？

李变雄　花针给你，小生告辞。（欲走）

红芍药　慢着，相公你看这花针上面的红花丝线还穿着没脱哩。

[白、李都不好意思。

红芍药　小姐，有道是无针不引线。相公你是个读书之人，我们小姐又能吟诗作对，今天我要你们作一首诗来听吧。

李变雄　不知以什么为题?

红芍药　就以这把扇子、剪刀和丝线穿针来作题吧。

李变雄　好，就以此为题。

红芍药　(取笔砚)相公，你写在这白扇上头。

李变雄　(写毕，念)扇子圆圆尖剪刀，丝线穿针得功劳。红罗帐内恩情好，全仗红梅得结交。

白牡丹　(偷看，会意微笑，不觉脱口而出)好诗意呀。

红芍药　哈哈！小姐，你满意了吧？相公、小姐，请到绣楼一叙。

[李、白、红同下。

(剧终)

【注释】

①三更灯火五更鸡，正是男儿立志时：这两句是劝勉青少年要珍惜少壮年华，勤奋学习的诗句。

②十年窗下无人问，一举成名天下知：意即要想一举成名，就得十年寒窗、勤奋苦读。

【剧情简介】

白牡丹带丫头红芍药到花园玩耍，偶遇公子李变雄。丫头设计将公子引上楼来，与小姐相会，两人一见钟情，结为夫妻。

【简评】

这是一个才子佳人一见钟情、花园相会的老套故事，但剧中丫鬟红芍药让人眼前一亮。芍药善解人意，能够从小姐羞羞答答、含蓄婉转的表情动作中知晓她的怀春之心；芍药机敏多谋，懂得反向思维，让公子无法在楼下抛还绣花针而必须登楼面送，达到与小姐会面的目的。一个聪慧俏皮的小丫鬟形象跃然纸上。

此剧由韦金声发掘、保存。

拦路买花

剧中人物

⦿贺老三（行当：丑，简称：三）

⦿孙下礼（行当：摇旦，简称：礼）

⦿孙小英（行当：花旦，简称：英）

⦿店主（行当：老生，简称：店）

第一场

［幕启。

贺老三　（上，数课子）喜呵呵、笑呵呵，小子出台，把话说。尊声列位你听着，别的话我不讲，我不说。就讲到我贺老三，在家无着落。左一跑，右一说，一跑跑到长街上，遇着那些好朋友，好快乐。他们有话来说我，喊我来把手艺学。左一跑，右一跑，跑到桂林班上学一学。又想学丑角，丑角丑的多。又想学旦角，旦角扭扭捏捏难过多。又想扯唉哦[①]，唉哦字眼多。又想学打上手，上手鼓点多。又想学打大叉钹，叉钹嘈耳多。又想学打大锣，大锣嘡嘡吵吵多。又想学打宛锣，宛锣得站不得坐。师父来骂我，内行少来外行多。我左跑右又跑，一跑跑到街前过。拾得一包烂洋火[②]，里头无根子，外头无硝药。想起我一点用不着、用不着。（白）我，贺老三，想起来无田无地，无牛耕种。现在有点小小物件，梳子、镜子、绒花、针线，不免拿到长街去卖，得一串八百,八百一串，买点油盐柴米回来，岂不是好？正是，我去到内房，搬箱子出来。箱子哎箱子，我背时③，你也背时，让我来打扫打扫。（刚开箱盖，从里面跳出两只老鼠）捉耗子。（没捉到）耗子耗子，可惜你的尾巴长在背后，如果长在前面，我就抓住你了。嘿嘿！若还捉住你，你是公的，那只母的又要打单身了。好，闲话少讲，我不免拿货物去到长街去卖。出得门来，我还要走起来呀！（盖上箱子，唱挑担腔）箱子扛上肩，左肩换右肩。去到长街上，弄点油盐钱。吃了团圆酒，功夫不离手。一家大和小，全靠我双手，吃了团圆饭，肩上不离担。三脚两步走，要往前面赶。急急忙忙来得快，不觉来到青草坪。（白）待我到松树下歇息。（下）

第二场

孙下礼　（上，大梳妆，念）春来农夫勤耕种，夏季荷花朵朵鲜。（坐，白）我，孙下礼。老身命苦，生下一女，名叫小英，今年一十五岁，在家吃饱又玩，玩饱又吃，不免我叫她出来，教她梳妆走步。小英哪里？走来。

孙小英　（内白）喊我做什么呀？

孙下礼　少不了喊你出来有话吩咐。

孙小英　（上）来了、来了。听见母亲叫，忙步到堂前。妈妈叫我出来有什么事？

孙下礼　非为别事，我想起你今年一十五岁，整天吃吃玩玩，人家看小你了，不免我教你梳妆走步，带你到长街去买点绒花针线，回家教你插花绣朵，你去不去？

孙小英　妈妈，有糖吃我就去。

孙下礼　哎呀，这样大，总要吃糖，少不了有的。（教英梳妆完）去把雨伞拿了出来。

孙小英　拿来了。

孙下礼　你和我锁上门户。我们离了自家门前，还要走起来呀！（唱路腔）出得门来往前走，一心要往长街游。我有话对女儿讲，女儿一路听从头。母女二人长街去，买线绒花转回头。举目抬头来观看，前面就是十里亭。（白）我们就在凉亭里歇下吧。

贺老三　（上）离了松林，还要走起来呀！（唱路腔）将身离了松树林，一心要往前面行。举目抬头来观看，不觉来到十里亭。（白）咦！这两个是人是鬼？人不像个人，神不像个神，好比童子拜观音。不免我上前去拜一拜，看他是不是观音。（跪，有些傻气，手里做着手式的，念）大的大观音，小的小观音，一个龙灯，二个龙灯，六六三十六个龙灯，七七四十九个龙灯。龙灯龙灯，观音开声。（口中念完，手式做完）

孙下礼、孙小英　（吐口水）呸！

孙下礼　（用扇打三）吓吓！你这个鬼打的，三里三八[④]的，敢在我面前调皮？

贺老三　那你又不讲话？

孙下礼　我是个妇人，怎好和你讲话。

贺老三　你是富爷，你怎么不穿马褂？

孙下礼　咳！你这个人。是妇人么？

贺老三　什么喊做妇人呢？

孙下礼　你这个人算蠢了，妇人你也不知道，那就是女人呗。

贺老三　嘀！你是举人。举人又不进京求名呀？

孙下礼　（背台）你这个人三里三八的，你来调戏我，哪天我要你连裤子都没有穿的。（转对三）那就是姑娘、姑娘了。

贺老三　哪样喊做姑娘呢？

孙下礼　姑娘你也不懂？

贺老三　就是不懂啰，你讲吧。

孙下礼　还未曾出嫁的，就喊做姑娘。

贺老三　那我未曾讨媳妇就叫姑爷了。

孙下礼　（打三）你这个调皮鬼，你来调戏我？（背场）哪天我要你知道我的厉害。

贺老三　好好，闲话少说，你今打算去哪里？

孙下礼　今年我这个女儿十五岁了，未曾出嫁，我想去长街买点绒花丝线回来教她学点手艺，买梳子镜子教她梳妆。

贺老三　是这样，你不用去街上买，我这个箱子里全有。

孙下礼　那你就打开来给我看。

［三开箱，礼看，母女同笑。

孙下礼　（拿着花看，唱四平腔）手拿一朵花，叫你讲个价。

贺老三　（接唱）我不要多来不要少，我要你铜钱一百八。

孙下礼　（又拿镜子，接唱）镜子四四方，卖给我梳妆。买回给我女，明年嫁新郎。

贺老三　（接唱）镜子四四方，铜钱我不讲。喊你女来要，我送给她梳妆。

孙小英　（上接镜子，接唱）多谢老板，送给我梳妆，银钱我没有，去问我亲娘。

孙下礼　有有有，你尽管要先。

孙小英　（拿梳子，唱四平腔）梳子拿在手，两头弯又弯。何不送给我，送我好梳头、好梳头。

贺老三　好，闲话少讲，你们母女俩真爽快，嘴皮薄薄的，会讲会说，我问你们是姓什么的？

孙小英　我叫孙小英。

贺老三　你老人家呢？

孙下礼　我孙下礼。

贺老三　你生得下我？你茄子大的娘，冬瓜大的仔。

孙下礼　不是的，我的名字叫作孙下礼。你听不清楚孙下礼，我哪里是讲生下你？你不用着急。哎，我想起来，你真是有仁义，送这样多东西给我女儿，你又不要钱。（用计）我将我小女拜认你做义父，你看好是不好？

贺老三　那个还用讲吗？啊，我时来运也来，我讨个老婆又带仔来。

孙下礼　（打三一下）呸！你这个调皮鬼，我的女儿认你做义父，难道我就给你做老婆？（背台）好，你调戏我，你这短命鬼的，我要你连裤子都没有穿的。（向三）好，你既是我女儿的义父，不妨到你店中坐坐，吃一点东西。

贺老三　好。

孙下礼　那我们一齐走起来呀。

贺老三、孙小英、孙下礼　（唱路腔）将身离了十里亭，我一心就回转店家门。三脚两步来得快，不觉来到杏花村。（到了三住的客店）

贺老三　店主开门来。

店　主　（上）忽听门外叫，急忙就来到。打开门来看，看是拐子⑤还是强盗？

贺老三　呸！我做生意的人，怎么是强盗？

店　主　我不晓得是你，多多得罪。请进请进！（下）

孙下礼　（背台）小英，你过来，我告诉你，你去要一盆水送给他洗凉，你说你衣服上有虱子，我拿去帮你洗先，只留一条短裤给他，我们把他的东西一起拿走。

孙小英　是。义父洗凉。

贺老三　倒好水，我就来了。

孙小英　你的衣服上有虱子，我拿去捉干净。

[英拿衣后，母女俩轻轻地走出店房，下。

贺老三　（洗完澡）喂，小英，拿我的衣服来呀。

店　主　（内白）哪个是你的小英呀？

贺老三　孙下礼呢？

店　主　（内白）哪里有孙下礼？她母女二人早就把你的衣服拿走了。孙下礼，是一个女拐骗，你可晓得了。

贺老三　（着短裤跑出）咳！背时了呀。……我想上前追去……

店　主　（内白）她们早就走了，你追不上了……

贺老三　哎呀……不好了……（唱二六腔）背时背时真背时，男人反受女人欺。衣帽鞋袜全拿去，还剩一块肚囊皮。

（剧终）

【注释】

①扯唉哦：拉弦子。唉哦，象声词。

②洋火：火柴。

③背时：倒霉；不走运。

④三里三八：傻里傻气。

⑤拐子：指小偷。

【剧情简介】

贺老三挑了绒花丝线到长街去卖，路过凉亭，遇到孙下礼母女。贺老三想调戏孙氏母女，反被孙氏母女骗到旅店洗澡，并将他身上的衣裤全都拿走了。

【简评】

此剧从头到尾呈现的是一种戏谑娱乐的特征：一是剧首贺老三的大段自嘲。自己为了解决生计问题，想学调子立足却学不会；想务农谋生，又无田地与耕牛。以自我嘲弄的口吻进行自我介绍，使观众在笑声中体会其苦涩。二是剧中贺老三与孙下礼的对白贯穿许多谐音运用，如“妇人”与“富爷”、“女人”与“举人”、“孙下礼”与“生下你”等，由此生发出许多笑料来。三是剧末油嘴滑舌、嬉皮笑脸，以为得占便宜的贺老三，输得只剩一条内裤的尴尬结局。总之，全剧嬉笑怒骂，滑稽可笑。

此剧由陆春廷发掘、朱厚镇记录保存。

偷鸡失鸭

剧中人物

⊙韦三（行当：丑，简称：韦）
⊙韦三嫂（行当：正旦，简称：嫂）
⊙韦小莲（行当：花旦，简称：莲）
⊙王大妈（行当：摇旦，简称：王）

第一场

韦　三　（上，数课子）我因家穷受煎熬，贫穷每日靠肩挑。山上前去把柴讨[①]，越思越想好心焦。我的女儿又年小，妻子她又不勤劳。当面讲话她答应好，转身过去又忘了。我天天将她来劝告，越思越想把气淘。一家生活顾不了，看来还是我命糟。三餐茶饭吃不饱，再若躲懒怎开交？为人勤俭才为好，懒惰之人无下梢[②]、无下梢。（坐，白）为人在世好难挨，因为家贫常挂怀。一不耕田和种地，每日上山去砍柴。我，韦三。只为家中贫穷，无田无地，全靠砍柴为生。观看今日天气晴和，本想上山前去砍柴。我老婆在家百事不管，讨着这种妻子，真是无可奈何。今日不免叫她出来好好劝告一番。娘子走来。

韦三嫂　（上）嫁夫不好喊得天，又无吃来又无穿。当家的，你又在这里叫死叫活。

韦　三　唉！你这个妇人，别人做了很多事情，你怎么睡倒还不起来？

韦三嫂　嫁人嫁人，穿金戴银。嫁汉嫁汉，穿衣吃饭。嫁着好汉，三餐饱饭。嫁你饭也没有吃饱，衣也没有穿，你还说我懒呀。

韦　三　唉！娘子啊。（唱倒板桨）娘子说话不中听，勤吃懒做不像人。哪家又是生成富，哪个又是注定贫。穷人越加要发奋，勤俭才能度光阴。懒惰被人来看见，无钱无米人看轻。你也勤来我也勤，夫妻和善家业兴。好言相劝你不信，枉在世间来为人。

韦三嫂　（接唱）你的话头我爱信，点点滴滴记在心。本待同你砍柴火，身体不好路难行。你到山上砍柴卖，家中事情我担承。烧茶煮饭等候你，我何曾是个懒惰人？

韦　三　照你这样讲来，我还是不能怪你？我到山上砍柴去卖，你在家中烧茶弄饭，等会你把几只鸭崽放出去看看。

韦三嫂　你去砍柴发卖赶快去吧，这种事情要你唠里唠叨吩咐于我？

韦　三　晓得就是好的。（取柴刀插担）娘子请退。

韦三嫂　你去砍柴卖，要去买米买油买盐买菜回来。（下）

韦　三　（扛柴刀挑担出门）还要到山中砍柴去哇。（唱三板腔）扛起扦担③上山林，还要山中走一程。（下）

第二场

韦三嫂　（上，念）奴夫上山砍柴行，我的主意已打定。（坐，白）学一个大鱼吃虾，虾吃沙，沙推水尽。奴乃胡氏，配夫韦三。因为家道贫穷，他每日上山砍柴发卖。他不在家，喊我去看鸭子，我哪里和你出去。我日头晒不得，雨又淋不得，天冷冷不得，肚饿饿不得，我不免叫女儿小莲出来，吩咐她前去看鸭子。小莲，走来。

韦小莲　（上）妈妈一声唤，必定有事干。妈妈，你叫什么？

韦三嫂　宝宝女，为娘叫你出来非为别事，你爸爸上山砍柴去了，我要在家弄饭，你把鸭子好好拿到外面去放一放吧。

韦小莲　妈呀，我去看鸭子，你快点煮饭，我回来吃呀。

韦三嫂　快点去，我晓得煮的，你不要去耍水呀。（下）

韦小莲　（赶鸭子出门，唱八洞神仙腔）我的年纪不多大，又会做事和看鸭。看鸭外面得玩耍，二来鸭子又快大。逢时过节杀一个，全家吃得笑哈哈。（白）到了，把鸭子就放在这里。（放鸭，往上望）那边山上的花才好呀，我去那边摘花耍呀。（下）

第三场

王大妈　（上，数课子）我的丈夫去了世，无女无儿好孤凄。家中无钱又无地，每天全靠来纺织。绩麻[4]纺线街前卖，顾得穿来难顾吃。日也想来夜也想，积攒银钱来买鸡。昨天走往街上去，买得两个是母的。田中稗草[5]来扯起，稗草拌糠给鸡吃。又肥又大不消比，生蛋大个笑嘻嘻。有些可以拿去卖，有些可以拿来吃。讲起养鸡真正好，样样都是有利益、有利益。（坐，白）绩麻纺线度时光，积钱买鸡笑洋洋。如今我的生活好，个个认得我王大娘、王大娘。你看，我的鸡在笼里又叫了，不免将鸡放出去。（放鸡、喂鸡）鸡也喂好了，天时甚好，不免拿起我的换洗衣服去塘边洗洗，岂不是好？（取衣持篮）到塘边洗衣去呀。（唱摇旦腔）家中事情已做清，要到塘边走一程。（重句。下）

第四场

韦三嫂　（上，缝补衣服、唱红绣鞋腔）奴家补衣裳，拿起针线来。把衣补好了，等奴夫回来。（发现一母鸡走来，有意打鸡。出门外两边望、关门、打死鸡、拿下、复上。开门两边看，无人，进门，下）

第五场

韦小莲　（上，唱挑担腔）天时要下雨，急忙回家庭。回家拿雨帽，免着淋湿身。（白）到屋了。（进门，见娘不在，进内屋，内喊）妈！

［嫂拿鸡肉边走边吃，听见叫声，嫂将鸡肉一咽，卡住喉咙，扑倒桌边，放下碗。

韦小莲　（上）哎呀！我妈挨卡着了。（急出找父，走圆场）爸爸、爸爸！

韦　三　（持刀挑担上）小莲，你喊什么？

韦小莲　（哭）爸爸哪曾知道，妈妈在家吃鸡肉挨卡住了。

韦　三　快点回去！（拉莲同行，唱赶腔）听罢言来吃一惊，这件事情我不明。随带女儿回家转，一二从头看分明。（白）到了！娘子，缘何这等模佯？

韦三嫂　哎哟！（吐出鸡肉）

［韦与莲扶住嫂。

韦　三　到底什么一回事？

王大妈　（持篮子跑上）下大雨了，韦三的鸭子在那边挨淋了，我去交代他一声。（到韦门口，听）

韦小莲　爸爸，我妈妈不好意思讲，听我讲给你听呀。（唱数板）爸爸莫要来着急，我把来由说你知。你到山上砍柴去，妈妈在家来补衣。大娘母鸡到家里，妈妈起意偷了鸡。遇到天时下了雨，我就跑回到家里。即刻走到后堂去，妈妈箝毛⑥又砍鸡。煮好拿到堂屋去，她想个人慢慢吃。我在后面喊一句，妈在旁边着了急。谁知鸡肉咽不去，晕倒台桌我着急。跑到山中来喊你，一桩一件是真的。

韦　三　（接唱）听罢言来真有气，骂声贱人你听知。叫你看鸭你不去，躲在家里来偷鸡。若给别人知道了，好不惭愧和羞耻。从今以后不要你，你自己找来自己吃。离婚我就写张纸，不愿和你做夫妻。恨你不过要打你！

王大妈　（急进门）慢着。

韦　三　（接唱）面上含羞无话提。

王大妈　（唱数板）见你夫妻来闹架，韦三不要把气发。三嫂莫要来害怕，吃个鸡来算什么。因为想吃无钱买，请你莫要见怪她。我到塘边把衣洗，看见落雨转回家。只见你鸭子四下跑，特到你家报一下。谁知出了这种事，急坏我这老人家。希望她以后要改过，无钱无米我家拿。望你夫妻多和气，大家勤俭来持家。你也争来她也闹，吵吵闹闹不成家。气得大家不做事，看你以后吃什么？

韦三嫂　（唱数板）方才听见大娘话，惭愧带羞是我差。错路就从错路转，以后不敢来犯法。走上前来忙跪下，尊声大妈听根芽。这件事情是我错，偷鸡吃来礼性差。望你大人有大量，饶恕奴家这回罢。

王大妈　（唱数板）三嫂莫跪起来罢，这件事情算什么？对你丈夫说好话，和气才能成得家。

韦三嫂　（唱数板）走上前来忙跪定，开口叫声奴夫君。不该勤吃又懒做，不该偷鸡坏声名。这回请你饶恕我，从今以后要殷勤。跟夫上山砍柴火，同苦同做度光阴。若还丈夫不容我，情愿一死命归阴。（收腔）

王大妈　起来。韦三你也莫讲了，既然她晓得错处就是了。这算什么，你们夫妻不要吵闹，莫说一个鸡，缺钱缺米，可到我家中去拿。

韦　三　（拉起嫂）大妈，她不懂事，给你老人家赔礼。

王大妈　不必、不必！起来，知道改就是好的。你们不要闹，我回去了。（下）

韦三、韦三嫂　送过大妈。

韦小莲　妈。（手指着脸）

［嫂不好意思。

韦　三　哈哈。

［韦、嫂、莲同下。

（剧终）

【注释】

①山上前去把柴讨：上山去砍柴。

②下梢：终局；结局。

③扦担：两头尖而上翘，用来挑东西的一种工具，类似于扁担。

④绩麻：把麻纤维劈开接续起来搓成线。

⑤稗草：稻田里的恶性杂草，与稻子共同吸收稻田里的养分。

⑥箝毛：用工具夹住（鸡、鸭）毛往外拔。箝，夹住。

【剧情简介】

韦三上山打柴，吩咐其妻在家放鸭子。可是韦三嫂爱吃懒做，将放鸭子的事叫其女小莲去做，自己则坐在家中。小莲贪玩，上山摘花耍去。天下起雨来，鸭子走散了。韦三嫂在家，见王大妈的鸡走来，顿起贪念，将鸡偷来宰吃。正在吃鸡的时候，小莲回家看见，三嫂一时心慌，被鸡肉卡住喉咙，倒在桌边。小莲忙去把父亲找来，告知情由，韦三将妻责骂。王大妈见鸭走散，忙来告韦，正见三嫂因偷鸡被丈夫责骂，她对三嫂劝诫一番。最后三嫂知错，决心改过。

【简评】

鸡与鸭分别是王大妈与韦三嫂的。此剧通过鸡与鸭离开主人后的不同遭遇，刻画了两个主人——王大妈和韦三嫂完全不同的内心世界与形象特征。王大妈的善良宽容与韦三嫂的贪婪懒惰形成了鲜明的对比，形象地说明韦三嫂偷鸡之时丢失的不仅仅是鸭群，重要在于良知丧失，谴责了韦三嫂的贪心自私。

此剧由谢济舟发掘、魏少平记录保存。

对口调

剧中人物

⊙小子（行当：丑，简称：小）
⊙满妹（行当：旦，简称：满）

全一场

小　子　（上，整装，数课子）心开、心开，心心嘛开，心开今夜初出嘛台。左脚搭上千年嘛板，右脚搭在万年嘛台。千年板，万年台，万年台上挂金牌。金牌上面写大字，富贵荣华自然来、自然来。（白）在下，乃是小子，无名便是。想起爹娘在世，骡马成群，家财万贯，万贯家财。好马跑不过我的田庄，弓箭射不出我的楼房。哪晓得养出我这个婊子[1]来，会吃，就不会算。今天一嫖，明天一赌，赌得个干干净净。头光、脚光，一身光打光。想起那时我在长街之上，结识一个干妹子，她有情来我有义，情义两重。观看今日天气晴和，我不免去到她家，耍一耍，岂不是好？言得在理。（出门）出得门来，将门带上，免得黄牛拖铺盖。五六月天不打紧，九冬十月实难挨。出得门来，青的是山，绿的是水，那旁起了一朵云，不要下雨呀。（唱八字眉毛腔）出得门来往前走，一心要往长街行。三步拿来两步走，两步拿来一步行。急急忙忙来得快，不觉来到她家门。（白）且慢，行来行去，行到满妹子家来了。青天白日，白日青天的，这个门半掩半开，晓得她在不在屋里[2]，不免上前去冒叫一声。呔呔。

满 妹 （内白）乃是零丁卖的，不是大堆卖的。

小 子 满妹，我打个哑迷给你猜。

满 妹 （内白）请打。

小 子 我是你家厨房哪个？

满 妹 （内白）那不是水缸？

小 子 水缸隔壁。

满 妹 （内白）水缸隔壁乃是灶。

小 子 灶的上面。

满 妹 （内白）灶的上面，乃是锅盖。

小 子 锅盖下面。

满 妹 （内白）锅盖下面，那就是锅头。

小 子 不错，可就是没得水的。

满 妹 （内白）没得水的，那岂不是干哥来了？

小 子 正是不错，是干哥哥来了。

满 妹 （内白）干哥呀。

小 子 嗳。

满 妹 （内白）你在外面等一等，奴家梳个头。

小 子 牛头。

满 妹 （内白）啐！油头。

小 子 叮叮叮油头。

满 妹 （内白）奴家裹个脚。

小 子 乃是狗脚。

满 妹 （内白）啐！乃是小脚。

小 子 叮，小脚。

满 妹 （内白）干哥呀。

小 子　嗳。

满 妹　（内白）妹子这就来来来了呀。

小 子　来屎莫来尿。

满 妹　（内唱浪里白）奴在绣房才起床，才呀才起床。（上，揭门帘、整妆、开门，唱浪里白）双手打开门来看，不知外面是何人？（白）东边雾沉沉，西边一朵云。打开门来看，为何不见人？（见小子蹲地）啐！哪里来了个赌钱鬼，昨晚赌了，跑来这里打瞌睡。（见他无动静，背台）待我吐泡口水③，给他讲是一个毫子④，他一定起来捡。（吐口水）哎呀，这是哪个的毫子？

小 子　是我的、是我的。

满 妹　嘻嘻嘻嘻！

小 子　哎呀！这哪里是毫子，分明是泡口水。

满 妹　哥哥，来了为何不请进呢？

小 子　唉，满妹子，为哥哥不是三十斤的猪公，来了还要上秤。

满 妹　啐！乃是请进的啦。

小 子　满妹子，为哥的有两下脾气啵，不进就不进，一进就嘟了地进去。

满 妹　啐！乃是一步一步地进哪。

小 子　满妹子，是要进的。

满 妹　是要进的。

小 子　满妹子，为哥这就进——（唱浪里白）进得门来施一礼，（白）进得门来恭喜你、贺喜你。满妹子，为哥在长街之上没买得什么东西，只买得两个粑粑我就——（唱）垛⑤起你。

满 妹　（唱）双手把凳掩一掩，叫声哥哥你请坐。（白）哥哥，你走远路来，想必口渴了，为妹去到厨房倒杯浓茶，（唱）给哥喝。（下倒茶上）

小 子　（接茶）满妹子，这杯茶是哪个泡的？

满 妹　（故意地）是我妈妈泡的。

小子　怎么是你妈妈泡的？唉！满妹子，我将它好有一比。

满 妹　好比何来？

小 子　那年长街之上米贵，你妈妈到长街上买米。买不到，只买得一个大南瓜。拿回来一砍一剁、一剁一砍，煮得半生半熟的，吃得个肚子不方便，跑到田埂去解大便。为哥来撞到，没有什么抹屁股，用手指来抹屁股。我仔才吃你这杯茶。

满 妹　啐！我妈妈烧的火，奴家泡的茶叶。

小 子　那你又不早讲，茶都倒去了一半了。满妹子，你这茶叶叫什么名茶？

满 妹　乃是叫作六洞茶。

小 子　我讲不是六洞。

满 妹　怎么不是六洞？

小 子　你那里一动，我这里一动，加上茶名又六洞，那不是七八洞了？

满 妹　啐！这是笑话的。

小 子　瞎笑话的。（竖起茶杯把茶喝光）

满 妹　哥哥里头有。

小 子　外头有。

满 妹　妹的厨房里头有。

小 子　何不讲你水缸里头也有？

满 妹　哥哥今天你来到我家，喝了这杯茶，得要你讲句彩话。

小 子　（数课子）满妹子，喝了这杯茶，你要愚兄讲彩话。满妹子，你家牛栏里，牛屎变粑粑，洗碗布变油渣。装碗柜，变货架。吹火筒，变丝瓜。顶锅盖，像个脚鱼满地爬、满地爬。

满 妹　讲子的嘛。

小 子　（数课子）满妹子，你爱子，就讲子。一连生下四五子，大儿子是跛子，二儿子是瞎子，三儿子是哑子。四儿子是聋子，五儿子是蠢子。

满 妹　讲长点。

小 子　（数课子）满妹子，你讲长，我就讲长。一根扁担五尺长，时时用在你肩上。你讲好不好，你讲长不长？

满 妹　好了，好了，闲话少讲。哥哥，妹子要杯。

小 子　妹子，那时我来到你家，你才这点点高，现在你牛高马大了。

满 妹　啐！乃是成人长大。

小 子　难怪你就长起来了。

满 妹　啐！乃是高起来了。

小 子　又高又大，我想，我背也背不起，不免上前抱一抱就是了。

满 妹　啐！我是讲要茶杯。

小 子　那又不讲清楚，闲话少讲，收杯下去。

满 妹　（拿杯下，转上）哥哥，今天来到妹子家中，有何贵事？

小 子　无事不登三宝殿。

满 妹　有事呢？

小 子　有事才到你府上来。我是来和你唱小调玩的。

满 妹　干哥呀，你早来三四日妹子就有音。

小 子　若是晚来三四日呢？

满 妹　若是晚来三四日，妹子就无音了。

小 子　无人，你走过这旁观看，（拉满走过来）蛮好的人哪。

满 妹　嗳，乃是声音的音哪。

小 子　无音添字，无字添音，左右两旁呔呔——

满 妹　此话怎讲？

小 子　兄妹二人，一起同玩，还要唱起来呀！（唱十打对对腔）一打天上蛾眉月。

满 妹　（唱）二打双狮滚绣球。

小 子　（唱）三打桃园三结义。

满 妹　（唱）四打童子拜观音。

小　子　（唱）五打五子来行孝。

满　妹　（唱）六打太阳照凡人。

小　子　（唱）七打天上七姐妹。

满　妹　（唱）八打神仙吕洞宾。

小　子　（唱）九打九龙来戏水。

满　妹　（唱）十打鲤鱼跳龙门。（白）哥哥唱完了。

小　子　唱圆了，那就唱个扁的嘛。

满　妹　哥哥加点点帽⑥嘛。

小　子　你怕是买腊肉吗？有帽加。

满　妹　那就换个曲牌唱。

小　子　好，那就换将起来呀。（唱五更调）一更里呀月出头，灯盏阴阴懒上油。连衣不脱上床睡，十指尖尖做枕头。二更里呀月照沟，郎在外面砸石头。奴在绣房自思想，外面罗裙未曾收。三更里呀月照街，双手轻轻把门开。开得门来引郎进，为何这时你才来。四更里呀月落西，更鼓又打鸡又啼。报晓金鸡啼得早，一双鸳鸯两分离。五更里呀天发明，情哥打扮转回村。若还哥有什么话，下次我俩再相亲。（收尾）

满　妹　（突然抬头，见天色不早）干哥呀，你看门口树上有一对斑鸠打架。

小　子　在哪里？在哪里？（出门，被满妹关在门外）

满　妹　干哥呀，今天天夜了，明天你再来唱。（下）

小　子　吔，她倒⑦下台了，她不管别人家唱戏，我捡得了一点烂戏尾子，我也拿来下台呀。（下）

（剧终）

【注释】

①婊子：旧时称妓女为婊子。此处是强调人物身份的下贱、卑微。

②晓得她在不在屋里：此句意思是不知道她在不在家。

③吐泡口水：意即吐一口口水。

④毫子：硬币。

⑤垛：重叠置放在一起的意思。

⑥加帽：原指卖肉者多割一小块肉加在称好的肉上一起给买肉者，多切这点肉叫加帽或带帽。这里指多唱一段。

⑦倒："反而"的意思。

【剧情简介】

这是一出歌舞小戏，描写一个名叫小子的青年，爱玩爱唱。一天，他到情人满妹子家中玩，与她唱了许多小调，至夜才分手离去。

【简评】

此剧情节简单，有的对话粗俗。但最后二人合唱的一段【五更调】，则较生动地唱出了一对有情人缱绻缠绵的情景，借此反映了剧中人物之间相互爱慕、难舍难分的感情。

此剧由吴祥熙发掘、王玉珍记录保存。

大嫂盘叔

剧中人物

⊙大嫂（行当：正旦，简称：嫂）

⊙包拯（行当：黑面，简称：包）

⊙小子甲（行当：粉面，简称：甲）

⊙小子乙（行当：粉面，简称：乙）

⊙爱喜（行当：花旦，简称：喜）

⊙爱禄（行当：花旦，简称：禄）

全一场

［喜、禄打十字架上。禄在右面梳妆，喜在左面梳妆。开门，禄开上闩，喜开下闩，喜左面下取扫把右面上，禄右面下取扫把左面上。贴对子，喜扫完从左面下取对子上联上，禄右面下取对子下联上。

爱喜、爱禄　（唱采花——观音赞腔）正月里来是新年，手把栏杆贴对联。恭喜相公印到手，连升三级有出头。二月里来龙抬头，富贵到家笑悠悠。相公手上拿的是宝印，才学道理有来由。（收腔。禄由左边打花扇下，喜从右边打花扇下）

包　拯　（小点上）天子重英豪，文章教尔曹[①]。万般皆下品，唯有读书高。我，包拯，从小出世，不见爹娘。多得嫂母抚养成人，同吃同睡。早晚喂奶，七岁读书，嫂母费心，到十五岁上京求名，御笔点为头名状元。奸臣降我三名，是我意想不到，朝廷查明，圣旨到来，要我到徐州为官，管教黎民②，状元仍在，为官放心。今日我请嫂母过来，问个明白，到底去好还是不去好？（向内）有请嫂母。

大　嫂　（内答）来了。（小点上）闻听小叔叫，移步到堂前。小叔！

包　拯　（忙起身施礼）嫂母请坐。

大　嫂　小叔同坐。小叔打叫为嫂出来，有何话说？

包　拯　请得嫂母出来，有两句言语告禀。

大　嫂　小叔有话只管讲来。

包　拯　请嫂母听呀。（长锣。唱家庭乐腔）小弟就把话来禀，嫂母在上你细听。

大　嫂　讲吧。

包　拯　（接唱）从小生下你带我，挽挽抱抱你费心。成人长大六七岁，送到书房读诗文。四书幼学都读了，又读史书和五经。年方长到十五岁，又进朝廷考功名。御笔点我头一个，奸臣按我第三名。是我本人心烦恼，不谢圣恩离龙廷。今日朝廷查明了，我的状元不离身。朝廷圣旨到家里，徐州为官管黎民。请过嫂母开言问，嫂母赞成不赞成？（收腔）

大　嫂　小叔，为嫂有几句话对你诉说。

包　拯　请嫂嫂你讲。

大　嫂　（锣鼓响。唱家庭乐腔）嫂嫂就把话来明，小叔在旁你细听。那时从小管带你，管带你大读诗文。读书也有七八载，十五岁大考得功名。功名成就你得了，朝廷圣旨到家庭。要你徐州去上任，上任做官管黎民。我说你今年纪小，耐烦两年理民情。恐防小叔才学浅，判错黎民坏名声。嫂嫂话儿说完了，小叔慢想在你心。（收腔）

包　拯　大嫂你放心。

大　嫂　你不怕？

包　拯　正是。

大　嫂　（背台）吓！不怕，我有一句话向他盘诘，看他想得出没有？（归座）小叔。

包　拯　在。

大　嫂　你说你不怕，家里有件奇案，看你审得出没有。

包　拯　嫂嫂说来，这样不成，摆出公案，嫂嫂来告状，可惜家无差房，怎么办？

大　嫂　家有小厮二人为差，让你摆出来。

包　拯　从命就是。（下）

大　嫂　堂前有言，叫出爱喜、爱禄。

爱喜、爱禄　（内答）来了。（上）闻听太太叫，急忙就来到。见过太太一礼。

大　嫂　不消，两旁站着。

爱喜、爱禄　太太叫得奴婢出来，有何话说？

大　嫂　太太叫你们出来，非为别事，想相公要到徐州为官，我讲他没有才学，不给他去。他讲不怕，他要摆出公案，我来告状，拿你二人来用了一计。

爱喜、爱禄　用什么计？

大　嫂　我说你二人刚才偷我的鸡蛋吃，你两个不知哪个得吃。我厨房有一个熟鸡蛋，你们两个哪个吃都可以，不要两个都吃。

爱　喜　请给爱禄妹妹吃。

大　嫂　太太盘他，看他审得出不。

爱　禄　我怕他骂。

大　嫂　太太在场，他不敢骂。

爱　禄　我怕他打。

大　嫂　太太在场，他不敢打。

爱　禄　从命就是。

[嫂、喜、禄同下。

[甲、乙扮公差上。内高叫，嗬……锣鼓。

小子甲　秉正公道。

小子乙　大老爷坐堂。

小子甲、小子乙　嗬……嗬。

包　拯　（小点上）哗啦啦、嘿呀呀，打开衙门，保定邦家。（坐堂）包拯做事样样正，定不贪污害人民。家堂摆出假公案，审给嫂母散散心。（拍惊堂木）三班六房[3]，有请太太出堂。

小子甲、小子乙　得令，有请太太。

大　嫂　（内答）来了。（上）家庭摆下公堂式，嫂嫂告状试叔心。有请即到。（转身）见过小叔。

包　拯　（起身转过右面）请过嫂嫂，坐下正堂。

大　嫂　小叔坐下。

包　拯　敬禀嫂母，有何状告？

大　嫂　不讲哪曾知道？只讲家里有两个丫头，刚刚偷我的鸡蛋来吃，问她一个不应，不知哪个得吃。小叔可以审得出来没有？

包　拯　得，叫爱喜、爱禄上堂。

小子甲　传爱喜、爱禄上堂。

爱喜、爱禄　（内答）来了。（上，念）二人生来命太丑，卖给包家做丫头。（白）闻听差人叫，急忙就来到。见过太太、相公，有礼。

包　拯　（拍案）不用见礼，跪下！

爱喜、爱禄　请问相公，为了何事？

包　拯　太太失了鸡蛋，你二人哪个得吃了？

爱喜、爱禄　没得吃。

包　拯　你们没得吃，哪个得吃？

爱喜、爱禄　不晓得。

包　拯　你们二人不讲，我就要骂。

大　嫂　骂不得。小叔，骂就是以权强人。

包　拯　你们当真未有吃？

爱喜、爱禄　当真未得吃。

包　拯　你们当真未得吃，我就要打。三班六房，给我打。

大　嫂　小叔，打不得。

包　拯　怎样打不得？

大　嫂　打就是苦打成招。

包　拯　（背台）这件案件难审。骂，又说是以权强人。打，又说是苦打成招。嘿！难审……呵！有了，倒一盆清水，要一个碗来，要她们舀水漱口，吐在盘里给我看过，我就明白了。（入座）三班六房，倒一盆清水，拿一只碗来。

小子甲　从命。（下取清水和碗上）启禀大老爷，清水在此。

包　拯　爱喜、爱禄，你们二人用水漱口，吐出来给我看。

［禄不敢漱口，叫喜漱。

爱　喜　（舀水漱口，吐出）请太太、相公看看。

包　拯　快点漱来，吐在盘里。（站起来细看）爱喜没有吃，你站过一旁。爱禄你来漱。

爱　禄　（惊颤）启禀太太，相公。

包　拯　你快点漱来。

［禄喝一口水，忙用手指擦牙，才吐下盘中。

包　拯　（看见水中有蛋屑）就是你吃了。三班六房，给我打。

大　嫂　小叔，打不得、打不得。

包　拯　怎样打不得？

大　嫂　有两句言语告诉你听。

包　拯　嫂母，你有话讲来。

大　嫂　小叔在旁听呀。（锣鼓。唱家庭乐腔）嫂嫂就把话来明，小叔在旁你细听。嫂嫂说叔年纪小，出门做官我挂心。迫得家庭摆公案，告出假状试叔心。今见小叔才学好，你去做官嫂放心。这个案件家庭案，叫作嫂母盘叔显才能。大嫂话儿说完了，家庭案件小事情。（收腔。白）恭喜小叔。（四钹）

包　拯　大嫂费心了。请大嫂后堂安坐。

大　嫂　爱喜、爱禄，早晚你们爱唱爱喊，现在小叔出去做官，你们唱一首采花贺小叔才是。

爱喜、爱禄　小人有罪。

包　拯　恕你们二人之罪。

爱喜、爱禄　请过太太的安。

爱喜　爱禄妹妹，我们姐妹就唱起来吧！（唱观音赞腔）三月里来三月三，恭喜相公去做官。今日相公印到手，富贵荣华满家欢。四月里来四月八，相公做官保国家。不讲钱来不讲米，只讲名誉在皇家。（收腔。白）多多得罪太太、相公。

包　拯　恕你二人无罪。有请太太下去。

爱喜、爱禄　太太，跟奴这里来。

大　嫂　正是，大嫂盘叔问分明，今日问了才安心。（下）

包　拯　（唱家庭乐腔）包拯细思细想细来讲，大嫂盘叔费心肠。大嫂盘叔唱完了，祝愿观众都平安。（收腔。白）三班六房，有事无事？

小子甲、小子乙　启禀大人，无事。

包　拯　无事退堂。（下）

小子甲、小子乙　大老爷退堂。嗬……

（剧终）

【注释】

①尔曹：意即“你们”。

②黎民：众民。《诗·尔雅·云汉》：“周余黎民，靡有孑遗。”郑云笺：

"黎，众也。"

③三班六房：旧时州县衙门中吏役的总称。指分掌缉捕罪犯、看守牢狱、站堂行刑等职务的快、皂、壮三班和吏、户、礼、兵、刑、工六房的书办、胥吏。

【剧情简介】

包拯十五岁上京求名，御笔点为头名状元，外放徐州。嫂恐包拯年幼才浅、不能理民，于是设计命丫鬟爱喜、爱禄二人中一人偷吃鸡蛋，不自供认，由包拯审讯，并不许打骂逼供，以试才能。包拯命二人用清水漱口，审出爱禄偷吃的证物。大嫂见证其聪明能干，遂放心让他赴徐州上任。

【简评】

这是一出描写包拯初出茅庐的小型彩调剧。传统彩调剧通常不涉及重大的历史事件、反映激烈的矛盾冲突、描写壮烈的生活场面，多说家长里短，包公戏亦很少。这个戏主角虽为包拯，却讲他少年高中状元，即将上任的故事。剧中教养包拯成长的嫂娘望他有德有智，造福于黎民，于是设计家庭小案来考察包拯，结果嫂娘十分满意。可见内容并不出家庭养儿教子范畴，并道出了当官要为民做主的深刻主题。

此剧由韦炳兴发掘、关元光记录保存。

姐妹游湖

剧中人物

⊙李寿文（行当：小生，简称：文）
⊙胡玉青（行当：旦，简称：玉）
⊙胡小青（行当：旦，简称：小）
⊙萧子明（行当：须生，简称：萧）

第一场

李寿文　（上，唱）春来百卉处处新，花有清香月有阴。鸟语花香使人恋，无边光景在清明。（白）我，李寿文，今年二十二岁。只因父母双亡，丢下小生一人，多蒙姐丈将我抚养成人，这也不在多言。今日乃是清明佳节，前往西湖祭扫坟台。常听人说，西湖美景无边，今日回家尚早，不免西湖去游玩一番，岂不是好？还要转过。（圆场。唱）李寿文游西湖满心欢畅，傍着花随着柳漫步前川。只见那花楼上琴音嘹亮，红粉女抚瑶琴好似天仙。只见那酒楼前杏花开放，只见那森林里鸟语宣扬。只见那游湖人神清气爽，去来船在湖里双桨奔忙。李寿文观不尽花明柳暗，那一旁又来了两位姑娘。（白）且慢，来到湖边，真是美爽，那边来了两位姑娘，生得真是美呀。（下）

第二场

［玉、小细步舞扇，观花看景同上。玉面带愁容。

胡小青　姐姐，你有何心事呀？你看那游湖的人，真是热闹，我们快走吧。

胡玉青　清明节花竞艳燕穿绿柳，对美景闲烦恼齐上心头。看莺燕比翼飞俨同佳偶，但愿得素心人早结鸾俦。（白）唉！想我双亲早丧，十余年来，姐妹相依为命。今日心中烦闷，随着妹子前来西湖游玩，借散闲愁。远望断桥之上，站着一位相公，长得文雅挺秀，好不令人喜爱。（喊）妹子。

胡小青　姐姐，怎么样？

胡玉青　我们姐妹往那边去吧。

胡小青　妹子从命。

胡玉青　你前面引路。

胡小青　你跟着我来呀。

胡玉青　（唱）胡玉青带小妹移步桥上，垂青眼偷看他气宇轩昂。霎时间奴心中小鹿儿撞，展羽扇遮住了含羞面庞。急前行又听得环佩声响，不知他可也懂惜玉怜香。

胡小青　（接唱）叫姐姐游西湖莫把祸闯，撞了人人笑你举止轻狂。

［文上，假意看景。玉、小见文急下。

李寿文　（唱）李寿文见美人魂飞魄荡，不由我想起了神女襄王[①]。我爱她美人脸芙蓉模样，我爱她美人手玉笋尖长。我爱她美人腰杨柳同漾，我爱她美人眼秋水比光。行过处散温香随风飘荡，恋嫣红与翠紫着意寻芳。人世间有这样秀丽娇样，就是那铁石人也要癫狂。李寿文见美人有话难讲，心问口口问心自作商量。悔不该我爹娘早把命丧，丢下我独一人备受凄凉。倘若有我双亲健在堂上，央媒人说婚姻结配鸳鸯。将身儿且把那湖边而往，思佳人不由得暗自神伤。（边追望边下）

第三场

[玉、小同上。

胡玉青 （唱）胡氏女带小妹慢步前往。人说那西湖美名不虚扬。

胡小青 （唱）今日里到西湖游玩一趟，有奇花和异草竞艳吐香。有黄鹂声百转高歌柳浪。游湖人来来往往各自奔忙。

胡玉青 （唱）有一位俏书生温文漂亮，红嘴唇画眉眼玉貌堂堂。奴心中暗思忖若同罗帐，也算得世间上美好鸳鸯。

胡小青 （唱）我姐妹观不尽西湖景况，

胡玉青 （唱）一心心怀念着陌生玉郎。

胡小青 （唱）霎时间乌云起腾波涌浪，

胡玉青 （唱）风拂拂电闪闪雷震山岗。

胡小青 （唱）谈讲间雨点儿飞洒身上，

胡玉青 （唱）叫妹妹快举步避雨再行。

[玉、小下。

李寿文 （上，唱）李寿文游西湖满心欢畅，又谁知急时雨突降当场。一步儿来至在西湖边上，叫一声艄子哥细听短长。今日里到西湖游玩一趟，谁知道滂沱雨来得甚忙。艄子哥将渔船渡我前往，我这里有急事要到钱塘。（白）艄子哥，你快把渔船撑过岸边来。小生这里有急事要往钱塘而去，你渡过去好吧？

萧子明 （摇船上）撑船撑船，上滩容易下滩难。无风无雨都好过，北风呼呼好艰难。哎呀！好大的风呀。（唱）小舟子手拿着桨杆摇桨，一摇摇一桨桨渡过岸旁。双目见湖里鱼结成蛛网，停下了小渔船打它一场。（停船、打鱼）哎呀！你看这里的鱼儿好似蛛网一样，待我来打它一场。

李寿文 艄子哥，我这里真有急事，请你马上撑船过来吧。

萧子明 李相公，西湖之中，游玩的人甚多，渡了你，不渡他，也不是个道理呀。等老汉吃过饭先。

李寿文　艄子哥，我真是有事情紧急，请你渡我过去，再吃也不迟呀。

萧子明　好好！自古道君子不差饿人，想老汉是个开心之人。你有什么急事？请讲我听，我就渡你过去呀。

李寿文　小生之事，是说不出口的，要是说了出来，你也解不了我的愁呀。

萧子明　李相公，你的急事你不讲，我也明白了。你想……

李寿文　艄子哥，你不要笑人了，你快渡我过去，我这里有美酒一瓶，送与你大哥痛饮就是了。

萧子明　好！老汉今日在河上打得一条金鱼，把鱼煎得黄黄的，把酒炖得热热的，你我一同在船上饮几杯。你不要急，我拢岸来了。（撑船）请上船来。

［文上船。

萧子明　李相公，想撑船之人，爱唱湖歌，你爱不爱听？

李寿文　艄子哥，你只管摇船，别要唱歌了，我有急事。

萧子明　李相公，你莫急，开船了。（开船摇桨）

［玉、小同上。

胡玉青　（唱）胡玉青带小妹忙把路闯，谁知道半途中雨骤风狂。顾不了风和雨湖岸而往，都只为婚姻事留恋徜徉[②]。小渔船载的是相公模样，他那里雇小舟摇往钱塘。叫小妹喊渔船撑来此岸，你说道我姐妹也要过江。

胡小青　那撑渔船的大伯，请你把船开到这边来，我姐妹有事过渡。

萧子明　那边有两位姑娘呼喊，我船不渡别人，只渡相公一人。

李寿文　艄大哥，想那两位小女子，也是因雨，急欲归家，还是渡她们过来算了吧。

萧子明　我讲你不是好人。

李寿文　怎样见得？

萧子明　先前你讲到钱塘有急事，现你看见二位姑娘来了，你的事情也不急了，岂不是不是好人吗？

李寿文　常言道得好来，与人方便，自己方便。两位小女子，因雨急欲归家，你渡她们过来，也是一桩好事呀。

萧子明　呵！你如此说来，我明白了，我渡她们过来就是了。（摇船靠岸）二位姑娘请上船来。

［玉、小上船，玉含羞，自坐船旁。

李寿文　（唱）李寿文忍不住忙开口讲，尊一声二姑娘细听短长。行匆忙有急事为着哪样？贵姓氏芳名谁家居哪乡？

胡小青　（唱）我小青上前来忙把话讲，叫一声相公你细听端详。奴家居双茶街西门小巷，我姐姐胡玉青姑娘。奴的爹在边疆封为大将，奴的母遭不幸一命早亡。

胡玉青　（唱）我姐妹命中苦无依无傍，终日里叹双亲好不凄惶。今日里与相公同过江往，蒙相公这恩情怎能敢忘？（白）请问相公，姓氏名谁？家居何处？

李寿文　小姐你要问，那你就听呀。（唱）开言来将情形详细奉上，尊一声二姑娘细听短长。我姓李名寿文，父母早丧，上无兄下无弟独自凄凉。多得我贤姐丈恩深义广，钱塘县开茶店教养有方。今日里游西湖归家而往，因遇雨同舟渡得会红妆。

萧子明　好！船已到岸，你们的话也讲清了，请你们一起上岸吧。

李寿文　二位姑娘，船已到岸，风雨还是不停，如何是好？（略停）小生这里有把雨伞，借与你二位姑娘遮雨，你们意下如何？

胡玉青　公子说出哪里话来？你的雨伞借与我们姐妹，你受雨淋，叫我姐妹怎样过意呀？

李寿文　你们乃是女流之辈，鞋尖脚小，不能快走。我乃男子汉，走路如飞，离我姐丈家中不远，我多跑几步就到家了，还是你们拿去吧。（送伞给玉）

胡玉青　如此说来，有劳相公，等来日着小妹送还给你就是。

李寿文　小生自己去拿。

胡玉青　如此告辞了。

胡小青　（唱）有恩人借雨伞满心欢畅——（下）

胡玉青　（唱）蒙相公相济我姐妹还乡。胡玉青行几步回头盼望，心思想口难言难舍玉郎。（徐徐而下）

李寿文　（张望良久，唱）李寿文魂与魄与她同往，见姑娘相告别心如刀伤。五百年欠下了这笔相思债，归家去想良策匹配鸳鸯。（下）

（剧终）

【注释】

①神女襄王：此指楚襄王梦见巫山神女的传说。宋玉《神女赋序》："楚襄王与宋玉游于云梦之浦，使玉赋高唐之事。其夜王寝，果梦与神女遇。"

②徜徉：徘徊；心神不宁。

【剧情简介】

胡玉青与妹小青到西湖游玩，见李寿文长得文雅俊秀，顿生爱慕之情。大雨骤至，李寿文雇舟返家，玉青姐妹亦因躲雨赶至湖边，与李寿文在船上相遇，彼此交谈，情投意合。船已到岸，雨仍未止，李借伞给玉青姐妹归家，定期再会而别。

【简评】

此剧很容易让人联想到明代冯梦龙《警世通言》中的《白娘子永镇雷峰塔》白娘子与许宣邂逅借伞的故事情节。小说中法海用以劝诫后人："奉劝世人休爱色，爱色之人被色迷。心正自然邪不扰，身端怎有恶来欺。但看许宣因爱色，带累官司惹是非。不是老僧来救护，白蛇吞了不留些。"而彩调《姐妹游湖》更倾向于肯定这段感情的美好。形式上，此剧与早期的彩调剧也有很大不同。一是既没有载歌载舞的表演，又缺乏尖锐的戏剧冲突。二是全剧多为文人的吟景抒情，曲辞典雅，看不见彩调小而俗的特征。这或许与它改编前人的作品有关。另外，广西文场中表现白素贞与许仙故事的《游西湖》(见石印《最新琴弦曲谱》)，亦有很多与《姐妹游湖》相似的曲词。这一现象不仅说明关于白娘子的民间传说流播广泛，而且，证实了广西地方的戏、曲是互相借鉴、互相影响的。

此剧由阳权泰发掘、关元光记录保存。

寡妇磨豆腐

剧中人物

⊙苏三嫂（行当：正旦，简称：嫂）

⊙王老七（行当：小生，简称：七）

⊙王老奶（行当：老旦，简称：奶）

第一场

苏三嫂 （舞蹈上，拿蜡烛，两边照，放烛桌上）奴夫早死奴孤独，家贫全靠下功夫。一无田来二无地，每日只靠卖豆腐。吾乃苏三嫂，配夫苏臣，不料早年丧命。只为家中贫寒，每日靠磨豆腐为生。今天乃是年二十九，明天就是三十。家家要过年了，都来要向我买豆腐。今夜必须赶夜工，不免将我那对水桶拿出来挑水，装满水缸，今晚好磨豆腐。（挑水桶出门，关门）走啊！（唱）忙把水桶来挑起，为磨豆腐更着急。想起奴夫去了世，丢下奴家好孤凄。眼前若有奴夫在，哪有深更往外移①。急急忙忙河边去，霎时北风冷凄凄。咬定牙关下河去，鼓起口气下劲力。就是千斤要挑起，手酸脚麻透一时②。（上码头，把水桶放下）

王老七 （在内喊）算数，不帮了。

［内白："踩烂锅头，打死鸡崽，用坏铲两把，锄头两把，还有什么数算？"

王老七 （内白）帮了一年到头，明早就是三十了，难道我一个钱也不要吗？

［内白："不行，将他的衣服脱下来！"

［七跑上，碰烂嫂的水桶。

苏三嫂 哎啊！你这个人才混账啊。你急什么鬼，把我的水打泼了，桶也搞坏了。

王老七 你这位大嫂，不要发气，我不是特意的，我来和你弄好就是了。

苏三嫂 和我弄好？这么冷的天，亏我下河去挑水。

王老七 那要什么紧？我来帮你去挑就是了。（行弦。整好桶，下河挑水）

苏三嫂 （见七挑上，忙去接）辛苦你帮我来挑。

王老七 我见你女流之辈，深更静夜，不如我帮你送回家去。

苏三嫂 那就真真是有劳大哥了。

王老七 大嫂前面引路。

苏三嫂 那你就随我来啊。（唱四平腔）站在路旁把话论，尊声大哥你是听。今晚挑水遇着你，得罪还需要谅情。我今不该将你骂，千万莫要记在心。更深夜静你哪里去？这样慌张为何因？

王老七 （唱）大嫂有所不知情，我有言来你是听：因为家中多贫苦，我是帮人度光阴。帮到本村王财主，一年没得半毫分。喊他前来把数算，谁知他开口就骂人。又讲打烂锅两个，锄铲两把要赔清。一年工钱赔不够，要脱我的烂衣襟。迫不得已来逃走，碰坏水桶请谅情。一身苦楚说不尽，停步不走为何因？（收腔。白）为何不走？

苏三嫂 到了，我来开门。（开门）请进。

王老七 有进。（挑水进去，倒入水缸里）

［嫂想过去拿水桶继续挑。

王老七 你不要性急，我和你多挑两担来。（出门，连挑两担）

[嫂在屋里洗磨。

[音乐过门。七挑完了两担水。

苏三嫂　满了，不要挑了。辛苦你了！

王老七　挑两担水何为辛苦？但不知你更深夜静挑这么多水有什么用途？

苏三嫂　哎呀，大哥哪曾知道，我是磨豆腐的。明天是三十夜晚，人家要豆腐，我今晚是赶工的。

王老七　啊，你是磨豆腐的，你家中有什么人啊？

苏三嫂　哎！大哥，请听啊。（唱数板或一字调）未开言不由我珠泪淋淋，讲起来奴这里好不伤心。遭不幸奴的夫他丧了命，一无田二无地难度光阴。无奈何磨豆腐街前发卖，才强免③得点钱度过几春。问大哥你哪里叫何名姓？家住在哪州府哪县的人？

王老七　（唱一字数板）贤大嫂有所不知情，我有言说出来你慢慢细听。家住在本县王家庄上，我父亲遭不幸早年归阴。我上无兄下又无弟，我母亲她两眼双目失明。我只为家贫寒无其可奈，每日里靠帮人来度光阴。我把这真实言说与你听，王老七就是我苦命的人。

苏三嫂　哎呀！原来如此，真是可恼的财主。

王老七　大姐，你一个人磨，时间又不早了，我来帮帮你的忙，好不好？

苏三嫂　岂敢劳动于你？

王老七　大家都是命苦之人，帮点又有何妨？

苏三嫂　那好吧。

[两人抬豆子，各往相反方向走。后发现不对，嫂摆手，示意七先走，取磨钩搭上磨。

苏三嫂　磨起来了。

王老七、苏三嫂　（唱月儿照花台调）更深夜静冷凄凄，穷人日夜卖苦力。一来一往推得快，推得我一身汗滴滴。一生只为家贫苦，全靠磨豆腐

来度日。穷人受尽千般苦，富翁坐倒吃现成的。（音乐过场）

［嫂洗豆腐，七帮烧火，煮成了豆腐脑，嫂舀一碗与七吃。

苏三嫂　这里有豆腐脑，你辛苦了，舀一碗你尝尝吧。

王老七　我不饿的，不要可惜了，多做点豆腐不好吗？

苏三嫂　吃吧，莫嫌弃了。

［七吃豆腐。

［起五鼓，天亮。

王老七　天亮了，我要回去了。

［嫂开门，外面风大。七欲走，嫂把他拉了进来。

苏三嫂　这么大的风，天这么冷，只穿这两件衣裳，你怎么走得？

王老七　不怕的，我冷惯了的。

苏三嫂　请你等一下吧。（下。拿衣服、钱、米上。拿衣裳给七披上）这里有衣裳，你拿来穿起吧。

王老七　好。（穿衣，审视）这么暖，没有穿过这么好的衣裳。

苏三嫂　这里有一斗米，有几十个钱，给你母子二人好度日。明天又过年了，你去哪里来钱买米？

王老七　（拿过钱米）多谢大嫂了，给我这么多钱，这么多米。你这样看得起我，我哪天才报答你呀？

苏三嫂　（想了一下）报答？不必吧。哪讲这种。

王老七　我看你一个人太累了，我拿了钱，拿了米回家去养了我的娘，我转来帮你。

苏三嫂　那你就要转来啦。

［嫂送七出门，走几步，七又走回头，看嫂一下，嫂又走上去看他一眼。两人又相碰，依依不舍，七望着嫂，一路退一路下，嫂一路望，一路退。分下。

第二场

王老奶　（摸上，念）我儿前去帮人家，三十夜晚未回家。家中无钱又无米，你叫为娘吃什么？（白）老身王奶奶。是我老老[4]去世，家道贫寒，今日年三十了，我儿还没回家来啊。

王老七　（上）高兴走得快，到了门口来。待我进去。（进去）见过妈妈。

王老奶　儿啊，你回来了。你帮了一年，得了多少钱米回来啊？

王老七　母亲哪曾知道，我帮那财主，想那财主九打十算，他说我打烂了他的锅头，弄坏了他的锄头铲，要我赔。除了工钱还赔不够，他还想脱我的两件烂衣服。

王老奶　真真可恼的财主呀！（唱骂腔）开言我把财主骂，骂声财主狗心肠。我儿帮工钱不给，母子怎能度时光？

王老七　妈妈，你不要着急。这里有斗米，有几十个钱。

王老奶　儿呀，你帮长工帮了一年，没得一个钱，你这点钱米，由何处而来？你莫非是去偷人家的？

王老七　母亲你哪曾知道，我与那财主算钱，他不给，要脱我的衣裳，我就跑了。后来我碰着一个挑水的，把她水桶碰坏了。

王老奶　人家不要你赔吗？你走路这么急啊？

王老七　我给她整好那对桶，又帮她挑水，送到她家里去。以后我又多挑了两担。问来问去，她乃是苏三嫂，丈夫早去世。孩儿见她一个人忙不过来，与她磨豆腐。磨完了，她舀豆腐脑给我吃。她见我们家里贫穷，我走时，她给孩儿一斗米，几十个钱，养你老人家的。她还给一件衣裳我穿呢。

王老奶　（唱四钹锣）听罢言来喜在心，她是穷人顾穷人，但愿此人添福寿，我愿她日日夜夜得安宁。（白）儿呀，人家有这番好意，你快点拿米倒去米缸里，送口袋去，有事多多帮点别人。

王老七　妈妈请退，孩儿就去。（扶奶下，出门，唱）她有心来我有意，

有心难舍有意人。送个口袋她家去，要与三嫂配成亲。（下）

第三场

［嫂在音乐声中上，做回忆刚才事情的动作。

［七上。

苏三嫂　（急拉七进屋）哎呀！我盼你怎么还不来呀！

王老七　我拿这钱和米回去给我母亲，又把我帮财主的事和你的事告诉母亲，我母亲又喜又怒。

苏三嫂　哎呀，你母亲怒的是谁呀？

王老七　我母亲怒的是那恶财主，喜的乃是你一片好心。今天我母亲要我送口袋来，多谢你了。

苏三嫂　多谢。（想讲又不好讲出口）

王老七　我今天来是来了，还有什么事给我做呀？

苏三嫂　你来了就是好的，没有什么事，过年了。别人也是过年，我们也是过年，去欢饮两杯吧。

王老七　那我又来打扰你了。

苏三嫂　现在你还讲来打扰？从今以后，再不要讲客气了。

王老七　（会意地）好便是好，你不怕别人谈论吗？

苏三嫂　我自己的事，哪怕别人谈论。

王老七　那就好了。这里有香花纸烛，那就当天一拜吧。

苏三嫂、王老七　（唱送花腔）一拜天来二拜地，三拜四拜好成亲。拜个天长和地久，拜个日月来同明。（舞蹈）

（剧终）

【注释】

①移：走。

②透一时：喘口气的意思。

③强免：勉强。

④老老：对男性老年人的敬称。此处指王老奶的丈夫。

【剧情简介】

寡妇苏三嫂靠磨豆腐营生，除夕晚上到河边挑水，巧遇被地主赶出门来的长工王老七。王老七因走得过急，不慎将三嫂的水撞翻，桶也碰坏。王老七急忙帮苏三嫂修好水桶，并帮三嫂挑水至家，连夜协助三嫂把豆腐做成。三嫂见他为人忠厚老实，心中已有爱慕之意，乃赠钱米以报帮助之情。王老七亦觉三嫂为人善良勤俭，欲娶为妻。二人心心相印，最后，不顾旁人闲话，结成夫妻。

【简评】

长工王老七忠厚老实、勤俭善良。剧中是通过帮苏三嫂修补水桶、挑水上门、夜做豆腐三件事来体现王老七的品质特征的。王老七在穷愁潦倒、走投无路的时候，巧遇寡妇苏三嫂，并获取其芳心，与之结为夫妻，命运突然发生逆转。这一看似简单的故事情节，表达了善恶有报的传统观念。

此剧由谢济舟发掘、庞强辉记录保存。

大补缸

剧中人物

⊙土地（行当：老生，简称：土）
⊙古而当（行当：丑，简称：古）
⊙火烧鬼（行当：丑，简称：鬼）
⊙王大娘（行当：摇旦，简称：娘）
⊙化身（行当：花旦，简称：化）
⊙墨水钟馗（行当：花脸，简称：墨）
⊙朱砂钟馗（行当：花脸，简称：朱）

第一场

火烧鬼 （上，念）人死如灯灭，犹如汤泼雪。若要还阳世，水里捞明月。（白）我火烧鬼。死了几年了，未曾找得替身，我要到青草坪中化一房廊，等候有什么人到来，我好找替身。我还要驾动阴风。（唱鬼腔）驾动阴风往前走，要到凡间走一程，死了几年未找替身。我到那荒郊房廊造，现出了房廊等候人。青草坪中房子化，化一座房廊在此间。三高两矮五间头，上面盖的琉璃瓦。又化桌子堂中间，化作椅子摆两边。锅头碗碟门门化遍，又化床铺在房间。样样东西化齐了，又化王大娘在此间。一变二变，化出

王大娘出现。（下）

王大娘　（鬼扮娘上，白）变得像、变得像，变成凡间的王大娘一样。我，王大娘。有人知者，我是个火烧鬼；无人知者，我是个王大娘。若是有人到来，我才变一个姑娘。我现到后面烧茶，岂不是好的？（下）

土　地　（上，念）土地土地，三分仙气。初二、十六，两个牙祭[①]。（白）我，南天门土地。我还要到凡间去，查明善恶之人。还要驾动祥云。（唱仙腔）驾动祥云往前走，要到凡间走一程。善恶之人我查定，我看凡间什么人？行善之人有好处，行恶之人不好心。行善行恶终有报，恐怕凡间有妖精。来到此间举目看，只见房子这么新。这座房子多古怪，我怕里面有坏人。我去那旁变一变，变个补缸走乡村。行前几步来到快，不觉来在青草坪。（白）四下无人，我变一个补缸的，入村查一查，看凡间有什么事情。一变二变，我原身不见，三变四变，补缸的人出现。（下）

古而当　（土扮古上，念）锣儿当、鼓儿当，二十八宿闹昆阳。有人问我名和姓，名字叫作古而当。（白）我，古而当。化一个担子出来，岂不是好？一变二变，担子出现。（身旁出现担子，挑起）我还要到村庄街上四处去走呀！（唱补缸腔）忙把担子来挑上，挑着担子走村庄。一走就往大街进，只见大街闹洋洋。左边开的杂货铺，右边绸缎是苏杭。一走就把屠行过，只见猪肉亮光光。猪肉本身就蛮爽，又有猪肝搭粉肠。我今就往大街过，没得那个喊补缸。挑起担子出城外，还要村庄走一场。行程几步来得快，不觉来到是村庄。大叫三声瓷缸补，小叫三声补瓷缸。（喊）补瓷缸啊！

王大娘　（上，接唱）我在后面烧茶汤，忽听外面喊补缸。我把大门来开上，却原来了补缸郎。补缸师傅你请进。

古而当　（接唱）敢莫你家有烂缸？

王大娘　（接唱）我家本是有烂缸，请你进到我高堂。

古而当　（接唱）我把担子来放上，担子放在你香火堂。

王大娘　呸！挡着我的香火了。

古而当　（接唱）这旁不放那旁放，担子放在土地堂。

王大娘　呸！挡着我的土地了。

古而当　（搬担子，接唱）这旁不放我那旁放，上前恭喜王大娘。

王大娘　不要讲礼。（接唱）堂前板凳来坐上，我到后面倒茶汤。

古而当　（接唱）大娘就把礼性讲，她到后头倒茶汤。

王大娘　（接唱）手拿茶杯往堂上，补缸师傅请茶汤。

古而当　（接唱）大娘你今把礼讲，多谢大娘的茶汤。

王大娘　（接唱）我接着杯子后堂去。（下复上）

古而当　（接唱）你烂缸放在哪一旁？

王大娘　（接唱）我今带你绣房上，

古而当　（接唱）带我绣房看烂缸。

王大娘　（接唱）王大娘前面来引路，

古而当　（接唱）后面跟着你的郎。

王大娘　呸！补缸郎，你莫吃我的空子②。（接唱）行程几步来得快，

古而当　（接唱）不觉来到你的房。

王大娘　（接唱）我把房门来开上，

古而当　（接唱）低头走进你的房。（一摸摸着娘胸口）

王大娘　呸！你怎么摸我？

古而当　（接唱）你的房间不见光。

王大娘　（接唱）两手打开窗户看，

古而当　（接唱）打开纱窗亮堂堂。房里烂缸看不到，

王大娘　（接唱）何不抬到厅堂上？

［古、娘对面抬缸。

王大娘　（接唱）我把缸子来抬上，

古而当　（接唱）好比两老抬茶汤。

王大娘　呸你那啾！（接唱）我今抬缸前面走，

古而当　（接唱）后面跟着你的郎。哦，补缸郎。

王大娘　（接唱）行程几步来得快，

古而当 （接唱）不觉来到是厅堂。

［古、娘放下缸。

古而当 （接唱）我今低头看一看，看你这个大烂缸。后头烂了一个洞，面前又烂了这么长。不要多来不要少，我八百铜钱要四双。

王大娘 （接唱）我在堂前还个价，补缸师傅听端详。铜钱只给四十个，算来也有二十双。

古而当 （接唱）我今天出门碰着鬼，碰着你王大娘不开张。我挑起担子别方去，我去别方补烂缸。

王大娘 （抓古，拉拉扯扯。接唱）补缸师傅你请转，加些铜钱又何妨？

古而当 （接唱）你把价钱加给我，我补起缸子两面光。

王大娘 （接唱）补缸师傅你在这补，要补好缸这一抹光。我今就往后堂上，我去后堂烧茶汤。（下）

古而当 （补缸，接唱）一个缸子一个眼，两个眼鼓眼一双。

化 身 （娘扮花旦上，接唱）我在后面巧梳妆，梳起头发一转光。左边梳个盘龙髻，右边梳个凤朝阳。脸上打起苏州粉，又有胭脂点嘴旁。上身穿件花绫袄，八幅罗裙捆下方。低头走出房门看，只见一个补缸郎。补缸师傅你苏醒，醒来和你说短长。（白）苏醒啊。

古而当 （接唱）适才一梦梦吉祥，醒来看见美姑娘。这个姑娘生得好，好比一个观音娘。脸上打起苏州粉，又有胭脂点嘴旁。

［化在旁绣花。

古而当 （接唱）越看越看越好看，走上前来搂姑娘。（上前搂化，把缸踢倒）

化 身 呸！（接唱）补缸师傅你不是，你因何踢坏我的缸？

古而当 （接唱）打坏你旧缸不要紧，打坏旧缸我赔新缸。

化 身 （接唱）你赔新缸我不要，我旧缸用得两面光。

古而当 （接唱）你不要新缸也就罢，我挑起担子往别方。

化 身 （拉下担子，接唱）你不把缸子来赔偿，你也难走出我的房。

古而当 （接唱）我赔新缸你不要，到底你讲哪一行？

化　身 （接唱）打烂缸子不赔我，除非你拜我做亲娘。

古而当 （接唱）你的年纪这样小，你做我娘理不当。你今才是十八岁，我嘴上胡子这么长。

化　身 （接唱）将你胡子来扯下，慢慢拜我做干娘。

古而当 （接唱）我把胡子来扯下，扯着胡子痛心肠。

化　身 （接唱）你扯胡子痛心肠，你不该打坏我的缸。那旁你把胡子剃——

古而当 （转身抹去胡子，接唱）我胡子剃得一抹光。走上前来我便拜，我今拜你做亲娘。

化　身 我收一个宝宝你呀。

古而当 这下子是冬瓜的仔，茄子的娘了。讲得天将起黑了。

化　身 夜不要紧，在我这里住夜。

古而当 房里有什么人？

化　身 我就和我妈妈两个人，她不在屋，找你来作伴。

古而当 那就好了。

化　身 我去弄夜宵了。（下）

古而当 嘻……嘻……她妈不在家，找我作伴，那就爽了。嘻……嘻……嘻。（下）

第二场

［天黑。

古而当（摸黑上，摸到床前，打开帐子看）不好了！原来是个火烧鬼。（走）

［娘追古。二人打起来。娘败下，古追下。

王大娘 （复上）古而当杀法厉害，识破我是个火烧鬼，不免我变出原身，和他再战。（下）

古而当　（上，被鬼追，败）火烧鬼杀法厉害，我不免变出原身。

［土下，鬼追下。土上，鬼追上，二人大战。土又败，鬼追，土走龙摆尾。

墨水钟馗　（上）土地神挨火烧鬼撵，火烧鬼杀法厉害，我不免助他一臂之力。

［墨、土均败，被鬼追下。

朱砂钟馗　（上，打跳台，念）提起当年赶王科，唐主把我状元削。玉皇赐我青锋剑，环游天下斩妖魔。（白）我，朱砂钟馗③。凡间这样热闹，待我登高一看。（站桌上）

［鬼追土、墨上，走过场。

朱砂钟馗　且慢，我道是谁，却原是墨水钟馗和土地神被火烧鬼烧得狼狼狈狈，我不免下去阻挡一阵，岂不是好？（跳下）

［鬼追土、墨上，被朱截住。

朱砂钟馗　你这火烧鬼，扰乱红尘，这还了得！

火烧鬼　唉呀！大仙饶我命。

朱砂钟馗　你为何要撵土地神和墨水钟馗？

火烧鬼　我要找替身。

朱砂钟馗　你罪孽深重，去罢。（挥剑斩鬼）土地神、墨水钟馗转回，如今我斩了火烧鬼了。

土地、墨水钟馗　多得朱砂钟馗大仙救我二人性命。

朱砂钟馗　搭救来迟。来，各归原位。

朱砂钟馗、墨水钟馗、土地　来！请，哎呀，哎哟，哈哈！

（剧终）

【注释】

①牙祭：一般人平时多蔬食，隔若干时日肉食一次叫“牙祭”。清人吴敬梓所写《儒林外史》第十八回：“平时每日就是小菜饭，初二、十六跟

着店里吃‘牙祭肉’。”现泛称偶尔吃一顿好饭食为“打牙祭”。

②空子：便宜。桂林话吃空子即占便宜。

③钟馗：中国民间传说中驱鬼逐邪之神，是中国传统文化中的“赐福镇宅圣君”。人们常用其图像来除邪驱祟。

【剧情简介】

火烧鬼想找替身，幻化成妇人王大娘在路旁开店，借以诱惑客人。土地为访查人间善恶，变成补缸郎古而当至店补缸。火烧鬼又变成少女与古而当勾搭，被古而当发觉。火烧鬼变出原形与古而当战斗，把古而当打败。墨水钟馗见土地战败，下来助战，仍被战败。朱砂钟馗再来助战，才将火烧鬼杀死。

【简评】

钟馗是一个深受百姓欢迎的人物。传说钟馗正气浩然、刚直不阿。在民间，人们用他的形象制作成各种艺术品，放置在住宅里或大门口，希望驱逐邪恶，获得平安。可见，钟馗的影响已不仅局限于会捉鬼，他在百姓心目中已经成为正义的化身。所以剧中颂扬钟馗大战火烧鬼，最终完胜，表达的也是人们驱恶除邪的愿望。这个剧在神仙鬼怪混战过程中，穿插了土地变化的补缸郎对火烧鬼变化的美少女萌发了人世间才有的爱慕之情，使该剧平添了些许趣味。

尽管《小补缸》与《大补缸》在情节、语言等方面有不少相似之处，但前者表现的是轻松惬意的普通百姓日常生活，而后者则上演的是你追我杀、激烈紧张的神鬼大战，二者的区别显而易见。

此剧由李群英发掘、关元光记录保存。

包鱼换子

剧中人物

⊙周氏（行当：摇旦，简称：周）

⊙王氏（行当：正旦，简称：王）

⊙县官（行当：生，简称：官）

⊙差人（简称：差）

第一场

王　氏　（上，念）奴夫出外去，许久未回程。（白）奴乃王氏。今日乃是我母亲寿诞，不免背起我的孩儿，回外家前去，岂不是好？待我把儿子抱出来。（背仔）仔莫哭，为娘背你到外婆家吃酒。（出门、锁门）出得门来，青的是山，绿的是水，真真好景致啊！（唱海棠花）奴家生来年二八，（重句）头上戴朵海棠花，梳妆打扮回娘家。一路走来一路行，（重句）急急忙忙回家门，见了母亲问安宁。（下）

第二场

周　氏　（背女上，念）早当家来晚当家，想起当家泪如麻，早晨起来七件事，油盐柴米酱醋茶。（白）奴乃周氏。丈夫每日长街上贪玩好耍，天天却和老娘怄气。是我姐姐带了一个信来，叫我到她家中去住几日，不免背着我的女儿到她家中去走上一走，岂不是好？（出门、锁门）离了我家，还要到她家前去走上一走啊！（唱八洞神仙腔）八月十五天门开，（重句）八洞神仙下凡来。前面走的张果老①，（重句）铁拐李②葫芦口朝天。汉钟离③手拿芭蕉扇，何仙姑④生得美容颜。吕洞宾身背斩龙剑，蓝采和⑤他把后面跟。（下）

第三场

王 氏 （上，唱四平腔）三十五里桃花店，四十五里杏花村。杏花村里出美酒，桃花店里出美人。（唱急腔）急急忙忙来得快，不觉来到这树边。（白）来到这树边，天气暑热，不免把我的儿子解下来。（解仔，仔哭）仔不要哭，为娘给奶你吃。（喂罢奶，放仔于地下，去井边吃水）仔你莫哭，为娘去吃点水来。（下）

周 氏 （背女上）这里有个小娃仔，我来看看是男是女。（抱仔看）哎哟是个仔，这个仔才生得好，不免将我这个女换下这个仔。（瞭望无人，急将己女换仔，下）

［女哭。

王 氏 （上）仔莫哭，为娘抱你来了。（抱起仔）哎呀！这个仔怎样好像不是我的。啊，原来是个女的。该死的，是哪一个把我的仔换去了？（四望）一定是那个人换了去，那还得了。（喊）那位大娘你莫走，我追来了呀。（唱四平腔）贼心狗胆好胆大，你抢我儿为什么？我若把你赶到了，一定把你心来挖。（下）

周 氏 （上，唱急腔）急急忙忙回家去，谅他不能把我寻。

王 氏 （追上，抓住周）你莫走，莫走！你这样慌慌张张，你能走到哪里去？你为什么把我的仔调⑥了？你这个人真混账！你自己没得本事养仔，你调我的仔做什么？

周 氏　那个仔是你的，这个仔是我的。你好混账，你来要我的仔。

王 氏　你才混账！我在下面喝口水，你就把老娘的仔调了，你听我来骂你一顿。（唱数板）你这妇人不讲理，调我儿子为何情？好言好语对你论，你暗地拿刀来杀人。好好把仔交给我，你若不交把命拼。

周 氏　（接唱）你才混账不讲理，胡言乱语来讲人。这是我的亲生子，老娘背他回家门。你竟胆大来要仔，亏你有脸来见人。

王 氏　（接唱）越讲越讲胆子大，逼得奴家把气发。自己的女你不要，你要我儿为什么？你若还要多来讲，我脱下草鞋打嘴巴。

周 氏　（接唱）你若打架我不怕，动手要抓你头发：你拿锄头我拿耙，双手把你眼睛挖。气你不过打一架，今天冒着犯王法。

［周、王二人动手打架。

［官催粮上。

差 人　（上，将周、王拉开）你们打什么？（向县）报告老爷，这里有两个女人，背着两个娃仔在此打架。

县 官　这还了得，清平世界，在路上就打起来，成什么话？！来，把这两个女人带回衙去。

［差带周、王连场回衙。

县 官　（到衙升堂）把那两位女子带上公堂。

［差带周、王进衙，王跪左、周跪右。

县 官　你二人哪位是原告？哪位是被告？

王 氏　我是原告。

周 氏　我是原告。

县 官　不要争，跪在左旁就是原告，跪在右旁是被告。左旁的姓甚名谁？

王 氏　我乃王氏。

县 官　右旁跪的姓甚名谁？

周 氏　我乃周氏。

县 官　原告为着何事？从头一二讲来。

王 氏　是！奴所生一子，将近六个月。我的丈夫不在家，今天是我母亲寿诞，我背着我的儿子回家前去拜寿，走到树脚下，天气暑热，将我儿子放在树下，我到井边去喝了一口水，谁知这位做事不讲理，她将女儿调去我的儿子。是我赶上前去问她要回，她不肯，因此才和她打起来。

县 官　原来是这样事情。周氏你为什么把人家的仔调去，是何缘故？你从头一二讲来。

周 氏　启禀老爷，各人的仔就是各人的仔，她没得本事养仔，硬讲我这个仔是她的，老爷请你详查。

县 官　是呀，世间之上，也没得有人换仔的，各人的仔是各人的，也没调仔的道理。王氏这就是你的不是了，你胡言乱语，你敢莫疯了？你的女就是你的女，她的仔就是她的仔，仔女都是一样。

王 氏　老爷，是我的仔就是我的仔，我不会来冤枉讲的。

县 官　到底是不是你的仔？

王 氏　确是我的仔。

县 官　周氏，是你的就是你的，不是你的，你就莫要。老爷要查着了，你要犯王法的。

周 氏　实实在在是我的，她的女她不要了，这怎么能怪得我？

县 官　你二人不要争，衙役，把这两个小娃仔抱与太太好好带着，本县查实再问。将她二人带下。

［差抱仔、女下。

［差带周、王下。

县 官　且慢，自本县上任以来，还未见过这等事情，为官不与黎民做主，枉费朝廷爵禄恩。（唱倒板腔）自从本县来上任，从未见过怪事情。这样事情判不下，枉费朝廷爵禄恩。低下头来把计定。（想，白）有了。（接唱）猛然一计上了心。（白）且慢！她二人一个说换子，一个说没换。本县想一个计策，倒不如叫衙役去到街上，买一个鲤鱼回家来，将小娃仔的衣服穿在鱼身上，再将二人带去河边审问，将鲤鱼丢下河去，说是把仔丢下河去，若还是她亲生，必然有人下河去捞，岂不是好？就是这个主意。（向内）衙役走来。

差 人 （上）启禀老爷，有何事情？

县 官 本县因这桩案子未能查明，你们拿得二两银子到长街之上，买一条鲤鱼回衙来，即去即回，不要走漏消息，快点去！

差 人 遵命！

县 官 我今吩咐你——

差 人 怎敢不用心？

［官下。

差 人 （唱四门腔）这个事情真古怪，老爷问话解不开，要我长街把鱼买，急急忙忙就回来。（连场。白）有鱼没有？

［内答：有鱼，要多重的？

差 人 要两斤半重，要好多钱？

［内答：三钱银子。

差 人 钱在这里，我拿鱼走了。（下，拿鱼上，连场回衙）有请老爷。

县 官 （上）所请何事？

差 人 奉了老爷命，叫我去买鱼，也曾买回，这鱼有两斤半。

县 官 买回就是好的。听本县吩咐，把仔的衣服脱下来。

差 人 遵命！（下，拿仔衣服上）

县 官 把那仔的衣服给鱼穿上，不要给人家看见。千万莫给她们识破。

差 人 遵命！（将仔衣服给鱼穿上）

县 官 来！叫王氏、周氏上来。

［差下，带王、周上。

王氏、周氏 跪见老爷。

县　官　你们这件事，现和你们判明，将你们带到河边前去问话。衙役，把她二人带到河边。

［差带王、周至河边。

县　官　（到河边）周氏、王氏各站一边，听本县吩咐。

［周、王分站两边。

县　官　这个仔是哪个的？是哪个的就哪个抱着，你若不讲实话，大家都不要了。

王　氏　是我的。

周　氏　是我的。

［王、周二人争吵不休。

县　官　你们不要争。（叫王）你讲是你的。（叫周）你也讲是你的。衙役，把这个仔丢下河去，大家都不要。

王氏、周氏　老爷开恩，莫丢这个仔。

［差将鱼丢入河中，王下河去捞，周站在一旁不动。差急将王拉起，王哭。

县　官　这个女是哪个的？

周　氏　这个女是我的，还好，我的女还在。

县　官　来，将她们带回衙去。（连场）这个女是哪个的？

周　氏　这个女是我的。

县　官　（发气）你这个刁妇，人家的仔就是人家的仔，为什么拿自己的女去换人家的仔？

周　氏　老爷，我怕她晓不得，我才将她的仔抱回来，其实那个女就是我的。

县　官　来，把那两个小娃抱出。

差　人　是。（下，抱仔、女上）

县　官　王氏，你不要啼哭，你的仔在这里，好生抱回去，下次你走路要小心点。

王 氏　老爷清官如水，谢过老爷。（抱仔出衙）这个人才不要脸，好在这个老爷是个清官，若不然，我的仔就被那个女人调去了。列位，劝你们出门要小心点哟。（下）

县 官　周氏，你不要脸皮，是你的仔就是你的仔，不是你的仔，你换人家的仔，该当何罪？来！打她四十个嘴巴。念你初犯，如若不然，定要将你拘押三年。

［差打周嘴。

周 氏　谢过老爷。

县 官　周氏，你该不该打？

周 氏　该打。

县 官　你好生回去，下次不要做这种事了。

周 氏　（抱女出衙）好险，命生四两就四两，想要半斤万不能。（下）

县 官　来，掩门。

［官、差下。

（剧终）

【注释】

①张果老：张果，传说中的八仙之之一，在民间有广泛影响。相传张果老是唐朝人，常倒骑毛驴，日行万里。

②铁拐李：传说中的八仙之一。相传姓李，曾遇太上老君得道。神游时因其肉身误为徒弟火化，游魂无所依归，乃附一饿死者的尸身而起。蓬首垢面，袒腹跛足，并用水喷倚身的竹杖，变成铁拐，故称铁拐李。

③汉钟离：传说中的八仙之一。复姓钟离，名权。相传受铁拐李的点化，上山学道。

④何仙姑：传说中的八仙之一，是八仙中唯一的女性。相传她容貌美丽，经常手持荷花。

⑤蓝采和：传说中的八仙之一。相传蓝采和常穿破蓝衫，一脚穿靴，一脚跣露，手持大拍板，行乞闹市，乘醉而歌，四处周游。后在酒楼闻空中有笙箫之音，忽然升空而去。

⑥调：意即“换”。

【剧情简介】

王氏于母亲寿诞日带仔回家祝寿。中途口渴，将仔置于树下，到井边饮水。适周氏带女经过，见树下婴儿，即将己女换仔而去。王氏返来，见仔被换走，追上争夺。县官路遇，带回审问。周氏不承认换仔事。县官命差人买来鲤鱼一尾，暗命穿上仔衣，带王、周氏至河边审问，二人互争不休。县官命将鱼丢入河中，诈称丢仔，两家免争。王氏情急，奋不顾身，下河捞取；周氏无动于衷，真相大白。袖手旁观的县官乃判王氏领回己仔，薄责周氏了案。

【简评】

民间传说西汉有妯娌二人争儿，判官命一卒抱儿，距两妇各十余步，让两妇自往取儿。长妇用力拉扯，弟妇恐伤亲儿，任大妇拉去。判官以此把儿判给弟妇。元代出现了情节相似的杂剧作品《包待制智赚灰阑记》，彩调《包鱼换子》中也不过是两妇夺子的方式有所变化而已。这类情节于颂扬判官断案精明的同时，在他的身上也融入了广大人民对清明政治的渴望。

此剧由秦胜科发掘、许世芳记录保存。

送 扇

剧中人物

⊙吴善才（行当：小生，简称：才）
⊙张爱喜（行当：花旦，简称：喜）

全一场

吴善才 （内叫）走呀！（上，舞蹈，数课子）哧！喜哈哈来笑呵呵，各位父老听我说。我才学调，唱不好，要不阔。台上认得少，台下认得多。哪点唱不对，请你列位来教我。旧年古怪少，今年古怪多。又见猪母追老虎，蚂蜴拿蛇倒顶拖。又见羊子爬上树，听见蚂蚁上山坡。又见黄牛来生蛋，又见马仔头出角。又见男人生娃仔，又见姑娘讨老婆。你讲好不好？你讲合不合？（坐，白）小子不敢高台坐，列位叔叔、伯伯、公公、奶奶，同你们敬礼来。（敬礼）那时我爹娘还在，万贯家财、牛马成群、银子成堆，马跑不过田垌，弓箭射不过房廊。现在我爹娘死得早，丢下我这下贱之子，会吃不会用，会用不会吃。今日一嫖，明日一赌。赌得狼狼狈狈。赌了头光、鞋光、衣光，一身精打光。外面有个朋友来邀我去投军，我一夜睡不着，左思、右想，癞虾一养。我在张家庄结交一个干妹子，名唤张爱喜。我想去投军，我没有什么东西送给她，我就将朋友送的这把扇子，送给她作个纪念。立起身来，出得门来把门关。双手把门掩，免得黄牛拖被窝①。出得门来青的是山，绿的是水。左旁师傅帮我打鼓，右旁师傅帮我打锣，左右两旁同我打起来呀。（唱三板腔）出得门来往前走，一心要往前面行。三步拿来两步走，两步拿来一步行。急急忙忙来得快，不觉来到妹家门。（白）走来走去，行来行去，不觉来到她家门来了。晓得她在家不在家？管她不管，等我打叫她一声。呔呔哪个在内？叫你开门。

张爱喜 （内应）呔！零丁不够卖。猪有名、狗有姓，三岁孩童有奶名。

吴善才 古怪、古怪，隔久不来，讲鬼讲怪。我怕她学做生意吧，等我来问她看。妹子。

张爱喜 （内白）有话讲来。

吴善才 你要大称还是要小称。

张爱喜 （内唱浪里白）奴在内房把话排，外面之人听开怀。昨天来的姓张，今天来的姓李。不知哪个鬼仔乱喊门。（重句）

吴善才 真背时，越讲越古怪。如今请你列位帮我答她两句。……一个不答应，我自己来。（唱浪里白）我在门外把话排，内房之人听开怀。有钱之人门就开，无钱之人就莫开。（白）妹子，我将你好有一比。

张爱喜 （内白）好比何来？

吴善才 好比河边烂竹排，给人撑去，又撑来。

张爱喜 （内唱浪里白）奴在内房把话排，外面之人听开怀。门背有个狗洞眼，你想吃屎就进来。

吴善才 开口就伤人。等我来！（唱浪里白）我在外面把话明，内房之人仔细听。我不是你家鸡和狗，为何说我这伤心？你今叫我钻狗洞，我怕你全身都是金。

张爱喜 （内接唱）奴在内房把话明，外面之人你细听。不是我家鸡和狗，为何说你这伤心？

吴善才 （接唱）我在外面把话明，内房之人你细听。你今不信就罢了，将身拿脚转回程。

张爱喜　（内接唱）内房之人把话明，外面之人你细听。老妹常爱讲笑话，哥你莫要记在心。

吴善才　可以。

张爱喜　（内白）哥哥。

吴善才　怎讲?

张爱喜　（内白）哥哥，你在外面等一等。

吴善才　妹呢?

张爱喜　（内白）妹子梳个头，裹个脚。我就来、来、来了。

吴善才　来了，脚还没有站断。

张爱喜　（上，唱浪里白）奴在绣房绣花鞋，忽听门外叫开门。双手打开门来看，原来哥哥到来临。（白）哥哥请进。

吴善才　妹子，哥隔久不来，在门口讲几句罢了。

张爱喜　哥哥，人熟礼生，还要请进。妹子前面引路。

吴善才　（跳进门，唱浪里白）进得门来把礼拜，尊声妹子听开怀。我在街前买得一封炮[2]，噼里啪啦我就放起来。

张爱喜　双手将凳拖一拖，叫声哥哥你请坐。

吴善才　妹呢?

张爱喜　妹到后堂。

吴善才　做什么?

张爱喜　（接唱）倒杯浓茶哥止渴。（下。捧茶上）哥哥请茶。

吴善才　妹妹太客气了。

张爱喜　理当。

吴善才　妹子，隔久不来，这杯茶到底是什么茶?

张爱喜　哥哥，名叫六洞茶。

吴善才　妹子，看这茶有八洞啊。

张爱喜　哥哥，只是六洞茶。

吴善才　六洞，你数给我听。

张爱喜　啊？那我数给你听。茶罐一洞、茶壶两洞、茶水一洞、哥妹两洞，不是六洞吗？

吴善才　啊？这样叫作六洞茶。妹子，你这茶我不敢吃。

张爱喜　怎样不敢吃？

吴善才　里头有两个螺蛳打架。

张爱喜　不是，是哥哥的眼睛。

吴善才　不是、不是，有脚的啦。

张爱喜　是哥哥的眼眉毛。

吴善才　啊，这样的。妹子，我来问你。

张爱喜　问什么？

吴善才　这茶是哪个滚的？

张爱喜　是妈妈滚的。

吴善才　啊，说起你妈来，众人仔③才吃你这杯茶。

张爱喜　怎讲？

吴善才　你妈妈肮脏得很。三天不洗脸、五天不洗脚。拿去、拿去！不要、不要！

张爱喜　不是啦，妈妈放火，妹妹放水。

吴善才　那可以。妹子，那我吃下去了。

张爱喜　哥哥，底下还有，里头还有，内房还有。

吴善才　我又晓不得，我连杯都想吃下去。

张爱喜　哥哥要杯。

吴善才　我晓得你这杯茶，我却不敢吃了。

张爱喜　你怎样不敢吃呢？

吴善才　我吃你这杯茶，人又小，力气又小，你又要我背。愚兄力气小，我上前抱做……

张爱喜　呸！不是啦，我要茶杯啦。

吴善才　早你不讲④，讲你要杯。拿去、拿去！

张爱喜　（拿杯下，复上）哥哥，你三年不到、五载不来，如今来到妹子家中，有何贵干？

吴善才　无事不登三宝殿，有事才到妹家来。

张爱喜　哥哥有话请讲。

吴善才　外面有朋友来邀我去投军，我来告别妹子，送个纪念。

张爱喜　有什么送？

吴善才　自然我有送给你嘛。

张爱喜　二人立起身来，南天门打开伞，一路同行。走呀！

吴善才　（唱送花腔）我就一送。

张爱喜　送什么？

吴善才　（接唱）送一个大南瓜。

张爱喜　呸！送南瓜。哪个要你的南瓜做什么？

吴善才　啊！那我另来。（接唱）一把那个扇子—呃对呃又开啰吔，妹妹吔。

张爱喜　吔。

吴善才　（接唱）扇子九块了柴。

张爱喜　哥哥你说错了。扇子只有十块柴，哪个有九块柴呢？

吴善才　我扇叶不算啦。

张爱喜　一起算来。

吴善才　那我一起算来。（接唱）一把扇子呃又开啰吔，妹妹吔。

张爱喜　吔。

吴善才　（唱）扇子十块了柴。

张爱喜　（接唱）扇子十块柴啰吔，哥哥吔。

吴善才　吔。

张爱喜　（接唱）妹问哥扇从何处来？

吴善才　（数课子）慢来慢来真慢来，妹你听我把话排。湖南湘潭没有卖，广东广西买不来。多得弟兄朋友好，漂洋过海买得来。干妹妹吔，干妹妹呀。

张爱喜　呀。

吴善才　（接唱）漂洋过海买得回来。

张爱喜　（接唱）漂洋过海买得来啰咃。哥哥咃。

吴善才　咃。

张爱喜　（接唱）你不送与妹子来。

吴善才　（接唱）心想送给妹啰咃，妹妹咃。

张爱喜　咃。

吴善才　（接唱）恐防你发了癫，把我骂起来。

张爱喜　（数课子）慢来慢来真慢来，哥你听妹把话排。讲情意，都讲不了，何必反脸骂人来。讲人骂人是有罪，打人骂人犯官法。哥哥咃、哥哥呀。

吴善才　呀。

张爱喜　（接唱）打人骂人犯官了法。

吴善才　（接唱）哥哥送给妹啰咃，妹妹咃。

张爱喜　咃。

吴善才　（接唱）愚兄脚下缺少一双鞋。

张爱喜　（接唱）哥哥你脚下缺少一双鞋啰咃，哥哥咃。

吴善才　咃。

张爱喜　（接唱）剪剪鞋底样子来。

吴善才　（数课子）慢来慢来真慢来，妹你听我把话排。

张爱喜　讲嘛。

吴善才　（接数课子）那年我往广东去，撞见一个女子来。讲大话，会做鞋，不合脚，长的又有一尺几，短的只有两寸多。松又松得很，紧又紧得多，拉又拉不开，穿又穿不合。惹得愚兄心发火，一拳打她后颈窝。干妹妹咃，干妹妹呀。

张爱喜　呀。

吴善才 （接唱）一拳打她后颈窝。

张爱喜 （接数课子）慢来慢来真慢来，哥你听妹把话说。长的拿来套袜子，短的拿来打赤脚。若还哥你信不过，你今上前来穿过。干哥哥吔，干哥哥呀。

吴善才 呀。

张爱喜 （接唱）上前来穿过。

吴善才 （接唱）妹你讲得好啰吔，妹妹吔。

张爱喜 吔。

吴善才 （接唱）上前我摸了一摸。

张爱喜 （打才一下，接数课子）呸！慢着慢着真慢着，哥你听妹把话说。大家同胞如兄妹，为何你这样轻薄。惹得妹子心发火，一扇打你头脑壳。干哥哥吔，干哥哥呀。

吴善才 呀。

张爱喜 （接唱）一扇打你头脑壳。

吴善才 （接唱）愚兄讲错了啰吔，妹妹吔。

张爱喜 吔。

吴善才 （接唱）上前赔个礼，作了个揖。

张爱喜 （接唱）双手扶哥起啰吔，哥哥吔。

吴善才 吔。

张爱喜 （接唱）这回错，二回要改过。

吴善才 （接唱）这把扇子送给妹啰吔，妹妹吔。

张爱喜 吔。

吴善才 （接唱）给你做纪念，记在心中。

张爱喜 呀，哥哥多谢了。

吴善才 不用谢。

张爱喜 哥哥，这扇子怎样开？

吴善才 妹要问？

张爱喜　不错！

吴善才　那妹听着。

吴善才、张爱喜　（唱五把扇）头把扇子一面红，哥今送给妹手中，妹你拿去记心中。二把扇子两面黄，哥今送给妹扇凉，妹你记在肚内肠。三把扇子三面蓝，送给妹子挡太阳。四把扇子两头白，你我有心就要得。五把扇子通常黑，哥今出门妹记得。

张爱喜　哥呀，唱完了。

吴善才　搭点尾嘛。

张爱喜　又不是牛，又不是马，搭什么尾？

吴善才　啊，那搭顶帽。

张爱喜　又不落雨，又不出太阳，搭什么帽嘛？

吴善才　搭点。

张爱喜　哥哥不必讲了，前面有帮同伙来邀你啦。（下）

吴善才　哪里？哪里？同伙在哪里？吔，妹子妹子。好了，妹子有下台，愚兄没有下台。不有下台也要下台。（念）不该、不该、真不该，城隍庙⑤打骨牌。对门出个一五仔，我的一六盖下来。（下）

（剧终）

【注释】

①被窝：这里是指穷人那些用稻草填充的铺盖。

②一封炮：一包鞭炮。

③众人仔：身世不明的孩子。此处意指低微下贱的人。

④早你不讲：你不早说。

⑤城隍庙：供奉城隍的庙宇。城隍，守护城池的神。

【剧情简介】

青年吴善才去投军，送把扇子给情人张爱喜留为纪念。到了张爱喜家，两人欢笑谈心，并且又歌又舞，尽情欢笑之后，吴才离张而去。

【简评】

此剧情节非常简单，表现的是情人之间嬉笑玩耍、男欢女爱。从对白与对唱的内容来看，废话连篇，这恰巧表现了有情人之间那种微妙的情感。该剧表现送扇的剧情时，巧妙地运用了【五把扇】这一曲调优美、抒情，宜于在欢乐情绪下叙事的唱腔，使男女主角在演唱时歌舞结合，气氛热烈，有利于内心情感的表达。

此剧由韦炳兴发掘、郑兆威记录保存。

对子调

剧中人物

⊙干奶仔（行当：丑，简称：仔）

⊙干妹妹（行当：花旦，简称：妹）

全一场

［长锣。

干奶仔 （上，整装开门，数课子）喜呵呵、呵呵笑。干奶仔无事做、无事搞，拿起两个脚，到处走、到处跑。一跑跑到对门场，遇着王伯把我叫。干奶仔，你到哪里走？你到哪里跑？我言道，就到这里来了。王伯他言道，我有一事对你表，别的事他不讲，单讲咸丰初年出强盗。红的红包头、白的白旗号。一无枪来二无炮。无杆子，背竹篙。无盾牌，背雨帽。住在桂林省[①]，扎在五通庙。扎得三五天，遇着一帮火勇[②]到。和他打一仗，一连放了三大炮，吓得蚂蚜跳三跳。大的吓出屎，小的吓出尿，我今看事不得了。拿起脚，又一走、又一跑，一跑跑到头个坳。遇着驼子跟跛子来抬轿。驼子在前面扯搭扯，跛子在后面撬搭撬。你讲好笑不好笑、不好笑。（坐，白）锣鼓喧天闹彩楼，男人打扮女人头。金榜题名空富贵，洞房花烛假风流。在下，干奶仔。想我在家中闲下无事，心中烦闷，先时我在下街结识一个干妹妹。她是爱玩，我是爱乐，不免到她家中去，唱一唱小调，散一散心。言之有理，待我把门关起。（关门）出得门来，青的是山，绿的是水，我还要往干妹家中走起来呀！（唱鼓打太平春）出得门来往前走，一心要往妹家行。（白）且慢，走来走去，不觉来到妹妹家来了。青天白日，这门半掩半开，不知有人无人，待我冒叫一声，妹妹在家吗？

干妹妹 （内白）呸！你是哪个？

干奶仔 唉，清早八早，就讲腊一个，今天腊一个，明天腊一个。到三十晚夜，连人种都没有。

干妹妹 （内白）你听错了，我问你是哪一个啦。

干奶仔 哪一个、哪一个？哦！是我听错了。我是这个。

干妹妹 （内白）有什么这个？

干奶仔 我是那一个。

干妹妹 （内白）有什么那个？猪有名，狗有姓，三岁孩童有奶名。皇帝有国号，老鼠无名闹东京。有名就开，无名我不开。

干奶仔 哦哟！我这妹妹，讲得这么快，噼里啪啦和放炮一样。妹妹，我名字在家，忘记带来了。

干妹妹 （内白）人来名字也来的。

干奶仔 哦，不错！人来名字也跟来的。妹妹可知哑谜。

干妹妹 （内白）略知一二。

干奶仔 我是灶王菩萨隔壁那个。

干妹妹 （内白）敢莫是火钳？

干奶仔 火钳还要过点。

干妹妹 （内白）敢莫是吹火筒？

干奶仔 吹火筒还要上点。

干妹妹 （内白）敢莫是扒锅？

干奶仔 哎，扒锅里没有水。

干妹妹 （内白）哦！干哥哥来了，干哥哥你在外面站着。

干奶仔　哎！妹妹，你莫刻薄我，我学丑角都学不到，你还要我学旦角。

干妹妹　（内白）哥哥你听错了，我是叫你站着。

干奶仔　哦！原来是我听错了。站着、旦角。哎，妹妹你呢？

干妹妹　（内白）我梳个头，戴两朵花，我就来了，来了啊。（上、整装，唱浪里白）奴在绣房绣罗裙，（白）奴在绣房绣罗裙，忽听门外叫开门。用手推开门来看，那个，进屋吃茶了嘛，吃烟了嘛，来了嘛。

干奶仔　（用扇碰妹）在这边。

干妹妹　干哥哥。（唱）你请进咿嗬嗨，嗨嗬咿，嗬嗨咿嗬嗨咿。干哥你请进那嗬咿嗬嗨！

干奶仔　（接唱）进得门来施一礼。（白）进得门来施一礼，恭喜你来贺喜你。恭喜你今年发大财，明年（唱）又添喜。

干妹妹　（唱）堂前板凳拖一拖，（白）堂前板凳拖一拖，尊声干哥你请坐。

干奶仔　妹子你呢？

干妹妹　奴到厨房内去倒一杯浓茶，（唱）哥止渴。（下，端茶上。用手扇凉茶）

［仔坐。

［仔、妹二人打眼角。

干妹妹　哥哥请茶。

［仔想接茶，妹用手挡。

干妹妹　慢着！今日来不比往日。

干奶仔　怎么不比往日？

干妹妹　今天是新年大节，少不了要讲一句彩话。

干奶仔　妹妹，愚兄吃你这杯茶，就要愚兄讲一句彩话。那我吃你一餐饭，那不要愚兄唱一台戏呀？

干妹妹　哥哥，茶有茶的歌，酒有酒的词，吃饭有吃饭的味道。

干奶仔　那你就听。（数课子）嘻哈哈、笑哈哈。干妹子，你要愚兄讲彩话。恭喜你，今年不嫁明年嫁，后年生了几个小娃娃。大儿子巴眨眼，二儿子眼巴眨，第三儿子生得好，生得四脚四手满地爬、满地爬。

干妹妹　呸！你想死。

干奶仔　咳！（数课子）干妹子，你要愚兄来讲子，头上戴的是花子，耳上戴的耳环子，手上戴的玉镯子，手指戴的是金戒子，身上穿的蓝衫子，衣裳下面是裤子。裤子下面是鞋子，鞋子上面是袜子。这个子不算子，妹妹还有三个好儿子。大儿子，是聋子。二儿子，是哑子。第三子，是瞎子。

干妹妹　不要你讲这个，要讲发财的。

干奶仔　（数课子）干妹子，你要愚兄来讲发财的。前门黄土变朱砂，后面梧桐变喇叭。那水桶变冬瓜，那脚盆变南瓜。鼎锅盖，变个脚鱼③四手四脚满地爬。那夜壶，变老鸦，走出堂前去，连叫三声，呷呷呷……

［妹笑，给茶。仔坐，接茶喝光。

干妹妹　还有。

干奶仔　没得了。（倒空杯）

干妹妹　还有。

干奶仔　没得啦。

干妹妹　我讲厨房里头还有。

干奶仔　哦，你又不讲清楚。

干妹妹　拿杯来。

干奶仔　妹妹你要背，待愚兄抱抱就算了。

干妹妹　呸！是要茶杯啦。

干奶仔　哦，是要茶杯。我还以为你要背啰。拿去。（用杯子逗妹）哦，这风这么大，把你吹到这边去了。

干妹妹　你莫搞鬼。

干奶仔　（又逗妹）咳，又转了风了。

干妹妹　哥哥你看那里有个麻雀打架。

干奶仔　（望）在哪里？

[妹抢杯。

干奶仔　莫打坏茶杯。

干妹妹　干哥三天不来，四天不到，今天翻什么大南风大北风吹你来的？

干奶仔　妹妹，我又不是纸做的。

干妹妹　许久不来，今日到来有何好事？

干奶仔　无事不登三宝殿。

干妹妹　那你有事呢？

干奶仔　有事才到妹妹府上来。

干妹妹　妹妹小房寒舍，算不上府上。

干奶仔　可以算得。

干妹妹　哥哥你来我这里做什么？

干奶仔　我在家中心里烦闷，我就痒痒你出来。

干妹妹　咳，一想。

干奶仔　咘，我这个人又怪。不痒，我总不想。一想就要痒。

干妹妹　想还想，痒还痒。

干奶仔　我就一想想起你来了。想你烦闷得很，想同你唱个小调，不知妹子意下如何？

干妹妹　哥哥你早来三天就好。

干奶仔　那迟来三天又怎么呢？

干妹妹　迟来三天，妹妹无音了。

[仔哭。

干妹妹　哥哥你笑什么？

干奶仔　妹妹，我哭啦。

干妹妹　那你哭，你又不出眼泪。

干奶仔　我是干哭。

干妹妹　你为什么干哭呢？

干奶仔　你讲你的喉咙坏了，没吃得饭，我不是哭嘛。

干妹妹　哥哥，不是的，我是讲，喉咙破了，无音的话。

干奶仔　那无音你就听字。

干妹妹　无字呢？

干奶仔　无字就听音。

干妹妹　无字无音呢？

干奶仔　无字无音就听场面④师傅交代。

干妹妹　怎样交代？

干奶仔　兄妹二人当堂拜一拜。

干奶仔、干妹妹　拜了列位莫见怪。我们兄妹唱得好也讲好，唱得不好也讲好，那我们就唱起来呀。（唱苏州打货）

干奶仔　（唱）苏州打货杭州卖，打一双金钗，相送妹的情。

干妹妹　（唱）相送在哪里？

干奶仔　（唱）插在妹头上。

干妹妹　（唱）插起好不好？

干奶仔　（唱）插起本当好。

干妹妹　（唱）插起乖不乖？

干奶仔　（唱）插起好人才。

干妹妹　（唱）奴把绣房去，打个转身来。

干奶仔　（唱）去是去不得，双手扯转来。

干妹妹　（唱）转来做什么？有什么话商量？

干奶仔　（唱）哥也难舍妹。

干妹妹　（唱）妹也难舍哥。

干奶仔、干妹妹　（唱）难舍难分。

干妹妹　（唱）难舍猪脑壳。

干奶仔　咳，扯到云南八川，没有盘费，要你做叫化子回来。

干妹妹　四川了嘛。

干奶仔　我走了两回，四川加四川，不是八川？

干妹妹　还是四川。

干奶仔　我又不是个猪，你讲我是猪脑壳。

干妹妹　唉，我是讲难舍干哥哥。

干奶仔　慢点，等我比看先。干哥哥、猪脑壳。是我听错了，再来过。

干奶仔、干妹妹　（唱）难舍难分。

干妹妹　（唱）难舍干哥哥。

干奶仔　（唱）这话才是话，干妹莫啰唆，一百铜钱挂在妹肩脖。

干妹妹　（唱）讲话就讲话，莫要动手摸。

干奶仔　（唱）摸是偏要摸，看妹又如何？

干妹妹　（唱）摸是不给摸，台下人又多。

干奶仔　（唱）人多我不怕，总是朋友哥。

干妹妹　（唱）骂声厚脸皮，

干奶仔　（唱）我又不唱戏。

干妹妹　（唱）骂声鬼王八，

干奶仔　（唱）王八吹唢呐。

干妹妹　（唱）唢呐怎样吹？

干奶仔　（唱）嘀嗒拉嘀嗒。

干妹妹　（唱）二胡怎样扯？

干奶仔　（唱）五六工尺上。

干妹妹　（唱）锣鼓怎样打？

干奶仔　（唱）打起刚扯刚。

干奶仔、干妹妹（唱）扯刚、扯刚，扯刚啊刚扯扯，扭刚嘀咳咿嘀嘀咳，兄妹爱玩耍那嘀嘀咳嗨。

干妹妹　唱完了。

干奶仔　那我和你换一个鞋子。

干妹妹　呸！换一个牌子嘛。

干奶仔　哦，换个牌子那我们就唱起来啊。

干奶仔、干妹妹 （唱五更月出头）一更里，月出头。小情哥，外面打石头。娘问女什么东西响？日晒罗裙未曾收。二更里，月照街。奴在绣房把门开，奴手扯着郎衣袖，连叫几声小乖乖。三更里，月照楼。灯草完了懒添油，绣鞋不脱连衣睡，两手弯弯做枕头。四更里，月照西。黄犬乱叫鸡乱啼，可恨金鸡叫得早，声声叫我两分离。五更里，天要明。情郎心想转回程，来与不来搭个信，免得奴家常挂心。

干妹妹 完了，没得了。

干奶仔 一点都没得了？

干妹妹 一点都没得了。

干奶仔 还添点点就好嘛。

干妹妹 你看我们唱了一天，我妈妈回来看见是不好的。哥哥，外面有人喊你下象棋。

干奶仔 下象棋，我来一个。

［妹把门关上。

干奶仔 咳，怎么关门了？

干妹妹 哥哥你改日再来，改日再来啊。（下）

干奶仔 （学妹腔）干哥哥，你改日再来，改日再来啊。天色不早了，我还是改日再来吧……（下）

（剧终）

【注释】

①桂林省：应作“桂林府”。明洪武元年（1368）以静江路改置，治所在临桂县（今广西省桂林市）。1913年废。

②火勇：火枪兵。

③脚鱼：甲鱼。鳖的俗称。

④场面：指戏曲演出时伴奏的乐器和演奏者。乐队分文武两种，管乐和弦乐叫文场面，打击乐叫武场面。

【剧情简介】

青年干奶仔，闲坐无聊，去到干妹妹家中探望。两人唱小调玩耍，尽情欢笑而别。

【简评】

此剧内容与《对口调》基本相同。值得注意的是此剧开场课子中提到咸丰初年出强盗一事。据相关历史记载，咸丰五年，两广农民起义建立了“大成国”。其中广府戏的红角李文茂率领演员起义，转战到广西后，占领柳州作为根据地。咸丰八年，李文茂率领军队北上围攻桂林，军队驻扎在桂林外围的苏桥，最终遭到敌方袭击而失败。这段课子数的可能就是这段往事。如此的话，此内容对了解当时的历史有一定的参考价值。

剧中【五更调】短短几段唱曲，唱出旧时代一对小情人从月亮升起到月落天明幽会的全过程。其中表现了男女主人公的相见心切与机敏；幽会中的缠绵与美好；离别时的不舍与叮嘱。从文字上看尽管朴实简洁，但表达方式却十分丰富。有人物对话：“娘问女什么东西响？日晒罗裙未曾收。”母亲的警觉、女儿的聪慧跃然纸上；有细节描写：“奴手扯着郎衣袖，连叫几声小乖乖”、“绣鞋不脱连衣睡，两手弯弯做枕头”。这几句将女子见到情郎从羞涩——激情——愉悦的变化情态刻画得淋漓尽致、入木三分；有心理揭示：“黄犬乱叫鸡乱啼”、“可恨金鸡叫得早，声声叫我两分离”，嘴巴说恨的是黄犬、金鸡，实际上暴露了她内心的恨别之绪。一曲【五更调】对观众来说，听的是一首娓娓道来的村坊小曲，联想到的却是一幅生动有趣的民俗连环画。

此剧由陈裕光、韦庆华发掘、陈亚昭记录保存。

兄弟帮工

剧中人物

⊙周大财（行当：老丑，简称：周）
⊙小子（行当：童，简称：小）
⊙阿福（行当：丑，简称：福）
⊙阿寿（行当：丑，简称：寿）

第一场

周大财　（上，念）家有银钱无数，楼上谷子万斤。不用自己劳动，略施小计就行。（白）我，周大财。素来克扣长工工钱，人家取我绰号，叫周剥皮，这也不言。现在正月已完了，田里快要耕种了，邻近的人都被我吃过了，不肯帮工，我不免写张招贴，多出点工钱，远道的穷人，见我钱多，定肯来帮，这个主意要得。小子，给我取出文房四宝①。

小　子　从命。（呈文房四宝）

周大财　待我写呀。（唱四平腔）忙把招贴来写定，字字行行写分明，上面写的把工请，仁人君子得知情。耕田种地样样会，每年工钱三十元。若还做得特别好，外带赏金有几元。你们若还不肯信，现有招贴作为凭。一张招贴来写定，叫声小子听我言。（白）小子，你将此招贴贴在长街之上。

我今吩咐你——（下）

小　子　焉敢不用心。主人吩咐我，我要拿起招贴，往长街走呀。（唱路腔）离了府门往前进，要往长街走一程。急急忙忙来得快，不觉来到大街前。（白）来此已是长街，待我将招贴贴起来，若有人看到，也好到府中前去。（下）

第二场

阿　福　（上，念）正月将见快要完，钱米已经将吃尽。只因家道多贫苦，还要出外去帮人。（白）在下阿福。想我爹娘去世得早，丢下我弟兄二人，家中无田无地，常年与人打工度日。二月来了，我还未找到主人，不免我到外面去看看。（向内）贤弟，你看守家屋，愚兄到外面去，找人帮工去了。

阿　寿　（内白）你放心出去好了，家中由我照看。

阿　福　离了家门，还要往外面走起来呀。（唱四平腔）正月完了二月临，不由阿福急在心。赶忙要把主人找，找得主人才放心。闲言话语说不尽，不觉来此是街亭。墙上贴了一张字，原来要请长工人。耕田种地都能做，每年工钱三十元。若是再还做得好，还有赏金几元钱。阿福见了心欢喜，这回定能得安身。（白）招贴上面写得清楚，待我到周府前去。离了长街前，还要走呀！（唱）招贴我已看得明，不由阿福喜在心。耕田种地样样会，样样活路我都精。此番到了他家去，这回一定能安身。急急忙忙来得快，不觉来到他家门。（白）来此已是周府，待我上前叫门。内面有人没有？

小　子　（内应）来了！（上）忽听门外叫，急忙就来到。打开门来看，呵！原来大哥到。大哥到此何事？

阿　福　我是帮工来的。

小　子　呵，你乃是来帮工的，请进！

［福、小同进。

小　子　有请主人。

周大财　（上）小子一声请，不知为何情？

阿福、小子　见过员外。

周大财　你是来帮工的么？

阿　福　正是。

周大财　田里活路，你都能干么？

阿　福　能的。

周大财　你若是样样精通，就写个合同。若有一样不会，就扣十块。两样不会，就扣二十。三样不会，呀嗨，那就白帮工。

阿　福　那就写吧。（写契、画押）

周大财　那你现在就做工去吧。

［周与小下。福持农具上。

阿　福　我做活路去了呀。（唱四平腔）主人把我吩咐下，要我前去把田挖。等候季节时来到，我就把种来种下②。拿人饭碗受人管，耕种要我来安排。这点事情我本会，样样我都做得来。两脚如梭来得快，不觉到了田边来。（白）来此已是田中，待我用功一会。（动作）地翻好了，待我回家前去，走了呀！（唱）急急忙忙来得快，不觉回到府中来。（下）

第三场

周大财　（上，念）阿福工作快满年，他的工钱蛮多元。我今快把主意想，扣了工钱才安然。（向内）阿福哪里？走来。

阿　福　（上）忽听主人叫，急忙就来到。主人叫我何事？

周大财　非为别事，你今帮我将那个大坛子装进小坛子里去。

阿　福　这怎么做得到？

周大财　这个做不到，那你另做一样。

阿　福　哪一件？

周大财　这几天雨下得多了，家里很湿，你将家里的地皮，拿到外头去晒。

阿　福　（想）这个也做不到。

周大财　这个也做不到。好，那另问你一件。

阿　福　何事问来？

周大财　我来问你，我这个头有几斤重？

阿　福　你的头有几多斤，我哪里晓得？

周大财　这个你也晓不得？

阿　福　晓不得。今天已是大年三十，你给我算工钱吧。

周大财　我也正想找你算呢，你的工钱都完了，还算什么？

阿　福　主人，你讲什么话，我一个钱都未支着，怎么讲都完了？

周大财　我来问你，原先合同上写得清清楚楚，要你样样会做，一样做不得扣十块，两样做不得扣二十块，三样做不得，就白打工。刚才喊你做的三件事，你哪一件何曾做好？大坛你装不进小坛，这是一件。屋里地皮你晒不了，这是两件。我的头有几重你晓不得，这是三件。件件做不到，你还想要工钱！

阿　福　我讲的是田里的活路门门会做。

周大财　我不管你那样多，做不到就扣。小子，将他叉了出去！

小　子　从命。（推福出门）

［周、小同下。

阿　福　你好狠的心呵！（唱忧腔）大财做事太阴毒，平白无故胡乱行。年尾找他来算账，把我工钱都扣清。想出几多为难事，要做这门又那门。头次装坛扣十块，二次晒房扣十元。三次把头来猜下，哪知他头重是轻。三件事情做不到，工钱扣得无一文。两手空空回家转，见了贤弟怎样言？

阿　寿　（上）今天是大年三十晚了，我的兄长还未见回来。

阿　福　（满面愁容上，入门）唉！

阿　寿　哥哥，你回来了。

阿　福　回来了。

阿　寿　哥哥缘何这等愁容？

阿　福　贤弟哪曾知道？当初我到周府帮工，跟他定过合同，若有三件事情做不到，就不给工钱。如今我有三件事做不到，工钱都扣完了。

阿　寿　但不知是哪三件？

阿　福　头一件是小坛装大坛，第二件是端房间地皮出去晒，第三件是问他的头有几斤重。

阿　寿　原来是这三件，那好办。不用怄气，我们先去吃饭过节再讲吧。

［福、寿同下。

第四场

周大财　（上，念）去年我请一工人，搞他空手转回程。如今二月又将近，又要出帖去请人。（白）小子，你又到长街去把招工招贴贴起。

小　子　（上）照办就是。

［周、小分下。

第五场

阿　寿　（上，念）可恨大财太不仁，请工总想不给钱。只顾他得来享福，拿我穷人当畜牲。（白）在下，阿寿。去年我哥哥去帮周大财做工，一个钱都不得，今年我去帮他，整他一家伙，岂不是好？待我请得长兄出来，对他说明。有请兄长。

阿　福　（内答）来了！（上）贤弟一声请，不知为何情？贤弟所请何事？

阿　寿　今年我要特意去帮周大财做工。

阿　福　贤弟，去不得的，他是个老虎呵。

阿　寿　哥哥你放心呀。（唱四平腔）站在堂前把话讲，尊声哥哥听明白。今日小弟出外去，特意去帮周大财。任他怎样施巧计，总要把钱拿回来。辞别哥哥把路踩，在家不用挂心怀。（下）

阿　福　（接唱）一见贤弟出了门，不由阿福常挂心。望他此去得钱转，弟兄也好过光阴。（下）

第六场

阿　寿　（上，唱）适才我把路来赶，走了一程又一程。举目抬头来观看，只见招贴在街前。上面写明名和姓，工钱样行[3]都写清。字字将人来哄骗，阿寿识破他狼心。急忙我把大路进，不觉来到周家门。（白）来此已是周府，待我上前喧叫。内面有人没有？

小　子　（上）门外黄狗叫，想必有人到。出得门来看，原来是位大哥到。你这位大哥敢莫是来帮工的么？

阿　寿　正是。

小　子　（向内）老爷，有人来帮工。

周大财　（内白）那你就照我去年的办法去做就得了。

小　子　从命。大哥，那你就去做工，晚上回来再写合同。

阿　寿　那我做工去了呀。（唱）老板将我来吩咐，要我前去把田耕。做完这样又那样，做了这门又那门。越思越想心越恨，剥皮做事太不良。背着锄头向前走，不觉来到他田庄。（白）来此已是田中，待我用功起来呀。（唱挖地腔）忙把锄头拿，把田又来挖。除去野草梗，放火来烧它。日头又当中，水沟已挖通。回家用午膳，再来用用功。（白）待我回家前去了呀。（接唱）拿人饭碗受人管，耕田要我来安排。惊蛰春分[4]把种下，清明谷雨[5]把秧栽。立夏[6]将田耘头次，小满[7]再耘二次来。夏至[8]油麻忙种豆，头苗它已早包胎。小暑[9]就要收粟米，大暑[10]谷子打起来。立秋[11]就是收中稻，处暑[12]就把荞麦栽。耕种总要按节季，秋收冬藏理应该。闲言话语少要讲，不觉回到府门来。(下)

第七场

周大财　(上，唱)现在又是到年关，工钱早已打算盘。总是三个为难计，全年工钱又扣完。(白)现今又到年关，他就要算数，待我先来施计，阿寿哪里？走来。

阿　寿　(上)来了。主人叫我何事？

周大财　你今天不要到田做活路了，你在家帮我做几件事。

阿　寿　请讲。

周大财　你把这个大坛装进小坛去。

阿　寿　好，这容易办。(打破大坛、将破片装入小坛)装好了。

周大财　哎呀！你怎么打破我的坛子？

阿　寿　不打破怎么装？小坛装大坛就是这样装的。

周大财　那你另做一件。

阿　寿　哪一件？

周大财　你把我这个房间的地皮拿去晒太阳。

阿　寿　这个更容易。(用竹篙将瓦掀掉)晒得了。

周大财　哎呀！莫掀了，瓦给你搞坏完了。

阿　寿　不掀瓦怎么晒呀？

周大财　算了，这件事算你做得到了。(低头、背场)两个计策都给他破了，待我再来第三个，这个谅他做不到。(转对寿)喂！阿寿，你猜我这个头有好重？

阿　寿　要我猜你的头？(指周的头)哦。(假装想一下)有五斤十四两[13]。

周大财　你猜不中了，我这个头六斤二两。

阿　寿　刚刚五斤十四两，不多不少。

周大财　足有六斤二两。

阿　寿　我讲五斤十四两，你讲六斤二两，那我们就把它砍下来称称看。（拍刀）

周大财　（惊）吔、吔，使不得、使不得！准你是五斤十四两了。

阿　寿　嘿！你这个老狗呀。（唱数板）大财做事太心狠，无故害人理不当。吃了几多人冤枉，害得别人无下场。白白打工来流汗，年关空手转回乡。只顾你得福来享，不顾别人死和亡。越想起来气越上，一口恶气上胸腔。恨不得把你变泥浆，挖你的心来挖你的肠。

周大财　唉！大哥呀。（唱数板）一见阿寿把气上，不由大财心着慌。走上前来忙哀告，好言哀告理才当。今后不敢吃冤枉，不敢糊涂乱来行。你的工钱全给上，望你饶恕莫骂娘。（白）哎，阿寿哥，请你不要发火。你的工钱，全都给你，分文不少就是。

阿　寿　去年那个同你打工的，乃是我的兄长，你扣了他的工钱，要你全部交了出来。你若不交，吔呵，我就要割下你的头来称过。

周大财　也给也给，全部数给你就是。小子，快点拿钱出来！

小　子　（拿钱上）主人，钱在此。（交钱）

阿　寿　是铜是铁，腰上一别。（装钱入袋）我来吩咐与你，今后你要好好地收心，若不然呀，对不住你老哥！

周大财　是是。

［寿下。

周大财　真真气死我呀！

（剧终）

【注释】

①文房四宝：笔、墨、纸、砚。

②“我就把种来种下”句：意即“我把种子来种下”。

③样行：每一样。桂林话。

④惊蛰春分：惊蛰，古称“启蛰”，二十四节气之一，标志着仲春时节的开始。春分，是惊蛰之后的一个节气，春季九十天的中分点。惊蛰后，南方气温明显回升，树木开始发芽、生长，春播作物开始播种。下文的清明、谷雨、立夏、小满、夏至、小暑、大暑、立秋、处暑等均为二十四节气。

⑤清明谷雨：清明，在春分之后，谷雨之前。谷雨，是春季最后一个节气，同时也是播种移苗、埯瓜点豆的最佳时节。

⑥立夏：夏季的第一个节气，表示孟夏时节的正式开始。人们习惯上都把立夏当作农作物进入旺季生长的一个重要节气。

⑦小满：表示夏熟作物的籽粒开始灌浆饱满，但还未成熟，只是小满，还未大满。

⑧夏至：这期间我国大部分地区气温较高，日照充足，作物生长很快。

⑨小暑：表示季夏时节的正式开始，这时天气开始炎热，农作物都进入了茁壮成长阶段，需加强田间管理。

⑩大暑：一年中最热的时期，气温最高，农作物生长最快。

⑪立秋：标志着孟秋时节的正式开始。

⑫处暑：即为“出暑”，是炎热离开的意思。

⑬十四两：旧时使用的秤多为十六两一斤的老秤 ，因此十四两是不足一斤的。

【剧情简介】

地主周大财，生性贪狠，素来克扣长工工钱，使人白白替他干活。农民阿福替他做工一年，年终结算工钱时，周大财使用诡计，分文不给。阿福含恨回家，将此情告诉其弟阿寿，阿寿立意为兄报仇，第二年特地到周大财处打工，年终结算工资时，周大财又同样使用诡计，也想把阿寿工资扣光。阿寿把地主诡计拆穿，迫使地主不但结清当年工资，连上年阿福的工资也一并结清，取得胜利而归。

【简评】

兄弟俩都给生性贪狠的地主周大财帮工一年，结果哥哥阿福的工钱因财主无理算计，被克扣分文不得；弟弟阿寿虽被算计却不仅所得一分不少，而且还帮哥哥要回了被扣的全部工钱。全剧利用一件事展开了两个方面的对比：一是兄弟之间的同境对比，凸显了弟弟以恶制恶、以其人之道还治其人之身的智慧与勇敢；二是主仆之间的行为对比，讥讽揶揄了贪婪狠毒的周大财的丑陋邪恶。与此同时，三个人物的个性特点得到基本呈现，结构也较紧凑。

此剧由韦庆华发掘、涂世馨记录保存。

下湖北

剧中人物

⦿李四（行当：丑，简称：李）

⦿四妹（行当：旦，简称：妹）

⦿王氏（行当：摇旦，简称：王）

第一场

［清晨。

李　四　（上，整装，开门，数课子）喜连连笑连连，各位朋友坐台前，别的话我不讲、我不言，讲到我李四过新年。过新年来过新年，家家户户贴起红对联。香火堂上挂起利市钱，堂屋里茶几椅子摆两边。八仙桌子在中间，瓜子花生糖饼果摆上面。一帮朋友来拜年，吃年酒、猜了拳。有的喊的五魁首，有的喊的六合连。酒醉了，拉起桌子来赌钱。赌输了，一跑跑到家中去，偷得一把烂火钳。一跑跑到长街去，当得两毫钱，跑到和兴店，买得一斤面。拿回家中煮，吃得肚子不自然，跑到那田基底解大便。屙又屙得多，搞得一大串。顶前又起螺丝转。遇着一帮云南狗，吃了一大片，你讲可怜不可怜。（白）在下李四，到湖北做买卖，已经多年，账目已收齐了，今日我想回家而去，待我交代店主老板一声。店主老板，今日我想回家而去。

[内白："李四，你要回去了吗？你的账目可曾收齐？"

李　四　账目已收清楚，请你帮我把包袱雨伞收拾一下。

[内白："好的。"

李　四　（下取包袱雨伞上）店主，告辞了。出得门来，青的是山，绿的是水，青山绿水。左右两旁师傅，替我敲打起来呀。（唱路腔）出得门来往前走，一心要往前面行。三步拿来两步走，两步拿来一步行。鹞子[1]翻身来得快，不觉来到我家门。（白）且慢，行来行去，不觉来到我家门口来了，上前打开这个大门。（开门）哎呀！多年不回家，这屋里搞得稀巴烂的，待我来收拾一下。（下）

第二场

王　氏　（上，整装，开门，念）十七十八一枝花，二十七八当了家。三十七八年纪大，不得不已当老妈。（坐，白）在下，王氏。听说李四昨天从湖北回来，他弄得了一批大钱。想那时，他和我四妹要好，是老娘替他做的媒。今日到他家去，问他要得一块八角，回来买些油盐柴米。有理！出得门来，带好门户，还要往李四家中走起来呀！（唱路腔）离了我家往前走，一心要往前面行。三脚两步来得快，不觉来得他家门。（白）行来行去，不觉来到他家门来了，不免上前打叫一声。（拍门）李四李四，开门啰！

[李内唱雪花飘。

王　氏　开门开门来呀！

李　四　（内白）哪个喊叫？

王　氏　王妈来了。

李　四　（上，数课子）昨夜灯花飘，今朝喜鹊叫[2]。三天无人来，必定是好客到、好客到。（开门，见王，转脸不理）

王　氏　李四，你回来了。

李　四　我回来不回来，关你什么事？

王　氏　哎呀！李四，你今发了大财？

李　四　我发大财，又不是偷来的。

王　氏　李四，难道你就忘记了吗？

李　四　忘记什么？

王　氏　吔，你以前讲的话呀。

李　四　我不晓得，我晓得你老鼠没得尾巴。

王　氏　吔，这个没良心的呀。

李　四　少说废话，你与我滚了出去！

王　氏　我就不滚，你听我好好骂你呀。（唱）站在堂前把话说，叫声李四你听着。当初你与四妹事，老娘一口来讲和。你湖北回来良心变，骂我王妈太不合。你讲铜钱许几吊，又讲谷子许几箩。又许布匹两匹半，又许猪肉两斤多。今日你却全反悔，将我丢在海外角。

李　四　（唱）站在堂前把话说，骂声贱婆你听着。进门不讲别的话，开口就讲污耳朵。什么四妹你讲拢？什么四妹你讲和？谁许铜钱有几吊？谁许谷子有几箩？谁许布匹两匹半？谁许猪肉两斤多？堂前有茶不爱倒，堂前板凳不爱拖。若还贱婆你坐下，倒杯尿来给你喝。快快与我滚出去，莫在我家讲这多。假若你再不出去，双手把你衣来拖。（推王出）

王　氏　（生气）你这个黑良心的呀！老娘来到你家，坐都没得坐一下。茶也没得喝你一杯，倒挨你骂了这一顿，还把老娘赶了出门。谅想老娘骂也骂不过你，打也打不过你，你这个短命的，同我等着，待我到四妹那里，说上一两句，放上一把火，烧你个万重山，你才晓得老娘的厉害呵。正是，离了他家门前，我还要四妹家中走起来呀！（唱）离了他家往前走，将身要往前面行。急急忙忙来得快，不觉来到她家门。（白）走来走去，到四妹家门来了，待我上前打叫一声。四妹四妹开门来啰。

四　妹　（内白）你是哪个？

王　氏　我是你契妈③来了。

四 妹 （上）契妈一声叫，快步到前庭。（开门）契妈请进！

王 氏 有进。

四 妹 契妈请坐！

王 氏 有坐。

四 妹 （下，倒茶上）契妈请茶！契妈，你往日来到我家，红光满面，今日为何满面怒容？

王 氏 哎呀！四妹，我不讲，你哪曾知道？适才我去到李四家中。

四 妹 呵！契妈，李四回来了？

王 氏 他昨日就回来了。

四 妹 契妈，李四可好？

王 氏 好呀，他在湖北捞了一批钱，发了大财，哪还认得我们？

四 妹 怎么他变心了吗？

王 氏 变心？变心都不止，他还讲你七七八八的。

四 妹 他讲了些什么？

王 氏 我问他，李四呀，你还记得四妹没有呀？他就说记得，记得什么？我不晓得，我晓得她老鼠没有尾巴。后来我就讲了他几句，哪晓得他倒反狠狠地骂了我一顿。他还把我推出门来，怎不叫我满面怒容呢？

四 妹 岂有此理！契妈，你帮我看家，我到他家去，看他讲些什么。

王 氏 哎呀！女儿，你去不得，你一人前去，打也没够他打，你会吃亏的。不然这样，为娘和你一同前去，若是他打你，老娘这条老命就和他拼了。

四 妹 也好，那就走。

王氏、四妹 （唱）出得门来往前走，去找李四讲分明。

王 氏 到了。四妹，你先进去，我在这里等你。万一他要是打你的话，我再进来帮你。（下）

四 妹 李四开门！

李 四 （上）门外哪个打叫？

四 妹　我来了。

李 四　（数课子）我的门口起得矮，不许旁人来乱踩。若是哪个来乱踩，我就打死他娘卖拐[④]、娘卖拐。（开门）

四 妹　你打死哪个？

李 四　（见妹，转笑脸）我不晓得是你来了。四妹，请进请进！

四 妹　我才不爱进！

李 四　进嘛进嘛。

四 妹　不爱进！

李 四　（想）哎！不爱进也就罢了，走路累多，在外面站歇下也好。

四 妹　（听后更气）我偏要进。

李 四　（旁笑）四妹请坐。

四 妹　不爱坐！

李 四　嗳，坐嘛坐嘛。

四 妹　不坐！

李 四　不坐就算啦。

四 妹　那我就偏要坐！

［李下倒茶上

李 四　四妹，请茶。

四 妹　不要！

李 四　唉，一时想不到，聪明一世，懵懂一时，走远路而来，吃了爀茶[⑤]，岂不是火上加火？热上加热？倒去！倒杯冷茶来。四妹，请茶。

四 妹　不要！

李 四　冷茶是逗气的，也要不得，倒去！倒杯不冷不热的来。（下倒茶上）我的好四妹，这杯茶你该喝了吧？

四 妹　不要！（生气把杯打落地）

［李拈杯、做鬼脸、与妹排坐。妹起身，李跌跤。妹发气，打烂家具、烟灯、烟枪，气站一旁。

李　四　唉！我的四妹呀。（唱数板）一见四妹脸色变，愚兄上前问根源。莫不家中无米煮？莫不家中无油盐？妹无米煮哥家要，妹无油盐哥有钱。莫不没有金簪戴？莫不没有衣服穿？妹无金簪哥去打，妹无衣服哥去联。莫不没有零钱用？来到我家要几千。莫不哪个得罪你？莫不哪个说空言？莫不今日你吃酒？来到我家发酒癫。这不是来那不是，为何怒气冲上天？进得门来就黑脸，东西打烂在堂前。茶壶打得无把把，酒罐打开做两边。夜壶打得用不了，不该打坏我洋烟。烟灯打得稀巴烂，烟枪打开做两边。这时愚兄发了瘾，鼻涕流出到嘴边。不得吃烟通身紧，妹你可怜不可怜？往日来到我家里，欢容笑脸话连天。今日来到我家下，怒气不息为何原？我把好话对你讲，你翘起嘴巴朝那边。若还妹你肚子饿，弄点午饭来吃先。晓得四妹爱口味，第一就是豆腐圆。对门有人杀猪卖，买点瘦肉做肉圆。一个一个来剁起，放在锅头慢慢煎。煎了这面翻那面，煎了那边翻这边。两边煎得黄黄鲜，叫声四妹记放盐。粉肠拿来切股子，腰子拿来切片片。样行好菜都齐备，二人搬上台桌面。兄妹二人来坐下，好菜放在妹面前。不吃酒来便吃菜，鸡鱼鹅鸭摆中间。兄妹吃得很高兴，二人又来猜猜拳。二人把拳猜完了，兄妹二人来谈天。愚兄怎样得罪你，不看今朝看从前。

四　妹　（接唱）强盗说话不要脸，句句说得空头言。哪点意思对我好？哪点恩情在心间？什么得你银钱用，什么得你衣服穿。得你衣服来装尸，得你银钱下阴间。强盗那年得大病，差不多病死上黄泉。身上衣服无一件，缩手缩脚气奄奄。老娘看见不过意，急忙跑回绣房间。好衣好裤拿一件，强盗穿起才上前。你下湖北去贸易，身边又无半文钱。老娘闻听这句话，急忙与你去借钱。烧鸡烧鸭做路菜，十两银子做盘钱⑥。送你送到码头上，兄妹分别泪涟涟。望你船头望不见，心中如同挨刀尖。奴家急忙回家转，回家睡了两三天。朋友姐妹无脸见，个个看我不抵钱。姐姐妹妹来取笑，心中有话口难言。巴望四哥回家转，月到十五得团圆。谁知强盗把心变，回来不到我门前。

李　四　（接唱）站在堂前把话讲，叫声四妹听短长。自从那日辞别你，背起包袱往下江。闻听湖北生意好，去到湖北做苏杭。苏杭生意本好做，本钱小来利钱长。去到湖北不几久，母亲要我转回乡。一来回家看父母，二来与你两成双。昨日我才回家转，朋友来到我家玩。他们请我去喝酒，个个前来下槟榔[7]。这个请我去吃酒，那个请我去游玩。我想不去他们怪，不得不已上他庄。回来日头未落岭，又要牵牛去恋塘。家中母猪又走草[8]，又得前去赶猪郎。表妹她又要出嫁，要我帮她整衣妆。铜匠铺内打灯盏，银匠铺里打耳环。苏杭铺里买绸缎，裁缝铺里缝衣裳。样样事情是我理，做完这行做那行。屙屎屙尿都不空，一天搞得两头忙。事情各家有各样，不得与你问安康。四妹不必把气上，有话好好来商量。

四　妹　（接唱）强盗说话慢思想，老娘言来听端详。哪个叫你湖北去，一去几年不回乡。昨日强盗回家转，庙里菩萨下槟榔。分明你猪不走草，又讲前去赶猪郎。又讲表妹要出嫁，你要与她置嫁妆。什么铜铺打灯盏，什么银铺打耳环。什么棉铺打棉胎，什么裁缝缝衣裳。表妹出嫁是道理，帮置嫁妆理应当。日里不空夜里空，为何不来我家堂？油嘴光棍就是你，糊里糊涂大混账。今日和你把账算，看你值得哪一行？（生气，端凳坐一旁）端张板凳来坐起，老娘同你把账提。

李　四　（唱）你要算来大家算，难道老子欠你的？

四　妹　（唱）房子还是老娘起，花费我家几多力。

李　四　（唱）房子老子自己起，费了朋友几多力。又买台桌和椅子，又买字画和家私。你来我家放狗屁，哪样东西是你的？（生气，端凳坐台角）

王　氏　（上，旁白）哎呀，难搞了，这下闹得不可开交了。得想个法子，给他两个和好起来就算了。（走到李面前）李四，莫气了！少年夫妻，吵吵闹闹是常有的，上前去喊一声四妹，不就好了？

［李起身走到妹身边，想转回，被王拉住。

李　四　四妹。

四　妹　（脸朝一边）狗叫。

[李气回原处。

王 氏　李四，你喊了没有呀？

李 四　喊了，倒给她讲狗叫。

王 氏　（到四妹身边）四妹，莫气了！上前去叫一声四哥就算了。

四 妹　我不去。

王 氏　去嘛去嘛。（拉妹到李跟前）

四 妹　（无奈何地）四哥。

李 四　身痒。

[妹气回原处。

王 氏　这两个呀，一个不服一个。（想）呵！有了。哎呀，前面火烧房子了。

李 四　在哪里……

四 妹　在哪里……

[李、妹二人头相碰，妹含羞转笑。

李 四　（趁机叫）四妹。

四 妹　四哥。

王 氏　这回好啦，你们也好了，我也得回家煮饭去了。

（剧终）

【注释】

①鹞子：一种小型猛禽。鹞子飞翔时先两翅快速鼓动飞翔一阵后，接着滑翔，二者交互进行。飞行有力而灵巧，能巧妙地在树丛间穿行飞翔。

②昨夜灯花飘，今朝喜鹊叫：灯芯迸溅火花被民间认为即将有喜事发生；早晨喜鹊叫喳喳，为报喜，好兆头。

③契妈：干妈。

④打死他娘卖拐：骂人粗话。

⑤爁茶：热茶。爁，即热、烫，桂林话。

⑥盘钱：盘缠；路费。

⑦槟榔：一种植物。槟榔果自古以来就是我国南方各省百姓迎宾敬客、款待亲朋的佳果。

⑧走草：指动物发情。

【剧情简介】

此剧又名《四妹反情》。李四从湖北贸易回家，王妈知道了，去向李四借钱，被李痛骂一顿。王妈气愤，向四妹说了一些挑拨他们感情的话，引起四妹的愤怒，便去找李四质问，与李争吵起来。王妈恐事情闹大，立刻出面调解，使他们未婚夫妇重新和好。

【简评】

此剧大部分内容都是李四与四妹在争吵。争论与争吵通常是双方各执一种看法或论调，通过表达和举证，意图让其他人接受。剧中担心李四变心、貌似强硬的四妹实际上是通过争吵反复强调自己对李四的真心挚爱，以此争取两人的和好如初，其一片痴情因此得以呈现。该剧情节比较简单，冲突缺乏变化，人物刻画不足。

此剧由吴祥熙发掘、王玉珍记录保存 。

狗保闹学

剧中人物

⊙张元秀（行当：老丑，简称：张）
⊙陈大娘（行当：摇旦，简称：娘）
⊙陈狗保（行当：小丑，简称：保）
⊙李得得（行当：娃娃生，简称：李）
⊙王贵贵（行当：娃娃生，简称：王）

第一场

张元秀 （吸着旱烟上，念）云淡风轻近午天，傍花随柳过前川。时人不识余心乐，将谓偷闲学少年。（坐，白）我今教书教得多，去年教八个，今年教一桌。一桌也是八个，八个也是一桌。我，张元秀。昨天前去邀学，邀了六七个了，还有陈大娘的狗保没有邀着，今天还要到大娘家去邀狗保前来读书。离了书房，到大娘家邀学去了呀。（唱浪里白）一路走来一路说，昨天乡村去邀学。学生邀了六七个，准备明天来开学。走把村庄过，狗儿实在多。它紧管跟着我，叫又叫得恶。我越打来它越叫，跑得不停脚。狗将我来咬，咬着我的脚。血流皮也破，四处去找药。想起真难过，痛得我喊哎哟。（长锣。接唱）慢慢行来慢慢走，一直走到大路口。遇着一个大母猪，拦在路中又哪样走？我过也不能过，走也不能走。我用脚来踢，它回头就开口。先咬我的脚，后咬我的手。我拿起一块大石头，刚刚想动手。有人来过路，站着他不走。他言道：张元秀，想必你和那个母猪有一手。（长锣过门。接唱）一路走来一路望，不觉来到了陈家庄。（推了推门）今天为何把门来关上？我先叫三声陈大爷，后叫三声陈大娘。大娘快把门开上。（白）走来走去，走到大娘门前来了。待我冒叫一声，喂，大娘开门啊！

陈大娘　（内白）是哪一个？

张元秀　大娘吔，是我来了。

陈大娘　（内白）你在门前站着，我就来来来来了呀。（上，整装，唱浪里白）奴在绣房做事情，忽听门外叫开门，“邦君树塞门，管氏亦树塞门”[①]。有事才开门，无事懒开门。双手打开门来看，（开门）我怕是哪一个？原来是张先生。张先生。

张元秀　喂。

陈大娘　（唱）张先生你请进。

［张随娘进家。

张元秀　进得门来行一礼，恭喜你、恭喜你，买个粑粑驼起你。又道是“生事之以礼，死葬之以礼，祭之以礼[②]，可谓孝矣”。看见你红光又满面，今年定要添大喜。

陈大娘　（唱）堂前板凳拖一拖，叫声先生你请坐。“三里之城，七里之郭。天时不如地利，地利不如人和。”[③]堂前你请坐。

张元秀　大娘哪里去？

陈大娘　（唱）下面倒茶你止渴。（下倒茶上）

张元秀　（接茶，唱浪里白）接着茶杯笑嘻嘻，我有言来你听知。今天来到你家里，何必这样来客气。端张椅子给我坐，还要倒茶给我吃。自古道：“勤有功，戏无益，戒之哉，宜勉力。”[④]牧牛童，打坐骑，萤火虫，穿花衣。吃了你的茶，多谢你的好义气。

陈大娘　（接杯，唱浪里白）接着茶杯往后进，转来问声张先生。“昔时贤文，诲汝谆谆，集韵增广，多见多闻。”[5]好久不到我家下。(白)老师。(唱)有何贵干到寒门?

张元秀　大娘，你坐、你坐，你坐咧。

陈大娘　不用讲客气，坐吧。张先生，三日不来，四日不到，今天到我寒舍有何贵干?

张元秀　大娘，有道是，无事不登三宝殿，有事才到你府上来。

陈大娘　府上?那就不敢，乃是小小的寒舍。

张元秀　我也莫府，你也莫舍。两碗倒做一擂钵，给他娘撇撇脱脱[6]。

陈大娘　老师，你到底来做什么?

张元秀　大娘，实不相瞒，我是特来邀你狗保去读书的。

陈大娘　啊，原来如此。老师，你早来三日就好了。

张元秀　迟来三日又便怎样?

陈大娘　你来迟了三天，前三天李老师来邀我儿去他那里读书去了。

张元秀　哪个?李老师邀去了?(背场)年年我教到的，他又邀去。有道是，抢人的生意，杀人的父母。倒要问个明白。(对娘)大娘，但不知他教，每年又要多少钱呢?

陈大娘　他比你少一半啊。你要一斗米、一百文钱。他只要五筒米、五十个钱。

张元秀　吔嗨……有道是人争一口气，佛受一炉香。他要少，我也要少。就是三十个钱、三筒米我也要教。

陈大娘　李先生他还留下一句话。李老师讲，十个钱、一筒米，他也要教啊。

张元秀　(想了一下)大娘，我不要钱，不要米，我也要教。哪怕吃我的饭，屙屎回你茅厕[7]里来屙，都要教。

陈大娘　张老师，你既然这样讲，我明天退却李老师，把我的狗保送到你书房读书就是了。

张元秀　这才是话呀，少陪了。

陈大娘　老师，不要性急，你好容易来，今天来到家，也要吃一餐晌午⑧再走呀。

张元秀　唉！又来打扰你了。

[娘下取酒菜上，与张对坐饮酒。

陈大娘　张先生，请呀。（唱饮酒腔）一杯呀，酒来呀，满满筛呀咿啰呀。满满筛呀咿啰呀。晚姑娘头戴金花银花，身穿红纱、绿纱、粉红纱，哪嗬嗨张先生吔。（四钹）

张元秀　（唱）喂，陈大娘吔。（四钹。白）喂，我忙把酒来筛。

张元秀、陈大娘　（唱）饮酒啊。

张元秀　（接唱饮酒腔）二杯呀，酒来呀，慢慢筛呀咿啰呀，慢慢筛呀咿啰呀。今日来到你的家，你的礼性实在大。桌上摆的鸡和鸭，好酒好菜来摆下。连累大娘把钱花。哪嗬嗨。陈大娘吔。（四钹）

陈大娘　（唱）喂，张先生吔。（四钹）

张元秀　（唱）喂，忙把酒来筛，哪嗬咿嗬嗨。（收腔。有醉意）

陈大娘　张先生，多喝两杯呀。

张元秀　够了、够了，少陪了。（起身）

陈大娘　好走，少送了。

张元秀　（出门，含醉意走着）少陪了呀。（唱盘花腔）陈大娘你留步。

陈大娘　（唱）张先生你慢行。

张元秀、陈大娘　（唱）准备明天呀，明天拜圣人。（收腔）

[张、娘分下。

第二场

[李、王背书包上。

李得得　（唱娃娃腔）春来百花遍地开，蝴蝶双双齐飞来。蝴蝶对对把花采，人见花蝶喜心怀。

［李、王见蝶飞在花间，二人抢蝶。

王贵贵 （唱走马调）天晴转阴雨来临，蜻蜓空中集成群。手持圆石往上打，打散蜻蜓不成群。

［王、李见蜻蜓落在花枝上，二人捉蜻蜓舞蹈。王捉得蜻蜓，李欲抢，李跑，追圆场，边追边跑下。

第三场

陈大娘 （上，念）因为老师来邀学，使我一夜睡不着。（白）我，陈大娘。昨日张老师来到家中，邀我狗保前去读书，今日不免送他前去。哎呀！这个娃仔，日出高山，还未起来。（向内）狗保，怎么还不起来呀？

陈狗保 （内白）还早，月亮还未曾落。

陈大娘 啐！哪里是月亮？是太阳出来好高了，快点起来。

陈狗保 （内白）妈妈，你叫得急，还是叫得慢？

陈大娘 有事，当然叫得急。

陈狗保 （内白）叫得急，我偏不爱，我就来慢点。

陈大娘 那，为娘不叫你了。

陈狗保 （跳上）不叫、不叫，我就来了。妈妈一声叫，急忙就来到。见过妈妈，有礼。

陈大娘 不消。

陈狗保 妈妈，你叫我出来做什么？

陈大娘 我的宝宝仔，昨天你老师来，邀你去读书，喊你出来，就是去读书的。

陈狗保 不想不想，一家人吃饭，要我一个人读书。

陈大娘 哪这样蠢？一家人吃饭，你一个人读书，你小嘛。

陈狗保 我不去，路上有小娃仔打我的。

陈大娘 不要紧，为娘送你去。

陈狗保　讲过送的啵。

陈大娘　是啦，你下去拿书包来。

陈狗保　儿遵命。（下拿书包上）妈妈，我拿来了。

陈大娘　好好好，出去，走。

陈狗保　走。（出门，见麻雀，拈石打雀）

陈大娘　（拉保）你又在这里搞什么？快点随娘走呀。（唱）站在路旁把话讲，叫声我儿你细听。今日送你书房进，你要用心读五经。多读书来多练字，以后上京去求名。我儿姓名列金榜，不枉为娘一片心。（白）儿呀，到了这三岔路口来了，你把这条路去，为娘回家有事去了。

陈狗保　妈妈，我读书辛苦了，你同我煎个荷包蛋啊。

陈大娘　只要你不去耍水，用心读书，为娘就煎个荷包蛋给你吃。

陈狗保　吃两个，吃两个。

陈大娘　（边讲边下）一个、一个、一个……（下）

陈狗保　（跳坎上，送娘）两个、两个、两个……（见娘下，闻路旁草中有蟋蟀叫，捉蟋蟀）

［李、王跑上，将保碰跌，蟋蟀跑掉了。保坐地大哭。

陈狗保　你赔我的蟋蟀来，赔我的蟋蟀来。呜呜呜……

［李、王见保哭赖[9]，跑下。

陈狗保　（边哭边抹泪站起）走呀。（唱路腔）三步拿来两步走，两步拿来一步行。急急忙忙往前走，不觉来到书房门。（收腔）到了书房了。

［书房中堂贴孔圣神位纸条。

张元秀　（上，念）远上寒山石径斜，白云深处有人家。停车坐爱枫林晚，霜叶红于二月花。[10]

陈狗保　（白）吔，我们老师读起诗来了，我来跟他开个玩笑先。（假装大人声）是哪个在里面读诗？开门、开门。

张元秀　你是哪一个？

陈狗保　（一想）我是李老师。

张元秀　李老师来这里做什么？

陈狗保　我来这里教书的。

张元秀　这个书房是我教书的，你怎么来我这里教书？

陈狗保　你教到的，我出题来问你。

张元秀　请出。

陈狗保　天上好多星？

张元秀　除了月亮全是星子。

陈狗保　地下好多人？

张元秀　人呀……人呀……

陈狗保　快点讲、快点讲！讲不出，你就出来。

张元秀　（想）除了树木、禽兽之类，其余全是人。

陈狗保　慢点、慢点，我还有。我两只脚，搭在门槛上，你讲我出还是进？

张元秀　这个老师才怪啦，怎么出这样的问题？（想，用手比画）两脚搭门槛。你讲他出来，他又进去；你讲他进去，他又出来。（想）哼！我怕不是个老师吧，莫非是哪个小娃仔和我讲笑？等我开门先。

［张一开门，保就从张的肘下钻进去了。

张元秀　（出门两边喊）李老师请进、请进！（见没有人）吔，一定是哪个和我讲笑。（进门，关门）

陈狗保　（学狗叫咬张脚）汪汪汪……

张元秀　（缩脚，以为真狗）啐啐啐……死瘟狗。

陈狗保　（见张近视眼，仍学狗叫，去抓张颈）汪汪汪……

张元秀　（慌张地）嘿！狗这么大，跳起来咬我的颈脖来了。啊，想起来了，一定是隔壁王伯娘那条老狗。我去找一条棍子来，打死了饱吃一餐狗肉先。

［张找得一根棍无目标地打，保见张打左，就跑右，仍学狗叫。张打右，保跑去左边学狗叫。张左右拦打，保无法跑，只得开言。

陈狗保　啊，老师偷狗吃、偷狗吃。

张元秀　嘿！莫乱讲。狗保，你进来好久了？

陈狗保　李老师来，我才来的。我看见你挨狗咬呢，又咬脚、又咬头、又咬颈呢。

张元秀　（想）啊，你这个蠢东西，一定是你和我讲笑，我打死你，你才晓得。

陈狗保　先生下次不敢了。

张元秀　好，免了你。你看王贵贵、李得得他们来了没有？

陈狗保　是。（开门）贵贵、得得。

李得得、王贵贵　（内应）喂。（上）我们早就来了，见过老师，有礼。

张元秀　好，你们来了，就拿书来，我来教你们。

李得得　老师，书在这里。

张元秀　（近视地看着书，教李念）天子重英豪，文章教尔曹。万般皆下品，唯有读书高。

［李跟着张读。教后，李在一旁自读。

张元秀　贵贵，拿书来，我教你。“关关雎鸠，在河之洲，窈窕淑女，君子好逑。”[11]

［王也跟着读。

张元秀　狗保，拿书来。

陈狗保　书在这里。（拿《百家姓》[12]递给张）

张元秀　（用红笔边点边教）赵钱孙李。

陈狗保　（故意地）赵家买米。

张元秀　周吴郑王。

陈狗保　周家去量。

张元秀　冯陈褚卫。

陈狗保　红茹无味。

张元秀　蒋沈韩杨。

陈狗保　放点盐糖。

张元秀　（听不对头）吔，赵钱孙李，哪个教你赵家买米？周吴郑王，你读周家去量。冯陈褚卫，你读红茹无味。蒋沈韩杨，你读什么放点盐糖。我放点盐糖，你吃不吃得？

陈狗保　吃得、吃得。

张元秀　换一本。

陈狗保　（另拿一本《三字经》[13]）是，换一本。

张元秀　（照样教，念）人之初。

陈狗保　买豆腐。

张元秀　性本善。

陈狗保　放老蒜。

张元秀　性相近，习相远。

陈狗保　西乡近，北乡远。

张元秀　（气）唉！不读，拗口得很，调两句读。（翻书选择）我周公。

陈狗保　（故意地）你鸡公。

张元秀　（大声地）我周公。

陈狗保　你鸡公。

张元秀　（气极地）我周公。

陈狗保　你鸡公。

张元秀　（没法地）作周礼。

陈狗保　（故意地）不想、不想捉给你呀。

张元秀　（气）唉！作、周、礼。

陈狗保　不想就不想嘛，我家一个鸡，要捉给你？

张元秀　（无奈地）好好，随便你哪样读算了。

［保、王、李拿书各自归位，照所教的读着，张去各座位听。

陈狗保　（故意地）赵家买米，周家去量。红茹无味，放点盐糖……

张元秀　（自己好笑）好好！你们在书房用心读书，我去买菜去了。不

要胡闹呀，我等一下回来就要背书，哪个背不出，就挨打的呀。（拿篮子下）

［保见老师走了，跳下座位，去邀王、李捉矇矇鸡⑭。

陈狗保　贵贵、得得，来，我们捉矇矇鸡。

李得得、王贵贵　不来、不来，等下老师回来骂人的。

陈狗保　不怕不怕，老师打人算我的。

李得得　哪个矇先？

陈狗保　（拿去手帕）等我来。

［李、王矇保，拉着转了几圈，二人分躲，保捉李、王几次没捉着。

［张提竹篮上，进家，被保搂住。

陈狗保　捉到了、捉到了！这回你走不去了。莫急，给我打三捶、拱三拱先。（打张）一、二、三。

［李、王见张回被捉住，急跑出，分下。

张元秀　（忍痛地）哎哟、哎哟！

陈狗保　（知是张，忙解开手帕，欲跑）怎么……

张元秀　（一手捉住保）你还调不调皮？和我跪下。（找一根棍子，端一张条凳）你过来，好好睡在凳上，给我来打。

［保伏睡在长凳上。

张元秀　睡好没有？

陈狗保　睡好了。

［张用手摸保，刚摸到保的屁股，保打了一个响屁。

张元秀　哎呀！好臭呀。嘿！你这个东西，睡下点。

陈狗保　是。（睡在板凳下面）

张元秀　（拿棍打着凳子）吔。

陈狗保　（随打声喊）哎哟！

张元秀　（摸凳）狗保，你睡在哪里？

陈狗保　你不是喊我睡在地下？

张元秀　唉！喊你睡下点，哪个喊你睡地下。你不懂睡，来，你来打，我来教你睡。

陈狗保　(起来拿着棍子)要得呢!

张元秀　你看着，这样说：老师，我错了，望你拿棍子高高举起，重重打下。打一下如同十下，打十下如同百下。下次不敢了，望老师饶恕。(伏睡凳上)

[保举棍连打几下。

张元秀　(大喊)哎哟、哎哟!

[保丢棍就跑进去。

张元秀　(忙爬起来)哼！你了得起呀。狗保，你和我出来!

陈狗保　(内白)你和我进来。

张元秀　(气)我就进来。(进)

陈狗保　(出)我就出来。

[张气愤地拿鞭子上，保见张上，轻轻地拿长凳挡着张来的方向，张不留神，碰着板凳，跌了一跤。

张元秀　哎哟哎哟……

[保见张跌倒，急开门跑出，下。

张元秀　(爬起来)哎哟、哎哟……

(剧终)

【注释】

①邦君树塞门，管氏亦树塞门：国君宫殿的门前，一定立一个塞门；管氏也立了个塞门。出自《论语·八佾》。这里，孔子指出管仲一不节俭，二不知礼。

②生事之以礼，死葬之以礼，祭之以礼：意思是：父母活着的时候，要按规定的礼节侍奉他们；父母去世后，要按规定的礼节埋葬他们、祭祀他们。语出《论语·为政》。

③三里之城，七里之郭。天时不如地利，地利不如人和：语意出自《孟子·公孙丑章句下》，通过对“天时”“地利”“人和”的反复比较，层层递进，论证了“天时不如地利，地利不如人和”的道理。

④勤有功，戏无益，戒之哉，宜勉力：语出《三字经》。意思是：勤快就会有所成就，老是嬉戏玩耍没有益处。要以这句话为戒，时时提醒自己应该努力、尽力。

⑤昔时贤文，诲汝谆谆，集韵增广，多见多闻：语出《增广贤文》。意思说用以前圣贤们的言论，来谆谆教诲你；广泛搜集押韵的文字汇编成文，使你见多识广。《增广贤文》以有韵的谚语和文献佳句选编而成，主要讲人生哲学、处世之道。

⑥撇撇脱脱：“干干脆脆”“利利索索”的意思。桂北方言。

⑦茅厕：厕所。

⑧吃一餐晌午：吃一餐午饭。

⑨哭赖：哭泣。

⑩“远上寒山石径斜”四句：这是唐代杜牧的一首诗，题为《山行》。作品中写了山路、人家、白云、红叶，构成一幅和谐统一的画面，赞美了深秋山林景色。

⑪“关关雎鸠”四句：出自《国风·周南·关雎》，是一首男女相爱的恋歌。

⑫《百家姓》：中国旧时流行的蒙学课本之一。集姓氏为四言韵语，便诵读。

⑬《三字经》：中国旧时流行的启蒙教材之一。《三字经》为三言韵语，其文通俗、顺口、易记，与《百家姓》《千字文》并称为中国传统蒙学三大读物，合称“三百千”。

⑭捉矇矇鸡：一种儿童游戏，形式如捉迷藏。

【剧情简介】

私塾老师张元秀去邀学，邀到财主陈大娘之子陈狗保。狗保是一个非常顽皮的孩子，入学后专和老师取闹，捉弄老师。本剧主要内容就是表演狗保在学堂里如何调皮捣蛋。这是彩调中一出著名闹剧。

【简评】

大众教育的主要目的是培养学生基本的读写能力和计算能力。识字教育是大众教育的主要目的，当然，学童通过识字还可以获得多方面的知识。在我国早期识字教育的基本教材中，最主要的就是被简称为“三、百、千”的《三字经》《百家姓》《千字文》。本剧在戏曲舞台上呈现了我国早期儿童启蒙教育的某些情景。

此剧中的顽童狗保表现得非常生动。其特征一是好动懒学。被母亲催三督四才背上书包。到了学堂不是捉弄老师，就是捉迷藏，无法安心学习。二是调皮捣蛋。课堂被当作游乐场，老师被视为游戏伙伴，把课堂搅和得鸡飞狗跳，不得安宁。三是机灵古怪。老师教他读《百家姓》，他便利用方言谐音念“赵家买米（赵钱孙李），周家去量（周吴郑王），红茹无味（冯陈褚卫），放点盐糖（蒋沈韩杨）”，一个调皮机灵的孩童形象跃然纸上。

此剧由谢济舟发掘、杨爱民记录保存。

二妹卖花

剧中人物

⊙李老八（行当：小丑，简称：八）

⊙李氏（行当：摇旦，简称：氏）

⊙二妹（行当：花旦，简称：妹）

⊙艾子卿（行当：正丑，简称：卿）

⊙小子（行当：小丑，简称：子）

⊙大姑（行当：正旦，简称：姑）

⊙二姑（行当：正旦，简称：二）

⊙家丁甲（行当：丑，简称：甲）

⊙家丁乙（行当：丑，简称：乙）

第一场

李老八　（上，念课子）我老八，七岁死爹爹，八岁死妈妈。多蒙姐姐抚养大，养我养到十七八。记得那年米粮涨了价，家里穷得没办法。只得帮财主把工打，那财主为人很毒辣。六月叫帮他打扇子，十二月叫我看老鸭。若有哪些不合他的意，不是开口骂，就是用鞭打。老子气来不帮他，出了他的家。去到西山下，遇着个老人家。他就叫我跟着他，从此跟他把油榨。银子得了百七八，想讨个老婆来成家。三两年生娃娃，叫我做爹爹，叫我老婆做妈妈。哎呀呀，闲话少来讲，赶快回去找老姐姐商量下，叫她和我想办法、想办法。（白）我，李老八。自从爹爹去世，丢下我姐弟二人。我从前年纪幼小，承蒙我姐姐抚养成人。只因那年米粮高贵，姐姐出嫁，我只得帮人打工度日。不料财主心肠毒辣，我就一气出外，别谋生计。现已离家日久，在外弄得一些银钱，心想讨个老婆成家。怎奈无人做主，只得回乡找寻我的姐姐，再作道理。（唱四平腔）天上月亮配七星，地上狮子配麒麟。好马要把鞍来配，人到中年要讨亲。（转唱挑担腔）几步来得快，行到路旁来。举目抬头看，日头快落山。（转唱忙腔）急急忙忙往前走，一心要把店来投。三脚两步来得快，不觉来到街里头。（白）且慢，行来行去，来此已是我的故乡来了。不知姐姐她又住在何处。见天色将晚，待我找个客店投宿，明天再作打算。（下）

第二场

李　氏　（上，念）少当家来老当家，想起当家乱如麻。早晨起来七件事，油盐柴米酱醋茶。（白）老身李氏。许配张门为妻，丈夫早年去世。膝下无儿，单生一女，取名二妹。母女二人每日卖花营生，相依为命。这也不再言表。眼看今日天气晴和，不免叫得女儿将花拿到街前发卖。来来来，二妹哪里？

二　妹　（上，念）母亲叫一声，急忙出房门。（白）见过母亲。

李　氏　我儿不必讲礼。

二　妹　谢过母亲。

李　氏　女儿呀，你的花收拾好了没有？

二　妹　早已收拾好了。

李　氏　那就赶快上街发卖，需要早去早回，以免为娘挂心呀。

二　妹　母亲放心，不必挂念。

李　氏　我儿，为娘有几句言语，你要牢牢谨记。

二　妹　母亲请讲。

李　氏　那你就听呀。（唱倒板桨）站在堂前把儿教，女儿仔细听根苗。只为你爹死得早，丢下母女受煎熬。家里贫穷无依靠，娘为吃穿把心操。

二　妹　（接唱）母亲但把宽心放，自有女儿做主张。今日卖花长街往，多赚银钱养亲娘。拜别母亲长街上，快步如梭到街坊。（下）

李　氏　（接唱）一见我儿街前往，不由老身挂心肠。但愿我儿生意广，多买盐米度时光。用手且把门关上，等候女儿转家堂。（下）

第三场

艾子卿　（上，念）家有黄金万两，只是缺少妻房。常去花街柳巷，找个如意婆娘。（白）在下艾子卿。爹娘生我一人，不幸他二老早年命丧，丢下我孤苦伶仃。每日闷闷不乐，只得带着小子，前去花街柳巷散心。今日闲暇无事，不免叫得小子出来，一同前去。小子哪里？

小　子　（上）来了，来了。相公爷爷叫我出来，你又想往哪厢走动？

艾子卿　今日心中不乐，想往街前游耍，你要和我用心观看。

小　子　观看什么？

艾子卿　如有好的姑娘，就叫我去看看。合意的话就得打听打听，以后见机行事，知道了吗？

小　子　是是。相公爷请走，我跟随就是。

艾子卿　小子引路。

小　子　那相公爷你随我来呀。（唱四平腔）出得门来往前走，一心要往大街行。行程几步来得快，不觉来到大街亭。（白）相公爷，到了上街了。

艾子卿　到了上街。哎，上街没有什么好要的，到下街去看热闹些。

小　子　今天下街真是多热闹，快点去吧。

[卿、子下。

第四场

大　姑　(上，念)八月桂花香，九月菊花黄。奴乃二八女，打扮出绣房。(白)奴乃大姑。今日天气晴和，不免打叫妹妹出来，一同前往游玩一番，岂不是好？妹妹哪里？

二　姑　(上，念)姐姐叫一声，移步出房门。(白)见过姐姐。叫我出来有何事做？

大　姑　哎呀！妹妹，你看今日天气晴和，我想和你到街坊，前去买些花样回来，你看好是不好？

二　姑　那是好的。

大　姑　如此姐妹二人前往长街去呀。(唱一身打扮腔)一身打扮去观花鼓灯，姐妹双双离了自家门。金钗插得稳，耳环两边分，红绣鞋儿两三寸。(重句。下)

二　妹　(上，唱鼓打太平春)手拿花篮大街走，东街去到西街头。两脚如飞走得快，不觉来在下街头。(白)卖花呀，卖花呀。

[姑、二同上。

大　姑　大姐你有花样卖么？

二　妹　你们二位想买，请来看。

[姑、二两人看花样。

艾子卿　(上)东走走，西溜溜，上街游完下街游。

小　子　公爷你看。(指三人)那是什么？

艾子卿　(笑)哈、哈。(边笑边冲进妹、姑、二中间乱碰)真美妙！呀，哎哎。

二　妹　你这狂徒不要无礼！

二　姑　姐姐，我们走吧。(拉姑急忙下)

艾子卿　好！好大姐，你的花卖不卖呀？

二　妹　我的花是卖给姑娘们做样的。

艾子卿　（嬉皮笑脸地）我想和你买点花，你要多少银子？

二　妹　花有好多种，你要哪样的花？

艾子卿　（用手去摸妹）我要你这样的花，哈哈。

二　妹　（打了卿一耳光）你这狂徒！（急下）

艾子卿　哎哟！小子你与我赶快追呀！

小　子　呵！追。（下）

艾子卿　（卿边摸脸边追下）哎哟、哎哟。

二　妹　（急上，唱骂腔）狂徒做事太无礼，青天白日把我欺。急急忙忙回家去，见了母亲说端的。

小　子　（上）哪里走？（唱）我好比猫儿追老鼠，又好比鹞鹰要抓鸡。

二　妹　（接唱）回头见他追来了，不由二妹心着急。抓把沙子将他撒，快步回家莫延迟。（下）

小　子　哎哟！（眼里着了沙子）

［卿急追上和小子相撞，跌地。

艾子卿　哎哟！哎哟！你真不中用。

小　子　我的眼睛看不见路了。

艾子卿　怎么看不见？刚才不是好好的。

小　子　我被她用沙子打进眼里。哎哟！公爷快些和我诊[①]眼睛，不然就瞎了。

艾子卿　好！好！我帮你看看。（用手把小子眼皮翻开、吹气）好了。

小　子　哎哟！人又给她跑了。公爷，这个姑娘我认得。

艾子卿　你认得她是哪个？

小　子　她是时常在街坊卖花的二妹。

艾子卿　她家住在哪里？

小　子　离我们不远。

艾子卿　若能把她弄得到手，那我死也甘心了。

小　子　弄她到手，这也不难。公爷附耳上来。（耳语）只要这样，不应承也要她应承。

艾子卿　妙计！妙计！哈哈！哎哟，快扶我回去，事不宜迟。

［卿、子二人狼狈下。

二　妹　（上，唱骂腔）狂徒好比公牛崽，一路闻骚一路来。心急走路走得快，不觉到我家里来。（白）母亲，快开门呀！

李　氏　（上）外面女儿叫高声，吓得老身心又惊。女儿，你为什么今天回得这么早？

二　妹　母亲，今天有人欺负女儿。

李　氏　是哪个短命鬼？如果老娘见他，就咬他一口，锥他一锥，他才晓得老娘的厉害。

二　妹　母亲，这个不是别人。

李　氏　他是哪个？

二　妹　就是离我们家不远的财主。

李　氏　财主？老娘准他是皇帝，我也不答应他。女儿下去吃饭去吧。

［氏、妹同下。

第五场

小　子　（拿银、帖上，数课子）我小子，自幼死了娘老子。家中穷得没法子，只得帮人当小子，混碗粥饭过日子。记得那天街日子[②]，见了二妹子，我家公爷想她做娘子。叫我今天拿银子，拿帖子，去找二妹她的娘老子。我家公爷急性子，硬要她订日子、订日子。（白）小子生来矮又矮，每日长街摆。有人问我是哪个，我就是那两公婆的仔。适才奉了公爷之命，要到那二妹家中强下聘金，我还要紧走几步。（唱四平腔）手拿礼物往前闯，小子我做事真在行。如果这事搞妥了，公爷他说有大赏。（白）到了。妈妈开门。

李　氏　（上）忽听把门叫，定有客人到。（开门）是谁？

小　子　妈妈，恭喜你！贺喜你！

李　氏　又不是年，又不是节，喜从何来？

小　子　有道是人在家中坐，喜从天上来。妈妈我打开门口说亮话。

李　氏　有话你就讲，有屁你就放。

小　子　讲话还讲话，放屁还放屁。我就放一个臭屁，你老人莫怕臭呀。

李　氏　莫啰唆！

小　子　听道。（唱浪里白腔）站在堂前把话讲，尊声妈妈听端详。今天来到你府上，我左手拿银两，右手拿帖用盒装。我家公爷把你二妹子来看上，叫我下订送礼到家堂。你若答应有福享，若不答应将你绑、将她抢，外带放火烧掉你的房，要你一家零打光③。（顺便给帖盒银子）

李　氏　（猛接帖盒，用力摔去。唱浪里白）忙将礼物往外丢，你是畜牲你是牛。你是他家看门狗，别人吃肉你啃骨头。我今要你赶快走，如若不然无情留。将身且把后堂去——

小　子　哎呀呀，妈妈你往哪里走？（捡好礼物，放在桌上）

李　氏　（拿棍子上，接唱）手上拿根硬柴头，先打你的脚，后打你的手，再打你的头。你脚板踩油赶快溜。

小　子　（边出门边白）好厉害！礼物聘金在你家，哪管你答应不答应，今天夜晚来接人。我去了。（急下）

李　氏　（急喊）女儿快来呀！

二　妹　（上）母亲他走了么？

李　氏　走是走了，照为娘的看来，他是有钱有势的，定不甘休。

二　妹　母亲，事到如今，如何是好？

李　氏　（唱倒板忧腔）狂徒做事心肠狠，强要女儿配成婚。不如暂时来依允，事到临头搅乱心。

二　妹　（接唱）母亲要把主意定，免着女儿受苦情。不如逃往外乡去，苦讨苦吃另谋生。（白）母亲，依女儿之见，不如逃往外乡，再作道理。

李　氏　（接唱）我的儿一言来提醒，丢下房屋让别人。我母女相依守本分，只恨狂徒起坏心。没奈何离乡又背井，下面收拾快启程。（白）儿呀，赶快下去收拾轻便行李。

二　妹　女儿遵命。（下）

李　氏　狂徒你逼得我母女好苦呵。（下）

第六场

李老八　（上）走呀！（唱挑担腔）急步来得快，来到姐门外。推门高声叫，快把门来开。（白）姐姐开门。

李　氏　（上）谁人叫姐姐？（开门）呵！老八，是你。赶快进来。（关门）二妹，你舅舅回来啦，快倒茶来。

二　妹　（欢喜地倒茶上）舅舅请茶。（下）

李老八　呵！是二妹呀，长得这样大了。

李　氏　（叹）咳，就是这样大了，为姐的今天为她惹祸。

李老八　（急）惹什么祸？

李　氏　讲出来你能替为姐解愁，那我就讲。

李老八　哎呀，姐姐，我在外飘流多年，什么场合我都见过。你只管讲，我能帮得就尽量帮，如果帮不得也好另想法子。

李　氏　（唱倒板桨）贤弟一旁来坐定，细听为姐说分明。你姐夫早年丧了命，丢下我母女苦仃伶。只为生活家贫困——

李老八　（插白）这又要什么紧，我弄得些银两回来，就不用怄气了。

李　氏　不是为着金和银。

李老八　那又为什么呢？

李　氏　（接唱）只为狂徒心肠狠，强要女儿配成亲。（拭泪）

李老八　那还了得？难道就没有王法吗？莫哭了，姐姐，万事有我担待。

李　氏　我怕你担待不起，他今夜就要来抢人了。

李老八　不怕、不怕。待我们想个法子对付他。

李　氏　事到如今，我是没有法子可想。

李老八　等我来想。（略思）有了，今夜他若来接人，你就把我打扮像二妹那样，给他把我接到他家，我来收拾他，以后就带你母女逃出这个地境。

李　氏　贤弟这个计策甚好。怎奈你是男人，恐怕被他看破，反为不妙。

李老八　不要紧，你就教我女人的动作，怎样走动，学会了不就得了吗？

李　氏　如此，就改扮起来。

［八改装，氏教动作。

李　氏　要得、要得。

二　妹　舅舅真装得像。好！到下面吃点东西吧。（下）

李　氏　正是，牢笼巧计安排定。

李老八　（念）要为姐姐出口气。

［八、氏下。

第七场

小　子　（上，念）月到十五分外光，公爷吩咐接新娘。今晚洞房花烛夜，新床新被醇醇香。（白）众家丁！

家丁甲、家丁乙　（上）来了。小子一声叫，急忙就来到。

小　子　你们两人跟我去接人，需要小心些，记得吗？

家丁甲、家丁乙　记得、记得。

小　子　走，把灯笼打矮些，不要太高，如果给人晓得，就失漏风声。这是公爷的吩咐。

家丁甲　（念）行行走走，

家丁乙　（念）走走行行。

小　子　（念）事情古怪，

家丁甲　（念）半夜讨亲。

小　子　到了。开门！开门！我们来接亲。

李　氏　（上）来了。心惊肉跳把门开，何人叫门请进来。呵，是你们来了。

小　子　来了！恭喜妈妈，贺喜妈妈。

李　氏　算了，算了。今日是老身一时之气，请你们莫要见怪。

小　子　莫见怪，莫见怪。请你老人家叫新娘出来，我们背她去。

李　氏　她怕丑呀。

小　子　怕什么丑？媳妇丑，丑总要见家婆面。叫她把遮头布盖上，什么也不怕了。

李　氏　好吧，你们就把眼闭上，我扶她出来。

小　子　通通把眼闭起来。（闭眼）

家丁甲、家丁乙　是。（眯眼）

李　氏　（扶八上）女儿你要背不要？

李老八　我是要背的。

小　子　我来背你。（弯腰背八出门）我仔呀，好重。

［众下。

第八场

艾子卿　（上，念）人逢喜事精神爽，月到十五分外光。

小　子　（背八上）到家了，下来吧。（放下）

李老八　（坐）见过公爷。

艾子卿　不消了，真在行。下面领赏。

小子、家丁甲、家丁乙　多谢公爷。

［众下。

艾子卿　娘子不要怕羞，来来来，我和你盘床大战。（用手掀盖头）怎么？你还怕什么？

李老八　（猛地抓住卿的衣领按下）你这个混蛋之人，你认得老子是哪一个？

艾子卿　（被吓得大颤）我、请、你、放、手。

李老八　放手不准喊，吃我两个豆腐丸。（在卿腰背用力打）

艾子卿　哎哟！哎哟！

李老八　老子告诉你，下次你若再为非作歹，我就要你的狗命。听见没有？

艾子卿　听、见、了。

李老八　我是无踪找，你记倒。（急急下）

艾子卿　哎哟！记倒，哎哟。

（剧终）

【注释】

①诊：治疗。

②街日子：集市交易日，也称圩日。

③零打光：什么都没有；精光。桂林话。

【剧情简介】

寡妇李氏与女儿二妹相依为命，卖花度日。一日，二妹到长街上卖花，遭到狂徒艾子卿调戏。二妹用计脱身逃回。艾子卿命小子追至李氏家强行下聘，李氏不允。小子扬言于当晚抢亲。李氏非常恐惧，欲弃家避祸。此事被李氏的弟弟李老八得知。李老八恨艾子卿欺人太甚，于是伪装代嫁，在洞房中将艾子卿痛打一顿，给以教训后离去。

【简评】

此剧揭露了恃强凌弱的丑恶现象。与此同时，李老八用计教训艾子卿的情节，让观众体会到一种将压迫者玩弄于股掌之上的舒畅痛快，非常明显地体现了彩调这一地方戏的平民化特征。

此剧由韦金声发掘、关元光记录保存。

妹劝哥

剧中人物

⊙陈大脑壳（行当：丑，简称：兄）

⊙陈满妹（行当：旦，简称：妹）

全一场

陈大脑壳 （一条龙上，数课子）昨夜得梦梦悠悠，梦得半夜下扬州。一睡到天光出日头，醒起来还在房里头。烂稿荐[①]当作席子，半截火砖作枕头。虱婆跳蚤好朋友，爬起来，左一走，右一走，一走走到三江大码头。遇着一个毛丫头，左手拿把扇，右手拿截藕。那把扇到了小子的手，那截藕进了小子的口。那旁来个冒失鬼，他言道，我今和她有一手。我听了觉得不服气，抓起拳头就动手。他一拳打到我的胸口，我一拳打得他头破血长流。我见事情不大好，卷起包袱雨伞我就走，一走走到东门西门南门北门四大城门口，遇着一帮好朋友。月琴鼓板样样有，唱生唱旦又唱丑。头一出，水淹金山寺[②]。第二出，梁山伯来访友。第三出，秦琼带人打登州[③]。第四出，魁星来点斗[④]。唱得那甲子乙也丑，丙子丁也丑，壬至癸也丑，壬至辛也丑。唱生唱旦莫唱丑，脸上胭脂花粉都没有。若还出旦角，各位看倒不舍走、不舍走。（坐，白）十匹驴子九匹马，家里干柴无半把。耗鼠子走往楼梁过，吊起鼎锅当钟打。在下，陈大脑壳便是。我爹在世，有一份家财，所生我兄妹二人，我妹妹她嫁到王家有钱人去了，我母子二人在家。我每日学到爱嫖爱赌爱吹烟懒做事，把一份家财搞得干干净净，到如今还没有讨一个亲。四处亲戚六眷，我都问他们借多了，今日不免到我妹妹家中借点钱回来，买点油盐柴米和换点烟也好。（向内）妈妈，我去妹妹家中去了。

［内白："你要早去早回呀。"

陈大脑壳　这个自然。（出门）出得门来，带关门户。远望青山绿水，前往妹妹家中走起来呀！（唱麻疯腔）站在路途上，听我把话讲，尊声各位细听短长。可恨英国鬼子施毒计，他一心要把中国亡。中国人听了他的话，就买他的鸦片烟来尝。每日长灯夜大亮，吃得皮焦肉瘦脸皮黄。洋烟吸了精神败，想来吸烟无下场。这段闲言说不尽，不觉来到妹家房。（白）且慢。走来走去，行来行去，不觉来到她家，让我来叫喊一声。

［内有狗叫。

陈大脑壳　妹妹开门，在家吗？

［妹暗上，偷望，隐藏。

［兄入内，见无人，望见铜香炉，偷拿铜香炉，拍打炉上灰土，想走。

陈满妹　（上，大声）怎么？你想偷我的香炉？

陈大脑壳　（笑）嘻嘻嘻！见你的香炉不干净，我帮你打扫一下，哪个偷你的？

陈满妹　我看见你不偷，如果看不见，不是拿走了？

陈大脑壳　妹妹，我过门是个客嘛，你倒杯茶来吃呀。（蹲凳上）

陈满妹　别个来呢，我就倒茶，你来了我就没得。

陈大脑壳　为什么别个来就有，我来就没得呢？

陈满妹　别人来到，穿戴一身光彩，有一有二的，手上又拿出东西来。你来像一个乞丐一样，又无一点东西。你看！岂不是丢妹子的丑吗？

陈大脑壳　妹妹，莫讲这么多嘛，先倒一杯茶来好吗？妹妹，看着母亲面下，倒一杯茶给我喝。

陈满妹 （下，倒茶复上）哥哥请茶。

［兄接茶转脸去，从袋里掏出鸦片烟来，用茶送下。

陈满妹 （急）你吃什么？

陈大脑壳 没有吃什么，我吃补心丸子。

陈满妹 那我不信！我要掏你的荷包。（掏出几颗鸦片烟米，大惊，急叫）你还是要吃烟！

陈大脑壳 我吃这回，下回不吃了。

陈满妹 你今天来我家，有什么事呀？

陈大脑壳 我今天来你家，想借些钱。

陈满妹 你是来借钱的呀，那我今天没得。你时常来我家借，水井都会挑干啊。

陈大脑壳 妹妹呀，你当真没得吗？我来问你，娘老子生我们几兄妹？

陈满妹 生我们两兄妹呀。

陈大脑壳 是呀，生我们两兄妹，你就应该养一份，我也应该养一份呀。那你去拿一把刀来，我把母亲砍做两截，抬上半截那会吃饭的来你这块，我就养那没会吃饭的那半截。

陈满妹 你讲蛮话，我就是不借。

陈大脑壳 那你就莫扯，我回去杀娘老子去了。

陈满妹 慢着，你要我借钱不要紧，我要先讲你几句。

陈大脑壳 你要是有钱，莫说讲几句，就是几十句、几百句我也由你讲。

陈满妹 哥哥，你打下坐来，听我道哟。（一条龙。唱劝皮调起数板头）一见哥哥好可怜，口口声声来借钱。还是借钱买柴米，还是借钱买油盐。还是借钱买帽戴，还是借钱买衣穿。还是借钱养娘老，还是借钱做脸面。还是借钱买田地，还是借钱起房间。每月你借我三五串，未曾还过一半边。总是借钱来去赌，每日溜在大街边。你说赌钱哪点好？我说赌钱没梢翻[5]。我劝哥哥莫要赌，从今做个好人先。若还你是再要赌，你要借钱无半点。（卖腔）

陈大脑壳　哎呀！妹妹，你刚才讲说几句，现在几十句都有了，这一下我拿箩筐来装钱了。

陈满妹　这样子就有钱了？你要把你那个赌钱戒完了，我就有钱了。

陈大脑壳　（唱数板头）你说老哥不值钱，总说为兄爱赌钱。你讲我赌钱丑，我讲味道鲜。我清早起了来，洗好这个脸。无事大街去，赌馆去赌钱。戴顶荷兰帽，拿把桂林扇。穿双高底鞋，衣衫穿半边。走到大街去，赌场闹喧天。左边骰子[6]碗，右边有人打篇。又有千子宝，两个钱在碗里头转。杂簇我不爱赌，爱赌番摊钱。走到番摊去，荷吏[7]他开言。蛮久不见你，何不如赌场钱？我今回言道，荷吏你听根源。我广西米饭贵，我云南走四川。挣得钱和米，因此才回家园。讲起赌钱事，心中似过年。等我来看宝路，同你赌几拳。方才么四来拿角，连拿有几拳。如今不对了，二上欺了两拳。我赌他三拳老，他两拳跳过四边。我赌他两头停，他回头补三拳。我来赌单跳，他连欺十几拳。我吊钱输八百，他讲找尾先。我今开言道，荷吏慢点先。等我来想宝路，再来赌场钱。我宝路想准，心里想得鲜。个钱买番中，一个赔三个钱。我中了十几宝，又中十几拳。花边[8]赢了几十块，铜钱赢了几十串。卖茶拿毫子，卖烟拿五仙。有些朋友拿钱吃晌午，有些朋友拿钱去吃面。有些同我来数，有些同我穿铜钱。愚兄发财了，拿钱回家园。爱就拿钱去开铺，爱就江边起渡船。爱就买个官来做，前呼后拥闹喧天。若还早晨头，走往大街边。拿起个菜篮，大街买新鲜。瘦肉买几两，粉肠买点点。买点五香胡椒，葱花买几个钱。拿起回家来，放在砧板面。粉肠打花刀，瘦肉切成薄薄片。拿出那个炉灶，炒锅放在中间。火柴敲两下，把火来烧燃。放得两碗水，把水烧开先。粉肠獭一下，瘦肉起了卷。条匙喝点水，又香又清甜。看是咸来还是淡，看是淡来还是咸。咸了我就加点水，淡了我就加点盐。我尝不咸又不淡，那个味道实在是鲜。闲无事来往大街去，讨三个老婆共枕眠。讨一个肥的十二月用，讨一个瘦的过六月天。不肥不瘦二八月用，那才快活如神仙。说出老妹不肯信，有一本古人听心间。昔日有个赵匡胤，当初也曾会赌钱。别人来和他赌钱，输打赢要也要钱。别个掷出十八点，他要掷出十九点。若还掷不出十九点，土地老子要充军。搞得土地忙急了，连忙与他加一点。赵匡胤赌钱做皇帝，赵家天下万万年。好话讲了千千万，妹子未曾借个钱。我是一泡干狗屎，也值几个钱。（卖腔）把我赌钱戒完了，戒钱不赌学吹烟。

陈满妹　你又学吹烟哟。（唱数板）哥哥说话不要脸，戒钱不赌学吹烟。你讲吹烟哪点好？我有言来听心间。一份家财吹完了，卖了房屋又卖田。一个老婆养不到，妻儿子女都卖完。一个老母养不到，饿得老母好可怜。我劝哥哥把烟戒，便把好人作个先。我说吹烟没有好处，有本古人听心间。广东有个梁十万，当初也曾会吹烟。一份家财吹完了，后来死在草坪边。我劝哥哥莫学他的样，吹烟之人没烧边。（卖腔）若还哥哥把烟戒，我借点银子你回家园。

陈大脑壳　（唱数板）闻老妹说得我不值钱，口口声声说我吹洋烟。你说我吹烟没有好处，我说得吹烟上得天。清早出来走出大街边，好烟剪得几两，丑烟就剪几钱。拿起急忙回家转，就将来煮烟。拿起干柴火，剖得成细签签。拿出那炉灶，放在堂中间。先把土来炒，后把土来煎。再把那笼来过，铜锅放水先。铜锅来洗好，就把烟来炼。把烟煮好了，挠进缸子边。碟子装一点，放在床中间。灯盘来摆好，把灯就来点燃。看看土味好不好，我先尝口先。一个人烧得没味道，走去那个火店前。叫两个妹姑娘，和我来打烟。妹姑娘打烟不要紧，要我几百钱。我说要钱不要紧，过瘾赶时间。妹姑娘生得好，十指又溜尖。打起斗篷样，打起个螺旋旋。斗颈弹一下，让我吹口先。我还讲个礼，让她吹口先。她又还个礼，甩过我这边。我接到不讲理，我就吹口先。嘴巴叮甲叮，鼻孔出火烟。若还不过瘾，就还打呵欠。若还过足瘾，大话又连天。高头头靠头，中间就肩靠肩。伸手好比龙伸爪，缩脚就好比月团圆。我讲下得海，她讲上得天。大家过足瘾，腾得云来成得仙。讲出老妹不肯信，有本古人听心间。昔日有个彭打铁，当初他也会吹烟。彭大人他把兵带，兵士带了有万千。那时上司把烟戒，他去打仗败得一溜烟。上司看了事不好，彭大人回来又吹烟。他在营中传将令，个个差官来吹烟。他今出征去打仗，个个奋勇都上前。你说我们吹烟无好处，我说吹烟快乐如神仙。妹妹有钱借几吊，给愚兄拿去家里先。（卖腔）把我吹烟戒完了，戒了洋烟去做贼。

陈满妹 （唱数板）哥哥讲话要不得，戒了洋烟学做贼。你讲做贼哪点好？我讲做贼做不得。月亮亮了你难去，摸乌搭黑[9]你才去得。若还有人拿到你，有翅要你飞不脱。你听妹妹来相劝，便把好人来学学。若还你今天不改性，要你性命也难活。（卖腔）哥哥你若还学坏，恐怕以后无下落。

陈大脑壳 （唱数板）妹妹说话要不得，你劝愚兄莫做贼。你说做贼丑，我说也要得。别个是个暴火子，我是一个老角色。月亮亮了我不去，摸乌搭黑我去得。每月到了二十几，月底我才去做贼。因为那年年难过，令我决心去做贼。没得哪里来好偷，我是个侄子来偷伯伯。一摸摸到他门口，我蹲到他墙角落。伯伯那时未曾睡，他在那里把嗽咳。惹得那犬汪汪叫，伯伯他说怕有贼。我在外面学猫叫，伯伯那面他听得。你们各人放心睡，这是猫公追猫婆。我听到这话，我才动手脚。扯出那根铁竿，挖他那个墙脚。挖个窿洞那么大，将将[10]进得去。我想把头进，又怕砍脑壳。又想把脚进，又怕他砍脚。烧起一炷香，甩进那洞里去，里面照一下，个人都没得。我主意想得好，打一个跟斗我进了去，摸到灶门口，锅头麻麻黑。摸到楼上去，被窝顺手得。拿到大街上，铜钱卖几百。若还没做贼去偷，那年过不得。你说道做贼没得好处，我说道做贼也做得。程咬金[11]做贼当皇帝，后来尊为老皇伯。妹妹有钱借几吊，你不要啰唆只管说。（卖腔）做贼愚兄来戒了，不做贼子把米来讨。

陈满妹 （唱数板）听得你言妹烦恼，戒了做贼把米来讨。你讲讨米哪点好？妹子言来听根苗。头上戴个开花帽，身上带个烂荷包。手上拿根赶狗棍，肩上背个半边瓢。日间长街把米讨，晚住庵堂和古庙。热天又无蚊帐挂，夜晚扎个火烟包。冷天又无被窝盖，你在庙里盖禾草。每日在人门口求，乞求别人来行好。讨三讨四讨不到，讨块骨头尝味道。妹妹想起你心好恼，你叫为妹怎开交？（卖腔）嫖赌逍遥你戒了，为妹拿钱你回去养年高。

陈大脑壳　（唱数板）老妹把我来看小，声声口口讲我把米讨。你说讨米事不好，我说讨米味道高。我是一个乞丐头，我是一个乞丐老。蚂蝗听水响，飞马子听炮叫。哪里放铁炮，必然打清教。背起个洞洞筒，屁股起花了。走到庙里头去，打教好热闹。我上前打招呼，总理首事听根苗。我是个乞丐头，来你这里把米讨。总理首事听了我的话，把我来安好。你坐在大树下，少时刻钱有开销。有些人唱山歌，有些人唱小调。等他们吃饱饭，把我们来开销。这一个掏一筒，那一个掏一瓢。他们个个分发完，有剩就是我要。我正餐吃不完，留到把夜宵。那回讨得一块大酒肉，个个就哈哈笑。回到庙里去，庙里来睡觉。若还是热天，不怕蚊虫咬。走出庙边去，扎起两个火烟泡。若还吹南风，南边放一包。若还吹北风，北边放一包。不怕它蚊虫多，谅它咬不到。若还冷天来，我会想计较。走出那园边，拈点草来烧。若还吹南风，北边来坐倒。若还吹北风，南边来坐倒。不怕它落大雪，谅它就冷不到。你说讨米事不好，有本古人听根苗。昔日唐朝李旦[12]把米讨，后来得坐九龙朝。他是讨米走了运，他得美妻胡凤娇。（卖腔）赌吹做贼讨米都戒了，只有回家习勤劳。长言短言懒得表，拿钱回家养母最为高。（白）妹妹，现在话也讲得这么多了，有钱就拿钱来，无钱拿米来，母亲在等久了。从今以后，我总听妹妹的话，我想转来了，回家做个好人才得。

陈满妹　是呀，回去若是做了好人，我就借几吊钱给你。（下取钱上）哥哥，你拿回去，你不要再赌了哟。

陈大脑壳　真的不赌了。妹妹，喊我吃餐饭再去了嘛。

陈满妹　喊你吃，你是惹不得的，喊你吃，你就吃的。

陈大脑壳　做个外皮面了嘛，叫人家看见，也好看点了嘛。

陈满妹　那我喊你，你莫吃的哟。

陈大脑壳　讲了没吃就没吃了嘛。（佯高声叫）妹妹，那我就回去了。

陈满妹　（佯答）哥哥，慢点去，在我这块吃饭再去嘛。

陈大脑壳　那好嘛，吃饭就吃嘛，我来帮摆桌子嘛。（真转来要吃饭）

陈满妹　你讲了不吃，怎么又转来呢？

陈大脑壳　那我就不吃你的嘛，那么小气。（出门，故意高叫）喂，你那摊台，慢点收皮。

陈满妹　（大吃一惊）怎么？你又赌钱，你把钱拿转来。

陈大脑壳　你听错了，我讲的是那甘蔗莫削皮。正是浪子回头金不换，发奋勤耕做好人。

陈满妹　（大喜）那就可以，好哇！

（剧终）

【注释】

①稿荐：稻草、麦秸等编成的垫子，用来铺床。

②水淹金山寺：一个取材于《白蛇传》的故事。传说古代白蛇娘子与许仙一见钟情后，就结为夫妻。法海和尚见到许仙面带妖气，就把他带到金山寺藏到法座后，白蛇娘子带领小青蛇来寻夫，法海不许。白蛇娘子无奈只好与法海斗法，于是水漫金山，法海搬来天兵天将来对付白蛇，将白蛇压在雷峰塔下。

③秦琼带人打登州：秦琼为隋末唐初名将。初为隋将，后与程咬金等加入李唐，随李世民南征北战。民间传说程咬金劫皇纲，奉命调查此案的秦琼因此与程咬金结交。为救朋友，秦琼染面斗杨林大闹登州。杨林为破劫皇纲案，设计使程咬金中计被擒。徐茂功等贾家楼结义兄弟得知后，劫牢狱救出程咬金，前往瓦岗寨。

④魁星点斗：魁星是中国古代神话中主宰文章兴衰的神。魁星神像

头部像鬼，一脚向后翘起，如“魁”字的大弯钩；一手捧斗，如“魁”字中间的斗字；一手执笔，意谓用笔点中试人的姓名。“魁星点斗，独占鳌头”是旧时对高中科举状元的美称。

⑤没梢翻：没有机会翻本。桂林话。

⑥骰子：古代民间娱乐用来投掷的博具。

⑦荷吏：赌摊的主持人。

⑧花边：外国银元。因边缘有花纹，故称“花边钱”。

⑨摸乌搭黑：形容天色漆黑。

⑩将将：刚刚。

⑪程咬金：唐朝开国大将，其事迹常见于各种文学作品。小说《说唐》中，他的绝技是梦中学会的斧法。他交战勇逞斧，单身探地穴。这些故事在民间广为流传。

⑫李旦：唐睿宗。民间传说唐高宗驾崩时，皇后武氏乘机篡位，改唐为周，唐室宗亲，诸多被杀。一日早朝，武氏获知李旦躲藏于江夏王府内，立即派兵前往搜捕。李旦得讯逃脱，漂流四方，沦落为丐。结果被通州富商胡发收为家奴。胡有侄女凤娇，天资聪慧，随寡母来依叔父，凤娇与李旦患难相处，终为知己。

【剧情简介】

陈大脑壳，吃喝嫖赌，游手好闲，将家产挥霍精光。一日，家里无柴无米，不得不再次到出嫁了的妹妹家去借钱。妹妹见其兄如此狼狈，就再三劝导他要走正路。后来，陈大脑壳认过，决心改邪归正，妹妹才借钱给他。

【简评】

此剧又名《大脑壳借钱》。妹劝哥戒鸦片、戒赌博、戒盗窃、戒好吃懒做去乞讨。这些方面的恶习极具杀伤力。一是严重破坏农村自然经济，使自耕农越来越少，导致土地矛盾问题日益尖锐。二是严重破坏家庭稳定和谐，引起夫妻反目、婆媳对立、妻离子散等。因而，可以说在此“妹”劝的不仅仅是“哥”，也是台下广大的观众，劝诫的是所有世人 。

此剧由林瑞甫发掘、董希武记录保存。

员外修坟

剧中人物

⊙黄朝（行当：老生，简称：朝）

⊙黄贵庭（行当：小生，简称：庭）

⊙玉和祥（行当：丑，简称：玉）

⊙高广昌（行当：丑，简称：高）

⊙朱九连（行当：丑，简称：朱）

⊙廖子美（行当：丑，简称：廖）

⊙廖美珍（行当：花旦，简称：珍）

⊙张新成（行当：丑，简称：张）

⊙张天福（行当：小生，简称：福）

⊙李白龙（行当：老生，简称：李）

⊙县官（行当：老生，简称：官）

⊙差役（简称：差）

⊙西村群众（简称：群）

⊙东村群众（简称：众）

⊙西村老人（简称：老）

第一场

黄　朝　（上，念）家有万担粮，前仓对后仓。别的事情我不管，单要做好祖坟山。（白）我，黄员外。家中开有行号十座，每日进息三万三。为保好我万贯家财，就得修好祖坟。如今清明将到，我不免叫得广昌内弟出来，商量商量。（向内）有请内弟。

高广昌　（内应）来了！（上）员外开言如花香，我今才倒洋烟床。还未过够瘾，又有事上堂。见过员外。

黄　朝　内弟不必讲礼，一旁坐下。

高广昌　员外叫得我出来，未知有何事商量？

黄　朝　非为别事，前些日子，我看好了祖坟龙地，就在东村。如今三月清明将到，我们要赶紧将祖坟修好才好。我想将那条小河填塞起来，免得来往的人脱鞋脱袜，麻烦得很。未知内弟意下如何？

高广昌　好是好，但不知塞了这条小河，河水往何处消去？

黄　朝　我们去开西村那个水闸，那河水不就容易消了么？我的主张就是这样，广昌你照事办来。（下）

高广昌　大懒推小懒，小懒推门槛。我不免叫得账房先生玉和祥出来，将员外交代之事，叫他去办。要他写张预告，到各地请人塞河，就是这个主意。（向内）有请先生玉和祥。

玉和祥　（上）嗬哈……听见外面叮当响，我就急忙离账房。不知叫我有何事，里面坐好高广昌。广昌，你叫我出来，有何事干？

高广昌　先生请坐，要知何事，请听我讲呀。（唱四平腔）坐在堂前把话论，你要从头听分明。你要服从员外命，要你出字去请人。不是东村人不要，不许掺杂外村人。限你三日办清楚，挖土填河要上坟。

玉和祥　（接唱）听你言来心头恼，这件事情是你的。员外他不对我讲，事不关己你莫提。我是和他管内柜，每日和他登利息。你要我去把人害，要我害人万不能。（白）岂有此理！你和他是内亲，修祖坟之事，你都不去，

反要我去。嘿！好大的口气呀。你要我去害人，这就万万不能呀。（下）

高广昌　咃，你玉和祥翘尾巴，这件事情难不了我。（想）如何是好？呵，有了！待我叫得中人朱九连出来，去到东村廖子美那里，和他商量商量。（向内）有请九连。

朱九连　（上，念）我坐在床上吹着烟，哪个叫我做中来卖田。我就出来看清楚，卖田之人在哪边？你今不要急坏我，自己吃烟叫茶喝。堂房板凳自己坐，你是伯妈是大哥？咳！我讲是谁，原来是广昌叔叔，你叫我出来有什么事？

高广昌　叫你出来，自有话商量。员外要修祖坟，想把东村那条河水塞起，好通马轿。今日要你下乡，请东村田丁挖土填河，这件事情只有你九连才做得到。若有哪个不来，就不给他种田。你做好这件大事，重重有赏。

朱九连　这好办，包在我身上了。

高广昌　包在你身上就是好的。你看哪个不来，就不给他种田，收回田地，事情就是这样。

[朱、高同下。

第二场

朱九连　（上）走呀！（唱路腔）离了门庭往前走，去请田丁来帮忙。三步拿来两步走，两步拿来一步行。为了员外坟山事，隔河隔水实难行。填了东岸害西岸，管他死人不死人。（白）走来走去，走到廖子美门口。（喊）有人在家么？

廖子美　（内应）有呀！（上）呵，原来是九连哥来了，请坐请坐！美珍倒茶来。

廖美珍　（内应）来了！（端茶上）九连伯伯请茶。

朱九连　不客气、不客气。（喝茶）

廖子美　九连哥，你今日到来，有何好事？

朱九连　我今日到来，有事和你商量。为了员外的坟山，他要我来请你们这些田丁前去帮忙。填好东岸那条水，挖掉西岸那条坝闸，员外限十天办好。

廖美珍　（偷听、扯父衣、示意）你去，我不管啊。

廖子美　这……这，东岸河拿来填起，我怕填不得呵。

朱九连　你讲填不得，还要挖西沟呢。

廖子美　填了东河，还要挖西沟，这事做不得的呵。这个事情一路来都没有的。员外这样做，恐怕有点师难兴、鼓难出呵！

朱九连　你不去？不去不得。那你今年就不要种员外的田了。

廖子美　怎么，要我不种田呀？哪来的道理？你填了东河，挖了西沟，这段田还要不要呢？我怕你们员外以后抵挡不起呵。

朱九连　他的田、他的地，要不要不与你相干。你去不去由在你，你不去就不要多嘴了。我回去交代员外。（出，碰见众田丁回来）

东村群众　九连叔叔，你到哪里去呀？

朱九连　呵！我呀，我特意到你们村上来呵。请你们帮员外填东河挖西沟。

东村群众　九连叔，去填东河挖西沟，有钱得的吗？有钱得我们就去。家里未曾犁田，去搞些钱回家，也好耕春。

朱九连　当然有钱。

东村群众　明天就去么？

朱九连　明天一定要到呵。

东村群众　呵！那我们明天一定来的。

［众人同下。

第三场

廖子美　（拿烟袋上，修犁，边修边讲）他黄员外，要填起东河挖西沟。现在是春天，不发水则已，发起水来，冲崩这垌田[1]，要他难搞呵。

廖美珍　（跑上）爹爹，不好了！

廖子美　美珍，什么不好？讲给我听。

廖美珍　什么不好？员外填起东河，挖了西沟，现在大水来了，推崩了那一垌田了，那西村都冲了一大半，人也都推跑了好几个。

廖子美　我讲嘛，九连来叫我去喊人搞，我都讲过填不得的呢。现在怎么办呢？我看，要去找李白龙做一张状纸，到衙门[2]去告他。对！只有这个办法，不然我们是搞不过他的。美珍，你在家，我到西村和你张伯伯商量，去找李白龙叔叔去了呀。（唱急腔）听闻女儿把话讲，我的心里好着慌。一片好田都冲烂，房屋推走人淹亡。我要去找李白龙，找到白龙出主张。

东村群众　（上见廖）廖伯伯、廖伯伯，你要哪里去？

廖子美　到哪里呀？我闻听水到西村，我们种的那些田，都通通冲完了，连西村的房屋都推倒了一半，人也推走了好几个。你们看，我早就讲过，填不得的。唉！真是，不听老人言，水推祖宗田呀。管它，现在你们来了，我们就在这里商量吧。田地都还不讲，最要紧的是村庄呵。千年田地八百转，管它沙滩不沙滩。村庄不是一把伞，寸步难移是村庄。要是村子都冲完了，我们要到哪里去安身呢？我讲话你们不信，现在已经吃亏了，上了当呀！（唱数板）站在当场把话论，你们个个听分明。最毒不过黄员外，用计来害我穷人。要把东河来塞起，推坏西村一垌田。财主害人真不浅，暗刀杀人好狠心。话多言论说不尽，想法对付要认真。保田保地最要紧，还要保护众黎民。（白）好好！千言万语，讲也讲不尽，我看我们还是要写一张状纸，到官府衙门去告他，未知大家意下如何？

东村群众　好是好的，但是这张状纸由谁人来做呢？

廖子美　我到西村去找张新成大伯商量商量，两村联合起来，去找村里的那位穷举人[3]李白龙，请他给我们写一张状纸，再到官府去告那杀人不见血的黄员外。

东村群众　好呀！那你快去吧。

廖子美　那我就走呀。（唱路腔）急急忙忙往前行，不觉来到这西村。我要去邀张新成，一同去找李白龙。

张新成　（拿篮上，见廖）廖大哥，你到哪里去呀？

廖子美　我特意来找你的。

张新成　找我有何事？我们这几天盘田地、拆房屋，都忙得不可开交呀。

廖子美　我就是为此事而来的。

张新成　原来是为此事而来的。

廖子美　黄家这样一搞，我们穷人就遭殃了。

张新成　那我们怎么办呢？

廖子美　我看我们两村联合起来，告他一状。

张新成　对！

廖子美　那好，我们快去找李白龙写状纸。

张新成　那快走吧。

李白龙　（上）富豪狠良心，起意压农民。只要三篇字，告他不安生。我，李白龙。听说黄家填了东河，挖了西沟，使得两村田地破坏，真是害民不浅呀。我看要想个办法，找两村的乡友商量，告他一状，除掉这条地头蛇。言之有理，待我找人去。

［廖、张同上。

廖子美　到此已是李白龙家了。

［廖、张进门。

张新成　呵！李老师在家么？

李白龙　你们来了，来得好、来得好！我正想去找你们呢。未知你们来此为了何事？

廖子美　就是为了黄家填河沟害我们的事呵。

李白龙　那你们讲怎么办？

廖子美、张新成　我们要告他一状。

李白龙　对啦！我也这样想呢。

廖子美、张新成　那你就给我们写吧。

李白龙　提笔写起来呀！（音乐）状纸已做好，你们赶快拿去衙门。

廖子美、张新成　有劳！

李白龙　应该的嘛。

廖子美、张新成　告辞了。

廖子美　（唱）拿了状纸往前走，

张新成　（接唱）一心要往衙门行。

廖子美　（接唱）一心要把黄朝告，

张新成　（接唱）要这老狗夹尾行。

［廖、张同下。

第四场

县　官　（上）头戴乌纱[4]色色新，身穿紫袍扣龙鳞。世间好事忠和孝，臣奉君来子奉亲。下官，素行清白，为民着想，不贪财、不取赃。人来侍候。

［差上。

［廖、张同上。

廖子美　行来走去，到衙门来了。

差　役　到此何事？

廖子美、张新成　我等到此告状。

差　役　等我禀报大老爷。（入）启禀大老爷，门外有人告状。

县　官　传他们进来。

差　役　（出）大老爷传你们进去。

廖子美、张新成　是。（入，跪）拜过大老爷。

县　官　抬起头来。

廖子美、张新成　小人有罪，不敢。

县　官　恕你们无罪。

廖子美、张新成　谢过大老爷。

县　官　你们告哪一个？

廖子美、张新成　告黄朝员外。

县　官　可有状纸。

廖子美、张新成　有。

县　官　呈上来。

[廖呈状纸，差接，交官。

县　官　待本官看来。（音乐）嘿！有此等事？

廖子美、张新成　实有此事。

县　官　传黄朝父子。

差　役　下面听着，传黄朝父子。

[朝、庭上。

县　官　公堂之上，为何不跪？

黄　朝　我就是不跪，有什么大不了的事情。

县　官　（拍案）要你下跪！

[朝跪。

县　官　你犯了王法，你可知道？

黄　朝　我犯了什么王法？

县　官　你挖沟填河，坑害良民。为你死的祖宗，残害活的人民，你可知罪？

黄　朝　大老爷做主，但不知何人告我？

县　官　你抬头观看，旁边立着是何人？

黄　朝　哦，原来是两个穷鬼。呸！你们想诬害我。

县　官　状纸在此，件件属实，你有何话可说？

黄　朝　大老爷恕罪。

县　官　你要赔偿。

黄　朝　赔偿，最多是要钱为止。

廖子美、张新成　我们不要钱，要你挖坟山。

县　官　要你挖坟山，你愿意不愿意?

黄　朝　那……

县　官　快快说来!

黄　朝　依从就是。

县　官　你们还告他哪一件?

廖子美、张新成　要他把原土还原，退还田地，整好村庄，挖开东河，填好西沟。被水冲死之人，要他安葬。

县　官　这些你可依从?

黄　朝　这……

县　官　什么这!

黄　朝　那……

县　官　什么那!

黄　朝　我十房屋都填不够呀。

县　官　填得起也要填，填不起也要填，你应不应承?

黄　朝　我填不起。

县　官　他顽抗。人来!

差　役　和我打!

黄　朝　大老爷息怒，我依从就是。

县　官　依从，就画下押来!

［朝画押。

黄贵庭　（拦）行不得呀。

黄　朝　画了吧。（昏倒）

县　官　和我叉了出去。

［差叉朝下。

县　官　黄贵庭，限你三天，挖好东河，填好西沟。写好契约即时退还。交与廖子美与张新成，你可依从？

黄贵庭　依从就是。

县　官　照事办来，下去。

［庭下。

县　官　廖子美、张新成，事已判清，三日之内，他若不照办，你们再告。我要重重罚他。

廖子美、张新成　谢大人！

县　官　退堂。（下）

廖子美、张新成　这才好呀。（唱）多蒙众人做主张，斗倒黄朝喜洋洋。除掉恶人心舒畅，回去告知众街坊。（下）

第五场

［廖、张同上。

廖子美　张弟，大事已办好，我们还是回去分头告诉各乡友吧。

张新成　好。

［廖、张同下，带两村众人上。

东村群众、西村群众　好呀！挖东河、填西沟，退田地、偿人命。这回我们可算出了一口气啦。

西村老人　出了这口气，可全靠东村的廖大哥和我们西村的张大哥啦。

东村群众、西村群众　是呀！谢谢廖大哥和张大哥。

西村老人　我看呀，今天喜上加喜哟。廖大哥的女儿廖美珍和张大哥的儿子张天福早就有情有义。今天是个好日子，我看他们两人就在今日结成良缘才好呀。

东村群众、西村群众　是呀、是呀！

廖子美、张新成　有谢各位！

［廖、张分别问子女，子女点头同意。

西村老人　那好、那好！（牵合二人）哈哈哈！

东村群众、西村群众　真是双喜临门呀！（唱雪花飘）斗倒黄朝喜洋洋，廖张二家配成双。双喜临门精神爽，无忧无虑度时光。

（剧终）

【注释】

①垌田：田地。

②衙门：旧时官吏办事的地方；官署。

③举人：明清时期乡试考中者的专称。作为一种出身资格。

④乌纱：乌纱帽，古代官吏戴的一种帽子。

【剧情简介】

地主黄朝为修祖坟，便于轿马来往，竟填东河，挖西沟，造成水灾，冲毁田庄。东村农民廖子美与西村农民张新成，愤恨地主的专横，到衙门控告黄朝。幸得清官审案，命黄朝赔偿损失。众农民感激廖张二人敢于带动人们起来反抗，为群众造福，并见廖子美之女廖美珍和张新成之子张天福已有感情，便促成他们结婚。双喜临门，皆大欢喜。

【简评】

员外修坟时，填东河，挖西沟，损害了东西村众农民的利益，引发了一场不同阶层之间的斗争。如果说取得了胜利的这场斗争的前后过程能给人们一些启示的话，那就是“一根木柴燃不旺，众人拾柴火焰高”，“一人难挑千斤担，众人能移万座山”。

此剧由马芳荣发掘、涂世馨记录保存 。

咬奶救命

剧中人物

⊙林梁氏（行当：摇旦，简称：母）
⊙林贸独（行当：丑，简称：林）
⊙王林氏（行当：摇旦，简称：姑）
⊙马大球（行当：老生，简称：马）
⊙差人甲（行当：丑，简称：甲）
⊙差人乙（行当：丑，简称：乙）

第一场

王林氏 （上，念）春夏秋冬四季天，寒来暑往又一年。谈到外家[①]事，我心中郁闷冒过天。（白）我想到外家去看我大嫂一番，不免把门锁好，交代隔壁邻舍帮我看家。（向内）隔壁的老人家，我家老鬼回来，你讲我回舅家去了。

[内白：“你去舅家有什么事？”

王林氏 有点小小事情。

[内白：“你早去早回。”

王林氏 要得。离了自己门前，走起来呀！（唱路引摇旦腔）出得门来往前走，一心要往前面行。三步拿来两步走，两步拿来一步行。急急忙忙来得快，不觉来到外家门。（白）让我打叫大嫂开门。大嫂在家没有？

林梁氏　（上）在家，闻听小姑叫，我急忙就来到。小姑你来了？小姑你这么早来，有何事干？

王林氏　（叹气）唉！大嫂。

林梁氏　小姑你怎么这么急？

王林氏　大嫂，你在旁等我说。（唱数板）小妹就把话来说，尊声大嫂你听着。昨天我在街前得句话，我回到家中睡不着。我们林家无后代，现在贸独犯了事，拿在衙门关起来。限在明天就要办，你我年老怎下台？我今说话说完了，请问大嫂怎下台？（收腔）

［母听，惊跌。

王林氏　（扶起母）大嫂请起。

林梁氏　（痛哭）天哪天！（唱哭板）枉为人生在世间。我今生来独一子，听说此话黑了天。只想我年老无依靠，如何过得到晚年？

王林氏　大嫂不要啼哭，哭也哭不了的，我们姑嫂二人前往长街而去，探个消息，生死如何。

林梁氏　小姑说得有理，姑嫂二人立刻起身，我们往长街而去。

［母、姑二人出到大门，把门关上。

林梁氏　出得自家门口，往前走呀。

林梁氏、王林氏　（唱忧板）出得门来往前进，一心要往前面行。（叹气）唉！前面行，哟咿哟。急急忙忙来得快，不觉来到铜马沿。（叹气）唉！铜马沿。

林梁氏　走来走去，行来行去，不觉来到街前了，我们走到衙门前去看一看。

王林氏　贴有布告，时辰没到，还没有定夺，我们姑嫂二人去衙门前透一会[②]。

［母、姑同下。

第二场

差人甲、差人乙 （上）走噢，吆喝！

差人甲 自古英雄三尺剑，

差人乙 世界只讲两文钱。

差人甲 清官使人瘦，

差人乙 神灵庙祝肥。

差人甲 秉正公廉，

差人乙 大老爷坐堂。

马大球 （上，念）为人读律又读经，出门做官第一名。谁人犯了王法事，王法条条不容情。（白）马大球便是。（入座）三班六房。

差人甲、差人乙 有。

马大球 你到头堂外边，去要个密告箱回来。

差人甲、差人乙 得令。（下取箱复上）启禀大人，密告箱在此。

马大球 三班六房，与我倒出给我看看。哦，内面状文又多了，看看有几个人告了林贸独。一二三四五六七八九十。嗨！这个案件不轻呀！有二张状子是要紧的，五凤岭角前，抢了客人一担布，又伤害人。二来夺了陈家之子一个包袱。捡这二张状纸出来，再把这密告箱拿到外面去挂了。三班六房，拿出头门挂了。

差人甲、差人乙 得令。（挂好，入侍）启禀大人，挂好了。

马大球 挂好了，你到牢里面把林贸独带了出来。

差人甲 得令。差人奉了大人命，又到牢狱提犯人。三步两步我来得快，不觉来到监狱门。差人叫声监狱官。

[内白："有什么事？"

差人甲 差人奉了遣调，要提林贸独出去，堂上问案。

[内白："你进来绑好了。"

[老鸦叫哇、哇、哇。甲带林上。

林贸独　呀、呀。

差人甲　启禀大人，犯人到案。

马大球　何不跪下？

林贸独　参见大老爷。

马大球　你姓甚名谁？

林贸独　犯人林贸独。

马大球　你犯了何案？快快说来，有事实招，犯法立斩，你犯什么案件？你晓得不晓得？

林贸独　启禀大人，犯人多多有罪，本是晓得的。

马大球　晓得你就说来。

林贸独　大人请听。（唱数板）犯人就把话来说，尊声大人你细听。五凤岭角我抢案，抢得客人布一担。

马大球　还有没有？

林贸独　（接唱）资贵口上来抢劫，抢劫陈家那个读书人。三来我到姑母家庭上，偷得姑母牛一头。四来王家我也去，偷他水牛又一匹。小偷小摸不计数，还望大人来容情。我的案情说完了，大人施恩把情留。（收腔）

马大球　你说清楚没有？

林贸独　启禀大人，犯人大案件只有这么多，小案件记不得了。

马大球　现在上司有令到来，要拿去斩首示众。

林贸独　（唱哭板）低头埋怨我本人，不怪大人拿示众。请求大人要四块薄板来收埋了。（收腔）

马大球　今日你自知犯法，怪不得大人。今有状纸二张，你自己观看。

林贸独　哎！大人，不要看了。

马大球　三班六房，拉出头门绑起示众，等候午时取斩。

差人甲、差人乙　得令。

马大球　好好看守。

差人甲、差人乙　启禀大人，后堂安坐。

[马下。

[母、姑同上，见衙门口有许多人在吵嚷，二人走上，被甲赶走。

差人甲　不准亲人近旁。

[姑心中明白，取银给甲。

差人甲　你二位老人见林贸独有何缘故？

林梁氏　我是他的母亲。

王林氏　我是他的姑母。

差人甲　那准你在旁边，不要说多了。

林梁氏、王林氏　是。

林梁氏　儿呀！今日为娘……（唱哭板）我的儿、我的儿，娘靠谁人？娘身寡妇养了你，今日犯了朝廷法，你叫为母靠谁人？（收腔）

王林氏　（唱哭板）姑母上前来问你，叫声侄儿姑家绝后，早晚姑母回家靠谁人？从小姑母说话你不听，今日犯了处死令。姑母若再回家，不见你父不见你，你叫姑母靠谁人？（收腔）

林贸独　（唱哭板）叫声姑母和母亲，你们二人仔细听。不怨天来不怨地，但怨我本人自作自受。今日不怪哪一个，只怪我本人不如意。今日死去是应当，姑母呀！母亲呀！莫再念骨肉。姑母呀！母亲呀！硬心回家。你莫要希望我忤逆[3]仔，硬心回去。（收腔）

林梁氏　孩儿，我这样年老靠谁人？

林贸独　妈妈，今日你不忘我，我从小吃你的奶大。今日你给我吃口奶，我死也抵得了[4]。

王林氏　嫂嫂，打个硬心，给他吃了口就算了。

林梁氏　（给乳）哎呀！我的儿，吃吧。

[林用力咬奶，母晕倒。

林梁氏　哎哟！死了呀。

[旁有人拍手，有人说差人看守不好。

差人甲、差人乙　（急报官）请大老爷坐堂。吆喝。

马大球　（上）闻听三班六房请，清官即刻升大厅。马大球便是。（坐）三班六房，有何案件？

［甲、乙跪。

马大球　何事禀告？

差人甲　启禀大老爷，外面犯人林贸独咬伤母身。

马大球　为何给她近边？

差人甲　他母亲哀三哀四，差人就给她近旁。

马大球　自古以来，清官使人瘦，神灵庙祝肥。你必定受背手，应加责罚。

差人甲　小人错了。

马大球　错就依错走。三班六房拿下打三十六大板。

差人甲　青天大人，小人认错了。

马大球　认错就起来。提那犯人林贸独进来，给本官问个明白。

［甲下，带林上。

差人甲　启禀大人，林贸独带到。

马大球　何不跪下？

林贸独　（跪）林贸独参见青天大人，叩谢饶命之恩。

马大球　且慢。你为何咬伤母亲？快快说来。

林贸独　犯人有话告禀。大人呀！（唱哭板）一见青天好大人，一犯二犯都是我犯，千怪万怪都怪我母。从小我母纵容我，一个独子，不打不骂。成人长大勤吃懒做，跟着外人乱偷乱摸，从小做大。后来胆大了，就拿牛牵马，半路抢劫把人杀。今日我犯法定死罪，就为我母纵容儿，不如咬死我母去，娘仔做一堆，免得无靠受活罪。犯人话语说完了，求求大人快快动手。（收腔）

马大球　你叫我快点动手，今天我就刀下留人。三班六房，下面把那罪状扯回来先。今日拿林贸独下去候案，看看他母亲醒来没有？我要提问。旁边还有什么亲人？

差人甲　（出望，复入）启禀大人，伤是伤了没得死，旁边还有他姑母。

马大球　一起带上公堂。

［甲带母、姑上。

马大球　你是林贸独何人？

王林氏　王林氏，乃是林贸独的姑母。

马大球　你是林贸独的姑母，你看你侄儿好是不好？好就讲好，丑就讲丑，莫害人。

王林氏　（跪）我侄儿从小就很老实，只因他母亲从小有点纵容。

马大球　你站过一旁，林梁氏你有什么话讲？

［母昏迷不语。

马大球　无办法，将她抬到药房，以后再问。王林氏，你好好看守你嫂嫂，下面听候。

王林氏　谢谢大人之恩。

差人甲、差人乙　（抬母下。复上）启禀大人，林梁氏已抬到药房放药了。

马大球　本大人有签票一张，你样样去调查，问问那地方，林贸独是不是好人，他妈是不是纵容他。

差人甲、差人乙　（领签）禀请大老爷安坐。退堂、吆喝！

［马下。

差人甲　这下我们出去恐怕有点捞吧。

差人乙　你睡在梦床。我们去查案，有什么捞呀？多少吃两餐就是了。闲话少讲，我们离了衙门，就往乡下而去呀。

差人甲、差人乙　（唱当差腔）出得门喳喳丢，往前走喳丢喳，一心又往前面行喳丢喳。急急忙忙来得快，不觉来到林家庄。

差人甲　我们二人到里面问过父老。

［甲、乙同下。

第三场

[母、姑同上。

王林氏　大嫂、大嫂！

林梁氏　儿呀！

王林氏　大嫂现今痛多痛少？

林梁氏　还是痛呀。

王林氏　你肚饿没有？

林梁氏　只吃得点稀饭，干饭吃不得。

[姑取饭给母，吃后，扶母坐。

王林氏　大嫂，你坐好。

林梁氏　我去睡吧，坐了痛多。

王林氏　那我就扶大嫂进房睡。

[姑扶母下。

[甲、乙上。

差人甲　人人都说林贸独做强盗，问过父老，没有不讲他坏话的，都说他母亲纵容她儿子。问过上下几个村都是这样讲。我们拿父老口供回去报吧。离了乡下，就回衙门呀。

差人甲、差人乙　（唱路腔）离了乡下往前走，一心又往衙门行。急急忙忙来得快，不觉来此是衙门。

差人甲　伙计，我们上前回禀，禀请大人公坐。大老爷坐堂。吆喝。

马大球　（上）为人做官定要清，处处做事要公平。若为利来不顾名，只恐别人骂子孙。三班六房，有何案件？

差人甲、差人乙　（跪）差人来交签票。

马大球　你们二人下乡查案，有何故事？

差人甲、差人乙　人人都讲林贸独做强盗，问了几多父老，不见哪个讲他好话，又说他母亲纵容儿子。

马大球　真假如何？你二人画下押来。

［甲、乙画押。

马大球　提他母亲、姑母一齐上来。

差人甲　得令。（下，内喊）叫声林大娘、王大娘，大老爷叫你们到案。

林梁氏、王林氏　（内应）好的，一齐到案。

差人甲　（上）启禀大人，林梁氏、王林氏到案。

林梁氏、王林氏　（上，跪）见过大人。

马大球　林梁氏，为何你养儿没有家教？为何放儿出外面乱偷乱摸、抢劫别人？

林梁氏　启禀大人，小人多多有罪。

马大球　恕你无罪，你详细说来。

林梁氏　请大人听了。（唱哭腔）启禀大人，小人说了。因我寡妇独生一儿，从小我痛仔比我心。一个独儿我拿当宝贝。谁知他以后成人长大，不听我讲，出去乱行。偷的偷来摸的摸，又抢又劫盗牛马。今日犯法拿娘受罪，叫我恨命苦十分。只望大人法外仁。（收腔）

马大球　（拍案）你这林梁氏，好不可怜。你纵容儿子，从小不教，大了怎样教得？幼笋不直，大了如何弄得直？今日幸得本官开恩，若是遇见别官，杀了你儿子，以后你依靠何人？一个妇人不懂事，原谅你。但免不得要打七七四十九鞭。日前你受伤，准你已打过，你站过一旁。三班六房，下面带林贸独出来。

差人甲、差人乙　得令。

林贸独　（上）启禀大人，犯人林贸独到案。（跪）犯人见过大人。

马大球　林贸独你抢劫这么多案件，你犯法了吧？

林贸独　启禀大人，小人本是犯法。

马大球　你晓得是犯法的？

林贸独　本人晓得。

马大球　下次你还做不做？

林贸独　大人有案存，小人下次总总不敢。

马大球　那你下次不敢，具结[5]下来。

林贸独　请大人帮我写。

马大球　大人不能帮你写，你要找别人写，你本人能写没有？

林贸独　禀大人，小人能写，两手难动。

马大球　差役，松刑。你能写就写来。

林贸独　大人，在上面写有罪？

马大球　你认得罪，那你就在下面写。

林贸独　叩谢大人之恩。（写）大人，小人从今以后，再不敢犯法了。若还乱行乱为，法不容情。若还回家，不能守成，有地方随便拿得，斫肉斫烂。若还不听父母所说，忤逆不孝，即请斩首。甘结存此。（写罢画押，呈马看）

马大球　（看画押后）可以，念你未伤人命，死罪免了，活罪难逃。左右，将林贸独重打一百板。

差人甲、差人乙　得命。（施刑毕）启禀大人，打完了。

马大球　林贸独，本官打得错不错？

林贸独　大人打得应该。

马大球　左右，叫林梁氏、王林氏一起上来。

差人甲、差人乙　林梁氏、王林氏一起到案。

林梁氏、王林氏　（上，跪下）见过大人。

马大球　林贸独死罪免了，活罪难逃，打了一百板屁股，不打对地方不住。林梁氏是他的母亲，王林氏是他的姑母，回去严加教训于他。林贸独。

林贸独　有！

马大球　你回去听你母亲说没有？听你姑母说没有？

林贸独　决心改过，再不敢胡闹了。

马大球　你三人一起去，好好背你母亲回去，安分听教。

林梁氏、王林氏　谢大人天恩。

马大球　你们好好回去。

林贸独　妈，我来背你到雨篷下，我即刻请轿送你回去。

王林氏　你背你妈你慢点。

林贸独　你坐好。（背母）叩谢大人。

[母、姑、林三人同下。

马大球　三班六房，有事无事？

差人甲、差人乙　禀大人，无事。

马大球　无事退堂。

差人甲、差人乙　禀请大老爷退堂，吆喝！

[马、甲、乙同下。

（剧终）

【注释】

①外家：女子出嫁后称娘家为“外家”。

②透一会：“歇一会”的意思。桂林话。

③忤逆：违反、背逆。后多称不孝顺父母为“忤逆”。

④抵得了：值了。桂林话。

⑤具结：旧时对官署提出表示负责保证的文件。

【剧情简介】

林贸独抢劫偷骗，作案累累，被县官判斩。姑母王林氏闻讯，转告其母林梁氏，偕往探望。林贸独口称死前要吃母奶，用力把母咬伤，并称自己为非作歹，是因母亲失教与溺爱纵容所致。事为县官所知，立派人下乡访查，结果如林犯所说。县官念林未伤人命，从宽免死，处以廷杖，命林具结永不为非。令母、姑领回林贸独，并严加管教。

【简评】

此剧从情节上来看，存在许多不合理性，比如林贸独死刑的判定与撤销，都缺乏明确的依据。显然，“养不教，父之过”才是全剧的关注点。由于林贸独临刑前用力把母咬伤，并称自己为非作歹，是由母亲失教与溺爱纵容所致，一下子就把聚焦点从林贸独移向了林母，随之观众也从对罪犯的处罚的围观，转到父母对子女的教育的思考。较为自然地把教育方法与子女成长结果之间联系起来，揭示了什么才是真正的爱。

此剧由韦炳兴发掘、顾建国记录保存 。

打皮掌

剧中人物

⊙唐满姑娘（行当：花旦，简称：满）

⊙王扯皮（行当：丑，简称：王）

全一场

唐满姑娘　（上，念）奴年二八花正开，好像仙子下凡来。纵然生得不大美，君子见奴把头抬。（坐，白）奴乃唐家满姑娘。爹娘生我兄妹二人，哥哥已到外面贸易去了，去时他已交代，皮鞋烂了，叫我请个人来给他补好。这么久没见皮匠来到这块，今天天气晴和，不免到街上找个皮匠来给他补好这对鞋子，岂不是好的？离了门庭，还要走呀！（唱花腔）将身离了自家门，一心要往街上行。（下）

王扯皮　（上）我今本姓王，住在石马塘。一样学不会，学到打掌掌。我，王扯皮。家住湖南零陵县石马塘。一样学不会，学会打掌掌。我在湖南来了论个月了，一条月落了二十九天雨，把我的伙食吃光了。今天天气晴和，不免挑起咯只[①]担子，去到街上弄点银钱回家使用，岂不是好的？离了店门，还要走哇！（唱花腔）正月是新年，忙把鞋子联。联双鞋子相送我同年，联双鞋子相送我同年。二月是花朝，娃娃绣荷包。绣个荷包相送我的姣，绣个荷包相送我的姣。（入凉亭，白）走来走去，走到咯只凉亭来了。让我透一透。哎呀，咯只天好热。（抹汗、扇凉）往日有人在这里卖东西，今天哪样没有人来卖东西[②]？哎，心中烦闷，唱支歌来听先[③]。（唱）十七十八上广西，哈哈，丢了爹娘丢了妻。嘿嘿，丢了爹娘没[④]要紧，丢了妻子受孤凄。哎！我湖南人唱歌没好听，广西人唱歌盖好听。哎（打呵欠）困一觉先。（拿凳拦路而睡）

唐满姑娘 （上）走哇！（唱花腔）一步来得快，来到凉亭外。走上前来看，还要看开怀。（白）哎！这个人才怪，拦路而睡。喂！起来。

王扯皮 打牌没打咧，我要困觉。

唐满姑娘 呸！我要过路。

王扯皮 你屙肚，你，去那边，这块没得茅厕。

唐满姑娘 这个人定是爱赌钱打牌的，这么瞌睡，我吐泡口水，讲哪个跌了毫子，哄他起来先。（吐口水）哎！哪个跌了毫子在这块？

［王滚下板凳，满坐。

王扯皮 我的咧，我的咧，我拿来晒到的咧。（摸、拍手）哪个吐脓吐血，吐到明年七八月。毛竹架涧，水桶盛血。哎！没睡醒，再来睡下先。（见满）呐嘿呐嘿。（手捂脸笑）哪里打烂观音堂，走脱了观音娘来到这块。我王扯皮这两年背时，东不成、西不就，去打鱼来网又漏，不免我来许个愿看。（拍衣、跪下）观音娘娘在上，我王扯皮在下，我这两年背时，我来许只愿，你保佑我发财，一个猪头，八十五斤半，一只鸡，三斤半没除毛。

［满拍王头。

王扯皮 （起身至凉亭外，两边一望）哪个打石头呀？我在这里许愿的啵。咦！又没见人哪。（想）哦，观音娘娘是吃斋的，我许着荤的。（入跪）观音娘娘，你吃斋的，我许着荤的，你莫怪，我再来许过。你保佑我发财，许块豆腐八亩田宽，许个木耳有块谷垫那么大。

唐满姑娘 呸！我是个人哪。

王扯皮 我晓得你是神，你没是神，我没来许愿的。

唐满姑娘　呸！我是个女人。

王扯皮　（起身望满）你是个举人？你头上没戴顶顶[5]。

唐满姑娘　呸！我是个妇人。

王扯皮　哦，你偷库银，绹起你。

唐满姑娘　呸！我同你妈妈一样的。

王扯皮　哈，我妈妈是个女人，你也是个女人哪。女人、女人。

唐满姑娘　呸！我不是你的老婆，你喊我女人、女人？

王扯皮　那我没晓得喊你什么。

唐满姑娘　我未曾嫁人的，你喊我做姑娘。

王扯皮　你未曾嫁人，喊做姑娘。我未曾讨老婆，你喊做姑爷啰。

唐满姑娘　呸！哪个喊你做姑爷！

王扯皮　那你姑娘就姑得，那我姑爷就姑不得？你们哪样喊姑娘咧。

唐满姑娘　我们未曾过门的喊做姑娘。

王扯皮　你没有过门，哪样来到这块？

唐满姑娘　呸！我未曾吃过盐茶的哪。

王扯皮　讲怪话，你没吃盐吃茶，长得咯大。

唐满姑娘　呸！不是的，我未曾出过嫁的。

王扯皮　你又不早讲，未曾出嫁，就嫁我啰。

唐满姑娘　呸！哪个嫁你？（欲走）

王扯皮　你去哪块？

唐满姑娘　我去请打皮掌的。

王扯皮　你来刻薄我哇！我不打掌掌，你总不讲请皮匠。我来打掌掌，你讲请皮匠。

唐满姑娘　啊！你是皮匠师傅？我是去请皮匠的。

王扯皮　唡。（笑）你当真请皮匠，那就好哪。我来问你，你姓么咯？

唐满姑娘　我姓唐，我叫唐家满姑娘。

王扯皮　哎哟！好啊，你我两人是一家人，老华[6]家。

唐满姑娘　敢莫你也姓唐？

王扯皮　我没是、我没是，我姓王。

唐满姑娘　你姓王，你怎么喊我做老华家？

王扯皮　黄糖、黄糖，还不是老华？

唐满姑娘　哎，不是的。我是庙口唐，你是三撇王，音同字不同。

王扯皮　哦，咯样讲，我怕是黄糖黄糖咧。

唐满姑娘　不是的，去了去了。

王扯皮　但不知有几远？

唐满姑娘　（手出八字）有这么远。

王扯皮　哎哟，没去了、没去了。到你那里八十里，回来都黑完了。

唐满姑娘　哎，不是的，小八。

王扯皮　哦，咯只小八，走走走。

［满、王上路。

唐满姑娘　你湖南人上广西来，但不知走大路来，还是走小路来？

王扯皮　大路远三日，小路近三天。

唐满姑娘　你走小路，不是要走山岭啰？

王扯皮　走那大山、大冲槽、大岭过。

唐满姑娘　你走那山岭过，你听着什么叫没有咧？

王扯皮　听得有过。（比画）咯只大、咯只长，在那树高头，×你妈、×你妈。

唐满姑娘　呸！那是个蝉虫。必里喳、必里喳，那个怎么叫得的？

王扯皮　你没晓得，它肚拐⑦底下有个捏捏。

唐满姑娘　哦？肚拐底下有个捏捏会叫？那螃蟹肚拐底下有个捏捏，哪样又不叫呢？

王扯皮　哎！满姑娘，你没晓得，水里头的东西叫不得的。

唐满姑娘　水里头的东西叫不得，那蚂蚜还不是水里头的东西，哪样又叫得？

王扯皮　不去了，你尽盘[8]我的倒。

唐满姑娘　（拉着担子，与王互拉）你莫走，你讲我听先。

王扯皮　满姑娘，我讲你听，蚂蚜嘴巴宽，它就会叫。

唐满姑娘　那鱼罾[9]放在水里捉鱼，嘴巴那么宽，哪样没叫？

王扯皮　那是个竹子的，竹子就没会叫。

唐满姑娘　竹子不会叫，那笛子还不是竹子的，哪样又会叫？

王扯皮　哎，你咯只蛮人，那笛子眼鼓[10]多，它就会叫。

唐满姑娘　那我们屋里的米筛，还不是眼鼓多，哪样又不叫？

王扯皮　你没晓得，米筛有咯只边边，它就没叫。

唐满姑娘　那我们屋里有面铜锣，还不是有只边边，打它又哪样响得？

王扯皮　那是铜的，见铜的就响得。

唐满姑娘　那我们屋里头锁大门、锁笼箱的铜锁，又不见它响？

王扯皮　哎，你咯只满姑娘是个蛮人，那是有须须的，见有须须的就叫不得。

唐满姑娘　见有须须的就叫不得？

王扯皮　叫不得。

唐满姑娘　那我们屋里有只羊，嘴巴上有须须，它哪样又叫得？

王扯皮　那是嘴巴尖，见嘴巴尖的都叫得。

唐满姑娘　那我们屋里的犁头嘴巴尖，又哪样不叫？

王扯皮　哎，你咯只满姑娘没晓得，那生铜生铁倒出来的叫不得。

唐满姑娘　你讲叫不得，我讲叫得。我们那里有个庙，庙里有个钟，还不是生铜生铁倒的，打起来，哐哐哐，又叫得？

王扯皮　哎，那挂得高，肚拐里空，就叫得。

唐满姑娘　那我们屋门口，有对灯笼，挂那么高，肚拐里又空，它哪样又不叫？

王扯皮　哎，那是纸糊起的，那就叫不得。

唐满姑娘　纸糊的叫不得，那爆仗还不是纸糊的，放起来又哪样会噼里啪啦、噼里啪啦，它又响得咧？

王扯皮　哎，它肚里有药，放起来就响。

唐满姑娘　那我们对门有家药材铺，那么多药，又没听它叫，又没听它响。

王扯皮　你吃药、你吃药。

唐满姑娘　呸！你吃药。

王扯皮　你吃药、你吃药。

唐满姑娘　嘿！到了。

王扯皮　哈，盘我得倒盘多了，走路走多了，还要打倒，打转打转。

唐满姑娘　不是，到我家里了。

王扯皮　（一望）哂哟，好庙哇！

唐满姑娘　是我的房子，哪块是庙啦？

王扯皮　好之则为妙也。

唐满姑娘　请进！（进门）

王扯皮　（唱打皮掌腔）我今低头进，进了你的高堂。担子往上放，放在你的香火堂。

唐满姑娘　呸！你放在我的条桌上，挡到我的香火，放下来！

王扯皮　（唱）条桌我不放，放在你的土地堂。

唐满姑娘　呸！挡着我的土地。

王扯皮　（唱）这旁我不放，放在那一旁。上前见一礼，恭喜你满姑娘。

唐满姑娘　（唱垛板腔）皮匠莫讲礼，坐在这一旁。我到厨房里，前去倒茶汤。（踩担子下）

王扯皮　咯只满姑娘，踩我的担子过。（拿起扁担）

［满端茶上。

王扯皮　（将扁担在满头上旋了几下）呸呸呸！背时给你。

唐满姑娘　咦，怕什么？我是个红花女，踩一下要什么紧？（递茶）

王扯皮　咦，满姑娘，你的茶咯好吃。

唐满姑娘　我这是六洞茶。

王扯皮　哼！你咯只满姑娘给蜈蚣茶给我吃，你想谋财害命啦？

唐满姑娘　不是蜈蚣茶，是六洞茶。

王扯皮　哦，是六洞茶，难怪咯好吃。好，你拿鞋子出来。

［满下取鞋复上。

王扯皮　（接鞋、闻鞋）喂，满姑娘，咯只人死了好久了？

唐满姑娘　嘿！没有死的。

王扯皮　没死？臭都臭完了，还没死？

唐满姑娘　嘿！不是的，我哥哥是个汗脚。

王扯皮　哈，你哥哥唱旦角啊？

唐满姑娘　不是，我哥哥是个汗脚。

王扯皮　哦，汗脚，旦角……

唐满姑娘　你要多少钱？

王扯皮　满姑娘，你听呀。（唱打皮掌腔）站在高堂上，听我讲个价。多也不能要，只要四百八。

唐满姑娘　（唱打皮掌腔）站在堂屋下，听我还个价。多也不能给，只给二十八。

王扯皮　（唱打皮掌腔）我出门碰着鬼，碰见你不开张。挑起担子走，我要走别方。

唐满姑娘　（唱打皮掌腔）皮匠你莫急，还要转来的。加你钱和米，看你依不依？（拉担子）

王扯皮　你讲得好，加钱我就补。满姑娘，你屋里有好多人吃饭？

唐满姑娘　我屋里头，爹娘就是生我两兄妹，哥哥出外谋生去了，就是我一个人在屋。

王扯皮　满姑娘，你要拿花出来绣啵，我一个人在这块怕啵。

唐满姑娘　这么大个人，怕什么鬼？

王扯皮　哎，满姑娘，你没晓得，我一个人在这块，等下你失东西怪我。

唐满姑娘　好嘛，你坐那边，我坐这边。（取针线篓、配线穿针）皮匠师傅，你在那边，我在这边，我就绣起来了呀。（唱月调）正月里来正月花，新官来了坐旧衙。文武百官来送礼，十盘果子九盘花。

［王走到满背后，满引针戳了王的眼睛。

王扯皮　哎哟，你戳着我的眼睛。

唐满姑娘　莫喊莫喊，哪个喊你站到我的背后来，我帮你吹一下。（吹）

［王吻满。

唐满姑娘　呸！你哪样吃我的空子？快点快点，你坐在那边。（接唱）二月里来二月花，二月阳雀叫喳喳。一来叫得阳春早，二来又叫牡丹花。

王扯皮　这只鞋子我补好了，你拿钱给我。

唐满姑娘　好，我拿钱给你。（下）

王扯皮　哎呀，咯只鞋子补坏完了，我挑起担子走算了。（挑担欲走）

唐满姑娘　（上，拉住担子。）嘿，你想拐我的鞋子走哇？

王扯皮　没是、没是，有朋友喊我。

唐满姑娘　拿我的鞋子来！

王扯皮　嘿，对脸交，穿没久，你调过背来接，包你穿得久，要穿几年。

唐满姑娘　（调背接鞋一看）哎，你哪样把我的鞋子补坏了？

王扯皮　哪样补坏了？

唐满姑娘　鞋底补在鞋面上，还没补坏？

王扯皮　那是生成的。

唐满姑娘　你这死皮匠，听我骂你呀。（数小课子）死皮匠、烂皮匠，鞋底掌在鞋面上。钱是没得数，米是没得量。看你急不急，看你忙不忙？

王扯皮　呸！呸！呸！（数小课子）死婆娘、烂婆娘，青天白日骂皮匠，钱没得数，米没得量。老子也会变，变个公公仔，坐在你的香火堂。钱要你数，米要你量，看你急不急，看你忙不忙？

唐满姑娘　呸！呸！呸！（数小课子）我不急、我不忙。我哥哥是个送鬼郎，三张纸、一炷香，一送送到大路旁。看你急不急，看你忙不忙？

王扯皮 （数小课子）我不急、我不忙，老子也会变，变一对龙爪竻[11]，坐在大路旁。有日你从那里过，一勾勾着你的裤裆。钱要你数，米要你量，看你急不急，看你忙不忙？

唐满姑娘 呸！呸！呸！（数小课子）我不急、我不忙。我哥哥是个砍柴郎，三刀两斧砍断你，拿你回家进厨房。放在大灶内，烧得溶溶光。第二早撮[12]那灰，倒去养鱼塘。看你急不急，看你忙不忙？

王扯皮 （数小课子）我不急、我不忙。老子也会变，变个鳅鱼王。满姑娘，你到那塘边洗衣裳，老子钻进你的裤裆。

唐满姑娘 呸！呸！呸！（数小课子）我不急、我不忙。不怕你会变，变个鳅鱼王。我哥哥是个打鱼郎，三罾两网撒到你，拿你回家进厨房。放在砧板上，先剖你的肚，后取你的肠。放进锅头内，多放油盐少放姜，两边煎得哄哄黄。我先吃你的肉，后喝你的汤。看你急不急，看你忙不忙？

王扯皮 （数小课子）我不急、我不忙。老子也会变，变个鲮鱼刺，卡在你的喉咙管。下也下不得，上也不得上，要你一命见阎王。

唐满姑娘 呸！呸！呸！（数小课子）我不急、我不忙，我哥哥是个化水郎。头一碗化骨丹，第二碗化龙水，一化化到肚内肠。看你急不急，看你忙不忙？

王扯皮 （数小课子）我不急、我不忙，老子也会变，变个娃娃肚内藏。左手抓你的肝，右手抓你的肠，要你一命见阎王。

唐满姑娘 （数小课子）我不急、我不忙，不怕你会变，变个娃娃肚内藏。十月怀胎生下你，皮匠哂——

［王应哂。

唐满姑娘 你是我的仔，我是你的娘。

王扯皮 上了她的当了，她吃了我的空子。今天没得钱，我睡到这里要。没得，打架子我都要。

唐满姑娘 打架？我问你，是文打？是武打？

王扯皮　哪样有个文打武打？文打又怎样？武打又何来？

唐满姑娘　少不了武打要脱衣服，出去对面草坪里打。

王扯皮　若是打不赢我……

唐满姑娘　打不赢，我做你的老婆。

王扯皮　（笑）嘿！那就好了，女人家哪能打得赢男人家？她打不赢我，做我的老婆。（笑）咂嘿，那就好了，来广西得个老婆。

唐满姑娘　若是你打不过我咧？

王扯皮　我打你不过，那咯只担子没要。

唐满姑娘　那就要脱衣服去打的。

王扯皮　脱嘛、脱嘛。（脱衣、出门）

［满急关门。

王扯皮　哈！你出来打架啰。

唐满姑娘　呸！老娘本姓董，你信老娘哄。你想和我打一架，千祈[13]搞不拢。（下）

王扯皮　你没出来，我就打门。

唐满姑娘　（内白）你敢打我的门？

［王端石头打门。

唐满姑娘　哎呀！哪个打我的门呀？

［内应声："拿倒拿倒！"

王扯皮　不是我！不是我！打门那个走了。唉，打个下场罢了呀。（唱北路）背时背时真背时，青天白日挨鬼迷。一身衣裳脱完了，还剩两块肚囊皮。（下）

（剧终）

【注释】

①咯只：这个。

②今天哪样没有人来卖东西：今天怎么没有人来卖东西。哪样，即“怎么”。

③唱支歌来听先：先唱支歌听听。把“先”放在句子末尾，表示暂且进行，其他放下再说。

④没：不。

⑤顶顶：顶子，清代礼帽顶饰，是区别官员品级的重要标志。用宝石或珊瑚、水晶、玉石、金属等制成，以其质料和颜色分别官阶的品级。

⑥老华：指同姓。

⑦肚拐：肚子。

⑧盘：回旋，回绕之意。这里是指盘问，来回反复地问。

⑨罾：一种用木棍或竹竿做支架的方形渔网。

⑩眼鼓：洞眼。

⑪竻：刺，竹刺。

⑫撮：此处指用撮箕装。动词。

⑬千祈：千万、必须的意思。表示强调。

【剧情简介】

少女唐满姑娘请皮匠王扯皮到家中补鞋。王只顾听满姑娘唱小调，和她戏谑，漫不经心，将鞋子补坏。满姑娘便和他争吵起来，王扯皮也不相让，二人对骂不休，最后还要相打。满姑娘用计骗王扯皮脱了衣服出门外草坪上去打，王扯皮以为打赢了就可娶满姑娘为妻，于是脱了衣服到门外等。谁知一走出门，满姑娘就将大门关上。王扯皮无法，只落得一身赤膊，丢了鞋担子，悻悻而去。

【简评】

此剧故事发生在广西妹和湖南鞋匠之间。这部两小戏主要是通过两个人的对话来揭示人物特征和推进剧情发展的。剧中对话有两个特点，一是一问一答、回绕反复。看上去唐满姑娘问的尽是些无聊简单的问题，但却表现出她的聪明伶俐、活泼可爱；而王扯皮不厌其烦的应答，则反映了他对唐满姑娘的爱慕之心。二是对话中依靠方言谐音，来达到逗趣搞笑的效果。满口湖南方言的王扯皮，听广西话常走耳是极其自然的事。如：“人”与“神”；“女人”与“举人”；“王”与“黄”；等等。剧作频繁地运用谐音产生的误会，一步步将情节展开，令心知肚明的观众忍俊不禁。

此剧由李群英发掘、魏少平记录保存。

同享荣华

剧中人物

⊙吕判（行当：丑，简称：判）
⊙吕子贞（行当：生，简称：吕）
⊙全氏（行当：正旦，简称：全）
⊙吕保童（行当：小生，简称：保）
⊙惠打算（行当：丑，简称：惠）
⊙李氏（行当：正旦，简称：李）
⊙王员外（行当：生，简称：王）
⊙王妻（行当：摇旦，简称：妻）
⊙王桂英（行当：花旦，简称：英）
⊙小子（行当：小丑，简称：小）

第一场

吕　判　（上，一条龙，念）无花无酒过清明，话不虚来事亦真。昨夜邻家乞星火，小窗分与读书灯。我，吕判。我们祖上积下来有一项银钱，但给这吕子贞借了，共有三十两银子之多。几年来，本无本，利不利，完全不还一点。现在由我管了这个钱，过了几天，清明节就到了，需要这项众人之钱来祭扫，不免到他家里去催讨，岂不是好？离了我家门前，还往他家走走啊。（唱麻疯腔）站在路途上，我今仔细想，从头一二说一场。我今奉过众人命，他家走一转。若他还没有钱，我就是个讨账王。举步行程来得快，不觉来到他家庄。（收腔。白）且慢。走来走去，已来到他家门前。吕子贞，在家没有？

吕子贞　（内白）正是在家，门外是哪一个？待我来开门。（上，开门）哦，原来是大哥来了。

吕　判　正是我来了。

吕子贞　那你就请坐。

吕　判　不消拘礼。

吕子贞　大哥今日来到我家，有何好事？

吕　判　吕子贞，你欠了众人的钱，三十两银子，几年了，怎地还不还？

吕子贞　唉！大哥，我这些年得下这常年的眼病，治病都治穷了，哪里有钱还账？

吕　判　你没钱还账啊？这账不比别账，这是众人的钱，众口如雷。你今未得，我也不同你讲这么多，要你三日之外、七日之内，你就要找起这项钱来还。你要没有这项钱，众人就要赶你出族。这是卖儿卖女卖老婆都要还的。我告诉你听，那我就走了。

吕子贞　转来，有商量。

吕　判　张良[①]？韩信都讲不拢。（下）

吕子贞　这才难坏我呀。（唱三板腔）这桩事情难坏我，家境清寒四壁空，哪有银钱还债清，左难右难难坏我，难坏我今无计生。将身且把后堂进，再对我妻说分明。（下）

第二场

惠打算　（上，一条龙，念）时不通来运不通，当了棉被起北风。十二月卖蒲扇，六月天卖火笼。（白）在下，惠打算。每日我在长街赌博场中游玩好要，得了蛮久[②]没到我老同家去了。不免今日到我老同家里去玩上一玩，叫得我老婆看守家庭。老婆娘子，你看守家庭，我往老同家里行走一番。

李　氏　（内白）你要早去早回！

惠打算　晓得。离了门前，往老同家里走起来呀！（唱鼓打太平春腔）走出门来往前行，一心要往他家门。三步拿来二步走，二步拿来一步行。不觉行程来得快，转弯就到他家门。（白）走来走去，不觉来到老同他家来了。老同在家没有？

吕子贞　（上）在家，我看是哪一个？（开门）哦，原来是老同来了。老同请进！

惠打算　不要讲礼。

吕子贞　老同请坐！

惠打算　你我同坐。

吕子贞　保童，倒茶上来，给你同年爷吃。

吕保童　（倒茶上）同年爷请吃茶！

惠打算　啊呀，好聪明呀！

［保拿茶杯下。

惠打算　老同你缘何这个模样啊？

吕子贞　唉！老同，你哪里知道？只为我长年的眼病，流年[③]又不好，这下又欠了众人的钱，众人派人来追了，要我还这祖上的钱，他说我欠这三十两银子，本无本，利无利，总得有几十两了。你看我怎么样还得起？我说没得钱，他说卖妻卖儿女都要还的。

惠打算　那就向亲戚朋友借啊。

吕子贞　唉！老同，自古道，人穷莫望亲，天旱莫望鬼头云。赊借无门。

惠打算　嗨！老同，你莫怄气。你屋里有个钱筒筒。

吕子贞　哪里有个钱筒筒？

惠打算　那个同年仔就是个钱筒筒了。

吕子贞　他又怎么是钱筒筒？

惠打算　老同，你还不晓得，拿他来男扮女装。现在妹仔值钱，娃仔没得值钱，拿他装扮妹仔，把他卖给别个，得了钱还了这债，你们二公婆，不是不心急了吗？

吕子贞　老同，我夫妻二人，年上三十有零，独生这一个仔，你叫我怎么舍得？

惠打算　老同，你莫气了嘛。什么舍得舍不得，同年嫂还是二十几岁的人，还得大把的生养，你愁没得货？我怕你没得米来养啊。

吕子贞　我就可以舍得，晓得他娘愿不愿呢？

惠打算　家有千百口，主事在一人。只有男州，那有女县？哪到她讲话？你和她好好商量一下就行了啵。你和她商量，我就回去喊我老婆来，和同年仔装扮。那我就走了。（下）

吕子贞　我老同说此话，好便是好，不晓得我那老婆依不依从呢？贤妻哪里？走来。

全　氏　（上）泪似长江水，滔滔不断流。当家的叫得我上来，有何话说？

吕子贞　叫你出来，非为别事，只因昨夜吕判来到我们家，他说道要我还那众人的钱，想我无法归还。惠打算老同来到我们家里，与我打了一个算盘，想了个好办法，将我保童儿男扮女装，前去发卖。得了这项钱，除了还了他那众人的钱外，那时，我也得了些钱来诊了我的病。贤妻，你说好与不好？

全　氏　好虽然是好，我养了他十几年，独龙④一个儿子，将他拿去卖，我就舍不得。

吕子贞　妻呀。（唱三板腔）坐在堂前把话论，叫一声我妻你细听。男子三十不为老，贤妻还是年纪轻。你今年纪还是二十几，恐怕今后还会生。我把好言来对你论，劝你舍了小娇生。

全　氏　（接唱）你今说话不中听，我有言来你细听。我指望养儿来防老，可怜我养了十几春。今日你要他去卖，我怎能舍得母子情。我低下头来自思忖，抛儿犹如割我心。唉！纵然我不舍亲生子，恐怕急坏他吕子贞。左难右难难坏我，倒不如舍了小娇生。（收腔。白）你要卖了我这儿子，叫我怎么不痛心？

［惠、李同上。

惠打算　老同、同年嫂，你们在这里哭哭啼啼的，再哭也是枉然，哭也要舍了。古人说，一家好似同林鸟，大难来时各自飞。老同，怎么样呢？

吕子贞　我也曾劝过你同年嫂，她不得不答应了。

惠打算　答应那就好了。你二人且在下面等一等，我喊你同年嫂，把同年仔打扮起来。

［吕、全同下。

惠打算　同年仔走来。

吕保童　（上）同年爷，你叫我做什么？

惠打算　这就是你同年娘，今天打扮你成一个姑娘，同你去吃酒，你说好不好？

吕保童　好！不过我是个娃仔，怎么打扮成姑娘呢？

惠打算　唉！你不晓得，我同你去吃酒，扮个姑娘，人家招呼点。你是个娃仔，没得人伴。

吕保童　那好吧，喊同年娘同我扮嘛。

李　氏　好，那我就和你装扮。（过门）扮好了。喊你同年爷来看一看。

［惠看。

李　氏　你看，像个姑娘吗？

惠打算　嗨！像足了妹仔，好漂亮的。好是好了，就是还不会走妹仔路，还得喊你同年娘教一教。

李　氏　来，我教你（整装、拔鞋。过门）走呀！

［保走女步。

李　氏　要得了，喊你爹妈出来。老同、同年嫂。

［吕、全同上。

惠打算　老同，你看你还认得到没有？

吕子贞　像却像了，你叫我怎么舍得呀？保童儿呀，你跟随你同年爷去，不是去吃酒，而是欠了众人的钱，年岁久了，还不清，带你到别人家去卖，得了这项钱来抵了这祖宗的钱。我是不得不将你发卖给别人，后来你长大成人，不要忘了父母养育之恩。（哭）

惠打算　不要哭了，如今舍了，后来有好处的。老同、同年嫂，你们不要怄气，且在家中久等，我得了这项钱就会回转的。（拉保下）

吕子贞　站开。

［打乱锣。

吕子贞　娇儿娇生。

李　氏　同年爷、同年娘。不要伤心，随我下去歇息。（拉吕、全同下）

第三场

惠打算　（带保上，唱路腔）站在路途把话论，叫一声同年仔你细听。后来我不喊你同年仔，我把你作同年女相称。三步拿来二步走，二步拿来一步行。不觉行程来得快，举头来到员外家庭。（白）走来走去，不觉走到王员外门口来了。待我上前叫他一声。门上有人没有？

小　子　（上）门楼砌得矮，不许乱人踩，哪个乱来踩，我打他变蚂蚜。嗳，你来这里做什么？

惠打算　我来会一会你员外，你员外可睡醒了？

小　子　我员外也曾睡醒了。

惠打算　烦劳你请员外出来，我有话和他说。

小　子　有请员外。

王员外　（上）家有千百口，主事在一人。所请何事？

小　子　跪见员外，门外有一人求见。

王员外　如此叫他进来就是。

小　子　是！外面来人，我员外叫你进来说话。

惠打算　好！前面引路。

小　子　你随我来，这个就是员外。

惠打算　见过员外有礼。

王员外　不消，一旁坐下。

惠打算　小人胆大坐下了。

王员外　来到我府，见我何事？

惠打算　来到你府中有点事情，想我带了个同年女来卖，员外可要使女使用呀？

王员外　可曾带来了？

惠打算　现在府门外。

王员外　将她带了进来。

惠打算　是。同年女，你跟我进来上前见过员外。

吕保童　见过员外有礼。

王员外　免，一旁站下。哦，就是你这位女子。

惠打算　是呀，就是这位女子。

王员外　但不知要多少银钱？

惠打算　要六十两银子。

王员外　六十两也不多。小子，下面取得六十两银子出来。

小　子　从命。（下，取银复上）六十两银子拿出来了。

王员外　交与他收下。

小　子　嗳，交六十两银子给你。

惠打算　待我收下了。同年女，你好好在这里跟随员外，听讲呀，我拿银子给你爹娘去了。员外，那我就多谢你的银两，我告辞了。（下）

王员外　小子，有请小姐上前。

小　子　有请小姐。

王桂英　（上）小子一声请，所请为何情？见过老爹爹，叫得女儿出来，有何事情？

王员外　儿呀，叫你出来，非为别事。为父替你买了个丫鬟，你带她下去。

王桂英　啊，这个丫鬟生得蛮好，你跟我来呀。（拉保下）

王员外　哈哈，今日又买了一个丫鬟前来使唤，老夫好不喜欢呀。（下）

第四场

王桂英　（小点上，念）绣房绣鸳鸯，金钗插鬓旁，乌云两边挂，原来巧梳妆。（白）奴，王桂英。我爹爹买了个丫鬟，前来与我使用。今日在绣楼之上，绣一绣花，岂不是好？待我拿花儿出来。（过门，做绣花动作，唱月调）一绣天上蛾眉月，二绣二狮滚绣球。三绣桃园来结义，四绣童子拜观音。五绣五子来行孝，六绣六合来同春。七绣七星七姐妹，八绣八仙吕洞宾。九绣九龙来戏水，十绣莲蓬藕上生。（收腔。白）且慢，花也绣好了，待我交丫鬟来打扫牙床。丫鬟，哪里？走来。

吕保童　（上）见过小姐有礼，叫我有什么事？

王桂英　叫你出来，打扫牙床。天色将晚，陪伴小姐睡觉了。

吕保童　从命！（扫床动作。过门）小姐，也曾打扫好了，请小姐睡觉。

［英上床。

吕保童　待我也上床睡了吧。（上床）

［起更。

王　妻　（上）只为我儿事，常常挂在心。你看三更时分，员外与女儿买了个丫鬟，二个都是妹仔，不知盖好了被没有？天气寒冷，待我前去照看。（带灯前去照看）啊呀！这个丫鬟像个娃仔模样。（一摸）啊呀，有个酒壶把把的。该死，这才不得了。我等天明了，报与员外知道。（下）

［起更，天明，鸡叫。

吕保童　（起床）小姐请在下面洗脸。

［英起床，英、保二人下。

第五场

王　妻　（上）有请员外。

王员外　（上）所请何事？

王　妻　我对你所说，那日买来的妹仔，是个娃仔。

王员外　怎见得是个娃仔？

王　妻　昨夜我怕年轻人凉倒，半夜里我去盖被子，掀起蚊帐一看，现出娃仔身体来了。我对你讲，是有个酒壶把把的。和我女儿睡得呼呼的，怎样办呢？

王员外　若是这个么……家丑不可外扬，他又和我女儿很和气，观看此子也生得眉清目秀，我们不如将他收来做个义子，又不知他破了我女儿的身体没有？若还没有，我们就将女儿许配与他，结为姻缘。你和我叫他出来。

王　妻　丫鬟哪里？走来。

吕保童　（上）员外奶奶叫一声，打叫为何情？见过员外、员外奶奶。

王员外　（看保一眼）站过一旁。我来问你，你胆大男扮女装，混进我府来，你与我好好地讲出来。

吕保童　若是这个么……（跪下）员外，请恕我丫鬟无罪。我实在的名字叫保童。只因我爹爹欠下清明会上的钱，有几十两银子，欠了多年。本无本、利无利，还他不起了。因此追账之人就要我爹爹卖妻儿仔女都要还，不还他就不准入族。我同年爷同我爹爹相商，把我扮成一女，想多得点钱。我是个孩童，不懂事情，爹娘叫我怎么样我就怎么样。来得此地，和小姐相处甚好，还望员外恕我有罪之人。

王员外　哦，听你所说，也不怪得于你。实是你同年爷给你想出这个计策，不该男扮女装。好得你年轻之人，也不能出丑出外，若还出丑出外，员外定不饶你。我意欲收留你做个义儿，你可心愿？倘若心愿，我送你前去书房攻书。

吕保童　员外有这番恩典，我都深谢。可怜我爹娘在屋里挨饿。

王员外　若是这个嘛，那有何难？我派家人迎接你爹娘前来同享荣华。你到下面，换了头巾蓝衫，扮成公子之相，好生下面调换去吧。

［保下。

王员外　家院，你到吕家，迎接吕子贞夫妻二人过我们家来，员外有话与他商量。

小　子　小人从命。

王员外　员外吩咐你，你要小心呀。

［王、妻、小同下。

第六场

小　子　（上）奉过员外之命，还往他家走起来呀！（唱化子腔）离了府门往前进，一心要往他家行。举目抬头来观看，两脚来到他家庭。（收腔，白）走来走去，可也来到他家门前。这里是不是吕子贞的家？

吕子贞　（内白）正是吕子贞的家，待我来开门。（上）门前叫一声，来者是何人？请进！

小　子　有进。

吕子贞　请问小哥，你来到我家，有何贵干？

小　子　启禀吕伯伯，哪曾知道，我员外有柬帖一张，迎接你过府而去，有话和你商量。

吕子贞　哦！却原来这番好意，请等一会。贤妻哪里？走来。

全　氏　（上）叫我何事？

吕子贞　员外有柬帖一张，请我们夫妻过府前去，有话商量。

全　氏　几时去呢？

小　子　立刻就要前去。

吕子贞　请小哥前面引路。

小　子　那你就随我来呀。

［吕、全、小同下。

第七场

［小、吕、全同上。

小　子　（唱三板腔）站在路旁把话论，叫一声老伯伯你细听。今日到我员外府，照应你的好事情。你的儿子得了福，已经变了个相公人。路上闲言说不尽，不觉来至府门庭。（白）老伯伯，来到我府门来了，请你等着。拜请员外。

王员外　（上）昨夜灯花结彩，今早喜笑颜开。小子回来了？

小　子　回来了。我也曾将吕伯伯夫妻接到了。

王员外　你说员外有请。

小　子　吕伯伯，员外说是请你二人进去。

吕子贞、全氏　员外在上，我等有礼。

王员外　不消，一旁请坐。

吕子贞　有员外在此，焉有老头的座位？

王员外　接你过府而来，有话叙谈，焉有不坐之理？

吕子贞　那我夫妻就谢坐了。

王员外　家院，看茶。

小　子　（倒茶上）吕伯伯，你二位请茶。

吕子贞　员外请茶。

王员外　打盅下去。

［小接杯下。

王员外　今日接你二老过来非别事，只因你的儿子，男扮着女装，到了我府前来，也被员外奶奶看出他是个男娃仔。想我夫妻二老，膝下无儿，就拿他收为义儿，送在书房攻书。他已成人长大一十六岁，我愿将我的女儿匹配他为百年的姻缘，但不知你二老的意下如何？

吕子贞　员外有这一番好恩典，我夫妻二人感恩非浅，哪有不从之理？

王员外　若是依从，就是好的。家院，叫小姐与吕相公打扮换装，就今日黄道吉日⑤，成亲交拜。

小　子　是。小姐、相公听着，今乃黄道日期，叫你二人梳妆打扮，出来成亲交拜。

王员外　家院，看香案，当堂交拜，动乐！

［大开门。英、保、妻一起上。

［保、英拜堂。

王员外　拜天地、拜高堂，拜了堂、进洞房。吕亲翁，你我二人同享荣华，也是一场喜事啵。

（剧终）

【注释】

①张良：人名。此处为“商量”的谐音。

②得了蛮久：意即有很长时间。

③流年：有两种解释，一是如水般流逝的光阴、年华。二是旧时算命看相的人称人一年的运气为“流年”。此处说流年不好，应指运气不好。

④独龙：独生。

⑤黄道吉日：指诸事皆宜的日子。

【剧情简介】

吕子贞欠下族中清明会银，无力偿还，被逼不过，只得和老妻做主，将独子保童装扮为女孩，卖给王员外家为使女，侍候小姐。小姐不知保童为男孩，和他相处甚好，同床共寝。一日为王妻发现保童是男身，便与王员外商量，认为家丑不可外扬，况且膝下无儿，干脆将错就错，把保童认为义儿，并将女许配于他。又接吕子贞夫妇过府，同享荣华。

【简评】

此剧讲的是家长里短的故事。首先涉及的是一个家族。剧中吕子贞是因欠下族中清明会银，无力偿还，才被迫卖儿还债。由此，为观众打开了解当时家族及其对内职能的窗口。其次，涉及两个家庭。一个是卖儿的吕家，一个是嫁女的王家。吕家因穷困而卖儿抵债，骨肉分离，从一个家庭的遭遇，反映了整个社会的贫富不均。王家因误买男扮女装的丫鬟，使男女同寝。为了“家丑不可外扬”，将错就错，嫁女遮羞。从一桩儿女婚事，暴露观念的腐朽落后。看似喜剧结局的《同享荣华》，其中社会、家庭、观念的可悲，都是显而易见的。

此剧由林瑞甫发掘、顾建国记录保存。

周乞儿盘学

剧中人物

⊙张元秀（行当：老丑，简称：张）

⊙王氏（行当：摇旦，简称：王）

⊙周乞儿（行当：烂丑，简称：周）

第一场

张元秀　（上，念）我今读书读得多，年年乡村去教学。去年教八个，今年教一桌。（白）我，张元秀。只为当初上京过考，功名落榜，不得高中。如今年迈，做不了什么事，每年在乡村教些蒙童①度日。今早我来李家庄邀学，李家好酒好菜款待于我，吃得昏昏大醉。今天约定回去开学。话言未了，离了李家庄，我还要走起来！（唱浪里白）正月里来正月正，正月元宵闹花灯。近水楼台先得月，向阳花木早逢春。龙灯前面走，狮子后面跟。陈家府上有名声，一堂门生齐了心，先拜孔夫子，然后拜先生。学东请我把酒饮，学生就把酒来斟。不讲他的酒席摆得好，讲起出来笑死人。芋头不刮皮，芋苗不抽筋。冬瓜老了一包子，萝卜起网筋，荤菜没得点，他拿我来当个乡里人。二月里来是花朝，时运不成把书教。"独坐幽篁里，弹琴复长啸。"②一堂门生邀齐了，学东他问我钱多少。我说道就是一吊也不为多，八百也就不为少。再还有那个贫穷的，百钱斗米一月我也教。三月里来是清明，讲起教书气死人。有钱道真语，无钱语不真。那天我在家无别事，拿起雨伞外面行。一走走到陈家去，陈家请客吃点心。陈大爷见我来招呼，陈大娘一旁眨眼睛。他两公婆拿我来要把戏，我扎硬不吃转回程。（白）且慢，行来行去，到了大堂门前。我来打叫先生娘子出来，岂不是好？先生娘子，屋里走来。

王　氏　（上）来了呵。我在后面烧倒茶[③]，忽听外面叫吱喳，走出门前看一看，原来先生回到家。先生请进。

张元秀　先生娘子，一齐同进。哎呀！酒醉了。

王　氏　哎呀。先生，你怎么吃得这样大醉？

张元秀　先生娘子哪里知道。我今早到李家庄去邀学，李家大嫂款待于我，办起好酒好菜，我吃得昏昏大醉。

王　氏　先生下次不可。

张元秀　对的，娘子说得有理。

王　氏　先生你去邀学，邀成了没有？

张元秀　先生娘子，今年的彩数好得很，一邀就成。

王　氏　但不知几时开馆？

张元秀　丙寅丁卯，今日就好。你与我拿得文房四宝上前，我来出两张条子。

王　氏　先生久等一回，待妻子拿来。（音乐过场）先生，文房四宝拿上前了。

张元秀　好，你与我溶墨。（执笔想）先生娘子，这个条子是怎样写才好？

王　氏　哎呀，先生呀、先生呀。枉费你是一个教学的老师，难道写条子你也不会写来问我吗？这真是笑话了！

张元秀　哦，有了。开馆的就写个吉利，你讲好不好？

王　氏　好呀，要得！

张元秀　开呀、馆呀，大、吉。好了，先生娘子，这个吉字怎么写呀？急倒我了。

王　氏　先生，不要紧的，想好慢写。

张元秀　哦，有了。有点像古字一样，我就暂时写个古字先。

王　氏　该死的，一个吉字都写不出，哪个写个开馆大古呀？

张元秀　你莫管我的闲事，我这个开馆大古，我有个讲法。

王　氏　你有什么讲法呢？

张元秀　我是这么多钱，这么多米。我来写下对，入学大发。哎呀！先生娘子，这个发字，又把我罚倒了。

王　氏　慢慢想一下子先嘛。

张元秀　想一下子先呀。哦，有了，我打个圈圈先。

王　氏　哎呀！先生，你打个圈圈，怎么要得？

张元秀　你莫管我，我是圈拢来教的。你和我拿去粘好。

王　氏　妻子从命。（音乐过场）先生，你酒醉了，请到后面休息吧。

张元秀　好，我到后面去休息休息。（下）

［王贴字后下。

第二场

周乞儿　（上，数课子）我化郎、我化郎，每日乞讨住庙堂。当初有爹又有娘，房屋田地有一行。到后来死了爹又死了娘，一份家财都搞光。打了几年秋摆子，生了几年杨梅疮。每日长街去讨饭，晚来宿在古庙堂。又无被窝和蚊帐，虱子跳蚤满身钻。垫盖都是禾秆草，枕头还是半截砖。茶罐煨粥匙羹舀，何曾吃饱哪一餐。哪如得我的爹娘在，免得落难住庙堂。（坐，白）日讨千家米，夜宿古庙亭。不犯朝廷事，到处好安身。我，周乞儿。爹娘父母亡故，丢下我周乞儿。东不成西不就，左手得钱右手漏。唉！一个人不怕生坏病，只怕生坏命。到如今搞得我头光脚光，一身零打光，每日落在乞讨二字。想起爹娘养大我，送我到学堂攻书。那个时候，实在好过日子，读了几年饱书。在学堂里面，我那个老师说道，周乞儿，你这个人蛮聪明，总没有学做点对子，今天老师教你来做点对子。我就讲，好嘛，请老师来教我。后来，我老师就出个对子给我对。他头天，就出三个字。出三个什么字呢？“青竹枕”。我就对“白藤床”。老师说，要得！对得好，你还不错。第二天，他又出两个字。他出两个什么字呢？出“青天”两个字。我就对“白日”两个字。到第三天，老师出一个字，出一个“嫖”字。我想想，这个“嫖”字，要对一个什么字呢？那么，我就对一个“戏”字。我那个先生就说道，“嫖”字对“戏”字要得。到第四天，他又出两个字。出两个什么字呢？他出“老师”两个字。我想了一下，我就对“婆娘”两个字。先生说道，要得。先生他又讲，周乞儿，你买点纸来，我和你抄好，写起来。我讲，好嘛。我就买纸，给先生帮我抄起来。先生抄起了，他就顺口念一下：青竹枕、白藤床。青天白日，嫖戏老师婆娘。好，到后来，老师就发气了。他说，你这个东西，喊你做一副对子，你来刻薄老师，这还了得！到后来，老师就打一巴掌这个嘴。我就和他甩文，我说鱼我所欲也，熊掌亦我所欲也[④]。他又一巴掌过来。我说，二者不可得而兼。好，这个老师更加恼火了。他去拿板子。我一看见，我就一跑跑到外面。老师看见我跑，就追起我来。这时，我忙了，我就躲进厕所里面。老师他也忙了，他就拿起一块砖头，丢进厕所。我在里面，又和他甩文。乘桴浮于海[⑤]，从我者其鱿鱼。莫说其鱿鱼，那个粪蛆钓了上来，虾米我得吃了蛮多。到后来，我赶紧从厕所跑了出来。那个先生又一撵，我就跑进学堂里面，躲在那个门背。我老师追回学堂，他也忙了，他捞到一个夜壶，就丢过来。我又和他甩文。我说：荡荡乎、巍巍乎，全靠房门挡夜壶。好，到后来，我就跑回去了。这些话语说也说不尽。想我周乞儿肚中饥饿了，我要到外面讨碗茶饭来充饥了。背起龙口子，拿起懒杆子，托起莲花子，去讨一些白花子。来数一数我这个乌胡子，少陪这个哑巴子。出了这个古亭子[⑦]，话言未了，我就走起来呀！（唱五字腔）乞儿落了难，求乞度日光。

想起当初时，有爹又有娘。盼我书房内，攻读做文章。爹娘把命丧，使我无下场。讨吃走街上，自己带羞惭。闲言休要讲，来此是村庄。（白）且慢。来此已是村庄，这里有豪富人家，我来讨碗茶饭充饥。我拿起江湖买卖出来，唱两句莲花落[8]。（唱）鹞子翻身来得快，来到这把你贵府拜。拜你贵府万万年，拜你富贵得双全。讨吃要讨大量人，挑水要挑码头清。老板听了眯眯笑，一定爱听莲花落。莲花落，两块牌，五湖四海走过来。莲花落，小玩意，比不得高台唱大戏。唱大戏，人又多，我莲花落就是人一个。莫把我们化子看不起，唐皇李旦讨过米。薛仁贵[9]穿白袍，也曾住过破瓦窑。刘备[10]大哥卖草鞋，后来得坐九龙台。他是桃园三结义，常山子龙[11]为四弟。孔明[12]用的牢笼计，气得周瑜命归西[13]。快把铜钱打发我走，免着站在你财门口。财门站久不好看，久坐衙门出好汉。我又不是本地半截鞋，三天两日讨转来。我又不是本州和本地，初二、十六讨牙祭。你把龙眼睃一睃，看我来过未来过。你这个相公生得好，头上有蔸长命草。生得头大耳又宽，后来必定做高官。你做官，我抬轿，后面还有人放大炮。你也帮，他也帮，化郎给你一个发财光。你不给，他不给，难道要我吃冷水。唱得我嘴巴出鲜血，未见哪个给过钱。（白）老板打发，给碗饭我吃。

［内白："我怕是哪一个，原来是周乞儿。我来问你，你讨早饭，还是讨午饭？"

周乞儿　伯伯，我是讨早饭的。

［内白："讨早饭晏[14]了。"

周乞儿　那我就讨午饭。

［内白："讨午饭未曾到，又早了。"

周乞儿　哎呀！伯伯，你莫使我着难，你老人家有饭，就给碗我吃吧。

［内白："不要讲使你着难，我的茶饭吃完了。我交代你去个位子讨嘛，包你妥当。"

周乞儿　哪里去讨？

［内白："你去对门张先生那里，他今天开学。他是个白字先生，你有

满腹的文才，你和他搞两手，包你有米得。”

周乞儿　这个呀，是当真的吗？

［内白：“难道我还骗你不成？”

周乞儿　唉，老板，如此告辞了。（唱五字腔）老板交代我，张先生开了学。我到对门去，讨碗茶饭喝。转了一个弯，转了一个角。来到他门口，我来看斟酌[15]。门上有对子，石灰一大箩。（白）且慢！来到学堂，果然不错。这里出有条子，开馆大古，入学大〇。唉！真是个米汤老师。我来把他的条子扯下来，和他搞两下。我听一听，看他在家没有。

张元秀　（在内念）关关雎鸠，在河之洲。窈窕淑女，君子好来。[16]

周乞儿　（笑）哎呀！真是米汤老师。慢着，我来喊下子先[17]。哎……相公老爷们……有什么残粥冷饭，舍一碗我化子充饥。哎……男要修来女要修呀，男女修来，才得到头。男人修心好过海，女人修心好养仔。老师们呀，男修十八为罗汉，女修十九做观音。观音娘娘三姐妹，同桌吃饭各修行。大姐修来招驸马，二姐修来受皇恩。还有三姐修得道，修到南海做观音。老爷们呀。

张元秀　是什么人在门口喊？我来看一下。哦，原来是个叫化。

周乞儿　是了，先生打发点。

张元秀　打发点呀，你是个新叫化？还是老叫化？

周乞儿　我不新不老，做了七八年叫化了。

张元秀　哦，你做了七八年叫化，你总不懂点。

周乞儿　哪样我又不懂呢？

张元秀　你懂吗？我就讲你不懂了。讨吃有个三不讨。

周乞儿　哪样叫三不讨呢？

张元秀　我讲你听，衙门不讨，道家不讨，我这个学堂不讨。

周乞儿　哦，你这个是学堂呀？我没晓得呀。

张元秀　你没晓得，这学堂门口，我出了条子。

周乞儿　条子我倒没见，我见了两堆石灰。

张元秀　哪里有两堆石灰？

周乞儿　在这里。（拿条子给张看）

张元秀　哇哇哇！你好大的胆，你敢扯我的条子。

周乞儿　我来问你，你这条子是怎样写法的？

张元秀　我写的开馆大吉，入学大发。

周乞儿　你写开馆大吉，入学大发，那是对的。你怎么又写开馆大古，入学大〇？

张元秀　若是这个呀……

周乞儿　什么这个？我给你那个。

张元秀　慢着，你不晓得我的用意。

周乞儿　你有什么用意？你讲！你讲！

张元秀　这个开馆大古，我是一年这么多钱，我是估到来教的。

周乞儿　那你这个入学大〇，又是怎样讲的呢？

张元秀　入学大〇呀，哦，我是这么多的学生，这么多的钱，我是圈拢来教的。

周乞儿　这样讲得通呀？

张元秀　通也不通，我就是这样，我就是没有打发。

周乞儿　你没有打发，我就偏要。

张元秀　难道我欠了你的不成？

周乞儿　你比欠了我的还要过余。

张元秀　怎么又比欠了你的还要过余？你讲你讲！

周乞儿　昔日孔夫子周游列国，在陈绝粮，问我们这行，讨了三斗六米，年深日久，本无本、利无利，这不是比欠了我的还过余吗？我是应得来向你讨的。

张元秀　哦，你这化子，年深日久，你倒记得。

周乞儿　我怎么又记不得呢？在我们这行，一代传一代，传了下来，我怎么记不得？你快点拿米来。

张元秀　哦，有！就来。哎呀，这回怎么办？（想）哦，有了，我来出副对子给他对。他若对得起，我就给米与他。他若是对不起，就给他石板鱼鳅，就喊他开溜。

周乞儿　快点拿米来。

张元秀　莫急莫急，有米给你，你放心。你要米不要紧，我出副对子给你对，你若对得来，一副对子一碗米。

周乞儿　你出来。

张元秀　听到。笋过园墙，嘴尖壳硬，你心里还嫩。快点对来。

周乞儿　你听道，藕在池塘，叶大梗小，我肚内已通。

张元秀　我怕你不通。

周乞儿　总比你多通点，快拿米给我！

张元秀　慢着，有米给你，你放心。再来一副。

周乞儿　你讲。

张元秀　听道，山上的竹鸡，脚踩树枝，旁人看见，他说是你的夫妻。

周乞儿　你的夫妻。

张元秀　快点对来！

周乞儿　听道，你的学堂门口，两旁坐的黄狗，别人瞧见，他说是你的老朋老友。

张元秀　你的老朋老友。

周乞儿　你的老朋老友。

张元秀　哦，就是我的老朋老友。

周乞儿　快点量米来！

张元秀　哦，莫急，有米给你，你放心。哎呀！这回怎么办呀？怎么也对不过他。哦，有了，叫他进学堂里面，慢慢再讲。喂，我来问你，你叫什么名字？

周乞儿　我叫周乞儿。

张元秀　周乞儿请你入学堂里面，我们两人再讲吧。

周乞儿　哎，不敢进。

张元秀　怎么又不敢进？

周乞儿　小小学堂，大如官厅。

张元秀　你不敢进，我谅你也不敢进。

周乞儿　你谅不就。

张元秀　我先进于礼乐[18]。

周乞儿　你是野人也。

张元秀　哎呀，我倒是野人也？

周乞儿　我后进于礼乐，我是君子也。

张元秀　咦！他后进于礼乐，倒是君子也？

周乞儿　则吾从先进，你是无用之。

张元秀　哎哟！他倒讲我无用之，搞他不过。

［周东瞧西望。

张元秀　嘻！你是个拐子。

周乞儿　你才是个拐子。

张元秀　那你就是个强盗。

周乞儿　你才是个强盗。

张元秀　你不是拐子强盗，你进得我学堂来，为何东瞧西望？

周乞儿　我看的两旁的圣贤。

张元秀　这圣贤，难道你懂得不成呀？

周乞儿　三千徒众子，七十一贤人。

张元秀　哇哇哇！三千徒众子，只有七十二贤人，你怎么说七十一贤人呀？你讲你讲！

周乞儿　哀公问弟子孰为好学。孔子对曰：有颜回者好学。不幸短命死矣，今也则无。[19]就摘掉了一个，因此就还有七十一个贤人，是不是呀？

张元秀　哎！不错的，你倒讲得有理。这七十二个贤人，有好多个有老婆，有好多个没有老婆？你讲我听。

周乞儿　冠者五六人[20]，五六逢三十个有老婆的。童子六七人，六七四十二个没有老婆的。

张元秀　对、对，这又怎么办？总总搞不过他。（想）

周乞儿　快点量米来给我呀，我要走了。

张元秀　莫急莫急，有米给你，你放心。我讲个字谜给你猜，猜得中，一碗米。

周乞儿　那就请讲。

张元秀　听道：养女不会嫁，嫁在禾底下，夜夜同鬼睡，问你怕不怕？这是个什么字呀？

周乞儿　哦，这是一个魏字。拿米来！

张元秀　哎呀！不得了，再讲个。你记着数先。

周乞儿　在门口得了两碗，进来屋里，又得一碗，一共三碗。

张元秀　什么话呢？有米给你。再来嘛。

周乞儿　请讲。

张元秀　二人同坐不出头，钉子无钩挂绣球。一人就把绣球要，柑子树上结石榴。这四个字是什么字。

周乞儿　是“天下太平”四个字，快点拿米来！

张元秀　哦，就来，莫急，急死人，要人偿命。（想）哎！周乞儿，请上座。

周乞儿　不敢，上面有孔夫子圣人。

张元秀　是呀。你既然晓得有孔夫子圣人，我就拿这圣人来盘你。

周乞儿　你盘我不要紧，若是你盘输给我了，又便怎样？

张元秀　若是你盘输我嘛，我就让这个馆给你教。若是我盘输你呢？

周乞儿　若是你盘输我，那就罢了。

张元秀　你罢我不罢，我就要你两个山叠起，就要请你出。

周乞儿　讲过的啵。

张元秀　什么话呢？

周乞儿　男人口。

张元秀　将军箭。

周乞儿　女人口。

张元秀　你吃小便。

周乞儿　你吃小便。请盘吧。

张元秀　听到。人。

周乞儿　仁是仁宗皇帝。

张元秀　地呢？

周乞儿　地是国家之宝。

张元秀　宝呢？

周乞儿　饱是饱食暖衣。

张元秀　衣呢？

周乞儿　衣是衣轻裘。

张元秀　裘呢？

周乞儿　求是求之不得。

张元秀　得呢？

周乞儿　德行颜渊闵子骞[21]。

张元秀　骞呢？

周乞儿　牵是牵牛而过堂下者[22]。（牵张当牛）

张元秀　哎呀，他打比我是条牛。堂呢？

周乞儿　堂堂乎张[23]。（越追越紧）

张元秀　张呢？

周乞儿　庄是庄子曰。

张元秀　曰呢？

周乞儿　曰是孔子说话。

张元秀　话呢？

周乞儿　话不投机。

张元秀　机呢？

周乞儿　饥是我化子腹中饥饿，拿饭来吃。

张元秀　慢着，有饭你吃。

周乞儿　快些！

张元秀　哎呀！这又怎么办？又盘不过他。什么他都晓得，今天闯着鬼了。（想）

周乞儿　快点拿饭给我吃！

张元秀　不要紧，周乞儿，你这样聪明，你拿手来，我写个字给你认。

周乞儿　有字快点写来。

张元秀　（拿笔写字在周手上）这个什么字？

周乞儿　哦，这个乃是个“也”字。

张元秀　我就要盘你这个“也”字。

周乞儿　请盘吧。

张元秀　听道：也呢？

周乞儿　也，是君臣也。

张元秀　也？

周乞儿　也是夫妇也。

张元秀　也？

周乞儿　也是昆弟[24]也。

张元秀　也？

周乞儿　也是诸侯也。

张元秀　也？

周乞儿　也是子庶民也。

张元秀　也？

周乞儿　也是来百工也。

张元秀　也？

周乞儿　也是体群民也。

张元秀　也？

周乞儿　也是怀远人也。

张元秀　也？

周乞儿　也是你屋里的姐姐。

张元秀　你怎么打赖死[25]？你快点滚出去！

周乞儿　我有什么打赖死？也完了，还要我也什么？你叫我滚出去？你滚出去！

张元秀　哎呀！怎么办呢？这么……（急）

周乞儿　快点，滚出去！我来教馆了。

张元秀　慢着，我再写个字给你认，你拿手过来。

周乞儿　你写嘛。

张元秀　（写）这个什么字？

周乞儿　这个是个“师”字。

张元秀　我就拿这“师”字来盘你一盘。

周乞儿　那就请盘。

张元秀　请听。师呢？

周乞儿　诗是诗三百[26]。

张元秀　百呢？

周乞儿　伯夷叔齐[27]。

张元秀　齐呢？

周乞儿　齐是齐景公[28]。

张元秀　公呢？

周乞儿　公输子之巧[29]。

张元秀　巧呢？

周乞儿　巧是巧言令色[30]。

张元秀　色呢？

周乞儿　色难。

张元秀　难呢？

周乞儿　南山比周。

张元秀　周呢？

周乞儿　周吴郑王。

张元秀　王呢？

周乞儿　王坐于堂上。

张元秀　上呢？

周乞儿　上就是天。

张元秀　天呢？

周乞儿　天就是天下太平。

张元秀　平呢？

周乞儿　贫是贫而无谄，富而无骄[31]。

张元秀　骄呢？

周乞儿　教是你不教我来教，滚你的！

张元秀　哎呀！不好了，待我走吧，让你来教。（下）

周乞儿　（坐台角）拿书来背！咦，虎在中堂，谁人敢动！

王　氏　（上）龙在海内，尚未翻身。呸！你这个死化子，不懂礼，圣贤面前，你来坐起。（打周头）

周乞儿　咦，你乱来打我呀，我男人头上有黄金。

王　氏　女人脚下踩白银。

周乞儿　我男人头上黄金四两。

王　氏　女人胸前两奶有半斤。

周乞儿　咦，你两奶拿来何用？

王　氏　养大儿子盘先生。

周乞儿　不好不好，倒挨她一嘴。你怎么公鸡不叫母鸡叫？

王　氏　你公鸡还是我母鸡抱。

周乞儿　哎呀！不好，又挨一嘴。那你母鸡还要公鸡踩？

王　氏　公鸡还是母鸡崽。

周乞儿　哎呀！我又吃亏了。慢着，我来问你，你手上拿的洒金大扇，上面那个鲤鱼鳞有好多鳞？

王　氏　自从画起数不清。我来问你，你手上拿的拐杖有几长？

周乞儿　我自从砍起未曾量。我来问你，对面那个石山有几斤？

王　氏　你去摇动我来称。

周乞儿　我不和你讲这些，我和你讲天文。

王　氏　天上好多星？

周乞儿　哎呀！天上好多星，哪个晓得？我不和你讲天上，我和你讲地下。

王　氏　地下有好多人？

周乞儿　哎呀，地下好多人，哪个晓得？我不和你讲这些，我和你讲眼前。

王　氏　你眼前眉毛有好多根？

周乞儿　（用手扯眉毛）吓。

王　氏　有多少根？有多少根？

周乞儿　眉毛有好多根？哪个晓得？待我走了吧。（下）

［张背起板凳上，王在后拖着。

张元秀　哎呀！周乞儿，我让你教这个馆，你莫拖我。

王　氏　哎呀！先生是我。

张元秀　（转脸看）哎呀！先生娘子，你该死了。

王　氏　哎，先生，你说什么我该死，你才该死！

张元秀　呀，我愿该死了，我走了吧。

王　氏　你走，怎么背起一张板凳走？

张元秀　先生娘子，我给周乞儿盘输了，我让这个馆给他教，我是搬家而走的。

王　氏　你算懵懂了，你搬家走，怎么搬一张板凳？枕头箱都不搬。

张元秀　哎呀！我挨他急昏了。娘子快点走吧。

王　氏　先生莫急，周乞儿给我盘输，他走了。

张元秀　（望）哦，他走了？你盘输他，你怎么盘得输他呢？

王　氏　先生，讲起来你又气。下去后面，我慢慢再说你听，你要在我面前领教。

张元秀　好，我愿跪在你面前领教。

王　氏　先生，如此请。

（剧终）

【注释】

①蒙童：知识未开的儿童。旧亦以指开始读书识字的儿童。

②独坐幽篁里，弹琴复长啸：出自唐朝诗人王维的《竹里馆》。

③烧倒茶：烧着茶，即正在烧茶。

④“鱼我所欲也”两句：出自《孟子·告子章句上》。

⑤“乘桴浮于海”句：意为乘坐着竹筏子到海外。出自《论语·公冶长》，原句为：子曰：“道不行，乘桴浮于海。从我者，其由与？”剧中周乞儿所言的“其鱿鱼”是“其由与”的谐音。

⑥“背起龙口子”四句：背起口袋，拿起棍子，捧着饭碗，去讨米。“龙口子”即口袋、“懒杆子”即棍、“莲花子”即碗、“白花子”是米。这是彩调艺人生活中使用的暗语，也称“菊窍话”。“菊窍话”的使用，主要是便于艺人之间交流，也有避讳的作用。

⑦古亭子：这里指庙。

⑧莲花落：一种说唱兼有的传统曲艺艺术。表演者多为一两人，仅用竹板按拍。

⑨薛仁贵：唐朝初年名将。据《新唐书》载，其少年时家境贫寒，

地位卑微，以田为业。贞观中，帝征辽东，仁贵应募，敌兵二十万拒战。仁贵着白衣持戟腰两弓，呼而驰，所向披靡，敌遂崩溃。帝召见叹异，迁右领军中郎将。

⑩刘备：字玄德，三国时期蜀汉的建立者。

⑪常山子龙：赵云，字子龙，三国时期蜀汉名将。常山，地名。

⑫孔明：诸葛亮，字孔明。三国时期蜀汉丞相，杰出的政治家、军事家。

⑬气得周瑜命归西：周瑜，字公瑾，汉末三国时吴名将。正史上周瑜“性度恢廓”，“实奇才也”。小说《三国演义》中有孔明三气周瑜致死的故事。

⑭晏：“晚”的意思。

⑮斟酌：原意为反复考虑以后决定取舍。此处意为“仔细”“认真”。

⑯“关关雎鸠”四句：出自《诗经·关雎》。“关关雎鸠，在河之洲。窈窕淑女，君子好逑。”剧中张元秀将“逑”读为“来”。

⑰喊下子先：先喊一下。

⑱先进于礼乐：出自《论语·先进》，原句为：子曰：“先进于礼乐，野人也；后进于礼乐，君子也。如用之，则吾从先进。”

⑲“哀公问”四句：出自《论语·雍也》。

⑳“冠者五六人”：出自《论语·先进》。冠者，指成年人。古代汉族男性成年时，由长辈依据传统为他们举行一定的仪式，即冠礼。小孩称“童子”。

㉑德行颜渊闵子骞：德行好的有颜渊、闵子骞。出自《论语·先进》。

㉒牵牛而过堂下者：出自《孟子·梁惠王章句上》。

㉓堂堂乎张：出自《论语·子张》。堂堂，这是叠两字而成的形容词，形容高不可攀的样子。张，即子张，孔门弟子。

㉔昆弟：指兄和弟。常用来比喻亲密友好。

㉕打赖死：耍赖。桂林话。

㉖诗三百：指《诗经》。《诗经》是最早的诗歌总集，收集的诗歌305篇。

㉗伯夷叔齐：伯夷、叔齐是商末孤竹君的两个儿子。

㉘齐景公：春秋时期齐国君主。

㉙公输子之巧：出自《孟子·离娄章句上》。公输子，名班，春秋鲁国巧匠。

㉚巧言令色：花言巧语，装出和颜悦色的样子。

㉛贫而无谄，富而无骄：大意是贫穷却不巴结奉承，有钱却不骄傲自大。谄，奉承巴结、曲意迎合。出自《论语·学而》。

【剧情简介】

此剧又名《化子盘学》。张元秀是一个学问不通的私塾老师。开学那天，写了两张字条贴在门口，一是“开馆大吉”，“吉”字写成“古”字；一是“入学大发”，“发”字不知怎写，画一圈代替。周乞儿来讨米见了，把字条扯下，张元秀不服，就和周乞儿对盘起来。先是对对子，对成一个一筒米。周乞儿都对着了，张元秀舍不得给米，又和周乞儿对盘，最后是张元秀盘输了，准备搬走，让周乞儿当老师。谁知张元秀老婆出来，一下子就把周乞儿盘输，把周乞儿赶走了，张元秀这个老师的身份才侥幸保持下来。

【简评】

此剧中的周乞儿，不是与张先生对盘，就是与王氏对盘，自始至终都在展现人物的“念”功夫。内容上涉及《论语》《孟子》《诗经》，以及历史、天文、地理等，似乎涵盖丰富。但从戏剧情节发展来看，并无多大意义。不过，舞台上人物的互相问答，语言风趣幽默，增加了快乐气氛。彩调行的窍门话（菊窍话）的运用，以及二人盘学的形式，也有效地展示了彩调剧的特征及地方习俗。

此剧由莫景光发掘、关元光记录保存。

下南京

剧中人物

⊙海老三（行当：小生，简称：海）
⊙刘氏（行当：摇旦，简称：刘）
⊙李氏（行当：旦，简称：李）
⊙小童（行当：童生，简称：子）
⊙刘三妹（行当：小旦，简称：妹）
⊙高峰（行当：花脸，简称：高）
⊙于之下（行当：老生，简称：于）
⊙张屠夫（行当：丑，简称：张）
⊙仙婆（行当：摇旦，简称：仙）
⊙蠢子（行当：丑，简称：蠢）
⊙王道士（行当：丑，简称：道）
⊙伯伯（行当：老生，简称：伯）

第一场

张屠夫 （一条龙上）小子本姓张，开的是屠行，杀猪非容易，愁了翻大肠。在下张屠夫。我与刘氏自幼交好，不免到她家中前去，与她二人谈谈家常，散散心。出得门来，将门关上，往她家走起来呀！（一条龙。唱采莲春腔）出得门来往前走，一心要往她家行。一路鲜花好美景，只见阳雀叫沉沉。一路行程来得快，不觉来到她家门。（白）来此已是她家，待我叫她一声。开门！

刘　氏　（内白）来了！（上）我在厨房来洗碗，忽听有人来叫喊。双手打开门来看，张屠夫来了，请进！

张屠夫　有进。

刘　氏　请坐。

张屠夫　大家同坐。

刘　氏　等我倒杯茶来给你喝。

张屠夫　你太讲礼性了。

刘　氏　许久没有来到我家，今日来到我家，看上一席酒，饮上两杯。

张屠夫　那就好了。

［刘下取酒菜上，与张同坐，唱饮酒调。

刘　氏　我已有仔有孙了，你来到我家，有所不便，我们想个什么计策，才能常来往。

张屠夫　一人不赛二人计，二人打个好主意。（想计）

刘　氏　你想到没有？

张屠夫　我没有想到。

刘　氏　我想出个主意来了，他爹爹到南京几年了，未曾回家，不免假造书信，讲他爹爹有重病，叫他前去探望他，我就拿笔墨来。（下拿笔墨上）笔墨在此。

张屠夫　那我来写："海三儿，见字得知，父去南京贸易，一路之上，水土不合，得下重病，水米不沾，恐怕九死无一生，望儿前来照看，如若不来照看，父子不能相见。"书信写好了。

刘　氏　那就好了，我到书房叫我儿子来看信，你回家前去，耐烦等候。

张屠夫　那我就走。（下）

刘　氏　我去书房把老三叫回来。（一条龙，唱摇旦腔）出得门来往前走，一心要往书房行。喊得老三回家转，我一定要他去南京。若还叫得他南京去，我与那屠夫叙旧情。急步行程来得快，不觉来到书房门。（白）待我叫他开门。老三开门！

海老三　（小点上）门前高声语，打叫是谁人？啊，母亲到来了，有何事？

刘　氏　家有急事，叫你回家，看一看来信。

海老三、刘氏　离了书房，一同回家去呀！（一条龙，唱急腔）急急忙忙回家转，母子一同转家庭。回家前去看书信，看了书信才知情。母子行程来得快，不觉来到自家门。

刘　氏　儿呀，回到自家屋里头来了，我拿书信给你看。

海老三　这封书信，为何墨水都未干？

刘　氏　我在后面洗碗，接到书信，把它弄了点水上去。

海老三　待我拆开看来。啊，却原来我爹在南京得下重病，九死无一生，要我前去看望于他。

刘　氏　（假惊）那你就去南京探望于他吧。

海老三　好就是好，去南京路途遥远，怎能前去？请问母亲，打发我多少路费呢？

刘　氏　打发你三钱银子，一包冷饭，一个咸鸭蛋，浆洗衣服一套，你赶紧前去！

海老三　哎呀，三钱银子，路途遥远，不是要我变成一个叫化子讨米吗？

刘　氏　为着奉父，莫说讨米，就是滚汤扑火，你都要去。现在你等我拿行李上来，好生上房辞别你的妻子。（下，取行李上交海，下）

海老三　不得不遵母命，我往上房辞别贤妻才是。待我转过上房。贤妻走来。

李　氏　（内白）来了！（小点上）你这等打扮，要往哪里前去？

海老三　贤妻哪里知道，父亲在南京得下重病，要我前去侍奉于他，母亲打发我三钱银子，一包冷饭，一个咸鸭蛋，这些盘费①。

李　氏　唉！南京路远，盘费很少，怎能前去？小儿哪里？

小　童　（上）桃子花、李子花，桃子树上结李子，李子树上开桃花。一门都不怕，就怕妈妈打嘴巴。啊呀！爹爹，你往哪里去？（蹦跳）

海老三　我到南京侍奉你公公去了。

小　童　你往南京去，你替我买个狮子仔回来。

海老三　为父同你买个就是了。

小　童　你记得？

海老三　为父记得。

小　童　死，你也要记得！

[海气得摔倒在地。

李　氏　（扶海起）官人，你不要气，小孩子多嘴，你好生前去吧。

海老三　那夫妻一别呀。（唱倒板桨）走上前来礼恭敬，辞别妻子就启程。今日小儿说错话，恐怕一去不回程。小儿望妻来看待，堂上侍奉老娘亲。夫妻言语说不尽，我急急忙忙就登程。（下）

李　氏　（接唱）一见丈夫往前进，好比开弓箭离弦。但愿夫君早回转，月到十五得团圆。望到夫君不见面，但不知何日回家园？

[李、子下。

第二场

海老三　（上，唱路腔）刚才夫妻两分散，分散我一双好鸳鸯。不觉行程来得快，来到三妹门前看端详。（白）来到三妹门前，自小与她二人交好，情投意合，今日我往南京前去，不知几时才回，不免叫她一声。辞别我情妹，也表一表恩爱之情。三妹哪里？

刘三妹　（内白）是哪一个？

海老三　我是海三来了。

刘三妹　（小点上）原来是三哥来了，门前久站一回，三妹就来了。闻声三哥到，不由我心中笑。打开门来看，真是三哥到。（接下海的行李）三哥，你这样打扮，往哪里前去？待我下去倒杯茶来。（急下，倒茶上）三哥请茶！

海老三　贤妹，你太客气了。三妹，你哪曾知道，我要到南京去看望我爹爹。

刘三妹　若是这个吗，待我下去拿酒菜来与你饯行。（下拿酒菜上，与海同坐。唱酒调）一杯酒劝郎君，在家好好又出什么门？堂前爹娘不孝顺，你做忤逆不孝人。

海老三　（接唱）一杯酒我不饮，将酒不饮敬天神。今日你实在好礼性，我不知何日才回程。

刘三妹　（接唱）妹妹实是有心人，接着再敬酒一杯，喝杯美酒表心意，表表我俩的恩爱情。

海老三　三妹，不必多敬了，为兄就要登程了，将酒菜撤下。

刘三妹　（收酒菜下，复上）三哥，你何不在我家住几天再走？

海老三　三妹，你哪曾知道，奉了母命往南京去，急速就要走。

刘三妹　三哥要走，三妹恐怕要送。

海老三　三妹，你不必送。

刘三妹　我要送，你如果不要我送，我就不许你去。

海老三　那你要送，如此就走。

刘三妹　如此我就送呀。（同海出，背包袱雨伞相送。一条龙，唱送郎腔）送哥送在堂屋中，堂屋中间挂灯笼。流泪我的哥呀。

海老三　（接唱）流泪我的妹呀，风吹丝线缠灯笼。流泪我的妹呀，妹妹站开哪咿哟。

刘三妹　（接唱）我偏要挨拢来哪咿哟。

海老三　（接唱）挨拢来做什么哪咿哟？

刘三妹　（接唱）挨拢来采白花哪咿哟。

海老三　（接唱）白花几时开哪咿哟？

刘三妹　（接唱）白花四季开哪咿哟。

海老三　（接唱）白花开几朵？

刘三妹　（接唱）白花开两朵哪咿哟。正月去、正月去，你约定几月回？

海老三　（接唱）正月去、正月去，我约定二月回。

刘三妹　（接唱）若你二月不回来？

海老三　（接唱）我总归回来的。

刘三妹　（接唱）兄妹难舍又难离。（卖腔）流泪我的哥。

海老三　三妹不必如此，我去到南京很远，难道你送到南京不成吗？那你不必送了。

刘三妹　我要送你一个瞧不见。

海老三　你拿行李过来。

［妹不肯放下行李，海上前与她抢，海把妹推倒在地。

海老三　（回头）三妹，兄妹情咬牙舍了。（下）

刘三妹　（唱哭板腔）这一阵哭得我昏迷不醒，犹如乱箭来射心。用手推开昏花眼，为何三哥不见人？低头落泪回家转，等待三哥转回程。（叹气）罢了。（下）

第三场

于之下　（小点上）人老一年多一岁，树大一年枯一枝。老汉于之下。每日在家无事，不免到江边前去钓鱼。待我拿鱼篮钓竿，往江边去呀。（唱四平腔）在家无事真无事，要往河边去钓鱼。若还江边钓得鱼，买些油盐回家里。将身且把大路进，此路生得最弯曲。（拖腔下）

海老三　（一条龙。上，唱倒板桨）刚才兄妹来分离，妹妹哭得泪凄凄，她有情来我有义，不得不由两分离。不觉行程来得快，得见伯伯来钓鱼。

［于在钓鱼。

海老三　请问伯伯，此去南京，不知往哪条路走？

于之下　你往大路，还是往小路？

海老三　大路便怎样？小路又何来？

于之下　大路要远三天，小路要近三日。

海老三　我带的钱少，我就往小路去，多得伯伯，我就走了。（下）

于之下　哎呀！不好，我讲错了。小路前面有乌江渡，有个水贼在那里，他若去了，岂不遭他的害，待我赶上前去才是。（下）

第四场

［大锣鼓。

高　峰　（跳台上）铁打面皮天生就，眉毛二字分两流。霸占乌江为魁首，大喊一声水倒流。在下高峰。在家酒后无德，将人打坏，怕打官司，逃出在外，以在乌江摆渡为生。今日天气尚早，不免乌江岸边，走上一走。（一条龙，唱强盗腔）只因在家把祸闯，怕打官司逃外方。一步来在河边上，有人过江问端详。（白）且慢！来到乌江渡口，待我将船靠拢。（拉船）

海老三　（唱急腔上）急急忙忙往前闯，不觉来到是乌江。（白）且慢，来此乌江边，不免叫渡大哥开船过来。渡大哥，开船过来！

高　峰　来了！（撑船到）你是过河的，你就上船来。

［海上船。

高　峰　你往哪里前去？

海老三　我往南京前去的。

高　峰　南京路远，你带多少盘费？

海老三　三钱银子，一包冷饭，一个咸鸭蛋。

高　峰　你在怎么说？

海老三　只有一个咸鸭蛋。

高　峰　（狂笑）待我开船。（开船，停在江中）娃娃，你可曾过渡几回？

海老三　未曾过过。

高　峰　你来看，河下有一条金丝鲤鱼，两个头，一个尾巴。

海老三　在哪里？

高　峰　就在这河下，去吧。（将海打落河中，用船篙将衣包捞起，打开一看，见只三钱银子，不是三千两银子）你不会说话，你死了也不亏。（将衣包丢在岸边，撑船下）

于之下　（上，捡起衣包）海三呀、海三呀，为伯害了你！我拿这个衣包，到三妹家报信。离了江边，我要到三妹家中去。（一条龙，唱急腔）急急忙忙她家行，要往她家去报信。三步拿来两步走，两步拿来一步行。不觉行程来得快，来此已是她家门。（白）来此是她家，三妹开门！

刘三妹　（内白）来了！（小点上）门外叫一声，不知是何人？（开门）呀，伯伯，你来了。为何这等慌张？

于之下　三妹哪曾知道，只因海三下南京，走到乌江渡口，被那水贼打下江心去了。这个……

刘三妹　什么这个？

于之下　是那个……

刘三妹　什么是那个？

［于做把人推入江心手势，把衣包交给三妹。

刘三妹　（接衣包）呀！（昏倒）

于之下　三妹不必着急，苏醒过来。（摇板）

刘三妹　（苏醒，唱摇板腔）这一阵急得我昏迷不醒，三魂渺渺又复生。双手撑开昏花眼，只见伯伯面前存。（拖腔）哎！伯伯呀，你叫我怎么舍得呀？

于之下　三妹，人死不能复生，你何不到他家里报上一信，那为伯走

了。（下）

刘三妹 （拿起衣包雨伞往海家报信，唱路腔倒板桨）出得门来好孤单，想起三哥泪不干。今日出门把命丧，留下我一人好孤单。今生休要想相会，要想相会除非鬼门关。（白）来到他家门前，待我叫开门。姐姐开门！

李 氏 （内白）来了！（上，开门）啊，三妹来了。

刘三妹 姐姐有礼。

李 氏 不消讲礼。今日来到我家，有何好事？（小锣小尺）

刘三妹 姐姐哪曾知道，只为三哥下南京，走到乌江渡口，是这个……是那个……

李 氏 什么这个那个……

刘三妹 被贼打落江心去了。

李 氏 你怎么讲？

刘三妹 打落江心。

李 氏 啊呀！不好！（昏倒）

刘三妹 姐姐，苏醒！

李 氏 （唱摇板腔）这一阵急得我魂魄飘荡，好似刀割我心肠。丈夫他今把命丧，丢落为妻守空房。用手推开昏花眼，只见三妹在身旁。（哭）

［三妹在旁流泪。

李 氏 三妹，我的仔还小，怎么得了？三妹，时光不早，在我家陪伴我一晚。（打扫牙床）小童，上床睡觉了。三妹，我们也一同睡吧。

［冷场。起更，三更。

海老三 （鬼魂上）人死如灯灭，犹如汤泡雪。如要还阳转，水里捞明月。小生，海老三鬼魂是也。想今晚三更，我不免托一梦给我妻儿知道，也得甘心瞑目也。来此门前，有门神在此，待我一拜而进。（一拜而进，唱鬼腔）啊呀！妻呀，站在堂前把话论，叫声我妻你细听。只为我娘心肠狠，假造书信要我下南京。我今行到乌江渡，遇到贼子起狼心。只因两耳听错话，他说我有三千银。叫我船头把鱼看，船篙推我落江心。我今死在阴司地，今晚转回我家门。你请高僧超度[②]我，我死在阴司也甘心。(拖腔)贤妻、三妹、小儿，你三人睡在梦里，记在心里，来日请得高僧高道将我的尸首搬了回来，我死在阴司才得瞑目，海老三鬼魂去也。(下)

[锣鼓。起五更，天明李、妹、子醒过来，鸡叫。

小　童　妈妈，我昨夜得个梦，我爹爹回来了。

刘三妹、李氏　我们也是得见你爹爹回来了。

[李倒水洗脸，李、妹、子三人洗脸毕。

李　氏　三妹，我昨夜梦见三哥回来，他死得不明不白，我们实在放心不下，我们走到街头，找仙婆问问仙，也好得个明白。你说好不好呀？

刘三妹　好呀，我们大家去。

[李把门关好，李、妹、子三人同行。

李　氏　(唱化子腔)想起丈夫好孤单，可怜他一命丧黄泉。可恨贼子良心丧，活活打散我美鸳鸯。

刘三妹　(接唱)三哥一死我好孤单，双手把着铁栏杆。若要兄妹重相会，除非要到鬼门关。

[李、妹、子同下。

第五场

仙　婆　(一条龙。上)疯不疯来癫不癫，每天等人来问仙。若有人来到我处，也要找点零碎钱。我刁氏。配与胡蠢子为妻。今日叫他出来，打扫堂前，若有人来问仙，也要找点钱来买油盐柴米，岂不是好？蠢子哪里？走来。

蠢　子　(内白)我还没有起床呀。

仙　婆　日头出了几丈高，你还没有起？

蠢　子　(内白)我起都起了半截，还有半截没有起。

仙　婆　还有半截为何不起？

蠢　子　（内白）还有半截被虱子跳蚤扯到了。

仙　婆　莫讲怪话，快给我滚了起来！

蠢　子　（内白）你叫我来得快，还是来得慢？

仙　婆　来得快又怎样？来得慢又何来？

蠢　子　（内白）你叫我来得快，我就慢。你叫我来得慢，我就快。我就是这个傲脾气。

仙　婆　那你就慢来。

蠢　子　（内白）那我就急出火了。（小点上）蠢子、蠢……坨坨，吃饭吃论钵。你莫看我这个样子，我有一个好……好老婆。老婆娘子在上，丈夫老子丢礼。

仙　婆　有礼了。

蠢　子　啊，有礼了。

仙　婆　不消。

蠢　子　不消不消，免得老子勾了腰。站在这旁，直直标标，尿都没有屙一泡。

仙　婆　你哪有那么多的话，听我前来吩咐你，要水来，把水洒，把堂前扫一下，把东西摆好，等人家来问仙，我们就有饭吃了。你听到了吗？

蠢　子　总是喊别个，你怎么不晓得做？

仙　婆　你总是晓得吃，做你总不晓得做，快点做！（下）

［过门。蠢扫地、收拾，下。

第六场

［李　、妹、子同上。

李氏、刘三妹　（唱摇板腔）三十五里桃花店，四十五里杏花村。杏花村中出美酒，桃花店中出美人。一路行程来得快，不觉来到他家门。

李　氏　待我喊门。开门！

蠢　子　（内白）是哪……哪个？

李　氏　我们是问仙的。

蠢　子　（上）来了。外面叫一声，不知是何人，打开门来看，却原来是你三人到我家门。

［蠢和子二人打架

仙　婆　（上）啊呀！你在打什么鬼？（把蠢与子拉开）你这二位嫂子，请进来。（倒茶）

李　氏　我来你这里问仙。

仙　婆　那你就点起香烛。（把米盆摆出来）

［李、妹点香烛，放封包利市。

仙　婆　（烧香、洒水）请开天盘古、七星姐妹、玉皇大帝、白马仙姑、莫王爷爷、灵公爷爷、三盖爷爷、太上老君、鸿钧祖师、天兵天将、屋檐童子、九子娘娘众神到仙坛，架起三十六座桥梁。即刻报名。

李　氏　海老三。请海老三来答话。

仙　婆　那我就打发兵马，你就烧纸钱呀。（吹口哨、下阴司、咬牙切齿、发出吱吱的声音）海老三的阴魂来了。

海老三　（唱）过金桥来过银桥，过了银桥又过奈何桥。双手扒开生死路，双脚跳出鬼门关。今日来到仙堂上，得见妻儿泪不干。（白）妻呀！

李氏、刘三妹　夫（哥）呀！你死在阴间好苦呀，有什么话对你妻（妹）讲来？

海老三　妻呀，三妹，想我母亲不是好人，勾引情人，他假造书信，要我下南京看望爹爹。我走到乌江渡，我遇了水贼。他听错言语，我说三钱银子，他听错是三千银子，就起了毒心，将我打入江心。我死得不甘心，你回家请得高僧高道，将我的尸首搬回家去，引我的灵魂回家前去，好生伺奉。我不能与你们多言，我要回阴府去了。

仙　婆　（退神）开天盘古、七星姐妹、玉皇大帝、白马仙姑、莫王爷爷、灵公爷爷、三盖爷爷、太上老君、鸿钧祖师、天兵天将、屋檐童子、九子娘娘，众神请退出仙坛。（把脸上手巾除去，擦眼）你两位嫂嫂问罢了，在我家吃了饭再走吧。

李　氏　多谢了！

［李、妹、子三人边哭边走回家。

李氏、刘三妹　（唱倒板桨）今日上街问了神，我们二人才放心。回家就把师公请，一道江边引他的魂。

［妹、子下。

李　氏　回到自家门前来了，我看还是请伯伯来做主吧。（小点）等我转过。（白）伯伯在家没有？

伯　伯　（上）在家。三嫂你来了，来做什么？

李　氏　我喊你与我做主，请道士前来超度你那侄儿。（下）

伯　伯　那好，那我就去喊。（小点）待我转过。（白）王道士在家吗？

王道士　（上）在家。

伯　伯　我那侄儿死了，请你到江边前去，引他的魂。

王道士　好呀！我喊我那徒弟出来。徒弟，拿家什出来。

［道、徒背起口袋往海家里走。

伯　伯　在此海老三家里，三嫂，你们披麻戴孝，拿花烛，拿三牲酒醴，拿起海老三衣服，同到江边前去做法事。（小点转弯，到江边，摆牲酒，把海的衣服用竹竿撑起）

王道士　（做法事，用道士腔唱）将尸首捞起，搬回家去，将他灵魂引回家去。

伯　伯　灵魂也领回来了，下面吃饭去吧。

［众人同下。

（剧终）

【注释】

①盘费：盘缠，指路费、旅费。

②超度：佛教、道教用语。僧、尼、道人为人诵经拜忏，说是可以救度亡者脱离、超越苦难，故名。

【剧情简介】

张屠夫和海老三之母刘氏私通，其母为使私情不受阻碍，与屠夫定计假报海老三之父在南京染病，嘱海老三前去伺奉。海不知情，辞别妻子李氏、相好刘三妹启程。三妹与海老三情深，行时，依依送别。海老三行至江边，见一渔翁，询问去南京之路，渔翁以海老三急欲赴京，遂指引小路。海老三遵嘱行至乌江渡口，遇强盗盘问去南京带多少银两，海答三钱，贼误听为三千，将海打入江中。渔翁赶来，海老三已溺死。渔翁将此情告知刘三妹，刘又转告李氏，海老三更托梦告以详情。刘三妹又请仙婆查问，乃请渔翁道士河边招魂，捞起尸首，搬回超荐。

【简评】

一桩出人意料的命案，暴露了当时社会道德素质的低下：刘氏暗地与人私通、强盗公然谋财害命。剧中设置的问仙、招魂情节应该说具有迷信、落后意味，但从作用来说，接近戏曲的梦境描写，以此补叙故事内容、表达人物意愿，使故事趋于完整。

此剧由林瑞甫发掘、吕吉记录保存 。

八字换相

剧中人物

◉刘派赖（行当：丑，简称：刘）

◉凤阳姑娘（行当：花旦，简称：旦）

第一场

刘派赖　（上，数课子）唻！两眼看见癞蛤蟆，趴在那边叫呱呱。它在那边看见我，我在这边看见它。我捉也不敢捉，拿也不敢拿，留它去吧，留它去吧。（白）我，姓刘名为刘老大，草号[①]刘派赖[②]。爹娘生我独自一人。想当初家财不少，都还好过，爹娘一死，只丢我独自一人。今天也赌，明天也赌，嫖赌逍遥四字皆全。如今家财搞得狼狼狈狈。我有了半个年纪[③]，还未讨个老婆，也没有什么女子来嫁给我，我也不想讨别人。讲来讲去，我还是半世的单身汉。唉！这几天打牌也输，赌钱也输，孔夫子搬家，尽是书（输）。搞个头光，脚光，一身零打光。亲戚朋友看见我，都装一个认不得。赊借无门，我只好做个油嘴光棍，见话答话，见事做事。有阔子要阔子，有空子吃空子。我只顾一天好耍，不顾生活，讲起来难啰。今晚就没有米下锅了，观看今日天气还好，不免外出看看有什么空子可钻。想起来了，我们庄前庄后有个三岔路口，不免到那里前去等候，把守着这条路，说这条路是我的，若有哪人过路，我少不了问他要钱。男人要四个，嫂嫂们要两个，姑娘们会讲会笑，我开开心，不要钱也得，就是这个主意。闲话少讲，走哇！（唱挑担腔）两脚离家前，主意想心间。有人来过路，总问他要钱。急忙走得快，还要走起来。走到那旁去，我假意来装呆。（下）

第二场

凤阳姑娘 （上，念）家住凤阳府，看相打花鼓。赚得钱和米，回家养老母。（白）奴乃凤阳姑娘。我乃凤阳府人氏，爹娘所生于我，小时学会瞧麻衣柳相[④]，又会唱洋琴小调，流落在江湖之上，在店中住着。今日天气晴和，不免背起我的行囊包裹往长街走走，搞得点银钱回家度日，岂不是好？闲话少讲，行李也曾收好，（拿包袱）不免离了店家，前往长街走走呀！（唱逗火腔）奴家生来命又孤，少小流落走江湖。自从在外难回去，不知何日才回屋。（唱路腔）三十五里桃花店，四十五里杏花村。杏花村中出美酒，桃花店里出美人。（下）

第三场

刘派赖 （上，唱挑担腔）起步来得快，来在大路旁。有人来过路，我要问端详。（白）走来走去不觉走到这三岔路上来了，此地有块石板，有蔸大树，天气暑热，不免在此坐着，守着这条大路，谁人过路，逢人要钱。讲着讲着，瞌睡来了。昨夜人家打牌，我熬了一夜，我这夜怎么熬得的呢？讲起来，我真是个傻子。他们四个在那里打牌，连我五个，他们是那么打，（比）我是那么望，那么望。（动作）有一个人吐了一泡口水，我以为是个毫子，我用脚踩着，我怕是个大毫子，我一夜都不敢动，害得我连尿都不敢去屙一泡。后来天亮了，他们的牌也散了，我等他们四人走光了，尾后我打开脚一看，啐！原来是泡口水，口水都给我踩干了，我饿钱也饿得太狠了。

哈呀，讲着讲着，瞌睡又来了。（打呵欠，躺在石凳上睡觉）

凤阳姑娘　（上，唱急板）急急忙忙来得快，不觉来到大路旁。那旁有人来睡觉，我要叫醒他来问端详。（白）且慢，行来行去，来到这大树旁。天气暑热，我在这大树下乘凉，少时再走。咦，这个人怎么在这里睡觉？他也睡得怪，睡在这大路中间，等我来喊醒他。啐！起来，老娘要过路。

刘派赖　（说梦话）你要过渡？过渡在对河。

凤阳姑娘　呸你的啾！我要过这大路。

刘派赖　嗳，过大渡呀，大渡在上码头。

凤阳姑娘　老娘是过小渡。

刘派赖　小渡在下码头。

凤阳姑娘　呸你的啾！你这个挨刀鬼、短命鬼、砍头鬼呀，老娘讲东你答西，讲西你答东。观看此人一身褴褛，又这么瞌睡，一定是个赌钱打牌的，待我叫他一声。啐！起来！起来！老娘要过路。

刘派赖　哦，你要泻肚呀，泻肚去茅厕。

凤阳姑娘　哼！这个短命鬼呀。他油腔滑调地打赖皮[5]，老娘总要他起来，待我吃他一个空子先，我吐一泡口水，说是一个毫子。（吐口水，故意大声叫喊）喂，这里跌[6]了个毫子，是你们哪一个的呀？

刘派赖　是我的，是我的。

［刘急起来捡毫子，旦即坐石凳上，刘回头一望，见一女子坐在那里，吓了一跳。

刘派赖　吔嘿，怎么这里坐着一个观音菩萨。哦，想起来了，想必是哪里打破观音堂，走出了观音娘娘。好，我刘派赖正在倒运，我不免上前许个愿。（跪）你是哪里走脱的观音娘娘？我向前许个愿，观音菩萨保佑我，我发了财，我许你一个猪头，八十五斤半。许你一块水豆腐，二十四丈宽。

［旦用扇打刘头。

刘派赖　咦，哪里落了瓦？这里又没有庙呀？怎么把我的头打了一下？

凤阳姑娘　啐，我乃是人。

刘派赖　我晓得你是神，你不是神我哪来许愿？

凤阳姑娘　不是的，我是个人。

刘派赖　你是个人呐，你是个男人，还是个女人？

凤阳姑娘　呸！男女都认不得，我是和你妈妈一样的。

刘派赖　嗯，你和我妈妈一样。（望旦）不对、不对，我妈妈脸上起了皱皱了，你的脸上怎么还是光光彩彩的呢？

凤阳姑娘　啐！你妈妈老了，我还年轻。

刘派赖　我问你，你到底是男人，还是女人？

凤阳姑娘　我是个女人。

刘派赖　你是个女人，什么叫作女人？

凤阳姑娘　我就是个女人啰。

刘派赖　那我就喊你啵？

凤阳姑娘　喊嘛喊嘛。

刘派赖　女人、女人。

凤阳姑娘　呸你的啾！你怎么喊我女人女人的，我又不是你的老婆。

刘派赖　你叫我喊的嘛。

凤阳姑娘　你眼不识宝。看见姑娘喊大嫂。

刘派赖　哪样叫姑娘？哪样叫大嫂？

凤阳姑娘　未吃过盐茶的叫姑娘[7]，吃过盐茶的叫大嫂。

刘派赖　我不信，你总没有吃过盐茶呀？

凤阳姑娘　呸！不是吃过盐茶的盐茶，是没过门槛的。

刘派赖　你总没过过门槛，你家没有门槛吗？

凤阳姑娘　呸！不是那个门槛，是没有姑爷的。

刘派赖　哦，是没有嫁过姑爷的叫姑娘。（背场）老子吃她的空子先。哼！你怕我不晓得呀？老子晓得的。（对旦）喂，姑娘，那我未曾讨过老婆的叫什么呢？

凤阳姑娘　未曾讨过老婆的叫大本仔。

刘派赖　讨过老婆了呢？

凤阳姑娘　那喊姑爷嘛。

刘派赖　喂，叫什么？

凤阳姑娘　啐！你这死挨刀鬼、砍头鬼的，你吃老娘的空子呀。莫讲了！莫讲了！老娘要看相做生意去了。（欲走）

刘派赖　（拦）拿钱来！拿钱来！

凤阳姑娘　哼！你问我要什么钱？

刘派赖　什么钱？过路钱！

凤阳姑娘　过路也要钱，老娘从来没见过咧。

刘派赖　哼！你晓不晓得，我们祖父遗下来我们三兄弟，我大哥分得田地，二哥分得房廊，我就分得这条大路。过路要交钱，过一次四个钱，过两次八个钱。

凤阳姑娘　过路要钱，我不过这条大路，我走小路。

［刘挡。

凤阳姑娘　喂！走小路你怎么也挡住？

刘派赖　哼！小路就不挡呀？小路就是大路的崽。

凤阳姑娘　我不和你讲，到大路上去嘛。（转回大路）这个短命鬼，走小路大路你都挡着我，又没得钱，你不给我过路，我不用做生意嘛？

刘派　你做什么生意？

凤阳姑娘　我是看相的，我要去看相。

刘派赖　哦，你会看相呀，你和我看一个嘛。

凤阳姑娘　我们看相，要八个钱的啵。

刘派赖　只要你看得准，给十个都不要紧。

凤阳姑娘　你叫什么名字？客官。

刘派赖　莫讲，我的名字不好听。

凤阳姑娘　客官，名字不怕丑，只要喊得久。

刘派赖　是啰，那我就讲给你听，我名字叫刘派赖，小名叫刘老大。

凤阳姑娘　如此，我和你看起来呀。（唱看相腔）看你客官相，客官听端详。把你贵相看，你是一个怕婆娘。

刘派赖　看不准。哼！我老婆都没得，哪有婆娘来怕？

凤阳姑娘　看得准，你怕你以后不有呀？我们出江湖的看相，一不包庇、二不奉承。有相看相，无相看手上。客官，我还和你看个内相。这是外相，还有内相。

刘派赖　那你看起来。

凤阳姑娘　看起来呀。（唱看相腔）看你客官相，客官听端详。把你内相看，你是个做官郎。（白）做官郎、发财郎。

刘派赖　哎，实在看得准哟。

凤阳姑娘　拿钱来，拿钱来。

刘派赖　哦……钱呐。(掏口袋无钱，背场)唉，不好了，躲鬼躲进庙，我想捞两个，哪晓得倒下不了台。

凤阳姑娘　拿钱来、拿钱来！

刘派赖　（耍滑头）钱不是钱。（边掏边走，欲下）

凤阳姑娘　（拦刘回）钱咧？你怎么不给钱就走呀？

刘派赖　有钱，我不是掏给你吗？（背场）该死啦，哪里要钱给她？我要想个主意对付才得。想主意、想主意，想什么主意呢？（想）哦，有了，我来假冒这个位子⑧的保长老爷，她怕了不是就走了？哼！妹姑娘，你晓得我是什么人没有？

凤阳姑娘　我晓得你是什么人？我认得你老鼠没有尾巴、茶壶没有把把⑨，我晓得你是什么人！

刘派　我是这里的一个大大的保长老爷。

凤阳姑娘　呸！你是保长，莫非老娘就不要钱啦？常言道得好来，官大不能压乡党，树大不能遮太阳。莫讲你是保长，你是乡长、县长，老娘都要钱。

刘派赖　这下难搞了。再想个主意先。（想）哦，有了，我哄她，讲我是个湖南人，是当兵吃粮的，她怕了不就走了？对！就是这个主意。（说湖南腔）妹姑娘，你认得我吗？我不是此地人，我是湖南人。不是此地人，我是当兵吃粮的。（摆架子吓旦）你怕不怕？

凤阳姑娘　呸你的啾！挨刀鬼，你一时讲此地人，一时讲湖南人，你讲你是当兵吃粮的，当兵吃粮的人是讲道理的，我拉你去见你们的大老爷。（抓刘欲走）

刘派赖　妹姑娘，莫抓、莫抓，我不是湖南人，我是和你开玩笑的。

凤阳姑娘　（背场）这个挨刀鬼，油光嘴滑的，观看他这一身衣服，洗干净还可以填鞋底，老娘和他今天总总是要钱。不然，就和他讲不拢。

刘派赖　（背场）今天我看难下台了，哦哦，有了。我讲我是算八字的，她是看相的，不是成了行家打内家，这看相钱不是不要了吗？（对旦）妹姑娘，我们真是眼睛不认宝，我们是行家打内家嘛。

凤阳姑娘　何为行家打内家？

刘派赖　我是算八字的，和你同行。

凤阳姑娘　（背场）这个短命鬼的，想骗老娘的钱，他说他会算八字，老娘就叫他算个八字先。（对刘）哎呀！我真是眼睛不识宝，连八字先生也认不得了。好！既是行家，请你和我算个八字吧。

刘派赖　（背场）该死该死，又讲错了话。我讲会算八字，嗯，我会个鬼，怎么办呢？这回死得成了。哎，管他的娘，我乱讲乱讲，哄哄她。她是个看相的，我是算八字的，讲错了，她晓得个鬼。对！（对旦）妹姑娘，你不是讲要算八字吗？

凤阳姑娘　是呀。

刘派赖　算八字、算八字。（边讲边走）

凤阳姑娘　（拉回刘）喂，你怎么讲着讲着，就想跑了啦。

刘派赖　我在给你掐个时辰啦。

凤阳姑娘　你怎么晓得我的时辰呢，我又没报给你。

刘派赖　那你就报你娘的肚子，报你娘的肠子，报你娘的肝肺五脏。

凤阳姑娘　呸！你怎么骂人呀？

刘派赖　我不是喊你报吗？哦，请报。

凤阳姑娘　八字先生，你听我报年庚呀。（唱报命腔）叫了一声老先生，再叫一声老先生，你细听哪，我是牵牛下塘那年生啊，我娘生下我也。又叫一声老先生。我是哪年生？我是哪年生？

［旦报时，刘不听，嘴乱动。

凤阳姑娘　八字先生，我在这里报年庚，你在这里讲什么鬼？你听见没有呀？

刘派赖　你报年庚呀？我怕你是在唱山歌啰。你不要唱，你唱，我听不懂，你讲好嘛。

凤阳姑娘　我讲，你听着啦。八字先生，大海中间一蔸莲，十盘果子少二钱，公羊跑上母羊背，好色女子不要钱。

刘派赖　讲什么？你讲这么多，我听不赢[⑩]，你一句一句地讲。

凤阳姑娘　听道，大海中间一蔸莲。

刘派赖　嗯，大海中间一蔸莲，敢莫是大年？海年？

凤阳姑娘　不是的。

刘派赖　大海中间种莲，那根不是要种深才得稳。哦，懂了，姑娘，敢莫是庚辰年。

凤阳姑娘　嗯，算你猜对了。

刘派赖　哪个月呢？

凤阳姑娘　十盘果子少二钱，你讲是哪个月？

刘派赖敢　莫是二月。

凤阳姑娘　不是的。

刘派赖　三月。

凤阳姑娘　不是。

刘派赖　四月、五月、六月、七月、八月、九月、十月、十一月、十二月、十三月、十四月、十五月。

凤阳姑娘　有这么多月，那还得了？

刘派赖　你不喊住我，我二十个月都数完去。嗯，你给我想一想。（用手指算）十盘果子少二钱，一、二、三、四、五、六、七、八，少二钱。哎，明白了。（对旦）妹姑娘，敢莫是八月。八月、八月。（欲跑）

凤阳姑娘　（抓住刘）还有日子未报呢。

刘派赖　还有日子，怎么这么多，快报！

凤阳姑娘　公羊跑上母羊背。

刘派赖　有这样的怪日子，公日、母日。

凤阳姑娘　啐！莫乱猜嘛。

刘派赖　公羊追母羊，那两个不要跑呀。母的跑，公的也跑。两只羊跑，一定会相撞，两头撞。从头数起，初一，不像；初二，不同；初三，不对；初四、初五、初六、初七、初八、初九、初十、十一、十二、十三、十四、十五……（又数）再从尾巴数看，卅，不像；廿九，不同；廿八，不对；廿七、廿六、廿五、廿四、廿三、廿二、廿一、二十、十九、十八、十七、十六、十五。嗯，两头数过来，都是十五，正是相撞。妹姑娘，敢莫是八月十五。

凤阳姑娘　正是。

刘派赖　好了，对了，我就走了。

凤阳姑娘　还有时候未报呢。

刘派赖　报嘛。

凤阳姑娘　好色女子不要钱。

刘派赖　好色女子不要钱，这不是好丑呀。哦，我知道了，是丑时。妹姑娘，那你是丑时生的。说完了吧，我走了。

凤阳姑娘　吔，算都未曾算，就讲走了，你还没有起四句呢。

刘派赖　起四句，听啊。瞎子起瞎子、甲子起甲子、驼子跟跛子、跛子跟跛子。

凤阳姑娘　啐！怎么驼子跟跛子呢？你怎么是这样起的呀？

刘派赖　我们算八字的，就是这样起的呐。好，算了，莫讲就算了，莫要了嘛。

凤阳姑娘　莫要了，你一点都讲得不像嘛。

刘派赖　什么？你讲要唱呀，那就唱起来呀。（唱八字腔）刚呀刚扯扭喃哩吔，扭呀扭扯刚喃扯刚。把你的八字算，妹姑娘听端详。别人嫁郎拜堂拜一道，你要拜十七八道堂。

凤阳姑娘　呸你的啾！你怎么这么心丑呀，我怎么要拜十七八道堂咧？你讲！你讲！

刘派赖　哪样不要拜呢？我数你听嘛，你做媳妇娘那天，你哭不哭？

凤阳姑娘　当然哭。

刘派赖　哭，嗯，你一哭一哭，男家抬起土地庙。

凤阳姑娘　啐！不是的，是花花轿。

刘派赖　开头有个人扯起蛮长蛮长的在后头吹起来，哎哟！哎哟！

凤阳姑娘　呸你的啾！那不是哎哟，那是啊啰啊啰，名为大号。

刘派赖　一吹吹到你门口，你哥哥一背背你出堂前，烧起香纸、蜡烛，拜香火一道、拜天地一道、拜你爹娘父母一道、拜叔伯婶娘一道、拜舅爷舅妈又一道。一背背你上轿，八个人抬你就是那么一走一走，又有两个人吹起，你妈妈妈齐同冲。

凤阳姑娘　呸啾！乃是哩啦哩啦尺同工，是唢呐啦。

刘派赖　一抬抬你到男家门口，把轿门打开，扶你下来拜你男家香火，你说该拜不该拜？

凤阳姑娘　拜的。

刘派赖　拜了香火，又拜天地，又拜你的公公婆婆，又拜你们男家舅爷舅娘、叔爷婶娘，两公婆对拜才进洞房，你和我算一下有多少拜，有没有十七八拜？是不是十七八拜？

凤阳姑娘　呸你的啾！讲来讲去，还不是现成的话。那些拜是应该的，当然要拜嘛。

刘派赖　我还有，你莫打岔。（唱算命腔）刚呀刚扯扭、扭呀扭扯刚，妹姑娘你莫打岔，细听我说端详。东街你莫走，西街你莫行。若是你往西街走，西街有个豪富郎。他门口有个大黄狗，坐着如虎狼，它今把你咬，咬得你喊爹娘。前头咬一个洞，后头咬一个塘，肿得像黄桶大，肿得簸箕那么宽。

凤阳姑娘　呸你的啾！一个人哪有那么大？

刘派赖　一个人有一个人那么大嘛。

凤阳姑娘　那你又讲有簸箕那么宽，有黄桶那么大。

刘派赖　你听错了，我哪里是那么讲，我讲肿有黄豆那么大。

凤阳姑娘　好，就准了你，你怎么又讲有簸箕那么宽呢？你讲啦、讲啦。

刘派赖　唉，你又听错了，我讲有一个钱那么宽。

凤阳姑娘　哼！嘴巧会变。

刘派赖　妹姑娘，我是照你八字算的，这是你命生就的呀。（唱算命腔）刚呀刚扯扭，扭呀扭扯刚。麻油欠几担，膏药你欠几仓。

凤阳姑娘　放你的屁！一个人烂成这个鬼样子，还不死了嘛。

刘派赖　唉，你这个人呐，讲话不听话，耳朵蒲扇大。若还听错了，我们两公婆又打一架。

凤阳姑娘　你这个挨刀鬼，你吃老娘的空子呀。

刘派赖　吃粽子？粑粑都没有吃，吃粽子。

凤阳姑娘　鬼打的，东讲西答，西讲东答。

刘派赖　莫骂了，八字我也帮你算完了，恭喜你发财，免得强盗挖铺台。

凤阳姑娘　啐！这个八字，这样就喊作算完了呀？

刘派赖　就是这样了，我们算八字的就是这样的啊。

凤阳姑娘 （背场）这个挨刀鬼，这样刻薄鬼怪，和他讲了一天的冤枉话，老娘今天也不愿和他讲这么多了，给点厉害给他尝尝。（想计）嗯，有了，我将计就计，讲我们都是行家，假意和他认一个兄妹，我要把他的皮都剥下来，他才知道我的厉害。（对刘）哎呀，八字先生，真是我眼睛不识宝，我们真是行家打内家，你也会算八字，我也会看相，你和我算了八字，我和你看了相，名为八字换相。好吧，我二人认个兄妹吧。你讲好不好哇？

刘派赖 哦，和你认个兄妹呀，好得很啰，看起来，我俩真是有缘分啰，那现在我要喊过啊。

凤阳姑娘 喊就喊嘛。

刘派赖 我比你大，你喊我做哥哥，我喊你做妹妹。

凤阳姑娘 好嘛。

刘派赖 我要喊过才算数。

凤阳姑娘 喊就喊嘛。那旁敢莫是哥哥？

刘派赖 正是。那旁敢莫是妹妹？

凤阳姑娘 喂，正是。

刘派赖 喂喂喂，我有个妹妹了哂。

凤阳姑娘 哥哥，你没有家室，我没有丈夫，我两人都是行家对内家，你出外算八字没有人给你弄饭洗衣，我没有个男人，也不方便。我二人不如搬拢做一家，你讲好不好哇？

刘派赖 好嘛，好嘛，我早就想了啊。

凤阳姑娘 那就跟我回去吧。

刘派赖 有好远呢？

凤阳姑娘 没有好远，天色不早，你我赶快走起来呀。

刘派赖 走哂！（唱对口调）正月里来花里又花开，

凤阳姑娘 （唱）二月里来花里又花香。花是我的哥呀。

刘派赖 （唱）花是我的妹呀。

凤阳姑娘 （唱）哥哥说呀。

刘派赖 （唱）妹妹听呀。

凤阳姑娘 （唱）什么枝花？

刘派赖 （唱）海棠枝花呀。

刘派赖、凤阳姑娘（唱）花里花开，花里花香，一寸花。花里又开花，花里又花香。

刘派赖 三钱银子买朵花，买朵纸花送你们妈。

凤阳姑娘 啐！（唱）买朵纸花头上插呀。

刘派赖 哦。（唱）买朵纸花头上插。

刘派赖、凤阳姑娘 （唱）哎呀，一朵莲花莲花，一嘟一嘟蓉，一嘟一嘟蓉，哪哈嗨呀。

刘派赖 （唱四平腔）急急忙忙来得快——

凤阳姑娘 （接唱）不觉来到自家门。（白）哥哥，走来走去，走到我家门上来了。你在外面站着，我进去看有没有人啊。（入门）店老板，煮夜饭了没有？

［内白："我怕是谁，原来是大姑娘来了。"

凤阳姑娘 店老板，里面有热水没有？

［内白："有的，你要嘛。"

凤阳姑娘 （出门）哎呀，哥哥，你看，我们租别人的房子住，这个店东老板，客情又多，人又广，进来的都是大脸面的客人。你这个样子，穿得这么派赖，哪样好意思进去呢？

刘派赖 那我怎么办呢？

凤阳姑娘 你依我，我给你出个主意。

刘派赖 你有什么主意呀？

凤阳姑娘 你看，我们门上有个洗凉房，你把衣服脱了下来，给我拿进去换一身新衣服给你穿。

刘派赖 好嘛好嘛，你真是我的好妹妹啊。（脱衣服交给旦）

凤阳姑娘 （拿衣入，闩门）你在外面等着，我去拿水给你洗呀。

刘派赖 好的好的。

凤阳姑娘 （背场）哼！这个挨刀鬼，今天你挨老娘剥你的皮了吧。（下）

刘派赖 （焦急地）妹妹，拿衣服来呀，怎么倒盆水这么久还没有端来？喂，不得水洗，就拿衣服来先嘛。喂，怎么没人答应啦？喂、喂。

［内白：“是哪个在外面叫什么？”

刘派赖 我喊我妹子。

［内白：“哪个是你妹子？你乱叫什么？”

凤阳姑娘 （内白）你不要喊，你晓不晓得猜哑谜？

刘派赖 晓得什么？哦，哑谜呀，略知一二。

凤阳姑娘 （内白）你听着。（念）老娘本姓董，你今挨我哄。你想认我做妹子，你一世搞不拢。（白）喂，你们看啊，外面那个人，眼睛鼓鼓，胡子翘翘，不是拐子，便是强盗。快打呀！他是拐子强盗。

刘派赖 （急跑）不是我！不是我！他走了。唉！今天真撞着鬼，我原想捞两个，谁知一身衣服反被别人剥了去。我只得空着两手，勒紧肚带回去了吧。（唱四平腔）背时背时真背时，青天白日剥鬼皮。一身衣服剥光了，还剩这个肚囊皮。

（剧终）

【注释】

①草号：草，有非正式的、自谦的意思。草号在此指其别名。

②派赖：脏、烂的意思。

③半个年纪：年过半百，强调年纪很大了。

④麻衣柳相：指麻衣相法与柳庄相法，是观人形貌、预测吉凶的方术。麻衣相法，传说为宋初大相术家陈抟的师傅麻衣道者所作。柳庄相法，指明代袁珙的相法。因珙号柳庄居士，故称。

⑤打赖皮：耍赖，桂林话。

⑥跌：掉。

⑦未吃过盐茶的叫姑娘：意思是没有与人确立婚姻关系的女子叫姑娘。因为旧时缔婚往往以茶礼为聘礼，女子受聘则称为“受茶”。

⑧这个位子：这个地方。

⑨把把：手柄。

⑩听不赢：意思是因对方说话太急或太快，听不过来。地方方言。

【剧情简介】

刘派赖好吃懒做，穷极无聊，睡在三岔路口，欲收来往客人的过路钱，恰遇一位看相的凤阳姑娘经过。刘向她要钱，凤阳姑娘没有钱，刘就要她看相，凤阳姑娘替刘看相，并向刘索取相金。刘拿不出钱，假说自己是算八字的，替凤阳姑娘算八字，用八字换相。刘算命毕，凤阳姑娘心生一计，假说算八字看相同一家，愿结为兄妹，同住一处，互相照顾，将刘派赖骗至旅店门口，骗他脱衣换洗。刘不疑，脱衣交凤阳姑娘。凤阳姑娘将衣拿进店门，故意说他是贼，把刘撵走了。刘落了个偷鸡不着反蚀米的下场。

【简评】

此剧又名《单看相》《拦路看相》。俗话说，偷鸡不成蚀把米。这个剧讲的就是好吃懒做、游手好闲的刘派赖，原想占他人的便宜，白捞凤阳姑娘几个钱，结果被聪明的凤阳姑娘用计剥走一身衣服，十分狼狈，受到了惩罚。整个剧的故事推进主要是通过两个人物你一句、我一句斗嘴展开，讲的都是一些无聊的话，即桂林人所说的“水话”，不仅方言特色突出，而且搞笑、逗趣。笑声中，抨击好吃懒做的行为的意图得到强调突出。

此剧由黄妹发掘、韦结晶记录保存。

双怕妻

剧中人物

⊙柴子上（行当：丑，简称：上）
⊙王氏（行当：摇旦，简称：王）
⊙余子下（行当：丑，简称：下）
⊙张氏（行当：摇旦，简称：张）
⊙花鼓姐（行当：花旦，简称：姐）
⊙花鼓妹（行当：花旦，简称：妹）
⊙李老二（行当：丑，简称：李）

第一场

余子下 （上）钓鱼过生活，天天好快乐。出外有说有笑，但人人说我怕老婆。我，余子下。只因家道贫寒，每日靠钓鱼营生。今日本想出外钓鱼，还没讲给我老婆听。如果去了回来，她一定又是发气的。不免叫她出来，先告诉于她，以免她发气。娘子走来。

张　氏 （上，念）急急忙忙，离了厨房，有人问我是哪个？我是余子下的（望下一眼）娘。

余子下　哎，你怎么说是我的娘？

张　氏　老婆娘、老婆娘，不是娘吗？

余子下　老婆就是老婆，怎么搭个娘？搭不得。

张　氏　（上去指着下）搭得搭得。搭了还要搭，看你哪样[1]？

余子下　（无奈地）好，算我怕你，准你搭。

张　氏　你喊死喊魂地喊什么？

余子下　我喊你出来，交代你，我今天出去钓鱼，若还不讲你听，等下[2]回来你又闹。

张　氏　（用吩咐的口气）老娘讲你听呵，钓得鱼卖了，不要拿钱去喝酒呵。买柴、买盐、买米回来呵。若是不买回来呀，哼！老娘要你死。

余子下　（遵命地）晓得晓得，你去拿我的钓鱼东西来。

张　氏　（生气地）啐！你又不跛脚、又不断手，老娘才不理呢。（甩手大摇大摆地下）

余子下　（无奈地）唉！（取钓鱼用具和斗笠上、出门、圆场，唱）这几天没把鱼来钓，一杯酒儿没有喝。今日要把鱼儿钓，又得喝酒带取乐。哪怕别人来笑我，哪管老婆生得恶。三天没得喝杯酒，等于死了救不活。若还得喝一杯酒，天文地理晓得多。将身且把河边过，两脚不停走如梭。（下）

第二场

王　氏　（上，念）早当家来晚当家，无油无盐懒管它。丈夫砍柴街前卖，油盐柴米全靠他。我，王氏。配夫柴子上。只因家道贫穷，靠奴夫砍柴营生。这两天下雨，没有砍柴，家中油盐柴米都没有了。观看今日天气晴和，不免喊柴子上砍柴卖了，买点油、买点盐和米回来。（向内，喊）柴子上呀，柴子上！

［上闻声急跑上，不作声，躲在王背后。

王　氏　（大声地喊）柴子上呀，柴子上呀！

柴子上　（故意对着王耳）喂。

王　氏　（一惊）你这个不得好死的。总喊，你不答应，躲在老娘背后，你这一声，老娘的魂都给你吓掉了。（拿鞭子追打上）你莫走，看老娘给点厉害给你看！

柴子上　（抢上去接王鞭子）哎呀！嘻嘻嘻，老婆呀老婆，别人夫妻，又讲又笑，我今天和你开了一句玩笑，你就当真起来了。

王　氏　（怒气地）老娘不和你讲笑，听我来吩咐于你，家里油盐柴米都没有了。前两天下雨，你没出去砍柴。今日天晴，你快去砍柴卖了，好买油、买盐、买米回来。不然呀，嘿嘿！老娘就要你死。

柴子上　老婆呀、老婆呀，我个人去砍柴卖，也得不了许多钱呀，何不你……你……

王　氏　（抢上去）我我我，我什么？

柴子上　（笑）嘻嘻嘻、嘻嘻嘻！你……你和我一起去，多砍点柴卖了，不是多买些油盐米回来吗？

王　氏　（生气）啐！老娘嫁人嫁人，穿金戴银。嫁汉嫁汉，穿衣吃饭。嫁着好汉，三餐白米饭。早晨穿汤肉，晚上荷包蛋。老娘坐到吃，他帮我舀饭[3]。哼！你要我去砍柴，想死啰。（下）

柴子上　（无奈地）唉！不去就算了啰。（取柴刀扁担出门）啰唆说了这么一大堆，真是没有法子。（唱）这个老婆我讨错，勤吃懒做生得恶，无奈其何[4]山前过，砍柴发卖过生活。用目抬头来观看，这个山头柴火多。（放下扁担）今天来到这个山头来，柴火很多，待我砍来。（上作砍柴舞蹈、扭藤、捆柴、挑柴下山，唱）砍了不多久，得了一担柴，挑去长街卖，买米转回来。（挑柴下）

第三场

李老二　（上，数课子）新开店、旧开店，卖酒又卖面。不赊不成店，赊了不见面。我把前街走，他往后街旋。两人碰上脸，他说钱不便。以后有人投我店，吃酒又吃面。我要两个现打现、现打现。（念）百般生意好做，唯有酒店难开。一要好酒好菜，二要笑脸常开。（白）我，李老二。我在此开一个店房，来往客人甚多。今日天气晴和，来往客多，趁此天色还早，打扫打扫店房一下。（做洒水、扫地、抹桌椅、挂招牌等舞蹈）唔，什么焦味？（闻状猛省）伙计，卤肉烧焦了吧？（急跑下）

第四场

花鼓姐、花鼓妹　（身背包袱边舞边唱地上，唱四季腔）春季日子甜，春季日子甜，对对燕子飞过那天边。杨柳枝枝青，蝴蝶穿眼帘。山翠日子好，日落日出已到天边。山翠日子好，快乐自在的梁上燕咿呀哟。（接唱挑担腔）举目来观望，来到大街上，我姐妹进店住，明日再走街坊。

花鼓姐　妹妹，行来走去，来到这店房来了。不免在此投店，明日再走。（向内）内面有人没有？

李老二　（内白）来了、来了！（数课子）哪，我在里面烧倒茶，忽听门外叫喳喳，打开门来看，原来是两个妹娃娃。（白）妹姑娘，所叫何事呀？敢莫是投店的？

花鼓姐　正是投店的。

李老二　那就请进！

花鼓姐　有进了。

［姐、妹随李进门，两边走半圆场。

李老二　你们来投宿的，要单房还是要双房？

花鼓姐　要单房。

李老二　要单房，随我这里来。（半圆场）到了，单房就是这个。

花鼓姐　店老板，我们是从远方到来，是卖唱的，如有客人听唱，请你照顾一下。

李老二　那个自然。

［李、姐、妹分下。

第五场

［上卖了柴从左边低着头数着钱上，下卖了鱼从右边低着头数着钱上，二人对碰。

柴子上、余子下　啊！原来是老同。

柴子上　老同，你到哪里？

余子下　我去钓鱼。老同，你去哪里？

柴子上　我去砍柴。

余子下　砍柴卖得好多钱呀？

柴子上　唉！一担柴火卖得多少？二十个钱。你钓鱼呢？

余子下　今天钓不得好多，也是二十多个钱吧。（发酒瘾）老同，你我都是得这样多钱，我两人去个地方耍，去不去？

柴子上　去哪里？

余子下　去喝酒。

柴子上　我不去，我卖了柴，要买油买盐买米回家的。

余子下　（背场）我来哄他一下。（对上）老同，我喊吃酒，就是请你吃的嘛。

柴子上　啊，你请我吃呀？

余子下　讲过是我请你吃嘛，吃了你帮数就得了。

柴子上　那，要得！我一定帮数，那就去吧。

余子下　慢点慢点，我们拿着钓竿、扁担不好去喝酒呀，还是把它收起来吧。

［上、下二人各寻一方，欲将工具藏好，但互相都怕被看见所藏之处，结果偷偷地藏好。

柴子上　你我走吧。

余子下　走起来呀！（唱）将身吔，

柴子上　（唱）离了吔。

余子下　（唱）哪嗬咿嗬嗨，

柴子上　（唱）哪嗬咿嗬嗨嗬嗨。（一钹）

余子下　（唱）往前走啰吔，

柴子上　（唱）吔、吔。

余子下　早、早。

柴子上　（唱）夜、夜。

余子下　回去、回去。

柴子上　（拉下）老同，哪样回去呢？

余子下　你讲夜了，还不回去吗？

柴子上　嗨！是唱调子的吔呀。

余子下　（唱）吔、吔。

柴子上　（唱）吔、吔，呐的呐的咿嗬嗨咿嗬嗨。

余子下　（唱）要往酒店行。

柴子上、余子下　（唱）哪嗬嗨，哪嗬嗨嗨。（四钹）

余子下　（唱）叠叠花开，

柴子上　（唱）叠叠花香。

余子下　（唱）唱的什么调？

柴子上　（唱）调是什么唱？

余子下　（唱）时唱时调，咿啰、喂啰。

柴子上　（唱）唉哟、唉哟。（手捧肚蹲下）

余子下　老同，你做什么？

柴子上　你又喊我喊唉哟。

余子下　唉，我是唱调子咿啰、喂啰。

柴子上　（唱）咿啰、喂啰，吔、吔，哪的哪嗬咿嗬。

余子下　（唱）咿嗬咿嗬嗨。

柴子上　（唱）要往酒店行。（边唱边走圆场，收腔）

余子下　（唱）急急忙忙往前走，

柴子上　（唱）来到这个店门口。

余子下　（唱）叫一声店老板，

柴子上　（唱）我们前来喝酒。

余子下　啊，不觉来到了。（向内）喂，店主家。

李老二　（上，念）店房朝南开，烧茶等客来。灶里加把火，（出门见二人）跳出两个蚂蜗来。

余子下　你睁开眼睛看，明明是我们两个人，你怎么说是蚂蜗呀？

李老二　莫见怪、莫见怪，我是讲灶里头躲着两个大蚂蜗，不是讲你们的。二位客人，敢莫是前来沽饮的？

柴子上　正是来沽饮的。

李老二　请进吧！

柴子上、余子下　（进店）有进了。

李老二　请坐！（向内）伙计，来了两位客人，看得名茶二盅。

［内白："啊。"

李老二　（高兴地）待我取来哟。（取茶上）二位客人请茶。

余子下　（接茶）有劳、有劳。

［李收盅下。

柴子上　老板转来。

李老二　转来何事？

余子下　你店中有什么好酒好菜报来。

李老二　好酒，有、有，竹叶青、状元红、玫瑰露。

柴子上　（拉下背场）老同，没有这样多钱来数啊，我这个是动不得的啊。

余子下　不要你的钱，只要你帮我数就得了，算我的嘛，你莫管。

柴子上　店老板，你快拿好酒来吧，多少钱照给就得了。

李老二　（向内）喂！伙计，这两位客人，要酒一壶、中菜一碟。待我来拿啊。（取酒菜上）客人，酒菜在此。

余子下　有事叫你，无事下去。

李老二　是。（下）

［上、下二人对饮。

［幕后花鼓姐妹练唱小调五更郎。

柴子上　（闻唱小调拉下）喂，老同，哪里有画眉鸟崽叫？

余子下　不是的，有女子在唱鹦歌词调。店老板走来。

李老二　来了。两位客人，敢莫是酒冷菜凉？

余子下　不是酒冷菜凉，你的店中，怎么有人唱鹦歌词调？

李老二　两位客人哪曾知道，我店中来了两个卖唱女子，想必她们在练唱。

余子下　这也难怪，原来是二位赶唱女子，烦你叫她出来，和我们唱上一二两套。

李老二　（向内）二位妹姑娘走来。

花鼓姐、花鼓妹　（上）店老板，你打叫何事？

李老二　叫你们出来，非为别事，我店中来了两位饮酒客人，听你们在里面练唱，想你们和他唱上两套。

花鼓姐　请你引路。

李老二　随我来。（指上、下）就是这两位。（对下）喂，你们两位客人，卖唱女子，我喊来了。

余子下　（对李）好！有事叫你，无事下去。

李老二　是。（下）

花鼓姐、花鼓妹　（向上、下行礼）见过客官。

余子下　免礼免礼。刚才听见你们在练鹦歌词调，唱得甚美，请帮我们唱上一两套，好与不好？

花鼓姐　不瞒二位客官讲，我们演唱，有上中下三等，不知要哪一等？

余子下　哪上中下三等？

花鼓姐　大的曲子二十四文，中的曲子十八文，小的曲子十二文。

余子下　我们上下不唱，只唱中等的。

花鼓姐　你们打下坐来，听我们姐妹慢慢唱呀。（唱鲜花调）好一朵鲜花、好一朵鲜花，满园花开赛不过它。我本想摘朵戴，又怕看花人儿骂过来。

［姐、妹边舞边唱，上、下越听越迷，渐渐也跟着学舞起来。

花鼓妹　好一朵茉莉花、好一朵茉莉花，有朝一日落在我的家，摘一朵头上戴，赛过南海观音菩萨（重句）。八月桂花香、九月菊花黄，有一个张生跳过了粉墙。你若是不开门，站等到东方日出发亮。（重句）唱完了，请拿钱来。

余子下　唱完了？慢点、慢点。唱得又喝不得酒，你再唱一个喝酒的。

花鼓姐　好！你们打下坐来，姐妹二人唱起来呀。（螃蟹歌或饮酒调）一个螃蟹八只脚，两个眼睛一个海棠壳。夹又夹得紧，扭又扭不脱。叫声客官忙把酒来喝。两个螃蟹一十六个脚，四个眼睛两个海棠壳。夹又夹得紧，扭又扭不脱。叫声客官忙把酒来喝。（边唱边舞）

［上、下二人饮酒、舞蹈。上、下均醉，伏桌上。

花鼓姐　（向内）店老板走来。

李老二　（上）二位姑娘，打叫何事？

花鼓姐　刚才是你喊我们唱，二位客人醉了，我们是向你要钱的啊。

李老二　不要紧，你们下去，钱由我想办法给你们就是了。

花鼓姐　有劳了。（下）

李老二　喂，你们这两位客人还要不要酒？

柴子上、余子下　（含醉唱）一个螃蟹八个脚，两个眼睛一个海棠壳。（边唱边舞、吐）

李老二　喂！唱什么？问你们要钱。

余子下　酒钱酒钱，必欠三年。

柴子上　饭钱饭钱，万把万年。你……你拿钱来嘛。

李老二　呸！你这两个冒失鬼，醉成这个样子，懒得同你们讲，老子看你们身上有多少钱。（摸上、下口袋，取出钱数）各人只有廿多个钱，唱小调二十四文，喝酒三十六文。还不够，算我背时。（将上、下推出，关门下）

余子下　（酒醉心明地摸钱）啊！钱不见了。你看我老同还醉成那个样子，我懒得理他了。（下）

柴子上　老同、老同。（四面寻找不见）他一定走了。倒好[⑤]，酒也喝了，调也唱了，也不要我数钱。（摸钱一惊）呀！我的钱怎么不见了？老同，你害了我，回去没有钱给老婆买油买米，怎么得了呀！（唱）老同喊我去酒店，又吃酒来又划拳，姑娘又把小调唱，这个味道果新鲜。卖了柴火钱不见，家中灶里不出烟。不好意思把老婆见。她若问我怎答言？无奈其何回家转，不觉到了我门前。（白）到了。唉哟！这下子才难啦，我怎么好去见她呀？（一想）管他不管，不见也要见，难道在外面过一世不成。（叫门）老婆娘子开门！

王　氏　（上，念）奴夫去砍柴，想必卖了转回来。（开门）啊！柴子上，你回来了。

柴子上　（进家）回来了。

王　氏　砍了柴没有？

柴子上　砍了。

王　氏　卖了没有？

柴子上　卖了。

王　氏　拿钱来呀！

柴子上　（着急地）什么……钱呀、钱呀？

王　氏　钱什么？还不快点！

柴子上　钱是别人欠到的，明日挑柴前去再给。

王　氏　啊！你不讲我都明白了，一定拿钱吃酒去了，是不是？

柴子上　没有吃着。

王　氏　你吐口气出来，给老娘闻一闻看。

［上将嘴张开，反将气用力吸进去。

王　氏　老娘叫你吐出来，哪个叫你吸进去呀？

［上无奈吐了一口气。

王　氏　（闻有酒气，怒极）你这个短命鬼呀！（拉上跪地，唱）开言便把柴子上骂呀，骂声柴子上不是人。叫你上山把柴砍，买油买米即回程。你到店中把酒饮，饿死老娘在家庭。气你不过打一顿，不打死你不甘心。（提鞭打上）老娘今天要给你一个厉害。我端一副石磨子来。（用钹当磨子，将上两手挽在背后背磨）老娘要下去煮饭吃，吃了饭，还要给你一个厉害。（下）

［上跪地背磨，慢慢抬起头，王在内咳嗽，又忙低头。上慢慢地爬起来，轻脚轻步走出门。王提鞭上，上急跑下。

王　氏　咄，怎么不见了？（急出门，远远见上跑去）哼！你跑不掉，老娘这里追来了。（追下）

第六场

余子下　（上，走圆场回家，唱）刚才酒店把酒饮，欢欢喜喜好开心。如今把钱已花掉，身上银钱无一文。回家难见妻子面，她若问我怎答言？（站门外）

张　氏　（上，怒骂）余子下呀余子下，你这个短命的，你这个砍头的，你今天钓鱼，有鱼有钱回来便罢。如果你没有鱼、没有钱回来呀，老娘便要你死。（端凳用力一放）

余子下　（闻声跌地）哎哟！我总不回来，她总不骂，我刚到门口，她就骂起来了。（想喊门又怕）唉！丑媳妇也要见家婆，莫非在外面过得一世吗？（喊门）老婆开门！

张　氏　（开门）你回来了？

余子下　（进门）回来了。

张　氏　钓了鱼没有？

余子下　钓了，半个鱼都钓不到。

张　氏　钓不到呀，你一定卖了鱼又拿钱吃酒去了。

余子下　吃酒我是没有吃，朋友喊我去酒店坐了一下。

张　氏　你还讲不吃，老娘闻着你满口的酒气，你讲老娘气不气呀？（唱）今天叫你把鱼钓，得钱买米转回来。谁知卖鱼你去吃酒，你讲我伤心不伤心。手持家法把你来打，不打死来我不甘心。（打下）老娘要给你一个厉害。（用长凳当碓[6]，给下背起）你好好跪着，听老娘吩咐于你，老娘一天不来，你一天不起。老娘两天不来，你两天不起。

余子下　你死了呢？

张　氏　（用鞭打下）你死、你死。……（下）

余子下　（见张下，慢慢爬起来，两边一看）老子走了，叫你去找鬼。（背板凳下）

张　氏　（拿鞭上）吔，哪里去了？（出门，远远见下已跑）你不要走，老娘赶来了。（下）

第七场

［下背碓从左边上，上背磨从右边上，二人背着脸急急退出。互相一碰，回头相看。

余子下　老同，你这样慌张，到哪里去呀？

柴子上　（一想）我去借磨子。你又去哪里呀？

余子下　（想）我去借碓舂。老同，把磨子放下来，我和你讲句话吧。

柴子上　老同，不瞒你讲，你喊我去吃酒，把柴钱花了。回得家来，我老婆发气，将我责打。打了还不算，还将我两手捆起要我背磨。老同，快点帮我解下来嘛。（转背给下帮解）

余子下　老同，你喊我解，讲实话，我把钓鱼得的钱，吃酒花了，我回得家来，还不同你一样，老婆要我背起这碓舂呢。（转背过去）老同，你帮我解嘛。

柴子上　你帮我先解。

余子下　你帮我先解。

［上、下二人两手被捆，无法帮解，二人一想，下用嘴帮上将索子咬开。上见已解脱双手，放下磨子想走。

余子下　老同，你那样就走呀，快点快点，帮我解先。（转背给上帮解）

柴子上　好，我帮你解。（帮解碓舂）老同我们两人是解开了，又到哪里去呀？

余子下　（向内一看）莫讲了、莫讲了！那边来了。你看，那不是同年嫂吗？快走快走。

［上、下同跑圆场，站上台中桌上。

王　氏　（内白）走呀！（提鞭上，唱）夫君贪杯忘家里，无钱买米怎生存。骂了两句他就跑，害老娘追了一阵又一阵。

张　氏　（急上，与王一碰）哎呀！我怕是哪一个，却原来是同年嫂。同年嫂，你到哪里去呀？

王　氏　我昨天在街上买得一个猪崽，今天跑脱了，我是出来找猪崽的。你去哪里？

［下用手指上，示意是猪。

张　氏　我昨天买了一个狗崽跑了，我是出来找狗的。

［上笑指下是狗。

王　氏　不是的吧？我看你这个样子，一定是去找同年哥的。

张　氏　（想，比手势）不错的。实不相瞒，喊他去钓鱼，他拿钱跑去吃酒，回来我讲他两句，他就跑了。你看见没有？

王　氏　我没看见。我讲老实话你听，我也是去找我那个的。我叫他去砍柴，他卖了柴，就拿钱去吃酒，我气急起来讲他几句，他就跑了。你看见没有？

张　氏　唉呀！四处都找遍了，现在又到哪里去找呀？（哭）

王　氏　别着急、别着急，城隍庙那个菩萨最灵，我俩去许个愿，一定会回来的。

张　氏　好！要得要得。转过那边去买点香烛。

［张、王同下。

［上与下见张、王已走，从桌子上跳下来。

余子下　老同，同年嫂讲去找猪，你是个猪。

柴子上　老同，同年嫂讲去找狗，你是个狗。

余子下　好好好，莫讲多了。她们去买香纸蜡烛，去庙里许愿去了，我们两人还是想个办法。

柴子上　我没有办法。

余子下　（想）我倒有个办法，我两个先跑去城隍庙，装城隍和小鬼，听她们讲点什么。

柴子上　（想）要得要得，如此就走。

［上、下圆场，入庙。将城隍菩萨和小鬼搬过一旁，将菩萨和小鬼的冠帽、衣服脱下穿上。下装城隍爷坐正中，上装小鬼站一边。

张氏、王氏　（上，唱）适才走往大街上，

张　氏　（唱）买得钱纸蜡烛香。

王　氏　（唱）城隍庙里去许愿，

张　氏　（唱）保佑奴夫转回还。

王　氏　到了。

［张、王进庙、烧香、点烛、跪拜。

张氏、王氏　城隍爷爷在上，小女子跪下。想我不该常常将我丈夫敲打，还要骂他。今天他跑出去了，无踪无影，难以找寻，特此到你老人家这里许个愿，帮我找他回来。三十夜晚，买个猪头、杀个大鸡来敬奉于你。

［下假装城隍，拿板子将王、张的头打了两下。

张氏、王氏 （互相以为被对方打头）吔，你怎么打我？

张 氏 我没有打你呀。

王 氏 我没有打你呀。

［张、王二人四望。

张 氏 （背场）啊，一定是这城隍菩萨作怪，老娘给他一个厉害，抓一把狗屎给他吃。（将狗屎喂进城隍菩萨的嘴里）

王 氏 啊，一定是那个小鬼作怪，老娘给他一个厉害，抓一把猪屎给他吃。（将猪屎喂进小鬼的嘴里）

张氏、王氏 你我还是分头去找。（分下）

［上、下从神座上跳下。二人呕吐，均用手抓舌、抹嘴，然后将衣帽脱下，欲走。忽闻张、王喊声，来不及穿衣戴帽，急忙躲入神桌底下。

张氏、王氏 （各从一边，均摸着肚子，哎哟哎哟地喊上。入庙跪于神前）城隍爷爷呀，小鬼菩萨呀，我刚才给猪狗屎把你吃，得罪于你，还望你多多保佑我肚子不痛，下次再也不敢了。

［下、上躲在神桌底下听见，偷笑。

张氏、王氏 （听见笑声，四处寻找不见人，将神桌围布捞开，见是下、上。发怒各拉上、下到一旁）啊，你们躲在这里呀！快快回去！

余子下、柴子上 不回去了，你爱打人，事又不做。

张氏、王氏 现在不打了，事情我也做了，今后你不吃酒就得了。我帮你去砍柴（钓鱼）。

余子下、柴子上 好！那就走呀。

张氏、王氏 （捧肚子）哎哟！肚子痛啊。（均蹲下）

余子下、柴子上 好！你不要喊，我来背你回去。走呀。（唱）将身离了庙门口，不由我喜上心头。从此定把酒来戒，勤做省用度春秋。闲时再开两亩地，又有老婆来帮手。夫妻两口又和气，日子过得无忧愁。

［下背张、上背王，圆场，分头下。

（剧终）

【注释】

①哪样：怎么办。桂林话。

②等下：等一会儿。桂林话。

③舀饭：盛饭。舀，即盛、装的意思。

④无奈其何：无可奈何。

⑤倒好：反而好、反倒好的意思。

⑥碓：舂谷的设备。掘地安放石臼，上架木杠，杠端装杵或缚石，用脚踏动木杠，使杵起落，脱去谷粒的皮，或舂成粉。亦可用来打糍粑。

【剧情简介】

砍柴汉柴子上和钓鱼郎余子下都是好酒贪吃的人。一天，柴子上之妻叫他上山砍柴卖，得钱买油盐回家。同日，余子下去打鱼，余妻也叫余卖鱼得钱买柴米回家。柴、余二人砍柴打鱼卖得钱后，遇在一块，便相约到店家喝酒，并请花鼓姑娘唱小调，喝得酩酊大醉，钱都花完了。回到家里都被老婆责打，柴子上并被罚跪背磨，余子下也被罚跪背碓。二人都私逃出来。老婆不见了丈夫，出门找寻。柴妻和余妻路上相见，互道情由，就相约到城隍庙许愿，希望找到丈夫回家。柴、余暗中听到，先到城隍庙里装扮成城隍和小鬼。二人之妻来许愿时发觉，拉他们回家，他们先是害怕挨打，不愿回家，后来妻子表示决心改过，不再殴打丈夫，柴、余二人也下决心，不再喝酒，于是双双回家，和好如初。

【简评】

这个平民百姓家中丈夫怕老婆的短剧，之所以得以流传，有可能是剧中的“念”与“唱”给观众的印象较深。比如酒店老板李老二上场课子:“新开店、旧开店，卖酒又卖面。不赊不成店，赊了不见面。我把前街走，他往后街旋。两人碰上脸，他说钱不便。以后有人投我店，吃酒又吃面。我要两个现打现、现打现。”道出了小店生意的窘况，不赊账没生意，赊了账又成了陌路人，自我调侃中饱含辛酸。这个剧虽情节简单，但穿插了【四季腔】【挑担腔】【五更郎】【鲜花调】【饮酒调】等多支曲子，而且从剧本的舞台提示来看，多是“边舞边唱”的，如此载歌载舞的活跃场面自然会感染到观众情绪。另外，无论是两个丈夫还是两个妻子，剧中只要是同时登场，都会有一些滑稽幽默的对白和动作表演，如两个懦夫被妻子惩罚时与两个恶妻寻找丈夫时欲盖弥彰的对白，令人忍俊不禁。观众在欢笑中观剧兴趣得到激发。

此剧由谢济舟发掘、杨爱民记录保存。

爱子害子

剧中人物

⊙庞氏（行当：摇旦，简称：庞）

⊙庞二（行当：烂丑，简称：二）

⊙李氏（行当：正旦，简称：李）

⊙县官（行当：老生，简称：官）

⊙柳金求（行当：娃娃生，简称：金）

⊙柳银求（行当：娃娃生，简称：银）

⊙四兵差（行当：小丑，简称：兵）

第一场

［野外景。

柳金求 （上，唱忧板）乌云惨惨把天蒙，细雨霏霏动雪风。只冷得我一身难行动，不知何时才到家中。（白）我，柳金求，弟弟银求。吾父柳大兴，娶来后母庞氏。想我父已出外贸易，有了半载，未见回家。想他在家之时，也曾送我弟兄二人书房攻读。到了我父外出贸易之后，我的后母起了前娘后母之心，不要我去读书，要我每日上山砍柴。每天吃的是杂粮稀饭，没有一餐肚饱，使我一身无力。倘有一天干柴没有回家，我母不是打就是骂，这真教我为难。想我那黄泉的母亲，你在早年亡故，丢下了孩儿在世受苦。母亲，你在黄泉之下，可痛孩儿啊。（唱忧板）越思越想心血涌，想起了亲娘泪洒胸。肚中饥饿担加重，贤弟到来喜相逢。

柳银求　（上）哥哥，你回来了？

柳金求　弟弟，你不在书房读书，来到这山岭野外做什么？

柳银求　哥哥，我见你这等时候尚未回家，今天老师有事，放了早学，我特到半途中前来接你。

柳金求　唉！贤弟，既然老师放了早学，你应在家侍奉母亲才是，你又何必前来寻兄？若是母亲知道了，又必然是被打被骂。贤弟，下次不可来了。

柳银求　哥哥，不要害怕打骂。你我弟兄今晚回家，若是母亲将你打骂，小弟自有办法来对母亲说明，你放心回家吧！

柳金求　贤弟，那就回家再作道理吧，贤弟前面引路。

柳银求　哥哥，小弟也曾带了扁担绳子到来，请哥哥分一点柴与小弟挑。

柳金求　不消如此，想你年纪太小，恐有损贤弟身体，愚兄是不能分给你挑的。

柳银求　哥哥，你说不能，那我就自己动手了。

柳金求　既然如此，待愚兄分上一点给你就是。

柳银求　分一点也好嘛。哥哥，我来交代你，此番回到家中，你走前门而进，我走后门而回，以免母亲知道。

柳金求　愚兄就依贤弟之言，如此走啊！（唱黄花腔）弟兄亲爱如手足，同甘共苦世难寻。

柳银求　（唱）虽然共父不同母，胜过共母如亲生。（白）哥哥走啊！

［金、银同下。

第二场

庞　氏　（上，念）老娘生来心狠毒，良心放在背脊骨。若还哪个惹着我，啊吔，要他死了还吃他的肉。（白）老娘庞氏，配夫柳大兴。想我当初连嫁数次，都没有一夫到头。事到如今，嫁与大兴为妻，也不遂老娘之意。他不该剩下前娘一子，名叫金求，屡屡不听老娘之言，叫东他走西，叫西他走东，真是可恨。想我到他家来，也曾养下一子，名叫银求，今年有了一十一岁，也曾送他书房读书。我想他前房之子金求，今年也有了十五岁，想他父亲年将六旬来了，他百年之后，这份家产，金求他乃前房长子，必占优先，我银求儿乃后母所生，哪有平分之理？将来长大成人，必受穷磨。看将起来，金求啊金求，今日老娘不磨死你，明日定要磨死你。（唱梁氏腔）坐在堂前把计想，想来想去无主张。只要我庞氏良心丧，金求你不死又走何方？

柳金求　（上，唱四钹锣）肩挑干柴回家往，未见母亲心着慌。（入内，放好柴，白）孩儿见过母亲。

庞　氏　为什么回得这样晚？

柳金求　启禀母亲，想今日天气寒冷，手足疼痛，故而回得这样晚，还望母亲恕过恕过，来日不敢太晚。

庞　氏　我来问你，你银求弟弟，你又叫他去接你是不是？

柳金求　母亲，并没有此事，不知贤弟去哪里了。你在家中不知道他吗？想必他去睡了，母亲还要喊叫他一声才是。

庞　氏　你不叫他倒还罢了，若是你叫他，我要你死在我手。银求啊，银求啊。

柳银求　（上）哪个叫我？哥哥，是你叫我吗？

柳金求　不是我叫你，是母亲叫你。

柳银求　呵，是母亲叫我。

庞　氏　银求，今天老师早就放了学，你去接你哥哥是不是？

柳银求　我在后面睡了大半天。我还有点发热头痛，母亲不用多疑。

庞　氏　你这个东西，有病就应该讲给为娘听才是。若是病重了，又要为娘请大医生前来医治于你。现在还痛没有？我去请大医生来医你。

柳银求　如今我好了很多了，不用去请医了。

庞　氏　我来摸摸你的头看看。不错，好了很多了。金求，你去下面，还有两碗冷粥，快去吃。

柳金求　母亲、母亲。你看今天天气寒冷，你要孩儿去吃那两碗冷粥，恐怕孩儿吞之不下。

庞　氏　啊吔。今天又说天冷，明天又说天寒，有给你吃，你还嫌八九。你这个东西，不打忍不住老娘的手，不骂忍不住老娘的口啊！（唱梁氏腔）开言我把奴才骂，骂声奴才听根芽。叫你上山把柴打，缘何到晚才回家？你说寒冷风又大，又不见冻死在山洼。明明你在外贪玩耍，还在这里哄鬼哄菩萨。你莫要与我来作对，莫要与我做冤家。明日你再到狼虎山去把柴砍，限你到中午转回家。如你不听我的话，要你一命丧黄沙。

柳金求　孩儿遵命就是。

庞　氏　银求儿啊，来来。你同为娘去房中吃饭，为娘准备了一些好菜与我儿送饭。

柳银求　我不去，我要与哥哥去吃。

庞　氏　蠢东西，还不快去！

柳银求　我吃不下。

庞　氏　你这东西还不快去！

［金、银、庞分下。

第三场

庞　二　（上）酒瘾与菜瘾，赌瘾与耍瘾，这是我的本性，还有烟瘾最要紧。在下庞二。想我爹娘养我姐弟二人，我姐姐嫁与柳大兴为妻，也曾有了外甥两个。一个叫金求，一个叫银求。银求有了十一岁，这也不言。想我庞二，素来没有正业，每日在长街向些朋友拨借过日，上街去赌，下街去吹。我这几日，双手无策。烟饭两瘾，断了好几天了，十分难过。不免到我姐姐家中，向我姐姐要一点钱回来过一过瘾才得，不然实在难过日子了。言得有理，不免把门带上。出得门来，还要往我姐姐家中走啊！（唱强盗腔）出得门来往前走，姐姐家中想办法，烟饭两瘾真难过，心中好比有猫抓。肚内好比雷在响，鼻涕口水我也懒抹。两脚无力风飘荡，昏昏沉沉到姐家。（白）姐姐可在家吗？

庞　氏　（上）是谁打叫呀？

庞　二　是我来了啊。

庞　氏　又是你这个懒鬼来了。

庞　二　不错，又是我来了。姐姐你发财。

庞　氏　啐……哪一个晓不得姐姐发财？还要你说什么鬼！

庞　二　姐姐坐。

庞　氏　看你这个鬼样子，又是没有烟吹了。

庞　二　姐姐，我硬佩服你死了。

庞　氏　啐！不要乱讲话。

庞　二　不是。我这个样子，别人总看不出来，就是姐姐一个人看得出来。我硬佩服你。

庞　氏　你莫来讲鬼话了。

庞　二　姐姐，我也不消开口，你也明白了。不瞒你讲，今天想来借一点给我去过一过瘾先[①]。我讲姐姐一世好。

庞　氏　啐！我又不是金山，开口就要借银子。哪一次借银子你都没有还我的，借给你就是送给你。

庞　二　那更好了，向来我也晓得姐姐是照看我的。

庞　氏　老二，你想不想用多钱？

庞　二　哪一个又不想要多钱？用多钱又从哪里来呢？

庞　氏　你敢不敢做？你若敢做，包你大把银子用。

庞　二　喔，有这个机会啊。什么我都敢做，你说出来嘛。

庞　氏　（四望无人）说了出来，你要答应做才是。

庞　二　什么话？大丈夫说话。

庞　氏　当真的。

庞　二　说嘛。

庞　氏　说出来是要杀人的事情啊。

庞　二　要杀人的啊？我来问你，要不要杀死啊？

庞　氏　当然要杀死。

庞　二　要杀死的。慢点，等我想过先。

庞　氏　你不敢做，我拿钱去请别人去了啊。

庞　二　杀死人不是会犯法的吗？

庞　氏　你若敢做，包你无事。若有事算我的，无事算你的。

庞　二　讲过的嘛？

庞　氏　讲过的。

庞　二　讲出来吧。

庞　氏　我讲给你听，你不要走漏我的消息。

庞　二　保证不会走漏你的消息。

庞　氏　你做到此事，我今天许你一百两银子。今天马上交二十两给你为定。事成之后，再补交八十两给你。你讲好不好？

庞　二　有这样机会，还有什么话讲？

庞　氏　你到今夜晚三更时候，手拿钢刀一把，到金求房中去，将金求一刀杀了，你就快快地回家去，要他神不知鬼不觉。

庞　二　姐姐，他乃是我的外甥，又与我无冤无仇，怎样杀得下手呢？

庞　氏　他又不是你的亲外甥，怎样又杀不下手？就要杀了他去，以后这份家财，是你亲外甥一个人的了。以后你有什么困难，也好照顾于你的啊。

庞　二　这句话真不错啊。姐姐，此事发生之后，岂不被别人知道吗？

庞　氏　倘若此事发生之后，我说昨夜是强盗打抢我家，孩儿被强盗杀死的。假意装哭的样子，又有谁晓得此事？

庞　二　这个主意要得要得。

庞　氏　你答应就是好的。我来拿银子给你，二十两银子在这块。

庞　二　（见银子，喜不自胜）我没有刀啊。

庞　氏　我有刀，我来交一把给你。我再来交代你清楚，你到今晚三更时候来，一不要点火，二不要响动，你摸进房去，在左边床睡的就是金求，右边床睡的就是银求，千万不要弄错啊，左右要记得分清。

庞　二　你讲清楚我听了，包你不得错嘛。这样大的事错还得了。姐姐，我少陪了。

柳银求　（在后面模糊听到，上）舅舅，你又来借钱了是不是？

庞　氏　你这个东西，还不快去读书。快去快去。

柳银求　我晓得他又来借钱了，今晚我讲给我哥哥听。（下）

庞　二　你这个东西，连舅父的事情，都敢理起来了。

庞　氏　你不要理他，他年小。你好好回去吧，不要使人家知道了。

庞　二　好，少陪了。我一定做到此事。

庞　氏　你要保守秘密。

庞　二　这个自然。（下）

庞　氏　这才好啊。（唱四钹锣）打虎不离亲兄弟，庞氏起了杀人心。今晚三更人睡尽，金求有翅难飞行。（下）

第四场

［金、银上，唱倒板浆。

柳金求　（唱）弟兄双双把房进，

柳银求　（唱）心惊肉跳为何情？

柳金求 （唱）莫非今晚遇贼盗，

柳银求 （唱）防火防贼要小心。

柳金求 （唱）弟弟上床先睡觉，

柳银求 （唱）小弟有言说兄听。舅父今天我家到，不借金来就借银。我在后面侧耳听，他和母亲商量我听不明。

柳金求 （唱）母亲事情休要管，年少读书你要殷勤。（白）贤弟，你好好睡觉，明早读书还要早起，哥哥也睡了。

柳银求 我今晚总睡不着。

柳金求 贤弟，你好好睡了，不要多事了。

柳银求 我这铺床上臭虫多得很，我睡不好啊。

柳金求 好好，那就换过床铺睡，免得你一夜睡不着。

［二摸上，进房，到左边床上砍死银，急下。

柳金求 （惊醒下床寻看，见银被杀）啊呀！不好了，有贼！怎么我贤弟被强盗杀死了，待我告知母亲。母亲！母亲！快来！快来！

庞 氏 （上）银求儿呀，打叫这样慌张，所为何事？

柳金求 啊呀！母亲，不好，银求贤弟被强盗杀死了。

庞 氏 （旁白）怎么是金求啊？这是何缘故？待我进房看个明白。啊呀！儿啊！（气倒）

柳金求 母亲苏醒。

庞 氏 唉哟！（唱数板头）这一阵气得我魂飘荡，醒来时好一似箭穿胸膛。恨强盗到我家前来打抢，又不该把我儿性命来伤。用手抹开两眼来观望，又只见对头人站在一旁。我的儿他纵死我不把手放，还需要告对头先去公堂。此一计一定是被他识破我上了当，因此上这奴才他先动手为强。越思越想越更像，我告他谋家财害人命把我儿伤。我这里急忙忙公堂来上，我要他命抵命来上杀场。

柳金求 母亲啊，不要冤枉孩儿，孩儿并无此事！母亲不要猜疑，孩儿跪下了。（用手拉庞衣服，大喊）母亲啊！冤枉啊！

［金、庞同下。

第五场

［庞上公堂，击鼓。

四兵差 （上）有请大老爷，外面有人击鼓申冤。

县　官 （上，念）为官一片忠心，与黎民判断冤情。来，传击鼓人。

四兵差 传击鼓人！

庞　氏 跪见大老爷。

县　官 下跪何人？

庞　氏 我乃庞氏。

县　官 怎的不抬头？

庞　氏 有罪不敢抬头。

县　官 恕你无罪。有何冤情？从头说来。

庞　氏 启禀大老爷，小女子配与柳大兴为妻。只为他前妻留下一子，名叫金求，今年一十五岁。我自来到他家，也曾养下一子，名叫银求，今年十一岁。想那金求银求弟兄往往不和，金求久有杀弟之心。昨晚三更时候，起下了图谋家财之心，将钢刀杀死我儿银求。启禀大老爷，你看我这样年纪，我的亲生儿子都靠不到，难道还去靠谁啊？还望大老爷与小人做主。

县　官 这可是你的实话？

庞　氏 焉敢②谎告？

县　官 待本官与你查明就是，你且退下。人来，本官有牌票一道，捉拿柳金求到来。

四兵差 遵命！（下）

县　官 庞氏。

庞　氏 小人在。

县　官 本官吩咐于你，今日不是审案日期，来日到此听候，你且回家，本官与你做主就是。

庞　氏　小人遵命！（下）

四兵差　（上）启禀大老爷，金求已拿到。

县　官　将他绑上堂来。

柳金求　（上）见过大老爷。

县　官　下跪可是金求？

柳金求　正是小人。

县　官　金求，你可知罪？

柳金求　小人不知所犯何罪，罪犯哪条？

县　官　唔，你明明是谋财害命，还在这里佯装不晓。本官吩咐于你，你在今晚上还要再三思想，本官明日坐堂审案，你好好供招。如若不然，大刑难受。人来，将金求押了下去。掩门。

［官、金、兵同下。

第六场

庞　二　（上，唱四钹锣）庞二心中喜连连，我身上有了大把钱。姐姐的银子买动我，要我杀人胆大胜过天。想我天天有钱用，哪管那良心放哪边。左手拿块肉，右手拿洋烟。每天吃酒有好菜，晚来糖果送洋烟。看来谁也难比我，我今快活如神仙。（白）我，庞二。前几日我姐姐把银子买动于我，叫我杀人。她许了我一百两银子，还有八十两银子没有交够。是她昨日对我来说，说我杀错了，反把我的亲生外甥杀死了，八十两银子也没有给我了。这还小事，她还来怪我。我对她说，这是你错不是我错，怎样来怪得我？你若怪我，我就把老实话讲到官去，就要你我二人受罪。后来她对我说，她把此案移到金求身上去了。呃，这样说才对嘛。后来她交代于我，千万不要走漏消息。我说，这个自然。我想还有的银子，我也不要她补我了，我有了这二十两银子，也用得很久了。呀，还要回家过瘾去了。

（走，唱四钹锣）三脚两步回得快，不觉回到自家门。（白）去哪里了？

李　氏　（上）叫什么？

庞　二　你拿菜下去煮，我来过瘾先。

李　氏　我不煮，不吃你的。

庞　二　你不煮不吃。等我过了瘾，自己来煮吃。（下）

李　氏　观看这个死烟鬼，这几天大不相同了，去哪里得来这许多钱来吹来吃？这又是何缘故呢？想起来了，一定是他去做了不正道之事，才有这许多钱来用。烟鬼啊，烟鬼！你没做坏事倒还罢了，若做坏事，你休怪为妻无情了啊！嗯，想我金求外甥，已被拿到公堂押下，无人照看，我不免送一些菜饭给他吃用，顺便看他一次，表我舅母之心。言得有理，待我拿了饭篮出来。（下，提篮上，出门）出得门来，还要往那监牢走走啊！（走，唱倒板桨）想起外甥命真苦，讨来后母心狠毒。不见母来不见父，舅母送饭到监狱。（白）门外哪位差大叔在此？请方便一下。

四兵差　（上）是哪一个？

李　氏　是我，请大叔方便一下。

四兵差　你看的是谁？

李　氏　不是别个，就是那柳金求。

四兵差　金求，外面有人叫你。

柳金求　（上）舅母呀、舅母。（唱黄花腔）一见舅母泪汪汪，不由金求哭断肠。望舅母做主把我救，以免一命见阎王。

李　氏　外甥，不用啼哭，舅母总想办法救你就是。

柳金求　（跪）舅母啊，你要做主救我啊！

李　氏　我儿且起，舅母与你做主就是了。金求，你兄弟被杀那日，你可见有人到你家没有？

柳金求　不错，那一日，我没有得见。只是我贤弟说过，我舅父到过我家，与我母亲商量很久时候，不知他讲的是什么。贤弟又见他身上放了很多的银子，我还把我贤弟讲了几句。我说，你年纪小小，不要理母亲的闲事，勤读诗书好了。后来，贤弟他也不讲了。哪晓得就在当晚发生此事。

李　氏　（惊）如此说来，你不要哭了，舅母有办法与你做主了。把饭菜拿去，好好下去吃吧。

柳金求　舅母受我一拜啊！（唱忧板）拜谢舅母心肠好，你要将我来当亲生。（白）舅母，你要记得记得啊。

李　氏　你不要掉泪了，我每天都来看你的。

柳金求　有劳舅母了。（下）

李　氏　看来此事已有了八九，就是这个烟鬼所做。你说是这个烟鬼所做，难道他又肯把他的亲外甥杀死？难道他是个好人，有意杀死亲外甥，保全金求，以免受后母的拷打？真是不明。不管这多，此事决定是他所做。古话说"好汉做事好汉当"，不要连累好人，待我转到公堂告他一状，声明此事。待我转到大堂。（击鼓）

［兵上。

县　官　（上）何人击鼓？

四兵差　一个妇人。

县　官　传击鼓人。

［兵照传。

李　氏　（上）跪见大老爷。

县　官　缘何击鼓？有何冤情？当着本官说来。

李　氏　容诉。启禀大老爷，想柳家次子被杀一案，恐不是金求所做。他乃年轻之人，焉敢做出此事？还望大人参详。想我丈夫，乃是被杀者的舅父，每日不务正业，此人不是别人，就是那庞二。每日吹烟赌博，向来穷得无比。他在这几日，身边很多银钱吃吹，又在银求被杀那晚，这烟鬼到他家很久，与他姐姐商量，恐那烟鬼当夜去杀人，也未可知。事有可疑，大人还要做主。

县　官　你所说可是实？

李　氏　焉敢谎诉。

县　官　你且下去，本官自有办法判明此事。来人！

四兵差　有。

县　官　本官有牌票，去将庞二传来！

四兵差　遵命。（下，复上）启禀大人，庞二已传到。

县　官　带了上来。

［兵下，带二上。

庞　二　跪见大老爷。

县　官　怎不抬头？

庞　二　有罪。

县　官　你可知罪？前晚抢劫柳家，杀害人命，还不好好招来！

庞　二　小人向来没有去劫抢，安分守己，请大人明察。

县　官　好、好，你与金求二人都有人控告。想城内城隍庙城隍爷，最是灵验。今晚你二人同到城隍庙去，谁人做了杀人的事情，那城隍老爷就会在他背上写上几个字。你且下去。来人！

四兵差　有。

县　官　本官吩咐你们，到了今晚，不给别人知道，不要点火，轻手轻脚，去到城隍庙内，四壁之上，都用石灰写上"有冤报冤、有仇报仇"八个字。要使他神鬼不知，不要走漏风声，照事办来。掩门。（下）

［兵下。

第七场

［二、金同上。兵带二、金进庙，坐在庙中。兵在前后偷看。

庞　二　今晚我在这城隍庙中坐下，久闻这城隍最是灵验，想这件杀人案子，就是我做出来的，城隍爷一定会在我背上写出几个字，若是被大老爷看见，这件事就穿疱了[3]，性命就危险了。这个……啊，有了。我用背靠在墙壁，看你城隍老爷有什么办法来写字在我背上。不错，待我早早

准备。（背靠墙坐）

第八场

县　官　（上）打鼓升堂。来人，将庞二、金求带上堂来。

庞　二、柳金求　（上）跪见大人。

县　官　来，松刑。庞二，你可知罪？

庞　二　小人不知罪犯哪条？

县　官　庞二，你的背上，城隍爷已写上了几个字，你自己亲自看上一看。

［兵持镜给二照看。

庞　二　（大惊）奇怪！

县　官　你是不打不招的。现在背上写了字，你还不招来。来，用大刑。

庞　二　打了还要不要招？

县　官　打死还要你招。

庞　二　小人愿招。

县　官　口招还是笔招。

庞　二　小人笔招就是。

县　官　来，给他纸笔，好好招来。

庞　二　待我提笔可。（牌子）

县　官　这是你所招的事实？

庞　二　焉敢谎招。

县　官　来人，把庞氏带上堂来。

［兵下，带庞上。庞跪下。

县　官　（给庞看二供字）庞氏，庞二招的可是事实？

庞　氏　点点是实。

县　官　庞氏，你这毒妇，想杀害前娘之子，害不上，反害死你亲生之子，绝了柳家根苗。来，捆绑了。

［兵绑庞。

县　官　庞二，你一双好好的外甥不顾，反起贪财害命之心。来，捆绑了。

［兵绑二。

县　官　将他二人解到法场，先将庞氏用绳索绞死，后将庞二斩首示众。

四兵差　遵命。（押庞、二下）

县　官　来！将金求放了出来。

［兵应带金上。

柳金求　跪见大人。

县　官　本官与你判明此事，今日你好好回家，等你父亲回来团圆。想你舅母乃是你大大的恩人，你到后来要养老送终，好好回去。

柳金求　谢大人。（下）

县　官　正是，不是本官千般计，误坏民间多少人。（下）

（剧终）

【注释】

①过一过瘾先：先过一过瘾。

②焉敢：哪里敢。

③穿疱：穿帮。

【剧情简介】

柳大兴出外贸易，留后妻庞氏之子银求和前妻所生之子金求在家。庞氏偏心，虐待金求，并且想使自己的儿子将来独占遗产，就用金钱买通其弟庞二，谋害金求。后因金求银求兄弟换床睡觉，庞二误将银求杀死。庞氏为了逃罪和达到害死金求的目的，诬告金求杀人，金求因而被押牢中。庞二妻李氏见丈夫突然有钱吃喝吹赌，怀疑银求被庞二杀害。后来到狱中向金求问明情况后向县官揭发。县官拘捕庞二，并用计对金求和庞二说城隍爷灵验，今晚要将他二人押往庙内，谁杀了人，城隍爷会写字在谁的背上。庞二做贼心虚，怕背上被城隍写字，就紧靠墙壁而坐。谁知县官事前命人在壁上用石灰写上字，因此庞二背上就印了字。天明县官升堂审案，庞二见了背上的字，不得不招了供。案情大白，县官将庞氏及庞二处死。

【简评】

彩调作为广西的一种民间小戏，关注的大多是平民生活。家长里短是彩调最主要的内容。此剧表现的是一个家庭的内部矛盾，其中有两个亮点尤其值得注意。

一是提出“爱子”与“害子”一对矛盾的思考。庞氏对自己的儿子银求十分偏爱，为让银求独占家产而虐待前妻之子金求，并且要置其于死地。结果机关算尽，却断送了自己儿子的性命。从“爱子”的目的出发，但落得个“害子”的结果。这一剧情设置，在家常小事中提出了一个如何爱子的深刻的问题，既有关教育理念，也涉及伦理道德，引人深思。

二是剧中表现的矛盾重重叠叠、错综复杂。其一，后母庞氏与金求的矛盾。为使自己的儿子将来独占遗产，庞氏不仅不让前妻之子金求读书，逼其去砍柴，而且不是打就是骂，还企图谋害致死。其二，庞二与银求的矛盾。庞二误将银求杀死，造成命案。其三，李氏与庞二的矛盾。李氏揭发庞二杀人罪行，将庞二送入牢房。其四，庞二与县官的矛盾。庞二不招实情，县官用计断案，处死庞二。多重矛盾交叉相扣，使剧情波澜起伏，引人入胜。

此剧由梁美丽发掘、孔德扬记录保存。

扬州观花

剧中人物

⊙胡超真（行当：生，简称：胡）

⊙冯员外（行当：老生，简称：冯）

⊙冯成龙（行当：生，简称：龙）

⊙罗朋云（行当：丑，简称：罗）

⊙赵姣（行当：花旦，简称：姣）

⊙王医生（行当：丑，简称：王）

⊙李小二（行当：丑，简称：李）

⊙县官（行当：老生，简称：县）

⊙家院（行当：丑，简称：家）

⊙村老（行当：老生，简称：老）

⊙四衙役（简称：役）

⊙群众（简称：众）

第一场

胡超真　（上，唱倒板桨）自幼奉了爹娘命，每日书房读五经。我与冯成龙结好友，书房结拜如同亲生。不料这两年我家不幸，我一双爹娘命归阴。天老爷天干旱家财用尽，只有种无有收难以为生。无奈何出外来访寻好友，找寻了冯成龙借些纹银[1]。甩开了脚步儿忙往前进，见了他将苦楚再说分明。（白）走来走去，走到冯府来了。待我冒叫一声，内面有人否？

家　院　（上）门外高声语，打叫是何人？（开门）我道是谁，原来是胡相公。胡相公到此何事？

胡超真　小哥哪曾知道，我特来会你家相公的。

家　院　我家相公奉了员外之命，下乡收账，尚未回来。

胡超真　你家员外可在府中？

家　院　员外在府中。

胡超真　在府中烦劳你通传，你说扬州胡超真求见。

家　院　请站，待我与你通传。有请员外。

冯员外　（上）若得苍天遂我心，年年岁岁进黄金。

家　院　参见员外。

冯员外　家院，所请何事？

家　院　启禀员外得知，外面来了一位相公，要求见于你。

冯员外　有事叫他进来。

家　院　遵命！胡相公，我员外有请。

胡超真　如此，有劳前面引路。

家　院　随我这里来，这就是我家员外。

胡超真　员外在上，小侄素礼参拜。

冯员外　免礼！家院看坐。

胡超真　小侄谢坐了。

冯员外　请问这位小哥哪里人氏？高姓大名？缘何口称伯父？

胡超真　我乃扬州人氏，姓胡名超真。当年你令郎到我处读书，与我结为八拜之交[2]。

冯员外　这也难怪。家院，看茶。

家　院　遵命！（下，倒茶上）员外请茶。

冯员外　客先。

家　院　相公请茶。员外请茶。

胡超真　伯父请茶。

冯员外　不要客气。打盅。

[家接杯下。

冯员外　请问贤侄，不在家中，来到我家何事？

胡超真　伯父哪曾知道，想我处天旱数载，桃树出火，柳树出烟，年年有种无收，特到此地想来求伯父借点银两归家。

冯员外　若是这个嘛……（旁白）我怕他到来何事，原来借钱。我的钱哪有这样容易借，不免打发他走路，以免奴才回来又借出我的银子。（复坐）胡公子，你来我家借钱，来得不遇巧了。

胡超真　怎见得？

冯员外　近来我家银钱用尽，实在没有办法了，请你另到别处想办法吧。

胡超真　哎呀，员外，我乃是远路而来，无亲无故，又到哪里去借呀？请伯父施下恻隐之心，不借多也借少。

冯员外　讲没有钱就没有钱，哪个和你这样唠哩唠叨。家院。

家　院　（上）有。

冯员外　将胡相公送出去。（下）

家　院　胡相公呀胡相公，你来和我员外借钱，哪里借得到？他是一毫不拔，只有收进，没有放出。你若要借钱，非等我相公回来不可。我这里积攒有几钱散碎银子，赠与相公，当作伙食费，等我相公回来，一定交代他。

胡超真　小哥，我谢谢您了呀。

家　院　相公好走。（下）

胡超真　（唱十字腔）我有心到此地把友访定，又谁知他那里不在家庭。他父亲拥多金悭吝成性，苦哀求问借钱不贷分文。多感得小哥哥施下恻隐，

赠几钱碎银两暂度光阴。无奈何我这里忙往前进，到对门关王庙前去安身。（下）

第二场

冯成龙 （上，唱垛板十字腔）奉父命下乡去收取账项，一个个口叫苦没有主张。因今年收成丑难以还账，他说道收成好送到门墙。我见他说苦楚悲声大放，赠银两安慰他不要着忙。只要你勤恳做收成增长，到那时再还我免你着慌。归家去用好言对父来讲，这一次收欠账空手还乡。（白）到了。家院！

家　院 （上）后面烧倒茶，堂前叫叽喳。我看是哪一个？哦，原来是相公转回家。相公，你回来了？早你又不回，早回就得见了。

冯成龙 早回得见什么？

家　院 扬州胡超真相公到我们府上来找你。

冯成龙 现在可在府中？

家　院 启禀相公得知，你不在家，他见了我们员外。

冯成龙 员外可曾收留？

家　院 员外问及情由，他说天旱三载，桃树出火，柳树出烟，家如水洗。他来想问员外借银子，员外不借又不招呼，喊我送他出去。我见他身上分文全无，赠了几钱散碎银两，要他等你回来再作商量。

冯成龙 会办事。下去。待我外面寻访呀。

［家下。

冯成龙 （唱梁氏腔）我父亲做的事实在不对，看得起有钱人看不起穷的。听此言不由我心中好气，好朋友到我家难找饭吃。我和他原本是结拜兄弟，给旁人知道了讥评无疑。无奈何找到他带回家去，也免得他在外无钱受逼。（两边找寻，白）唉！四处寻找不见，想必他又转回扬州去了。我不免回家前去与父商量，带点银子以到扬州前去济贫。待我一路之上找寻于他，免他无钱受饥，就是这个主意呀。（接唱四平腔）扬州天旱饿坏人，我带银子去济贫。回家说与父亲听，做点好事救穷人。（白）到了，有请爹爹。

冯员外　（上）我儿去收账，未见转回乡。

冯成龙　孩儿见过爹爹。

冯员外　我儿不消。一旁坐下。

冯成龙　孩儿告坐。

冯员外　儿呀，为父命你下乡收讨账目，可曾收齐？

冯成龙　孩儿禀知爹爹，孩儿下乡收讨账目，因今年年成不好，他们言道改日再还。

冯员外　你这奴才，命你收讨账项，无有你就回来了，你不逼他们，怎么收得回呀？

冯成龙　爹爹，他们说没有钱，难道逼死他们不成吗？孩儿另有一言禀告，孩儿出外收账，闻听人说，扬州天旱三载，桃树出火，柳树出烟。

冯员外　他们那里天旱，又与我们这里什么相干呀？

冯成龙　依孩儿之见，我家银钱广有，给孩儿带些银两以到扬州前去周济穷人，以后也得留下美名。

冯员外　我骂你这奴才。（唱数板）小奴才说的话全不思忖，说什么带银钱前去济贫。虽然是我家中银钱广有，为银钱费尽我几多苦心。我只望银和钱日日广进，拿银钱乱糟蹋不久即贫。

冯成龙　爹爹呀。（接唱数板）爹爹你说的话理财根本，听孩儿把衷肠说给你听。那扬州天已旱树木枯尽，每年中种五谷有种无生。饿坏了扬州地若干百姓，可怜那男和女多少归阴。你孩儿听此言心中难忍，论起来贫与富全都是人。让孩儿带银子济贫扶困，救活了那穷人永远扬名。积银钱在家中有如废品，不救人枉费你积玉堆金。

冯员外　（接唱）我的儿做事情用错思想，为父的言和语细听端详。哪有个拿银钱他乡而往，说周济银和两又要济粮。不准去你那里还敢乱讲，济穷了到日后怎样下场？你若是不听教还敢违抗，到以后悔不来自己荒唐。（收腔，白）你这奴才，为父好言说尽，你还想拿银两前去扬州济贫，你怕银两好容易进来？家院，看守上房，若有哪个到上房取银两你和我打，打死也就无妨。（下）

［龙惊退一步。

家　院　（上前扶住龙）相公不必着急，我倒有一计策来了。等员外到夜静之时睡着了，我到上屋送茶取得锁匙交你将银两取出，到扬州不是济得贫了吗？你我巧计安排定——

冯成龙　一心扬州去济贫。

［龙、家同下。

第三场

［冯睡。

家　院　（捧茶上，盗锁匙。唱四钹乐）听说相公去济贫，喜在眉头笑在心。双手捧茶上房进，见了员外把计生。（白）员外请茶呀。你看员外睡熟了，待我寻找他的钥匙。（寻找）钥匙这里有一串，不免有请相公。（拍掌）

冯成龙　（上）可曾找到钥匙？

家　院　相公，钥匙这里有一串，不知哪把开得脱？

冯成龙　拿了过来。（进房开锁、取银子。更鼓起。取行李、出门）

冯员外　（醒，见箱子已开）有强盗。

家　院　哪里有强盗？

冯员外　箱笼和门都开了，纹银被偷了，赶快和我追！

［冯与家追下。

冯成龙　（上，唱跑菜园腔）昨夜巧计安排定，又盗金来又盗银。急急忙忙往前奔，要到扬州去济贫。耳内又听人声震，两脚飞跑不留停。

［冯与家上。

冯员外 （唱）前面跑的一书生，看他不像做贼人。家院引我急忙赶，拿住他来不容情。（下）

家　院　相公，员外赶上前来了。

冯员外 （上，与龙相遇）儿呀。为何开了为父的箱柜？拿了金银出去做什么？

冯成龙　爹爹哪曾知道，孩儿曾言过，扬州天旱，我家有的是银两，拿去济贫。难道活活看他们饿死？

冯员外　你拿钱去不当紧要，为父天天放债积攒，到日后是为你们好的，为何反拿钱乱去济贫呀？

冯成龙　爹爹哪曾知道，有道是：人不死、粮不断。我日后是不愁的，你不必劝我，我是一心一意，定要去的。

冯员外　你这奴才，为父讲话全然不信，这还了得？家院，与我抢回来。

［冯抢银包，家阻拦左右两次，第三次龙抢走银包。冯拉扯不住跌倒，家扶起，龙下。

冯员外　哼！哎哟、哎哟。（下）

第四场

罗朋云 （上，数课子）罗朋云，真下贱，当初不听爹娘劝。一样手艺都不学，好吃好赌在外面。赌钱好，赌钱本来蛮新鲜。若还赌中几回宝，大把吃来，大把穿。赢了钱，大街转，买鸡买鸭回家拴。朋友走到我家转，请他吃茶又吃烟。将菜弄好了，即刻摆桌面，我两人喝酒又聊天。谈喝无味道，吃酒又划拳。我喊五经魁，他喊六合连。我喊七姐妹，他喊八大仙。我喊九快手，他喊十不全。吃醉酒，又要来赌钱。把钱输给他，他即刻走外面。为赌钱，我房屋卖几间，卖了几亩好水田。为赌钱，身上衣裳无一件。为赌钱，小衣没条好的穿。现在搞得穿吃没有了，我到外面去借钱。

借又借不到，却给他们说闲言。人一见我他就走，搞得人嫌狗都嫌、狗都嫌。(坐，白)人人说赌钱赌不得，哪天我都输三五百。日间又要吃酒，晚来又要掷骰[3]。我罗朋云，当初有两个钱，又肥又白，打打扮扮等时间做客。现在穷了又瘦又黑，人人说我不是强盗就是贼。管人家讲不讲，不免叫我老婆娘子出来，打扫打扫。我在这里开一小小店房，有人来也搞两个钱用，岂不是好？娘子走来。

赵　姣　(上)来了！奴夫爱玩好赌钱，勤吃懒做怎收边？这世爹娘害了我，怎样过得这六十年。官人打叫何事？

罗朋云　打叫何事？你麻直[4]在里面，不晓得外头的事。你和我把桌子抹干净，把地打扫，等会有客来，也好弄点钱用。记倒没有？

赵　姣　记倒了。这种事情难道你做不得吗？

罗朋云　怎么？要我做？我要去喝酒。你做不清楚，老子要打死你。男人大丈夫，和你七七八八。我喝酒去了。

赵　姣　唉！(打扫)

冯成龙　(上，唱十字腔)走大街和小巷侧目来看，又看到一个个珠泪淋淋。老的老小的小腹中叫饿，可怜他男和女难度光阴。恨只恨老天爷连年干旱，有种的又无收怎能为生？我这里施恻隐来到此地，找店家来投宿准备济贫。(白)到了此地来了。罗朋云伙店，不免进去找地方安身，也好周济。原来是位大嫂，有礼。

赵　姣　相公有礼。你敢莫前来投宿的？

冯成龙　正是来投宿的。

赵　姣　相公请进！

冯成龙　如此有进了。

赵　姣　当家的走来。

罗朋云　(上)见了酒我精神佳，吃了双酒想三花[5]。你在这里叫什么？

赵　姣　客来了。

罗朋云　客来了，晓不得招呼。滚下去！不中用。哦，原来是位相公。相公请坐。脚踏黄泥，敢莫是远方来的？

冯成龙　正是远方来的。

罗朋云　远方到此作甚？

冯成龙　你这位大哥哪曾知道，我闻听这里天旱三年，我特意前来济贫的。

罗朋云　哦，你来济贫的。坐、坐、坐。我倒茶来先。

冯成龙　不消，我前面用过了。

罗朋云　请问相公高姓大名。

冯成龙　我是丹州人氏，冯家庄前冯三员外之子，名叫冯成龙。

罗朋云　哦，原来是冯公子。但不知你周济穷人，怎么周济法？

冯成龙　烦劳老板鸣锣示众，叫他们到你贵店前来，领取银钱。

罗朋云　相公请退，我帮你借面锣，四处鸣锣通告。

［龙下。

罗朋云　（借锣，鸣锣）喂！各位听着，丹州冯三员外之子冯成龙，见我们这里天旱三载，特地前来济贫，不分男女老少，若有为难的，可以到罗朋云伙店前来领钱。冯公子，他们来了。

［众上，男女老少来店领钱，龙上给每人发钱，众下。

［龙下。

第五场

［起更鼓，龙上，睡。

罗朋云　（上）见了钱财动了心，坐不安来睡不宁。且慢，昨天冯成龙到我这里周济，带来很多银两，我不免想个计策，我将他害死，不是得了大把钱财了吗？不免喊老婆出来商量一下，娘子走来！

赵　姣　（上）深更夜静你还不睡，叫奴出来做什么？

罗朋云　叫你出来非为别事，冯公子到这里济贫，随带很多银两，我想喊你出来商量，将他弄死，这银子岂不是我们的了？

赵　姣　为人不做亏心事，半夜拍门心不惊。人家好心好意来我们这块济贫，反起心将人害死，你良心何在？

罗朋云　这个呀，有道是人无横财不富，马无夜草不肥。

赵　姣　你若做这事情，我就要高声喊叫。

罗朋云　慢点、慢点。我是和你弄玩的，哪个有这种心。你下去吧。

赵　姣　这种事情是不可做的。（下）

罗朋云　（找刀撬开门，杀死龙将银子收起，想抬尸抬不动）娘子走来！

赵　姣　（上）耳热心跳，有何吉兆？所叫何事？

罗朋云　叫你出来非为别事，刚才我把冯成龙杀了。

赵　姣　我却不信。

罗朋云　随我来看。（拉姣进门、捞帐看尸）

赵　姣　你这种人良心不好，我要喊，罗、罗……

罗朋云　（掩姣口）你喊，我就要杀了你。（欲杀）

赵　姣　我不喊、我不喊。

罗朋云　不喊就是好的。来，和我抬到园中去。

赵　姣　那我就不抬。

罗朋云　你不抬，我就要杀了你。（扬刀）

赵　姣　我抬、我抬。

［罗、姣同抬尸下。

第六场

冯员外　（上，唱）我儿扬州去济贫，年深月久没回程。左思右想心不定，怎不叫我好担心？出得门来用目睁，来往行人望不明。为父心血已费尽，不见我儿转家庭。将身我把上房进，闷闷沉沉且安身。（白）闷来闷

来真闷来，闷来两眼睁不开。一觉放开心头稳，不觉一梦到阳台。（更鼓，熄灯，观鬼影。起身、两边望、追、抱不着、仍睡）

［起更鼓，天亮。

冯员外 （唱起板）昨夜晚三更时偶得一梦，梦见了我的儿回到房中。子哭父父哭子抱头心痛，但不知何日里才得相逢。醒过来是一个南柯之梦，不由我年迈人心痛拍胸。（白）哎呀！昨夜偶得一梦，梦见我儿七孔流血，莫非有什么好歹？老汉放心不下，不如到得扬州前去查访查访。家院哪里？

家　院 （上）员外一声叫，急忙就来到。见过员外有礼。员外，叫得小人出来有何吩咐？

冯员外 叫你出来非为别事，只为你家相公前到扬州济贫，年深月久，尚未回来。我放心不下，欲到扬州查访。

家　院 去扬州查访是好的，怎奈路途遥远，无人陪伴。而且你又年老，一路之上，我也不能放心。

冯员外 本待叫你同去，家中无人照顾。另叫别人前去，又不是知心。

家　院 员外，小人倒有一计来了。

冯员外 何计？

家　院 员外哪曾知道，小人闻听扬州胡超真还在此地，不免前去寻找他同你老人家作伴，他是相公结拜兄弟，那还不放心吗？

冯员外 家院说哪里话来，找他同行，好便是好，想当初他来借钱，未曾借给他，只怕他怒气不来。

家　院 员外放心，他是读书之人，一定会有大量。我去找他前来。

冯员外 那你速速去吧。

家　院 员外请退。小人愿去不辞。

［冯下。

家　院 （出门，唱四钹乐）在府中领了员外命，我把超真来找寻。急急忙忙往前进，大街小巷走一程。（下）

第七场

胡超真 （上，唱）到此地实指望把钱借定，会结拜他下乡尚未回程。我只得写字画街前卖定，每日里靠卖画来度光阴。

家 院 （上，遇胡）胡相公，你这样慌慌张张哪里而去？

胡超真 那日你府借钱，多得小哥赠我几钱银两，使我买纸画画度日，身边无钱难以回家。

家 院 启禀相公得知，我家相公回来，我已将你借钱之事报知。他四处寻找不见于你，回家禀知员外，随带银两前去扬州济贫。员外不肯，我们定下一计，员外睡熟，偷得钥匙，取得银两已到扬州济贫，许久尚未回来。我家员外偶得一梦，欲到扬州查访。因他年老，路又不熟，特地命我找寻于你，请你和他作伴。

胡超真 若是这个呀……

家 院 什么这个那个，你不看他面子也要念在与我家相公结拜之情呀。

胡超真 哦，愿去不辞。

家 院 愿去就是好的。随我来。（唱倒板桨）叫声相公随我来，我有言来听明白。请你莫把员外怪，这件事情你看开。你与相公来结拜，好比同胞共母胎。我相公为你扬州踩，前去济贫未回来。请你前去把路带，莫说他挂念你也挂怀。（白）到了。相公你等一等，我通知员外，再来请你。

胡超真 有劳、有劳。

家 院 有请员外。

冯员外 （上）为着吾儿事，时刻常挂心。家院所请何事？

家 院 胡相公我已请来了。

冯员外 快点请他进来。

家 院 相公，员外请你进去。

胡超真　员外在上，小侄参拜。

冯员外　参拜不敢。请坐。

胡超真　小侄陪坐。员外叫家院请我到来，有何吩咐？

冯员外　贤侄哪曾知道，只为吾儿去扬州济贫，我想前去查访，只因路途不熟，年老无人作伴，请你与我一路前去。你可愿去？

胡超真　员外欲到扬州前去，小侄奉陪。

冯员外　愿去就是好的。家院，帮我收拾包裹。

［家下取包裹上，交冯，胡接过。

冯员外　唉！听我吩咐呀。（唱倒板桨）站在堂前把话启，叫声家院你听知。今日我到扬州去，找寻相公转回归。府中事情全托你，小心火烛与钥匙。将身出了府门去，扬州找子转回归。

［冯、胡同下。

家　院　（接唱）员外他把阳关进，不由我今挂在心。但愿找得相公转，免我心中不安宁。（下）

第八场

［园中埋尸土堆上长出一朵鲜花。

罗朋云　（上）我园中生了一朵花，从来没有看过它。是我罗朋云走大运，好花落在我的家。

赵　姣　（内白）哎哟！

罗朋云　你不要喊，我帮你请个先生来，帮你看病。（唱二嫂嫂腔）适才间我老婆得了病，倒把我罗朋云吃一惊，急急忙忙我把先生来请，王先生你哪里快来临。（叫门）

王医生　（上，接唱）我在后面做事情，忽听外面叫先生。走出堂前看一看，原来就是罗朋云。

罗朋云　（接唱）因为老婆得了病，请到我家走一程。

王医生　（接唱）手拿药箱往前进，不觉来到你家门。

罗朋云　到了，请进、请坐。

王医生　快点搀扶她上来。

［罗扶姣上。

王医生　（拿脉。唱数板）一不是头疼，二不是腰胀，三不是受热，四不是受凉。她的病真怪，受惊病就来。吃点定心药，病就好起来。（开方、抓药，下）

［罗拿药汤上。

赵　姣　（吃药即吐）哎哟！（唱）头上好比钢针扎，身上好比猛虎抓。想起此事心害怕，心慌意乱为什么？（白）你扶我到后院解手去呀。

［罗扶姣入后园。姣见花、吃惊、病愈。

罗朋云　哎呀！你的病为何好得这样快？

赵　姣　我们园里从来没有花，今天见这朵花，开得这样鲜美，我的心就开了，病就好起来了。

罗朋云　好了就是好的。谢天谢地，你下去吧。

［姣下。

罗朋云　（暗想）吔！我家中有这朵好花，我老婆一见病就好了，不免我到外面鸣锣宣言，我家中这朵花能治百病，不是又弄得钱了，又有赌有吃了。（鸣锣）有病的不要吃药，到我园中观花，能治好病。每个收纹银一钱，不好不收钱。

［众病者上看花，病愈。

罗朋云　（收钱，大笑）这回我要发大财了。（下）

第九场

李小二　（上，数课子）新开店、老开店，卖酒又卖面。不赊不成店，赊了不见面。我把前街走，他把后街转。两人碰着脸，他说钱不便。以后有人投我店，吃酒又吃面，我要两个现打现。（坐，白）样样生意好做，唯有伙店难开。又要价廉味美，又要喜笑颜开。我，李小二。在这扬州开了一个小小伙店，来往客人甚多，待我打扫一下。（扫地、洒水、抹桌、挂画）

［冯、胡上。

冯员外 （唱四钹乐）大街之上来找寻，四处寻找无信音。到处找了都不见，越思越想越担心。

胡超真 （接唱）只见红日落西岭，恐怕你年老路难行。一步来在大街上，抬头只见一店门。（白）走来走去，走到街上来了。天色不早，我俩不如投店罢了，明日再去寻访。

冯员外 如此进店。店家哪里？

李小二 来了！原来是两位客人，敢莫前来投宿？

冯员外 正是投宿的，可有单房？

李小二 单房是有的，左一右二。

冯员外 那我们只要明灯一盏、浓茶一壶。

李小二 二位客人可曾用过膳？

冯员外 前面用过了。

李小二 请你稍等一时，待我取明灯、浓茶。（向内）伙计，来了两位客人，要明灯两盏、浓茶两壶。（取灯、壶交冯、胡）

胡超真 伯父请好好安宿，不要挂心，来日我俩再去寻找便了。

冯员外 侄儿不用挂心，想你一路劳累，你去安宿罢。店主家，有事叫你，无事出去。

胡超真 侄儿遵命。

［胡、李下。

［更鼓起。

冯员外 （坐床上）唉！我由家中到此寻找我的娇儿，四处不见，怎不叫我好生担心呀！（唱十字腔）冯三郎坐此地自思自忖，想起了我的儿好不担心。是那日拿银两别离乡井，他说是到扬州前来济贫。我到此寻找他无踪无影，找不见不由我珠泪淋淋。有一日我百年大梦已醒，靠何人送我终埋葬山林？霎时间急得我心血上滚。（白）哎哟！

胡超真　（上）伯父为何这等模样？

冯员外　（接唱）想得我年迈人心痛头晕。（收腔）

［起更鼓，天亮。

胡超真　（扶冯上床睡）店主家哪里？

李小二　（上）公子打叫何事？

胡超真　非为别事，只为伯父思念儿子，昨夜得下重病，你们这里可有名医？

李小二　不要紧、不要紧！我们这里的病人，不要请医生。离我此地不远，有一个罗朋云，家中有一朵花，这里病人到那里一看，就会好的。何不请你带员外前去看看，马上就会好了。

胡超真　有这等奇怪之事？

李小二　我不能讲假话，有此事才讲得出。

胡超真　启禀伯父得知，你老人家病重，他们这里不用医生。离此地不远，罗朋云家中，有一朵鲜花，看了就会好的。

冯员外　既然有这样好事，你搀扶我到他家前去看看。

胡超真　店主家，我们吵烦你了，银钱好多？我们给你。

李小二　一共三钱二银子。

胡超真　三钱二银子在此。

李小二　多谢了！好走哇，好走。（下）

冯员外　来来来，搀扶我呀。（唱倒板桨）自从盘古到如今，从来不听奇事情。得病不把医生请，观花病愈得安宁。侄儿搀扶往前奔，停步不走为何因？（白）侄儿，为何停步不走？

胡超真　观见此处贴了一张字，观花治病，能保长生。想必就是此地。内面有人没有？

罗朋云　（上，数课子）我名叫罗朋云，爱吃爱赌爱散心。一份家财都用尽，横财直受也是贫。幸得苍天来开眼，天赐鲜花济病人。每日钱财广涌进，吃穿二字不忧心、不忧心！（白）哪个？原来是你们。到此作甚？

胡超真　闻听你家有鲜花治病，我家伯父有病，特到你此地来观花。

罗朋云　花是有，病是能治，就是银子要得多。

胡超真　要好多银子？

罗朋云　要十两银子。

胡超真　只要病好，莫说十两，就是二十两三十两又是何妨？

罗朋云　既然舍得银子，随我这里来。

［罗、冯、胡同圆场，到后园。现一朵鲜花。

冯员外　好花呀，好花！（音乐过场）此花真真开得好，一见此花我的病也好了。店主家，你店中可有香钱纸烛？

罗朋云　乃是有的。

冯员外　有的，就请你看香钱纸烛上来，一起和你算银两就是。

［罗取纸烛上，胡插香焚纸。冯拜，大锣鼓一响，花谢。

罗朋云　哼！不得了！你这个老东西，你看病好了就是了，为何拿香纸在这里拜？花已谢了下来。我要你赔！

冯员外　你要我赔多少银子？

罗朋云　最少几千两银子。

冯员外　哪要赔这许多银子？那我就赔不起！

罗朋云　赔不起！不和你讲这么多，随我到县太爷那里去！

胡超真　我们多少赔点给你就算了。

罗朋云　不行！一定要去。

［罗拉冯，胡阻拦，三人拉扯下。

第十场

［县、役上。

县　官　为官清正，与黎民判断冤情。（坐，白）曾记当年上京城，手拿白纸跳龙门。多蒙皇恩来宠爱，才得为官管万民。下官，通苏县令。曾记当年上京，得中二甲进士，赐授通苏县正堂。今日三八日期⑥，人来，侍候了。

［罗拉冯、胡上。

罗朋云　事大事小，见官才了。门上哪位？

四衙役　到此作甚？

罗朋云　我是前来申冤的。

四衙役　参见太爷，外面有人申冤。

县　官　不用阻拦，叫他报名而入。

罗朋云　报，罗朋云告进。

罗朋云、冯员外、胡超真　（跪下）见过父母官。

县　官　你们三人来此何事？

罗朋云　启禀县太爷得知，小人前来申冤的。

县　官　可有词状？

罗朋云　来得忙迫，乃是口诉，并无词状。

县　官　当堂诉来。

罗朋云　启禀太爷，是我从幼爷娘丧命，家中贫苦，天老爷见我夫妻二人每日行善，在我园里，赐我一朵鲜花，每逢有病，一看就好。可恨这冯员外，他有病到我家中前来观花医病，他一见花，病就好了。他见我家花好，心中不服，他要我拿香钱纸烛拜花，一拜花就谢了。我是靠这朵花为生的，请县太爷评判。

县　官　下跪这年轻人姓甚名甚？

胡超真　小人姓胡名超真。我乃是扬州人氏，因此地遭天旱之灾，有种无收，难以度日，冯员外他的儿子曾在扬州读书，和我结为八拜之交，我到他家前去挪借银两，谁知冯公子闻听此言，来到扬州济贫。来了许久，没见回家，冯员外要到扬州前来查访，不识路途，叫小人前来带路。

县　官　此事不关你事。冯员外，想你有病，看花病好，为何又施计将别人的花拜谢？该当何罪？

冯员外　启禀县太爷，老生病重，多得看花病好，谁知我一拜，花就自谢，怎么怪得我呀？

县　官　若是这个呀，罗朋云，依本县看来，花开花谢是有的，怎么怪起他来了？

罗朋云　为何几多人看没有谢，他一拜就谢了？

县　官　照你这样讲来，其中必有缘故。你们三人暂时堂口候审。

［罗、冯、胡三人同下。

县　官　人来！

四衙役　有。

县　官　传此地村老。

四衙役　（带村老数人上）村老带上。

村　老　见过县太爷。

县　官　你们就是村老吗？

村　老　正是。

县　官　立定说话。

村　老　县太爷叫我们来，不知为了何事？

县　官　叫你们来，非为别事，请问几位老者，这里天旱之时，有一冯成龙到此济贫，你们可曾知道？

村　老　启禀太爷，冯成龙到我们这里济贫，我们感恩匪浅。

县　官　他来时住在哪家济贫？以后的下落你们可曾知道？

村　老　此人住在罗朋云店中，济贫以后不知下落。

县　官　可是你们的真言？

村　老　乃是小人的真言。

县　官　你们具下结来。

［老具结。

县　官　你们好好回家前去。

村　老　县太爷清官如水，官上加官。（下）

县　官　且慢，刚才听众老言来，其中必有缘故。来，传罗朋云。

罗朋云　（上）跪见县太爷。

县　官　罗朋云，前番有一冯成龙住你家济贫，此人到哪里去了？你可曾知道？

罗朋云　若是此人哪，济贫以后，不知他到何处去了。

县　官　我来问你，你家还有什么样人？

罗朋云　我就是夫妻二人，妻子赵氏。

县　官　下去，堂口候审。

［罗下。

县　官　人来，传罗赵氏！

四衙役　罗赵氏上堂。

赵　姣　（上）见过县太爷。

县　官　下跪可是赵氏？

赵　姣　正是。

县　官　本县问你，当日有一冯成龙公子住你家济贫，他到哪里去了？你可曾知道？

赵　姣　若是他呀……

县　官　怎么？说话缘何要言不言、要语不语？好好说出，倒也罢了。如若不然，大刑难受。

赵　姣　启禀县太爷得知，我的丈夫不是好人。每日好吃懒做，好赌为生，家中贫穷，开座小伙店度日。冯公子住我店济贫，可恨奴夫见财起意，将他杀死。谋了钱财，要我帮他抬到后园前去埋葬。我见此事，即高声喊叫。他不准喊叫，不然将我杀了，故而小女子不敢喊叫。不久，土堆之上，生出一朵花来。小女子见奴夫杀人，心慌得病，请名医调治不好，见此鲜花病愈。所以我的丈夫，就传了出去，有病的前来观花治病。谁知他的父亲查访他的儿子，查访不着，急得成病，看花好了，他拿香花纸烛拜谢。谁知一拜花就谢了。这是小女子真言。

县　官　具结上来。

赵　姣　（呈结）小女子具结在此。

县　官　来，传罗朋云。

罗朋云　（上）见过太爷。

县　官　你可知罪？

罗朋云　罪犯哪条？

县　官　冯成龙被你杀死一事，你好好说来。

罗朋云　小人实实是冤枉！

县　官　不打不招。来呀，看刑侍候。（上刑）

罗朋云　哎哟！我愿招。

县　官　画招上来。

罗朋云　我画招。（画招）

县　官　将他带了下去收监。

［役带罗下。

县　官　赵氏，这丈夫你可舍得？

赵　姣　启禀大人，这丈夫小女子实实不愿。

县　官　堂上候审，本县自有发落。

［姣下。

县　官　将罗朋云绑了上来！

［役绑罗上。

县　官　罗朋云，你这狂徒，胆敢谋财害命，你有今朝！（锣鼓）将他推出斩首。

四衙役　（推罗下。号声。上）报！罗朋云已斩。

县　官　死者不亏。来！传冯三郎、胡超真、赵氏。

冯员外、胡超真、赵姣　（上堂）见过县太爷。

县　官　冯三郎，此事本县已与你判明。你儿子冯成龙来此济贫，住在罗朋云家，被他杀死，埋在后园，生出一朵花，乃是赵氏忠实说出。

冯员外　（哭）儿呀！

县　官　此事本县与你断明，罗朋云犯了杀人之罪。一命抵一命，已经将他处斩。现你年老无子，胡超真家贫，他与你儿结拜，你收他为螟蛉之子⑦。赵氏丈夫已死，你收她为寄女。好好带他们回家前去。

冯员外、胡超真、赵姣　多得县太爷断明此事，官上加官！（下）

县　官　打鼓退堂。

［县、役下。

（剧终）

【注释】

①纹银：清代通行的一种标准银两，成色最佳。形似马蹄，表面有皱纹，故称“纹银”或“马蹄银”。

②八拜之交：指结拜兄弟或姐妹的关系。

③掷骰：亦称“掷骰子”。博戏的一种。

④麻直：一直。桂林话。

⑤三花：三花酒。桂林三花酒是中国米香型白酒的代表，以其历史悠久、工艺独特、品质优良而备受青睐。

⑥三八日期：是指起诉时间，即放告日。此指放告日为每月逢三、逢八日。有冤屈的人可在这些日子直接到衙前鸣冤告状。

⑦螟蛉之子：就是指义子，即俗语所谓之干儿子、干女儿，与收养人无血亲的后嗣。

【剧情简介】

扬州胡超真因天旱成灾，至丹州找寻同学冯成龙借钱求助。适冯成龙外出，其父冯员外不予帮助，胡超真怏怏而去。冯成龙回家，知道经过，寻胡不着，偷了父亲银两，前去扬州济贫。到了扬州，投宿罗朋云店中。罗朋云见财起心，将冯成龙杀死，葬在后园。不久，所葬之地，生出一朵鲜花。病人见花即愈，远近称奇。冯员外后知子到扬州济贫，久不回家，非常挂念，乃找胡超真同到扬州寻找。到了扬州，冯员外忽得急病，当地人介绍他到罗朋云店中看花治病。冯员外到罗园看花，病果痊愈，焚香拜谢，花突萎谢。罗朋云大怒，到县官处控告，要冯赔偿。县官对知情者进行详细调查。罗妻赵姣，指证罗朋云谋杀冯成龙罪行，因而破案。县官除将罗朋云处死外，还建议冯员外将胡超真、赵姣收为义子义女。

【简评】

此剧构思奇特，冯员外在扬州所观为民治病之花，居然是因济贫而死的儿子冯成龙的灵魂绽放。由此刻画出冯成龙热心为民、无论生死的特征。剧作的想象是丰富的，遇害后变成鲜花的冯成龙与父亲相遇时，突然枯萎凋谢。或许不堪父亲的焚香烧纸；或许难忍父子的生死之隔；或许向父诉说自己惨死之真相。总之，花谢成了冯成龙向父亲永远告别的象征，同时将剧情推向了终结。

此剧由谢济舟发掘、魏少平记录保存。

国家级非物质文化遗产　广西地方特色传统戏剧

广西彩调传统剧目120种

GUANGXI CAIDIAO CHUANTONG JUMU 120 ZHONG

阙 真 整理、注评

·第二卷·

GUANGXI NORMAL UNIVERSITY PRESS
广西师范大学出版社
·桂林·

目录

王母逃生

剧中人物

⊙王母（行当：正旦，简称：王）

⊙覃金莲（行当：花旦，简称：金）

⊙众姐妹（简称：众）

第一场

［幕启。

王　母　（观音打扮上）在此青山好风景，花木果树满山林。（转坐）高山又有平洋地①，五谷丰登好收成。我，王母，被逼出家，到此庵堂已有数年，收得徒弟四人，个个聪明伶俐，她们也是被迫流落出来的。我不免叫得她们出来，吩咐一番。金莲哪里？走来。

众姐妹　（舞蹈上）见过王母有礼。

王　母　不用讲礼。

众姐妹　王母叫得我们姐妹出来，有何吩咐？

王　母　非为别事，想我们在此庵堂，一来念经，二来耕种，未知你姐妹可愿意么？

众姐妹　我们姐妹愿意就是。

王　母　愿意就是好的，你们上山要小心呀。（带头起舞，圆台。下）

［众下。

第二场

［吹笛，小点音乐。

众姐妹　（各背草帽一顶，手持镰刀，舞蹈上。做生产动作，边上山边唱边舞。唱快乐腔）姐妹听从王母命，姐姐有言妹妹听。王母吩咐耕地去，姐妹上山把地平。一来好种瓜和菜，二来种棉缝衣裙。自种自收又自用，天外逍遥乐盈盈。

覃金莲　姐妹们，来此已是山上。

众姐妹　那我们将山耪②起来呀。（唱耪地腔）青山绿水风光好，姐妹耪地上山腰。一边耪来一边唱，边唱边舞乐陶陶。（舞成一字形。下）

［全下。

第三场

［小点，横笛音乐。两人推一纺纱机，分从两厢上，到了台中，把纺纱机摆成八字形。二人坐着做纺纱动作，其余二人分立在纺纱人后面，做织布动作。两人纺纱先唱纺纱腔:“纺起棉纱崭崭新。”两个织布人接唱:“姐妹织布手不停。”两个纺纱人唱:“纺起丝线绣莲藕。”两个织布人接唱:“织好绸缎做罗裙③。”后台三声大炮。

［王急忙舞蹈奔上，到台中昏倒。众扶起。

王　母　徒弟，不好了，山下有强盗杀来，我们赶紧逃生才是。

众姐妹　但不知逃生往哪里?

王　母　你们跟随我往山后小路逃奔呀。（下）

众姐妹　（边唱边做下山舞，唱急下山腔）吃素之人要逃难，看破红尘

逃回乡。寄住庵堂却不稳，各人回家找爹娘。（圆场，大锣大鼓音乐舞蹈下）

（剧终）

【注释】

①平洋地：平地。

②耪：用锄翻松土地。

③罗裙：丝罗制的裙子。多泛指女孩衣裙。

【剧情简介】

王母带领女徒四人，在山上开荒念佛，过着悠闲生活。忽遇盗匪入山抢劫，王母只得率众徒逃生，归依父母。

【简评】

《王母逃生》情节简单，缺乏戏剧冲突，严格地说，表现的只能算是一个生活片段。不过，作品中还原了动荡年代百姓的生存状况，流露了作者寻找世外桃源而不得的无奈情绪。舞台上众女子耪地织布，载歌载舞，呈现出了彩调歌舞并举的特点。

此剧由马芳荣发掘、涂世馨记录保存。

寒女捡菜

剧中人物

⊙樵哥（行当：小生，简称：哥）

⊙寒女（行当：花旦，简称：女）

全一场

樵　哥　（上，念）我生出来命不好，天天上山把柴讨[①]。心想修仙和修道，求得快乐与逍遥。（白）在下，樵哥。今天去砍柴，明天挑去卖，好买油盐茶米回来。正是，今日天气晴和，不免到内面取出扁担柴刀，上山砍柴，走起来呀！（唱挑担腔）扁担来扛着，上山讨柴火。不犯朝廷事，逍遥又快乐。急走急忙行，来到大山林。柴火实在好，樵哥喜在心。扁挑放下地，双手来砍起。讨担干柴火，卖得钱百几。（白）柴火砍得不少了，让我歇息一下先。（歇息）

寒　女　（上，念）寒女生来一个人，可恨父母早归阴。全靠隔壁王妈好，早早夜夜看门庭。（白）奴家，寒女。只因父母早日亡故，丢下我孤单一人，今年已是十八岁了。我养有猪崽两头，天天捡菜，工作忙碌。今日天气晴和，我还要上山捡猪菜去。（向内）王妈妈，你在家帮我看门，我要上山捡猪菜去了。

[内白："那你早去早回。"

寒　女　是的。出得门来，我还要走呀。（唱）出得门来把门带，天天都要捡猪菜。篮子来拿起，要往山里来。急走急忙行，来到大山林。猪菜实在好，寒女喜在心。（白）这点猪菜实在好呀，待我捡起来呀。（边舞边唱）篮子放下地，双手来捡起。随便得多少，放在篮子里。（白）捡得这点，还未曾够，待我歇息一下。（歇息）

樵　哥　（四望）呵，山下有一位姑娘，在那树底下歇息。看样子，一定是前来捡猪菜的。待我唱一首山歌，打动她的心，看她意下如何？（唱柳腔）捡菜妹，莫捡山上野茼蒿[②]。三斤猪油煮不软，妹娘骂妹来游骚。

寒　女　（唱柳腔）闲下无事树脚坐，那个野仔乱唱歌。你用山歌来逗我，这样山歌用不着。（白）山上小哥，你听我唱。（唱）山上捡菜遇着艾，灶门烧火遇着柴。今天出门日子好，遇着哥来妹也来。

樵　哥　（接唱）遇着遇，上水遇着下水船。鲤鱼上滩遇着浪，小妹有缘真有缘。

寒　女　哎呀！这位樵哥你这句山歌唱进我的心来了。樵哥，请你下山来，我有话对答于你。

樵　哥　（下山）请问姑娘，你今年几多岁？

寒　女　一十八岁。

樵　哥　家有何人？

寒　女　就是我孤单一人。请问樵哥，你呢？

樵　哥　我也是自小孤单到如今。

寒　女　那我们都是苦命人呀。

樵　哥　（唱）妹今你是单纱线，樵哥也是线单纱。今天出门日子好，我俩单纱对单纱。

寒　女　樵哥，闲话少讲。我们有情有义，就在此树下，唱点烟花小调散心，岂不是好？

樵　哥　好呀，那你先唱。

寒　女　樵哥先唱。

樵　哥　那我就先唱，你跟尾，唱起来呀。（唱四门摘花腔）打开东门东花开——

寒　女　（接唱）金银财宝滚进来。

樵　哥　（接唱）滚进不滚出，

寒　女　（接唱）滚着那旁来。

樵　哥　（接唱）左手开门金鸡叫，

寒　女　（接唱）右手开门凤凰啼。哥是金鸡叫——

樵　哥　（接唱）妹是凤凰啼。牡丹花，问妹爱不爱？

寒　女　（接唱）寒妹真是爱，无人摘下来。

樵　哥　（接唱）但得寒妹爱，愚兄摘下来。摘一朵，牡丹花，妹妹头上插。

寒　女　（接唱）戴得好不好？戴得乖不乖？

樵　哥　（接唱）戴得真是好，戴得逗人爱。

寒　女　（接唱）哥也爱。

樵　哥　（接唱）妹也爱。

樵哥、寒女　（唱）相亲的那个相爱呀，好呀好哥哥（妹妹），好哟咿哟。（尚有西南北三门句语唱法全同，表演者可反复吟唱）

寒　女　樵哥、樵哥，唱是唱得了，我的猪菜未曾捡得，你的柴火也未要得。不如你帮我，我帮你，快当[3]好比鸡叮米，我们先打柴起来呀。

樵哥、寒女　（唱花腔，讨柴腔）那一旁有一株杨柳树，风吹杨柳扭扭捏捏点点滴滴枝枝花儿开，枝枝花儿香，慢慢讨起来。（重句）那旁有一株黄金树，风吹黄金扭扭捏捏点点滴滴枝枝花儿开，枝枝花儿香，慢慢讨起来。（重句）

樵　哥　柴火讨够了，现在捡菜吧。

寒　女　那又捡菜起来呀。

樵哥、寒女　（唱捡菜腔，边唱边舞）那一旁有一朵一朵，那旁有一朵，

是朵海棠花。右一旁有一朵一朵，右旁有一朵是朵水仙花。（重句。白）捡菜呀。（边舞边下）

（剧终）

【注释】

① 讨：此处为“砍”、“伐”的意思。桂林话。

②茼蒿：一种蔬菜，嫩茎和叶有特殊香味。有的地方叫蓬蒿。

③ 快当：意思是速度快。

【剧情简介】

青年樵夫上山砍柴，与捡猪菜寒女在山脚相遇，对唱山歌小调。互相帮助，欢快歌舞而归。

【简评】

《寒女捡菜》与《对口调》《对子调》非常相似，均为男女对唱，表达爱情。稍有不同的是，此剧因表现的是劳动中相识、相爱而显得更有意义。

此剧本看上去篇幅很短，但在舞台上演出的时间可以灵活安排。因在剧本中可看到在男女演员对唱完【四门摘花腔】“打开东门东花开”后，接着有“尚有西南北三门句语唱法全同，表演者可反复吟唱”的提示。可见这是一个演出本，表演者可以根据现场演出需要自行做出调整。这是彩调这种地方小戏程式化要求不很严格的具体表现。

此剧由陆春廷发掘、涂世馨记录保存。

住一夜

剧中人物

⊙黄成希（行当：老生，简称：黄）
⊙王家十（行当：丑，简称：王）
⊙刘七一（行当：小生，简称：刘）
⊙家人（行当：小丑，简称：家）

第一场

刘七一　（挑箩筐上，数课子）自幼生来性情犟，耕田种地度时光。生意买卖我不想，无义之财眼前光。那日我到王家往，我与黄员外来商量。问他借牛我对他讲，租谷太重理不当。田地向他来租上，秋收不够还租粮。送谷送到他家往，没得吃碗稀米汤。连茶一杯喝不上，勒起肚子转还乡。我在门外望一望，他殷勤招待读书郎。有钱和他常来往，穷人莫想和他来商量。和他讲上三句话，开口骂娘把人伤。回到途中自思想，越思越想好心伤、好心伤！（白）我，刘七一。今天送谷子去到员外家。唉！想起真是伤心。连稀饭都喝不上一碗。和他商量借牛之事，不借倒还罢了，还被他骂了几句。他只是看上了那些秀才、举人，那些人到他家中，不是杀鸡就是杀鸭，酒席款待。我们穷人到他家中，只有送谷子才得进去。如果不是送谷子，想进他家吃水都是困难。你说我恼不恼呀？（挑箩筐，唱倒板桨）讲起财主真可恨，只认钱财不认人。我把谷子来送去，挑得满身汗淋淋。一送送到他家去，倒进仓里手不停。口渴想找清水饮，开口就骂莫乱行。饥饿难得吃稀饭，倒了谷子喊出门。看来都是我苦命，正是由命不由人。如果另有田地种，绝不走到他家门。急急忙忙往前进，还要回家走一程。（下）

第二场

王家十　（上，数课子）我是王皮匠，补鞋本内行。七岁死老子，八岁又死娘。家中没田地，学会做皮匠。每天下乡往，补鞋度时光。今年二十上，没钱娶妻房。我去做活路，没人弄茶汤。因为家贫穷，实在好凄凉、好凄凉！（白）爹娘死了好孤凄，顾得穿来没顾吃。全靠学会这手艺，才免受那财主逼。我，王家十。爹娘去世之时，无田无地，从小跟我叔父，学会做皮匠，帮人补鞋。今日天气晴和，不免把我那副担子挑了出来，下乡走走。（取担子、出门、关门）挑起我的担子，还要往乡下走呀！（唱挑担腔）担子挑上肩，两脚走乡间。帮人补鞋子，搞两个饭菜钱、饭菜钱。

［刘、王相遇。

王家十　我道是谁，原来是刘大哥。

刘七一　我道是谁，原来是王师傅。

王家十　刘大哥，你挑箩筐往哪里前去？

刘七一　唉！王师傅呀。（唱数板）站在路旁把话论，尊声王师傅你细听。秋收时节事情紧，财主派人到家行。要我送谷他家进，使我两头忙不赢。

王家十　送谷子，那不还有一餐大吃呀。

刘七一　（接唱）提起此话好伤心，成希不是那种人。他把穷人看不起，讲将出来好狠心。茶无茶来水无水，清粥难找一碗吞。不比举人和秀才，酒肉款待好热情。想到他家吃餐饭，二世投胎打转身。

王家十　哦？这样一个人，我从来没有见过。

刘七一　王师傅，莫说我们种他的田，送谷子送他家去，就是附近求食的人，想到他家求半碗残羹冷饭也难得呵。除了有钱人，穷苦之人难得到他家中吃碗饭。

王家十　我就不信。

刘七一　你不信，你若到他家中能吃到一碗饭，住得上一夜，那我就请你吃一餐。

王家十　如果我到他家中弄不到饭吃，住不上一夜，我誓不为人。

刘七一　那我两个打个赌。

王家十　打赌就打赌。

刘七一　一言既出，

王家十　驷马难追。

刘七一　那我明天弄好饭菜等你。

王家十　我如果吃不到他的一碗饭，住不上一夜，明天我也弄好饭菜等你。

刘七一　少陪了。（唱倒板桨）二人一言来为定，你我今天赌输赢。你若到他家住一夜，酒肉款待才算能。若是你真正做得到，算你伶俐又聪明。我备酒肉把你请，看谁输来看谁赢。（下）

王家十　（唱倒板桨）刘把言语说我听，他要与我赌输赢。哪怕财主他小气，我也要把计来生。低下头来自思忖[①]，猛然一计上了心。（收腔。白）刚才刘七一与我打赌，他说财主心肠狠，穷人难得在他家中吃一碗饭，住一夜。财主的门每天都是关着的，我怎么进得他家中去呀？（想计）有了，我不免假装一秀才，到他门口读诗，他听见一定以为不是秀才就是举人，那时候将门开了，我就进去，他一定款待[②]于我。到那时有酒有肉，天黑了，我就在他家住一夜，我就是这个主意呀。（唱四钹）哪怕财主恼穷人，家十设计他家行。吃酒吃肉要他请，住宿一夜再启程。（圆场）到了。我在

外面听听内面有人没有。(侧耳听)

黄成希　(上，读诗)远上寒山石径斜，白云深处有人家。停车坐爱枫林晚，霜叶红于二月花。③

王家十　吔嘿，真真是呀，关门读诗。(高声朗诵)路上行人，谁是行人之主？

黄成希　外面怎么有人读起诗对来了？路上行人，谁是行人之主？天留过客，暂作过客之东。哦，想必不是举人就是秀才在这里路过，见我关门读诗，待我开门看看。(开门，背场)原来是个皮匠。莫非他是乔装打扮，有什么事来不成吗？不免叫他进来。你这位客人请进！

王家十　如此有进了。(进门、放下担子)黄员外有礼。

黄成希　免礼免礼，请坐。家院，倒茶。

家　人　(捧茶上)员外请茶。

黄成希　客先。

家　人　客人请茶，员外请茶。

[黄、王同饮。

黄成希　打盅下去。

[家收杯下。

黄成希　请问这位客官，路过此地，还是特到此地？

王家十　我乃是路过此地，天色将晚，来到贵府借宿一夜。

黄成希　到我敝舍借宿一夜，有何难哉？家院。

家　人　(上)请问员外，打叫何事？

黄成希　叫你非为别事，客人尚未用膳，预备烧酒一壶，小菜便饭。

家　人　(取酒菜上)酒菜在此。

王家十　员外，同饮几杯吧。

黄成希　(见王饮酒，出对试之，念)席上无肴，不成礼仪。

王家十　(念)家里有鸡，一弄就食。

黄成希　家院，提个鸡来杀，弄好给客人吃。

家　人　（拿酒、鸡上）好酒一壶，鸡肉一盘在此。

［王吃。

黄成希　谯楼[4]上鼓打三更三点。

王家十　（念）谈话中正好一口一杯。（喝醉了）

黄成希　家院，扶客人进房中睡。

［家扶王下。

［黄下。

［起五更，天亮。

黄成希　（上，见王仍睡，念）红日滚滚，正好扬鞭跨马。

王家十　（念）阴风飒飒，岂肯饿肚登程。

黄成希　哼！这个人还想吃饭才肯走。

［王挑担出房至厅堂，磨鞋刀。

黄成希　（见王磨刀，近王身边）你在这里做什么？

［王诈割己喉。

黄成希　（念）突杀自身，岂不是灭门大祸？

王家十　（念）欲留薄命，须送一两八钱。

黄成希　（念）寻尽箱笼，只存纹银一两。（取银递王）

王家十　（念）如数收下，容你欠下八钱。

黄成希　混账！我又没欠你的钱。见你自尽，一片好心，送你银子一两，还欠什么八钱？

王家十　员外，我讲过你留下我的薄命须送一两八钱，你交了一两，不是还欠八钱吗？

黄成希　混账！（念）无耻之徒，快滚快滚！

王家十　（挑担出门，念）有帖相邀，再来再来。（下）

［黄下。

（剧终）

【注释】

①思忖：考虑，思量。

②款待：亲切优厚地招待。

③“远上寒山石径斜”四句：这是唐代杜牧题为《山行》的诗，这首诗描绘的是秋之色，展现出一幅动人的山林秋色图。

④谯楼：古代城门上的瞭望楼。

【剧情简介】

黄成希为人吝啬，皮匠王家十与刘七一打赌，要在他家吃一顿，住一晚。王皮匠佯装秀才模样，至黄成希门前朗诵诗对，黄以为是秀才乔装皮匠，遂请入内，并以酒肉相待。次日王临去时又用巧言赚得纹银一两而去。

【简评】

围绕穷人是否能在财主家吃一顿、住一夜的问题展开的这个短剧，矛盾冲突集中，故事线索分明。结果赌赢了的王皮匠不仅在财主家吃了、住了，还拿走了财主纹银一两。这一主要情节，不仅揭露了当时社会贫富不均、穷人地位低下的社会现实，反映了下层民众的不满情绪，而且，从行为上、观念上向统治阶层发起了大胆挑战。这或许是此剧内容方面的一个闪光点。

此剧由谢济舟发掘、魏少平记录保存。

双观花

剧中人物

⊙蔡老二（行当：丑，简称：蔡）
⊙刘金花（行当：花旦，简称：金）
⊙刘银花（行当：花旦，简称：银）

第一场

蔡老二 （上，打一条龙，舞蹈，整装，开门，数课子）喜洋洋、笑洋洋，听我出来把话详。此地位、好地方，前面来龙三十里，后面锦鸡与凤屏。左边又有摇钱树，右边又有聚宝盆。摇钱树、聚宝盆，早落黄金夜落银。早落黄金用斗打，夜落白银用秤称。丫鬟小子懒打扫，金银财宝盖过有九重门。一天不扫三尺厚，三天不扫九尺深。今日我们玩过花灯后，恭贺你各位叔叔伯伯，富贵万年春、万年春！（坐，白）叮叮咚咚上彩楼，男人装扮女人头。金榜题名空富贵，洞房花烛假风流。在下，蔡老二。只因我爹娘去世得早，剩下一个花园。观看天时尚早，不免到花园前去锄一锄草、淋一淋花，岂不是好？待我拿把锄头出来，还往花园走起来哟！（唱路腔，小吹小打）出得门来往前走，一心要往花园行。举目抬头来观看，只见杨柳叶青青。不觉行程来得快，花园就在前面呈。（下）

第二场

刘金花　（上，打一条龙，舞蹈，整装拔鞋，开门，唱）脸上眉毛八字开，犹如仙女下凡来。虽然不算十分美，君子见奴把头抬。（白）奴乃刘金花，妹妹刘银花。今日在家闲暇无事，鞋花儿又已经绣好，不免到我表哥花园去观景。叫得我妹妹出来，姐妹两人前去观花散心，岂不是好？妹妹哪里？走来。

刘银花　（内白）来了。（上）姐姐叫一声，不知为何因？见过姐姐有礼。

刘金花　不消讲礼，一旁坐下。

刘银花　为妹陪坐。姐姐叫得我出来有何事情？

刘金花　叫你出来，非为别事，只因为姐在家中心中烦闷，到表哥花园中观花赏心，你心下如何？

刘银花　好嘛，去那里讨点花回来栽插。

刘金花　下面拿花篮上来。

刘银花　待我下面拿来。（拿花篮上）姐姐，花篮拿来了。

刘金花　花篮拿来了就是好的。带关门户，姐妹出了门前，眼观山花美景，好不喜煞了人也！（打一条龙，唱采莲春）姐妹双双出门庭，要往花园看分明。三十五里桃花店，四十五里杏花村。姐妹双双往前进，要往花园走一程。

［金、银下。

第三场

蔡老二　（上，唱鼓打太平春）林中鸟崽叫喳喳，叫得我今笑哈哈。若还我带得炮火来，打得几只转回家。（白）且慢，来此已是花园门，待我开起门来。（开门）嘟、吓！鸟崽都飞走了。我没带得枪来，带了枪来，打了公的，要你母的打单身。打死你母的，要你公的守寡。哦，讲倒了。啊哟，许久没来花园，草也长了，花也干倒了，待我倒水来用功一会。（做浇水的动作）搞得一身汗。（抹汗）花也淋好了，草这么多，待我来慢慢锄草。一个人做事，烦闷得很，待我来唱个歌散闷才好。（唱坐弦腔）昔日螳螂去捕蝉，偶遇黄雀在路边[①]。黄雀已被弹弓打，打弹人儿被虎衔。猛虎得吃归山去，偶遇枯井在路边。猛虎跌下枯井内，枯井又被土来填。黄土上面生青草，青草又被火烧燃。看来一报还一报，仇报仇来冤报冤。（白）啊呀！搞得我好困呀。昨晚夜，我看他们打夜牌，我在旁边当红头案，看了半夜没睡觉。（打哈欠）我就在这花树之下睡一下才得。

刘金花、刘银花　（上，打一条龙，唱路腔，八字眉毛）离了路旁往前走，一心要往花园行。举目抬头来观看，不觉来至是花园。

刘金花　且慢，来至是花园，看看表哥在花园没有？捡把石子撒进去。

蔡老二　呀，落雨来了！哪个来偷我的花？

刘金花、刘银花　表哥，我们来了。

蔡老二　是你们来了，今天我关着花园门不开了。

刘金花、刘银花　为什么你今天不开了呢？

蔡老二　你们一进来，把我的花乱摘一顿，摘坏我的花了。

刘金花　今天我进去不摘你的花了。

蔡老二　我信你不过，要赌过咒[②]。

刘金花　赌咒就赌咒，今天进去若摘你的花，十个手指八个叉[③]。

蔡老二　你来哄我，哪个手指不是八个叉？

刘金花　把两个手合起来，你看我不是有九个叉？

蔡老二　你这手是合拢的，没准得。

刘金花　那我就重赌一个，我们进去摘你的花。雷劈板凳脚，火烧大莽坡。一世望不到后颈窝。

蔡老二　哪个后颈窝又望得到了？

刘金花　我就望得到你的后颈窝。

蔡老二　你望到你的吗？你假赌咒的。

刘金花　我讲了进去不摘你的花就是了。

蔡老二　当真不摘的吧?

刘金花　不摘。

蔡老二　不摘，那我就开花园门了。(开门)

[姐妹同进，嚷着要摘花。

蔡老二　嗳、嗳！你们进来乱摘，适才赌咒了的。

刘金花、刘银花　我们与你玩笑的。

蔡老二　我来问你们，你们二人今天来做什么?

刘金花　今天来你花园观花赏景的。

蔡老二　哦，那个尽你看，五颜六色的花甚多，尽你看。

刘金花　花是好看，有没有名堂?④

蔡老二　没得米汤，哪得米汤?

刘金花　啐！问你花的名堂，哪个问你米汤?

蔡老二　哦，那我就听错了，这个是有名堂的。

刘金花、刘银花　你有名堂，那我两姐妹今天就要盘你一盘⑤。

蔡老二　你要盘我一盘?你盘得过我又怎么样?盘不过我又怎么样?

刘金花、刘银花　若是我们盘得过你，就要摘你的花。盘你不过，就不摘你的花。

蔡老二　我这好有一比。

刘金花　你好比何来?

蔡老二　我好比河里的泥鳅，你这边一盘，我就嘟噜往那边一溜。你那边一盘，我就嘟噜往这边一溜。那个尽你盘。

刘金花、刘银花　那我姐妹就要盘起来哟！（唱盘花咿嘟咿的腔）上面栽一朵什么花?

蔡老二　(接唱)上面栽一朵芙蓉花。

刘金花　(唱)下面栽一朵什么花?

蔡老二　(接唱)下面栽一朵牡丹花。

刘金花　（唱）左旁栽一朵什么花？

蔡老二　（接唱）左旁栽一朵绣球花。

刘金花　（唱）右旁栽一朵什么花？

蔡老二　（接唱）右旁栽一朵芍药花。

刘金花　（唱）上旁下旁，右旁左旁，团团转转，高高矮矮，红红绿绿，绿绿红红，黑黑白白，低低吊吊开的什么花？

蔡老二　（唱）下旁上旁，左旁右旁，团团转转，高高矮矮，红红绿绿，绿绿红红，黑黑白白，低低吊吊开的海棠花。

刘金花、刘银花　看你不出，倒还记得。盘你不过，那我们拿空篮子回去了。

蔡老二　表妹，我和你们讲笑的，哪有让你们拿空篮子回去的？无论如何我都要送些花给你。花我是送给你，你两姐妹唱小调唱得顶好，你们唱下先，让我散散心，我送一篮子花给你们。

刘金花　那你讲过送的啵，我们两姐妹就唱起来。

蔡老二　那是什么话？男人口、将军箭，女人口、咬断线。讲过送给你就送给你的。

刘金花、刘银花　那我们姐妹就唱起来哟。（唱十打）一打天上蛾眉月，二打二狮滚绣球。三打桃园来结义，四打童子拜观音。五打五子来行孝，六打六合来同春。七打七星七姐妹，八打八仙吕洞宾。九打九龙来戏水，十打莲蓬藕上生。（白）唱完了，你送花给我们了。

蔡老二　那不要紧，讲不得，唱得我一身都散了。我送花给你们。（做摘花动作）这下够了吧？

刘金花　得了，装得满满的，那我们明天还来。

蔡老二　嗳，明天莫来了啵！

刘金花　表哥，那我们多谢你的花，我们回去了。（同银下）

蔡老二　你们回去，那我也回去吃晌午[⑥]去了。（下）

（剧终）

【注释】

①“昔日螳螂去捕蝉”两句：化用“螳螂捕蝉，黄雀在后”的成语。这个成语比喻目光短浅，一心图谋侵害别人，却不知有人正在算计他。

②赌咒：此指发誓言。

③叉：指手指中的空隙。

④有没有名堂：意即有没有什么说法。

⑤盘：原意为回旋、回绕。这里指盘歌，是显示才能的一种古老的对歌方式，一般以问答的方式对唱。

⑥晌午：中午，正午，此处指“午饭”。

【剧情简介】

蔡老二到花园除草淋花，表妹刘金花、银花姐妹到花园玩耍，和老二盘问起花的品种来。老二在对答之后，也要金花、银花唱了小调，盘唱兴尽。老二送金花、银花许多鲜花，大家才尽欢而散。

【简评】

此剧情节简单，但从金花、银花姐妹与蔡老二赏花摘花、盘唱歌舞过程令人们看到，人物是开心的，盘歌是有趣的，舞蹈是欢乐的，在戏曲舞台上营造了一种十分欢乐的气氛。所以说，彩调是一种“快乐的剧种”，它带给观众的也是愉快欢乐。

此剧由林瑞甫发掘、顾建国记录保存。

损人害己

剧中人物

⦿胡氏（行当：正旦，简称：胡）
⦿胡小（行当：娃娃生，简称：小）
⦿石八烂（行当：丑，简称：石）
⦿老板娘（行当：摇旦，简称：娘）

第一场

胡　氏　（上，念）八月桂花香，九月菊花黄。雨打芭蕉叶，风吹玫瑰香。（坐，白）我胡氏。单生二子，大儿胡小，小儿尚未取名。去年八月，他父亲去世，丢下我母子三人。全靠家中豪富，样样都有。今日乃是八月十五，我胡小到学堂读书，还未见回来。我不免拿得扫把出来，打扫堂前，等儿回来。（下拿扫把上，扫地下）

第二场

石八烂　（上，唱快板）喜哈哈、笑哈哈，小子出来把话说。尊声朋友你听着，哪门生意不找钱？哪门生意不养家？我想学搬沙。搬沙难下水，又想学调鬼。调鬼调不灵，又想学弹琴。弹琴弹不像，又想学木匠。木匠难下黑，又想学做贼。做贼又怕打，又想学吹打。吹打两眼鼓又鼓，不比熬酒磨豆腐。熬酒要起早，不比耕田种地好。耕田种地一天三餐白米饭，吃得脸红肚又饱。你们讲好不好？（白）我，石八烂。生意买卖不会做，拐骗门门都搞。今天家中无有柴米了，我不免到长街拐骗点东西回来。拿得我的包袱雨伞出来，下乡走起来呀！（唱）双脚离了我家门，走了一村又一村。碰着那个空子仔[①]，吃了一门又一门。三步两步来得快，不觉来到独家村。（白）咦，他家有小孩哭。有办法，我不免做一个算命先生，帮他算命，也好骗点钱回去。（喊）算命打流年。

胡　氏　（上）哪个在外面喊算命打流年？

石八烂　算命打流年，不准不要钱。

胡　氏　正合我意，等我喊他进来帮我儿算个命看。（出门）你这位是算命打流年的先生吗？

石八烂　正是算命打流年的。

胡　氏　那请先生进来帮我儿算一个八字[②]吧。

石八烂　好好好！

［胡、石进屋。

石八烂　你这位嫂嫂，那你就开你儿子的八字来啰。

胡　氏　甲午年八月十五日午时。

石八烂　好好好，我来看看书。生年是什么年？哦，生年是甲午年。

胡　氏　咳，生年是甲午年。

石八烂　唔唔唔唔，是甲午年。那你讲是哪月啰？

胡　氏　是八月十五日午时。

石八烂　这个八字嘛，总有四十岁了。

胡　氏　这不是我儿的了，这是我的。

石八烂　大嫂，那你就听了，我把你的八字算起来呀。（念）我把八字算起来，叫声大嫂听开怀。讲起你这个八字，听我讲来你莫怪。你这八字奔波不得清闲自在，劳劳碌碌不得清闲享福。（白）大嫂，对不对？

胡　氏　对啦对啦！

石八烂　大嫂，你这个人，是自打鼓、自扒船[③]，自己吃酒、自过钱。我讲你不怪，你黄牛角、水牛角，自己顾自己，老公管不得老婆。是不是呀？

胡　氏　是啦是啦。去年我丈夫去世，现在我一个人顾我自己。先生你讲得对啦。你帮我这个儿子算算看。

石八烂　这个小八字不用算，我帮他看个相就得了。

胡　氏　好好好！那你就看吧。

石八烂　这个娃仔手生得好，脚生得好，就是眼睛生倒毛[④]。

胡　氏　生倒毛有怎样办法呢？

石八烂　那你就要点盐水帮他洗嘛。二来他又犯了碓[⑤]杵煞。

胡　氏　那怎么办呢？

石八烂　我有办法，你快点去请鬼师[⑥]来解。

胡　氏　嗨，现在到哪里去请？

石八烂　做鬼我也会做。你快去杀一个鸡来，拿一个猪头，都要煮好的呀。

胡　氏　好好好！我去拿来。（下取鸡、猪头肉上）

石八烂　来来来，你来碓尾。我将你的娃仔放进碓臼里头，你站在碓柱上头。（念）奉请西方庚辛金，祖师想吃猪眼睛。（拿刀挑猪眼吃）奉请南方丙丁火，祖师爱吃猪耳朵。（又切耳吃）奉请北方寅癸水，祖师爱吃猪拱嘴。（切嘴吃）奉请中央戊己土，祖师爱吃猪头肉。又无封包又无钱，等我去找先。大嫂你的钱放在哪里？

胡　氏　放在箱子里。

石八烂　（入房把钱和衣服都挑出来）大嫂，多谢你的钱和东西了。

胡　氏　你这个砍头鬼，你这个挨刀鬼。你把我的钱都拿完去，猪头肉也吃完了，你快抱我的儿子起来！

石八烂　帮你抱儿子起来？我要你撑到明年打春雷去。（挑东西出门）管他不管，我得了这一担，够吃够用了。我还要走起来呀。（唱）我把担子来挑上，得了银钱得衣裳。被窝蚊帐门门有，急急忙忙转回乡。（下）

第三场

胡　小　（上）今天乃是八月十五，中秋佳节，我妈妈一定等我回去过节。我不免离了学堂，回家走呀！（唱）中秋佳节庆，喜气笑盈盈。三步两步跑，跑回我家门。（听见哭声。白）怎么？我妈妈在里面哭呢，待我推门进去看看。（推门入）妈妈你怎么哭呢？你怎么把弟弟来放在碓臼里面？

胡　氏　我儿有所不知，我挨那个算命先生骗了。他说你兄弟犯了碓杵煞，叫我把碓撑起来，把你弟弟放在碓臼里面。后来他把我们的钱都拿走了，又把猪头肉吃完了。

胡　小　待我抱起弟弟来，现在他到哪里去了？

胡　氏　他走了。

胡　小　等我去追他，要回我们的东西。

胡　氏　我儿你去不得，你才十一岁，要是他打你，你又打他不过。

胡　小　我不和他打，我用计，自然他要好好送还我们的东西。

胡　氏　我儿前去，不要和他吵闹。

胡　小　孩儿晓得。妈妈你看好门户，孩儿一去就会回来的。

［胡下。小跑下。

第四场

石八烂　（上，唱）逢人堪夸骗术精，又得食穿又得银。得意扬扬走得快，不觉到此是凉亭。（白）慢着、慢着，来到这个凉亭，待我进去睡他一觉再走。

胡　小　（内白）上前赶他呀！（跑上，抬头看见凉亭）哦，我家的东西在这里，他人也还在这里，我要想个办法才行呀。（想）唔！有了。我装作一个挨打的娃仔，上前去哀求他救我的命。（装哭，大喊）救命呀、救命呀！（跑上前抱住石）

石八烂　小娃仔，我来问你，你哭什么呀？

胡　小　先生有所不知，想我后母，狠毒之心，天天将我……天天将我打骂，我不愿在人世了，我要去跳河死了。

石八烂　好娃仔，为人在世，只有求生，哪有求死。好啦好啦！你跟我去，我这里还有一点饭，你吃完了，就帮我挑这点东西。

胡　小　那就多得先生了。

石八烂　那我们就走起来呀！

［小、石同下。

第五场

［石、小同上。

石八烂　（唱）两人一同把路上，叫声小哥听短长。今日你挑行李担，老老实实过日光。我有钱来给你用，要穿我就给衣裳。慢慢挑来慢慢走，不觉来此是街坊。

胡　小　先生到了这伙铺了。

石八烂　那就在这伙铺住了吧。小弟弟，我们走了这远的路，还没问你的名字，你叫什么名字呀？

胡　小　先生，我姓徐，叫作来望。

石八烂　你姓徐，叫作来望。还有什么名字没有？

胡　小　我还有一个小名叫作好笑。

石八烂　你又怎么叫作好笑呢？

胡　小　因为小时大笑，所以爸爸叫我好笑。

石八烂　好好好，闲话少讲了，我先去洗凉，你帮我拿一套好的衣服给我换。

胡　小　是。先生你先去洗凉，我帮你拿一套最好的衣服给你换就是。呀，先生你的这套衣服有虱子了，我拿去用热水来帮你洗。

石八烂　好好！你就拿去洗吧。（入内去洗凉）

胡　小　他去洗凉了，等我把我家的东西挑回去吧。（挑出门就跑，圆场）到我家了。妈妈，开门。

胡　氏　（上，开门见小）我儿真把我们的东西挑回来了，快到下面去用饭吧。

［胡、小同下。

第六场

石八烂　（内白）我洗完凉了，怎么徐来望还不拿衣服来给我换呀？（大喊）徐来望、徐来望，你快快拿衣服来呀……（没见回答，急走出洗凉房，正碰娘上）老板娘，你看见我好笑没有？

老板娘　你这挨刀的，你这砍头的，你这样出来，还来问老娘，好看呀？（向外大喊）你们来呀，这个不要脸的东西！

［内喊："打打打！把他赶出门去。"

石八烂　（忙跑出，念）背时精来背时精，老鸦倒挨麻雀叮。一担东西挑出去，如今单留我一人。（下）

（剧终）

【注释】

①空子仔：指可糊弄的傻瓜。空子，就是有可钻的漏洞。

②八字：生辰八字，即出生的年月日时，各有天干地支相配。每项

用两个字代替，四项就有八个字。如甲子年、丙申月、辛丑日、壬寅时等。旧时人们认为根据这八个字，即可推算一个人的命运。

③扒船：划船。

④生倒毛：一种眼疾，睫毛往里生，会刺激眼球。

⑤碓：舂谷的工具。掘地安放石臼，上架木杠，杠端装杵或缚石，用脚踏动木杠，使杵起落，脱去谷粒的皮，或舂成粉。亦可用来打糍粑。

⑥鬼师：巫师。指以装神弄鬼替人祈祷为职业的人。

【剧情简介】

寡妇胡氏，独自带两个儿子。大儿子胡小，年十一岁，在学堂读书；小儿子还在襁褓。一天，骗子石八烂走过，听见胡氏家里有小孩哭，就假装算命先生。胡氏迷信，请石八烂算小儿子的命。石八烂骗胡氏说小儿子犯碓杵煞，要把小儿子放在碓臼里，让胡氏站碓柱上头，他做法来解。胡氏上当照做。石八烂便乘机把胡氏银钱、衣服、食物都拿走。胡氏不能放下碓柱来追，急得大哭。胡小回家见了，把弟弟抱起，向母亲问清情况后，立即出门追赶骗子。在凉亭里遇上石八烂，胡小假装被后母打骂逃走出来，石八烂信以为真，叫胡小替他挑东西，一同到旅店投宿。石八烂洗澡时，胡小将其衣服取去，连同被骗东西挑了回家。石八烂叫胡小不应，赤身出来，被老板娘叫人打骂赶走。结果是损人又害己。

【简评】

损人害己，是此剧给人们的启示。此剧与彩调“江湖三十六调”中的《碓杵煞》剧情基本相同，但戏剧冲突不如《碓杵煞》明显，刻画人物也不如《碓杵煞》细致。有可能是民间艺人在演出中对《碓杵煞》进行了改编与创造。这也反映了广西彩调在民间流播中可以随意增删、自由发挥的特点。

此剧由陆春廷发掘、罗亮记录保存。

女卖纱

剧中人物

⊙王织匠（行当：丑，简称：王）

⊙张氏（行当：正旦，简称：张）

全一场

王织匠　（小点上，念）鼓儿当来鼓儿当，二十八宿闹昆阳。别的手艺我不会，纺纱织布我在行。（白）在下，王织匠。别的手艺不会，从小学会织布。这几天纱用完了，不免上街去买点棉纱回来。（向内）喂，还有多少现钱？

［内答："近来我们的赊账多，如今现钱不多，你自己来要嘛！"

王织匠　（入内取钱，拿秤上）我把自己这把秤带走，免得吃别人的亏。离了店门往长街走呀！（唱荣荣秀）出得门来荣荣秀，要往前走咙咚哐，一心要往荣呀那个荣呀嘎吱柳哂、柳呀柳切呛、长街行呀啵啰喂呀喂（重句。下）

张　氏　（洗马鼓锣。上，头插一根香火，背娃仔，整装，念）喜哈哈来笑哈哈，每日在家纺棉纱。今日在家闲无事，要上长街去卖纱。（白）奴乃张氏。我在家纺得一点棉纱，拿到街上卖了，换得银钱使用，岂不是好？

出得门来，我还要走呀。（唱四平腔）奴家今年二十八，背上背个小娃娃。丈夫今日对我讲，叫我上街去卖纱。脸上搽了四两粉，笑坏好多后生家。（白）走来行去，来到凉亭。

［孩哭。

张　氏　宝宝仔莫哭，为娘放你下来。哦哦，宝宝仔你要屙屎了。（把孩屙屎）

王织匠　（上）哎呀，天气真热呀！吸袋烟先。（摸袋中火柴）噫，我来得匆忙，火柴也忘记带来。（四处张望）呀，周围连房子也没有。（见张头上香火）噫，那个大嫂头上有支香火，待我去斗个火①来。（斗火）

［孩哭。

张　氏　哦，宝宝仔屙完了，来吃口奶。

［张哄小孩，不断抖动，王吸不成烟。

王织匠　（旁白）这个短命鬼，我不去斗火他不哭，我去一斗他就哭了。（见孩不哭又去斗）

［小孩子又哭起来。

张　氏　哦，宝宝仔要吃这个。（将孩另换一边抱）

王织匠　（旁白）那个短命鬼，硬是我的对头。（又去斗火）

张　氏　（发现王斗火）你这个人怎么乱斗我的火呀？

王织匠　你这火空着，我斗一下要什么紧？

张　氏　你要斗我的火，我是要钱的啵！

王织匠　要钱？我有八百钱哪里又斗不到火？

张　氏　你有钱莫讲斗火，就是烧烟都可以！

王织匠　好呀！我就给你八百钱，你就帮我烧！

张　氏　好嘛，怎么烧法？

王织匠　烧高点！

［张将火举得很高。

王织匠　扛楼梯来呀？烧低点！

[张将火放得很低。

王织匠　哎，平平烧！

[张拿火烧王的眉毛。

王织匠　你怎么搞的？怎么烧我的眉毛？

张　氏　你又叫我平眉烧！

王织匠　我叫你平平烧！哪个叫你平眉烧？平口烧！

[张烧王的嘴。

王织匠　哎哟！你怎么烧我的嘴呢？

张　氏　你叫我烧的嘛！

王织匠　我叫你烧烟斗口！

张　氏　你又讲不清楚！

王织匠　喂，你的眉毛生成的还是扯成这样的？

张　氏　生成的。

王织匠　生得真好！嘿嘿，你这衣服的摆。嘿嘿，烧烟。

张　氏　好，你把钱给我，我要上街卖纱去了。

王织匠　甚么？呸、呸、呸！呸到你茅厕[②]做个水漫鬼！我不去买纱，你就不去卖纱；我去买纱，你就去卖纱了！

张　氏　我真的是卖纱的！

王织匠　好，拿你的纱来给我看看！

[张取纱给王。

王织匠　哎呀，你这个又毛又松。

张　氏　呸，你讲话口齿放干净点！

王织匠　哎，我讲你的纱，又毛又松，未讲你别的！称称看有多重？（称纱）

[张站在左边抬秤砣。

王织匠　喂，你站到右边来。

[张将纱往下拉。

王织匠　你站到左边来。

［张又去抬秤砣。

王织匠　哦，怪不得这点点纱有这么重，原来你搞鬼。莫搞了！（称纱）一斤半。

张　氏　甚么？我在家明明称了是二十四两。你作一斤半称，你这样大秤小斗，将来要挨天火烧哟！

王织匠　（旁白）原来是个猪血李③，好看不好吃的！好，就算二十四两，要多少钱？

张　氏　我要三个长筒筒④。一个大半筒筒。

王织匠　大约是三吊⑤六百钱。好，我和你买了。（旁白）我把铜钱倒着给她量。（向张）一个长筒筒。

张　氏　我不要睡觉的，我要站起的。

王织匠　我以为她蠢，她也晓得要站起的。好好好，就给你站起的。（给钱）

张　氏　织匠师傅，你那样多钱，不如再给两个给我买糖给仔吃！

王织匠　好，再给你两个。

张　氏　你再给两个给我买粑粑吃嘛！

王织匠　好，再给你两个。

张　氏　（背台）这个织匠师傅这样好讲话，我不如把我的仔拜他做继爷，叫他给我几个钱，好帮我仔买布缝新衣穿。（向王）织匠师傅，你姓什么？

王织匠　我姓王。

张　氏　好哇，我的仔正要拜一个姓王的做继爷，就拜你好不好？

王织匠　拜不得，拜不得！拜一个死一个！

张　氏　拜一个是一个！（拜）

王织匠　莫拜、莫拜！（还礼）

张　氏　宝宝仔继爷快起来。

王织匠　噫，你怎么叫我做宝宝仔呀？

张　氏　哪里！我是叫宝宝仔的继爷快起来！

王织匠　（旁白）上了她的当！

张　氏　（抱仔旁白）仔呀仔，别人拜继爷有花花碗、花花帽、花花衣，不知道你这继爷买点什么给你哟？

王织匠　是呀，继爷要帮继仔买东西呢，这是规矩。亲家母，我这里有八百钱。

［张接钱。

王织匠　慢点，讲清楚先，买花花碗也是这八百钱。

［张欲接钱。

王织匠　慢点，花花帽也是这八百钱，总总就是这八百钱。

张　氏　多谢继爷宝仔！

王织匠　你又来！

张　氏　不是，我叫宝仔谢过继爷！

王织匠　你把话分开讲啰！

张　氏　老亲，观看日头当午了，不如到我家吃了午饭再回去？

王织匠　我家去吃吧！

张　氏　到你家多远呀？

王织匠　不远，最多不过百把里。

张　氏　还是到我家去吃。

王织匠　你家多远呀？

张　氏　一箭之路。

王织匠　什么？一千之路呀？

张　氏　不是，乃是一箭之路。

王织匠　哦，那就到你家去吧。

［张、王圆场。

张　氏　到了，请进来坐吧！

王织匠　不要讲礼了。亲家母，不知你有几个亲家仔呀？

张　氏　共有五个。

王织匠　他们在家做些什么？

张　氏　个个都有手艺的了。

王织匠　什么手艺？

张　氏　个个都是要班子[⑥]的。

王织匠　大继仔在班子上做什么？

张　氏　他在班子上掌上首。

王织匠　好哇，叫他打几下鼓给继爷听听。

张　氏　你叫他去吧。

王织匠　（向内）大继仔，打几下鼓给继爷听！亲家母，他不理我。

张　氏　待我去叫。大儿子，打几下鼓送你继爷好过山坳。（长锣）

王织匠　怪了，怪了！

张　氏　（唱斗火腔）大的儿子无事做，他在班子掌上首。（重句）

王织匠　二继仔他又做什么？

张　氏　他在班子上当左场[⑦]。

王织匠　你叫他拉几下二胡给我听听。

张　氏　二儿子，你拉几下二胡给你继爷听听。（唱斗火腔）第二儿子无事做，他在班子上当左场。

王织匠　二继仔二胡拉得好哇！不知三继仔又做些什么？

张　氏　他在班子上打右场的。

王织匠　叫他打几下给继爷听听。

张　氏　你去叫吧。

王织匠　三继仔，打几下继爷听听好不好？呵，亲家母，这些继仔都不听话。

张　氏　待我去叫。三儿子，打几下给你继爷听听。（唱斗火腔）三的儿子闲无事，他在班上打右场。

王织匠　第四的继仔做什么？

张　氏　他年纪小，他学打小锣。

王织匠　听他打几下。

张　氏　四儿子，打几下小锣好给他走呀。（唱斗火腔）四的儿子闲无事，他在班上打小锣。

王织匠　第五的继仔呢？

张　氏　第五的就是这个呀。（指手上抱的）他现在还小，生得又不好，等他长大了，送他去学唱丑角。

王织匠　生得这样好，我看还是学唱旦角好。

张　氏　唱丑角。

王织匠　唱旦角。

张　氏　唱丑角。

王织匠　好，争你不过就唱丑角！

张　氏　老亲，莫讲笑话了。

王织匠　君子不笑不乐乎！

张　氏　老亲，来到我的家里，我去杀个黄母鸡，请到后堂用饭。老亲请！

王织匠　亲家母请！

［王、张同下。

（剧终）

【注释】

①斗火：借火。

②茅厕：厕所。

③猪血李：一种红色的李子，带酸味。

④三个长筒筒：三贯钱。旧时用绳索穿钱，每一千文为一贯。

⑤吊：旧时称一串铜钱为一吊钱，也称一贯钱。

⑥耍班子：戏班子。

⑦左场：戏曲中的“场面”指戏曲演出时伴奏的乐器和演奏者。广西彩调中管弦乐叫左场，打击乐叫右场。

【剧情简介】

王织匠上街买纱，行至凉亭，遇着张氏。王想吸烟，发现张带有火，正要接火，被张发现，要钱才能给火。王给八百钱请张帮他点火。王知张乃卖纱人，向她买纱，在给价时，张见王钱多，向王额外讨钱，王很慷慨地给了两文。张见王为人大方，便将幼子拜王为继父。王满心欢喜，又送了八百钱给干儿子制衣服，才高高兴兴地同亲家母回家去吃晚餐。

【简评】

此剧又名《八百钱斗火》。剧中以诙谐逗趣语言讲述卖纱女想利用新旧秤制里的不同概念（新10两等于旧16两），将一斤半棉纱卖出了两斤四两的价；强行让自己的孩子认王织匠为“干爹”获八百钱等故事。正是通过这些故事情节的不断推进，一个爱占便宜，善钻空子，精明得有些狡猾的乡村妇女形象被刻画得入木三分。全剧舞台表演十分活跃，这是彩调“江湖三十六调”中常演不衰的剧目之一。

此剧由李玉荣发掘、康和武记录保存。

毛基子砍柴

剧中人物

⦿毛基子（行当：丑，简称：基）

⦿毛姑妹（行当：花旦，简称：姑）

⦿蓝氏（行当：摇旦，简称：蓝）

⦿李明德（行当：小生，简称：李）

第一场

蓝　氏　（上，引）老身生得命孤单，双手扶住铁栏杆。苍天不下连夜雨，干死后院白牡丹。（白）我，毛门蓝氏。不幸丈夫早年不在，丢下母子三人，女儿取名毛姑妹，儿子取名毛基子。以在乡村种点烂田地为生，日子过得还不错。今天因家中没有小菜了，上街前去买些油盐小菜，不免叫得他姐弟上前，吩咐于他，言得有理。毛姑妹、毛基子走来。

［基、姑同上。

毛姑妹　母亲高声叫，

毛基子　上前问分明。

毛姑妹　女儿见过母亲，有礼。

毛基子　孩儿见过母亲，有礼。

蓝　氏　我儿不要讲礼，一旁坐下。

毛姑妹　母亲，叫得我们姐弟上前，有何教训？

蓝　氏　叫得你们姐弟上前，有言吩咐。女儿，你是女流之辈，在绣阁绣花，毛基子上山砍柴，为娘到长街之上，和女儿买点花线，娘与你扯点美美衣料回来。

毛姑妹　女儿记下了。

蓝　氏　记下就是好的。你姐弟坐在一旁，听为娘教训几句。（唱数板）坐在堂前把儿训，姐弟二人记在心。女儿本是闺阁女，应在绣房用花针。我儿本是男子汉，外头做事要殷勤。为娘今日长街去，买些花线回家门。和儿把布来扯定，缝套衣服穿儿身。女儿莫出大门外，年轻不可乱出门。我儿上山把柴砍，上山切记要小心。娘的言语交代尽，姐弟二人记在心。

毛姑妹　（接唱）妈妈把女来教训，女儿一一记在心。不幸父亲早丧命，丢下母亲来操心。女儿大了来养母，日后才报娘的恩。回头我对贤弟论，有言对母来说清。

毛基子　（接唱）母亲一旁来教训，孩儿点点记在心。姐弟多亏娘带大，受尽许多痛苦情。孩儿以后长成人，再不忘记母亲恩。母亲今天街前去，孩儿急忙上山林。母亲你把宽心放，砍起柴火我回家门。

蓝　氏　好了，我的儿子这样听讲，为娘也就放心了。

毛姑妹　（拿篮出）妈妈，篮子在此。

蓝　氏　为娘走了呀。（拿篮出门下）

［姑下。

毛基子　（拿扁担上山）上山砍柴去了呀！（唱挑担腔）人在世间要勤俭，免得母亲来心烦。大小活路我帮做，今日急忙上山前。快快走呀嘀嗨。（下）

第二场

李明德　（上，引）三更灯火五更鸡，正是男儿立志时①。一举首登龙虎榜，十年身到凤凰池[②]。（白）我，李明德。爹娘送我在学堂读书，这几天在家，没有去学堂读书，今天不免拜别高堂前去读书吧。（出门，唱七字腔）离了门前书房进，一心要进书房门。人在世间要懂理，也免爹娘来操心。甩开了脚步往前进，见了老师说分明。（下）

毛姑妹　（上，引）八月桂花香，九月菊花黄。奴乃二八女，金钗插两旁。（白）奴乃毛姑妹。妈妈吩咐于我，在绣楼插花绣朵，还有一双鞋子未绣好，待我拿上来绣上一绣。言得有理，待奴家用功一会。（小过门。绣花）绣起来呀！（唱比古腔）正月比古正月正，唐僧取经到西天。高家庄前收八戒，流沙河畔得沙僧。二月比古龙抬头，三姐打扮上彩楼。王孙公子千万有，绣球单打平贵[③]头。三月比古三月三，昭君[④]娘娘去和番。回头不见毛延寿[⑤]，怀抱琵琶马上弹。

李明德　（上、进姑屋、见姑）小姑娘，有礼。

毛姑妹　原来是位相公，有礼。请问相公，是路过此地，还是特来我家？

李明德　我是路过此地。

毛姑妹　相公路过此地，来到我家，有什么事情呀？

李明德　行路之间，口中焦渴，进得你家，向小姑娘讨一杯茶解渴。

毛姑妹　有的，相公请坐，待我下去倒茶来。（下捧茶复上）相公请茶。

李明德　多谢小姑娘了。请问小姑娘，你家有多少人吃饭？

毛姑妹　我家命苦，只有三个人吃饭。

李明德　小姑娘，你妈妈哪里去了？

毛姑妹　我妈妈已到长街买菜去了。

李明德　还有一个是谁呢？

毛姑妹　是我的小兄弟。

李明德　请问姑娘，你叫何名？

毛姑妹　我叫毛姑妹。

李明德　原来是毛姑娘。毛姑娘，我听见你唱绣花歌，唱得好得很呀。

毛姑妹　相公夸奖了。

李明德　毛姑娘，你唱一点，与我开开心好吗？

毛姑妹　相公，你说得好，我妈妈回来骂人的啦。

李明德　你妈妈去长街买菜去了，你给我唱点点嘛。唱点点，我就走了。

毛姑妹　好，我唱点你就走呗。

李明德　好。（关门）

毛姑妹　（唱五把扇子腔）一把扇子两面白，

毛姑妹、李明德　（接唱）相送相公当嫖客。

毛姑妹　（唱）要嫖嫖个黄花女，

毛姑妹、李明德　（接唱）嫖不起奴家不算好角色，嫖不起奴家不算好角色。

毛姑妹　（唱）两把扇子两面蓝，

毛姑妹、李明德　（接唱）相公相爱不为难。拿一把银钱如挥土，要奴下山奴也下山，要奴下山奴也下山。

毛姑妹　（唱）三把扇子三角尖，

毛姑妹、李明德　（接唱）相送相公过热天。日里扇起长街走，晚来放在枕头边，晚来放在枕头边。

毛姑妹　（唱）四把扇子四季花，

毛姑妹、李明德　（接唱）相公爱奴奴也爱他。相公爱奴年纪小，我爱相公十七八，我爱相公十七八。

毛姑妹　（唱）五把扇子五条龙，

毛姑妹、李明德　（接唱）相公爱妹妹爱相公。有缘千里来相会，无缘对面不相逢。

［基挑担上。

毛姑妹　哎呀，相公唱完了。

李明德　毛姑娘，再唱点，唱得好呀。

毛基子　咦！里面有人喊相公。毛姑妹呀。

毛姑妹　相公呀，你快回去了，等下我妈妈回来，要打人的啦。

毛基子　啊？回去呀，老子守在门口，拿倒打死你。开门！

［姑、李发急。

毛姑妹　相公，你躲到房中被子里去。（推李入，开门）

［基进门，张望。

毛姑妹　兄弟，你看什么啦？

毛基子　姐姐，没有，我想进房里解个手。

毛姑妹　去外头解了嘛。

毛基子　我砍柴火累了，我要去床上睡一下。

毛姑妹　你脚都没有洗，怎么睡得？

毛基子　我去靠一下都好。（入房）

［姑拦不住。

［李将被蒙住头。

毛姑妹　哎呀，兄弟，那个是乌龟，你莫动他，他会咬人的。

毛基子　难怪是个缩头乌龟。乌龟我也不怕。（捉住李的头）

［李脱帽子后逃走。

毛基子　（拿着帽子，向姑）姐姐，你在家绣花，怎么偷乌龟呀？

毛姑妹　莫乱讲，妈妈回来，你莫乱讲，你讲了，我打死你。

毛基子　你打我呀？妈妈回来不打你啦？

蓝　氏　（提篮上、进门）你们闹什么架？

毛基子　闹什么架？我去砍柴火去了，姐姐在屋里偷……

蓝　氏　偷什么？

毛基子　偷乌龟。

蓝　氏　这有什么？

毛基子　妈妈，你看，这还有顶帽子。（对姑）姐姐，这下你该死了吧，看妈妈是打你还是打我！

蓝　氏　儿呀，下去，小孩子懂得什么！

［基下。

蓝　氏　女儿，站过来。

毛姑妹　站这里好。

蓝　氏　你站过来，你这个小丫头，人大心也大，为娘出去之前，吩咐你在屋里绣花，你搞出这样的事情，真把我气死，你还不与我跪下呀？

毛姑妹　我不爱跪，妈妈，去房里跪嘛，妈妈。

蓝　氏　哎呀，小丫头，真正淘气呀！（唱骂板）开言就把丫头骂，骂声丫头听根芽。小小年纪真胆大，引逗蝴蝶来采花。你闺中幼女未出嫁来玩耍，旁人知道你丑事传出家。丫头把你娘来气煞，手持家法我将你来打。

毛姑妹　哎呀，妈妈呀。（唱）妈妈呀不必把气来发，女儿言来听根芽。男大应该来婚配，女大应该嫁人家。养女这大你不嫁，这次女儿做错事，妈妈你不要将儿打。

蓝　氏　哎呀！打得为娘的手都酸了，骂得为娘的口都干了，我不打你了，跟我起来。

毛姑妹　妈妈，我不爱起，我要你笑一笑我才起。

蓝　氏　为娘气都气不完，还有笑吗？

毛姑妹　妈妈，你站过来。（掐她的腰）

蓝　氏　（笑）这个小鬼仔。

毛姑妹　妈妈笑了，我起来了。

蓝　氏　下去。

［姑躲在后面。

蓝　氏　哎呀，这也难怪，年轻人嘛，想我年轻那时，还没有嫁给他们老头子，我看见了他，就想抱一抱。

毛姑妹　妈妈，你抱什么？

蓝　氏　丫头，（晓得姑在背后站）抱柴火。

毛姑妹　抱柴火、抱柴火。

［蓝、姑跑下。

（剧终）

【注释】

①三更灯火五更鸡，正是男儿立志时：这两句诗是劝勉青少年要珍惜少壮年华，勤奋学习。五更鸡，天快亮时，鸡啼叫。

② 一举首登龙虎榜，十年身到凤凰池：出自《增广贤文》。龙虎榜，称一时知名之士同登一榜。亦谓会试中选为登龙虎榜。凤凰池，禁苑中的池沼。魏晋南北朝时设中书省于禁苑，掌管机要，接近皇帝，故称中书省为“凤凰池”。后有以“凤凰池”指宰相职位。

③平贵：薛平贵。据中国民间传说，唐朝宰相王允的三女儿王宝钏，到了婚嫁年龄，看不上诸多王公贵族，却偏偏对贫穷的薛平贵产生了爱意。于是她通过彩楼抛绣球选中了薛平贵为婿。

④昭君：王嫱，字昭君。西汉南郡秭归（今属湖北）人。元帝时被选入宫，竟宁元年（前33年）匈奴呼韩邪单于入朝求和亲，昭君自请嫁匈奴。入匈奴后，被称为宁胡阏氏。昭君出塞的故事千古流传。

⑤毛延寿：宫中画师。据晋葛洪《西京杂记》载，他画人形，丑好老少，必得其真。汉元帝曾使画工图后宫美人，案图召幸。诸宫人皆赂画工，独王嫱不肯，遂不得见。后匈奴入朝，求美人为阏氏，帝案图以王嫱行。及去召见，貌为后宫第一。帝乃穷其事，毛延寿等皆弃市。

【剧情简介】

毛蓝氏上街买菜，临行时，交代女儿姑妹在家绣花，儿子基子上山砍柴，然后回家。书生李明德路过毛家，问毛姑妹讨茶，并和她唱小调散心。毛基子回家，李走不及，躲入内房，用被蒙头。毛基子前去要捉，只抓得帽子一顶。当母亲回来后将此事告母亲。母亲虽然责打女儿，最终以女大当嫁谅解女儿，一笑了之。

【简评】

此剧虽名为《毛基子砍柴》，其实是通过毛基子的眼睛发现毛姑妹的感情故事。在中国封建制度下，婚姻不是以男女双方的爱情为基础的，没有父母之命、媒妁之言的爱情与婚姻都是不被认可的。所以毛姑妹与李明德的两情相悦，不仅遭到母亲的责打，而且连弟弟也认为这是伤风败俗的事，不可容忍。可见这种思想观念影响广泛，渗透深入。但剧末毛姑妹的母亲以自己的亲身经历来表示对女儿的谅解，一方面是爱女情真，另一方面也让人们看到下层百姓反传统意识的普遍存在。

此剧由张桂妹发掘、张丽琳记录保存。

屠夫打和尚

剧中人物

⊙赵良（行当：小生，简称：赵）

⊙柳氏（行当：花旦，简称：柳）

⊙王三（行当：丑，简称：王）

⊙花和尚（行当：二花面，简称：花）

第一场

［锣鼓起。

赵　良　（上，整装，开门，数课子）呸！喜哈哈笑哈哈，各位父老听我说。我才学调要不好、要不活。腔口唱不好，台步走不多。台上行得少，台底行得多。若还哪点唱不对，请你们列位来教我。呸！我走还是走，说还是说。一走走往街前过，几多做生意，几多打锣钹。做的做生意，唱的唱山歌。赵良我一样都不会，在外贸易找生活，找小生活。（白）在下赵良。往时爹妈还在，不穷不富好得多。如今爹娘死去了，单单剩我两公婆。如今家中钱米少，我想外面谋生活。闲话少说，打叫我贤妻出来，吩咐几句。贤妻走来！

柳　氏　（内白）来了！（上）闻听夫君叫，急忙就来到。见过夫君，有礼。

赵　良　不消见礼，一旁坐下。

柳　氏　谢坐。夫君打叫为妻出来，有何吩咐？

赵　良　我叫贤妻出来有话吩咐。

柳　氏　夫君有话就说。

赵　良　贤妻听哪。（唱家庭乐）赵良就把话来讲，贤良妻子听端详。别的事情我不讲，单讲家庭受苦难。提到家中缺油米，越思越想心越烦。为夫又想外面去，留下贤妻管家常。家里事情只管做，莫管别人瓦上霜。赵良话都说完了，贤妻记住莫遗忘。

柳　氏　夫君，妻子有话对你说。（擦眼泪）

赵　良　有话就讲，哭什么？

柳　氏　夫君你听呵。（唱家庭乐）如今就把话来讲，让我从头说一番。外面夫君莫忙去，妻子同你有话谈。妻子走了桃花运，外人知道脸无颜。那天走往长街过，遇着和尚把路拦。和尚有钱无处用，把钱丢进水桶间。妻子心中过不去，连水连钱全倒翻。那天又往街前过，遇着屠夫叫王三。妻子走近猪肉案，同他买肉对面谈。妻子大意碰了他，王三要我同他顽[①]。若还别人知道了，纵然死了也无颜。请求夫君莫出去，留在家中妻才安。若还夫君你要去，和尚屠夫定来缠。妻子话已说完了，请你仔细想一番。

赵　良　哦，贤妻，这个和尚常时在这一路没有？

柳　氏　往时不见，才到此地不过半月。

赵　良　他姓什么？

柳　氏　不晓得，闻听旁人叫他花和尚。

赵　良　你讲的王三是哪个王三？

柳　氏　常拿画眉笼的那个。

赵　良　贤妻不要挂虑。

柳　氏　妻子怎样不用挂虑？

赵　良　若是你丢掉丈夫，不肯在我面前讲，那你就不对。如今我不怪你，我却想出一个借刀杀人之计。

柳　氏　夫君怎样用借刀杀人之计？

赵　良　我做你的丈夫，我不怕羞。你也莫怕丑。使一个屠夫打和尚的主意。

柳　氏　哪样使法？

赵　良　我讲你听。你今天再去同王三买猪肉，他拿多少猪肉给你，你都要。你叫他今日二更到家里来吃消夜。你又到街上去访和尚，你讲和尚老表，今日二更你到我家吃消夜，我男人不在家。你交代和尚，在门外蹲下。头上包一条白手巾。我们二人在家饮酒，不去开门。他二人在外一定会争风，让他们在外面打架。你我吃就吃，唱就唱，等到屠夫打和尚，我们再出来叫捉强盗。给他们两个自己拼死。

柳　氏　夫君，哪天做呢？

赵　良　现在还早，就在今天。买得猪肉，你再找和尚。

柳　氏　不知夫君说真还是说假。

赵　良　贤妻放心，为夫不会害你。

柳　氏　我吃完饭就去。

赵　良　好。

［赵、柳同下。

第二场

王　三　（上）打开门来看四方，昨夜睡梦梦不祥。若还今天贵客到，同我交易好商量。今天乃是街日子[②]，等我把猪肉摆出来先。我就摆呀，摆完了，我吃早饭先。（下）

第三场

柳　氏　（上）喜洋洋来笑洋洋，夫君指点不敢忘。离了自家门口，我往前面走走呀！（唱梅花腔）离了家门往前走，一心要去把肉拿。急急忙忙来得快，不知不觉到王家。（白）且慢，走来走去，一下就到了王家。那一定是王三那个鬼打的了。叫声发财老板，买猪肉呀。（笑）

王　三　（内白）哪一个呀？

柳　氏　买猪肉的。

王　三　（内白）来了。（上）哎，柳姑娘，你来了。

柳　氏　来了。（媚笑）

王　三　柳姑娘，你要几多猪肉？

柳　氏　我要一两。

王　三　你要我想。

柳　氏　我讲四两。

王　三　咳，要我想一想，又要四想。

柳　氏　咳，你不懂。一两，哪个要你四想？

王　三　啊！一两。喂，给你吃还是喂猫？

柳　氏　你这话里有药。

王　三　（笑）一两不够吃。

柳　氏　不够，要半斤加八两。

王　三　哎，半斤不是八两？八两不是半斤？柳姑娘，你望我做什么？

柳　氏　我望你背后有不有人。

王　三　没有、没有！你有什么话对我讲？

柳　氏　哎，王三老表。

王　三　呵、呵。（身酥）

柳　氏　我走在街上，看见有二匹花布，身上没有钱，想同你借，不知你手头上方便不方便？

王　三　你讲要几多？

柳　氏　我想要二十多两。

王　三　好，莫讲二十多两，你拿三十两去。

柳　氏　哎呀，老表，谢谢你了。（接钱）

王　三　不着了③。

柳　氏　猪肉呢？

王　三　猪肉送你。

柳　氏　哎，王三老表，我有句话要交代。

王　三　交代什么？

柳　氏　我家那个赵良今天出去了，今晚二更时分，你一个人到我那里喝杯淡酒。

王　三　我怕隔壁有人，不知可否去得？

柳　氏　你去晚点，没有别人的。

王　三　慢着，等我到里面要点油盐虾米给你。

柳　氏　多谢了！你请坐。

王　三　老妹，慢走。哈……

［柳下。

王　三　这个造化，真好、真好！若是她肯和赵良分离，就是二百两都没关系。哈……（下）

第四场

柳　氏　（上）离了王三家，再到西门庙堂走一走。（唱梅花腔）心中欢喜往前行，要去西门走一程。急急忙忙来得快，一下到了庙堂门。（白）且慢，走来走去，走到庙堂来了，待我进去看看。（下）

第五场

花和尚　（上，念）和尚吃素不吃荤，腊肉膏油加海参。若还女人同饮酒，狗肉来送是命根。（白）在下花和尚。东门有一家请我今天同他念经，有三两银子。我离了庙堂往前走呀！（唱和尚腔）南无阿弥陀佛。（敲木鱼，白）不觉来到十字街前了，待我先到土地那里去念一念寿经。（唱和尚腔）三个转、四个弯，我不觉来到土地坛。（白）待我念呀。南无救苦救难观世音菩萨，南无佛、南无法、南无僧。念念从心起，念佛不离心。天罗神、地罗神，人离难、难离身，一切灾难化为尘。阿弥陀佛。

柳　氏　（上）哎呀，和尚老表，你在这里？

花和尚　哎呀，坐咧。

柳　氏　老表，坐咧、坐咧。（唱）家水不比山水甜，特意相访来相连。今日你我相好了，长远姻缘万万年。（笑）

花和尚　柳姑娘，你去哪里？

柳　氏　我唱一首歌给你听。

花和尚　你唱吧。

柳　氏　（唱山歌）打个哨子应个腔，好比鸳鸯在池塘。妹今特地来访你，好比莺莺找老张④。

花和尚　那你来访我是有意思的了。

柳　氏　今日我家赵良出去了。我一个人在家，心中烦闷。我请你将近二更到我家里走走，吃杯淡酒。

花和尚　好嘛，我一定去。

柳　氏　去时，先拍门，站在门口等。

花和尚　站在门口，恐怕有人路过看见。

柳　氏　我有个主意，我家门口有一块白石头，你用白手巾包头，蹲在那里，别人就以为这是门凳。

花和尚　好，我一定照办。你就要走了吗？

柳　氏　要走。不过我想买布做对鞋给你，但钱不够。

花和尚　要几多？

柳　氏　要十几两。

花和尚　慢着，（摸出四锭银子）都拿去吧。

柳　氏　多谢。

花和尚　好，我们分手。

［柳下。

［花敲木鱼下。

第六场

柳　氏　（上）今日我丈夫用此借刀杀人之计，真好！走呵。（圆场）到了。夫君在家吗？

赵　良　（上）在。（开门）贤妻回来了。

柳　氏　回来了。

赵　良　今天我想的主意好吗？

柳　氏　夫君，你的主意真好。今夜他们一定到来，先来和尚，后来屠夫。

赵　良　他们问起我没有？

柳　氏　我讲你今早外出了，不知哪天才回。

赵　良　好，那我今天睡一天，不出门。

柳　氏　好，你我夫妻到里面弄饭吃去。

［赵、柳同下。

第七场

［二更。

花和尚 （上，打哈欠，唱和尚腔）和尚睡觉闷沉沉，只把柳氏想心间。今夜走到她家去，好比蜜糖那么甜。（吹口哨。白）我偷偷走呀，轻手轻脚稳步走。好，到了。待我听一下。（左右听，拍门）

柳　氏 （内白）等一下，后面有人过路。你蹲好。

［和尚用白毛巾包头。

王　三 （上）望见天黑了，摸着走也得。我走往赵家去，同他妻子把酒喝，待我慢慢走。（偷听）怎么里面有人讲话？恐怕是他哄我。

赵　良 （内白）筛⑤嘛。

柳　氏 （内白）唱嘛。

赵　良 （内白）吃嘛。

［王抽烟，敲烟灰，敲在花头上。花蹲矮点，王又敲。

花和尚 你怎么打人？

王　三 鬼叫你坐在这里。

［王、花打闹。

赵　良 （内白）外面吵什么？

［柳、赵同上。

柳　氏 吃就吃、喝就喝，莫管外面屠夫打和尚，和尚打屠夫。

赵　良 打开门来看，同我拿强盗。怎么不见人呢？

［花、王惊逃下。

［赵、柳笑下。

（剧终）

【注释】

①顽：同“玩”。

②街日子：集市开市的日子。

③不着了：不用了。桂林话。

④莺莺找老张：莺莺与老张指的是王实甫杂剧《西厢记》中的男女主人公。莺莺，即相国之女崔莺莺；老张，即穷书生张君瑞。莺莺与张君瑞在普救寺里偶遇，并产生爱情，一对有情人冲破重重困阻终成眷属。

⑤筛：斟，倒。筛酒，即斟酒，倒酒。

【剧情简介】

赵良妻柳氏，向丈夫说屠夫王三和花和尚都想勾引她。赵良便将计就计，叫柳约定二人于晚间到赵家去吃消夜。二人在赵家门前发生冲突，互相殴打。赵柳关门吃喝，非常开心。

【简评】

剧中矛盾重重，一方面是屠夫与和尚的矛盾；一方面是赵氏夫妻与屠夫、和尚的矛盾。这些矛盾反映出旧制度下社会素质的低下。和尚偷情的情节，则从一个独特的视角暴露出当时佛门一些道貌岸然、虚伪可笑的现实。

此剧由韦炳兴发掘、陈亚昭记录保存。

蠢子学乖

剧中人物

⊙胡极（行当：老生，简称：胡）
⊙蠢子（行当：丑，简称：蠢）
⊙补锅甲（行当：丑，简称：甲）
⊙补锅乙（行当：丑，简称：乙）
⊙刘昌（行当：生，简称：刘）
⊙卖首饰者（行当：丑，简称：饰）
⊙卖杂货者（行当：丑，简称：杂）
⊙屠夫甲（行当：丑，简称：屠）
⊙屠夫乙（行当：丑，简称：夫）
⊙县官（行当：生，简称：官）
⊙衙役（简称：役）

第一场

胡　极　（小点上）春夏秋冬四季天，寒来暑往又一年。一生好比三春梦，人老何曾转少年。鄙人胡极，开药店营生。所生一子，生得蠢笨。昨日对门村庄有一好友请我过去饮酒，不免叫得孩儿出来，看守家庭。蠢子哪里？走来。

蠢　子　（内白）外面哪个打叫？

胡　极　父亲打叫。

蠢　子　（内白）老爹爹，你叫得急还是叫得慢？

胡　极　为父有事叫得急。

蠢　子　（内白）你叫得急，我的脾气怪，我没爱来。

胡　极　你看这个蠢子的傲脾气，叫得急，他不爱来。老汉就顺他一句话——为父叫得慢。

蠢　子　（上）你叫得慢，我就来得快。爹爹一声叫，急忙就来到。见过爹爹。爹爹叫我出来，有何吩咐？

胡　极　叫得我儿出来，非为别事，今日为父要到对面村庄饮酒，你在家看守。有人来买药，开有单子来，你照单子发药就是。

蠢　子　遵命。（下）

［胡下。

第二场

刘　昌　（小点上）在下刘昌。想起来有得好久未曾去看大姐外甥。今日闲暇无事，不免到大姐家中探望大姐外甥。还要离了门庭。（唱四平腔）今日闲暇无事情，去看大姐和外甥。将身且把阳关进，不觉来到他门庭。（白）且慢。行来行去，行到大姐家中来了。不知在家不在家，待我打叫一声。外甥哪里？

蠢　子　（内白）外面哪个打叫？

刘　昌　舅舅来了。

蠢　子　（内白）来了。（上）忽听舅舅叫，急忙就来到。打开门来看，原来舅舅到，舅舅请坐。

刘　昌　我来问你，你的令尊在家没有？

蠢　子　（开药箱，不见刘说的药名）没有这种药。

刘　昌　我来问你，你的令堂在家没有？

蠢　子　（打开药箱看，又不见刘说的药名）没有这种药。

刘　昌　（背场）你看这个外甥算蠢了。好，不同他讲话，回去我的。（下）

蠢　子　这个舅舅好怪，不拣药就回去了。好，我也下去休息一会。（下）

第三场

胡　极　（小点上）想起家中事，时刻挂在心。老汉胡极。我在朋友家饮酒，挂念家中，不免辞别朋友回家前去。朋友，少陪了。

［内白："多耍两日再去。"

胡　极　好了，改日再来。

［内白："如此好走。"

胡　极　离了朋友家，还要回家走呀。（唱四平腔）朋友家中把酒饮，还要回转自家门。急急忙忙往前进，不觉来到自门庭。（白）且慢。行来行去，行到我家来了，不免打叫蠢子开门。蠢子哪里？开门。

蠢　子　老爹爹，你回来了？

胡　极　回来了。

蠢　子　爹爹叫一声，急忙到来临。爹爹你回来了？

胡　极　回来了。今天有哪个来买药没有？

蠢　子　今早我的舅舅来，他问我要什么"令尊"、"令堂"在家没有，我翻药箱查看，没有这种药名。我讲没有，他就回去了。

胡　极　你哪么这样蠢？他问"令尊"，就是找我的。他问"令堂"，就是找你母亲。你为什么翻药箱？你太蠢了。

蠢　子　你倒怪我来了。那时你又不教给我，令尊就是你，令堂就是妈妈。

胡　极　这点你都不晓得，总要为父教你。好了，为父教你，也教不得这样多，给八百钱你到长街去学乖。（交钱）

蠢　子　老爹爹，你看守门庭，孩儿去学乖了呀！（唱蠢子腔）出得唷嗬嗬门来，嗨嗬嗨[①]。往呀，儿前走啰吔。一呀身又呀往吔咿哪嗬吔嗬。（重复）长街唷，行啰嗨嗬嗨。走呀……（下）

第四场

［甲、乙挑风箱上。

补锅甲　伙计，摆好风箱，起火熔钢，等一时间有人来补锅头，就补起来呀。

蠢　子　（小点上）你们两位在这里想是补锅头的嘛？

补锅乙　知者何必再问？

蠢　子　吔，你讲这句话这样好，你教我好不好？我把二百铜钱给你。

补锅甲　（背场）伙计，你看这个人想必个蠢子，这句话都要我们教他。好，我教你，你记得嘛，“知者何必再问”。

蠢　子　“知者何必再问。”我学得一句乖话了。好，我把二百铜钱给你。（拿钱给甲）

补锅甲　伙计我们得二百铜钱，我们收起风箱，不补了。我们两伙计到下街去饮酒去了。（与乙同下）

蠢　子　这一下我学得乖话了。“知者何必再问。”好，我要到南街去了。（下）

［饰拿箱子上，摆开箱子在路口。

蠢　子　（上）你这位大哥在这里卖什么？

卖首饰者　我在这里卖的银手镯、金狮子、银链，你想要哪门就来要。

蠢　子　你这些东西这样好，哪个教你做得这样好？

卖首饰者　我们是祖传下来的。

蠢　子　你讲这句话真好的。我把二百铜钱给你，你教我好不好？

卖首饰者　（背场）这个人恐怕是蠢子，教这句话都给二百铜钱。等我来教他。我教你，你记得嘛，“祖传下来的”。

蠢　子　好，我又捡得一样乖了。“祖传下来的。”“知者何必再问”、“祖传下来的”。（重复这两句）得了两样乖了，不免我到西街前去走走。（下）

［杂挑货担小点上，摆开杂货摊。

蠢　子　（上）你在这里卖什么东西？

卖杂货者　我在这里卖杂货，样样都有。你想要哪门都有。

蠢　子　你卖这么多东西，如若人多来买，你怎么搞得及？多要两个伙计来帮手多好呀。

卖杂货者　好手不用多，一个当十个。

蠢　子　他讲这句话，这样好，我来请他教我。你教我这句话，我把二百铜钱给你，好不好呀？

卖杂货者　（背场）这人才古怪啦。他要我教这句话，把二百铜钱给我。好，我教你，你记得嘛，“好手不用多，一个当十个”。

蠢　子　（拿钱给杂）我给你两百铜钱。（重复讲“好手不用多，一个当十个”这句话）好，我又学得一样乖了。东街学得一样，南街又学得一样，西街又学得一样，还有二百铜钱，我到北街去学。（下）

［屠、夫上，杀猪。

屠夫甲　伙计，这条猪大个多，难搁上板凳，我们绹[②]起慢慢杀，好不好？

屠夫乙　绹要绹紧一点嘛，免得打脱[③]去。等一下拿什么来杀？

蠢　子　（上）你们两个在这里，刚才讲的这句话，我把二百铜钱给你，你教我好不好？

屠夫甲　伙计，你看这个人听见我们讲这句话，他给二百铜钱喊我们教他，想必是个蠢子。我们来教他，要他二百铜钱。我教这句话给你，你记得嘛，“绹要绹紧点，免得打脱去，拿什么来杀？”

蠢　子　（拿钱给屠）我记到，“绹要绹紧点，免得打脱去，拿什么来杀？”好了，我在四大城门，学得四样乖了。我来记看：“知者何必再问”。“祖传下来的”。“好手不用多，一个顶十个”。“绹要绹紧点，免得打脱去，拿什么来杀？”这一下，我学得四样乖了。观看天色将晚，夜黑了，想必关了城门，我来看，去哪个庙堂，找个位子来睡先。明天天亮，慢慢回家。这里有个庙堂，庙堂又关了门。我在庙门前安睡，岂不是好？我就在这里安身。（在庙门前睡觉）

衙　役　（上）奉了大老爷之命，巡查街道，恐防夜间有盗贼。待我转过。（圆场，遇蠢）喂，你是什么人？夜静更深，你来这里瞌睡，你敢莫是强盗？你起来！

蠢　子　拉我到哪里？

衙　役　拉你去见大老爷。（圆场，入衙门）有请太爷。

县　官　（上）所请何事？

衙　役　拿得一个强盗。

县　官　人来，转堂伺候。（坐堂）

衙　役　（拉蠢见官）跪下。

县　官　下跪者敢不是夜摸强盗？

蠢　子　知者何必再问？

县　官　你真正是强盗？你这个强盗是哪个叫你做的？

蠢　子　是祖上传下来的。

县　官　这也难怪，你祖传下的。你这强盗有几多人同党？

蠢　子　好手不用多，一个当十个。

县　官　你好大的本事。（拍惊堂木④）人来，把他绹起来！

蠢　子　绹就绹紧点，免得打脱去。拿什么来杀？

县　官　人来，拉他下去！来日推到法场斩首。

［役拉蠢下。

县　官　人来！

衙　役　有。

县　官　有事无事？

衙　役　无事。

县　官　无事退堂。

［蠢、官、役同下。

第五场

胡　极　（上）我儿去学乖，时常挂心怀。老汉胡极。想起我儿昨日已到长街去学乖，昨晚未见归来。闻听人言，我儿被拿进衙门，不知所为何故。待老汉前去观看。（圆场，到衙）门上哪位在？

衙　役　（上）甚等样人？

胡　极　烦你通传，你说胡极求见太爷。

衙　役　候着。（进衙通报）有请太爷。

县　官　（上）所请何事？

衙　役　门外有人叫胡极，前来求见太爷。

县　官　叫他报名而入。

胡　极　报，跪见太爷。

县　官　我道是谁，却原来是胡年兄。立地说话。有什么事来在公堂之上？有话说来。

胡　极　回禀父台，昨日我有一孩儿听闻拿到衙门，所为何事？

县　官　昨晚拿来一个强盗，他有招口供，应该斩首。

胡　极　那是我的儿子。他是愚蠢之人，昨日老汉拿得八百钱给他到长街去学乖，昨夜未见回家。他是愚蠢之人，并非做强盗，望太爷开恩。放他回家。

县　官　这等言来，年兄前来讲情，本县释放他就是。人来，把昨晚拿来的强盗带出来。

［蠢上。

县　官　松刑。年兄，带着你的孩儿回家去吧。

胡　极　叩谢。（带蠢下）

县　官　人来，打退堂鼓⑤。

（剧终）

【注释】

①嗨嗬嗨：彩调唱腔中的衬词。因彩调唱腔中常以“哪嗬咿嗬嗨”等为衬词，所以在广西民间，彩调也被称作“哪嗬嗨”。

②绹：捆。

③打脱：滑脱。

④惊堂木：也有叫醒木、界方和抚尺的。是一块长方形的硬木，有角儿有棱儿，取“规矩”之意。衙门开庭时使用者举起拍于桌上，具有严肃法堂、壮官威、震慑受审者的作用。

⑤退堂鼓：此指官吏坐堂问事完毕，差役要打退堂鼓，表示停止办公或审理案件结束。

【剧情简介】

药店老板胡极，生有一子，极为愚蠢。胡极既着急又生气，给儿子钱八百，叫他到街上学乖。蠢子到街上，用去八百钱，学得四句话。晚上睡庙门前，被差役捉去。县官问他，他就拿所学得的四句话回答。先问他是不是强盗，他说：“知者何必再问？”又问他你这强盗是哪个叫你做的，他答：“祖上传下来。”再问他有多少同党，他答：“好手不用多，一个当十个。”县官叫衙役把他用绳子捆起来。他说：“绹就绹紧点，免得打脱去，拿什么来杀。”县官以为他真是强盗，判处法场斩首。胡极不见蠢子回家，后知蠢子被捉，忙到衙门对县官说明情况，才把蠢子保释出来。

【简评】

公案戏是我国戏曲中一类重要的剧作，并取得了瞩目的成就。元代杂剧中出现了《魔合罗》《盆儿鬼》《陈州粜米》《窦娥冤》《鲁斋郎》《蝴蝶梦》等一批优秀剧作。这些剧通过善恶有报剧情的表现，使戏曲舞台成为正义的法庭，在一定程度上寄托了被压迫者和被损害者的意志和希望。此剧虽名为《蠢子学乖》，但剧的第四场判官断案部分显然占有很大比重。该剧与元代公案剧不同在于，它表现了一个糊涂官断糊涂案的故事，看上去如同儿戏，非常可笑。但由于剧中设置判官面对的是一个蠢子，而断案的结果取决于蠢子的蠢话，此时，判官与蠢子形成了对比，令观众忍俊不禁。当人们笑过之后，可感受到一种凝重，官场的黑暗、官员的无能暴露无遗。

此剧由韦天生发掘、吕吉记录保存。

大赶子

剧中人物

⊙赵伯春（行当：生，简称：赵）

⊙周氏（行当：摇旦，简称：周）

⊙赵光保（行当：小生，简称：保）

⊙李氏（行当：花旦，简称：李）

第一场

赵伯春　（上，念）春夏秋冬四季天，寒来暑往又一年。冬去春来秋又到，人老何曾转少年。（白）卑人，赵伯春。娶妻张氏，所生一子，名叫光保。不料他母去世，后娶周氏，到我家中已有几载。我想到东京前去，做点生意，岂不是好？待我叫得妻子出来，吩咐一番。娘子哪里？

周　氏　（上）堂前一声叫，急忙就来到。见过官人有礼。

赵伯春　不要见礼，一旁看坐。

周　氏　妻子陪坐。官人叫得妻子出来，有何话说？

赵伯春　叫你出来非为别事，我要往东京前去贸易，不知娘子意下如何？

周　氏　这是一桩好事，为妻不敢阻拦于你。家务之事，由你妻子料理就是。

赵伯春　坐在一旁，听我吩咐。（唱正五路）坐在堂前把话讲，娘子一旁听端详。我的前妻把命丧，丢下一子好凄凉。娘子来到我家下，夫妻恩爱喜洋洋，儿媳望你来照看，也应当作亲生娘。事情总要好声讲，不要动手发癫狂。娘子有事对我讲，家里的事慢商量。

周　氏　（接唱）官人把话对我讲，为妻牢牢记心房。你说要往东京去，望你一路都安康。日到落岭早歇定，路上千祈[①]要老行[②]。儿子媳妇我照看，我要做他亲生娘。若还媳妇脾气傲，妻子与她好商量。（白）请问官人几时登程？

赵伯春　今日就要登程，你下去与我收拾行李。

［周下。

赵伯春　不免叫得我儿媳出来。儿媳哪里？走来。

［保、李同上。

赵光保　母亲把命丧，

李　氏　一家好凄凉。

赵光保、李氏　见过爹爹有礼。

赵伯春　不要见礼，两旁坐下。

赵光保、李氏　孩儿陪坐。不知叫得我们出来，何事吩咐？

赵伯春　叫我儿出来，非为别事。为父要到东京前去，不知我儿意下如何？

赵光保　父亲要去东京，为儿哪敢阻拦，只怕后娘良心不善，如何是好？还望父亲再思再想。

赵伯春　为父已交代你后母，你等放心就是。坐在一旁，听为父讲来。（唱倒板桨）为父坐在草堂上，儿媳一旁听端详。自从你母把命丧，一家大小都感伤。为父心中暗思想，方才娶来你后娘。娶你后娘来照看，你要当作亲生娘。为父也曾对她讲，家中之事她承当。儿媳有话对父讲，为父与你作主张。

赵光保　(接唱)孩儿坐在草堂上，尊声父亲你细听。自从我母丧了命，多蒙父亲带成人。自从后母我家进，日日夜夜不安宁。父亲要往东京去，本想和你一路行。妻子独留也不忍，还望老爹早回程。

李　氏　(接唱)爹爹堂前请垂听，未曾开言心内惊。后娘不比前娘好，动点不合把气生。媳妇低头把气忍，求得家中和气生。爹到外面早回转，免得媳妇挂在心。

赵光保、李氏　爹爹，你去东京，早去早回。

赵伯春　我自然晓得。我儿好生下去。

[保、李下。

周　氏　(上，拿行李交赵)行李在此。

赵伯春　(唱倒板桨)走上前来忙拜定，家中之事你担承，辞别娘子往前走，不久我就转回程。(下)

周　氏　(接唱)一见官人出了门，喜在眉头笑在心。将身且把后堂进，家中事情我担承。(下)

赵伯春　(上，唱倒板桨)一见日头出山高，想起家中好心焦。娘子虽然讲得好，嘴是蜜糖心是刀。(下)

第二场

周　氏　(上)家有千百口，主事在一手。老娘，周氏。我的丈夫已到东京去了，家里没柴火烧，想买无钱，不免叫得我儿子出来，到山上去砍柴，也省得几个钱。我儿哪里？走来。

赵光保　(上)母亲叫一声，不知为哪条？见过母亲。

周　氏　不要见礼，一旁站住。

赵光保　母亲叫得孩儿出来，有何事情？

周　氏　叫你出来，非为别事，你父出外去了，家中没得钱，柴火没得烧。喊你出来，到山上去砍点柴火，也好省得两个钱。

赵光保　母亲哪曾知道，孩儿从未上山砍柴，你喊我去砍柴我是不去的。

周　氏　吔，老娘吩咐你做事，你都不去，那还得了！我赌你讲三个不去，我就不要你去了。

赵光保　我总总是不去。

周　氏　我的脾气又来了呀。

［保跪下。

周　氏　（边打边唱骂板）开言就把奴才骂，骂声奴才听根芽。你的父亲出外去，老娘和你来当家。喊你砍柴你不去，逗得老娘把气发。

赵光保　（接唱）母亲不必把气发，孩儿砍柴挑回家。（白）母亲不要打，孩儿愿去就是。

周　氏　这才是话，早讲免得我打你，滚起来。你站着，我去拿柴刀扁担来。（下，拿刀上）柴刀扁担在此，快去快回！

赵光保　我要吃了饭才去。

周　氏　你要吃饭，家里还没烧火。（将刀、扁担往外丢，推保出门，关门下）

赵光保　后母，你这样狠的心呀！（唱忧板）后母娘做事心肠狠，拿我光保不当人。若还有我亲娘在，必然不受这苦情。含悲忍泪山前去，哭一声来恨一声。（下）

周　氏　（上）老娘生得恶，好似天上那雷婆。雷婆就是我，我就是雷婆。才先喊我的儿子砍柴去了，还有这婊子[③]婆在家没得事做，我家的羊饿得很，不免喊她去看羊。媳妇哪里？走来。

李　氏　（上）婆婆叫得忙，我的心发慌。见过婆婆，有礼。婆婆叫得媳妇出来，有何事情？

周　氏　叫你出来，非为别事，家里吃饭人多，做事的人少，羊都叫烦了，叫你出去看羊。

李　氏　媳妇从来没有看过羊。

周　氏　那你去不去？

李　氏　我是不去的。

周　氏　你不去，你和我跪下呀！

［李跪。

周　氏　（边打边唱梁氏腔）开言便把贱人骂，骂声贱人听根芽。你光懂吃来不懂做，你又不是我的妈。你若逗我发了气，打得你婊子变泥巴。

李　氏　（唱哭板）哭了一声我的娘，你打得我浑身都伤。我今不敢对你抗，你要逼我去看羊。冤家对头为哪桩？这样逼我上山岗。（白）媳妇愿去就是。

周　氏　愿去就是好的。你和我滚起来！

［李起。

周　氏　你站着不动，待我去赶羊出来。（下，赶羊上）我点给你看，一共九只羊。你要看到十只羊才回来。

李　氏　婆婆，哪样看得十只羊才回来？

周　氏　吔，那只羊肚子大了，想养崽了，等它养了崽你再回来。

李　氏　它一天没养呢？

周　氏　你就等一天。

李　氏　它两天不养呢？

周　氏　你就等两天。

李　氏　它总总不养呢？

周　氏　你总总不要回！

李　氏　那我吃什么呢？

周　氏　羊吃什么你就吃什么。

李　氏　那你又不吃草？

周　氏　你这婊子婆，你和我考嘴劲，胆子那么大！（赶羊出门，推李出，关门下）

李　氏　后母娘，你心肠好狠呀。（唱忧板）后母娘做事心肠狠，要我

上山去看羊。不敢在她面前讲，她狠毒犹如那虎狼。若是公公回家转，我定对他说一场。哭哭啼啼把羊赶，羊儿叫唤好心伤。（下）

赵光保 （上，唱急腔）急急忙忙往前走，一步爬上这山头。山脚之下无人走，砍得柴火往下丢。

李 氏 （上，唱急腔）赶起羊儿山上走，提起看羊好不愁。

赵光保 （边砍柴边唱歌）砍点柴火唱个歌，边砍边唱砍得多。底下有个妹娃仔，问声妹仔是哪个？（白）喂！下面的妹姑娘是哪个？

李 氏 喂，高头砍柴火的是谁？

赵光保 （下山，见是李）哎呀，你也到山上来了。哭一声我的妻呀！（抱李哭）

李 氏 哭一声我的夫呀！

赵光保 （唱哭腔）拿我夫妻来受苦，

李 氏 （接唱）我硬吃得她的肉。

［老虎冲上，吃羊，将保李冲散。二人分下。

赵光保 （急上）娘子！

李 氏 （急上）夫君！

［保、李相会。

李 氏 （唱哭腔）一见奴夫珠泪滚，颗颗珠泪往下涟。老虎将我们来冲散，羊儿失落在外边。（白）夫君呀，老虎把羊吃了，叫我怎么回去？

赵光保 后母娘心肠这样狠，你我回去，一定遭她毒手，你我夫妻不如做个求吃叫化子，到东京前去找寻父亲，一同回家。

李 氏 如此就走吧。（唱倒板桨）夫妻双双往前走，要到东京把父投，一路之上去乞讨，见了父亲才回头。

［保、李同下。

第三场

赵伯春　（上，念）一日离家一日深，犹如孤雁宿寒林。纵然此地风光好，难免思家一片心。（白）老汉赵伯春。想我离家已有数月，家中还有儿子媳妇，放心不下，待我收拾行李，还要回家走上一走，岂不是好？（收拾行李，向内）店主老板少陪了。（出门）

［鸦叫。

赵伯春　且慢，想我出得门来，乌鸦当头来叫，莫不是路上有什么凶险呀？（唱正五路）乌鸦不必叫喳喳，叫得卑人心内麻。莫不是路上有凶诈？莫不是路上有事发？观看日落西山下，那旁来了两个后生家。

［保、李上。

赵光保　娘子，那旁有一先生，待我上前看过。（上，看）那旁敢莫是老爹爹？

赵伯春　那旁敢莫是我的儿、媳？我儿为何落得讨乞为生。

赵光保　爹爹哪曾知道，自从你出外之后，后母娘在家中拿我夫妻不当人，要我们上山砍柴、看羊，我们不去，她开口就骂，动手就打。孩儿被迫去打柴，我妻又被后母逼出看羊，要看得母羊生下羊崽才能回家。我夫妻在山上会见，又遇猛虎前来把羊吃了。我们思想，难以回家再见后母，逼得当叫化讨吃，来找寻父亲。

赵伯春　这老虔婆，这样狠心，我回家前去，定不容她。我儿把讨米的东西丢去，跟随为父归家，随我来呀！（唱急腔）三步拿来两步走，两步拿来一步行。急急忙忙往前走，不觉来到我家门。（白）我儿一旁站着，待为父前去问她的话，看她怎样答复于我。开门。

周　氏　（上）心惊肉跳，有何吉兆？打开门来看。（开门）原来官人回来了。官人请进。

赵伯春　有进了。

周　氏　官人请坐。

赵伯春　我的儿、媳哪里去了？劳你前来倒茶。

周　氏　切莫提起你的儿、媳，你的儿、媳都死了，是打摆子打死的。

赵伯春　死了也就罢了。但不知埋在何处，待我去看看坟墓。

周　氏　埋在沙洲上，那天涨水，将坟墓冲去了。

赵伯春　那也就罢了。我在东京，带得一个男子一个女子回来侍奉你我。

周　氏　人在哪里？

赵伯春　就在外面，你去看来。

周　氏　（出见保、李，故喊叫）打鬼、鬼、鬼。

赵伯春　（出）你眼睛出鬼，我儿过来。

［保、李同入。

赵伯春　我出门之前，曾好生交代于你，你怎么将我一双儿媳这样折磨？你快上前答话。

［周上前，被赵打耳光。周跪下。

赵伯春　（唱骂板）骂声贱妇好胆大，将我儿、媳来责罚。若不是中途来遇到，岂不是我香火打补巴？手持钢刀取你命——

赵光保、李氏　（拦赵，接唱）还望爹爹饶恕她。

赵伯春　我儿前来拦刀，莫非与她讲情？

赵光保　讲情孩儿不敢，宁愿她无情，我不能无义。

赵伯春　胆大的贱人，若不是我孩儿讲情，要你人头落地。从今以后，我们家中之事，不要你前来照看。赏你一斗米，一把干柴，你到柴房前去。你吃得完也好，吃不完也好，你与我滚！

周　氏　（起）谢天谢地。劝你们做后娘的切莫学我这样子呀。（下）

赵伯春　我儿、媳妇，我们三人到后面歇息便了。

［赵、保、李同下。

（剧终）

【注释】

①千祈："千万"的意思，表示强调。

②老行：老练。方言。行，读 háng。

③婊子：旧时称妓女为婊子。此处为詈词。

【剧情简介】

赵伯春去东京贸易，嘱咐其继室周氏照顾儿子和儿媳。赵走后周氏却虐待儿子和儿媳：命儿子光保上山砍柴；令儿媳李氏外出牧羊，还要等母羊生下小羊，方可回家。李氏无奈，只得从命。李赶羊至山边时，与夫相遇，互诉苦情。不料老虎突至，羊被扑吃，夫妻知失羊难归，遂求食上京寻父。光保夫妇与父亲途中相遇，备述前情。伯春闻之大怒，带儿子和儿媳回家质问周氏。周无言以对，伯春遂将周驱进柴房思过。

【简评】

敬老爱幼、夫妻和睦、诚实善良是我国的传统美德。但剧中的后母周氏，趁丈夫外出之时，驱赶儿子和儿媳出门砍柴、放羊，对他们进行身体与精神折磨，最终达到逐出家门的目的。虽然只是一个生活小故事，但后母周氏凶悍狠毒的行为，已涉及道德伦常的问题。这出彩调剧，通过家长里短、生活矛盾的故事来培养观众的廉耻之心，消除人们为恶的动机，绝恶于未萌，起敬于微渺，使百姓近善远恶，成为传统道德的自觉遵循者的意图显而易见。

此剧由秦胜科发掘、黄明记录保存。

吹破天

剧中人物

⊙赵有田（行当：老丑，简称：赵）
⊙钱家福（行当：烂丑，简称：钱）
⊙孙若仁（行当：小生，简称：孙）
⊙孙李氏（行当：花旦，简称：李）
⊙崔过边（行当：正丑，简称：崔）

全一场

赵有田　（上）南庄地来北庄田，年年收租上万千。不种良田吃白米，坐在家中几安然。我，赵有田。今年秋收，有些田租还没有送到。可恨孙若仁两年的租谷都未交，今天不免亲自前去他家走上一走，离了门前，还要往他家收讨田租。走呀！（唱倒板桨）赵有田出门来用目观览，青的山绿的水好不喜欢。有青山和绿水江山如画，为收租那顾得留恋晴岚[①]。每日里收租谷长奔庄外，为收租我时刻挂在心间。孙若仁欠田租已有两载，交不起利滚利超过三千。今日里他家中走上一转，再不交收田地另租外边。他不还我当面即刻变脸，哪怕是逼死他要收田园。（下）

钱家福　（上）我家多富足，大街小村有房屋，我的房屋人难数，享福全靠来收租。我，钱家福。是我祖父遗下许多房廊，租与别人开铺和居住，个个的房租均已交清，唯有孙若仁的房子，租住三年了，分文全无。今天且到他家中前去向他收租，他若交得起倒还罢了，若是交不起呀，把他赶了出去，还要把他的什物抵押，才晓得我的厉害。（下。取账簿拿算盘上，出门）到他家收房租去呀！（唱十字腔）自幼儿我家中房廊多广，每年里收房租喜笑洋洋。恨只恨孙若仁无名火上，三年租不给我气满心膛。今日里到他家好言先讲，还不起收房廊赶出外方。哪由他不交租哀求原谅，思过来想过去怒发如狂。迈步儿急忙忙往前来闯，一心要清房租携转华堂。（锣鼓，收腔）

［赵上，与钱相遇。

钱家福　我道是谁？原来是赵员外。

赵有田　我道是谁？原来是钱公子。

钱家福　员外，这样慌忙，哪里而往？

赵有田　公子哪曾知道，我田太多了，租出外面有些交租，有些还未交齐。可恨孙若仁有两年田租未还，到他家收讨田租。公子何往？

钱家福　员外有所不知，我因为房屋过多，租给别人，别人都交了租，只有少数的未有交清。也是你说那句话，孙若仁租我的房子，三年还没有交租。我到他家前去追讨房租。

赵有田　那我两人就好有一比。

钱家福　好比何来？

赵有田　好比南天门打伞。

钱家福　此话怎讲？

赵有田　你我一路同行。

钱家福　如此就走呀！（唱倒板桨）今日里在路途两人相遇，讲起了收租事心里着急。你那里租的是田和地，我这里租房子收租心急。

赵有田　（接唱）提起了孙若仁心中生气，有两年不交租所为怎的？今日里逼得我亲自前去，他若还不交定然不依。又不觉来至他的家里，见了他夫妻们再说端的。（白）到了。公子，我们还是进去。

钱家福　好。

［赵、钱同进，各望一边。

钱家福　孙若仁，在家吗？

孙若仁　（上）今年天旱没收割，日日夜夜不安乐。我怕是谁？原来是赵员外、钱公子，二位请坐。

钱家福、赵有田　不要客气。

孙若仁　请问赵员外、钱公子到敝舍何事？

赵有田　到你家中非为别事，我是前来收田租的。

钱家福　你三年房租未交，我是前来收房租的。

孙若仁　员外哪曾知道，因今年天旱没有收成，请你延期明年。如果收成好，全部交清，绝不拖欠。公子要房租，我全靠种田为生，今年没得收成，实在没有办法交租，请你原谅吧！

赵有田　去年也没有收成，今年也没有收成，难道租谷就不要了吗？限你三天交清租谷，如交不起，将田地收回，还要把你的什物扣下，你才晓得我的厉害。钱公子，我先走，少陪了。（下）

钱家福　好走。孙若仁，我也限你三天，将房租交清。若还交不清，马上和我滚出去，你的东西全部不给拿走。（欲走）

孙若仁　公子，有商量嘛。

钱家福　什么张良？我给你一个韩信！（下）

孙若仁　你看赵员外和钱公子，一个收房租，一个收田租，我因为天旱交不起，限我三天，若是交不出，要将我夫妻赶了出去，还不给拿走东西，这怎么办呀？我不免叫娘子出来商量，岂不是好？娘子走来。

孙李氏　（上）来了。雪打孤根草，火烧穷汉衣[2]。望梅止渴[3]渴难止，画饼充饥[4]总是饥。相公，打叫何事呀？

孙若仁　哎呀！娘子呀，想我们家道贫穷，租到员外之田、公子之屋。他两人前来取讨，因今年天旱无有收成，还之不起。他们限我三天，要把租谷房钱交清。若还三天交不清，赵员外将田地收去，钱公子将屋收回，不准我们搬东西，将我们夫妻二人赶出去。叫你出来商量商量。

孙李氏　好狠的心呀！（唱骂腔）赵员外的良心狠，钱公子也是狠毒人。他们好比狼虎样，开口就要来伤人。低下头来自思忖，猛然一计上了心。回头我对奴夫论，奴有一计说你听。（白）相公，你我夫妻商量，全无办法，也是枉然。依我之计，不如你到崔家前去，找崔大哥商量商量。请他帮我们想个办法。

孙若仁　娘子说的哪里话来，崔大哥家中贫穷，他自顾不了，哪里想得出什么主意？

孙李氏　难道你就不晓得了，崔大哥名字叫崔过边，我们大家都叫他吹破天。他的计策多，他吹得响，请他想主意，和我们躲过这一关，你说对不对？

孙若仁　娘子，这倒是个妙计。你到下面去，等我出去找他。

孙李氏　财主好毒辣。（下）

孙若仁　我请崔兄想办法。

孙李氏　离了我家门前，还要前去他家找他呀！（唱四钹）交不起租好受急，财主狠心把我逼。急忙走往街上去，要找崔兄说端的。请他帮我来想计，救我夫妻眼前急。三步拿来两步走，两步拿来一步移。（白）到了。崔兄、崔兄。

崔过边　（上）养鸡养鸭又养鹅，我是穷人主意多。困难的人来找我，个个找我崔大哥。是哪个？

孙若仁　崔大哥，是我来了。

崔过边　哦，你来了，你今天怎么不出去做事？

孙若仁　大哥哪曾知道，想我种了赵员外之田，租了钱公子之屋，他们两人来收租，我因今年天旱没有收成，交不起租。

崔过边　交不起就算了。

孙若仁　他们两人同声限我三天要交清田租与房租，若还交不起，赵员外收回田地，钱公子收回房屋，将我夫妻赶了出去，东西全不给拿走。是我无法可想，特来与你商量。

崔过边　真是可恨！财主呀，天旱没有收成，哪里还有办法交租？这件事情不要紧，愚兄和你想办法，到你家中，我自有道理。前面引路。

孙若仁　随我这里来呀！（唱数板）一路走来把话论，尊声大哥你是听。大哥替我把计想，永远不忘报你恩。

崔过边　（接唱）老弟错把话来论，说出此话不好听。穷人都是亲兄弟，财主狠毒起歹心。我今帮你把计定，这件事情莫担心。哪怕财主心肠狠，想个计策对他们。急急忙忙你家走，一心要把巧计生。

孙若仁　大哥请进！

崔过边　有进。

孙若仁　大哥请坐！

崔过边　不要客气。

孙若仁　娘子，崔大哥来了，倒茶来。

孙李氏　（上，唱四钹）听说崔大哥到来临，喜在眉头笑在心。双手捧茶忙恭敬，尊声大哥把茶饮。

崔过边　弟媳，你何必这样客气？（吃茶）

［李接杯下，复上。

孙若仁　大哥，你还是和我想办法，今日已三天了。

崔过边　想办法、想办法。（想、做点子、对，与孙、李耳语）

［孙唤狗、喂狗、打狗，将两个锅拿出，放一个在堂前，拿一个下去。将狗拉下。

［李、崔同下。

［赵和钱上。

赵有田　（唱倒板桨）三天之约今满期，要到他家把租逼。今天已是第三日，租谷一定要付齐。

钱家福　（接唱）约定他三天交房租，讲得出来做得出。不交将他赶出去，哪怕不租空着屋。（白）赵员外，行来行去，不觉到了他的屋了。

赵有田　孙若仁，开门！

孙若仁　（上）我把巧计安排定，谅他二人不知情。原来是赵员外、钱公子，你们来了。

赵有田、钱家福　限你三天，今天已到，一定要租谷，一定要租钱，快点拿来！

孙若仁　赵员外、钱公子，你们坐一时。我也曾请崔过边，帮我卖东西，准备还你们的租。有请崔仁兄。

崔过边　（上）哪怕他俩心肠毒，安下巧计骗贪愚。打叫何事？

孙若仁　崔大哥，我请你帮我卖的东西，你卖妥了没有？

崔过边　赵员外，钱公子你们二人不要性急，请你久等一下，买货的人就来了。他来了，马上就可以归还。还有一件请问赵员外，如果你老人家的租谷，拿钱来折合还你愿不愿意呀？

赵有田　有钱就得了，哪有不愿之理？

孙若仁　愿意就是好的，你们在这里等一等。我去弄点酒菜，我们同饮几杯。

赵有田、钱家福　不要这样客气。

崔过边　员外、公子，你们来收账，孙老弟招待你们，你们为收租走了好多次，辛苦了，他备有酒菜，你们应该吃的。他煮的菜，你们未曾尝过，就是这个扒锅⑤里面肉。（抬锅）

［孙将生狗肉丢进锅内。

崔过边　今天用这个扒锅还你们的账，就是卖这个扒锅。

赵有田、钱家福　这个扒锅哪值得那么多钱？

崔过边　这个扒锅不值一千也值八百。

赵有田、钱家福　这个扒锅值得那么多钱？

崔过边　你们才是有眼不识宝，遇着姑娘喊嫂嫂。这就是一口宝锅，是他祖父遗下来的，不要烧火都煮得熟肉，它的味道又甜又香，人人闻着味道都想吃，吃了福寿延长。

赵有田、钱家福　我们才不信咧。

孙若仁　娘子，将酒拿上来。

［李拿酒、杯、筷上。

孙若仁　崔大哥，你约他们买东西的怎么这时还未有来呀？我们怕不要等了吧？

崔过边　（走出门看看）那边像是买锅头的人来了。

［赵和钱站起走上门前望。

［李将锅端上换外面的锅，入内。

崔过边　不是、不是。

［崔、赵、钱三人复回。

孙若仁　那我们不等了。来、来、来，请坐下吧。（揭开锅盖）

赵有田、钱家福　怪了，怎么不烧火狗肉又会熟呀，好宝锅呀！

崔过边　管他宝锅不宝锅，喝吧。

［众人同饮。

崔过边　（唱饮酒腔）头品的顶戴⑥，双眼花翎。三元⑦的高中，四张彩旗。五经魁首⑧，六合又同春。七星八马，猜拳赌酒令。十全十美，猜拳分输赢。叫一声孙大哥，忙把酒来斟。

赵有田　（接唱）我将酒一口吞，吃得醉昏昏。打开纱窗望，日落西山村，耳听得谯楼上鼓打三更。

钱家福　（接唱）一定中，三炮台，四红四喜二板凳。

赵有田　（接唱）三定中，三炮台，六位高升二板凳。

赵有田、钱家福　（唱）吃了梅花酒，再来拳枚。不吃梅花酒，罚酒三杯。（白）这个锅煮的狗肉好味道呀！

赵有田　（拉崔）崔贤弟，你喊他让这个锅头给我。他租我的田地，我全部给他，另送五十两银子给他。

钱家福　（拉崔）崔大哥，请你向老孙讲一讲，喊他把这个锅头让给我，租我的房屋我给他，还送他一百两银子。

崔过边 （对赵、钱背白）你要，要什么紧。你要，要什么紧。（暗地用手势示意孙出纸笔摆在桌上）

赵有田、钱家福 （各背场）我一定要，口说无凭，不免先写张纸交钱给他。（两人拿笔纸抢先写，写毕各取银子交孙）

孙若仁 交给我。（收好两人的钱、纸）

［赵与钱抢锅头。

赵有田 你这混账，这个锅头他愿卖给我，我一定要。

钱家福 你才混账，这个锅头他愿卖给我，我和他讲好了，交了钱，写了纸。

赵有田 不行！我一定要的。

［赵、钱二人瞎抢。

崔过边 你们这样不行，抢坏了要你们赔的。

赵有田 卖给我！

钱家福 卖给我！

崔过边 （用手一推）莫抢！莫抢！

［扒锅打破在地。

赵有田 现在锅头给你打烂了，（拉钱）我两人去面理。

钱家福 你把锅头打烂了，你和我去见官。

崔过边 你们两人这样不行的，如果不讲理，别人不愿意卖。你们两人横蛮要买，若是买锅头那两人来了，你们就不得了。（想，出门外看）他们到了，就来了，这个宝锅看你两人怎么赔得起？

［赵和钱两人心慌逃走，急下。

崔过边 咂，你们两人走不得，他们来了。（见已走远，进屋）

［李上。

崔过边 老弟，你们现在田租、房租都用不着交。田地、房子都已得了，钱也有了，我也放心了，我回去了。

孙若仁　这件事多得崔大哥，别人喊你的绰号吹破天，果然不错。这点银子就送给你吧。

崔过边　我不要，这些钱是你们的钱。

孙若仁　多谢崔大哥。（念）崔兄妙计想得出，宝锅无火煮狗肉。戏弄财主多蠢笨，丢了田地与房屋

［崔、孙、李三人大笑，下。

（剧终）

【注释】

①晴岚：岚，山林间的雾气。晴岚，晴天山中仿佛有烟雾笼罩。在此指美景。

②雪打孤根草，火烧穷汉衣：意指雪上加霜。剧中说孙家本来就很穷了，还遭遇财主逼债。

③望梅止渴：原义是梅子酸，人想吃梅子就会流涎，因而止渴。后比喻愿望无法实现，用空想安慰自己。

④画饼充饥：画个饼来解除饥饿感。比喻有虚名而无实惠，或用空想来自我安慰。

⑤扒锅：一种铁制的炒菜锅。

⑥顶戴：清朝时用以区别官员品级的帽饰。

⑦三元：科举制度称乡试、会试、殿试的第一名为解元、会元、状元，合称“三元”。接连在乡试、会试、殿试中考中第一名，称“连中三元”。

⑧五经魁首：明代科举分五经（诗、书、礼、易、春秋）取士，每经第一名称经魁。乡试中每科前五名必须分别是某一经的经魁，故称五经魁。在此为饮酒时划拳，猜双方出指总数为五的用语。

【剧情简介】

孙若仁租了赵员外的田地及钱公子的房屋，因天旱失收，交不起田租、房租。赵、钱上门讨租，限三天还清，如若不然，收回田地和房屋，并将家具扣押抵债。孙无计可想，夫妻商量，请外号叫“吹破天”的朋友崔过边设法救急。崔用“宝锅无火煮狗肉”之计骗了赵、钱二人，赵与钱竟信以为真，各愿送田地与房屋再加银两买锅。因互相争买，各不相让，崔趁机借赵、钱之手将锅打破，赵、钱怕赔锅逃走。孙急得解，并获意外之财。

【简评】

穷人孙若仁因连年灾荒没有收成，生活没有着落，加上财主又上门催交所欠的田租、房租，真是屋漏偏遭连夜雨，处境可谓“雪打孤根草，火烧穷汉衣”。剧中通过崔大哥来解决这一矛盾。此剧表现了崔大哥喜欢为穷人排忧解难的一腔热忱与足智多谋，与此同时也揭示了旧制度下不同阶层的贫富悬殊和矛盾对立。

此剧由谢济舟发掘、魏少平记录保存。

瞎子拿奸

剧中人物

⊙孙大（行当：丑，简称：大）

⊙孙二（行当：生，简称：二）

⊙罗氏（行当：摇旦，简称：罗）

⊙吴宗影（行当：丑，简称：吴）

第一场

孙　二　（上，引）松树脚底好遮阴，从小习文又习武。倘若遇到不平事，我就拔刀打不平。（白）小生，孙二。爹娘生下弟兄二人，哥哥双眼不见，爹娘早亡。昨日，我在衙中回来看兄，今天衙中有事，不免请得兄长出来，有几句言语交代于他，以免我挂心。有请兄长。

孙　大　（上，引）贤弟把我请，所请为何情？

孙　二　（扶大坐）见过兄长有礼。

孙　大　弟兄家，贤弟不必讲礼。贤弟呀，叫得愚兄出来，有什么话说呀？

孙　二　兄长呀，我今天要到衙中干差事去了。可怜你双目不见，好好在家，不要到外面前去乱走，也免我时常挂念。

孙　大　哎呀！弟呀，你真是有弟兄之义。你嫂嫂对我没有什么夫妻情分啰。你三头两日要回家前来看我，一转是一转哟。

孙　二　兄长，不必悲伤，月钱月米，小弟担代，放心吧！

孙　大　兄弟呀。（唱倒板桨）坐在草堂把言论，叫声贤弟仔细听。可怜我双目不见珠泪滚，时时刻刻常忧心。望你三日回两转，也免愚兄变罪人。

孙　二　（接唱）兄长不要珠泪滚，大行小事弟担承。大嫂倘若发情性，你且忍耐她一程。但愿皇天开老眼，弟兄团聚百年春。（白）兄长，我搀扶你下去吧。

孙　大　贤弟，你要记得三头两日回来看我，看得到是这一转，看不到也是这一转了。

孙　二　兄长不必说下去吧。

［大下。

孙　二　听我兄长说出这般言语，实在可叹。不免叫得我兄嫂出来，家常之事，嘱咐一番。兄嫂走来！

罗　氏　（内白）来了！（上，引）为了家常事，时时恨在心。（白）哦，贤弟有礼。

孙　二　尊嫂有礼，请坐。

罗　氏　贤弟，叫得愚嫂出来，有何好事？

孙　二　嫂嫂，小弟今日到衙中去了。家务之事、我的兄长，望你费心料理。

罗　氏　家务之事，我晓得料理的，你去吧。

孙　二　嫂嫂呀。（唱倒板桨）堂前告罪才说话，叫声尊嫂听根芽。你本是个女流辈，大行小事你当家。哥哥不要出街罢，免得瞎闯出错差。家中缺少钱和米，我拿银钱养倒他。辞别嫂嫂离堂下，三头两日我转回家。（下）

罗　氏　（接唱）看他去了我笑哈哈，家务之事由我耍。转面我来想主意，我把瞎子赶出家。（白）是呀，孙二这个短命鬼去了，我那个相好的今天就要来了。我将那瞎子哄了出去，哄他说有人找他算八字。我那相好的来了，不是没有哪个讲嘛。就是这个主意。瞎子和我走来。

孙　大　（上）来了！（念）天不平来地不平，生我这个瞎眼人。（白）老婆娘子，打叫何事呀？

罗　氏　近点嘛。（将大一拉）半天都摸不出。坐到这块莫动。我讲你听，隔壁村李家来请你去算八字，去嘛。去弄两个钱回来嘛。弄来我不要你的，你打酒喝，去嘛。

孙　大　唉，我不去，我不喝酒。我的兄弟交代我，喊我莫出去乱走，我看不见。

罗　氏　你这个人讨不得好。别人有事求你，你是会算八字的，不去，难怪你和不到人[①]，你去的好。

孙　大　你莫恶我了嘛，我去，和我拿起那条棍子来。

罗　氏　在这里，早去迟回。

孙　大　哦、哦，老婆，我去了，我一下就回来的，煮倒饭，煨倒酒。

罗　氏　好！等下我煮两个蛋给你吃。

［大出门。

［罗关门下。

孙　大　这是我前世烧了断头香呀。（唱瞎子腔）天上呀生坏九头鹰，地上生坏我瞎眼睛。看不见那路难行，真正气煞人。（下）

第二场

吴宗影　（上，引）嫖赌喝酒又带吹，番摊[②]骰子六门归。有日短命身亡故，百万家财化为灰。（白）在下，吴宗影。我和孙大老婆眉来眼去，走成了一条道路啦。她刚才搭了个信来，说她一人在家，要我到她家中前去走上一转。言得有理！离了我家，往她家走走呀！（唱十打腔）一打天上蛾眉月，二打后园芭蕉树鹊。麻雀、鹞子、斑鸠，咕咕叫吱喳。（重复上句一次）三十五里桃花店、桃花店。四十五里杏花村。叮叮当、当叮叮，琉璃瓦盖他家行。（白）行来走去，到她门前来了。待我冒叫一声，大嫂子开门！

罗　氏　（内白）你是哪一个？

吴宗影　咦，你刚才搭信那一个。

罗　氏　（上）你在门口站着，我来了呀！（唱玉美人腔）奴在后房侧耳听，忽听外面叫开门。双手打开门，哎呀我的哥，快快你请进。

吴宗影　（接唱）迈步进门礼恭敬，愿嫂子添财又添丁③。哎呀我的嫂，添财又添丁。

罗　氏　（接唱）奴把板凳掩一掩，尊声相好你请坐。厨下倒茶喝，哎呀我的哥，堂前你坐着。（下）

吴宗影　（唱）酒不醉人人自醉，色不迷人人迷她。将身来打坐，哎呀我的嫂，堂前笑哈哈。

罗　氏　（捧茶上，唱）奴把浓茶来倒上，尊声相好你来尝。妹茶滋味香，哎呀，我的郎，妹茶滋味香。

吴宗影　（接唱）双手接过茶一杯，多谢嫂子好贤惠。用手接过杯，哎呀我的嫂，真正好贤惠。

罗　氏　（接唱）接过茶杯往后厅，转来问声我情人。堂前你打坐，哎呀我的哥，我俩谈私情。（白）坐咧。

吴宗影　坐咧。

罗　氏　我刚才搭的信捞到了嘛。

吴宗影　捞到了。你不搭到，我哪晓得来呀。我来问你，瞎子在不在家？

罗　氏　他出去算八字去了，他的兄弟也到衙门去了。就是你和我在家，我们两人要要个大开门④。

吴宗影　（笑）那就好得很哪。你的杨花小调唱得最绝妙，你和我唱一唱开开心嘛。

罗　氏　我唱不好。

吴宗影　唱得好也好，唱不好更加好。

罗　氏　那我们两人就唱起来，唱起来呀！（唱怀调）小冤家从今以后休到奴家下——

吴宗影　（接唱）哎呀我的妹妹缘何说出这般无情话？

罗　氏　（接唱）耳听得门外光棍痞子来将你打，

吴宗影　（接唱）哎呀我的小妹妹，自幼儿当嫖客胆子比天大。

罗　氏　（接唱）我妈妈前后门上了一把无情锁，

吴宗影　（接唱）小妹妹，前门后门我不走，单把你墙头爬。

罗　氏　（接唱）爬墙头又怕跌断我的冤家的脚和手，

吴宗影　（接唱）哎呀我的小妹妹，纵死黄泉两眼不眨。

罗　氏　（接唱）但不知你爱奴家哪点好？

吴宗影　（接唱）哎呀我的小妹妹，我爱你会谈会讲两句蜜甜话。

孙　大　（上）怎么，里面有两个人讲话。开门开门！

罗　氏　是哪一个？

孙　大　孙大回来了。

罗　氏　来了！

孙　大　（拿棍子乱打）是哪一个？是哪一个？

罗　氏　呔，你撞到鬼，你打什么鬼啦？

孙　大　不对！有个男子在屋子里头讲话，你们看老子是个瞎子看不见，来到我屋里头乱七八糟。我眼睛瞎，我兄弟一眼不瞎呗。他要回来，我讲给他听，他情性不好，他将你们一刀分为两段，看你们还来不来！

罗　氏　哎呀！瞎子，莫讲了，算八字回来辛苦了，坐吧。你还没得吃饭，我煨点酒给你吃。下去，床上去睡倒吧。

［大下。

吴宗影　好险哪，我走啦、我走啦。从今以后我不来啦。你老公是个瞎子，孙二脾气不好惹，一刀把我杀了，不得了。

罗　氏　你算没得良心，先前讲我不爱你，如今我爱了你啦，你又不来了。哎呀！奴家好苦的命呀。（假哭）

吴宗影　莫哭、莫哭，哪个舍得你，我嘴说不敢来，心里还是想来的。

罗　氏　我来问你，愿做长久夫妻，还是做短头夫妻？

吴宗影　长久夫妻便怎样？短头夫妻便何来？

罗　氏　长久夫妻呢，我们将瞎子害了，我们常来常往。短头夫妻呢，你就莫来了。

吴宗影　我就做长久夫妻，瞎子又怎么害了呢？

罗　氏　去药铺买点砒霜，我杀一个鸡，放在鸡中酒中，他吃了不是死了嘛。

吴宗影　好好，我就去买来。

罗　氏　你快点来，我去杀鸡。（杀鸡）

［吴下，拿药上。

罗　氏　买得药了没有？

吴宗影　买了买了！

罗　氏　我鸡也杀好了。你去后头躲到，我一个人来给他吃。

［吴下。

罗　氏　瞎子，上来吃饭。

孙　大　（内白）来了。（上，引）从小瞎了一双眼，想我好可怜。

罗　氏　坐倒，我拿酒菜来给你吃。杀了鸡，下回多算点八字，吃酒嘛。（将毒药放入酒、鸡内）多吃点嘛。

孙　大　（吃）今天的酒菜，怎么麻嘴的呀？

罗　氏　不是的，我放的胡椒。吃嘛。

孙　大　我不吃了，吃了心里有点难过。

罗　氏　你吃那饿肚子酒，吃了心慌。

孙　大　不吃、不吃。

罗　氏　（灌大）吃嘛、吃嘛。

孙　大　哎呀，今天吃酒不对了，好难过呀。不好了！（肚痛）贤弟呀，你快点来呀。晏[5]回来就难会到你兄了呀！（唱骂板）娘子做事心肠狠，往常吃酒倒还好。今天吃酒肚子疼，心中好似钢刀绞。我和你无仇恨你害我，嫌我瞎子不像人。说着说着心血涌，恐怕一命要归阴。舍不得我贤弟叫一声，（白）贤弟，手足情，难得见面了呀。（死）

罗　氏　（拍手）来来来。

吴宗影　（上，见大死）哎呀！怎么办？

罗　氏　怎么办？我们两人悄悄地从后门抬出去，将他埋了去，鬼都晓不得。我们两人用力抬呀。

［罗、吴两人抬尸下复上。

吴宗影　我要回去了。明天我就搬东西出去卖了，到你屋里头来。

罗　氏　你来不得。我嫁给你，到你屋里去吧。你莫反心，你莫讨别个哟。

吴宗影　我哪舍得你，你放心吧。

罗　氏　你千万记着哟。（关门下）

吴宗影　哎呀，我的仔，好险呀，老子还来呀。给他兄弟知道了，我的买卖，（摸头）救不倒哟。（下）

第三场

罗　氏　（上，引）瞎子一死我好快活，嫁与别人欢乐多。（白）奴乃罗氏。瞎子死了，死得好。是呀，等他兄弟在衙中回来，不见他的哥哥，问起我的话来我哪么答呢？（想）有了。我讲他酒穿心肺而亡。我在堂前假意摆他一个灵位，烧他几张钱纸[6]，瞒住他的兄弟。猫哭耗子假慈悲，奴家就想到这个办法。将灵位来供好。（摆灵位、烧香、散酒、烧纸）我做个假人情来哭他一哭哪。（唱忧板）哭一声瞎子死得早，丢落了你妻靠谁人？

你和我夫妻情两相离分。（下）

孙　二　（上，引）在衙中我心不定，不知家中出了何事情？（白）不免回家前去，看兄一转，再到衙中干事。言语未了，离了衙中回家走走呀！（唱四平腔）乌鸦当头叫高声，莫不是家中有什么事情？我在衙中心不定，莫非是我兄长有病得在身。急急忙忙回家进，眼皮跳跳为何情？三脚两步来得快，不觉来在自家门。（白）哎呀！什么？门前烧有钱纸呀。家中亡故是谁呀？（进门）兄长、兄长。（无人应，见桌上灵位）亡故夫主孙大之灵位。哎呀！兄长。（哭）哥哥！（跪、哭唱）跪在尘埃把话论，只见灵位不见人。可怜兄长丧了命，今日不见平时情。这怪小弟少照应，你死在黄泉不甘心。哭得小弟肝肠断，今世难见兄长身。（起身，坐，白）想我兄长，早几日听旁人所说，还在外面算八字，得什么病症这么快就亡去了？叫得我嫂子出来，问个清楚明白。有请尊嫂。

罗　氏　（上，引）奴夫丧了命，每日泪淋淋。（用袖遮面，弄口水沾腮假泣）原来是你回来了嘛。

孙　二　回来了。请问尊嫂，我兄长得何病而死？

罗　氏　你兄长酒穿心肺而亡。

孙　二　我兄长从来没怎么喝酒的呀。

罗　氏　他从来不怎么喝酒，难道我害死他不成？

孙　二　事到如今，我在灵前陪他一晚，也表一表我手足之情。尊嫂下去安宿吧。

罗　氏　贤弟，你在衙门当差辛苦，待为嫂来陪他一晚吧。

孙　二　不要，还是我来陪的好。

罗　氏　我陪的好。

孙　二　不用，下去！

罗　氏　下去就下去，陪你过年？（下）

孙　二　兄长呀，兄长！你死得不清不楚，今晚更深夜静，你灵前托上一梦，小弟与你申冤报仇。（伏灵台睡）

孙　大　（鬼魂上，引）人死如灯灭，好似汤泼雪。若要还阳转，海里捞明月。（白）我，孙大鬼魂是也。可恨罗氏将我毒害，今日我兄弟坐在灵前，待我托上一梦，给他知道，使他与我报仇雪恨。闲言未了，转过灵前。（引）门神门神两眼睁，一年一转，调旧换新。（至灵前，将二摇醒）

孙　二　（搂抱大，搂不着）兄长呀、兄长呀！你有什么言语，对我说来。你死得不甘心，小弟与你报仇。

孙　大　贤弟呀！（唱阴板）站在灵前把话论，叫一声贤弟你细听。你嫂子毒药害死我，勾引情人到家门。望贤弟与我来报恨，不报此仇不甘心。还望贤弟把她杀，我才消气才心平。（白）贤弟，谨记！愚兄去也。（下）

［转更，天亮。

孙　二　（睡醒）怎么？昨晚更深夜静，我兄长在灵前托上一梦，他说是这贱妇勾引情人将我兄长毒死，我不杀她我誓不为人。贱人和我走来！

罗　氏　（上，引）命里纵有长江水，难洗今朝满面羞。（下）

孙　二　得见了，想我哥哥一死，她还穿红着绿，不披麻戴孝。贱人、贱人！我不杀你，永世不为人！

罗　氏　（披麻上）贤弟，打叫何事？

孙　二　你做的好事，上前答话。（打一耳光）你这贱人呀！（唱骂板）贱人做事太不正，平白无故来害人。贪淫害死我兄命，不报兄仇不为人。

罗　氏　贤弟呀！（唱忧板）跪在尘埃忙告禀[7]，尊声贤弟你细听。你兄不死已然死，杀我怎能救活人？

孙　二　（唱）不怕你说出莲花样，今天要你命归阴。（脱衣，取刀）

［罗跪。

孙　二　（退龙摆尾，抓住罗）贱人做事心肠狠，谁叫你败坏闺门。钢刀拿我手，要你一命见阎君。（杀）

［罗死。

孙　二　想这贱人，死者不亏。今天将她杀了，倘若她外家问我要人，有何言语答对？这又如何是好？（想）有了，想她这败坏闺门的女子，谅她外家也不敢说话。我将她尸首拖了下去，仍到衙中照常干事。若有人告禀，我自己报监。哎，兄长呀，小弟难以归家了。事到如今，人死难以复生，哭他做什么？到衙中走了吧。（关门）与我走走。（下）

（剧终）

【注释】

①和不到人：意即与别人相处不好关系。

②番摊：赌博的一种。

③添丁：意谓添一丁口，通常称生子为“添丁”。丁，家口，人口。

④大开门：唢呐曲牌。曲调雄浑、热烈，节奏鲜明。在戏曲中常用于升堂、开道、庆功摆宴、出巡荣归等场面。

⑤晏：时间晚了；天色不早了。桂林话。

⑥钱纸：纸钱。民间葬礼及扫墓时用以供死者享用的冥币之一。

⑦告禀：通知，报告。古代多用于向上级或尊长报告事情。

【剧情简介】

此剧又名《孙二杀嫂》。孙大孙二弟兄二人，孙大是瞎子，孙二则文武双全，在衙中服役。一日，孙二往衙门公干，吩咐嫂子罗氏好生照料兄长。孰知罗氏与吴宗影有奸情，孙二离开后，即逼迫孙大出外算命，邀吴宗影来家取乐。孙大算命回家，识破奸情。罗氏竟用毒药将孙大害死，假设灵位以瞒骗孙二。孙二回家见兄长突然亡故，心中怀疑，夜宿灵前。孙大鬼魂托梦于弟，孙二怒甚，将罗氏杀死，以报兄仇。

【简评】

这个故事与《水浒传》中的“武二杀嫂”十分相似。不同的是，孙二最终识破其嫂罗氏的诡计，为兄报仇，主要是通过孙大托梦来实现的。这一情节看上去十分荒诞，迷信色彩较浓。不过也可以将它理解为是对弱肉强食黑暗社会的一种反击，或是对因果报应思想的张扬。其实我国戏曲史上很多描写鬼魂的戏剧作品，并非是在宣扬鬼神迷信。譬如《窦娥冤》一类鬼魂复仇戏，往往是深刻地揭露统治阶级的残酷无情;《牡丹亭》一类人魂恋爱戏，则表达了对封建礼教的冲击和抗议。这些鬼魂在剧中是正义力量、美好感情的化身，是作者表达现实生活感受的一种特殊的意象。

此剧由张桂妹发掘、张丽琳记录保存 。

初一拜菩萨

剧中人物

⊙毛小春（行当：小丑，简称：毛）
⊙马老板（行当：老生，简称：马）
⊙陈医生（行当：老生，简称：陈）
⊙张法师（行当：老丑，简称：张）
⊙李玉娥（行当：正旦，简称：李）
⊙王秀花（行当：花旦，简称：王）
⊙家丁（行当：丑，简称：丁）

第一场

毛小春 （数课子上）过新年，喜心头。闲无事，邀起朋友，东一走，西一游，一走走到东村西村，南北村门口。遇着那一班好朋友、好耍友，锣鼓二弦样样有，旦角丑角三花脸，又有小生和黑头[①]。他们唱的是，喜怒哀乐空世界，洞房花烛假风流。万贯家财不长久，英雄好汉付东流。万般是，命里有时终须有，命里无时莫强求。又道是，富莫欢喜贫莫忧。我道是，贫穷还自在，富贵多忧愁、多忧愁。（白）在下，毛小春便是。想我自幼爹妈去世，家中无田无地，终年与人打工度日。年头累到年尾，没有一天闲空。今天乃是新年初一，在家闲着无事，我还要到观音菩萨庙去走一走，看看今年人家求神拜佛。言之有理，我还要到观音堂走一走呀！（唱鼓打太平春）正月初一是新春，人人欢喜喜在心。村村锣鼓咚咚响，山歌庆祝太平春。新春喜事说不尽，散开大步往前行。高高兴兴来得快，不觉来此是庙门。（圆场、入庙、见观音像，白）哈哈！今年年成好，观音菩萨多美呵。（抬头看）呵，那里来了一个老头子来求神，我躲在里头，听听他求的是什么。好，待我躲起来。（下）

马老板　（提香烛上）走呀！（唱四平腔）香纸蜡烛准备下，清早起来拜菩萨。观音菩萨保佑我，人口平安有财发。行到庙前将篮来放下，烧起香来点起蜡。（白）到了，待我烧香，点蜡烛先。（将三牲[②]摆桌上）摆好了。（跪下）观音菩萨呀，愿你保佑我全家平安，人丁旺壮。临近村人人多病死，使我的棺材好卖，这是我心甘意愿啦。

［毛伸头偷看、生气。

马老板　等我再斟第二杯酒。（斟酒）求菩萨保佑，我家六畜兴旺、五谷丰登、生意兴隆。菩萨要有灵有圣，保佑于我，明年我杀个大猪还愿。（烧纸、放炮、收三牲等）现在菩萨拜完了，我还要回家弄夜饭呀。（下）

毛小春　（上）唔，这种人拜菩萨，讲这种话，太没有良心。愿人家死绝，自家人人平安，五谷丰登。（冷笑）呵，那里又有人来拜菩萨，待我再听听他求些什么。（下）

陈医生　（拿香纸上，念）初一拜菩萨，人人讲彩话。（白）我香纸、蜡烛已备好，我还要到观音庙去呀！（唱流水板）正月初一是新年，人人欢喜乐心间。男男女女多欢喜，老老少少乐无边。两脚走路如旋转，不觉来到庙堂边。（白）好，到庙堂来了。哈，我讲我早，人家比我还早，这里都烧香了。我也不管他，总要神灵保佑，老话说，有礼不在先后，等我点香纸蜡烛，把三牲酒醴[③]摆起来先呀。（烧香、烛，摆三牲）呵，斟一杯来呀。（唱数板）一杯酒来敬观音，愿菩萨有灵又有应。保佑我家人人人身安康，天下人个个染大病。我的药材才好卖，天天就有银钱进。我陈某再来把酒斟，愿菩萨保佑我满门。菩萨若还有灵应，明年杀个大猪来还神。（白）拜清楚了，待我烧纸放炮。（烧纸放炮、收拾三牲酒醴等）好，打转回家早弄饭吃吧。（下）

毛小春　（上）又是一个损人利己的医师，愿人人都有病，你的药材才好卖，这种想法好蠢呀！呵，那边有一个法师来了。我看法师来了又怎么求法。好，待我躲在这里看看。（下）

张法师　（拿篮上）今天天气真好呀！（唱挑担腔）把篮来拿上，庙里去烧香。初一拜菩萨，保佑我健康。急走急忙行，来到庙门庭。把篮来放下，烧香拜神灵。（白）好，待我烧香。（烧香纸蜡烛、摆礼品）摆好了。待我要锣鼓出来。（拿锣鼓斟酒）待我拜起来呀！（唱道师腔）奉请观音菩萨灵，保佑我一家八口人，人人健壮身无病，村村人死不留停。到处打斋[4]有钱进，得钱得米好开心。菩萨依我这拜请，杀个大猪来敬神。

［毛偷看，恼恨。

张法师　（烧纸、奠酒准备放炮）哎哟！我忘记拿炮来，我嘴巴来当炮。乒乓……好了，赶快回家，敬奉天地罢。（唱挑担腔）把篮来拿上，打转回家门。再杀鸡和鸭，敬奉天地神。（下）

毛小春　（上）嗨！这个法师才毒呵。要是观音菩萨照他们这样讲法来显灵，那天下人都死绝了。（抬头前看）呵，前面来了两个女人，我倒要看看那两个女人是怎样求的。（下）

李玉娥、王秀花　（上）走呀，（唱神仙腔）五谷丰登好丰年，家家户户乐无边。到处山歌唱不断，人人歌唱太平年。新年香纸来办上，好去拜神去上香。望神灵多多有灵验，保佑人人身安康。二人走路来得快，前面就是观音堂。

王秀花　来到观音堂了。李大嫂，你去烧香，我来摆三牲酒醴。

李玉娥　好，我来烧香。（摆礼物、烧香）

王秀花　摆好了。我们斟酒。

李玉娥、王秀花　（斟酒、同拜）观音菩萨在上，我们二人拜上神圣，愿观音菩萨保佑年年风调雨顺，岁岁五谷丰登，人人身体健康，处处牛马成群。

毛小春 （跳出）哈哈！这才是个道理嘛。

李玉娥、王秀花 （一惊）哎哟，呵！是毛小哥，我讲是哪一个啰！

毛小春 呵！原来是你们！

李玉娥 毛小哥，你几时来到这里？

毛小春 我天一亮就来了。我看到好多人来拜菩萨，讲起这事真真可恨。

王秀花 可恨什么？

毛小春 可恨人情世事，损人利己，良心太黑了。

李玉娥 怎么见得？

毛小春 今早有三个人来此拜神，头一个是马老板，卖寿料的。

李玉娥 那个卖寿料的老板他怎么讲？

毛小春 他愿观音菩萨保佑他家人人安好，邻近村的人人死亡，留他棺材好卖。

王秀花 这些人真可恨呀。人人都死了，你还在世做什么？那第二个呢？

毛小春 第二个是陈医生，他讲的更糊涂。他也要神灵保佑他家大小平安，其他人人都病完，让他的药材好卖。

李玉娥 这个人，人人都得了病了，他有几多药材卖呀？那第三个呢？

毛小春 第三个就是那蠢法师，讲话更厉害。他说愿上下村人人死亡，请他天天去打斋，得钱得米，好自己发财。这等人好不可恼！

李玉娥 那这些人又怎样才使他不要坏良心呢？

毛小春 我有个好办法，到差不多吃夜饭时你们就知道啰。

王秀花 有什么好办法？

毛小春 你附耳上来，我对你讲。（与李、王耳语）

李玉娥、王秀花　哈哈！好，毛小哥的主意真好！

毛小春　我们今夜再见。

李玉娥、王秀花　好！

[毛、李、王分下。

第二场

毛小春　（上，念）做事不公平，人人恨在心。（白）这三个人拜菩萨许愿，只求自己好，不管别人生死。今天我毛小春要把他们捉弄一次，以免后人效法。言之有理，我还要先到马老板家走一次呀！（唱流水板）真可恨这三人做事不公平，损人利己坏良心。只求自己有利益，不管他人死或生。惹得我小春心头恨，要他三人互相争。两脚奔波走得紧，不觉来到马家门。（白）行来行去，来到马家门前来了。（拍门）喂，马老板，开门呵！

马老板　（上）呵，就来了。

毛小春　快点啰。开门有事情呵！

马老板　哈哈，原来是毛小春来了，请进。

毛小春　好！同进。哈哈！马老板你的财运到了。

马老板　先坐，坐下再讲，等我要杯茶来先。（背场）哈哈！今天拜菩萨真灵呵，大年初一就有人送钱到家啦。（下）

毛小春　有人送钱到家，等一下你就见把戏啦。

马老板　（拿茶上）小春请茶。

毛小春　马老板，（喝茶）你的礼性⑤太大了。

马老板　哈，新年新岁，别的不讲，茶都不要一杯嘛？请问毛小哥，今天到我家来有什么事呀？

毛小春　哈哈！马老板，年初一就有财发啦。陈医生他的老太太，昨夜三更时不在了。他交代我同你老人家要一副上等的棺材，价钱多少不讲，他马上就要用的，请你老人家选好放在厅堂，等一下子他就来抬啦。价钱等他来时和你讲，他家有的是钱，要什么紧？

马老板　呵，是这样，都是自己人，等下我叫家人选上好棺材在堂下，总要对得起他老人家。

毛小春　（立起）好，话就是这样讲，我还要与他买其他东西，我走了。

马老板　今天是年初一，吃饭再走罢。

毛小春　好啰，刚才我在他家吃过了。我走了，今夜再见。（下）

马老板　哈哈！菩萨真是灵应，往年初一不拜菩萨，生意就不如今年。好，我还要下去交代选最好的棺材给他。（念）初一拜菩萨，钱财送到家。（下）

陈医生　（上，念）快乐过新年，大小喜连天。（白）想我在本村开了一个药材铺，今天乃是年初一，刚才拜菩萨回来，我还要杀鸡敬天地。

毛小春　（上，唱挑担腔）急走急忙行，来到陈家门，上前高声叫，有请陈医生。（拍门，白）喂，有请陈医生，怎么大年初一把门关上？

陈医生　（开门）呀，原来是小毛来了。请进、请进！

毛小春　有进、有进。恭喜你老人家，怎么年初一你把门关着？

陈医生　不是，刚才捉鸡，捉不到，关起门来捉。

毛小春　呵，怪不得。老人家，你的财运到了。

陈医生　小毛，怎么我的财运到了？

毛小春　马老板那个独子得了急病，他请你马上过去看，他家几有钱的，又只有个独子，随你开口要几多钱都有，这不是你的财运到了吗？

陈医生　哈哈！真是走运啦，年初一就有人请，小毛坐先，我去要杯茶给你吃。（下）

毛小春　（斜视、冷笑）有财发。

陈医生　（拿茶上）请茶、请茶。

毛小春　你老人家这样大的礼性。

陈医生　老话常说，人熟礼生。

毛小春　好。你坐先，我先走，你要快点去。

陈医生　好，你慢走。

毛小春　你要赶快去啵。

陈医生　我晓得。（下）

毛小春　这个老人家说通了，我还要去请那法师呀！（唱鼓打太平春）离了陈家往前行，要到张家走一程，前去把那法师请，请到马家诵经文。一人走路来得快，前面来到张家门。（白）来到张家门了。喂，张师父在家吗？

张法师　（内白）在家、在家。就来了。（上，念）门外叫喳喳，有人来我家。（白）呵！原来是毛小哥来了。请进、请坐。

毛小春　坐、坐，不用讲礼。恭喜！你老人家生意兴隆。

张法师　今天乃是年初一，小弟弟你有什么事？

毛小春　老人家，哈哈，你的财运到了。

张法师　怎么财运到了？

毛小春　我讲你听，马老板的母亲昨夜三更不在了，他要打三天斋，请你老人家去，那不是你的财运到了吗？

张法师　哈哈！我想起来了，今早拜观音真灵呀。

毛小春　你老人家说话我不懂，什么真灵？

张法师　你后生家不知道，我讲观音菩萨真灵呀。

毛小春　怎见得观音菩萨灵呀？

张法师　哈哈！怎见得？今早天蒙亮我去拜观音菩萨，今天就有人请了，往年二十几还没有人请呢，这不是观音菩萨灵吗？

毛小春　啊，这样。难怪、难怪。我见今早晨一街之上男男女女好多人去拜菩萨。好，闲话少讲，你老人家要去早点，今夜要进斋了，我走了。（下）

张法师　哈哈！菩萨呵菩萨，难怪人家都去拜你，真真灵验呀。我去收拾东西，马上去。（下）

第三场

马老板　(上)正月是新春，钱财到来临。想我自从开了十几年棺材铺，从来没有今年的彩气[⑥]好，刚刚年初一，就有人死来要棺材啰。今年的生意一定不错，这都全靠观音菩萨保佑呵。闲话少讲，刚才毛小春交代放下棺材在厅堂。为何这等时候还未见他来呢？

陈医生　(背口袋上)哈哈！马老板，恭喜恭喜！

马老板　好、好，恭喜恭喜，坐坐坐。陈先生，你看我选最好的一副棺材给你怎么样呀？价钱好讲的。

陈医生　(惊)哎，马老板，你的孩子病在哪里？快带我去看脉，快点快点！

马老板　(惊疑)陈先生，你讲的什么话？我的孩子好好的，哪里有病呢？你不是派人来同我买棺材，你妈妈不是昨夜三更过世吗？

陈医生　(急起)唉！今天是年初一，如何讲得我妈妈要棺材。(拍桌)

马老板　你不买棺材为什么派人来交代？今天大年初一，你来讲我孩子病，你讲好点。不好，我一巴掌打死你。

陈医生　混账，你不派人去请我，莫非我自己来你家呀？

[陈、马争吵。

马老板　我混账，你更混账。你不派人来我店，大年初一我拿棺材放在堂屋上做什么？混账，滚开！要不然老子要打你。

[陈、马互打。

张法师　(背口袋上，劝架)不要吵，不要打，有事好好商量。马老板，现在都装好了吗？现在马上开斋做道场了。

[陈、马惊奇。

马老板　张法师到此何事？巧啰。

张法师　马老板，马老太太八十多岁了，死也应该了。事情弄清楚就打斋啦，有事明天再说。古语说，公死孙好，奶死扯皮搥。真不错啰。

马老板　哎，今天是年初一，你来我家怎么东讲西讲的？我不给你乱讲的呀。

张法师　你这个人，派人去请我来，不请我，我自己来嘛？不是你妈妈不在，棺材怎么又停在厅堂？

马老板　这不是的，这是陈先生妈死，派人来讲要棺材啦。

［马、陈、张争吵不休。

［毛、李、王上。毛躲在李、王后面。

李玉娥　喂，你们三位老人家，今天是年初一，为什么打起架来？这个彩头不好呀，有话慢慢讲嘛。

王秀花　哈哈，马老板，今天年初一为何厅堂停棺材，有哪个不在啦？

马老板　讲起来我好气。

陈医生　讲起来我好伤心。

张法师　说起来我也好气。说不好，我要你填我的人工钱。

毛小春　哈哈哈！你们三个老人家莫争、莫争呀。

张法师　毛小春，不是你去请我吗？你不是讲马老板的妈不在，要我来打斋吗？

毛小春　是呀，是呀。

马老板　毛小春，是不是你来讲陈医生的妈不在，要与我要棺材呀？

陈医生　乱说，我妈哪里不在？马老鬼，你喊我来给你孩子看病。

毛小春　你们三人不要争，听我来讲。今早你三人去拜什么神，讲的什么话，是不是对得住人，我在菩萨后面听得一清二楚。

［马、陈、张愧甚。

毛小春　说起来都是你三人良心太坏，专门损人利己，只顾自己发财，不顾人家生死。马老板许的愿是要人家都死完，好和你买棺材。陈医生要人家个个得病，好与他买药材。张法师许的是要别人个个死亡，好请他打斋弄钱。我们大家想想看，这种道理是否公道？

李玉娥、王秀花　很不公道，损人利己。

毛小春　对啰，老话说，友以义交情可久，财从公取利方长。但愿你们三个老人家不要和从前一样就好了，倘若菩萨真真有灵，世上人都死了，光你们三家人是不是活得下去？

张法师、陈医生、马老板　（羞愧）唉！我们的想法真是错了。

（剧终）

【注释】

①黑头：戏曲中花脸的一种，因勾黑脸而得名。原专指扮演包公的角色，后来泛指大花脸。

②三牲：指古时祭祀用的供品。通常分大三牲（猪、牛、羊）和小三牲（鸡、鸭、鱼）两种。

③酒醴：酒和醴。亦泛指各种酒。

④打斋：指念经做法事。

⑤礼性：相当于礼貌、教养。

⑥彩气：运气。

【剧情简介】

雇工毛小春，趁新年初一放工，到观音堂玩耍。听到卖棺材马老板许愿是：别人死光他好卖棺材。陈医生许愿是：别人生病他好发财。张法师许愿是：人人都死亡好去求他打斋进钱。只有李玉娥和王秀花求神是祈祷神灵保佑风调雨顺，五谷丰登。毛小春便和这好心肠的李玉娥和王秀花二人商量，将马老板等三人戏弄一番。他先向马老板说陈医生母亲死了，要向他订购一口棺材，叫他选好放在堂屋里。又向陈医师说马老板的小孩病重，请他赶快去医。再向张法师说马老板母亲死了，请他去打斋。他们都被诳到马家，彼此争吵起来。毛小春才当场揭露他们的坏心，并教育了他们一番。

【简评】

此剧有两个独特之处。一是切入视角独特。剧作通过正直善良青年毛小春在菩萨后面对进香拜佛人的一一观察，暴露了人世间的一些丑陋。对自私自利的思想进行了讽刺、揶揄；对损人利己的行为进行了抨击、批判。二是情节设计独特。剧中主要是让毛小春通过卖棺材的马老板、行医的陈医生、替人打斋的张法师相互矛盾的许愿内容发生冲突，从而达到他们自我教育的目的。这样的情节处理，不仅使戏剧冲突集中突出，而且因此制造出许多喜剧效果，体现了戏剧寓教于乐的作用。

此剧由吴吉扬发掘、商霭如记录保存。

一字认不得

剧中人物

⊙曹员外（行当：老生，简称：曹）

⊙曹小宝（行当：娃娃生，简称：宝）

⊙张先生（行当：丑，简称：张）

⊙刘氏（行当：正旦，简称：刘）

⊙家院（简称：院）

第一场

曹员外 （上）春夏秋冬四季天，寒来暑往又一年。家有黄金千百斗。家中无儿也枉然。老汉，曹树珍。家财万贯，只有一子，年纪还幼。这个奴才又生得蠢，送他学堂攻书，老师都不愿教他。教他一年连那一字的一横都认不得，这又怎么办呀？也罢，今天老汉想下一计，愿请一个老师来我府中教他。这里的老师又不愿教他，又请哪一个呢？是了，不免拿得文房四宝[①]写一请帖，贴在门口，若是哪个教好我儿子，一年认得一个一字，我就谢他三十担谷子。家院，你将文房四宝拿来。

家 院 （上）是，文房四宝拿上来了。

曹员外 来，与我磨墨侍候。（唱倒板桨）手执羊毫[②]慢写上，字字行行写短长。上写拜上多拜上，过路君子念一场。我膝下所生一儿子，每日送他去学堂。叫他攻书他又懒，一横的一字都会忘。若有哪个来教上，一年认得一字感他教有方。谢敬谷子三十担，送他回家度日光。（白）家院，字已经写好了。你和我拿去门口贴起，若有人来找员外，你就带他进来。（下）

家　院　是。（贴门上，下）

第二场

张先生　（上）我今教学有多年，刚刚才挣得二百钱。我想买个帽子戴，我老婆又没得裤子穿。我，张先生。夫妻二人，膝下并无儿女。家道贫寒，每年靠教学度日。今年我还没有学生。不免我出去村庄绕一绕，岂不是好？闲言少谈，我来交代先生娘子。先生娘子，你好生在家看守门庭，我上村庄去了。

刘　氏　（内白）啊，你到外面邀学吗？如此早去快回。

张先生　这个自然，娘子不用挂心。离了我的门前，我到外面邀学去呀！（唱浪里白）正月里来正月正，正月元宵闹花灯。近水楼台先得月，向阳花木早逢春③。龙灯前面走，狮子随后跟。一堂门生到齐了，先拜孔夫子，然后拜先生。学东请我把酒饮，门生就把酒来斟。他的酒席摆得好，红薯拿来当海参。冬瓜老了一包子，茄瓜老了一包心，萝卜老了起网筋。荤菜没得点，他拿我来当个乡里人。二月里来是花朝④，时运不行把书教。独坐幽篁里，弹琴复长啸⑤。一起门生邀齐了，学东问我钱多少。我说一吊不为多，八百不为少。还有那个贫穷的，斗米百钱一月我也教。三月里来是清明，讲起教书气死人。有钱道真语，无钱语不真。不信请看席前酒，杯杯敬奉有钱人。那天我先生闲无事，我去外面去散心。一走走到李家过，李家大娘把客迎。满堂贵客来坐起，我曾走到他大门庭。他的老公来照顾，他老婆一旁冷眼睛。我看他二人假招呼，我在一旁也假领情。我也不吃他的酒，急急忙忙我就转回程。回到书房慢慢想，教书的老师真真不抵钱半文。四月里来四月半，学生请我吃午饭。小人长戚戚，君子坦荡荡⑥。他的酒席摆得好，三盘猪肉二盘蛋，又有鲤鱼煮老蒜。我今下力吃，下力胀。三花⑦吃了两斤几，还没吃着一碗饭。我讲我要回家去，他打破两个咸鸭蛋。一走走到中途上，南风迎面转，肚子乒乓响。走又走不快，跑又跑得慢。扯开了裤头，拉出一大串。反脸看一看，辣椒皮有二斤半。五月里是龙船会⑧，学东请我吃口味。酒未尝，人先醉。炸虾子，加杂碎⑨。别人送礼大不同，学生送礼大不对。粽子送一条，粑粑送一对。粽子生了霉，粑粑走了味。吃也不好吃，退也不好退。我想丢给狗崽吃，偏偏那里米粮贵。给我下嘴吃，吃得昏昏醉。我讲我要回家去，学东要我在那里睡。他那一铺床，铺在大门背。床脚底有狗崽，三朝未曾来解秽。我今睡着了，一跌跌下来，我和母狗睡。列位朋友，我不是来教书，我分明来受死罪。六月里懒洋洋，讲起教书无下场。豆豉颗，伴饭餐。教小子，猢狲王。行程几步来得快，不觉来到曹家庄。（白）且慢。来行走去，到了曹家庄前。（看帖）吔，奇怪。往天往这里过没看见什么，今天把这里过，他门上怎么贴起一张字，待我看过明白。曹员外，有一儿子，年方十五岁，一字认不得，若有哪个老师，能教得我这个仔，一年认得一横的一字，我就谢他谷子三十担。呵，原来是这件事情，不要紧，一年教一个字。我包教得来。我来打叫一声，门上有人么？

家　院　（上）有的。原来是一位先生，你到此何事？

张先生　我到此非为别事。我看你门上出起一张字，讲要请个老师来教你家公子，是也不是呀？

家　院　不错！是的。你老人家莫非想来教？

张先生　不错，我正是想来教。

家　院　好！那我请员外上来，请你老人家等一下。有请员外。

曹员外　（上）来了。家院一声请，不知为何情？

家　院　见过员外，有礼。

曹员外　有请何事？

家　院　非为别事，府门外有位先生前来求见。

曹员外　请他进来。

家　院　有请先生。

张先生　有进。上面坐的敢是员外？请见一礼。

曹员外　不要见礼。那旁有凳，先生请坐。

张先生　谢过员外的坐。

曹员外　请问先生，到此何事？

张先生　到此非为别事。我见员外府门贴有一张字，我看了一看。员外要请一个老师来教公子读书，是不是呀？

曹员外　不错的，正是。我有一个小犬[10]，他生得很蠢，送他去学堂攻书，读一年都认不到一个字，老师不愿教，因此我就想请个老师来我府中，住堂教他。

张先生　员外，教是教，但不知怎样教法？

曹员外　先生，你承应教我这个儿子一年只要认得一横那个一字，我就给三十担谷子，给你回去过年。

张先生　好，这样子那我承应教。一年才要认得一横那个一字，我答应教了。员外你不要反口[11]。

曹员外　哎，说什么反口？君子一言为定。先生承应教，你麻直[12]到我家中来。你回去拿你行李来我府中住倒。

张先生　好，那我回家收拾我的行李。

曹员外　如此先生你早去快回。

张先生　如此告辞。

曹员外　你要快来呀。（下）

张先生　你看今天蛮好的彩数[13]，我回家前去对我老婆说，我还要走呀！（唱倒板桨）今天出门彩气好，找得一个学生教。急急忙忙把路跑，回家前去说根苗。一路行程来得快，来到家中说根苗。（白）行来走去，来到我家了。待我打叫先生娘子上前，对她说明。先生娘子哪里？走来。

刘　氏　（上）来了！当家一声叫，急忙就来到。原来是先生回来了。

张先生　正是，哈哈哈。

刘　氏　哎呀！先生呀，今天回来这样欢喜，为着何事呀？

张先生　娘子呀，不说你哪曾知道，今天好彩数。

刘　氏　什么好彩数？请先生讲给我听。

张先生　不瞒你说，今天我出外各处去邀学，谁知道走到曹员外那里，他出了一张字，他说道哪个教得他那个仔一年认得一个字，给他三十担谷子。

刘　氏　那你承应教没有？

张先生　后来我进去叙谈，我就承应教了。教到过年他就把谷子给我。他叫我到他府中，在那里住倒，我就回来收拾我的行李。

刘　氏　但不知你几时前去？

张先生　不瞒娘子说，今天我就前去了，请下面收拾我的书卷行李。

刘　氏　先生请等一时，待我与你收拾行李。（下，拿行李上）先生，行李在此。

张先生　娘子转过后面，久久⑭我回来看下子你呀。

刘　氏　呵，你去嘛。七老八老还讲这些。

张先生　我怕你怄气，我去哩。

刘　氏　快去，莫讲多话了。一个人是生活要紧。（下）

张先生　少谈。离了我家门前，到曹府前去教学，我还要走起来呀！（唱麻疯腔）我今回家来，娘子喜颜开。收拾行李曹府去，急急忙忙把脚抬。行程来得快，到了曹门外，打叫小子来说把门开。（白）且慢。来此曹府，待我打叫小子上前。小哥哥哪里？走来。

家　院　（上）来了。门外有人叫，一定有客到。出得门来看，呵，原来先生到。请进。

张先生　有进。

家　院　先生来了，待我请我员外上前。

张先生　有劳你了。

家　院　有请员外出堂。

曹员外　（上）嗯哼。家院一声请，不知为何情？原来是先生来了。

张先生　是，员外请坐。

曹员外　你我一齐同坐。先生来了，这是好的。待我打叫我的孩儿上前。家院，请你相公出来。

家　院　是。有请公子。

曹小宝　（上）来了。床上睡大觉，拉了一泡尿。家院一声请，急忙就来到。家院做什么？

家　院　你老子喊你。

曹小宝　呀，我爹爹喊我。

家　院　是。

曹小宝　见过爹爹老子。

曹员外　那旁见过老师。

曹小宝　见过老师。

张先生　好，不要见礼。

曹员外　儿呀，为父请这位先生前来教你读书认字，你要听先生教授。

曹小宝　呵，我晓得。我听先生教我认字读书。

曹员外　好呀，那真是乖仔。小子，带先生公子到学堂去。

家　院　是，员外请退。

［曹下。

家　院　先生随我来。

张先生　前面引路。一去二三里，烟村四五家，楼台六七座，八九十枝花⑮。（圆场）

家　院　先生，学堂就在这里，请进。

张先生　得了。小哥你回去侍奉员外吧。

家　院　吃饭时间，我就来请你老人家。（下）

张先生　是。公子，来、来。我教你认字。

曹小宝　好嘛，先生教我认字。

张先生　（写了一字）这个是什么字？

曹小宝　我认不倒。

张先生　这个就是一横那个一字。

曹小宝　呵，一横那个一字我认得了。

张先生　你认得你就记倒，天天记这个字。

曹小宝　呵，我晓得了。这个是一字，这个是一字。（下）

张先生　（笑）哈哈哈！（下）

第三场

刘　氏　（上）奴家生来命奔波，好似墙头草一坡。过了今年秋八月，不知来岁是如何？你看我先生出外教学，今乃是腊月二十四来了，家家户户预备过年，我先生还未见回来，怎不叫人挂心呀？（唱倒板桨）坐在堂前自思想，想起家贫着了忙。到了腊月二十四，家中没有哪一行。坐在堂前自思想，望夫望得心里慌。低下头来自思想，我到后院走一场。（下）

第四场

张先生　（上）讲起教书事，时刻挂在心。你看我到曹员外家也有一年来了。今乃腊月二十四，家家户户准备过年，我也要回家过年呀。我教员外的公子，现在字也认得了，待我请得员外出来，讲给员外听，岂不是好？有请员外。

曹员外　来了。先生一声请，不知为何情？先生有礼。

张先生　有礼、有礼！员外也有礼。

曹员外　先生请我出来，有什么事呀？

张先生　请得员外出来，不为别事。现在年边到了，家家户户过年，我也要回去过年了。

曹员外　呵，先生要回家过年了吗？你教我那个儿子，他认不认得字呀？你教会未曾呀？

张先生　员外，认得了。

曹员外　认得了。好，待我打叫他出来，试看他认得没有。我儿哪里？走来。

曹小宝　（上）来了。爹爹老子一声叫，急忙就来到。见过爹爹老子有礼，见过先生有礼。

曹员外　好呀。我儿出来，先生每天教你认那个字你认不认得倒呀？

曹小宝　爹爹，我认得了。

曹员外　好，为父来写给你认。

张先生　好嘛，你就写给他认。

曹员外　（拿扫把蘸石灰）好，你看倒，我写给你认。儿呀，这个是什么字？

曹小宝　我不认得。

张先生　那个，你认不得呀？我天天教你那一个一字呀。

曹小宝　不是、不是！那个一字没得这么大。

张先生　是，就是那个，就是我天天教你认的那一个。

曹小宝　不是的。那个我都认得，这个我认不倒，又这么长，又这么胖。

张先生　哎呀，真真气死我了！这又怎么办呀？

曹员外　滚了下去！一个字都认不得，读了一年，先生你又说他认得了，我就讲你教不会。我这个儿子，教了一年，一横的一字都认不倒。

张先生　哎呀！员外，哪个晓得你这个儿子这么蠢，你写的一字写得太大了。

曹员外　太大了呀，太大又不是个一字，小的又不是个一字。这回你就怪不得我没给谷子给你。

张先生　哎呀，员外，你多少都给点我，要不我怎么过年呢？在你这块一年，耽误我一年不得去找钱找米。

曹员外　好，见你讲得这么可怜。家院，快来。

家　院　（上）来了。员外，打叫何事？

曹员外　下去后面，量二斗米，给二百钱先生回家过年。

家　院　是。（下）

张先生　唉！员外，想你才给二斗米二百钱，这一年辛辛苦苦。

曹员外　不用多说，先前我与你言过，教不得我一颗都不给你的呀。心甘情愿你还有什么话讲呢？你教会了，我不给谷子，这你才怪得我。

家　院　（上）先生，这里有两斗米二百钱给你拿回去过年。

曹员外　家院，送先生出去。（下）

家　院　是。送过先生。

张先生　（拿米、包袱，气）唉！你看曹员外他这个儿子养蠢了，教了一年这个一字都认不倒。唉！我好伤心呀！（唱私怀胎腔）员外做事太无情，肚饱不知肚饿人。我想他一定是用巧计，骗我的学金太伤心。急急忙忙往前走，回家说与我老婆听。急急忙忙来得快，不觉来到我门庭。（白）且慢。来此我家门庭，先生娘子快来！

刘　氏　（上）来了！先生转回程，实实喜在心。原来是先生回来了。

张先生　唉，回来了。

刘　氏　先生，往天回来欢容笑脸。今天回来，为何愁容不开？所为何来？

张先生　唉，娘子，不说你哪里知道，曹家那个公子我教他读书读了一年，一横那个一字他都认不倒。

刘　氏　得钱得米回来过年没有？

张先生　得了。

刘　氏　得了就好过年嘛，那你还怄气什么？

张先生　唉呀，先生娘子！（唱数板）先生娘子不知情，我有言来你细听。教他儿子一年整，连个一字认不清。

刘　氏　有这么蠢，一个一字都认不倒。

张先生　（接唱）员外叫他把字认，拿个扫把画一横，我在一旁急死人。他老子叫他把字认，他说，他今认不清。我问员外要谷子，员外他叫他的家人，白米量二斗，铜钱二百文。我怄一肚子气回家转，这回永远不做教书人。

刘　氏　（接唱）唉！员外好狠的心呀。骂声财主好狠心，原来用计骗学金。哪个写字拿扫把，怪不得他儿子认不清。先生不必来怄气，请到下面去安身。来年再想好主意，开山种地度光阴。（白）好了！先生不必怄气，我们来年再想办法，莫去教书了。

张先生　唉，我十二月吃凉水，点点滴滴记在心呀。

（剧终）

【注释】

①文房四宝：笔、墨、纸、砚。

②羊毫：毛笔的一种，用山羊毛制作。羊毫性均柔软，笔头肥厚滋润，适宜书写行书。

③近水楼台先得月，向阳花木早逢春：其意思是，靠近水边的楼台因为没有树木的遮挡，能先看到月亮的投影；而迎着阳光的花木，光照自然好得多，所以发芽就早，最容易形成春天的景象。这两句诗写得很含蓄，借自然景色来比喻因靠近某种事物而获得优先的机会。传说范仲淹在杭州做官时，给过去的部下都安排职务，只有苏麟没被录用。苏麟就献诗给范仲淹说“近水楼台先得月，向阳花木易为春”。

④花朝：也叫花朝节，俗称百花生日。有的地方以农历二月十五为

花朝，有的地方则以农历二月十二为百花生日。

⑤独坐幽篁里，弹琴复长啸：出自唐代诗人王维题为《竹里馆》的诗作，全诗如下："独坐幽篁里，弹琴复长啸。深林人不知，明月来相照。"这首诗描绘诗人月下独坐，弹琴长啸的悠闲生活。

⑥小人长戚戚，君子坦荡荡：《论语·述而》中原文为"君子坦荡荡，小人长戚戚"，意思是君子心地平坦宽广，小人却经常局促忧愁。

⑦三花：桂林三花酒。桂林三花酒是中国米香型白酒的代表，以其历史悠久、工艺独特、品质优良而备受青睐。

⑧龙船会：赛龙船。这是端午节的主要习俗。

⑨杂碎：动物的内脏。也指用动物内脏做成的菜肴。

⑩小犬：对自己儿子的谦称。

⑪反口：推翻原来说的话；反悔。

⑫麻直：一直；直接。

⑬彩数：运气。

⑭久久：久不久，是"不久"的意思。桂林话。

⑮一去二三里，烟村四五家，楼台六七座，八九十枝花：这是一首流传广泛、脍炙人口的诗歌，全诗通俗平易，音韵和谐，巧妙地运用了十个数字，展示了一幅朴实自然的乡村风俗画。

【剧情简介】

曹员外独子小宝，性极愚钝，许多老师都不愿教。曹员外只得贴字招请老师，应允：一年之内教得小宝认得一横的一字就酬谢谷子三十担。张老师见字愿来任教，与曹员外订明，到年底小宝认得一字就谢谷三十担；一字认不得便粒米不给。从此张天天教小宝认一字。年终，张辞馆回家，曹员外叫小宝面试，他用扫帚蘸石灰在地上写个一字，小宝说这字太肥太大，认不得。曹说张没教会小宝认一字，拒出谢谷，只打发二斗米二百钱给张回家，张只得怅恨而归。

【简评】

彩调传统剧目中，有一系列表现教书先生的作品，如《周乞儿盘学》、《狗保闹学》、《讨学钱》(简称“三学”)，等等。这些作品都有明显嘲弄、贬抑教书先生的倾向。《周乞儿盘学》中的乡村教师，不学无术、学问不通，以至于盘学输给叫化郎周乞儿，连自己家中没有文化的妻子都不如；《狗保闹学》的塾师遭顽皮孩童的戏弄；《讨学钱》中的教书先生受刁蛮村妇的刁难。他们在社会上被弄得十分狼狈，尊严丧尽。这部《一字认不得》，表面上是笑话蠢子的愚笨，实际仍是从教学无能的角度，取笑、揶揄一个教书多年的先生一年就教一个“一”字都教不会，所谓的才学都无法养活自己，更不用说有其他的用武之地。这一创作倾向，也是几千年来农耕民族的“重农”思想的折射。

此剧由莫景光发掘、陈孝仁记录保存 。

娘害我

剧中人物

⊙张大娘（行当：老旦，简称：娘）

⊙张三林（行当：老丑，简称：林）

⊙李耀光（行当：丑，简称：光）

⊙周大伯（行当：老生，简称：周）

⊙县官（行当：老生，简称：官）

⊙周媳（行当：旦，简称：媳）

⊙衙役甲（简称：甲）

⊙衙役乙（简称：乙）

第一场

张大娘　（上，念）曾记当年如花朵，转眼不觉白了头。月过十五光明少，人到老来万事忧。（坐，白）奴乃张氏，自幼嫁与李家为妻。所生一子，取名耀光。可惜我那丈夫去世得早，丢下我母子二人，贫苦度日。我那耀光自幼也爱读书，但老娘不给他读，叫他回来捉鱼兜蚂蜗[①]混过日子。这且不言，如今家中贫苦，找点钱零用都没有。前天我回娘家，我的弟弟张三林他曾说我，耀光这样大了，不如叫他过来和我一同做些无本生意。我问他做什么无本生意，他说夜晚去挖人家墙脚。我说，做这种事岂不怕人家捉倒[②]吗？他还对我说，我从小做到现在都未曾挨捉。真的，那夜我在他家住一夜，我见他得回好多东西，我看见眼都红了。可惜我是个女的，若是个男的我也同他去了。我走时他还交代今晚夜叫耀光去他那里商量与他一道去做。（对内）耀光哪里？走来。

李耀光　（上）呵，就来。（念）刚才戽鱼[③]回家转，又听母亲叫声扬。将身我且把二堂上，母亲打叫为哪桩？

张大娘　耀光儿，我不讲你那曾知道，你今年年纪蛮大了，还是打算做点生意才是，不然只戽点鱼如何过日子？

李耀光　想孩儿未曾上过圩，现在手上无钱，去做什么生意呀？

张大娘　唉！儿呀，这真是生意有路人无路。你舅爷说叫你今夜去他家和他做一样生意，一来不要本钱，二来不要打算，只要下力气就得。

李耀光　妈妈，那舅爷讲去做什么生意？

张大娘　孩儿，就是做这个生意啦。（比偷盗动作）

李耀光　妈妈，这种生意都做得的吗？给别人拿倒，岂不是送了性命？孩儿不做。

张大娘　你怕什么？你舅爷从小做到现在，从未失错过一回，你大胆前去与你舅爷好好商量。老话说，人不谋财永不富，火不烧山地不肥。孩儿不听为娘教训，为娘情愿自尽了。（欲碰头）

李耀光　（扶娘）妈妈不必如此，孩儿遵从就是。

张大娘　这才是我的好孩儿。哈……孩儿，时候不早了，你快到舅家去，不然你舅久等了，今晚为娘在家煮饭等你回来。

李耀光　孩儿就去，请妈妈关上门户。

［娘关门，下。

李耀光　我的妈妈呀！唉，我还是到舅家与舅舅商量商量再说呀。（唱流水板）李耀光路上慢思想，妈妈做事不思量。我想不从她方向，她要自尽碰壁亡。低下头来我细想，今生唯有一亲娘。君要臣死臣则死，亲要子

亡子则亡。不听母亲来训讲，成为忤逆[4]不孝儿郎。迈开大步往前撞，去和舅爷再商量。（下）

第二场

张三林 （拿烟袋懒洋洋地上，数课子）我，张三林。我似小神仙，好嫖爱赌爱吹烟。不管天来不管地，玩过一年算一年。无钱我打主意，有钱似神仙。（白）我，张三林，爱吹两口洋烟。想我爹妈还在，生我姐弟二人，家中银钱万贯。可是我爹妈去世得早，我那姐姐嫁了，丢下我一个人。今天吹、明天赌，把一份家财搞得一无所有。这且不表，前天我姐姐回来，约定我那外甥今天晚上回来和我搭手，我图他力气大，恐防遇着重笨的事，他也可以做得到。为什么这时候还不见他来？

李耀光 （上，念）两脚奔波走，来此是舅家。（白）喂！舅爷在家吗？

张三林 在家、在家。外甥来啰，我怕你不来啰。进屋坐坐。

李耀光 一同进罢。舅爷，妈妈今早晨对我言过，我自当遵从妈妈之命。但是我年少无知，凡事还要舅爷指教指教。

张三林 哈哈！外甥，你怕什么？想你舅爷小小就在江边钓鱼，衣裳没有湿过一次。你放心，现在天还未曾夜[5]，一同后堂吃夜饭，等天黑再走。

李耀光 好。

［光、林同下。

第三场

周大伯 （上，念）年年防饥寒，夜夜防强盗。（白）想这几晚夜[6]，到了三更时候，上下村狗不断地叫，这几晚夜，恐怕有贼摸进村，我还是后堂去交代媳妇等小心防备。（下）

［林、光携盗具上。

李耀光　哈哈！舅爷，这么多的东西，还是一起拿到舅爷家罢。

张三林　不，你把你所拿的东西拿回家见你母亲，让你母亲高兴高兴，也不枉你母亲教训你一番嘛。

李耀光　好罢，舅爷，我们就此分路了。

张三林　好，今夜你来早点，我们好准备。这一场不算什么脚色，今晚索性做大点生意。

李耀光　好啦，我回去了。

张三林　好呀，有话今晚再说。（下）

李耀光　我舅爷真是能干，我还是回家告诉我母亲罢。（唱流水板）我舅爷做事真能干，上屋顶好似鼠爬墙。走瓦角一声都不响，夜行人算他实在行。一步儿转身来得快，前面就是我村庄。（白）好，来到我家来了。（轻拍门）妈妈，开门来。

张大娘　（上）呵，就来、就来！（开门，见光背东西，笑）哈哈，晓得有这等好事，我早就喊你去了。你看这样不是很容易的，做得回来，我母子二人不是大把[⑦]吃。老话说，为人不怕穷，只怕主意打不通。

李耀光　妈，你看这是一件长衫，这是一件短衫，这件是女人的衣服，我看正好合你穿呵。

张大娘　（拍光肩）哈哈，好孩子，你真能干呵。人家讲，养子不用多，一个当十个。好像隔壁王家不有三兄弟吗？可是他爹都饿得快死了，他还是没有一点主意，不是白白枉养三个孩儿吗？

李耀光　（思索皱眉）好就是好，妈妈，但是日后……

张大娘　哈哈！孩儿你真傻呵，有你舅爷和妈妈，你怕什么？只要青山在，哪怕无柴烧。孩儿，消夜为你煮好了，下面一同吃消夜先[⑧]。

［娘、光同下。

第四场

周大伯　（惊慌上，念）昨夜强盗挖李家，全家哭得泪爬沙。

［幕后声：“天收天绝，把我家里的东西都偷光了。不知哪一天呵，你总会挨刀杀、挨枪打呵。”

周大伯　蛇过田基不必骂，好好拿棍收拾它。（白）这些强盗真狠，昨夜把李家的东西统统偷光，若是犯在我的手上，不死也要他脱层皮。好，我还是要交代孩儿媳妇把东西搬过一边，等他们来挖，我们一个一个捉他起来，这些强盗才晓得我的厉害。好！我还是去准备罢。（下）

第五场

李耀光　（上）哈哈！今天我好高兴呀！（唱鼓打太平春）太阳下山黑沉沉，一人走往舅家门。母亲见我很高兴，送我出门笑盈盈。说我今晚早回转，母子一同把酒斟。高高兴兴来得快，不觉来到张家村。（白）好！来到张家村来了。太阳落山蛮久了，我还是喊我舅爷开门罢。（拍门）舅爷！舅爷！开门！开门！

张三林　（伸懒腰边应边上）呵，我就来啦。（念）吹烟正过瘾，谁来叫开门？待我开门看，哈哈，原来是外甥。（白）进去！进去！坐先！坐先！

李耀光　舅爷一同坐。舅爷，今夜没有月亮，这样黑，怎样看得见？

张三林　你真傻，我们就是要黑才好做事啦。好，待我去要东西来。（下取刀上）外甥，今晚夜我们准备去做周家的生意。周家比李家还好，东西多，可是他家人多，进去要小心呵，你要看我的眼色行事。

李耀光　是的，我晓得。

张三林　太急得很[9]，我喊你杀你就杀，不然难脱手[10]。一个人就要见机行事。

李耀光　啊？舅爷，杀人？

张三林　怕什么？我们这一行，都是吃刀背、睡刀口，你不要太胆小。好，现在我们就要走了。

李耀光　请舅爷带路。

张三林　来！慢慢摸着走，路上逢人就砍，不要上他的当。老话讲，先下手为强，后下手遭殃。

李耀光　我晓得，走罢。

［林、光边摸边走。

李耀光　（踢着石头）哟！好痛呀。

张三林　（堵光嘴）不要大声，前面就是周家啦。

李耀光　我踢倒脚好痛的呀。

张三林　慢慢摸着走。

［林、光同边摸边走。

张三林　到了，我们就在这里挖进去。你摸到那头去听听，看有人来没有？倘若有人走路，你就偷偷走来讲我听，我们好走开。急得很，你就咳嗽一声为号。

李耀光　是，我晓得。（下）

张三林　好，我还是慢慢挖罢。（挖墙）

李耀光　（至林身边）舅爷。

张三林　（惊跳）呵，有人到嘛？

李耀光　不是，家家都睡着了，没有听到声响。

张三林　那你来帮我，我们做快点。

［林、光同挖墙。

张三林　挖穿了。没有人的，进去罢。

李耀光　舅爷，你进去先，还是我进去先？

张三林　随便，我进去先也得。（欲进又退）外甥，你我是亲戚，我从前还未对你讲，我们这一行的规矩。

李耀光　舅爷，还有什么规矩？

张三林　好汉做事好汉当，日后哪个挨拿去，就是打死也好，不能招认别人[11]。这个规矩是最要紧的，千祈不要做火烧船皮连累瓦。

李耀光　晓得。

张三林　晓得那就进去。

[光、林先后进洞。

李耀光　（不小心撞着大锅头响）哟，舅爷。

周大伯　（大喊）拿强盗呀！大家起来呀！

[媳上抓林，林用刀杀媳。

周　媳　哎哟！（倒地）

[林出。

[光逃到洞口。周赶上，用棍打着光的脚。

李耀光　（大喊）哎哟，死了。

周大伯　（再打一棍）呵！你杀呀，这会你死啦。

张三林　（在外偷听）呵，耀光挨拿了，我快远走高飞，我也不回家了。老话说，七十二计，走为上计呵。（下）

第六场

[天亮。

周大伯　（绑光上）嘿，你这个家伙，胆敢杀我媳妇，今天老汉要把你送到衙门，要你抵命。走。（圆场）到了。衙役何在？击鼓闹堂。

衙役甲　（上）你老人家前来击鼓闹堂，有什么事？

周大伯　人命关天，请大老爷坐堂。

衙役甲　等着，请大老爷升堂。

县　官　（上，念）为官秉忠心，与民判冤情。

衙役甲　大老爷在上，小的叩头。

县　官　所请何事？

衙役甲　外面有人击鼓申冤，他说是人命关天。

县　官　把他们传了进来。

衙役甲　是。大老爷传你们进去。

衙役乙　老人家，你进去，我拿这个人。

周大伯　烦劳小哥带路。

衙役甲　随我来。

周大伯　大老爷在上，小民跪见。

县　官　你是哪里人氏？姓甚名谁？有何冤情前来击鼓申冤？

周大伯　我乃是本县人氏，姓周名大伯。只因昨夜强盗挖洞进屋，将我媳妇杀死，望大老爷和我做主。

县　官　现在强盗在哪里？你可知道。

周大伯　那强盗被老汉打伤了，现在头门外。

县　官　好，把他推进来。

衙役甲　把他推进来。

衙役乙　（推光上）好好跪下来！

李耀光　（跪下）哎哟！大老爷。

县　官　我且问你，你是哪里人氏？姓甚名谁？为何三更半夜挖洞杀人？好大的胆！赶快从实说来。小小的年纪，为何做出天大的事来？

李耀光　大老爷在上，听我讲来。我乃本县人氏，姓李名耀光。只因家中贫穷，出于无奈，只得挖洞为生。我一进去，他的媳妇来抓我，我失手将她杀死是真的，望大老爷开恩。

县　官　开恩？你是一个人还是另有人做伴？从实讲来。

李耀光　我是一个人，并无他人。

县　官　一个人岂敢挖洞杀人？不打不招。左右，将他拉下打二十大板，看他招不招。

［甲拉光下打。

李耀光　哎哟！大老爷，死了。

县　官　大老爷死？还有大老爷来，你招还是不招？

李耀光　我是一个人，打死也是这样。好汉做事好汉当，我再不伤害别人。

县　官　（拍案）好一个好汉做事好汉当，你杀人是实不是实？

李耀光　杀人是实，别无他事。

县　官　杀人是实，盖手拇印上来。

［甲拉光盖手印。

县　官　周大伯，你好好回家去掩埋媳妇，本官与你将命抵命，判断此案就是。

周大伯　谢过大老爷。（下）

县　官　李耀光，本官依法办理，将你法场处斩。左右，绑赴法场。

衙役甲　有。（推光）走。

李耀光　（大喊）冤枉呀冤枉，这是我的娘害我呀！

县　官　啊？推他转来。

［甲推光转，光跪下。

县　官　李耀光，你杀人要人命抵偿，你为何说冤枉？说娘害你的话，从实讲来！

李耀光　大老爷呀，我从小父亲去世，跟随母亲过日，母亲要我去做强盗，我本来是不肯做的。

县　官　不做的，你就不该依从你妈妈呀。

李耀光　大老爷呀。（唱数板）不依从妈，妈寻自尽，我为孩儿怎忍心？被迫依从母教训，那夜和我……

县　官　和你什么？为什么不说？你老实讲来，我就开恩于你。

李耀光　大老爷呀。（唱）那夜和我舅爷行。

县　官　哈哈！现在你招了，和你舅爷做伴的。你做过几场了？

李耀光　（唱）头一晚去把李家进，得东西回来见母亲。母亲一见很欢喜，母子两人很欢心。

县　官　这真是输钱因为赢钱起，做贼因为娘欢喜。

李耀光　（唱）母亲叫我大胆去，有了舅爷就放心。第二晚又把周家进，撞锅惊醒一家人。他媳妇将我来拿定，舅爷杀她命归阴。

县　官　呵！原来是你舅爷杀的，不该起初你不招出来呀。现你舅爷到哪里去了？

李耀光　（唱）舅爷见我被拿定，他走外面去逃生。这是我心中实在话，不敢欺骗老爷身。

县　官　是这样。这事归罪你舅爷，也是你娘害了你。左右！

衙役甲　有。

县　官　马上把他母亲拿来对案。

衙役甲　遵命！（下）

县　官　李耀光，我看你小小的年纪，就要好好地耕读买卖，做个好人。

李耀光　谢过大老爷教训。

衙役甲　（推娘上）你站在这里。（上堂）启禀大老爷，他母亲已拿到。

县　官　把她推了上来。

衙役甲　是！（推娘上）

张大娘　大老爷在上，小妇人跪见。

李耀光　娘呀，你害了我呀！

县　官　你这妇人，为何教训孩儿去做强盗？从实说来，本官饶恕于你，不然将你狗头斩下来。

张大娘　大老爷呀，我错了。我见不得便宜货，我见我家三弟一时间就得了大把东西回来，我很眼红，回家后逼我孩儿去做强盗。望大老爷开恩，以后不敢了。

县　官　（拍案）好一个以后不敢了。人人都像你这样教儿子，那还了得起！本官依法判断，判你徒刑三年，教训后人为母亲的不要走这条路啦。

李耀光　大老爷，我母亲走错了路，是应该判刑定罪。但我母年老，恐怕承受不起，我情愿为母坐牢。还望大老爷放我母亲回去，将我收监坐牢就是。

县　官　哎呀！刚才你还说好汉做事好汉当，你母亲做错应该由你母亲坐牢，何须你替代？这事不准。

张大娘　唉！我的孩儿呀。

李耀光　大老爷若还不准，小的情愿自尽，报答我母亲恩典就是。

县　官　你这样说来，本官依从你就是。

张大娘　走错路的是我，不该孩儿来抵罪。求大老爷放开我儿，我愿坐牢。

李耀光　妈妈，你回去，我在此坐牢。你年纪老了，受不了监牢之苦。我后生家，还可以受得的。

张大娘　孩儿，这是母亲之事，应该母亲受。我又这么大的年纪了，死也是应该的。

李耀光　我去坐牢，你先回去。

张大娘　你回去，我在此坐牢。

［光、娘互争不休，母慈子孝。感动官心。

县　官　好啦！好啦！你们母子二人一时之间走错了路，现在回心转意是好的。老话说，回头是岸。本县今天开个大恩，将你母子赦罪。回去以后，要好好地耕田耕地，奉劝世人，不要走错了路。

李耀光、张大娘　（拜）谢过大老爷大恩。（下）

衙役甲　大老爷退堂！

［官、甲同下。

（剧终）

【注释】

①蚂蜗：青蛙。

②捉倒：捉住。桂林话。

③戽鱼：指将水排干捉鱼。戽，用戽斗汲水。戽斗，是取水灌溉的旧时农具，形状像斗，两边有绳，由人拉绳牵斗取水。

④忤逆：违反；悖逆。后多指不孝顺父母为“忤逆”。

⑤未曾夜：天色尚早，还未天黑。

⑥几晚夜：几个晚上。

⑦大把：很多。

⑧吃消夜先：先吃消夜。用“先”放在句子末尾，表示暂且进行，其他放下再说。

⑨太急得很：非常危急时。

⑩脱手：原意是失手握不稳东西，这里是逃脱之意。

⑪招认别人：意为供出同案犯。

【剧情简介】

张大娘利令智昏，命儿子李耀光跟舅舅张三林去做小偷。第一夜偷盗得手，回家后母子欢喜。第二夜失手，张三林给周家媳妇抓住，情急杀死周媳逃走，李耀光却被擒送官。李初不供认同伙，被判死刑，临刑时叹息“娘害我”。县官追问情由，李才详供经过。县官将李母捉到，张大娘承认子之为盗，实己所命。耀光赦死，张大娘判禁三年。母子互争承罪，感动县官，因并加赦罪，便令改邪归正释归。

【简评】

《娘害我》故事题材并不新鲜，但跳出了“娘爱我”传统套路，为舞台奉献了一个因为贪恋钱财而教唆儿子去偷盗的“恶娘”艺术形象，同时也塑造了一个因为遵循孝道而忘掉做人底线的“孝子”典型。该剧以一个母亲教儿的失败教训，给世人以警示。剧中注意戏剧冲突的设计，讲究伏笔的埋设，尤其是人物内心冲突的刻画，使舞台上的几个人形象较为生动。

此剧由吴吉扬发掘、商霭如记录保存。

二女争夫

剧中人物

⊙曾万年（行当：老生，简称：曾）
⊙曾慈英（行当：旦，简称：慈）
⊙曾月英（行当：旦，简称：月）
⊙小子甲（行当：丑，简称：甲）
⊙小子乙（行当：丑，简称：乙）
⊙丫鬟（行当：旦，简称：鬟）
⊙红子祥（行当：小生，简称：红）
⊙冯氏（行当：老旦，简称：冯）
⊙猴子（简称：猴）
⊙李糊涂（行当：丑，简称：李）
⊙考官（行当：生，简称：官）
⊙差人（简称：差）

第一场

曾万年 （上，念）春夏秋冬天过天，寒来暑往又一年。人生好比长春梦，老迈何曾转少年。（白）在下老汉曾万年。想起前几年去到山东贸易，还有一点账未曾收起，今日天气晴和，我启程前往山东而去，家中还有女儿、丫鬟在家，不免叫她们出来，吩咐于她，在家看守门户。小子、丫鬟哪里？

小子甲、丫鬟 （应）来了！听得一声叫，忙步堂前到。拜见老爷有礼。

曾万年 不消见礼，两旁站过。

小子甲、丫鬟 请问老爷，不知打叫小子、丫鬟出来，有何吩咐？

曾万年 小子、丫鬟哪曾知道，叫你们出来，非为别事，有请两位小姐出来。

小子甲 老爷有请二位小姐出来。

［慈、月应上。

曾慈英 听得爹爹叫，

曾月英 急忙就来到。

曾慈英、曾月英 拜见爹爹有礼。

曾万年 不消见礼，两旁坐下。

曾慈英 请问爹爹，打叫女儿出来，不知有何事干？

曾万年 叫你们出来，吩咐与你，在家看守门户，我要到山东前去收账，你们心下如何？

曾慈英 从命就是。

曾万年 女儿从命，端坐两旁，听为爹交代一番。（唱四平腔）坐在中堂把话讲，女儿一旁听端详。今日我须山东往，不知何日始回乡。

曾慈英 （接唱）爹爹吩咐我是听，任从爹爹往外行。家中诸事我照应，爹爹在外请放心。

曾万年 小子，后堂去拿包囊雨伞出来。

小子甲 是。（下拿包袱雨伞复上）

曾万年 包袱雨伞可曾备好？

小子甲 备好在此。

曾万年 女儿请退。

曾慈英、曾月英　爹爹早去早回呀。

曾万年　晓得的。

[慈、月、鬟下。

曾万年　小子带路前往。

小子甲　你随我来呀。

曾万年　（唱四平腔）出得门来往前走，一心要往山东行。两旁街景无心看，山东收账走一程。

[曾、甲下。

第二场

曾慈英　（上，念）八月桂花香，九月菊花黄。奴乃二八女，打扮出闺房。（坐，白）我曾慈英。今日天气晴和，我想去山中打猎。我还有个细妹，不免叫她出来，交代过她。丫鬟哪里？走来。

丫　鬟　（上）小姐，你叫我出来，有何事呀？

曾慈英　有请二小姐出来。

丫　鬟　是。（向内）大小姐有请二小姐。

曾月英　（上）姐姐，你叫我出来，有何吩咐？

曾慈英　今日我同丫鬟上山打猎，交代你在家看屋，你心下如何？

曾月英　小妹从命，姐姐你去就是。

曾慈英　如此妹妹请退。

[月下。

曾慈英　丫鬟下去拿弓箭出来。

丫　鬟　（下拿弓箭复上）小姐，弓箭拿出来了。

曾慈英　离了自家中，我还要走呀。（唱路腔）出得门来往前走，一心打猎往山岗。急急忙忙来得快，不觉来到好猎场。（下）

第三场

红子祥 （上，念）三更灯火五更鸡，正是男儿立志时。有朝名登龙虎榜，十年身到凤凰池。（坐，白）小生红子祥。今乃大比之年，我想上京求取功名，不免请得妈妈出来，向她禀明，岂不是好？小子哪里？走来。

小子乙 （上）来了，相公一声叫，急忙就来到。见过相公有礼。

红子祥 不消见礼，一旁站过。

小子乙 请问相公，打叫小子出来，不知有何吩咐？

红子祥 有请老安人①出来。

小子乙 相公有请老安人出来。

冯 氏 （上）我儿请为娘出来，有何话说？

红子祥 禀告母亲得知，孩儿想上京求名，母亲心下如何？

冯 氏 我儿上京求名，为娘心中欢喜，我儿放心前去。

红子祥 母亲欢喜，听孩儿禀告呀！（唱四平腔）坐在堂前把话讲，尊声妈妈听端详。今日孩儿上京去，不知何日回家乡？

冯 氏 （接唱）我儿今日上京往，为娘言来记心旁。但愿我儿得高中，早早启程回家乡。

红子祥 妈妈请退。

冯 氏 我儿早去早回。

红子祥 孩儿从命。

［冯下。

红子祥 小子，后堂拿行李雨伞出来。

小子乙 是。（下取包袱雨伞复上）

红子祥 小子，行囊雨伞可曾取到？

小子乙 早也备好。

红子祥 带路前往。

小子乙 相公随我来呀。

红子祥　（唱四平腔）离了家门上京去，一心要往京城行。急急忙忙来得快，不觉来到是凉亭。（白）少待，走来走去，不觉来到凉亭，不免进到凉亭打坐一时，再往前走。

［红、李下。

第四场

［猴上游场。慈、鬟追猴上。

［红上，与猴相碰。猴追赶红，红喊救命。

曾慈英　（射猴、拦着。唱）猴子畜生太猖狂，敢来逞凶把人伤。手拿铜锤来打上，要你一命见阎王。（白）猴子，你要死还要生？要死，我要你一命见阎王。要生，我把你的尾巴割掉，放你上山去。

［猴点头。慈用刀割断猴尾，猴跑下。

红子祥　多谢小姐救命之恩。

曾慈英　些小之事，不需客气。请问相公，高姓大名。

红子祥　小生名叫红子祥。

曾慈英　相公要往哪里而去？

红子祥　要上京求取功名。

曾慈英　好呀，我想与你结为夫妻，你心下如何？

红子祥　多蒙小姐见爱。

曾慈英　好呀，请相公一同到我家里一叙。（圆场）走来走去，到我家来了，妹妹快开门。

曾月英　（上）是哪个？

曾慈英　为姐回来了。

曾月英　（开门）姐姐回来请进。

曾慈英　（进）妹妹，我们去打猎，收留一位相公回来，你去请他进来吧。

曾月英　有请相公。

[红入座。

曾慈英　丫鬟，你带相公下去吃粥。

丫　鬟　相公随我到下面吃碗粥先。（带红下，复上）相公吃过粥了。

曾慈英　丫鬟，我交代过你，送相公去书房读书。

丫　鬟　两位小姐请退。

[慈、月下。

丫　鬟　相公，随我来，到书房去呀。（圆场）到书房了，请相公进去。

红子祥　你好好去吧。

丫　鬟　知道。（下）

[红下。

曾慈英　（上）今日我还要上山打猎，不免交代妹妹看屋。妹妹出来呀。

曾月英　（上）姐姐叫妹子出来何事？

曾慈英　妹妹，我又要上山打猎，为姐交代过你，好好看屋。

曾月英　姐姐快去快回。

曾慈英　为姐晓得回的，妹妹请退。

[月下。

曾慈英　呵，离了门前，我要到山上去呀。（转场）走来走去，来到山岗呀。

第五场

曾月英　（上）好呀，我姐姐收留一位相公回来。丫鬟送他书房读书，不免去到书房同他偷结丝萝[②]，就是这主意。（转场）走来走去，走到书房，相公开门。

红子祥　（上）是哪个到来？

曾月英　月英到来。

红子祥　月英小姐，你到书房何事？

曾月英　来同你偷结丝萝。

红子祥　你姐姐知道，会骂人啵。

曾月英　不怕的。

［红、月同下。

第六场

曾慈英　（上）刚才我来到山岗打猎，现已日过中午，我要转回家去了。（转场）走来走去，不觉来到门前了。月英开门！

丫　鬟　（上）是哪个到来？

曾慈英　为姐回来了。

［鬟开门。

曾慈英　丫鬟，二小姐哪里去了？

丫　鬟　不知道她去哪里呗。

曾慈英　（台口）我收留一位相公回家，送到书房读书，我妹妹一定去到书房同相公搞什么鬼啦，我到书房去看一看先。丫鬟闩门。

［鬟下。

曾慈英　离了堂前，我还要走呀。（转场）来到书房了，相公开门。（停一会）快快出来开门呀。

红子祥　（上、开门）哪个来到？

曾慈英　慈英到来。是哪个来到这里同你搞什么鬼呀？

红子祥　是月英妹妹。

［月上。

曾慈英　妹妹，你来这里同相公搞什么？（拉红）相公过来，随我去，等爹爹回来，慢来打算。

［月也拉红，红、慈、月三人拉着下。

第七场

曾万年　（上，念）一日离家一日深，犹如孤雁宿寒林。纵然此地风光好，难免思乡一片心。（白）小子哪里？

小子甲　（上）老爷叫我出来何事？

曾万年　我来此处好久了，我要回家去了。

小子甲　老爷随我来呀！

曾万年　（唱四平腔）离了山东回家往，翻山越岭过山岗。一路美景无心赏，家务之事挂心肠。（白）走来走去，不觉到家了，待我进去。怎么不见她们？且到书房去歇息一时。（到书房门前）

［书房内吵闹声。

曾万年　哟，里面何人争吵？出来开门。（无回声，推门而入）

［慈、月拉红同时上，红躲入床底。

曾万年　哎！你们两姐妹在这里搞什么？

曾慈英　（拉曾）爹爹过这边来。

曾月英　（也拉曾）爹爹过这边来。

曾万年　你们搞什么？

曾慈英　我讲爹爹听，我去山上打猎，见一只大猴子追这位相公，我搭救了他。我收留他回家，交代丫鬟送他到书房读书，我已经和他讲定了，我要和他结为夫妻。其后妹妹又来到书房，同他偷结丝萝。

曾万年　呔！我不在屋，你们就乱搞呀。（见红躲在床底，拉着红耳）出来！

红子祥　禀知老爷，我一心上京求名，在路上被一只猴子追赶，多得大小姐搭救，把我收留在书房读书，二小姐进来和我讲了许多话，定要同我偷结丝萝。这事都在她姐妹身上，不关我的事。

曾慈英　爹爹，将错就错吧，反正我们姐妹都未出嫁，求爹爹将我们许配与他也罢。

曾月英　爹爹，我做大啵。

曾万年　嗨！你姐大就是大，你小就是小。好，离了书房，随我转过家堂去吧。（转场）丫鬟，快快出来开门！

丫　鬟　（上）哪个到来？

曾万年　老爷回来了。

丫　鬟　老爷回来，请进。

［众人同入。

曾万年　好！贤婿，我于今送你上京求名，你心下如何？

红子祥　谢过岳丈。

曾万年　小子，后面拿行囊出来。

［甲下取行囊上。

曾万年　小子，你拿行囊出来未曾？

小子甲　拿出来了。

红子祥　岳丈请退。小婿即日登程，

［曾、慈、月、鬟下。

红子祥　离了岳家，我还要往京城走一走呀。（唱四平腔）出得门来往前走，一心要往京城行。急急忙忙来得快，不觉来到是长街。（下）

第八场

李糊涂　（上，念）读书读得苦，读了三年人之初③。别人读就熟，我读就打呼。（白）朋友，功名都是八字命，一命二运三风水，四积阴功五读书。我有一日在书房读书，心中发闷，我就跑到河边，只见一个妹仔长得很好。我丢钱给她，她嫌我的钱臭腥。其后我追来追去，追到山顶不见她。我回书房向老师问候，老师责我贪花爱柳，不务正经，骂我糊涂。窗友就叫我李糊涂，李糊涂就是我。今乃大比之年，我要上京求名，拿得行包，我还要走呀。（唱四平腔）出得门来往前走，一心要往京城行。急急忙忙来得快，不觉来到是凉亭。

[红上，与李相会。

李糊涂　你去哪里？

红子祥　我上京求名。

李糊涂　大家同行。

[红、李同下。

第九场

[官上，差随上。

考　官　奉旨选奇才，举子纷纷来。来到朝房④上，只见牡丹开。（入座）昨夜一梦上阳台，月里嫦娥把桂栽。打往广寒宫⑤中去，一身带下异香来。下官，奉旨取才，这科三元不知出于何处？人来！

[差应。

考　官　打开贡院⑥，把龙凤牌挂出去。

差　人　龙凤牌挂起了。

考　官　人来！

[差应。

考　官　举子可曾到齐？

差　人　早已到齐。

考　官　传他们上来。

差　人　主考大人有令，考生上堂。

[红、李上。

红子祥　拜见主考大人。

李糊涂　拜见主考大牛。

考　官　呔！大人。

李糊涂　呵呵！大人大人。

考　官　两旁站立，举子各报名上。

红子祥　学生红子祥。

李糊涂　李糊涂。

考　官　本官吩咐与你红子祥天字号，李糊涂地字号，各号领纸归房，照题作文。

红子祥、李糊涂　谢过主考大人。（领纸下）

考　官　人来！

［差应。

考　官　传话下去，擂鼓交卷。

差　人　下面听着，擂鼓交卷。

［红、李同上。

红子祥　见过主考大人。

考　官　红子祥，你的文章可曾做好？

红子祥　早已做好。

考　官　拿来观看。

红子祥　请大人观看。

考　官　你的文章甚好，不知口才如何？本官出一对，你愿不愿对？

红子祥　请大人出题。

考　官　出水蛤蟆穿绿袄。

红子祥　落汤螃蟹着红袍。

考　官　好厉害的口才。出院候榜去吧。

红子祥　谢大人。

考　官　开门送出。

［牌子。红下。

考　官　地字号。

李糊涂　拜见大人。

考　官　一旁站过，地字号，你的文章可曾做好？

李糊涂　几年前做好了，我摸摸口袋还在不在。

考　官　呔！别人做得清清楚楚，你的文章收到哪里去了？

李糊涂　放进荷包去了。

考　官　哪个要你放进荷包去？

李糊涂　老婆叫我放进荷包去。

考　官　呔！男人大丈夫，听老婆的话，糊涂呀、糊涂。本官出一对，你可愿对？

李糊涂　请大人出题。

考　官　黑人挑黑炭，黑炭黑人挑。人黑炭也黑，黑黑黑。

李糊涂　他要黑来对我，我要白来对他。白人骑白马，白马白人骑。人白马也白。白白白。

考　官　呔！你的文章不成文。

李糊涂　成好文。

考　官　不成对。

李糊涂　成老对。

考　官　今科不中你。

李糊涂　明科我又来。

考　官　明科来不中。

李糊涂　明科来不中，回家帮老婆做工。

考　官　人来。

［差应。

考　官　叉了出去。

李糊涂　不要客气，我会走。（下）

考　官　有事无事？

差　人　无事。

考　官　起道上朝。

第十场

红子祥 （上，念）曾记当年上京城，黄榜点我第一名。奉旨荣归完婚聘，状元及第显声名。（白）当初岳丈送我上京求名，今蒙皇上点我头名状元，领旨游街，回乡祭祖完婚。人来！

［差应上。

红子祥 带马回乡。

差 人 从命。

［红、差圆场。

红子祥 走来走去，来到岳丈门前，岳丈开门来。

曾万年 （上）哪个到来？

红子祥 小婿回来了。

曾万年 贤婿回来了，你上京求名，不知如何？

红子祥 多得皇上隆恩，点了头名状元。

曾万年 那就好呀！

红子祥 岳丈呀，我家还有年迈老母，接她过来，大家团圆欢乐，岳丈心下如何？

曾万年 那好呀，即叫小子去接你母过来团圆就是。小子哪里？

小子甲 （上）老爷叫我出来，有何吩咐？

曾万年 你去到状元女婿家接老夫人过来团圆。

小子甲 从命。（下）

曾万年 慈英、月英出来。

曾慈英、曾月英 （上）爹爹叫我们出来何事？

曾万年 你丈夫中了头名状元回来了。

曾慈英、曾月英 相公有礼，妻子拜见。

红子祥 免礼，两旁请坐。

［甲、冯同上。

小子甲　老夫人，你在外面少候，我先入报状元公。（入）启禀状元公，老夫人到。

曾万年　慈英、月英，赶快出去接你家婆婆进来。

曾慈英、曾月英　从命。（出）婆婆到来，请进。（扶冯入）

红子祥　母亲到来，请坐，受孩儿一拜。

冯　氏　免礼。儿呀，你上京求名，为何这么久才回来呀？

红子祥　妈妈呀，孩儿当初上京求名，在路上被猴子追赶，多得慈英小姐搭救，收留在家结为夫妻，岳丈又送孩儿上京求名，于今才中状元回来，特接母亲过来团圆。

冯　氏　我儿得中状元，都是多得你岳丈搭救资助，应该谢过岳丈才是。

曾万年　今不用多礼了。好呀，今日是一家团圆，大家里面同饮团圆酒，亲家母请呀！

［众同下。

（剧终）

【注释】

①安人：犹夫人，是对妇人的尊称。

②结丝萝：就是喜结连理，结婚的意思。丝萝，两种植物，均为蔓生，缠绕于草木，不易分开，故诗文中常用以比喻男女结为夫妻。

③人之初：《三字经》中的内容。

④朝房：供百官等候入朝之所。

⑤广寒宫：我国古代神话传说中月亮上的宫殿，为嫦娥奔月后所居住的屋舍。

⑥贡院：科举时代考试士子的场所。

【剧情简介】

红子祥上京赶考，路上被猴子追赶，得曾慈英搭救，面订婚约带家暂住。其妹月英见红子祥少年英俊，又与暗结丝萝，被姐发现，争闹不休。其父从外收账回来，见此情形，将错就错，即以慈英姐妹配红子祥，资送上京应试，红竟中状元而归，迎母团聚，与岳父同享荣华。

【简评】

此剧虽名为《二女争夫》，但二女与状元结为夫妻都没有情感基础，所以剧情发展也缺乏合理性。如果说此剧还能够受到观众欢迎的话，应该与剧中对比手法的运用有一定关系。比如满腹诗书的红子祥与不学无术的李糊涂的对比；英姿飒爽的慈英与柔弱黏糊的子祥的对比；大度洒脱的姐姐与小肚鸡肠的妹妹的对比。舞台上的表演因人物性格各异丰富多彩，从而达到吸引观众的作用。

此剧由满苑廷发掘、潘其旭记录保存。

双击鼓

剧中人物

⊙张元龙（行当：正丑，简称：张）
⊙秦氏（行当：正旦，简称：秦）
⊙妹子（行当：花旦，简称：妹）
⊙王茂安（行当：丑，简称：王）
⊙王福（行当：丑，简称：福）
⊙陈二（行当：丑，简称：陈）
⊙县官（行当：生，简称：官）
⊙李四（行当：丑，简称：四）
⊙张三（行当：丑，简称：三）
⊙差役（行当：差）

第一场

秦　氏　（上，念）丈夫爱赌钱，每日出外边。长此赌下去，挨饿谁可怜。（白）奴乃秦氏。配与张元龙为妻。奴夫每日在外边赌钱，不免叫得他出来，相劝于他，岂不是好？张元龙走来啊！

张元龙　（上，念）我在后面睡倒觉[1]，一梦梦见有财到。（白）老婆，喊我做什么？

秦　氏　我叫你出来非为别事，你每天出外赌钱，这日子怎么过？我劝你不要赌钱了。

张元龙　老婆，赌钱是好事呀。为人在世，嫖嫖赌赌，死了得做知府。不嫖不赌，死了变个水牯②。

秦　氏　不要这样讲，听奴相劝于你。（唱数板）奴夫打坐厅堂上，为妻将你劝一番。自从爹娘把命丧，丢下你我把家当。每天事情你不做，你爱赌钱出外方。十个赌钱九个死，赌钱之人无下场。赌钱若是赌输了，急得你一身两头忙。即刻脱衣来押当，无人和你把钱帮。奴劝夫君不再赌，在家做事家道昌。家里事情搞得好，吃得饱来睡得香。

张元龙　（接唱）妻子错把话来讲，说的道理不正当。赌钱就是来玩耍，赢了钱财喜如狂。又买肉来又买菜，一家吃得喷喷香。喊我在家把事做，一讲做事我心慌。从来没有挑过担，挑担走路面无光。我不和你多言讲，免得与你争豪强。（白）你总是劝我不赌，不赌又哪里得钱来用？

秦　氏　劝你不信，日后你就晓得了。赊借无门，那时我看你怎么得了呀？

张元龙　（背台）老婆讲的话也对，赌钱本来不是好事。老婆，你劝我不赌，从今以后，听你的话不赌就是了。

秦　氏　劝你不赌，你赌不赌在你，我拖不住你的尾巴。（下）

张元龙　老婆的话对，从今以后我不赌钱了。（下）

［三、四上。

张　三　去时青龙③盘腰，

李　四　回时钱串一条。

张　三　正想投河吊颈，

李　四　又怕后来翻梢④。

张　三　我，张三。

李　四　我，李四。

张　三　走，我们去邀张元龙一起来打牌。

李　四　你喊他，他老婆不骂你死去。要喊他，悄悄地可以，不要给他老婆晓得。

张　三　如今是夜晚，我们两人一起去喊他。

李　四　如此就走。

［三、四圆场到。

张　三　（拍门）张元龙、张元龙。

张元龙　（上，轻声）是哪一个？（开门）喔，原来是你们。

张三、李四　今夜我们去打牌，就差你一个。

张元龙　莫讲大声，等我下去穿衣服就来。（下，穿错老婆衣服复上。关门，同三、四下）

第二场

张元龙　（上，推门进）昨晚打了一夜牌，今早摸回家去睡早觉了。

秦　氏　（上）是哪个？哦，你那么早去哪里回来？你看你穿起我的衣服，像什么样子。你昨夜一定又去赌钱了。

张元龙　老婆，我错了，从今以后我不再赌了，宁愿嫖点，我是不赌了。

秦　氏　你又讲嫖，我有话对你来讲，你听呀。（唱数板）丈夫说话太不好，说出话来一包糟。既说赌钱不大好，不讲赌钱又讲嫖。你去乱嫖有什么好？偷人妻子会把命送掉。有钱她才和你好，无钱把你一旦抛。你若生下有后辈，不能和你把香烧。若还她丈夫知道了，不断头来也断腰。自己妻子才算好，劝你切莫乱结交。

张元龙　（接唱）妻子说话不大好，我有言来听根苗。要我莫赌听你话，你又叫我莫去嫖。贪嫖只是图欢笑，谈谈笑笑乐逍遥。她也讲来我也笑，好比神仙乐逍遥。（白）你喊我不赌，我不赌了。我讲嫖，你又喊我不嫖。

秦　氏　我讲你不信，你也有妻子妹子，别人来嫖你的，我看你也会有话讲啦。

张元龙　你莫讲那么多闲话，管那么多闲事。（下）

秦　氏　你看，我这丈夫，这样劝不转，那样又劝不转。不得，待我想个主意。（想）唔，有了，我不免对他妹妹讲，说我回外家，要她来帮看屋，再对张元龙讲，我要喊表妹来看屋，我就在隔壁偷听他的鬼事。待我离了家庭，还要到妹子家中走将起来呀！（出门，唱四平腔）奴夫心事我抓得稳，他爱风流图开心。我去对我妹妹讲，要她来到我家庭。（白）到了，妹妹，在屋里吗？

妹　子　（上）我在厨房洗倒碗⑤，又听外面有人喊。（开门）原来是嫂嫂来了。嫂嫂请进。

［秦进。

妹　子　嫂嫂请坐！

秦　氏　妹妹不要讲礼。

妹　子　嫂嫂，喝杯茶吧。

秦　氏　为嫂不要茶了。

妹　子　嫂嫂，今天你到来有什么好事呀？

秦　氏　到妹子家非为别事，为嫂有句话想对你来讲。

妹　子　嫂嫂有什么话？请讲嘛。

秦　氏　你哥哥爱赌爱嫖，我劝他不赌钱，他听了。又讲要嫖，我特来请你去我屋里头，在我床上住一夜，不给你哥哥晓得。我讲我回外家去，假说叫我表妹来看门，看他今晚乱来没有。你和我一起去吧。

妹　子　那就走吧。

［秦、妹同出，关门。

秦　氏　走起来呀！（唱倒板桨）走在路上对妹讲，为嫂言来听端详。你哥哥心情劝不转，才和妹子来商量。你到我家住一晚，要他脸面没有光。

妹　子　（唱）嫂嫂主意想得好，这个主意最为高。劝他莫嫖他不信，要在外面来乱嫖。今晚他若回来了，要他脸上也发烧。

秦　氏　到了，妹妹，进来吧。

［秦、妹同进门。

秦　氏　你到房里躲起来，不要给你哥哥见面。

妹　子　依嫂嫂的话。（下）

秦　氏　待我叫得张元龙出来。（向内）张元龙走来。

张元龙　（上）老婆，有什么事？

秦　氏　今天我回外家去，你好生看家，不要睡我床上，我已喊表妹来和我看屋。（下）

张元龙　咦，表妹来看屋，今晚老婆不回来，我有办法了。（下）

［起更，妹提灯上，进房，关门，睡觉。

张元龙　（上）我老婆请表妹来看屋，想必是来了。表妹人生得好，我定要走进去看看。（拍门）表妹开门。

妹　子　哪一个？

张元龙　是我来了。

［妹开门，张进屋，一望是妹妹，不好意思。

妹　子　哦，是哥哥，你进来做什么？

张元龙　（窘）哦，是妹妹你呀，没有什么事，你睡吧。（急下）

［起五更，天亮。

秦　氏　（上）妹妹开门。

妹　子　（开门）哦，是嫂嫂来了。

秦　氏　（喊）张元龙，你没曾起来呀。

张元龙　（上）你这么早回来了？

妹　子　嫂嫂，昨夜真好笑，哥哥来叫我开门，等我一开门，他不好意思走了。

张元龙　妹妹，莫讲了。

秦　氏　我劝你莫嫖，你还嫖不嫖？

张元龙　哦，我错了！从今以后，我不嫖了，我就安心做生意吧。

秦　氏　好，做了生意，把这份家当顾好。你拿钱去吧。（给张钱）

［秦、妹二人下。

张元龙　咳，还是做生意的好呀！（唱正五路腔）适才老婆对我论，做起生意顾家庭。赌嫖行为丢开去，到了外面看分明。三步拿来两步走，两步拿来一步行。（下）

第三场

王茂安　（上，念）生意好做，本钱不够。东想西想，找点钱来凑一凑。（白）我，王茂安。在镇上开铺做生意，只因本钱少了，还要找点钱到铺上才是，我还要走起来呀！（出门，唱怀胎腔）我在家里想一想，多找银钱到铺上。要把生意搞大点，捞得银钱买田庄。抬头用目来观看，那边有人走慌忙。

张元龙　（上）哦，原来是王老板。

王茂安　张元龙，你到哪里去？背起包袱，要去做什么事呀？

张元龙　我到外面做生意。

王茂安　你做什么生意？你何不到我铺上，大家搭伙一起做，免得你东走西走，岂不更好吗？

张元龙　若是这样，那好得很。我做生意不大在行，你要多照顾点。

王茂安　好讲，那就一同走起来呀。（唱四平腔）路上我对元龙讲，做起生意要商量。半年就要算回账，包你本少利钱长。

张元龙　（接唱）王老板的好恩情，挣得钱来养家庭。多得王老板来照应，日后才报你的恩。

［张、王同下。

第四场

秦　氏　（上，念）奴夫去外面，许久未回程。（白）奴夫到外面做生意，好久未见他回来。我不免拿衣服到河边去洗，岂不是好？（下。拿衣服上，出门，关门）我还要走起来呀。急急忙忙走，来到大河口。忙把码头下，洗好衣服我才走。（白）到了河边了，待我把衣服洗将起来呀！（唱洗三坎）对面有株杨柳青，风吹杨柳点点花开、点点花香，四季花儿开、四季花儿香，慢慢洗起来。（重句。白）衣服洗好了，待我回家去了，还要走将起来呀！（唱急腔）急急忙忙往前走，不觉来在我家中。（下）

张元龙　（上，唱四平腔）生意本好做，今日转家中。拿钱回家走，免得老婆挂心头。（白）回到家了，老婆开门。

秦　氏　（上）是哪一个？（开门）原来是丈夫回来了，请进！

［张进。

秦　氏　你到哪里去做生意？

张元龙　我和王茂安老板一同搭伙做生意，生意顶好，现在我拿二十两银子回来给你，我们半年才算一回数，你好生在家里看好家庭。

秦　氏　那你安心在外面做生意，家里事情我包管好。

张元龙　我要到铺上去了，你下去吧。

［秦下。

张元龙　（出门，唱三板腔）我今回来安好家，免得妻子心常挂。举目抬头看一下，不觉来到铺檐下。（白）来到铺子来了。王老板。

王茂安　（上）张元龙，你来了。李家庄有笔数目，你前去收来。我看你时常挂心家里头，你老婆一个人，你就接她到铺里来一起住不好吗？你去接你老婆来，再去收账，好不好呀？

张元龙　王老板，你如此好心，我实在感恩不浅。那我老婆来了，住哪个房间？

王茂安　有个房间空着的，你们两夫妻就住下好了。

张元龙　那我就回去接老婆去了。

王茂安　好，你去吧。（下）

张元龙　（出门，圆场，到家）老婆哪里？走来。

秦　氏　（上）你又回来做什么？

张元龙　王老板顶好，他说你一个人在家不好，他喊你我一同到铺里住吃，这还不好吗？

秦　氏　那就去吧，待我收拾行李。（下，收拾行李复上，与张一同出门）

张元龙　走起来呀！（唱倒板桨）王老板的好恩情，叫我夫妻一路行。搬到他家铺房住，饮食起居得照应。

秦　氏　（接唱）奴夫做事要稳重，去到他家要小心。生意好做人难和，谨防他人起二心。

张元龙　老婆，到了。王老板，我和老婆搬来了。

王茂安　（上）来了就是好了。

张元龙　（向秦）老婆，这位就是王老板。

王茂安　好说了。张老板，你们夫妻就住在那个房间。（向内）王福哪里？走来。

王　福　（上）王老板，打叫我出来，有什么吩咐？

王茂安　打叫你非为别事，张老板来了，他夫妻就在那边那个房间住，你快快去打扫干净。

王　福　我去打扫就是。

［秦跟福下。

王茂安　张老板，你的家眷安顿好了，你就去李家庄收账吧。

张元龙　好，我就去。（下）

王茂安　方才我看见张元龙的妻子，面貌生得这样好，我喊他搬来铺里一起吃住，还不是想得到他的老婆。如今他去李家庄收账去了，他收完账，一定要到夜里二更时候才能回来。我不免叫得王福出来，叫他到那路上去，在那个井边等着，待张元龙收账回来，走到那个井边，便把他推下井去。（向内）王福走来。

王　福　（上）老板叫一声，急忙就答应。王老板，打叫我出来有什么事情？

王茂安　有点事情，张元龙到李家庄收账去了，你到路上等他半夜回来，将他推下那个井里去，回来重重有赏。

王　福　若是这个——王老板，我愿去就是。请王老板下面歇息吧。

［王、福分下。

［起更，福躲井边。

［张上，见福。

王　福　哦，张老板，你回来了？我是特意来接你的。张老板，你看这井里有什么东西？

张元龙　我看看有什么东西？

［福将张推下井，急忙拿张包袱下。

陈　二　（上）哎！快三更天了，我还要早点挑水来泡豆子好磨豆腐。

［井里有人喊救命。

陈　二　（急忙跑到井边，将张拉上来）哦，原来是张元龙老板，快快一同到我家去换衣服，烧点火烤一下。（同张圆场，进门。烧火给张烤衣服）张老板，你为什么事半夜跑下井里去呀？

张元龙　是王福假说在路上等我，将我推下井去。

陈　二　哎呀！他这样的毒心，你还不到衙门去告他？

张元龙　好，你同我一起去吧。

陈　二　那就走吧！

［陈、张同出门。圆场到衙，击鼓。

县　官　（上）堂鼓响一声，何人把冤申。来，传击鼓人。

差　役　传击鼓人。

张元龙、陈二　击鼓人报进。（入跪）

县　官　击鼓人叫何名字？

张元龙　小人张元龙。

陈　二　小人陈二。

县　官　你们为着何事前来击鼓？

张元龙　不为别的事，我和王茂安搭伙做生意。他心肠不好，叫我到李家庄收账，三更半夜，他叫家人王福将我推下井去，要将我害死。多得陈二救我一命，还望大老爷与我做主。

县　官　这事可是确实？

陈　二　不错，是我救他上来的。我每天天未亮要到井边挑水来磨豆腐，今早前去挑水，看见他掉在井里，若不是我将他搭救，他早就丧命了。

县　官　真有此事，堂口候审，等天明再作道理。

[众人下。

第五场

王茂安　（上）晚上王福已将张元龙推下井里，如今他老婆飞也飞不去了。（到一边喊门）开门开门！

秦　氏　（上，开门）原来是王老板，深更夜静，你到来有什么事情？

王茂安　你到我家中来，你的丈夫已被我害死了，你少不了是我的老婆了。你如今依从不依从，你若不依从，你是鸟也飞不脱了。

秦　氏　王老板，你站开一下。（背台）事到如今，我丈夫已被他害死，不依从也得依从。待我明里依从，暗地想计。暗带小刀，趁机与我丈夫报仇。（转向王）咳，王老板，我丈夫既已死了，我依从你就是。

王茂安　好，这就是了。

[王入帐睡，秦拿出小刀，将王杀死。

秦　氏　我不免到衙门去替我丈夫申冤。（出门，圆场，到衙，击鼓）

县　官　（上）怎么又有人前来击鼓，传击鼓人。

差　役　传击鼓人。

秦　氏　击鼓人报进。（上堂）跪见大老爷。

县　官　击鼓人姓甚名谁？

秦　氏　我乃张门秦氏，配夫张元龙。奴的丈夫和王茂安搭伙做生意，他已被王茂安害死了。王茂安又要奴家与他成配，三更半夜，不依从也得依从。我明里依从，暗地用计，手带短刀，将他杀死，替我丈夫报仇。凶器在此，请大老爷做主。

县　官　这样贤惠的女子，你与丈夫报仇，你的丈夫可是死了？

秦　氏　被王茂安害死了。

县　官　依本县看来，他未曾死的。人来！叫张元龙走来。

差　役　传张元龙。

张元龙　（上）跪见大老爷。

县　官　秦氏你看，这个是不是你的丈夫？

秦　氏　（见张，抱头哭）还望大老爷开恩，从轻定我的罪过。

县　官　你这女子，若不是替夫报仇，定然判你死罪。如今你是替夫报仇，只打你四十大板。左右，推她下去重打四十大板。

差　役　（推秦下打复上）启禀大老爷，已打四十大板。

秦　氏　谢过大老爷。

县　官　秦氏，该不该打你？

秦　氏　打得应该。

县　官　听本县判断，王茂安已死，他也死得无亏。命你夫妻二人，到得王茂安家中，好生承受他的财产。从今以后，你夫妻二人做事要老行点。你们二人去吧。人来，叫陈二。

陈　二　（上）见过大老爷。

县　官　陈二，本县见你救了张元龙一条性命，你家还有什么样人？

陈　二　我家无有别人了。

县　官　那你和张元龙夫妻二人同到王茂安铺中，接受他的家当，好不好？

陈　二　那就好得很，愿老爷官上加官。

县　官　你们好生回去吧。

［张、秦、陈下。

县　官　有事无事？无事退堂。

［官、差同下。

（剧终）

【注释】

①睡倒觉：睡着觉。

②水牯：公水牛。

③青龙：此处指成串的铜钱。

④翻梢：翻盘；翻本。指在各种对抗性比赛中，本来已经居于劣势的一方反败为胜。亦用以喻挽回局面；翻身。

⑤洗倒碗：洗着碗。

【剧情简介】

张元龙嗜好嫖赌，妻秦氏屡劝不改，乃设计将张妹接回留宿，假称归宁。张不知是计，半夜偷入妹房，妹问夜深入房何事，张无言以对，惭愧万分，遂改邪归正。秦给资于张元龙贸易，张与王茂安合伙，颇得利益。王垂涎秦氏之色，要张接妻到做生意的店铺同居，趁张外出收账，命王福于途中将张推坠井中。不意张被陈二救起，告王于官。王茂安以为张元龙已死，强迫秦氏相从。秦伪允相从，乘王不备，将王刺死，到衙自首。县令以秦节烈，王有取死之罪，仅予薄责，令张夫妇及陈承受王家财产。

【简评】

张元龙与秦氏两人衙门击鼓，一是被害者击鼓告状，一是杀人者击鼓自首。两桩案子起因皆为王茂安杀人劫色，结案秦氏受薄责，夫妻二人得以团圆，并承受王家财产。看上去，县官断案缺乏一些严肃性。但是，剧中王茂安谋色害命、凌辱女性、穷凶极恶，成为社会的祸害。秦氏手刃凶徒，实际是为民除害。如此，该案的判定又有了它的合理性。或者说，这部戏使戏曲舞台再次成为正义的法庭，成为百姓理想实现的平台。

此剧由秦胜科发掘、黄明记录保存。

审银子

剧中人物

⊙黎正清（行当：小生，简称：黎）

⊙张氏（行当：旦，简称：张）

⊙李五（行当：丑，简称：李）

⊙余氏（行当：摇旦，简称：余）

⊙县官（行当：老生，简称：官）

⊙差役（简称：差）

第一场

黎正清　（上，念）三更灯火五更鸡，正是男儿立志时。一举首登龙虎榜，十年身到凤凰池。（坐，白）小生黎正清。父母早年去世，丢下我夫妻二人。我每日在书房读书，今乃大比之年，我欲上京求名，家中还有妻子，不免叫得她出来，商量一番，岂不是好？娘子哪里？走来。

张　氏　（上，念）我在厨中洗着碗，又听奴夫把我喊。（白）见过夫君。

黎正清　不要见礼，一旁坐下。

张　氏　妻子陪坐。夫君叫得妻子出来，有何话说？

黎正清　叫你出来，非为别事。想爹娘早年去世，丢下你我夫妻二人，我每日书房读书，多得娘子照顾。今乃大比之年，我想上京赴考，不知娘子心下如何？

张　氏　你要上京求名，乃是一件好事，妻子不能阻拦于你。你若得一官半职，也好报答祖宗。

黎正清　如此，听我讲来呀。（唱倒板桨）夫妻打坐在堂上，我有言来你细听。一双爹娘早丧命，丢下夫妻好孤零①。我在书房读五经②，你在家中做事情。今年皇上开科选，我想上京去求名。倘若皇榜③高中了，你我夫妻都有荣。

张　氏　（接唱）奴夫说话有志气，为妻一旁记在心。你今上京去赴考，愿你高中转回程。路上一切要谨慎，恐怕途中有小人。行船过水要留意，免得你妻常挂心。闲言杂语不多讲，奴夫千祈记在心。（白）夫君何日启程？

黎正清　今天乃黄道吉日，为夫即刻就要启程。

张　氏　待为妻下面与你收拾行李。（下，取行李复上，交黎）行包在此，内有五十两银子，开来看过。

黎正清　待我来看过。（解包看）不错，有五十两银子，你我夫妻一拜而别呀。（唱倒板桨）拜别妻子出门庭，家中之事你操心，无事莫要往外走，我若高中即回程。（下）

张　氏　（接唱）一见夫君出门庭，喜在眉头笑在心。愿他此去得高中，夫妻荣华过一生。（下）

第二场

李　五　（上，数课子）新开店来新开店，新床新被新草荐④。若有客官来歇住，屎桶放在枕头边，解手又方便。无钱不赊欠，赊了难见面。他若欠你钱，我在前街走，他往后街转。二人会着了，他说钱不便。（重句。念）百样生意好做，只有伙店难开。一要干柴干米，二要喜笑颜开。（白）在下，李五。在十字街上，开了一个店房，今日天气晴和，不免叫得妻子出来，打扫店房。娘子哪里？走来。

余　氏　（上，念）急急忙忙，离了厨房。有人问道，我是李五的娘。

李　五　呸呸呸！你是我的娘？我的娘早就死了。

余　氏　呸你的啾！老婆娘，不是娘呀？（上前）你叫我出来、有什么好事？

李　五　叫你出来，非为别事，今乃大比之年，有很多举子上京赴考，我们把房屋打扫干净，也好多招待几个客人，多找点钱来买柴米。我们的事情要分着做，哪个浇水？哪个扫地？

余　氏　我来浇水，你来扫地。

李　五　那就是了。

［余浇水，李扫地。

李　五　你这个水乱浇，浇到身上来了。

［李、余扫罢地，挂字画，二人各挂一边，同下。

第三场

黎正清　（上，唱四平腔）乌鸦当头叫喳喳，叫得我心胆颤麻。举目抬头来观看，不觉来此是店家。（白）来此已是店房，观看时已黄昏，我就在此投宿，待我打叫一声。内面有人没有？

李　五　（上，念）店门朝南开，烧茶等客来。灶里烧把火，跳出一个蚂蚜来。

黎正清　是位秀才。

李　五　秀才秀才，请进门来。若还没有菜，后园扯点萝卜菜。

黎正清　店主老板，你的嘴能言善辩。

李　五　若无嘴能言舌善辩，也开不得客店。相公这里有凳，请凳。

黎正清　请坐。为何说请凳？

李　五　请坐请凳，皆是一样。请问相公，高姓大名？到哪里去的？

黎正清　我名叫黎正清，上京求功名，前来你店投宿一夜，这里有包袱一个。又道人来投店，鸟来投林。风来吹大树，客来找主人。（递包给李）你好生代我放好，明早启程，你将包袱交给我就是。

李　五　好，我来给你放好。请问相公，要楼台还是要单房。

黎正清　我要一个单房，房内好看书。

李　五　相公，随我来。

［李、黎圆场。到。

李　五　请问相公，你还要什么？

黎正清　我要照明灯一盏，浓茶一壶。

李　五　（向内）老婆，来了一位相公，是上京赶考的。要明灯一盏、浓茶一壶。（下取灯、茶上）相公，灯、茶在此，你好生在此睡吧。（下。起更，上）昨夜一夜睡不着，我拿了黎相公的包袱很沉重，待我叫老婆出来商量。老婆出来。

余　氏　（上）叫我出来做什么？这样夜了，还有什么话讲？

李　五　叫你出来，非为别事。来了一位相公，是上京求功名的，他将包袱交给我，很沉重，叫你出来，一同打开观看里面是什么东西。

余　氏　人家的东西，不要乱动才是。

李　五　怕什么，我们悄悄打开，他怎知道？待我去拿了出来。（解看）有这么多的银子，我们从来没有见过这么多的银子。

余　氏　人家的就是人家的，不要乱动人家的东西。

李　五　人无横财不富，马无夜草不肥。我们将银子拿出来，拿几块瓦片放进去，和他包好，他怎么知道？别人问我们，我们不说就是。

余　氏　若是人家晓得了呢？传出外面，岂不出丑？

李　五　你不讲、我不讲，哪个晓得？

余　氏　你把银子用出去，人家会晓得的。

李　五　我把银子放着两三年后，我们慢慢再用。

余　氏　放在哪里？若被人拿去怎么办？

李　五　我们把这银子埋在水缸底下。

余　氏　那就好。

［李、余同把银子埋好。

李　五　这下把银子放好了，哪个问，你都不要说。

余　氏　你也莫讲。

李　五　晓得。

余　氏　好，你我下去睡觉。

［李、余同下。

［起五更，天亮。

黎正清　（上）天亮了，待我叫店主老板，我要动身了。店主老板，快点出来！

李　五　（上）相公，你起得这么早？

黎正清　我要赶路，走早点凉快些。你快把住店伙食结清，要多少钱？

李　五　你这么早就要走？你吃了饭再走吧，你是来往的熟客，伙食不用算了，算我的就是了。

黎正清　那怎要得？一还一、二还二，三下五除二。（边讲边解包袱，不见银子）不好了！（气倒）

李　五　相公醒来。

黎正清　（唱起板）这一阵气得我两眼不开，好似钢刀割胸怀。扯着店主把你怪，快快拿我银子来。（白）店家，你为什么调我的银子去了？

李　五　相公，你怕疯了，哪个调你银子？你怕没带银子吧？

黎正清　我明明白白在屋里拿了银子出来。

李　五　你讲不讲理？

黎正清　哪有不讲理的？

李　五　那你讲理就好，我们高桌子短板凳，你就来讲理吧。

黎正清　那就讲吧。

［黎、李搬凳子各坐一边。

李　五　你到我这店来，你在外面叫内面有没有人，我就说店门朝南开，烧茶等客来。灶里烧把火，跳出个蚂蚜来。你说是位秀才。我说秀才秀才，请进店来。若还家里无好菜，后园扯点萝卜菜。是你说道，店主老板，嘴能言善辩。我说道，若无嘴能言舌善辩，怎开得客店？我又说道，相公这里有凳，请凳。你说道请坐。我又说道请凳请坐，皆是一样。我就问相公到哪里去，你说上京求功名。是你将这包袱交给我。我说道，人来投店，鸟来投林。我问你要楼台还是要单房，你说道要单房好读书。你又说要明灯一盏、浓茶一壶。我把灯、茶拿来给你，你也睡了，我也睡了。到了今早，你说，店主老板起来，我要赶路。我又说你何必这么早，请在我家吃过早饭再去。你说走早点凉快。你要我结账，我说算了，算我的吧。我这样好地待你，你还来说我。

黎正清　（唱起板）听你言来好混账，好似钢刀割心肠。这里我不同你讲，你我一同到公堂。（白）你和我一直去衙门去见县大老爷。我站着、你跪着，打你四十板就四十，打你三十九板半都不算。

李　五　你这个人这么狠，你是什么样人？

黎正清　少不了我是个黉门⑤秀才。

李　五　你晓不晓得我，我少不了是黑门的举人。

黎正清　少不了我头上有四两铜。

李　五　我头上有四两铁。

黎正清　你那黑门举人往哪里来？

李　五　你那黉门秀才往哪里来？

黎正清　我是那锦绣文章考来的。你那黑门举人哪里来的？

李　五　我在灶门里烧火烧来的。

黎正清　那就走。

李　五　老婆，我去打官司去了，你在屋里煮饭，若我坐牢去了，你要和我送饭来。

黎正清　走走走。

［黎、李同下。

第四场

［黎拉李上，同到衙门，黎击鼓。

［差上。

县　官　（上，念）堂鼓响一声，不知为何情？（白）来，传击鼓人。

差　役　从命。（出）传击鼓人。

黎正清　（报）击鼓人告进，见过府台。

县　官　击鼓人姓甚名谁？

黎正清　学生黎正清。

县　官　你又是何人？

李　五　我是李五。

县　官　黎正清，你有何冤情？为何击动堂鼓？

黎正清　启禀父台，今乃大比之年，我上京赴考。昨夜在李五店房投宿一夜，是我把包袱交与李五放好。包袱里有五十两银子，他将我的银子调去了，装些瓦块在里面，我问他要他不给，还请父台与我做主。

县　官　你包袱里面有五十两银子，一路之上，你可曾在别处歇脚了？

黎正清　一路之上，没在别处歇脚，我是一直到他店房之中。

县　官　可是你的实话？

黎正清　是我的实话。

县　官　堂口候审，等下与你查明。

黎正清　从命。（下）

县　官　李五，你是开店房的，你家里还有什么样人？

李　五　并无别人，只是夫妻二人。

县　官　刚才黎正清说道，在你店房之中，你把他的银子调了，是也不是？

李　五　好，老爷我给你打了，我再讲。

县　官　怎么要打了才讲？

李　五　那位相公说道，我和你去见大老爷，他站着，我跪着，叫打四十大板，打三十九板半都不算。当然要给你先打。

县　官　也要讲个道理才打的。

［李动手动脚。

县　官　不要动手动脚。

［李又动头。

县　官　不要动头。

李　五　不准动手动脚，又不准动头，那我就讲不出话了。

县　官　松了你的堂规。

李　五　（起身）谢过大老爷，启禀大老爷，小人叫李五。

差　役　晓得了。

李　五　晓得了，我就回去了。（欲走）

差　役　大老爷晓得你的名字，喊你讲话。

李　五　我怕大老爷晓得了我的事情，晓得了我不回去作甚？启禀大老爷，我在十字街前开了一间伙店，来了这位相公，他在外面就喊一声，他说道内面有人没有，我在店里面说道，店门朝南开，烧茶等客来。灶里放把火，跳出一个蚂蚜来。相公说道乃是一位秀才。我说道秀才秀才，请进店来。若还没有菜，后园扯点萝卜菜。相公说道，店主老板，为何你嘴能言舌善辩？我说道，若我嘴无能言，舌不善辩，也开不得伙店。我又说道，相公，有凳请凳。相公说道请坐。我说道，请坐请凳皆是一样。我又问他，相公高姓大名？他说道叫黎正清。我又问他，往哪里而去？他说道，是上京赴考的。我又问他，是路过的，还是来投宿的？他说道，日头落山，来此投宿一夜。他随手将一个包袱交给我，他说道，人来投店，鸟来投林。风来吹大树，客来找主人。我接着他的包袱，将包袱放好。我又问他，相公要楼房，还是要单房？他说道要单房好读书。我又问他相公要什么东西？

他说道要明灯一盏、浓茶一壶。我就对老婆说了，我就拿灯和茶给他。他也睡了，我也睡了。他又没将包袱打开给我看，我晓得他包袱里面装的什么东西。他交了一个包袱给我，我也交还一个包袱给他。这是小人的实话，请大老爷打吧。

县　官　起来，待我查实再打。差役带过一旁，堂口候审。

［差带李下。

县　官　来，去传李五妻子到案。

差　役　从命！（向内）传李五老婆到案。

余　氏　（上）奴夫去衙门，未见转回程。是哪一个来到？啊，原来是老总来了。

差　役　大老爷传你到衙门去问话。

余　氏　好，就走吧。

［差、余圆场。

差　役　启禀大老爷，传李五妻子来了。

县　官　传她进来。

余　氏　（入）见过大老爷。

县　官　你叫什么名字？

余　氏　李门余氏。

县　官　你家中还有什么人？

余　氏　只有我夫妻二人。

县　官　你可知罪？

余　氏　小人罪犯哪条？

县　官　黎相公在你店里宿了一夜，是不是？

余　氏　是的。

县　官　他交了一个包袱给你们放好，里面装有五十两银子，你们将他的银子调了，你好好说来。

余　氏　老爷，并无此事呀。

县　官　当真无此事？叫李五上来。

差　役　从命。（照传）

李　五　（上）见过大老爷。

县　官　你们说道这银子实在未调，（想）你们既然未调，这是什么时候？

李　五　午时。

县　官　本县有话交代，你们伸手上来，我写一个字在你们手上面，我午时写起，未时问话。你们二人，若将上面的笔画擦掉了，那不是你们拿了也算你们拿了。你们伸手上来。

[李、余伸手，官写“银子”二字。李、余各站一边，中同隔竹帘，能听对方说话，不能见对面的人。官下。

李　五　过了这个时候就得了，字呀，你莫脏了。

县　官　（上）将李五带上堂来。李五，我来问你，你那银子还在没有？

李　五　还在。

余　氏　（在帘内）哎呀！这个挨刀的，他叫我没讲，他倒讲出来了。

县　官　污了没有？

李　五　没污。

县　官　缺了没有？

李　五　没缺。

县　官　我怕银子不在了吧？

李　五　在。

县　官　还在就是好的，你先下去。

[李下。

县　官　叫余氏出来。

余　氏　（从帘内出）见过大老爷。

县　官　我刚才问你丈夫的话，你听见没有？

余　氏　我听见。

县　官　听见就是好的，你好生讲来，如若不讲，大刑难受。

余　氏　他喊我莫讲，他要讲。老爷，那我讲出来，放我回去。

县　官　你好生讲出来，你讲了，我就放你回去。你不讲实话，就不放你回去。

余　氏　我讲就是，他讲得我也讲得。那包袱的银子，是李五调的。我喊他莫调，他说人无横财不富，马无夜草不肥。

县　官　那些银子放在哪里？

余　氏　埋在水缸底下。

县　官　好了，衙役，你们随余氏去到李五店中，将水缸底的银子拿来。

差　役　是。（差带余下。拿银子复上）将银子交给大老爷。（呈银）

县　官　余氏，你下次不可再做这样的事情了。

余　氏　小人知道。

县　官　放你回去。

余　氏　叩谢大老爷。（出门）命里有时终须有，命里无时莫强求⑥。（下）

县　官　带李五上来。

［差带李上。

李　五　见过大老爷。

县　官　李五，我来问你，你调了别人的银子没有？

李　五　老爷，我实在没调。

县　官　你实在没调吗？

李　五　当真没调，我调了我就认了。我没调就没调。

县　官　混账东西！你看这些银子从哪里来的？这些银子是从你的水缸底拿来的。你全不怕误了人家的科场？来，赶快画押上来。

［差给笔，李画押。

县　官　将他上刑收监，押他两年，带他下去。

［差押李下。

县　官　叫黎正清上来。

差　役　黎正清上堂。

黎正清　（上）小人见过父台。

县　官　本县与你查明银子，银子现在此，拿去点过，看损失了没有？（交银给黎）

黎正清　（接过银）没有损失。

县　官　你好生上京前去赴考，以后在路上要小心点，不要粗心大意。

黎正清　谢过大老爷！（下）

县　官　有事无事？

差　役　无事。

县　官　无事退堂！（下）

［差下。

（剧终）

【注释】

①孤零：孤单，孤独。

②五经：是指《诗经》《尚书》《礼记》《周易》《春秋》，简称为“诗、书、礼、易、春秋”。

③皇榜：皇帝的文告。此指发布殿试中式名单的公告。揭晓名次的布告因用黄纸书写，故而称黄榜、金榜。考中进士就称金榜题名。因多由皇帝点定，亦称皇榜。

④草荐：指用干枯的谷秆编织成的床垫，铺在床板与草席之间，冬暖夏凉，不用时可卷成圆筒状收放。

⑤黉门：古代称学校的门，借指学校。

⑥命里有时终须有，命里无时莫强求：出自《增广贤文》。意为有些事情要顺其自然，不可勉强为之。

【剧情简介】

黎正清上京赶考，随带银子五十两，路宿客店，将银子交店主李五保存。李五夫妇见财起意，用瓦块将银子换去。次日，黎正清见银子被换，拉李告官。李五夫妇矢口否认。官想得一计，在李五手上写“银子”二字，叫他不要擦去，午时写字，未时回话。官更设帘隔离李氏夫妇，使其只能听话，不能见人。到时官即问李五银子在否，李五答在。妻以为李已经招认，等官再次询问时，李五妻全部从实招认。官命人至店取银交黎正清，李五被上刑收监。诈财案件，立时判清。

【简评】

该剧主要塑造了三个人物。一是县官。他以心理战术，顺利地破获了一桩银子调包案，其智慧特征自然呈现。一是余氏。她不忍伤害好人，但又不敢违背丈夫，最终成了犯罪合伙人，糊涂懦弱莫过于她。一是李五。用他自己的话说，是一个嘴能言舌善辩，油嘴滑舌的小店老板。剧中他两次不厌其烦地重复他与黎正清的无关案件的大段对话，看似啰唆唠叨，实则是想用此方法乱人思维，在黎正清与县官面前掩盖自己调包银子的事实。善辩包含油滑、狡黠夹杂愚昧。三个不同人物不同特点的表演，可圈可点。

此剧由秦胜科发掘、许世芳记录保存。

弄假成真

剧中人物

⊙张金龙（行当：生，简称：张）
⊙何氏（行当：老旦，简称：何）
⊙赵老五（行当：丑，简称：赵）
⊙王老三（行当：丑，简称：王）
⊙金氏（行当：花旦，简称：金）
⊙县官（行当：老生，简称：官）
⊙衙役（简称：役）

第一场

张金龙　（上）爹娘丧了命，伯娘抚养来成人。（白）小生张金龙。伯母待我好像亲生一般，又送我到书房攻书。在家几天未到书房读书，今日伯母吩咐我到书房攻读几载，要我做个好人，这也不再言讲。离了门庭，转过书房呀。（唱路腔）离却门庭往前进，要到书房读五经。男子汉读书有好处，后来一定中功名。甩开脚步往前进，不远就是书房门。（下）

第二场

[赵、王同上。

赵老五　（引）学会吹洋烟，家当都卖完。先卖田和地，后卖瓦和砖。（白）我，赵老五。老弟，今天我们身边没得钱了。

王老三　你的办法多，想点办法罢了。

赵老五　我这样子，人家看到我的背都怕了，我还有什么办法呢？

王老三　那我们两人边走边想嘛。

赵老五　想呀想呀。（想）想起来了。张金龙家中也算得个富豪人家，我们到他家中前去，对张金龙想个办法，借点钱，你也得赌，我也得吹，好不好呀？就是这个主意。走、走呀！（唱九九腔）什么尖尖尖上天？什么尖尖尖下田？什么尖尖长街卖？什么尖尖在嘴边？

王老三　（接唱）宝塔尖尖尖上天，犁头尖尖尖下田。辣椒尖尖长街卖，舌头尖尖在嘴边。

赵老五　（接唱）什么无骨用刀砍？什么无骨水里钻？什么无骨泥里拱？什么放酒就会酸？

王老三　（接唱）豆腐无骨用刀砍，蚂蟥无骨水内钻。蚜虫无骨泥里拱，糍粑放酒就会酸。

[张上。

赵老五　张相公，这样忙迫，到哪里去呀？

张金龙　请问二位兄长，叫我何事呀？

王老三　到你的家中找你的。

张金龙　到我家中找我有什么事？我要去读书去了。

赵老五　我们到这块来坐一坐，谈下子心。（拉张坐）我这几天实在难过了，身边没得钱了，鸦片烟瘾也发了，到你伯母处借点钱，吹吹烟。

王老三　老弟，你晓得我的，每日要捞几个的。常言道得好来，身边无一百，如同失了魄；身边无一文，如同丢了魂。这么的嘛，你读书之人，肚才宽点[1]，我们到你家借钱，你在旁边打个边鼓，我赌钱，赚了马上还给你，加点利给你。

张金龙 二位大哥，难道你们还晓不得吗？从小我就是伯娘带大我的，我又不是她亲生养的。她是一个寡妇，她钱是有，就是不容易出，你们两位去对她讲吧，我要到书房去了。（下）

赵老五 他不理我们两个人，走了。

王老三 再想个主意。这么的，你吹烟，我赌钱，是没有信我们的了。我想个主意看你答应不答应。

赵老五 只要你想得漂亮，什么我都得。

王老三 讲过的哟。

赵老五 什么话，你我天天吃喝在一起，你还不晓得我的心思吗？

王老三 好。你那个老婆讨来没有好久，又年轻，一品人才。你就讲不是你的老婆，是你的妹妹，到张家前去，对张金龙的伯母说道，你有一个妹妹给她做媳妇，你要多少钱，她必定是答应的。钱得了，不是我好去赌，你好去吹。

赵老五 唉！你想这号办法。她是我的老婆啦，莫开玩笑了嘛。

王老三 哎呀！我们得了这些银子，你不给他过夜就是了嘛。讲给张金龙听，不能同房。

赵老五 没得媒证，人家不要的。

王老三 我为媒。

赵老五 这事你要做得漂亮，不能给老子吃亏哟。

王老三 没有给你吃亏。

赵老五 那我们二人走吧，走呀。

［赵、王走圆场。

王老三 （唱挑担腔）这个主意想得好，必定有钱捞。得了银和钱，赌几个千子宝。

赵老五 到了！张伯娘。

何　氏　（上）哪个？（念）我在厨下洗倒碗，又听外面有人喊。（白）哦，我怕是哪个，原来是你二位呀。

赵老五、王老三　伯娘，是我们。

何　氏　坐吧。你俩二位，到我家什么事呀？

赵老五　张伯娘，有好事。你家张金龙订了亲没有呀？

何　氏　他还年轻，读几年书才订婚也不迟。

王老三　我是来和你老人家做媒的啦。赵老五家中有个妹妹，人才出众。又年轻，又聪明能干，你老人家和你侄儿早点办亲事吧。你老人家这么老了，老人家吃一天算一天，和②他成了这桩亲事，不是免了你老人家挂心吗？

何　氏　好倒是好，我定亲即定就即讨，我家中人手少，讨回来好做事。

赵老五　当然，缺少人做活路，这是应该的。男大二十应该讨，女大十八应该嫁。我那个妹妹若是你讨来，当家做主，比你老人家还厉害些。

何　氏　哦，是你的妹妹吗？常言道来，看女看娘，看你这哥哥人才也不错的，但不知你要接好多财礼呀？

赵老五　老规矩，大财礼三十六两银子。首饰、簪环，我一样都不接，我要一气过完。

何　氏　容易。三十六两银子小事嘛，敢不是你今天就要钱吗？

王老三　今天要钱，你若不放心，喊他写个凭据给你。我为媒，有什么事情找我。

［赵写据交何。

何　氏　好，你们等着，我下去拿钱。（下，取银复上）银子当场点过，出门我不认货。

王老三　好，你接银子，你接凭据。

何　氏　三日我就要抬亲的哟。

赵老五　什么话？你明天去抬亲都得。

何　氏　你们准备，我后天就去接人啦。（下）

王老三　走、走，走哪块去分？

［赵、王同出。

赵老五　三十六两，我借六两给你得了，我要三十两。

王老三　莫乱讲，我不想这个主意，你哪里得到钱？不行！不行！平半分。

赵老五　是我的老婆，又不是你的，你怎么要平半分？

王老三　你到底给不给？你不给，我动手了哟。（欲打）

赵老五　给，给了嘛。你去赌场，我去烟馆吹烟。老王，记得哟，抬亲夜晚不过夜哟。

王老三　什么话？不会叫你老婆吃亏。（下）

赵老五　我有钱吹烟了呀。（唱四平腔）人吃主意树吃皮，人无主意肚子饥。拿起银钱烟馆去，吞云吐雾饱饱吹。（下）

第三场

金　氏　（上，引）奴夫不争气，常在烟馆里。（白）奴乃金氏，配夫赵五。想他每日赌馆进、烟馆出，爹娘丢下一份家财，被他花得干干净净，日后怎样收身煞果③呀。不免奴家纺线度日，拿得纱儿出来，纺上一纺，长街发卖，买米回家度我的生活。闲话懒谈，待奴用功一下。想我金氏好苦的命啦。（纺线。唱到春来）到春来又到春来，芍药牡丹一齐开。蝴蝶飞，飞来飞去不回来。燕子双双飞、燕子双双飞，无情才郎一去不回归。想才郎，想得奴的容颜憔悴。夏日恨天长，荷香透水香。无情才郎一去不回乡。想才郎，想得奴的魂魄飘荡。梳妆懒上楼，梳妆懒上楼。手持书信珠泪两双流，对菱花④呀照得奴的容颜消瘦。（下）

第四场

张金龙 （上，引）读书要用心，万事不求人。礼乐三千字，一字值千金。（白）小生，张金龙。在书房读书，没有纸笔了，回去问伯娘要钱来买纸笔。离了书房，转回家中呀。（唱四平腔）离了书房回家去，见了伯母问安宁。她从小将我来带大，寒暑冷暖操了心。（白）有请伯母。

何　氏 （上，念）我在厨房做事情，又听侄儿叫高声。（白）儿呀，你回来了。回得正好，为娘和你订了亲了。和你将这亲事定了，也免为娘挂心。

张金龙　多得伯母劳心，但不知是几时的日子呀？

何　氏　即刻就去迎亲。我儿下面前去穿戴，少时亲事就到了。

张金龙　孩儿遵命！（下）

［牌子。王带金上。

金　氏　王三哥，你带我到哪块去？

王老三　我带你去找你的赵老五，赵老五在赌场赌钱，给人家抓起来了。

金　氏　哎！该死，怎么又去赌钱呀？怎么办呢？

王老三　你去了自然会放脱你老公的。你且在这里等一下。

［金下。

王老三　张伯母，人到这里来了。三天就回门的哟。

何　氏　自然，明天就回门都得。

王老三　我走了，人交给你了。（下）

何　氏　好走呵。（下）

第五场

张金龙　（上，引）伯母和我成了亲，这桩事情我不明。（白）昨日娶这门亲事回来，这个女子闷闷不乐，是为了什么事情？不免叫她上来，问过于她，岂不是好？金姑娘走来。

金　氏　（上）见过相公，有礼。

张金龙　不必客气，这旁请坐。我有话问你。

金　氏　相公呀，你问的是哪一桩？

张金龙　金姑娘，看你脸带愁容，来到我家，是你不愿意吗？

金　氏　相公，你请坐。（背台）王三呀、王三呀，你哄着我去找我丈夫，怎的走到他屋里来了？不知为了什么事？

张金龙　金姑娘，你为什么私下沉吟呀？

金　氏　相公，到底我来你家做什么？

张金龙　你到我家做什么？你不是嫁给我了吗？

金　氏　哎，相公呀，怎么我嫁给你呀？哪个为媒为证呢？

张金龙　先前带你来那个人就是你的媒。

金　氏　原来是这样吗？咳，你们这些贼心狗胆呀。（唱倒板桨）此人做事不是正，平白无故乱胡行。为什么将奴来改嫁，我还有个夫妻情。回头我对相公论，我把事儿说你听。此人为人不学正，哄我你家来成亲。我已早日把人嫁，赵五就是我夫君。每日吹烟不学好，一份家财都卖清。

张金龙　（唱）听你言来才知情，不由小生吃一惊。此种事情真是巧，有夫之妻来嫁人。回头我将伯母请，伯母上前问分明。

何　氏　（上，念）我儿一声请，不知为何情？（白）儿呀，你请为娘做什么？

金　氏　见过伯母。

何　氏　我的乖乖媳妇，不要讲礼吧。

张金龙　请问伯母，这桩事情，你不对孩儿说明，想这女子她是嫁了人的，你看怎么办呀？

何　氏　莫乱说，她是赵老五的妹妹，什么嫁了人啦？莫乱说！金姑娘，你到底是他的妹妹，还是什么人呀？

金　氏　伯母，老实对你说了，赵老五哪得妹妹来？我不是他的妹子，我是他的妻子。

何　氏　呸啾！这该死短命鬼，不要脸，拿个老婆当妹子，害得老娘上当了。我去了三十六两银子，管他妹子也好，老婆也好，到了老娘屋里头，就是老娘的人。

张金龙　金姑娘，我送你回去吧。

金　氏　（背台）这个呀……（对张）相公，少时我和你回话。赵老五呀赵老五呀，只顾你们吹烟赌钱，拿我前来耍弄，哄着别人我是你的妹子，想我跟倒你这种人，没有出头之日。你来叫我，我也不回去了。启禀伯母、相公，你送我回去，我是不能去了的。我死也要跟倒相公和你老人家，苦吃苦累，我也不愿去他家了。

何　氏　赵老五也不得肯呀。

金　氏　伯母，有我真心真意，随他讲什么，我担待⑤了。

张金龙　这叫我才难哟。

何　氏　难什么鬼？两个人和气点嘛。媳妇儿，随我下去弄饭吃。（和金下。内白）儿呀，快来。

张金龙　唉！怎么对得住人呀。（下）

第六场

赵老五　（上，唱挑担腔）吹烟不大好，银钱吹完了。快快回家去，对老婆说根苗。（白）老婆、老婆。（不见老婆）咦，我老婆真的不见了呀。哦，出去几天了，张家抬去了。哎呀！不好，不好。（唱急板，走圆场）急急忙忙他家进，去到老婆那里行。咿哟咿哟，快快行。（白）内面有人没有？

张金龙　（上，引）外头叫得忙，我也来得慌。走出门前看，谁个到门墙？（白）哦，原来是赵五来了，为何怒气不息？来在我家，有话好好讲吧。

赵老五　我来问你，我那老婆来了没有？

张金龙　哪个是你的老婆？

赵老五　哪个是我老婆？你让我进去找一找嘛。

张金龙　唉，男子汉有话好好说嘛，怎么慌慌张张的？

赵老五　哎呀，相公，我蚀[6]了呀。

张金龙　你蚀了什么东西？

赵老五　我蚀了东西……

张金龙　到底什么东西？男子大丈夫好好讲。

赵老五　相公，对你说明，昨日来那女子，名叫金氏，就是我的老婆。

张金龙　那个不是你的妹妹嘛？

赵老五　我哪里得妹妹来。我妈妈不养我，连我都没得。

张金龙　好了，你不要这样急，我叫她来见你。金氏哪里？走来。

金　氏　（上，引）奴夫做事大不该，不该卖奴此地来。（白）见过相公有礼。

赵老五　（上前拉金）老婆，回去。

金　氏　莫乱喊，哪个是你老婆？

赵老五　喂，你就不认我了吗？

金　氏　像你这种人，顾了吹烟赌钱，将我前来发卖，你还好意思来要我回家吗？不回去了！

赵老五　（拉金）老婆回去了嘛，回去了嘛。

何　氏　（上）你们在这块做什么？在我家乱拉人呀，为什么拉我的媳妇？你写了纸，拿了我三十六两银子的呀。是你的妹妹，怎么说是你的老婆？混账！

赵老五　三十六两银子不是我个人得呀。

何　氏　管你个人得也好，两人得也好，人到了我家就是我的人。不和你讲，到县衙前去讲去。

赵老五　走，事大事小，见官才了。

［众下。

第七场

县　官　（上，引）头戴乌纱[7]感皇恩，身穿官袍带一根。但愿阶前长青草，不贪黎民半毫分。（白）本县自上任以来，风调雨顺、国泰民安、百姓纯良。今日三八日期[8]，坐堂理事。人来，侍候了。

［何、张、金、赵同上。

何　氏　（念）行行去去、去去行行，不觉来此是衙门。（白）门内哪位在？

衙　役　什么样人？

何　氏　申冤告状。

衙　役　站着。（进门）启禀老爷，外面有人申冤告状。

县　官　报门而入。

［众人进。

何　氏　报，何氏跪见老爷。

县　官　怎不抬头？

［众人同白："有罪。"

县　官　恕你们无罪。

何　氏　告谢。

县　官　你们四人来在公堂，谁人是原告？谁人是被告？

何　氏　老身是原告。

赵老五　小人是被告。

县　官　原告，是口诉还是词状？

何　氏　来得忙迫，没有词状，凭口而诉。

县　官　从详诉来。

何　氏　上禀县太爷得知，想老身是一寡妇，养着这位后生张金龙侄儿度日。他年方二十二岁，未曾娶亲。赵五说他家有个妹妹，愿将他妹子嫁至我家为媳，我去了三十六两银子，他当场接银写纸。他现在反说，此乃是其妻，他想要她回家前去。请老爷与我公断，判明此事。

县　官　这是你的实言？

何　氏　不敢诬谎。

县　官　赵五，从直说来。

赵老五　启禀老爷得知，只为我不学正道，嫖赌吹三样俱全，家当被我卖得干干净净。无法可想，我想拿我这个老婆去打个照面，弄点银子。现在我老婆到他家中前去，她反说我胡说，不承认是我的老婆。请老爷公断。

县　官　下跪后生，叫何名字？

张金龙　小生张金龙。父母双亡，伯母带大，又在书房读书。伯母和我娶亲，我一概不晓，此事问我伯母才知。

县　官　下跪年轻女子。

金　氏　有。

县　官　把你家中之事说来，让本县知道。

金　氏　哎，老爷呀，想我金氏女，已嫁赵五为妻。想此人痞坏，不务正业，每日丢奴在家，织麻纺线度日。他反拿我前来哄骗别人的银两，现在他要我回家，我是不去了的，我愿与张金龙为配。想这种人，男子汉没有志气。望老爷公断。

县　官　听你们四人言来，本县全已明白。赵五，像你这种人，吹烟吹急了，拿老婆来骗人。又不是借东西，借了去，要得回，怎么能拿老婆来开玩笑的。像你这种男子，少了志气，算在世间带坏别人，你的妻子不能跟你，这是你嫖赌的下场。依本县公断，你老婆不能跟你回家，再补点银子给你，你可答应？

赵老五　哎呀老爷，我这是弄假成真的啦！哎，如今老婆又不认我，如今弄假成真，我上了当了。

县　官　何氏，回家前去，再拿二十两银子给赵五，了结此案，本县与你做主。

何　氏　是，不能少他这二十两。

县　官　何氏，带你的儿子、媳妇回家。

何氏、张金龙、金氏　老爷官上加官，世代荣昌。（下）

县　官　赵五到张家前去领二十两银子，不要反悔。若有反悔，本县不能饶恕。人来，退堂。（下）

赵老五　列位，你看我这个吹烟赌钱，拿老婆骗钱，弄假成真，是我的下场哟。（下）

（剧终）

【注释】

①肚才宽点：意即有才学，点子多。

②和：帮、为。桂林话。

③煞果：指最后、结果。

④菱花：指古代铜镜中一种花式外形的镜，或镜背刻有菱形花纹的镜。

⑤担待：承担、担当。

⑥蚀：损失、亏耗。

⑦乌纱：古代用黑纱做的一种帽子，人称“乌纱帽”。乌纱帽原是民间常见的一种便帽，后来才成为正式“官服”的一个组成部分。也成为做官为官的代名词。

⑧三八日期：旧时官府每月定期坐衙受理案件叫放告日。此指放告日为每月逢三、逢八日。有冤屈的人可在这些日子直接到衙前鸣冤告状。

【剧情简介】

赵老五、王老三终日游手好闲，赌钱吹烟，把财产花光了。一日无钱吹赌，二人乃订计将赵妻金氏说是赵之妹子，由王老三做媒嫁与寡妇何氏的侄子张金龙，骗取聘金三十六两，打算嫁过去，又抢回来。哪知王老三把金氏骗过门后，金氏得知真相，既恨赵老五之无良心，又爱慕张金龙人品优秀。当赵老五来抢人时，她就不愿跟赵老五回去，宁愿当真嫁给张金龙了。最后大家告到衙门，县官以赵老五无耻，把金氏判归张金龙为妻，这就弄假成真了。

【简评】

该剧名为《弄假成真》，可以说是王老三制造了“弄假”的闹剧，而金氏促成了“成真”的结局。这两个关键人物在戏剧冲突中，表现得个性鲜明，活跃生动。值得一提的还有金氏的一段细腻丰富的内心独白，这对于塑造人物和推进故事都起到了重要的作用。

此剧由张桂妹发掘、张丽琳记录保存。

大闹屠行

剧中人物

⊙张三祥（行当：丑，简称：张）

⊙刘二（行当：丑，简称：刘）

⊙杨大伯（行当：老生，简称：杨）

⊙看相婆（行当：摇旦，简称：婆）

⊙双簧旦（行当：花旦，简称：双）

⊙打大卦人（行当：老丑，简称：卦）

⊙哑子背疯（行当：花旦，简称：疯）

⊙背西洋镜人（行当：丑，简称：镜）

⊙花鼓姐（行当：花旦，简称：姐）

⊙花鼓妹（行当：花旦，简称：妹）

⊙王大妈（行当：老旦，简称：妈）

⊙王女（行当：花旦，简称：女）

⊙莲花落甲（行当：丑，简称：甲）

⊙莲花落乙（行当：丑，简称：乙）

⊙零零落甲（行当：老旦，简称：零）

⊙零零落乙（行当：老丑，简称：落）

⊙卖膏药人（简称：药）

⊙耍把戏甲（简称：戏）

⊙耍把戏乙（简称：耍）

全一场

张三祥　（上）我今做屠户，天天去杀猪。别人帮我卖，坐到得享福。（坐，白）我，张三祥。别的手艺没有学会，每天只会杀猪。今天乃是会场日期，不免请得刘二过来帮我杀猪，帮我卖肉。还要到他家走哇！（唱浪里白，走圆场）太阳出来一点乌，为人总要懂板路[①]。别的生意我不做，每日街上开屠铺。屠行生意本好做，天天挣钱有无数。早上吃的汆汤肉，又有猪肝和猪肚。夜晚拿点当小炒，白炸猪肉裹酸醋。吃又吃得好，想起好对路。（收腔。白）到了刘二家了。刘二，开门。

刘　二　（上）哪一个？

张三祥　是我来了。

刘　二　（开门）原来是张老板，请进。

张三祥　有进了。

刘　二　张老板请坐。

张三祥　弟兄家不要客气。

刘　二　张老板到我家中前来，有何好事？

张三祥　到你家前来非为别事，请你到我家去帮我杀猪。

刘　二　几时去？

张三祥　今天去。

刘　二　那就走吧。

［刘、张同出。刘关门。

张三祥　离了门前，还要到我家走哇！

［刘、张同走圆场。

刘　二　（唱路腔一）出得门来往前走，呀啰吔，一心同往你家行、你家行。麻落一落呀。一心同往你家行、你家行。麻落一落呀、落呀。

张三祥　到了，一同进去。

刘　二　一同进去。

［刘、张同进，做捉猪、杀猪、砍肉、摆肉动作。

张三祥　猪杀好了，肉摆好了，你在这里帮我卖，我下乡去有事去了。我交代你，别人来砍肉，赊账莫讲多话。（下）

刘　二　晓得了。没有钱我莫讲多话。

杨大伯　（上，唱挑担腔）举目来观望，来在大街上。那边多热闹，摆的猪肉行、猪肉行。（白）我去买肉先，老板发财。

刘　二　你这个老人家，敢莫是来买肉的。你是现钱是赊账？

杨大伯　我是赊账。

刘　二　赊账莫讲多话。你要哪块？

杨大伯　我要的三三两、四五两、八两多一两、十两少一两。

刘　二　三三两，九两。四五两，又九两。八两多一两，又九两。十两少一两，又九两。四九三十六，你要两斤四两[②]。还要点什么？

杨大伯　我要点瘦肉不粘骨，肥肉不粘皮。

刘　二　那你就要腰子，要板油。腰子一对，板油一斤，你拿去吧。

［杨拿肉下。

花鼓姐、花鼓妹　（上，唱挑担腔）家住凤阳府，看相打花鼓。只因家贫苦，奔波走江湖。

花鼓姐　妹妹，走来走去，走到街上来了。那边有一屠铺，上前买肉去。见过老板有礼。

刘　二　你们这两位姑娘出来做什么的？

花鼓姐、花鼓妹　我们是唱洋琴小调的。

刘　二　好嘛，你和我唱点嘛。

花鼓姐、花鼓妹　和你唱，我们有上、中、下三等价钱。

刘　二　上等的？

花鼓姐、花鼓妹　三吊六。二等的二吊四。三等的一吊二。

刘　二　你帮我唱，没有钱给，给肉得不得？

花鼓姐、花鼓妹　那好嘛。你给好多肉？

刘　二　唱得好，每人给两斤肉。

花鼓姐、花鼓妹　老板耐烦，慢慢坐着，待我姐妹唱起来呀！（唱十月比古腔）正月比古是新年，唐僧取经去西天。高家庄前收八戒，流沙河内得沙僧。二月比古龙头抬，三姐梳妆上彩楼，王孙公子千万有，绣球单打平贵头。三月比古三月三，昭君娘娘去和番，回头不见毛延寿，怀抱琵琶马上弹。四月比古四月八，唐朝有个李元霸[③]，无敌将军来此武，手拿铜锤八百八。五月比古是端阳，红脸黑须关云长，过五关来斩六将，擂鼓三通斩蔡阳[④]。（白）老板，唱完了。

刘　二　唱完了？好，砍肉给你们。

花鼓姐、花鼓妹　老板，多谢你呀。（下）

莲花落[⑤]甲、莲花落乙　（上，一人唱一句）叫伙计，随我来，手拿竹片上长街。竹片本是二块牌，云南四川我走过来。要拜要拜真要拜，拜一个莲花遍地开。拜人要拜人大量，挑水要挑码头上。挑水要挑下码头，文官拜相武封侯。文官拜相包丞相，武官拜相杨六郎。要拜拜个老人家，酸甜苦辣要问他。老人家，老懂礼，大行小事要问你。老人家，老年伯，酸甜苦辣他才晓得。家有老人成世界，家有老园吃嫩菜。举目抬头来得快，不觉来到猪肉台。猪肉老板哈哈笑，想必爱听莲花落。老板爱听我爱唱，只望老板来帮忙。老板本是人大量，不给猪肝给粉肠。

刘　二　（砍肉给甲）拿去。

莲花落乙　给了他，不给我，难道他吃我挨饿。打发不过杯把米，发不得我来穷不得你。给我们不过是两个钱，你明中去了暗中填。我不是本乡和本地，初二十六打牙祭[⑥]。不是本地半截汉，三天去了又来转。你不给，他不帮，化子吃喝靠哪行？

刘　二　（再砍肉）好，各人给你几两肉。

莲花落甲、莲花落乙　多谢你，多谢他，拜了榜眼拜探花[7]。拿起肉，走了吧，走了这家走那家。（下）

哑子背疯　（长锣。上）天不平来地不平，世上亏了奴一人。好花插在牛屎上，少女配着老夫君。奴乃王氏，配夫罗大。奴乃是一疯子，奴夫是一哑子。每日只靠赶唱为生。今日乃是会场日期，不免叫奴夫背我上长街赶唱，也好得钱度日。老老[8]，你愿不愿去？愿去就点头三下，不愿去就算了。（哑点头）愿去就是好的。如此走哇！（唱四季天调。过桥、上桥、跌倒、照水影、下桥。长锣。接唱雪花飘，白）到了。老板有礼。

刘　二　你们这一个老的背一个少的出来做什么呀？

哑子背疯　我们是出来赶唱的。

刘　二　你们出来赶唱的，和我唱点啰。

哑子背疯　和你唱点，我们是要钱的呀。

刘　二　我今天没卖得钱，只是给肉。你唱得好，我多砍两斤也不要紧。

哑子背疯　老老，他今天不给钱，给肉，愿不愿唱？（哑点头）愿唱就唱起来呀！（唱鲜花调）唱完了。

刘　二　好。（砍肉）砍两斤肉给你。（戏疯，被哑踢倒）

哑子背疯　老老，你不要这样丑的脾气。老板，莫见怪。多谢了，多谢了哇。（下）

看相婆　（上，唱五把扇子腔）与人来看相，要看看手上。套出他的真言语，只要我能言又会讲。举目抬头来观望，不觉来在大街上。（白）到了，见过老板有礼。

刘　二　免礼、免礼。你敢莫是来要肉的？

看相婆　不是，我是来看相的。

刘　二　看相，看不看得准呀？

看相婆　看相抽牌包准，不准分文不要。

刘　二　那你和我看个相吧。

看相婆　拿手来。有相无相，看你手上。你手纹看不清，看你不是老板便帮人。你好比矮子上楼梯，一步高来一步低。你这个人懵懵懂懂，挑担水桶，一跤跌倒，不知轻重。你这两年有点犯白虎，白虎白虎，两眼凸凸。你没有好运走，天天还受苦。你八字有点不济难，左也烦来右也烦。哪怕你五更累到夜，一天不过混两餐。外带你又有点颠倒颠，卖肉从来不要钱。别人都讲你蛮好，将来你要讨人嫌。你这个八字就是这样了，赚不到钱的。

刘　二　嗯，看得准，看得准。（砍肉）给你两斤肉。

看相婆　多谢你呀。（下）

零零落[9]甲、零零落乙　（上，唱四钹乐）我俩都是瞎眼人，麻直高低路也行。急急忙忙往前进，只靠赶唱度光阴。（白）到了。（用手摸）

刘　二　嘿！莫乱摸，摸到我的肉台来了。

零零落乙　不是的，我们是来赶唱的。

刘　二　你们两个瞎子，唱什么东西？

零零落甲　老板，我们是唱零零落的。

刘　二　哦，唱零零落的，我从未听过，你和我唱一唱。唱得好的各人给一斤肉。

零零落甲、零零落乙　你要唱，我们就和你唱起来！（唱）喜洋洋来笑洋洋，听我唱一个胖婆娘。你说她胖不为胖，她有三丈六尺长。（下略。白）好，唱完了。

刘　二　好！唱得好。（砍肉）各人给你们一斤肉。

零零落甲、零零落乙　多谢你，多谢你。（下）

［锣鼓起。

双簧旦　（上）家住在凤阳，流落在外乡。挣得钱和米，兄妹度日光。我，双簧旦[10]。奴乃双簧旦。妹妹，今天乃是会场日期，你我还要到会场赶一赶唱，你愿不愿去？妹妹愿去。那我兄妹二人还要走起来呀！（男女各一句唱数花腔）正月里来花里又开花。（下略）到了。走到街上，那面有一屠户老板，妹妹走上前去。哥哥，一同上前去吧。见过老板有礼，见过老板有礼呵。

刘　二　怪了，你一个人怎么变成两个人来了？

双簧旦　我们乃是双簧旦。哎呀！老板，我们是双簧旦呀。

刘　二　双簧旦？你们来做什么的？

双簧旦　我们是来赶唱的。

刘　二　赶唱的，和我唱一套嘛。

双簧旦　唱一套，我们是要钱的哪。

刘　二　我没有钱，给肉你们行不行。

双簧旦　我们要两斤肉的啵。

刘　二　你只要唱得好，莫说两斤，四斤我也得砍给你们。

双簧旦　妹妹，那我们就唱吧。哥哥，我们唱起来呀！（唱怀调）小冤家，从今以后休到我的家。哎呀！我的小妹妹，你为何说出这般无情话。耳听得，门外有帮光棍痞子将你来拿。哎呀！我的小妹妹，自幼儿我和你胆子比天大。我妈妈前门后门上了一把无情锁。哎呀！我的小妹妹，前门后门我不走，单走你墙上爬。墙又高，又恐怕跌坏郎的腰。哎呀！我的小妹妹，我为你跌死了，两眼都眯眨。但不知哥哥爱奴哪点好？哎呀！我的小妹妹，我爱你，爱说、爱谈、爱讲、爱说几句蜜甜的话。哪哈，哪哈呵。

刘　二　唱完了。好，给你们两斤肉。

双簧旦　老板，多谢你，少陪了。老板，少陪了呀。

刘　二　妹姑娘，莫走，多唱点，多给点肉给你嘛。

双簧旦　不唱了，等下我哥哥骂人的。

刘　二　不怕，不怕，来嘛。（用手拉她）

双簧旦　怎么？你乱来。哥哥不要发气，不要打，打出祸来的啵。老板，莫见怪、莫见怪，我们走了哇。（下）

打大卦人　（上，唱四钹乐）拉起大卦往前走，专打大卦欺骗人。只要有人把我请，骗取银钱度光阴。（白）你看，那边有一个老板。老板有礼。

刘　二　哎，你这个人才怪，一样不扛，扛个菩萨到这块。

打大卦人　我这个菩萨不是别的菩萨，专替别人安神送鬼，保佑你脱了丑运走好运。

刘　二　那就好啰。我天天帮人没得一个钱，你帮我送一送吧。求一个大卦，看哪天走运。

打大卦人　烧起香来。（用手左右一抓一闻）你这个屋里头要不得，有鬼。

刘　二　有什么鬼？

打大卦人　有个背时鬼！有妖。

刘　二　有什么妖？

打大卦人　有吃猪肉的妖。

刘　二　不得了，不得了，赶快和我送。

打大卦人　送起来。（吹牛角，念）一请东方甲乙木[11]，砍下一块大猪肉。二请南方丙丁火，砍下两个猪耳朵。三请西方庚辛金，摆下一个大猪心。四请北方壬癸水，摆下四个大猪腿。五请中央戊己土，砍下猪肝和猪肚。五方五样来供齐，送鬼送神我有谱。（坐，白）送你家，吊头鬼，守楼梁。饿吃鬼，守厨房。鸦片烟鬼，睡横床。赌钱鬼，两头忙。贪色鬼，睡牙床。大鬼送出去，小鬼送进来。

刘　二　嘿！大鬼送出去，小鬼送进来，还得呀？

打大卦人　我讲大鬼送出去，小鬼莫进来。莫打岔[12]！（念）大鬼送出去，小鬼莫进来。送了鬼，猪心、猪肉、猪肚、猪耳朵一起收进口袋来。

刘　二　砍来供的，嘿！你哪门拿起呀？

打大卦人　我不拿起，供过了的，你们吃不得的，吃了要肚疼的，我拿回去供祖师的。（念）老板且走开，我把鬼送出来。（圆场。指刘）今天送了大鬼，老板今年你不发财，明年你要发大财。

刘　二　就罢了呀。

打大卦人　送了鬼去了嘛，不要过好久，你就要发财了嘛。

刘　二　我到底哪天才发财呀？

打大卦人　哪天发财呀？今年不济，要到明年去了。

刘　二　明年又不发财呢？

打大卦人　明年不发财，那总有一年了嘛。（欲走）

刘　二　（抓卦）到底哪年发财？

打大卦人　你只有到死那天发棺材。（下）

刘　二　（想）哦，发官财，看得好。又做官，又发财。（大笑）

背西洋镜人　（上，唱四钹乐）背起西洋美镜⑬，两脚不停大街行。又能看远和看近，看看西洋美镜得散心。（白）来到街上了，我摆起来。喂喂喂，哪个来看我的西洋美镜？又有山景和美人。看了一套又一套，一套更比一套新。虽然人人不走路，看了等于到处行。又可观山景，又可看见城。来来来，哪个来？

刘　二　我来看一套。

背西洋镜人　看一套，拿钱来呀。

刘　二　我没得钱，砍点肉给你好不好？

背西洋镜人　要得。

［刘看西洋镜。

［妈、女上。

王大妈　（唱梁氏腔）开言我把话来论，叫声女儿你是听。今天带你会场进，买好东西即回程。集上人多常来往，我儿出门要小心。钱财一定要抓紧，莫遇拐骗起歹心。娘女且把街前进。

背西洋镜人　你来看啰，你看四川的峨眉山呵！

王大妈　（接唱）锣鼓喧天好惊人。

［镜打锣。

王　女　这里敲锣打鼓，在这里唱什么？

王大妈　这里是看西洋美镜哪。

王　女　妈，我们总没看过，我们要看看。

王大妈　要看一看，你就看吧。喂，看西洋美镜的，好多钱哪？

背西洋镜人　每个人十个钱。

王大妈　好，你打开，我们看看嘛。

［妈、女、刘同看。

背西洋镜人　（唱）你来瞧，你来看，你看那个紫金山。紫金山上行行有，缺少芙蓉配牡丹。看了一张又一张，看了一行又一行。你看七仙姑把凡下，她们一个一个各自来打扮。再扯一张看分明，只见罗汉戏观音。罗汉他把观音戏，后来他们成了亲。

王大妈　不好看，不好看，这是什么鬼东西！

王　女　妈，好看哪，好看哪。

刘　二　好看，妹姑娘，再看一下嘛。（拉女）

王大妈　好看什么鬼！拉什么鬼？痞仔。

［妈打刘，刘跑。刘碰倒镜台。

王大妈　死不要脸，厚脸皮！老娘给你点脸，不然老娘刷你个耳巴子。（边骂、边走）

［妈、女、刘走下。

背西洋镜人　（拉刘）你今天碰烂我的箱子，我靠它吃饭的。

刘　二　你莫拉我，我赔你，我没得钱，砍几斤肉给你，你自己去修算了。

背西洋镜人　最少要十斤。

刘　二　十斤哪？

背西洋镜人　你给不给？（抓刘）

刘　二　好，我砍，我砍。（砍肉给镜）

背西洋镜人　（扛肉）今天我背时遇到你。（下）

刘　二　他还讲他背时，我更加背时。我送了鬼砍了肉，碰烂他的西洋镜又要赔肉。

［戏、耍、药上。

耍把戏甲　伙计，来到大街来了。今天怎么不见人多呢？打起锣来先。

［耍打锣。

耍把戏甲　（念）鼓打咚咚花世界，锣打两面挂招牌。锣鼓三声响，请动贵客来。贵客来、贵客来，我走江湖无招待。一不敬酒、二不敬茶，三不敬烟、四不敬菜。请来做什么？请来看古怪。耍把戏，人人所爱。看的眼快，耍的手快。不古不怪，把戏就变出来。喂、喂、喂，打起锣，就没得人来。喂！伙计，我怕慢着打开台⑭吧。

刘　二　喂喂喂，你们打锣，怎么也不耍呀？

耍把戏甲　你一个在这里，我们在这里耍，我们不要吃饭嘛？

刘　二　耍了嘛，人多了，我难得看，没得人来我就好看。你们耍，给你们点肉呀。

耍把戏甲　你要看，耍给你看看。伙计我们打起锣来。

［耍打锣。

耍把戏甲　锣鼓咚咚起，亲朋好友是请来的。前面拜师兄，后面拜师弟，两旁好兄好弟。把戏把戏，原来是假的。会者不用当堂说破，不会者不要背地夸言。一个光棍十个帮衬，若无帮衬，饿死光棍。打起锣来。

［戏、耍二人耍把戏。

耍把戏甲　耍完了。

刘　二　耍完了，给两斤肉给你们。

耍把戏甲　喂，老板，多给点吧。不然和你多买两斤。

刘　二　你要肉，给钱就不卖。要肉莫讲多话，拿去，一起给你。

［戏接肉，同耍下。

张三祥　（上）刚才到赌场，输得个零打光⑮。回店去拿钱，再去赌一场。

刘　二　张老板，你回来了。

张三祥　莫讲了，钱都输光了。肉卖完了吗？

刘　二　卖完了。

张三祥　拿钱来。

刘　二　今天砍肉没得钱。

张三祥　怎么？哪样卖肉没要钱？

刘　二　你临走不是交代过嘛，没有钱要肉，喊我莫讲多话。那我不是砍给他嘛。

张三祥　糟糕了！糟糕了！我交代你没有钱莫讲多话，是莫答应他，莫砍肉。你反转没有钱还砍肉给他。现在我问你填是不填？

刘　二　是你交代我的，现在砍完了又要钱，我帮你要吃饭，我问你要钱。

张三祥　不行！问你要，你要垫这笔钱。

刘　二　不行，我帮你的工吃饭都不吃，问你要。

张三祥、刘二　去评理。（互拉下）

（剧终）

【注释】

①板路：聊天、讲古等的代名词。桂林话。

②四九三十六，你要两斤四两：这里是用一斤十六两来换算的，因此三十六两就等于两斤四两。

③李元霸：古典小说《说唐》中的人物。他是天下第一条好汉，隋唐十八好汉之首。使一对铁锤，重八百斤。

④蔡阳：东汉末年曹操部下武将。

⑤莲花落：一种说唱兼有的曲艺艺术。表演者多为一人，自说自唱，自打七件子伴奏。所谓七件子乃是分执于两手的竹板，即右手所执两片大竹板，左手所执五片小竹板。大竹板打板，小竹板打眼，相互配合有板有眼，说唱之词则随着板眼节奏进行表演。

⑥牙祭：原指隔若干时日肉食一次，后泛称偶尔吃一顿好饭食为“打

牙祭”。

⑦ 榜眼：古代科举制度中在殿试中取得第二名的名称，与第一名状元，第三名探花合称“三鼎甲”。

⑧ 老老：对男性老年人的敬称，这里指丈夫。

⑨ 零零落：广西代表性的曲艺形式之一，用桂林方言演唱。

⑩ 双簧旦：彩调剧名，又名《李二与灵妹》。剧中演员一人兼饰两角。演员所穿衣裤左为男装，右为女装；头上也是半为罗帽，半为女髻；脸也是半边画白鼻子小丑，半边为旦角彩妆。台下观众会产生“忽男忽女”的感觉。这是一个正丑唱、念、做、舞并重的独脚戏。此剧中“双簧旦”指的是演双簧旦的演员。

⑪ 东方甲乙木：在这里涉及天干、地支与五行等方面配合，与后面的南方丙丁火、西方庚辛金、北方壬癸水、中央戊己土一样，均被视为一方之神。

⑫ 打岔：岔开话题；搅和。

⑬ 西洋美镜：西洋镜。民间一种娱乐器具，匣子里面装着画片儿，匣子上放有放大镜，根据光学原理暗箱操作可以看放大的画面。因为最初画片多是西洋画，所以叫西洋镜。

⑭ 打开台：戏班演出前，场面先打几遍锣鼓，借此招徕观众。

⑮ 零打光：精光。

【剧情简介】

屠户张三祥请刘二来帮助劏猪摆卖，自己到赌场赌钱去了，临走时吩咐刘二：“赊账莫讲多话。”刘二误以为是没有钱来砍肉，莫讲多话。于是杨大伯来砍肉赊了给他；花鼓妹、唱莲花落的、打零零落的、哑子背疯的、双簧旦、看相婆、打大卦人先后来到，刘二都叫他们打、唱、看相，各送猪肉数斤，把一头猪的肉都提光了，一个钱也没有得到。张三祥赌输回家取钱，一个钱也没有得到，他要刘二赔钱，刘二要他给工钱，互相争个不休。

【简评】

这个剧最大的价值在于戏台犹如一个生动的民俗博物馆，各色各样、五花八门的民俗活动在这里进行了大展示。从民间艺术来看，有唱洋琴小调的、唱莲花落的、唱鲜花调的、打零零落的、演双簧旦的；从市井生活来看，有占卜算卦的、看相卖药的、放西洋镜的，甚至卖肉赊账的销售方式等等。这个戏为人们了解当时的社会状况，提供了一份丰富而生动的珍贵资料。

此剧由谢济舟发掘、魏少平记录保存。

刘秀封宫

剧中人物

⊙刘秀（行当：小生，简称：秀）

⊙殷子道（行当：丑，简称：道）

⊙殷秀鸾（行当：旦，简称：鸾）

第一场

殷子道　(小点上，念)人无生活计，出外候良机。(坐，白)在下殷子道。爹妈生我兄妹二人，家道贫寒，苦守寒窑，每日上山砍柴营生。今天天气晴和，我不免上山砍柴，待我叫妹妹出来，交代几句。贤妹哪里？走来。

殷秀鸾　(内白)来了！(上)哥哥一声叫，急忙就来到。见过哥哥有礼。

殷子道　不必见礼，一旁坐下。

殷秀鸾　哥哥呀，打叫小妹出来何事？

殷子道　贤妹哪里知道，今天天气晴和，愚兄要上山砍柴。打叫你出来，我有几句话交代与你。

殷秀鸾　哥哥有话请讲。

殷子道　贤妹坐在一旁，听我道来呀。(唱四平腔)坐在寒窑把话论，叫声贤妹听分明。我今上山砍柴去，你在家中理事情。早饭时候送饭去，以免为兄饿难禁。

殷秀鸾 （接唱）哥哥说话有道理，点点滴滴我尽知。早饭时候送饭去，这事不用哥哥提。

殷子道 妹妹，闲话少讲，你与我到后堂拿柴刀扁担出来。

殷秀鸾 从命。（下取柴刀扁担复上）哥哥，扁担柴刀都拿出来了。

殷子道 拿了过来，你上前听我吩咐呀。（唱四平腔）且在寒窑把话讲，妹妹一旁听端详。家中事务你看管，免得愚兄挂心肠。告别妹妹把路上，要到山上走一场。（下）

殷秀鸾 （接唱）一见哥哥把路上，不由奴家喜心肠。双手且把门关上，等候哥哥转回还。（下）

第二场

殷子道 （内喊）走呀！（长锣。上，唱急腔）家中事情交代清，不由我殷子道喜在心。将身且把大路进，不觉来此是山林。（白）且慢，行来行去，来此已是山林。待我来看看，哪旁有柴火？（向两边望）这边柴火好，我到这里来砍。待我来用功呀。（打洗马锣。砍柴，砍到一担柴火，休息）好啦好啦。柴火我砍得了，我也困了。我到石头下面去歇一下先。（下）

第三场

刘 秀[1] （小点上，念）龙离千江海，虎奔万重山。蛟龙未得志，开口告人难。（白）刘王三子，（望）刘王三子刘秀。可恨王莽[2]奸贼，阴谋诡计，造定药酒，毒害我父王。思想起来，好不闷煞人也。（唱四平腔）昔日螳螂去捕蝉，偶遇黄雀在路旁。黄雀又被弹弓打，打弹之人被虎伤。猛虎得食归山去，陷阱又在大路旁。猛虎跌落陷阱内，陷阱又被黄土填。黄土面上生青草，青草又被火来燃。将来一报还一报，仇报仇来冤报冤。（白）且慢，

来此已是凉亭。天时暑热，不免我进凉亭躲一躲凉，岂不是好？（下）

第四场

殷秀鸾 （小点上，念）兄妹受贫穷，何日得光荣？（坐，白）奴乃殷秀鸾。爹妈早年去世，丢下兄妹二人，苦守寒窑。这也少言。今早我哥哥交代，早饭时候，送饭与他充饥。于今饭我也煮好了，待我拿出来送与哥哥充饥，岂不是好？（下取饭篮及筷子上）好，饭我拿出来了。出得门来，将门关上。闲话少讲，离了自家门前，还要到山上走呀！（唱旦角花腔）将身离了自家门，一心要往前面行。转弯抹角来得快，不觉来此是凉亭。（白）且慢。来此已是凉亭，天气暑热，我进凉亭躲一躲凉。

［秀在亭内坐着。

殷秀鸾 （背台）啊呀，凉亭之上，有一个人坐在那里。等我来喊他起来。（转面喊）喂，你那位相公坐在凉亭，请起来。奴家好过路。

刘　秀 姑娘啊，凉亭之上，大路在前，小路在后。你过得，我坐得。你坐得，我歇得。为何喊我起来呀？

殷秀鸾 这男女授受不亲。你要起来，我才好过路。

刘　秀 （起来走到外面）你这位姑娘，手中拿的是何物？

殷秀鸾 那是饭。

刘　秀 你拿往哪里前去？

殷秀鸾 拿到山上与我哥哥充饥。

刘　秀 倒不如拿来与我充饥。

殷秀鸾 你好样得很！

刘　秀 你给与不给？

殷秀鸾 不给又便怎样？

刘　秀 不给我就要抢。

殷秀鸾 那你就抢。

刘　秀　抢就抢。（上前抢饭，抢到吃完，把碗筷放进篮中，回亭中坐下）

殷秀鸾　（伸手向秀）拿来，拿得来！

刘　秀　拿得什么来？

殷秀鸾　有钱就拿来数，有米就拿来量。敢是吃奴家的饭这样就算了吗？

刘　秀　姑娘呀，你认得我没有？

殷秀鸾　我认得你老鼠没得尾巴，猪脚没有丫叉。

刘　秀　我是刘……

殷秀鸾　你留钱还是留银子？

刘　秀　我乃是刘王三子刘秀。

殷秀鸾　慢着。（背台）且慢，刘秀乃是正宫之主，王莽乃是篡位之君。有道是，家中有冷饭，路上有饥人。我不免带他回到寒窑饱吃一顿。到后来幼主登基了，我兄妹也有出头之日。（到秀前行礼）幼主有礼。

刘　秀　不消。姑娘呀，为何背地而言？

殷秀鸾　非是奴家背地而言，奴家有意带你到寒窑饱吃一顿，不知你意下如何？

刘　秀　姑娘你可有此心？

殷秀鸾　有此心。

刘　秀　有此意？

殷秀鸾　有此意。

刘　秀　如此前面带路。

殷秀鸾　幼主随我来呀！

刘　秀　（长锣。唱四平腔）姑娘前面把路引，

殷秀鸾　（接唱）幼主随我后面跟。

刘　秀　（接唱）急急忙忙往前进，

殷秀鸾　（接唱）不觉来到寒窑门。（白）幼主，到了。你站过一旁，待我开门。（开门）幼主，请进！

刘　秀　告进。

殷秀鸾　幼主，请坐！

刘　秀　告坐。

殷秀鸾　幼主，你堂前等候，我到后面倒茶给你喝。

刘　秀　有茶倒上一杯，无茶不用了。

殷秀鸾　茶是有的，堂前坐等。（下倒茶上）幼主，请茶！

刘　秀　姑娘，你请先。

殷秀鸾　我后堂用过了。

刘　秀　（接杯喝茶，喝毕还杯）收倒下去。

殷秀鸾　正是。

刘　秀　（背台）且慢，你看这姑娘倒有此心，带我到寒窑饱吃一顿。不免将她封了一封，岂不是好？

殷秀鸾　（上）幼主为何背地沉吟？

刘　秀　非是我背地沉吟。你今有意带我到寒窑饱吃一顿，我要把你封了一封。

殷秀鸾　谢过幼主。

刘　秀　姑娘，请你上前听封。（唱四平腔）坐在寒窑把你封，封你正宫在朝中。

殷秀鸾　谢主隆恩呀。（接唱）低头忙把隆恩谢，谢过幼主把我封。（白）幼主，我带引你后面饱吃一顿。

刘　秀　前面引路。

殷秀鸾　随我这里来呀。

［秀、鸾同下。

第五场

殷子道　（上，站中堂板凳上，唱起板腔）殷子道在山岗哈哈大笑。

[内白："殷子道，你哭哭什么？"

殷子道 （从板凳跳下台口）啐！老子笑，你讲我哭。

[内白："你笑，笑什么？"

殷子道 我不笑，你叫我来哭？

[内白："你还在这里笑，笑什么？你妹妹在家偷人咧。"

殷子道 你妹妹在家偷人！

[内白："你回去做总舅子。"

殷子道 你回去做总舅子！好啦、好啦！太阳差不多落山了，我的妹妹还不见送饭来，我回家前去看一看。

[内白："殷子道，你往哪里前去？"

殷子道 我归家前去。

[内白："你归家前去，帮我带两文钱冷火秋③来。"

殷子道 什么是冷火秋？

[内白："是黄烟。"

殷子道 黄烟就是黄烟，讲什么冷火秋。

[内白："冷火秋烟呐。"

殷子道 好，我帮你带来就是。

[内白："慢着，还带一样。"

殷子道 还带什么？

[内白："带样默默无。"

殷子道 什么叫默默无？

[内白："买盐。"

殷子道 盐就是盐，讲什么默默无。我帮你带来就是了。

[内白："慢着，还要带一样。"

殷子道 还带什么？

[内白："带一样蚂蚂跳。"

殷子道 什么叫作蚂蚂跳？

［内白："蚂蚜跳塘。"

殷子道　糖就是糖，什么蚂蚜跳塘。我帮你带来就是。

［内白："好，那你记了。"

殷子道　记得的。好啦、好啦！我也明白了。我这个妹妹，每天在家中，把头发今天也梳，明天也梳，梳得光光溜溜的。上街也要，下街也玩，就记不得哥哥了。柴火我也不要了，我回家前去看她一看。好，闲话少讲，离了青山，我要回家去呀。（唱急腔）走在路途自思自想，想起妹妹好心伤。今早喊她来送饭，如今不送为哪行？举目抬头来观望，不觉来到我门旁。（白）走来走去，到我家门前来了。待我打叫妹妹开门。妹妹哪里？走来。

殷秀鸾　（内应）来了！

殷子道　来了？不来也不得了。

殷秀鸾　（上）忽听哥哥叫，急忙就来到。打开门来看，哥哥，你回来了？

殷子道　（怒）我不回来，我在外头过年呀？

殷秀鸾　哥哥，请进！

殷子道　（边进边讲）我不晓得进？

殷秀鸾　哥哥，请坐！

殷子道　我不坐了。我来问你，今早我喊你送饭去，你为什么不送去？

殷秀鸾　我送去了呀。

殷子道　你送去？送到哪里去？

殷秀鸾　我送到凉亭。

殷子道　你送到凉亭？那我转回到凉亭，我都没有见。

殷秀鸾　人家抢去了。

殷子道　人家抢去了？哪个还饿过我？我都不信。我晓得了，你这个毛丫头，你在家中把头发今天也梳，明天也梳，梳得光溜溜的。上街也玩，下街也要，你就不记得我老子了。我要把你骂起来呀！

［鸾站一边，不敢讲明。

殷子道 （唱骂腔）站在寒窑把你骂，骂声丫头你细听。今早叫你送饭去，你不送去为何情？越思越想心越恨，一棍打你不容情。

殷秀鸾 （接唱）哥哥不必心头恨，小妹言来你细听。进屋未讲三句话，拿来棍子乱打人。若不看在哥哥面，拉你长街把理评。

殷子道 （接唱）听你言来好伤心，倒讲我今乱打人。一点家务你不理，一句话儿你不遵。说什么长街把理论，说什么长街把理评。（拿镜子打烂）将你镜妆来打烂，看你丫头怎样行？

殷秀鸾 哥哥，你打我的镜妆，你就了不起呀？（接唱）哥哥做事不思想，打我镜妆为哪行？忙将你酒壶来打烂——（拿酒壶）

殷子道 （上前阻拦）打不得！打不得！

［鸾把酒壶摔破，道用舌舐地下的酒。

殷秀鸾 （接唱）我今看你怎下场？

殷子道 你这毛丫头，你打破我的酒壶，你就不得了呀？（接唱）丫头做事不思想，打破我酒壶为哪桩？将你罗裙来撕烂——（拿罗裙）

殷秀鸾 （上前阻拦）撕不得！撕不得！

殷子道 （把罗裙撕开。接唱）看你怎样来下场？

殷秀鸾 你撕烂我的罗裙，你就了不起呀？（接唱）哥哥做事狠心肠，扯破我罗裙为哪行？忙把烟枪来打烂——（拿烟枪）

殷子道 打不得！打不得！

殷秀鸾 （将烟枪打下。接唱）看你又是怎下场？

殷子道 你这个毛丫头，打烂我的烟枪，你真正了不起呀？（接唱）丫头做事不思忖，打烂我烟枪为哪门？不再和你多争论，今日与你把家分。（白）毛丫头，我打也不打你了，骂也不骂你了，我要和你分起来了。

殷秀鸾 分什么？

殷子道 分家当。

殷秀鸾 分什么家当？

殷子道　分房子。

殷秀鸾　哪样分法？

殷子道　我要楼高头。

殷秀鸾　那我就要楼底下。

殷子道　我不准你上楼来。

殷秀鸾　我也不准你下楼来。

殷子道　我不下你的楼。

殷秀鸾　我不上楼倒容易，你不下楼，你哪里取水？饿水都饿死你去。

殷子道　慢着慢着，另来分过。这间房子拿来分做两边。拿一根绳子隔开，你要一边，我要一边。（把房子分成两边）都还要分。

殷秀鸾　分什么？

殷子道　分鼎锅。

［道、鸾同下拿锅上。

殷子道　你要什么？

殷秀鸾　我要锅头。

殷子道　我要锅盖。

［道、鸾同将锅与锅盖各放一边。

殷子道　都还要分。

殷秀鸾　分什么？

殷子道　分水桶。

殷秀鸾　去要出来。

［道、鸾同下取水桶上。

殷子道　你要什么？

殷秀鸾　我要水桶。

殷子道　那我要扁担。

［道、鸾同拿水桶扁担各放一边。

殷子道　都还要分。

殷秀鸾　分什么?

殷子道　分高粱。

殷秀鸾　要出来。

［道、鸾同下取连根高粱上。

殷子道　你要什么?

殷秀鸾　我要尾。

殷子道　那我要根。

［道、鸾把分得的东西各放一边。

殷子道　都还要分。

殷秀鸾　分什么?

殷子道　分芋头。

［道、鸾同下取芋头上。

殷子道　你要什么?

殷秀鸾　我要芋头。

殷子道　你要芋头，那我要芋苗。

［道、鸾把分得的芋头芋苗各放一边。

殷子道　好啦好啦，我同你清楚了，我出去我的，不要你跟我，随便你在家饿死也好。（拿分得的东西出门）

殷秀鸾　（关门，背台）我的哥哥算蠢了呀。

殷子道　吔，这个毛丫头，她还有什么话讲，我来听她一听。

殷秀鸾　他和我分家当，他要和我分鼎锅，我要鼎锅，他要锅盖。我得鼎锅，不要盖也煮得成。他要盖，哪样煮?又不是蒸糍粑。又和我分水桶，我要水桶，他要扁担。我有水桶没有扁担，我拿也拿得回来。他要扁担，哪样来装水?又和我分高粱，我就要尾，他又要根。我要尾可以吃得。他要根，拿来做什么?拿来烧火。又和我分芋头，我就要芋头，他就要芋苗。我得芋头煮也煮得吃，他要芋苗，又不养猪，拿来做什么?啊呀，我的哥哥，算蠢了呀……

殷子道　（偷听）没得没得。（照鸾所讲，复讲一遍）毛丫头，开门来、开门来！

殷秀鸾　（内白）开门来做什么？

殷子道　开门先、开门先！

殷秀鸾　（开门）你回来做什么？

殷子道　回来做什么呀？你都蛮乖咧。你和我分家当，要分鼎锅，你就要鼎锅，给我要锅盖。你得鼎锅没有盖，你煮稀饭也煮得成。我得这个盖，哪样来煮？又不是蒸糍粑，那都还罢了。要分水桶，你就要水桶，给我要扁担。你得水桶没有扁担，用手也可以拿回来。我得这扁担来做什么？又装不得水。又分高粱，你要尾，给我要根。尾可以磨糕巴吃，我得这个根，拿来做什么？拿来烧火。又分芋头，你就要芋头，给我要芋苗。你要芋头可以煮来吃，我得这芋苗，拿来做什么？我又不喂猪。这样没得没得，都还要分。

殷秀鸾　还分什么？

殷子道　分蚊帐先。

殷秀鸾　蚊帐是我做的，分不得。

殷子道　那就分被窝。

殷秀鸾　被窝也是我做的。

殷子道　你做的也要分。（边讲边下）

殷秀鸾　呵呀！分不得、分不得呀！（在后追叫，怕被发现秀在房中，很焦急）

殷子道　（把被窝连刘秀一起抱到中堂放凳上）毛丫头，我来问你，这个是什么？

殷秀鸾　是乌龟。

殷子道　乌龟不在深山修炼，来到寒窑做什么？

殷秀鸾　妹子养到的。

殷子道　你养到，我也要打开来看。

殷秀鸾　看不得，他是咬人的。

殷子道　管它咬人不咬人，我也要看。（用小棍挑开被窝，发现秀。看秀相貌很像门上榜文的相）妹妹，这不是刘秀吗？快去拿绳子来把他绹起来先。

殷秀鸾　绹他做什么？

殷子道　到处出有榜文，哪个拿得刘秀，高官任做，骏马任骑，快去拿绳子来。

殷秀鸾　绹不得了。

殷子道　怎样绹不得？

殷秀鸾　他把你贤妹封起来了。

殷子道　（哭）哼……他把你封起来了。明天我去砍柴，哪个送饭给我吃呀？

殷秀鸾　不是啦，封宫的封。

殷子道　封公呀？你喊他封我一个母。

殷秀鸾　不是的，男封臣，女封宫。

殷子道　好好，那你就喊他封我一封。

殷秀鸾　那我上前帮你讲。幼主，我哥哥上前讨封，你封不封他？

刘　秀　叫他上前听封。

殷秀鸾　哥哥，喊你上前听封呀。

殷子道　待我上前讨封呀。（唱四平腔）贤妹刚才对我论，女封宫来男封臣。跪在跟前把话论，幼主封我哪部臣？

刘　秀　（接唱）坐在寒窑把你封，尊声兄长听心中。有日小王登九五[4]，封你国舅在朝中。

殷子道　封你娘的宫，封你爷的宫，封你十八代老祖宗。不得不得，绹起来。

殷秀鸾　（背脸）哥哥，怎么又绹起来呀？

殷子道　不封就不封，他封起来，就封那么丑，封我王八乌龟背油筒。

殷秀鸾　慢着，等我去问过先。幼主爷，你封我哥哥什么？

刘　秀　有日小王登九五，封他国舅在朝中。

殷秀鸾　哥哥，讲话你不听，耳朵有半斤。他封你国舅在朝中。

殷子道　慢点。（背台用手指数字）国舅在朝中，乌龟背油筒。在朝中，背油筒。（向鸾）妹妹，我听错了。怎么办？呐。

殷秀鸾　哥哥得罪过神咧？

殷子道　烧香。

殷秀鸾　得罪过人？

殷子道　少不了赔个礼。

殷秀鸾　正要上前去赔个礼咧。

殷子道　妹妹，你看我上前赔个礼呀。（唱四平腔）在头上正一正乌纱帽。（白）不得不得，没有乌纱帽。

殷秀鸾　那我拿个烂草帽来代替。

殷子道　要得，你去取来。

［鸾下取烂草帽上，替道戴好。

殷子道　妹妹，像不像？

殷秀鸾　像得很。

殷子道　像得很呀！（接唱）在身上抖一抖锦绣龙袍。（白）又去不得。

殷秀鸾　怎么又去不得？

殷子道　没有龙袍呀。

殷秀鸾　那我们拿件烂蓑衣来代替。

殷子道　要得要得，你去取出来。

［鸾下取烂蓑衣上，给道穿。

殷子道　妹妹，你看像不像？

殷秀鸾　哥哥，像死去。

殷子道　像就像，莫讲死呀。（接唱）没有朝王板也是难搞。（白）又去不得。

殷秀鸾　怎么又去不得？

殷子道　一个大臣去见皇帝，少不了要朝王板。

殷秀鸾　什么叫作朝王板？

殷子道　有点弯弯的，有尺把长。

殷秀鸾　我们那个水桶烂了，那个桶架有点弯弯的。哥哥你讲要不要得？

殷子道　正好正好，你赶快拿来。

［鸾下取烂水桶架上，交道。

殷子道　待我上前谢恩呀。（接唱）没有靴子难见当朝。（白）妹妹，又去不得。

殷秀鸾　你这个人太唠叨了，去一天都去不得。

殷子道　没有靴子呀！

殷秀鸾　那靴子哪里有呀？你拿对烂草鞋来代替吧。

殷子道　可以可以！你去取来。

［鸾下取草鞋上，给道。

殷子道　妹妹，四大物件得全，你看愚兄上前谢恩呀。（接唱）一身朝衣忙穿起，待我上前赔小心。走上前来忙跪定——

刘　秀　（接唱）双手搀起同胞人。

［道把蓑衣、草鞋、烂草帽脱交鸾。

殷子道　妹妹，你把东西拿去，我国舅老爷做没得久。妹妹，你也封了，我也封了，怎奈幼主在此，不是藏龙之所，乃是困龙之山。我们还是喊他逃出外面，访查忠臣良将，登基以后，慢接我兄妹入朝，你讲好不好？

殷秀鸾　好呀。一同上前讲吧。（向秀）幼主爷，我们这里不是藏龙之所。

殷子道　乃是困龙之山呀！

殷秀鸾　请幼主逃出外面，访查忠臣良将，登基以后……

殷子道　再接我兄妹入朝，幼主爷，你讲好不好呀？

刘　秀　好便是好，怎奈身无分文，走不动呀。

［道、鸾背台商量。

殷子道　（背白）妹妹，没得钱，怎么办？

殷秀鸾　我还有四百钱。

殷子道　你的四百钱是什么钱？

殷秀鸾　我帮人家打鞋底，我不用留下的。哥哥，你有没有钱？

殷子道　我也有四百。

殷秀鸾　你四百什么钱？

殷子道　是妈妈那时攒下的。母亲未死之时都交给我了，我总不用，所以它还在呐。

殷秀鸾　好呀，你有四百、我有四百，不是一共有八百吗？幼主走得路了。

殷子道　赶快拿出来，拿出来！

［道、鸾同下取钱上。

殷子道、殷秀鸾　幼主，我兄妹只有八百钱，送给幼主做盘费[⑤]，你快点走吧。

刘　秀　你兄妹可舍得？

殷子道、殷秀鸾　不舍得也要舍得。

刘　秀　就此一别呀。（唱）走上前来礼恭敬，拜别兄妹访良臣。有日小王登龙位，迎接兄妹进朝门。（下）

［鸾坐地上。

殷子道　走得好呀！（接唱）一见幼主阳关进，双目遥望送一程。送罢幼主把门进，只见妹妹坐埃尘。（白）妹妹，起来，回去了。

殷秀鸾　我要……

殷子道　你要什么？

殷秀鸾　我要幼主。

殷子道　你要柚子？柚子未曾结。

殷秀鸾　不是，我要幼主爷。

殷子道　柚子叶，我去要几张来。

殷秀鸾　不是，我要皇帝。

殷子道　青的都没曾结，要黄的。

殷秀鸾　我要才先那个。

殷子道　呐呐……你又愿给他走。

殷秀鸾　你喊他去。

殷子道　喔，是我喊他去。算了算了，起来。

殷秀鸾　我不爱起。

殷子道　你看这个丫头撒娇了吧？（背白）那里有个水牛打架，我讲是老虎来了，她一定会起来的。（向鸾）妹妹，你不起呀？你看！老虎来了。

殷秀鸾　不是不是，水牛打架。

殷子道　起来！起来！

殷秀鸾　不爱起！不爱起！

殷子道　（背台）我讲刘秀又来了，她一定会起的。幼主爷，你为什么又打转来呀？

殷秀鸾　（闻声急起）在哪里？在哪里？

殷子道　哓不得害羞。

殷秀鸾　（羞）哥哥，你看我要个正宫娘娘的牌子给你看嘛。

殷子道　那你要给我看呐。

殷秀鸾　宫娥站开，我正宫娘娘这里来。这里来，来来来。（下）

殷子道　你看我妹妹这两手牌子要得好。我来学一学。宫娥女站开，正宫娘娘这里来。这里来，来来来。啊唷，我妹妹腰软，我的腰硬，屈得肋七，差点不多对肋八。我还是要我国舅的派头。三班八房站开，国舅老爷这里来。这里来，来来来。请。（下）

（剧终）

【注释】

①刘秀：字文叔，南阳蔡阳（今湖北枣阳西南）人，东汉王朝开国皇帝。据《后汉书》记载，刘秀是汉高祖的九世孙，出自汉景帝一脉，其父刘钦为南顿令。

②王莽：王莽为西汉外戚王氏家族的重要成员。初始元年（公元8年）王莽代汉建新，史称“王莽改制”。后“王莽改制”失败，绿林、赤眉等农民起义爆发，王莽被杀，新朝灭亡。

③冷火秋：指烟。属于歇脚隐语式，即言者对某些生活用语使用时不直接说出来，而是以一种类似歇后语的形式表达，虽然语面未涉及该事物，但内容已隐于其中了。“默默无言（盐）”、“蚂蚜跳塘（糖）”等都属于这一类。

④登九五：登帝位。

⑤盘费：旧指路费、旅费。

【剧情简介】

王莽篡位，刘王三子刘秀逃走在外。走到凉亭，肚子饿了。殷子道上山打柴，吩咐妹子殷秀鸾送饭，秀鸾送饭走到凉亭，被刘秀抢来吃了。秀鸾知道刘秀身份后，把刘秀邀到家中让他饱吃一顿，并对刘秀生发爱意。刘秀因感谢秀鸾的帮助，于是封其为正宫。殷子道至日午未见妹子送饭来，生气回家，与妹子互吵，以至分家。后来发现刘秀藏在家中，经妹子说明经过，怒气才息。殷子道也向刘秀讨封，被封为国舅。最后，兄妹二人各出私藏，资助刘秀外出访求忠良，平奸复国。

【简评】

小而俗的彩调，其平民色彩是与生俱来的。彩调更多关注的是平民百姓的生活，表达的是平民百姓的愿望。这个剧的主角刘秀虽然是东汉王朝的建立者，但剧中呈现的是他避难外逃的艰苦生活，通过他对社会底层民生疾苦的亲自体验，反映了老百姓的生活现状。平民百姓改变命运的愿望，则是通过秀鸾兄妹来体现的。传统戏曲中有很多表现寒门子弟通过发奋读书，跻身统治阶层的故事。朝为田舍郎，暮登天子堂。读书做官是他们的愿望，也是他们的出路。该剧中秀鸾兄妹救助刘秀是希望国泰民安，自己有出头之日。秀鸾得封后，手舞足蹈，喜形于色。她对未来生活的期盼显而易见。

此剧由韦天生、何学仕发掘，吕吉记录保存。

苦茶记

剧中人物

⊙刁氏（行当：摇旦，简称：刁）

⊙苏仁（行当：小生，简称：仁）

⊙苏凤（行当：小旦，简称：凤）

⊙苏龙（行当：娃娃生，简称：龙）

⊙土地（行当：老生，简称：土）

⊙强盗（行当：丑，简称：盗）

⊙罗员外（行当：老生，简称：罗）

⊙小子（行当：丑，简称：小）

⊙狗（行当：小丑，简称：狗）

第一场

苏　仁　（小点上，念）苦读寒窗，不知何日把名扬？（坐，白）三更灯火五更鸡，正是男儿立志时。一举首登龙虎榜，十年身到凤凰池。小生苏仁。我母叫我到书房攻书，今日天色尚早，待我到书房攻书也罢。（唱四平腔）云淡风轻近午天，红花绿柳映前川。人生难得诗书乐，大好光阴是少年。（收腔。下）

第二场

刁　氏　（上。一条龙。整装）老娘生来嘴又尖，打街骂巷我在先，若是有人撩着我，坐在门口骂三天。老身刁氏。再配苏门为妻。不料前夫早死，所带一子名叫苏仁，嫁到苏家庄前。不幸我家老老去年丧命，丢我而去。他有一双儿女，每日与我不和。有这么大一份家财，有金牛银马，财产田地甚多，将来苏龙苏凤长大，这份家财，我的儿子岂不是没份吗？现在老娘想起来了，何不将他苏龙苏凤姐弟来折磨一番，赶他到花园前去看花，倘若他不去，不免做两个粑粑，内面放些毒药，我就活活将他毒死，死在花园，做一个死无对证，岂不是好？言得在理，不免我找人买起毒药，做起两个粑粑，叫他姐弟出来。苏龙苏凤哪里？走来。

苏龙、苏凤　（内白）来了！（上）妈妈堂前叫，所叫为哪条？见过妈妈，有礼。

刁　氏　不消，两姐弟一旁站下。

苏龙、苏凤　请问妈妈，打叫我姐弟出来，有什么好事？

刁　氏　没什么事，叫你们出来，要你们去花园看守，以免别人偷花，有空打点水淋花。

苏龙、苏凤　好便是好，我们年幼之人，去那花园里淋花，我们哪里淋得动？

刁　氏　随便你们淋吧，你淋得几多，算几多，你去不去呀？

苏　龙　我们去，我们肚内不饿的吗？

刁　氏　肚饿不要紧，我给几个粑粑给你们带去吃。

苏龙、苏凤　有粑粑就好。

刁　氏　我给四个粑粑给你，每人两个。你们去，看着啵。（下）

苏龙、苏凤　（叫狗）出得门前，还要往花园走呀！（唱路腔）出得门来往前行，要往花园走一程。花园花开好茂盛，蜜蜂鸟崽园里鸣。（下）

第三场

土　地　（小点上）土地老来土地老，一身都被虫蛀了。看牛娃仔不懂事，把我香炉都扳倒了。我花园土地是也。你看刁氏，起下前娘后母之心，要谋害苏龙苏凤，做几个药粑给他姐弟来吃，要毒死他们，不免前去指明与他，岂不是好？还要转过花园。（唱仙腔）驾动祥云往前进，要到花园走一程。可恨刁氏心头狠，要害苏家后代根，不是神仙来搭救，误了凡间多少人。（收腔。下）

苏龙、苏凤　（一条龙上，唱路腔）急急忙忙往前进，走到园中看分明。花开美景心欢喜，姐弟花园走一程。（白）到了，这花开得很好，可惜蛮久没淋水了，我们挑点水来淋嘛。（浇水）花也淋好了。

苏　龙　肚子也饿了，姐姐拿个粑粑来吃了吧。

［土暗上。

苏　龙　（见土）老人家，你来我家花园做什么？你想要花是不是？

土　地　不是。你们两姐弟要吃粑粑了吧？这粑粑吃不得的。

苏龙、苏凤　怎么又吃不得呢？

土　地　里面有毒药，吃了会闹死人的。

苏龙、苏凤　那我不信，吃不得？几好吃。你老人家想吃我们的吧。

土　地　我不吃你的，不信你丢给你的狗吃看，你的狗就会死。

［龙、凤把粑粑给狗吃，狗死。

土　地　你看是不是？来时一阵风，去时影无踪。（隐下）

苏龙、苏凤　老人家、老人家，我们那狗死去了。咦！老人家不见了。

苏　龙　咦，老人家顶像我们花园里的土地公公。

苏　凤　我怕就是那个土地公，让我谢过土地公。

苏龙、苏凤　谢过土地公公。

苏　凤　让我们把这死狗抬去了吧。（抬起死狗）关好花园门走呀！（唱急腔）急急忙忙往前进，抬起死狗转回程。三步拿来二步走，二步拿来一步行。姐弟行程来得快，不觉来到自家门。（白）妈妈，开门哪！

刁　氏　（内白）来了。（上）你们回来了？

苏龙、苏凤　我们回了。妈妈，你看这狗怎么死了？

刁　氏　（见狗死，大惊）怎么这个狗死了？那狗怎么得死？

苏龙、苏凤　我们那粑粑没吃，给狗吃了。

刁　氏　哦，你们没吃着粑粑，那你们肚子饿了，下去吃晌午了吧。

苏龙、苏凤　我们下去吃晌午了。（下）

刁　氏　一不做来二不休，杀人不死反为仇。你看，我把这粑粑给他们两人吃，他们又不吃，把我的狗都闹死了。莫非他们两人晓得了？老娘总要想办法把他们两人害死。老娘还有几头羊，叫他们去到饿虎山看羊，让豺狼虎豹把他们吞吃。那时死无对证，老娘吞了这份财产。言之有理，待我叫他们出来。苏龙、苏凤哪里？走来。

苏龙、苏凤　（内白）来了。（上）妈妈叫一声，胆战心又惊。见过妈妈，有礼。妈妈叫我们姐弟出来，哪里走动？

刁　氏　叫你出来，非为别事，你看我们这羊也没人看，你们姐弟两人，吃饱就耍，耍完就吃，一点事也不做，不如今日把这羊赶到饿虎山去放羊，看罢才回来。

苏龙、苏凤　那我们不去的。

刁　氏　你们不去，招老娘的打呀。（唱骂板）开言我把奴才骂，骂声奴才不是人。我叫你去把羊看，你同为娘顶嘴唇。饶你不过打一顿，活活打死你小贱人。（收腔。白）到底你去不去？

苏龙、苏凤　家法难受，我们愿去就是了。

刁　氏　你何不早就愿去，免得为娘打你。愿去就是好的，与我滚了起来！

苏龙、苏凤　我们一身打痛了，起不来。

刁　氏　起不来，老娘同你打转。

苏龙、苏凤　嗨，那我们起来了。

刁　氏　你看，好像瘦狗爬墙，前头二脚爬了起来，后头二脚硬撑硬撑的。站在一旁，待我把羊赶了出来。（赶羊出）待我与你数过羊，九个羊，要看到十个才回。

苏龙、苏凤　九个羊那怎么看得十个呢？

刁　氏　那羊不会下崽的吗？

苏龙、苏凤　那你也不下仔？

刁　氏　啊唷，嘴巴这么利，你与老娘滚了出去。（推两人出，下）

苏龙、苏凤　呵，我们姐弟俩好苦呀！（唱黄花腔）恨只恨后母良心狠，要害我们姐弟为哪门？我们与她无仇恨，要我们饿虎山前行。倘若虎豹来出现，我姐弟的性命活不成。不管高低往前进，饿虎山前走一程。（下）

第四场

苏　仁　（小点上，念）埋头经史，不知何日挂朝衣？（坐，白）苦读寒窗真用心，铁杵磨成绣花针[①]。有日皇榜开科选，一举成名天下闻。小生苏仁，已来书房许久，未往家中看望母亲妹弟，今日在书房心惊肉跳，不知有何吉兆？还要回家看望一转，岂不是好？离了书房，还要行走。

［鸦叫。

苏　仁　（唱四平腔）乌鸦头上叫三声，叫得我苏仁心里惊。莫非今日有大祸，莫非家中有事情。莫不是田园被水打，莫不是房屋被火焚。十字街头抬头看，不觉来到自家门。（收腔，白）且慢，来至自家门前，母亲开门。

刁　氏　（内白）来了。（上）门前叫高声，我儿转回程。开门一看，哦，原来是苏仁回来了。怎么你不在书房攻书，回家来做什么？

苏　仁　母亲哪曾知道，我许久未回家来，今日回来看望母亲，二来看看弟妹。

刁　氏　哦，那就是好的。我也好，弟妹也好，你回来做什么？

苏　仁　弟弟和妹妹哪里去了呢？

刁　氏　你下去吃饭，你问他们做什么？你怎么那么操心？

苏　仁　我有好久不见他们，我是挂心的，到底他们哪里去了？

刁　氏　你要问么，他们上饿虎山看羊去了。我叫他们莫去，他们说上饿虎山好耍。

苏　仁　哦，看羊去了。饿虎山猛虎甚多，怎么去得？待我把他们找回来。

刁　氏　你莫要去，你想去寻死呀？

苏　仁　母亲，你这样做事就不对了，想他们是年轻之人，从未出得大门，饿虎山前猛虎甚多，若是将他们吞吃了，不是你害了他两人的性命？那我定要去找的。

刁　氏　啊唷，老娘一片好心照顾你，你还说老娘不是，那你就去吧。（下）

苏　仁　我母亲做了不对的事情了。（唱四平腔）弟妹二人去看羊，我往山前走一场。荒山野岭有猛虎，高山岭上有豺狼。若还遇着狼虎豹，必将弟妹命来伤。我急急忙忙往前闯，找寻他姐弟转回乡。（下）

第五场

苏龙、苏凤　（上，唱黄花腔）姐弟双双往前进，饿虎山前走一程。莫非我们前世不修道，今世才来受苦情。我爹爹在世岂不好？可怜他年迈命归阴。丢下后母良心狠，她苦害我姐弟为哪门？（收腔）

苏　凤　弟弟，我们来至饿虎山，把羊赶上山去，我们在石头上面困吧。

苏　仁　（上，唱急腔）急急忙忙往前进，找寻弟妹转回程。赶行几步来得快，饿虎山前叫几声。（白）苏龙、苏凤，你们在哪里呀？

苏龙、苏凤　我们在这里呀。

苏　仁　我就来了，你们怎么在这石头上坐着？羊呢？

苏龙、苏凤　羊在山上。

苏　仁　把羊赶回去，不要看了。

苏龙、苏凤　赶回去这么早，妈妈不会骂吗？

苏　仁　不怕，有事情算我的，我们一起上山把羊赶下来。

［仁、凤、龙赶羊下山。虎上，三人冲散。凤拖龙跑，仁一人跑。

苏　凤　哥哥，你往哪里去了？弟弟，我们的羊不见了，不好了！（唱忧腔）霎时间猛虎来出现，吓得我姐弟心一惊。好得我们走得快，不然定遭猛虎吞。手带弟弟往前进，哭哭啼啼大路行。（下）

苏　仁　（上，两边喊）苏龙！苏凤！啊呀，不好了呀！（唱急腔）方才弟妹三个人，猛虎一叫吓掉魂。好在我今跑得快，不然定被猛虎吞。不见弟妹我四路找，找寻他们转回程。（下）

第六场

强　盗　（上，小碎点，念）小子本姓柳，每日上街走。问我名和姓，名叫三只手。（白）在下老柳便是。每日在街前摸别人的荷包，也在中途打抢。不免我今日又往中途而去，若有经此而过，我就问他要钱。出得门来，还要走起来呀！（唱强盗腔）将身离了自家门，一心又往山岗行。若有行人来过此，我要他黄金与白银。若是他敢不给我，要他一命就归阴。（收腔，白）且慢，来此是高坡，待我登高一望。

苏　仁　（上，唱急腔）急急忙忙往前进，找寻弟妹转回程。三十五里桃花店，四十五里杏花村。来到高山和峻岭，深山野岭好惊人。（收腔）

强　盗　（跳下）慢着，可有黄金白银？好好拿来！

苏　仁　啊唷，我是逃难之人，没得钱，饶命呀！

强　盗　没得钱，我要搜！（搜过）当真没钱，枉为读书人。衣服头巾都脱下来！

苏　仁　（脱衣巾）好汉哥饶命呀。

[盗取衣，下。

苏　仁　强盗，你好狠的心呀！（唱骂腔）开言我把强盗骂，骂声强盗听根芽。青天白日你来抢，剥我的衣服为什么？头巾蓝衫都剥下，你叫我怎么转回家？抽身且把路途下，找寻弟妹转回家。（下）

第七场

罗员外　（小点上，念）天地造化有定缘，五行八字命生全。家有黄金堆北斗，膝下无儿也枉然。（白）老汉，罗明德。想我家财万贯，骡马成群，膝下并无儿女。今日且往庄前庄后游散一番，岂不是好？家院哪里？走来！

小　子　（内白）来了。（上）有钱之人人侍奉，无钱之人侍奉人。见过员外，有礼。

罗员外　免礼，那旁站下。

小　子　启禀员外，叫得小子出来，有何吩咐？

罗员外　我想到庄前庄后游散一番，与我带马上来。

小　子　从命！请员外上马。

罗员外　前面引路。（唱四平腔）坐在马上用目睁，田庄禾苗四面青。远观青山好光景，百灵树上叫灵灵。家院带路往前进，且到庄外看分明。（下）

苏龙、苏凤　（小点上。当叫化，各一句）日讨千家米，夜宿古庙亭。不犯朝廷事，到处好安身。

苏　凤　可恨后母刁氏，平白无故，起下狠心，要害我姐弟两人。头次粑粑里放了毒药，多得老公公救命。二次又赶上饿虎山看羊，想借虎狼来吞吃我们，又得兄长前来搭救。我们被猛虎冲散，不知兄长生死如何？我姐弟想，回家也会给刁氏害死，不如姐弟在外讨吃度日罢了。来到街前，待我们讨点吃吧。财主、相公、老爷们、奶奶们、太太们、姑娘们，家有冷饭，路有饥人。望你出个发财手，施舍我们穷人。男人修行成罗汉，女人修行成观音。舍我们一个当十个，舍我们十个当百文。过水良田不瘦，打发我们叫化不贫。我们养鸟记得千年树，你施舍我们记得万年恩。弟弟，我们好话已讲了很多，也讨了很多，我们往别处去讨，讨多了别人也要厌烦。

苏　龙　如此，我们就走呀！（唱倒板桨）多谢列位施恻隐，打发我们钱财度光阴。我们养鸟记得千年树，有好处转来报你们的恩。姐弟双双往前行，天涯海角来安身。（下）

罗员外　（上）家人前面引路。（唱倒板桨）一马来在中途上，来在中途看端详。举目抬头来观看，这座长亭好纳凉。（白）来此长亭，待我下马稍困一时。

苏龙、苏凤　（上，唱倒板桨）方才前途讨了饭，姐弟双双登阳关。往前看，并没有官商客栈。往后瞧，只见长亭一间。

苏　凤　弟弟，来此长亭，我们进去稍歇一时。咦，那旁有位老人家，我们上前向他讨点吃。

［凤、龙跪上前。

苏　凤　老人家打发点。

罗员外　（抬头看）啊呀，观看你二人不是叫化讨吃之人，是公婆还是姐弟。

苏龙、苏凤　是姐弟。

罗员外　你们是哪里人氏？姓甚名谁？说得清楚明白，我自有周济你们。

苏龙、苏凤　老先生要问，不由人战战兢兢，如临深渊，如履薄冰[②]，一言难尽。

苏　凤　（唱倒板桨）双脚跌跪在埃尘，尊声先生你细听。家住湖南江华县，苏家庄前有家门。爹爹名叫苏逢三，母亲刘氏命归阴。去年我爹丧了命，后母刁氏起毒心。要我姐弟花园进，姐弟做个看花人。她用毒药来害命，做成糍粑给我们。多得个老公公来指引，我们不将糍粑吞。丢给狗吃狗死了，活活害死那畜牲。姐弟后来回家转，她一计未了二计生。要我们饿虎山前把羊看，活活要害死我二人。异父哥哥书房读书本，他的名字叫苏仁。他回家来把话问，山岗寻找我们二个人。后来猛虎来冲散，不知他是死还是生。莫非他虎口送了命？可怜他是个读书人。你若问我名和姓，苏龙苏凤是我两个名。我今年长十五岁，弟弟年纪十二春。只为后娘良心狠，姐弟不敢转回程。宁愿讨吃做叫化，天涯海角去安身。还望老先生施恻隐，打发我们姐弟把路行。（收腔）

罗员外　哦，听你们讲这番苦楚，你父母双亡，后母刁氏起了毒心，想害死你二人，得这份财产与她亲生之子。她一计未了，又生二计。看你姐弟逃出在外，不敢回家。年轻之人，有失教化，将来不是误了青春么？老汉有句话对你们讲，你们二人可愿听？

苏龙、苏凤　老先生有话请讲，我姐弟从命就是。

罗员外　老汉年老，膝下无儿无女，家财万贯，欲收你们做一对儿女，你们心下如何？

苏龙、苏凤　老先生如此厚恩，收留我姐弟做儿女，我们当面拜过干父。

罗员外　那就是好的。小子，带小姐、公子，调换头巾蓝衫，送在书房攻书。

小　子　（应）来来，与我带马回府。（带马）

罗员外　（唱倒板桨）人逢喜事精神爽，月到十五分外光。今日收来螟蛉子[3]，后来家庭好风光。若得儿登龙虎榜，家庭荣耀满华堂。（白）到了府门。小子，带小姐、相公后面换衣，下面备宴庆贺。

［众人同下。

第八场

苏　仁　（一条龙上，念）叫化佬叫化佬，手拿竹竿怀抱瓢。日间街前把米讨，夜来古庙卧蓬蒿。（白）小化子苏仁。只为我穿州过县，找寻弟妹，未曾找到，中途又被强盗抢了头巾蓝衫。可恨我那母亲这等行为。我到外面一定要找到弟妹，就是奔走天涯，也要寻找。闲话未了，离了古庙，还要往外面讨吃呀！（唱化子腔）天上星子朗朗稀，莫笑穷人穿烂衣。山中树木有高矮，十指何曾比得齐。想起弟妹好孤凄，不知流落在哪里？若还我找寻他回转，弟妹和我另外居。（收腔，白）来此已是大户人家，待我来叫讨米。有钱打发点叫化子啊。

苏龙、苏凤　（上）哪个叫讨吃？

苏　仁　是我。相公、小姐，打发点。我不是好吃，也不是懒做。我是读书之人，因母亲不仁，赶我弟妹出外看羊，我来搭救弟妹，又被猛虎冲散，我四处找寻弟妹，中途又被强盗抢去衣服头巾，逼着做叫化子的。

苏　龙　（急跪上前）啊呀！哥哥呀，我就是苏龙。

苏　凤　我就是苏凤。

苏　仁　哪个？是苏龙苏凤？弟弟妹妹，是你们就好啦！（唱哭板）一见弟妹泪涟涟，想起我们好可怜。只为母亲良心狠，害我流落在外边。今日弟妹得好处，随我一同转家园。（白）弟弟妹妹，你如何落到这家来了？

苏　凤　哥哥，你哪曾知道，那日我们姐弟被猛虎冲散，做叫化讨吃，来在十里长亭，遇着罗员外收留，认为寄儿寄女，送我们读书。母亲如此行为，大家不要回去了，我在寄父跟前讲个人情，哥哥在此安身罢了。小哥，你带我兄长下去吃饭。

［仁下。

苏　凤　有请员外。

罗员外　（小点上，念）昨夜灯花结彩，今朝喜鹊临门。儿女呀，请为父出来何事？

苏　凤　启禀爹爹，刚才来了一个乞儿，就是我的兄长苏仁。他去饿虎山搭救我们，被猛虎冲散，又被强盗抢劫，四处寻找我们，成为乞儿，望寄父开恩。

罗员外　哦，有这般好事？他来得很好，叫他上来见我。

苏　凤　家院，叫我哥哥上来见过员外。

小　子　（上）有请大相公。

苏　仁　（上）打叫何事？

苏　凤　哥哥，上面坐的就是寄父，上前见礼。

苏　仁　知道。员外在上，小乞儿参拜。

罗员外　不消见礼，一旁坐下。

苏　仁　告坐。

罗员外　你就是苏仁吗？老夫欲收留你为义子，兄妹三人发奋攻书，望你将来功名成就，心下如何？

苏　仁　小生感恩匪浅，当堂从命，拜见寄父。

罗员外　家院，带大相公下面，整理容颜，调换衣衫，送他三人一起在书房攻书，不得有误啊，也是老夫一场喜事。哈……

［众人同下。

第九场

刁　氏　（瞎眼上，念）是我作过恶，今日受折磨。两眼都瞎了，走路用手摸。（白）都因我做了不良之事，害了一双儿女，又将亲生之儿，逼将出外。如今弄得一家人东逃西散。我上楼去看金牛银马，被火烧瞎一双眼睛，什么都看不见了。后来房子被火烧，田地被水冲，搞得家境穷苦，无处安身，讨吃度日。现在肚中饥饿，不免到外面讨点吃，这是我飞蛾扑火自焚身呀。（唱阴板）我刁氏做错了亏心事，今朝害得我瞎眼睛。四方八面来乞讨，死不死来生不生。哪一个出个发财手，打发我这个讨吃人。走来走去来得快，不觉来到大庄村。（白）走来走去，不知到了什么去处？待我上前讨点吃吧。哪个老爷、相公、小姐、奶奶，打发点呀。

［仁、龙、凤同出。

苏　仁　咦，这不像我母亲吗？怎么也落到讨吃了，先前没瞎的，怎么双目瞎了？待我上前问明。（向刁）我来问你，你不像个讨吃之人，你家住哪里？姓甚名谁？从头说来，我自有打发与你。

刁　氏　你是老爷还是相公？

苏　仁　我是相公。

刁　氏　相公要问，我一言难尽呀！（唱忧板）坐在埃尘把话论，尊声相公你细听。家住湖南江华县，苏家庄前有家门。丈夫名叫苏逢三，刁氏女子是我名。苏龙苏凤前娘子，苏仁就是我亲生。只为他弟妹出了外，杳无音信转回程。田地又被水来打，房屋又被火来焚。家财万贯都失尽，我今变成讨吃人。这是老贫婆的真诚话，我对你相公说得清。（收腔，白）我讲完话了，相公有钱施钱，有米施米，我好走路。

苏　仁　听你所说，都是你当时做事情太过分了，良心不好，落得讨吃，也是天有眼睛。你的儿女，你还认得没有？

刁　氏　我眼瞎了，哪里还认得他们？听你讲话，好像我儿苏仁一样。

苏　仁　不错，我就是苏仁，是你的仔，你没福气消受呢。他们姐弟被你赶出来，你做了无良心的事啊。你要我们收留你，这也不难。有十八包瓦渣，内有一包银子，丢在地上，你若摸到那包银子，就有福分。现丢在你面前，你就摸吧。（丢包）

刁　氏　苍天苍天，你保佑我摸到银子，使我母子团圆。如摸不到银子，死去罢了。（摸包）

苏仁、苏龙、苏凤　摸到了没有？

刁　氏　摸到了，就是这包。

苏仁、苏龙、苏凤　打开看过，是瓦渣。

刁　氏　（唱倒板桨）我当初做事太过分，今天叫我来摸银。银子摸不到，摸的都是瓦渣片，叫我如何再偷生？左思右想难坏我，不如碰死赴幽冥。舍不得爹娘来跪定，上前拜过爹娘情。枉自奸心无福分，辜负爹娘养育恩。舍不得爹娘高声叫，哭哭啼啼叫几声（白）老爹爹、老娘亲。（碰死）

苏仁、苏龙、苏凤　你看，这个无良心之人，碰死也不亏她，也不是我们忤逆不孝。请出员外，报他知道。有请员外。

罗员外　（上）我儿一声请，打叫为何情？所请何事？

苏　仁　启禀老爹，死者不是别人，正是我无良心之母刁氏，她在此碰头而死。看爹爹怎样周济与她。

罗员外　这等的人碰死也就罢了，不免赏她一口棺材。家院，请得人来抬往荒郊埋葬，这等人也是这样埋葬罢了。我儿，下面好好发奋攻书。（下）

苏仁、苏龙、苏凤　请！（下）

（剧终）

【注释】

①铁杵磨成绣花针：比喻只要有恒心，有毅力，做任何事情都能成功。传说唐朝著名诗人李白小时候没有耐心认真读书。一天李白碰到一个白发苍苍的老婆婆正拿着一根大铁棒在石头上磨，觉得好奇问她做什么，老婆婆告诉他要磨成绣花针。李白深受感动，从此就用功读书，终于成为文豪。

②如履薄冰：指像走在薄冰上一样，比喻行事十分谨慎。履，践踩、走过。

③螟蛉子：养子；过继的儿子。即所谓干儿子、干女儿，与收养人无血亲的后嗣。螟蛉，螟蛾的幼虫。蜾蠃常捉螟蛉存放在窝里，用来喂它的幼虫，古人误以为蜾蠃养螟蛉为己子。据此，后人将被人收养的义子称为螟蛉之子。

【剧情简介】

富翁苏逢三病故，遗下继室刁氏及随之改嫁之子苏仁与前妻之子女苏龙苏凤。刁氏谋独占遗产给苏仁，先用毒药粑谋害苏龙、苏凤不成，又把他们赶至饿虎山看羊，期望他们被虎豹吃掉。苏仁读书识理，回家得知此事，指责母亲所为。然后赶往山中找寻苏龙苏凤，结果被虎冲散。三人都不愿回家，四处流浪，沦为乞儿。苏龙苏凤先遇富翁罗员外，被收为养子，苏仁继亦行乞到庄，苏龙苏凤见了，请罗员外一并收为养子。刁氏自子女走后，双目失明，房财烧尽，成为乞婆。一日，行乞讨到罗员外家，正遇自己儿女，但都不愿相认，刁氏愧愤，碰石而死。

【简评】

人们对贪婪有充分的认识。贪婪是邪恶的，贪婪的心像沙漠中的不毛之地，吸收一切雨水，却不滋生草木以方便于人，并损害他人。贪婪是危险的，当贪心成为一个套结，把人的理智套紧闭塞，会令人毁灭，走向彻底贫穷。剧中的刁氏，就是因为想过多地霸占财产而生害人之心，结果遭三个儿女唾弃、全部财产散尽、让自己失去生命。剧作借刁氏为利所趋自吞苦果的情节，劝世人仁慈忠孝的旨意十分清楚。但此剧矛盾冲突处理简单，尤其是最后一场戏中苏仁与亲生母亲的决绝，没能充分揭示双方丰富复杂的心理活动，削弱了作品的感染力。

此剧由林瑞甫发掘、顾建国记录保存。

夫妻嫖院

剧中人物

⊙陈大娘（行当：正旦，简称：娘）

⊙陈少东（行当：小生，简称：东）

⊙李玉凤（行当：花旦，简称：凤）

⊙家院（行当：小丑，简称：院）

⊙康家德（行当：老生，简称：德）

⊙罗大妈（行当：摇旦，简称：妈）

⊙翠花香（行当：花旦，简称：香）

⊙翠玉（行当：花旦，简称：玉）

⊙翠娥（行当：花旦，简称：娥）

⊙汤小二（行当：丑，简称：二）

第一场

陈大娘 （上，念）家务之事做不动，孩儿前程挂心中。我儿若能登皇榜，为娘只望子成龙。（白）老身康氏，配夫陈门。不料奴夫早年丧命，丢下一份家财，由老身执掌。膝下无女，单生一子，取名少东。观看他年轻之人爱玩耍，不在心读书，不免叫他出来，好好教训一番，要他好好读书，以免误了他的锦绣前程。这是我做父母之心。家院哪里？

家　院　（上）忙忙碌碌做事情，主人一叫就答应。参见员外奶奶。

陈大娘　免礼。

家　院　请问员外奶奶，叫我出来，有何吩咐？

陈大娘　叫你出来，非为别事，只因你家相公不愿到书房读书，你叫他出来，我要教训他一番。

家　院　是！有请相公。

陈少东　（上、念）每日诗书懒念，花街柳巷当先。

家　院　相公，员外奶奶叫你。

陈少东　晓得，见过母亲。

陈大娘　我儿不消见礼，一旁坐下。

陈少东　孩儿告坐，母亲叫孩儿出来，有何吩咐？

陈大娘　儿呀，想你父亲去世以后，为娘要你去书房读书，为何躲懒？

陈少东　读书呀……

陈大娘　儿呀，常言道得好，一寸光阴一寸金，寸金难买寸光阴，失却黄金容易找，失却光阴难找寻呀。（唱黄花腔）坐立在二堂上把儿教训，为娘的有一言我儿细听。自幼儿你父亲丧了性命，娘将你从小时带大成人。只望你读诗书功名有份，谁知你懒读书不想成名。每日里在外面只管贪要，贪玩要耽误了锦绣前程。

陈少东　（接唱）老娘亲你这里把儿教训，一桩桩一件件谨记在心。想当初我父亲他丧了命，多亏得我母亲带我成人。并不是懒读书爱贪玩要，哪有个年轻人不爱游行[1]。你的儿生得个不蠢不笨，难道是读诗书不想功名？我家中是富豪钱财广进，也不过穿街巷散一散心。听母言儿自当读书发奋，从今后不贪玩读书在心。（收腔）

陈大娘　儿呀，你既晓得读书的好处，那为娘今后就放心了。家院，与你家相公收拾行李。

家　院　从命。（下，收拾行李复上）

陈少东　母亲，受孩儿一拜而别。（唱十字腔）走上前我这里忙把礼敬，我的母亲在家中切莫挂心。我愿你福寿长把家掌定，我愿你早晚间福享安平。拜别了老母亲忙出门去，到书房多发愤攻读五经。

［东与院同下。

陈大娘　（接唱）方才间我的儿对我言定，使老身转欢喜才得放心。我愿他读诗书功名有份，莫枉我康氏女教子之心。（下）

第二场

罗大妈　（上，数课子）老身生来六十零，别人说我还年轻。一不耕田和种地，二不买卖来为生。每日住在院房②里，吃好穿好真宽心。每天我把姑娘训，交代迎接贵客宾。有钱之人多款待，无钱之人假殷勤。老娘院房死规矩，只是认钱不认人。（坐，白）若有人来贪花，不是拿烟就是拿茶。有钱的，招待他，无钱的和他是冤家。老身罗妈妈。我是一不种田、二不种地、三不做买卖，只靠开院房，日子倒还好。我买了几个姑娘，现在院房之中，她们都是才来的，没有懂得院房的规矩，不免叫得她们出来，交代交代，岂不是好？翠花香、翠玉、翠娥走来。

翠花香、翠玉、翠娥　（上）妈妈一声叫，急忙就来到。见过妈妈有礼。

罗大妈　哎呀！我看你们三人，怎么头也不梳？衣也不换？粉也不搽？我们院房的姑娘们天天都要打打扮扮，清早起来要梳头，梳得光溜溜的，蚂蚁爬上去跌下来都要断脚。为娘的教你的鹦歌词调，可曾记熟？今日你们还要乔装打扮和练好小调。有客来多用好言好语，做出假情假意，时时有不舍之意，给他一碗迷魂汤，那才会捞钱嘛。你们在这里打扮，为娘进去交代厨房给你们每人两个荷包蛋吃。（下）

［香、玉、娥做梳妆舞蹈，唱梳头腔、五更叹郎腔，边舞边唱、亮相，下。

第三场

陈少东 （上，出书房门，见蝶采花）好春天呀。（唱十字腔垛板）春暖花香多美景，枯树发芽又逢春。桃李花开多茂盛，对对蝴蝶把花争。无心懒观山中景，一心要念美佳人。瞒着老师院中进，走到院房散散心。将身且把前面进，抬头又见院房门。院房门前侧耳听——

［内唱小调。

陈少东 （接唱）鹦歌小调好惊人。唱得百花开满岭，唱得少东动了心。（收腔。白）院房可曾有老板娘？

罗大妈 （上）香茶一杯人人爱，进了院房他难离开。三寸舌头多古怪，引他自迷到此来。原来是位相公，相公请进。

陈少东 你敢是院房的一位妈妈？

罗大妈 正是。请问相公，到此何事？

陈少东 我路过此地，闻听院房之中，鹦歌词调唱得非常好听。特来此地散散心，请问妈妈，院房之中有几位姑娘？

罗大妈 姑娘虽是不多，打扮赛过嫦娥。

陈少东 何不请来看看？

罗大妈 相公请坐一时，待我叫她们出来。（向内）翠花香、翠玉、翠娥，快点出来，有贵客来了。

［香、玉、娥同上。

翠花香 我的容颜赛朵花，

翠 玉 奴家打扮也不差。

翠 娥 妈妈教我巧打扮，

翠花香、翠玉、翠娥 赛过一碗迷魂茶。妈妈，叫得我们姐妹出来，有何吩咐？

罗大妈 我交代你们，方才来了一位相公，我看他乃是有钱之人，你们用甜言蜜语，将他迷住。得了钱多，妈妈和你们缝花花衣服。

翠花香、翠玉、翠娥　晓得晓得。

罗大妈　晓得就是好的，随妈妈这里来。

翠花香、翠玉、翠娥　见过相公有礼。

陈少东　请问你们这三位大姐高姓贵名。

罗大妈　她是翠玉，她是翠娥。

陈少东　（望香一眼）她呢？

翠花香　相公，我名叫翠花香。

陈少东　翠玉、翠娥、翠花香。翠花香，好美妙的名字，好美貌呀！

翠花香　相公，你又来夸奖了。

陈少东　非夸非夸。

罗大妈　还不赶快与相公看茶。

翠花香　相公久坐，待奴与你看茶，看茶呀。（笑下，捧茶复上）相公请茶。

陈少东　（喝茶后，赠银子一锭）赠你银子一锭，给你买花戴。

翠花香　（接银）妈妈。

［妈点头示意收下，香收于怀。

翠花香　多谢相公。（捧茶杯下，复上）请问相公，你来到此地，是爱吃酒？还是爱听小调呀？

陈少东　我刚来到之时，听见你们唱小调，唱得很好，就请你们唱小调给我听听吧。

罗大妈　既然相公爱听鹦歌词调，你们就在这里陪伴相公唱唱，我去厨下有事去了。（下）

翠花香　相公，请打下坐来，听我们姐妹慢慢来唱呀。

［香、玉、娥同唱到春来小曲，边舞边唱，唱完。

翠花香　相公，唱完了。

陈少东　唱完了，叫他们看酒上来。

翠花香　（向内）下面听着，来了一位相公，看一席好酒好菜上来。

汤小二　（捧酒菜上，摆好）相公，若是酒冷菜凉，请你再喊一声呀。（下）

陈少东　请问你们几位大姐，你们会唱鹦歌词调，可有饮酒小曲？

翠花香　相公，饮酒小曲是有的，但我们唱得不好，请相公遮瞒。

陈少东　不要客气，你们唱得好来，重重有赏就是。

翠花香　如此我们姐妹就唱起来呀。

［香、玉、娥同唱五更鼓儿咚小曲，边唱边舞，斟酒。

翠花香　相公，唱完了。

翠玉、翠娥　相公，还要不要酒？

陈少东　不要了。

翠玉、翠娥　小二哥，快点来，收酒席下去。

［二上收拾复下。

翠玉、翠娥　相公，我们姐妹二人不陪了。

陈少东　（给银子）每人赏你银子一锭。

翠玉、翠娥　（接银子）多谢相公。（抛银子分两边下）

陈少东　翠花香，我来问你，你到院中来了好久？可有知心人？

翠花香　相公，我是初进院房的，知心人就是你呀。

陈少东　你既没有知心人，从此以后，倘若有人来，你就不用接客了。你老板娘若是骂你，你就说是我包了的。

翠花香　相公既有此心，若有人来，小女子就不接客了，一定要等你来就是。

陈少东　好啰，那我就走了。

翠花香　（假意爱东）相公，我送你吧。

陈少东　不要送，我回去拿银子就来。

翠花香　相公，你要来、你要来的呀。

［香、东互望，香远望一笑而下。

陈少东　好义气，好义气呀！（唱四钹乐）她有情来我有意，有情难舍有意人。回到书房把计定，叫家院回家取纹银。(白)到了。家院。(进门)家院哪里？走来。

家　院　(上)相公打叫何事？

陈少东　打叫你非为别事，你即转家去，帮我取银子来。你禀知员外奶奶，我要用钱。

家　院　你有病，要钱吗？

陈少东　叫你去你就去，怎么慢吞吞的？

家　院　哦。

陈少东　我今吩咐你，

家　院　点点记在心。(下)

第四场

陈大娘　(上，念)我儿做事不思忖，又叫家院要纹银。老身就把计来定，良言劝告小娇生。(白)家院我叫你把相公喊回，可曾去了没有？

家　院　(上)我已叫他回来了。

陈大娘　叫他上来。

家　院　有请相公。

陈少东　(上)回到府中要金钱，一心要恋美佳人。见过母亲。

陈大娘　儿呀，为娘叫你前去读书，你到哪里去啦？

陈少东　启禀母亲得知，孩儿在书房心中烦闷，到院房去走了一转。

陈大娘　想我儿乃是读书之人，怎么去那花街柳巷？唉！儿呀！(唱数板)我儿好语你不听，为娘有言听分明。我今叫你书房进，望你读书得功名。谁知你把院房进，院房不可来乱行。哪个嫖客有好处？我把古人说你听。昔日有个王公子，院房恋着玉堂春③。见面银子三百两，吃杯清茶出院门。南楼北楼公子造，后来无钱不认人。宁愿高官也不做，时时想到玉堂春。后来公子落了难，城隍庙里陪神灵。前朝古人皆如此，何况我儿年纪轻。若把钱财都用尽，以后怎样度光阴？

陈少东 （接唱）母亲莫比前朝古，你比古人我知情。王公子为官多清正，他一心想到玉堂春。既有高官他不做——

［娘招手示意院过来，与院耳语。院下。

陈少东 （接唱）潘刘与他把事平。都堂三司来会审，也是为着玉堂春。公子为他儿女情，万古传名到如今。

康家德 （上，唱数板）适才我把街前进，家院找我说分明。外甥不听娘教训，母子吵闹为何情？走进他家问一句，只见妹妹泪淋淋。你今啼哭为何故？且把来由说我听。

陈少东 舅舅请坐。

陈大娘 （唱数板）兄长有所不知情，我把来由说你听。我叫奴才书房进，命他书房读五经。他到院房去嫖妓，说尽千言也不听。

康家德 （唱数板）我怕为着什么事，原来嫖院小事情。走上前来把话论，叫声外甥你细听。读书功名才有份，贪玩贪要家必贫。昔日有个西门庆[4]，他与金莲来调情。狮子楼台丧了命，为嫖人命归了阴。人死也还不要紧，万古世代落骂名。你母教训你要听，从小带你到如今。带儿受尽千般苦，才能带大得成人。读书之人懂礼性，未曾开口先知情。

陈少东 （接唱）舅爷你今比古人，我讲几个给你听。洞宾曾把牡丹戏[5]，护法韦陀[6]戏观音。秋胡调戏罗氏女[7]，邓婵玉配土行孙[8]。神仙都有爱玩耍，何况外甥是凡人。

陈大娘 （接唱）小奴才这些事全不思忖，他舅父相劝他反比古人。低下头我这里忙来思忖，猛然间想起了他结发之情。转过来我把那媳妇来叫，叫一声媳妇儿快点来临。

李玉凤 （上，唱）方才间听婆叫这样要紧，倒把你媳妇儿来吃一惊。因何故为什么高声喊叫？你媳妇心着急不知何情。

陈大娘 （接唱）你丈夫懒读书院房而进，你舅舅和为娘劝告不听。你是他恩爱妻要你相劝，劝转他切不可院房而行。

李玉凤 （接唱）我怕的为何事这样要紧，却原来为奴夫贪玩事情。有婆婆和舅舅请把心放，待媳妇用好言劝告夫君。你二人到后面休息一顿——

［娘与德同下。

李玉凤 （对东，接唱）上前来见相公好言说明。我舅父劝你好劝你不信，我婆婆劝告你你也不听。哪有个好嫖的又有结果？哪有个好耍的得做好人？西门庆狮子楼他丧了命，王公子为贪玩失掉功名。我劝你还需要回心转意，一家人都欢喜好不宽心。你若还把你母一气丧命，到以后落骂名罪恶非轻。

陈少东 （接唱）听罢言不由我心中恼恨，骂一声丑女子细听分明。院房里那美人十分喜爱，观看你太丑陋怒恼我心。执家法我这里将你拷打，活活地打死你一命归阴。（收腔。打凤）

［娘和德急上拦住，扶凤。

［东急入内取银子往门外跑出，凤哭。

陈大娘 （急出门叫东）我儿呀，去不得，转来。

康家德 叫他不转，无法可治，你另自想法罢了。（下）

陈大娘 事到如今，又有什么办法呢？

李玉凤 婆婆。

陈大娘 媳妇儿。

［娘、凤抱头哭，下。

第五场

李玉凤 （上，念）霜雪打坏花中蕊，云雾遮着半边天。行船又被风打破，马到急弯回头难。

陈大娘 （内呼痛）哎哟。

李玉凤 母亲，你的病如何呀？待媳妇儿来搀扶你。（下，扶娘上）

陈大娘　（唱忧板）为奴才我这里气成了病，每日夜我这里不得安宁。气得我头晕花双目难睁，气得我心头恨阵阵痛疼。

李玉凤　（接唱）劝母亲且不可这样忧闷，你那里莫挂牵暂且放心。年迈人莫怄气好好保重，他那里是一个铁打的心。（白）母亲，你不必这样愁烦，现在你的病越来越加重，如何是好？

陈大娘　哎呀！媳妇儿呀，为娘的病怕难得好了。

李玉凤　母亲，你不要着急，媳妇儿自有道理，我搀扶你下去歇息罢了。（扶娘下复上）我的丈夫这等行为，气得我婆婆成了重病，这才难坏我了。（唱倒板桨）见婆婆气成病我心不定，想什么好良策劝告夫君。无奈何低下头自思自忖，（低头想介）猛然间有一计上了我心。（白）且慢，方才奴想好一个计策，只有女扮男装，多带银钱，到院房前去，把那院房女子包了，我看他如何？到了以后，要他自己悔心过来，就是这个主意。待我打扮起来。（穿衣戴帽，照镜试装，向内）婆婆，你好生在家，多多保重，媳妇儿出外有事，等会就回来了。（掩门，下）

第六场

李玉凤　（改扮男装上，唱倒板桨）方才间我那里乔装打扮，是女子装男身也就不难。我这里到院房去打一转，谅想那院房中不能看穿。（白）到了。内面可有人？

罗大妈　（上）喜哈哈，笑哈哈，我在里面烧到茶，堂前有人叫，不知为什么。走出来看一看，又来一个大耍家、大耍家。

李玉凤　见过妈妈有礼。

罗大妈　哎呀！不要讲礼，请坐请坐。（向内）宝宝女，快倒茶来，有客来了。

翠花香　（倒茶上）相公请茶。

李玉凤　（接茶吃）赠你十两银子。（赠银）

翠花香　妈。

罗大妈　（拉香过一旁）哎呀！你看这个相公比别人更有钱啦，你要好好招呼他呀。

翠花香　晓得晓得。（接杯下）

李玉凤　请问妈妈，院房内有多少女子？

罗大妈　我们院房内女子多得很啰，这几个是最美最好的啦。

李玉凤　我有意把你院房内美女子包下来，所有客人到来，都不要接客，我多把银钱给你就是了。

罗大妈　那要什么紧？只要你有钱，我们院房有就得了，不能再接别个客。

李玉凤　请妈妈叫她们一起出来。

翠花香、翠玉、翠娥　（上）见过相公有礼。

李玉凤　免礼，闻听你们几位大姐鹦歌词调唱得很甜美，叫你们出来唱唱散心。

翠花香、翠玉、翠娥　相公你要听，打下坐来，慢慢听我们姐妹唱来呀。（同唱五更叹郎调，边唱边舞。唱毕）相公，唱完了。

李玉凤　唱完了。好，叫他们看酒席上来。

［二捧酒菜上，摆好，下。

翠花香、翠玉、翠娥　（唱十杯酒腔）唱完了。

［香、玉、娥、凤挽手欲下。

陈少东　（上）我在家里带了许多银子，准备住在院房不回去了。往日我来，院门大开，今日到此，为何院门紧闭？待我喊门，开门来！

翠花香　是哪一个？

陈少东　我的声音你都听不出？我是陈相公来了。

翠花香　你是陈相公，我接了客了。

陈少东　我以前和你讲过，叫你不要接客，我包了你的呀。

翠花香　你包我的，这位相公比你钱还要多，包了我了。哪个的钱多，我就接哪一个。

李玉凤　莫讲多话，我们进里面去弹琴吹唱，由他过路闻香。

［香、玉、娥、凤同下。

陈少东　嘿！这个女子才不要良心呀。是哪个相公不讲道理？我今晚倒要守住他，看他是哪个。（两边望，挨墙过，下）

［起更鼓，香扶凤上，香、凤同唱五更鼓儿咚腔，挽手。

陈少东（上，一旁窥瞧）嘿！好难过呀。

翠花香、李玉凤　歇息了吧。

［香、凤互让，一上床，一坐。

［转更，天亮。东下。

李玉凤　天已亮了，我要回家有事去了，你要什么东西，明天和你带来就是。

翠花香　相公，你不要去吧，在这里住几天才去吧。（依依不舍意）

李玉凤　我家中有事。你不用担心，我一定要来的。

翠花香　那你要去，我就要送。

李玉凤　常言道得好来，送君千里，终须一别。

翠花香　我要送你一个三不见。

［香、凤出门。

李玉凤（走，回头）大姐，你可还见不见？

翠花香　见的，我还要送。

李玉凤（再走一步，又回头）你还见不见？

翠花香　还是得见。

李玉凤　待小生再走两步。

翠花香　得见得见。

李玉凤（背场）嘿！得见也是这一回，不见也是这一回。（对香）大姐，我要去了。

翠花香　那你今晚就要来呀。

李玉凤　你不要挂心，我一定要来的，我怎么舍得你？

翠花香　你舍不得我，难道我舍得你吗？

翠花香、李玉凤　舍不得，舍不得。（二人分下）

第七场

［凤与东两边分上，左右圆场碰面。

李玉凤　你这个人太冒躁了，走路怎么不看的呀？

陈少东　相公，莫见怪，我昨夜熬了一夜。

李玉凤　熬夜呀，哦，这也难怪。请问相公，这样早，哪里而去？

陈少东　莫讲了，说出来，肚子怄气。

李玉凤　那我们边走边谈吧。

陈少东　请问相公，你又到哪里前去？

李玉凤　我在书房心中烦闷，乃去院房取乐而已。我从来却未曾到过，这次去到院房，那女子生得十分美貌，情义又重，真是快哉、美哉、乐哉。

陈少东　（看凤一眼，旁白）他还讲院房的女子生得十分美貌，说什么快哉、乐哉，总有一天，要你像我一样呜呼哀哉。讲到讲到，到了我家来了。

李玉凤　走得好好的，为什么停步不走？

陈少东　是到我家来了。

李玉凤　这就是你的府上吗？

陈少东　不要客气，到我家坐坐。

［凤、东二人同进。

李玉凤　见过仁兄有礼。

陈少东　不要客气，请坐，我去倒茶来。

李玉凤　口不焦渴，不必了。请问仁兄，刚才在路上你说的那番言语，你说昨晚熬更打夜，为着何事？

陈少东　我不讲你哪曾知道，你说你去院房玩耍，我见你乃是读书之人，年轻人不要受别人的欺骗。院房的女子是没有情，没有义的。

李玉凤　怎么说她没有情没有义呢？我见她是有情有义呀，临行之时，她还依依不舍。

陈少东　她那是虚情假意。

李玉凤　怎见得？

陈少东　我也是在院房与她来往，银钱不知用了多少。谁知我一离开，她就另与别人来往。看将起来，这种人还有什么情什么义？我劝你不要去耍的好。

李玉凤　你这句话不讲我也明白了，想必你喊我不去，好给你个人前去玩耍，是不是呀？

陈少东　我讲了不去就不去，从今后决不进她们的大门，再不上她们的当了。

李玉凤　听你所言，多得你一番好意，我要少陪你了。

陈少东　慢着慢着，到我这里来，吃餐便饭再去嘛。（向内）娘子娘子，有客来了，赶快弄饭哪。

［内无应声。

陈少东　想必出外去了，我去找她。相公，你请坐一时。（下）

李玉凤　（急下换女装上）母亲，你的病好了没有？

陈大娘　（内白）为娘身体稍好一点。

李玉凤　待媳妇儿来搀扶于你。（下扶娘上）婆婆，你的病体尚未痊愈，媳妇儿再去另请名医来与你看病好不好？

陈大娘　我的病这两天来好点，不用请了吧。

陈少东　怎么？到处寻找不见，她到哪里去了？（进门）你到哪里去了？我四处找你。

李玉凤　找我做什么？

陈少东　有客来。

李玉凤　我在家中哪儿见有客呀？

陈少东　（两边望）哪里去了？想必走了，可惜走了一个好朋友。

李玉凤　你又有什么好朋友？

陈少东　启禀母亲得知，今早那位相公与我一路而归，他乃是由院房出来。

陈大娘　你相交的好朋友哂！

陈少东　母亲请不必动怒，乃是孩儿之错，想我和那位相公一样，不顾读书，只爱玩耍。今早和他一路归来，谈起此事，我劝他以后不要到院房去玩了。

李玉凤　院房不是好耍吗？你劝别人不去，你自个去耍。

陈少东　不要取笑，从今以后，我再不去院房去耍了。想那院房女子，无情无义，认钱不认人。多得那位相公，我才明白，院房女子是无情无义的。乃是我当初不听母亲之言，今日孩儿跪下与母亲赔罪。（跪下）

陈大娘　怎么？你说的是真心话吗？

陈少东　真的，孩儿再不去了。

陈大娘　哈哈！为娘的病就好了！我儿起来，不去就是好的。正是，教儿不听自痛心——（下）

陈少东　我浪子回头做好人。（下）

李玉凤　女扮男装夫不晓，全靠奴的巧计生。（下）

（剧终）

【注释】

① 游行：到处游玩行走。

② 院房：此处指妓院。

③ 玉堂春：名妓苏三。冯梦龙所编小说《玉堂春落难逢夫》中的人物。主要情节为名妓苏三（玉堂春）与礼部尚书之子王景隆结识，誓偕白

首。王景隆钱财用尽，被鸨儿轰出妓院。鸨儿把苏三骗卖给山西商人沈洪作妾。沈妻妒，定计害之，不料却让沈洪误食毒面而死，苏三被诬，定为死罪。后来，王景隆得官，巡按山西，调审此案，并亲自为苏三昭雪冤屈，终与苏三团圆。

④西门庆：小说《水浒传》中的一个人物。小说中武大之妻潘金莲与西门庆勾搭成奸后，毒死武大。武松得知真相，先杀了潘金莲，然后到西门庆饮酒作乐的狮子楼上，追杀西门庆，使西门庆命归西天。

⑤洞宾曾把牡丹戏：中国古代神话中有吕洞宾“三戏白牡丹”的故事。该故事在民间广泛流传。

⑥韦陀：佛教守护神之一，亦称韦天将军。自唐初道宣记载其事迹以来，即被安置于寺院中。其像一般穿古武将服，执金刚杵，立于天王殿弥勒像之后，正对释迦牟尼佛。

⑦秋胡调戏罗氏女：这是一则在民间流传的故事。写秋胡新婚才三日，即被征召入伍，妻罗梅英在家含辛茹苦，侍奉婆婆。财主李大户仗势谋娶，遭梅英拒绝。十年后，秋胡得官荣归，与梅英在桑园相遇，竟调戏梅英。梅英发现调戏自己的是盼望多年的丈夫，顿感羞辱，要求离异。迫于婆母之命，勉强相从。元代杂剧作家石君宝著有杂剧作品《秋胡戏妻》。

⑧邓婵玉配土行孙：邓婵玉是小说《封神演义》中的人物。她是成汤大将邓九公之女。年轻貌美，性格刚烈，还善使五色石。后被土行孙活捉，并嫁土行孙为妻。土行孙，小说《封神演义》中的人物。土行孙身材矮小，本领高强，以铁棍为武器，以遁地术称雄诸神。

【剧情简介】

陈少东书房读书。一日，偶至妓院玩耍，迷恋妓女翠花香，不愿返家。母知其事，苦劝少东，舅父及其妻李玉凤也一旁相劝，少东均不听从，并将妻责打一顿，携银而去。其母闻之，气病在床。玉凤知相劝无效，乃假扮男装，至妓院访寻翠花香，用重金包下，命其拒迎少东。此后，翠花香便拒绝少东。少东受此委屈，愤愤不平。回家途中，恰遇玉凤，两人谈起嫖妓之事，少东感叹妓女寡情，反劝玉凤不要再去嫖妓。玉凤知少东有悔改之意，返回家中改还女装，扶母出堂。少东亦将悔改之意面告母亲，母亲闻之，均皆欢喜，从此全家和睦团聚。

【简评】

从该剧剧名来看，很明显，这又是一个表现家庭矛盾的喜剧，但是，其矛盾的处理与解决，却有独到之处。女主人公李玉凤为了让丈夫陈少东远离妓院，自己女扮男装，深入妓院变嫖客，设计让贪财无义的妓女彻底暴露本性，用事实教训不听劝阻的丈夫，令他改邪归正。这一情节的设置至少有三个好处。一是有助于强化人物特征，比如陈少东的执迷不悟，李玉凤的贤良聪慧。二是剧中场景由家中到妓院，又由妓院到家中的转换，使妻劝夫的过程复杂曲折，富有变化。三是夫妻会于妓院，让人忍俊不禁，喜剧特征得以突出，起到寓教于乐的作用。

此剧由谢济舟发掘、魏少平记录保存。

错杀奸

剧中人物

⊙陆品祥（行当：生，简称：祥）
⊙陆品玉（行当：生，简称：玉）
⊙张氏（行当：正旦，简称：张）
⊙刘派赖（行当：丑，简称：刘）
⊙王氏（行当：花旦，简称：王）
⊙李银匠（行当：丑，简称：李）
⊙张元红（行当：老生，简称：红）
⊙县官（行当：老生，简称：官）
⊙衙役（简称：役）

第一场

陆品祥 （上，引）有有无无过且过，劳劳碌碌几时闲。人生曲曲弯弯水，世事重重叠叠山。（白）本人陆品祥。爹娘所生兄弟二人，贤弟品玉。因我家道贫寒，每日外面贸易营商。贤弟年幼，不免命他前去书房攻书。贤弟哪里？

陆品玉 （上）兄长一声叫，不知为哪条？见过兄长有礼。

陆品祥　不消讲礼，一旁坐下。

陆品玉　小弟告坐。兄长打叫小弟出堂，有何吩咐？

陆品祥　叫你出堂，非为别事，今日命你前去学堂攻书。

陆品玉　小弟从命。

陆品祥　那是好的。坐在堂前，听我一言。（唱四平腔）坐在堂前把话论，叫声贤弟你细听。爹娘不幸早丧命，丢下兄弟两个人。弟弟年幼学识浅，还要发奋攻诗文。堂前言语来嘱定，牢牢谨记在你心。

陆品玉　启禀兄长，但不知几日前去？

陆品祥　今日就要前去，好生下面收拾书箱。

陆品玉　从命。（下）

陆品祥　我今想下江前去贸易，还有妻子张氏，叫她出来，吩咐一两句话。贤妻哪里？

张　氏　（小点上）夫君一声叫，忙步堂前到。见过夫君有礼。

陆品祥　不消讲礼，一旁坐下。

张　氏　妻子陪坐。请问夫君，打叫妻子出堂，有何吩咐？

陆品祥　叫你出来，非为别事。今日我想下江前去贸易，家中之事，贤妻料理。

张　氏　今日夫君下江前去贸易，是桩好事。家中之事，有妻子看待，夫君不需挂心。

陆品祥　这是好的。坐在堂前，听我一言。（唱四平腔）打坐堂前把话讲，叫声贤妻听短长。今日为夫下江往，家中之事你承当。贤弟年小书房往，前去书房读文章。我去不久回家转，妻子在家慎行藏。

张　氏　（接唱）坐在堂前把话讲，尊声夫君听短长。今日夫君下江往，家中之事妻承当。你今出外早回转，免得奴家挂心旁。（白）夫呀，但不知几时前去？

陆品祥　为夫今日就要前去，好生下面与我收拾行李。

张　氏　从命。（下）

陆品玉　（上）兄长，书箱已收拾好了。

陆品祥　收拾书箱，这是好的。你在学堂攻书，三日五日，你要归家前来，看望你的嫂嫂。愚兄今日就要下江前去贸易。

陆品玉　兄长今日下江前去，就此一拜而别。（唱倒板腔）走上前来礼恭敬，拜别兄长书房行。今日兄长下江去，一路之上要小心。兄长一去早回转，也免小弟挂在心。辞别兄长往前进，书房之内读五经。（下）

张　氏　（上）行李收拾好了。

陆品祥　拿了过来，夫妻一告而别。（唱倒板腔）走上前来把话论，叫声贤妻你细听。今日为夫下江去，你叔嫂在家莫挂心。辞别娘子往前进，一去不久转回程。（下）

张　氏　去得好呀。（唱倒板腔）如今奴夫往前进，不由奴家喜在心。今日奴夫下江去，但愿早去早回程。将身且把上房进，等候奴夫转回程。（下）

第二场

陆品祥　（内白）走呀！（上，唱四平腔）出得门来用目看，从头一二看短长。青山绿水无人住，中途之上无村庄。单人独自往前闯，转过前头看端详。（下）

第三场

李银匠　（上，念）雪打枯根草，火烧穷汉衣。望梅止渴渴难止，画饼充饥肚更饥。（白）我，李银匠。是我爹娘生下我来，家道贫寒。爹娘去世之后，丢下我独自一人。一门生意也未学得，只学得一门小小手艺。到大街之上，开一小小店房，与人做簪环首饰。因我爱玩爱耍，本钱短少。我有一表兄，名叫陆品祥，我不免到他家中前去挪借一些本钱。言得在理，出了我店房走呀！（唱化子腔）天上星子朗稀稀，莫笑穷人穿烂衣。十个手指有长短，山上树木有高低。（白）来到他家来了，待我上前叫开门。表兄开门！

张　氏　（内应）是哪一个？

李银匠　是我来了。

张　氏　（上）门外高声语，打叫是谁人？（开门）原来是表弟到来，请进！

李银匠　有进。

张　氏　堂前有板凳，请坐。表弟，今日到来我家，有何好事？

李银匠　请问表嫂，我表兄可曾在家？

张　氏　你表兄早三日下江去了。

李银匠　呵，他早三日下江去了。我想问他挪借一些本钱。

张　氏　你来得不凑巧，你表兄不在家，我妇道之家，哪有银钱？你到书房去问你表弟。

李银匠　啊，你做不得主，要问我表弟。好，表嫂你请坐。

张　氏　那你好走。（下）

李银匠　（出门）我表嫂叫我去问表弟，表弟在书房读书，待我去书房一问。离了他家，还要往书房走呀。（唱路腔赶板）急急忙忙往前走，一心要往书房行。举目抬头来观看，不觉来到书房门。（白）行来行去，不觉来到书房门口，待我上前叫门，表弟开门！

陆品玉　（内白）何人打叫？

李银匠　是表兄我来了。

陆品玉　（上）外面有人叫，不知何人到？（开门）原来表兄，请进！

［李进。

陆品玉　表兄请坐。

李银匠　一齐同坐，不用讲礼。

陆品玉　表兄，今天这样好意，来到我书房何事？

李银匠　表弟，你哪曾知道，是愚兄想做生意，身边又无钱做本，我想问你挪点钱来做一做本。

陆品玉　表兄，你要晓得，我爹娘早年去世，多蒙我兄长看待，每日学堂攻书，我又哪里有钱借给你？现在我兄长不在家，只好请你前去问我嫂嫂。

李银匠　要去问你嫂嫂，我就少陪了。

陆品玉　表兄好走。（下）

李银匠　（出门）哼！借就借，不借就不借，嫂嫂叫我问你，你又叫我问嫂嫂，真真可恼。哄一哄二，料我借钱还不起。哼！恨他不过，我想个主意。（想）有了。我到大街之上，借得文房四宝，出他的白头帖①，叫我表兄回来看见，岂肯甘休。你才晓得我的厉害！我转过大街，离了书房门。哦，我还要往大街走呀。（唱倒板桨）三步拿来两步走，两步拿来一步行。双脚如飞来得快，不觉来到大街前。（白）见过老板，请了。

[内白："请来何事？"

李银匠　请借文房四宝来用一下子。

[内白："有的，在柜台上，用了放回原处。"

李银匠　好，写完给你送回就是。

[内白："莫乱写人家的白头帖啊！"

李银匠　没有，我来挂个账。（想）去哪里写好呢？（四处张望）那旁蛮好，待我转过那边去。（写、想）好个陆品祥，贸易去下江。家有一房妻，叔嫂共一床。出字之人长生不老，扯字之人绝子灭孙。（白）要得，老板，你的文房四宝在此。我表兄一定从这条路回来的，我过凉亭走呀！（唱路腔、倒板桨）离却大街往前走，转过凉亭看一番。抬头举目来观看，凉亭之内好风寒。（白）来此凉亭，贴在那里好，我来贴上去。（做贴状、念帖）要得，我还要回家走呀！（唱倒板桨）双步如梭来得快，不觉来到我家门。（白）唉！个人想起实在发闷，我同刘派赖老婆常来常往，今日我不免到他家前去取乐一番。离却家门，我还得往她家走起来呀。（唱八洞神仙腔）八月十五天门开，八洞神仙②下凡来。前面走的张果老，后面走的汉钟

离。（煞腔。下）

第四场

陆品祥 （上，念）一日离家一日深，好似孤雁宿寒林。虽然此地风光好，还有思家一片心。（白）本人陆品祥。自我到下江以来，隔了许久未归家前去，今日多感苍天保佑，略进银两。不免回家前去，探望一番，岂不是好？我就告别店主。店家老板请了。

［内白：“请了，何事？”

陆品祥 今日我思想回家前去，有伙食银子在此。

［内白：“你收拾行李，恕不远送。”

陆品祥 如此少陪了。（出店，鸦叫）适才出得店门，乌鸦当头叫，乌鸦你叫财不要叫祸呀。（唱四平腔）乌鸦当头叫，叫得本人心内焦。莫不是中途有强盗，莫不是家中有祸遭。是也不是我往前跑，回转家中问根苗。（白）来此凉亭，待我进得凉亭稍歇一回。（望帖）且慢，上面帖有什么言语？待我看来。（念帖）好个陆品祥，贸易去下江。家有一房妻，叔嫂共一床。出字之人长生不老，扯字之人绝子灭孙。（白）嘿！莫非他叔嫂二人在家，有何勾当之事？他二人莫有此事倒还罢了，若有此事，这钢刀磨得利利，将你二人一刀，（一槌锣）把你二人断送我手。正是，（小锣）要知心腹事，但听口中言。凉亭帖子难凭，还要回家查看。（唱倒板桨）看罢帖来怒心起，胆大贱人乱胡行。怒气不息往前进，回家前去论分明。（下）

第五场

陆品玉 （上，念）读书用心意，一字值千金。（白）小生陆品玉。兄长下江前去，隔了许久未有回家看望，今日告别书友，回家探望嫂嫂一番，岂不是好？书友请了。

[内白："请了，何事？"

陆品玉　今日我回家前去，探望家中之事。

[内白："回家前去，快去快回。"

陆品玉　那个自然。离了学堂，还要回家走走。（唱四平腔）离却书房往前走，回家探望嫂一场。将身且把路途上，不觉来到我家乡。（白）来到家门，待我上前叫嫂嫂开门。有请嫂嫂开门！

张　氏　（上）门前高声语，不知是谁人？原来小叔回来了，请进！小叔请坐。

陆品玉　嫂嫂不要讲礼，一齐同坐。

张　氏　小叔不在学堂攻书，回家何事？

陆品玉　嫂嫂哪曾知道，只因我兄长不在家中，我在学堂攻书，难以照看。今日回家前来，我想把嫂嫂送回娘家安身，待我兄长归家，再接你回来，但不知嫂嫂心下如何？

张　氏　那是好的。

陆品玉　嫂嫂，你下面收拾你的衣物，我就送你一同前去。

张　氏　（下收拾衣服复上）衣物收好，一同出了门庭，还要行走呀！（唱倒板桨）站在路途把话论，叫声叔叔你细听。今日为嫂回家转，你往学堂攻书文。若是你兄回家转，那时为嫂转回程。一步行程来得快，不觉来到张家门。（白）来到张家门前，叔叔，你站过一旁，待我上前叫门。有请爹爹。

张元红　（内白）哪一个？

张　氏　是女儿回家来了。

张元红　（上）门外高声叫，不知谁人到？原来我的女儿回来了，好生进去。

张　氏　见过爹爹。

陆品玉　见过亲家爹。

张元红　免，一旁坐下，女儿下面去。

张　氏　从命。（下）

陆品玉　是我兄长不在家中，我在学堂攻书，难以料理，我送嫂嫂回家，这伙食银子，望亲家爹收下，我兄长回来，再接我嫂嫂归家而去。

张元红　那就是好的，一概放心。

陆品玉　如此告辞了。

张元红　少送。（下）

陆品玉　离了他家，还要回书房走呀。（唱倒板桨）适才送嫂回家转，不由我今放宽心。将身且把书房进，见了先生说分明。（白）来到书房门口，待我进去。书友，我回来了。（下）

第六场

刘派赖　（上）人穷志短，马瘦毛长。（坐，白）小人勤俭终须俭，君子固穷未必穷。在下刘派赖。爹娘生我下来，独自一人，娶妻王氏。爹娘不幸早丧，丢下我夫妻二人。家道贫寒，每日与人帮工营生。今日已在员外府中，帮他打灶，我不免回去看望一番。员外，我要回家前去了。

［内白：“夜了，你还要回去，明日再去吧。”

刘派赖　不必，路途不远，还早的。

［内白：“你要回去，你今天的工作，我给你几斤米拿回家去吧。”

刘派赖　多谢员外！（拿袋装米）离了他家，还要回家走呀！（唱化子腔）三步拿来两步走，两步拿来一步行。双脚如飞来得快，不觉来到是草坪。（下）

第七场

李银匠　（上）心中有件事，日日不安宁。在下李银匠。很久没有到刘派赖家中前去，今日心中烦闷，不免到他家前去，与他老婆取乐，岂不是好？出了家庭，还要往他家走呀！（唱倒板桨）两脚慌忙往前走，一心要往他家行。两脚如梭来得快，不觉来到他家门。（白）行来行去，来此已是他家，待我上前叫门。内面有人没有？

王　氏　（内白）你是哪一个？

李银匠　是我来了。

王　氏　（上）你是哪一个？

李银匠　我话语你听不懂呀，我是那个李——

王　氏　敢莫是李老板？

李银匠　正是。

王　氏　你在门前久站，待我来了。（长锣。出门，唱玉美人腔）奴在绣房绣罗裙，忽听门外叫开门。用手推开门来看，原来哥哥到我门。

李银匠　（接唱）进得门来行一礼，恭喜妹添财又添喜。

王　氏　（接唱）堂前板凳拖一拖，叫声哥哥你请坐，我今倒茶给你喝。将身且把厨房进，倒杯浓茶给哥哥喝。（白）哥哥请茶。

李银匠　太客气了。

王　氏　一杯清茶，何为客气？再用上一杯。

李银匠　好茶不用多，打盅下去。

王　氏　哥哥请坐。

［李、王两人并坐。

王　氏　哥哥你三日不来，四日不到，今日到来何事？

李银匠　我今日来到你家和你取一取乐的，你丈夫在不在家呀？

王　氏　他不在家，去帮工了。

李银匠　那就好了。正来得凑巧，今日你丈夫不在家，我二人要耍个大开门。

王　氏　好，今日来得真好，我下面而去，弄点酒菜上来，我二人同饮几杯。（下，拿酒菜上）酒菜备上，我来把壶，饮起来呀。（把门关好，唱十杯酒饮酒腔）一杯酒来酒又清，引郎引到八仙台，奴家把酒筛。哎哟咿，奴家把酒筛。酒不好吃看妹面，菜不好吃看油盐，意好水也甜。哎哟咿，意好水也甜。二杯酒来酒又黄，双双共饮在后房，莫嫌妹酒酸。哎哟咿，莫嫌妹酒酸。（过场）郎坐东来妹坐西，人人说我两夫妻，实在是好的。哎哟咿，实在是好的。（煞腔）

刘派赖　（上）来此我自家门前，叫我老婆开门。老婆开门。

王　氏　是哪一个？

刘派赖　是我回来了，快点开门。

王　氏　（叫李躲在身后）来了。（开门）

［刘进门，李打跌刘。

刘派赖　（爬起、叫起来）蛮子。

［王、李下。

刘派赖　哼！是哪个狗肏出来的，我不在家，跑到我屋里头。老婆，快来！

王　氏　做什么？喊什么鬼？

刘派赖　喊什么鬼？我不在家，你勾引什么人在家？好险的，我的命死在他手里。

王　氏　哪里有人来呢？你看见鬼。

刘派赖　哼！我看见鬼，我挨他打跌在地上。

王　氏　你走路不小心，你跌倒关哪个的事？

刘派赖　乱说话，我走路不小心，明明是一个人打跌我，你还辩嘴，你真恼了我呀。（唱骂板）开言我把贱人骂，骂声贱人听分明。你今在家不学正，勾引外人为何情？我手出钢刀取你命。（撵王下，复上）你这个死婊子婆，在家不学正，勾引外人在家，我也不撵你了，等你回来，我再和你说道理。（关门下）

第八场

王　氏　（上）该死的，千日不回，万日不回，今日闯死闯魂，闯起回来，将我赶出来。深更夜静，我要去哪里安身呢？前面有一个书房，不免我转过书房，借宿一宵。（摸到书房）已来到书房，待我叫门。陆相公开门啰。

陆品玉　（上）是哪一个？

王　氏　是我。

陆品玉　深更半夜，你来这里做什么？

王　氏　就是夜静了，夜黑了，我来问你借个火，开门嘛。

陆品玉　好，你找火我点火出来给你就是，从窗子给你。

王　氏　开门嘛，窗子太高，我拿不到。

陆品玉　（拿火，开门）我给个火给你出去。

王　氏　我不去了，我在这里借宿一夜，明早我才回去。

陆品玉　男女授受不亲，你还是去的好。

王　氏　相公，是我丈夫发了大怒，将我赶了出来，今晚我不能回去。

陆品玉　你看，刘嫂被她丈夫赶了出来，不能回去，在我书房借宿。是了，我不免到大街找表兄店房搭铺。刘嫂嫂，听我交代与你，这个房间是我住的，你不要乱走。待我前去。

王　氏　相公，你去哪里？

陆品玉　我到大街之上，去我的朋友店房，去搭铺去。(关门下。复上)来此是我表兄之家，表兄开门。

李银匠　（上）黑夜有人叫，心慌来开门。（开门）是哪一个？

陆品玉　表兄，我有话来对你讲。

李银匠　有什么话，进来再说。

陆品玉　表兄哪曾知道，刘嫂嫂今晚到我书房借宿一宵，我本不想给她住，她苦苦哀求，我便借给她住了。我来你这里搭铺。

李银匠　当真的呀？

陆品玉　是真的。

李银匠　好，你在我这块住，同我看守我的店房[3]，我到大街之上，我朋友那里去了。

陆品玉　你今晚还回不回？

李银匠　我不回了，将门关好。

［玉关门下。

李银匠　今晚我表弟照顾我，他来我这块睡，我到他那块睡。（圆场）来到书房，刘嫂嫂开门。

王　氏　是哪个？

李银匠　是我，快点开门嘛。

王　氏　你是哪一个？

李银匠　我是李呀……你懂不懂声音？

王　氏　来了。（开门）你怎么晓我在这块呢？

李银匠　他到我那块搭铺，我就来了。莫讲多了，夜深了。我二人转去下面安身吧。

［李、王同下。

第九场

陆品祥　（上，白）且慢，来到家了，谅他也不能知道我回家，我来撬门而入。（进房不见人）且慢，缘何不见在家，他二人往哪里去了？是了，我贤弟在学堂攻书，想必二人必在书房，待我转过书房。（摸进书房、摸见两对鞋、怒杀二人）你二人有今朝。（一刀一个，割下两个头）是了，他二人做出丢脸之事，不免将他二人人头拿去交给我的岳丈。（五更天将亮摸下）

第十场

陆品玉　（上，念）五更鸡报晓，日头星斗移。（白）小生，陆品玉。想昨我在他家借宿，这等时候，还未见他归家。我不免将他的店门关上，转到书房前去。（下）

第十一场

陆品祥　（拿人头上）行来走去，来此已是岳丈家中，待我叫门。岳丈开门。

张元红　（上）门前黄犬叫，不知何人到？（开门）原来是贤婿回来了，缘何这样慌张？

陆品祥　你养的好女！

张元红　我的女儿哪点不好？

［祥拿人头给红看。

张元红　你在哪里杀了人？

陆品祥　是你女儿不学正道，她叔嫂通奸，昨晚我回家不见在家，走到书房，她叔嫂在床上，是我一刀杀了。

张元红　唉！你在哪里杀害别人，你来连累为岳，你的妻子现在我家。

陆品祥　我不信！

张元红　你不信？我叫她上前相见。女儿走来！

张　氏　（上）心惊肉跳，有何凶兆。爹爹打叫何事？

张元红　你丈夫回来了，上前与他相见。

张　氏　那旁敢是官人？

陆品祥　那旁敢是娘子？

张　氏　正是。

陆品祥　哎呀！（昏倒）

张元红　起来，苏醒呀！

陆品祥　咿哟。（唱数板腔）这一阵吓得我昏迷不醒，三魂[4]渺渺又复生。（煞腔。白）哎呀！娘子呀，是为夫昨夜三更半夜到家来，不见你叔嫂，走到书房，在我贤弟房中，见一男一女，我以为是你叔嫂做出这样丢脸的事，将他一刀杀了，不知是谁。

张元红　贤婿，好汉做事好汉当，不要连累众街坊。你手提钢刀首级，前去衙门投监。

陆品祥　若是投监呀，错杀人命……待小婿前去投监。如此，少陪了。

张　氏　唉！夫呀，进得衙中，好生说话。

陆品祥　好生下面前去，为夫晓得。

［红、张下。

陆品祥　离却他家，转过衙中。

陆品玉　（上）那旁来的敢不是兄长？

陆品祥　那旁来的敢是贤弟？

陆品玉　正是。哎呀，兄长，你在哪里杀了人呀？

陆品祥　唉！贤弟呀，是愚兄误信谗言。愚兄昨夜归家回来，不见你叔嫂在家，我急了到你书房前去，只见一男一女，我怕是你叔嫂，拔出钢刀，杀了此人。不知是哪家之女？哪家之男？

陆品玉　此女乃是刘派赖之妻王氏，此男乃是表兄李银匠。兄长想往哪里而去？

陆品祥　愚兄前去衙中投监，三日五日，念在手足之情，望你前来探望一番。

陆品玉　兄长好生前去，小弟随后就来。

陆品祥　弟兄在此一别。（唱倒板桨）走上前来把话说，叫声小弟你细听，愚兄今日衙中去，不知何日转回程。辞别贤弟往前进，到了县衙说分

明。（下）

陆品玉　（接唱）一见兄长衙中去，不由我今常挂心。将身且把书房进，见了先生说分明。（下）

第十二场

县　官　（大吉头。上）为官清正，与民判断冤情。（坐，白）头戴乌纱色色新，身穿黼服[5]扣麒麟[6]。为官不与民做主，枉受朝廷俸禄恩。本县邵阳县正堂。上京得中二甲进士，多蒙圣上赐我实授邵阳知县。今日乃三八日期，坐堂理事。人来！

衙　役　（上）有！

县　官　两旁伺候。

陆品祥　（上）来在皇家地，谁敢不低头。门上哪位在？

衙　役　何人到来？来此何事？

陆品祥　烦你通传，衙外有人申冤。

衙　役　候着。启禀老爷，衙外有人申冤。

县　官　不要阻拦，传他自进。

衙　役　传你自进。

陆品祥　报，陆品祥报进，跪见大老爷。

县　官　下跪申冤人，是词状还是口诉？叫何名字？

陆品祥　小人陆品祥，做状不及，凭口而诉。

县　官　当着本县，一二诉来。

陆品祥　容诉。是小人爹娘生我弟兄二人，我叫陆品祥，弟名叫陆品玉，我娶妻张氏。爹娘不幸早丧，丢下我弟兄二人，兄弟年小，每日在书房攻书，我在外面贸易营商，丢落他叔嫂二人在家。是那日我转回家中。在凉亭见谣歌一首，我只说他叔嫂在家，有那苟且之事[7]。我回到家来，不见他叔嫂在家，我急忙走到书房，只见有男女鞋各一双，我以为是他叔嫂二人，手提钢刀，将他杀了。现有首级钢刀在此，请大老爷恩恕小人的死罪。

县　官　唔，胆大陆品祥，太平年间，杀害人命，人命关天，岂不要抵命？

陆品祥　启禀大老爷，我只说杀的是贤弟品玉和我妻张氏。五鼓天亮，我到岳丈家，我妻还在岳丈家安身，因此，小人特来衙中投监。来到中途，遇见我的贤弟品玉。此男头不是别人，是我的表弟李银匠，女头是刘派赖之妻王氏。

县　官　是刘派赖之妻呀？来人！

衙　役　有！

县　官　一堂传一堂，一里传一里，传刘派赖上堂。

衙　役　大老爷有命，一堂传一堂，一里传一里，传刘派赖上堂。

刘派赖　（上）报，刘派赖先进，跪见大老爷。

县　官　下跪敢是刘派赖？

刘派赖　正是。

县　官　刘派赖你的妻子被人杀死了，你可怨恨？

刘派赖　启禀老爷，哪一个杀死我的妻子，我要答谢于他。

县　官　就是这位陆品祥。

刘派赖　就是陆兄杀了。哎呀！多得你老人家代我把她杀了，多谢多谢。当真杀了，有什么为凭？

陆品祥　有人头在此。

刘派赖　在哪里？

陆品祥　在这里。（拿人头）

刘派赖　这个男子是哪个？

陆品祥　是李银匠。

刘派赖　你在哪里杀的？

陆品祥　在我贤弟书房中杀的。

刘派赖　唉！这个狗肏出的，杀得好！我还答谢他不了。

县　官　刘派赖，他杀了你的妻子，你怎样处理？

刘派赖　回禀老爷，我这老婆，不守闺门，勾引别人。那夜晚，我在员外家打工回家，她勾引情人在家。好险我的性命断送在他手中。是我手提棍棒将她拷打，她就走了出去，就与李银匠通奸。谁知她在陆相公书房，被先生杀了，与我出了一口气，也免这祸，我还答谢不了。望老爷开脱陆品祥死罪，我并无怨恨。

县　官　你没有怨恨，这是好的。胆大陆品祥，杀了人命，该当何罪？左右，拉下重打四十。

刘派赖　（仆卧堂口）老爷，不关他事，打我打我。

县　官　唔，你没犯法，怎能打你？

刘派赖　他代我杀了奸夫和我的老婆，我就替他受打。

县　官　唔，别的事有替，这个事没替的。打。

［役拉祥下、数打、四十。

衙　役　启禀老爷，重责四十。

县　官　叫他上来。

陆品祥　（上）跪见老爷。

县　官　陆品祥，可打得该？

陆品祥　打得该。

县　官　刘派赖，你的妻子被他杀了，本县有个决断。陆品祥，刘派赖家道贫寒，难以娶妻，岂不绝了他的后代，你另给他娶一房。

刘派赖　哎，老爷，我不要老婆了，有这一个，吓怕了我。

县　官　如有良家女子，你可娶回家去。陆品祥，你可愿意？

陆品祥　小人件件依从。

县　官　依从就是好的。好生回家前去，安守本分，不要听旁人挑唆。

陆品祥　叩谢老爷。

县　官　有事无事？

衙　役　无事。

县　官　无事退堂!

[官、役下。

陆品祥　刘大哥，多感老爷判明此案，你访寻哪家良女，到我家取讨银钱，多少我都承认。一同回家前去吧。

[祥、刘同下。

（剧终）

【注释】

①白头帖：匿名信，不具名的招贴。

②八洞神仙：民间称汉钟离、张果老、铁拐李、韩湘子、曹国舅、吕洞宾、蓝采和、何仙姑等八仙为“八洞神仙”。八洞，道家谓神仙所居洞府，分上八洞、中八洞、下八洞。

③同我看守我的店房：帮我看守我的店房。同，“帮”的意思。

④三魂：道家谓人有三魂：一曰爽灵，二曰胎元，三曰幽精。

⑤黼服：古代一种绣有黑白相间如斧形花纹的礼服。黼，音读fǔ，黑白相间如斧形的花纹。

⑥麒麟：中国古代汉族神话传说中的传统祥兽。古人认为，麒麟出没处，必有祥瑞。

⑦苟且之事：指男女之间不正常的性行为。

【剧情简介】

陆品祥外出贸易，其妻张氏及弟品玉在家。品玉因难于照顾，将嫂送回外家居住。陆品祥的表弟李银匠因向陆品祥之妻张氏及弟品玉借钱不遂，对张氏与品玉怀恨在心。为报复他们，便出白头帖造谣品玉与张氏叔嫂通奸。品祥回家途中见此帖，怒火中烧，要将妻、弟杀死泄恨。

李银匠与刘派赖之妻王氏有奸，一日李银匠正在刘家与王氏饮酒取乐，被刘回家撞见，刘将王逐出。王氏到品玉书房借宿，品玉将床让给王，自己则至李银匠家搭铺。李得悉情由，又以让床与品玉为名，暗至书房与王奸宿。正巧当夜品祥回家，因不见妻子，寻到品玉书房，见床上睡着二人，以为是品玉与张氏，怒将二人杀死，取头去见岳父。谁知到了岳父家，见到妻子，始知误杀。途中又复遇弟弟品玉，即去县衙自首。县官查知所杀者是李银匠和刘派赖之妻，即传刘派赖到堂。刘禀明彼等奸情，感谢品祥代之报恨。县官仅判品祥杖责、出资为刘续娶了案。

【简评】

此剧是传统观念“善有善报，恶有恶报”的舞台展现。但对恶人李银匠的惩罚，是通过一系列巧合与误会来达到的。巧合的运用构成了李银匠与王氏夜宿勾搭的情节，而误会则主要体现在陆品祥杀奸泄愤的结果。连续的巧合与误会，使情节相互勾连又错综复杂、曲折起伏而扣人心弦。

此剧由容光送发掘、陈孝仁记录保存。

玉莲看羊

剧中人物

⊙陈仕林（行当：老生，简称：仕）

⊙王氏（行当：摇旦，简称：王）

⊙陈良臣（行当：小生，简称：臣）

⊙陈玉莲（行当：旦，简称：莲）

⊙王驼驼（行当：丑，简称：驼）

⊙乳娘（行当：老旦，简称：娘）

⊙黑炭头（行当：丑，简称：炭）

⊙侯尚官（行当：花脸，简称：侯）

⊙石金坡（行当：丑，简称：坡）

第一场

陈仕林　（小点上）春夏秋冬四季天，寒来暑往又一年。（坐，白）春过一年青草绿，人老何曾转少年。鄙人陈仕林，常在下江贸易。今日家中无钱使用，不免前往湖广襄阳贸易，岂不是好？那就叫得妻子王氏出来，吩咐她看守家庭。王氏哪里？走来。

王　氏　（小点上）忽听老老叫，急忙就来到。见过当家有礼。

陈仕林　不消，一旁坐下。

王　氏　叫我出来有什么吩咐？

陈仕林　我想往下江贸易，家庭事务，望你照管。

王　氏　为妻照管就是。

陈仕林　那就是好的，听我吩咐。（唱四平腔）坐在堂前把话论，叫一声贤妻你细听。今日我往下江去，家中事情你担承。一双儿女你看待，切莫拿出二条心。

王　氏　（接唱四平腔）你今吩咐我记在心，一双儿女我担承。日出东山要走路，日落西山投店门。中途之上有危险，当家的你还需要小心。（卖腔。白）当家的，你在堂前暂坐一会，我到下面收拾行李。（下）

陈仕林　且慢。恐怕王氏在家有三心二意，不免呼得我一双儿女出来，吩咐一番。良臣、玉莲哪里？走来。

［臣、莲同上。

陈良臣　爹爹叫一声，

陈玉莲　打叫为何情？

陈良臣、陈玉莲　爹爹在上，儿女见礼。

陈仕林　不消，一旁坐下。

陈良臣、陈玉莲　儿女告坐。请问爹爹，叫得我兄妹前来，有何吩咐？

陈仕林　叫你兄妹前来，非为别事，为父前往下江前去贸易。良臣儿，你往书房前去攻书。玉莲儿，你好好看守家庭。切莫在你后母跟前争强，为父不久就要回家。好生下去。

陈良臣、陈玉莲　兄妹遵命。不得远送爹爹。（下）

王　氏　（小点，取行李上）包袱雨伞在此，恭祝老老一路平安。

陈仕林　夫妻一别。（唱倒板桨）走上前来礼恭敬，拜别妻子就登程。家中儿女你看待，切莫拿出二条心。此一番赚得银钱转，夫妻和好度光阴。（下）

王　氏　一见当家往前进，又要为妻常挂心。若得一路平安转，洗手焚香谢天神。（下）

陈仕林　（上，唱四平腔）站在路途用目睁，只见百鸟叫沉沉。无心去观花似锦，要往下江走一程。（下）

陈良臣　（上，引）苦读寒窗，不知何日把名扬。有日皇上开科选，御笔亲点状元郎。小生陈良臣，不免前去书房攻书，岂不是好？离了家庭，还要书房走走。（唱四平腔）离却门庭往前走，一心要往书房行。三步拿来两步走，两步拿来一步行。不觉行程来得快，转眼来到书房门。（卖腔。下）

第二场

王驼驼　（小点上。背驼、脚拐、嘴歪、口吃）识字不识字，头戴二品字。读了三年书，认、认得二个字。（坐，白）在下王驼驼。想我长成二十六岁，还未曾讨亲。我姑母娘借了我几十两银子，今日到她家讨那几十两银子，回来讨老婆，岂不是好？我要往她家里走上一走。出得门来，将门掩闭，还往她家走走。（一条龙，唱鼓打太平春腔）出得门来往前走，一心要往她家行。三十五里桃花店，四十五里杏花村。杏花村中出美酒，桃花店里出美人。一路行程来得快，不觉来到她家门。（白）且慢。走来走去，行来行去，来到她家来啦。姑母娘开门。

王　氏　（上）门前黄犬叫，急忙就来到。打开门来看，原来是王驼驼到。啊呀！王驼驼到了，请进！

王驼驼　（进门，跌倒）姑母娘，是地不平？还是我的脚不平？

王　氏　还是你脚不平，哪怪我地不平？那你就请坐。

王驼驼　那……那我就有……坐。

王　氏　玉莲倒茶来。

陈玉莲　（内白）来了。（小点上）妈妈叫我何事？

王　氏　你表哥来了，好生倒茶上来。

陈玉莲　遵命！（下倒茶上。见驼丑陋，将脸扭在一边）

［驼被莲美貌所迷，直视忘饮。莲蹬脚，驼一愣把茶烫嘴，莲接杯侧

身下。

王　氏　今天来到我家有什么好事?

王驼驼　我来问你要那几十两银子，回、回家去、讨、讨老婆。打、打了二十几年单身了。

王　氏　你来得真不凑巧，你姑爹又不在，哪有钱来给你呐?

王驼驼　若还没得，我就等不得了，我要讨老婆了。

王　氏　（背场）你看此人要得性急，不免将玉莲许配于他为妻，免得还这项钱，岂不是好?（转面对驼）王驼驼，我将你表妹许配给你做老婆，你看好不好?

王驼驼　那还有什么话讲?

王　氏　那你就回去吧。

王驼驼　那我回、回去，几时来讨亲呗?

王　氏　限你三天。

王驼驼　三天恐怕久了吧?两天就行了。

王　氏　两天就两天嘛。

王驼驼　那两天，我就问你要老婆的呀。

王　氏　是啦嘛。

王驼驼　（嬉笑）我走了。嘻、嘻、嘻。(下)

王　氏　（想）如果玉莲不依允，那么……（定计）对，就赶往饿虎山前去看羊，岂不是好?玉莲哪里?走来。

陈玉莲　（上）耳听妈妈叫，急忙就来到。见过妈妈有礼。

王　氏　不消，一旁站着。

陈玉莲　女儿有站。不知妈妈叫女儿出来有何事情?

王　氏　并无别事。要你出来有桩喜事商量。

陈玉莲　女儿有什么喜事?请母亲指教。

王　氏　啊呀，女儿长成十七八岁了，还没曾许配才郎，你表哥到我们家里来，他有一份家财，不免将你许配于他，意下如何?

陈玉莲　（变色）若是他嘛，那女儿就不能从命。

王　氏　你还是从命嘛。你看他家财这么多，你嫁过去，吃得好、穿得好，又不要你做事。你还不嫁，你要嫁哪个？

陈玉莲　（高声）那女儿是不去的！

王　氏　若是你不去，好，你就往山岗前去看羊，不要你嫁了。

陈玉莲　若要我去看羊，奴家鞋尖脚小，未出过闺门，那我是不去的。

王　氏　你若是不去，你讲三个不去，老娘就不要你去。

陈玉莲　三个我不敢讲。我就是一个不去。

王　氏　哼！（怒）你这个死丫头，听老娘来骂呀。（唱梁氏腔）开口我把你丫头骂，骂声丫头不是人。要你看羊你不去，要你嫁人你不嫁人。你和老娘来顶嘴，顶得老娘伤了心。手提家法打一顿，（卖腔）打死你小贱人呀。（鞭打莲）

陈玉莲　（唱三板忧腔）双脚跌跪地埃尘，尊声母亲你细听。得罪天来打个醮[①]，得罪地来谢龙神。得罪妈妈赔个礼，女儿上前赔小心。（卖腔。白）家法难受，女儿愿去就是了。

王　氏　啊呀，你何不早说愿去，免得老娘生气。站在这旁来，等老娘赶羊出来。（赶羊出）来，听我交代。这九个羊，赶到山岗，要看出十个羊才回。

陈玉莲　怎样看出十个羊才回？

王　氏　羊肚里有胎，就要生崽，等生了崽再回来。

陈玉莲　你又不生仔？

王　氏　我有仔生，还嫁你爷么？你同我滚出去！（推莲出，关门，下）

乳　娘　（暗上，对莲）凡事要检点，免得主人嫌。见过小姐有礼。可怜小姐受了主母娘的一场打骂，要往山岗看羊，为乳娘的也陪伴你去山岗看羊。

陈玉莲　乳娘，你年迈之人，陪我前往看羊，那是奴家不敢当了。

乳　娘　小姐说哪里话来。穿着老爷的衣，吃着老爷的饭，为乳娘陪小姐出去是应当的。

陈玉莲、乳娘　如此，那往山岗走呀！

陈玉莲　（唱三板忧腔）可恨母亲良心丧，要我看羊到山岗。乳娘与我来同往，看饱羊儿才回乡。乳娘今日恩情广，来日答报恩不忘。不顾高低往前闯，要往山岗去看羊。

［莲、娘同下。

第三场

黑炭头　（水底鱼。上）小子本姓柳，每日长街走。问我名和姓，名叫三只手。（手势）在下黑炭头，每日做小偷为生。今日天气尚早，还往街上走走。（唱强盗腔）出得门来往前走，一心要往大街行。急急忙忙往前进，得了钱财转回程。（下）

陈玉莲　（上，唱三板忧腔）一路走来一路讲，叫声乳娘听端详。你今日待我恩情好，来生我报答恩不忘。不觉行程来得快，转眼来到是山岗。（卖腔。白）来此山岗，把羊赶上山去。（动作）

［莲、娘山上瞌睡。

［炭暗上，偷羊下。

乳　娘　（醒，数羊发现少了一只）啊呀！小姐，我们怎么失去了一只羊？

陈玉莲　不好呀！（唱倒板桨）闻听乳娘说一声，急得奴家胆战惊。你我二人回家去，恐怕性命活不成。（哭）

乳　娘　小姐不要啼哭，回家见到主母娘，好言好话，哀告罢了。（唱三板忧腔）小姐呀！不必泪淋淋，老奴言来你细听。可恨你母良心狠，要你山岗养畜牲。你我二人回家去，恐怕你母不容情。（卖腔）

［莲、娘同下。

第四场

[莲、娘同上。

乳　娘　小姐，此番到了门口，你好好见你母亲，我下去了。（下）

陈玉莲　母亲开门！

王　氏　（内白）来了！（上开门）你回来了吗？把羊赶进来。

[莲赶羊进。

王　氏　给老娘点过。一、二、三、四、五、六、七、八。什么？九只羊，才得八只羊回。

陈玉莲　恐怕给老虎吃一个去了。

王　氏　怎不吃了你去？（背台）你看，这个死丫头，失羊回来。（对莲）我再问你，嫁给表哥，你愿不愿意嫁？

陈玉莲　那我是不愿的。

王　氏　你不愿，老娘将你锁在柴房里不给饭给你吃，饿死你，看你愿不愿。

陈玉莲　莫说你锁我在柴房，打死我也不愿嫁。

王　氏　那你不愿嫁，滚了进去。（推莲进柴房，上锁）老娘往下边吃饭去了。（下）

陈玉莲　（唱忧板腔）这一阵气得我呀昏迷不醒，不由我陈玉莲珠泪淋淋。莫非是我前世不修善道，今世才来受苦情。若还有我亲娘在，哪有后娘来欺凌？（卖腔）

乳　娘　（上）小姐为何在里面痛哭？

陈玉莲　乳娘哪里知道，我母要我与表哥成亲，若不与表哥成亲，要饿死我在柴房。乳娘，还要搭救我才是。

乳　娘　小姐不必如此，我搭救你就是。我将窗子打破，我搭救你出来。

陈玉莲　快快做来。

［娘破窗，用绳将莲吊出。

陈玉莲、乳娘　如此就走。（急跑下。乱锣）

王　氏　（上）人不欺心家不富，火不烧山土不肥。（发现窗破，又不见莲）死丫头往哪里去了？也罢，莫非你走得上天，老娘明天慢慢找寻你。（下）

第五场

王驼驼　（小点上）想着讨老婆，一夜都睡、睡不着。我王、王驼驼。我姑母娘约到我今天去成亲，我满、满心喜、欢。出了我的门，将门掩闭。好，还往她家走走。（小打）将身离了自家门，一心要往她家行。想着讨老婆，走路都走不停。（白）且慢。走来走去，行来行去，姑母娘开门。

王　氏　（上）心惊肉跳，不知谁人到？打开门来看，原来是王驼驼到。请进。

王驼驼　姑母娘，妥、妥、妥了吧？

王　氏　唉！你听我讲。我昨天同她讲，她不愿，我将她锁在柴房里头。不晓得哪个将窗子打烂了，带她逃跑了。

王驼驼　你在怎样讲？

王　氏　带她逃跑了！

王驼驼　那就完蛋了。（气倒）

王　氏　你看，气得这个鬼样子。王驼驼，你不要气，我给你另讨一个。

王驼驼　我性子急，量米下锅我就要吃。你赶快给我银子，你若是不给我银子，我就问你要老婆！

王　氏　你不要性急，我给你暖了酒，下面去喝两杯，我有话同你讲。

［王、驼同下。

陈良臣　（回家，唱四平腔）一举首登龙虎榜，十年心到凤凰池。有日皇榜开科选，一举成名天下知。（卖腔。白）母亲、妹妹，他们哪里去了？待我到母亲房中来看看。（看到床前有男、女鞋各一双，心惊）你看，莫非我母亲做了不肖之事。自古道，子不能剔母。不免我留下一把白扇在此，她发现白扇，自己也会害羞的。（下）

［王、驼起来，见白扇。

王　氏　啊呀！不好。有哪个来识破我们的机关。莫非是良臣来识破我们的机关？我们要快些想计。哦，有了！不免假造家信，说他爹爹在下江得了重病，要他前去侍奉，把他赶了出门，岂不是我们二人的事就不会有碍了？

王驼驼　此计甚妙，你就拿纸来，我来写。

王　氏　（下取笔墨上）信纸笔墨在此。

王驼驼　（写信）那我来写，我写封老爹写给他儿子的信。良臣儿，见字得知。父出外贸易，一路上水土不合，得下重病，水米不沾，恐怕九死无一生。望儿前来照看，如不来照看，父子不能相见。

王　氏　要得！要得！

王驼驼　（把信封好，交王）那就快去呀。（下）

王　氏　我就去了呀。（下）

第六场

王　氏　（上，唱急腔）急急忙忙往前进，要到书房走一程。不觉行程来得快，转眼来到书房门。（白）且慢。来到书房，良臣开门！

陈良臣　（内白）来了！（上）外面叫一声，不知是何人？（开门）喔，母亲来了。母亲到书房有何事？

王　氏　叫你回家，有紧要的事，快回去！

陈良臣　孩儿遵命。

王　氏　离了书房赶紧回家走呀。（唱急腔）离了书房往前闯，要往家中走一程。一路走来一路讲，不觉来到自家门。（白）好！来到自家屋里头来了。你看，你老子寄来一封信，我拿给你看。

陈良臣　呀，母亲，书信连墨水都没有干。

王　氏　你哪曾知道，书信来得急，我在下面洗碗，接过信来，把信搞湿了。

陈良臣　那也难怪，待我拆开来看。（看信、照读）

王　氏　喔，你爹爹得了重病，你赶紧前往去看他。

陈良臣　请问母亲，打发我多少盘费？

王　氏　打发你三钱银子，浆洗衣服一套。你快快前去寻找。

陈良臣　启禀母亲，路途这么远，三钱银子哪够盘费？那是孩儿去不了的。

王　氏　那你不奉母命了？

陈良臣　孩儿不能奉母命。

王　氏　你不奉母命，老娘气就来了。那你就找老娘的骂呀。（梁氏腔）听罢言来我生气，太阳头上火一盆。手提家法打一顿，活活要打死你小畜生。（卖腔。白）愿去还是不去？

陈良臣　家法难受，孩儿愿去。

王　氏　愿去就是好的。（给包袱雨伞）包袱雨伞在此。

陈良臣　母亲好狠的心呀。

王　氏　我良心不好，没有背在背脊上头。（下）

陈良臣　（唱四平腔）母亲做事良心丧，将我书生赶出乡。有日找得父亲见，我要你一命见阎王。（卖腔。下）

第七场

［暗场。臣被盗抢光。

侯尚官　（上）强盗强盗，强抢强要。若还不给，赏他一刀。我侯尚官，常在中途打抢为生。今日天气尚早。往中途走上一走。(一条龙。唱强盗腔)自幼生来怪性情，每日中途抢别人。若是有人经此过，抢他的黄金与白银。不觉行程来得快，转眼来到是山林。（白）来此荒山野外，待我登高一望。

［莲、娘上，手携手。大锣鼓，一条龙。

陈玉莲　（唱倒板桨）一路走来一路讲，叫声乳娘听端详。你待我的恩情广，好似我的亲生娘。若还今日脱了难，我来生报答恩不忘。

［侯从山上跳下，大喊杀。莲、娘急跪倒。

乳　娘　（叫喊）蛮子打抢呀！

［侯把娘杀死，莲惊痛大哭。

侯尚官　（背台）此女子生得美貌，我要她做老婆。(对莲)呀，姑娘呀，你给我做老婆，你看好不好？

陈玉莲　好便是好，自古道天上无云不下雨，地下无媒不成亲。

侯尚官　哪里得媒来？

陈玉莲　那旁有棵梅树，你上去摘上两枝，我拿一枝，你拿一枝，我俩当天一拜，方可成亲。

侯尚官　那我前去摘来。(洗马鼓锣)

［侯上树时，莲捡起石头，将侯打落山下，莲急逃下。

石金坡　（一条龙、急腔上）急急忙忙来得快，不觉来此是山林。

侯尚官　救命呀！

石金坡　咦，是哪个喊救命？

侯尚官　我。

石金坡　怎么你在沟里头？

侯尚官　我给蛮子打抢了。

石金坡　你挨打了？还不上来？

侯尚官　我的脚被打断了，你救我上来。

石金坡　往哪里下来呢？

侯尚官　这边有条小路下得来。

石金坡　这个地位，他比我还熟，待我来了。

侯尚官　你背我上来，我有钱给你的。

石金坡　来，我背你上来。（坡背侯上）你的脚断了，我晓得整。（背台）你看，这个人眼睛鼓鼓的，胡子翘翘的，看样子不是个好人。我哪里帮他整，我要打死他。（对侯）来！你把那个好脚给我，我同你整。

侯尚官　怎么你要整好脚呢？

石金坡　我这个名为过山彪。先整好的这个脚，痛的那个脚就会好了。（把侯脚捆住，拴起大石，把侯打死。推下沟里。背起箱子跑下）

第八场

陈良臣　（扮化子上，唱化子腔）穷在路边无人问，富在深山有远亲。不信你看席中酒，杯杯先敬有钱人。（白）可恨我母亲，将我赶出在外。中途之上，被强盗打抢一光，使我落在乞讨之中。来此凉亭，待我稍憩一下。（入亭休息）

陈玉莲　（上，唱倒板桨）一路行程来得快，不觉来到是凉亭。（白）你看，那边有人坐在凉亭，待我问他讨吃。大哥呀，给点我吃，我肚饿了。

陈良臣　嗳！我也是讨吃的。你来向我讨，我又问哪个讨？

陈玉莲　呀，这好像是我哥哥样子。

陈良臣　呀，这好像是我妹妹样子。

陈玉莲　你敢莫是良臣哥？

陈良臣　你敢莫是玉莲妹？

［臣、莲抱头痛哭。

陈良臣　（唱三板忧腔）一见妹妹好可怜，颗颗珠泪掉胸前。若还找得父亲转，兄妹回家好团圆。若还难找父亲转，兄妹在外实可怜。（卖腔。白）妹妹不必啼哭，我们出大街去讨点来吃。

［臣、莲同行。

陈良臣　来此街前，我们妹兄二人叫喊。

陈良臣、陈玉莲　（喊）嗳，哪位老爷奶奶相公们，家中有冷饭，路上有饥人。过水田不瘦，打发叫化不穷。男人修行好过海，女人修行好养仔。男人修行成罗汉，女人修行成观音。站在高山看得远，站在平地看得宽。施舍一个当十个，施舍十个当百文。嗳，请你各位打发我兄妹二人。我也不是勤吃懒做，只为后母良心不好，将我兄妹赶出在外，落在乞讨之中来受苦情呀。

陈良臣　各位施舍我们点，我们得了吃了，我们走别方去找寻爹爹。我们兄妹二人受过你们的恩典，上前一拜。

陈良臣、陈玉莲　（唱倒板桨）走上前来礼恭敬，谢过列位施舍恩。养鸟记得千年树，我们记得万年恩。谢过列位往前进，找寻爹爹转回程。（下）

第九场

陈仕林　（上）一日离家一日深，犹如孤鸟宿寒林。鄙人陈仕林。出外许久，未有回家，不免今日回去，看望一双儿女，照看家庭，岂不是好？店主家，我要回去，少陪你了。

［内白：“你要回去，行李可已收拾好？”

陈仕林　也曾收拾好了。

［内白：“不能远送。”

陈仕林　如此少陪了。

［鸦叫。

陈仕林　乌鸦呀！（唱四平腔）乌鸦头上叫三声，叫得我仕林心内惊。莫非家里出大祸，莫非路上有强人。左思右想心不定，还要回家看分明。（白）且慢。来此凉亭，待我透歇一下。

陈良臣、陈玉莲　（上。一条龙。唱急腔）方才大街讨得饭，兄妹双双往前行。不觉行程来得快，转眼来此是凉亭。（白）伯伯，打发点盘费给我们兄妹二人，我们兄妹二人是落难之人。

陈仕林　啊呀，你们二人年轻，是兄妹？还是公婆？

陈良臣、陈玉莲　我们是兄妹。

陈仕林　你若是兄妹，抬头我看。

陈良臣、陈玉莲　（抬头）你敢是我爹爹？

陈仕林　你敢莫是良臣、玉莲？

陈良臣、陈玉莲　正是。

陈仕林　（唱哭三板忧腔）我哭、哭了一声，我的儿！叫、叫一声，我的女儿！为什么呀？你们落在呀，讨吃叫化？犹如钢刀刺我心。好得为父回得早，可怜你兄妹受苦情。（卖腔。白）你兄妹把家庭之事讲了出来，为父带你们回家，自有道理。

陈玉莲　可恨王氏后母，良心不好，要把我许配王驼驼为妻。我不允，她要我到山岗看羊，回来又将我锁在柴房里面。好得乳娘搭救我出来，中途之中，又遇到强盗，乳娘被强盗杀死。后来强盗又要我和他成亲，我将强盗打落在沟里。我逃在外面落在乞讨之中。哥哥也被后母赶出在外，找寻爹爹，中途被强盗抢光，也落在乞讨之中。今日兄妹与爹爹相会，这是女儿的实话。

陈仕林　啊呀！贱人在家这样的行为，那还了得？待我回家前去，岂与她甘休！你们二人讨吃的东西不要了。来，随为父回家去吧。

［臣、莲分背仕行李，随仕下。

第十场

［仕、臣、莲同上。

陈仕林　（唱四平腔）王氏真是太无情，平白在家起狠心。将我儿女来谋害，回家与她再理论。一路行程走得快，不觉来到自家门。（卖腔。白）来到自家门前，兄妹休要害怕。待我上前去叫门。开门！

王　氏　（内白）来了。（上）心惊肉跳，不知有何吉兆？啊，老老回来了。待我接过行李。

[仕坐下，王倒茶。

陈仕林　哎呀！要你来倒茶？我那一双儿女哪里去了？

王　氏　再莫讲起那双儿女。（假哭）良臣我叫他去河边抓鱼，被水推了去了。玉莲我叫她到江边洗衣，也被水推去了。

陈仕林　不要哭了，死了也罢了。我在下江买了一双儿女回来，侍奉我们二老。你同我喊他们进来。

王　氏　怎样？他买了一双儿女回来，让我看看长得什么样子。（见臣、莲惊慌失措，背台）他两兄妹怎么回来了？我假意打鬼。（白）打鬼呀！

陈仕林　呸！稍等时刻要你眼见鬼。（对臣、莲）你们进来吧。你这个贱人做了好事，给我站了过来。哼！你听我骂呀。（唱倒板桨）开言我把贱人骂，骂声贱人不是人。你将儿女赶出外，又与王驼来调情。伤风败俗无廉耻，你在此带坏世界人。越思越想我心头恨，要你一命就归阴。手提钢刀要你命——

[仕提刀，欲杀王。臣、莲阻拦把刀抢下。

陈良臣、陈玉莲　（接唱）千消气来万消停。

陈仕林　若不是你兄妹二人上前阻拦……

陈良臣、陈玉莲　爹爹呀，就是她无情，难道我们无义吗？

陈仕林　你们兄妹二人，与她讲情？

陈良臣、陈玉莲　讲情不敢，望爹爹开恩。

陈仕林　别人讲情不准，你兄妹讲情，准情就是了。也罢，贱人听我吩咐，打你在柴房。一天四两草籽米、一把苦菜、一把干柴、一桶冷水。饿你不死、胀你不坏，磨减你的情性，你悔过转来，放你出来。你与我滚下去。（踢王）

王　氏　列位，你们做后娘的，莫照我这个样子。当初我做错了事，

已经后悔不及了。（下）

陈仕林　儿呀，多得苍天有眼，祖宗有德。洗手焚香，答谢苍天！

（剧终）

【注释】

① 打醮：道教为信徒设坛祭祷以求福消灾的一种宗教仪式。

【剧情简介】

陈仕林离家贸易，留下后妻王氏及前妻所生子女玉莲良臣在家。王氏欠内侄王驼驼债银数十两，无法还债，欲将玉莲配与王为妻，玉莲不允，王氏乃虐待玉莲。玉莲与乳娘逃走，遇盗劫杀乳娘。强盗强迫玉莲成亲，玉莲设计把强盗打跌下沟逃走。王驼驼讨亲不成，再追王氏还债，王氏因与驼驼发生苟且，为良臣撞见。王氏恐良臣识破，乃伪造其父病重书信，逼迫良臣远去寻父。良臣途中被劫一空，沦为叫化。行乞途中遇玉莲，兄妹乃一同乞讨寻父。巧于途中遇父，陈仕林乃携带良臣、玉莲回家，处罚王氏，父子团圆。

【简评】

剧中身为后母的王氏是一个良心泯灭，迫害他人的恶人。后母不仁，是这个剧内容的显性指向。但是从王氏的遭遇来看，她又是一个被害者。她因无法偿还内侄的银两而被迫出卖自己的身体；她因虐待儿女，被丈夫罚为家奴，关进柴房，缺吃少喝，过着没有人生自由的囚犯般的生活。旧制度下女性地位的低下可见一斑。

此剧由林瑞甫发掘、吕吉记录保存 。

芙蓉记

剧中人物

⊙芙蓉仙子（行当：花旦，简称：芙）

⊙李荣贵（行当：前小生后老生，简称：李）

⊙吴员外（行当：丑，简称：吴）

⊙秦贡（行当：丑，简称：秦）

⊙李三宝（行当：小生，简称：宝）

⊙张文秀（行当：老生，简称：张）

⊙吉天祥（行当：生，简称：吉）

⊙李无用（行当：丑，简称：用）

⊙家院（简称：院）

第一场

李荣贵 （上，引）父母早丧命，丢落我一人。勤俭来苦做，开荒度光阴。（白）小生李荣贵。上无兄，下无弟，爹爹只生我一人，就在山前山后开荒度日。这几天没有到地里走一走，今天不免背上锄头到地上去看一看。言得有理，待我拿得锄头出来。（下取锄上）将门关好。（关门）走起来哟！（唱背弓倒五路）爹娘早年归泉境，丢落小生受苦情。一天只想生活事，多种杂粮度光阴。千豪万富我无分，身强力壮胜别人。我吃得饱来睡得稳，锄头汗水来谋生。（白）行来走去，到地上来了。哎哟，高粱、红薯长得多好呀！不由我好喜欢哟。待我来用功一时呀！（唱洗锄三坎地）对门有一株杨柳树，杨柳花开，叠叠的花开，叠叠的花香，快快挖起来，快快挖起来。（唱山歌）唱个歌来解心忧，吃口凉水凉心头。凉水解得心头火，山歌解得万般愁。（白）天色不早，我要回去煮饭吃去了。（背东西下，唱路腔）背起锄头回家转，回到家中煮早饭。高粱红薯挑一担，不由我心中好喜欢。（小过场。下）

第二场

芙蓉仙子 （上，圆场、亮相、整装。长锣。唱神仙腔）离却天宫下凡尘，要到凡尘看分明。凡尘美景多么好，春色美景动人心。背着了王母来逃跑，我爱上凡间勤劳人。我不顾仙规自思忖，要与凡人配成亲。

李荣贵 （提水上，至花园浇花木）树哟、树哟。你长得好漂亮呀，早晚都开花。唉，这块地我好久没曾来挖，不免挖点地，种点小菜，米也有，菜也有，省得我去买。待我挖起来哟。（唱挑担腔）上前挖一锄，挖一锄好泥土。（四钹）快快挖起来，挖来种小菜。快快挖起来，挖来种小菜。

芙蓉仙子　呀，你这人才怪，怎么跑来挖我种的地呀？

李荣贵　莫乱讲，不是你们的地，这里地是我祖父遗下来的。

芙蓉仙子　你们祖父遗下来的？不是的，是我们祖父遗下来的。

李荣贵　你祖父遗下来的？我妈养我下来这棵树就好大了，以芙蓉树为记号。

芙蓉仙子　你以这棵树为记号，我们也以这棵树为记号。

李荣贵　好、好！姑娘，我们两个莫争了。

芙蓉仙子　莫争了、莫争了！我问你，你姓什么？

李荣贵　我姓李。

芙蓉仙子　李什么名字？

李荣贵　名字没带来。

芙蓉仙子　哎呀，你这个人才怪了，名是随身宝，哪个名字不带来？你到底讲不讲？不讲我叫人来讲你乱挖地。

李荣贵　我讲、我讲！我姓李，叫李荣贵。

芙蓉仙子　哎呀！荣贵，我的夫呀！

李荣贵　哎呀！你这个姑娘，怎么喊起我这名字来了呀？快走吧。

芙蓉仙子　我走呀？我哪里不寻，哪里不找，今天我找到你了。

李荣贵　你找到我，有什么事？我又没有做错什么事。

芙蓉仙子　难道你忘怀了么？

李荣贵　我忘却何来呀？

芙蓉仙子　我讲给你听。想你妈妈和我妈妈在码头上洗衣服之时，遇到了我妈身怀有孕。她们讲，若你我妈都生男子就让结为兄弟，若两人都养为女子，就结为姐妹。却不料你妈妈养的一个是仔，我妈妈养的一个是女，就约结为夫妻，长大为婚。今天我找到你就嫁给你了。

李荣贵　哎呀！我儿时妈妈没跟我讲呀。

芙蓉仙子　你妈妈死得早，对你讲了，没钱娶亲，你妈妈就瞒住你不讲啦。

李荣贵　好了、好了。我一天开荒度日，怎么养得起你？你另选高门去嫁别人吧。我住的是茅屋，盖的是烂被窝，你怎能过得惯呀？

芙蓉仙子　我过得惯的，我不问你家底。

李荣贵　唉！你这姑娘实在是个蛮人，几多好人家你不去，跟我这个穷鬼干什么呀？

芙蓉仙子　我不爱有钱的，偏偏只爱穷人。

李荣贵　姑娘，你姓什么？

芙蓉仙子　我呀，我姓芙呀。

李荣贵　哦，原来是芙小姐。（行礼）

芙蓉仙子　不知者不能为罪。

李荣贵　你嫁我没有媒证呀。

芙蓉仙子　没有媒证吗？

李荣贵　是呀。常言道得好来，天上无云不下雨，地下无媒不成亲。

芙蓉仙子　我们就拿这棵芙蓉树为媒。

李荣贵　芙蓉树为媒？芙蓉树不会讲话呀。

芙蓉仙子　不会讲话呀，你喊，它晓得答应的。

李荣贵　我才不信，一棵树晓得答话？芙蓉树呀，芙蓉树。芙小姐想嫁给我，喊你做媒。

芙蓉仙子　（转树后）是啦，要得的，小姐聪明能干。

李荣贵　咦，奇怪了，一棵树，晓得答话。

芙蓉仙子　（回原处）是不是？它晓得答应吧。好了，我们两个拜堂成亲。芙蓉树为媒，天公作证，我们两个拜起来呀。（唱倒板桨）一拜天来二拜地，三拜四拜结夫妻。我俩恩爱百年整，相亲相爱永不离。拜罢天地抽身起，我俩姻缘前世修来的。（白）相公，你还挖不挖地呀？

李荣贵　我，我不挖了吧。

芙蓉仙子　不挖了，天色还早呀。

李荣贵　小姐，那我就挖。你在旁边给我拔草，挖起来呀！

芙蓉仙子、李荣贵　（唱雪花调起舞）上前把地挖，上前把地挖，挖起荒地来种花。种几棵芙蓉，忙把牡丹来配下。好一朵芙蓉花，好一朵芙蓉花，再晚的开花我都爱它。芙蓉花生得怪，又圆又艳我时时爱她，又圆又艳我时时爱她。好一朵茉莉花，好一朵茉莉花，满园的花香香不过她。摘一朵头上戴，赛过南海观音菩萨。摘一朵头上戴，赛过南海观音菩萨。

芙蓉仙子　（接唱）奴的小亲哥，奴的小亲哥。

李荣贵、芙蓉仙子　（接唱）对门有一条小呀小小河，上搭着独木桥。要奴（我）怎么来过桥，要奴（我）怎么来过桥？忽听把门开，忽听把门开，开着的大门不见张秀才。你不是张秀才，莫是山中妖魔鬼怪？

李荣贵　娘子，你辛苦了。中午时分，回去吃晌午吧。

[李、芙同回家。

李荣贵　娘子，你看我家不像样。锅连灶，灶连床，床上是烂被窝，房子又是茅草房。芙小姐，你过得惯吗？

芙蓉仙子　相公，我过得惯的，我怕你家穷我就不来了。

李荣贵　如此才好呀。

芙蓉仙子　相公，天色不早，你睡觉吧。

李荣贵　哎呀，娘子，一起来睡吧。

芙蓉仙子　你先睡，我等下就来睡。

[李睡。

芙蓉仙子　你看，房廊如此破烂，如何是好？不免将带来的腾云扇，化变房廊一所，待我用功一回。（唱刘海戏蟾腔）一变二变，房廊出现。三变四变，美景花园。上面盖的琉璃瓦，下面砌的玉石砖。化一个鲤鱼跳龙门，又化一个八仙飘海，再化一个七十二贤[①]，再化一个三星[②]拱照。忙将房廊通通变化好呀。（白）谯楼鼓打二更，天色不早了，睡觉吧。

[音乐起，鸡鸣，李醒。

芙蓉仙子　相公，你起得这么早呀？

李荣贵　我做工要早点。

芙蓉仙子　哦，原来如此。

李荣贵　娘子，我们怎么到这里来住？

芙蓉仙子　这里，这里还不是我们原来的位子。

李荣贵　什么？这花园是哪一家的？

芙蓉仙子　就是我们的呀。

李荣贵　是我们的？哪来的房子呀？

[芙、李入花园。

芙蓉仙子　相公，你不相信？芙蓉树还在这块。

李荣贵　娘子，怎么砌得这么快？

芙蓉仙子　相公，你哪知道，这是我外家和我砌的，早就预备好了木料，一夜就砌好了。

李荣贵　真是一个好老婆，谢谢娘子。

芙蓉仙子　夫妻家还讲什么客气呀！

李荣贵　呀，我的好妻呀。（唱四平腔）走上前来礼恭敬，娘子算得是能人。房子花园你做定，做起赛过财主人。有你来了我把福享，被窝衣裳件件新。贤妻你把家来顾，美满生活不求人。

芙蓉仙子　相公呀！（唱）相公你是聪明人，勤苦做事样样能。几多豪富我不爱，我爱你贫苦配婚姻。你爱我来我爱你，我俩都是年轻人。后来生下儿和女——

李荣贵　（接唱）永远不忘小姐恩。（白）妻呀，我要去地上去了，你在家中做饭吧。（下）

［芙收拾换洗衣下。

第三场

吴员外　（上，念）家有良田万顷，我拿契约千张。这样做事稳妥，免得别人荒唐。（白）老汉，吴老成。家财万贯，膝下无儿无女，娶妻三房，没有生养，万贯家财是枉然。到了冬天来了，邻近村庄种了我的良田，怎么谷子还没称起来呀？不免喊秦贡出外面去收租。秦贡走来。

秦　贡　（上）来了。（念）员外一声叫，两脚往前跑。（白）见过员外有礼。

吴员外　不消。

秦　贡　员外，叫我出来，哪方走动？

吴员外　叫你出来，到村庄前去，收讨租谷和数目，早去早回。

秦　贡　遵命。

［吴下。

秦　贡　做事要勤俭，免得讨人嫌。离了门前，去收租谷去了。（唱蠢子腔）在家领了员外命，员外叫我去收账。（圆场。白）哦，到了张家庄了。张老大。

张文秀 （内白）做什么？

秦 贡 我来收账，你的租谷还没交啦。

张文秀 （内白）谷子还没有晒干。

秦 贡 晒干了就给我们马上送去哟。

张文秀 （内白）是了。

秦 贡 哎呀，张家庄我是交代了。去李家庄看看。（唱九九腔）什么尖尖尖上天？什么尖尖尖下田？什么尖尖长街卖？什么尖尖在身边？（唱九九腔）宝塔尖尖尖上天，犁头尖尖尖下田。辣椒尖尖长街卖，舌头尖尖在嘴边。（到李家门前，白）你这位大嫂。（进门，四望）

芙蓉仙子 哦。（端盆下）

秦 贡 大嫂，我口中焦渴，是来问你借茶解渴的。

芙蓉仙子 茶还没曾烧，水就有。

秦 贡 我素来吃不惯水，我要吃茶。

芙蓉仙子 你要吃茶，你等着让我来烧。

秦 贡 不烧了、不烧了，坐吧。

芙蓉仙子 大哥，你坐吧。请问大哥，是特到我家还是路过此地？

秦 贡 我是路过此地。

芙蓉仙子 你为何进得我家来呀？

秦 贡 我是口渴了，我想来借杯茶喝。

芙蓉仙子 哦，我给你水，你不喝，给你烧茶你又不要，你喝点水快走吧。

秦 贡 不、不、不。我来问你，你们家里好多人吃饭呀？

芙蓉仙子 家里两个人吃饭。

秦 贡 是你的娘老，还是你的爹老呀？

芙蓉仙子 没得爹娘老，就是两夫妇。

秦　贡　你的丈夫哪里去了？

芙蓉仙子　我的丈夫到地里挖地去了。

秦　贡　你丈夫挖地去了。唉，可惜了，你这个姑娘呀。这样好的姑娘嫁个这么样的老公。你看看！（指自己）看看我们，日头不晒雨不淋，坐在家中还有人来服侍，几不爽神呀。

芙蓉仙子　大哥，我们没有那种福气呀。

秦　贡　那要什么紧，像你这种人，喜欢嫁哪个就嫁哪个，这种穷小子还奈得你何呀？跟我去吧，穿金戴银，三餐吃山珍美味，还有老妈子丫头来服侍，茶到手、饭到口。你这样人有福不去享，跟我走吧！

芙蓉仙子　呸！我错待你，你乱说话，快与我走！不走我就对你不客气。

秦　贡　要我走呀，要我走我就不走。

芙蓉仙子　你走不走？

秦　贡　（坐）我就硬不走。

芙蓉仙子　你不走呀？

［芙、秦同上前。

秦　贡　哦。

［芙打秦耳光、推出、关门。

秦　贡　你推老子出来？你开门！

芙蓉仙子　门是不开，你在外头喊，老娘拿尿来泼。

秦　贡　我走了、走了。（躲窗外）

［芙拿尿泼来。

秦　贡　哎呀！你泼尿呀。总有一天我要对付你，他娘的！（下）

李荣贵　（上，叫门）娘子、娘子，开门。

芙蓉仙子　（上，开门）哎呀！相公，刚才有位过路的痞子，进屋扯谎吃茶，讲了多少的痞话。

李荣贵　这人你认得没有？

芙蓉仙子　认不得。

李荣贵　认不得是哪一家的？娘子你受惊了，他怎么走的呀？

芙蓉仙子　我将他哄了出去，还被我打了一嘴巴。他还不走，还在窗外东瞧西望，我拿起一钵尿，泼在他身上，他才走了。

李荣贵　泼得好！

芙蓉仙子　哎哟！

李荣贵　娘子，你怎么了？（扶芙下）

芙蓉仙子　（内白）相公，快去打水呀。

［儿啼，李扶芙抱儿上。

李荣贵　妻呀，辛苦了。

芙蓉仙子　相公，没有什么辛苦。

李荣贵　你好好歇歇，我去煮两个蛋给你吃。（下，复上）是个大喜，还是个小喜？（看）是个大喜，我李门又有后了。（抱儿拜天地）我要给他取个名，待我想上一想，李、李、李三宝。娘子、娘子，你和我生了小孩，我李门有了后。你要好好地保重身体呀。

芙蓉仙子　相公，你不必如此挂牵我。

李荣贵　你在家中休息，我到长街去买鱼菜回来。

［芙、李下。

第四场

秦　贡　（上）想起我那回到李家庄前去，真怄气。捞鱼不到扯烂网。唉！真是可恼。（唱急板）怒气冲冲回家下，见了员外说根芽、说根芽。（白）有请员外。

吴员外　（上，念）家院请一声，必定收回金和银。（白）秦贡你回来了？

秦　贡　回来了。

吴员外　收了多少银两？多少租谷呢？

秦　贡　员外，多少收了一些。张家庄、赵家庄、李家庄都去了。收到赵家庄二十两银子，银子在此，交给员外。

吴员外　去这么久，租谷催完了没有？

秦　贡　到处都催了。

吴员外　好了，好了。

秦　贡　唉，员外呀。李家庄李荣贵那小子发了大财了，房子砌得漂亮，老婆也好。我见过各方面的小姐姑娘们，难比她一个脚拇指，真是生得好，好比那仙女下凡。若是员外讨到这女子，那就好了。

吴员外　我想讨她还不容易。想那个穷小子，家下贫穷，借了我的钱，年深日久，还没曾还。现在他有钱了，去收账。

秦　贡　收账？你总没喊我去收过。

吴员外　蠢奴才，你晓得什么？他父亲借了我五十两银子，他家贫穷我不去要。你说他家发了财，我就去要了。有钱还给我们就罢了。

秦　贡　他要说没有钱不还呢？

吴员外　拿他老婆抵押呀。这不是她老婆就到我手了吗？

秦　贡　员外，好主意，好高才。今天趁天气晴和，我带了你去看吧。

吴员外　好呀，前面引路。（唱对子调）离了门前往前走（四钹）往前走。快快走起来，叠叠花开，叠叠花香。十字梅花开，十字梅花香。八字眉毛弯弯，十指尖尖一棵葱。唱的是什么调？唱的什么腔？唱那对子调，慢慢地走起来。（下。长锣）

李荣贵　（上，念）夫妻恩爱几多年，又有娃仔在眼前。日子真真过得好，夫妻相爱笑连连。（白）小生李荣贵。多得娘子这样贤惠，我也心满意足了。不免请得娘子出来，商议家下之事。贤妻走来。

芙蓉仙子　（携宝上，念）相公好恩情，我难舍又难分。（白）见过相公有礼。

李荣贵　夫妻家不必客气，娘子一旁坐下。

芙蓉仙子　夫妻一皆坐下。

李三宝　大大，妈妈。

李荣贵、芙蓉仙子　哎呀！我的宝宝仔呀。

李荣贵　三宝儿呀，今早你想吃点什么菜呀？

李三宝　大大，我想吃荷包蛋。

李荣贵　好、好！我去煮荷包蛋给你吃啊。娘子，你真呀真好福气。

芙蓉仙子　相公，你也有福呀。

李荣贵　娘子，娃仔有这么大了，还没去外婆家。

芙蓉仙子　相公，外婆家路途遥远，不去也罢。

李荣贵　既然路途遥远，还是写个信叫外婆来。

芙蓉仙子　相公，你不必多心，年迈之人走不得的。

李荣贵　那我们请轿子去接。

芙蓉仙子　相公，你看她不到的，她不大在家。

李荣贵　哦，原来这样，那不去吧。三宝，你再喊我一下。

李三宝　大大、大大。妈妈呀、妈妈呀。

［吴、秦上。

秦　贡　李相公，李大嫂。

［芙带宝下。

李荣贵　（开门）哦，原来是员外呀。坐吧。娘子拿茶来。

［芙送茶上，即下。

吴员外　李相公，这几年你真好呀，发这样大的财，又讨个这样好的老婆，我还不知道。

李荣贵　是我一房贱妻，员外，不必夸奖了。

吴员外　相公，说哪里话来，我三个员外奶奶也比不上她一个脚趾拇。

李荣贵　员外夸奖、夸奖。

吴员外　好了，李相公，想你父亲那时借了我五十两银子，日深年久，还没有还，今天特到你家要点老账，今天可以还给我了吧？

李荣贵　员外，素来未曾听父母言讲欠了你的银两。

吴员外　那时你还小，晓得什么？

李荣贵　既然我父母欠了你的银两，可有账簿呀。

吴员外　啊，有、有。（取簿）在这里。

李荣贵　员外，我不认识字。

吴员外　难道我还谎要你吗？

李荣贵　数目来历不清，没得还。

秦　贡　嗯，混账东西！给你数目看，你又认不得字。难道我们冤枉你不成？你还不还？

吴员外　好吧，赶快还来吧！

李荣贵　没得钱。

吴员外　没得钱莫怪我员外变脸呗。

秦　贡　莫怪我员外失情呗。

吴员外　好了，你既然没有钱给我，你想个办法。

李荣贵　想个什么法给你？

吴员外　拿你老婆前去抵押。

李荣贵　哎呀，员外，使不得呀！

吴员外　家院，抢走。

李荣贵　哎呀，员外，抢不得呀。

［吴、秦入内拉芙上，芙挣脱入园，李拉吴。

吴员外　追！你这个穷小子放手不放？！

李荣贵　不放，我不放！

［吴踢倒李，追入园。李、宝同追下。

［芙复上，吴、秦、李、宝追。圆场，芙下。

秦　贡　哎呀，员外，没见到人了。

吴员外　奇怪，才在这块，怎么没见人？叫你抓倒、抓倒，你这饭桶！

秦　贡　哎呀，员外，她就在这个树脚，拿锄头来挖吧。地下又没有洞，打哪块下去的呀？

吴员外 （围着芙蓉树转）穷小子、穷小子，你老婆交到我的手就罢了，不交到我手上，岂与你甘休。家院，走。（下）

李荣贵 妻呀！

芙蓉仙子 （上）相公此场祸事逃不脱了，如何是好呀？

李荣贵 娘子怎么办呀？

芙蓉仙子 相公不必着急。他若再来，为妻再作道理。（下）

第五场

［吴、秦同上。

吴员外 哎呀，可惜了呀、可惜了呀。

秦 贡 可惜了，员外，想主意吧。

吴员外 想个什么主意呢？（想）有了。他这个老婆恐怕不是凡间女，明明看到在后园树脚下，怎么会一眨眼就不见了，其中必有缘故。老汉有个主意，叫众家院来。

秦 贡 喂，走来。

［众人上，齐白："见过员外有礼。"

吴员外 免礼。

［众人白："员外叫我们出来做些什么活路呀？"

吴员外 听老汉吩咐，和秦贡一起到李家庄前。

［众人白："到李家庄前做什么呢？"

吴员外 到李家庄前去抢那个女子回来。快拿东西去。

秦 贡 员外，我们拿什么东西去呀？

吴员外 （想）嗯、嗯，拿起斧头、锯子、锄头，将她后园的树通通给我砍光刨光。

［众人下。背斧、锯等上。

吴员外 仔细打点，快去！（下）

秦　贡　走呀！

［众人下。李、芙上。

芙蓉仙子　相公，这几日未下地，不知地上种的东西如何？

李荣贵　娘子，你不必挂心。

秦　贡　开门！

［李开门，众人入。

秦　贡　（指芙）吓吓，你还在这里。

［秦示意两人去砍树，两人下。后园传来砍树声，芙脸色变，欲倒。

李荣贵　妻呀、妻呀！

［传来树倒声，芙亦倒地，众人下。

李荣贵　哎呀！娘子，你为何这等模样，哪处难过呀？

芙蓉仙子　相公呀，为妻不好了。三宝儿过来，为娘难得带你了。

李三宝　妈呀。

芙蓉仙子　夫呀，为妻不得和你同偕到老了，今日就要分离了。

李荣贵　（跪）哎呀，妻呀，你有什么话，交代于我呀？

芙蓉仙子　夫呀！（唱背弓倒板桨）手扯奴夫把话论，一桩一件你记在心。我不是凡间一女子，我是芙蓉树变成人。承你早晚将我爱，特来和你配成婚。恨只恨财主心肠狠，吃了腐炭黑了心。为妻大数也已定，若要相会万不能。你把树儿保护好，千祈莫挖它的根。我死后你定把妻子讨，要讨一个贤惠人。把我儿子来带大，教训儿子把冤伸。越说越讲心头恨，万难留人到五更。舍不得娇儿珠泪滚，我恩爱夫妻难舍分。说着说着心血涌，我儿快叫娘一声。（白）娇儿，相公。啊……呵……唉哟！（死）

［李、宝抚尸大哭。

李荣贵　（唱哭板）哭了一声我的妻，恩爱夫妻两相离。有吃有穿我全靠你，如今丢我好孤凄，可怜孩儿年纪小，洗衣浆衫有谁理？你今一去不要紧，丢下孩儿受苦凄。哭声天来叫声地，可恨员外把人欺，哭得小生肝肠断，难舍我妻两分离。妻在黄泉等一等，我不愿世间来做人。

李三宝　妈妈呀！

李荣贵　哎呀！儿呀。叫你妈妈，妈妈不应的了。儿呀，你到下面去吧。人死不能复生，哭也枉然，去买棺木，捡埋于她，也是这等罢了。哎呀，妻呀！（与宝哭下）

第六场

张文秀　（上，念）老汉今年五十多，每日庄前庄后去教学。一桌是八个，八个是一桌。哈、哈、哈。（白）老汉张文秀。每年教庄前庄后几个蒙童[3]，二月天来了，要开学了，今天不免到学堂前去。言得有理，转过学堂去呀。（唱浪里白）正月里来正月正，正月元宵闹花灯。龙灯前面走，狮子后面跟。约起一班好学生，这个给钱有一吊，那个给米有几升。我常年四季来教书，全靠教书来维生。（白）行来走去，到了学堂门口来了。（开门进）三奶仔，三宝儿呀。哦，一个还没曾来呀。学生没曾来，我到后面烧点茶先。（下）

李荣贵　（上，念）送我儿，读五经，我儿生得好聪明。（白）卑人李荣贵。想我儿有了十多岁了，送他学堂攻读诗书，大比之年，望我儿得中高魁[4]，回来也好更换门庭。三宝儿走来。

李三宝　（上，念）孝子学王祥[5]，烈女是孟姜[6]。堂前侍奉父，何必远烧香。（白）儿参见父亲。

李荣贵　我儿不要讲礼，一旁坐下。

李三宝　孩儿陪坐。请问父亲，叫得孩儿出来，有何教训？

李荣贵　儿呀。老师开学了，我儿也到学堂去读书吧。

李三宝　孩儿遵命。

李荣贵　遵命就是好的，听为父交代几句。

李三宝　爹爹请讲。

李荣贵　儿呀。（唱）坐在堂前把话讲，叫声我儿听端详。可怜儿母把命丧，丢下父子好凄凉。我儿读书要听讲，望儿后来掌朝纲。

李三宝　（唱）爹爹言语我记上，点点滴滴记心堂。我父受苦把我带，可怜你是个单身郎。不幸我母把命丧，我父送我到学堂。一定要听老师讲，日后不把恩来忘。

李荣贵　好呀，到后面拿起书包去读书，到了中午回来吃午饭。

李三宝　孩儿遵命。

［李下。

李三宝　离了门前到书房里去读书呀。（唱正十字腔）人生在世要懂礼，礼义二字书中寻。今日发奋读诗书，日后才能擢功名。（进书房）老师，我来了。

张文秀　三宝，你来了呀。

李三宝　见过老师有礼。

张文秀　好了、好了！点香烛，拜圣人。

李三宝　好。（小过场。拜圣人）

张文秀　拿书来读，看你读得几多句。（念）天子重英豪，文章教尔曹，万般皆下品，唯有读书高。少小须勤学，文章可立身。满朝朱紫贵，尽是读书人。（白）三宝，记到没有？

李三宝　记得了。（重念）

张文秀　你这个娃仔好聪明呀。好！好！到了晌午了，回去吃晌午了。

［张、宝齐下。

李荣贵　（上，念）皇王开科选，叫儿上京城。（白）三宝儿走来。

李三宝　（上）见过爹爹。

李荣贵　今年大比之年，皇王开科选了，孩儿可愿去赶考？

李三宝　孩儿愿去。

李荣贵　愿去好的。为父给你准备灯油之费。

李三宝　爹爹请退。

［李、宝分下。

第七场

吉天祥 （牌子。上，引）提起当年上京城，手拿白纸跳龙门。当初别人来考我，如今奉旨考别人。（白）老夫，考试官吉天祥。来，打开贡院门。

［考生左右上。

李三宝 （上）参见宗师大人。

吉天祥 众举子可曾到齐？

李三宝 也曾到齐。

吉天祥 受老夫一对。

李三宝 学生愿闻。

吉天祥 风吹马尾千条线，

李三宝 日照龙麟万点金。

吉天祥 好奇才！午门候旨。

李三宝 遵命。（下）

吉天祥 下站何人？

李无用 李无用。

吉天祥 （冷笑）别人文章三篇，你怎么三篇半？

李无用 我有半篇补少数的，缺少一点一撇就补上去。

吉天祥 混账！

李无用 粪胀找茅厕。

吉天祥 我出副对子你对。

李无用 你有碓我舂。

吉天祥 诗对之对。

李无用 哦，诗对之对。请主考大人示吧。

吉天祥 你这种人我拿你好有一比。

李无用 好比何来？

吉天祥 江边的水碓，舂谷、舂米又舂糠。

李无用　我将你好有一比。

吉天祥　好比何来？

李无用　路边的茅厕，屙脓、屙血又屙浆。

吉天祥　粗了。

李无用　粗中带细。

吉天祥　出连环口对。十载寒窗，

李无用　九载熬油。

吉天祥　八月科场，

李无用　七篇锦绣。

吉天祥　六位⑦高升，

李无用　五经魁首。

吉天祥　四杆彩旗，

李无用　三杯御酒。

吉天祥　两朵金花，

李无用　独占鳌头⑧。

吉天祥　嘻、嘻、嘻。

李无用　哈、哈、哈。

吉天祥　中了你，

李无用　戴乌纱。

吉天祥　我不中你，

李无用　我就不戴它。

吉天祥　将他撵了出去。

李无用　我跑回家，回去我就卖粑粑。（下）

吉天祥　人来，起道上朝。

［众人过场，上殿。

吉天祥　（向内跪）臣启奏圣上，考选奇才，天字号李三宝，天性聪明，文章甚好，望圣上发落一本可。

［牌子。内白：“圣旨下，主考接旨。”

吉天祥　臣在！

［内白：“天字号文章甚好，寡人见喜，点他头名状元。赐御酒三杯，金花两朵，打马游御街。游街以后，恩准荣归祭祖。祭祖已罢，回朝听用。旨罢。”

吉天祥　谢主隆恩。来，起道。

［众人下。

李三宝　（上）好喜呀！（念）中状元名扬天下，琼林宴帽插宫花。人人说到读书好，今日才知锦上花。

吉天祥　圣旨到，天字号接旨。

李三宝　龙恩，万岁！

吉天祥　李三宝文章华国，点为头名状元，打马游街，游街以后，荣归祭祖，祭祖已罢，回朝听用。接旨谢恩。

李三宝　（接旨）万岁、万岁、万万岁！多得大人提拔。

吉天祥　好说了。

李三宝　在此留宴。

吉天祥　圣命在身，不敢久留。

李三宝　奉送。人来，带马侍候。

［众人上，长锣鼓。

李三宝　（唱）提起当年学堂内，苦读诗书中高魁。金花赐我有一对，御酒赐我有三杯。叫人打马回府内，不由我三宝笑微微。

［众人下。李上。

李三宝　（上）老爹，请上受儿一拜。

李荣贵　天子门生，免礼也罢。

李三宝　礼当。

李荣贵　为父身受了。（拜）

李三宝　请问老爹，我母死后，葬在哪里？

李荣贵　儿呀，事到如今，为父要对你慢慢说来。想你母死时，儿还年幼。可恨吴员外强迫你母成亲，你母誓死不从。你母并不是凡间之女，乃是芙蓉仙子与你父成亲。横被吴贼伐树而亡，就埋在这园里。随父转过花园。（指示）

李三宝　娘呀。（拜墓）请问父亲，吴员外还在不在？

李荣贵　听旁人说还在。

李三宝　还在呀，（思忖）有请父亲附耳上来。

李荣贵　（点头）人来。

家　院　（上）有。

李三宝　听我吩咐，这儿有名帖一张，请员外到我家中前来赴宴。

家　院　遵命。（下）

李三宝　两旁退下。

李荣贵　（念）安排报仇计，

李三宝　（念）神鬼都不知。

李荣贵　儿呀，转到后厅等候。

［李、宝同下。

第八场

家　院　（拿帖上）行行去去，去去行行，紧行几步到了他的门。喂，门上什么人在？

秦　贡　（上）哪个？

家　院　我老爷有名帖奉上，请你员外到李家庄前去赴宴。

秦　贡　候着。（入门）有请员外。

吴员外　（上）家院，请得老汉出来，莫不是哪家送钱来了吧？

秦　贡　非也，李家庄有位状元公有帖到来，请员外到他家中赴宴。

吴员外　不知何时去呀？

秦　贡　今天就去。

吴员外　今天就去。好、好、好！来带马侍候。

秦　贡　（出对院）你先走，我员外随后就到。

［院下。

［秦带马，吴、秦上马，下。

［牌子。李、宝上。

家　院　（上）员外到！

李三宝　员外来了，请进！员外请坐！

吴员外　请问状元公，请得老汉到你府中，有什么大事商议呀？

李三宝　员外，请你到我家来，也不过几杯薄酒表表我同乡敬意。多得员外财高势大，我们这里穷人，种了员外的田，多得员外是一个好恩人呀。

吴员外　好说、好说！我良田万亩，若是弟兄们不种，我怎么种得了呀？

李三宝　多得员外照顾、照顾。

吴员外　夸奖了。

李三宝　人来，摆宴，摆在后花园。

［唢呐，牌子。宝与吴、秦同行入园。

李三宝　员外请坐。母亲，（锣鼓）亲娘，（锣鼓）哎呀！我的娘呀。（念）当年母亲爱儿情，如今孩儿长成人，花仙风神随我走，与母报仇把冤伸。

［狂风起将秦、吴卷走，风停。

李三宝　来人！将酒席撤下。

李荣贵　儿呀，我儿得天庇佑，中了头名状元。今日又报了大仇，你母亲亦含笑天堂，愿你回朝理事，清明如水，为父就快乐无穷了。

李三宝　当遵严命。

李荣贵　后堂备宴。

李三宝　请。

[众人下。

（剧终）

【注释】

①七十二贤：指孔门七十二贤。《史记·孔子世家》记载："孔子以诗、书、礼、乐教，弟子盖三千焉，身通六艺者七十有二人。"

②三星：福、禄、寿在民间流传为天上三吉星。福——寓意五福临门，禄——寓意高官厚禄，寿——寓意长命百岁。民间喜欢将三星作为礼仪交往和日常生活中象征幸福、吉利、长寿的祝愿。

③蒙童：指知识未开的儿童。旧亦指开始读书识字的儿童。

④高魁：泛指科举名列前茅。

⑤王祥：传说中的有名孝子。《搜神记》卷十一载：王祥，字休征，临沂人。性至孝。早丧亲，继母不慈，数谮之。母常欲生鱼，时天寒冰冻，祥解衣，将剖冰求之。冰忽自解，双鲤跃出，持之而归。……乡里惊叹，以为孝感所致。

⑥孟姜：孟姜女。孟姜女的传说在中国古代民间流传十分广泛。相传秦始皇修建长城时，劳役繁重。孟姜女新婚三天，其丈夫就被迫出发修筑长城，不久因饥寒劳累而死，尸骨被埋在长城墙下。孟姜女历尽艰辛，万里寻夫来到长城边，得到的却是丈夫死亡的噩耗。她痛哭城下，七天七夜不止，这段长城就此坍塌，露出孟姜女丈夫的尸骸。孟姜女安葬丈夫后于绝望之中投海而亡。后来被称作一段爱情佳话。

⑦六位：意指"禄位"。桂林话"六"与"禄"读音相同。

⑧独占鳌头：鳌头，皇宫门前玉石台阶上的鳌鱼浮雕。封建时代科举发榜时，规定状元站在这里迎榜。因此叫中状元为"独占鳌头"。后来比喻居于首位或第一名。

【剧情简介】

李荣贵以耕种为生，在园内种有芙蓉树，殷勤护理，感动了芙蓉仙子。芙蓉仙子嫁与李荣贵为妻，并生子三宝。土豪吴员外派家院秦贡至李家庄收债，见李妻貌美，怂恿吴强取。吴乃伪造账簿，逼李偿还。李加否认，吴即强抢，仙子逃到后园芙蓉树下，霎时不见。吴复命家丁，将芙蓉树砍倒，仙子夭亡。三宝长大后，得中状元，荣归省亲，定计报仇，特请吴至芙蓉树下饮酒，忽狂风大作，将吴及恶奴秦贡卷走，尸骨无存，大仇得报。

【简评】

仙女爱上凡间勤劳人，这是大多数剧种都有的古老题材。彩调《芙蓉记》试图让“丑”有更多的表现机会，极力突出剧作的喜剧效果。因此剧中设有三个“丑”：吴员外、秦贡和李无用。遗憾的是吴员外和秦贡，由于戏份不多，人物缺少刻画，因而，他们的登台未能收到理想的喜剧效果。李无用虽有一段与考试官吉天祥关于考试的对话，诙谐滑稽，暴露出一个泼皮无赖的丑陋嘴脸，引人发笑，但毕竟李无用这个人物的设置及其行为与整个剧情没有必然联系，因而显得生硬。

此剧由张桂妹发掘、张丽琳记录保存。

毛洪退婚

剧中人物

⊙毛洪（行当：小生，简称：毛）

⊙张尚书（行当：老生，简称：张）

⊙张玉英（行当：花旦，简称：英）

⊙萧翰林（行当：老生，简称：萧）

⊙萧甫汉（行当：丑，简称：汉）

⊙张府小子（行当：丑，简称：小）

⊙萧府小子（行当：丑，简称：子）

⊙丫鬟（行当：花旦，简称：丫）

⊙阎君（行当：生，简称：阎）

⊙李善（行当：丑，简称：李）

⊙金氏（行当：正旦，简称：金）

⊙史不臭（行当：丑，简称：史）

⊙刘文实（行当：生，简称：刘）

⊙差人（行当：丑，简称：差）

⊙轿夫（简称：夫）

⊙小鬼（简称：鬼）

第一场

毛　洪　（小点上，念）苦读寒窗，不知何日把名扬？（坐，白）一个明珠土内藏，不知何日放豪光？有日皇榜开科选，一举成名天下扬。小生毛洪，幼年爹娘在世，颇有家财，张尚书与我父指腹为婚。不料爹娘早丧，家道中落，每日在街前把笔卖文为生。今日前往街上去卖一卖文，岂不是好？离了家门，还要启程行走起来呀！（唱四平腔）春宵一刻值千金，花有清香月有阴。笙歌楼台声细细，秋千院落夜沉沉。（收腔。下）

第二场

张尚书　（小点上，念）一品顶戴，位列三台①。（坐，白）天地造化有定缘，五行八字命生全。家有黄金堆北斗，膝下无儿也枉然。老夫张尚书。膝下无儿，单生一女，取名玉英。老夫当年在朝为官，已经把女儿许配毛洪。不幸毛大人夫妻丧命，丢下毛洪，家道贫寒，落在街前把笔卖文为生，抛头露面，岂不出老夫的丑吗？不如叫得家院出来，喊得那毛洪小子进府前来，他若行聘过门，方可容他。他若行聘不起，老夫马上就要他退婚，将我儿另行匹配新科状元。那时翁婿在朝为官，岂不两全其美？小子哪里？走来。

张府小子　（上）做事要检点，免被主人嫌。见过员外。

张尚书　免。

张府小子　员外，叫我出来，有何使用？

张尚书　我来吩咐与你，叫你到街上前去，找寻那毛洪小子前来，老夫与他叙谈。

张府小子　从命。

张尚书　员外吩咐你——（下）

张府小子　岂敢不用心。奉了员外命，还要往街上走起来呀！（唱路

腔）离了府门大街行，找寻毛姑爷到府门。老爷把我来吩咐，不得不去走一程。（下）

第三场

毛　洪　（上，唱倒板桨）小生不幸家又贫，大街之上来卖文。但等皇榜开科选，一举成名天下闻。（收腔）

张府小子　（上，与毛相撞）哎！我以为是谁？原来是毛姑爷。

毛　洪　不错，正是小生。原来是小哥，但不知你哪里而去？

张府小子　我特意前来请你。员外吩咐，请你进府，有话同你商议。

毛　洪　若是这个么，你讲小生衣衫褴褛②，怎好见他。

张府小子　员外请你进府，也不会嫌你衣衫褴褛，快点去吧。

毛　洪　好，前面引路。（唱黄花腔）站立路旁把话论，叫一声小哥听分明。都只为你小姐无福分，我今落得这样贫。若得皇榜来高中，一举成名天下闻。小哥引路府门进，见了员外说分明。（收腔。白）小哥，相烦你进去禀告员外，说毛姑爷到。

张府小子　拜请员外。

张尚书　（上）小子叫一声，想必转回程。可曾找到毛姑爷到来？

张府小子　也曾接毛姑爷来了。

张尚书　叫他来见我。

张府小子　有请毛姑爷。

毛　洪　泰山大人在上，小婿素礼参拜。

张尚书　那就不消，一旁坐下。

毛　洪　有泰山大人在此，哪有小婿的座位？

张尚书　有话叙谈，焉有不坐之理。小子看茶。

[小下倒茶上。

毛　洪　有劳小哥。泰山大人请。

张尚书　打盅下去。

[小接杯下，复上。

毛　洪　请问泰山大人，叫得小婿进府而来，有何商量？

张尚书　毛洪，你我这场婚姻，不知何时行聘？

毛　洪　启禀泰山大人得知，小婿但等来年开科应试，若得功名成就，方可行聘过门。

张尚书　开口说高中，闭口说高中，我来问你，苍天落的什么？

毛　洪　苍天那是落雪落雨。

张尚书　对呀，苍天落雪落雨，难道落顶乌纱帽你头上戴不成吗？

毛　洪　那就量不就[3]。

张尚书　那我就量就了。若还行聘不起，那就应该要……

毛　洪　要什么？

张尚书　那就应该要退婚。

毛　洪　那你若要退婚，那小婿就万万不能。

张尚书　怎么你又不能？

毛　洪　以前我爹爹与你在朝为官，指腹为婚，今日哪有退婚的道理？

张尚书　你若不退，令我可恼。（唱骂板）开言我把毛洪骂，骂声毛洪不是人。我好好用言相劝你，你将我女好退婚。若还你不把婚来退，误了我女的终身。若还你把亲来退，我今许你三百银。

毛　洪　（接唱）大人说话不思忖，小婿言来你细听。你今日逼我把婚退，我不能不能万不能。世间只有合婚事，若讲退婚不合情。

张尚书　（接唱赶板）听你言来心头恨，太阳头上火一盆。我儿高门高贵女，焉能匹配你这个化郎[4]身。叫家院与我打他一顿，痛打一顿赶出门。（白）家院，拿文房四宝上来，好好的要他写。

张府小子　是。文房四宝拿上来了。毛姑爷，你同我好好写了罢了，你若写了，我们员外有三百两银子给你。若不写，就叫我来打你，你怎么受得这等家法？自古常言道得好来，大丈夫成家容易，士君子立志有何难哉？毛姑爷好好地写嘛，我劝你不错的，得了这三百两银子，上京得中，你还怕没得老婆吗？

［英与丫暗上，看毛写退婚，英落泪。

毛　洪　小哥，言得有理，大丈夫成家容易，士君子立志有何难哉？小哥，拿了文房四宝过来。唉！我来写呀！（唱忧腔）手提着毛毫笔珠泪滚滚，我毛洪来做个休妻之人。我爹爹当年高官一品，这老狗与我爹指腹为婚。是今日家贫寒如水洗净，流落在大街前把笔卖文。这老狗生巧计叫我进府，恶如狼凶如虎强逼退婚。看将来这老狗心肠太狠，却原来是个嫌贫爱富之人。忍心火且息怒把书写定，不得不依写下退婚。（收腔）这是我毛洪亲自写下，小哥拿去。

张府小子　启禀员外，毛姑爷已经写好了，员外观看。

张尚书　小子，这里三百两银子给他，快赶他出去。

张府小子　毛姑爷，这里有三百两银子，好好领去。

毛　洪　大丈夫何要你这点臭钱。（把银子一甩）

张府小子　毛姑爷，拿去吧。

毛　洪　不要！

张尚书　小子，不要就罢，叉了出去。（下）

毛　洪　呸！我骂你这嫌贫爱富的老狗呀！（唱骂板）老狗做事不思忖，拿我毛洪来看轻，胡言巧语来哄我，要我毛洪来写退婚。若还有日我得了志，天子殿前告你无情。忍气吞声我往前进，低头落泪回家门。（收腔。下）

第四场

张尚书　（小点上，念）我笑别人心太奸，别人笑我太心偏。为人不做奸谋事，焉能得到富贵全。老夫张尚书。曾记那日叫毛洪小子退婚，写了婚书了当。不免今日请得萧翰林过府前来，将女儿这场亲事，许配与他儿子成婚，岂不是好？小子，有名帖一张，请萧大人过府前来，就说老爷有事与他商量。

张府小子　小人愿去不辞。

张尚书　愿去就是好的，早去早回。（下）

第五场

张府小子　（上）奉过员外之命，迎接萧大人，待我转过。（唱急腔）奉过员外之严命，萧府之中走一程。三步拿来二步走，二步拿来一步行。急急忙忙来得快，不觉来到他家门。

张府小子　门上哪位在？

萧府小子　（上）门外高声叫，不知何人到？嗳！你来这里有什么事？

张府小子　我家员外有名帖一张，要请你家萧大人过府。

萧府小子　你候着。有请大人。

萧翰林　（上）闲来棋作伴，闷来花散心。小子，所请何事？

萧府小子　启禀大人，张大人有名帖一张，请你观看。

萧翰林　哦，却原来过府有事商量。你叫他先走，我随后就来。

萧府小子　来人，我们大人说道，叫你先走，我们随后就来。

张府小子　那你赶快就来。（下）

萧翰林　小子，来，与我带马伺候。（下）

萧府小子　（带马上）有请大人。

萧翰林　（上马，唱四平腔）坐立马上用目瞬，一路之上看分明。只见官商和铺店，行人来往闹频频。勒马停蹄下鞍蹬，不觉来至张府门。（白）小子，好生将马套好，上前通传。你说道萧大人过府。

萧府小子　喂！门上哪位在？

张府小子　（上）哦，却原来是你到来了。

萧府小子　是，烦你通传，萧大人过府。

张府小子　有请员外。

张尚书　（上）所请何事？

张府小子　萧大人过府。

张尚书　既然萧大人到，你说有请。

张府小子　员外说道，有请！

张尚书　（出迎）萧大人在哪里？

萧翰林　张大人在哪里？

张尚书、萧翰林　（笑）呵、哈……

张尚书　萧大人请坐。

萧翰林　张大人请坐。

张尚书　同坐。小子看茶。

张府小子　（下倒茶上）萧大人请茶，员外请茶。

张尚书　打盅下去。

［小接杯下，复上。

萧翰林　张大人，请得老夫过府前来，有何商议？

张尚书　萧大人哪曾知道，你有一子，我有一女，愿许配你令郎公子百年婚姻，萧大人意下如何？

萧翰林　既然张大人有这番好意，将你女许配我儿为妻，那就是好的。听说你千金不是曾许毛洪的吗？

张尚书　是。老夫也曾叫得毛洪过府前来，写得退婚书在此，请萧大人观看。

萧翰林　（接看）果然不错，写有文书。我回府选就日期，行聘过门，那就告辞了。

张尚书　你照事办来，我就不远送了。（送萧下）且慢，今日将女儿另许萧翰林之子萧甫汉为妻，待我叫得女儿出来，说与她听，岂不是好？小子，叫丫鬟有请小姐后堂答话。

张府小子　丫鬟快来！

丫　鬟　（上）来了，何事？

张府小子　有请小姐，后堂答话。

丫　鬟　有请小姐，后堂答话。

张玉英　（小点上）姻缘不中女儿意，高堂枉自费心力。老爹在上，女儿拜见。

张尚书　我儿不消，一旁坐下。

张玉英　请问老爹，叫得女儿出来，有何教训？

张尚书　叫我儿上来，有话对你细说，坐定一旁，我儿听到。我儿婚姻大事，许配何人，我儿可曾知道？

张玉英　玉英终身就是许配那毛洪。

张尚书　非也。并不是许配毛洪。那毛洪写了退婚，为父另将你红庚⑤许配与萧翰林之子，名叫萧甫汉。萧翰林与我在朝为官，那不是我们高门配高府么，你说好与不好？

张玉英　启禀老爹得知，自古道姻缘匹配，棒头都打不退。嫁鸡从鸡走，嫁鸟陪鸟飞。好马不配双鞍，好女岂嫁二夫。马配双鞍难行走，女配二夫落臭名。莫说匹配毛洪，就是匹配一个化郎，我都要陪他三年五载。

张尚书　难道我儿这场婚事，就钉死毛洪不成？却是为何？

张玉英　那我也要表一表夫妻之情。

张尚书　儿呀，（唱数板）坐在堂前把话讲，叫声我女听短长。那毛洪好像化郎样，众文武笑为父脸上无光。我相府岂由他出入来往，将女儿终身另配郎。那萧家本是高门与高府，翁婿同官在朝房。

张玉英　（接唱）老爹爹说话不思想，女儿言来听短长。这是你女儿福命薄，配萧家你女儿没有下场。你若要我配那萧家子，我宁愿一死悬房梁。

张尚书　（接唱赶板）奴才说话不思想，句句气坏我胸膛。你若不配萧家子，我要碰死在厅堂。（碰头）

张玉英　（接唱）老爹不必寻自尽，女儿愿去配他人。（白）老爹不必如此，女儿愿去就是了。你要依女儿三件大事。

张尚书　哪三件大事？只要我儿愿配萧郎，为父件件依从，我儿说将出来。

张玉英　启禀爹爹，既然要我匹配萧郎，头一件要三百两银子压轿。二一件，要剪刀一把。三一件，要抬往毛洪门前而过，容我夫妻下轿一会，那时女儿也落一个甘心瞑目了。还要丫鬟陪伴我前去。这是女儿心中之言。

张尚书　这有何难哉？只要我儿愿嫁萧家，为父件件依从。我儿下去好好梳妆穿戴，好生下去罢。（下）

［英、丫随下。

第六场

［箫、鼓乐、轿齐上。大开门曲牌。众人白："来此已是张府，请小姐上轿。"

［丫扶英上，拜天地，拜高堂。

张玉英　（上轿时二回头，哭）老爹爹，老娘亲。哎呀！你活活害了女儿呀。（上轿。圆场，牌子）

丫　鬟　请你们慢走，到了毛家门前来了。有请毛相公。（停轿）

毛　洪　（上）泪似长江水，滔滔不断流。

丫　鬟　毛姑爷，小姐今日出嫁，她要与你夫妻相会一面。你好生与她相会吧。（开轿门）有请小姐下轿，毛姑爷出来。

毛　洪　张小姐，张千金，喊呀！（与英同哭）

张玉英　毛相公，毛秀才，喊呀！

毛　洪　（唱哭板）我哭哭了一声张小姐，

张玉英　（接唱）我叫叫了一声毛秀才。

毛　洪　（接唱）我和你夫妻无缘分，

张玉英　（接唱）欲要姻缘二世来。

毛　洪　（接唱）我也难舍张小姐，

张玉英　（接唱）我也难舍毛秀才。

毛　洪　（接唱）哭断我肝肠珠泪滚，

张玉英　（接唱）哭得我喉哑泪淋淋。

毛　洪　（接唱）千言万语说不尽，

张玉英　（接唱）欲要相逢二世人。（收腔）

毛　洪　张小姐，张玉英。

张玉英　毛公子，毛秀才。

毛洪、张玉英　啊，哦，舍了！

［丫扶英上轿。

张玉英　丫鬟，轿内有三百两银子，你交与毛相公。你要他好生收下。来年乃大比之期，要他上京前去求取功名，功名若得高中，你叫他永远不忘我的情义。若要与我夫妻相会，除非二世才来。如此，舍了！

［丫取钱交毛。

张玉英　丫鬟，关好轿门，跟随小姐轿边而走，到了萧府，你开轿门叫萧府前来迎接。（下）

毛　洪　小姐呀，我怎能舍得？嗳，舍了！（下）

第七场

［打大开门，过场，打乱台，到萧府。

丫　鬟　来。亲事到了。你们来接亲呀！

［萧、汉同上。吹大开门。

萧翰林　叫丫鬟打开轿门，有请你小姐下轿，迎接进府。

丫　鬟　（开轿）哎呀！不好，小姐满口鲜血。启禀大人，我小姐已死。

萧翰林　那我又不信。（上前一看）啊呀！不好，哦呀，缘何小姐在轿内而死。我儿且在下面。

［汉下。

萧翰林　小子，赶急去到张府，请得张员外过来，你说道小姐已死。

萧府小子　是。待我转过。（圆场）唉！小子过来，有请你家员外。

张府小子　（上）是了，有请员外。

张尚书　（上）小子叫得急，我也走得慌。小子，缘何这等慌忙，所请何事？

张府小子　萧府来人。

张尚书　叫他进来。缘何这等模样？

萧府小子　（急）小姐已在轿内死了。

张尚书　如此转过。（打四门阵，圆场到）站开。玉英，小娇儿，啊呀！（唱哭板）我哭哭了一声小娇生，我叫叫了一声小娇儿。你为什么轿内寻自尽，你活活割断喉根。你在黄泉等父一等，等候为父一同前行。我儿已死不打紧，你看我年老靠何人？（收腔，白）张玉英，小娇儿。唉，我的儿呀！

萧翰林　亲翁，人是不能哭得复生。亲翁，你有点对我不住，哪缘何给一个死尸抬到我家里来呀？

张尚书　萧大人你哪曾知道，我女儿前曾许配毛洪，不过我要他退婚，许配你家。哪晓得这个丫头心头不愿，她割喉而死。这是她命当终，你也怪不得我。

萧翰林　本来怪不得你，你也做了些过分之事，你嫌贫爱富，故而她寻了自尽。这等看来，将她尸首抬到下面再讲。

张尚书　丫鬟、小子，将她尸首抬到下面，再作道理。

［众人白：“哦，我等抬她不动，抬都抬不起。”

张尚书　哦呀！缘何抬她不动，莫非这丫头，生是毛洪之妻，死是毛洪之鬼呀。丫鬟，前去叫毛洪小子前来。

丫　鬟　从命。（下带毛上）小姐已死，请毛姑爷观看。

毛　洪　你们站开。（唱哭板）我哭哭了一声张小姐，我叫叫了一声张玉英。我和你结夫妻真正无份，你在轿内为我命归阴。你若要与我得相会，除非在梦里来相亲。你在阴世五殿台前等我一等，等候我毛洪一路同行。

哭断肝肠咽喉哽，犹如刀割我的心。（收腔）张小姐、张玉英，喊呀！

张尚书、萧翰林　毛洪，你将张玉英尸首领回你家掩埋，赏你二百两银子，好好前去。

［毛背起英尸首与丫下。

张尚书　萧大人，你看这丫头倒是毛洪的姻缘。你我将她尸首推都推不动，他将尸首一背就去了。

萧翰林　张尚书，你做出这嫌贫爱富的行为，我与你二人挽手到上朝，我要控告于你。走走走。

［萧、张同下。

第八场

阎　君　（随鬼上，唱二六腔）七月十五鬼门开，牛头马面两边排。判官手提生死卷，小鬼手提阴魂牌。行善之人阴功在，行恶之人天降灾。（升座）鸡脚鬼引路阴阳界，一阵阴风闯进来。谁家女来哪家爱？从头一二说明来。

张玉英　（魂上，跪接唱）双膝跌跪在尘埃，尊声阎君听开怀。张家女儿毛家爱，爹爹逼死我上阳台。

阎　君　（接唱）查罢名来问罢姓，原来来了张玉英。你的寿命未曾满，你父逼你命归阴。（收腔，白）张玉英，观看你寿诞未当尽，一十六岁犯了土难之灾。你和毛洪有二世姻缘。命你到河南洛阳李善家中去投胎。投胎下地，不哭不笑。若见毛洪，始能哭笑。毛洪三十二岁中了状元，你才能够和他匹配二世的姻缘。你到李善家中投胎去吧。

张玉英　（魂）叩谢阎君。（下）

阎　君　小鬼卒，打开行人路。

［鬼白：“掩了鬼门关。”阎、鬼同下。

第九场

［起更。

张玉英　（魂上，念）人死如灯灭，犹如汤泼雪。若要还阳世，水底捞明月。（白）奴乃张玉英鬼魂是也。我死阎王不肯收留，发放前去河南洛阳李善家中投胎，与毛洪有二世的姻缘。不免今日且到毛洪家下，托上一梦，还要驾动阴风。（唱阴腔）张玉英屈死魂飘飘荡荡，有三魂和七魄渺渺茫茫。过金山和银山滑油山上，过金桥和银桥奈何桥梁。看不见孽镜台望乡台上，又只见老爹爹两泪汪汪。（下）

毛　洪　（上）想着张玉英，坐卧不安宁。今乃黄昏时候，不免我打扫床铺，瞌睡一番。（过门）正是闷来闷来真闷来，闷来双眼睁不开。放开一觉心头稳，梦魂飞越到阳台。（睡）

张玉英　（魂上）且慢，在此现有门神，待我一拜而进。（进内掀帐）夫呀，（唱忧板）见毛洪不由我珠泪滚滚，叫一声我的夫细听分明。只为得我爹爹良心太狠，他是个嫌贫爱富之人。他要我嫁萧家我心中不允，他逼你苦苦的来写退婚。我坐轿内乘机自尽，阴间地我去见阎君。阎君命我河南去，李善家中去投生。他说我和你有姻缘份，你我二世还相亲。（收腔，白）毛洪，我死得实在冤枉，阎君不肯收留于我。他说我有土难之灾，命我前去河南洛阳李善家中投胎。我来交代于你，他说道我出世下地之时，不会哭笑，你扮一个八字先生，前去李善家中算命，那时你抱过我在怀中，就能够笑哭。待一十六年之后，大比年间，你赶紧前去赴考，必有个状元身份。得中状元回家而来，那时我有一十六岁，那时就是我和你匹配二世的姻缘了。你睡在梦里，记在心里，为妻鬼魂去也。（下）

［起更。天亮。

毛　洪　我正在朦胧睡，见着我的心上人。啊呀！昨夜我在牙床打睡，梦见我妻张玉英鬼魂，在床前摇来摇去，嘱咐叮咛，她叫我牢牢记紧。她说道，我与她还有二世的姻缘。是呀，她告诉我的言语，我记在心里，假扮一个八字先生，慢慢访到河南洛阳前去，看她下落，是真是假。言得有理，收拾我的行李上来，前往河南，慢慢行走呀！（唱四平腔）站立在路途上自思自想，思想起张氏妻常挂心旁。若得我张氏妻二世成配，那时节不枉我苦读寒窗。唯愿得上京去高中皇榜，一举成名天下扬。（收腔。下）

第十场

李　善　（小点上，念）家住塘边铺，熬酒磨豆腐，学得这手艺，挣钱也无数。（白）在下李善。想我夫妻二人，一样手艺也没学会，单单学到磨豆腐卖。今日天色尚早，不免叫我老婆娘子出来，帮一帮我，我来磨，她来添豆子多好。言得在理，老婆哪里？走来。

金　氏　（内白）来了！（上）急急忙忙，离了厨房。有人问我，我是李善的老娘。

李　善　呸！你是我的老娘？

金　氏　你耳朵巴掌大，从来不听话。若是听错话，我二人闹一架。我是讲，急急忙忙，离了厨房，有人问我，我是李善的老婆娘。

李　善　哦，那就马马虎虎。

金　氏　你叫我出来做什么？

李　善　我叫你出来帮我的忙。我来磨豆腐，你来帮我添豆，你讲好与不好？

金　氏　那好嘛，那就放起水来磨豆腐。

［过门。李、金做搬豆、端磨等动作。

李　善　搞好了。老婆，你来放，我来磨。二人就磨起来哟。（唱十打腔）一打天上蛾眉月。二打狮子滚绣球。三打桃园来结义。四打童子拜观音。五打五子来行孝。六打六合又同春。七打七星七姐妹。八打八仙吕洞宾。九打九龙来戏水。十打莲蓬藕上生。

金　氏　啊哟！（肚痛要分娩）

李　善　（扶金下，生产。再上，收拾东西）我老婆添了喜，产生下来，我到后面杀鸡去了。（下）

第十一场

毛　洪　（上，唱四平腔）走了一县又一县，过了一天又一天。举目抬头来观望，就不知来到哪一边。（收腔，白）列位请了，你们此处可是洛阳？有一磨豆腐老板李善，可在此处？

［内白："李善是有的，离此处不远，就在那一边。门前挂着豆腐布的，就是李善之家。"

毛　洪　有劳老板，待我转过看一看。（看）哦，那一家门前晒着豆腐布的，恐怕就是这一家了。来此就是他家门前，待我喊一声才是。老板，算八字呀！

李　善　（上）门前有人叫，想是贵客到。哪一位，来买豆腐的么？哦，却原来是一位算八字先生。

毛　洪　正是，我来算八字的。老板，算八字吧？我算八字最算得准的，哪年走运、挣钱、添喜，我都算得对的。

李　善　哦，你算得这么准，那就请进家里来坐吧。

毛　洪　好吧，李老板，你算个八字吧。

李　善　我就不用算了，同我那个女仔算个是真的。

毛　洪　同你女仔算，好嘛。

李　善　我那女仔生下来两三天了，不哭不笑的，也真怪。

毛　洪　哦，有这样怪的事，不哭不笑的，请你抱来我看一看。

李　善　（下抱婴儿上）你看嘛。

［毛接过，婴孩哭三声。

毛　洪　哪呀！我那妻呀。

李　善　呸啾！你这八字先生好生无礼。到我家里头来，我这女仔，才只三朝，抱起一哭，你就喊妻，我要你挂红[⑥]。

毛　洪　请息怒。请问老板，高姓大名。

李　善　我名叫李善，长成三四十岁了。我两夫妻才得到这个女，谁知生下地两三天了，就不会哭笑。今天你同我抱了一下，我这女仔就哭了几声，你就喊她作妻，那我岂不是要你挂红？

毛　洪　哦！老板你名就叫作李善，那你听我说出你这女仔的一番原因。

李　善　她有什么原因呢？

毛　洪　李老板，你听我慢慢说来吧。你这女儿不是别人，就是那张玉英。她爹爹是张尚书。那时与我父在朝为官，就与我爹爹指腹为婚，将张小姐许配与我。后来我父母去世，就落得家道贫寒，每日在街前卖文为生。张尚书那个老狗，见我贫寒，逼我退婚，将他女儿另行匹配萧家。张玉英心中不愿。后来迎娶之时，她经我门前而过，她与我有夫妻之情，下轿而来，生离死别，后来她在轿内割喉而死。魂在阴世，阎王不肯收留，他说与我有二世的姻缘，命她到你家里来投生。下地不会哭不会笑，有一十六年不会说话。后得我中了状元回来，她就能够说话了。我为她穿州过县，寻访到你家而来。今日得见她的面，她就会哭会笑。这是我二世夫妻相会，你叫我怎的不痛心呀？

李　善　（抱女进房）你妈妈抱女儿回去。讲起有一大篇的缘故，这个八字先生，就说是我们妹仔的老公，你信不信？

金　氏　（暗上）却有这桩怪事呀？他讲对么啦？

李　善　他讲好像狗上屋背有条路，讲得很对。

金　氏　讲得这样对呀？

李　善　是呀，讲几天没哭没笑全都对呀。

金　氏　有这样好的事情，将来还有状元中，那就许配他吧。他这样子，莫来扯大炮[⑦]罢？

李　善　你这八字先生，叫什么名字？

毛　洪　我名叫毛洪。

李　善　哦，你名叫毛洪。如果这件事情是真的，讲不得。你若得中了状元，到后来我这女儿就给过你做老婆。若还你是不中呢？

毛　洪　若还我是不中，过了一十六年，你就另行发八字给别人。

李　善　大丈夫一言既出——

毛　洪　驷马难追。如此，今日就此一别，我要前去苦读，待后考中状元再来呀。（唱倒板桨）走上前来礼恭敬，拜别你二老就登程。若还我毛洪得高中，日后我再来拜你的门。若还我后来不高中，永远不到你家庭。辞别岳父岳母往前进，你看我言语假来还是真。（白）少陪了。（下）

李善、金氏　（接唱）自从盘古到如今，未曾见过这怪事情。世间只有一世夫妻份，哪有二世来结婚？若还毛洪得高中，我女儿是个一品夫人。我二老且把后堂进，那时得做老太封君。（下）

第十二场

史不臭　（小点上，念）头顶一点点，身穿胡椒眼[⑧]。手拿篾片片，单通牛皮眼。在下史不臭。今乃大比之年，很多举子前去赴考。我也读饱了一肚拐[⑨]的书，我也上前去赴一赴“孝”。若还得了个红顶子[⑩]，我也好么。别个坐马，我就坐牛。慢着，待我拿我的黄角子出来先。（牵牛上）我养起这牛，风都吹得动。别个配马鞍，我就配牛鞍。没什么配呀，拿起我那个破棕蓑衣做鞍子，拿起烂鞋做马踏蹬……等我来上牛了。

［牛叫。

史不臭　（唱麻疯腔）坐立牛背用目望，仔仔细细看短长。若是上京得高中，五湖四海把名扬。催起牛来往前闯，扬鞭跨马到荆襄。（收腔，下）

［起点，牌子。差提绿色毛翎牌上。

刘文实　（上，念）奉旨考奇才，举子纷纷来。（坐，白）朝为田舍郎，暮登天子堂。将相本无种，男儿当自强[⑪]。老夫刘文实考官是也。奉旨考

选天下奇才，今乃黄道日期，正好开科。来！门子，大开贡院。（大开打曲牌）

［史从右上，毛从左上。

毛　洪　参见宗师大人。

史不臭　参见宗师大人。

刘文实　众位举子可曾到齐？

毛洪、史不臭　也曾到齐。

刘文实　今科不比往科，分为天地玄黄字号。

毛　洪　我在“天”字号。

史不臭　我在“他”字号。

刘文实　呸！只有“地”字号，哪有“他”字号？天地玄黄，领卷各归号房。

［毛、史领卷，大开门下。

刘文实　来！传老夫话下去，今科不比往科，叫众举子肃静，照题作文。此题目“桃之夭夭，其叶蓁蓁”⑫。照题作文，掩了贡院门。

差　人　下面众举子听着，宗师大人传下话来，分为天地玄黄字号，领卷各归号房。文题是“桃之夭夭，其叶蓁蓁”。众举子肃静，照题作文，不许夹带旧时文字。若有人夹带旧时文章，查出黑墨涂脸，永远不准再进科场。

刘文实　来！打开贡院门，叫众举子上场交卷。

差　人　众举子，叫你上堂交卷。

［毛、史上。

毛　洪　学生交卷，宗师大人请观。

刘文实　天字号文章甚好，一点如桃，一笔如刀，端的是圆，圆的是正。文章甚好，待我把本奏明圣上，看看圣上怎样发落？且在下边迎宾馆待茶，观榜候旨。

毛　洪　从命。（下）

刘文实　地字号。

史不臭　有。

刘文实　别人的文章三篇，缘何你的文章三篇半？

史不臭　启禀宗师大人知道，别人的文章三篇，我的文章三篇半，多的补少的，少的补漏的。

刘文实　呵呵呵！文章哪里有得补的？

史不臭　衣服袜子烂了都有补。

刘文实　老夫年迈，文章难以观尽，看你的口才如何。

史不臭　口才不口才，豆腐样不怕冷不怕热，我一口就吃二块。

刘文实　我问你的口才，谁问你的吃才？

史不臭　哦，问我的口才，我怕是问我的吃才了。你问我口才，不是讲吃才。讲吃才我吃得三斤糯米饭搭一个大南瓜。

刘文实　我出口对给你对。

史不臭　我就回去背一盘磨[13]。

刘文实　那是口对的对，肚内的文才。

史不臭　那你牛栏里面出个角。

刘文实　那是蹄。

史不臭　蹄角都是一样。

刘文实　那你就听着，鸿门宴大打开，有个红脸将军闯进来。

史不臭　此人是谁？

刘文实　就是樊哙[14]。

史不臭　他来做甚？

刘文实　来保驾。

史不臭　保哪一个的驾？

刘文实　保刘邦的驾。

史不臭　那我就用磨来了。

刘文实　回对来了。

史不臭　我房门大打开，有个胡子公子闯进来。

刘文实　此人是谁?

史不臭　就是我的家父。

刘文实　进来做甚?

史不臭　进来扒灰[15]。

刘文实　扒哪一个的灰?

史不臭　扒我老婆的灰。

刘文实　不成对。

史不臭　成了对。

刘文实　不成文。

史不臭　成了文。

刘文实　粗了。

史不臭　粗中批细。

刘文实　再加上一对。

史不臭　学生愿闻。

刘文实　铁锅也是铁，铁锤也是铁，忽闻铁锤响，却原来铁打铁。

史不臭　台上也是人，台下也是人，忽听锣鼓响，却原来人看人。

刘文实　东讲东答，西讲西答，受老夫连环口对。八月科场，

史不臭　七品锦绣。

刘文实　六个举子，

史不臭　五经魁首。

刘文实　四面彩旗，

史不臭　三杯御酒。

刘文实　二榜进士，

史不臭　独占鳌头。

刘文实　嘻、嘻、嘻!

史不臭　哈、哈、哈!

刘文实　不中你。

史不臭　我就不考他。

刘文实　叉了出去！

史不臭　考个 ×××。（下）

刘文实　且慢，天字号文章极好。来呀，将文章放入贡箱，启道上朝。（圆场，上殿，跪）臣刘文实见驾，吾主万岁、万万岁！

[内白："卿家上殿，有何本奏？"

刘文实　臣奉圣旨考下天下奇才，今有天字号毛洪文章，做得最好，一点如桃，一笔如刀，端的是圆，圆的是正。请龙目观看。

[红儿曲牌。内白："观看天字号文章，天下无双。点他头名状元，皇娘赐他三杯御酒，头插金花身披红，打马游街，荣归祭祖。叩头谢恩，领旨下殿。"

刘文实　谢主隆恩。

[大开门曲牌。刘、差圆场同下。

第十三场

毛　洪　（上，念）一颗明珠土内藏，今日才得放豪光。（白）宗师大人上殿奏本，不免我少坐一时。

刘文实（上）圣旨到！

[大开门曲牌。毛跪。

刘文实　圣旨下，毛洪接旨，主上观过你的文章，龙心大喜，点你为头名状元。头插花，身披红。皇娘赐你三杯御酒、四杆彩旗、金锣二面、红凉伞、高脚牌，打马游街，荣归祭祖。旨罢三呼，叩头谢恩。

毛　洪　龙恩万岁！（大开门曲牌）多蒙大人提拔。

刘文实　是皇恩浩荡。

毛　洪　看宴侍奉。

刘文实　有圣命在身，回复圣旨。（下）

毛　洪　奉送。来呀，与我打道回府。

［牌子急三腔。刘、毛同下。

第十四场

差　人　（上）报、报、报！启禀李老太爷，状元公前来拜府。

［李、金急上。

李　善　啊呀！状元公来了，打扫房屋，有请状元公。

［牌子。毛上拜李、金。

李　善　如此看座，各位请站，妹仔倒茶上来。

张玉英　（捧茶上，见毛，喊）夫呀！

毛　洪　妻呀！（牌子，哭相思）

李　善　好！你夫妻已经相会了，当堂拜过。动乐！

［大开门牌子。拜堂。

毛　洪　启禀岳父岳母得知，今日我毛洪三十二岁得中状元，我妻二世和我匹配姻缘，是一场喜事。来日杀猪宰羊，回家荣归祭祖。岳父岳母，你二老是老太封君，我夫妻养老送终。

李　善　观看你新科状元，又是与我女儿二世的姻缘。多蒙苍天有眼，你祖宗有德，我二老也有些靠处了。这就是锦上添花。后堂备有宴席，请到下面同饮。

毛　洪　如此小婿奉陪。洗手焚香，答谢上苍。请！

［众人白："请。"同下。

（剧终）

【注释】

① 三台：汉代对尚书、御史、谒者的总称。尚书为中台，御史为宪台，谒者为外台，合称“三台”。

② 衣衫褴褛：衣服破破烂烂。

③ 量不就：“说不准”的意思。量，即预测。

④ 化郎：叫化子。

⑤ 红庚：写有生辰八字的红帖子。旧时婚俗，男女订婚时须互换红庚。

⑥ 挂红：指挂红绸、红布，是民间一种避邪求吉的习俗。

⑦ 扯大炮：吹牛皮。

⑧ 胡椒眼：此处指有小洞的衣服。

⑨ 肚拐：肚子。桂林话。

⑩ 顶子：清代礼帽顶饰，是区别官员品级的重要标志。用宝石或珊瑚、水晶、玉石、金属等制成，以其质料和颜色分别官阶的品级。

⑪ 朝为田舍郎，暮登天子堂。将相本无种，男儿当自强：勉励青少年应当发愤图强。

⑫ 桃之夭夭，其叶蓁蓁：出自《诗经·周南·桃夭》：“桃之夭夭，灼灼其华。之子于归，宜其室家。桃之夭夭，有蕡其实。之子于归，宜其家室。桃之夭夭，其叶蓁蓁。之子于归，宜其家人。”这是一首祝贺年青姑娘出嫁的诗。

⑬ 磨：因考官出的是对（碓），所以史不臭用磨来应。此处用了“对”的谐音。

⑭ 樊哙：西汉开国元勋，刘邦麾下最勇猛的战将，曾在鸿门宴时出面营救汉高祖刘邦。

⑮ 扒灰：这是一个形容乱伦的词语，专指公公和儿媳之间发生性关系。

【剧情简介】

张尚书独女张玉英，原与毛洪指腹为婚。毛洪父母亡后，家道中落，以卖文为生。张尚书嫌贫爱富，逼迫毛洪退婚。张尚书将女另许萧翰林之子为室，玉英坚爱毛洪，不从父命。但为父所迫，只得佯允。玉英出嫁前要求父亲给压轿银三百两，在花轿行经毛门时，准与毛洪叙别。张无奈承诺。出嫁那天，玉英下轿与毛洪叙别，举银赠毛，谆嘱勤读，乃返轿中自刎。阎王见玉英魂至，查明她与毛洪有二世姻缘，另行命其往洛阳李善家投胎。玉英托梦告毛洪，嘱往相见。毛洪化装相命先生，找到李家。李适生一女，三日不哭不笑，毛洪请李抱出来看。婴儿一见毛洪，立时啼哭。毛洪即将经过告知李善，请等十六年点元后来娶其女。李半信半疑，暂为应允。毛洪寒窗苦读，十六年后，果然中了状元。于是前往李善家迎娶玉英，成就了二世姻缘。

【简评】

这个剧向观众呈现了一个两世姻缘的故事。全剧通过一对爱人的悲欢离合、生死离别，抨击了当时社会嫌贫爱富的丑恶行径。这个剧篇幅很长，场面丰富，虽仍未能脱离从悲到欢、始离终合、郎中状元、夫荣妻贵的窠臼，但剧中表现男女主人公被迫分离时的欲爱不能、欲罢不忍的真情还是感人的。科场考官与史不臭的对白，尤其是那些插科打诨、玩笑戏谑，于整个剧来说意义不大，在长剧中只是起到一些调节气氛、变化节奏的作用。

此剧由林瑞甫发掘、顾建国记录保存。

磨房产子

剧中人物

⊙薛士林（行当：生，简称：薛）
⊙雷氏（行当：摇旦，简称：雷）
⊙周氏（行当：正旦，简称：周）
⊙薛才（行当：老生，简称：才）
⊙仙人（行当：老生，简称：仙）
⊙张忠（行当：丑，简称：张）
⊙李氏（行当：摇旦，简称：李）
⊙张德（行当：小生，简称：德）
⊙郭老师（行当：老生，简称：郭 ）
⊙三徕仔（行当：丑，简称：三）
⊙太监（行当：丑，简称：监）
⊙手下（简称：手）

第一场

薛士林 （小点上，念）春夏秋冬四季天，寒来暑往又一年。春过一年草又绿，人老何曾转少年。（坐，白）鄙人薛士林。每日常在下江贸易，生意甚好。不免今日又往下江前去贸易。家有二妻，放心不下。待我叫得雷氏妻上前，吩咐一声。雷氏妻哪里？走来。

雷　氏　（内白）来了。（上）忽听当家叫，急忙就来到。见过当家有礼。

薛士林　有礼相还。一旁看坐。

雷　氏　当家，这等哪般，哪厢而去？

薛士林　妻子哪里知道，我许久没有去下江贸易。欲往湖广下江贸易，家庭事务，望贤妻看待。

雷　氏　前去贸易，那就是好的。

薛士林　坐在一旁，听我吩咐。（唱四平腔）坐在堂前把话讲，叫一声贤妻听端详。家中事情你看待，切莫拿出二心肠。

雷　氏　（接唱）听你言来心欢畅，不由为妻记心肠。但愿你下江早回转，莫在外面浪时光。（白）家中事务，也曾吩咐，不免我下去与你收拾行李上来。（下）

薛士林　且慢，恐怕雷氏和周氏姐妹不和，不免也把周氏叫唤出来，吩咐一番，岂不是好？周氏哪里？

周　氏　（内白）来了。（上）官人叫一声，不知为何情？见过官人，有礼。

薛士林　不消，一旁坐下。

周　氏　请问官人，叫得妾身上前，有何吩咐？

薛士林　贤妻哪里知道，只因今日我要往下江前去贸易，我看你身怀有孕，为夫不免有些放心不过。若是今后产生一子，那岂不是我们薛门有幸？若还产生一女，将她抚养成人。为夫今有金钗一支，你好生收下。你在家好好保养身体，为夫今日去了。

周　氏　妾身收下了。（下）

雷　氏　（上）当家，包囊行李，已经收拾好了。为妻不得远送。

薛士林　好好照料家务，为夫一别。（唱倒板桨）走上前来把礼敬，拜别妻子奔前程。家中事情你看待，周氏小妾你看情。若还后来生一子，接起薛氏后代根。辞别妻子往前进，赚得银钱转回程。

雷　氏　（接唱）一见丈夫前途奔，好似开弓箭一根。但愿我夫早回转，

也免为妻常挂心。将身且把后堂进，主持家务要辛勤。（下）

薛士林 （上，唱路腔）一路之上好美景，清风习习好散心。三十五里桃花店，四十五里杏花村。杏花村中出美酒，桃花店里出美人。无心观看花似锦，还到下江走一程。（收腔。下）

第二场

雷　氏 （长锣。上、整装，念）早当家来晚当家，想起当家乱如麻。早晨起来七件事，油盐柴米酱醋茶。（白）我，雷氏，配夫薛士林。他往下江前去贸易，许久未回，家务之事，须我操心料理。有几口人吃饭，都无人做事。你看，我当家的喜欢周氏，不拿我放在心下。周氏身怀有孕，不久就要生产。不免今日要她磨房前去压磨，磨些麦面，岂不是好？周氏哪里？走来。

周　氏 （内白）来了。（上）忽听大娘叫，急忙就来到。大娘在上，周氏有礼。

雷　氏 不消。又不是初一、十五，要见什么礼。

周　氏 请问大娘，叫得奴家出来，有何吩咐？

雷　氏 叫你出来非为别事，只因我们家中有几口人吃饭，无人做事。你看你成日在屋里坐倒，只知吃饭，不晓得做事。今天拿面麦出来，到磨房去磨好，你去不去？

周　氏 若是这个么，……那是奴家不去的。

雷　氏 呸！你不去，恐怕老娘要发气了。

周　氏 莫说大娘发气，就是大娘骂我，也是我该受。因我怀了临月之孕，那是去不得的。

雷　氏 哪个说怀了孕就去不得？你还是不去？那就惹起老娘的火来了。（唱骂板）开言我把贱人骂，骂声丫头不是人。老娘叫你去压磨，你和老娘争嘴唇。手提棍棒打一顿，活活打死小贱人。

周　氏　（唱忧板）双脚跌跪尘埃地，尊声大娘听分明。我今讲话冲撞你，大娘切莫记在心。得罪天来打个醮，得罪地来谢龙神。得罪大娘赔个礼，我今上前赔小心。不看鱼面看水面，不看鱼情看水情。姑且念在姐妹份，还要看夫薛士林。还望大娘莫发气，要恕奴家命长生。（白）家法难受，小妹愿去就是。（收腔）跪哭。

雷　氏　莫哭！屋里又没死人，哭什么？愿去就替我滚了起来！

周　氏　大娘，我一身都打疼了，起不来。

雷　氏　起不来？老娘同你打转。

周　氏　那我就起来了。

雷　氏　你看你好像坐垫子，三天不打起灰尘。犁头命，三天不用就起锈。水牛不下塘就不屙屎，老娘不打你就不去。老娘打这几下子，你就去了，你何不好好早去，免得老娘骂得嘴干，打得手困。站过这边来，给老娘端麦子出来。

［周下，端麦子上。

雷　氏　这一包麦子，听老娘前来交代。这麦子有三种磨法，同我磨样粗的，磨样细的，磨样不粗不细的。

周　氏　这三样怎样用法？

雷　氏　粗的就给老娘的猪吃，不粗不细的就是老娘吃，那细细的老娘拿来供观音老母。还有那壳壳，就留着你这个毛丫头吃。

周　氏　大娘呀，难道我连那猪都比不得吗？

雷　氏　啊吔，你想比得老娘那猪？老娘那猪一年要下十几个崽，你怀着个肚皮，还没有见你下。

周　氏　那你也没有养仔。

雷　氏　呸！你和老娘顶嘴，你同我快点滚出去。（将周推出）

周　氏　天哪，我好苦的命哪。

雷　氏　啊吔，你想喊天喊地喊死我？

周　氏　我哪敢喊你？我自己说我的命苦。

雷　氏　你还有甜的在后。

周　氏　罢了。

雷　氏　八两？半斤老娘还有。老娘后面吃观音斋去了，阿弥陀佛。(下)

周　氏　大娘，你心好狠啦。(唱忱板)恨大娘她做事良心太狠，平白地拷打我所为哪门？只因我身怀六甲有了孕，要我到磨房去来受苦情。低头落泪后庭进，要到磨房走一程。(收腔。下)

第三场

雷　氏　(小点上，念)人不起心家不富，火不烧山土不肥。我雷氏，将周氏赶到磨房去压磨，她身怀六甲有孕，倘若产生一女倒还罢了，倘若产生一子，后来薛士林岂不是将她看上了？就更不把老娘看在眼内了。老娘想来想去，何不叫薛才老奴出来，手提短刀一把，赶至磨房。倘若产生一女，叫薛才抱回家中抚养成人。倘若产生一子么……叫薛才将他一刀两断，活活地杀死，岂不是好？此计甚妙。薛才哪里？走来。

薛　才　(内白)来了！(小点上)做事要检点，免被主人嫌。大主母在上，老奴有礼。

雷　氏　不消，一旁站下。

薛　才　请问大娘，叫得老奴出来，哪厢走动？

雷　氏　叫你出来，非为别事。只为你二主母在磨房压磨，身怀有孕，倘若产生一女，你就将她抱回抚养成人。倘若产生一子，将他一刀两断杀了。你可愿去？

薛　才　啊哟，大娘呀，你要老奴上山擒虎，老奴愿去。要老奴下海捉蛟，老奴愿行。你要老奴前去杀二主娘所产之子么，老奴不敢从命。

雷　氏　(拿起板凳一砸①)你们一窑的罐子，都是坏的。要你做这点事情你都不去，你惹起老娘的火来了。(唱骂板)开口我把老奴骂，骂声老狗不是人。老娘叫你磨房去，你和老娘顶嘴唇。恨你不过打一顿，活活打死你命归阴。

薛　才　（唱忧板）双脚跌跪地埃尘，尊声主母你细听。你叫我做事我就去，要我杀人就不行。世间哪有奴欺主，哪有仆来杀主人？家法难受我愿去，疼痛难忍只得昧良心。（收腔）

雷　氏　愿去没有？

薛　才　老奴愿去不辞。

雷　氏　愿去就是好的，待我拿把钢刀出来。（拿刀）钢刀一把，我要见血为凭。

薛　才　老奴愿去就是。

雷　氏　不由在你不去，赶快前去。待老娘下面吃饭去了。（下）

薛　才　大主母，你好狠的心呀。（唱忧板）我心中恼恨她残忍，平白无故要杀人。叫二娘磨房去磨面，一家人搞得不安宁。急望苍天来开眼，收伏这种黑心人。含悲忍泪往前进，见着二主母说分明。（收腔。下）

第四场

周　氏　（上，唱忧板）站在途中自思忖，奴家是个苦命人。若得我夫在家里，今日哪会受苦情。但愿奴夫早回转，夫妻和好度光阴。边行边哭来得快，不觉来到磨房门。（收腔。开门、过场、打扫磨房、摆好麦子、叹气）好苦呀！（唱忧板）前世不修造了孽，今世才来受磨折。大娘和我过不去，屡次三番害小妾。千般苦楚说不尽，且在磨房歇一歇。（收腔。坐下）

薛　才　（暗上）开门。

周　氏　（一惊）啊哟！大娘莫来打我了，我在这里磨麦。

薛　才　你看，二主母都给大娘打怕了。不免我讲是我来了。二主母，是我薛才老奴来了。

周　氏　哪个？是老哥哥来了吗？奴家就来开门。老哥哥请进！

薛　才　二主母娘，这是牛磨不是人磨，你怎么样推得动，待老奴与你推上一肩。

周　氏　老哥哥，有劳了。还要磨起来哟！（唱倒板桨）站在磨房把话论，叫声老哥哥你细听。可恨大娘心太狠，赶我磨房来受苦情。多得老哥哥来帮我，等官人回来报你情。说着说着肚子痛，肚内疼痛为哪门？是是是来我明白了，莫非孩儿要降生？老哥哥且在下面等，霎时间肚内刀穿心。支持不住昏迷倒，昏昏沉沉倒埃尘。（产婴孩，哭）

薛　才　（上，接唱）我在后边侧耳听，忽听婴孩哭几声。走上前来忙叫醒，二主母醒来问分明。（白）二主母速醒。

周　氏　（唱忧板头）这一阵痛得我昏迷不醒，三魂渺渺又复生。用手拨开昏花眼，又只见老哥哥在面前存。走上前来忙跪定，恕过奴家有罪人。（收腔，白）老哥哥，奴家霎时产生，老哥哥在此，多有不便，恕奴有罪也。

薛　才　啊哟！二主母，请问刚才产生是一大喜，还是一小喜？

周　氏　那是产生一大喜。

薛　才　若是一大喜么，二主母你抬头一看，我一刀就杀了你。（打战、刀落地）

周　氏　（跪地）老哥哥救命哪！（唱哭板）哭哭啼啼跪埃尘，老哥哥饶恕我命残生。今生不得把恩报，来生犬马报你恩。不看佛面看金面，不看鱼情看水情。千万看在老爷面，莫害我母子两个人。珠泪双流咽喉哽，望老哥哥三思而行。（收腔）

薛　才　二主母娘，老奴焉能杀得下手？启禀二主母娘，还要想个主意才是。在家大主母娘交代于我，若还二主母娘产生一女，抱回家中抚养成人。若还产生一子，一刀杀了。现你生下一子，焉能回得家去？你我两人回去，性命岂不难保？

周　氏　岂是这个么？……奴家正在昏沉之时，忙中无计。

薛　才　若是忙中无计，老奴有一计来了。你将罗裙扯破，咬破食指，写下一封血书，藏在小东人身上，老奴与二主母抱了小东人逃将出去，请人抚养，后来就以血书为凭，可以认得。

周　氏　此计甚妙，老哥哥久等一时，待奴办来。苍天哪苍天！今天周氏只能咬破食指，修下血书罢了。（咬指）啊哟！（唱忧板）一封血书来写起，主仆磨房同伤心。今日母子离虎口，不知何时见父亲。若得一家团圆日，只有血书作证凭。（收腔。白）写血书人周氏亲手题，老哥哥好生藏在小东人身上，拿带捆着，你我三十六计，走为上计。

薛　才　好！如此主仆就走。（唱急腔）急急忙忙往前闯，主仆两人出磨房。你我两人好一比，虎口逃生羊一双。不管高低往前进，盼望主人快回乡。移步来到荒郊上，主仆两人走慌忙。

［才、周同下。

第五场

仙　人　（小点上，念）高高山上一只鹅，口含青草念弥陀。神仙本是凡人做，人不修行可奈何？（坐，白）贫道姓李名长庚，道号为太白。已在云中屈指算定，凡间薛才有难，下凡搭救过他，岂不是好？不免我命神虎，前去撞散于他。神虎何在？

［虎上。

仙　人　我命你到凡间，撞救薛才主仆。不要伤掉他们性命，好生将婴儿抱到回仙桥。速速去罢。

［虎下。

仙　人　（唱神腔）驾动祥云往凡下，回仙桥前走一程。只为薛才忠心耿，搭救主人去逃生。回仙桥下救他命，我今度他上天庭。

周氏、薛才　（上，唱忧腔）急急忙忙往前闯，虎口逃出羊一双。主仆逃出天罗网，不知何日才还乡。移步来到荒郊上，又听得猛虎叫声扬。（收腔）

［一钹锣鼓。猛虎上，把两人冲散，周下。

薛　才　二主母，主母娘，不好了。（唱倒板桨）方才猛虎一声喊，冲散主仆各逃亡。睁起眼来看一看，不知我二主母在何方。（白）且慢，方才行在荒郊之上，遇猛虎前来冲散，不知二主母娘走到何方何地去了。我走得口干脚酸，来在河边，不免我来饮些清水。把小东人放在岩上，等我下河吃水去。小东人，你不要啼哭。（饮水）

［虎上将婴儿抱走。

薛　才　（转头急叫）啊哟，小东人往哪里去了？小东人！小东人！啊哟！（唱哭板）霎时间东人忽不见，不知他溜往哪一边。莫非有畜牲来扛去？莫非有大风吹上天？哭断肝肠珠泪滚，两眼睁睁望路边。（收腔，白）且慢，方才我在河下饮水，霎时间东人不见，这又是什么缘故？待我在附近来找寻。（找寻）四路找寻未见，主母娘又失掉，东人又失掉，后来主人问我，我以何言答对？何言答对？啊！是了，想我薛才在他薛家，三代忠良，保主母，主母不见，保小东人，小东人也失掉，还留我这条老性命作甚？不如拜别爹娘养育之恩，拜别主人提拔之恩，寻个自尽罢了。（唱倒板腔）走上前来礼恭敬，拜别爹娘养育恩。拜别主人优待我，小东人不见最伤情。阎王注定三更死，并不留人到五更。哪里生来哪里死，哪里黄土不埋人？舍不得主人回头望，舍不得爹娘养育恩。回头我把主人叫，哭叫爹娘无应声。（收腔，白）老爹娘！老主人！啊，舍了！（跳河）

仙　人　（暗上，带才转台）薛才、薛才，你不要投河自尽，老仙前来搭救于你。

薛　才　（唱忧板头）这一阵急得我迷昏不醒，三魂渺渺命归阴。双手撑开昏花眼，只见大仙面前存。走上前来忙跪定，拜谢大仙搭救恩。（收腔，白）多蒙大仙搭救。

仙　人　搭救来迟。薛才，看你三代保主忠良，我把本奏上玉帝，看看怎样发落，下面等待。

薛　才　有劳大仙。

仙　人　待我转过百鸟台。（牌子）一绕二绕，南天门拜到。

[内白："传玉帝话，何人站在百鸟台？有本奏上来。"

仙　人　李长庚有本不敢冒奏。

[内白："外奏内传。"

仙　人　启禀玉皇大帝，凡间有一薛才，三代忠良，已在回仙河上寻死自尽。一本可。

[牌子。内白："玉旨下，长庚接旨。凡间薛才，三代忠良，上帝封他为南天门都督土地。领旨下殿。"

仙　人　圣寿无疆。(大开门)玉旨到，薛才接旨。

薛　才　(着土地服上，跪)遵旨。

仙　人　昊天上帝见你保主三代忠良，已在回仙河上寻死自尽，封你在南天门都督土地，领旨下殿。

薛　才　圣寿无疆，看香茶侍奉。有劳大仙保奏。

仙　人　捧旨不恭。

薛　才　来日法台相谢，请。

[仙下。大开门。

薛　才　(做登仙动作)主人家，老爹娘，哈哈！我薛才今日不觉登了仙了。(尾声。下)

周　氏　(乱锣上)老哥哥，老管家，喂呀！(唱黄花腔)猛虎冲来主仆失散，薛才不知哪边存？听得猛虎一声喊，吓得我三魂丧二魂。我孩儿不知在哪里？今日母子两离分。不见娇儿我流泪，不知何日再相亲？(收腔。白)且慢。方才我主仆两人行至在荒郊之上，猛虎喊叫，不知老哥哥到何处去了？我的儿子又不见。叫我如何是好？啊哟！也罢，不免赶到中途，找寻老哥哥与我的娇儿，也只有这等罢了。(唱赶山腔)急急忙忙往前赶，老哥何往好难猜。这荒郊尽都是山岩石块，不顾高低我走起来。遍地荆棘脚难迈，不知何日脱祸灾？(下)

第六场

张　忠　（长锣上，整装、舞蹈、开门，念）我今生来家又穷，每日打鱼在江中。你若问我名和姓，我的名字叫张忠。（坐，白）在下张忠。家道贫寒，每日在河下打鱼为生。不免今日叫得我那老婆出来，与我一起到河下弄鱼，岂不是好？老婆哪里？走来。

李　氏　（内白）来了。（小点上）忽听外面一声喊，急急忙忙离了厨房。有人问我是哪个？我是张忠的老娘。

张　忠　老子打烂你个黄瓜罐子，要你腌黄瓜都腌不得。

李　氏　你耳朵八丈大，从来听错话。我说哪个问我是哪个，我是张忠的老婆娘。

张　忠　那还可以。

李　氏　你叫我出来做什么？

张　忠　你看，今天这么晏了，还没有出去做事。叫你出来，和我撑下船尾也好。

李　氏　我以为是什么事，那就拿竹篙拿桨出来。

张　忠　那你不知道去拿吗？

李　氏　那你也折不得底[②]，我也底折不得，那我两人去抬，拿网搭在上头。

［两人抬桨、竹篙调笑，面对面，背对背抬。

张　忠　你那嘴巴对着我的屁股，我走前，你走后。（出门，把门关好）往江边走起来哟。

张忠、李氏　（唱路腔）出得门来往前走，两人要往江边行。夫妻生来家又苦，每日打鱼来营生。三步拿来二步走，二步拿来一步行。急急忙忙来得快，不觉来到是河滨。

张　忠　来到河边来了，等我把船拉拢过来。（挽船，上船，洗船）老婆，你撑船尾，我撑船头，要下河去打鱼，还要撑起来。（打一条龙，唱十打）一打天上蛾眉月，二打狮子滚绣球。三打桃园来结义，四打童子配观音。五打五子来行孝。六打六合来同春。（白）到了下河，我们来用功一会。（打鱼）老婆你掌着舵，我来打鱼。

［猛虎暗将婴孩扛至河边，虎下。

张　忠　（撒网，听婴孩哭）咦！哪里有鬼叫？

李　氏　是小孩哭奶。（挽船靠岸，抱起小孩）哦，是个娃仔，谁丢在河边？

张　忠　嗨！有个酒壶把把的。

李　氏　这娃仔生得好，头大耳朵宽，大了好做官。

张　忠　喊喊，是哪个放下的孩子？喂，哪个姑娘家放下个小孩子在这里？

李　氏　哪有姑娘家养仔的？

张　忠　那人家说姑娘仔姑娘仔，不是姑娘有仔？

李　氏　那是人家说笑话的。

张　忠　哪家伯娘嫂嫂，放了娃仔在这里？

李　氏　没有人要得了，这一身都有点湿，恐怕是水推上来的。我们莫打鱼了，抱起回家吧。

张　忠　等我挽好船，你抱好孩子。

李　氏　那你来扛好竹篙桨了，老娘抱着娃仔做娘了吧。

张　忠　讲不得，我也做老子了。我们回家走起来了。（唱路腔）遇彩遇彩真遇彩，河下捞得一个小娃仔。夫妻双双把路踩，双手将他抱回来。心欢脚步走得快，不觉回到自家来。（白）回到自家屋来，我来开门。抱好这个娃仔。（开门进去）进屋来了，拜过香火，拜过你妈妈，拜过你爸爸，拜罢了吧，要取个名字才好。

李　氏　取个什么名字好？

张　忠　我就姓张，今天在河边捡得的，就称个张德好吧。

李　氏　要得！要得！以后就叫张德。

张　忠　解解衣裳，和他换衣裳裤子嘛。

李　氏　啊哟！他身上有块白布，还写有血的字。

张　忠　哦，我还没看见，拿过来看看。有周氏在磨房产生一子，是薛家的后代，修血书一封，后来母子相会，有血书为凭。哦！怪不得，是娘老磨房产子，不知逃到何方去了。也不管他，将来抚养成人，让他读书。老婆，下面多煮几个荷包蛋给你吃。

李　氏　煮荷包蛋？还要买猪脚给我吃。

张　忠　有的，下面杀个母鸡婆炖得白白的给你吃。

张忠、李氏　下面杀鸡弄饭吃啊。（下）

第七场

三徕仔　（一条龙上，动作）桃子花、李子花，桃子树上结李子，李子树上开桃花。一门都不怕，我就怕妈妈打嘴巴。我，三徕仔。我妈妈交代我，今天到郭老师那里开学，去郭老师那里读书。待我拿了书包出来，还往书房走起来哟！（唱路腔、娃仔腔）正月里来歪里歪，二月里来陆加陆。歪里歪、陆里陆，阿里妈里古咚，大姐姐、小妹妹陆加陆。（捉蜻蜓动作。下）

第八场

郭老师　（小点上，念）先生本姓郭，年年去教学。去年教八个，今年教一桌。（白）我，郭老油。今日黄道吉日，正好开学。各村的娃仔都来读书，不免把书房打扫一下，等候他们到来。（过场）且慢，书房打扫好了，我下面烧茶等客来。（下）

第九场

张　忠　（上，念）春夏秋冬四季天，不觉得仔有几年。（白）我，张忠，早几年在河下打鱼，捡得一个儿子，取名张德，已经长成八九岁来了。昨日郭老师搭个信来，叫我把这个儿子送去他那里读书。待我叫我那老婆出来，商量一下，岂不是好？张德你妈妈哪里？走来。

李　氏　（内白）来了。（上）昨夜灯花结彩，今日喜笑颜开。你叫我出来有什么事呀？

张　忠　叫你出来，非为别事，这个仔已经长得八九岁了，昨天郭老师叫人搭信来，送他那里读书。你讲好不好呀？

李　氏　好呀。自我们得了这个儿子，家里又兴旺起来，打鱼得鱼。送他读了书，将来也有靠了。

张　忠　那就喊他出来呀。

李　氏　张德，宝宝儿，哪里？走来。

张　德　（内白）来了！（上）忽听妈妈叫，忙步走上前。见过爹爹妈妈，叫我出来有何吩咐？

张　忠　儿呀，将你养到八九岁了，你人又聪明，郭老师昨天搭个信来，喊你到他那里读书，你去不去？

张　德　读书好耍没有？

张　忠　好耍。当你读得书，考得个顶子，有得官做。

张　德　那几时去？

张　忠　今日就要去。我已经替你买了书了，叫你妈妈拿书包装好。

李　氏　书包东西总拣好了。

张　忠　你妈在屋看家，我送他往书房前去。

李　氏　张德，去读书听讲些。（下）

张　忠　张德，我在前面引路，随为父来哟！（唱路腔）一面走来一面讲，叫声我儿听端详。但愿你读书要发奋，一举成名要天下扬。父子同心走得快，不觉来至是书房。（白）到了。我来叫先生开门。有请郭老师开门。

郭老师　（内白）来了！（上）忽听人叫门，不知是谁人？打开门来看，哦，原来是张忠到我门。张大哥，你敢莫送你儿子来读书的？

张　忠　正是。

郭老师　那就请进，请坐！

张　忠　不消讲礼，大家一起同坐。

郭老师　张大哥请茶。

张　忠　郭老师你太讲礼性了。

郭老师　一杯清茶，何说讲礼性。你今日送你这孩子来读书，小孩子生得好乖，我准定③用心教他就是。

张　忠　多蒙先生用心教授，那我就回去了。（下）

郭老师　你喊什么名字？

张　德　我名叫张德。

郭老师　这名字取得好。张德，来拜过孔夫子，然后拜先生。拿书来，我教你读。

张　德　请老师教我。

郭老师　（教书）天子重英豪，文章教尔曹。万般皆下品，唯有读书高。幼小须勤学，文章可立身。满朝朱紫贵，尽是读书人。

［郭教得三二遍，德就熟了。

三徕仔　（暗上）咦！哪个在读书？我们郭老师有点怕那广东老师的，待我学那广东老师来吓他一下。我假装一个广东老师来叫门。开门！开门！

郭老师　哪个？哪个？

三徕仔　我是那广东老师来了。

郭老师　哪里出来个广东老师？广东老师来做什么东西？

三徕仔　我这个广东老师想来教这场馆。

郭老师　这场馆是我教的，怎么你又来教？

三徕仔　我出副对子来对，你对得上就让你来教，对不上就让我来教了。

郭老师　那你就出吧。

三徕仔　天上有几多星子呢？

郭老师　嗨！天上几多星子，哪个数得清楚？我同你讲地下。

三徕仔　你讲地下。哦，地下有好多人呢？

郭老师　哪个数得清？除开牛马畜牲、鸡禽之外，一概总是人。

三徕仔　咦！这个老师蛮会对的吧。再问他一问。还有一对，树上鸟仔有几多毛？

郭老师　嗨！哪有这号怪对子的？是哪个来和我搞笑的？有了，除开头脚、身上的肉，总总是毛。

三徕仔　哦，先生会数毛。

郭老师　（开门）嗨！你这个娘的，你来和我搞笑。人来齐了，快点拿书来读。

三徕仔　我拿书来了。

郭老师　人之初。

三徕仔　挖茨菇。

郭老师　性本善。

三徕仔　挖黄鳝。

郭老师　嗨！这个娃仔乱读一顿。唉，下面再教几句。我周公。

三徕仔　你鸡公。

郭老师　作周礼。

三徕仔　什么？作给你。

郭老师　唉！难搞得。好，倒转来教他。你周公。

三徕仔　我周公。

郭老师　哎，这才对了。作周礼。

三徕仔　什么？我妈妈留着做种的，作给你呀？

郭老师　莫谈这本，和你搞不清，调一本来。昔时贤文，诲尔谆谆[4]。

三徕仔　（读错）打开园门，猪婆进去，牵丝挂藤。

郭老师　这娃仔乱读一顿，和你搞不清楚。随你打开园门也好，牵丝挂藤也好，我要吃晌午去了。（下）

三徕仔　张德，莫读了吧，我们俩来抛子仔[5]耍。

张　德　莫来，老师来了要打人的。

三徕仔　莫怕，老师去吃晌午了。

张　德　抛就抛吧。

［两人抛子，德颗颗抓到。

三徕仔　哪个抛输了，就打三拳，拱三拱。

［三输了，德拿他打三拳、拱三拱。

三徕仔　啊哟！你野仔，有爷叫，没得娘养的。

张　德　我屋里不是我娘，是你娘呀？

三徕仔　你娘打鱼捡得你来的，你有屁的娘。

张　德　你乱讲，我就要打你。

三徕仔　打不是打。

［三、德互打，三撵德回家。

张　忠　（上）你为什么哭着跑回家？

张　德　三徕仔打我，他说我有爷叫，无娘生的。到底我的妈妈在哪里？

张　忠　你这蠢奴才，哪不是你妈妈，你讲出这种话，不要遭我的打？（拿棍赶打下）

第十场

周　氏　（讨米上，唱忧板）孩儿失去几多年，不由奴家挂心间。但愿找得孩儿转，一家大小得团圆。（收腔，白）且慢。来至凉亭，不免我在此歇息一时。

[张赶德上。

张　忠　走，照我的打。

周　氏　（拦阻）你这位大哥，怎么打得这么凶。你打这孩子什么事情？

张　忠　你这位嫂嫂哪曾知道，我送这孩儿前去读书，他书也懒读，在书房与人吵架回转家来，冒犯于我。说他有爷叫无娘生，你说我恼与不恼。你不要阻拦，我要打他两下。

周　氏　唉！你这大哥，不必性急。我当年失掉一个儿子也是这个模样，我见你打他，心里很痛。

张　忠　你当年失掉一个儿子，有什么为凭？

周　氏　我有血书为凭，是扯破一幅罗裙，修了一封血书，有我的名字在上面的。我看你这个儿子，不是你亲生的，也未可知。

张　忠　（背台）她说得蛮对。我这儿子身上有血书的，莫非这个儿子就是她的。（对周）对你这婆婆讲，我这孩子身上果有血书，拿来你看看。

周　氏　拿来观看。（念血书）这正是我的仔呀！

张　忠　那个就是你的孩儿，那你就母子相会。张德，这就是你的母亲了。

[周、德母子哭。

周　氏　（唱哭板）一见娇儿泪涟涟，不由为娘痛在心。为娘将你生下地，母子分离有几春。不觉今日来长大，长大成人读书文。今日母子得相会，犹如青草得逢春。（收腔，白）请问这位大哥，你高姓大名？

张　忠　我的名字叫张忠，我的儿名叫张德。

周　氏　却原来是张忠大叔。我有句话对你诉说，不晓得你意下如何？

张　忠　你有什么话，说将出来，也是无妨。

周　氏　我想将你此子张德，带回家中前去见他父亲。后来抚养长大，将你两老养老送终，意下如何？

张　忠　好倒是好，又恐怕张德后来忤逆不孝。

张　德　禀告爹爹，若是我后来不相认于你，我遭五雷劈打。

张　忠　口说无凭，要当天盟誓。

张　德　爹爹不放心，待我对天盟誓吧。（唱倒板桨）走上前来忙跪定，祝告天地与神灵。后来若还不相认，五雷劈打我不孝人。

张　忠　（接唱）一见我儿把誓盟，不由为父放在心。双手把儿来搀起，跟你母亲转回程。（白）对天盟了誓，今后切莫忘了我养大之恩。好好跟你母亲回家，勤读诗书，今后望你功名成就。

周　氏　多蒙张叔叔带大养育之恩，受我母子一拜而别。（唱倒板桨）母子上前来拜定，双脚跪在地埃尘。养娘不大恩娘大，可怜你恩父养几春。若还我儿得高中，永远不忘你恩情。手带我儿往前进，舍不得恩父叫几声。谢恩父养育恩。喂呀，舍了！

［周、德同下。

张　忠（接唱）一见我儿往前进，想起我儿泪涟涟。可怜我养了这么大，跟他母亲转回程。迈步抽身回家转，回家说与老妻听。（下）

第十一场

［周、德挽手上。

周　氏　（唱四平腔）母子双双往前进，找寻夫君转回程。走到中途肚饥饿，饥肠辘辘难步行。移步来到大街上，只见街前闹沉沉。（收腔）

张　德　妈妈，我肚中饥饿了。

周　氏　若是饥饿么……唉，身边无钱，怎么去买饭吃？哦，我想起来了。当年我夫妻一别，那时我丈夫交了一支金钗，藏在头上数年，今日我孩儿肚中饥饿，不免叫他拿去典当，换了银钱，也好买饭来充饥。张德儿，为娘今有金钗一支，你拿进这个当铺，好当些银钱使用。

张　德　孩儿遵命！母亲拿了过来。（进当铺）这位老板请了，我前来当金钗的。

薛士林　（上）你来当金钗的，拿你金钗前来观看。喂呀！这个金钗是与那年我送与周氏那支一样呀。哎，小孩，我来问你，你和哪一个来的？

张　德　我和我妈妈来的。

薛士林　哦，和你妈妈来的。你年轻之人不会答话，叫你母亲上前答话。

张　德　我母亲衣衫褴褛，她不好意思上前答话。

薛士林　老板不嫌她衣衫褴褛，叫她好好上前答话。

张　德　（转身）母亲，他叫你上前答话。

周　氏　若是叫我上前答话吗，你同为娘一同前去。上前见过这位先生。

薛士林　（看，一惊）下面站的贫婆，前来所当金钗，是也不是？

周　氏　小女子正是来找换金钗的。

薛士林　金钗我本与你找换的。你家住哪里？姓甚名谁？说将出来，我自然找换与你。

周　氏　这位先生要问，不由人战战兢兢，如履薄冰，真是一言难尽呀！（唱忧板）开言我把话来论，尊声先生你细听。家住河南登寿县，薛家庄前我家门。我身本是周氏女，丈夫名叫薛士林。大娘雷氏良心狠，她赶我压磨不容情。谁知磨房生一子，薛才带我去逃生。不料中途来失散，薛才不知何处寻。我儿张忠来捡得，多得他抚养长成人。今日母子重相会，身上并无半毫分。手拿金钗来典当，当日丈夫给我来收存。还望先生来找换，母子得钱度光阴。这是小女子真情话，并无虚言哄先生。（收腔）

薛士林　那么你就是周氏？你可认识于我？你抬头一看，我就是薛士林你的丈夫。

周　氏　哎呀！夫呀。（唢呐）

薛士林　也罢。你大娘这样行为，我带着儿子与你一同回家，岂肯与她甘休。叫孩儿上前。

周　氏　儿呀，这就是你家父亲，上前相认。

薛士林　儿呀。

张　德　爹爹呀。

薛士林　你母子且在此久等，我到下面与他们算清账目，一同与你们回去。（下，又上，携包袱）我已将包袱行李收拾，来来，一同离了此间，还要往家中行走。（唱四平腔）走上路途把话论，叫声妻儿你细听。自我那年出了外，可怜你在家受苦情。我在外难管家庭事，谁知家庭有祸生。可恨雷氏心肠狠，拿你折磨不当人。又叫薛才来杀你的命，产生儿子不容情。因此你主仆来避难，不知老哥哥何处寻？老家人生死无踪影，看起薛才是好人。纵然那里亡故了，后来也不忘他恩。三人同往路途进，还要回家走一程。（收腔）

［薛、周、德同下

第十二场

张　忠　（小点上，念）时运不济盐发馊，大风吹倒铁锄头。挂起板鸭风吹起，耗子咬破猫儿头。（白）在下张忠。那年捡来一子，名叫张德，后来送他读书，他回来问我要他的娘，我就将他赶在清风亭上，遇着他亲生的娘，讨乞米在凉亭，她有血书为凭，我就将此子退还给她了。那时有张德，我打鱼天天得鱼。如今张德不在，打鱼不得鱼，搞得盐油柴米都没得了。不免今天我又往河下弄一点鱼，岂不是好？肚里饿得难过得很。且交代我那老婆娘子看守家庭。老婆子，你看守家庭，我往河下打鱼去了。

李　氏　（内白）要早去早回！

张　忠　这个自然。离了门前，往河下走起来哟。（唱化子腔）早时做个大海龙，如今落在小河中。只因这几年家穷了，全失当年好威风。（下）

第十三场

［薛、周、德同上。

薛士林　（一条龙。唱倒板桨）三人一路来同行，夫妻还要转回程。三步拿来二步走，二步拿来一步行。不觉行程来得快，转眼已到自家门。（收腔）来到家门来了。你们在门口站着，我叫那老不贤的开门。开门！

雷　氏　（内白）何人叫门？

薛士林　我回来了。

雷　氏　（内白）来了！（上）心惊肉跳，不知有何吉兆。推开门来看，看看是哪一个到。哦，却原来是当家的回来了。官人请进。待我来接着行李。堂前坐下，待我倒杯茶来。

薛士林　慢着，怎么要你来倒茶，叫周氏倒茶上来。

雷　氏　哎哟，问起那周氏吗？老老，你切莫讲起呀，那天我叫她到河边来洗衣，一场水就把她推去了。（假哭）

薛士林　既然如此，也不要啼哭。我在下江也买回来一个贫婆，回来伺候你我两人的。

雷　氏　在哪里？待我前去看看。（出外一见，大惊）啊呀！她回来了，怎么得了呀？我假意而说打鬼。啊呀！打鬼呀！

薛士林　呀呀呸！等下要你眼见鬼。周氏、孩儿，你与我进来。你这老婆子，在家做了好事，站了上来，你听我骂呀。（唱骂板）开言我把贱人骂，骂一声贱人不是人。你的黑心黑得狠，谋害我一家为哪门？手提家法打一顿，活活打死你老贱人。我一口恶气心难忍，恨不得拔刀杀贱人。手提钢刀要你命——

周　氏　（接唱）且消气来慢调停。

薛士林　啊呀，周氏，你走上前来挡刀作甚？干吗你还和她讲情？

周　氏　夫呀，她能做无情，我母子难做无义。（带德跪下挡刀）望夫君饶恕她一条性命罢了。也把她打在磨房磨面，慢慢挨磨她的性情，以后再慢慢地收留于她。

薛士林　好一个贤德的周氏，母子上前为她讲情，别人讲情不准，周氏讲情准情就是了。你这老婆子，老贱人，好得今日周氏母子前来讲情，不然要你人头落地。听我前来吩咐，拿起你那烂东西，移在磨房内面，前去安身。半桶糙米，一把干柴，一桶冷水，饿你不死，胀你不坏。好好在磨房挨磨。磨灭你的性情，再慢收留于你，好生滚了下去！

雷　氏　啊呀！列位！你们切莫照我这样子。照我这样子，今日就是下场头了。（下）

薛士林　周氏、孩儿，同我回家而来，一家团圆，多感苍天有眼，祖宗有德。洗手焚香，答告苍天。以后这我儿往书房好好攻书，来日一举成名，也是我一家人的喜事。

［薛、周、德同下。

第十四场

张　忠　（一条龙上，唱路腔）想起打鱼真背时，一天得不到一条鱼。怒气不息回家里，打得口干肚也饥。不觉行程来得快，见了妻子再把话提。（白）走到我家来了。老婆开门！

李　氏　（内白）来了！（上）你打鱼回来，得了鱼吧？

张　忠　哪里得鱼？虾子都没得一个，真背时了。那得了，弄不到吃要挨饿了。这下怎么得了？

李　氏　没有办法。拿我们的家私去卖了，卖了籴[⑥]米。

张　忠　好，我就拿家私去卖。

［张、李同下。

第十五场

张　德　（上）大丈夫成家容易，士君子立志有何难哉？我张德。上京求名，得中头名状元，在此等候圣旨。

太　监　（上）圣旨到。状元公接旨。圣上钦点你头名状元，实授河南御史。王娘赐你三杯御酒，打马游街，荣归祭祖。随即走马上任，不得有误。旨罢三呼，叩头谢恩。

张　德　谢主隆恩！有劳大人捧旨。

太　监　捧旨不恭。

张　德　看宴侍候。

太　监　有圣命在身。

张　德　奉送。

太　监　有劳，扫轿。（下）

张　德　人来，打道回府。（牌子，下）

第十六场

［张、李扮乞丐上。

张　忠　穷在路边无人问，富在深山有远亲。不信但看席中酒，杯杯献与有钱人。我，张忠。你看我夫妻落得这等贫寒，已在街前讨吃度日。闻听得张德上京得中头名状元，我两老岂不是有靠了？妻子，你我两人上街前去问上一问。

李　氏　列位请了。闻听得张德中了新科状元，你们闻听得讲没有？

［内白："是，少时状元公就要打马游街的。"

李　氏　老老，少时状元公就要来打马游街。你我两人出到街头，等候状元公游街。

［张、李跳雷公闪电动作同下。

张　德　（上）打道。（牌子）

［张、李同上，撞跌在凉亭边的地上。

手　下　启禀状元公，有两个老乞儿前来挡道，请状元公下马。

张　德　何人挡道？将他带了上来！

手　下　你这两个老乞丐，状元公叫你上去。

张　忠　妻子，你跟着我这里来，去见状元公。跪见状元公，你就是我张德孩儿吧？

张　德　哇哇哇！胆大的老贫人，胆敢前来冒认官亲，我是状元公，岂是你的孩儿？

张　忠　我问状元公，你是不是张德？

张　德　我就是张德。我乃是薛士林之子，与你什么相关？

张　忠　啊呀！妻子，他已经不认我们，我们二老要喊天了。张德，你这无义的孩儿，那时你发了誓愿，说得中之后，要认我二老，现在高中了不认我，你要遭五雷劈打。

李　氏　天呀！苍天苍天，你要开眼，用五雷劈打这忤逆不孝的呀！

［雷响，电闪。

张　德　（昏倒。唱起板头子）这一阵闷得我神魂不醒，三魂渺渺不归身。敢莫是我养父母到？莫非这乞儿就是我的双亲？霎时间雷鸣电闪，震倒我脑门沉沉。我若不认天不允，走上前去赔小心。走上前来忙跪定，双亲饶恕我年轻人。先时你家很好过，如今落得这等贫。千错万错是儿错，饶恕孩儿有罪人。我将你二老接回去，同享荣华过光阴。

张　忠　（接唱）一见我儿跪埃尘，喜在眉头笑在心。有道是状元官极品，他愿低头来拜双亲。千看万看状元的面，我饶恕他年轻人。双手将儿来搀起，那一旁谢过你养娘亲。（白）也罢，这是我儿一身荣耀，高官任做，骏马任骑，就是我儿的喜事。

张　德　人来，打开扛箱，看衣帽侍候。（过场）打道回府。

［德、张、李等同下。

第十七场

薛士林　（小点上）昨夜灯花结彩，今朝喜鹊临门。

手　下　（上）报！报！报！状元公回府。

薛士林　有请。

［大开门牌子。德、张、李等上。

薛士林　哈哈哈，先拜养身父母，后拜亲生父母。我儿身登荣耀，得中头名状元，苍天有眼，祖宗有德，洗手焚香，答谢苍天。来日杀猪宰羊，与我儿贺喜。下面备宴！

［众人同白："请！"同下。

（剧终）

【注释】

①砸：摔、扔。

②折不得底：吃不得亏的意思。折，音读shé。

③准定：一定。

④"昔时贤文，诲尔谆谆"句：出自《增广贤文》。开头几句为："昔时贤文，诲尔谆谆；集韵增广，多见多闻。"

⑤抛子仔：抛石子。一种儿童游戏。

⑥籴：买进粮食的意思，引申开来是买入之意。

【剧情简介】

薛士林离乡贸易。留下一妻一妾在家。妾周氏身怀有孕，妻雷氏心怀妒意，将她虐待，命往磨房压面。又使老奴薛才谋害，嘱如生子即予杀死。周氏磨房产子，薛才不忍心下手，将情由告知周氏，并同逃走。周氏乃写血书置于儿身，拟给人抚养。途中遇神虎冲散。虎将婴儿衔放河边，为渔人张忠夫妇捡回收养。薛才不见主妇，又失小主，愤而投河。长庚仙以薛忠义，向玉帝保奏，封其在南天门都督土地。周氏则四处乞讨，找寻儿子。张忠夫妇捡得儿子后，命名张德，抚养至八九岁，送往书房读书，被同学骂为无娘儿。张德回家问父，张忠气愤，加以追打，途中碰见张德生母周氏，问清情由，周氏带领张德寻父。因典当金钗，巧遇生父薛士林。薛问悉根由，遂一同回家，处罚雷氏，送子继续攻书。后张德高中状元，将养父养母接回奉养，一家团聚。

【简评】

这个剧表现的家庭矛盾在戏曲中并不少见，周氏受人欺凌，磨房产子，母子离散，受尽煎熬的情节与元代南戏《刘知远白兔记》极为相似。其悲剧原因与在封建社会夫权的支配下男女权利失衡有关。此剧中，雷氏企图谋害周氏时心想："她身怀六甲有孕，倘若产生一女倒还罢了，倘若产生一子，后来薛士林岂不是将她看上了？就更不把老娘看在眼内了。"不被丈夫重视，或暗含着的被抛弃的担心，是她的最大心理障碍，也是催生她害人动机的关键。由此可见，封建社会观念的腐朽残余，长时间地存在并毒害着人们。

此剧由林瑞甫发掘、顾建国记录保存。

国家级非物质文化遗产 | 广西地方特色传统戏剧

广西彩调传统剧目120种

GUANGXI CAIDIAO CHUANTONG JUMU 120 ZHONG

阙真 整理、注评

·第三卷·

GUANGXI NORMAL UNIVERSITY PRESS
广西师范大学出版社
·桂林·

目录

浪子开荒

剧中人物

⊙姚浪子（行当：正丑，简称：姚）

全一场

姚浪子　（长锣。上，扛锄头，舞扇花，矮桩步，转两边台角后，由右角跳到台中，收锣。数课子）扛起锄头到岭边，想起我从前，爹娘还在世，南庄地、北庄田，大把吃来大把穿。爹娘将我劝，不要游耍和好闲。我从不听爹娘劝，只图游耍又好闲。每天走到酒馆里，三朋四友瞎聊天。爱吃酒、爱猜拳，常常出进番摊[①]间，花街柳巷都走遍。爹娘去了世，任由我卖地和卖田，不到三两年，样样都卖完，搞得身上衣服无一件。脚下鞋袜没有穿，冷天没有被来盖，热天无帐点蚊烟，鼎锅[②]扒锅都卖尽，灶上剩下三个砖。心里仔细想，总总[③]不安然，若照这样穷下去，不知穷到哪月和哪年？看将来或种地或耕田，手艺买卖不可嫌。做买卖我不想，手中缺少的是本钱。一心一意开荒地，种点瓜菜挣吃穿，也免讨人嫌、讨人嫌。（白）我，姚浪子，爹娘在世之时，家财万贯，骡马成群。不听爹娘的话，只顾游手好闲。不料爹娘亡故后，我就将一份家财，搞得干干净净。现在想做生意没本，只得开荒地种点东西度日。今日天气晴和，不免到荒地前去开荒。离了家门，还要走呀！（长锣。唱问答路腔）什么尖尖尖呀上天？什么尖尖水呀里眠？啰，咳嘀嗨。（一钹）什么尖尖长街卖啰？什么尖尖在呀眼前？咳嘀咳。（四钹）宝塔尖尖尖呀上天，竹篙尖尖水呀里眠。犁头尖尖长街卖，十指尖尖在呀眼前啰。咳嘀嗨。（收腔。白）行来行去，不觉来到我的地里来了。（四望）我还要锄起来！（锄地。小锣配合，洗马锣鼓起。依节奏锄地，停锄。起长锣。唱二十八宿腔）一人一马一杆枪，二鼓单刀斩蔡阳④。三人来合紫金柱，四马投唐⑤小情郎。晒的晒阳花，月的月月红，四马投唐小情郎。（四钹收腔。白）哈哈！荒地已经开好了。（四望）我个人在这里做事，连不闹热，心中烦闷得很，不免唱几个小调来散一散心才好。（想）呵！我平日看见小妹她们唱，有两个人，一男一女，现在我一个在这里，又怎么唱呀？（低头想）有了。我一边做男的，一边做女的。那就闲话少讲，我就唱起来呀！（长锣，收）

［唱扁担调，独采花头起，第三句转扁担调。

男　（唱）正月观花无花放，

女　（唱）奴在房中等着哥哥来。

男　（唱）手拿扁担做点小小活，

女　（唱）上把哪里去？下把哪里回？

男　（唱）上把湖南去，下往广东回。

女　（唱）做什么好生意？

男　（唱）卖糖又打锣。

女　（唱）你卖糖又打锣，想必赚钱多。你听妹妹劝，劝你讨个好老婆。

男　（唱）妹妹讲怪话，总讲讨老婆。别个我不想，想你嫁给我。

女　（唱）哥哥讲怪话，戴起一个乌龟壳。还说是兄妹，为何来刻薄？

男　（唱）妹妹莫发气，愚兄讲笑哈。走上前来，前来把揖⑥作。

女　（唱）作揖我不要。

男　（唱）忙把头来磕。（上跪磕头）

女　（唱）双手来扶起，扶起我的哥。（扶起）

男、女 （唱）兄妹双双，双双讲笑哈。（长锣收）

女 （唱怀调）小冤家，今后休到奴的家。

男 （唱）哂呀，我的小妹妹，你缘何说出这般无情话？

女 （唱）耳听得，常常有人讲，讲我们的闲话。

男 （唱）哂呀，我的小妹妹。他要讲，他要说，那就也随他。

女 （唱）耳听得，门外有一帮光棍、痞子将你来打。

男 （唱）哂呀，我的小妹妹，我和你两个人，胆子比天还要大。

女 （唱）我妈妈，前天后门上了一把无情锁。

男 （唱）哂呀，我的小妹妹，前门后门我不走，单往你家墙上爬。

女 爬墙就爬不得的。（唱）墙又高，又恐怕跌着奴的郎、郎的腰。

男 （唱）哂呀，我的有情妹，我假如跌死了，两眼都不眨。

女 （唱）但不知，哥哥爱奴哪点好？

男 （唱）哂呀，我的小妹妹，我爱你会谈、会讲、会说几句甜蜜话。

男、女 （唱尾腔）哪呀，哪呀哪哂呀。（四钹）

［怀调上节完，接唱下节。

女 （唱）我妈妈，不久将奴来出嫁。

男 （唱）哂呀，我的小妹妹，为什么婚姻事，你还由爹妈？

女 （唱）我男家，准备一顶花呀花花轿。

男 （唱）哂呀，我的小妹妹，我跟随花花轿后走到你男家。

女 （唱）我男家，人又多来话也杂。

男 （唱）哂呀，我的小妹妹，你说道，表姐、表妹、表兄家。

女 （唱）表兄家，也不是这般常来往。

男 （唱）哂呀，我的小妹妹，过三朝，或两日接你转回家。

女 （唱）但不知你接奴家哪里住？

男 （唱）哂呀，我的小妹妹，我接你去到王妈妈的家。

女 （唱）王妈妈，年老爱说空闲话。

男 （唱）哂呀，我的小妹妹，为兄自有办法劝告于她。

男、女　（唱尾腔）哪呀呀、哪呀哪哂呀。（四钹）

姚浪子　我浪子今天在这里，工夫也做了，调也唱了。正所谓，浪子游浪外面行，田地好比水洗平。收心勤恳开荒地，浪子回头做好人，做好人呀。（扛锄，边讲，边下）

（剧终）

【注释】

①番摊：赌博的一种。

②鼎锅：一种底部呈尖形的锅，形状有些像鼎，所以叫鼎锅。

③总总：总是。

④二鼓单刀斩蔡阳：指关云长斩蔡阳。蔡阳，三国人物，曹操部将。传说曹操部下诸将皆敬服关羽，唯独蔡阳不服。当蔡阳听说关羽要去寻兄，欲往追之，曹操莫许。后关羽过关斩将，杀蔡阳外甥秦琪。蔡阳引军追至古城边，挺刀纵马战羽，为关羽所杀。

⑤四马投唐：民间流传的故事。叙秦琼、魏征（一说尉迟恭）、徐茂公、程咬金四人骑马进城，共保唐王李渊。

⑥揖：拱手为礼。

【剧情简介】

姚浪子原是富家子弟，父母去世后，吃喝嫖赌，遗产花光，衣食无着，才上山开荒种地资生。在劳动中一人兼唱男女两角，借解疲困。

【简评】

《浪子开荒》是一个独脚戏，在此基础上发展起来一种演唱形式——双簧旦。这种演唱形式很简单，演唱者把脸部画成两个人物，左边画男、右边画女，左手持扇子，右手持花巾，一人饰演二角，以不同的声调和动作来表演两个不同的角色。

此剧由姚浪子独自扮演哥哥、妹妹两个角色，谈情说爱、载歌载舞、十分欢快。呈现出广西彩调早期的艺术特征。

此剧由谢济舟发掘、杨爱民记录保存。

晚姑娘上广西

剧中人物

⊙尤嘉开（行当：小生，简称：尤）
⊙晚姑娘（行当：花旦，简称：娘）
⊙晚姑姑（行当：花旦，简称：姑）
⊙周大妈（行当：正旦，简称：周）
⊙周七一（行当：小丑，简称：七）
⊙尤府台（行当：老生，简称：府）
⊙安顺祥（行当：老丑，简称：安）
⊙家院（简称：家）
⊙傧相（简称：傧）

第一场

周大妈　（上）只为女儿晚姑娘，时时刻刻挂心旁。接着尤府来的信，要我晚女做新娘。我，周大妈。想我膝下无儿，所生二女，长女晚姑娘，二女晚姑姑。长女自幼许配给尤嘉开为妻。尤亲家已到广西任知府之职，昨日他命人送来一信，他要与他儿子成亲，叫我送女儿晚姑娘到广西前去。嫁妆早已预备，不免叫得家院[①]出来，出外前去请车雇轿，也好启程。

七一哪里？

周七一　（上）来了！员外奶奶叫得忙，不知为哪桩？参见员外奶奶。请问员外奶奶，叫小人出来有何吩咐？

周大妈　叫你出来非为别事，因大小姐出嫁，要送到广西前去与尤公子成配，叫你出来请车子和花轿。

周七一　小人遵命！员外奶奶请退。

［周下。

周七一　我还要去请车子和轿子呀！（唱三板腔）离了府门往前进，一心要往大街行。（白）来到街上来了，不知轿行班头在不在家，待我冒叫[②]一声，内面有人没有？

安顺祥　（上）我在后面做事情，又听门外叫高声。是哪一个？

周七一　安伯伯，是我。

安顺祥　哦。你来做什么？

周七一　我是来请花轿的。

安顺祥　你请花轿，花轿倒有，鼓手不在屋了。

周七一　鼓手到哪里去了？

安顺祥　鼓手去埋死人去了。

周七一　哎，我们是喜事，哪个和你讲那种话，不要鼓手，我们只要轿子。

安顺祥　要轿子到哪里去？远不远？

周七一　远，送我们小姐上广西呀。

安顺祥　上广西照天数计啵。

周七一　那是当然嘛。

安顺祥　几时去？

周七一　就是今天。

安顺祥　好，等下[③]我打发他们弄饭吃了就走呀。

周七一　那我就先回去了。

安顺祥　你好走哇。（下）

周七一　那我就少陪了。（唱四钹乐）适才上街请花轿，还要下街走一遭。我把车子来请好，走上广西乐逍遥。（白）到了车子铺，李伯伯。

［内白："做什么？"

周七一　员外奶奶喊我请三架车子上广西去。

［内白："价钱是一路照算的呀。"

周七一　那个自然，等一会你们就快点来呀。

［内白："我们吃罢饭就到。"

周七一　那我就先走了呀。（唱挑担腔）我把轿子请，他们就来临。车子已请好，专送小姐去成亲。（下）

周大妈　（上，念）人逢喜事精神爽，月到十五分外光。送我女儿去出嫁，梳妆打扮两头忙。（白）女儿走来。

［内白："来了！"娘、姑同上。

晚姑娘　母亲叫得忙，

晚姑姑　送女嫁才郎。

晚姑娘　你莫来乱讲，

晚姑姑　送你做新娘。

晚姑娘　我要打死你！

周大妈　你们做什么？又在吵闹呀。

晚姑娘　妈，叫我们出来做什么？

周大妈　叫你们做什么？（对姑）送你姐姐上广西。你们两人还不梳妆打扮，等会车子轿子就来了呀。你们快点梳妆，我帮你们收拾行李。（下）

晚姑姑　姐姐我去拿东西来呀。（下）

［过门。

晚姑姑　（取梳具上，打扮）我们两人还要梳妆起来呀！（唱梳妆腔）叫了一声姐姐听端详，手拿梳子两面光，为姐巧梳妆。左边梳个盘龙髻，右边梳个插花妆，梳一个凤朝阳，你是巧姑娘。

晚姑娘　妹妹，你真漂亮呀。

晚姑姑　我不漂亮，你才漂亮，你做新娘了。

晚姑娘　你讲，你讲，我打死你！

［娘圆场追姑。

周大妈　（上）你们又在这里吵什么？我来看看，你们两个，哪个梳得好点。

晚姑娘　她梳得好点。

晚姑姑　她梳得好。

周七一　（上）请车请轿事，报与员外奶奶知。见过员外奶奶。

周大妈　七一，我命你前去请花轿，请车子，可曾请到？

周七一　也曾请到。

周大妈　叫他们打车打轿上来。

［车、轿同上，同白："小哥，我们都来了。"

周七一　启禀员外奶奶，他们都来了。

周大妈　好，一齐上车、上轿吧！

［娘上轿，姑与周各坐一车，丫鬟坐一车。抬嫁奁行李的上，吹鲜衣调牌子。嫁奁先行，车子跟走，轿子后走，七跟轿尾，全下。

第二场

尤府台　（上）为官清正，与黎民判断冤情。（入座，念）曾记当年上京城，手拿白纸跳龙门。多蒙皇上来宠爱，才得为官管万民。老夫，桂林府台。是我奉了圣旨，出任广西桂林府，随带我儿嘉开，他今年已长大。我已传信周府，她愿将女儿送到广西与我儿成亲。今日不免唤我儿出来，备马迎接，岂不是好？家院！

家　院　有。

尤府台　叫得你家公子上来。

家　院　有请公子。

尤嘉开　昨晚灯花结彩，今早鹊噪檐前。孩儿见过爹爹，万福。

尤府台　我儿不消，一旁坐下。

尤嘉开　孩儿告坐。爹爹叫孩儿出来有何教训?

尤府台　叫我儿出来非为别事，为父见你长大成人，早与你订了一门亲事，我已写信给你岳母，你岳母来信，愿将你妻送到广西来，命你前去迎接。

尤嘉开　孩儿愿去就是。

尤府台　愿去就是好的。坐在一旁听为父一言吩咐。（唱垛十字腔）打坐在二堂上把话来论，叫一声我的儿子谨记在心。我命你坐骏马大路而去，到路上你那里前去接亲。

尤嘉开　（接唱）坐二堂蒙爹爹前来教训，一桩桩一件件儿记在心。此一番催着马大路而进，迎接了新媳妇即转回程。（下）

尤府台　（接唱）我的儿他那里把马坐定，吩咐他去接亲我也放心。将身儿且把这后堂而进，准备了龙凤烛迎接新人。（下）

［尤上，骑假马道具遛马、跑马。舞蹈毕，下。

［抬嫁奁行李的过场下。

［三驾车子上，同舞，下。

［双人坐车上独舞。跑、慢、快、上坡、下坡、下。

［轿子上，轿舞，跑、慢、快、不慢、不快、上坡、下坡、过桥、下。

［一条龙。抬嫁奁行李先行。次车，再次轿与马在后并行。锣鼓停，众合唱刘三梭腔:“上过岭来下过坡，转过弯来抹过角。”一条龙下。

［尤家乐队，彩旗若干人前来迎亲。右上右下、左上左下、又由右上到尤府。下车、下轿、下马。抬东西的，推车的，抬轿的下。

尤府台　（上）人来，请傧相④。

家　院　傧相走来!

傧　相　（念）傧相本是老人家，爱吃糯米做粑粑。（白）见过大人。

尤府台　傧相，我家公子成亲拜堂，请你前来赞礼。

傧　相　动乐，乐止。慢着，慢着，我来请个彩话⑤。一根丝线下江东，未钓鲤鱼先钓龙。今日夫妻成双对，堂屋点起满堂红。左边请新郎，右边请新娘。新郎新娘，请出拜堂。先拜天地，后拜高堂。再拜父母，拜岳母娘，夫妻对拜，请入洞房。

[尤、娘下。

傧　相　天长地久，地久天长。

[家交封包给傧。

尤府台　老亲⑥，你乃是远道而来，受尽风霜了。你我儿女喜事，备有酒宴，愿你多饮几杯，我来把盏。

周大妈　如此，请。(音乐)

[众人同下。

(剧终)

【注释】

① 家院：一般指家中的奴仆。

② 冒叫：试探地叫一声。

③ 等下：过一会儿。

④ 傧相：此指行婚礼时赞礼的人。

⑤ 彩话：吉利话，赞美话。

⑥ 老亲：儿女亲家。桂林话。亲，读 qìng。

【剧情简介】

周大妈的长女晚姑娘，自幼许配给尤嘉开为妻。已到广西任知府之职的尤亲家，命人送信，让周大妈送女儿晚姑娘前去广西成亲。于是周大妈请了车轿，举家相送。尤亲家也准备了彩旗喜烛迎接新人。迎亲仪式人来人往，觥筹交错，热闹非凡。

【简评】

这是一出以舞蹈为主要表演形式的歌舞剧。晚姑娘远嫁给桂林知府之子尤嘉开为妻，晚姑娘的母亲，雇了车马，抬着嫁奁，亲自把晚姑娘送到广西成亲。尤知府在喜期前也派人去中途迎亲。在送亲与迎亲的进行中，表演各种舞蹈。这是一出反映地方风俗的小戏。

此剧由谢济舟发掘、魏少平记录保存。

蠢子回门

剧中人物

⊙蠢子（行当：丑，简称：蠢）

⊙张玉英（行当：旦，简称：英）

⊙李三（行当：丑，简称：李）

⊙王氏（行当：老旦，简称：王）

第一场

张玉英　（长锣。上，梳妆）过了六月节，天时又暑热。我想回娘家，没有人来接。奴乃张玉英，配夫胡蠢子。想我娘当初信了媒人的话，将我嫁与蠢子为妻，不觉已有几年，生下一小孩，有岁多了[①]，还没有带去给外婆看看。昨日接到我娘搭来的口信，叫我带着小孩前去拜寿。不免叫得蠢子出来，夫妻二人前去拜一拜寿，岂不是好？蠢子蠢子出来！

蠢　子　（内白）哪个？

张玉英　哎呀，该死！你怎么还不起床？

蠢　子　（内白）起我是起来了，只起了一半。

张玉英　怎么起了一半？

蠢　子　（内白）有一半给虱子跳蚤拉着了，它讲和我打拼伙[②]，今天它们吃我的，明天我吃它们的。

张玉英 （气）快起来！出来有事。

蠢　子 （内白）我要屙屎了。

张玉英 屙屎就出外面去屙。

蠢　子 （内白）我不出去屙，我屙在米缸里头。

张玉英 哎呀，该死的！你……你。

蠢　子 （内白）老婆，这筒屎才好看呀，好像是麻通[3]一样的呀。

张玉英 鬼打的！你，硬气死我了！

蠢　子 （内白）老婆，我屙了屎又要屙尿了。

张玉英 屙尿屙进尿桶里去。

蠢　子 （内白）我屙进油缸里头。老婆，好听呀。澎隆澎隆响的啵。

张玉英 该死的，唉！（捶胸口）快出来！

蠢　子 （内白）老婆，你叫来得快来得慢？

张玉英 叫你来得快。

蠢　子 （内白）我就是一个傲脾气，叫我来得快，我就偏来得慢。

张玉英 那你就死在里面，总总莫出来！

蠢　子 （内白）那我就急出火了。（跑上，做各种又懒又蠢的动作）忽听老婆叫，急忙就来到，若还来迟了，前面打出屎、后面打出尿。老婆娘子在上，丈夫老子有礼。（作揖）

张玉英 不消。

蠢　子 不消、不消，免得老子弯腰。站在一旁，直直标标，尿都不屙一泡。

张玉英 唉！过来坐倒。

蠢　子 排排坐、吃果果。果果香，吃老姜。老姜辣，打油茶。油茶苦，（跌下）哎哟！跌倒我一个大屁股。哎哟！

张玉英 （气极）唉！你这死蠢子，怎么坐过一头去。起来，我讲句话给你听。拿眼睛望倒，拿耳朵听倒，用嘴巴装倒。

蠢　子　是啦，老婆。快讲啦。

张玉英　我讲你听。昨天外婆搭了个口信来，明天是外婆大寿，叫我们两人，带着小宝 宝前去。

蠢　子　是。（做用手抓话，放入耳内状）

张玉英　啐！你用手抓什么鬼？

蠢　子　又是你喊我用耳朵听倒，用嘴巴装倒。我不抓，就跑掉了啰。

张玉英　哎呀！真是，你听清楚没有？

蠢　子　听清楚了。

张玉英　那你下去拿吊箩上来，我去抱小宝宝出来。

蠢　子　是啦。（下取箩上）

［英下抱小孩上、坐下、做把小孩尿等动作。

蠢　子　老婆，这仔莫带去算了，他会闹人。

张玉英　乱讲话，来和我装背④。

蠢　子　是啦。（与英装背）装背好了。

张玉英　那就走吧，你拿起吊箩。

蠢　子　走啦。（拿起吊箩）

张玉英　夫妻离了门庭，还要走起来呀！（唱路腔）出得门来扬扬袖，往前走，隆咚匡。（一钹）

蠢　子　（唱）一心要往外婆家。（四钹）

张玉英　（唱）手攀杨柳松呀，

蠢　子　（唱）扭呀扭上松，外婆家呀。

［蠢、英同舞下。

第二场

李　三　（长锣。上，唱赶山腔）扛起锄头往前进，一心要往田中行。只为天旱不下雨，旱得禾苗不发青。三步拿来两步走，两步拿来一步行。

[蠢、英同上。

蠢　子　（唱路腔）三十五里桃花店，

张玉英　（唱）四十五里杏花村。

蠢　子　（唱）两脚急忙来得快，

张玉英　（唱）不觉来到大草坪。

蠢　子　老婆，我屎胀了，我要屙屎了。

张玉英　哼！真是呀。那我先走，你快来就是。（下）

蠢　子　是啰，老婆，你慢走，等我呀。（解裤子）

李　三　（唱路腔）急急忙忙来得快，不觉来到大田边。吔，是哪个在这田边屙屎？（近看）呵，原来是蠢子。（用锄头推蠢坐地）

蠢　子　（爬起，打李）骂你妈妈。

李　三　蠢子，你打我呀？我打死你。

蠢　子　你推我做什么？

李　三　蠢子，我问你，前面走那个是哪个？

蠢　子　你猜嘛。

李　三　是你妈。

蠢　子　是你妈。

李　三　是你婆婆。

蠢　子　是你婆婆。

李　三　是你老婆。

蠢　子　是你老婆。

李　三　哈哈！是我老婆，我去要了。（想跑去）

蠢　子　（拦住）你莫吃我的空子⑤啵。

李　三　她背起那个是哪个？

蠢　子　你猜。

李　三　是你兄弟。

蠢　子　是你兄弟。

李　三　是你的仔。

蠢　子　是你的仔。

李　三　哈哈！我的仔，我去抱先。

蠢　子　（忙抢上跑先）老婆、老婆。（跑下）

李　三　（大笑）哈哈！真是个蠢子。常言道，牛蠢还晓得打倒犁，人蠢真是无药医。哈哈。（下）

第三场

张玉英　（上，唱路腔）急急忙忙走得快。

蠢　子　（唱）不觉来到是河边。

张玉英　不觉到河边来了。（看）蠢子，没有跳石⑥怎么办？

蠢　子　我来搬跳石，架好你才过呀。

张玉英　你快点来搭跳石啦。

蠢　子　（洗马锣鼓。搬搭跳石）老婆，跳石搭好了。

张玉英　你抱宝宝过去先。

蠢　子　我不爱抱，他爱骂妈的。

张玉英　讲鬼话，快抱过去！

蠢　子　是啦。（抱起。小孩哭）你看，他又骂了我的妈了。

张玉英　不是，你好好地抱，他哭赖⑦啦。

蠢　子　（过河）莫忙，你这小鬼仔，爱跳，我拿大石头压到先，免得你又跳。（找石头）

张玉英　（在对河急死了）哎呀！你，怎么这样蠢？拿石头压，不压死去？莫要压，快过来拉我过去。

蠢　子　是啦。（过河拉英）快过啦。

张玉英　你好好地拉着我啵。

蠢　子　是啦。（刚拉几步）我不拉你了。

张玉英　死鬼打的，你怎么不拉过去呀?

蠢　子　你要喊我一声我才拉你。

张玉英　蠢子。

蠢　子　不拉，你要喊我，亲亲嫡嫡，嫡嫡亲亲，我的好老公，我就拉你。

张玉英　我喊亲亲嫡嫡、嫡嫡亲亲，我的好夫君吔。

蠢　子　吔，哈哈！我拉你啦。

张玉英　（过河后抱小孩走）这里离外婆家不远了，你拿起吊箩走，走呀。（唱柳莲青）家中事情料理清，去吃喜酒我笑盈盈。（重句。拍门，白）到了，妈妈开门。

蠢　子　外婆，开门。

王　氏　（上）外面真热闹、莫非有客到。打开门来看，原来蠢子到。呵！我宝宝女也回来了，快请进啦。

张玉英　妈妈，祝你寿比南山，福如东海。（拜寿）

王　氏　哈哈！宝宝女，不必拜寿了。

蠢　子　要拜！要拜！（拜）我和你今年拜一拜，不知你明年在不在。

张玉英　啐！恭喜外婆好世界嘛。

蠢　子　呵！好世界。

王　氏　好！好！坐啦。哎呀！来来，我来抱抱我这个外孙仔先。（抱孩）好宝宝呵。

蠢　子　（见孩屙尿）外婆，他这里流水了。

张玉英　莫去抓，快放手。

王　氏　女儿，你来抱。为娘去拿饭菜上来，吃饭了。（下）

张玉英　是。（抱小孩）

王　氏　（取饭菜上）来来来，坐啦。

蠢　子　是是。

［蠢、英、王同坐吃饭。

王　氏　蠢子，我来问你，你家今年种了多少田？撒了好多谷种？

蠢　子　撒了一箩筐。

王　氏　收得好多？

蠢　子　收得一粪箕。

张玉英　啐！收得几十箩。

王　氏　养了几条牛呀？

蠢　子　连我一起养了四条。

张玉英　啐！只养了一条牛。

王　氏　养了猪没有？

蠢　子　养了几个黑头猪。

张玉英　养了一条。（手势）来。

蠢　子　（起身）做什么啦？我吃得好好的。

张玉英　我告诉你，等下外婆叫你吃菜，你要斯文点，我蹬一下脚，你就扒一下，夹一点菜，听见没有？

蠢　子　晓得。（回席坐下吃）

王　氏　女儿女婿呀，（唱四平腔）坐在堂前把话讲，叫声女儿女婿听端详。今日母亲寿诞日，你夫妻双双回家堂。淡酒淡菜桌上摆，愿你夫妻得长久。

张玉英　（唱）坐在酒席把话讲，尊声母亲听端详。今日母亲寿诞日，愿你寿比日月长。（见蠢子吃菜粗鲁，蹬脚）

蠢　子　（见英蹬脚，急吃菜。桌下狗打架，以为是英蹬脚，急夹菜）呀！老婆，你莫蹬脚了，我吃不及了。

张玉英　（气极）哎呀！

［蠢吃不及，忙将汤菜倒入怀中，衣服全湿。

王　氏　哎呀！好了，下去快换衣服。（下）

［英、蠢下。

（剧终）

【注释】

①岁多了：一岁了。

②拼伙：合伙。

③麻通：一种用芝麻与糯米做成的食品。

④装背：把小孩背在背上。

⑤吃空子：钻空子、占便宜的意思。

⑥跳石：用来垫脚蹚河的石头。

⑦哭赖：哭。桂林话。

【剧情简介】

张玉英嫁与蠢子为妻。蠢子十分愚蠢，尴尬之事时有发生，使张玉英十分头疼。一日，夫妻回门拜寿，玉英怕蠢子在酒席上失礼，嘱咐蠢子等她蹬足方可吃菜。不料桌下狗打架，踩住蠢子的脚，蠢以为妻命快吃，就拼命快吃，吃不及时，将菜倒入怀内，以致衣服全湿。岳母只好叫他换下脏衣，妻也无可奈何。

【简评】

彩调中有一类蠢子戏。蠢子，即那些弱智者，成为剧中被嘲笑的对象。对蠢子的愚昧无知进行嘲弄取笑，应当说这是彩调一种极为不好的创作倾向。此剧试图用蠢子的一些行为来引人发笑，却反映出一种歧视弱者的不健康心理。剧中言语失之粗陋，缺乏美感。

此剧由俸画眉发掘、杨爱民记录保存。

打吊吊彩

剧中人物

⊙曹之上（行当：丑，简称：曹）

⊙余之下（行当：丑，简称：余）

⊙金花（行当：花旦，简称：金）

⊙银花（行当：花旦，简称：银）

第一场

曹之上 （上，数课子）好笑好笑真好笑，打个喷嚏也蛮叫。一走走到对门坳，见着拐子驼子来抬轿。驼子抬起凸甲凸，拐子抬起跳夹跳，你讲好笑不好笑？（坐，白）小子本姓高，头戴猪尿泡。我想丢了去，我爷老讲留着耍元宵。在下，曹之上。在家闲下无事，到我老同[①]家去玩耍一会，岂不是好？出得门来，待我关好门户，前往他家走起来哟！（唱路腔）林中鸟崽叫喳喳，叫得我今笑哈哈。打得大的长街卖，打得小的拿回家。（下）

余之下 （一条龙。上，做整妆开门动作，数课子）小子本姓李，住在瑶山里。叫起我伙计，出门做生意。我伙计，他言道，哪种生意做得起？我言道，走到湖南去挑牛皮。他讲我力气大无比，担担挑得有百几。那夜晚，住在广东城内里，那个老板他姓李。他言道，你们两位客官今夜要下几多米？我言道，不吃就不吃，一吃要吃一斗几。吃得高头胀出烟，底下就胀出屎。走出那田里，拉泡屎，实在大无比，十二个农民抬不起。那夜晚，睡在床铺里，跳蚤大无比，把我挤倒床脚底。我想起不服气，把那跳蚤来告起，一拿拿往公衙里。那太爷，忙把公堂来坐起。那太爷，也姓李，把那跳蚤根由来问起，那跳蚤，左一跳，右一跳，一跳跳到老爷纱帽里，咬得老爷抵不起。那老爷发了气，丢下杆，把那跳蚤打了大板四十几。那跳蚤，抵不起，左一跳，右一挤，一跳跳到奶奶裤裆里，咬得那奶奶抵不起。那奶奶叫人把跳蚤来绹[2]起，挟出街头把它来杀起。那跳蚤血，实在多无比，街头流到街尾止。挖了那跳蚤一对眼，做得一对大灯笼，挂在头门外，照得一千八百里。脱了跳蚤那层皮，蒙得一对好大鼓。初一打一下，响到明年八月十五止。跳蚤讲了大半天，还是个点，个点子。（坐，白）小子住在山前山后，吃的是芝麻绿豆。嘴巴高头讲话，屁股有点咳嗽。在下，余之下。有一个老同，与我爱玩爱耍，不免我到他家里头玩耍一下，岂不是好？出得门来，将门关闭。前往他家走起来哟！（一条龙。唱路腔）出得门来往前走，一心要往他家行。三十五里桃花店，四十五里杏花村。杏花村中出美酒，桃花店中出美人。不觉行程来得快，转眼就到荒草坪。

曹之上　（暗上，故意与余相撞）喂，是哪个？瞎起那耳朵，聋起那眼睛，乱撞一气，脚面踩到我的脚跟。我的拳头好有一比，五月端午的药水煮过的。五个泡，五个槽，打一捶过去，拿起来就要起五个泡的哟。

余之下　是哪个狗肏出的狗，乱撞乱撞，死娘老子急起舅爷吧。我的拳头也好有一比，棱角锤子，打一拳过去，就要你起一条槽。我倒看是哪个先？（转过脸来，见是曹，喜）哟，原来是老同。我不好意思见你，先拿屁股见你，你往哪里去呀？

曹之上　我是到你那里去的。

余之下　我俩撞见好有一比，颜伯爷遇见羌伯娘，将将[3]合适了。

曹之上　我也是去邀你到街去耍的。

余之下　那就好了，我俩就好有一比了。

曹之上　好比何来？

余之下　南天门打伞，一路同行。那就走起来哟！

［一条龙。唱路腔，对口唱。

曹之上　（唱）将身离了大路旁，

余之下　（唱）一心要往大街行。

曹之上　（唱）此番要往街前去，

余之下　（唱）酒楼菜馆走一场。

［曹、余同下。

第二场

金　花　（一条龙。上，正妆，开门，念）家住凤阳府，出门打花鼓。弄得钱和米，回家养老母。（坐，白）奴乃金花。爹娘生下我姐妹二人，一行手艺没有学到，只学到唱烟花小调。今日天气晴和，叫妹妹出来，同到街前卖唱，得了钱米回家，也好养我母亲，岂不是好？（向内，叫）妹妹走来。

银　花　（上，念）姐姐一声叫，打叫为何情？（白）见过姐姐，有礼。

金　花　不消，那旁坐下。

银　花　姐姐打叫为妹何事？

金　花　妹妹哪曾知道，只因家道贫寒，你我二人前往街前赶唱，得些钱回家养母，岂不是好？

银　花　为妹奉陪。

金　花　下面拿得行李出来。出得门来，待我关起门户。姐妹二人前往大街走起来哟！（一条龙。唱八洞神仙腔）八月十五天门开，八洞神仙下凡来。张果老④渔鼓云端现，曹国舅⑤玉板响连连，汉钟离⑥手提芭蕉扇，铁拐李⑦火葫芦面朝天。吕洞宾⑧身背斩龙剑，韩湘子⑨玉笛滴溜圆。蓝采和⑩花篮空中现，何仙姑⑪生得美容颜。

［金、银同下。

第三场

曹之上、余之下　（一条龙。上，唱路腔）二人行程来得快，不觉来此是凉亭。

曹之上　老同，太阳这么大，来到这座凉亭，我们乘乘凉。

［曹、余各拿一条板凳放横，将凉亭口塞住睡下，打呼。

金花、银花　（唱路腔上）急急忙忙来得快，不觉来到是凉亭。（想进凉亭，发现二人睡着将路拦住）

银　花　姐姐，你看。这两人将路拦死，我们怎能进去呀？

金花、银花　（大叫）喂，我们要过路。

曹之上　（睡意未消，眯起眼睛）你们屙肚，去远点，不屙在这里，臭得很。

银　花　（大声）我们是过路呀！

余之下　你要过渡，到河边去。

金花、银花　（高喊）我们要过路呀！（将曹、余推倒地下）

曹之上、余之下　（忙起，睁眼看）哪里打烂观音堂，走出两个观音娘。有钱纸就烧钱纸，无钱纸就烧檀香。有磬⑫打磬，无磬打水缸。你在这边冲，我在那边冲。千年不相见，万年不相逢。吾奉太上老君急急如律令⑬，敕。一个呸，两个呸，呸你去那边河，变个水淹鬼。

金花、银花　呸！我是个人呀。

曹之上、余之下　我晓得你是个神，神你去庙里头去。

金花、银花　我是个女人啦。

曹之上、余之下　你们是举人⑭，怎么又不戴顶子⑮呢？

金花、银花　我们是妇人。

曹之上、余之下　你是府爷，为什么又不坐轿？

金花、银花　你这两个人，我东讲西答、西讲东答，我们像你妈一样的呢！

曹之上、余之下　啊！那你们原来是个女人家。(故意大喊)那女人呀。

金花、银花　(生气)呸！哪个是你的女人家？

曹之上、余之下　那我也不晓得你们叫什么名字。

金　花　我叫金花。

银　花　我叫银花。

曹之上、余之下　啊，金花银花，好响亮的名字呀。你们二人出来做什么的呀？

金花、银花　我们出来卖唱的。

曹之上、余之下　啊，你们是卖酱的？

金花、银花　呸！我们是唱烟花小调的。

曹之上、余之下　啊，是卖南瓜小尿的。

金花、银花　你的耳朵巴掌大，从来不听话。听错话就闹一架。(大声地、慢慢讲)我们是唱烟花小调的。是卖唱的。

曹之上、余之下　(故意大悟)呵，是唱洋琴小调的。是好玩要的。那何不如与我们唱两套？

金花、银花　唱是可以唱，就是要钱的哟。

曹之上、余之下　有钱。

金花、银花　我们有上、中、下三等的价。

曹之上　(对余)哟，上肯下不肯呀。

金花、银花　呸！上中下有三等。

曹之上、余之下　有哪三等呢？

金花、银花　上等三吊六，中等二吊四，下等不要钱都要一吊二。

曹之上、余之下　上也不要，下也不要，我要你中间那一套。

金花、银花　你要死哟。你是要唱中等那一套吗？

曹之上、余之下　那好嘛，你们同我唱起来哟！

金花、银花　唱是唱哟，你们要打彩[16]的。我们出来是卖嘴不卖身的，你们不要乱来。那如此就唱起来哟！

金花、银花、曹之上、余之下（唱五把扇子腔）一把扇子两边白，送与情郎哥当嫖客。你嫖别人几多好，调戏奴家算什么好角色？二把扇子两面青，送与情郎哥去调情。你调别人几多好，调戏奴家算什么好能人？三把扇子两边蓝，送与才郎去贪玩。你和别人情意重，要奴反心日晒海水干。四把扇子两边花，送与才郎当耍家。调戏别人几多好，调戏奴家为什么？五把扇子两边红，送与才郎拿手中。有缘千里来相会，无缘对面不相逢。

金花、银花　好，唱完了，拿钱来。

曹之上、余之下　刚刚有点起瘾，你就唱完了。再加一局。

金花、银花　我们光是唱，你们不要不打彩，不要不给钱。我们唱是要弄钱回家的。

曹之上、余之下　我们是有彩打的，有钱给你的，你们唱嘛。

金花、银花　那就唱起来哟。（唱十打腔）一打天上蛾眉月，二打二狮滚绣球。三打桃园来结义，四打童子拜观音。

［曹、余脱衣服帽子。

［余将衣服抛向金、银。

［曹用带子扎好衣服帽子，绳子一头拿在手中，扎在衣服的那一头掷向金、银，又拉回来。

金花、银花（接唱）五打五子来行孝，六打六合来同春。

［内白：“喂，那边两条牛搞什么？”

［又有一人内白：“那牛想吃麦子了。”

曹之上、余之下　在哪里呀？有牛吃麦子。（忙跑去田边看）

［金、银拿余的衣服下。

曹之上、余之下（对白）没有牛在吃麦子呀。（回，不见金、银，高叫）花鼓妹，你们哪里去了？

曹之上　呀，她们走了。

余之下　呀！那我的衣服帽子呢？

曹之上　是你打彩打去了呀。（装佯）我的不是也打去了，怎么办呢？（回头、把带扎的衣服从背后拿出，故意向余）呵呵，我的还在呢。哪个喊你真的丢过去。

余之下　（要哭）那我衣裳帽子都没得，怎么见得人呢？（哭）

［内白：“哪个人在那里笑呀？”

余之下　明明是在哭，你们那边人又讲在笑。

［内白：“不准哭。”

余之下　我偏要哭。

［内白：“那就拿灯草绑起他来，拿芒梗打死他！”

曹之上　算了，就是这样走了。

［曹、余同惊逃下。

（剧终）

【注释】

①老同：一种说法是同年出生的男性或女性相互称老同；另一种说法是在人与人交往接触中，当两人觉得相互关系比较好，能够推心置腹，可以永久交往时，就可以结交，这就被称为老同。

②绹：捆。

③将将：刚刚；刚好。

④张果老：张果。传说中的八仙之一，在民间有广泛影响。相传张果老是唐朝人，常倒骑毛驴，日行万里。

⑤曹国舅：传说中的八仙之一。相传他名友，宋代人。本为国舅，因其弟仗势作恶，恐受牵累，遂散财济贫，入山修道。后被汉钟离、吕洞宾度去成仙。

⑥汉钟离：传说中的八仙之一。汉钟离，复姓钟离，名权。传他自谓生于汉，因受铁拐李的点化，上山学道。

⑦ 铁拐李：传说中的八仙之一。相传姓李，曾遇太上老君而得道。神游时因其肉身误为徒弟火化，游魂无所依归，乃附一饿死者的尸身而起。蓬头垢面，袒腹跛足，用水喷倚身的竹杖，变成铁拐，故称铁拐李。

⑧吕洞宾：名岩，号纯阳子。传说中的八仙之一。宋以来关于他的神奇事迹的记载很多，元明戏曲、小说中亦常以他的故事为题材。

⑨ 韩湘子：传说中的八仙之一。相传韩湘子自少学道，吕洞宾度之登仙。

⑩ 蓝采和：传说中的八仙之一。相传蓝采和常穿破蓝衫，一脚穿靴，一脚跣露，手持大拍板，行乞闹市，乘醉而歌，四处周游。后在酒楼，闻空中有笙箫之音，忽然升空而去。

⑪ 何仙姑：传说中的八仙之一，是八仙中唯一的女性。相传她容貌美丽，经常手持荷花。

⑫ 磬：此指佛寺中使用的一种钵状的铜乐器。

⑬急急如律令：汉代公文常用的结尾语词，意谓情势紧急，应如同依照法律命令一般火速办理。后多为道教念咒驱使鬼神时所用的末语。有的还在其后加“敕”、“疾”等字，以表示急急按咒执行不得有误。

⑭ 举人：明清为乡试考中者之专称，作为一种出身资格。

⑮ 顶子：清代官员的冠顶饰物，是区别官员品级的重要标志。用宝石或珊瑚、水晶、玉石、金属等制成，以其质料和颜色分别官阶的品级。

⑯ 打彩：彩调习俗，亦称砸彩。旧时彩调班社演出，每到一地首演，均由一个女演员先出场表演一番舞蹈动作，舞毕亮相时，观众纷纷向台上抛掷银圆、铜币等财物。

【剧情简介】

曹之上、余之下约同长街玩耍，中途入长亭歇脚，拦路而睡。卖唱的金花、银花姐妹路过此地，也想亭中歇凉，不料被曹、余拦住去路。姐妹把他们叫醒，互相打趣。曹、余后知她们是卖唱的，便要她们唱洋琴小调；

姐妹二人要他们打彩。唱时，余把衣服脱下去打彩。忽闻田中叫嚷牛吃麦子，曹、余忙去查看，姐妹乘机拿了衣服离去。等曹、余回来时，不知金、银姐妹何往，余只得懊丧而归。

【简评】

打彩或砸彩，是过去彩调演出中常见的事。旧时调子班社演出，台下观众将银圆、铜币砸上台来，以示对演员赏赐。但一些人恶意将钱币砸向旦角的脸部，甚至有“砸死旦角不偿命”的说法，这显然是在拿艺人开心取乐。此剧内容上赞扬卖唱姐妹用自己的智慧惩治曹之上、余之下这两个市井无赖的行为；形式上较为集中地运用了夸张、谐音等手法，以突出喜剧色彩。

此剧由林瑞甫发掘、董希武记录保存。

哈仔成亲

剧中人物

⊙哈仔（行当：小丑，简称：哈）
⊙王伯娘（行当：摇旦，简称：王）
⊙张伯娘（行当：摇旦，简称：张）
⊙张玉英（行当：花旦，简称：英）
⊙刘铁嘴（行当：丑，简称：刘）
⊙李傧相（行当：老生，简称：李）

第一场

哈　仔　（一条龙。上，唱路腔）有钱之人人侍奉，无钱之人侍奉人。因为我家清贫苦，每年在外帮别人。（收腔。白）我，哈仔。帮员外一年，得了一元二毫银洋，不免拿回家去，还要走起来哟！（唱化子腔）离了东家回家转，要往家中走一程。将身且把大路进，那旁就是我家门。（下）

刘铁嘴　（上）二十年来江湖游，游来游去度春秋。早晨捞得柴和米，晚间捞得点灯油。（坐，白）我，刘铁嘴。每日在外算八字。今日天气尚早，我往小村走走，算一算八字，岂不是好？待我拿得家什出来，还要往乡村走起来呀！（唱报八字腔）东街走过西街行，南街走过北街行，要到乡村

算五行。三步拿来两步走，两步拿来一步行，不远是凉亭。（下）

哈　仔　（挑柴上，唱小吹小打）挑起干柴往前走，要往大街走一程。三十五里桃花店，四十五里杏花村。杏花村中出美酒，桃花店中出美人。（下）

刘铁嘴　（上，唱八字腔）走来走去行得快，不觉来此是凉亭，我今透[①]一程。（白）走来走去，走到这凉亭来了，待我进凉亭来透一透先。唉！这凉亭上还写有诗句，待我念来。赌钱抹牌，夜困摊台。偷鸡摸鸭，理所不该。看相算命，哄人钱财。哄人钱财，死后无板[②]埋。咦唏！这是哪个写的？话语很利，好刻薄人也。嗨，我又生得矮，若是生得高，我就涂抹他几句。我们算命看八字的，是专门哄人钱财的？真好欺人。待我来歇一下先。

哈　仔　（上，唱挑担腔）柴火[③]挑上肩，左肩换右肩，挑担干柴火，烧得好几天。（收腔）待我走到凉亭来歇一下困先。嗳，是位八字先生。你老人家早。

刘铁嘴　老弟，你好下力，你挑柴火哪里去呀？

哈　仔　老先生，你哪晓得，我上街去卖哟。

刘铁嘴　哦，你挑柴火去卖。算个八字吗？

哈　仔　老先生，我才挑柴火去卖，我哪里得钱来算八字？

刘铁嘴　没有钱不要紧，在这凉亭大家歇息，算得准的，有钱时再给钱。算不准的，就不给钱。

哈　仔　当真的啵？你算得准，我有钱就给你钱。

刘铁嘴　那你就报年月日时辰吧。

哈　仔　那我生在庚寅年，八月十五日，寅时逢生。

刘铁嘴　哦，庚寅年，八月十五日，寅时逢生。来，我来算你的八字，我讲得真，算得灵，你莫在旁边打铜盘。来，我要来起诗句，子宫壬癸水，丑巳癸辰同。寅宫甲丙戊，卯宫独一木。甲子起甲子，乙庚起丙子，丁寅起寅子。年上起月，月上起日，日上起时。子午卯酉，辰戌癸亥。我来讲你的八字。八字生得好，根基就来得旺。不过，这几年受了下子苦，运气不大好，有点犯波煞。波煞、波煞，兜兜搭搭，牛事未去，马事又发。你这八字，我照你命讲，一不讲江湖话，二不讲奉承话，你走了这步墓库运[④]好吗？墓库有三样走法：老年走墓库，棺材余一副。少年走墓库，颠倒又无路。你中年走墓库，发财又无数。恭喜你今年有大财发。今年，你必定要讨个老婆，我恭喜你了。八字算得了。

哈　仔　老先生，你莫和我开玩笑了，我这样子讨柴火卖，帮人看牛，哪有大财发？哪里还讨得起老婆？你莫来取笑我了。

刘铁嘴　我不是取笑你，你今年一定要讨老婆的。

哈　仔　我当真今年有老婆讨，若还你算准，我就谢你三百六钱，一个大雄鸡。若还算不准莫怪我说你算不准。

刘铁嘴　是，你若是讨了老婆，一定要来谢我。

哈　仔　那我不同你多谈了，我要去卖柴火去了。（唱倒板桨）辞别先生往前行，要往大街走一程。先生的八字算得准，我日后与你来传名。挑起柴火街前进，油盐柴米换回程（下）

刘铁嘴　（接唱）一见他今往前进，不由我自笑盈盈。若还他后来把老婆讨，那时他就认得刘先生。闲言淡语懒得论，要到乡村走一程。（下）

第二场

［起更。哈上，拿领得银毫敲玩，隔壁王听着。

哈　仔　唉，这八字先生算我今年会讨老婆，睡也睡不着，不免拿这大洋再叮下，玩要玩要。（再敲。起更。天亮，下）

王伯娘　（上）昨晚夜，一夜听到哈仔叮银子响，我和他隔一个板壁，响得睡不着，待我来问他一问。哈仔，你起来没有？

哈　仔　（上）王大妈，你这么早过来。我起了，进来坐嘛。你老人家这么好意，过来做什么事呀？

王伯娘　哈仔，你长成十几岁了，我过来和你淡一谈，你讨个老婆回来吧。

哈　仔　唉，王大妈，你老人家莫讲笑话，像我这个样子，哪一个来嫁我。

王伯娘　你这样勤快老实，有人嫁的。

哈　仔　虽然是，我没得钱，家里穷啵。

王伯娘　你哟！没得钱，我昨晚夜听到你一夜的银圆响，大的花边⑤，小的毫子，恐怕你弄得银子了吧？

哈　仔　你哪里晓得？这是我积得的银子，也还是不够用的，我不能用它。

王伯娘　我同你去做一个媒，看看别个嫁不嫁你，肯嫁你总有法子。

哈　仔　那好呀，如果不嫌我穷的，你同我做个媒吧。

王伯娘　那我就少陪你，我往对面村子去走上一走。

哈　仔　在我这吃早饭才去。

王伯娘　不消讲礼性⑥。

哈　仔　那不送了。（下）

王伯娘　那我还要往前村走起来呀。（唱摇旦腔）离了他家往前村，张大娘家走一程。若还把媒做成了，才算得老娘有名声。不觉行程来得快，见了张伯娘说分明。（白）张伯娘在家没有？

张伯娘　（内白）在家。（上）哦，原来是王伯娘来了，请进。王伯娘，请坐。女儿倒茶上来，有客来了。

张玉英　（倒茶上）王伯娘请茶。

王伯娘　真好贤惠哦。

张玉英　王伯娘多要一杯。

王伯娘　好茶不要多。

［英接杯下。

张伯娘　王伯娘，真难得呀，今天什么好日子？来到我家有什么好事呀？

王伯娘　张伯娘哪曾知道，只因我隔壁有个哈仔，年方一十八九岁，又本分老实，又勤快，未曾成亲。我昨夜听到他屋里头，大的大银圆，小的小毫子，响了一晚夜，也不知积了多少银子。你的姑娘也大了，我想与你来谈一谈，将你的女儿嫁与他，不知你的意思如何？

张伯娘　好便是好，他也没得爹娘。只因他家又穷呀，晓得他办得起财礼没有呢？

王伯娘　是呀，自古道，男大当婚，女大当嫁。你又没得仔，想哈仔这人这么老实，在对面村子又不远，你的女儿嫁了他，将来两边照看，这桩亲事，岂不是两全其美？

张伯娘　那好呀，你过去同他说一说，那蚊帐被窝是要他办的。办起蚊帐被窝，多少财礼，我都不讲。

王伯娘　我照了你这番话讲，那我就过去对他说。如此我少陪你了。

张伯娘　那你就慢走。（下）

王伯娘　离了她家门前，我还要往哈仔家走呀。（唱摇旦腔）离了她家往前行，见着哈仔说分明。这桩事情讲拢了，才算我王大妈有才能。急急忙忙来得快，不觉来至他家门。（白）哈仔，开门。

哈　仔　（上）昨晚灯花结彩，今朝喜鹊临门。呵呀，王大妈来了。

王伯娘　我又回来了。哈仔，我恭喜你，张伯娘满口答应，赶急看日子订亲。

哈　仔　唉！你老人家讲得轻巧得很，蚊帐被子还未曾买，银子还不知道在哪里？

王伯娘　哦，没得钱。你叮的那钱，当真的不舍得用吗？

哈　仔　不是讲了不用的吗？

王伯娘　好，我同你想个主意，我有几十块钱，放着防老的，我借给你用先。到后来，你成亲过后，你把银子挖起上来，归还于我，你说好不好？

哈　仔　你若是这样的照顾我，日后不会忘你的好处。

王伯娘　不用客气。这样我同你去请花轿、鼓手，你在家备办讨亲的礼物。（下）

哈　仔　那我也要出街去备办讨亲的礼物。（下）

王伯娘　（上，唱摇旦腔）人逢喜事精神爽，月到十五分外光。哈仔今日成亲事，不由我今笑洋洋。将身且把大街上，请得花轿接新娘。（下）

哈　仔　（上，唱路腔）喜洋洋来笑洋洋，备办礼物回家堂。多得王妈来照顾，照顾我今娶新娘。等到洞房花烛夜，夫妻和好配成双。（白）走来走去，到得家门来了。少时轿子、鼓乐就来了。

王伯娘　（上）鼓乐、轿子来了。（吹大开门）一齐往女家前去接亲。

［轿夫、鼓手等均同王下，接新娘上，与哈交拜成亲。李赞礼。

王伯娘　打轿上来。（大开门）

李傧相　屏开孔雀，被绣鸳鸯。芙蓉帐暖，富贵花香。一条丝线下江东，先钓鲤鱼后钓龙。今晚洞房花烛夜，龙腾沧海凤腾空。动乐，乐止。左边请出新郎，右边请出新娘。新郎新娘，出来拜堂。一拜天地精神爽，二拜祖宗万代昌，三拜爹娘恩情重，四拜夫妻得久长。二人拜了堂，请入洞房。好儿子生五个，好女儿生一双。大儿子朝廷宰相，二儿子两广都堂，三儿子学院布政，四儿子总镇边疆。五儿子年纪幼小，尚在书房读文章。二小姐夫人诰命，大小姐皇后娘娘。皇后娘娘生癞子——

王伯娘　呸！生太子。

李傧相　哦，生太子，生出太子掌朝纲。百年偕老，五世吉昌。好话讲完，打个封包也蛮长。

王伯娘　请在下面饮宴。

李傧相　如此，请。

［众人同笑下。

［起更。过门。

张玉英　（上、整床）睡觉了。

哈　仔　（笑上，到床上翻跟斗）三百六钱，一个大雄鸡抵得。（又一个跟斗）三百六钱，一个雄公鸡抵得。

张玉英　你怎么这么高兴，老是笑呢？

哈　仔　你哪里晓得？那日出街卖柴，撞着一个八字先生，算得好准呢。

张玉英　他怎样讲呢？

哈　仔　他算我今年要发大财，要讨老婆，你说算得准吗？

张玉英　难怪得，我以为笑什么呢。那你明天要去答谢他。

哈　仔　是呀，明天对起三百六钱，拿个大雄鸡，拿起粑粑，答谢于他。如此，请睡觉了。

张玉英　请！

［哈、英同下。

（剧终）

【注释】

①透：透气；休息。

②无板：无棺材。

③柴火：可以用作燃料的木材。

④墓库运：算命的一种说法，指的是一种运势。

⑤花边：旧时对流入中国的外国银元的俗称。边缘有花纹，故名。

⑥礼性：含义相当于礼貌、教养之类。

【剧情简介】

哈仔为人忠实，帮人打工，得了一元二毫银洋。一天他出去卖柴，遇到八字先生替他算命，说他今年会讨老婆。他回来睡不着，拿着仅有的一块银圆敲着玩，隔壁王大妈听到了，以为他有很多银子，便替他做媒，还愿意拿自己防老的钱借他办酒，哈仔就这样娶到了老婆。

【简评】

“蠢子”是彩调传统剧中常被嘲弄、揶揄的对象，如《蠢子卖纱》《蠢子赎当》《蠢子回门》《卖猪学打》等等。嘲笑这一值得同情的弱势群体，是这些彩调剧的明显弊病。但在《哈仔成亲》一剧中，哈仔成为唯一一个幸运儿，不仅没受到任何人的欺骗、取笑，反而在人们的帮助下，娶到一个贤惠孝顺的妻子。当然这一结果并非平白无故的，用王大妈评价哈仔的话说：“又本分老实，又勤快。”显然，哈仔的品质是成就他婚姻的一个重要因素。

此剧由林瑞甫发掘、顾建国记录保存。

酒醒不见牛腊巴

剧中人物

⊙梦不知（行当：丑，简称：知）
⊙梦仲姣（行当：正旦，简称：姣）
⊙梦见月（行当：旦，简称：月）
⊙孙翠娥（行当：正旦，简称：娥）
⊙梦氏（行当：老旦，简称：婆）
⊙梦小娥（行当：旦，简称：姨）
⊙村童（简称：童）

第一场

梦不知 （上，念）时不通来运不通，眉毛高头生臭虫。买个母猪回家养，养够三年变猪公。（白）在下孙贤，别人取我一诨名，梦不知。我家常事务完全不理，有吃无吃我也不知。生得一个女儿，名叫梦见月。今日天气晴和。我要去讨[1]柴火。（喊）见月，你在家看家，我去讨柴火去了。

梦见月 （上）爸爸，今早没有米下锅了。

梦不知 我不晓得，你问你妈，我只晓得管我这个酒筒，我讨柴去了呀。（唱路腔）一根扁担一把刀，又要上山把柴讨。讨得干柴长街卖，换些鱼肉回家烧。鱼肉送酒味道好，吃得汗出脸发烧。我姐只喊我戒酒，戒酒不喝命难熬。（白）到了，等我砍柴起来了。（唱洗三坎）那旁有棵杨柳树，风吹杨柳两边摆。青山绿水好风景，待我慢慢砍起来。（白）砍好了，等我捆先。（动作）我回家去了呀。（唱路腔）将身离了山脚下，碎步快跑转我家。刚好今天没喝酒，我的肚内酒瘾发，快跑快跑呀。急急忙忙跑得快，不觉来到我的家。（白）见月，开门、开门！

梦见月　（上）啊，爸爸回来了。

梦不知　酒瘾发了，莫唠叨。

［月下，取酒和粥上。

梦见月　爸爸，这里有一碗酒，两碗粥，你慢慢吃吧。

［知吃。

梦仲姣　（上，唱）将身离了地头上，一心要回我家堂。日头又大人又困，脚又软来心又慌。三脚两步来得快，不觉来到我的门墙。（白）见月，给我端一碗稀饭来。

梦见月　爸爸吃光了。

梦仲姣　酒鬼，你把稀饭吃光了，我吃什么？

梦不知　吃两碗稀饭，你却有那样多的话。

梦仲姣　你只管酒筒不管家，我要骂你呀。（唱骂板）站在堂前将你骂，骂声酒鬼听根芽。喊你出工你又懒，勤吃懒做为什么？

梦不知　我哪天不打柴火去换酒？

梦仲姣　（接唱）耕田种地你不去，天天只把酒筒拿。不想起来也就罢，越思越想火越发。

梦不知　（接唱）站在堂前把话讲，叫声娘子听端详。耕田种地我也会，这种事情有何难？那日要我把工做，出工三天酒筒干。你慢思来你慢想，做工无酒理不当。

梦仲姣　那你从今不要端我的碗。

梦不知　我只端我的酒筒。（喝）

梦仲姣　可恨呀！（接唱）站在堂前把话讲，越思越想心越伤。你想我们日子看，穿无衣来吃无粮。穿件衣裳稀巴烂，穿条裤子没有裆。好言好语对你讲，你还傲犟对我强。你有一个亲姐姐，说你你也不耐烦。天天挑柴长街卖，只顾不给酒筒干。（白）你这个砍头鬼呀，我也懒得骂你了。（下）

梦不知　我也懒理你，挑柴火上街卖先。（下）

第二场

孙翠娥　（上，念）妻贤生非少，子孝父心欢。（白）我，孙翠娥。我家生活可好过，可恨我弟弟孙贤，不理家务，只顾喝酒。现在外甥女见月，十一岁了，没穿没吃，我挑点玉米上街卖，买点布给她做件把衣裳也好。（挑玉米）我要走往长街去呀！（唱路腔）挑担玉米长街卖，卖得钱来买衣裳。我家个个都有穿，可怜甥女没衣裳。举目抬头来观看，不觉来到十里庄。（白）慢着，行来走去，到十里凉亭来了，我在此歇息一下。

梦不知　（上）我要挑柴换酒去了呀。（唱挑担腔）柴火挑上肩，左边换右边。不往哪里去，要往长街间。急忙来得快，凉亭在眼前。

孙翠娥　看，那边来了弟弟，等我躲他一下，唱几句歌来骂他。（躲）

梦不知　我到凉亭歇困一下先。

孙翠娥　（唱山歌）闲下无事凉亭坐，见人挑担生柴火。干柴街上有大把，生柴挑去卖不脱。

梦不知　（张望）哪个唱歌来骂我，出门碰不到好彩，等我还她一首。（唱山歌）我今挑担生柴火，谁人讲我卖不脱。这句话语刻毒我，我就骂她乌龟婆。

孙翠娥　（出来）你骂哪个？

梦不知　原来是姐姐，你为什么要骂我？

孙翠娥　不骂你骂哪个？我骂你，砍头鬼、挨刀鬼！

梦不知　我也骂你，你生毒、生角、生癞子！

孙翠娥　好了，莫骂了！孙贤弟呀。

梦不知　（生气）生鹅②。

孙翠娥　（诚恳地）弟弟呀！

梦不知　（诚恳地）姐姐！

孙翠娥　（唱数板）二人站在凉亭上，我有话语说短长。劝你要把酒来戒，后来才有好风光。再三说你你不听，脚踢手舞讲蛮强。天天挑柴长街往，卖柴买酒灌肚肠。你的老婆哪个养？你的女儿哪个装？今年女儿十岁了，穿的裤子没裤裆。劝你立刻把酒戒，免得后来无下场。（白）弟弟呀！

梦不知　（接唱）姐姐错把话来讲，劝我戒酒为哪行？一餐不喝肚子叫，两餐不饮心发慌。喊我出工我倒想，出工三天酒筒光。现有酒吃倒不想，现铁不打去炼钢。姐姐不必多话讲，何必讲多做哪行？（挑柴急下）

孙翠娥　你看这个酒鬼，硬是舍不得那个酒筒。唉，我也挑玉米上街去卖了。（下，又上）玉米卖了，布也买到了。我还是在这里等我的弟弟，他要是讲得好，就给他拿回去给外甥女做衣裳。要是讲不好，就另作打算。

［知上。

孙翠娥　哦，弟弟，你回来了？

梦不知　回来了。

孙翠娥　（背场）我先试他看看。（转白）弟弟，你买得什么回来？

梦不知　还有什么？就是买得酒啰。

孙翠娥　就是买酒，也不买点布做衣服给见月。娃仔大了，光屁股哪样见得人？也该去读书了。

梦不知　有钱就读书，无钱就看母猪。

孙翠娥　砍头鬼你，哪个是母猪？你骂人。

梦不知　你厉害婆，哪个骂你？分明你想找我闹架。

孙翠娥　爱你好我才讲啦，劝你戒酒了吧。自古以来，坐吃山崩。你晓得不晓得？

梦不知　我天天卖柴火，哪个坐吃？我喝我的酒。

孙翠娥　唉！没有法子啦，懒得跟你讲了。我买了点花布，你拿去缝一件衣裳给见月吧。

梦不知　（接布，背台）要也难，不要它也难。要得来，挨她骂。不要得来，她又一片好心。（对娥）姐姐，拿你的去，我不领受。

孙翠娥　怎的你不要？

梦不知　不要就不要。

孙翠娥　不要也就罢。

梦不知　人穷气短，马瘦毛长，我就不这样，我不要你的。（喝一口酒，欲下）

孙翠娥　弟弟，你转来。

梦不知　做什么？

孙翠娥　你买得几斤酒？

梦不知　两斤。（下）

孙翠娥　唉！这个人呀，真是……呵！有了，今天他一定到孙家村讨柴火，我叫他们放鸡出来，他若是偷鸡送酒呢，我就好整他了。言得在理，我还要回家去了。（唱四平腔）将身离了凉亭上，一心要往自家门。举目抬头来观看，不觉家院面前存。（下）

第三场

梦不知　（上）喝了酒，我又讨柴火去了。（唱路腔）将身离了我家门，一心要往孙家村。急急忙忙来得快，转眼来到村寨门。（白）行来走去，到孙家村来了，这个山柴火好，我就在这里砍了。（下）

孙翠娥　（上）小弟！小弟，刚才我跟你讲好了的，现在梦不知来了，你把鸡放出来吧。

［内应："好！好！"

孙翠娥　你看好呵，他要是偷了，你就讲我听，我在家等。（下）

梦不知　（上）吔，这群鸡好肥呵，等我搞他一个回去送酒先。（捉鸡）

村　童　（上）呵，你偷我的鸡，拿强盗呀！

孙翠娥　（上）强盗在哪里？拿他！

村　童　就是他！

梦不知　我哪里偷？是你的鸡飞上我的手来啦。

孙翠娥　拉他去见官。你青天白日偷人家的鸡，等我回去讲给嫂嫂听。（下）

梦不知　讲你就讲，难道我还怕老婆。（下）

孙翠娥　（上）到了。嫂嫂开门！

梦仲姣　（上）哪个？

孙翠娥　我啦。嗨！我的老弟今天去偷人家的鸡啦。

梦仲姣　唉……

孙翠娥　等他回来，我们教训他一顿。（耳语，下）

梦仲姣　唉！照办就是。（下）

梦不知　（上、唱挑担腔）讨得一担干柴火，这回越更有酒喝。村头打得鸡一个，今夜回家慢斟酌。（白）到了，开门来。

梦见月　（上）爸爸回来了！咦，你得鸡回来？

梦不知　莫讲大声，到夜我给鸡把腿[3]给你吃。

梦仲姣　（上）好呀，你今天偷人家的鸡，你还有脸！

梦不知　你少管闲事！

梦仲姣　唉……（牵月下）

梦不知　等我慢慢来劏鸡[4]先。（下，又上）我慢慢喝我的酒呀。（醉）

梦仲姣　（上）唉！这个不要脸的人呀。（唱骂板）站在堂前把话讲，叫声孙贤听短长。今日上山把柴砍，偷得鸡来回家堂。剁的剁来砍的砍，吃得满面像太阳。丑恶事情是你做，强盗拐子是你当。不顾声名不顾脸，许配于你做哪行？今天要你把婚退，快写休书[5]我回乡。

梦不知　我做我的强盗，关你什么事？写什么休书？

梦仲姣　我才不嫁偷鸡汉呢！

梦不知　你听我讲呀。（唱）坐在堂前把话讲，叫声妻子听短长。好汉做事好汉当，与你无碍又无妨。大吃大喝命注定，叫我不喝就倒床。既然要我把婚退，文房四宝[6]在后堂。（白）你去拿来。

梦仲姣　（下，取文房四宝上）写来。

梦不知　（写，唱四平腔）我把休书来写过，叫声老婆你听着。大吃大喝本是我，你今怎样奈我何？要写休书我就写，离婚以后好大喝。手把休书交给你，你嫁别人又如何？（白）拿去。我喝我的酒。（喝酒）

梦仲姣　（背场）他还没画押，留他有悔改的日子。我带见月走了。（牵月走，唱哭板）出得门来哭哭啼，嫁得男人不诚实。天天砍柴去换酒，大把喝来大把吃。家务事情全不理，越思越想越孤凄。今日逼他写休书，逼他改过再重聚。（白）见月，喊外婆开门。

梦见月　外婆开门！

梦小娥　（上，开门）哟！大姐回来这样夜？

梦仲姣　妈呢？

梦小娥　妈，大姐回来了。

梦　氏　（上）呵，女儿回来了。

梦仲姣　妈妈呀。（唱哭板）女儿坐在厅堂上，双目流泪泪汪汪。我把事情对妈讲，妈妈一二听短长。拿我去配孙家子，又无田地又无房。嫁得孙贤真难过，天天喝酒太荒唐。百样事情他不理，喝酒过日度时光。大姐骂他他不听，反说大姐是凶狠。今天和他离婚了，他若改过再回乡。

梦　氏　唉！莫哭了，后堂安息，明日再作打算。

［姣、月、娥、婆同下。

第四场

［鸡叫。

梦不知　(醒)见月，我喉干多了，要茶来给我吃。吔，怎么不见答应？仲姣，要点茶给我吃。吔，也不在。(起，寻找)见月、仲姣，你们都到哪里去了？(看见桌上的休书)哎呀！不好了，我怎么写了休书？不得、不得，等我到外婆家认错求情去呀。(唱忧腔)思想起来心事杂，心中好似钢刀铡。千错万错是我错，大吃大喝做什么？今日给我吃酒醉，糊里糊涂吵乱胡画。自古酒醉昏了头，酒醒不见牛腊巴⑦。今日外婆家中往，请求外婆想办法。(白)唉！古话，酒醉失天下，酒醒不见牛腊巴。我为了吃酒，白白把一个好妻子休了，将来怎样过日子。我还要到外婆家去求情，向她老人家认个错，把老婆接回家才是。走呀。(唱路腔)只因喝酒把事闹，错休妻子为哪条？今天外婆家中走，要请老婆把我饶。(下)

(剧终)

【注释】

①讨：砍、伐。

②生鹅：意即孙翠娥。桂林话中“孙”与“生”的读音相近。

③鸡把腿：鸡腿。

④劏鸡：宰鸡。劏，宰杀。

⑤休书：中国封建时代，丈夫离弃妻子的文书。

⑥文房四宝：笔、墨、纸、砚。

⑦酒醒不见牛腊巴：亦作“酒醒不见牛肉羓”，广西柳州谚语。羓，音巴，肉干。某人嗜酒，最爱牛肉羓相佐。与人饮，一饮一碗，碗碗见底，顷刻大醉。醒来时，牛肉羓被人吃光，憾恨不已。讽刺贪心者只顾贪酒，损失了其他美好享受。也告诫人们不能让机会在忽略中失去。

【剧情简介】

梦不知嗜好喝酒，每日打柴得来的钱就买酒喝，有时还偷别人的鸡来送酒。他的姐姐劝他不听。一天，他的姐姐和他的妻子商量，利用他喝醉的机会，逼他写休书，并把其女见月一同带回外婆家去。梦不知醒来，见家无一人，感到孤独凄凉，认识过去喝酒不对，连忙到外婆家道歉，才把老婆接了回来。

【简评】

我国戏曲史上有不少劝夫之作，如元代的《杀狗劝夫》就极具代表性。《杀狗劝夫》中的妻子是以杀狗劝其丈夫远离不良之友，使家庭和睦。而此剧是诱夫休妻，达到改掉丈夫好酒贪杯、偷鸡摸狗等陋习的目的。方法不同，意图相似，可谓异曲同工。这是一些戏曲为呈现其浃父子之恩、增长幼之睦、动夫妇之欢等道德教化作用的共同选择。

此剧由陆春廷发掘、涂世馨记录保存。

洗裤玩灯

剧中人物

⊙朱老三（行当：丑，简称：朱）

⊙苟老四（行当：丑，简称：苟）

⊙王氏（行当：花旦，简称：王）

第一场

苟老四　（上，念）种田种地为根本，生意买卖眼前光。（坐，白）我名苟老四。每日种菜为生，我许了个愿，保佑我的菜好。那时许了唱调子[①]，唱戏，哪里请来个班子来还这个愿？我出去访一访，看哪里有。离了门前，还要走起来了哇！（唱花腔）八月十五天门开，八洞神仙下凡来。（白）走哇！将身离家往前走，一心要那往前行。（倒钹。下）

第二场

王　氏　（上，念）早当家来晚当家，想起当家泪如麻。（坐，白）奴家生来八字丑，嫁个老公蠢得讲不出口。我，王氏。嫁给朱老三为妻。他蠢蠢的，不像一个人样。穿出去的衣裳，穿出油来没有衣服换。顾得吃，顾不得穿。他的衣服太邋遢[②]了，我不和他洗，人家看见，岂不是讲我不好？不免叫得他出来，换条裤子来洗，岂不是好？当家的，走来。

朱老三 （上）老婆娘子一声叫，急忙就来到。见过老婆，有礼。

王 氏 不用讲礼，坐下。

朱老三 老婆，叫我出来，做……做什么啦？

王 氏 喊你出来做什么？看你穿那条裤子，连布眼都不见了。

朱老三 好啊，越穿越亮啊。

王 氏 好呀，臭气难闻，快点脱下来，我和你洗干净吧。

朱老三 呀，脱哇，我又没得裤子换，我才不脱呵。

王 氏 没得裤子换不要紧，拿我的烂围裙围倒，日头这样大，洗了晒一下就干了。

朱老三 嗯。我老同讲今天来，等下他来了，我没得裤子穿啰。

王 氏 没得裤子穿不要紧，若是裤子未曾干，我给点子[③]给你，你莫答应。若是裤子干了，我就拿给你穿。

朱老三 哦。（入内换围裙，手持裤子上）

王 氏 我出去洗了，你关倒门[④]，哪个喊你莫开门。（拿洗衣篮出门）

朱老三 （关门）哦，莫开门。

王 氏 等我来试一下先。（拍门）开门呀！

朱老三 哪个？

王 氏 （装老同的声音）是我。

朱老三 哪个我都不开门，我老婆交代的。

王 氏 唉！我是你老同来了，开门嘛。

朱老三 哦，老同来了，我来开、我来开。（开门）

王 氏 呀，你这个短命鬼。（揪耳）喊你莫开，你要开。没得裤子穿，像个什么鬼！

朱老三 那你又装老同，老同那么远来，怎么不开门给他进来呀？

王 氏 等我洗裤子回来，晒干了，你穿起了，有人喊门你再开嘛。

朱老三　那你回来，我没得开啰。

王　氏　呸你的啾[5]！我回来你不开，我把哪里进来[6]？

朱老三　等一下我又开错了。

王　氏　我交代你，我给个点子你。我讲是洗裤子的回来了，你就开。

朱老三　哦，讲洗裤子的，我就开。

王　氏　关倒门。（出门）

朱老三　哦。

王　氏　唉，我前世没修，嫁得这个老公蠢蠢的。嗯，我若是跟人家去，岂不是要饿死他？看在一双爹娘份上，两老待我好，耐烦[7]点算了。唉！还要走起来呀。（唱路腔）只为双亲丧了命，丢下夫妻两个人。老公生来又蠢笨，耐耐烦烦度光阴。千看万看老母面，当初待我有恩情。路上言语说不尽，转眼河边又来临。（落腔）待我用功一时。（扎袖，卷衣）待我洗起来呀。（唱杨柳青）对门有蔸杨柳青，风吹杨柳点点花开、点点花香。慢慢洗起来。（白）裤子洗好了，我还要回家走起来呀！（唱路腔）裤子来洗好，还要回家跑。来在大门口，我把他来叫。（白）开门！开门！

朱老三　不开。

王　氏　怎么又不开？

朱老三　我老婆交代的，不开。

王　氏　我是洗裤子的回来了。

朱老三　哦，是老婆回来了，那我就来开门呀。（开门）

王　氏　我去洗裤子，有哪个来喊开门没有？

朱老三　没有。

王　氏　去床上睡一下，我拿裤子到后头去晒。

［朱、王同下。

第三场

荀老四　（上）走起来呀！（唱路腔）走过一里又一里，走过一村又一村。三十五里桃花店，四十五里杏花村。杏花村中出好酒，桃花店里出美人。路上言语说不尽，不觉来到老同家门。（白）走来走去，走到我老同这块来了。老同开门！

朱老三　（上）哪个？

荀老四　我是你老同来了。

朱老三　没得人在屋了。

荀老四　没得人在屋，你又讲话？

朱老三　人去广东屙屎，留个牙巴在屋。

荀老四　嘿！有牙巴就有人。

朱老三　哎，老同这样问，我没得话答了。老婆、老婆，来。

王　氏　（上）喊什么啦？

朱老三　咄，你不得了，你丢丑了。

王　氏　我丢什么丑？

朱老三　我老同来了，我没裤子穿，不丢丑呀？

王　氏　哎呀，你去看那条裤子干了未曾，你去后头穿裤子，干了就穿，没干就莫穿。（开门）哦，原来是老同来了。请进，老同请坐！我倒杯茶给你吃。（下）

荀老四　不消讲礼。（坐）

王　氏　好容易来[8]。（倒茶上）老同，请茶。（陪坐）

荀老四　老同嫂，我老同哪里去了？

王　氏　他不在屋了，他去做活路去了。

荀老四　他做活路去了，那就罢了，我少陪你了。

王　氏　在这吃晌午[9]才走嘛。

荀老四　好了，多谢了，改日再来。（出）

［王关门，下。

荀老四　刚才喊门，好像老同在屋，哪样[10]同年嫂讲他没在屋？想我老同爱吃狗肉，等我装个卖狗肉的。（喊）卖狗肉呵！

［王、朱上。

朱老三　我要狗肉、我要狗肉。（开门）又讲是卖狗肉的，原来老同来了。

荀老四　不是我，那个卖狗肉的过去了。

朱老三　老同，进来，请坐。

［荀坐下。

朱老三　老同来了，倒茶来。

王　氏　（下倒茶上）老同来了，请茶。

荀老四　（接茶）老同嫂，不要讲礼了。（喝茶）

朱老三　老同，是路过，还是特意来？

荀老四　刚才我来的时候，同年嫂讲你没在屋，那你到哪里去了？你又怎么回得这么快的？（端凳挨朱坐）

朱老三　我在后头园里。

荀老四　（摸朱的裤头）老同，怎么你的裤子这么湿的？

朱老三　老同。你坐一下，我擤鼻涕[11]先。（走到王跟前）老婆呀，老同问我裤子怎么湿？我哪门讲[12]？

王　氏　你不晓得讲今早挑水淋菜跌下去，连头发根都湿完了么？

朱老三　哦。（走近荀）老同，我今早挑水淋菜跌下去，连头发根都湿了。

荀老四　（摸朱的头发）那你的头发怎么是干的？

［朱望王，王跺脚示意。

朱老三　老同，你坐一下，我去屙泡尿就来。（走近王身边）老婆，我老同又问，我的头发怎么是干的？我要怎么回答呢？

王　氏　你不晓得讲，你做活路，总总不戴帽子，日头大给晒干了。

朱老三　哦。（走近荀）老同，我做活路，总总不戴帽子。日头大，晒干我的头发了。

荀老四　那你的裤头又怎么不干呢？

朱老三　哦……（望王，王顿脚示意）老同，我想解大便。

荀老四　解大便，你去解。

朱老三　（走近王）老婆，我讲今日老同要来，裤子洗不得，你要和我洗，老同尽问裤头怎么湿的，我没得话讲哪。

王　氏　你不晓得讲，你的衣裳长，挡着裤头了，日头晒不到。

朱老三　（走近荀）老同，我的衣裳长，挡着裤头了，日头晒不到。

荀老四　日头晒不着，你去换一条裤子嘛。

朱老三　哦，换一条、换一条……

王　氏　（走近荀）哎吔，老同，他做活路，爱搞邋遢衣服。新裤子放在箱里，没给他穿。

朱老三　箱子里哪块还有？一条都没得了。新的？连烂的都没得！

荀老四　吔，老同，我怕你就是这一条裤子，洗了未干，你就穿起来了。

朱老三　（拍手）哦，给我老同猜对了。哦呵，那个人才丢丑啊。（指王）

王　氏　莫讲那么多，老同来了，我去街上买点菜回来。

荀老四　老同嫂，不要买了。

王　氏　哎，老同，你好容易来，我一下子就回来。

荀老四　老同嫂算讲礼性了。

［王提篮出门下。

荀老四　老同，你今年做点什么生意？

朱老三　做什么？还不是种点菜。老同你今天是路过的还是特意来的？

荀老四　我是特意来。

朱老三　特意来，你有什么事？

荀老四　我今年种菜许了个愿，要神灵保佑我三蔸一斤。

朱老三　嘿！三蔸一斤还要得？

苟老四　哦，一斤三蔸。

朱老三　哎，一斤三蔸还不是现的[13]。

苟老四　哦，我讲错了，一蔸三斤。

朱老三　这还差不多，如今菜好没好？

苟老四　如今菜蛮好的。

朱老三　你许什么愿？

苟老四　我许了一出花灯[14]。哎，我不晓得哪块有班子，我想请来还这个愿去。

朱老三　老同，请班子何不请我？

苟老四　咦，那你会唱？

朱老三　我唱旦角的啵。

苟老四　吔，你唱旦角的，那我还请哪个？就请你老同是了嘛。

朱老三　请我，我要二吊四钱，没得二吊四钱，我不唱的。

苟老四　那要什么紧？请别个还不是要钱。牛栏起在田基上，肥水不落外人田。

朱老三　老同，哪天去呢？

苟老四　明天就去了啵。

朱老三　明天就要去呀？

苟老四　老同，你吃得下吃不下？

朱老三　六月吃西瓜，我包打红霓瓜。

苟老四　正好同年嫂没在屋，今天你演点给我看看。

朱老三　不得不得，我一个人怎么演？唱对子调也要两个人呀。

苟老四　那我来帮忙，我唱丑角好不好？

朱老三　那你唱丑角，我唱旦角就合了嘛。

苟老四　唱旦角你没得衣裳，没得花呀。

朱老三　有有，我老婆也有衣裳，也有花。

苟老四　那你去扮旦角了啵。

朱老三　我拿来。（下取衣花上改扮）老同，你看我阔不阔？

苟老四　呐嘻嘻，老同，你这个相三天看不完，两天不够看。愿看三百老鸭上田基，不愿看你了。

朱老三　老同，你讲我唱旦角没好看，那时我唱旦角有几多[15]姑娘来拖我哟。

苟老四　那你唱旦角，我唱丑角，唱起来了啵。

朱老三　好嘛，唱起来了哟！（整头、舞袖、唱小调）墙外栽花墙内开，恨不得连根扯回来。扬州来了花大姐，快把花名报上来。什么花的姐？什么花的郎？什么花的帐子？什么花的床？什么枕头什么被？什么褥子铺满床？芙蓉花的姐，牡丹花的郎。绣球花的帐子，向阳花的床。鸳鸯枕头大红被，鸡冠花褥子铺满床。

王　氏（上，站门前侧耳听）他们在里头搞什么鬼，不免走后门进去看。（下）

朱老三、苟老四（唱小调）雪花满地飘，飘得三十三寸高。飘一个玉美人，奴家怀里来搂抱。（重句）太阳出来了，太阳出来了，太阳一出雪花不见了。早知道太阳出，奴家早早来收好。（重句）

［王从后门悄悄入，扭朱耳朵，苟见跑下。

王　氏　呀，你这挨刀鬼！拿起老娘的衣裳、花粉，在这块唱什么鬼？你听我骂你呀。（唱骂腔）开言骂声死蠢仔，拿我的花和衣裳。男不男来女不女，活活气死我老娘。（白）你这挨刀鬼，拿老娘的衣服来搞东搞西，老娘扭你下去跪到明天早晨没放你。（扭朱耳）

朱老三　哎哟哎哟，老婆老婆！

［王、朱同下。

（剧终）

【注释】

①调子：彩调别名之一。

②邋遢：肮脏；不整洁。

③给点子：给个眼色，或给个约好的方法。

④关倒门：关上门。桂林话。

⑤呸你的啾：呵斥语。桂林话。

⑥我把哪里进来：我能从什么地方进来呢?

⑦耐烦：是指不怕事情烦琐，有耐性。

⑧好容易来：意即好不容易来。

⑨吃晌午：此处指吃中午饭。

⑩哪样：这里的意思是“为什么”。

⑪擤鼻涕：捏住鼻子，用气排出鼻涕。

⑫哪门讲：怎么说。

⑬现的：一样的，同样的。桂林话。

⑭花灯：彩调别名之一。在桂北，唱调子也多被乡人称为“唱灯”、“唱花灯”。

⑮几多：很多。桂林话。

【剧情简介】

朱老三仅有一条裤子。一日，其妻要他脱来洗换。没料到老同苟老四来到，看出此事，将朱老三戏谑一番。苟老四因许愿需要请人唱戏，朱老三愿往，当即在家中试排。老三扮旦角，正试演间，其妻潜入，见老三男扮女装，忸怩作态，哭笑不得，因而将其扭入房中罚跪。

【简评】

“洗裤”与“玩灯”本来是两件完全不相干的事，但在剧中却是通过这两件事来展现朱老三个性特征的两个方面。面对“洗裤”之事，他幼稚简单、木讷可笑。尤其是在他那强势泼辣的妻子面前，真是有点“蠢蠢”的。而聊起“玩灯”话题，他却兴致勃勃、神采飞扬。居然与老同扮上戏妆，载歌载舞，给人感觉又是“逗逗”的。这是一个独具特色的喜剧人物。

此剧由李群英发掘、魏少平记录保存 。

蠢子卖纱

剧中人物

⊙蠢子（行当：小丑，简称：蠢）

⊙王氏（行当：花旦，简称：王）

⊙张大（行当：烂丑，简称：张）

⊙三奶仔（行当：烂丑，简称：三）

第一场

王　氏　（梳妆舞蹈上，开门）想到家常事，时常挂在心。丈夫生得蠢，样事在我身。我，王氏，配与蠢子为妻。家道贫寒，蠢子一样事不会做，好叫奴家时常牵挂。眼看家中已无半颗盐米，叫奴怎样度日？啊，有了，今日天气晴和，不免纺织棉纱，交与蠢子长街上卖，换得油盐米回家，岂不是好？蠢子哪里？走来。

蠢　子　（内白）老婆，你喊得急是喊得慢呀？

王　氏　那是喊得急的。

蠢　子　（内白）呵，喊得急的，我只起得一半，还有一半没曾①起来。

王　氏　哎！这算蠢得透了。若是喊得慢的？

蠢　子　（内白）喊得慢，喊得慢那就来了。（上）老婆一声叫，急忙就来到。（打呵欠、擦眼屎、坐到王身边）排排坐，吃果果。果果香，炒沙姜。沙姜辣，放枇杷。枇杷苦，吃猪肚。猪肚尖，尖上天。

王　氏　（打蠢）你怎么蠢得这样子呢？

蠢　子　老婆，莫打了嘛。你叫我出来，有何事做呢？

王　氏　哎！蠢子，叫你出来，非为别事，只因家中无米下锅，叫你到王伯伯家中去借车回来纺纱，纺好到长街上卖，换得盐米回来，那就有得吃的了。

蠢　子　好呵！好呵！（拍手）有吃了，我就去。（出向内）王伯伯，你借个车给我用一回好吗？

［内白："车子他们抬去车水去了。"

蠢　子　老婆，王伯伯讲，车子他们拿去车水了。

王　氏　哎！你太蠢了。我是叫你借那个纺纱的车子呀，哪个叫你去借车水的龙骨车呢？

蠢　子　那好嘛，我再去。（出向内，喊）王伯伯，我老婆讲是借那个纺纱的车子。

［内白："那你自己进来要吧。"

蠢　子　（下，取车复上）老婆，车子借来了，在这里，你纺吧。

王　氏　蠢子，天时太热了，蚊子又多，不好干活，你帮我打扇，我好做得快点。

蠢　子　那好嘛。（拿扇用力扇）

王　氏　那就纺起来啊！（唱十打腔）一打天上蛾眉月，二打双狮滚绣球。三打桃园三结义[②]，四打童子拜观音。

［蠢站着扇，慢慢地蹲下来扇，身上发痒，打瞌睡。

王　氏　（唱）五打五子来行孝，六打六合[③]来同春，七打天上七姐妹[④]，八打神仙吕洞宾。九打九龙来戏水，十打鲤鱼跳龙门。

［蠢睡熟。

王　氏　哎，你这个死鬼，工作还没有成，你就打起瞌睡来了。你吃得双份，一餐少吃一碗也不成。好，现在纱也纺好了，你把车子还给王伯伯。

蠢　子　（对内）王伯伯，我老婆讲，叫我拿车子来给你了。

［内白：“好，你就放在里面吧。”

［蠢下复上。

王　氏　蠢子，纱纺好了，你拿到长街上去换钱买点油。

蠢　子　啊？买条牛？这点点纱买得牛呀？

王　氏　哎。（扭蠢耳）你的耳朵去哪里了？我是讲去买油，哪个讲去买牛？

蠢　子　呵，是买油。

王　氏　买了油，再买点盐。

蠢　子　啊？还买田呀？

王　氏　蠢仔，买盐。哪个叫你去买田？

蠢　子　好，是买盐。讲清楚点嘛。

王　氏　买了盐油还要买米。

蠢　子　什么要买你呀？

王　氏　唉！没办法。

［王又扯蠢耳，蠢大叫。

王　氏　讲来讲去，你还是耳边风。我讲东，你讲西，听清楚了没有？叫你去买油、盐、米。

蠢　子　听清楚了，听清楚了！莫多讲了，还要买些什么？

王　氏　好了，我交代你，你认得卖没有？我来教你。

蠢　子　那好嘛，怎样卖法？

王　氏　我来做买的，你来做卖的，来了呗。（做买纱动作）老板。

蠢　子　什么老板？我是你老公嘛，又叫什么老板，我不喜欢。

王　氏　哎！蠢子，我是来比喻的。

蠢　子　呵，是比喻的。那好嘛，再来。

王　氏　老板，这个纱要好多钱一两呵？

蠢　子　我老婆讲了，要三吊钱一两。

王　氏　蠢仔，到这个时候，你还讲什么我老婆说。现在是你自己来卖啦，不用讲老婆了。

蠢　子　再来。

王　氏　老板，这个纱要多少钱一两？

蠢　子　这个纱要三吊钱一两。

王　氏　给你一吊半一两呢？

蠢　子　我老婆讲了，少半文也不卖。

王　氏　哎！又来了，不许叫老婆。告诉你，就是少半文钱也不卖。

蠢　子　那好嘛，你要多少？

王　氏　我与你要完了。你有秤吗？

蠢　子　呵！（对王小声讲）我们没有秤呢？

王　氏　对啦。我是叫你到王伯伯家去借的。

蠢　子　那好，你等着。（出向内）王伯伯，我老婆讲，和你借把秤。

［内白："你自己来拿吧。"

［蠢入内取秤上。

王　氏　哎！蠢子，你怎么不要那个秤砣呢？

蠢　子　对了，秤不离砣，公不离婆。

王　氏　少啰唆了，快去要来。

［蠢入内取砣上。

王　氏　这是一两、二两、三两、四两、五两、六两、七两，这里是半斤啦。

蠢　子　明明是八两嘛，什么半斤？

王　氏　半斤八两一样的。

蠢　子　那好嘛。

王　氏　那你记住了，快去快回吧。

蠢　子　老婆，（出门）你关好门呗。莫给和尚扑进门来呗，你进去吧。

［王下。

蠢　子　离了自家门前，我还要往长街卖纱去了呀！（唱蠢子腔）出得门来往前走，一心要往前面行。三步拿来两步走，两步拿来一步行。燕子翻身来得快，不觉来到是长街。（白）行来行去来到长街了。现在长街之上还没有人，天时尚早，我不免到背街玩耍，散个闷先。（下）

张　大　（数课子上）不嫖不赌，老了变牛牯。嫖嫖赌赌，老了做知府。知府八人抬，因为赌钱来。（白）在下张大。想我父母双亡，生得我一人，一样也不会，单学会赌。今天天气晴和，我不免叫得赌兄三奶仔前到长街上去，摆起赌摊，岂不是好？就此起程。离了自己门前，我还要往三奶仔家中走走。（唱路腔）出得门来往前走，一心要往他家行，急急忙忙来得快，不觉来到他家门。（白）到了。伙计，开门！

三奶仔　（内白）哪个在外面叫门？

张　大　哎！伙计，我来了。

三奶仔　（上）呵，原来是赌兄呀！赌兄，好久没见，胡子满面。请进、请进！

［三与张同进，坐。

三奶仔　张兄，今天到我家有何贵干？

张　大　赌兄哪曾知道，现在长街之上，大摆赌摊，我们不免同往，弄他一水⑤回来，岂不是好？

三奶仔　如此说来，我们还要同往呀！

张大、三奶仔（出、圆场，唱路腔）出得门来往前走，一心要往前面行。鹞子⑥翻身来得快，不觉来到是长街。

三奶仔　好，伙计，我们还要摆起来。

张　大　伙计，我们还要讲点彩话。

三奶仔　我先来。三个色子⑦赶老羊⑧，先卖老头后卖娘。

张　大　甩！三个色子赶老羊，先买田来后买庄。这才是彩话嘛。

［蠢上，看张与三假赌。

张　大　喂，朋友，你也来吧。

蠢　子　我没有钱。

三奶仔　喂！（见纱）朋友，你这个棉纱也可以拿来赌。

蠢　子　我的老婆交代的，我的棉纱要来买米的，她说这半斤纱要，要，一两三吊。二两要六吊，半斤要多少？

三奶仔　半斤就是要八三，二十四吊。要二十四吊。

蠢　子　好，就算二十四吊赌吧，我一起赌。

［内喊：抓赌！抓赌！

［蠢、三、张惊慌，张抢纱跑下。

蠢　子　（抓住三）你们不能走，我老婆见我买不得东西回去，她会打我的，你们还给我的棉纱。

三奶仔　不要紧，你不用怕，我来教你几手拳法，回去就不怕老婆了。

蠢　子　那你就教嘛。

三奶仔　不成，长街之上人众多，不好教。我们到偏僻地方教，人少些好教。你跟我来。

［蠢、三同下。

第二场

蠢　子　（上）嘻嘻、嘻嘻。我学了几套拳法，回家去，不怕老婆了。离了长街我还要往家中走呀。（唱路腔）离了长街回家转，急忙忙到家门。到家了。（叫门）

王　氏　（上，开门）蠢子回来了？

蠢　子　回来了。（进屋，蹲在凳上，很神气）

王　氏　蠢子，你买回米没有？

蠢　子　买得了。

王　氏　买得米，你放在哪里？

蠢　子　放在外头。

王　氏　为什么不挑进家里来呢？

蠢　子　它扛不起我。

王　氏　讲鬼话，它扛不起你？你扛不起它吧？

蠢　子　呵！我扛不起它。它在外头，你去看吧。

［**王出看**。

蠢　子　（突叫）喂，母猪扛走了。

王　氏　蠢子，我看要老娘打你一顿才行。

蠢　子　哼！你敢打我？我学得一套武艺，你不敢近得我。

王　氏　呵！你学得好武艺，我来打你看。

蠢　子　那你就来打罢。（摆酒壶架势）你来打呀，你来我就筛[⑨]酒放你。

王　氏　没有酒呢？

蠢　子　没有酒放水呵。

王　氏　没有水呢？

蠢　子　我就放尿呵，你怕不怕？

王　氏　怕了！怕了！（假意）还有没有？

蠢　子　还有。（两手叉腰）左插花、右插花。

王　氏　怕了，还有没有？

蠢　子　还有。官捧印。

王　氏　没有印呢？

蠢　子　捧南瓜。你来呢，我就用南瓜打你，你怕不怕？

王　氏　怕了，还有没有？

蠢　子　还有。观音坐莲花，你怕不怕？

王　氏　怕了、怕了。你等我一下。（下取带子、凳子，把蠢两手捆在凳上）你跪在堂前，待老娘来骂你呀。（唱骂板）站在堂前将你骂，骂声蠢子听根芽。每日在家贪玩耍，肚子饿得眼睛花。家中贫寒无办法，迫不得已纺棉花。（鞭蠢）叫你拿纱长街卖，换些油米转回家。卖纱得钱不买米，不该拿去学拳法。又学什么酒壶架，又学什么双插花。还学什么官捧印，手上无印捧南瓜。学得武艺什么好？还说观音坐莲花。手拿鞭子将你打，看你知法不知法？（白）骂也骂累了，打也打困了。蠢子，老娘绑你在这里，我一天不来，你一天不得起。两天不来，两天不得起。老娘总总不来，你总总不得起！

蠢　子　那你死了呢？

王　氏　我死了，你更不得起！（边答边下）不要起呀，不要起呀。

蠢　子　（慢慢起来，把凳绑起，学妻骂凳）我一天不来，你一天不得起。两天不来，两天不得起。老娘总总不来，你总总不得起。那你死了呢？我死了你更不得起！（边说边下）不要起呀，不要起呀。（下）

（剧终）

【注释】

①没曾：没有。桂林话。

②桃园三结义：指的是《三国演义》中的刘备、关羽、张飞在桃园对天盟誓，举酒结义。

③六合：上下和四方，泛指天地或宇宙，天地东西南北。

④天上七姐妹：指神话传说中王母的七个女儿。其中最小的七仙女，心灵手巧，且心地十分善良。董永与七仙女的动人故事被编入很多戏曲中，最有名的是黄梅戏《天仙配》。戏中塑造了老实憨厚的董永、善良美丽的七仙女，以及相互帮助的仙女姐妹等生动形象。

⑤一水：水，在此指附加的费用或额外的收入，如贴水、外水、肥水。一水，即一些钱。

⑥鹞子：雀鹰。飞行有力而灵巧，能灵活地在树丛间穿行飞翔。

⑦色子：是一种游戏用具或赌具，有的地方叫骰子。

⑧赶老羊：又称“掷老羊”，赌博的一种。

⑨筛：斟、倒。筛酒，即斟酒、倒酒。

【剧情简介】

王氏叫丈夫蠢子到长街卖纱，遇赌鬼张大与三奶仔设局将纱抢去，三奶仔被蠢子抓住。三奶仔因蠢子愚笨可欺，以教拳术，骗得释放。蠢子空手回家，王氏气极，绑蠢于凳，加以责打，仍难使之变愚为智。

【简评】

此剧内容上并无什么可取之处，主要是用蠢子的一些行为来引人发笑。不过，此剧中有一段对话是值得注意的。比如：王氏让蠢子将纺好的纱拿到长街上去换钱买油，而蠢子却把“买油”说成“买牛”；王氏叫蠢子再买点盐，蠢子又把“买盐”说成“买田”；最后居然还把“买米”说成“买你”。“牛”、“田”、“你”与“油”、“盐”、“米”原本是毫不相干的，这里是利用桂林方言的谐音特征，将二者联系在一起，冲击观众或读者原有的思维方式，从而强化喜剧效果。这也是彩调剧常用的一种表现手法。

此剧由吴祥熙发掘、庞强辉记录保存。

夫妻抬猪

剧中人物

⊙朱墨（行当：丑，简称：朱）

⊙朱贾氏（行当：摇旦，简称：氏）

⊙汪清（行当：丑，简称：汪）

第一场

朱　墨　（上）走呀，呵啾。（数课子）喜盈盈、笑盈盈，请听在下把话明。打开乌云见天星，天上大星管小星，地下狮子配麒麟。日头月亮有两个，又有南京配北京。只有朝廷有宰相，又有知府管县丞。男人也是人，女人也是人。大家都是父母养，为何男人管女人？老翁也是人，少年也是人。唱调也是人，看调也是人。打起锣鼓把戏唱，总是人看人。（白）在下，名叫朱墨，花名叫作三不子。讲起来，我出门有人冷笑于我，讲我前后发财。想起来，我家这个女人恐怕不大正当。待我把这个肉猪卖去。想她在家照看这个猪，一天出去捡猪菜，离开了我，她出去捡菜必定与人搞鬼。这回我把猪卖去，随便去哪里，我拉她后跟，看你鬼从哪里来？说得有理，我打叫她出来，吩咐她几句。妻子哪里？走来。

朱贾氏　（上）来了。闻听夫君叫，急忙就来到，见过夫君一礼。

朱　墨　不是年、不是节，见见什么礼？一旁坐下。

朱贾氏　夫君打叫妻子出来，有何话说？

朱　墨　我打叫你出来，有几句话吩咐于你。

朱贾氏　有话请讲。

朱　墨　你听呀。（唱数板）我今就把话来明，叫声贤妻你细听。别的事情我不讲，讲个夫妻怎做人。讲个秤砣不离秤，讲个妻子随夫君。日共餐来夜同宿，早同出去晚同行。夫妻行走须同路，莫要离开做小人。我们就把猪卖去，免得辛苦你操心。再把肉猪卖完了，做个夫妻不离身。妻子你讲好不好？是否合意又称心？

朱贾氏　（唱）妻子就把话来明，夫君在旁你细听。夫君说话我聪明。嫁猪就随猪来走，嫁个叫化同路行。总要夫君管得好，夫妻二人有名声。父母有钱儿女贵，夫君有钱妻宽心。总要夫君做得到，样样我都来应承。

朱　墨　贤妻。

朱贾氏　做什么？

朱　墨　你在家喂猪。

朱贾氏　你呢？

朱　墨　我去村底老庚家去借猪笼。

朱贾氏　那你就去。

［朱下。

朱贾氏　见了朱墨出门庭，奴家关门到后厅。（下）

朱　墨　（上）离了我自家门前，我还要走呀。（唱）离了我家往前走，一心要往前面行。急急忙忙来得快，老庚门户已到临。（白）老庚在家吗？

［内白："在家，做什么？"

朱　墨　我想来和[①]你借个猪笼。

［内白："呵，在里头，你自己去要。"

朱　墨　好。（下）

第二场

汪　清　（上，装身，开门）呵啾。（数课子）喜哈哈、笑哈哈。把话讲、把话话。兄弟父老们，听我说根芽。我运气，有点差，走到庙里求菩萨。菩萨坐下不讲话，摇签讲出一叭啦②。旧年已经三十岁，今年才有一十八。遇着那一个，蠢婆家。她问我做什么，我答道，是南瓜，是东瓜，是北瓜。我火起，脚蚪③她。（白）在下，汪清，花名草包。讲起我一样不会，只会好吃懒做。不，讲起来我又样样都会点，爱赌爱玩爱要。我同那个朱贾氏，朱墨的老婆，感情蛮好的。今日乃是街日子，大路走往他门口过。我到她门口出一个题目，她老公在家就罢了，她老公不在家呢，我同她会一会。立起身来双手把门掩，免得黄牛丢盆钵。（关门）我出得门来，青的是山，绿的是水，青山绿水，绿水青山。左边师傅同我打鼓，右边师傅同我打锣，左右两边师傅同我扭扭起来。苍天千祈④莫下雨呀，离了自家门前往前走呀！（唱路腔）出得门来往前走，一心要往前面行。急急忙忙来得快，不觉就见朱家门。（四钹）管他不管，走来走去，见他门上也离不远，我出个暗号，看看有什么响动。待我唱一个山歌先⑤。（唱）打个哨子引个腔，好比韩信访张良。哥今无事来访妹，好比刘备访关张。

朱贾氏　（上，唱）访对了，访对奴家在家堂。请你哥哥外面站，开门请你到绣房。（开门）

［汪进。

朱贾氏　老表，今日我们家这个鬼，他打叫我同他抬猪去赶圩，他讲把猪卖完了，不论去哪里都要我跟他。今天我们做个配空子⑥。

汪　清　做什么，杀他嘛。

朱贾氏　杀是不杀，你先走。

汪　清　先走又怎样？

朱贾氏　到老鼠坳那里，钻进刺丛里去等我。等我二人抬猪到那里，我讲我肚痛，我要到刺丛里去解手，喊他在那里看猪，我钻进刺丛里面和你相会。相会完了，你就先出来。你就喊他，抬猪出去卖嘛，朋友。等他喊我就出来。我讲他喊我喊得急了我跌倒，我讲手麻了扎不得裤。我喊他，你帮我扎裤。扎罢裤了，我抬猪了，我就讲有偏他。闲话少讲，等他回来了相撞不好。你快点走！

汪　清　好，我走了。（下）

朱贾氏　为人在世要忠心，做了坏事要改正。若还做了不改正，一世给人留骂名。（坐）讲起我朱贾氏有点错误，我不该玩了这个汪清。今日给这个鬼打他有点醒水⑦了。醒就醒了，他还不认得是哪一个。今天用这个刺丛会，我同汪清划地断交了。若还下次还变心对男人，雷劈火烧，横生倒养⑧，短命归阴。管他不管，我到里面喂猪先。（下）

第三场

朱　墨　（上）今日借得这个猪笼好啦。老庚，坐先。

［内白："呵，你好走呀。"

朱　墨　离得老庚家门，往前走呀！（唱路腔）扛得猪笼往前走，一心要往前面行。急急忙忙来得快，不觉来到我家门。（白）管他不管，行来行去，来到自家门来了。叫声贤妻，你喂猪未曾？

朱贾氏　（内白）喂饱了。你下来捉。

［朱下。

［朱、氏抬猪上。

朱　墨　贤妻，你把门锁好。

朱贾氏　从命就是。

朱　墨　我们夫妻二人离了自家门前，把猪抬起来呀！（唱）猪子抬上肩，做个夫妻来相连。裤带绹得对，夫妻定有缘。急急忙忙走得快，不觉来到鼠坳边。

朱贾氏　（装肚子疼）哎哟、哎哟！我肚疼多，我要解手啰。

朱　墨　那就放下。

朱贾氏　放下不得。

朱　墨　放不得，又怎样办呢？

朱贾氏　我把我这一头放杆子上，等下我力气小难上肩，你在那头顶着等我，我去屙一下就来了。（下）

汪　清　（内唱）刺丛里相会笑洋洋，我今同你好，相会好风光。

朱贾氏　（内接唱）夫听什么东西响，我讲屙屎打标枪[⑨]。

朱　墨　快点。

朱贾氏　（内白）慢着。（唱）唱了一趟又一趟，你我又复唱二场。你我相会实在好，二人对脸笑洋洋。夫君叫道什么响，我讲肚疼痛难当。

汪　清　（上）朋友，抬猪去卖嘛？

朱　墨　是呀。

汪　清　走呀。

朱　墨　等我女人先。

汪　清　那我先走。（下）

朱　墨　快点呀！

朱贾氏　你喊我这么急做什么？给我跌下坳来，两手都麻木了，裤就扎未得。

朱　墨　来嘛，快点嘛！

朱贾氏　（挟裤上）叫声夫君，你帮我扎裤。

朱　墨　你妈的，裤也扎不得。

朱贾氏　你喊我急多，我跌下来手木完了[⑩]呗。

朱　墨　那怎好意思呢？

朱贾氏　吔，老公帮老婆扎裤都不好意思呀，我病在床上，你还有照顾我吗？好有偏你啦。

朱　墨　莫讲多，抬先。

朱贾氏　（扎裤罢）那我们就抬起来了呀！

朱　墨、朱贾氏　（唱）就把肥猪来抬起，算你丈夫有主意。主意虽是有，还要妻老实，急急忙忙来得快，不觉来到街前来。（四钹）

朱　墨　走来走去，来到街上来了。我们也不摆卖，抬去给屠户老板，我们同他是惯熟的。你累了，得钱我们回去早点。夫妻二人抬呀！

［朱、氏同下。

第四场

汪　清　（上）男人讲亲不为亲，哪比女人主意灵。摆了老公顶猪扛，她同野汉来偷情。唉！想起来下次不要嫖人家老婆。若还再嫖人家老婆，恐怕以后我也挨老婆摆啰。应该改心莫嫖是真。走呀。（唱）急急忙忙来得快，不觉来到家里来。（白）管他不管，来到家了，我到里面弄饭吃先。（下）

第五场

［朱、氏同上。

朱　墨　来得快、卖得快，猪肉豆腐我买得来。回到家中打牙祭，我们公婆就斟起来呀。

朱　墨、朱贾氏　（唱）离了街前往前走，不觉来到老鼠坳。

朱　墨　且慢，我们夫妻二人歇凉一下先。

［朱坐下，氏坐在朱脚上去。

朱　墨　你闯鬼呀，叫我抱你呀？

朱贾氏　哎，那时我们在家讲过呢。

朱　墨　讲什么？

朱贾氏　讲过秤不离砣，公不离婆。

朱　墨　要你常跟我，我好管人嘛。

朱贾氏　你管我做什么呢？

朱　墨　管你做什么，怕你去同人家耍笑。

朱贾氏　那你管得稳吗？

朱　墨　要你天天跟我，怕你飞上天去。

朱贾氏　那你今天管我得稳吗？

朱　墨　我今天管你不稳，那你就飞嘛。

朱贾氏　你今天管得稳，那今早我们抬猪来，我进刺丛做什么，你晓得吗？

朱　墨　你去屙屎，你去做什么？

朱贾氏　屙屎呀，我就是进刺丛里去同野汉相会，你晓得吗？

朱　墨　那你的野汉在哪里？喊他来。

朱贾氏　喊他来，他出来还问你，你去街嘛？就是他啰。

朱　墨　他？

朱贾氏　是他呀。你讲你管我，同我一起抬猪上街。我同人家玩完了，还喊你扎裤呢。我骗你你还在梦里头。

朱　墨　吔，真有这样，我就要你的命啰！

朱贾氏　要我的命呀？摸我一根毛都不得。

朱　墨　莫过[11]老公打老婆犯法？

朱贾氏　犯法不犯法，男有三管，女有七条。你数得出，我就给你打啰。

朱　墨　我未认得数，那你讲啦。

朱贾氏　我讲，古话说。

朱　墨　讲嘛。

朱贾氏　拿贼拿赃，拿奸拿双，要拿你今早那时拿，现在你拿未得了，落后了。

朱　墨　那我不是中了你的计了啵？

朱贾氏　中也中点。

朱　墨　那老公不是管不得老婆了吗？

朱贾氏　老公也难管老婆，老婆也难管老公，要本人管本人才得。你莫讲你能干，就是你讲你能干，我就做给你看。

朱　墨　那你讲哪样？这回我不管你了。

朱贾氏　那你不管我，我又改心了，以后我又不做了呗。

朱　墨　嗨！这回我信你不过了，你不做是假的了。

朱贾氏　我讲不做就不做。

朱　墨　有什么为凭？

朱贾氏　我赌咒给你听。

朱　墨　那你就赌啦。

朱贾氏　那你就听哪。（唱）双脚跪在尘埃地，天在上来地在下。当天赌咒给你听，我说改变若是假，雷劈火烧不容她。若还我再会别个，横生倒养卧泥巴。你我原是芭蕉树，从头到尾一条心。若还另有别二个，蛇咬虎噙一口吞。

朱　墨　（唱）双手把妻来扶起，我妻才是好良心。因为朱墨想不到，得罪我妻一个人。从今以后我不讲，夫妻你我护家庭。

朱贾氏　哎呀！夫君你讲得好，现在我们还是买猪来养。

朱　墨　唉，今天我们卖猪错了。管他不管，且回家去，以后再买来养。

朱贾氏　那我们夫妻立起身来走呀。

朱贾氏、朱墨　（唱）立起身来往前走，一心赶回自家门。急急忙忙来得快，不觉来到我家来。

朱　墨　贤妻开门。

朱贾氏　从命就是。夫君有进。

朱　墨　夫妻二人来到家了，你到里面弄饭，今夜我们商量再买猪来养。

朱贾氏　那夫君你关门啊。（下）

朱　墨　列位朋友，你们管妻莫像我这样呵。大伙抬猪上街卖，倒给老婆去哄倒耍。唉！想起来，男也难管女，女也难管男，还是自己管自己。各位父老，两公婆抬猪的调子唱完了。再见再见。（下）

（剧终）

【注释】

①和：向。

②一叭啦：一大堆话。

③ 蚪：音读 dǒu，即“踢”，桂林话。

④千祈：千万；一定。表示强调。

⑤唱一个山歌先：先唱一个山歌。用“先”放在句子末尾，表示暂且进行，其他放下再说。

⑥配空子：意为趁机私会。

⑦醒水：觉悟；明白。

⑧横生倒养：指怀孕时胎位不正，导致产妇分娩时出现难产。难产会给产妇带来痛苦与危险。

⑨屙屎打标枪：拉肚子。

⑩手木完了：手完全麻木了。

⑪莫过：难道。

【剧情简介】

朱墨怀疑老婆有外遇，怕她借口捡猪菜去与别人搞鬼。于是决心把猪抬去卖掉，以后夫妻可以终日不离，老婆就无法搞鬼了。不知老婆本与汪清有私，就在夫妻抬猪去卖之日，行至中途，借口肚痛大便，走入刺丛与汪清相会。朱墨上了当还懵然无知。卖猪回家，途中休息，夫妻交心，老婆承认自己不对，决心改过，朱墨也觉悟管老婆不是办法，还是自己管自己比较好。于是夫妻决心改邪归正，重新搞好家庭。

【简评】

此剧又名《两公婆抬猪》。此剧通过一对夫妻养猪、卖猪、计划再买猪的经过，反映了他们之间感情的变化过程。虽然故事非常简单，甚至有的情节不大符合情理，但是，剧中提出了一对夫妻如何相处才能维护家庭和睦、增进夫妻感情的问题，给人启发。

此剧由韦炳华发掘、肖德六记录保存。

舅劝甥

剧中人物

⦿张氏（行当：摇旦，简称：氏）

⦿李秀英（行当：花旦，简称：英）

⦿张三（行当：正丑，简称：张）

第一场

张　氏　（上，念）早当家来晚当家，提起当家乱如麻。早晨起来七件事，油盐柴米酱醋茶。（白）老身张氏，许配李门为妻。不幸当家早年逝世，丢下母女四人。大女名叫玉英，二女名叫桂英，三女年纪还小取名叫秀英。大女二女都嫁了，还有小女年幼未曾出嫁，如今婆家已择定日期，今年下半年就要过门了。唉！莫讲了，讲起来淘气得很，三女她性情骄傲，天天和我争吵。不是为了别样，都是为了嫁妆。我想不出什么办法来劝她，姐妹们劝了她不知多多少少，她性情非常烈强。昨日闻听她舅舅出外做生意回来了，不免我回转外家，叫她舅舅前来劝她。她舅舅经常出外，见识多，想必劝得动她。离了家下，我还要找我的兄弟去呀！（唱）老身生来命不强，因为丈夫早年亡。丢下母女有四个，算来算去有两双。大女出嫁家财广，二女出嫁有田庄。唯有小女未出嫁，这几年家庭好平常。小女天天向我讲，争来争去为嫁妆。今天争来明天吵，吵得一天不安康。她从小生得性情犟，讲出话来顶撞娘。我天天都把好话讲，她完全不和我商量。我左一想来右一想，想得我肚里断肝肠。气得我有话懒得讲，她更恶言把娘伤。今天去对她舅舅讲，要他到家劝嫁妆。（下）

第二场

张　三　（上，念）眼皮跳跳不安然，思想不知为哪般？莫不是别人将我找，是凶是吉难释疑团。（白）我，张三。爹娘所生姐弟二人，姐姐年长嫁在李家，因为我从前讨了一房家室，她命短而死，丢下我一个人。我本想讨房亲事，只为没有贤良之女，我又不能乱要，讲来讲去还是一个人。昨夜睡在床上，眼皮跳跳，不知有点什么事情？今日天气晴和，不免到外面走上一趟，岂不是好？出得门来，带关门户，走呀！（唱四平腔）提起当年有爹妈，爹妈养我把香插。生我姐弟人两个，姐姐当年嫁出家。因我时运未曾好，现在还未成个家。我急急忙忙往前走，那旁来了我姐姐她。

张　氏　（上，相撞）哎哟咧。啐！是哪一个？（看）那旁敢莫是我的亲兄弟啊？

张　三　正是。姐姐，你那么慌忙干什么？

张　氏　唉！莫讲了、莫讲了。

张　三　姐姐，你淘什么气嘛？女又这么大了，又有这么个年纪，淘什么气啊？

张　氏　兄弟，不是那么讲的。唉！这里有个石头鼓，我二人坐下谈谈家常。哎呀！兄弟，莫讲了，讲起来为姐真怄气啊！

张　三　你有哪门气怄？

张　氏　我淘什么气呀？唉！你看，我养这些女儿，一个个大了，大的二的出嫁了，唯独有这个小丫头，她今年下半年也要过门了，谁知天天和我吵架，闹得一家不安，我真没有办法啊。她姐姐劝她又劝不倒，叔伯婶娘劝她她不信，我劝她她听都不听，我用了千方百计，嘴巴讲起泡，口水都讲干，她全不当事。我左思右想，实在无法。昨日听人说，你出外做生意回来了，我特意来找你。兄弟，看你嘴皮薄薄，能讲会说。嗯，请你去相劝，才劝得拢啊。

张　三　吔，姐姐，（玩笑地）你还想得起我呀？看你不出，你还有点老聪明哪。

张　氏　兄弟，我有什么聪明？我们二人是自家的亲姊亲弟，淘起气来，不想你，想哪一个？我寡婆子一个，不找你我找哪一个？

张　三　找我？你会真的想着我呀？

张　氏　当然想得着你呀。兄弟，你讲我聪明，你在外面跑，见识广，你比我聪明几倍啊。想必你能帮得到为姐的。

张　三　（假意地）到底有什么事呀？

张　氏　有什么事？我讲了半天，你都没有听呀？

张　三　哦，我想起来了。嗯，晓得了、晓得了，你是不是想买田？想叫我去做个中间人。

张　氏　兄弟，莫讲笑了，我都快气死了。不是！

张　三　姐姐，有什么大不了的事情，你讲嘛。

张　氏　唉！我那亲兄弟呀，不为别事，只为你小外甥女要出嫁的嫁妆，天天争吵得我不愿了，特来找你去劝劝她。

张　三　那要什么紧？我大大一个舅爷，我讲话她都不听那还了得？娘亲舅大，爷亲叔大。她爱听也要听，不爱听也要她听，总总要听。你放心呀，姐姐。

张　氏　如此说来，你劝得拢的。

张　三　当然劝得拢。

张　氏　跟为姐快走呀！

张　三　姐姐，如此前面引路，走哂！（唱四平腔）听罢姐姐把话论，兄弟今天才知情。我怕为的哪一样，却原来为的嫁妆小事情。姐姐要我把外甥劝，免得你娘女把气生。我从来的话她都爱听，一定劝软她的心。姐姐你把宽心放，姐弟一同回家庭。

张　氏　（接唱）听你言来我才放心，兄弟真是聪明人。嘴皮薄薄你会讲，星子讲得比月亮明。人人取你的小绰号，你赛当年那孔明。三脚两步来得快，不觉来到姐家门。（白）兄弟，走来走去，不觉到为姐家来了，为姐把后门进屋，你把大门进屋。我那个小丫头有颗小心眼，免得她疑心我们姐弟里通外合来劝她，若是她多了心，你去劝她，她就不信你了。

张　三　既然如此，姐姐就从后门进屋吧。

张　氏　我走了哇。（下）

张　三　咦，好厉害呀。待我叫她开门先。（拍门）姐姐、秀英，哪个在家？吔，还不开门呐？

李秀英　（内白）来了、来了。（上，念）门前高声语，不知是何人？打开门来看，（开门出望）原来是舅爷驾来临。（白）舅舅，是你回来了啦？

张　三　是为舅回来了。

李秀英　舅舅请进哪。

张　三　一同皆进。

李秀英　舅舅请坐。舅舅许久不来，好久不见，今日来到外甥女家中，待外甥女给你倒茶来。

张　三　口干，你去倒嘛。

李秀英　（下倒茶上）舅舅请茶。

张　三　喝干你的茶。外甥女，你坐下吧。

[英放下茶盘坐。

张　三　秀英，观看你闷闷沉沉，两行泪水，为了何事咧？

李秀英　唉！

张　三　你叹什么气？有话讲了出来，为舅爷的给你做主就是。

李秀英　舅舅，你若要我讲哇，（哭）打坐下来，听呀。

张　三　傻女孩子，舅舅不是讲过的，你掉什么泪呀？（端凳子打坐）

李秀英 （唱数板）正月里来正月花，尊声舅舅听根芽。为的不是别的事，只为嫁妆我哭爸爸。只为奴家命又丑，生下地是女娃娃。若还是个男子汉，留在我家把香插。我今是个妹娃仔，八字发去给人家。爹娘生我三姐妹，姐姐妹妹共爹妈。大姐出嫁嫁妆好，二姐的嫁妆也堪夸。唯有秀英来出嫁，笼箱内面光踏踏[①]。母亲天天将我骂，她说我从小不巴家[②]。她又讲我脾气傲，她又讲我不绣花。她又讲我爱闹架，她又讲我从小是个叫蚂蚱[③]。天天她都把我骂，骂得我心头乱如麻。母亲从小不爱我，好像我是对头冤家。我也吵来她也骂，骂得我天天哭喳喳。看来母亲有二意，你要我怎么安得成家。为嫁妆我就跟她吵，吵得香火打了补疤。她是天来我是地，究竟她还是我的妈。妈妈生来脾气大，动点不着就骂咱。为的不是别一样，都为嫁妆才吵她。

张　三 （接唱）正月里来正月花，我见秀英泪巴巴。我怕为了哪一样？我也为嫁妆才来到你家。你妈养你年岁少，年小的人懂什么？你说你妈和你爱闹架，那你为何也要吵她？你今不要来蠢想，吵吵闹闹不成家。适才听见你的话，等会我定劝你妈。你说她不把嫁妆置，不置嫁妆为什么？她所生你姐妹人三个，两个姐姐嫁出家。大姐出嫁家屋好，二姐出嫁都还有饭呷。只有秀英今年你要出嫁，不该早死你爸爸。因你母亲是寡妇，多年没有男人家。你要可怜她守寡，可怜她是个寡妇呀。手板手背都是肉，你三姐妹都是共个妈。你说你母有二意，又讲你妈偏爱她。你又不是接来养，你姐姐也不是认来的妈。同爷共母三姐妹，都是同爷和共妈。姑娘家脾气莫学大，怕别人取笑是老鸦。你要嫁妆我答应，明天我和你买回家。劝你要学聪明伶俐，姑娘嘴巴莫要太叽喳。有日嫁到婆家去，又要贤惠孝顺家婆妈。自古道爷娘老子如天大，你小小姑娘懂什么？昨天我走往街前过，听见旁人说喳喳，又说你母女常吵架，人家说你欺负她。你今要听舅舅话，舅爷才放心转回家。明天和你买笼子，蚊帐被窝件件都不差。养仔不知娘辛苦，你养儿后才知难当家。你千万要听舅爷话，从今以后再莫要闹她。

李秀英 （接唱）二月里来是花朝，只为嫁妆把气淘。不提从前尤小可，提起从前泪双抛。只为我是女流辈，是个男子把香烧。爷娘养我三姐妹，养大八字往外抛。大姐门户都还好，二姐门户也富豪。唯有我生来命又丑，听人说他穷我怎开销。为了嫁妆我把架闹，天天和妈把气淘。母亲也吵我也闹，二人鼓起气一包。母亲也气得不得了，我哭得两眼赛过紫红桃。小小嫁妆把嘴吵，连累舅爷把心操。若是这样事怎了？舅爷教我怎开交。吵了这回我不再吵，我要学个乖乖巧巧、巧巧乖乖不要让妈再把气来淘。

张　三　唉！外甥女儿呀。（接唱）二月里来是花朝，舅爷有言听根苗。你为嫁妆不可吵，吵吵闹闹怎开交？外甥女要学荆钗女，留下美名万古标。秀英你可爱听前朝古，我把古人讲来你知道。昔日有个胡凤姣，他与李旦结鸾交。李旦柴房来分别，胡凤娇哭得泪双抛。她也是个贤良女，哪个不知胡凤姣。好仔不受爷田地，好女不为嫁妆来放刁。你不是娘接来养，不是跟娘下堂寄生苗④。你何必气来何必闹，何必多把珠泪抛。

李秀英　（接唱）三月里来是清明，舅舅有所不知情。适才来到我家下，亲手倒茶给你吞。舅舅你将我来问，秀英双目泪淋淋。一来不为别的事，只为嫁妆动嘴唇。母亲看来有二样，不该起了两条心。大姐二姐来出嫁，嫁妆制得崭崭新。又有牙床和衣被，又买铜盆和锡盆。衣裳不少不消讲，又打金钗吊金铃。唯有小女来出嫁，嫁妆一门无一门。舅舅你手摸心头想一想，怎不叫我珠泪淋。我又不是接来养，我又不是跟娘下堂外头生。姊妹三人共母养，同爹同娘难道还不亲？母亲讲我脾气傲，每日骂我丫头精。因此才和她吵闹，天天和她闹不停。她是娘来我是女，她还骂我活报应。舅舅你要去把母亲劝，你要劝软她的心。她若不把嫁妆制，我情愿一死不做人。没有嫁妆人取笑，恐怕秀英难见人。越讲越说心头恨，怪来怪去怪娘亲。

张　三　（接唱）秀英不必多言论，舅舅有言你细听。都不为着别的事，却原来为的嫁妆小事情。只为你爹死得早，丢下你母受苦情。娘守寡来女年幼，她怕你年小难成人。你小时病痛多得很，亏了你娘天天去求神。指望养你成龙天上扛，谁知你变蛇草里行。你若天天来吵闹，恐怕人家笑死人。人家笑你是报应，秀英你为什么不孝顺娘亲。若是两个姐姐像你一个样，活活气死你母亲。秀英你可爱听前朝古，舅舅比个古人给你听。昔日有个韩湘子，她的妻子叫林英。林英是个贤德女，她的丈夫去修行。当初湘子把她娶，一夜夫妻就离分。夫在东来妻在西，林英每日想夫君。她为丈夫得下相思病，花园里面把香焚。带着丫鬟和小子，哭哭啼啼叫夫君。眼前得见丈夫面，林英吃水也甘心。湘子花园现原身，林英一见泪淋淋。口吐鲜血得重病，丫鬟小子急如焚。湘子拿药把妻试，后来救好小林英。夫妻离别珠泪滚，湘子他说火烧六角亭。林英一见心不忍，房里的嫁妆样样都毁清。后来湘子把她度，她上天堂去做仙人。秀英要学林英女，莫学泼妇骂娘亲。舅父说话你记定，气死舅爷靠何人？好仔不受爷田地，好女不要娘的纱一根。只要你把好人做，后来豪富穿金又戴银。少时我把你母亲劝，我好好劝她把气平。你要嫁妆舅答应，以后给你来买清。话头讲多也无味，讲多讲破舅嘴唇。

李秀英 （接唱）四月里来麦子黄，争来争去为嫁妆，今日舅爷对我讲，从今以后不怪娘。只怪五行八字命注上，可怜命苦我的娘。舅舅少时去对母亲讲，你要劝她莫心伤。她也吵来我也吵，人家讲我不贤良。常言道母亲像天样，难道我能把母亲忘。小时得病将娘吵，吵来吵去到天光。长大我也晓得想，难道忘恩负义不孝娘。可怜父亲把命丧，丢下母女人两双。我今生来是女娃仔，是个男子在家能烧香。你劝母亲莫多想，恐防气坏我的娘。今天舅舅把我劝，话头说起有几箩筐。从今以后不淘气，还是依从我的娘。

张　三 （接唱）一听秀英把话讲，不由舅舅笑洋洋。秀英我的乖乖女，你是我聪明伶俐的美姑娘。为来为去不为别一样，只为你争嫁妆才来到你家堂。舅舅今天对你讲，你要仔细听端详。你母亲并无错思想，秀英你还要放开你心肠。手板手背都一样，难道她又不是你的娘？好仔不受爷田地，好女不要娘嫁妆。你娘望你成龙飞天上，你莫变蛇草里藏。我把个古人对你讲，前朝有个宝钏[5]姑娘。爷娘生下三姐妹，她的爹爹是宰相。她大姐许配苏龙将，二姐许配魏虎郎。唯有宝钏脾气强，高扎彩楼选才郎。王孙公子千千万，绣球单打平贵[⑥]郎。夫妻双双把府进，爹娘一见怒气昂。见平贵是个叫化子，双手拖他出外房。宝钏一见事不好，对她爹娘说端详。他爹要她另行来许配，她愿一死要嫁这化郎[⑦]。宝钏为夫三击掌[⑧]，不贪富贵离爹娘。她父家财千千万，做官做府把名扬。王宝钏一样都不要，穿上破衣走在大路旁。夫妻双双来相会，破瓦窑中把身藏。后来番邦来造反，薛平贵当兵去吃粮。他在番邦打胜仗，立了功劳回家乡。十八年宝钏受尽苦，后来得做正宫娘。秀英要学好模样，要学贤女把名扬。话头不要来多讲，少时为舅要回乡。

［氏上偷听。

李秀英　舅舅，是外甥女连累你到这里来，讲了这一大堆的话，以后秀英不再闹了，听母亲吩咐就是。

张　三　傻女孩子，这才是话嘛。

张　氏　哎哟！我怕是哪个，原来是舅舅来了哦。舅舅，你来此有何事呀？

张　三　什么事？莫讲了，还不是为你们的事。

张　氏　到底何事呀？

张　三　哈哈哈，好了！秀英听我讲了，你们大家都要想开点。

李秀英　舅舅，我去弄饭给你吃吧。

张　三　算了算了。

张　氏　快去吧，你舅为你讲了一大箩筐的话，你还不快去！

李秀英　妈、舅，我去了。（笑下）

张　三　我要走了，叫她莫弄了。

张　氏　你三头两日又来看为姐啊。这女娃仔下半年就要出嫁了，你要来商量看买点什么嫁妆才好。

张　三　姐姐，我走了。

张　氏　唉！叫你吃饭，你又不吃。

张　三　算了算了，你们和好了，我就放心了。（下）

张　氏　好走啊。哎哟！真是我的好兄弟，好能干啊。若还没有他，我不知淘气到哪天啊。列位观众，你们莫要养这种女，再还养多两个呀，要气死了啊。（下）

（剧终）

【注释】

①光踏踏：空空的。

②巴家：顾家。桂林话。

③叫蚂蚱：形容喜欢说话，成天叽叽喳喳的人。

④寄生苗：指随母亲改嫁带过来的孩子。

⑤宝钏：王宝钏。传说王宝钏是唐朝宰相王允的女儿，天生丽质，聪明贤惠。到了婚嫁年龄，她看不上诸多王公贵族，却偏偏爱慕家境贫穷的薛平贵，经过彩楼抛绣球，选中了薛平贵。

⑥平贵：薛平贵，民间传说中的人物，出身贫寒。王宝钏选其为婿，遭到王父坚决反对。无奈之下，王宝钏与父亲三击掌后断绝了父女关系，嫁给薛平贵住进了寒窑。后来，薛平贵从军征战，王宝钏苦守寒窑十八年。十八年后，薛平贵功成名就，终于得与王宝钏寒窑相聚。

⑦化郎：叫化子，乞丐。

⑧三击掌：两人相对击掌三次，表示“君子一言，驷马难追”，说话算数。王宝钏因婚事而父女反目，以父女堂前三击掌，表示父女绝情，永不相见。宝钏从此离开相府，住进寒窑，与薛平贵成婚。

【剧情简介】

李秀英姐妹三人，大姐二姐出嫁时，父在家富，有丰厚的嫁妆。等到李秀英出嫁，父死家窘，可她仍闹着要一样的嫁妆。因此她与母亲吵闹不休，埋怨母亲偏心。母亲没法，只得请舅舅来劝，以古人之事作比喻，费了许多唇舌，秀英终于明白自己的不是，不再向母亲争闹嫁妆。一场家庭纠纷，才告结束。

【简评】

此剧原名《小劝妹》。家长里短是彩调剧的常见内容，此剧主要是以说理的方式来化解母女之间的矛盾。剧中大段的接唱，冗长拖沓，舞台表演因此显得单调乏味。不过，剧中提出的如何教育子女、两辈人怎样沟通等问题，值得人们思考。

此剧由黄妹发掘、韦洁晶记录保存。

小分家

剧中人物

⊙黄老赵（行当：正丑，简称：黄）

⊙宋六（行当：丑，简称：宋）

⊙李秀莲（行当：正旦，简称：李）

⊙刘成（行当：老生，简称：刘）

第一场

宋　六（上）一样事情我不会，就是学到爱吃爱耍好瞌睡。赌博场中卖拳头，好比财主来收税。在下宋六。爷娘早已去世，留下家财一份给我。今天一赌、明天一赌，输得干净净，只得在赌博场中向别人借钱讨钱为生。赌场中的人给我起个诨名叫中毒，别人赌赢了钱我就向他讨，若是输了，我又推他去翻梢[1]。若是翻梢赌赢了，那我又得向他捞一把。嘢，天已近午了，我还要赶到赌场中去。走呀！（唱）肚中响雷很难过，一餐饱来一餐饿。两腿无力难行走，前面来了老赵哥。（白）喂、喂，我的老相识，老赵哥。

［黄迎上。

宋　六　你今天欢容满脸，一定响了火[2]了吧？

黄老赵　不错，今天好运捞了几个钱。

宋　六　哧哧，我才看一眼就看透了。若是赢了钱呀，开口大方又好讲，见了苦朋友连不消讲就借钱。所以我常常说你很好，这下子我这个苦朋友又妥当了。

黄老赵　何必客气，身边还有些钱，就拿去用罢。我在那小圩场上，已借给别人不少，你来得迟了一步，没剩下几个了，你就拿去用吧。用不着借借还还这一套的。第二次好运再多给点吧。

宋　六　老兄，这几天实在苦得我没投路了，谅这么些钱也不够料理，若是还有的话，请再多给几个吧。

黄老赵　好吧。（摸口袋）这边荷包③还有点，本想留点本的，那就多给你几个，又有什么要紧？

宋　六　看你老兄就是大方人，那就非常感谢你了。（背场）我仔④，得了这么多钱，待我到街上买些好酒菜来，吃它过瘾。走起来。（向黄招呼）老兄，那我就走了啊。（下）

黄老赵　好走、好走。（自语）你这个冒失鬼，多少钱也不够你用。（摸摸荷包）咦，我的钱都给人家拿光了，连买米买小菜的钱也不够张罗了。今天早上的赌钱还是拿我家老婆养的带崽鸡婆去换的。现在一个钱也没剩给她，看样子这次回家又有一场架吵了。待我再设法买些小菜回去，我老婆就不会吵的了。若是她闹我，我就摆下威风，她这胆小鬼就不敢的了。管他不管，闲话少讲，回去先。走起来呀！（唱路腔）我今赢钱胡乱丢，看来钱米难回头。（下）

第二场

刘　成（上，唱路腔四平调）曾记当年骑马竹，不觉变了白头翁。可恨日月如梭快，年老何曾转幼童。我去长街买小菜，买得小菜转家中。举目抬头来远看，前面有人走匆匆。（白）且慢，那边来的好像是那懒鬼宋六。

想他还是我当年结拜兄弟的儿子，不远不近也还是我的侄儿，我如何不劝劝他几句，又怎能忍心让他这样坏下去。但那宋六一见我就想避开，想他怕我教训罢了。不如躲在路边，待他过来也好相劝，看来还有好处。（藏入路边）

宋　六（上，唱）我这几天好倒霉，饿得肚子响大雷。打开鼎锅生了锈，扒扒灶里无点灰。（抬头见刘，急回）

刘　成　慢点、慢点。宋六，你怎么一见我就想溜走？我又没打你骂你的呀。

宋　六　刘伯，我不是见你就跑，我是搞掉了东西，想回头找寻去的。

刘　成　你不要瞒我了，我晓得你一见我就要跑掉的，你也不要害怕我，且站过路边来，待我跟你说几句话。

宋　六　好、好。你老人家有话只管说来，我听就是了。

刘　成（唱倒板桨）站在路旁把话论，尊声侄儿听分明。当初你父与我同结拜，二人往来当亲生。可惜他早年丧了命，丢下为伯苦命人。我今也有六旬上，无儿无女孤寡人。你父家财留一份，留给与你度光阴。自从你父去世后，没人教训变坏人。勤吃懒做过日子，赌博放荡怎见人？为何人家有吃又有用，你今变成穷筋筋。你把良心问一问，牛马也要把田耕。难道你不如牛马，枉在世上来为人。年轻之人多强壮，为何你瘦像一条藤。一身好像叫化子，难为你见得众乡亲。破烂衣衫没多一件，打出两个屁股丁。头发长长像强盗，穿双破鞋无后跟。这种日子你怎样过？死不死来生不生。亲戚路见不相认，结交好友断了情。为伯破开心肠和你论，莫把为伯当仇人。劝你回头是好事，快快及早做好人。

宋　六（唱）刘伯伯一片话真情，句句刺痛我良心。只因我家中干干又净净，叫我如何变好人？

刘　成　不错，无粮难动兵。为伯也虑到此事，既然你愿意做好人，为伯家中还剩下些口粮，还有块园地、田地，你就耕种度日吧。只要你决心去做，目下口粮为伯担当下来。只要你不怕辛苦，先种田，后打柴，日后总会有吃有穿的了。

宋　六　刘伯伯，听你所说，真真是一片好心。你老人家既有这样好心照顾我，将来我总报答你老人家的，日后还望伯伯多多指教。

刘　成　只要你变好，为伯也不必要什么报答。为伯这样老了，时常有病在床，只要你能想到为伯的好处，送杯水也就满足了。好吧！看你也还没曾吃饭，先到为伯家去吃了饭再说。

宋　六　多谢伯伯照顾了。

刘　成　天时不早了，随为伯走吧。

宋　六　请伯伯前行。

刘　成　随我来呀。（唱）二人同行把话论，叫声宋六记在心。为伯年老是苦命，无儿无女奉晨昏。只要你种植多发奋，伯伯把你当亲生。

宋　六　（唱）伯父今日对我论，点点滴滴记在心。不怕辛苦勤耕种，定要变成个好人。

刘　成　随我来。

[宋、刘同下。

第三场

李秀莲　（上，唱忧板）秀莲生来命奔波，嫁个丈夫好赌博。这种日子怎样过，情愿一死不愿活。（白）奴乃李秀莲。嫁与黄老赵为妻。我想老赵不务正业，专以赌博为生。今天一赌，明天一赌，把我陪嫁来的东西都赌光了，连我养的一只带崽母鸡都卖去做赌本。今天我洗一条裤子，晒在家中，若我走了，又恐老赵那个赌鬼偷去赌。对了，我今天不在屋，这条裤晒不得，待我浸下水去，他拿也拿不成了。说得有理，我不免将裤丢下盆去。闲话少提，我还要砍柴去呀。（唱路腔赶板）手拿柴刀砍柴去，日落西山转回还。（下）

黄老赵　（上，唱赶板）急急忙忙回家转，赶快回家去赶梢[⑤]。（白）

嘢，门关了呢。有了，我老婆不在家。哦，大门没有锁着，待我进去看看，房门已锁没办法，怎样捞赌本呢？这个脚盆泡了件什么东西？（捞起）哦，原来是我老婆的裤子，可惜是湿的呀。管它不管，赶梢如救火，湿的也拿去当，少要两个钱就是了。快点，莫给她看见。若给她看见了，不免又挨闹一场。走。（下）

李秀莲 （上，唱忧板）今天砍柴心内焦，心惊肉跳为哪条？急急忙忙回家转，看看有何吉凶在今朝？（白）到了。待我进去看看。哎呀，门开了，我那条裤子不见了！一定又是那赌鬼偷去了。哎呀！苦命呀，真真气死我了。我只有这一条裤子，又拿去赌了，今后要用什么来换？叫我怎样过呀？没办法，等他回来定要与他分家。

黄老赵 （上，唱强盗腔）果真是人越穷来越见鬼，冬天越冷来越吹北风。（白）到了家了，看样子今晚又有一场吵闹的了。管他不管，进去再说。

李秀莲 赵赌鬼，你又把我的裤子拿去赌了是不是？

黄老赵 赌了还不是赌了，还有什么好说的？

李秀莲 真是气死我了，你这赌鬼呀。（唱数板）开言我把赌鬼骂，骂声赌鬼听分明。自从嫁到你家下，没有一天得安心。说起你这赌鬼我心好恨，恨你专以赌为生。什么东西你都卖净，晚间无油来点灯。天气寒冷无被盖，盖一个麻包打补丁。烂衣服也没多一件，没有衣换臭难闻。家中苦水说不尽，随便讲点也伤心。一餐饱来一餐饿，自己吃来自己寻。带崽母鸡你也拿去卖，可怜一窝鸡崽活不成。这件事情我实在恨，恨不得咬碎你的心。

黄老赵 （唱数板）站在堂前说几句话，尊一声老婆听根芽。自从你来到我家下，哪一天我不顾家？你说我好赌又好要，又不务正业不理家。又说我把东西全卖净，带崽母鸡也卖它。这只怪我时运差，倒霉倒运没办法。自古道赌钱钱去要，若是走运也会发家。生意买卖也要讲运气，不走运来也会把本来糟蹋。我好赌钱打牌是实话，走起运来掏回一大抓。都只为你在家常吵骂，看来钱财不进就为它。讲起气来我要将你打，免得你这张臭嘴闹喳喳。

李秀莲 （唱急数板）短命鬼、老虎抓，说什么老娘爱吵架。你这威风我不怕，老娘我也不怕你起花。谅你不敢将我动一下，老娘把命不要它。我也不怕你的威风大，今天要与你来分家。

黄老赵 （唱）你说分家就分家，问你分家怎分法？

李秀莲 （唱）每人一件没多话，各人一份不相差。

黄老赵 （唱）我今顺你讲的话，看你先去分哪搭？

［两人交替下去拿东西出来又上。黄总是分得差的。

李秀莲 （唱）别的东西我先不要，先分一床补丁被盖，天气寒冷得它盖。

黄老赵 （唱）你分得被盖我不怕，我分得一张席子烂渣渣⑥。天气暑热我好铺地下。

李秀莲 （唱）你分席子我不怕，我分个鼎锅打补巴，熬粥煮菜用着它。

黄老赵 （唱）我分一个茶罐没有把，煮得饭来又好烧茶。

李秀莲 （唱）我分锅仔漏的我也不怕，明天我拿去补起它，煮得饭来又煮得瓜。

黄老赵 （唱）我分一个锅铲没有把，铲得菜来又可以把灰扒。

李秀莲 （唱）你分锅铲我不怕，我今分个铁火夹，夹火又得烘粑粑。

黄老赵 （唱）我分这个吹火筒用处第一大，火烧不燃我就有办法。不怕生柴不燃火，再生的柴火我也烧着它。

李秀莲 （唱）你用火筒随你吧，我分饭碗也不差。装得饭来又装得粑粑，免得用手来抓拿。

黄老赵 （唱）筷子用处也很大，吃饭哪餐不离它，可以把菜夹。

李秀莲 （唱）我分酸菜坛子用处大，一年四季吃菜要靠它，腌起酸菜又酸又辣味道顶呱呱。

黄老赵 （唱）你分坛子你用吧，我分个酒壶装三花⑦，免得酒瘾发。

李秀莲 （唱）你分酒壶我分个扫把，天天好得扫垃杂⑧。

黄老赵　(唱)我今分个鼎锅架，免得做饭倒地下。

李秀莲　(唱)这个水缸虽不大，装水煮吃不离它。

黄老赵　(唱)这个水缸先莫分它，(争夺)我今也要用着它。

李秀莲　(唱)我也要用着它。

黄老赵　我也要用着它，你也用着它。好好！大家都不用，打烂它，看你怎么抓。

李秀莲　你打烂了，我要你赔。

黄老赵　打烂了大家都不用它。

李秀莲　我要你赔。我不给你打烂它。

黄老赵　你把我怎么样？我不怕你，再拉我就打你。

李秀莲　我把命不要，你敢打！

刘　成　(上)哎呀，你们两公婆又吵架子了。又搞什么鬼了？实在爱吵架。

李秀莲　刘伯伯，你过来。(拉刘)

黄老赵　刘伯伯，你过来。(拉刘)

刘　成　哎呀！你们这边一拉，那边一拉，把我老人家都撕破了。老赵，你先讲。

黄老赵　刘伯伯，她总爱骂我好赌钱不顾家，我去年买了二十斤米到现在，她还嫌我不管家，哪点东西又不顾家的呢？

刘　成　咦、咦！你去年买了二十斤米吃到现在已三四个月了，还有米吃吗？早不就吃光了？

李秀莲　刘伯伯，你过来，我讲道理给你听。他赌输了钱，还怪我在家闹他，你老人家看看谁有道理？

刘　成　你不消讲我也明白了，你来我对你讲。(附耳)

李秀莲　我晓得了。

刘　成　你说她爱闹你，好好。为伯这几天身体有病，不多费心，看你们分家，不分也分了，以后各管各的了。秀莲，你把东西收拾好，以免日后吵架。

［李下。

刘 成 老赵，你们二人都没有装水的，这又如何是好？好吧，老赵，且到为伯那里要一口缸来用吧，不必吵架了。

［黄下。

刘 成 （背场）老赵呀老赵，我过去也劝你多次了，你总不听话。今天分了家，看，不上三五天，要你嘴巴打起封条来了。（下）

第四场

宋 六 （上，唱化子腔）浪子回头金不换，回头是岸成好人。若无慈悲人指引，蛟龙浅水难翻身。（白）我宋六。多谢刘伯伯照顾于我，今天我变了个好人，真是答谢不尽。刘伯伯交代我，若是老赵向我借钱，千万不能给他，还得将他整几句。唉！说鬼到鬼就来了，我来站在这里等他一会，看他来到又怎样。

黄老赵 （慢步上，唱急板）真正是，有钱有米多兄弟，急难何曾见一人。真是冤家路狭无可耐，肚子饿扁头饿昏。（白）前面不是宋六？好！待我向他想办法。喂！宋六。

宋 六 （装不认得）你是哪个？

黄老赵 啊，你也认不得我了吗？我不是你的好友黄老赵吗？难道你就忘记我了？

宋 六 哦，你是黄老赵，你站得远点，一身烂臭的。

黄老赵 他不认我了。喂，宋六，我今天倒了霉了。无钱无米，实在困难。我想向你拨借点钱，请你见怜见怜。

宋 六 你问我借钱？（发气）你这种人借给你以后又拿什么来还我？看你这样子，走开莫啰唆！（下）

黄老赵 唉，今天就不认识我了。哎呀！一个人运气不好又撞着鬼。

我过去有钱，借了不少给他。今天他有吃有穿，就翻了白眼。你宋六今天能变个好人，我就不能变个好人吗？纵然我有此心，也无人帮助于我。管他不管，我还是暂回到刘伯伯那里去，下个决心，请他与我老婆说和，认一个不是，我相信一个女人听不得几句好话心就软了。言得有理，我还要到刘伯伯家中走走。（唱化子腔）千错万错是我错，悔不该过去好赌博。什么东西都卖净，还要回家骂老婆。我对刘伯来说要改过，雷劈脑壳再也不赌博。（白）到了，刘伯伯你在家吗？

刘　成　（上）哪个打叫？

黄老赵　是我。

刘　成　你有什么事前来找我？

黄老赵　有事和你商量。想我以前赌博错了，我想请你给我和我的老婆说和，使我夫妻和好。我重新做个好人，我愿意改过做个好人。

刘　成　哦，今天你也能回心转意了？讲过的？

黄老赵　讲过的，一定从今以后再也不赌钱了。

刘　成　你既有此心，为伯也愿帮你两公婆和好，你且回家。

黄老赵　有劳刘伯伯好心。（下）

刘　成　不是我刘伯心计巧，浪子怎能转回头。奉劝世人勤耕耨，免得一生衣食忧。（白）待我进得内堂，把黄老赵改悔之心向黄嫂说明，劝她回家夫妻团圆。（下）

（剧终）

【注释】

①翻梢：翻盘、翻本。指在各种对抗性比赛中，本来已经居于劣势的一方反败为胜。亦用以喻挽回局面，翻身。

②响火：此处为赌赢的意思。

③荷包：钱包；口袋。此处指口袋。

④我仔：感叹词。

⑤赶梢：此是赶在最后再去赌场一趟的意思。梢，即尾梢、最后。

⑥烂渣渣：破破烂烂，不成样子。

⑦三花：三花酒。桂林三花酒是中国米香型白酒的代表，以其历史悠久、工艺独特、品质优良而备受青睐。

⑧垃杂：垃圾。

【剧情简介】

此剧又名《浪子回头》。宋六父母死后，无人管教，过着浪荡生活，后得刘伯劝告而改成勤劳的好人。黄老赵也专以赌博为生，不听其妻劝告，夫妻经常吵闹，以致分家各炊。分家后，黄生活愈加困苦，走投无路。后向刘伯认错悔过，得刘劝解，夫妻重圆，生活才日趋好转。

【简评】

赌博影响社会安定、破坏家庭和谐。因此，劝阻赌博是彩调剧内容之一。彩调剧中阻止赌博的方式很多，或家人劝导，或妻子离异，或朋友指点……此剧中黄妻采纳了刘伯分家妙计，使嗜赌丈夫黄老赵家徒四壁、一无所有。黄老赵由于生活上走投无路，最终被严酷的现实唤醒。这个剧以黄老赵的堕落经历，形象地告诫人们在赌博的道路上执迷不悟，会令人失去生活的方向，失去家庭责任感，以至于失去自我。

此剧由梁美丽发掘、曾新荣记录保存。

张良休妻

剧中人物

⊙张良（行当：丑，简称：张）

⊙富氏（行当：旦，简称：富）

⊙王员外（行当：老生，简称：王）

⊙方氏（行当：摇旦，简称：方）

⊙穆氏（行当：老旦，简称：穆）

⊙韩氏（行当：老旦，简称：韩）

⊙穆仪（行当：生，简称：仪）

⊙张先生（行当：老丑，简称：生）

⊙家院（行当：须生，简称：院）

第一场

张　良　（上，念）从前家贫无宿粮[①]，挑柴卖草度日光。今蒙天地风雨好，牛马满栏谷满仓。（坐，白）我，张良。从前个个讲我张为难，现在我牛马有了，谷子满仓。今天在家闲暇无事。不免我牵出马来，去长街之上，玩玩耍耍，岂不是好？（向内喊）富氏前来，我有话告诉于你。

富　氏　（内白）来了！（小点上，整妆）官人叫一声，移步到前庭。

官人叫为妻出来，有何吩咐？

张　良　叫你出来，非为别事，我要上街买些小物件，你在家看守门户，就是这样。待我带马上来。（上马，唱路腔）张良上马喜盈盈，贤妻看守在家庭。去得长街转几转，买得物件转回程。

富　氏　（唱四平腔）夫妻二人笑呵呵，夫君上街去买货。买得货物早回转，以免为妻挂心窝。（关门下）

张　良　（唱路腔）走了一弯又一弯，桃红柳绿好风光。马上加鞭来得快，来至凉亭好歇凉。（白）慢着，这里有个凉亭，我不免下马进去休息休息。（套马，下）

第二场

王员外　（上，念）家财万贯，万贯家财。妻妾两个，骑马走街。（坐，白）贤妻哪里？走来。

方　氏　（上）员外一声叫，忙步到堂前。见过员外。

王员外　不消，一旁坐下。今日长街有狮子、有舞龙，我们前去玩要一番，你去是不去？

方　氏　好呀，岂有不去之理？不免叫妹妹出来，一同前去。（向内）韩妹妹哪里？走来。

韩　氏　（内白）来了。（上，念）家里有钱人也懒，每天只是要和玩。（白）见过官人和姐姐。

王员外　不消，一旁站定。我们一同前去长街玩要，你去是不去？

韩　氏　去呀，哪有不去的？（向内）家院，带马上来。

［院带马。

王员外、韩氏、方氏　（上马。唱四平腔）三人骑坐马鞍上，欢容笑面喜洋洋。马上加鞭长街往，来至凉亭看风光。

王员外　慢着，我们来至凉亭，且下马休息一会吧。（下马）

张　良　（上）王兄，巧遇巧遇，你今哪里而去？

王员外　贤弟，你有所不知。今日长街之上，有龙灯、有狮子灯。

张　良　好呀，请哥哥先走一步，我随后就来。

王员外　（看张马高大，想换张马）贤弟，我和你换匹马好吗？你要多少钱，我另外补给你。

张　良　我不同你换。

王员外　我用两匹和你换一匹。

张　良　我不换的。

王员外　咳，不换就算了。难道我三匹马就比不上你一个人的？我有两个老婆，你能比得上我？（上马，下）

张　良　（生气）咳，他小看我，难道我张良就再讨不起一个老婆吗？

张先生　（上）算命打流年[②]，不准不要钱。

张　良　吓，来了个算命先生。来来，你来帮我算一个命。

张先生　好呀好呀，我来问你，姓甚名谁？

张　良　我姓张名良。

张先生　啊！那你不就是张良吗？

张　良　正是啊。你会卜卦算命，那你就帮我算一个命。

张先生　你是何年、何月、何日、何时生的？你讲给我听吧。

张　良　丙午年八月十五午时。

张先生　好好，那你就请听啊。（翻看算命书后，唱十字腔）上天神佛安排好，我与张良算子平[③]。今年走了朦胧运，明年又换太岁星。有钱快快讨一个小，妻妾二人护你身。

张　良　（笑）哈哈，先生此话，言之有理，刚刚正中我意。先生，那你和我到长街上走走。（圆场，唱数板）二人来在中途上，叫声先生听端详。你喊我讨小我心想，望你先生出主张。讨个小婆本是好，恐防吵闹我家堂。左一思来右一想，进退两难费思量。先生有计对我讲，免我心中无主张。

张先生　（唱数板）张良为何无主张？男人做事怕哪行？两个肩膀如铁

硬，敢想敢做自己当。倘若大婆有不满，拳打脚踢赶出房。只要心横手段狠，休去前妻又何妨？

张　良　（唱）先生说话有道理，张良已经有主意。我将前妻赶出去，另娶芙蓉花一枝。上街上圩好一比，好比仙女下瑶池④。

张先生　（唱数腔）举目抬头来观看，走过东来又走西。

张　良　先生，我们前去用餐吧。

［张、生同下。

第三场

［张、生同上。

张　良　你同我归家前去。

张先生　好了，我就在长街之上，卜卦算命，我不同你去了。（下）

张　良　（唱五把扇腔）勒马低头仔细想，张良进退两头难。这下回家将妻赶，另换一个美姣娘。急急忙忙来得快，不觉来到我家堂。（叩门）富氏与我开门来！

富　氏　（内白）来了！（上，开门）官人回来，请坐。

张　良　（怒）我晓得坐。

富　氏　（背场）我官人从前在家同讲同欢，现在回家，横眉冷眼，不知所为何来？不免我去要一杯茶给他吃，他有来言，我也有答语。（下。端茶上）官人请茶。

张　良　我不要！

富　氏　要。

［张甩杯于地。

富　氏　哎……呀！张良哥哥呀。（锣鼓。唱四六板）张良哥哥你去长街所为何？我拿张椅子你不坐，倒杯茶来你不喝，糊里糊涂话不讲，怒气冲冲为什么？莫不是奴家哪样错？莫不是你今日酒醉多？奴家有错你就讲，该打该骂把理说。今日你把长街过，定受别人来挑唆。如今世界人眼浅，架桥人少拆桥多。莫不是给钱不够用？莫不是官人无酒喝？今天回家乱发气，于理实在不太合。

张　良　（唱四六板）越想心里越发火，骂声贱人你听着。手拿竹鞭将你赶，不同你讲太啰唆。今天决意不要你，赶你出去我慢斟酌。讲起理性我没有，强蛮手段你奈我何？（鞭富）

富　氏　哎呀！你不要良心了。（唱数板）张良将我来鞭打，强蛮手段无办法。不想当初年纪小，十一二岁到你家。从前你家是怎样？吃又苦来住又差。巴巴结结帮你累，牛羊谷米才发达。既然不要也就罢，快给盘川⑤我离家。（白）张良，你既不要我，你给什么给我做路费呀？

张　良　听由你要。

富　氏　我不要多也不少要，我就要金戒指两个，和我的那头老黄牛，那架破牛车，给我三十六斤白米，我就走了。

张　良　给你，拿了快滚！（下）

富　氏　（取什物，上牛车哭。圆场，唱哭板）金莲上车泪难忍，骂声张良不是人。又无情来又无义，今天赶我出家门。二十四岁命改嫁，不知嫁着哪样人。我今天无亲又无伴，就随黄牛一道行。行到贵家随贵走，行到贱家随贱行。哭哭啼啼无限恨，张良他比豺虎心。行行太阳落山了。黄牛呀，我们哪处去安身？（白）好苦呀……（下）

第四场

［富卸牛车，找住处。

穆　氏　（上，诧异地）你这位姑娘，为何到我家来？

富　氏　天色已晚，我想在此借宿一夜。

穆　氏　你为何要到我家借宿一夜？

富　氏　婆婆，你有所不知。

穆　氏　我不知，你讲我听。

富　氏　（唱数板）站在屋前把话讲，尊声婆婆听端详。我今不为哪一样，只为命苦遇豺狼。只怪爹娘死得早，十一二岁嫁张良。我在他家勤耕织，挣得牛马谷满仓，今日他把良心丧，将我赶出到此方。退婚之书交给我，任由再配哪个郎。今日坐在牛车上，任由老牛走哪方。不觉来到你家上，你有儿子我愿与他结成双。

穆　氏　（唱数板）哎！我儿贫苦真难讲，卖柴卖草度日光。怎样能够配上你，你原是个好姑娘。你虽有意来成配，还须慎重再思量。

富　氏　（唱数板）叫声婆婆请放胆，小女不会使人烦。嫁着贵随贵走，嫁着贱来也心安。慢慢苦挣慢慢累，苦尽自然得到甘。

穆　氏　你既然不怕穷苦，等我儿穆仪回来，双方看过才行。

穆　仪　（上，唱路腔）扛根扁担回家转，不觉回到我家堂、我家堂。（白）回到我家来了，待我进屋。（进门、见富、惊奇、背台）哪里来的这位姑娘，不免上前问过母亲，便知明白。见过母亲。

穆　氏　儿呀，你回来了。

穆　仪　孩儿回来了。母亲，我来问你，这位女子是打哪里而来的？今晚就在我家住下了吗？

穆　氏　我儿有所不知，她言道，她是孤零之女，十二岁许配张良为妻，不料张良起了不良之心，将她赶出门来。现今到此，天色已晚，将牛车也推进我们家来了。

穆　仪　推进我们家，所为何故？

穆　氏　她言道，人从牛走，走到哪家就许配哪个。

穆　仪　呀，走到我家就许配我吗？好倒是好，怎奈我家贫寒，怎么办呢？

穆　氏　她言道，嫁着贵随贵走，嫁着贱来也心安。家贫她不讲，只要人老实有良心。

穆　仪　那好啊……

穆　氏　好，你就上前去试她一试，看看如何？

穆　仪　（上）大嫂，你做这双鞋子，是给哪个穿的？

富　氏　哪个穿得合，就给哪个穿。

穆　仪　（接试穿）我穿得合呀。

富　氏　你穿得合，那你就穿嘛。

穆　仪　慢着，我来问你。（唱盘问腔）我今来问你，问你住何方？请对我来讲，免我心彷徨。你愿许配我，我无隔宿粮。

富　氏　（唱盘问腔）贫寒我不讲，总要心善良。我不为哪样，为教无义郎。十几年恩爱他不讲，衣食才丰赶妻房，赶我到此乡。

穆　仪　（唱盘问腔）你是为这样，今日到我乡。与我结婚配，但愿百年长。

富　氏　穆仪今日与我成婚配，真是好良缘。

穆　仪　（唱十爱）一爱你二爱你聪明又伶俐。

富　氏　（唱）三爱你四爱你待人又和气。

穆　仪　（唱）五爱你六爱你年轻有气力。

富　氏　（唱）七爱你八爱你砍柴又种地。

穆　仪　（唱）九爱你的人才。

富　氏　（唱）十爱我的乖乖。哥哥哎。

穆　仪　（唱）妹的妹呀。

富氏、穆仪　（唱）实实在在舍不得你呀。（舞下）

第五场

张　良　（破衣上）我今要了柳员外之女，本来是逍遥快乐的，哪知这贱人好吃好穿，搞得我家中狼狼狈狈，家业吃干了，又逼着我写退婚书。如今退婚，我心里好气呀，现在气得我双目失明。今天放晴，不免到长街乞讨挨命啊。（唱化子腔）时不同来运不通，钱财妻子两头空。屋漏又逢连夜雨，船破又遇顶头风。（白）哎！我张良就是这样的下场了。我先到里面拿根棍子出来，免得在长街之上遭狗来咬。（下取棍、碗等上，唱叹腔）哎，风吹冷冰冰，夜居古庙亭。不犯朝廷事，叫化且偷生。

［内狗叫声。

张　良　你这个死狗叫什么？你来我打死你！（出门，锣鼓点。唱瞎子腔）今早出来忘带顶帽，日头出来晒眼睛。真正是道路难行，唉！望不见，路难行。今早出来忘记带根棍，长街狂犬闹沉沉，狂犬会咬人。哎呀，咬在我的脚后跟。东街走罢西街去，西村又把南村行，我是个讨饭人。（来到穆家。白）慢着，来到这里。哎，各位先生、老板娘，有冷饭冷菜给点我化子充饥吧。

富　氏　（上）门外不知何人叫讨饭充饥，不免我上前问他一问。哎呀，这个化郎年纪不到三十岁……此人莫不是那……（比画、注视）待我探问他的身世。你这个化郎到此讨口，家住何处？是何方人氏？

张　良　咳！请听呀。（唱四平腔）家住湖广梁家湾，我名叫作小张良。从前我家顶好过，因为心多无下场。错听先生把命算，喊我休妻才吉祥。我把前妻休出去，另讨柳氏败家堂。一天吃完又去要，只要好吃好衣裳。搞得我积存全用尽，房屋田地全卖光。柳氏又喊把婚退，哭得我两眼泪汪汪。我不该将前妻休出去，我不该无情昧天良。如今总是回头想，果然报应到当场。（白）难啊……老板娘，你有冷饭冷菜给我充饥吧。

富　氏　冷饭我家没有了，我煮点面给你吃，请你先坐下等等。（下拿面上，将手上戒指放碗里）

张　良　（吃面，听到碗里有物）老板娘，你怎么放块石头在碗里？

富　氏　不是石头，你慢慢摸着看看，上面有几个字，你摸出来了没有？

张　良　这是金戒指，我摸不出上面是什么字。

富　氏　我将这个金戒指送给你。

张　良　我不要，你将金戒指拿去。

富　氏　你吃饱了没有？若还不饱，我再给你拿一碗来。

张　良　没饱。

[富下再拿一碗上，另放几根头发在碗里。

张　良（吃面，发现碗里有头发。）哎呀，你这碗面味道好是好，为什么放两根头发在碗里面呢？

富　氏　你这位化子真不明事理，刚才的金戒指你猜不出，现在你想一想，梁家湾谁有这两根长头发呢？

张　良（恍然大悟）啊……你敢莫是富金莲。

富　氏　你从前嫌贫爱富，将我赶了出门。今日我到此处，已有了孩子、田地和牛马。现在你想我，我也不会走了。

张　良　哎……现在你好了，只怪我当日错听了算命先生的胡言乱语，讨了个员外的女儿，搞得我倾家荡产……我一点也不怪你……（哭，欲碰死）

富　氏（拦）你撞死在我家是不合道理的，又不是我害你的呀。你应该去找那算命先生讲理，去找他报仇。

张　良　你言之有理，我即时就去找他。

[张、富分下。

第六场

张　良（上，唱四平腔）将身离了她家门，一心要往长街行。三步两步走得快，街前街后闹尘尘。

[生坐街旁算命。

张　良　哪位先生会算命？

张先生　我会算命。

张　良　请问先生，你高姓大名呀。

张先生　你连我也记不得了吗？你不是张良吗？

张　良　啊，你就是给我算过命的张先生。先生，你走过来一点。

[生走近。

张　良　（立抓住生的膀子）你帮我算命，你算对了，你喊我休妻，另讨一个富家之女，讨了回来，吃饱又玩，玩了又吃。搞得我家狼狼狈狈、狈狈狼狼，是你喊我讨这个泼妇，害我如此下场。今日我也不愿再说下去，我要和你拼死在一处。

［张、生扭打，张将生咬死，自己也碰死。

（剧终）

【注释】

①宿粮：过夜的粮食。家里连过夜的粮食都没有了，形容经济上非常困难。

②流年：旧时算命看相的人称人一年的运气。

③子平：子平术，又称八字算命术。根据人的生辰八字推算人的一生运程的方法。传说宋有徐子平，精于星命之学，故后世术士宗之，故称子平。

④瑶池：中国古代神话传说中昆仑山上的池名，西王母居住的地方。

⑤盘川：旅费，亦称盘缠、川资。

【剧情简介】

张良之妻富氏，吃苦耐劳，勤俭持家，日渐富裕。张饱暖思淫欲，一日赶圩，遇王员外与妻妾同行，心甚羡慕。又听算命先生说他命该讨妾，张恐妻反对，便将富氏休逐。富氏被逐后，改嫁穆仪，两人勤劳耕作，生男育女，家境日丰。张良休妻后，另娶柳员外之女为妻。柳氏好吃懒做，只知享乐，在家财用光时，离婚他适。张气病失明，沦为叫化子。一日行乞到穆家遇富，张羞愧欲死。富氏告之，此乃算命先生所害，应找他算账报仇。张深以为然，去找到算命先生，把他咬死，自己随后也碰死街头。

【简评】

此剧的结构模式明显受到因果业报观念的影响。传统的戏曲作品经常以“善恶到头终有报”的道德情感为出发点，去描绘事物存在的主观感情图式。《张良休妻》就是一个善恶有报的故事，目的是劝人向善。

此剧由陆春庭发掘、朱厚镇记录保存。

酒壶记

剧中人物

⊙陈老板（行当：老丑，简称：陈）
⊙陈二（行当：小生，简称：二）
⊙何秀英（行当：花旦，简称：英）
⊙张屠户（行当：丑，简称：张）
⊙老黄（行当：丑，简称：黄）
⊙刘忠庭（行当：生，简称：刘）
⊙老李（行当：丑，简称：李）
⊙王员外（行当：老生，简称：王）
⊙王香莲（行当：花旦，简称：香）
⊙李庭坤（行当：老生，简称：坤）
⊙家院（行当：生，简称：家）
⊙衙役（行当：丑，简称：役）
⊙土地（行当：老丑，简称：土）

第一场

陈老板 （上，数课子）新开店来旧开店，没有酒来没有面。不是开的

高楼馆，我今开的大客店。(白)哎呀，讲倒讲倒[1]，就有客来了。管他，闲话少说，我到后面去烧茶啊。(下)

陈　二　(上，数课子)读书之人读孔孟，不读孔孟不中用。孔孟教人为贤豪，做得贤豪人人重。(白)我，陈二。今日要去书房读书，不免叫得妻子出来，吩咐一番。秀英哪里？走来。

何秀英　(上)来了，忽听夫君叫，急忙就来到。见过夫君。

陈　二　不要讲礼，一同坐下。

何秀英　妻子陪坐。请问夫君，你叫妻子出来，有何吩咐？

陈　二　叫你出来，非为别事，书馆有信到来，开学期到，我要去书馆读书，你听我一言。

何秀英　夫君有话请说。

陈　二　秀英，你坐在堂前听我一言啊！(唱数板)秀英在家听母命，不要管他闲事情。店中客官不要管，因为你是年轻人。别的事情你不理，做鞋做袜缝衣裙。等我腊月回家转，夫妻团圆乐津津。为夫有言你记住，千万不要出闺门。

何秀英　(接唱)夫君说话真有理，妻有言来你细听。你去书馆要保养，你要写信给双亲。家有父来又有母，你在书房放宽心。许多言语说不尽，夫君几时才启程？(收)

陈　二　我今日就要启程，你下去收拾行李。

何秀英　妻子从命。(下取行李上)

陈　二　秀英，你在家照看母亲，我走了、我走了，哈哈。(出门)

［英目送出门下。

陈　二　这才好啊！(唱路腔)离了门前往外走，走到路头会书友。有钱之人来坐轿，我想坐轿怕开口。总要读书读得透，考取状元样样有。父母在家交代我，埋头经史懒莫偷。(白)我还要赶紧走啊。(下)

第二场

[陈上拭桌椅。

老　黄　（上，唱强盗腔）急急忙忙来得快，不觉来到是大街。我要早把客店进，早进客店好安排。（白）老板，有床位没有？我要单房。

陈老板　你这位客官，要住在楼上，还是要住楼下？

老　黄　老板，我要楼下算了。

[陈指示。

[黄张望，下。

张屠户　（上）现在天已黑了，我要找客店住下。老板，有房没有？

陈老板　客人，楼上没有了，楼下还有一间，你住不住？

张屠户　底下好，与我拿灯来。

陈老板　（喊）各位客官请安，明日好早走。（下）

[张鬼鬼祟祟上，摸入英房，调戏英，英不从，杀死英，遗下刻有己名的酒壶，下。

[黄上，见张跑出，即入英房，发现英被杀，吹灭灯，取酒壶欲下，衙役查夜上，捕黄下。

第三场

刘忠庭　（小锣上，念）前门对后门，书生背诗文。盘钱带得少，赶路上京城。（白）我，刘忠庭。今年乃是大比之年，我上京城投考功名。母亲昨日已讲清楚，叫我自关门户，上京去赶考呵。（唱四平腔）我今上京去赶考，赶考回家接母亲。母亲生我一个人，穷家子弟求功名。路上川资[②]太不够，只好赶路趁黄昏。途长只嫌脚步慢，急行紧走汗满身。（白）老板，有没有房间？

陈老板　客人，没有房间了。

刘忠庭　在这街道上，还有别的客店没有？

陈老板　不晓得啊，因为这几天学生来得很多。唔，我这里倒是有一间，不知你害怕不害怕，因我的媳妇死在那房间里。

刘忠庭　有房间就是好的，哪有生人怕死鬼之理？

陈老板　你如不怕，我少收你一点房租就是。来来来，你随我来。

［刘入房见床上帐被整齐，暗自胆怯，不敢入睡，倚床看书。

［英魂上。

刘忠庭　你是人还是鬼？

何秀英　我是鬼，我请你与我申冤报仇。

刘忠庭　你要我与你申冤报仇？我身边无钱。

何秀英　你身边无钱，在我那席子下面有银子九两七分，你拿去做盘钱，与我买把油纸伞，一路之上，过渡过桥，喊我一声。

刘忠庭　你叫何名字？有何冤情？一一说来。

何秀英　刘相公你请听我说来呀！（唱阴腔）秀英死得很冤枉，不做坏事把命亡。多得相公把路带，此冤不报恨难偿。过桥冤魂喊，逢庙你要来烧香。杀人凶手张屠户，火头山上把身藏。

刘忠庭　原来如此，是张屠户把你杀死，他今住在火头山，我一定与你报仇，你随我来吧。（鸡鸣天亮，交钱出店，唱急腔）出得门来往前走，一心带你到京城。一来上京去赶考，二来带你把冤申。

［刘、英同下。

第四场

老　李　（上，唱急腔）有事在心走路快，不要在此把路挨。举起眼目抬头看，不觉又到凉亭来。（白）走来走去，走到凉亭来了，我不免进去歇一歇凉。（进亭坐）

刘忠庭　（背包袱拿雨伞上，开伞一摇，喊一声）秀英随我来啊！（唱四平腔）秀英跟我上京城，进了京城把冤申。你的阴魂跟我走，一路之上说详情。虽然你今是个鬼，见你报仇我气平。白日同行不见影，夜晚无人再显形。（收。白）走来走去，不觉来此凉亭，我不免进去歇一会。

［刘、英进亭见有人，各坐一边。

老　李　（走向刘）你这位相公往哪里去？

刘忠庭　我往京城。你这位好汉要去哪里？

老　李　我也是到京城去，那你我同一条路。相公，你我二人慢慢地走啊。

刘忠庭　好，我们一起上路，但不知走哪一条？

老　李　相公，你没有来过吗？就是走这一条山岭路，我们走起来呀！（唱爬山腔）相公上岭慢慢走，山高岭陡路不平。你要跟我来走快，恐怕猛兽来伤人。

刘忠庭　（接唱）好汉你要等着我，以后报你带路恩。岭高路滑站不住，走到眼花头又昏。（收）

老　李　相公，在此歇一会吧，我到别处望望。（发现有水）嗳，相公，这里有水，我们下去吃水去。

刘忠庭　好！我们吃水去。（向下一看）哎呀，我下去不得，我不吃了吧。

老　李　我倒有个主意。

刘忠庭　你有什么好主意？

老　李　我用我这条腰条把你吊下去，等你喝饱了，我再把你吊上来，岂不是好？

刘忠庭　好汉言之有理。

［刘先吊李下，喝完，复吊李上。

［李吊刘下，见四下无人，拿刘包袱跑下。

［仙人一朵黄云将刘送上，只见伞在。

刘忠庭　我想将秀英甩去，她又是我的恩人。管他，为人要为到头，杀鸡要杀断喉。一人不好在此久坐，日头离山没几高。啊！（唱忧腔）从小没有出过门，哪知有人起毒心。现在喊天天不应，又想喊地地不灵。想把秀英阴魂甩，怕我性命难得生。早知路上被人害，不该结伴和鬼行。（收，白）啊呀，走来走去，走到河边了。喂，那边有人没有？

［土上，变房屋小船，划船渡刘。

刘忠庭　老人家，这里离京城好远？

土　地　没有几远了，你今晚在此过夜，明日再走吧。

刘忠庭　老公公，如此有劳了。

土　地　相公，你就随我来吧。

［刘、土同下。

第五场

老　李　（拿包袱上）欢欢喜喜进京城，包中有药最为灵。死了都能救复生，我这一世就长命富贵了啊。（唱强盗腔）喜洋洋来笑洋洋，我的运气比人强。凉亭来了一蠢汉，不知世故把人防。样样事情听我讲，下坑吃水就遭殃。算我良心实在好，只要包袱让他坑里饿死见阎王。（收。下）

王员外　（上）天上乌云风打开，百般事情有安排。女儿得下古怪病，高明医生何日来？（坐，白）我，王员外。膝下无儿，只生一女。古话说，塘里无鱼虾子贵，家中无儿女为王。我的女儿得下古怪之病，我把请求高明医生的招贴写好，马上贴到街上。我就是这个主意。家院！

家　院　（上）中堂员外叫，急忙就来到。见过员外，有礼。

王员外　不消见礼。

家　院　员外你叫我出来，有何吩咐？

王员外　叫你出来，非为别事，你小姐患了重病，我写有请高明医生的招贴来和你小姐治病，你拿到长街之上，将这招贴贴好，早去早回。（下）

家　院　奉了员外命，我到长街走一程，我把招贴来贴上，四路招请好医生。我去请医生啊。（下）

老　李　（上，唱急腔）急急忙忙往前走，不觉来到大街头。抬头我把招贴看，请医治病出重酬。（扯下招贴，念）过路君子举目看，小女染病入膏肓。若有哪个来诊好，万贯家财由他搬。倘若书生医得好，我将女儿配鸾凤。

家　院　（上）你为什么将我家招贴取下？走走，见过我家员外去。（同李进门，闻哭声，忙叫）员外员外，高明先生已经请来了。

王员外　不必说了，小姐已经死去了。

老　李　小姐在哪里？待我去看。

王员外　不要看了，她已死去了。

老　李　看看也不要紧。

王员外　家院，带先生前去一看。（下）

家　院　从命。（引李入房）她就是小姐，已死去了。

［李叫家去倒茶，家下。李见无人，想盗窃，家倒茶上。李下药，香复苏，醒。

［家请王。

家　院　（喜）有劳先生搭救小姐一命，快请后堂更衣吃饭。

［家、李下。

王员外　（上）先生医道真高明，我女死了又复生。我今要为先生好安排，香莲女儿快出来！

王香莲　忽听前堂父亲叫，王香莲快步就来到。父亲在上，女儿有礼。

王员外　我儿不必讲礼，一旁坐下。

王香莲　女儿谢坐。父亲叫女儿出来，有何吩咐？

王员外　叫你出来，有话商量。想我女儿病重死去，多得先生医道高明，使我儿死而复生。想我招贴曾写得明白，有人能救得我儿一命，即将我儿配他为妻。如今我儿既然得救了，我们即应该实践诺言，不知我儿心下如何？

王香莲　孩儿尚未见过这位先生一面，现下未敢决定此事。

王员外　我儿一定要看过明白，你就隐蔽屏后。

［香下。

王员外　（向内）有请先生！

老　李　（上）员外叫我出来何事？

王员外　先生请坐。多得你医好我的女儿，使她死而复生，老夫万分感激。为了酬答你的恩情，你要多少银两？

老　李　我不要银两，请员外依照招贴上的话办事，我要与小姐结成夫妇。

王员外　这个……

［王转目视香，香摆手。

老　李　请员外一定要实行所言。

王员外　这个……

王香莲　（出）实践诺言倒也可以，不过你要答应我三件事。

老　李　但不知哪三件事？

王香莲　第一件你要将你的文章与我看来。

老　李　这第二件呢？

王香莲　第二件你要往京城去赶考。

老　李　第三件呢？

王香莲　第三件么，你要中了状元我才和你成亲。

老　李　这个……

王员外　我家花园中有清静的书房，先生就在此住下，用功读书，先生心下如何？

老　李　那就打搅了。

王员外　先生请。女儿随我来啊。

［王、香、李分下。

第六场

刘忠庭　（持伞上）秀英你随我来啊。（唱路腔）离了店房慢慢走，秀英阴魂跟我来。不觉来到京城内，有日带你叩南台[③]。考期推迟举子到，伙铺虽多难安排。存身无处大宅问，可容下榻避风霾？（收）

［家暗上。

刘忠庭　请问府上可容暂时落脚吗？

家　院　相公请稍候，待我进去通报。

刘忠庭　如此有劳了。

家　院　（向内）员外，又来了一位学生，想在我家借宿，请问员外可答应他？

王员外　（内白）请他进来。

家　院　相公，请你随我进来。

［家、刘同下。

第七场

王员外　（上）闻说今日出榜，家院。

［家应上。

王员外　通知住我家的学生，随老夫去看考榜。

［家下。

王员外　不知那位李先生考得如何？如果名落孙山外，我也好将我女儿另外安排。

［众人出看榜，刘中状元。

王员外　啊呀，刘相公，恭喜恭喜，你中了头名状元。

［刘未注意，却见李，将李抓住。

王员外　刘相公，你为何抓住我家的李先生？

刘忠庭　他不是好人，与我见官去！

老　李　我不认识你啊，你为何无礼？

王员外　究竟是何原因？你且讲来。

刘忠庭　他是一个强盗，我与他一路同行，他不只要陷害我的性命，而且偷走了我的包袱。

王员外　你的包中有何凭据？

刘忠庭　内有文章七本，还有一瓶宝药，能医百病，死了也能复生。

王员外　果有此事？（对李）想不到你原来是个强盗。家院，快将他送进衙门。

［家扭李下。

王员外　刘相公，你实在是高才，你的药救了我女儿一命，我愿将女儿许配与你。

刘忠庭　谢员外，不敢高攀。

王员外　刘相公不要推辞。

刘忠庭　那就请员外受我一拜。

王员外　不必多礼，请到舍下与小女一见。

刘忠庭　我还有一件大事要办，请稍等数日，再来议亲。

［幕落。

第八场

李庭坤　（上）大堂金鼓响，升座审冤情。人来，伺候。

［役上。

李庭坤　何人鸣冤？

衙　役　何人鸣冤？

刘忠庭　（内应）学生前来鸣冤。

李庭坤　传他上来。

衙　役　（向刘）传你上堂。

刘忠庭　（上）参见老大人。

李庭坤　你有何冤枉？

刘忠庭　学生已写好状词。

李庭坤　呈上来。（接呈状阅状）怎么，你原来是为冤鬼申冤？

刘忠庭　正是，只因鬼魂何秀英被本街张屠户杀死。

李庭坤　张屠户为何要杀死何秀英？

刘忠庭　只因张屠户调戏何秀英，秀英不从，他就是一刀。

李庭坤　可有人证物证。

刘忠庭　这个……

老　黄　（内叫）我有人证物证。

李庭坤　传他上来。

［黄上。

李庭坤　你有何为证？

老　黄　张屠夫杀死何秀英，我不该进房中偷酒壶一个，致被捉拿，现解到京城，我还带着这，上刻有张屠夫名字的酒壶。

李庭坤　呈上来。（接呈壶细看）果然刻有名记。

［英魂圆场上。

李庭坤　来，火速把张屠夫捉拿到案。

衙　役　从命！（下，带张上）张屠夫带到。

李庭坤　胆大的张屠夫，你为逼奸害命。

张屠夫　有何为证？

李庭坤　现有人证物证，传小偷老黄上来。

老　黄　（持酒壶上）那天晚上，明明是你将何秀英杀死，并遗下酒壶一把。

李庭坤　你还有何话讲？

张屠夫　小人知罪。

李庭坤　既然知罪，拿下斩首。

［役推张下斩首。

［英魂圆场下。

李庭坤　（对黄）今日之案，你有大功，放你回去，改邪归正，好好做人。

老　黄　谢大人!

李庭坤　去吧。

［黄下。

李庭坤　（向刘）刘相公，你已为鬼魂何秀英申了冤，你回去成全好事去吧。

刘忠庭　谢老大人。

李庭坤　退堂。

［幕落。

第九场

王员外　（上）今日为刘相公与我女儿成亲，准备拜堂。

［刘、香同上拜堂。

（剧终）

【注释】

①讲倒讲倒：正说着说着。

②川资：路费、旅费。

③南台：御史台。以在宫阙西南，故称。御史台是中国古代一种官署名，为国家的监察机关。

【剧情简介】

陈老板开一客店，张屠户及小偷老黄入店投宿。夜里张入房调戏陈的媳妇何秀英，秀英不从，张将秀英杀死，逃走时遗下一把刻有己名的酒壶在房。小偷老黄继进房中窃盗，即取酒壶而出，却给巡夜所捉，误为杀何凶手，解官监候。刘忠庭上京会考，亦投宿陈店，住何秀英被杀房中。入夜，何鬼魂出现，请刘代她申冤，刘允所求。鬼魂乃随刘入京。路中遇强盗老李与之同行，到了山坑，李骗刘下坑后劫刘包袱而去。包中有起死回生的神药。

王员外独女重病，久医无效，重酬招医，若系书生医好，将女许配之。李盗以所劫神药将王员外女医愈。王女却以李点元后为成亲条件，留李家中攻书待考。

刘被骗下坑后，得仙人搭救，到京投考，高中状元。李盗在看榜时被刘所见，于是刘将李送官法办。王员外知女为刘药治愈，以女配刘。刘忠庭更实践前言，为秀英申冤。适小偷老黄解到，证明张屠杀人重罪，立判处死，秀英之冤乃雪。

【简评】

此剧名虽为《酒壶记》，但涉及两桩大案，一是张屠户奸杀案，一是老李谋财害命案。两个大案交错发展，使剧作显得头绪繁多、纵横交错。这不仅反映了当时社会的复杂性，同时也表现出彩调结构逐渐由单一变化为丰富。

此剧由马芳荣发掘、史伟记录保存。

货郎唱曲

剧中人物

⊙贺老三（行当：丑，简称：三）

⊙李氏（行当：摇旦，简称：氏）

⊙冯玉英（行当：旦，简称：英）

⊙冯玉鸾（行当：旦，简称：鸾）

第一场

贺老三　（小点上，念）外面卖布，赚钱无数。（坐，白）一来走村庄，二来跑江湖。在下，贺老三。想起爹娘生下我来，别的事儿学不会，单单学会卖布营生。今日天气晴和，不免拿得我的箱子出来，以便到村庄前去发卖。正是。待我到下面拿得出来。（下挑箱上，出门，关门）出得门来，还要下乡走走。（唱挑担腔）箱子挑上肩，左肩换右肩。今日下乡去，赚些小菜钱。（下）

第二场

冯玉英　（小点上，念）八月桂花香，九月菊花黄。风吹芭蕉树，雨打绿纱窗。（白）奴乃冯玉英。昨日妈妈带有口信到来，言道妹妹不久要出嫁了，叫我回家前去帮妹妹做一些鞋子来陪嫁，不免告辞婆婆。（向内）婆婆吔。

［内应：“怎样呀？”

冯玉英　我妈妈昨天带有口信前来，说道我妹妹要出嫁了，叫我回去帮她做几天鞋子。

［内白：“家中事情很多，媳妇去几天就回来，不要住久。”

冯玉英　媳妇晓得。

［内白：“媳妇儿呀，为娘在后面煮猪潲[①]淘米，你出去顺手关门就是。”

冯玉英　媳妇从命就是。（出，关门）离了门前，还要回娘家走走呀！（长锣。唱花腔）出得门来往前走，一心要往娘家行。双脚如梭来得快，不觉来到娘家门。（白）行来行去，不觉来到自家门前来了，待我上前叫我妈妈开门。妈妈，开门来呀！

李　氏　（内白）喔，来了。（小点上）忽听外面叫，忙步就来到。打开门来看，原来是我女儿。你回来了？

冯玉英　女儿回来了。

李　氏　好啦好啦，我女儿随为娘后面用饭。

［氏、英同下。

李　氏　（上）好啦，现在我大女儿回来了，叫她妹妹出来，一同绣花，岂不是好？小妹哪里？走来。

冯玉鸾　（内应）来了！（小点上）妈妈叫一声，忙步到来临。妈妈有礼。

李　氏　家无常礼，一旁坐下。

冯玉鸾　告坐，妈妈叫得女儿出来，有何教训？

李　氏　儿呀，你姐姐回来了，你去拿花出来，叫你姐姐教你插花。

冯玉鸾　女儿从命。（下拿插花的东西上）

李　氏　为娘也到后面拿纺纱的东西来。（下拿纺纱车上）叫你姐姐上来。

冯玉鸾　姐姐哪里？走来。

冯玉英　（上）来了，打叫何事？

李　氏　非为别事，我见你妹妹年纪小，不会插花，你来教他插花，你顺便打点鞋底。

冯玉英　女儿从命。妹妹，待为姐来教你。

［氏纺纱，英纳鞋底，鸾绣花。

冯玉英　我姐妹二人，一同绣将起来呀。

李氏、冯玉英、冯玉鸾　（唱比古腔）正月里来正月正，唐僧西天去取经。高家庄前收八戒，流沙河口收沙僧。二月里来龙抬头，王三小姐上彩楼。王孙公子千万有，绣球单打平贵头。三月里来三月三，昭君娘娘[2]去和番。回头不见毛延寿[3]，怀抱琵琶马上弹。四月里来四月八，唐朝有个李元霸[4]。无敌将军来比武，手拿钢锤八百八。五月里来是端阳，红脸黑须关云长[5]。过五关来斩六将，擂鼓三通斩蔡阳。六月里来热难当，镇守三关杨六郎[6]。杀人放火是焦赞[7]，偷营劫寨是孟良[8]。七月里来七月七，前朝有个郭子仪[9]。子媳双双来拜寿，唯有郭暖[10]独自一。

李　氏　（看英、鸾姐妹绣花、打鞋底）啊呀，这个鸟的眼睛要放黑色，嘴巴和脚要放黄色，叶要放绿色，花朵要放红色。

冯玉英　妈妈，不是配不对，是缺少丝色。

李　氏　好啦好啦，我们下去用饭，等会为娘去买回来。

［氏、英、鸾同下。

第三场

贺老三　（长锣。上，唱挑担腔）离了路旁上，要去赶村庄。举目抬头望，来此是庙堂。（白）行来走去，不觉来到鸟堂来了。这里敢不是鸟堂吧？

［内白："这里是庙堂的。"

贺老三　喔，原来是庙堂。对！对！对！

［内白："零卖呀。"

贺老三　我问你。

［内白："米卖六十四。"

贺老三　我问你的话。

［内白："画在墙边挂。"

贺老三　我问你的言。

［内白："盐卖三百钱。"

贺老三　不是的，我问你的口中言。

［内白："何不早讲？有话就讲，有屁就放。"

贺老三　大师父，开门来先。

［内白："开门来做什么？"

贺老三　你帮我开一条路。

［内白："开什么新路？"

贺老三　你同我买把梳子。

［内白："我们出家的人，没得辫子，要梳子做什么？"

贺老三　你同我买点绒花丝线。

［内白："我们出家之人，没有老婆，要绒花丝线做什么？"

贺老三　你不要，你晓得哪里要？你帮我开一条新路。

［内白："喔，打条新路，得嘛。你在外面等着，上一个岭，下一个坡，转一个弯，抹一个角，红石门楼白粉墙，王家庄有个满女儿，八月十五要出嫁。你去那里卖，保你好生意，保你一担卖光。"

贺老三　好好，和尚师父，你开门过来先。

［内白："开门来做什么？"

贺老三　开门来打个盆火。

［内白："打什么盆火？"

贺老三　打一个狗肉盆火。

［内白："乱讲！出家之人，不吃狗肉的，阿弥陀佛。"

贺老三　打开门来先。

[内白："打开门做什么？"

贺老三　开门来吃口烟先。

[内白："我们出家之人不吃烟。"

贺老三　开门来喝口茶先。

[内白："茶没曾烧。"

贺老三　让我喝口水先。

[内白："水没曾挑。水在东南角，有桶没有索，自己舀自己喝，吃不完往外泼。"

贺老三　往内泼。

[内白："往外泼。"

贺老三　往内泼。

[内白："棍子打烂你头脑壳。"

贺老三　打你头脑壳。

[内白："滚你的蛋。"

贺老三　你不滚，老子也要滚哪……（唱挑担腔）离了市场上，挑担往别方。我今下乡去，下乡卖苏杭。担子转一转，来此是村庄。我把买卖喊，我今卖苏杭。（三摇手鼓）卖货喔！

[内狗叫声。

李　氏　（上）外面狗叫，必有人到。打开门来看，（开门看）喔，我道是谁，原来是贺老板来了。贺老板，你这次带了什么好货来了？

贺老三　门门齐，样样有，你看嘛。

李　氏　好好，挑进香火堂。

贺老三　（唱挑担腔）担子忙挑上，放在香火堂。

李　氏　啊唷，怎么放在香火高头？

贺老三　是你喊我放在香火高头的。

李　氏　不是的，我是讲放在堂屋上。

贺老三 （唱挑担腔）担子放下地，上前作个揖。恭喜李大娘，添财又添喜。

李　氏 贺老板不要多礼了。请坐请坐。

贺老三 一齐同坐。

李　氏 贺老板，你走了长途远路，口不渴喉也干了，我到后面倒一杯茶来给你解渴。

贺老三 不要讲礼了。

李　氏 应该的。（下拿茶上）贺老板请茶。

贺老三 （接茶杯）李大妈，你今年有多大年纪了？

李　氏 我今年五十二岁。

贺老三 那这茶我就不敢接。

李　氏 怎的不敢接？

贺老三 你有五十二岁，同我妈妈年纪，好像我妈妈一样，我不敢接。

李　氏 啊呀，贺老板，你出门太讲礼性了。

贺老三 哎，不讲礼性，喝你这杯茶有罪了。

李　氏 好好，叫我女儿倒给你吃。大女儿哪里？走来。

冯玉英 （内应）来了！（上）妈妈一声叫，急忙就来到。妈妈打叫何事？

李　氏 女儿呀，现今贺老板到我们家，我倒一杯茶给他吃，他不敢接，你倒一杯茶给他。

冯玉英 女儿从命。（下倒茶上）贺老板，请茶。

贺老三 大姐，你今年有多大年纪。

冯玉英 我今年二十三岁。

贺老三 好，你这茶我不敢接。

冯玉英 怎么不敢接？

贺老三 你今年有二十三岁，像我姐姐一样，你倒茶给我吃，我吃了有罪的。

冯玉英　贺老板，你太讲礼性多了。

贺老三　我们出门的人，要讲礼性呀。

冯玉英　好，那我叫我妹妹倒茶给你喝。妹妹哪里？走来。

冯玉鸾　（内应）来了！（上）忽听姐姐叫，急忙就来到。姐姐叫得妹妹出来，有何话说？

冯玉英　叫你出来，非为别事，贺老板今到我们家中，为姐倒茶给他喝，他不喝，他说喝了有罪。妹妹你去倒杯茶给他喝。

冯玉鸾　小妹从命。（下倒茶上）贺老板请茶。

［三见鸾生得美貌，接茶杯时，想拉她手，鸾甩脱，站在台口。三喝完茶，拿茶杯递给鸾，故意放不对地方。

冯玉鸾　要杯呀。

贺老三　好好，我走路困了，我抱你一下。

［三上前欲将鸾搂抱，鸾退后一步，用扇隔开。

李　氏　贺老板，你要老成一点。

贺老三　大妈，她喊我背，我走路困了，我就说抱一下就算了。

冯玉鸾　啐！我是讲要茶杯。

贺老三　你讲话就讲不圂[11]，收杯下去。

［鸾收杯下，复上。

李　氏　贺老板，开箱给我们看看，带的什么货来？

贺老三　（开箱，唱挑担腔）钥匙来拿上，双手打开箱，你们来观望，随你爱哪行。（白）绒花丝线、明镜、梳子，样样有。你看嘛，你中意哪样，你就要嘛。

［氏、英、鸾翻看。

李　氏　好啦，贺老板，老娘没有空，我的女儿中意哪一样，你就给她，挂起数来，等我回来给钱给你。

贺老三　好的好的，你去吧。

［氏下。

冯玉英　这个镜子蛮好的，你要几多钱？

贺老三　敢不是要喊个价？

冯玉英　那是要讲价的。

贺老三　不错不错，讲价。

冯玉英　如此，请讲。

贺老三　请听呀！（唱挑担腔）站在堂屋下，听我讲个价。这个明镜子，铜钱二百八。（白）要不要？

冯玉英　啊呀，这个镜子，要这么多钱呀？

贺老三　你给多少，你要还个价呀。

冯玉英　你听我还个价呀！（接唱）站在堂屋下，听我还个价，这个明镜子，还你二十八。卖不卖？

贺老三　（挑担子）不得不得，走走走。（唱挑担腔）担子忙挑上，今天不开张。今早撞着鬼，又去走别方。（白）我不卖呀。

［英、鸾拉着担子转。

冯玉英　贺老板，这样讲不成，另讲别样嘛。

贺老三　你要哪样？

冯玉鸾　这朵绒花，你要多少钱？

贺老三　你听我讲个价呀！（唱挑担腔）站在堂屋下，听我讲个价。这朵红绒花，要钱四十八。要不要？

冯玉鸾　这朵绒花，要这么多钱呀？

贺老三　那你给几多？你要还个价呀。

冯玉鸾　那你听我还个价呀！（唱挑担腔）站在堂屋下，听我还个价，这朵红绒花，铜钱一十八。卖不卖？

贺老三　不卖不卖。走走走。（挑担上肩）

冯玉英、冯玉鸾　（拉着三，不让走）慢着走，转来先。

贺老三　你给这点钱，不够本，不得不得。要你这点钱，我何不送给你还好。

冯玉英、冯玉鸾　那你就送给我也好呀，那你就送给我啦。

贺老三　若要我送给你，你要懂得这朵花的名堂，有赞语四句，你讲得出来，我就送给你。

冯玉英、冯玉鸾　喔，我讲得对，你就送给我，讲过的呗?

贺老三　讲过的。

冯玉鸾　说过的呗?

贺老三　说过的。

冯玉鸾　（拿朵花上来猜）听我讲来呀。一朵红花红冬冬，送给奴家插头中。日里走往长街过，晚来放在花盆中。

贺老三　讲得对！讲得对！送给你，拿去拿去！

冯玉鸾　多谢多谢。多谢贺老板。（下）

贺老三　慢着慢着，转来先。

冯玉鸾　转来做什么?

贺老三　这块还有，你又猜得对，我又送你。

冯玉鸾　喔，让我来看看，还有什么东西?（拿镜子）那你送这个镜子给我好不好?

贺老三　好，那你猜嘛，你猜得对，我送给你。

冯玉鸾　讲过的呗?

贺老三　讲过的。

冯玉鸾　说过的呗?

贺老三　说过的，不用写字嘛。

冯玉鸾　好，那你听我来猜呀。一个镜子四四方，送给奴家好梳妆。日里放在亮窗上，晚来收在枕头箱。

贺老三　好的好的，讲得对，送给你。

冯玉鸾　多谢！多谢！（准备下）

贺老三　（拉住鸾）慢着，转来先。

冯玉鸾　转来做什么?

贺老三　绒花、明镜我都送你完了。我这副担子也不要了，都一起送给你。

冯玉鸾　那你送给我更好，拿来啦。

贺老三　慢着，你要猜先，你猜得对，我就送给你。

冯玉鸾　讲过的呗？

贺老三　讲过的。

冯玉鸾　说过的？

贺老三　说过的。

冯玉鸾　那你听我来讲。担子放肩膀，杠手又杠脚[12]。空手转回去，岂不更欢乐？（边讲边动作）

贺老三　（也边讲边做挑担动作）担子放肩膀，杠手又杠脚。空手转回去，岂不更欢乐？哈哈哈，讲得对，送给你，拿去拿去。

［姐妹拿担下复上。

冯玉英、冯玉鸾　贺老板，请出去。

贺老三　姑娘，东西担子我都一起送给你，你就喊我出去，好啦好啦，连我一起也送给你。

冯玉英、冯玉鸾　贺老板，你说哪里话来？担子东西，是你喊我猜的，我讲得对，你讲过送给我的呀。如今你又想打赖[13]吗？快点出去，不然我妈妈回来，要骂你呗。

贺老三　你要我出去也不难，只要你依我一件。

冯玉英　哪一件？

贺老三　久闻其名，你的调子唱得很好，你唱几曲给我听，我就出去。

冯玉鸾　唱是可以的，若是我妈妈回来骂呢？

贺老三　骂算骂你的。

冯玉英、冯玉鸾　那我就不唱。

贺老三　那骂哪个呢？

冯玉英、冯玉鸾　骂你！

贺老三　好好，那就骂我，来来，唱。

冯玉英、冯玉鸾　要是我妈妈回来打呢？

贺老三　那就打你。

冯玉英、冯玉鸾　那我就不唱了。

贺老三　好好，那就打我。来来，唱唱。

冯玉英、冯玉鸾　慢来慢来，若是绹[15]呢？

贺老三　绹就绹你了。

冯玉英、冯玉鸾　那我就不唱了。

贺老三　好啦好啦，骂也骂我，打也打我，绹也绹我了。来来来，唱。

冯玉英、冯玉鸾　讲过的吧？

贺老三　讲过的。

冯玉英、冯玉鸾　说过的？

贺老三　说过的。

冯玉英、冯玉鸾　那我们姐妹就唱起来呀！（唱十月花腔）正月里来正月花，新官上任坐旧衙。文武百官来送礼，十盘果饼九盘花。二月里来二月花，二月阳雀叫喳喳。一来叫得阳春早，二来叫开满地花。

李　氏　（上）女儿，开门来。

冯玉英　外面哪个喊开门？

贺老三　我去听听看。（装女声答话）你是哪一个？

李　氏　为娘回来了。

贺老三　卖糖的，不要不要！走开走开！

李　氏　啊哟，我的女儿不晓得搞什么鬼。我讲为娘，她讲卖糖，等一下我做个卖糖的给她看。（下）

贺老三　外面是卖糖的，我们不要，不要。来来，唱我们的。

冯玉英、冯玉鸾　那我们就唱起来呀！（接唱）三月里来三月花，三月嫩草初发芽。二八佳人去扯笋，罗裙包笋头戴花。四月里来四月花，四月新犁配旧耙。一耙耙起千条线，再耙耙出牡丹花。

李　氏　（上）吔，这里头真热闹呀，待我叫她开门先，开门来，开门来！

冯玉英　外面哪个喊门？

贺老三　那我去听下。（装女声）你是哪一个？

李　氏　妈妈回来了。

贺老三　喔，你是卖粑粑的，不要不要！走开走开！

李　氏　你看，我讲妈妈，她讲卖粑粑，等一会儿我进去做一个卖粑粑给你看。（下）

冯玉英　外面是哪一个？

贺老三　卖粑粑的，你要不要？我去买两个。

冯玉英、冯玉鸾　不要不要。

贺老三　不要，我们还要唱起来呀！

冯玉英、冯玉鸾　（接唱）五月里来五月花，五月龙舟下水划。二十四把摇船桨，中间打鼓两边划。六月里来六月花，六月太阳如火辣。有钱买把清凉伞，上遮日头下遮花。

李　氏　（上）开门来！开门来！

冯玉英　我妈妈回来了。

贺老三　慢着，等我去问看。（装女声）外面是哪一个？

李　氏　是你亲亲嫡嫡、嫡嫡亲亲的母亲回来了。

贺老三　不好搞，真真是你母亲回来了。这样子哪样算？去哪里躲？

冯玉英　我们姐妹排到，你在我们二人后面躲。

［三躲在英、鸾二人后面，姐妹平排站着去开门。

冯玉英、冯玉鸾　喔，妈妈你回来了。

李　氏　（进屋东瞧西望，唱十月花腔）正月里来正月花，（白）往哪里去了？

冯玉英　妈妈你望什么？

李　氏　早上真热闹的，这下又听不见唱了。

冯玉鸾　不是的，妈妈。我们姐妹二人是唱绣花歌的。

李　氏　你们二姐妹为何有三个头？

冯玉英　妈妈，你在太阳里面回来，你的眼睛花了。妈妈一个头，我们姐妹二个头，不是三个头吗？

李　氏　（又看下面）你们姐妹为何有六个脚？

冯玉鸾　妈妈，你又看错了。妈妈的二个脚，我们二姐妹四个脚，不是六个脚吗？

李　氏　我不信，你站过这旁边来，给为娘看。

［鸾、英慢慢转过来。

李　氏　是呀。有六个脚呀，老娘做个拦腰切菜。

［氏把英、鸾拉开，用手在她们中间一划，二姐妹跑下，氏看到三，拉到三的耳朵，三低头。

李　氏　我怕是哪一个？原来是贺老三。你来我家古古怪怪的，早上我不是交代了你？好好，你跪在这里，老娘拿裤带来绹你。（解裤带绹三）好！你跪在这里，老娘要骂你起来呀！（唱骂腔）站在堂前把你骂，骂声贺老三听根芽。今日来到我家下，装妖搞鬼为什么？先前老娘回家转，你说外面卖糍粑。越思越想心越辣，恨不得要你丧黄沙。（白）老娘骂你骂得嘴也干了，打也打得手也酸了，老娘懒得骂你了，懒得打你了，我到后面去拿尿盆来泼你的头，给你背时⑭三代。（下）

冯玉英、冯玉鸾　（上）贺老板，我们再要下调子先。

贺老三　莫讲莫讲，赶快来解我。

冯玉英　我解你，你就赶快出去了呗。

贺老三　是啦是啦，赶快来解。

［英、鸾把带子解开，三下。英、鸾分边下。

李　氏　（捧尿盆上，瞧左右不见三）啊呀，贺老三到哪里去了？（放下尿盆，再看两边）老娘也明白了。

（英、鸾暗上偷听）

李　氏　老娘也明白了，想起我的小女儿，也有十七八岁了，古话说，男大当婚，女大当嫁，想起当年老娘还后生时，在长街之上，见了后生家[15]，老娘想把他抱一抱。

冯玉英、冯玉鸾　妈妈，你抱哪一个？

李　氏　毛丫头，抱你爹爹大门。

冯玉英、冯玉鸾　好不害羞！（羞母，刮脸，同时分下）

李　氏　真正不好意思呀。（掩面而下）

（剧终）

【注释】

①潲：用泔水搅和成的猪饲料。

②昭君娘娘：王嫱，字昭君。西汉南郡秭归（今属湖北）人。元帝时被选入宫，竟宁元年（前33年）匈奴呼韩邪单于入朝求和亲，昭君嫁入匈奴，被称为宁胡阏氏。

③毛延寿：汉元帝时画师。据晋葛洪《西京杂记》载，毛延寿“为人形，丑好老少，必得其真”。传说元帝后宫既多，不得常见，乃使画工图形，案图召幸之。诸宫人皆赂画工，独王嫱不肯，遂不得见。后匈奴入朝，求美人为阏氏，帝案图以王嫱行。及去召见，貌为后宫第一。帝乃穷其事，毛延寿等皆弃市。

④李元霸：此处的李元霸是古典小说《说唐》中的人物。他是天下第一条好汉，隋唐十八好汉之首，使一对铁锤，重八百斤。

⑤关云长：关羽，字云长。三国蜀汉大将。传说建安五年（200年），刘备为曹操所败，关羽留在曹营。得知刘备在河北袁绍处，其带领二位皇嫂去投奔。关羽凭自己的勇猛，连续过东岭、洛阳、汜水、荥阳和黄河五关，斩杀孔秀、孟坦、韩福、卞喜、王植和秦琪六位战将。他的事迹被渲染神化后，尊为“关公”、“关帝”。

⑥ 杨六郎：杨延昭，本名延朗，太原人。北宋抗辽名将杨业之子，杨家将的主角之一，年轻时随父出征，常为先锋。杨六郎是边关守将，守边二十多年。

⑦ 焦赞：在《杨家府演义》中，焦赞是追随杨延昭的猛将，同孟良并称，抗辽有战功，名望颇高。

⑧ 孟良：孟良和焦赞是《杨家府演义》中两员以勇猛著称的大将，常常一起出场，被称为焦不离孟、孟不离焦。

⑨ 郭子仪：唐名将。安史之乱平息以后，郭子仪功封汾阳王，故亦称郭汾阳。

⑩ 郭暧：郭子仪第六子，娶升平公主为妻。据《资治通鉴》卷第224载：郭暧尝与升平公主争言，暧曰："汝倚乃父为天子邪？我父薄天子不为！"公主恚，奔车奏之。上曰："此非汝所知。彼诚如是，使彼欲为天子，天下岂汝家所有邪？"慰谕令归。子仪闻之，囚暧，人待罪。上曰："鄙谚有之：'不痴不聋，不做家翁。'儿女子闺房之言，何足听也！"子仪归，杖暧数十。

⑪ 讲不圂：讲话不清楚。

⑫ 杠手又杠脚：碍手碍脚。

⑬ 打赖：耍赖。

⑭ 背时：意思为违背时运，非常倒霉，运气极其不佳。

⑮ 后生家：年轻人。

【剧情简介】

贺老三挑了一担绒花丝线等下乡叫卖，走到冯玉英家里。玉英、玉鸾姐妹在选购贺老三的商品时，彼此交谈融洽，贺将货担全部相送，和她们唱小调玩耍。正唱得高兴时，不料冯母突然回家。她对贺老三私进家门与女儿玩耍十分不满，便将老三捆绑进行教训。玉英、玉鸾姐妹趁母暂离，偷偷将贺老三放走，冯母只好不再追究。

【简评】

此剧原名《卖花、嫁女》，又名《贺老三卖货》。此剧的喜剧色彩十分浓郁，主要体现在两个方面：一是宾白中的谐音运用。如剧中贺老三在欣赏玉英姐妹歌舞时不愿意让冯母进家，于是在对话中将“为娘”说成“卖糖”，“妈妈”改为“粑粑”等，采用谐声曲解这种营造诙谐幽默的手段，将一段对话表演得妙趣横生，让人忍俊不禁。二是歌舞表演丰富。尤其是玉英姐妹同唱十月花腔时，可谓载歌载舞，场面热闹非凡。这些忘情歌舞不仅表达了剧中人物的愉悦心情，同时也向观众传达着一种喜悦欢乐。

此剧由韦天生、何学仕发掘，吕吉记录保存。

蠢子赎当

剧中人物

⊙蠢子（行当：丑，简称：蠢）

⊙王氏（行当：旦，简称：王）

⊙船家姐（行当：旦，简称：姐）

⊙船家妹（行当：旦，简称：妹）

⊙老同（行当：丑，简称：同）

第一场

王　氏　（上，念）奴家生来一朵花，嫁个丈夫是傻瓜。有吃不会吃，鼻涕流流到嘴巴。（白）吾乃王氏，配与胡门为妻。我母错听媒人之言，将我嫁与蠢子，奴家本想不从，唉！古话说：好马不配二鞍，好女不嫁二郎①。无奈何，只好罢了。今年天热，家中无钱，奴家当了一件皮背心，不免叫得蠢子出来，将皮背心赎回才是。蠢子哪里？走来。

蠢　子　（内白）是哪个喊我？

王　氏　是老娘喊你。

蠢　子　（内白）我还未起床咧。

王　氏　日头出来半山高了，你还未起床呀？快点起来！

蠢　子　（内白）我起来是起来了，起了半截，还有半截。

王　氏　那还有半截怎么不起来呢？

蠢　子　（内白）那半截有臭虫跳蚤拖到我咧。

王　氏　莫讲怪话，臭虫跳蚤怎么拖得到你呢？还不快点起来呀！

蠢　子　（内白）老婆，我那条裤子放在哪里？

王　氏　蠢东西，你的裤子不在枕头边吗？哪个喊你夜晚爱屙尿。

蠢　子　（内白）老婆，这条裤子怎么有三个洞眼？把哪块穿呢？

王　氏　裤子不是三个洞眼，莫非是四个洞眼吗？把哪里穿起？把头上穿起嘛。

蠢　子　（内白）唉！老婆，怎么看不见亮了啰？

王　氏　你把哪块穿起？

蠢　子　（内白）你不是喊我把头上穿起嘛？

王　氏　唉！我是喊你把裤头上穿起，哪个喊你把头上穿起，快点穿起出来。

蠢　子　（内白）老婆，快点搬楼梯来。

王　氏　搬楼梯来干什么？

蠢　子　（内白）搬楼梯来嘛，我下不去了。

王　氏　哎呀！床上有好高啦。蠢东西，你喊死，还不快点出来！

蠢　子　（内白）老婆，你叫得急，还是叫得慢？

王　氏　少不了有事情才叫得你急嘛。

蠢　子　（内白）你叫得急，我就来得慢。

王　氏　那我就不叫你了。

蠢　子　（内白）你不叫我，我就来了。（上，念）老婆叫得凶，必有两捶冲。不是我打老婆，就是老婆打老公。（白）老婆在上，蠢子有我。

王　氏　有礼。

蠢　子　不是有我？

王　氏　就有我。

蠢　子　就有你。

王　氏　哎呀！嫁着你这个背时鬼，背着千年时。

蠢　子　我讨了你这个老婆，我背了万年时啊。

王　氏　过来，我交代你。

蠢　子　（走来与王排坐）两人排排坐，吃糯糯。糯糯香，齐咚齐咚锵。

［王突起立，蠢跌倒。

蠢　子　哎呀！跌死人了呀。

王　氏　哪个喊你紧挤紧挤的，你紧挤过来，我就索性给你一个人坐。喊你坐开点！

蠢　子　（夺凳坐到台口）喊我坐开点，我就搬开出来坐。

王　氏　过来对坐。

蠢　子　（搬凳与王对坐）我两人好有一比。

王　氏　好比何来？

蠢　子　好比背琵琶进磨房，对牛弹琴。

王　氏　哪个是牛？

蠢　子　那你是牛。

王　氏　（扯蠢耳）你这样蠢，坐开点，我要交代你。

［蠢搬凳坐过一旁。

王　氏　那时无米吃，我当了我的皮背心。现在天气寒冷起来了，你带上八百钱，拿上当票，去和我赎我那件皮背心回来。

［王讲一句，蠢学一句。

王　氏　你和哪个讲话？

蠢　子　你和哪个讲话？

王　氏　我和你讲话呀。

蠢　子　我和你讲话呀。

王　氏　我讲什么呀？

蠢　子　那我讲什么话呀？

王　氏　你硬是气死我呵。你听我讲，两眼望着，两个耳朵听着。

蠢　子　呵！两个耳朵望着，两个眼睛听着。

王　氏　哎呀！你硬蠢得要死，喊你两个眼睛望着，两个耳朵听着。我讲天气寒冷来了，你去赎我那件皮背心回来。你下去拿八百钱和那张当票来。

蠢　子　钱在这里，当票在这里。

王　氏　你晓得不晓得去赎？

蠢　子　我晓得。

王　氏　你晓得，我不放心，当场演过才算。我来当先生，你来赎当。

蠢　子　你不像个先生。

王　氏　我们是试来看的，快点赎当。

蠢　子　老板，我来赎当。（将钱和当票交出即走）

王　氏　那你不要东西啦？你来当先生，我来赎当。

蠢　子　我不会当先生。

王　氏　我们是演来看嘛。

蠢　子　那来嘛，我来当先生。

王　氏　先生，我来赎我的皮背心。

蠢　子　那我没得皮背心给你呀。

王　氏　我们是做个样子嘛。你记住，我交代你。你拿这些钱去赎皮背心，莫乱把钱用了，千万不要拿去喝酒呀。你赎不回皮背心，我可要打死你呀。

蠢　子　记住了。（拿上钱和当票）

王　氏　你要早去早回呀！

［蠢出，王关门。

蠢　子　（叩门）老婆，我回来了。

王　氏　怎么你都未曾去就回来了？（开门）

蠢　子　你叫我早去早回咧。

王　氏　你要赎起东西，拿上东西回来嘛，快点去！

［蠢出，王关门。

王　氏　快点回来呀！（下）

蠢　子　我去赎去呀！（唱蠢子腔）老婆要我去赎当，急急忙忙不停留。喊我出外莫吃酒，吃了酒来打我的头。（下）

第二场

老　同（上，念）爱玩爱耍，灶里干柴无半把。老鼠走把梁上过，吊起锅头当钟打②。（白）我生来爱吃酒，隔了两天不吃酒，喉咙里头好似鬼抓一样。不免我到外面走动一下，遇上朋友也好吃两杯，过下子瘾才好。（出门、关门）离了我家门前，还要走呀！（唱四平腔）自幼生来爱吃酒，闲来无事走酒楼。烧鸡烧鸭本爽口，好吃不过牛黄喉。我到街上会朋友，二人吃起来才有兴头。（下）

第三场

船家姐（上，念）姐妹生来花一朵，每日渡船过生活。若还有人来往船上过，不要一吊也要八百。（白）奴乃大姑娘。爹娘生我姐妹二人，每日河下摆渡营生。今日天气晴和，不免叫得妹子出来，好到河下摆渡，岂不是好？妹子哪里？走来。

船家妹（上）姐姐一声叫，急忙就来到。姐姐在上，妹子有礼。

船家姐　妹子不用行礼，一旁坐下。

船家妹　妹子陪坐，姐姐叫得妹子出来，有何事情？

船家姐　非为别事，想你我爹娘早年去世，丢下我们姐妹二人，别无生计，每日只在河下摆渡为生。观看今日天气甚好，姐妹二人到河下摆渡，也好赚些银钱回来，未知妹子意下如何？

船家妹　妹子从命。

船家姐　你我姐妹二人一路同行。（出门、关门）

船家姐、船家妹　出门带关门户。

船家姐　出得门来，好有一比。

船家妹　好比何来？

船家姐　好比南天门打伞，姐妹一路同行。眼看青的是山，绿的是水。

船家妹　那我姐妹二人，还要走将起来呀！（唱桂花腔）两步拿来一步走，一心要往河下行。（到河边、拉船、搭跳板、上船、摇船）

船家姐、船家妹　（唱撑船腔）正月里来正月花，姐叫一声妹，妹叫一声姐，姐妹双双下河飘。（渡过河、绹船、进船舱。下）

第四场

蠢　子　（上，唱蠢子腔）急急忙忙，不觉来到凉亭上。（白）走来行去，行来走去，不觉来到凉亭。我走困了，我在此歇息一时。我站着又想坐，坐着又想睡，我在凉亭睡他一觉才去赎当。（睡）

老　同　（上，唱急腔）日头大来路难走，走到凉亭看来由。（白）行来走去，走去行来，不觉走到这凉亭来了。哎！凉亭之上，怎么睡着一个人呢？（白）我过大路。

蠢　子　你过大渡，大渡不在河边么？

老　同　（背场）等我来哄他一哄先。（对蠢）哎，这地上掉的钱是哪个的？

蠢　子　（急起）是我的，是我的，莫捡呵。

［同坐蠢睡的地方。

蠢　子　（四望无钱）哪里有什么钱？你快点赔瞌睡来。

老　同　哪里有瞌睡都赔得来的？

蠢子、老同　（对看）呵！我讲是哪一个？原来是老同呀。

蠢　子　老同老同，浓里浓熊。

老　同　老铁啦嘛。

蠢　子　老铁老铁，不是乌龟便是鳖。

老　同　老同呀，你到哪里去呀？

蠢　子　我去赎当，我不爱告诉你。

老　同　你去赎当，又讲不爱告诉我。

蠢　子　我老婆当了一件皮背心，她叫我拿八百钱去赎当。

老　同　（背场）呵，老同有八百钱，我已有好几天不喝酒了，等我喊他到船上去喝酒先。（对蠢）老同，你想不想喝酒呀？

蠢　子　我想是想喝酒，就是没得钱。我这八百钱是动不得的，赎不回东西来，回家去我老婆要打人的。

老　同　不要你出钱，吃酒算我的，数钱算你的。

蠢　子　数钱算我的，我才不去咧。

老　同　不是的，是我拿钱你数一下子，还不是你数钱。

蠢　子　那使得，我帮你数钱。我的钱是动不得的，动了我老婆要打我的，那走吧。

老　同　慢点慢点，未曾去得，那船上的船婆子是恶得很的，我两人要装个挑货的客人才去得。

蠢　子　那装个什么客人呢？

老　同　你的样子黑点，像个烟土客人。我来扮个放骡马的。

蠢　子　要不得，我没烟土，你也不有骡马，去哪里要呢？

老　同　我们是假装的嘛。你看那边有块牛粪，你用张叶子包好放在身上。

蠢　子　牛粪粑粑放在身上不臭吗？

老　同　你捡那块干的是不臭的。

蠢　子　（用叶子包干牛粪放衣中）那就走啰。

老　同　慢点慢点，我还放心不下，我们要演过，要当场演过当场用。

我当船婆子，你当客人，你来喊船。

蠢　子　船婆子开船过来！

老　同　船篷起得矮，不许乱人踩，若是来乱踩，打死他变蚂蚂[3]。打叫化子！打叫化子！

［蠢走。同拉住。

老　同　你怎么就走呢？

蠢　子　那么恶的，我还去呀？要打死我变蚂蚂，我不去啰。

老　同　那你晓不得答话嘛。那你来当船婆子，我来当客人。

蠢　子　那我当船婆子，你来喊船。

老　同　哎，船婆子，开船过来！

蠢　子　船篷起得矮，不许乱人踩，若是来乱踩，打死他变蚂蚂。

老　同　打你娘的蚂蚂！打你爷的蚂蚂！有眼不识金镶玉，有吃不爱吃，有穿不爱穿，贵州的笛子[4]，员外的晚子，大大一个烟土客人。

蠢　子　这么恶的呀？

老　同　原本要恶点啰，记得没有？

蠢　子　记得的，走吧。

蠢子、老同　（走，唱八字眉毛腔）老同老铁往前走，一心要往河边行。

老　同　到河边来了。

蠢　子　老同，你看这河边多热闹啊。

船家姐、船家妹　（唱山歌上）妹在河边洗白手，白手洗出菜花头。白菜拿来哥送酒，白手拿来哥垫头。

蠢　子　老同，你听，唱山歌啵。

老　同　那我们也唱嘛。给我来唱。（唱山歌）烧鸡烧鸭我吃过，未曾吃过火烧鹅。四处女人我见过，不曾见过撑船婆。

船家姐、船家妹　（接唱）小小娃仔嘴莫尖，点个火来我抽烟。有钱给你两三个，无钱给你两脚尖。

蠢　子　（接唱）小小妹仔嘴莫刁，好比地里红辣椒。好比田里苦扁屎[5]，拿你回来炒辣椒。（白）船婆子，把船丢过来！

船家姐、船家妹　那边把人丢过来！

蠢子、老同　哪里有人丢得过去的？

船家姐　哪里有个船丢得过去的？

老　同　把船撑过来。

船家姐、船家妹　（撑船到岸、搭跳板）船篷起得矮，不许乱人踩。若还哪个来乱踩，打死他变蚂蚜。打叫化子！打叫化子！

老　同　打你娘的叫化子！打你爷的叫化子！这门⑥好的叫化子？有眼不识金镶玉——

蠢　子　拿着夜壶当茶壶。（拉同）

老　同　（挣开）拿着茶壶当夜壶，有眼不识金镶银。财主不装身，土地不贴金。贵州的笛子，员外的晚子。

蠢　子　（拉开同）大大一个烟土客人。

船家姐　土咧？土在哪里？

蠢　子　土在这里，在这里。

［姐伸手摸。

蠢　子　摸得看不得，见风消，看见就要出芽头。

［姐、妹抬凳给蠢、同二人坐。

船家姐　上船来喝酒先？

老　同　我们是来喝酒的。

船家姐、船家妹　你们要什么好酒？

老　同　有什么好酒报上来。

船家姐、船家妹　碧绿的汾酒。

老　同　不要。

船家姐、船家妹　玫瑰状元红呢？

老　同　不要。

蠢　子　（向同，背场）老同，不要喝好酒，我是没有钱的啵。

老　同　不要你出钱，你和我数一下子钱就得啦。（对姐、妹）有什么好酒与我报上来。

船家姐、船家妹　开坛不开坛，开坛十里香。下河洗坛子，醉死老龙王。

老　同　就是那号酒。有什么好菜报上来。

船家姐、船家妹　烧鸡、烧鸭、烧鹅、板鸭、风肠……

老　同　不要。

船家姐、船家妹　豆腐渣。

蠢　子　就要豆腐渣。

老　同　（拉蠢，背场）哪样要吃豆腐渣？到船上来，少不了要吃点好菜嘛。

蠢　子　好菜贵得很，我没有钱的呵。

老　同　我晓得嘛。（对姐、妹）豆腐渣是要的，我们是要来给挑夫吃的，他们还在后头。还有什么好菜报上来。

船家姐、船家妹　东山木耳西山笋，瓜子摆出两条龙。

老　同　正是要那样菜，要多少钱？

船家姐、船家妹　要三钱六银子。

老　同　和我们取得两三瓶酒和菜一起拿来。

［姐、妹摆酒菜，下。

［蠢、同喝酒。

老　同　我们今日喝酒不比往日，我们要讲个节，哪个讲的单节喝一杯，哪个讲的双节喝双杯。

蠢　子　那我讲双的。

老　同　那我单的先讲，正月有个节。

蠢　子　正月有个什么节？

老　同　正月有个元宵节，家家吃元宵酒。（喝酒）

蠢　子　轮到我讲啦，二月有个什么节？

老　同　二月有个什么节？

蠢　子　二月有个二月八，女人家烧香吃粽粑粑。

老　同　女人是吃粽粑的，没有酒吃。我来讲啦。三月有个清明节，家家要吃清明酒，又是我吃的。（吃酒）

蠢　子　轮到我的啦，四月有个四月八，牛王菩萨生日，是我吃的。

老　同　慢点慢点，牛王菩萨是吃草的，哪有什么酒吃？又到我来讲啦。五月有个端午节，家家户户吃雄黄酒。又是我吃的。（吃酒）

蠢　子　这次轮到我讲的，六月有个六月六，家家晒红绿。老谷吃完了，新谷未曾出。老的饿得死，小的饿得哭。

老　同　哎呀！六月哪有酒吃？老谷吃完了，新谷又未曾出。没有酒吃。该我讲的啦。七月有个七月节，家家户户敬祖宗，吃祖宗酒，又是我吃酒。（吃酒）

蠢　子　老同，总是你吃，给我吃一杯。（抢酒吃）

老　同　没有酒了，就是这一杯。我们要吃就吃个舒服。演出戏，一个是侄子，一个是叔爷，侄子上京求名，叔爷来敬酒。

蠢　子　那给我来当蠢子。

老　同　你做蠢子，那我可有话讲的咧。

蠢　子　讲什么话？

老　同　你听着，我来交代你，那面来的莫不是侄子？那面来的，莫不是叔爷？你到哪里去？莫不是上京求名？求名也是一件好事，为叔没有什么饯行，来到十里亭，送一杯饯行酒。

蠢　子　侄儿家道贫寒，咽喉哽哽，吞吃不下。

老　同　吃点点。

蠢　子　点点也吃不下。

老　同　为叔代替。（喝酒）

蠢　子　（哭）又是你吃去了。

［内唱到春来：到春来又到春来，芙蓉牡丹一齐开。蝴蝶翩翩，飞来飞

去成双对。

老　同　船婆子走来。

船家姐、船家妹　（上）客官，莫不是酒冷、菜凉？

老　同　一不是酒冷，二不是菜凉，你们里面那么热闹呀。

船家姐、船家妹　是我们姐妹二人练唱。

老　同　你们会不会唱酒牌子呀？会唱就和我们唱一两首。

船家姐、船家妹　我们唱了，可要钱的呀。

老　同　那少不了嘛，唱了我们拿钱给你。

［姐、妹下取酒上，蠢喝酒。

船家姐、船家妹　（唱酒调）一杯酒来酒又清，手提银壶头带金。身穿着红衫绿衫——

老　同　（接唱）忙把酒来筛。

［蠢醉。

老　同　船婆子这船上没有什么好菜，我上街去买些好菜回来送酒。

船家姐、船家妹　你不给钱呀？

老　同　哎！我们还有一个伙计在这里呀，钱在他的身上。（上岸，背场）这会我看你怎么得了？（下）

船家姐、船家妹　（摸蠢身上，得八百钱和牛屎）他身上只有八百钱，酒钱都不够。这包哪里是什么烟土，是一块牛屎。（扶蠢上岸，脱衣服。上船、开船下）

蠢　子　（醒，不见衣服和钱）老同老同，我衣服不见了，钱也不见了。你真真害了我啦，我这次回去，又不得了了呀。（唱急腔）老同害我真不该，衣服脱了又失钱。回去老婆一定将我打，怕我性命难保全。（白）到家了，老婆开门。

王　氏　（上）门外有人叫，不知哪个到？（开门）原来是你回来了，进去。

［蠢进。

王　氏　赎回当没有？

蠢　子　赎当嘛……

王　氏　到底怎么啦？为什么衣服也不见了？钱也不见了？

蠢　子　你喊我去赎当，我走到山边，老虎把我一口吞了下去。我才把屁股钻出来，衣服被老虎牙齿挂住，没有得出来，我就急着跑回来了。

王　氏　我不信你的鬼话，你满嘴酒气，你一定拿钱去吃酒了。你这挨刀鬼，还不和我跪倒！（唱骂板）开言我把蠢子骂，骂声蠢子听根芽。我本喊你去赎当，为何喝酒把钱花。手拿家法将你来打，打死蠢子丧黄沙。（白）打，我也不打你，骂也不骂你了，我拿一张板凳来，你背上板凳跪倒，老娘一天不来，你就一天不起；两天不来，两天不起。老娘进里头去喝酒，喝得醉醉的，拿把刀来杀你。（下）

蠢　子　（起、解绑、指凳）老婆把我来发气，我拿你来发气，我一天不来，你一天不起；两天不来，两天不起。我进里头去吃得饱饱的，煮盆热水把你烫死去。（下）

（剧终）

【注释】

①好马不配二鞍，好女不嫁二郎：意指女性出嫁后要从一而终。

②老鼠走把梁上过，吊起锅头当钟打：形容家徒四壁，什么都没有。

③蚂蜗：青蛙。

④贵州的笛子：贵州的笛子有悠久历史，被称为贵州一宝。

⑤苦扁屎：一种小鱼名。

⑥这门：这么、这样。

【剧情简介】

王氏当了一件皮衣，命丈夫蠢子去赎当。蠢子在路上遇着老同，被骗到船上喝酒，老同趁蠢子醉后溜走。船女见蠢子的同伴一去不归，遂将蠢子身上的钱及衣服拿走，弃蠢子于岸旁而去。蠢子酒醒回家，被妻子王氏责打，蠢子则只好骂板凳出气了。

【简评】

这部蠢子戏，与其说是表现蠢子可笑，不如说是揭露老同的可恶。老同是一个家中“灶里干柴无半把”、“吊起锅头当钟打”，但又“自幼生来爱吃酒，闲来无事走酒楼”的市井无赖。他欺负蠢子弱智，骗其钱财换酒喝，导致蠢子最后落得身无分文、衣物丢光而归。老同这种欺弱缺德的行为，暴露了旧社会的黑暗落后。彩调常常是通过家长里短的故事，运用嬉笑怒骂的形式来反映社会面貌的。

此剧由秦胜科发掘、商霭如记录保存。

看鸭报案

剧中人物

⊙覃弟洪（行当：丑，简称：洪）

⊙谢二妹（行当：旦，简称：妹）

⊙看鸭老人（行当：老生，简称：老）

⊙县官（行当：老生，简称：官）

⊙梁月娥（行当：旦，简称：梁）

⊙衙役甲（行当：丑，简称：甲）

⊙衙役乙（行当：丑，简称：乙）

⊙歌伴男（行当：丑，简称：男）

⊙歌伴女（行当：旦，简称：女）

第一场

［幕启。男、女一片歌声。洪与男上，见妹同女远远而来，招手吹哨。

覃弟洪　哈！今天好热闹啊。（吹口哨）

［妹与女提篮上。

歌伴男　（唱山歌）哥在这边唱山歌，惊动那旁妹娇娥。哥想邀妹把歌唱，不知妹你心如何？

歌伴女 （唱山歌）远远听闻唱歌声，不知邀妹是邀人？若邀妹来妹就唱，若是邀人妹就停。

覃弟洪 （唱山歌）石榴花开叶子青，正是邀妹不邀人。妹若有心过来唱，宗保正逢穆桂英[①]。

谢二妹 （唱山歌）边唱山歌边近来，山伯喜爱祝英台[②]。哥有情来妹有义，唱到天黑慢分开。

［男、女边走边唱。

歌伴男 （唱山歌）一条大路坦坦平，唱起山歌伴妹行。龙凤腾云乘风舞，一同飞上九霄云。

歌伴女 （唱山歌）一路唱歌一路来，一路栽花一路开。蝴蝶双飞把花采，永远相伴分不开。

覃弟洪 （唱山歌）妹有心来哥有心，永远相爱又相亲。韭菜花开心无二，一心伴妹度光阴。

谢二妹 哥哥呀，今天蛮晏[③]了，莫唱罢。有心来选个日子好吧？

覃弟洪 好呀，你们讲吧。哪一天得空来？选个日子好吧？

歌伴女 好！我们讲大后天，十五好不好呀？

歌伴男 好啦，就是十五吧。我们一定来的。

［洪与妹眼传情，手相招。

歌伴女 来啊。一定来，不要哄我们啊。

歌伴男 来的。我们这么大，未曾哄过人的。

谢二妹 来。你们给点定给我们，日后也要好记到呀。

覃弟洪 来就是了，不用定的。

歌伴女、谢二妹 （唱山歌）有心连来有心连，有心来就下定先。留下一定心头记，记到日子好来连。

歌伴男、覃弟洪 （唱山歌）一块花巾四四方，送与情妹手中藏。记到日子转来会，物虽轻来情义长。

谢二妹 好了，我们回去了，等一下天时太夜了，进家也不好意思呀。

覃弟洪　好吧。好难舍呀！

谢二妹　哥难舍来呀，妹更加难舍呀。

歌伴女、谢二妹　（唱山歌）哥也难舍妹也难，白马难舍紫金鞍。鲤鱼难舍滩头水，金鸡难舍凤凰山。

歌伴男、覃弟洪　（唱山歌）十分难舍也要舍，十分难分也要分。山伯英台情义重，姻缘隔断两离分。

覃弟洪　不要唱了，回去了吧，二回来早点，多唱一时好吧？

［洪盯着妹，妹望着洪。

谢二妹　好吧，我们走吧！（唱山歌）离了离，凤凰离了哥金鸡。走了几步回头望，见哥眯笑不舍离。

覃弟洪　（唱山歌）妹要离开就离开，再莫回头望转来。回头盼望哥难舍，山伯难舍祝英台。

［妹下。

覃弟洪　（目送妹下）唉！（下）

第二场

覃弟洪　（上，念）家花常见多厌烦，哪比山花红又香。（白）想我覃弟洪自从与谢二妹相交以来，把家中的事看得冷淡，天天都想和她去谈谈笑笑，今天又是我们交情的日子了。（望）啊，时间不早了，恐怕我亲爱的妹妹早都到了，我还是赶紧去吧。（出门大笑）想到亲爱的情人，心中犹如鲜花开放。（唱路腔十三）出门想到我那情人，不由我弟洪喜在心。想到我情人多高兴，走路犹如风送云。鹞子翻身来得快，忽然间来到十里亭。（白）好，来到十里凉亭来了。（望）啊，我那情妹妹还未曾来呢，我还是进凉亭休息片时等她来吧。（入，坐）

谢二妹　（上，笑）哈、哈！我今天心中好快活呀。（唱仙腔）出得门来抬头望，满山百花到处香。黄莺对对树上叫，粉蝶双双飞过墙。花香鸟语真欢爽，男吹女唱响山岗。心中欢喜走得快，忽然来到凉亭旁。（白）好，走来走去，来到凉亭来了。（望）啊，我那个亲爱的情郎哥哥早都来了。（又瞄）你们看，他在那里，不知道想着什么事，都想得迷魂了。我来和他开个玩笑先。（拍掌大声）喂喂！那一个鲤鱼爬上树去，多么好看啊！

［洪正想妹入迷，忽听人声惊醒，跳到亭前，妹钻到亭后听。

覃弟洪　哎，哪一个鬼打的，在这里喊着鲤鱼爬上树，一时间就不见了，真怪啦。（沉思）啊，恐怕是我为想念情妹妹，想得迷魂了，听错了话也未可知。（望）我亲爱的情妹妹呀，为什么你到这个时候还不见来呀？你就是不得空来，就不要哄我到这里等你呀。

谢二妹　（在后偷笑、拍掌）啐！你讲什么呀？哥哥。

覃弟洪　（回望）哎，该死你，你几时就到了？

谢二妹　又不是才到一时。情哥哥，你方才讲些什么话呀？

覃弟洪　又不是因为想念于你急了。

谢二妹　唉，小妹来迟了，烦劳哥哥久等，请哥哥原谅。

覃弟洪　唉，兄妹之间，何必客气？总在结交有始有终，不在早晏吧？妹妹，你我二人露水结交，虽然是情深义重，不过三年五载，也要拆散鸳鸯的。

谢二妹　唉，是啰，还是想个什么办法做个长久夫妻才好呀？

覃弟洪　妹妹，办法倒有，只怕妹妹舍不得。老话不是说，舍不得笼里鸡，打不得山上鸟。

谢二妹　唉，情郎哥，小妹的心事哥也知道的。什么事我都舍得，倒是恐怕你舍不得你那娇滴滴的美娘呢。

覃弟洪　你舍得的话，我容易得很。回去一个不要，开笼放鸟，纵虎归山，不费吹灰之力，就可以成功了。但是你……

谢二妹　我，小妹也很容易的。我回去和他一天三吵四闹，五敲六打，他耐不得烦了，一定放我出来的。

覃弟洪　妹妹，话虽说得好，只恐怕口是心非。

谢二妹　哥哥，妹妹这样说出知心话，你都不肯相信，待妹妹当天发下宏誓，以表决心，哥哥才信吧？

覃弟洪　正是如此，我才信得过的。

谢二妹　那哥哥请听呀。（唱四平腔）双膝跌跪在埃尘，祝告天上过往神。一心嫌郎来嫁你，永远并无再变心。

覃弟洪　若还是变了心呢？

谢二妹　（接唱）若还是二妹心肠变，镰刀割颈命归阴。

覃弟洪　妹妹请起。

谢二妹　哥哥，小妹都有此决心，哥哥呢？

覃弟洪　愚兄也要当天发誓呀。（唱数板）弟洪跪在尘埃地，当天祝告过往神。妹有决心哥决意，卖妻娶妹无二心。

歌伴妹　若有二心呢？

覃弟洪　（接唱）愚兄若是心肠变，死在地狱永不超生。

谢二妹　哥哥请起。我的好哥哥！

覃弟洪　我的好妹妹呀！

覃弟洪、谢二妹　（唱十月花）哥卖妻来妹嫌郎，你我二人配成双。长久相亲又相爱，岭上金鸡配凤凰。

谢二妹　情哥，我将我们二人好有一比。

覃弟洪　好比何来？

歌伴妹　好比砍竹去遮笋。

覃弟洪　此话怎讲？

谢二妹　弃旧怜新配成双。（重句）

［洪、妹同唱尾声。

覃弟洪　妹妹，比得好！

谢二妹　比得好？

覃弟洪、谢二妹　比得好呀。

谢二妹　（唱十月花）哥是南山一只凤，

覃弟洪　（唱）妹是北岭一只凰。

覃弟洪、谢二妹　（唱）荒山野岭站不住，齐飞过海配成双。

覃弟洪　二妹，我们今日在此约定哪天来相会呀？

谢二妹　情哥，照妹看来，越快越好的。我们约定初八那天早晨到来会话好吧？

覃弟洪　好呀。二妹妹，今天天时不早了，回去吧。

谢二妹　好，哥哥，千祈不要反悔。

覃弟洪　唉！妹妹，男人讲话铁钉木，岂有反悔之理。只怕妹妹——

谢二妹　哥哥放心呀。（唱四平腔）辞别情兄回家庭，嫌夫一事我记在心。初八日齐到凉亭等，兄妹再来叙衷情。（下）

覃弟洪　（目送妹下，笑）我的好妹妹呀。（接唱）一见二妹把路行，不由我弟洪喜在心。将身打转回家去，定与我那妻子两离分。（下）

第三场

梁月娥　（上，念）可恨奴夫心不定，天天在外去游行。恋到人家黄花女，将奴丢得冷冰冰。（白）奴乃梁氏月娥，自幼配与覃弟洪为结发之妻。起初过门之时，说得情投意合，就是在今天，不知哪一个刀杀的砍头鬼将他迷倒，将奴看得如冰团一般。这且慢表，我还是等他回来，慢慢相劝他罢。（闷坐）

覃弟洪　（上，喜唱）一朵野花在山岗，风送花开万里香。记到园中残花朵，怎不令人想断肠？（白）好，来到我家了。（沉思）哎，我那妻子梁氏人品不错，说话也很好，我怎好发气将她退了回去呢？（摸头）啊！有了。我此次进家，一点不对，就咬紧牙关写休书，逼她回去。言之在理。喂，开门来。

梁月娥　啊，就来。（开门）啊，原来是你回来了，请进。

覃弟洪　（大声）我的门难道我不晓得进吗？

梁月娥　唉，就让他点啰。待我去倒杯茶出来先。（下）

覃弟洪　唔，好难看的，哪比得我那情二妹呀。

梁月娥　（上）丈夫请茶。

[洪调面不应。

梁月娥　（又叫）夫君请茶吧！

覃弟洪　（怒将茶打泼）我不吃你的毒药茶。

梁月娥　唉，我的好郎君呀！（唱数板）梁氏女堂上把话讲，尊一声郎君听端详。夫君时常对我讲，家花哪比野花香。

覃弟洪　那当然啰。

梁月娥　（接唱）奴的心中细思想，野花哪比家花长。倘若夫君病倒床，哪见野花熬药和煎汤。夫君若还不肯相信，比个古人细听衷肠。

覃弟洪　任你说得天花落地，也当作耳边风。我的主意已经决定了。

梁月娥　（接唱）唐明皇宠爱贵妃女[④]，到后来反了安禄山[⑤]。夏因妹喜把国丧[⑥]，纣因妲己败坏家邦[⑦]。

覃弟洪　（怒）今天我不瞒你讲，我也不要你了，将你休了出去，由你另行改嫁，你就两头会说，也无用的。

梁月娥　唉，我的好郎君呀！（接唱数板）千祈你莫听外人讲，别人是一肚野心肠。好郎君你若不肯信，比一个方来记心旁。二八娇娥巧梳妆，梳妆打扮把人伤。胭脂点唇迷人路，十指尖尖利如刀枪。

覃弟洪　好！你在此等着，我马上写休书，由你回去了。（下）

梁月娥　唉，想我梁月娥，命好薄呀！（唱休板）奴夫做事变心肠，将奴休出另嫁郎。弃旧怜新真可恨，嫌贫爱富太无良。

覃弟洪　（交休书）好啦，我休书写好了，你赶快走吧。我与你姻缘不合，今日我弟洪开笼放鸟，好好快走。

梁月娥　（接书）唉，丈夫，我自从与你成婚后，没有什么，今日如此，望夫再思再想，日后不要悔。

覃弟洪　哎，男人大丈夫做事，岂有后悔！与我快滚！（推梁出，关

门下）

梁月娥　（骂）唔！好不可恨呀！（唱骂板）奴家当天大声骂，骂声婊子婆老乌鸦。坡上将我丈夫哄，今日休我赶回家。（白）唉，背地骂她也无益的。我今天做不得什么，交给天吧，留天帮我申冤。那个挑唆我丈夫的婊子婆，不知哪天挨刀杀呀。唔，今天我想来，好可恨呀。（唱数板、流水腔）手拿休书娘家转，不由我月娥恨在心。不知道哪一个天收地绝女，害我们夫妻两离分。回去双亲把我问，叫我怎样回复他们。含羞忍泪举步走，一路思想愁断魂。（下）

第四场

覃弟洪　（上，念）二妹变心真可恨，害我弟洪绝后根。（白）唔，想我在坡上被那二妹花言巧语，害我回家将我那梁氏休了出去。（慢步）那反情的二妹婊子婆呀，她竟去她老公家不回头了。（愤恨）谢二妹呀谢二妹，今天你害得我弟洪休了老婆绝了后根，不知哪一日你一定死在我的手上呀。哎，骂也无用，恨也无益。（望天）今日天气很好，我还去路边割我那两块田基草先，等我拿镰刀出来罢。（下复上）啊，你看我的镰刀好利咧。（出。关门）唔，想到真是伤心呀。（唱流水板恨声）我想到二妹真可恨，哄我休妻绝后根。不知道哪日碰着我，将你砍死我才甘心。我三脚两步走得紧，不觉来到田沟塍⑧。（白）好，来到我家田边来了，看到我家的田基这样荒荒的，我又伤心起来啰。倘若我那梁氏还在我家，田基早日不是割得光彩了吗？好，此话不必多讲，割吧。（割草。长锣鼓）好，这两块割完了，待我去割那边那几块吧。（下）

谢二妹　（提袋上）夫妻相和好，快乐过光阴。（冷笑）嘻嘻，想那覃弟洪在坡上与我闲谈几句风流话，他以为实言，回去真的把老婆休去，好一个可笑的傻仔啊。俗话不说吗，露水夫妻真言假，结发夫妻假言真。这也不在多言。后天我丈夫亲戚家有一场喜酒，今天我打转回家讨我那两套衣裳来吧。(望)啊，太阳上得蛮高了，还是走呀！（唱仙腔)晴天走路心欢畅，想我在夫家喜洋洋。走起路来抬头看，风送白云盖山岗。(内鸦叫)乌鸦当面高声叫，不知叫的为哪桩？若是你把凶信报，再叫三声我听端详。

［内乌鸦连叫三声。

谢二妹　乌鸦连连叫三声，叫得二妹心头慌。心慌意乱往前闯，赶紧归家取衣裳。撒开大步走得快，不觉来到大树旁。(白)好，来到大树旁来了。

覃弟洪　（提镰刀上，大声喊)哎，二妹，你去哪里呀？

谢二妹　（慌张)我……我嘛，今天我回家讨衣裳的。

覃弟洪　（厉声)讨衣裳的？凉亭的话怎么呀？

［老在后偷觑。

谢二妹　那……那个嘛，话是一句咧，哪个就真的嘛？

覃弟洪　（怒起，举刀)唔，好可恨呀！（砍死妹)啊，这回你还会哄人吗？（四边望无人，急下)

看鸭老人　（惊)唉！好惊人呀，这个覃弟洪此人，胆大如天啦，青天白日，敢杀死人。想我老汉天天放鸭在这一路，人家不晓得一定说是我老汉杀的，我还要赶快到衙门去报案，脱离我的干系吧。(唱流水板)覃弟洪你胆比天大，青天白日把人杀。我老汉若不把案报，人不知定疑我杀她。为此事衙门走一下，报与老爷来检查。(下)

第五场

看鸭老人　（上)好，来到衙门来了。喂，衙门可有人在？

衙役甲　（上)有。你有什么事呀？

看鸭老人　为人命案，前来击鼓申冤。

衙役乙　老人家，你懂得衙门的规矩吗？

看鸭老人　我这样大未曾进过衙门，哪里懂得什么规矩呀？

衙役甲　规矩你不懂呀，衙门八字开，有理无钱莫进来。管你有理无理，先要钱先。

看鸭老人　哎，我老人家是替人来申冤的，哪里有什么钱呀？你不理，待我自己来击鼓闹堂吧。（欲击鼓）

衙役甲　（拦）慢着。算了算了，待我来请吧。（向内）大老爷升堂。

县　官　（上，念）头戴乌纱色色新，为官须要秉忠心。

衙役甲　大老爷在上，小人叩头。

县　官　所为何事，请升公堂？

衙役甲　有一位老人家前来申冤。

县　官　把他带了上来。

衙役甲、衙役乙　老人家，大老爷传你上去。

看鸭老人　大哥带路。

衙役甲　随我来。

[老跪。

看鸭老人　大老爷在上，老汉看鸭佬跪见。

县　官　你是哪里人氏？所为何事到衙鸣冤？

看鸭老人　小人本县人氏，看鸭佬。今天我在大树旁边，看见覃弟洪杀死一个女人，我不得不来报，望大老爷验尸查明，以免连累他人。

县　官　此事是实的？

看鸭老人　是实。我亲眼看见，难道我七十二岁了，还敢枉告吗？

县　官　左右，跟随老人家前去验尸。果然真的，把那覃弟洪捉来到案，不得有误。

衙役甲、衙役乙　遵命。大老爷退堂。

[三槌锣。官下。

衙役甲、衙役乙　请老人家前面引路。

看鸭老人　随来呀。（急鼓。带甲、乙圆场）到了。

衙役甲　到了，就是这个尸首呀？

看鸭老人　正是啦。你看她死得好苦啊。是用镰刀割的。

衙役乙　好，我们一同去拿覃弟洪吧。

衙役甲　好，请老人家带路吧。

看鸭老人　好，随我来。（急鼓。带甲、乙圆场）到了。

衙役乙　到了，就是这家啊？

看鸭老人　正是。

衙役甲　伙计，一同进去拿吧。

[甲、乙下，绑洪上。

衙役甲　唔，你好大胆的家伙，胆敢杀人。好，见官去。（推走）走吧。

[甲、乙、洪圆场。

衙役乙　到了，站此等候。有请大老爷升堂。

县　官　（上，念）上致君来下泽民，为官须要秉忠心。

衙役乙　大老爷在上，小人叩头。

县　官　杀死案可是实？

衙役乙　是实。

县　官　凶手可曾拿到？

衙役乙　拿到了。在头门外。

县　官　押他进来。

衙役乙　走，上堂去。

覃弟洪　（跪）大老爷在上，小人覃弟洪跪见。

县　官　（拍案）你是覃弟洪吗？

覃弟洪　正是。

县　官　你怎敢白日杀人？从实招来，本县从宽处理。不然，将你活活打死。

覃弟洪　大老爷在上，听小人说明，二妹本是我杀死的。

看鸭老人　我亲眼看见的。

县　官　怎么？你杀死她，她与你有何冤仇呀？

覃弟洪　大老爷请听呀！（唱数板）二妹是个毒心人，说起她来我很伤心。我与她坡上齐决定，我休妻来她嫌夫君。当天发誓表心定，不许谁人变了心。

县　官　啊，总是因风流之事。说来！

覃弟洪　（接唱）我回家把我妻休出去，她去郎家不回程。害得我半截栏干上不下，越思越想越伤心。今早我在田边割田草，刚遇她回转她家门。一见她心中怒失性，一镰刀割她命归阴。

县　官　啊，你们两边有夫有妻，还去坡上唱歌，谈情说爱变了心啊，真真可恨。看鸭老人，你看鸭申冤，没事了，请去看鸭吧。

看鸭老人　谢过大老爷。（出）这下我才放心啦。（下）

县　官　杀死人，理该填命的。本县念你是个直心的勤劳青年，放你回去，奉劝世人，有夫有妇之人，千祈不要再去谈情说爱乱搞了。

覃弟洪　谢过老爷大恩。（出）

衙役甲、衙役乙　大老爷退堂。

［打锣。官下。

覃弟洪　唉！今天我好悔呀。（唱山歌）唱起山歌劝世人，有夫有妇莫连情。夫妻和睦好世界，相亲相爱过光阴。（下）

（剧终）

【注释】

①宗保正逢穆桂英：宋朝杨家将的故事。在《杨家府演义》中，杨宗保少年时即随父出征，屡立战功。在穆柯寨取降龙木时，为穆桂英所擒，后与穆桂英结亲，夫妻同破天门阵。

②山伯喜爱祝英台："梁山伯与祝英台"是中国古代民间一个美丽的爱情故事。梁山伯结识了女扮男装读书的祝英台，两人兄弟相称，感情笃深。山伯后来得知英台为女子，于是赶忙前往祝家提亲。谁料，祝员外已

将英台许配他人。梁山伯悔恨交加，相思成疾，不久病亡。祝英台出嫁那天，花轿路过梁山伯的坟墓，突然坟墓裂开，英台跃入，墓合拢后，翩翩飞出两只蝴蝶，双双离去。

③ 晏：指时间晚。桂林话。

④ 唐明皇宠爱贵妃女：唐明皇即李隆基，因其谥号为“至道大圣大明孝皇帝”，故称唐明皇。天宝四载（745），封杨玉环为贵妃。从此杨家姊妹皆显贵，堂兄杨国忠也平步青云。在杨国忠的专权下，朝政开始混乱。

⑤ 安禄山：唐营州柳城（今辽宁朝阳南）胡人。因唐玄宗信任，担任平卢、范阳、河东节度使。李隆基宠幸杨贵妃，耽于享乐，使安禄山等人有了叛乱之机。安史之乱是唐代天宝年间由安禄山与史思明发动的叛乱，唐朝统治从此由盛而衰，形成藩镇割据的局面。

⑥夏因妹喜把国丧：夏，我国历史上第一个朝代，传到桀，为商汤所灭。妹喜，有施氏之女。《国语》载：“史苏曰：昔夏桀伐有施，有施人以妹喜女焉。妹喜有宠，于是乎与伊尹比而亡夏。”

⑦ 纣因妲己败坏家邦：纣，即帝辛，商朝最后一位君主，世称殷纣王、商纣王。妲己，有苏氏部落之女，世称“苏妲己”。据《国语》记载，“……殷辛伐有苏，有苏氏以妲己女焉。妲己有宠，于是乎与胶鬲而亡殷”。

⑧田沟塍：田间的界路。

【剧情简介】

覃弟洪有妻子，谢二妹有丈夫，这两人在坡上相见，唱了山歌，搞得难舍难分，相约弟洪休妻，二妹嫌夫，以便他日结成长久夫妻。弟洪信以为真，回去把妻梁月娥休了。谁知二妹的话是假的，弟洪休妻之后，她便不和弟洪往来。弟洪受骗，心中愤恨。一日在路上相见，弟洪把二妹杀死。此事被看鸭老人看见，赶忙去报官申冤。县官查明，把弟洪捉来审问，弟洪从实招认，县官念弟洪原是老实农民，一时怒发触刑，自白认错，便从轻发落，把他放回。弟洪这时大悔前非，劝告有夫有妻之人不要乱搞男女关系，以致追悔莫及。

【简评】

此剧又名《看鸭申冤》，讲述了一桩因情感发生的命案，暴露了两个方面的问题。一方面是断案衙门假公济私，把衙门当作个人赚钱的机构，公然宣布衙门规矩是“衙门八字开，有理无钱莫进来。管你有理无理，先要钱先”，赚钱成了第一目的。另一方面是家庭婚变问题。男主人公只顾及“家花常见多厌烦，哪比山花红又香”的欲望，看不见“野花哪比家花长。倘若夫君病倒床，哪见野花熬药和煎汤”的现实。最后，落得个赶走妻子、杀死情人、孤寂一生的悲剧。如此世风日下、家国不幸，成了当时社会的真实写照。

第一场戏中男女对唱的情歌，比喻贴切。以“韭菜花开心无二”表达情感真挚专一；用“鲤鱼难舍滩头水”形容情人难舍难分。既生动又抒情。彩调中这类精彩的民歌，对后来的《刘三姐》影响很大。

此剧由吴吉扬发掘、记录保存。

观音送子

剧中人物

⊙刘氏（行当：摇旦，简称：刘）

⊙王玉音（行当：正旦，简称：音）

⊙小子（行当：丑，简称：小）

⊙叫化郎（行当：丑，简称：化）

⊙观音（行当：旦，简称：观）

⊙金童（行当：小生，简称：童）

⊙玉女（行当：花旦，简称：女）

⊙土地（行当：老生，简称：土）

第一场

刘　氏　（小点上）提起女儿事，终日挂在心。（坐）老身，刘氏。配与王门为妻，想我老老[①]早年去世，膝下无儿，所生一女，名叫王玉音。婚配多年，尚未生男育女，使为娘时时操心。闻听庙堂观音灵验，不免叫得女儿出来商量，到观音庙去许愿，岂不是好？（向内）女儿哪里？走来。

王玉音　（内应）来了！（上）闻听妈妈叫，急忙就来到。（向刘）妈妈有礼。

刘　氏　不消。一旁看坐。

王玉音　母亲叫得女儿出来，有何教训？

刘　氏　叫得女儿出来，非为别事。想你婚配多年，尚未生男育女，使得为娘时时操心。闻得观音堂观音很灵，特叫女儿出来商量，去许个愿，倘若神圣保佑，赐得一男，也得接我王门香烟[②]，未知女儿意下如何？

王玉音　女儿遵命就是。

刘　氏　遵命就是好的。如此叫得小子出来，收拾香纸宝烛，与我儿一同前去。（向内）小子哪里？走来。

小　子　（内应）来了！（上）忽听堂前叫，急忙就来到。（揖）员外娘有礼。

刘　氏　不消讲礼，一旁站下。

小　子　员外娘叫我出来，有何吩咐？

刘　氏　你到后堂收拾香纸宝烛，同小姐到观音堂去许愿。

小　子　遵命。（下复上）香纸宝烛收拾齐备，哪时要去？

刘　氏　此时就去。

王玉音　如此妈妈请退。

刘　氏　女儿快去快回。（下）

王玉音　小子前面引路。

小　子　随我来呀。

[长锣。音、小圆场。

王玉音　（唱四平腔）小子前面把路引，

小　子　（接唱）小姐随我后面行。

王玉音　（接唱）急急忙忙往前进，

小　子　（接唱）不觉来此是庙门。

王玉音　且慢，来此已是庙门。小子，你前去看看，庙里可有人么？

小　子　遵命。（进向两边喊）香公、庙祝[③]。（见无人应）原来庙内无人。

王玉音　如此小子你前去焚香点烛。

[小烧香点烛。

小　子　禀告小姐，香烛已经点好。

王玉音　待我上前祷告呀！（跪唱忧板）双膝跌跪尘埃地，祝告神灵你听知。只因奴家早婚配，膝下无儿好孤凄。只怕他年身老了，上无靠来下无依。跪在神前许个愿，望神保佑得后裔。倘若得了一男子，虔诚还愿不敢迟。（白）小子烧纸放炮，收拾归家去吧。

小　子　遵命。（做动作）收拾好了。

王玉音　如此前面引路，走呀！（唱急腔）离了庙堂往前进，一心急往家里行。急急忙忙来得快，不觉来到自家门。（白）到了。小子，上前打叫。

小　子　是。小姐站过一旁，待我上前打叫开门。（上前拍门）员外娘开门。

刘　氏　（内应）来了。（上）忽听门外叫，急忙就来了。打开门来看，哦，我儿回来了。

王玉音、小　子　回来了。

刘　氏　好！随为娘后面用饭。

［刘、音、小同下。

第二场

［童、女小点先上，站两旁。

观　音　（上）修行慕道，快乐逍遥。（坐）高高山上一道泉，流来流去几千年。谁人食得泉中水，不成佛来也成仙。吾乃南海观音是也，只因王家女儿，命中孤单，到我台前许愿，不免赐她一个男子，接她后代香烟，以表我神圣灵验，一片善心。现今写得一张签票，命小神拿到圣母台前，领取孩童，送到托儿山，等候王家小子。正是——（唱）忙把羊毫④来拿上，字字行行写端详。上写拜上多拜上，拜上花婆圣母娘。只因王家无后代，到我台前来烧香。还望赐她一男子，接她后代作儿郎。一张签票写完了，忙叫小神走一场。回头我对小神喊——

土　地　（上，接唱）娘娘打叫为哪桩？（白）参见娘娘。

观　音　免礼。

土　地　娘娘叫得小神出来，有何吩咐？

观　音　非为别事，（递签票）命你到圣母台前领取孩童，送到托儿山，等候王家小子。

土　地　遵命。

观　音　我今吩咐你——

土　地　怎敢稍迟延？（向观作揖）娘娘请退。

［观、童、女同下。

土　地　且慢。观音娘娘命我到圣母台前，领取孩童，送到托儿山，等候王家小子。我还要转过。（下）

第三场

刘　氏　（上）提起家常事，时刻挂在心。（坐）老身刘氏。想起家中柴无柴，草无草，今天天气晴和，叫得小子出来，到山上砍柴回来，岂不是好？（向内）小子哪里？

小　子　（内应）来了。（上）堂前一声叫，急忙就来到。员外娘，有礼。

刘　氏　不消，一旁站着。

小　子　但不知员外娘，叫我出来，有何吩咐？

刘　氏　叫你出来，非为别事。如今家中柴无柴，草无草，今日天气晴和，命你到托儿山砍柴回来。

小　子　小子遵命。待我下面拿得柴刀扁担出来。（下复上）柴刀扁担拿出来了。哪时要去？

刘　氏　即时就去。

小　子　如此员外娘，你闭上门户。

刘　氏　快去快回。（下）

小　子　好啦，员外娘命我到山上砍柴，我还要走起来呀。（唱路腔）员外娘娘一声命，叫我砍柴上山林。急急忙忙往前进，要到山上走一程。（下）

第四场

土　地　（抱婴孩上）孩童我已领得了，待我送到托儿山，等王家小子，还要转过。（数课子）前山山来后山山，山后山前洞相连，前山山来颠倒洞，后山山来洞倒颠。颠倒洞来洞倒颠，颠倒洞内出神仙。神仙本是凡人做，只怕凡人心不坚、心不坚。（白）且慢，来此已是托儿山，待我放婴孩在此去等候了他，岂不是好？正是——来是一口风，去时影无踪。（下）

小　子　（上）走呀。（唱急腔）急急忙忙来得快，不觉来此是山林。（白）且慢，来此已是托儿山，待我上前看看，哪儿柴火多。（左右张望）啊，这边柴火多，待我来用功一时（砍柴、捆柴动作，上石头上喘歇）唔喂，好凉快呵！

［婴孩哭声。

小　子　（惊奇，四处听望）吔，有鬼。呵哈，莫来啵。（又四望）嗯，好像娃仔哭一样，让我听个清楚。（边走边听）咻，当真是个娃仔。（抱起）喂，哪个放娃仔在这里？快来抱去。娃仔赖哭了啰。

［孩哭。

小　子　（拍孩）莫哭、莫哭，待我喊你妈来。（向四方喊）喂，哪个伯妈，哪个大嫂，来抱你的娃仔去呀。（无人应）吔，一个也没答应。待我来看是男娃仔还是女娃仔。（看）嘻嘻嘻，有个辣椒把，是个男娃仔。好，无人答应，莫管他，抱他回去给小姐，小姐又没有仔。好，柴火我也不要了。闲话少讲，离了青山，还要往回走呀。（长锣。唱急腔）离了青山往前进，一心要归自家门。急急忙忙来得快，不觉来此是门庭。（白）走来走去，到自家门前来了。好好！等我哄我员外娘，劏鸡做甜酒给我吃先，我哄她讲是我养的。（喊门）开门来。

刘　氏　（内应）来了！（上）忽听门外叫，急忙就来到。打开门来看，（开门）呵！小子你回来了。

小　子　回来了、回来了！（抱仔在后面）

刘　氏　柴火呢？

小　子　柴火呀，员外娘，不瞒你讲，（抱孩向前）我在山上养了一个仔，还要得柴火么？（做动作）我走都走不动，还要得柴火么？（递仔）你看，你快点杀鸡做甜酒来给我吃。

刘　氏　（接抱）哟，你不去砍柴，到哪里去偷人家的娃仔回来，快点拿去给人家，莫给他哭。

小　子　哎呀！莫讲多啦。人家讲，女人养仔，杀鸡杀鸭。男人养仔，劏猪劏羊。莫讲多，快点先杀个鸡给我吃先。

刘　氏　真的是你养的？

小　子　真的咯。莫讲多了，快点劏鸡啦。

刘　氏　好好好，等我就来。（背场）你看，他养子，不晓得去哪里偷得娃仔，不肯讲出来。他讲是他养的，他养子，到哪里得来衣裳穿？待我来吓他一下。

小　子　（与刘同时背场）嘿嘿！这回当真得吃鸡也不定咧。

刘　氏　（向小子）小子，真的是你养的？

小　子　真的。

刘　氏　昨天街上出有告示，你晓得没有？

小　子　出什么告示？

刘　氏　什么告示？出有女人养仔，劏鸡劏鸭戴红挂彩。

小　子　那男人养仔哪样讲呢？

刘　氏　男人养仔呀，呃哈，拿到法场去“矮”呵。

小　子　什么叫“矮”？

刘　氏　砍头过去不是矮下来了。

小　子　噫嘻，那不是我养的，不是我养的。

刘　氏　（喊）他，你看我的小子养了一个娃仔，我要去劏鸡给他吃先呀。

小　子　莫喊大声多。不是的、不是的，给别人听见就难搞了。

刘　氏　呵！不是你养的呵？

小　子　不是的，我是哄你玩笑的。

刘　氏　不是？那你去哪块得的呢？

小　子　不瞒员外娘，我到山上砍柴，刚刚砍好，我就到石头上去歇凉，忽听得有娃仔赖哭。我怕是鬼叫，慢慢看，清清楚楚，就见他在石头底下。抱他起来，我四处喊，无人答应。想到小姐也没有娃仔，抱回来给小姐养大了，将来和我做队[⑤]去砍柴，岂不是好？

刘　氏　真的么？真的无人答应么？

小　子　真的。我喊了好久，没有人答应，我才抱回来。

刘　氏　好，那你到下面去用饭。

小　子　员外娘一同前来用饭。

刘　氏　我在家用过了。

［小下。

刘　氏　好啦，如今小子到山上捡得一个娃仔回来，我女儿也没有娃仔，不免叫得我女儿出来，给她抚养，长大成人了，也得接我王门后代。女儿哪里？走来。

王玉音　（内应）来了。（上）妈妈一声叫，急忙就来到。妈妈叫得女儿出来，有何吩咐？

刘　氏　女儿呀，如今小子上山捡得一个娃仔回来，我儿也没有生男育女，就给你抚养长大，也好接我们王门后代。

王玉音　那是好的。娘，你我且到后堂，喂点粥给他吃。

［刘、音同下。

第五场

叫化郎　（上，锣鼓或小点）三天不见一颗米，四天不见一颗饭，名叫稀巴烂。在下，稀巴烂。想起爹妈在世，家财万贯，万贯家财。骡马成群，谷子成堆。如今爹妈亡故了，丢我稀巴烂在世，不会吃不会用。左手一嫖，右手一赌。嫖嫖赌赌，搞来搞去，搞到家里贫寒，落在乞讨之中。想这几天落了大雨，未得出街乞讨，今日天气晴和，我不免到长街走走，讨得几碗冷饭充饥，岂不是好？言得有理，离了庙亭，还要到长街走呀。（唱花子腔）天上星子朗朗稀，莫笑穷人穿烂衣。十个手指有长短，山上树木有高低。（下）

刘　氏　（上）老娘今年五十三，单生一女并无男。昨日拾得一孩子，全家大小喜难言。想昨日小子上山砍柴，捡得一个娃仔，想是过去女儿到观音堂许愿，神圣灵验，送给我们也未可料。虽然得了一个男子，还要保佑养大成人，才有依靠。今天乃是圣诞日期[6]，不免叫得女儿出来，与她商量，到圣母台前去还个愿，请神灵保佑，养大成人，岂不是好？（向内）女儿哪里？走来。

王玉音　（内应）来了。（上）妈妈叫一声，不知为何情？妈妈有礼。

刘　氏　家无常礼，一旁坐下。

王玉音　女儿陪坐。妈妈叫得女儿出来，有何吩咐？

刘　氏　女儿哪曾知道，想昨日小子上山砍柴，捡得一个男娃仔，想必是以前女儿你到观音堂许愿，神圣灵验，送给我们也未可料。但是，我们也要报答神灵才对。还要神灵保佑抚养成人，以后才有依靠。今天是三月初三，是圣诞日期，我们还要到圣母台前还个愿，望他保佑成人。看看我儿意下如何？

王玉音　女儿遵命就是。

刘　氏　遵命就是好的。如此叫小子收拾三牲酒醴，同我儿前去。（向内）小子哪里？出来。

小　子　堂前一声叫，急忙就来到。见过员外娘有礼。

刘　氏　不消，一旁站着。

小　子　员外娘叫小子出来，有何吩咐？

刘　氏　非为别事，你快到后堂收拾三牲酒醴出来，同小姐前到花婆庙去还个愿。

小　子　遵命。（下取物复上）

［刘帮音背儿。

小　子　员外娘，祭物已收拾齐备，何时动身？

刘　氏　即时就去。

王玉音　出得门来，妈妈闭上门户。

刘　氏　我儿早去早回。（闭门，下）

王玉音　正是。小子前面引路。

小　子　随我来呀。

王玉音　（唱）小子前面把路引，

小　子　（唱）小姐随我后面跟。

王玉音　（唱）急急忙忙往前进，

小　子　（唱）要到庙堂走一程、走一程。

［长锣。音、小同下。

第六场

叫化郎　（上）走呀！（唱叫化腔）当初父母他还在，每日长街好快乐。如今父母亡故了，每日长街去讨活。当初用钱钱如沙，如今落难苦到家。讨得一碗吃一碗，挨饥受饿无人管。急急忙忙来得快，不觉来到岔路来。（白）行来行去，到三岔路口来了。这一条是往长街，这一条是到庙堂。好呀，今天是三月初三，圣诞日期，必定有人来庙里还神，不免到庙堂去等候，有人来了，岂不是得吃了一餐？言得在理，离了三岔路口，还要往花婆庙走呵！(唱路腔)离了路头往前走，一心要往前面行。三步拿来两步走，两步拿来一步行。转弯抹角来得快，不觉来此是庙门。(白)走来走去，走到庙门来了，待我进里面去看看，有人没有？(向左右叫)香公、庙祝。呵！无人答应。(放下东西，外出看望)还未有人来，等我上前去拜拜神像，求他借一个座位给我坐，等有人来了，我也好得吃了一餐。言得有理，待我上前跪拜。(动作)神灵在上，小人稀巴烂在下，今天我落难了，求求你老人家让一个位给我，以后我发财了，买来一块豆腐像一块田这么大来敬你。唉，没答应。呵，我怕我讲错了，哪里有一块豆腐像一块田这么大？再说过。(又跪)神灵在上，小人在下，让一个位给我，以后我发财了，我要一块豆腐像碗这么大来敬你。(起)咦，又没作声。呵，我怕他是吃荤的，素的他不要。让我许个荤的给他。(跪)神灵在上，小人在下，你让我一个位，以后我发财了，买一个猪头有两百斤的来敬你。吔，又没作声。呵，哪有一个猪头两百斤，我以后要三牲酒醴来敬你。嗯，神灵都不认得[7]讲话的，不晓得他给也不给，只是笑眯眯的。呵，我记起来了，以前我见道士还神，他打卦，我去找两块瓦渣[8]做个卦才得。(动作)神灵在上，小子在下，你若借给我一个位子，就给我一个宝卦，不给就算了。(动作)嘻嘻！当真是个宝卦，谅神灵是给我了。好好，等我把神灵搬过一边，我来坐这个位子。(坐下。外出望，回，复坐)

王玉音、小子 (上，唱急腔)急急忙忙来得快，不觉来此是庙门。

王玉音 行来行去，不觉到花婆庙前来了。小子，你上前去看，有人不有？

小 子 是。(向内喊)香公！庙祝！禀告小姐，庙内无人。

王玉音 小子，那就焚香点烛。(两人分别做动作)酒醴摆好，我上前祝告呀。(唱三板忧腔)双膝跪在地埃尘，祝告神圣听详情。多得送我一男子，接得王家后代根。这些薄礼不为敬，表我母女一片心。还望神灵多保佑，快长快大得成人。台前言语说不尽，收拾酒醴转家门。

[音跪时，化在上吃三牲酒醴。小抬头看见，起、夺。化做鬼样。小

怕，拉音起，音不动，仍低头唱。唱毕，起。化坐神位不动。

小　子　（向音哭，指神像）小姐，你看，神灵把我们的酒醴都吃完去了。

王玉音　吃就吃罢，不要乱讲，在神前是讲不得的。

小　子　我不信，神哪会吃东西？你看，好像是个人啦，嘴巴还有点辣椒。（指神）

王玉音　不要乱指，指神手会断的。

小　子　不要指？我看这不是神，是个人呵。你看这个人，眼睛还动闪闪的。

王玉音　莫讲多、莫讲多，烧纸放炮先。

［小烧纸，用嘴代放炮声。

王玉音　好，拣东西回去了。

小　子　嘿！我也不要了，一样都没有了。你讲过给我吃一个鸡把腿，现在也没有了。

王玉音　回去另劏个给你吃，莫要讲多。

小　子　（边拣边望神像）小姐，这一定是个人了。我去找根香梗来戳他的眼睛看，是人他一定怕疼的。小姐，你要把好门。要是人，就别给他跑了，要他赔三牲酒醴。

［小戳化，化跑右门下。

小　子　（追跌跤，起）嘻嘻！差点我就抓到他的尾巴了，搞得我跌了一跤，背时。小姐，我都叫你把好门，你又不把好，这回给他跑脱了，三牲酒醴也没有人赔了。

王玉音　算了、算了！回去吧。闲话少讲，离了庙堂，还要归家走呀。（唱路腔）离了庙堂往前走，一心要往前面行。举目抬头来观看，不觉来到自家门。

小　子　（到了）小姐站过一旁，待我上前打叫。（向内喊）员外娘哪里？开门来。

刘　氏　（内应）来了。（上）忽听门外叫，急忙就来了，打开门来看，呵！女儿你回来了。

王玉音、小子　回来了。（进）

小　子　（装哭）员外娘，你讲给把腿给我吃，现在神吃完去了，我吃什么？

刘　氏　好好，老娘再劏一个肥肥的给你吃。

［刘、音、小同下。

（剧终）

【注释】

①老老：对男性老年人的敬称。

②香烟：香火。

③庙祝：寺庙中管理香火的人。

④羊毫：毛笔的一种，用山羊毛制作。羊毫性均柔软，笔头肥厚滋润，适宜书写行书。

⑤做队：结伴。

⑥圣诞日期：此处指的是花王圣母的诞辰日。传说花王是壮族群众的生育女神和儿童守护神。壮族地区不仅在村边或山下修筑花王庙，而且还在花王诞辰日举行祭祀仪式，后逐渐形成当地特有的花王节，亦叫花婆节。花婆节一般在每年农历三月三举行。

⑦不认得：不懂得。

⑧瓦渣：碎瓦片。

【剧情简介】

寡妇王刘氏的独女王玉音，婚配多年，来曾生育。母女二人，思子心切，商量到观音庙许愿。观音见怜，特赐一子，叫土地送至托儿山上。一日，刘氏命小子上山打柴，发现一男孩，抱起呼喊，无人出认。小子将男孩抱回，给玉音抚养。玉音母女大喜，刘氏叫玉音备三牲到花婆庙许愿，望神灵保佑养大成人。玉音依命前去，有一叫化郎假装菩萨，趁玉音、小子下跪时，将三牲吃去。小子发现，欲抢夺索赔，但叫化郎逃脱了。

【简评】

此剧内容乏味无趣，但是登场三个人物形象特点尚鲜明，如王玉音的循规蹈矩，小子的调皮机灵，叫化郎简直就是泼皮无赖。通过三个人物的差异个性相碰撞，造成舞台上的一些小冲突，从而引发观众的笑声。

此剧由何学仕、韦天生发掘，涂世馨记录保存。

三难新郎

剧中人物

⊙苏老泉（行当：老生，简称：泉）

⊙小子（行当：丑，简称：小）

⊙苏东坡（行当：小生，简称：坡）

⊙苏小妹（行当：花旦，简称：妹）

⊙秦少游（行当：小生，简称：秦）

⊙书童（行当：丑，简称：童）

⊙梅香（行当：花旦，简称：香）

第一场

苏老泉　（上，引）女儿未定亲，时时挂在心。（坐，白）老汉苏洵，号老泉。四川眉山人氏。所生二子一女，大子苏轼，号东坡，次子苏辙，字子由。他二人官拜翰林学士之职。女名小妹，今年一十六岁，聪明绝世，诗词歌赋，无所不通。老夫有意择个才子为配。昨日宰相王介甫命堂官到来为子求亲。老夫闻说，介甫在朝为相，常有奸心。因此只说小女容貌丑陋，不足以当金屋之选，那介甫听说小女容貌平常，遂将婚事不提。近来各处都来求亲，但未合女儿心意。

书　童　（拿信上）奉了相公命，来此是苏门。（白）门上哪位在？

小　子　（上）哪个？（开门）你来何事？

书　童　奉我家秦相公之命，特来下书信的。你家员外可在家？

小　子　现在大堂，随我来吧。

书　童　有劳带路。（与小同进）见过员外，有礼。

苏老泉　你来有何事呀？

书　童　奉我家秦相公之命，奉上书信一封，请员外观看。（呈书）

［泉看。

苏老泉　好，你到下面等候。

小　子　随我来。

［小、童同下

苏老泉　秦观求婚书信写得甚好，还要叫女儿出来，给她观看才好。小子！

小　子　（上）有，员外叫我何事？

苏老泉　你请小姐出来。

小　子　从命。有请小姐。

苏小妹　（上，唱五炷香）奴在厢房念诗文，忽听外面叫一声。移步来在大堂上，又见爹爹坐在厅。（白）奴家苏小妹，今年一十六岁。爹爹堂前打坐，不免上前拜见。爹爹万福。

苏老泉　女儿不必见礼，一旁坐下。

苏小妹　女儿告坐。爹爹叫得女儿出来，有何教训？

苏老泉　女儿有所不知，今有秦观相公，送来求亲书信一封，因此叫女儿出来自看。（交书于妹）

苏小妹　（看，暗笑，取笔，批字）今日聪明秀才，他年风流学士。可惜二苏同时，不然横行一世。（呈泉）请爹爹一看。

苏老泉　（接看，念）今日聪明秀才，他年风流学士。可惜二苏同时，不然横行一世。（暗笑，点头）女儿已选中了此人。（将信封好，向妹）女儿，你到闺房去看你的诗书去罢。

苏小妹　女儿从命。（下）

［童上。

苏老泉　（拿信）书童，你拿这封书信，上复你家相公。你说这门亲事，员外与小姐都同意，叫他前来议亲。

书　童　（接信）如此，小人告退了。（下）

苏老泉　小子。

小　子　在。

苏老泉　若秦家相公前来议亲，你就报与老夫知道。

小　子　从命就是。请员外后堂休息。

［泉点头下，小关门，下。

第二场

秦少游　（上，念）书童去送信，未见转回程。（坐，白）小生秦观，字少游，今年一十八岁，扬州府高邮人氏，尚未娶妻。闻得苏老泉有一女，名叫苏小妹，文才出众，我意欲求婚，特命书童前往下书，这般时候，还未见回来呀。

书　童　（上）得个好音信，报与相公知。（进）见过相公。

秦少游　书童，你回来了？

书　童　回来了。恭喜相公，苏员外有书信在此，请相公观看。

秦少游　有何答复，待我看看。（开信念）苏小妹批云：今日聪明秀才，他年风流学士。可惜二苏同时，不然横行一世。（略笑）那苏员外有什么话交代于你？

书　童　苏员外说，这门亲事，他们同意，请你前去议亲。

秦少游　（喜）好好，马上就去。（走两步，想）哎呀，慢着。苏小妹才名，得于传闻，我未曾面试。且又闻她额头凸出，眼睛凹进，不知这样丑陋，要亲眼见她一面，方可去议亲，以免后悔不及。

书　童　相公要想看那小姐，容易得很。

秦少游　那小姐怎么容易得见呀？

书　童　今早我下书到他家，他家小子带我到后面休息。听闻他家小子讲，今天他家小姐，要到东岳庙去烧香。相公想要看她，岂不是很容易呀？

秦少游　听你说来，要看她的相貌，倒很容易。但我是个书生，知书达礼，怎好与她会面相见呀。（想）唔，有了。待我扮个游方道人[1]，到东岳庙去，等候她来，然后见机而行，再作道理。（喜）书童。

书　童　相公，还有何事？

秦少游　你下去与我取衣服来，与我换装。

书　童　相公等候，我去就来。（下，拿篮盛衣上）相公，衣服取来了，请相公换装。

秦少游　待我改扮起来呀。（扮道装，自视、笑）书童，你看我像不像个道人呀？

书　童　像是像道人了。相公你是一个书生，恐怕以后苏小姐晓得，那不被她笑话吗？

秦少游　那你莫管，把我的衣服带了去，我好更换。

书　童　好。（拣衣放篮内，提着）

秦少游　离了家门，往东岳庙走呀！（唱四平腔调头）秦少游与书童出门而往，要到那东岳庙细看娇娘。但愿得苏小姐人才漂亮，不枉我扮道人来走一场。一路上闲言语无心来讲，不觉得来到了东岳庙堂。

书　童　相公，到庙堂来了。

秦少游　到了就好，她们未见到来，我们到那廊下去等候她来。

书　童　如此请随我来。

［秦、童同下。

第三场

梅　香　（上，扫地，念）前世命不修，今生做丫头。人前不敢站，站在人后头。（白）方才小姐对我言道，今天要到东岳庙烧香。不免叫小子哥出来。小子哥哪里？快来。

小　子　（上，念）忽听梅香叫，急忙就来到。梅香，叫我何事？

梅　香　小姐要到东岳庙去烧香，你快到下面去备办香纸宝烛上来。

小　子　好，我去办来。（下）

苏小妹　（上，念）八月桂花香，九月菊花黄。奴乃二八女，打扮出绣房。（坐，白）奴家苏小妹，今年一十六岁，尚未定亲。今早秦少游相公有书信前来求亲，我看他文才出众，不久必然金榜题名，因此许他这门亲事。今日天气晴和，不免到东岳烧香，许下心愿。小子！

［小提篮及香烛上。

苏小妹　香纸宝烛可曾备好？

小　子　早已备好。

苏小妹　丫鬟，抬轿上来。

梅　香　是。（下）

［轿上。

梅　香　小姐请。

小　子　走。

苏小妹　（唱补渔网腔）奴乃闺门一钗裙，虚度光阴二八春。今早接得求亲信，秦氏少游是他名。这门亲事如心愿，因此东岳去许神。

小　子　慢着，到东岳庙来了。

［妹出轿。

小子、梅香　来吧，香烛点上。

［小、香分点香烛。

苏小妹　小子、梅香，下面休息。

小子、梅香　是。（下）

苏小妹　（上，神殿祝叩）神明在上，小女子苏小妹叩拜呀。

秦少游　（由左上，见妹貌美，台口背白）容貌虽好，但不知才情如何？等她烧完香，再来试她一试。（笑下）

苏小妹　（唱四平月调头）苏小妹在神前双膝跪定，尊一声众大神细听分明。奴今年二八春终身未定，今早上秦少游来信求亲。奴看那秦公子文才雅俊，因此上批诗句指说分明。今日里对神前许下心愿，愿终身得配那如意之人。

［秦由左上，与妹相遇。

秦少游　小姐有福有寿，愿发慈悲。

苏小妹　（见一道人）道人何德何能，敢求布施？

秦少游　愿小姐身如药树，百病不生。

苏小妹　（走着）随道人口吐莲花，分文不舍。

梅　香　（随轿上）请小姐上轿。

［妹将上轿。秦到轿前。

秦少游　小娘子一天欢喜，如何撒手宝山？

苏小妹　（上轿）疯道人恁地贪痴，那得随身金穴！

［轿下，小提篮将走，见道人放肆，回头。

秦少游　疯道人得配小娘子，万千之幸。

书　童　（上）相公这里来更衣。

［秦暗笑左下。

小　子　（向童）他是哪位相公呀？

书　童　他就是高邮秦少游相公。

［小急往右下，童往左下，妹坐轿，香随后。

小　子　（急上）梅香，等先。

梅　香　你怎么落后呀？

小　子　那道人胡言乱语的。

苏小妹　他说什么话？

小　子　他说道，疯道人得配小娘子万千之幸。我回头想问他，又见一人，书童打扮，从廊下上来说道，相公这里来更衣。我就问他，那位相公是谁呀？那书童答道，他就是高邮秦少游相公。

苏小妹　呵，原来那化缘道人，是秦少游相公假装的。（笑）唔。

小　子　时间不早了，走呀！

苏小妹、小子　（唱路腔）离了庙堂往前走，一心要往前面行。

小　子　（带路唱）举目抬头来观望，不觉回到自家门。（白）走哂。（以扇招香、妹同下）

第四场

秦少游　（上，念）一举首登龙虎榜，十年身到凤凰池[2]。下官秦少游。日前在东岳庙面试苏小妹，见她容貌不丑，文才出众，因此我真的到苏府去求亲，得他父女允许。后来我择了吉日，纳采[3]下聘，意欲完婚。怎奈苏小妹说道，若要洞房花烛夜，除非金榜题名时，因此婚事缓期。今乃礼部[4]大试之期，一举成名，中了制科。不免到苏府去与苏小妹完婚。好，话不多表，童儿带马上来。

［童带马上。

秦少游　打道苏府。（上马，唱小生荣来腔）十年窗下攻书文，今日一举得成名。坐在雕鞍用目望，岳父府门照眼明。

书　童　走呀！

［秦、童同下。

苏老泉　（上，雀叫，念）檐前喜鹊叫，必有好吉兆。（坐）只为女儿婚姻事，老夫昼夜挂在心。（唱四平腔）但愿女婿题金榜，女儿方许来完婚。

小　子　（急上）拜见员外，秦少游相公到。

苏老泉　唔，请他上来。

小　子　是。（向内）有请秦相公。

秦少游　（上）家院一声请，忙步到来临。恭喜岳父大人万福，受小婿参拜。

苏老泉　贤婿不消多礼，一旁看坐。

秦少游　小婿告坐。

苏老泉　家院看茶。

小　子　是。（下，取茶上）相公请茶，员外请茶。

［泉、秦同喝。

秦少游　小婿幸应礼部大试之吉，中了制科，特来拜见岳父大人，并禀明完婚之事。

苏老泉　贤婿名挂金榜，可喜可贺。

秦少游　（得意地）小婿虽中制科，但才疏德薄，有劳岳父大人夸奖。

苏老泉　应该的。好贤婿今日高中，乃是上吉之日，今晚就在舍下拜堂成亲，何如？

秦少游　（喜）岳父大人金言，小婿从命就是。

苏老泉　如此，请到下面更衣，准备拜堂。

秦少游　小婿少陪了。

［小带秦下。

苏老泉　（念）完了她婚姻，免得挂在心。

［小挥香烛上，点好下。

［秦披红衣左上，小伴上。妹新娘装右上，香伴上。同拜天地、祖先。拜泉，拜完，由原位下。

苏老泉　（笑）嘿，这才好呀！（下）

第五场

苏小妹　（上，唱夸口腔）奴乃女娇娘，许配秦观郎。他的口气大，天下似无双。拟就三题目，且试他一场。若是考得中，才许入洞房。（坐，白）奴家苏小妹，今日与秦观郎拜堂成亲。奴往日看他文章，虽然珠玑锦绣[⑤]，但里面口气过大，不免将几个难题，来试他的实学。（向内）丫鬟哪里？

梅　香　（上）闻听小姐宣，忙步上跟前。（白）小姐，叫得奴婢出来，有何使用？

苏小妹　非为别事，你到下面去取文房四宝上来。

梅　香　奴婢从命。（移步）

苏小妹　慢着。

梅　香　小姐，喊我转来，还要什么？

苏小妹　我交代你，要一个玉盏，一个银盏，一个瓦盏，

梅　香　从命。（下，取文房四宝及盏上）小姐，文房四宝及三个盏儿取来了。（交妹）

苏小妹　（接放桌上，提笔）取来就好，待我写起来呀。（边写边唱担子腔）铜铁投炉冶，蝼蚁上粉墙，阴阳无二理，天地我中央。（白）好，第一个题目写得了。待我再写第二个题目呀。（唱月调）强爷胜祖有作为，凿壁偷光[⑥]夜读书。缝线路中常忆母，老翁终日倚门间。（白）第二个题目也写好了。（略思，笑）好，待我写个七言的对儿给他对。（写完念）闭门推出窗前月。（白）好，七言对儿也写好。（向香）丫鬟。

梅　香　奴婢在。

苏小妹　附耳过来，我交代你。

［香过来，妹附香耳语。

梅　香　（笑）小姐交代的话，奴婢记下，依照小姐的话行事就是。还要请小姐回到绣房，等候好音就是了。

［妹点头下。

梅　香　（关门）遵照小姐交代的话，待我把东西摆起，等候新郎来呀。（中堂摆桌，桌上放文房四宝，三个盏儿，将三个题目折成纸封放盏内）呀，秦相公来了。（忙到桌边坐）

秦少游　（喜上，唱四平腔）人逢喜事精神爽，月到十五分外光。（很喜悦地想进绣房，见房门关闭）呀，今晚乃是洞房花烛之夜，我是来入洞房的，怎么将房门紧闭，是何缘故呀？（见香）梅香。

［香转脸看秦。

秦少游　今晚乃是洞房花烛之夜，你家小姐怎么把房门紧闭？是何缘故呀？

梅　香　（起）相公有所不知，我家小姐要考你的实学，因此叫我坐在这里，等你来时，讲给你听。

秦少游　（笑）哦哦，我新中制科，大大一个才子，难道还怕没有实学？（向香）好好，今晚我要看这一位女宗师⑦出什么题目来考我。（无所谓地）这桌上摆的文房四宝，三个盏儿，三个封儿，是什么意思呀？

梅　香　相公，这桌子上摆的文房四宝，三个盏儿，三个封儿。一个是玉盏，一个是铜盏，一个是瓦盏，（指纸封）这纸封，便是三个题目在内。

秦少游　（点头）这三个盏儿又是什么意思呢？

梅　香　（指盏）这玉盏是盛酒的，银盏是盛茶的，这瓦盏是盛水的。三试中了，用玉盏饮美酒三杯，送入香房。二试中了，一试不中，在银盏内饮杯清茶解渴只待明日再试。三题不中，罚在书房攻书三个月再试。

秦少游　（冷笑）唔，真好厉害。（笑容）她不想我一个新科的才子，莫说三个题目，就是三百个，我何惧哉？来来，你莫忙先讲，你先拿第一个题目来我对给你看。

梅　香　（取纸封在手）相公，这一个题目是五言诗一首，要新郎也做一首，合了出题之意，方为中式⑧。请新郎自看。

秦少游　（接过来）待我看来。（开看，念）铜铁投炉冶，蝼蚁上粉墙，阴阳无二理，天地我中央。（白）这个题目，别人一定猜不着，我曾扮作道人，在东岳庙偷看苏小妹，她明明是嘲笑我。（面上得意地）梅香，你一旁坐到，我来对给你看。

［香坐。

秦少游　（写完，念诗）化工何意把春催，缘到名园花自开。道是东风原有主，人人不敢上花台。（念完自负地，向香）梅香，拿去交吧。

梅　香　好。（接卷）小姐，新郎的头场卷子交到。（从窗口递进）

［内白："头场中了。"

梅　香　（回头对秦）与相公道一喜，头场中了。

秦少游　（很得意地）唔，头场中了。我怕是什么了不起的题目。

梅　香　相公，头场中了，再考第二场。（取纸封）

秦少游　唔，二场焉有不中之理？梅香，拿过来。

［香交纸封。

秦少游　（开看念）强郎胜祖有作为，凿壁偷光夜读书。缝线路中常忆母，老翁终日倚门闾。（白）原来是四个古人的谜语，我道是什么稀奇。首句孙权，二句孔明，三句子思，四句太公望。（写一句，念一句，比头场稍快，更自负地向香）梅香，拿去交。

［香接走两步。

秦少游　转来！

梅　香　（回头）还有什么话说？

秦少游　你对小姐说，我一笔而就，没有稿子的。

梅　香　（点头去交卷）秦贵人二场卷子做好，没有起稿子的。（照前递进）

［内白："传话下去，二场题目中了。"

梅　香　贵人，二场题目中了，第三题就容易了，只做七字对儿。（取纸封）

秦少游　（听香说后，满面春风，自满）两个诗句的题目都中了，第三题是七字对儿，当然是容易嘛。

梅　香　（交纸封）那请贵人再对吧。

秦少游　（接看，念）闭门推出窗前月。（笑）哈哈，苏小妹，真开玩笑了。这个七言对儿，当年我在读书的时候，不知对过多少，今日开眼拿这个对儿来考我这大才子，真是笑话。梅香，你坐下来，我即刻对好你看。

梅　香　（点头）好呀！（坐）

秦少游　（提笔，忽放笔走到台口）苏小妹也是一个才女，我要对得工稳，方显得我的本领。（又去提笔想写）不好。（又想写）这也不好。（略思又想写）这也不妙呀！（起立，边走边想，念）闭门，推出，窗前，月。（又想）唔，这题目有点难对。（抓脑，点头，急去想写）咋，又忘去了。（放笔）好似一个绝对呀。（唱四平腔）初看容易细看难，小妹有意难新郎。（台口作推窗的动作，思考，急回书案提笔想写，又写不下）这些文思都去哪里了？

梅　香　（上）相公，对得了没有？

［秦紧张摸头，又看身上。

秦少游　一个鼎鼎大名的才子，对一个小小的七言对儿，都对不起，还要丫头来催卷，（心急表面强笑）唔唔，文在工不在急嘛。（心更急，反复吟哦）闭门……推出……窗前月。（摇扇，又放扇桌上，边走边想。忽然想起，急去拿笔欲写。转看抓错，以扇当笔，放扇，急提笔要写）呵，才想起好好的，又往哪里去了？

梅　香　（上）贵人，对起未有？

秦少游　忙啥呀？

梅　香　时间不早，对不起，我要抢卷了！（边讲边想抢卷）

秦少游　（忙压卷，头一摆，颓丧地）去去去。（四钹）

［香暗笑点头下。

秦少游　（唱四平腔）秦少游背地里把小妹怨，你不该难新郎出丑眼前。（念）闭、门、推、出、窗、前、月。（提笔想写，仍写不出，鼻尖汗水掉纸上）什么，纸上哪里来的水？（用手巾擦鼻尖，用袖擦额头）

梅　香　（上）贵人，对起了没有？

秦少游　对不起，今晚你小姐未必会把我怎么样？

梅　香　若对不起，我家小姐，倒不会把你怎么样，只是在瓦盏内喝口凉水，罚在外面攻书三月，再来重考。

秦少游　（大急）呀！对不起，喝口凉水，倒没关系。只是罚在外面攻书三个月，这个若传出去，（摸头）我这纱帽[9]，以后怎样戴出去见人呀？（生气，把纱帽向上一掀，眼直瞪瞪地望到外面，倚栏寻思，视池中月影）

苏东坡　（上，立台口）老身苏东坡。官拜翰林大学士之职。（眼望内）今晚乃是新科才子秦少游与我妹子洞房花烛夜，怎么这时候还未熄灯，待我看来。（向左望望）

秦少游　（身倚栏自念）闭门推出窗前月。

苏东坡　呀，他是新郎秦少游，怎么这时候还不睡，还在此念对儿？（略思）唔，我晓得了，我看一定是我妹子将此题目来难他。（自思）他一定是对不出。好、好，自古道，文章滚滚，要人提醒。待我助他成功。

［坡在地下抓一石头丢入池中，水溅秦衣服和脸上。躲在假山背侧身偷看。

秦少游　（急起，将手揩去衣上和脸上的水）我秦少游真不耐烦呀！（唱四平腔）何人投石击水面，敢来与我作戏玩。（过门中踱来看池中碧波，接唱）水中云影纷纷散，月光如水水如天。（看池中水，又看天和月比画）投石击水，闭门推月。（比画又念）闭门推出窗前月。（边念边思）

［坡暗笑，再抓一块小石头丢在池中，池水冲天。

秦少游　（见，回喜）好！好！好！

［坡暗笑下。

秦少游　（忙回书案写）投石冲开水底天。（写好，向香）梅香，拿卷子去交。

梅　香　贵人，对得好了吧？（接卷）

秦少游　我原说，文在工而不在快，一个七字的对儿，都把我难着了吗，真真成了笑话了。

［香走几步回头看。

［秦用衣袖擦汗。

梅　香　难是没有难着，只是急得满身大汗。

秦少游（用袖擦汗，不好意思地）去！去！去！

梅　香（笑下，转上）贵人，第三个题目也考中了，我家小姐请贵人进香房喝美酒。

秦少游（喜笑地）哈哈！这才好呀！

［香招手下，秦随后下。

（剧终）

【注释】

① 游方道人：指为修行问道而云游四方的道人。

② 一举首登龙虎榜，十年身到凤凰池：出自《增广贤文》。龙虎榜，称一时知名之士同登一榜。亦谓会试中选为登龙虎榜。凤凰池，禁苑中的池沼。魏晋南北朝时设中书省于禁苑，掌管机要，接近皇帝，故称中书省为“凤凰池”。后有以“凤凰池”指宰相职位。

③ 纳采：古代婚礼“六礼”之一。男家请媒人向女家提亲，女家答应议婚后，男家备礼前去求婚。

④ 礼部：中国古代官署名。管理国家的典章制度、祭祀、学校、科举和接待四方宾客等事之政令，长官为礼部尚书。

⑤珠玑锦绣：比喻说话、文章的词句十分优美。

⑥凿壁偷光：成语，出自西汉匡衡幼时凿穿墙壁引邻舍之烛光读书，终成一代文学家的故事。现用来形容勤学苦读。

⑦宗师：指在某专业领域成就非凡、受人尊崇而可奉为师表的人。

⑧中式：在古代指科举考试被录取或符合规格的意思。

⑨纱帽：乌纱帽，古代官吏戴的一种帽子。

【剧情简介】

苏洵之女小妹，才高貌美，秦少游投书求婚，小妹亦喜少游文才出众，便答应了。但要少游金榜题名，得了功名，才许成婚。少游寒窗苦读，果得高中，到苏府成婚。洞房之夜，小妹亲试少游的实学，出了三题来考少游，须三题中式，才许入洞房。少游中了两题，但第三题是一绝对，少游久思未能对上，急得满头大汗。后得苏东坡投石池中，暗中指点，少游才把绝对对上，方入洞房。

【简评】

这是一部根据明代短篇话本《醒世恒言》中的《苏小妹三难新郎》改编而成的彩调剧。尽管故事新意不足，但不可否认彩调剧《三难新郎》剪裁得当，去掉了话本中十岁苏小妹替父续诗、王安石为儿求苏小妹为媳、与佛印禅师对吟叠字诗等游离主题的情节，只保留秦观求婚、秦观扮道人偷窥苏小妹、入洞房前苏小妹三道难题考量秦观文采的情节。用秦观的才华横溢衬托出苏小妹的聪明绝世，使得戏剧冲突更为集中，人物特征更为突出，故事主题更为凸显。这是彩调剧中为数不多的表现才子佳人的作品。

此剧由韦尚昆发掘，韦尚昆、张丽玲记录保存。

送犁成亲

剧中人物

⊙罗黄氏（行当：老旦，简称：妈）

⊙罗桂英（行当：花旦，简称：英）

⊙张德保（行当：小生，简称：张）

第一场

张德保　（含烟上，数课子）嚏[①]！今晚吃饭吃得早，群众听我把话表。才学调，我做不好。若是哪点做不对，请你列位莫骂我烂德保。左一思、右一想，不知我学得哪样好。想教书，我又文墨少。想当兵，我气力小。想生意，我本钱少。左一思、右一想，还是耕田种地好。落雨蓑衣披背后，天晴我竹帽盖头脑。日吃三餐粥和饭，脸又红来我肚又饱。列位朋友你讲好不好？（白）在下，张德保。家住广东合浦县，离城不远张家庄。父亲早日亡故，丢下母子二人。我妈妈姓田，我得九岁，父亲得病而死。我妈守寡，辛辛苦苦带我，耕田种地为生。讲起耕田种地，我也晓得点。讲起农具，犁耙我也会整。前两天，我路口遇着罗大娘，她问我德保，你会整犁耙吗？我满口答应，会。她说，你会整，请你帮我整一架犁。我问她，那你等用吗？她说，前两天大意，搞断了。她又说，整好明早送去。

我日里想整，但我的工作又忙碌。今晚吃夜还早，何不赶点夜工，岂不是好？言得有理，待我到下面拿得我的工具出来。（下，要工具上）斧头、锯子、犁都拿来了，我还要整起来呀。（唱路腔）就把犁子来整起，整得好犁好犁地。犁子整得好，今年有饭吃。（白）好了，这架犁整得好，等我拿脚来比比看，吃得深还是吃得浅。（看犁）好了，不深不浅。唉！讲起罗大娘这个寡婆，忠厚老实。待我把她的犁索挂起呀！（唱路腔）就把索子来挂起，拴起索子挂牛轭[2]。牛轭挂得好，样样都用得。（白）犁子整好了，明天天亮我好扛去。（放犁门边）

[内响二更。

张德保　二更了。管他不管，我的犁耙也松了，待我拿出来整整。（下，要犁耙上）耙子拿出来了，待我整起来呀。（唱路腔）就把耙子来整起，整犁又整耙。犁耙整得好，我就笑哈哈。（白）耙整好了，我拿起扫把来扫地，免得妈起来又哝哝呱呱[3]。（下，拿扫把上）扫把得来了，我还要把地扫起来呀。（扫地）地扫清了。

[内响三更。

张德保　啊，打三更了。黑灯睡、黑灯睡。（下）

第二场

[鸡鸣，灯暗，转明。

罗桂英　（上、整装、开门、数课子）噫！打开门来大天光，鸡叫头遍我起床。卷被窝、捞蚊帐，点起明灯照四方。左手拿的梳和篦，右手拿的照面光。就把头辫来梳起，梳罢头辫穿衣裳。先烧水来后洗脸，洗罢脸来把米量。量得米来锅头煮，饭煮熟时大天光，大天光。（白）小女子，罗桂英。我妈三十一岁养我，我六岁父亲去世。上无兄来下无弟，单剩我娘女二人，苦苦劳劳，耕种为生。现在我妈还未曾起床，我到后面要扫把出来扫地，岂不是好？（下，拿扫把上）扫把拿出来了，我把地扫起来呀。（扫地）

地扫好了，等下我妈起来就得洗脸了。(下)

罗黄氏 (上，念)早当家来晚当家，想起当家乱如麻。早晨起来七件事，油盐柴米酱醋茶。(白)老身，罗黄氏。想起我的身世很苦楚，十八岁嫁到罗家。二十七岁养了一子，短命死去。三十一岁生了一女，名叫桂英，她得六岁，父亲死去。我三十六岁守寡，辛辛苦苦，养她长大，算来她也蛮听讲。往天她都起得很早，今天为何起得这样晏？我料得张德保，今早一定拿犁而来，人家到家，粥饭也要吃呀。德保这孩子，又聪明、又伶俐。我心想来，我得个姑爷这样好呀，我死也眼睛闭了。说得有理，待我叫女儿出来。(向内)桂英，桂英丫头，你还未曾起呀？快点出来。为娘有话同你讲。

罗桂英 (内应)来了！(上，念)闻听妈妈叫，快步到堂前。(白)妈妈，打叫女儿出来，有何话说？

罗黄氏 打叫你出来，非为别事，今早张德保送犁而来，人家到家，没有饭，稀饭也要吃一碗。今早你为何起得这样晏？

罗桂英 妈妈，我看你还睡在鼓里头呢。

罗黄氏 我怎么睡在鼓里头呢？

罗桂英 我鸡叫头遍已经起了，饭都煮好了，只有菜未曾煮好，等妈妈起来洗脸就得吃饭了。

罗黄氏 (高兴地)哈哈！我的宝宝女儿真听讲，那你为什么不喊我一声呢？

罗桂英 妈妈，你年纪老了，女儿想多给你睡点，不是多有精神吗？

罗黄氏 真乖！真乖！

罗桂英 妈妈，先到里面洗脸、吃饭吧。

罗黄氏 好。

[妈、英同下。

第三场

张德保 （舞蹈上，数课子）嚏！嘻呵呵、笑呵呵，各位听我把话说。天上一颗星，地下一个人。老的也是人，娃仔也是人。唱调也是人，看调也是人。打起锣鼓要唱调，就是人看人。（白）在下，张德保。我今早起得晏点。罗大娘叫我送犁而去，我妈睡还未曾起。管他不管，我立起身来，交代我妈，我送犁去了。（向内）妈妈。

［内应："做什么？"

张德保 你起来看家。

［内应："那你去哪里？"

张德保 我送犁给罗大娘。

［内应："早去早回！闲弓莫乱拉，闲马莫乱骑。"

张德保 妈妈，你老人家放心，我晓得的。出得门来，青的是山，绿的是水，我还要走起来呀！（唱挑担腔）犁子扛上肩，左肩换右肩。扛到罗家去，给她好犁田。（白）且慢。来到路中，这里有蔸竹子很好，等我进去砍下来，给罗大娘做簸箕，岂不是好？对！（下）

第四场

罗黄氏 （上，念）春夏秋冬四季天，寒来暑往又一年。想到耕种事，时时挂心间。（白）老身，罗黄氏。想起张德保，我叫他今早送犁来，这样晏了，不见他前来。今天天气晴和，我想往长街而去，看看姐妹们来街没有，想同她们要些棉花本和玉米本回来种。说得有理，待我打叫我的女儿出来吩咐几句。（向内）女儿，哪里？走来。

罗桂英 （内应）来了！（上）闻听妈妈叫，快步到堂前。见过妈妈，有礼。

罗黄氏　不用讲礼，一旁站着。

罗桂英　妈妈，打叫女儿出来，有何话说？

罗黄氏　今天天气晴和，我要到长街而去。

罗桂英　做什么？

罗黄氏　看你姨妈来街没有，同她要点玉米本、棉花本回来种。

罗桂英　妈妈早去早回！

罗黄氏　女儿站在一旁，听娘吩咐呀！（唱四平腔）坐在家堂把话明，叫声我女你细听。我儿在家要听话，不要乱去外头行。为娘守寡带你大，莫给人讲做小人。逢着生人莫大笑，大笑之人被看轻。见到老人要尊敬，莫要丢丑娘女们。为娘话语讲完了，儿要牢牢记在心。

罗桂英　妈妈，女儿有两句话告禀。

罗黄氏　女儿有话，尽管讲来。

罗桂英　妈妈请听。（唱四平腔）站在堂前把话明，请上我妈你细听。妈妈去街只管去，自有女儿理家庭。儿不是三岁小孩子，还给妈妈来挂心。我娘放心上街去，儿女家务理得清。你女不是别人样，乱行乱作操娘心。儿今把话说完了，家中一切莫挂心。（白）妈妈，哪时去呀？

罗黄氏　就要去。你到里面拿我的帽子和口袋出来给我。

罗桂英　从命就是。（下，拿帽、袋上）妈妈，样样都得来了。

罗黄氏　啊，桂英，等下德保送犁来，要是他有空的话，请他帮我们开点芋头厢。

罗桂英　嗯，妈妈早去早回。

罗黄氏　（唱四平腔）我拿帽子和口袋，我儿在屋看家门。（下）

罗桂英　（唱四平腔）一见妈妈出门去，女把门关等娘回。（下）

第五场

罗黄氏　（上）走呀。（唱老旦腔）出得门来往前走，一心要往长街行。

三步拿来两步走，两步拿来一步行。急急忙忙来得快，不觉到了街上来。(白)走来走去，不觉到了街上来了。待我下去看看我的妹妹今天来街没有。(下)

第六场

张德保 (上)竹子砍得了，待我把竹子扛到她家去呀！(唱路腔)离了中途往前走，一心前去送犁头。急急忙忙走得快，转眼就见罗家楼。(白)吔，门半闭半开，不知罗大娘起了未曾。等我打叫一声。罗大娘早啊！

罗桂英 (内应)是哪个？

张德保 是我张德保，送犁来的。

罗桂英 (内应)德保哥，你在外面等一等，妹子来了。(上，唱浪里白)奴在后面喂早潲，忽听门外叫开门。双手打开门来看，德保哥哥到来临。(白)德保哥，请进！

张德保 那你上前引路。(进门，唱浪里白)进得门来把礼拜，尊声妹子听开怀。今早到来无别事，特意送犁到家来。

罗桂英 哥哥丢久④不来，待奴往后堂。

张德保 你到后堂做什么？

罗桂英 奴在后堂倒杯浓茶，(唱)哥止渴。(下，捧茶上)哥哥请茶。

张德保 谢谢！

罗桂英 好说。

张德保 罗姑娘，不知大娘哪里而去？

罗桂英 问我妈妈？

张德保 不错。

罗桂英 啊，今天我妈妈上街去，问姨妈要些棉花本和玉米本回来种。

张德保 是这样的。(交还杯)

罗桂英 (拿杯下，复上)德保哥哥，你来得好早啊。

张德保 早？你妈妈不在家，我告别你，我回家了。(欲走)

罗桂英　慢着。

张德保　有何话说?

罗桂英　我妈妈早上交代我。

张德保　交代什么?

罗桂英　妈妈说，你有空的话，请帮我们开点芋头厢。

张德保　那你的芋头未曾种吗?

罗桂英　是的。

张德保　那可以。牛在哪里?

罗桂英　慢着。

张德保　怎讲?

罗桂英　到后堂吃饭先。

张德保　不用了，我在家吃过了。

罗桂英　你在家吃是你的，在这里吃是我的。

张德保　说得好，上前引路。

[英、张同下。

第七场

罗黄氏　（上）好了，棉花本和玉米本都得来了，我离了街前，还要回家去呀。(唱老旦腔)离了街前往前走，一心要往我家行。急急忙忙来得快，不觉到了我庄村。(白)走来走去，不觉到我村头来了。现在也还早，不免到我田垌看看禾苗，岂不是好?（下）

第八场

张德保　（上）嘿嘿！今早的饭菜煮得真香，辣椒也放得好，吃得一餐饱。罗姑娘叫我开芋头厢，不知牛在哪里?等我叫她出来。罗姑娘。

罗桂英　(内应)来了!(上，念)闻听哥哥叫，急忙就来到。(白)德保哥，你喊我有什么事?

张德保　啊，我问你，牛在哪里?

罗桂英　牛在那里，你自己去牵吧。我去畚[5]灰。

[英、张同下。

[张牵牛上，英挑灰上。

张德保　牛牵得出来了。

罗桂英　灰也挑来了。

张德保　我们还要走呀!(唱劳动腔)犁子扛上肩，牵牛走上前。地里去开厢，开厢种芋头。

罗桂英　(唱劳动腔)灰子挑上肩，地里种芋头。芋头种得好，今年大把收。

张德保　到地来了，等我来装牛先。(装牛)牛装好了，我就把厢开起来呀!(唱劳动腔)就把厢子来开起，开起厢子种芋头。芋头种得好，今年大把吃。

罗桂英　(唱劳动腔)就把草灰来丢起，丢起草灰种芋头。芋头种得好，今年好丰收。

张德保　(唱劳动腔)开了一厢又一厢，就把本来放。本子放得好，将来大有收。

罗桂英　(接唱)就把本子来放起，又拿灰来壅[6]。芋头种得好，我妈笑哈哈。

张德保　好，这边厢子开完了，不晓得还犁哪里?等我问罗姑娘看。罗姑娘!

罗桂英　喂。

张德保　到底还犁哪里?

罗桂英　哥哥放牛了，放到那边去吃草。你扛犁走回去先，我跟后就来。

[张下。

罗桂英　我的也搞完了，我也要回去了。（下，复上，到家）吔，德保哥哥回来了，犁放在门口，不知他到哪里去了？等我进家去看看。（下）

张德保　（上）管他不管，我这里烧口烟先。（在台左蹲下，边吃烟，边打呵欠）

罗桂英　（上，寻找）他到哪里去了？

［张在睡觉。

罗桂英　啊，他在这里睡觉，等我叫他一声。（轻声地）德保哥、德保哥。（高声地）德保哥哥。

张德保　（吓一跳）啊啊！

罗桂英　德保哥，怎么这样打瞌睡？

张德保　你不晓得我的。

罗桂英　怎样不晓得呢？

张德保　我在想我的五更探农犁。

罗桂英　什么叫作探农犁？

张德保　探农犁就是探农犁嘛。

罗桂英　你讲给我听听看。

张德保　男女授受不亲，人家听见不好听。

罗桂英　不怕嘛，石山不怕雨来淋。

张德保　恐防你妈回来听见，不好意思。

罗桂英　不要紧，我妈妈很爱我。

张德保　你要听？

罗桂英　正是要听。

张德保　好，那兄妹二人立起身来，南天门打伞，一路同行。兄妹唱起来呀！（唱十月花、五更）一更里来探农犁，农犁整好大把吃。妈问我儿什么东西响，儿整的农犁响叮当。二更里来整犁又整耙，犁耙整好我妈笑哈哈。妈问我儿什么东西响，儿整的犁耙响叮当。三更里来正睡眠，黑灯上床回去睡了先。娘问后园什么东西响，后园枯叶落下响叮当。四更里来翻身起喂牛，牛饱明早好去犁田畴。娘问我儿什么东西响，喂牛撞栏响叮当。

罗黄氏　（上，听屋内唱，高兴）好呀，请人来做媒，都没有这样好呢！

罗桂英、张德保　（接唱）五更里来天又亮，吃饭饱了牵牛出牛栏。娘问我儿什么东西响，牵牛扛犁响叮当。

罗黄氏　女儿开门！

张德保　（轻声地）什么东西？

罗黄氏　开门！

罗桂英　德保哥，我妈回来了。

张德保　（着急）这下怎么办？我喊你莫讲、莫讲……

罗桂英　不要紧，你到后园帮我们整那几蔸南瓜。

张德保　好。（跑下）

罗黄氏　开门。

罗桂英　来了。（念）闻听妈妈叫，急忙就来到。双手打开门来看，啊，原来妈妈你回来了。（白）妈，你回来了。

罗黄氏　回了。

罗桂英　妈妈请坐。（下取茶）

罗黄氏　晓得了！

罗桂英　（捧茶上）妈妈，你在外面走热了，喝杯茶吧。

罗黄氏　嗯。（喝完）收杯而去。

罗桂英　（收杯下，复上）妈妈，你到街上买得什么东西回来？

罗黄氏　买得多啰，五香豆腐、猪肉、糖、饼呀。

罗桂英　妈妈讲话不对岔。

罗黄氏　怎么不对岔？

罗桂英　我又不是小娃仔，和你要糖、要饼？我是问你得了棉花、玉米本没有？

罗黄氏　啊，得了。

罗桂英　拿来我看。

罗黄氏　在这里。

罗桂英　（拿到门口望）妈妈，我看是老棉花本，种不出来吧。

罗黄氏　乱讲，姨妈的棉花本还会种不出来吗？快快拿去捡好，煮饭。

罗桂英　饭我煮好了。

罗黄氏　你拿下去捡好，我有话问你。

罗桂英　（下，再上）妈妈，你有什么话？

罗黄氏　我问你，德保送犁来了没有？

罗桂英　送来了。

罗黄氏　那你不叫他帮我们开几厢芋头巷吗？

罗桂英　种都种好了。

罗黄氏　呀，真快！那德保这孩子到什么地方去了？

罗桂英　他在后园帮我们整那几蔸南瓜。

罗黄氏　啊，这样的。这个娃仔真勤啊。女儿，你叫他出来见我，就说我回来了。

罗桂英　嗯。（向内）德保哥，出来啊。

张德保　（上，念）闻听得姑娘叫，我急忙就来到。（白）罗姑娘，喊我出来做什么？

罗桂英　我妈妈叫你，有话问你。

张德保　（上前）大娘有礼。

罗黄氏　不用讲礼，一旁坐下。

张德保　谢过大娘。（坐）

罗黄氏　德保，你今天辛苦了。

张德保　没有什么。大娘，我讲等你回来告别回去了。

罗黄氏　急什么，吃饭先。桂英，你到下面要饭菜来。

［妈摆桌。

罗桂英　（下，复上）妈妈，样样都得来了。（摆菜）

张德保　（欲起）大娘，谢谢你的好意，今早我妈交代，恐怕夜，我妈等急。

罗黄氏　不要紧、不要紧，吃饭先。桂英，拿酒来。

罗桂英　嗯。

罗黄氏　那我们娘仔三个就吃来。（唱饮酒腔）一杯呀酒来酒呀有情是哪嘀嗨，酒呀有情是哪嘀嗨。手提银壶、头戴金簪，身穿红衫绿衫蓝绸衫哪嘀嗨。

罗桂英　（唱）小哥吔。

张德保　（唱）大娘吔。吔嗨哪嘀嗨，忙把酒来筛。

罗黄氏　吃酒噢。

张德保　（唱）一杯呀酒来呀慢哪慢筛哪嘀嗨，慢哪慢筛哪嘀嗨。今日来到你呀的家，你的礼性实在大。桌面摆好鸡和鸭，吃了你的我礼性差。大娘吔。

罗桂英　（唱）哎！小哥吔。

张德保　（唱）哎！忙把酒来筛哪嘀嗨。

罗黄氏　吃菜。（唱螃蟹歌）一个螃蟹八个脚，两个眼睛一个海棠壳，夹又夹得紧，扯呀扯不脱。娘仔三人忙把酒来筛，喝酒呀。

［猪叫。妈下，暗示英下，英没有看见。

罗黄氏　（高声地）桂英，你看你，喂猪完潲盆也不捡，猪出来了。

罗桂英　我看、我看。（看猪还在栏里）没有呀。

罗黄氏　（拉英到一边，轻声）不是啦，我想叫你来，有话同你讲。

罗桂英　妈妈，有何话说？

罗黄氏　往时你给表哥做那双鞋，还在吗？

罗桂英　在呀。妈妈，你要来做什么？

罗黄氏　在，你去拿来送给德保哥。

罗桂英　（故意地）妈妈，我想留来卖。

罗黄氏　蠢丫头，留来卖，能卖得几个钱？他送犁来，我们不用给钱给人家吗?

罗桂英　妈，送鞋子给他，我们不好意思。

罗黄氏　儿呀，你看他，人才好，又老实，对大人又孝顺。你要是中意的话就给他。

罗桂英　（羞）……好是好，就是人粗点。

罗黄氏　呀，做活路的人，粗点不好吗?

罗桂英　（高兴地）妈，我去要来。（跑下，转上）妈妈，这对鞋子都皱完了。

罗黄氏　拿来我看，没有皱呀。

罗桂英　妈呀！你拿去给他。

罗黄氏　你拿去嘛。

罗桂英　羞得很，你拿。

罗黄氏　那我就拿。

［妈同英到桌边。

罗黄氏　德保，没有什么东西送给你，桂英做得这双鞋，你不嫌粗的话，就拿去垫脚吧。

张德保　不敢不敢。哎呀，布料贵啦。

罗黄氏　不要紧，这是我们裁衣裳剩下的。

罗桂英　德保哥，你嫌粗吗?

张德保　哪里哪里！好，那我就领受了。（接鞋）

罗黄氏　保儿，现今我老了，你和桂英倒杯茶我吃。

张德保、罗桂英　从命就是。那我们就倒起茶来呀！（唱四平腔）二人捧茶奉娘亲，恭喜我娘万年春。

罗黄氏　（接唱）接了儿女一杯茶，正二三月才暴芽。你我娘仔福分好，三百年前共一家。（白）桂英，你送保哥出门，我酒醉了，要到下面歇歇。保儿，若是夜了，就莫回去了。

张德保　不得，回去晚了，恐怕妈妈在家等急。我告别了。

罗黄氏　那你慢走，我到下面睡了。（下）

张德保　好了，桂英妹，我要走了。

罗桂英　哥哥走，那妹子就送起来呀！（唱十打腔）一送哥哥记在心，

张德保　（唱）妹妹慢坐莫忧心。

罗桂英　（唱）青年我的哥呀，

张德保　（唱）呀，青年我的妹呀。

罗桂英　（唱）妹也难舍哥，

张德保　（唱）哥也难舍妹。

张德保、罗桂英　（唱）难舍难分记在心。

罗桂英　哥哥慢走。（下）

张德保　妹妹慢坐。（唱路腔）离得她家把话排，列位听我说开怀。送犁到家得双鞋，送犁送鞋做纪念。常丢久、又到来。急急忙忙来得快，不觉到了我家来。（重句。下）

（剧终）

【注释】

①嚏：原为打喷嚏，此处为语气词。

②牛轭：农具名称。与牛、犁铧配套使用，状如“人”字形，约半米长，两棱，耕田时候农人把它安置在牛的脖颈上。

③哝哝呱呱：唠唠叨叨。桂林话。

④丢久：间隔时间长，很久。桂林话。

⑤畚：用蒲草或竹篾编织的盛物器具。这里作动词用。

⑥壅：用土或肥料培在植物的根部。

【剧情简介】

寡妇罗黄氏独女桂英，已经十九岁，尚未出嫁。罗黄氏托青年农民张

德保修理一架犁，德保修好后送到罗黄氏家中，恰巧罗黄氏上街去了，只有桂英在家。德保年轻力壮，老实勤恳，桂英叫他帮开芋头厢，他就和桂英一同劳动，两人产生感情，劳动后回到家中舞唱起来。罗黄氏回家见他们感情这样好，也喜欢德保勤劳老实，就决定把桂英许配给他。德保拿着桂英送给他的定情之物——一双鞋子，欢欢喜喜地回家去了。

【简评】

广西彩调与同流行于桂北地区的桂剧有很多的不同。桂剧大而雅，彩调小而俗。彩调的平民色彩是与生俱来的。从题材来看，彩调关注的主要是平民生活。其中肯定与颂扬劳动，无疑是平民意识的体现。彩调中对劳动的肯定是多角度的，有的表现劳动愉快，有的提倡掌握生存的劳动技能。此剧则是从择偶挑婿方面来强调劳动者能够谋生致富，勤劳人可以托付终身。

剧中德保与桂英登场数课子的作用是不一样的。德保属于自我介绍式，数自己的内心活动，让人们把握人物特征；桂英边表演边数课子，是配合人物整装系列程式，使观众理解角色表演。彩调课子不仅种类丰富，而且运用广泛，所以说“无课不成调”。

此剧由韦炳兴发掘、郑兆威记录保存。

三人抢亲

剧中人物

⊙张相公（行当：小生，简称：张）

⊙王公子（行当：小生，简称：王）

⊙李子宝（行当：小生，简称：李）

⊙陶小妹（行当：花旦，简称：陶）

⊙陶父（行当：老生，简称：父）

⊙陶母（行当：老旦，简称：母）

⊙姚媒婆（行当：摇旦，简称：姚）

⊙张员外（行当：老生，简称：员）

⊙王娘（行当：老旦，简称：娘）

⊙李姆（行当：老旦，简称：姆）

⊙县官（行当：正生，简称：官）

⊙县官太（行当：旦，简称：太）

⊙二差人（行当：丑，简称：差）

⊙家院（行当：老生，简称：家）

⊙家丁（行当：老生，简称：丁）

第一场

陶　父　（上，念）人逢喜事精神爽，月到十五分外光。老身生来命平常，单生小妹一女娘。（坐，白）老夫昨天走过长街，遇着那姚媒婆，她讲今天到家中来，为我小妹做媒，我滚点茶等她，岂不是好？但不知我小妹何时回家看过郎婿呀？好好，我到后堂吃早饭先呀。（下）

第二场

姚媒婆　（上，念）老娘生来嘴滑溜，年尾做媒到年头。哪个后生惹着我，吔，要他跌入迷魂阵里头。（坐，白）我姚氏。一样学不会，单单学做媒。想陶家有一女子，名叫小妹，人才出众。不免我到她家前去，走走一头，岂不是好？不免我离了自家门前，闭上门户，往陶家走走呀！（唱摇旦路腔）做媒的人生是非，月月天天都做媒。一月做成两三对，烧鸡烧肉大把堆。急急忙忙脚步快，陶家门户好光辉。（白）到了，陶爹爹在家么？

陶　父　（上）听见外面叫，忙步就来到。打开门来看，看是谁人到？哎哟，姚大妈你来了？

姚媒婆　来了。

陶　父　请坐。

姚媒婆　告坐。

陶　父　姚大妈你敢不是来讲架桥之事呀？

姚媒婆　嗳，好思想的陶爹爹呀。

陶　父　你在长街说那做媒话，但我小妹尚未回家。

姚媒婆　不知哪日回来？

陶　父　她有信来，明天不回，后天准定到家了。

姚媒婆　不一定等小妹回来，你老人家中意，她是你所生之女，她一定中意的。

陶　父　你做媒的那人是谁呀？

姚媒婆　就是对门村张相公呀。他家财万贯，万贯家财。你说好不好？

陶　父　好好好！讲起张相公家，我们认得，这娃仔相貌可以。

姚媒婆　那我去问过陶奶奶，看她中意没有？

陶　父　莫去问她，她和我是搓左绳[①]，不对劲的。女儿是我养的，一切由我承当。

姚媒婆　好，那就是了。

陶　父　慢着，后堂吃两杯酒先。

姚媒婆　不用破费了。

陶　父　昨晚我杀了一个鸡，你不在这里吃，就给鸡和酒你拿回去吃吧。

姚媒婆　那我就多谢了，那你请坐了。

［父交鸡、酒，姚接。

陶　父　好走哇。（下）

姚媒婆　离了陶家门前，还要走起来呀。（唱）将身离了陶家门，一心要往我的村。陶公本来好仁义，答言答语笑纷纷。燕子翻身来得快，不觉来到我家门。（白）行来行去，行到我家门来了。（下）

第三场

张员外　（上，念）家财万贯广金银，膝下单生子一人。二十余岁来到了，尚未订过哪家亲。（坐，白）老身，张员外。那天姚媒婆讲到陶小妹匹配我儿为婚，不免打叫我儿出来，看他意下如何。我儿哪里？走来。

张相公　（内应）来了！（上）闻听父亲叫，忙把堂前到。见过爹爹。

张员外　不消见礼，我儿自坐。

张相公　孩儿谢坐。爹爹打叫孩儿出来，有何训教？

张员外　非为别事，那日下村姚媒婆讲来给你做媒。

张相公　好呀！

张员外　好倒好，你叫家院出来，办下酒礼招待。

张相公　家院哪里？走来。

家　院　（内应）来了！（上）闻听相公叫，急忙就来到。相公打叫出来，有何吩咐？

张员外　我叫你后堂劏个鸡，弄点早饭，等那个姚婆婆前来。

家　院　好，遵命！（下）

张员外　后堂休息等候。

［员、张同下。

姚媒婆　（上）想起昨天到陶家讲好了，今日不免到张家走走。（唱摇旦路腔）做媒的人好着急，一天跑东又跑西。做媒人家看得起，有酒有肉大把吃。三脚两步来得快，不觉走到他家来。（白）员外在家没有？

张员外　哈哈！在家、在家！你来了？小子，摆宴上来。

姚媒婆　员外讲讲亲事先嘛。

张员外　边吃边讲。

［家摆酒。姚、员同饮。

张员外　姚媒婆，你到那边提亲，可以晓得几成没有？

姚媒婆　他老爹说得很好，哈哈大笑，很满意的。喊你预备聘礼去接新人就是。

张员外　但不知买什么礼物？

姚媒婆　买一箱绫罗，一箱绸缎就得了。

张员外　好好，早预备好了。

姚媒婆　好！事情讲妥，我酒也合适了②，你老人家请坐先呀。

张员外　好走，少送了。（下）

姚媒婆　（出门）离了他家门前，还要走呀！（唱）做媒的人好脚劲，出了一门入一门。酸甜苦辣门门有，还要再想捞几文。酒醉来到松树下，休息沉思再启程。（白）慢着，我来到松树底下，休息思想一下。（想）有了，有了。下村有个王公子，也未曾娶妻，年龄相当，我也喊他前去看看。

待我还要走起来呀！（圆场。唱路腔）举目抬头来观看，来此就是王家门。（白）走到王家了，我又到王家讲讲。等到那陶小妹回来，两个她总喜欢一个，我的谢礼，总不会打脱[3]。好！我不免到他家问问。自古道，饿人做媒，饿鸡扒灰，饿老鼠啃着辣椒稚。我做媒给王公子，他一定又满意的啦。我想，陶小妹她父母不睦，我去跟陶母讲，她一定同意的。那我又有酒筛了。正是，计谋高妙，谢媒才保。（喊）王公子在家没有？

王　娘　（上）门外叫一声，忙步到门庭。打开门来看，门外是谁人？呵！原来是姚媒婆，你来了？

姚媒婆　来了。

王　娘　你好久不来，今日到来，有什么好事呀？

姚媒婆　少不了有事。非为别事，前天你问道，哪家有好姑娘配给你家公子。

王　娘　好呵，但不知是哪家姑娘？

姚媒婆　就是上村那个陶小妹。她呀，人才出众，我想说给你家公子。

王　娘　那就好呀。（向内）儿呀，来哟！

王公子　（内应）来了！（上）闻听妈妈叫，忙步堂前到。见过妈妈。

王　娘　这位姚大妈讲上村有个陶小妹，你知道么？

王公子　孩儿知道。

王　娘　她讲给你做媒，儿可同意？

王公子　同意。孩儿若得此人匹配为婚，姚大妈呀姚大妈，我永不忘你的恩德了。

姚媒婆　包你成功。

王　娘　那就后堂小饮。

姚媒婆　有事行千里，讲完就要起。我要走了。

王　娘　儿呀，去取五两银子给姚大妈。

王公子　（下，复上）姚大妈，给你五两银子，好到街上买点吃的。

姚媒婆　谢谢！还要走呀。（下）

第四场

姚媒婆 （上，唱路腔）急急忙忙来得快，不觉来到陶家门。（白）慢着，昨晚我问她爹，今天我不问她爹，我要问她妈，免得露脚。开门呵！

陶　母　谁人打叫？

姚媒婆　我来了。

陶　母　呵，原来是姚媒婆你来了，请进请进！

姚媒婆　有进。陶爹爹在家么？

陶　母　他到上村吃酒去了。

姚媒婆　那就好了。我就是听讲他去吃酒我才来。

陶　母　来有何事？

姚媒婆　我问你，陶姑娘出嫁未曾？

陶　母　未曾、未曾，未知你要说给哪家公子？

姚媒婆　就是下村王公子，你说好不好？

陶　母　那还用讲，太好了！

姚媒婆　小姐不知哪天回来？

陶　母　就在这两天。

姚媒婆　那就好了。那我要走了。

陶　母　吃饭先。

姚媒婆　不用了。

陶　母　那你拿点银子，早晚上街买点小吃吧。这里有二两银子，请收下。

姚媒婆　谢谢。陶奶，你要几多聘金呀？

陶　母　聘金不讲。喊他办下八幅水罗裙、金簪一支、耳环一对，就得了。

姚媒婆　那好办、那好办！呵，我想你得问下老爹，看他中意不中意？

陶　母　莫问他、莫问他，关他什么事？我养的女儿由我包。

姚媒婆　陶奶，你讲这样，那我就回去了。（唱路腔）将身离了他家门，一心要回我的村。燕子翻身来得快，不觉来到我家门。（下）

第五场

李子宝　（上，念）昨晚睡梦梦得凶，见个鸡婆追鸡公。醒来谁知是个梦，不知是吉或是凶。（白）我，李子宝。后日七月大节[4]，我想回家走一程。昨夜我得一梦，不知吉凶。我一人走路，烦闷得很，不免邀得同窗陶小妹一路同行。小妹。

陶小妹　（内应）来了！（上）闻得小哥叫，忙步堂前到。小哥打叫小妹出来，有何贵干？

李子宝　非为事，七月大节将到，我想约你一同回家走一转，未知你意下如何？

陶小妹　好呀，我也刚才想到，正想来约你呢。

李子宝　那就好了，一路同行。

陶小妹　各自取行李，告辞再登程。

李子宝　老师请坐，我们回家过节去了。

[内白："那你们早去早回。"

李子宝、陶小妹　是。离了学堂，还要走起来呀！（唱花腔）出得了啰喂门是来啰呀，看次以啰喂喂次以啰呀啰呀，往呀前走啰吔，往呀前走啰吔。哪咿哪哈吔哈哎，一呀喃子心哟要喃呀子往。亭呀亭子花开，亭呀亭子花香。花开眉毛弯弯像一把弓，十指尖尖像一棵葱。呀咿呀哈吔哈哎，要往自家门。咿哪哈哎，咿哪个哎哎，走呀。急是急了的，忙是忙了呀。来呀来得快啰也，吔、吔、呀里呀哈吔个哎。不呀呵是觉呀来呀哈是到呀。亭呀亭子花开，亭呀亭子花香。花开眉毛弯弯像一把弓，十指尖尖像一棵葱。呀哩呀哈咿哈哎，来到那个路三岔的哪个哎，的哪个哎，哪哈咿哈哈哈哎哎。

陶小妹　我们二人，来到这个三岔路口、十字路头。李小哥，我把古人比给你听呀。

李子宝　那你就比来，我就听呀。

陶小妹　（唱比古腔）李哥哥你好比天上牛郎星，

李子宝　（接唱）小妹妹你好比天上织女星。

陶小妹　（接唱）李相公你好比那个杨宗保，

李子宝　（接唱）陶小姐你好比那个穆桂英⑤。

陶小妹　（接唱）李相公你好比那个金童星，

李子宝　（接唱）陶小姐你好比那个玉女星。

陶小妹　（接唱）李相公你好比那个薛丁山⑥，

李子宝　（接唱）陶小姐你好比那个樊梨花。

陶小妹　（接唱）李相公你好比玉鸳鸯。

李子宝　哎！小妹，鸳鸯怎样飞呢？

陶小妹　玉鸳鸯并翼双飞。

李子宝　怎的并翼双飞？

陶小妹　双飞从此以后不分不离，好不相亲相爱呀！

李子宝　相亲相爱又是怎样？

陶小妹　相亲相爱你都不懂呀？

李子宝　不懂，望小姐指引。

陶小妹　那就来来。（长锣舞。唱十爱腔）一爱你二爱你聪明又伶俐，三爱你四爱你有才又有志。五爱你六爱你心善又和气，七爱你的人才——

李子宝　（接唱）八爱你的乖。

陶小妹　（接唱）九爱你的年纪轻，

李子宝　（接唱）十爱你的好恩情。

陶小妹　（接唱）哥哥呀。

李子宝　（接唱）妹妹呀。

李子宝、陶小妹　（唱）时时都舍不得离分。（收腔）

陶小妹　小哥哥，现在千言万语讲不完，不远就是我家了。你回家之后，看个日子，前来接我过门就是。

李子宝　多谢小姐，那我回家办礼物来就是。小姐，我也还会算，待我看过百中经，甲子乙丑、丙寅丁卯，那两天总好。

陶小妹　还有几天？

李子宝　还有四天。

陶小妹　那你就来早一点呵！

李子宝　是的、是的。

陶小妹　（唱路腔）急急忙忙来得快，不觉来到我家门。（白）妈妈，孩儿回来了。

陶　母　（内白）你回来了？那你到后堂来用饭。

［陶下。

李子宝　陶小妹回家去了，我还要走呀！（唱路腔）将身离了路途上，思想起来实在难。上无兄来下无弟，家中只有一老娘。家中手头又很紧，无人和我出主张。急急忙忙回家往，和我母亲慢商量。（白）母亲在家么？

李　姆　呵，我儿回来了，我来开门。孩儿，为何这久不回？

李子宝　妈妈有所不知，读书不可旷课呀。妈妈，孩儿有句话对你讲。我和陶小妹同窗三年，已经同我一路回来了。

李　姆　一路回来便怎样？

李子宝　她与我感情深重，愿与孩儿匹配为婚，不知妈妈意下如何？

李　姆　好呀！

李子宝　好倒是好，现在佳期近了。

李　姆　日子看着哪天？

李子宝　我自己算的，就是丙寅丁卯两天，现在我们的礼物未曾置得呀。

李　姆　有的，那日我在街上买得一扎土布、一套文纱、一套纺绸，准备我儿结婚之用，现在箱里。

李子宝　啊呀，好妈妈呀，备得等我，那就好了。

李　姆　闲话少讲，我儿先到后堂吃饭。

［姆、李同下。

第六场

陶　父　（上）听见女回家，欢容笑哈哈。女儿哪里？走来。

陶小妹　（上）爹爹叫一声，忙步到门庭。爹爹有礼。

陶　父　不消。家无常礼，一旁坐下。

陶小妹　孩儿有坐。爹爹打叫孩儿出来，有何吩咐？

陶　父　我儿有所不知，前天来了姚奶，与我儿架桥，许配与张相公家。他家万贯家财，他与我儿年龄相当，将我儿许他为婚，但不知我儿意下如何？

陶小妹　老爹爹，女儿终身之事，不要爹爹过虑。

陶　父　呸！奴才，你不是为父养的么？不关为父的事，关谁人的事？

陶小妹　关我自己的心。

陶　父　关在为父的心。

陶小妹　不关爹爹的心，关我自己的心。

陶　父　敢讲！不是我骨肉不成？

陶小妹　好好，我总总不愿就是。

陶　父　下去，不愿也要你愿。

［父、陶同下。

陶　母　（上）昨天女儿回，为娘心花开。有话对她讲，看她怎安排？女儿哪里？

陶小妹　（上）来了，见过妈妈。

陶　母　一旁坐听，为娘有一件美事，对我女儿提讲。

陶小妹　妈妈，哪件美事？

陶　母　前日来了一个姚奶，讲你的亲事。

陶小妹　哪门亲事？

陶　母　她说道，下村王公子，他家牛马满栏、谷子满仓，年纪也相当，要与我儿配成双。

陶小妹　呀，妈妈呀！（哭）爹爹又说许配张家，你又说许配王家，难道一女二郎么？

陶　母　不关那老鬼的事，我是十月怀胎带你，你是为娘养的。

陶小妹　那我就难了。留待女儿思想一番，请妈妈先到后堂歇息。

［母下。

陶小妹　唉！（唱月调）陶小妹坐堂前自思自叹，思想起我爹娘珠泪汪汪。我许配李相公心情舒畅，又叫我许配那姓张姓王。今日里心中乱十分惆怅，但不知我应该逃往何方？（白）呀，想起来了，我爹娘不睦，爹又许我给张家，妈又许我给王家，我又在十字路口和李相公私定终身，且看爹娘如何安排，再作打算。（下）

第七场

姚媒婆　（上，念）人逢喜事精神爽，月到十五分外光。（白）今日天气晴和，约定丁卯日子，去迎接陶小妹。我还要到张相公家去呀！（唱）出得门来把门关，要到张家转一弯。举目抬头望一望，青天白日把门关。（拍门，白）张相公在家么？

张员外　（上）在呀，姚媒婆你来了？

姚媒婆　今天是约定日子啦，丑时三刻到陶家迎亲呀。

张员外　依时去接就是。

姚媒婆　员外请坐，我回家去了。

［员下。

姚媒婆　（唱）将身离了张家坳，又到王家走一遭。急急忙忙快到了，不觉两脚就来到。（白）王公子在家么？

王　娘　（上）姚媒婆你来了？

姚媒婆　来了，今天是约定日子，午时你就要到陶家去接亲呀。

王　娘　是的。

姚媒婆　我要回家去了呀。

［娘下。

姚媒婆　（圆场唱赶路腔）三脚两步来得快，不觉来到我家门。双手推开门两扇，猪狗后头闹尘尘。（白）我喂牲口去了。（下）

第八场

［张上，家挑彩礼跟上。

张相公　（唱）家院挑担往前走，相公打扮随后跟。走了一步又一步，不觉来到陶家门。

［父上。

张相公　岳父在上，愚婿到了。

陶　父　张相公来了，请坐。看茶上来！

［王上，丁挑彩礼跟上。

王公子　（唱）家丁挑担往前进，公子后面慢慢行。三步两脚来得快，到此就是陶家门。

［母上。

王公子　岳母在上，小婿拜揖。见过岳父岳母。

陶　母　看茶。

陶　父　（唱）坐在堂上用目观，心中急得似箭穿。一女二郎怎样办？一马怎能配双鞍？（白）老奶，这件事情是你办的么？

陶　母　是呀，你为何发慌？

陶　父　是你的米养大么？

陶　母　我十月怀胎，当然是我养的。你许配给张相公，我偏要将女儿许配给王公子，看你怎样？

张相公、王公子　二老不必争斗，任由姑娘挑选好了，暂且坐下。

陶　父　我儿哪里？走来。

陶小妹　（内白）孩儿有事，一时不来。

李子宝　（上，唱十字腔）李子宝出门来自思自想，思想起陶姑娘义重情深。那日里在路途私下约定，定今日到她家结配成亲。（白）见过岳父岳母。

陶父、陶母　咄，又来一个。臭丫头，快快走来。

陶小妹　（内白）来了！（上）爹娘叫孩儿出来，成双结配，但不知该哪位才郎？

张相公　我先来，先到为君，我要。

王公子　己先知，觉后知。己先觉，觉后觉。该归我，我也要得。

李子宝　你二人不要相争，小姐在杭州与我同窗三年，情重如山，理该配我才是。

张相公　我要，我有媒为证。

王公子　我要，我也有媒为证。

张相公　你的媒人是谁？

王公子　是姚媒婆。

张相公　我的媒人也是她。要一半我也要。

王公子　要一半我也要。

李子宝　不要争闹，我们一起到衙门去告官判断吧！

张相公、王公子、李子宝　那就走！（唱路腔）出得门来往前进，一心要往衙门行。衙门之内去告状，看谁输来看谁赢。（同下）

第九场

县　官　（上，念）为清官名扬四海，不贪枉才把名标。（白）来呀，本官升堂。

［差上，堂威。

县　官　（入座。念）清官清到底，不要钱和米。要得钱来用不完，要得米来挑不起，挑不起。（白）左右，今乃三八之日[7]，放告之期，侍候了。

［张、王、李等上。

张相公、王公子、李子宝等　（唱赶路腔）急急忙忙来得快，不觉来到是衙门。（击鼓）

县　官　左右，传他们上堂。

张相公、王公子、李子宝等　（上跪）见过大人。

县　官　右跪何人？

张相公　张家相公。

县　官　左跪何人？

王公子　王家公子。

县　官　中跪何人？

李子宝　学生李子宝。

县　官　下跪何人？

陶小妹　陶小妹。

县　官　站的何人？

陶父、陶母　人家叫我陶公、陶奶。

县　官　你们所告何事？

陶　父　大人容禀，我老汉单生一女，名叫陶小妹，外出杭州读书三年。我夫妻不睦，姚媒婆前来做媒，我将女儿许配张相公。

县　官　陶奶，你呢？

陶　母　我将女儿许配王公子。

县　官　为何如此？

陶　母　大人有所不知，我夫妻不睦，各司其事。

县　官　哪个的功劳大？

陶　母　我的大。我十月怀胎，带她长大成人。不由我许嫁，是何道理？

县　官　陶公，你呢？

陶　父　女儿为我所养，送她读书，我也有功。不许我为女儿做主，是何道理？

县　官　还有李子宝呢，有何申诉？

李子宝　大人有所不知。陶小妹与我在杭州同窗三年，感情深重。今日你问陶小妹，愿配谁人，谁人就要，小人不敢争夺。

县　官　陶小妹，你怎样办呢？

陶小妹　我与李子宝在杭州同窗三年，谈文道史，恩重如山。凡大小事，共同商量。我愿许配李子宝。

县　官　一女配三夫，待本官想想。退堂。

县官太　（上）老爷，不要退堂。（耳语。下）

县　官　妙妙妙！（对张）张相公要么？

张相公　要。

县　官　王公子呢？

王公子　我也要。

县　官　李子宝，你呢？

李子宝　当然要。

县　官　这件事难办了。陶小妹，你一根骨头哄三个狗，罪大恶极。差役，押下后堂，将她乱棍打死。

陶小妹　（哭）大人开恩！

县　官　你这不祥之身，一根骨头哄三个狗，犯了大罪。

陶小妹　这是我爹妈所为，并非小女之过。

县　官　那我不管，法律对你不容，必得打死你。左右，将陶小妹提下，乱棍打死。

陶小妹　（哭）唉！李小哥呀。（唱哭板）哥哥坐在二堂上，小妹双目泪汪汪。正好鸳鸯不成对，我赴阴司你在阳。

李子宝　（接唱）小妹对我好情重，好似钢刀割我肠。夫妻好比同林鸟，大难来时各一方。（白）好，舍了。

陶小妹　难舍呀！

李子宝　舍了！

［后堂假打。

县　官　左右，打死未曾？

二差人　打死了。

县　官　死了谁人要？（对张）张相公你要不要？

张相公　我不要，死的要去臭我家。

县　官　不要，你就具结[⑧]画押上来。

张相公　具结画押呈上。

县　官　王公子你要不要？

张相公　我也不要，死的要来做什么？

县　官　不要，你也具结。

［王具结。

县　官　李子宝你要不要？

李子宝　要。想起往日恩情，杭州同窗，情重如山。生死我招回去，供奉三年，以表我的心意。

县　官　那你要，就具结。

李子宝　具结。

县　官　左右，将陶小妹尸首抬来。

［陶打扮上。

［张、王大惊。搔喉、拍胸，后悔不已。

县　官　陶小妹、李子宝，本官判你二人，结成夫妻，百年长寿，赏带红绫每人一根。（亲给李、陶披红）

李子宝、陶小妹　谢过大人。

县　官　退堂。

（剧终）

【注释】

①搓左绳：此处意思是拧着干。

②酒也合适了：酒也喝够了。

③打脱：落空。桂林话。

④七月大节：指农历七月十五中元节，是祭祀祖先的大节。

⑤穆桂英：小说《杨家将》中人物。生长在山东穆柯寨，武艺超群、机智勇敢。因与杨宗保成亲，归于杨家将之列，为杨门女将中的杰出人物。

⑥薛丁山：小说《薛丁山征西》中人物，娶樊梨花为妻，曾率军征西。夫妻二人沙场挥戈与共的故事家喻户晓。

⑦三八之日：是指起诉时间，即放告日。此指放告日为每月逢三、逢八日。有冤屈的人可在这些日子直接到衙前鸣冤告状。

⑧具结：旧时对官署提出表示负责保证的文件。

【剧情简介】

李子宝和陶小妹在杭州同窗三年，感情很好。姚媒婆知道陶小妹父母不睦，先说陶父将小妹许配张相公，继说陶母将小妹许配王公子，意在任何一人经小妹选中，都得酬谢。不料小妹在杭州与李子宝私定终身。小妹回家，父母对她言明，使她十分为难。后来三人同到迎娶，争执不下，告到公衙，官也难判，官太太教他假将小妹打死，再问三人："死的谁要？"只有李要。结果是有情人终成了眷属。

【简评】

三人抢亲，意味着被抢的陶小妹可以有三个不同的选择。家财万贯的张员外之子张相公；牛马满栏、谷子满仓、年纪相当的王公子；同窗三年、感情深重的李子宝：他们可以说都是不错的选择对象。最终家虽贫穷，但与陶小妹情投意合的李子宝心想事成。这不仅是重情重义的陶小妹的选择，也是衙门县官根据情真与否的裁决。这些剧情挑战了父母之命、媒妁之言的包办婚姻，凸显了彩调的平民意识。制造了三人抢亲纠纷的姚媒婆，将一个姑娘说嫁两家，其巧舌如簧、图利贪财的形象被刻画得入木三分。另外，剧中李子宝和陶小妹互诉衷情的第五场，歌舞并举，不仅表现了他们之间的男欢女爱、情浓意蜜，而且，充分地体现了彩调载歌载舞的艺术特征。

此剧由陆春廷发掘、涂世馨记录保存。

笑土地

剧中人物

⊙林土地（行当：丑，简称：林）

⊙罗秀荣（行当：旦，简称：荣）

⊙罗元林（行当：老丑，简称：罗）

⊙王氏（行当：老旦，简称：王）

第一场

林土地　（一条龙，上，数课子）父母生我一个人，怕我冷、怕我饿，鸡鸭鱼肉喂给我。想起我，千也错、万也错，每日事情不想做。幼年时，吃得饱，到如今反转来受饿、来受饿。（白）我，林土地。娶妻罗氏。父母生我一人，因爹娘去世得早，丢下我夫妻二人，每日我在街上好吃好耍，不想做工。以前有点家财，爹娘死了，家财都搞光了。好得我那个老婆外家，还有点田地，今日也问他借，明天也问他讨，要我岳父岳母的钱要得多了，自己也有些不方便。现在我身无一文，犹如失了魂，我今天回家前去，向我老婆想点主意，搞点钱来用，岂不是好？言之有理，我要告别他们。（向内）王一哥，我回去了。

［内白："什么？你回去啦，土地你欠我八百钱，你怎么不给我呀？"

林土地　莫那么小气嘛，我欠你那八百钱，明天拿来给你嘛。

[内白："你明天不拿来呢？"

林土地　那我就大后天来嘛。

[内白："大后天你又不拿来呢？"

林土地　那我又明天来嘛。

[内白："呸！你怎么后天又转明天呀？"

林土地　嗨！你这个人不晓得，我总有一天送还给你嘛。你尽问我，我没有话答，又怎样讲呢？

[内白："那你要拿来呀。你不拿来，我要是看见你，我拿裤子不拿衣裳的呀。"

林土地　什么？要裤子不要衣裳呀。哎，他们才讲得好呀，管他不管，我要回去想章程[1]去了呀。（唱浪里白）适才离了大街亭，（数课子）适才离了大街亭，我被朋友好看轻。欠他几百钱，急就急死人。他讲要裤子，不要我的衣襟。想起这桩事，实在难死人。有钱就是朋友，无钱就弄不清。看来和看去，不如自家人。我无兄和弟，又没姐和妹。只有一个老婆，要向她想章程。举目抬头看，来在（唱）我家门。（白）走来走去，来到自家门前，待我叫她开门。罗氏开门呀！

罗秀荣　（内应）来了！（上）想起我当家，实在没办法。打开门来看，你回来了呀。

林土地　不错，我回来了。

罗秀荣　回来就进屋呀。

林土地　我晓得进。

罗秀荣　那旁请坐。

林土地　我晓得坐。

罗秀荣　我来问你，你出去有两天了，拿起钱去买东西，到底买得了没有呀？

林土地　啊……买东西呀。（笑）哈哈哈，罗氏，对你不妨直讲，东西我就买好了，遇着那个拐骗，我一下不觉得[2]，给他连口袋都拿去了。因此，我就去找了一天，找不见他，所以到这个时候才回来。

罗秀荣　唉！你哪里是遇着拐骗，你莫来哄骗我了，分明是你茶馆饮茶，酒馆喝酒浪费去了。你看，年三十晚到了，别个的东西都买齐了，我们一样都没有买，我看你怎么样过年？

林土地　罗氏，你不要着急，我也知道年三十晚到了。我昨晚在街上会到我那个老表，他说道我们实在没得法过年，就到他那里拿几吊钱来过年。

罗秀荣　若是这个呀，是不是大表哥呀？

林土地　不错！正是那个大表哥。

罗秀荣　好便是好，今晚夜就没得米下锅了，又那么办呢？

林土地　什么？今晚夜就没得米下锅呀，这等看来，你不是没有吃夜饭？

罗秀荣　我倒吃了，就是你的夜饭没有了。

林土地　啊！那你不要理我，我们大表哥请我吃了，现在我的酒还有点醉。好！不讲多了，这个天这么冷，你去找一点火来，我们来烘一下。

罗秀荣　好！等我去弄点火来。（背场）你看本来想和他吵闹两句，年三十晚上到了，他还是穷光光的，且等他明天再说道理。（下）

林土地　我这个老婆又很贤惠，我算到今天和她有一架子闹，她又蛮好的呀。我哪里见了什么老表？又有什么钱借？分明是哄她，免得她发气，等她点火上来，两个人烘火，我慢慢来想她的办法。想什么办法呀……有了有了，就是这个办法。

［荣端火盆上。

林土地　好，端火来了，我们还有点火炭，这个火太烟了，放点火炭来。（相对烘火）罗氏，我们还要想好办法过年啊。

罗秀荣　你不是讲大表哥有钱借吗？还要想什么办法？

林土地　我看他借，也不过借几吊钱，我们又要买米，又要买猪肉，又要买钱纸，又要买蜡烛，又想和你买条裤子，又想和你买件衣服。

罗秀荣　哎呀！有点钱买点油盐米就得了，还要买什么衣服呀？

林土地　我还有点章程。

罗秀荣　你还有什么章程？

林土地　我讨你的时候，我和你拜堂，穿那件长衫，现在穿不合了，我想拿去调[③]条裤子给你穿好不好？

罗秀荣　那是要不得的，哪有拿你的衣裳去调裤子来穿的道理？

林土地　想起要不得，到正月了我还要回家同岳父岳母拜年，那时还要穿的。

［荣打盹。

林土地　哎，娘子，你不要打瞌睡，我这话还没同你讲完。你这个眼皮只管闭着闭着的，你好生把那个火烧燃些，我来讲点古[④]给你听。

罗秀荣　你讲什么古？

林土地　我来讲昨晚夜，我在他们那里睡觉，那个虱子、臭虫、跳蚤在被窝里头闹架才好听哩。

罗秀荣　你这是讲鬼话，哪个虱子、臭虫闹架呀？

林土地　你没听到我听到呀。

罗秀荣　你听到讲什么呀？

林土地　我一下就睡着了，那个臭虫要出来咬这个脚。好，我就爬起来，我讲，咄，什么东西咬我的脚呀？我就点火来照，就找对那个虱婆，我就把虱婆捏死去了，这下那个虱子就大骂起来，臭虫你太不对，你不该来咬脚，吃完你就走了，你连累我虱子婆。

［荣又睡着。

林土地　唉！你莫睡呀，你听我讲呀。

罗秀荣　你又讲什么？莫讲了，我要睡了。

林土地　你听我讲嘛。

罗秀荣　我要睡了。

林土地　这回那个虱子又出来了，虱子又出来咬我这个背后。好，我又起来寻，虱子又躲进补巴里头去了。我又看见那个跳蚤，我又捉住那个跳蚤，把那个跳蚤捏死去了。那个跳蚤崽又出来骂，你这虱婆心不好，你把背脊咬，你就躲去了，连累我跳蚤。

［荣又睡着了。

林土地　你怎么又睡了呀？

罗秀荣　唉，我实在想打瞌睡了。

林土地　好，这个火也黑了，你实在想睡，你就去睡吧。（扶荣上床睡，移开火盆，亮灯，把荣头发解散开，画她的脸，放下蚊帐，出门）我去找我岳父先。（下）

第二场

林土地　（乱锣鼓。急跑上）岳父岳母，开门开门！

罗元林　（内应）是哪个来了？等我穿衣裳先。这天又这么冷，哪个来叫门？（上，开门）原来是大姑爷。这么夜好生进来。

王　氏　（上）是哪个？

林土地　岳母娘。

王　氏　原来是大姑爷，你这么夜来有什么事？

林土地　有什么事呀，想你妹仔昨夜天不晓得遇着个什么东西，忽然就癫去了，她懵里懵懂的，又乱打人。

罗元林、王氏　若是这个呀……

罗元林　我怕遇着什么鬼啊。

王　氏　那你不请个先生来看吗？

林土地　先生也请了，鬼师⑤佬也请了，她就没有好呀。

王　氏　恐怕遇着什么煞气⑥吧，你喊个人来退个煞。

林土地　讲就讲了，退煞要买个公鸡，二十四个鸡蛋，我没得钱哩。

罗元林　好，你岳母下去拿几吊钱给姑爷买雄鸡，买鸡蛋。

王　氏　（下，拿钱上）这里有几吊钱，你拿去买。

林土地　你们明早晨去看一下，我先走了。（下）

罗元林　你娘，明早晨我们赶早⑦去看一下，你去还是我去？

王　氏　你走得快点，你去，我在家打点家屋的事情。

罗元林　好，快点歇息，明早好去看她。

［罗、王同下。

第三场

林土地　（乱锣。上）适才间又要得岳父几吊钱，怎么办呢？若是岳父第二天早晨来看，他岂能容我呀？（想）有了，我往屠夫老板家里去想办法。言之有理，我还要往他家走。（跑步、圆场）张老板。

［内应：“是哪个？”

林土地　是我。

［内白：“你这么夜来喊我做什么？”

林土地　你昨天的猪肉卖完了没有？

［内答：“我的猪肉卖完了，还剩下一对猪脚。”

林土地　猪脚也好嘛，我同你要嘛。

［内白：“那你就进来。”

林土地　来了。（下，拿猪脚上）买到这点猪脚，我有办法了，还要回家走。（半跑半摸，到家）这点猪脚呀，有了，我拿到隔壁去。王大叔。

［内应：“是哪个？”

林土地　是我。

［内白：“土地，你这么夜，有什么事呀？”

林土地　你老人家这么夜还没有睡吗？

［内答：“我弄得点鱼，我在这里煎鱼。”

林土地　好呀，我想烦你老人家做点事情。

[内白："做什么事呀？"

林土地　我拿得一只猪脚来给你熬，熬到明早晨，越烂就越好。

[内白："好呀，那我就吃一点了呗。"

林土地　吃就吃一点嘛，你帮我放点佐料就是了。

[内白："那你就拿进来嘛。"

林土地　（下，复上）这个主意弄好了，我来看一下天。（看）哎，差不多天亮了，我回去看我女人吧。言之有理。转过我家，一下就到了我家门口。（进屋，把一只猪脚挂起）天亮了，我进房去叫她起来。你大嫂，你还睡呀？

罗秀荣　（起）什么事呀？

林土地　怎么你这个时候还没起床呀？

罗秀荣　哪个叫你昨晚夜讲古。

林土地　讲古呀，适才有个人来报，我的岳父，你的老子，昨夜晚在楼上跌下来跌死了。

罗秀荣　你怎么讲？

林土地　跌死了！

罗秀荣　（哭）爹爹呀。

林土地　你不要哭，哭也是枉然，我看你还是趁早回去，我捡点蜡烛给你，跟后我也要去。

[荣急忙拿篮子哭下。

林土地　这一回她两父女在路上遇见好看啊。（下）

第四场

罗元林　（小点。上）昨夜得个信，日夜不安心。我，罗元林。膝下无儿，所生一个女儿，许配林土地为妻。昨晚听见姑爷来说道，女儿忽然就癫去了，我要前去看她一看，言之有理。（向内）你娘呀，我去看女儿去了，你在家看屋呀。

王　氏　（内白）那你没有带点钱去呀？

罗元林　我带了。闲话少讲，出了门庭。正是，塘里无鱼虾子贵，家中无儿女为王呀。（唱倒板桨）昨夜姑爷对我讲，女儿忽然发癫狂。左一思来右一想，不知为着哪一桩。将身且把婿家往，不觉来在大路旁。

罗秀荣　（上碰见罗，心慌。举杖想打）爹爹呀，你是个鬼，你死了，怪不得女儿呀。

罗元林　女儿呀，我是你的老子，你癫就癫，你莫打老子呀。

罗秀荣　爹爹，我没有癫。

罗元林　我也没有死呀。你当真没有癫吗？

罗秀荣　你也当真没死？（靠近，细看）

罗元林　女儿呀，你当真没有癫？你为什么头发又散，脸又这么花呢？

罗秀荣　若是这个吗？我的头发哪时弄散的呢？我的脸花我又看不见。

罗元林　你看不见，你去那水边照一下看。

罗秀荣　（到水边看）当真我脸这么花呀，我来洗一洗。（洗脸）

罗元林　女儿呀，怎么你又讲我死呢？

罗秀荣　土地讲你跌下楼死了。

罗元林　若是这个呀，这个土地真真古怪。

罗秀荣　爹爹，怎么你又讲我癫了呢？

罗元林　昨晚半夜，土地跑到我家里说你癫了。因此，今早我来看你的。

罗秀荣　若是这个呀，这个鬼仔呀，真真会扯谎了。

罗元林　好，我到你家中前去找他算账。

罗秀荣　不错，真要找他来算账。爹爹呀，想女儿嫁着这等丈夫，不知怎样下场啊！

罗元林　女儿不要怄气，为父自有办法。闲话少讲，我们走呀！（唱倒板桨）我女不必带忧心，为父自然有章程。丈夫不好不要紧，只要耐烦过光阴。

罗秀荣　（接唱）爹爹在家你不知，不是女儿心着急。丈夫不听我的话，只怕后来没得吃。（白）爹爹，走来走去，走到我家来了。

林土地　（上）岳父，你来了。

罗元林　（举杖打林）来了呀……

林土地　你大嫂扯到，扯到！

罗元林　你这个东西，你尽会扯谎聊白。说道我死了，又说我妹仔癫了。死在哪里？癫在哪里呀？

林土地　岳父，你老人家不必着急，你这么老了，来到我家，酒饭未曾得吃，哪有神气讲话？即使我哪点不对，我们慢慢吃两杯酒，以后再讲，好不好呀？

罗元林　不错，讲着吃酒，我就想起来了。吃了两杯酒，多有点神气，慢来讲道理。好！那你们就去弄酒饭来。

林土地　好。（取出生猪脚）你大嫂，拿这个猪脚去砍，我就来暖酒，就得吃了的，你一面快点去煮饭。

［荣接猪脚下。

罗元林　什么？你这才熬猪脚，好久才得吃呀。猪脚还未下锅，你就讲要暖酒了，哪有这么快？

［荣捧砍碎的猪脚上。

林土地　岳父，你看嘛，快当得吃了。你看你妹仔，饭还未下锅，你下去看她煮饭未曾。

罗元林　我下去看看。（下）

［林到隔壁拿熟猪脚上，以熟易生，倒进锅里。

罗元林　（上）土地，你连米都没得了，你喊她煮饭煮什么呀？

林土地　啊，米没得啦，不要紧，那我们先喝两杯酒先，我来放点火下去捞下子就得了。

罗元林　土地，吃生的吗？

林土地　岳父，你说是生的呀，我怕过火了啰。（摆酒杯席地而饮）

罗元林　吔，这么美呀，这个就怪了。大姑爷，你这个猪脚熟得这么快，到底是什么办法？

林土地　岳父，你哪里晓得，我这个锅头是宝锅，放进锅头去，捞一下就熟了，捞两下就烂了，捞三下就化了。这个是宝锅，才这么快当。

罗元林　（夹两块吃）哎！这个东西实在好。大姑爷，你们两公婆年纪还轻，牙齿还好，我同你岳母两人牙齿就没得了，想吃烱[8]东西，顶难得到来吃，你何不让这个宝锅给我好不好呀？

林土地　岳父，你老人家要用就拿去了嘛。

罗元林　那还讲，好，那就把这点吃完去。

林土地　吃不完，我们留点给你妹仔吃。

罗元林　妹仔出来。

罗秀荣　（上）爹爹，什么事呀？

罗元林　妹仔，这里还有点猪脚吃不完，你收去，我也回去了。

罗秀荣　爹爹，你没找他算账吗？

罗元林　（扯女过一边）妹仔，莫讲了。你这个丈夫实在好，他今天送这个宝锅给我，什么事情我都不讲了。

罗秀荣　爹爹，他送你什么宝锅？

罗元林　就是这个宝锅。

罗秀荣　爹爹，这个半边锅仔，说什么宝锅呀？

罗元林　你这个妹仔真真不懂事，你认不得宝货，你就不用讲呀。这是我亲眼得见的宝货，你又讲是烂锅头。你莫理我，我要走了。大姑爷，好，我这里还有几吊钱，辛苦你将这个宝锅送给为岳，为岳也给点钱给你，那我就回去了。（下）

林土地　岳父，不要钱的。（笑）又得几吊钱用啦。

罗秀荣　土地，你搞什么鬼？那个半边锅头，你讲是宝锅吗？

林土地　哼！你这个女人，真真不懂事，今日我们没得钱过年了，爹爹老子有意给几吊钱给我们过年，你管他宝不宝，好不好。

罗秀荣　我看你不知怎么下台啊！

林土地　你莫管我的闲事，只顾我公婆不饿，哪管爹爹老子宝锅不宝锅。

［林、荣同下。

第五场

罗元林　（上，唱倒板桨）适才遇得好事情，得了宝锅转回门。这样姑爷好得很，宝气财气到我身。（白）来到我家。你娘，开门。

王　氏　（上）来了。忽听叫一声，老老转回门。打开门来看，老老你回来了。

罗元林　不错，我回来了。好彩气呀、好彩气呀！

王　氏　你进屋就发笑，什么事呀？

罗元林　什么事呀？这一回我们两公婆好了。

王　氏　说什么好，妹仔都癫了，有什么好？

罗元林　说什么妹仔癫去了，妹仔没有癫。那些事情一概不讲了。你看大姑爷送这个宝锅给我们才好啊。

王　氏　什么宝锅，是个烂锅头。

罗元林　哎，你这才不识宝货，你和我拿那点腊猪脚下来，和我砍碎砍碎，我试下功夫给你看。

王　氏　那我就去拿来砍，看你试出什么功夫来。（下）

罗元林　（架起锅架）一捞就熟了，两捞就烂了，三捞就化了。

王　氏　（上）砍得了，看你怎么搞？

罗元林　你去拿锅铲出来。

［王下，复上。

罗元林　你放点火进去。你娘，你来看宝锅呀。嘿嘿你看，我一捞，就熟了；二捞，你看烂了；三捞，就会化了。（拿上来看）吔，还未曾得呀。你去拿盖子来盖起。快点去拿酒杯，拿我的筷子出来。

［王拿筷、杯上。

罗元林　你看我吃给你看。（夹上来吃）

王　氏　老鬼，还没曾吃得的。

罗元林　吔，当真还没曾咬得动呀。

王　氏　说什么咬不动，那是生的，你怎么咬得动？

罗元林　我不信，我再捞几捞看看。吔，当真没烂呀，莫非又被土地哄了？这个事情了不起，这个女婿还要得？吃我二老的空子。你娘，同我捧下去，等明早我去找他算账。下去、下去。

［罗、王同下。

第六场

林土地　（上）过了昨天和今天，想起心里不安然。你看，昨天哄了岳丈，拿了这个宝锅回去，今天一定回来找我算账。你看，这天还未曾大亮，我要想个办法，拿起我的新衣新鞋，扛起我这个三脚板凳，我还要到我岳丈家想办法。（向内）你大嫂，我去有事去了。

罗秀荣　（内白）你去哪里有事？

林土地　你莫管我。（扛起三脚凳出门）这个天要下雨了，管你落不落雨，也要走。

［乱锣。

林土地　（跑步到罗家门口。穿新衣、新鞋）岳丈开门。

罗元林　（内白）是哪个？

林土地　是我来了。

罗元林　（上开门，见林，一把抓住）你这个东西你来了，我刚刚吃了饭，我正想找你来算账。

林土地　岳丈，你找我做什么呢？

罗元林　找你做什么？你那个宝锅要不得！

林土地　岳父，我忘记交代你，南风天用不得，要北风天才用得。

罗元林　啊！难怪，昨夜是南风天。我讲怎么煮不熟呢。你今早来得这么早，外头又下雨，你穿起新衣新鞋，怎么又没见湿呢？

林土地　你哪曾知道，我是坐标杆子来的。

罗元林　你有什么标杆子呀？拿来给我看看。

林土地　现在门口，我拿进来给你看嘛。（下，复上）这个就是标杆子。

罗元林　什么？这是三脚板凳，哪里有什么标杆子呢？

林土地　别人看见就是三脚板凳，我用起来就是标杆子。

罗元林　那你又怎么用法呢？

林土地　岳父，这个标杆子，一不怕风、二不怕雨、三不怕雪，坐起又跌不得。

罗元林　有这么好呀，那你坐给我看。

［林坐上去用自己脚来走。

罗元林　慢点慢点，当真你一坐上去，它就想走？到底我老人家用得合用得不合呀？

林土地　什么用不合？最合老人家用的，走那块远路，一坐上去就到了。

罗元林　好呀！那你这标杆子何不借给我老人家？我今天就有一场酒吃，借给我去吃酒好不好？

林土地　岳父，你老人家要用，还说什么借，我就送给你就是了嘛。

罗元林　姑爷，说什么送，你有心给我老人家用，我也给点钱给你。

林土地　要不要小事情。

罗元林　什么话，我给几吊钱给你，你就给我了。

林土地　那我教你老人家用嘛，它有点脾气的。坐上去不走，你要扛它一下。它若是再不走，你又背它走一二十步脚。背到三轮，它就走了。

罗元林　那我晓得。

林土地　那我就回去了。

罗元林　好，那你好走。你还有什么宝贝，你拿来给我啊。

林土地　管你宝不宝，得钱我就跑。（下）

罗元林　这个标杆子才好呀！

王　氏　（上）癫老，你在这里望什么？李家老爷请你去吃酒，看晌午就要到了，你还不去，恐怕你走不到啊。

罗元林　（笑）你娘，你莫怄气我。现在我有标杆子，一标就到了，还等两个时辰慢去还不迟啊。

王　氏　你有什么标杆子？

罗元林　你看，这不是标杆子？

王　氏　该嘞[9]了！老鬼，这是三脚板凳，是什么标杆子？是哪个给你的？

罗元林　你娘，你认不得货啊？这是大姑爷送的。

王　氏　你信大姑爷的话，你该死！

罗元林　你莫管我，你下去！

王　氏　那我就莫管你。（下）

罗元林　（出门）我要去吃酒了，我来看看，时间又到了，我来坐上我的标杆子。标杆子，我要去李家吃酒，你要走呀。吔，怎的不走呀？走呀、走呀！啊，我记到了，大姑爷交代，它有脾气，要背起它走几步。（扛上肩，走两圈，又坐上）标杆子，走呀。吔，还不走呀？你这个脾气有这么大呀？啊，要扛三轮，再来扛它。（扛上肩走两转）哎呀！弄得我困了，这回坐上去你要走了。吔吓，标杆子走呀。哎呀，又上了当！当真是个三脚板凳呢。又给我这个大姑爷哄了，这个三脚板凳要来做什么，我将你抛下冲底去。（抛下山冲[10]）

［一黄猄[11]惊窜。

罗元林　哎呀，可惜了呀！可惜了呀，当真是个宝贝，我一抛下冲去，它就跑走了。我看姑爷是好的，我没得福气。唉！这个酒吃不到了，回去吧了。（转身回家）你娘，走得来。

王　氏　（上）老鬼，你不去吃酒呀？

罗元林　莫讲了，还讲去吃酒。我坐这个标杆子，连背三轮它都不走，我将它抛下冲去，它叽哩呼——就跑走了。

王　氏　我看你又给大姑爷钻了空子了。

罗元林　你莫乱讲，真是好宝贝，因为我们没得福气。正是，有福自然在，无福背口袋。（下）

王　氏　我看再信姑爷话，死后无板埋啊！（下）

（剧终）

【注释】

①章程：在此指办法、主张。

②不觉得：不留意。

③调：换。桂林话。

④讲点古：意即讲些故事。

⑤鬼师：巫师，指以装神弄鬼替人祈祷为职业的人。

⑥煞气：在此指邪气。

⑦赶早：趁早。

⑧烱：意思是烂熟。

⑨该嘞：该死了；麻烦了。桂林话。

⑩山冲：山间的平地。

⑪黄猄：属于麂类。麂，哺乳动物一属，是小型的鹿。腿细而有力，善于跳跃。

【剧情简介】

林土地游手好闲，穷极无赖，屡骗岳父。年届除夕，无米为炊，向岳父谎报其女撞煞，骗获买公鸡及蛋解煞之钱而归。第二次用宝锅煮猪脚之计，将猪脚先行煮熟，骗得岳父暂离，立即以熟换生，说是宝锅煮熟，岳父信以为真，竟出钱买用。第三次以三脚凳骗岳父说是“标杆子”，坐上去就能走路，岳父亦信而买下，坐去赴席，却不能走，发气抛入冲内，惊窜黄猄，反以为“标杆子”飞走，怪自己无福消受。妻女一再忠告，拒而不听，所以使林诡计得逞。

【简评】

彩调中表现家长里短的作品很多：有的描写婆媳之间难以调和的矛盾；有的诉说母女之间观念不同的尖锐冲突；有的讲述夫妻之间的悲欢离合；有的涉及父子兄弟之间为争财产的恩恩怨怨……而此剧与众不同的是，从一对翁婿关系切入，让一个看似精明决断、颇具尊严的岳丈，一次次遭到游手好闲，穷困潦倒的女婿的忽悠、欺骗，直到最后还是执迷不悟，令人忍俊不禁。喜剧精神是有意味的玩笑精神，包括玩笑的形式和理性的内容两个方面。由此看来，此剧的喜剧特征是明显的。女婿为了过年的银子，三次采用乖讹可笑的手段来欺骗老丈人，居然都令对方受骗上当。如果说老丈人第一次上当受骗是因为救女心切，尚可理解与同情，那么，第二、三次，则显然是想将别人的所谓宝物占为己有。这样接连不断地受利益驱使而导致的结果，不得不使读者和观众将本来对环境批判的眼光，进一步转向对受骗人本身内心的关注。车尔尼雪夫斯基说：“在每一种幽默里，都包含笑和悲哀。”剧中翁婿的欺骗与被欺骗都因为他们的自以为是，这种盲目自信不仅是非常可笑的，而且，也是可悲的。用王氏的话说：“我看（岳丈）再信姑爷话，死后无板埋啊！”同样，好逸恶劳，只靠坑蒙拐骗度日的女婿还能走多远呢？

此剧由韦坤云发掘、陈孝仁记录保存 。

灯下休妻

剧中人物

⦿梁定才（行当：小生，简称：才）

⦿李玉娥（行当：旦，简称：娥）

⦿张氏（行当：老旦，简称：张）

⦿梁玉书（行当：老生，简称：书）

⦿马有全（行当：丑，简称：马）

⦿李日青（行当：小生，简称：青）

⦿宗师（行当：老生，简称：宗）

⦿店主（行当：丑，简称：店）

⦿二卒（简称：卒）

第一场

梁定才　（上）科场年年有，龙门岁岁开。家无读书子，官从何处来？小生，梁定才。娶妻李氏，这也不言。一双爹娘养我成人长大，每日学堂攻书，今乃是大比之年，意欲上京求名，不免请得爹娘出来禀告一声，岂不是好？孩儿拜请爹娘。

［书、张同上。

梁玉书　我儿一声请，

张　氏　相请为何情？

梁定才　爹娘在上，孩儿拜揖。

梁玉书　我儿不用讲礼，一旁坐下。

梁定才　孩儿告坐。

张　氏　我儿请得爹娘出堂有何话讲？

梁定才　非为别事，今年乃是大比之年，孩儿意欲上京求名，不知爹娘意下如何？

梁玉书　若是这样吗，我儿上京求名，乃是一桩好事，为父不敢阻拦，但不知你的文章如何呀？

梁定才　爹爹，孩儿的文章是好的，多蒙先生的教训，父母的培植，今科上京，一定高中。

梁玉书　好！你说文章好的，今科上京必定高中，待为父出对一联，你与我对上，不知我儿意下如何？

梁定才　请老爹出对。

梁玉书　听道，玉帝[①]行军，雷鼓云旗，雨箭风刀天作阵。

梁定才　孩儿对就。龙王夜宴，月烛星火，山珍海错[②]地为盘。

梁玉书　对得好！对得妙！呵呵哈哈。

张　氏　官人，你我的儿子，才学不错，今科一定高中。

梁玉书　这是娘子教子有方。

张　氏　老官人教子有方。

梁玉书　有方！呵呵哈哈，但不知我儿几时启程？

梁定才　孩儿今日就想登程。

张　氏　那就是好的，为父赠你一百两银子上京前去，少时下面去取。

梁定才　谢爹娘。

梁玉书、张氏　恭喜我儿，贺喜我儿。你还要叫你妻子上前交代两句才是道理。

梁定才　孩儿遵命。双亲请退。

［书、张下。

梁定才　且慢，爹娘同意我上京求名，还有我的妻子，不免叫她上前吩咐于她照看我的爹娘，岂不是好？娘子哪里？走来。

李玉娥　（上）来了。春天桃李正芳艳，夏季荷花满池鲜。官人有礼。

梁定才　免礼，一旁坐下。

李玉娥　妻子陪坐。不知官人打叫妻子前来，有什么吩咐？

梁定才　叫你前来，不为别事，卑人意欲上京求名，家有一双爹娘，望娘子好好照看。

李玉娥　妻子遵命，官人不用挂心。

梁定才　遵命就是好的。打坐堂前，听卑人交代几句。（唱）坐在堂前把话说，娘子一旁你听着。为夫上京去赶考，只望高中登台阁。打马游街多荣耀，锣鼓笙箫恣欢乐。堂前双亲你照看，持家需要尚俭约。临别言语说不尽，切莫把话来忘却。

李玉娥　（唱）相公说话本不错，妻子有言你听着。今日你上京去赶考，只望高中登台阁。家中爹娘我照看，相公不要心挂着。花街柳巷切莫去，免得旁人笑堕落。出外切莫乱闯祸，免给爹娘添啰唆。妻子言语请牢记，衣锦荣归我再贺。

梁定才　好了。你下面前去与我收拾包袱银两。

李玉娥　是。（下）

［才望娥，摆头。

李玉娥　（上）相公，包袱内面银子百两，衣两套。

梁定才　拿了过来，好生照看爹娘。

李玉娥　妻子遵命！

梁定才　且慢，家事交代清楚，还要走起来呀！（唱）出得门来自思想，一心要想把名扬。将身且把阳关上，只见来往众客商。将身且把路途赶，找一个歇店卸行装。（下）

第二场

马有全　（上）读书读得多，料字认成科。（坐）读书读得饱，老字写成考。我，马有全。爹娘只生我独自一人，每日送我学堂攻读书文，天天子曰[③]、学而时习之[④]、不亦乐乎[⑤]，有牛肉我就不吃豆腐，有豆腐我就不吃酸萝卜。读来读去，读得个满肚文才。于今又是大比之年了，我想前去过一过考。今科去考，一定要中了。想我前次去考，只为我去迟了，那个宗师大人他就闭了贡院[⑥]门，我在外面东一瞧，西一望，望见有一犬洞，我一钻就钻了进去。那宗师大人他见了我，说道你把哪里进来的？我说道，我把犬洞钻进来的。那宗师大人讲，你来这里做什么？我讲，我是来过考的。宗师大人说道，你是来过考的，怎么不来早点？现在个个的文章差不多做成功了你才来。他问我，你叫作什么名字？我讲我叫马有全。那宗师大人讲，马有全，你来迟了，我出只对子给你对一对。我讲，好嘛，请宗师大人牛栏里头出个脚[⑦]。宗师大人说道，嗨！出题。我讲，脚蹄脚蹄该是一样。宗师大人讲，这乃是题目的题。那宗师大人就出一只对子给我对。他出的什么对子呢？他出的乃是：白人骑白马，白马白人骑，人白马也白，他娘的白白白。我想起来了，他出白我就对个黑。我说道：黑人挑黑炭，黑炭黑人挑，人黑炭也黑，他娘的黑黑黑。那宗师大人说道，你哪有这么多的黑？我就说道，那你哪有这么多的白？宗师大人讲不成对。我说道，成了对。他说道不成文，我说道成了文。那宗师大人说道，再受老夫一对。那宗师大人他就出：山上的竹鸡，脚踩树枝，别人瞧见，他说是你的夫妻。我就对：堂下的黄狗，坐在门口，有人瞧见，他说是你的朋友。好了，那宗师大人就说我刻薄他，他发了大怒。他讲，来呀，和我将他叉出去！好了，那一科我未得中。今科我再去考一考，我又不要什么本钱。我马有全上京去考，最简单，别人过考带银子，我过考带点麦粑粑。肚子饿我就吃两个。吃饱了我又做文章。好了。莫讲了。我到下面前去收拾我的行李。拿着我的文章上来念一念。看看妥不妥当。（下。复上，背包袱拿文章上，念）公鸡也、母鸡也，不公不母阉鸡也。黄狗也、白狗也，不黄不白是个花狗也。吔吔，南宫适北宫适，在家也答，不在家也答。老子连答他几十答呀。（笑）哈哈！我这文章做得好，今科一定要高中。闲言少说，带关我的门户，我还要走。哎，我就还要走、还要走起来了呀！（唱）背着行李把京上。还要上京城走一场。今科上京得高中，中得状元把名扬。举目抬头来观看，前面正是大街坊。（下）

第三场

李日青　（上）朝为田舍郎，夕登天子堂。将相本无种，男儿当自强。小生，李日青。每日学堂攻书，今乃大比之年，我想上京前去过考，父母双亡，家中没有哪个，待我下面收拾行李，岂不是好？（下，又上）拿得行李带关门户，我还要往京城走呀！（唱越调）十载寒窗苦读书，九载熬油费精神。八月科场年年有，七篇锦绣跃龙门。六位[8]高升人歌颂，五经魁首第一名。四面彩旗往前导，三杯御酒谢皇恩。两朵金花头上戴，一举成名天下闻。急急忙忙把路进，前面不远是京城。（下）

第四场

店　主　（上）喏，新开店、老开店，卖酒又卖面。新席子、新稿荐[9]，哪个来歇我的店？夜壶放在枕头边，你讲方便不方便、不方便？（坐）百般生意好做，唯有伙店难开。又要干柴干草，又要喜笑颜开。我，王小二，住在京城内面，开一所歇店前来度日。今年乃大比之年，恐有上京举子前来投宿，待我打扫堂前，将招牌挂上，用功一会。（打扫、挂画、挂招牌）且慢，招牌挂起，待我下面熬酒磨豆腐，侍候客官前来。待我下去。（下）

梁定才　走呀！（唱）走过三里桃花店，走过四里杏花村。杏花村中出美酒，桃花店里出美人。中途言语说不尽，不觉来此是店门。（白）来此已是京城，这里有一歇店，不免打叫店主一声，店主老板哪里？走来。

店　主　来了。店门朝南开，烧茶等客来。出得门来看，原来是秀才。

梁定才　正是。

店　主　秀才请进！堂前有凳请坐！

梁定才　店主家，一齐同坐。

店　主　请问秀才，贵姓大名。

梁定才　我名叫梁定才。

店　主　呵！原来是梁相公，好响亮的名字。

梁定才　夸奖了。

店　主　相公，敢莫上京求名？

梁定才　正是上京求名。你店可有清静房间？

店　主　有的，男有男房，女有女房。你个人就住个班房。

梁定才　哎，你说什么话？怎么说起住班房来了？

店　主　相公来，我说个人就住单房。

梁定才　呵，原来是我听错了。

店　主　相公随着我来。

梁定才　店家前面引路。

店主、梁定才　（各一句）一去二三里，烟村四五家。楼台六七座，八九十枝花。

店　主　冬瓜炒南瓜，一口咬出个大傻瓜。

梁定才　哎，笑话了。

店　主　相公，就是这个房间，你看清静没有？

梁定才　好，倒还不错。与我看明灯一盏，滚茶一壶，有事叫你上前，无事免来。

店　主　是。伙计们，来了一位秀才，要明灯一盏，滚茶一壶呵。（自言自语，下）

［起更。

梁定才　谯楼鼓打初更。（唱倒板浆）耳内里又听得初更鼓起，不由我心中喜忙把书开。一步儿来至书桌之外，忙把那锦绣文且做起来。（白）且慢，谯楼鼓打初更，不免我将文章做上几篇，岂不是好？用功一时。（唱）云淡风轻近午天，傍花随柳过前川。时人不识余心乐，将谓偷闲学少年。胜日寻芳泗水滨，无边光景一时新。等闲识得东风面，万紫千红总是春。（白）文章做好，这篇文章做得甚好。呵呵哈哈！唉，今科一定要高中，倘若我中了头名状元，可惜我的妻子生得容颜丑陋，不像一个状元夫人的样子。也罢，倘若我梁定才高中了，那时回家我一定要将她休了，另娶一房。就是这个主意。（听，打三更）待我休息，五更天明，好去赶考。（下）

第五场

宗　师　（上，念）奉旨考奇才，举子纷纷来。（坐，白）三月桃花放，九月菊花黄。三篇锦绣文，谁中状元郎。老夫考试官刘，奉旨考取天下奇才。人来，传点开门。

二　卒　（上）呵！传点开门。

宗　师　来，传各方举子上前点名领卷。

二　卒　呵！下面听着，堂上传各方举子上前点名领卷。

［众人上，白：“参见宗师大人。”

宗　师　众举子各排字号。

梁定才　学生梁定才，天字号。

李日青　学生李日青，地字号。

马有全　学生马有全，玄字号。

宗　师　好呀，今科分为天地玄黄，各人领卷归房。

［众人下。

宗　师　题目是“桃之夭夭，其叶蓁蓁”。传知各房，照题做文。

［卒照传。

宗　师　来，封锁贡院。

二　卒　封锁了贡院。

宗　师　人来，传老夫话去，众举子，封门肃静。

二　卒　是！下面听着，学台传下话来，众举子，封门肃静。

宗　师　且慢，今科三鼎甲，不知出在何省、何县？（牌子）来，开了贡院。

二　卒　呵！开了贡院。

宗　师　传天字号上前交卷。

二　卒　是，下面听着，传天字号交卷。

梁定才　（上）参见宗师大人，学生交卷。

宗　师　呈了上来，待老夫一观可。（牌子，风入松）天字号梁定才，文章掉了墨水，犯了常规。人来，将他叉出贡院！

梁定才　哎呀！不好。

二　卒　叉出贡院。

宗　师　来，传地字号李日青交卷。

二　卒　下面听着，传地字号交卷。

李日青　（上）学生来了，参见宗师大人，学生交卷。

宗　师　呈了上来，老夫一观可。（牌子，风入松）地字号，文章倒好，可惜文笔软弱。

李日青　望宗师大人抬举。

宗　师　也罢，不知你的口才如何，受老夫一对。

李日青　学生愿对。

宗　师　风吹马尾千条线，

李日青　学生对就，日晒龙鳞万点金。

宗　师　怎么讲？

李日青　万点金。

宗　师　对得好，对得妙，呵呵哈哈！下面候旨。

李日青　谢过宗师大人。（下）

宗　师　来，传玄字号马有全。

二　卒　是！下面听着，传玄字号马有全。

马有全　（上）公鸡也母鸡也，不公不母是个阉鸡也。黄狗也白狗也，不黄不白是个斑狗也。一夜夫妻百夜恩，百夜夫妻海样深，哎哟哟，难舍又难分。

二　卒　哎，交卷了，你还在这里唱山歌！

马有全　呵，就来了，你莫急我，我是做的文章，我几时唱歌？

二　卒　宗师大人传你了，交卷了。

马有全　我晓得，好了好了，你尽在这里急我，急得我懵懂了。三篇文章，搞得我做出三篇半，多做了半篇了，学台问我我又怎么回答呢？呵，有了，他有来言，我有答语。见过宗师大人，学生交卷。（呈卷）

宗　师　（看卷）玄字号，你是放狗屁的文章。

马有全　哎，你老人家晓得我一口气做成文章？

二　卒　你是放狗屁的文章。

马有全　呵，放狗屁文章。那，那糟了。

宗　师　别人的文章三篇，你的文章怎么三篇半？

马有全　我多做半篇，有个原因。

宗　师　有什么原因？

马有全　我恐防那一个字少了一点，那半篇我拿来补少字的。

宗　师　呵，文章都有少字补的？

马有全　哪门又不有呢？鼎锅烂了有补，衣服烂了有补。

宗　师　样样烂了有补？

马有全　有补的。

宗　师　好，人来，将他那个耳朵割了下来再补一个。

马有全　哎，这个动不得手呵，耳朵割了下来，这个是肉的怎么补得起呀？

宗　师　也罢，你文章不妙，不知你的口才如何？

马有全　口才不口才，牛骨头煮萝卜，豆腐圆子，一口两个，我也不怕懒[10]，吃得好爽快。

宗　师　问你的肚量。

马有全　肚量不肚量，一餐吃得五筒半米饭。吃得肚子膨膨胀，外加两个荷包蛋。

宗　师　哼！出对子给你对。

马有全　呵，出对子给我对，你老人家又不早讲，那我就磨就。

宗　师　对就。

马有全　有碓[11]必有磨。

宗　师　都是对就。

马有全　呵，就是对就。请宗师大人牛栏里头伸出一个脚。

宗　师　出题。

马有全　脚蹄脚蹄该是一样。

宗　师　此乃题目之题。

马有全　呵，题目之题，请讲。

宗　师　听道，那香花不红，那红花它又不香，二八月开那玫瑰绿，又红又香、又香又红、香香香。

马有全　香花不红，红花不香，二八月开那玫瑰绿，又红又香、又香又红。有这样多的红，有这样多的香，我又怎么对呀？

二　卒　快点！

马有全　呵，就来，你莫恶[12]我，你恶我你就去恶呢。有了，他出香，我就对个臭，宗师大人擂灶。

二　卒　听道。

马有全　听道？我怕擂灶啰。学生对就，臭屁不响，响屁不臭，二八月吃那个红薯芋头打那个屁出来，又响又臭、又臭又响、臭臭臭。

宗　师　你哪有这么多的响，这么多的臭？不成对。

马有全　成了对呀。

宗　师　不成文。

马有全　成了文呀。

宗　师　再受老夫连环口对。

马有全　请讲。

宗　师　十载寒窗。

马有全　九载熬油。

宗　师　八月科场。

马有全　七篇锦绣。

宗　师　六位高升。

马有全　五经魁首。

宗　师　四支彩旗。

马有全　三杯御酒。

宗　师　两朵金花。

马有全　独占鳌头。

宗　师　嘻嘻嘻！

马有全　哈哈哈！

宗　师　今科中了你，

马有全　头上戴乌纱。

宗　师　今科我不中你，

马有全　老子就不考它。

宗　师　来，将他叉了出去！

二　卒　滚出去！

马有全　有门槛，你叫我怎么滚得出去？这个宗师大人硬是瞎了眼，我这个人不中，你还中哪个？对答如流，文讲文答，武讲武答，不得高中，也罢。今科不算，下科再来，老子回去卖两匹水牯牛，宗师大人老子要考死你去。（下）

宗　师　来！将地字号文章起道上朝。(圆场上殿，牌子)臣，考试官，参见吾主万岁。

[内白:“卿家平身。”

宗　师　万万岁！

[内白:“上殿有何本奏?”

宗　师　臣，有本奏上。

[内白:“当着寡人奏来。”

宗　师　启奏主上，臣奉旨考选天下奇才，现有地字号文章甚好，口才如流，望主上发落。

[内白:“将文章呈上龙书台前，寡人一观可。”(牌子)“呵，地字号文章虽好，可惜文笔软弱，幸有口才。寡人龙心大喜，点他二甲进士，恩准回家祭祖，候旨听用。领旨下殿。”

宗　师　谢主龙恩，万岁万万岁。人来起道。(下)

第六场

李日青　(上)名标金榜上，但等圣旨临。

[内白:“圣旨到。”

李日青　有请。(跪)

[牌子。草鞋板。

宗　师　(上)地字号接旨，老夫与你奏明主上，主上龙心大喜，点你二甲进士，回家祭祖，再来候用。

李日青　谢主隆恩，万岁万岁，万万岁。多蒙宗师大人关照。

宗　师　老夫传旨不恭。

李日青　好说了。请宗师大人留宴。

宗　师　圣命在身，告辞。

李日青　如此奉送。

[宗下。

李日青　来，看官戴。

二　卒　是，看官戴上来。（牌子，穿戴）

李日青　得点中二甲，不图今日锦上添花。（笑）人来，起道回府。（下）

[众下。

第七场

梁定才　（上）时来铁树开花，哎，运去老姜不辣。小生，梁定才。想我上京前来赴考，又谁知我不小心，文章上面掉了墨水，犯了场规，宗师大人将我叉出贡院。也罢，我只好回家去见我的双亲罢了。（唱倒板桨）梁定才上京来赶赴科场，都只为时不至命运不祥。悔不该在家中海口[13]夸上，今日里有何面转回家乡？福薄命浅真气丧，忧忧愁愁别帝邦。这些烦恼休再想，含羞带愧见爹娘。（白）且慢，来此家门，待我进去。孩儿拜请爹娘。

[书、张上。

梁玉书　我儿一声请，

张　氏　必定转回程呵。

梁定才　见过一双爹娘，有礼。

梁玉书　我儿回来了。

梁定才　孩儿回来了。

梁玉书　怎么不得高中呀？

梁定才　爹娘那曾知道，孩儿上京前去赴考，文章虽好，不该掉了墨水，犯了场规，因此不得高中。

梁玉书　若是这呀，你这奴才，你缘何不小心，犯了场规呢？

张　氏　你你你，一定做了什么亏心事吧？

梁玉书　你你你，一定损了什么阴功。你仔细想一想。

梁定才　若是这个呀，孩儿没有损了什么阴德之事，只有在店中做文时，在灯下说了这么几句话。

梁玉书　你说了什么话？你讲为父听。

梁定才　我说道，今科一定高中。倘若高中了，只是我的妻子生得丑陋，怎能做得状元之夫人？回家将她休了，另娶一房。孩儿就说了这几句话。

梁玉书、张氏　若是这样吗，哎呀！你这奴才，这些话是说不得的。名为灯下休妻，是损阴功的。

梁定才　这个……唉！我好悔呀！

梁玉书、张氏　事到如今，你这奴才，反手关门，你你你，后悔迟了。

李玉娥　（上）官人，你回来了吗？

梁定才　哎呀！妻呀。（跪下，唱哭板）为夫上京名不就，见妻惭恨泪双流，我的良心实太丑，未中先想把妻休。为夫今日求原宥⑭，万望妻子把情留。今日对妻来赎罪，从此不敢亏屋漏⑮，相亲相敬到白头。

李玉娥　（唱）手带奴夫上前跪，叩请公婆把恩开。你儿不中今知悔，还祈宽恕这一回。

梁玉书、张氏　起来。儿呀，你是读书之人，要懂礼义，要知律法。知过能改，就是好的。下面歇息去吧。

［才、娥、书、张同下。

（剧终）

【注释】

①玉帝：玉皇大帝。道教中地位最高、职权最大的神。

②山珍海错：山野和海里出产的各种珍贵食品。泛指丰富的菜肴。

③子曰：《论语》中孔子之言，皆以“子曰”标明。

④学而时习之：意思是学过的内容要经常练习它。出自《论语·学而》：“学而时习之，不亦说乎？”

⑤ 不亦乐乎：意为不也快乐吗？出自《论语·学而》：“有朋自远方来，不亦乐乎？”

⑥贡院：科举时代考试士子的场所。

⑦出个脚：出个题（蹄）。此处将“脚”与“蹄”等同，然后利用“蹄”与“题”的谐音，起到一种搞笑的作用。

⑧六位：意指“禄位”。桂林话“六”与“禄”读音相同。

⑨ 稿荐：用稻草编成的垫褥。

⑩ 爀：烫、热的意思。桂林话。

⑪ 碓：舂谷的设备。掘地安放石臼，上架木杠，杠端装杵或缚石，用脚踏动木杠，使杵起落，脱去谷粒的皮，或舂成粉。

⑫ 恶：凶，指态度不好。桂林话。

⑬ 海口：大话。夸海口即说大话、吹牛皮。

⑭原宥：谅情赦罪。此处意思是希望对方对自己的行为能包涵谅解。

⑮不敢亏屋漏：不愧屋漏。指心地光明，不在暗中做坏事，起坏念头。语出《诗·大雅·抑》。屋漏，古代室内西北隅施设小帐的地方。

【剧情简介】

书生梁定才上京求名，自以为才高必中。但他嫌发妻丑陋，不堪为状元夫人。得意之时，灯下决意高中休妻。不料落第而归，父母追问落第原因，认为必有亏心损德之事。梁定才只得承认曾有富贵易妻想法，于是向父母及妻子悔过，请求原谅，乃获宽宥。

【简评】

“富贵易妻”是封建社会一个司空见惯的现象，封建统治集团通过科举考试来网罗中下层知识分子，使一批出身贫寒的文人得以跻身统治阶层。有些新贵一阔脸就变，为了站稳脚跟，背亲弃妇，另娶权门。谴责与抨击新贵们背信弃义、嫌贫爱富的行为，已经成为许多戏曲作品的重要题材。

此剧中的书生刚刚萌发富贵易妻的想法，就遭到落榜报应。从一个新的角度切入，告诫人们不能有这种不良念头。剧中尽管穿插了一些滑稽戏谑的人物及语言，但具有批判意义的主题是严肃的。

此剧由莫景光发掘、萧星六记录保存。

送布成亲

剧中人物

⦿李谢氏（行当：老旦，简称：氏）
⦿李桂凤（行当：正旦，简称：凤）
⦿李桂娥（行当：花旦，简称：娥）
⦿何坤山（行当：丑，简称：何）

第一场

何坤山　（上）走呀。（长锣。装身，开门，收锣）啐！（数课子）喜洋洋笑洋洋，各位父老们，听我谈来听我讲。小弟子到你贵地方、贵宝庄、贵圩场。贵地方，男女老少喜洋洋。地土好，生在龙口上。后面来龙千万里，前面双凤来朝阳。家家户户都一样，好男子生五个，好女子生一双。大儿子朝廷为宰相，二儿子早点状元郎。三儿子皇堂做知府，四儿子两广做都堂。五儿子年纪小，骑马收账管田庄。大女儿朝廷配太子，二女儿皇帝金口配宰相。今天到你们贵场上，未有帖子和槟榔。为你们父老来请安，还望多原谅、多原谅。（白）在下，何坤山。讲起我何坤山，耕田种地我不会。只会纺纱卖布卖绸、红绒丝线。那日我串乡大路过，遇着那个李二娘。她有两个女儿，大女叫作李桂凤，嫁与王家为媳。二女叫作李桂娥，还未出嫁。她娘女俩忠厚老实。现在她大女坐月，她又缝背带、大边彩衣，她叫送点布去给她。她叫我前几天去，因为事多耽误，还没有去着。今天我想往她家去，顺便到杏花村收点账目。说得有理，我到里面扛我的布箱出来先。（下）

第二场

李谢氏 （小点上，念）女人少年缺夫为寡，男人少年缺妻为鳏。人人都讲寡妇好，十个寡妇九个难。（白）我，李谢氏便是。想起我李谢氏今年年方四十岁，十八岁嫁在李家，二十岁生下一女，名叫李桂凤，嫁与王家为媳，今年已有二十一岁，落月后得了一子。我二十二岁又生一女名叫李桂娥。二十四岁又生一子，不幸短命而死。我三十岁时，夫君得病而亡，寡妇带了儿女把家当。今天我得做外婆了，我想缝床背带，做个大边彩衣，到满月我好送去。前几天我遇着那个何坤山，人才出众，会牵纱打绸。我叫他前天送来。那个后生都算老实，不会讲假话的呀。我想到他，又想到我的二女儿同他相配就好了，但不知他订有婚没有？管他，不论他哪天送来吧。今日我的女做了三朝[1]，我要去走一走，不免打叫我桂娥女儿出来吩咐几句。桂娥宝宝女儿哪里？走来。

李桂娥 （上）来了。忽听妈妈叫，急忙就来到。见过妈妈，有礼。

李谢氏 不用见礼，一旁坐下。

李桂娥 妈妈打叫女儿出来，有何话讲？

李谢氏 叫你出来非为别事，今天你姐坐月到三朝，我要往她家而去。叫你出来，有几句话吩咐与你。

李桂娥 妈妈有话只管讲。

李谢氏 那我宝宝女儿请听。（长锣。唱）为娘就把话来明，叫声我女你细听。为娘守寡带了你，辛辛苦苦带成人。早晚家庭要听讲，莫要乱走学坏人。世上做女一个宝，给人破坏不中听。站在人前莫大笑，君子修口

又修心。见个老人要敬奉，不要大意得罪人。为娘话语说完了，叫声我女记在心。（收腔）

李桂娥　妈妈说得有理，女儿也有两句言语告禀。

李谢氏　女儿有话只管讲。

李桂娥　妈妈请听呀。（唱）小女就把话来禀，禀上妈妈座上听。为女从小到现在，辛辛苦苦娘操心。千条万条听娘讲，再不拗命在家庭。妈妈走亲尽管去，不要挂虑在你心。为女不比别一个，乱行乱为做小人。不论如何听母命，才是清白好女身。女儿话语说不尽，千祈妈妈莫挂心。

李谢氏　我这个女儿真是聪明啦。女儿，你到里面要个栈鸡，几十个鸡蛋，我量有一斗大米，你去拿来给为娘送去给你姐姐。

李桂娥　女儿从命。（下提袋上）妈妈，东西拿在这里。

李谢氏　呵！那就好。女儿，我还有两句讲你听。

李桂娥　妈妈，你讲嘛。

李谢氏　不久你姐做满月，我们要缝的背带彩衣，我交代那何坤山送红绒丝线来给我们，我若不在家，他来你不要轻慢待他啵。

李桂娥　晓得。

李谢氏　那女儿你就看家。（唱）一接口袋把话讲，乖乖女儿看家堂。为娘出门不坐久，到夜一定转回乡。

李桂娥　妈妈慢走。

[氏下。

李桂娥　（唱）一见妈妈出门去，不由女儿挂心肠。双手就把门关上，后面等母转回乡。（下）

第三场

李谢氏　（上）离了我自家门前，我还要走呀！（唱）出得门来往前走，一心要往前面行。急急忙忙来得快，不觉来到女家门。（白）且慢！走来走去，来到我女家来了。我女家门半掩半开，待我叫声——姑爷。

李桂凤　（上）姑爷不在家。哪个？

李谢氏　是你妈妈来了。

李桂凤　就来了。闻听妈妈叫，忙步到堂前。呵，妈妈你来了。

李谢氏　女呀，你好吗？

李桂凤　没关系。

李谢氏　女儿，帮我拿着口袋。

李桂凤　妈妈，你拿这东西来做什么？我们家都有的。

李谢氏　毛丫头，你有是你的，快拿进去。

李桂凤　（拿下，端茶上）妈妈请茶。

李谢氏　（接茶。听见内小孩哭）哎呀，正是个男孙子声音啦，等我去看看。

李桂凤　妈妈，你随我来。

［氏、凤同下。

第四场

何坤山　（上）走呀。我饭也吃饱了，箱子也拿出来了。今天我走村扛着，不挑了。离了自家门前，把门关上。出得门来，青的是山，绿的是水，青山绿水。左边师傅打鼓，右边师傅打锣，左右两边师傅和我扭扭起来呀！（唱）箱子扛上肩，左肩转右肩。要往乡下去，卖布要现钱。急急忙忙来得快，杏花村寨在眼前。杏花村上有美酒，无心喝酒收账先。（白）行来行去，来到了杏花村。杏花村里面有些欠下我的数目，先问他们要账，我再往李家而去。（下）

第五场

李谢氏　（上，唱）喜洋洋来笑洋洋，今日做婆又做娘。我的外孙生得好，不由为娘笑眉扬。（白）如今晌午也吃过了，姑爷不在家，我想等姑爷回来，又怕夜了。我的小女从来不离娘，恐防她在家心慌了，不如打叫我大女儿出来，吩咐她几句，我也好回去罢了。桂凤走来！

李桂凤　（抱小孩上，念）喜心喜心真喜心，我娘带我得成人。今日皇天②保佑我，我娘到来大宽心。（白）听得母亲叫，急忙就来到。见过娘亲有礼。

李谢氏　不用讲礼，一旁坐下。

李桂凤　女儿陪坐。（欲坐）

［仔哭。

李桂凤　哎呀！给婆看。

李谢氏　（接仔）哎呀！我的宝宝呀！

李桂凤　母亲，打叫女儿出来，有何话说？

李谢氏　为娘打叫你出来，有几句话吩咐于你。

李桂凤　妈妈你有话请讲。

李谢氏　女儿听呀！（唱数板）为娘就把话来讲，叫声女儿听端详。从小为娘苦带你，奔奔跑跑挂心肠。十三岁上你父死，丢下娘女泪汪汪。养你成人十八岁，嫁到王家做新娘。堂前椅子轮流坐，也有媳妇做家娘。早晚夫妻要和顺，不要吵闹在家堂。为娘言语说完了，总要我女记心上。

李桂凤　（唱数板）女儿把话来禀上，禀上我娘听心旁。我娘守寡带我大，天高深恩不敢忘。今日王家做媳妇，未有得罪家爷娘。只有你婿脾气丑，时常顶撞二高堂。女儿自知来规劝，我母不要挂心肠。

李谢氏　哎呀，女儿，那就好了。现在我回去了。

李桂凤　妈妈，你不住嘛？

李谢氏　你吃灯草屙屁，好轻快！你妹在家，夜晚不怕嘛？

李桂凤　妈妈你回去，等下姑爷他不骂我？

李谢氏　快去拿口袋给我，莫讲多。

李桂凤　女儿从命就是。妈妈，口袋在此。

［仔哭。

李谢氏　跟妈去，婆回去了。（唱）一接口袋再叮咛，女儿抱仔看家庭。为娘回家满月到，和你妹子再来临。（下）

李桂凤　（唱）一见妈妈离堂下，不由女儿想婆家。双手把门来关上，且到后面喂娃娃。（下）

第六场

李谢氏　（上）离了我女家还要往前走呀。（唱）出得门来往前走，一心要往我家行。急急忙忙来得快，不觉来到我的村。（白）行来行去，不觉行到我们村边。如今也还早，我到村边去看，看我的玉米挨不挨人偷。（下）

何坤山　（上）走呀。我在杏花村数目已收得了，我还要往李家庄走呀。（唱）离了杏村往前走，一心要往李家行。急急呀忙忙呀，来得快，不觉来到李家村。（白）且慢，走来走去，来到李家来了。晓得她老人家在不在家，门是半掩半开的啵。管她在不在家，我上前打叫一声。李二娘。

李桂娥　（上）外面谁人打叫？

何坤山　呵，我怕她不在家，只听见她二女答应呀。若是她女在家，我就讲点古怪话。

李桂娥　到底是哪个在外面打叫呀？

何坤山　这一个那一个。

李桂娥　猪有名、狗有姓，三岁孩童有奶名。

何坤山　你要问名？

李桂娥　正是。

何坤山　我打个谜给你猜。

李桂娥　那你有谜打过来。

何坤山　红红黄黄绿绿黑，一丝一丝人人都用得。若还少它去，一个都用不得。

李桂娥　唉，你不是卖红丝线的吗？

何坤山　对啦。

李桂娥　到底你是什么名字呀？

何坤山　我的名字叫人骂狗。

李桂娥　呵，那你不是何哥嘛？

何坤山　正是。

李桂娥　那哥哥你在外面站着。

何坤山　哎，李姑娘，你不要吃空子啵。

李桂娥　怎样我又吃空子呀？

何坤山　我是丑脚我不是旦脚呀。

李桂娥　喊你外面等一时。

何坤山　那妹呢？

李桂娥　我梳过头洗过手我就来来来了呀。

何坤山　来了，我脚还未曾站酸。

李桂娥　（唱）奴在房中绣花鞋，忽听外面叫门开。双手打开门来看，原来哥哥你到来。（白）我怕是哪一个？原来是何哥哥来了。哥哥还要请进。

何坤山　我怕在门口讲两句就罢了吧。

李桂娥　人熟礼生还要进的。

何坤山　那妹妹上前引路。

李桂娥　（唱）奴在堂前来引路，哥哥随后跟进来。

何坤山　（唱）进得门来把礼拜，尊声贤妹听开怀。我今来此无别事，我是特意送布来。

李桂娥　（唱）堂前板凳拖一拖，恭请哥哥你来坐。

何坤山　（唱）放了箱子慢来坐，尊声贤妹听我说。果然贤妹大家女，对人礼节懂得多。

李桂娥　哥哥，你又哪里而去呢？

何坤山　妹妹，我进家见你蛮懂礼，我进了家茶就未得一杯，尽问不三不四，我看你就不懂礼啦。

李桂娥　呵，何哥，你想吃茶嘛？

何坤山　正是。

李桂娥　哥哥你今天来得不对了，今早烧了一罐茶，我妈起来急急忙忙碰倒去了。

何坤山　那不是未有茶是啵？

李桂娥　未有啰。

何坤山　未有茶吃总有水嘛。

李桂娥　呵，水嘛，今早我才洗缸，还未曾挑。

何坤山　（提箱）妹子你慢坐。

李桂娥　何哥你又去哪里呀？

何坤山　我要到别家去找茶吃先。

李桂娥　（拉何）何哥慢着。

何坤山　做什么？

李桂娥　哥哥你要吃茶有的，妹妹爱讲笑的，你吃得几多？

何坤山　那可以。

李桂娥　那哥在堂前等候一时。

何坤山　妹呢？

李桂娥　奴到后面倒杯浓茶哥来喝。（下，又上。双蝴蝶冷场）哥哥请茶。（双蝴蝶。底呀底呀咚咚，底咚底呀咚咚。咙呀咙底咚咚，咙呀咙底咚咚。底咚、底咚，底底你就咙咚底，咙那底呀咚）

何坤山　哎呀！妹子先要。

李桂娥　在后堂吃过了。

何坤山　呵，那妹子我吃了啵。

李桂娥　哥慢着，你吃杯茶，要讲彩话。

何坤山　什么？吃茶要讲彩话？

李桂娥　那正是。

何坤山　无彩话呢？

李桂娥　无彩话不可吃。

何坤山　那我就讲个彩话。

李桂娥　讲嘛。

何坤山　我吃你这杯茶，又要愚兄讲彩话。你的家，养猪养牛老虎咬，养鸡养鸭鹞鹰抓。养个仔，无头无脚又哑巴。恭喜你，喊你做娘我做爸。

李桂娥　（打何）我怕你想死！

何坤山　吃你这杯茶，又要愚兄来讲子。讲子就讲子，看你这个模样鬼样子，头上戴起花帽子、金钗子。耳朵戴起耳环子，两手戴起手圈子、戒箍子。身上穿起蓝衫子，腰上捆起绿裙子、红裤子。红鞋子、红袜子，这个鬼样子，今天不死明天死。

李桂娥　（打何）你这个要死的，这个是好话嘛？

何坤山　呵，愚兄吃你这杯茶，又要愚兄来讲脸。讲脸就讲脸，牛的牛的脸，马的马的脸，猪的猪的脸，狗的狗的脸，羊的羊的脸，猫的猫的脸。关公是红脸，张飞是花脸，包公是黑脸，刘备是白脸。[3]你的脸、我的脸，明天你死就晒垫卷。

李桂娥　（打何）这不是好话的。

何坤山　嗨，你这个人古怪啦，动手动脚。我这个头给你左一打右一打，我这个头是沙罐呀？

李桂娥　讲好来，你不讲好，我还要打。

何坤山　要我讲好，等我想一下先。哪样才是讲好呢？呵，得了得了，我来讲转。我这回是讲好的了啦。吃你这杯茶，又要愚兄讲好话。你的家，养个肥猪一千八，堂前麻雀变鸡鸭，后园黄土变朱砂。烂抹布，变油渣[4]。烂草凳，变南瓜。烂锅盖，变个脚鱼满地爬。第二早起床看，金银财宝堆满家、堆满家。李姑娘，这样好了吧？

李桂娥　这样可以。

何坤山　这杯茶吃得了吧？

李桂娥　吃得了。

何坤山　呵，妹妹。

李桂娥　什么？

何坤山　你这茶里头有古怪我不敢吃。

李桂娥　有什么古怪？

何坤山　里头有两个螺蛳打架。

李桂娥　是哥哥的眼睛。

何坤山　不是不是，旁边有脚的。

李桂娥　是哥哥的水眉毛。

何坤山　妹妹，我吃茶你莫笑啵。

李桂娥　不笑。

[何喝茶。

李桂娥　哥哥要杯。

何坤山　嗨，我晓得这样，你这杯茶就没吃啰。

李桂娥　怎样你没吃？

何坤山　我素来都是挑抬，都未曾背过，这杯茶这么重，我愚兄力气小点，上前抱一回吧。

李桂娥　（打何）我要茶杯啦。

何坤山　你早不讲，你讲要杯，拿去拿去。

李桂娥　（下，又上）哥哥到底你又去哪里？

何坤山　咳，你还是不懂礼，吃罢茶又要吃烟嘛。

李桂娥　呵，你要吃烟嘛？

何坤山　正是。

李桂娥　要吃嘛，我们俩娘女都是女人，没有烟的。

何坤山　（提箱）妹妹你慢坐。

李桂娥　哥哥你做什么？

何坤山　我到隔壁找烟烧先。

李桂娥　你要烧烟，我记得了，那天我老庚爷来这里，他忘记一根旱烟杆在这里。

何坤山　那你去要，顺手拿根纸煤[5]点火上来。

李桂娥　好。（下，又上）哥哥烧烟。

何坤山　（接烟）叫声妹妹你帮我烧。

李桂娥　那哥哥你未知道烧烟吗？

何坤山　昨夜我碰着右手，拿不起纸煤。

李桂娥　哥哥烧哪里？

何坤山　烧高头。

［娥把火举高。

何坤山　李姑娘，你家有楼梯吗？

李桂娥　你要楼梯做什么？

何坤山　我要上高头去烧烟。

李桂娥　那你喊我烧高点呢？

何坤山　烧下点。

［娥拿火下地。

何坤山　李姑娘，你家有锹吗？

李桂娥　你要锹做什么？

何坤山　我要挖地下去烧烟。

李桂娥　那你喊我烧下点呢？

何坤山　叫你平平烧去。

李桂娥　呵，平平烧去。

［娥拿火直走出门。

何坤山　你才古怪啦，牵牛下塘嘛？

李桂娥　那你喊我平平烧呢？

何坤山　我喊你平平烧头。

［娥拿火烧何头。

何坤山　哎！你怎么烧我的头呀？

李桂娥　那你喊我烧头呢？

何坤山　我喊你烧嘴。（摇烟杆）

［娥烧何嘴。

何坤山　哎，你怎么烧我的嘴巴？

李桂娥　你又喊我烧嘴呢。

何坤山　喊你烧那个烟袋嘴。

李桂娥　是呵，烧得了。是好烟么？

何坤山　好好好！

李桂娥　你还烧不烧？

何坤山　不烧了，过瘾了，捡好烟袋。

李桂娥　哥哥，到底你又去哪里？

何坤山　去哪里？今早我送布来杏花村，顺便来收数。

李桂娥　送什么布？

何坤山　送衣布、花布、绒线来给他们做鞋呀。

李桂娥　做鞋做什么？

何坤山　做鞋做什么？今天正月个个要去观花。今日你妈喊我送布来，她又去哪里了？

李桂娥　我妈去姐姐家了。

何坤山　你姐坐月是吗？

李桂娥　是呀！你怎么晓得呢？

何坤山　你妈喊我送绸送布来，做背带给你姐姐呀。

李桂娥　我妈未在家呀。

何坤山　那你妈不在家，李姑娘你慢坐先，到夜我慢来。

李桂娥　（拉何）哥哥慢着，我妈喊你等她。

何坤山　我不得等她啦。

李桂娥　慢着，刚才你讲观花。怎样观？你讲给我听。

何坤山　观花是唱做嘛。那样讲呢？

李桂娥　那你就唱嘛。

何坤山　哎呀，麻烦多。男女授受不亲，给人家听见不好听。

李桂娥　不怕嘛，真金不怕红炉火，石山哪怕雨来淋。

何坤山　恐怕唱了你妈回来不好意思呢。

李桂娥　不怕嘛，我妈听见唱，她第一爱的。

何坤山　现在你喊我唱，我早来三天就好了。

李桂娥　那你早来三天又怎样？

何坤山　早来三天我有音。

李桂娥　那你晚来三天呢？

何坤山　晚来三天我无音。

李桂娥　无音你不是死了啰？

何坤山　喉音啦。

李桂娥　无音就是字嘛？

何坤山　无人帮腔。

李桂娥　那哥开唱妹就帮腔嘛。

何坤山　那就南天门撑伞，一路同行。那就唱起来呀！

李桂娥　（唱独采花）正月观花观的什么花？

何坤山　（唱）正月观花观的水仙花。

李桂娥　（唱）水仙花又有什么用？

何坤山　（唱）水仙花又把妹的头上插。

李桂娥　（唱）花插头上哪样好？

何坤山　（唱）恐怕正月妹妹来出嫁。

李桂娥　（唱）恐怕正月嫁又嫁不成，

何坤山　（唱）恐怕正月嫁成了。

李桂娥　嫁成了又怎样？

何坤山　（唱）我打把金钗给妹做人情。

李桂娥　（唱）哎呀，劳动哥哥的心哪。

何坤山　（唱）那就不要紧，总要妹有心。

李桂娥　（唱）哥送妹人情。

何坤山、李桂娥　（唱）吔吔呀呀嘟吔吔，讲情又讲义。哪嗬的嗨咻嗨。

李桂娥　（唱）二月观花观的什么花？

何坤山　（唱）二月观花观的黄饭花。

李桂娥　（唱）黄饭花又有什么用？

何坤山　（唱）黄饭花又往妹的头上插。

李桂娥　（唱）插在头上有哪样好？

何坤山　（唱）恐怕二月妹出嫁。

李桂娥　（唱）恐怕二月嫁又嫁不成，

何坤山　（唱）恐怕二月嫁成了。

李桂娥　嫁成了又哪门讲？

何坤山　（唱）我打对耳环送给妹做人情。

李桂娥　（唱）哎呀，劳动哥的心哪。

何坤山　（唱）那就不要紧，总要妹动心。

李桂娥　（唱）哥送妹人情。

何坤山、李桂娥　（唱）吔吔呀呀嘟吔吔，两个都有良心。哪嗬的嗨嗬嗨！

李桂娥　（唱）三月观花观的什么花？

何坤山　（唱）三月观花观的是桃花。

李桂娥　（唱）桃花又往何处用？

何坤山　（唱）桃花又往妹头上插。

李桂娥　（唱）花插头上又有何用处？

何坤山　（唱）恐怕三月妹出嫁。

李桂娥　（唱）恐怕三月嫁不成，

何坤山　（唱）恐怕三月嫁成了。

李桂娥　嫁成了又怎样？

何坤山　（唱）缝套蓝衫送给妹人情。

李桂娥　（唱）哎呀，劳动哥的心哪。

何坤山　（唱）那就不要紧，总要妹有情。

李桂娥　（唱）妹沾哥人情。

何坤山、李桂娥　（唱）吔吔呀呀嘟吔吔，同意又同心，哪嗬的嗨嗬嗨。

李桂娥　（唱）四月观花观的什么花？

何坤山　（唱）四月观花观的是四季花。

李桂娥　（唱）四季花又往何处用？

何坤山　（唱）四季花又往妹头上插。

李桂娥　（唱）插在头上哪样好？

何坤山　（唱）恐怕四月妹出嫁。

李桂娥　（唱）恐怕四月嫁不成，

何坤山　（唱）恐怕四月嫁成了。

李桂娥　嫁成了又怎样？

何坤山　（唱）打对手镯送给妹人情。

李桂娥　（唱）哎呀，劳动哥的心哪。

何坤山　（唱）那是小事情，总要妹有心

李桂娥　（唱）算你哥有心。

何坤山、李桂娥　（唱）吔吔呀呀嘟吔吔，讲情又讲义，哪嗬的嗨嗬嗨。（长锣）

［氏上，在门口听。

李桂娥　（唱）五月观花观的什么花？

何坤山　（唱）五月观花观的玉兰花。

李谢氏　好啦好啦，我请媒就未得这门好，若还我得这样一个姑爷，我死眼睛都闭了。

李桂娥　（唱）玉兰花又往何处用？

何坤山　（唱）玉兰花又把妹头上插。

李桂娥　（唱）花插头上又有哪样好？

何坤山　（唱）恐怕五月妹出嫁。

李桂娥　（唱）恐怕五月嫁不成，

何坤山　（唱）恐怕五月嫁成了。

李桂娥　嫁成了又怎样？

何坤山　（唱）买件罗裙送给妹人情。

李桂娥　（唱）哎呀，劳动哥的心哪。

何坤山　（唱）那就不要紧，总要妹有心。

李桂娥　（唱）妹沾哥人情。

何坤山、李桂娥　（唱）吔吔呀呀嘟吔吔，讲情又讲义，哪嗬的嗨嗬嗨。

李谢氏　（唱）上街买菜遇着菜，遇着辣椒毛秀才[⑥]。爷娘未曾开着口，男从女愿自家来。哈哈！

李桂娥　（唱）六月观花观的什么花？

何坤山　（唱）六月观花观的牡丹花。

李桂娥　（唱）牡丹花又往何处用？

何坤山　（唱）牡丹花又往妹头上插。

李桂娥　（唱）插上花又有何用处？

何坤山　（唱）恐怕六月妹出嫁。

李桂娥　（唱）恐怕六月嫁不成，

何坤山　（唱）恐怕六月嫁成了。

李桂娥　嫁成了又怎样？

何坤山　（唱）买的绸缎送到妹家。

李桂娥　（唱）哎呀，劳动哥的心哪。

何坤山　（唱）那不要紧，总要妹有心。

李桂娥　（唱）哥送妹人情。

何坤山、李桂娥　（唱）吔吔呀呀嘟吔吔，讲情又讲义，哪嗬的嗨嗬嗨。（收腔）

李谢氏　开门，丫头。

何坤山　是哪一个呀？

李谢氏　是妈妈。

李桂娥　卖粑粑，我们这里未要的。

李谢氏　是你娘哪。

何坤山　卖糖的别处走，我们未要的。

李谢氏　吔，鬼仔呀！是你妈啦。

何坤山　是哪个？

李桂娥　是我妈。

何坤山　哪样办呢？

李桂娥　未怕。

何坤山　有后门吗？

李桂娥　不怕，你去帮我整牛栏，我讲牛跳出来，你在帮我整牛栏。

何坤山　好好好！（下）

李桂娥　（开门）妈妈，你回来了？

李谢氏　回了回了。

李桂娥　妈你坐嘛。（下，又上）妈你吃茶。

李谢氏　好呀。

李桂娥　姐好吗？

李谢氏　好呀。

李桂娥　弟弟乖吗？

李谢氏　乖呀。这个箱子是哪个的？

李桂娥　箱子是何坤山的，你喊他送布来呢。

李谢氏　那他去哪里了？

李桂娥　我们那牛栏坏了，他在帮我们整牛栏。

李谢氏　呵，他认得整牛栏吗？

李桂娥　整牛栏哪，绣龙凤他还认得。

李谢氏　那你喊他见我。

李桂娥　呵，好！（向内）坤山哥，我妈回来了，喊你来。

何坤山　来了！忽听姑娘叫，我急忙就来到。

李桂娥　我妈妈回了，喊你来见她。

何坤山　见过李二娘一礼。

李谢氏　不用见礼。我儿一旁坐下。坤山，你来得好久了？

何坤山　我来得一下子，我讲要回去，李姑娘讲等你回来。

李谢氏　回去做什么，我一下不回嘛？我叫你送那点布料来，你得来了吗？得来的拿来给我看。

何坤山　那你就让我开箱来看呀！（唱路腔）就把箱子来开起，开起箱子点洋杂。五颜六色都齐备，红绒丝线几多扎。士林黑布一丈五，又有府绸计五尺。背带面子有一块，龙凤在中央。两边都是牡丹树，鸳鸯蝴蝶踩花上。大边彩衣交五样，红绒丝线慢来绗[⑦]。全部东西点完了，请你二人看端详。

李谢氏　呵，东西点好啦。我来点，士林黑布丈五、府绸五尺、背带面一块、大边彩衣、红绒丝线。坤山，你算算几多钱？

何坤山　我把算盘打起，大娘听呀！（唱）坤山算盘打一打，讲个数目大娘听。丈五黑布算一两，五尺红绸算八钱。大边彩衣一两二，面子红绒一两八。一起数目一样算，合共银子四两八。

李谢氏　后生数目算得好。桂娥，拈去。你到后面弄饭。

李桂娥　女儿从命就是。

李谢氏　坤山儿，你几时到苏州？

何坤山　大娘，不久了。左右是三几天就去了。

李谢氏　今夜在这里住一夜，我们大家玩一夜。

何坤山　老人家，少陪了，我没得时间。

李谢氏　坤山，那是莫忙，你坐等一时。

何坤山　等做什么？

李谢氏　等我要点彩钱与你。

何坤山　这个钱不急的，哪天要都得的。

李谢氏　那你松得就借我用几天先？

何坤山　得得得！那大娘我告辞回家去了。

李谢氏　慢着，今夜无论如何在这里和为娘吃餐饭。

何坤山　不用不用！改日慢来。

李谢氏　无论如何要吃！

何坤山　大娘，我真真对不住了！

李谢氏　话不多讲，桂娥，快快拿酒菜出来。

李桂娥　来了。

李谢氏　（唱四平腔）就把桌子来拉起，拉起桌子来吃饭。

李桂娥　（唱）五碟肉菜来摆起，一股香味散中堂。三人娘仔来坐下，三花美酒⑧扑鼻香。三人吃来三人算，娘娘仔仔话家常。

李谢氏　那我们三娘仔来坐下。

［何左、娥右，氏中坐。

李谢氏　我们娘仔把酒喝起来呀！

李谢氏、李桂娥、何坤山　（唱）一杯酒呀酒来呀酒来斟嘛—啰呀，头戴金盔穿绫罗红纱红纱身红纱。

何坤山　（唱）大娘呀，嗨哈嗨。

李谢氏　（唱）我仔呀，嗨啲嗨。

何坤山　（唱）李姑娘呀，嗨啲嗨。

李桂娥　（唱）三人娘仔同桌嗨哈嗨、嗨啲嗨，忙把酒来斟。吃酒呵。（锣鼓）

李谢氏　再唱一回，我娘仔就斟起呀。

李谢氏、李桂娥、何坤山　（唱斟酒腔）一杯酒来码来推，三元高中码来推。四季花开码来推，五子经魁码来推。六和同春码来推，七仙姐妹码来推。八仙飘海码来推，九朝万代码来推。十全富贵码来推。

何坤山　（唱）娘吃酒来儿端杯。

李桂娥　（唱）客又不吃酒，罚你两三杯。

李谢氏　（唱）吃杯红花酒，慢慢再猜枚。吃酒呀。

［内牛踢栏声，乒令乒朗。

李谢氏　桂娥，你看这牛栏你总未捆好。（起）

李桂娥　在哪里？（随起）

李谢氏　叫声女儿，娘生这个计是好招。

李桂娥　什么好招？

李谢氏　那天你结那根纺丝带结成未曾？

李桂娥　结成了。

李谢氏　结成了你拿来送给坤山。

李桂娥　送给他做什么？我要留来卖。

李谢氏　做个纪念嘛。

李桂娥　什么叫做纪念？

李谢氏　以后我要他给你做姑爷。

李桂娥　（羞）哪样方便？

李谢氏　不方便，你拿来给我，我帮你给他。

李桂娥　那我从命就是。（下）

李谢氏　（坐）坤山儿子，我们娘仔再重斟两杯。

何坤山　大娘告别了，我酒够了。

李谢氏　桂娥，那就要饭来。

何坤山　不要不要，饭我不要了。

李桂娥　（拿丝带上）妈妈，带子在此。

李谢氏　坤山儿呀，桂娥初初学结的丝带不大好，你拿回家去，早晚做个纪念。

何坤山　（唱）二娘，现在的丝料太贵，坤山领情了。

李桂娥　坤山哥，不嫌手脚粗你就要。

何坤山　（唱））讲这样那我就受领了。

李谢氏　哈哈哈，谢天谢地。桂娥、坤山，你二人倒杯茶给我止渴，我酒够了。

李桂娥　从命就是。

［娥、何二人倒茶给氏。

李桂娥　妈妈请茶。（唱数板）女儿送娘一杯茶，娘的寿元八万八。彭祖[⑨]八百岁，果老[⑩]八万六千秋。我娘今天福气好，赛过果老二千秋。（收腔）

李谢氏　（唱数板）此茶不是非凡茶，青山二月才冒芽。今日儿女孝顺好，娘娘仔仔共一家。（白）你们一个送一杯。

何坤山、李桂娥　（唱数板）母亲台前我同意，双双递茶双双吃。你我两个莫嫌弃，百年夫妻还有余。

李谢氏　今日我酒够了。坤山，你莫回去了，在这里住一晚。

何坤山　妈妈，选个黄道吉日。即夕成亲不大好，旁人议论不好听。告别妈妈转回去，等候吉日慢来临。妈妈，我告别了呀。（唱数板）告别妈妈回家去，妈妈在家莫迟疑。（出门）

李桂娥　（唱）一见坤山出门去，娘女关门等好日。

［氏、娥同下。

何坤山　嘿，今日这点布实在好啦，送布得成亲。列位朋友，今后哪个送布来总像我就好啦。（下）

（剧终）

【注释】

①三朝：孩子出生第三天叫三朝。这一天民间要请客喝酒、送礼祝贺。这种风俗叫“做三朝”。

②皇天：对天及天神的尊称。

③“关公是红脸”四句：关公，即关羽。关羽、张飞、刘备均为小

说《三国演义》中的人物。包公，即宋代包拯，执法铁面无私，被称为“包青天”。戏曲舞台上通常关羽画红脸、张飞画花脸、包公画黑脸。

④ 油渣：肥肉炼油后剩下之物。

⑤ 纸煤：用易于引火的纸搓成的细纸卷，点着后一吹即燃，多作点火、燃水烟之用。

⑥ 毛秀才：西红柿。桂林话。

⑦ 绗：粗粗地缝；在衣物上用长的针脚成行地连缀，使里面的棉絮固定。音读 háng。

⑧ 三花美酒：桂林三花酒。

⑨ 彭祖：传说中的人物。因封于彭，故称。传说他善养生，有导引之术，活到八百岁的高龄。旧时以彭祖为长寿的象征。

⑩ 果老：张果老，传说中的八仙之一。

【剧情简介】

寡妇李谢氏生有二女。一日，李谢氏去大女儿家给外孙送出生礼物，叫次女在家接待送布小商何坤山。何坤山送布来时，两人都欢喜讲笑，边唱边舞，感情很好。李谢氏也喜欢坤山年轻老实，见他和桂娥有了感情，就把桂娥许配给了坤山，于是两人就高高兴兴地订了婚。

【简评】

盘歌是青年男女向对方表达心愿、显示才华的一种对歌方式。彩调常用于剧中人物戏耍逗乐、一问一答的场面。此剧的重点为男女主人公的盘歌对唱。盘歌论嫁从一月唱到六月，喝茶彩话从反面说到正面。总之，反反复复，左弯右拐。这些不着边际的连篇废话流露出初恋情人之间未能直言情感，内心又不愿就此分离的曲折微妙。

此剧由韦炳兴发掘、肖星六记录保存。

海五休妻

剧中人物

⊙海五（行当：丑，简称：五）

⊙贞氏（行当：正旦，简称：贞）

⊙海老大（行当：老生，简称：大）

⊙老板娘（行当：摇旦，简称：娘）

⊙桃红莲（行当：花旦，简称：莲）

⊙桃红菊（行当：花旦，简称：菊）

⊙桃红妹（行当：花旦，简称：妹）

⊙王九（行当：丑，简称：九）

⊙李银匠（行当：正生，简称：银）

⊙两头钻（行当：烂丑，简称：两）

第一场

老板娘　（上，引）老娘生来四十八，店房之中我当家。哄过几多财主佬，木头吃下不吐渣。（白）我，康大妈。年轻时候爱玩耍。爹娘娇生惯养，一样我都不想，只想玩耍，夜夜接客把钱拿。这几天没有客人到院房来，不免叫得那三位姑娘出来，搽脂抹粉，等待客官，搞点银钱使用，岂不是好？三位姑娘走来。

桃红莲、桃红菊、桃红妹　（上，引）提起在院房，每日泪汪汪。待客待不好，得罪老板娘。（白）见过妈妈，有礼。

老板娘　不消讲礼，这旁坐下。

桃红妹　请问妈妈叫我们姐妹上前，有何吩咐？

老板娘　叫你们出来，梳妆打扮，如有客官到来，好生招呼。我交代你们呗，莫见人就接呗。有钱的好好招呼，穿草鞋的不要招呼，记得没有？

桃红莲、桃红菊、桃红妹　记得了。

老板娘　我到街上去为你们买些胭脂水粉，少时我就回来的。下去。

［莲、菊、妹同下。

老板娘　（唱四平腔）老娘生来四十八，搽粉打扮也不差。昨日走往街前过，爱死了几多后生家。（下）

第二场

海　五　（上，念）嫖赌逍遥不厌，贪花长夜不眠。诗书全然不想，每日喝酒赌钱。（白）我，海五。爹娘早年去世，丢下我夫妻二人。娶妻贞氏，做事倒也贤良。想我在家这几天心中烦闷，不免到院房前去，叫几个姑娘，饮饮酒，唱点杨花小调，散一散心，岂不是好？言得有理，离了门前，走啊！（唱挑担腔）近日心中好烦恼，去到街前跑一跑。（钹）见了花姑娘呀，唱点杨花小调乐心梢。抬头来观瞧，急忙把路跑。见到姑娘去调笑，快乐又逍遥，真正好。（下）

王　九　（上，引）十七十八爱玩耍，家里干柴无半把。耗子走往楼梁过，吊起鼎锅当钟打。（白）我，王九。唉！这两天赌钱也输，打牌也输。输得鞋光、裤光，一身零打光。心中烦恼，到哪块找个位子耍一耍。噫！想起来了。有个院房姑娘甚多，去那块耍一耍，岂不是好？离了门前，走起来啊！（唱四平腔）这两天运气不大好，活钱都输完了。今天把院房进，见了姑娘把情调。

[五上，与九相碰。

王 九 哦，我怕是谁？原来是海五哥。海五哥，这么慌忙，到哪块去？

海 五 哦，……去玩耍、去玩耍。

王 九 去哪块玩耍？

海 五 王九，你还晓不得，妓馆里去玩耍嘛。

王 九 正好正好。我才想去找你，有个伴同去、同去。

海 五 哦，你也是去玩耍的吗？那我们两人就好有一比。

王 九 比从何来？

海 五 南天门打伞，一路同行。

王 九 走。

海 五 走。

王九、海五 走，走呀！

王 九 （唱四平腔）遇巧遇巧真遇巧，

海 五 （唱）遇巧今日两人来碰到。

王 九 （唱）两人一起去玩耍，

海 五 （唱）见了姑娘乐逍遥。（白）喂，到了呗。（整冠、理衣，与九同进院门）喂，内面有人没有？

桃红莲、桃红菊、桃红妹 （上）哎呀，公子坐嘛。

[莲、菊、妹同拉五坐，同倒茶给五吃，将九冷在一旁。

桃红菊 （见五两手拿了茶杯，气愤愤将茶捧给九）吃茶。

[九接杯，想摸菊，菊走开。

王 九 （饮茶）拿去。

桃红妹 请问公子，来到院房是饮酒，还是唱杨花小调？

海 五 我们是来唱杨花小调的。

桃红妹 公子，你晓得我们院房的规矩没有？唱调要调钱，吃酒要酒钱，夜晚住夜要挂号钱。

海　五　难道我这大公子就没有钱嘛？

王　九　有钱，没有钱敢来？和我们唱到先。

桃红妹　好，唱起来呀。

桃红莲、桃红菊、桃红妹、海五、王九　（唱白牡丹）一更鼓儿咚，门外闹哄哄。打开门来看，原来是相公。大相公（小锣）你请进，忙把烟茶奉。大相公问奴姓，奴家本姓白。大相公问奴名，名叫勾栏魂。小儿小的绰号，名叫勾栏魂。二更鼓儿咚，酒席摆堂中。大相公请上坐，忙把酒来奉。手提银酒壶，忙把酒来奉。大相公要猜拳，奴家饮三盅。大相公要唱调，唱个满江红。怀抱琵琶，忙把弦弹弄。三更鼓儿咚，携手进房中。打开红罗帐，烟枪摆床中。玉石托杆，外加象牙枪。大盒子挑三盒，小盒子挑三盅。有谈又有笑，吹罢来谈天。谈天疲倦了，又吹一口烟。谈完烟吹罢，就在床上眠。大相公你，睡到七更天。四更鼓儿咚，大相公睡梦中，睡得像猪仔，还敢称英雄。看将来男子汉，中看不中用。五更鼓儿咚，东边发了红，拿盆来打水，大相公就洗容。今天得罪你，明天又相逢。大相公要回去，奴家不得送。鞋又尖，脚又小，奴家不能送。

王　九　海五哥，我走了。

桃红莲、桃红菊、桃红妹　你不给钱呀？

王　九　给钱呀，我没走，我去解小便就来的。（下）

桃红妹　公子，高姓大名？

海　五　我姓海，名叫海五。

桃红妹　是海公子，多有得罪了。

海　五　好说好说。桃红妹，我想在这块住宿一晚。

［莲、菊下。

桃红妹　好吧，我妈妈回来是要钱的。

海　五　有钱，随你妈妈要什么我都有。你住哪个房呀？

桃红妹　随我来。

［妹、五同下。

第三场

王　九　（跑上）哎呀！去不得。咦，人在世间钱当先，没有钱总是惹人讨嫌。是呀，进院房前去，海五有钱，我没有钱，姑娘看我不起。海五哥的老婆是个贞节的，我到她家中前去，将院房这件事情告诉于她。在她面前烧把火，使他夫妻不和，岂不是好？喂，海五呀，海五。我放起你一把火，能烧你万重山。闲话懒讲，离了路途，他家前去烧火去了呀！（唱四平腔）有钱之人讨喜欢，无钱之人冷眼看。今日我到他家去，对着贞氏说一番。（白）喂，哪个在家？

贞　氏　（内白）哪个？（上）门前有人叫，必定有客到。打开门来看，啊，原来是王九哥。王九哥，请进。

王　九　见过尊嫂有礼。

贞　氏　不必客气，请坐吧。（倒茶）请茶。请问王九哥，到我家有什么好事？

王　九　我没什么事，我来问好，海五哥呢？哪里去了？

贞　氏　他经常在外面。

王　九　哦，他经常在外面呀。他在哪面？不到别处去，在妓馆内面玩要。

贞　氏　（叹气）唉！

王　九　贞嫂，可怜你呀，青春年少，一人在家，孤孤单单，好不寂寞。你这种人呀，得到个好丈夫，那就好全了。

贞　氏　唉，王九哥，这是命中所带的，不必多言，你快出去吧。旁人看见一男一女不妥。知者是你来报信，不知者男女授受不亲，等我丈夫回来再来玩要。

王　九　好好好。（将扇丢地下，下）

[贞关门，下。

第四场

[五、妹拉手上。

桃红妹　有情有义难舍哥，

海　五　恩爱夫妻难离脱。

[五、妹同坐。

桃红妹　公子，我有句话和你商量，你可答应呀？

海　五　桃红妹，你有什么话同我讲来？

桃红妹　唉，公子呀！（唱玉美人腔）坐在堂前把话讲，叫声公子听端详。从小卖进院房里，当了几年花姑娘。年轻貌美都好耍，后来终身无下场。不在院房吃这碗饭，宁愿改嫁去从良。我的实言对你讲，公子何不讨我回家乡？

海　五　桃红妹呀！（唱四平腔）听你言来我喜洋洋，我有话来和你讲。本想将你讨，我屋里还有结发的婆娘。若是将你讨，你愿不愿做二房？恐怕你们要闹架，叫我海五怎下场？问你妈妈要银子多和少？银子多了不敢承当。（白）桃红妹呀，你愿不愿呀？我是有老婆的。

桃红妹　（摇头）有老婆我不愿。

海　五　是了。桃红妹，我有老婆你不愿。我回家前去，试试我老婆贞节如何？若是不贞节，我将她休了，来讨你回家，好不好？

桃红妹　好了好了。你把你老婆休了去，你再穷我也嫁你。你做叫化子，你前面背筒子，后面我背口袋，我都嫁你。

海　五　真的呗？

桃红妹　哪个还哄你呀？

海　五　那今天我回去了，你在院房就莫接客了呗。

桃红妹　不接客了，我等候于你。

海　五　好呀，我走了。

桃红妹　公子，你千祈千祈要来呀！（下）

海　五　来的。（出门，下）

第五场

海　五　（上）这个姑娘生得好，不矮又不高。眉毛弯弯瓜子脸，细细巧巧黄蜂腰。生得好！哼！这个门半掩半开，哪里去了？（推门进）在屋里没有？

贞　氏　（上）哦，公子，你回来了吗？

海　五　回来了。

贞　氏　公子，请坐嘛。（倒茶）请茶嘛。

［五不理，接茶吃，吃完放杯桌上。

贞　氏　公子，到哪里来？

海　五　你管我去哪里来？

贞　氏　你不是读书吗？

海　五　你管我读不读，与你什么相干？

贞　氏　唉，公子呀！（唱数板）公子堂前你坐定，细听为妻说分明。不幸爹娘丧了命，丢落夫妻两个人。你的年纪还不大，今年才是廿几春。望你读书有好处，后来得做人上人。谁知你今不学正，花街柳巷乱去行。又怕你去惹起病，恐怕后来没有儿女生。爹娘养你只一个，望你接继海家门。为妻讲话你不听，后来上当你悔不清。我把良言交代你，听不听由你自择行。

海　五　（唱）听你言来心头恨，不由老子火一盆。自从讨你三年整，还未曾有个仔来生。你还怪我去玩耍，我玩耍都因你一人。若是你养下儿和女，我也不去耍别人。你的八字生得丑，我怕你以后没有仔来生。我另讨个老婆回家下，不上两年有儿女生。那时有人叫我做老子，接起海家的香灯。我不怪你都还好，为什么女人管男人？自从盘古开天地，妻管丈夫哪能行？闲言恶语懒得讲，我恨不得要你滚出门。（见地下扇子，捡看）噫！这把扇子哪来的？哪个来我屋里头？

贞　氏　昨天王九来了。

海　五　你叫我不去要，你在屋里偷人。

贞　氏　相公，妻子并无此事。

海　五　并无此事，凭据都有。我不在家，你就有男子来。好了，我不和你讲，你吃不得我家的饭，我将退婚书写下给你，你和我快滚！

贞　氏　哎呀！夫呀，这才冤枉呀。自从为妻嫁到海门来，并无错事，恐怕日后你后悔就迟了。

海　五　老子不悔，休一个讨一个，悔什么！（下）

［贞裹包袱哭，下。

第六场

贞　氏　（上，唱忧板）从小爹娘将奴养，养下命苦受灾殃。七岁死了我的父，九岁死了我的娘。没得哪个来抚养，嫁到海家配夫郎。一长长到十几岁，两人夫妻来完房。不幸公婆把命丧，丢下夫妻人一双。从小就管家务事，十几春就把家来当。哪知丈夫不争气，调笑天天去院房。今日把奴来休出，背起包袱走外方。我去对那伯伯讲，今日离了海家庄。噙着眼泪往前走，该死该生我承当。（进大门，白）拜请伯伯。

海老大　（内白）哪个？（上）哦！原来侄子媳妇你来了。哎呀！侄媳妇，你背着包袱哪里来呀？

贞　氏　伯伯，你老人家哪曾知道，你那侄儿听了别个谗言谗语，将退婚书写了，要侄媳妇背起包袱离开此地，不得不依。我来交代你老人家一声，你老人家好好保养身体，早晚之间，难得见我了。若是老人家何年归寿①，我做媳妇若住近处，到那时候，方来送你上山。若是我去远了，莫怪侄媳妇不孝，那我就少陪你了。

海老大　哎呀！侄媳妇儿呀，为伯是无仔无女的，蒙你夫妻二人照顾，怎么你又走呀？好好好，我送你回家，讲那奴才一顿。

贞　氏　哎呀！伯伯不必了，免得你老人家生气，不要去好。

海老大　媳妇儿身边可有钱否？

贞　氏　有的。

海老大　你当真要走吗？

贞　氏　伯伯，还有训言吗？伯伯我走呀。（下）

海老大　唉！这个奴才还要得？我要去讲他几句才得！（怒下）

第七场

海老大　（上）来到海五家中了，海五。

海　五　（上）伯伯，你来了，请坐。

海老大　晓得坐。我来问你，你老婆呢？

海　五　啊……

海老大　你老婆呢？

海　五　不瞒你讲，休了出去了。

海老大　你为什么休她？她做错什么事？

海　五　这种女人要来做什么？在屋里偷人。

海老大　蠢奴才，自从她过门以来，没听说她一句闲话，胡说！

海　五　没得闲话，你老人家看看，这上边还有名字哩。

海老大　嗯，你这个奴才呀！（唱骂板）开言就把你来骂，骂声奴才听根芽。奴才做事好胆大，全不顾念情和法。你的年纪也不小，不念从前配结发。平白无故地将她打，为把扇子你休了她。你听了旁人说闲话，后来后悔你想着她。我的年纪这样大，身边无个小娃娃。养老送终你照管，后来望你把香插。贞氏是个贤良女，你怎的把她来糟蹋。我好气来将你打，打死奴才丧黄沙。

海　五　伯呀！（唱）伯伯说的哪里话？她败坏闺门我不要她。男子汉要讲志气大，残花败柳要来做什么？伯伯莫把心来挂，讨个女子转回家。讨回三年和五载，必定生个小娃娃。接继海门的后代，海门有人把香插。伯伯百年来归寿，披得孝来戴来麻。老人家莫管闲事吧，我是一个后生家。有钱另外讨一个，比她生得要阔达。长言短语我说罢，老人家把宽心来放下。（白）你老人家莫着急，有媳妇给你，不上三天，我讨个给你看。讨回来肯定比她好。

海老大　蠢奴才，讨一个定不如她，随你吧。我管不了你这么多闲事。

海　五　伯伯，好吧。我身边没有钱了，我要卖东西。

海老大　蠢奴才，你卖什么？

海　五　卖房子。

海老大　老侄，这房子你不是要讨老婆来居住吗？

海　五　我卖了房子，我拿钱到她那儿去住。

海老大　你卖好多钱？

海　五　起码要卖六十两银子。

海老大　（想一想）好了，我给你五十两你卖不卖？

海　五　五十两，卖！

海老大　我一次给不清，先给你二十两，其余的三十两，你要用再来拿。是自己的伯伯，讲了就准了，后来没有反悔的呗。

海　五　伯伯，自家人还有什么反悔的呢？一言为定。

海老大　好，就给你二十两。（给银）银子是给你二十两，你拿到哪块去？

海　五　我拿去院里去赎桃红妹回家，等下你老人家就有媳妇喊的了。

海老大　老侄做事须要老成，莫被人家哄。

海　五　老成，你老人家放心吧！我走了，伯伯，屋里你老人家照看。

海老大　自然我晓得照看。（下）

海　五　我去赎桃红妹去了呀！（唱挑担腔）主意我打得好，银子拿

到了。我去把老婆讨呀，讨回来结鸾交，真正好！（下）

第八场

两头钻　（上，引）强盗强盗，强抢恶要。他要是不给，给他一刀。（白）我，两头钻。爹娘养下，一不种田，二不种地，每日拦路抢劫。隔了几天不到外面前去，身边无钱使用，今日天气很好，不免山前山后，街前街后，走他一走。言得有理，拿起我一把家伙，走起来呀！（唱强盗腔四）三步拿来两步走，两步拿来一步走。一心要往山前走！（上山望）

海　五　（上，唱赶板）急忙拿定银和两，院房去讨美姑娘。咿呀哟咿哟嗬嗨，两脚走忙忙。

两头钻　（从山上跳下）站倒，莫动！

海　五　（跪下）好汉哥，饶命呀，莫杀我。

两头钻　嗨，你欠我的银子，还不还给我？

海　五　我几时欠了你的银子呀？

两头钻　欠了我的、欠了我的！快点把衣服脱下来，把银子还给我！（拿刀指五）

［五脱衣，给银子。

两头钻　低倒头，莫望我！（下）

海　五　（起来喊）贼呀，你黑了良心了！（唱哭板）可恨贼子心肠狠，银钱抢得干干净净。叫我怎样去讨亲，衣裳剥去剩光身。到如今像一个化郎形，恐怕桃红妹不能相认。悲切切且把路头进。（白）行来走去，走到院房门口来了。（喊）喂，家中有冷饭，路上有饥人。小姐们啦，你们吃不完的残汤冷饭，给些给我化郎充充饥呀。喂，一姑娘、二姑娘、三姑娘、四姑娘、五姑娘、六姑娘、七姑娘、八姑娘、九姑娘、十姑娘，出来和我斗喂。

桃红妹　（上）呸啾！叫化郎，和你斗什么啦？

海　五　斗钱啦。

桃红妹　你个死叫化郎，斗钱就斗钱，为什么喊十个姑娘和你斗呀？

海　五　嘿嘿！桃红妹，是你呀？

桃红妹　呸呔啾！你个死叫化子，讨米在门口，怎么跪到里头来了？出去！我给点米你走！

海　五　桃红妹，莫讲笑了，我你都认不到了？我是海公子，你认到没有？

桃红妹　什么？你是海公子？老娘认得你，耗子没尾巴，蜡烛没得挂挂。你冒名顶替，快出去。你不出去，老娘要拿棍子来打的呗！

海　五　老妹，当初的时节，你讲过你愿嫁我，现在你反悔不认我了。我为你、我为你，我把老婆休了出去。

桃红妹　老娘认钱不认人，哪个嫁给你？你娘嫁给你，你姐嫁给你，给尿桶照照你个鬼影，老娘嫁你这号人呀，你想死哟？

海　五　嘿！你真的不认我了吗？想从前进院来用钱也不少，你讲我有老婆你不嫁我，我将老婆休了，拿着银子来讨你。谁知我时运不济，被强盗抢光了。我今落魄了，你就不认我了。你听我来骂你几句呀！（唱数板）骂声桃红妹，做事太不正，吃了火炭你黑了心。从前你我恩情好，如今我落魄你不认人。为你把老婆来休定，为你夫妻两分离。为你银钱用多少，老子落魄你不认人。吃了豆瞎了眼，狠起心眼不认承。我怕你是个煨肉罐，原来是埋人坑。哄人上树就是你，你不要出头你埋得人。越思越想心头恨，你这种婊子真正无良心。害得我上不上来下不下，人财两空好伶仃，劝列位以后别玩耍，玩耍之人无下文。我已卖了房和地，搞得一家不太平。你这种女子是骗子，嘴是蜜糖刀是心。为玩耍我今日上了当，到如今老子悔不清。

桃红妹（唱）化郎说话瞎眼睛，老娘认得你什么人？哪个得你银钱用？得你银钱把棺材钉。你冒名顶替来相认，哪个和你来谈情。化郎说话你瞎了眼，我们接客是接有钱人。有钱将他来相认，无钱老娘不认人。快快和我滚出外，旁人听见不好听。知者你是来讨米，不知者反说我乱用情。将你化郎推出外，从今莫入院房门。（推五出，白）你这个死叫化子，老娘是认钱不认人。莫说你这种财主，比你钱更多的老娘吃骨头从不吐渣子哟。（下）

海　五　唉！列位，这是我嫖耍的下场啊。事到如今，房子也卖给伯伯了，老婆也休了出去了，银子也被抢光了，桃红妹也不认了，怎回去对得住伯伯呢？伯伯还有三十两银子没给我，回去问他要来，从今以后我不来耍了。想烟花行的女子，多是没有良心的。看我今天这个样子，才知玩耍是不好的呀！（下）

第九场

海　五　（上，唱四平腔）烟花女子不认人，用了银子好伤心。回头弃邪来改正，勤学苦做我再做好人。（白）伯伯。

海老大　（上）哪个？哦，是你呀。讨老婆回来了吧？

海　五　伯伯，莫讲了嘛。

海老大　不讲了，你不是讲一下就有媳妇看呀？老婆呢？

海　五　讨老婆的银子全被强盗抢去了，衣服也被剥去了，桃红妹不认人了，挨了打。

海老大　哦，打得好呀！

海　五　你老人家倒讲得好，挨了打还讲打得好。把银子给我！

海老大　怎么还要银子给你呀？不是完全给你了吗？

海　五　你只给二十两，还有三十两呀。

海老大　好，还有三十两。老侄当初时节，我说了好多话，你不听，把老婆休了，去了妓馆玩耍。事到如今，流落到这般田地来了。你这个不争气的家伙，我海门吃了什么冤枉钱，养你这个报应。好了，事到如今老婆也没得，人家又不认你，你这三十两银子没得给。你好好去找你那个老

婆回来，你找到你老婆，三十两银子给你，你找不到老婆，你永世莫进莫进我的家。（推五出，下）

海　五　唉！千错万错是我自家错。我去找老婆去了呀！（唱倒板桨）千错万错是我错，不该无故休老婆。到如今流落人一个，不知老婆何处落？我从前做事大不妥，好嫖好耍一份家财全搞脱。但愿找到我那好老婆，决把行为来改过。肚子又饿脚又软，再不改脾气没下落。这是我自讨自己作，今天出外不知住在哪个庙角落？（下）

第十场

贞　氏　（男装上，引）奴夫做事大不该，休出奴家为何来？当年夫妻多恩爱，如今结下仇恨来。（白）奴乃（向两边一望）贞氏。配夫海五。谁不料我的丈夫起了毒心，将奴休了出来，无处安身。本想与别人帮工，奴乃女流之辈，怕旁人看破，有点不雅。不免女扮男装，再找地方前去帮工。闲言懒讲，离了此地去找主人帮工，走吧！（唱比古调）越思越想泪汪汪，丈夫做事心不良。不念夫妻共枕上，越思越想心内伤。女人扮成男子样，不知何处把身藏？左思右想都无望，又怕被人识破道短长。若是别人来请我，谨记前事把身防。讲话要学男子样，可怜我女流之辈少刚强。抹干眼泪路前往，不知何日得安康。大风吹动木叶响，吓得我身战心又慌。（下）

李银匠　（上，念）士农工商，各属一行。我李银匠。已在上街开了一间小小银匠店，这几天缺少银货，下乡前去收点银子回到铺上，打点首饰贩卖，岂不是好？说得有理，离了铺上，下乡走起来呀！（唱十字腔）离了铺上下乡行，要到乡间去买银。我身边又无儿和女，只得自动自家行。日子过得都不错，可怜我是单身一个人。（下）

贞　氏　（上，唱流水板）左思右想难坏我，越思越想越作难，好为难。（白）唉！走来行去，还在此地，倒把我难坏了。我不愿做人了，来到这树林之下，不免拜叩父母养育之恩，寻个自尽罢了！（唱倒板桨）走上前来忙跪定，拜谢爹娘养育恩。自古养儿来防老，女儿做个不孝人。腰间解脱丝罗带，倒不如一命见阎君。（过场、吊绳）伯父、双亲呀！舍了。（上吊）

李银匠　（上）哇！（见贞上吊，救下，扶坐树下）唉！你这位后生，家住哪里？姓甚名谁？为什么寻自尽？将来由讲给我听，我周济于你。

贞　氏　唉！叔叔呀。（唱倒板桨）坐在松林把话论，尊声叔父你细听。只因家中多贫苦，爹娘死去丢下我一人。上无亲来下无故，又无兄弟姐妹们。你若问我名和姓，贞元就是我的名。

李银匠　哦，原来这样的。（背场）这后生，生得一表人才，想老汉无儿无女，我想收留于他，拜在我门下做个继儿，后来我也有靠。（对贞）小后生，我有句话对你说，你听不听？

贞　氏　叔叔，你有什么话，请说出来，小生是依从的。

李银匠　依从就是好的。我膝下无儿无女，收你当继儿，你愿不愿意？

贞　氏　（跪）小生依从，当场拜过继父老子。

李银匠　起来、起来！收了我这个宝宝仔，来，跟我回家去吧。

贞　氏　孩儿跟随。

李银匠　这才好呀！（唱倒板桨）老汉今天行了运，没曾讨老婆有仔生。叫我儿跟我回家去，到我家中去安身。乖乖巧巧我的仔，生得能干又聪明。为父前面把路引，喜在眉头笑在心。（圆场到家）儿呀，进来。儿呀，后面米缸有米，油缸有油，菜篮有菜，我儿快下去做饭吃。

贞　氏　孩儿从命。（下）

李银匠　嗨！我下半世有得靠了。嘿！下去吃饭去了。（下）

第十一场

海　五　（上，引）日讨千家米，夜宿古庙亭。不犯朝廷事，到处好安身。（白）我，海五。先前做错事，如今后悔迟了。找老婆找了许久，不知老婆在何方？找不到她，我伯伯叫我永在外头。哎呀！这才难啦。（唱四平腔）先前称过英雄汉，如今落魄好不难。有钱才是男子汉，无钱却是汉子难。先前称过海里龙，如今旱在小河中。有钱讲话人人听，贫穷当了鼻涕虫。（喊）唉！店房内边的老板们呀，家中有冷饭，路上有饥人呀。你们舍一点残羹冷饭给化郎充充饥，老板们哪！

贞　氏　（上，念）爹爹待我好恩情，拿我前来当亲生。（白）喂，你这个化郎，青春年少来讨米，必定是好吃懒做的。

海　五　我不是好吃懒做。老板、相公，我是落难之人。

贞　氏　哦？你是落难之人。家住哪里？姓甚名谁？你对我讲来，我来搭救于你。这块，我赏你一个矮坐。

海　五　唉，相公呀！（坐，唱倒板桨）未曾开言珠泪滚，尊声相公你细听。想我当初不学正，爱嫖爱耍受苦情。为耍房子卖了去，为嫖老婆休出门。伯父逼我把妻找，一路找来不见人。带起银子强盗抢，如今叫化到处行。你若问我名和姓，海五就是我的名。

贞　氏　哦，你原来是海五呀。

海　五　是呀，恨当初不该做错事，我那老婆是好的。

贞　氏　你做错什么事？

海　五　我去妓馆耍，看上那个花姑娘，就将老婆平白无故休了出去，我的伯父要我出来找老婆。走数月，何曾找见。伯父讲找到老婆才准回家，不然要我死在外面。

贞　氏　你老婆叫什么名字呀？

海　五　我老婆叫贞氏。

贞　氏　若是你老婆到来，你认得没有？

海　五　是我结发夫妻，认得的。

贞　氏　好了，你的老婆在我家里，很是贤惠，帮我煮茶弄饭，洗衣浆衫，少时间她就回来的。听你讲这号苦处，我拿饭给你吃，进来。

［五进门。

贞　氏　到屋里头坐着吃。(下端饭菜上给五吃。下，女装复上)给碗给我。

海　五　(抬头一见是贞，碗掉地，跪痛哭)哎呀！我的妻呀，是你呀？

贞　氏　(扶五起)夫呀！(下，拿衣服给五换)我来问你，是嫖耍的好，还是自己的老婆好？

海　五　嫖耍的不好，还是自己的老婆好。

贞　氏　唉！像你这种人，从小没有父母管教，娇生惯养，你这才晓得后悔呀？(唱数板)叫声奴夫你细听，我还念在夫妻情。哪个男子像你样，亏你黑得这良心。平白无故将我赶，今日才知假意和真情。从今以后行为改，夫妻相爱永不分。

海　五　唉！妻呀。(唱数板)贤妻说话很聪明，句句说来我细听。我妻是个贤惠女，比得从前古贤人。千错万错是我错，悔不该将你休出门。听了旁人虚情话，昧良毁了夫妻情。为玩耍花费了银和两，到如今我就悔不清。如今回心来转意，我好好痛改做事情。我怕贤妻你改了嫁，流落我海五一个人。那时我上天天无路，叫我下地地无门。夫妻双双又相见，从此不玩在家庭。还望贤妻将我认，求你念在夫妻情。

贞　氏　(接唱)听罢言来心肠软，念他是个青年人。我大人还该有大量，我念在从前结发情。罢罢罢来算了罢，双手扶起我夫君。后来你脾气一定改，改了脾气就做好人。奴夫莫跪你站起，但愿恩爱百年春。

(剧终)

【注释】

①归寿：百年归寿，人死的婉称。

【剧情简介】

海五父母双亡，无人管束，恋上妓女桃红妹。回家将配妻贞氏休了，把房屋卖给伯父，得银二十两，准备去妓院将桃红妹赎回。不料路上遇到强盗抢劫，银两和衣服被抢光，成了叫化郎。当海五再到妓院，被桃红妹赶出不认。海五后悔不迭，再向伯父讨银钱，伯父要他把贞氏找回，才给回银两。

贞氏被休之后，改换男装，本拟出外帮工为生，路上感到身世凄凉，愤而吊颈自尽，结果遇李银匠路过被救下，问明情由。李银匠年老无子，就把贞氏收留为子。一日，海五行乞至李家遇着贞氏，说了不少悔过的话，贞氏念结发之情，宽恕相认，重新和好。

【简评】

中国古代社会丈夫可以以七条理由遗弃妻子，称为“七出”。“七出”指的是：不顺父母、无子、淫僻、嫉妒、恶疾、多口舌、窃盗。当妻子被认为符合其中一条时，丈夫及其家族便可以提出休妻，即让妻子离开并与丈夫结束婚姻关系。从“七出”内容来看，主要是站在丈夫及其家族的角度考虑其利益的，婚姻的解除和夫妻双方的感情没有多少关系，而且解除婚姻关系的大权完全掌握在男子手中，因此可说“七出”实为封建宗法制度对女性侮辱和压迫的借口，反映了古代女性地位低下。此剧便上演了海五之妻无故被休的一场悲剧。

此剧由张桂妹发掘、张丽琳记录保存。

香罗帕

剧中人物

⊙周司教（行当：生，简称：司）
⊙周延章（行当：丑，简称：章）
⊙王千户（行当：老生，简称：王）
⊙周氏（行当：老旦，简称：周）
⊙王娇鸾（行当：花旦，简称：鸾）
⊙明霞（行当：花旦，简称：明）
⊙曹氏（行当：摇旦，简称：曹）
⊙孙九（行当：正丑，简称：九）
⊙长差（行当：丑，简称：长）
⊙魏同知（行当：正生，简称：同）
⊙魏女（行当：旦，简称：魏）
⊙丫鬟（行当：旦，简称：鬟）
⊙赵学究（行当：老生，简称：赵）
⊙赵县官（行当：正生，简称：官）
⊙臬司（行当：粉面，简称：臬）
⊙傧相（行当：老丑，简称：傧）
⊙家院（简称：院）

⊙家丁（简称：丁）

⊙衙役（简称：役）

⊙差人甲（简称：甲）

⊙差人乙（简称：乙）

⊙轿夫（简称：夫）

第一场

周延章　（上，念）苦读寒窗，不知何日把名扬。（坐，白）有日皇王开科选，一举成名天下扬。小生姓周，名延章。随父上任，住在衙中。我每日在学堂攻书，今日心中烦闷，不免出外游玩一番，岂不是好？离了书房，还要往外面行走。（唱倒板桨）出得门来用目睁，一二从头看分明。山中没有砍柴汉，河下没有渡船人。桃红柳绿花似锦，不枉小生走一程。迈开步儿往前进，转过前途看分明。（下）

王娇鸾　（上，念）闺阁绣鸳鸯，轻步出厅堂。奴乃二八女，何日配凤凰。（白）奴乃王娇鸾。爹娘生我姐妹二人，妹妹年幼许配表兄，奴家倒还未曾许配。今乃三月三日，不免转到花园前去，在秋千台上玩耍玩耍，散一散心，叫丫鬟出来陪伴。明霞走来！

明　霞　（内应）来了！（上，念）有钱之人人侍奉，无钱之人侍奉人。（白）见过小姐有礼。

王娇鸾　不消，一旁站过。

明　霞　小姐叫奴婢出来，哪里走动？

王娇鸾　叫你出来，非为别事，今日小姐想到花园前去游玩散心，无人陪伴，叫你去请姨姑出来，一同前去。

明　霞　从命。（向内）有请姨姑。

曹　氏　（上，念）丫鬟一声请，不知为何情？（白）丫鬟所请何事？

明　霞　我家小姐有事请你。

曹　氏　女儿，叫得为娘出来，有何好事？

王娇鸾　女儿想到花园前去游玩，无人陪伴，请你陪伴女儿一同到花园前去。

曹　氏　我儿要去，为娘陪伴就是。

王娇鸾　丫鬟前面引路。（唱雪花腔）好一朵雪里花，满园花开赛不过它。我心想摘朵花来插，又怕看花人来骂。

明　霞　小姐，来此已是花园。

王娇鸾　将花园门开开。

明　霞　是，小姐请进。

王娇鸾　一齐同进，转过秋千台。

王娇鸾、明霞、曹氏　（上，打秋千，唱十月花）正月里来正月花，正月新官拜旧衙。文武百官来送礼，十盘果饼九盘花。二月里来二月花，二月阳雀叫喳喳。一来叫得阳春早，二来叫出牡丹花。三月里来三月花，三月竹笋才发芽。十八满姑来扯笋，罗裙兜笋[①]笑哈哈。四月里来四月花，四月新犁配旧芽。新犁犁出千条路，旧芽发出牡丹花。五月里来五月花，五月龙船下水扒。二十四把摇船桨，中间打鼓两边划。六月里来六月花，六月日头似火花。将钱买把清凉伞，上遮日头下遮花。七月里来七月花，七月婆婆捡棉花，这头捡往那头去，捡得头昏眼又花。八月里来八月花，八月公公抱娃娃。前门抱往后门去，双手拍拍笑哈哈。九月里来九月花，九月婆婆纺棉纱。中间纺出泥鳅肚，两头纺出绣球花。十月里来十月花，十八满姑洗棉纱。双脚搭在青石上，好比观音坐莲花。

［章暗上听，拍手笑。

［鸾听见人笑，即跳下秋千台，失落香罗帕。鸾、曹、明齐下。

周廷章　（见台上遗有罗帕）且慢，这秋千架上有一条香罗帕，待我看来。（捡帕）这香罗帕真真好美，想必是刚才那位小姐掉下的。是了，待我到那旁前去躲避一时，她必来寻找。（下）

［明、鸾、曹同上，曹回家，下。

王娇鸾　失掉了！失掉了！

明　霞　小姐失掉了什么？

王娇鸾　我失掉了手帕。

明　霞　小姐，待我前去寻找。

王娇鸾　快去快来。

明　霞　是，小姐请退。

[鸾下。

明　霞　待我转过花园。（到处寻找）我小姐在此失掉一条手帕，怎么就不见了？

周延章　（暗上）那一条手帕，有人捡去了。

明　霞　原来是一位书生。相公，你可曾得见？是谁人捡去了？

周延章　那一条手帕是谁人的？

明　霞　是我家小姐的。

周延章　是你家小姐的，就该你小姐来讨，为什么你来讨？

明　霞　我奉了小姐之命，我前来讨取，皆是一样。相公，你捡得了，就该退还我家小姐。

周延章　捡我倒捡得了一条，不知是不是你家小姐的。

明　霞　你这位相公乃是读书之人，捡得我们女人的东西，怎么不退还？

周延章　请问大姐，你家小姐，姓甚名谁？

明　霞　我家小姐，乃是王千户②之女，名叫王娇鸾。请问相公，高姓大名？

周延章　我乃周司教之子，名叫周延章。我乃吴江县之人，随父上任到此，每日书房攻书，书馆就在你家隔墙。你要这条手帕，我有诗一首，烦大姐交与你家小姐。（交诗）

[明接诗下。

周延章　（念）有缘千里来相会，月里嫦娥我好逑③。（下）

明　霞　（上）有请小姐。

王娇鸾　（上）你去找寻香帕，可曾找到？

明　霞　小姐，那一条手帕给人捡去了。

王娇鸾　给谁捡去了？

明　霞　不是别人，乃是周公子捡去。

王娇鸾　你该问他要回。

明　霞　我怎么没问他要，可是他不给。

王娇鸾　他怎么不给？

明　霞　他说道，是小姐的，要小姐前去取讨。

王娇鸾　要我前去取讨？（想）那我就去。

明　霞　小姐不必，周公子有诗一首，请你回复他。你若回复，他便退还。（交诗）

王娇鸾　（接诗念）帕属佳人分外香，天公交付有情郎。殷勤寄与相思句，系作红丝出洞房。（白）待我回诗一首。妾身一点玉无瑕，生在侯门将相家。镜里有亲同对目，闲中无事独看花。碧梧只许来栖凤④，翠竹那容集老鸦。寄与异乡孤零客，莫将心事乱如麻。（将诗交明）你好生前去，问他要来。

明　霞　从命。小姐退下。

［鸾下。

明　霞　待我转过花园。（唱路腔）大郎住在大河边，一卖烧酒二卖盐。大相公来打酒，二相公来买盐，小小生意要赚钱。

［章上。

明　霞　相公，我小姐回复来了。

周延章　你小姐回复来了，拿给我看来。（看）

明　霞　我小姐回复了你，请你退还她的手帕。

周延章　我有回诗一首，请你带回去，我才退。

明　霞　你先前讲过，我小姐回复，你就退还。如今我小姐已回复了你，你还不退，我不带去了。

［章取钱给明。

明　霞　（不得已收下钱）相公，我给你带回去，我回来你就要退还香罗帕呀！

周延章　是了。（下）

明　霞　我要回转府中，回复小姐呀！（唱流水腔）急急忙忙回府去，见了小姐说分明。（白）有请小姐。

王娇鸾　（上）丫鬟，你回来了，那位相公他可曾退还香罗帕？

明　霞　他说道，他有诗一首，要小姐再复一首，他方可退还。（交诗）

王娇鸾　（接看，念）傍居侯门就有缘，异乡孤客可堪怜。若容鸾凤双栖树，比翼和鸣入九天。（白）真是可恼！

明　霞　那相公说些什么？

王娇鸾　那相公哪里是吟诗，明明是取笑于我。

明　霞　小姐你何不作诗骂他一顿。

王娇鸾　不必，想他乃年青之人，只用好话劝他罢了。好，我们后面歇息，来日再做道理。

［鸾、明同下。

第二场

王千户　（上，念）人老何必苦奔忙，阴阳相隔纸一张。家有黄金千百斗，膝下无儿好凄凉。（白）本院南阳王千户。今乃端阳节，不免叫孙九到大街之上，买些好酒好肉回来，也好过节。孙九哪里？走来。

孙　九　（上，念）老爷一声叫，急忙就来到。（白）见过老爷。

王千户　不消见礼，站过一旁。

孙　九　老爷打叫小人出来，哪里走动？

王千户　叫你出来，非为别事，今日乃端阳佳节，你去大街之上，买些好酒好肉回来。

孙　九　小人从命。

王千户　还要早去早回。（下）

孙　九　是。奉了老爷之命，到大街前去买酒买肉，我还要转过大街。

［章暗上，与九相碰。

孙　九　原来是公子。

周延章　原来是孙大叔。孙大叔我请问你一件事。

孙　九　什么事？公子请讲。

周延章　你家老爷之女，可曾许配给人。

孙　九　我家小姐尚未许人。

周延章　烦劳你与我做一个月老，与我说合这桩亲事，我永忘不了你的大恩。

孙　九　我家老爷，膝下无儿，只生我家小姐。小姐满腹诗书，衙中的文件都是她代笔的。你要求亲，我家太太，乃是你周家姐妹，最好你过府前去，与她面谈，方有办法。

周延章　但不知那天去好？

孙　九　今天是端阳节，最好你今天就去。

周延章　今天就去？（想）又怎样去呢？

孙　九　你带上酒礼和一包面就行了。

周延章　好倒是好，怎奈我从来未去过她家，还要请你给我作引导。

孙　九　老汉少刻回家，你随后就来。（下）

周延章　小生要去见姑爷姑母，待我去办酒礼去。（下）

第三场

孙　九　（买酒肉回衙上）有请老爷。

［王上。

孙　九　见过老爷，启禀老爷，周老爷的公子前来拜访。

王千户　周公子前来拜访？（想）想我与他并无来往，今日他为何来拜访于我？

孙　九　太太乃是周家姑娘，他是来拜见姑爷姑娘的。

王千户　原来如此。

家　院　（上）周公子过府。

王千户　有请。

周延章　（携礼物上）姑爷在上，受小侄参拜。

王千户　参拜不敢。

周延章　礼当。

王千户　一旁看座。

周延章　谢座。

王千户　家院看茶伺候。

家　院　是。

周延章　姑爷，请姑母出来，以便参拜。

王千户　家院，请你家太太出来。

家　院　有请太太。

周　氏　（上）家院所请何事？

家　院　老爷请你。（下）

周　氏　见过老爷。

王千户　夫人不要见礼，那旁坐下。

周　氏　叫为妻出来何事？

王千户　那旁你的侄男前来拜访。

周延章　姑母请上，受侄儿一拜。

周　氏　不用拜了。

周延章　礼当。（拜）

王千户　那旁坐下。

周延章　请问姑母，我表姐哪里去了？

周　氏　你表姐在上房，有恙[5]在身。

周延章　表姐有恙，请姑母待我前去探望探望。

周　氏　不必前去。

周延章　兄妹之情，哪有不去之理？

周　氏　明霞哪里？走来。

明　霞　（上）夫人叫一声，上前问根苗。见过夫人，有礼。夫人打叫何事？

周　氏　小姐病体如何？

明　霞　小姐近几日来，病体好了一些。

周　氏　请将姨姑出来。

明　霞　从命。有请姨姑。

曹　氏　（上）丫鬟一声请，不知为何情？见过夫人，叫我出来何事？

周　氏　姨姑，这位周公子，乃是我的侄儿，要去探望我的女儿，你与明霞陪同前去上房探望。

曹　氏　晓得了。

周　氏　你在旁还要老成些。

曹　氏　是。

周　氏　老爷，你我转过后堂。

［周、王同下。

曹　氏　周公子请随我来。来此已是上房，明霞搀扶你家小姐出来。

明　霞　是。（下扶鸾上）小姐的病体如何了？

王娇鸾　我的病体好了一些。

明　霞　那位周公子特来探望你。

王娇鸾　是哪一个周公子？

明　霞　就是捡你香罗帕的那位相公。

王娇鸾　就是他吗？他在哪里？

明　霞　已在上房等候。

王娇鸾　你叫他上前。

明　霞　姨姑，我家小姐吩咐，请公子上前相见。

曹　氏　公子随我来。

周延章　（上）那旁就是小姐？

明　霞　小姐，相公来了。

王娇鸾　相公，请来见礼。

［鸾、章二人见礼。

王娇鸾　相公有礼。

周延章　小姐有礼。

王娇鸾　丫鬟，给公子看坐。

周延章　请问小姐，病体如何？

王娇鸾　我的病体已经好了。丫鬟请姨母上前搭话。

明　霞　是，有请姨姑。

曹　氏　女儿有什么话，当着为娘说来。

王娇鸾　女儿有言，不好启齿。

曹　氏　女儿说什么不好启齿，当着为娘说来，为娘与女儿做主就是。

王娇鸾　女儿有意将终身大事，许配公子，不知他娶了亲没有？

曹　氏　女儿呀，为娘与你前去问过就是。请问相公，你可曾婚配？

周延章　姨母那曾知道，小生随父到此，功名未就，未曾婚配。

曹　氏　女儿呀，相公言道，他随父到此，功名未就，未曾婚配。

王娇鸾　他既未曾婚配，女儿有意许配，不知他意下如何？

曹　氏　相公，我小姐言道，她愿将终身许配与你，不知你意下如何？

周延章　小姐乃官家女儿，我乃远方之人，小人实在不敢。

曹　氏　你不依从，待我回复小姐。小姐，他不依从。

王娇鸾　他怎不依从？

曹　氏　他言道，小姐乃官家之女，他不敢高攀。

王娇鸾　说什么不敢高攀，我乃官家之女，他乃公卿之后，年又相当，说什么不敢？

曹　氏　公子，我家小姐言道，她是官家之女，你是公卿之后，年又相当，说什么不敢高攀？

周延章　若是这个，我从命就是。

曹　氏　从命就是好的。小姐，公子依从了。

王娇鸾　公子同意，口说无凭，姨姑你要同我做主才是。

曹　氏　是的，你二人要定个合同才好。他乃远乡之人，日后有反悔又怎么好呵？

王娇鸾　姨姑做主，就是好的。

曹　氏　公子，口说无凭，你二人要定下合同才是。

周延章　若是要立合同，小生愿意。

曹　氏　愿意就是好的。明霞，取文房四宝出来。

［明下拿纸笔上。

周延章　字就晓得写，这个合同我就晓不得写。

曹　氏　我的口，你的笔。

周延章　（写）男若瞒女，乱箭射心。女若瞒男，横生倒养。（白）立字三张，各拿一张，一张祷告天地。丫鬟，看香烛伺候。

［明拿香烛，章、鸾同拜。

周延章　（唱倒板桨）一拜天来二拜地，拜过虚空过往神。哪个若还有歹意，乱箭射心丧残生。

王娇鸾　（接唱）奴家若还有歹意，横生倒养命归阴。拜罢神灵抽身起，二人对坐谈婚姻。

曹　氏　小姐，不必叙说，好生回房歇息。

王娇鸾　是。

［鸾、明下。

曹　氏　相公，我们回到前厅去。（下）

周延章　是。（下）

第四场

长　差　（上，念）长差长差，路途难挨。长差就是我，我就是长差。（白）我长差。领了上司公文，到南阳前去下书，还要快马加鞭。（下）

［司上，甲、乙同上。

周司教　（念）头戴乌纱感圣恩，身穿圆领绣麒麟。吃王爵禄恩当报，臣报君恩子奉亲。（白）下官，周司教。领奉上司之命，来在南阳为官。今日坐堂，人来，侍候了。

长　差　（上）来在衙门外，谁敢不低头？门上哪位在？

差人甲　甚等样人？

长　差　烦你通传，长差求见。

差人甲　候着。启禀老爷，长差求见。

周司教　传他进见。

差人甲　从命。（出）老爷传你进见。

长　差　报，长差报进，参见老爷。

周司教　长差到此何事？

长　差　奉了上司之命，有公文书送来，老爷请观。

周司教　将公文呈上。

［长呈文。

周司教　下面歇息。

长　差　叩谢老爷。（下）

周司教　上司有公文到来，待我拆书观看可。呵，我怕公文到来何事，原来要我到四川赴任，即时就要启程。人来，叫公子上前。

差人乙　有请公子。

周延章　（上）家院一声请，不知为何情？爹爹在上，孩儿拜见。

周司教　我儿不消，那旁坐下。

周延章　孩儿告坐，爹爹叫孩儿出堂，有何教训？

周司教　我儿哪曾知道，上司有公文到来，要为父前去四川赴任，今日就要启程。为父先去，我儿随后到来。

周延章　孩儿从命。

周司教　人马侍候。

［夫上。

周司教　起道。

［众人同下。

周延章　我爹爹要到四川前去赴任，叫随后就去，待我前去小姐家中辞行，还要转过她家。（唱倒板桨）方才爹爹对我讲，不由我的心着忙。今日到她家中去，见了小姐说端详。（白）来此已是她家，内面有人没有？

明　霞　（上）是哪个？原来是相公。相公请进，相公来到我家，有何好事？

周延章　大姐哪曾知道，今日我到你家而来，有事要与你家小姐面谈，请你请小姐出来。

明　霞　从命，小姐有请。

王娇鸾　（上）心惊肉跳，有何吉兆？丫鬟请小姐何事？

明　霞　周公子到来，有话要对小姐说。

王娇鸾　那个周公子来了？请。

明　霞　有请公子。（下）

王娇鸾　相公今日到来何事？

周延章　小姐哪曾知道，是我父要到四川前去赴任，特意前来辞行。

王娇鸾　但不知何日启程？

周延章　我父已于今日启程，我于三日之内就要走了，今日我特来与小姐告辞。

王娇鸾　为何走得这样快？

周延章　限期甚急，就此告辞了。（唱倒板桨）走上前来礼恭敬，尊声小姐你细听。父亲四川去赴任，我也跟着就要行。辞别小姐登程去——

王娇鸾　慢着，转来。

周延章　（接唱）小姐叫转为何情？

王娇鸾　相公有所不知情，奴家有言你细听。跟随你父去上任，千万莫忘恩爱情。今日奴家年已长，三月五月要回音。我今一再叮咛你，牢牢记在你的心。

周延章　（唱）小姐言语我记定，决不忘却恩爱情。辞别小姐往前进，一去不久我回音。（下）

王娇鸾　一见相公辞别去，不由奴家两泪淋。转身且把上房进，不知何日得相亲。（下）

第五场

魏同知　（上，念）一派青山景色幽，前人田地后人收。后人收得休欢喜，又有他人在后头。（白）老汉姓魏名同知。闻听周老爷到此上任，想当日我与他交好，我有一女与他指腹为婚⑥。我女今年一十八岁，也应出阁了。不免托人前去，对他说明，先请得赵学究到我家来商议。家人哪里？

家　丁　（上）员外一声叫，上前问根苗。见过员外。

魏同知　免。

家　丁　员外叫我上前，哪里走动？

魏同知　你到赵公家中，请他前来，有事商议。

家　丁　小人从命。（圆场）奉了员外命，去请赵公来。离了府门，还要往他家走哇！（唱流水腔）在家领了员外命，命我赵家走一程。将身且把路来进，抬头就见他的门。（白）有请赵公。

赵学究　（上，念）门前高声语，打叫是何人？（白）原来小哥到此，请进。

家　丁　有进，见过赵公有礼。

赵学究　免礼，到此何事？

家　丁　我家员外，请你过府，有事商议。

赵学究　几时前去？

家　丁　即时前去。

赵学究　前面引路。

家　丁　随我来呀。

赵学究　（唱倒板桨）行在途中把话讲，叫声小子听端详。今日请我你家往，不知何事要商量？小子引路往前走，见了员外问其详。

家　丁　到了！赵公请进，赵公请坐。有请员外。

魏同知　（上）呵！你回来了。

家　丁　回来了。

魏同知　命你去请赵公，可曾请到？

家　丁　请到了，就在堂前。

魏同知　那旁来的，可是赵仁兄？有礼。

赵学究　有礼相还。

魏同知　小子看座，倒茶。

家　丁　从命。（倒茶，下）

赵学究　请问员外，叫我来到你家，不知有何事商议？

魏同知　当年你我与周仁兄三人，酒席筵前，我女与他儿指腹为婚，今日周仁兄到此上任，烦劳赵仁兄过衙前去，对他说明此事。

赵学究　我怕为着何事？却原来为了小姐的喜事，老汉就往他衙走上一走，与他商量商量。

魏同知　相烦早日前去。

赵学究　那个自然，就此告辞。

魏同知　急速回信。

赵学究　晓得，少陪。

魏同知　恕不送了。（下）

赵学究　我还要转过衙中。（下）

第六场

[司、甲、乙同上。

周司教　（念）头戴乌纱色色新，身穿蟒袍绣麒麟。为官不与民做主，枉受朝廷爵禄恩。（白）下官周司教。今乃三八日期，坐堂理事。人来，侍候。

赵学究　（上）行行走走，走走行行，不觉来此已是衙门。门内哪位在？

差人甲　甚等样人？

赵学究　烦你通传，赵学究求见。

差人甲　启禀老爷，赵学究求见。

周司教　打开中门有请。赵仁兄久别了，请坐。

赵学究　同坐。

周司教　请问赵仁兄，今日过衙何事？

赵学究　非为别事，只为公子的婚姻大事。当初之时，你我与魏同知仁兄三人酒席筵前的话，不知可还记得？

周司教　当日酒席筵前的话，不错，倒还记得。现在我儿年已长成，他女也有一十八岁，应当成配。只是我儿还在南阳，未曾到来。

赵学究　应该命人接他到来，择定吉日与他成配才是。

周司教　是。来日我儿到来，择定日期接他小姐过衙就是。烦劳赵兄转告魏仁兄。

赵学究　这等言来，老汉告辞了。

周司教　恕不远送。

[司、甲、乙下。

赵学究　离了衙中，还要转过魏府。（唱倒板桨）适才周兄对我讲，指腹为婚他不忘。将身且把路途上，见了员外说端详。（白）来此已是他家，魏爷哪里？

魏同知（上）赵仁兄到来，请坐。

赵学究　同坐。

魏同知　方才你过衙前去，周仁兄怎样说来？

赵学究　他说他的儿子现在南阳，来日命人接到衙中，择定日期，与小姐成配便是。

魏同知　这等言来就是好的，你我同到后面酒宴。

［同、赵同下。

第七场

周延章　（上，念）家藏书万卷，灯下用功夫。（坐，白）朝为田舍郎，暮登天子堂。将相本无种，男儿当自强。小生姓周名延章。父亲有书到来，叫我即往四川任所。家院，收拾行李，一同随我前去。

［院应，挑行李上。

周延章　前面引路。（唱倒板桨）站立中途用目睁，青山绿水看分明。三里四里桃花店，五里六里杏花村。杏花村中出美酒，桃花店里住佳人。家院引路往前进，见了爹爹说分明。

家　院　来此衙中，有请老爷。

周司教（上）家院一声请，不知为何情？

周延章　爹爹在上，孩儿有礼。

周司教　我儿不消，一旁坐下。

周延章　孩儿告坐。爹爹叫孩儿赶到衙中何事？

周司教　我儿哪曾知道，想当年为父与你定下婚姻，前日你岳丈派人前来说道，他的女儿成长，要我择日与你成亲。

周延章　若是这个嘛……

周司教　怎么？难道为父与你选定的魏家小姐还配不上你吗？

周延章　孩儿遵命。

周司教　遵命就是好的。来日择定吉期迎亲过门。

［司、章同下。

第八场

魏同知　（上，念）只为吾儿事，时刻挂在心。（白）老汉魏同知。是我前日请赵兄前去周仁兄衙中说了亲事，今日我想送亲上门，岂不是好？有请赵仁兄。

赵学究　（上）贤弟所请何事？

魏同知　仁兄哪曾知道，想我女儿亲事，蒙仁兄过衙与周仁兄说好，今闻周延章已到衙中，老汉想送亲上门，不知可否？

赵学究　贤弟有此美意，愚兄与你走路就是。

魏同知　烦劳仁兄先去通报，花轿后到。

赵学究　那个自然。（下）

魏同知　家院，配备礼物嫁妆花轿伺候。

家　院　（上、应下、上）老爷，现已备好。

魏同知　打轿上来。

［魏、鬟、夫等上。过场齐下。

第九场

赵学究　（上）有请周仁兄。

周司教　（上，念）昨晚灯花结彩，今朝鹊噪檐前。

赵学究　周仁兄，魏员外送小姐上门。

周司教　打轿上来。

［夫抬轿上，鬟跟上。

周司教　下面饮宴。

家　院　（上）请随我来。

［鬟、夫同下。

周司教　叫公子穿戴上来，夫妻拜堂。请傧相。

家　院　叫公子穿戴上来，夫妻拜堂。请傧相。

［内应："是"。

［傧上。

［章吉服上。

傧　相　好块檀香木，做成一马鞍。新人从此过，福寿又平安。一根红线下江中，先钓鲤鱼后钓龙。喜烛高烧光闪闪，堂前彩幛满堂红。（动乐）右边请出新娘，左边请出新郎。新郎新娘，同来拜堂。先拜天地，后拜高堂。夫妻对拜，同入洞房。好儿子生五个，好女儿生一双。大儿子朝中宰相，二儿子两广都堂。三儿子云南布政，四儿子武艺高强。五儿子年纪虽小，学堂里攻读文章。大姑娘状元太太，二姑娘皇后娘娘。皇后娘娘生太子，生出太子掌朝纲。

周司教　恭喜恭喜。下场领赏。

傧　相　谢赏。

周司教　下官完了一场心事。后面大家一同饮宴。

［众同下。

第十场

王娇鸾　（上，念）二八佳人花正开，好似仙女下瑶台。虽然不及嫦娥美，君子见奴把头抬。（白）奴家王娇鸾。只因公子一去杳无音讯⑦，今日不免命孙九大叔前去探信，岂不是好？孙大叔哪里？

孙　九　（上，念）小姐一声叫，急忙就来到。见过小姐有礼！小姐打叫，何事？

王娇鸾　叫你上前，非为别事，只因周公子一去，杳无音讯，今日命你前去打听他的动静如何？

孙　九　小人从命。

王娇鸾　快去快回，这里还有书信一封，给你带去。（下）

孙　九　晓得。（圆场）奉了小姐之命，前去四川探访公子下落。离了衙中，还要往四川行走。（唱倒板桨）在衙中奉了小姐命，要到四川去走一程。公子一去无音讯，不知公子为何情？还要进城去打听，且到大街访原因。（白）来此已是大街，待我上前去访问一下。列位朋友请了。

［内白："所讲何事？"

孙　九　周大老爷衙门在哪里？

［内白："你问周大老爷衙门何事？"

孙　九　我是要到他的公子那里去。

［内白："你问他的公子？"

孙　九　正是。

［内白："他的公子已回衙中，前几天正与魏员外的女儿成亲，好热闹呵！"

孙　九　他成亲了？他住在何处？

［内白："他住在东街小巷对面，粉墙上写着品行坊就是他的住所。"

孙　九　可是真的？

［内白："真的。"

孙　九　如此有劳了。待我转过东街，行行走走，走走行行，那旁写有品行坊几字，想必就是他的住所。待我转过那旁。

［章上，章、九二人相遇。

孙　九　原来就是周公子。

周延章　孙大叔哪里前去？

孙　九　特来找你。

周延章　啊，你来找我有什么好事？

孙　九　我家小姐说道，你一去杳无音讯，叫我特来找你，她有书信与你。（交信）

周延章　（接看）哪有此事？你在此站着，我有物件交你。（将帕与合同交九）

孙　九　当初你二人说过什么没有？

周延章　胡说！（下）

孙　九　（圆场）此人枉是读书之人，全不讲理。待我回复我家小姐吧。离了此地，我还要赶回去呀！（唱倒板桨）见相公说的话全不思忖，倒叫老汉心不明。他把物件交与我，为着何因退证明？迈开大步往前进，见了小姐说分明。（圆场）明霞！明霞！

明　霞　（上）大叔，什么事？叫得这么急。

孙　九　相公有物件在此，你拿去交给小姐。

明　霞　相公交来香罗帕，我拿去交小姐。

［九下。

明　霞　有请小姐。

王娇鸾　（上）只为相公事，日夜不安宁。

明　霞　见过小姐。

王娇鸾　丫鬟所请何事？

明　霞　孙大叔回来，相公有物件在此，小姐的香罗帕也退还来了。

王娇鸾　哪个？孙大叔回来了？叫他上前见我。

明　霞　有请孙大叔。

孙　九　（上）叫我何事？

明　霞　小姐叫你。

孙　九　见过小姐。小姐打叫何事？

王娇鸾　孙大叔，命你前去找寻公子，你与公子可曾见面？

孙　九　见到了，受他一肚子的气。

王娇鸾　怎样受他的气？你好好说来。

孙　九　是我在街上闻听人说，他与魏员外家小姐成亲了。我又在路上遇见了周相公，他将小姐的香罗帕交与我，他还骂我胡说。

王娇鸾　可是你的真言。

孙　九　真言。

王娇鸾　下面休息。

［九下。

王娇鸾　且慢，你看这忘恩负义之人，先前他还写了合约，如今竟将香罗帕与合约一并退回，我不免写下词状交到吴江县赵县官那里告他一状，岂不是好？

孙　九　（上）启禀小姐，老爷吩咐前去检查公文。（下）

王娇鸾　好的。丫鬟，转过签押房。丫鬟，看茶。公文未曾写好，我不免趁此时刻来写词状也好。待我提笔来写。（唱月调）公子做事不思想，忘却恩爱为哪桩？二人对天盟过誓，男负女来箭穿亡。女若负男横生养，句句言语记心旁。立下合同为凭证，毁约另婚理不当。一张词状忙写上，还望大人做主张。（白）丫鬟，传长差。

明　霞　传长差。

长　差　（上）忽听传长差，哪怕路难挨。参见小姐，有礼。小姐打叫何事？

王娇鸾　有文书一封，命你到吴江县前去下书。

长　差　小人从命。

王娇鸾　我今吩咐你——

长　差　怎敢误公文。

王娇鸾　好一个怎敢误公文！

［鸾、明下。

长　差　小姐命我到吴江县前去投文，我还要快马加鞭。（下）

第十一场

王娇鸾　（上）哎，我今日已叫人投文去告他了，想我活着也没意思，不免寻个短见，倒还好些，待我转过上房。来此上房，拜别爹娘养育之恩。（唱忧板腔）对天我把爹娘拜，拜别爹娘养育恩。只望养儿来防老，女儿做了不孝人。拜别爹娘抽身起，不如自尽丧残生。腰中解下丝罗带，我愿即刻到幽冥[8]。（哭）老爹爹、老娘亲呀。啊，无义贼，我怎能饶你！（自尽）

明　霞　（倒茶上）小姐，绣房为何下锁？有请老爷。

王千户　（上，念）心惊肉跳，有何凶兆？（白）丫鬟，所请何事？

明　霞　小姐将绣房门下锁，不知怎么样了？

王千户　待我上前看过明白，（打门进，唱哭板）一见我儿丧了命，滚滚泪珠往下淋。只望养儿来防老，那料今日丧残生。舍不得娇儿心悲痛，倒不如碰死一路行。（碰头）

明　霞　（抱住王）老爷不必如此，人死不能复生，哭也是枉然。

王千户　丫鬟，将小姐尸首入殓好，来日请得高僧超度。哎，儿呀。

［王、明同下。

第十二场

［官、役同上。

赵县官　（念）头戴乌纱管万民，身穿圆领掌法刑。为官不为民做主，枉受朝廷爵禄恩。（白）下官，吴江县正堂。今乃三六九日，不免坐堂理事。人来，侍候。

长　差　（上）来此衙门，门上哪位在？

衙　役　来的是谁？

长　差　烦你通传，长差求见。

衙　役　启禀大老爷，长差求见。

赵县官　传他进来。

衙　役　从命。（出）老爷传你进见。

长　差　报，长差告进，跪见老爷。

赵县官　奉了何人所差？

长　差　奉了我家小姐所差，有书呈上。

赵县官　将书呈了上来。

［差呈书。

赵县官　下面去用茶饭。

长　差　叩谢老爷。（下）

赵县官　且慢，王老爷有书到来，待我拆书一观可。（看书）我怕公文到此何事？原来乃是周延章背信负约之事。且慢，这周延章乃是官家之子，此事应怎么办呢？（想）有了，待我先传他到此。人来，一堂传一堂，一里传一里，传周延章公子到案。

周延章　（上）参见老爷。

赵县官　公子你可知罪？

周延章　不知罪犯哪条？

赵县官　嗯？还说罪犯哪条？你与王小姐恩爱誓约，如今你重婚，忘了恩义，还说不知罪！

周延章　小人并无此事。

赵县官　还说没有此事？现有王小姐公文到来，控告于你，有证据在此！（交文）

［章不认。

赵县官　来，把他押了。且慢，想他父在朝为官，与我乃同僚之臣，这事怎样办理？（想）是这个吗？有了。人来！看请帖一张，请臬司⑨到此。

衙　役　从命。（下，复上）启禀老爷，臬司大人到。

赵县官　有请。

［臬司上。

赵县官　臬司大人驾到，请坐。

臬　司　同坐。

赵县官　大人驾到，未曾远迎，望乞恕罪。

臬　司　好说了。来得冲撞，还望海涵。请问县台，请我过衙何事？

赵县官　请官人过衙非别事，下官有一案件，难以判断，请予指教。

臬　司　哪一案？

赵县官　现有王千户之女王小姐控告周延章重婚。

臬　司　可有词状？

赵县官　有词状，大人请观。（交书）

臬　司　（接看）词状后面还附有合约，女负男横生倒养，男负女乱箭穿身。既有此事，必要传他二人到案才是。

赵县官　来，传长差。

衙　役　传长差。

长　差　（上）参见大人。

赵县官　免，叫你去南阳王千户衙中传王小姐到案。

长　差　小人从命。（下）

臬　司　传公子到案。

赵县官　公子现在衙中。

臬　司　来，带他上来。

周延章　（上）参见老爷。

臬　司　你这狂徒，你可知罪？

周延章　小人不知罪犯哪条？

臬　司　嗯？现有王千户之女控告于你，你还说罪犯哪条？

周延章　既有此事，也要个招对。

臬　司　要对招，也曾命人去传王小姐到案。

长　差　（上）参见老爷。

臬　司　王小姐可曾来到？

长　差　王小姐为着此事，气愤不过，自缢身亡。

臬　司　你这狂徒，王小姐为着你，已一命身亡。你二人立下合约，女负男横生倒养，男负女乱箭穿身。现有合约在此，你还要什么招对？（将

文给章）

周延章　若是这个吗？

臬　司　来，与我拿下了。

［役绑章。

臬　司　这合同上面写道，男负女乱箭穿身亡。今日老夫不用乱箭射你，要将你活活打死。

衙　役　（押章下。复上报）周延章已死。

臬　司　死者不亏。将公文往上报，待老夫提笔可。（写文）有事无事？

衙　役　无事。

臬　司　无事退堂。

［众人下。

（剧终）

【注释】

①兜笋：装笋。兜，在此作动词。

②千户：官名。金初始置，为世袭军职。

③逑：配偶。《诗·周南·关雎》有："窈窕淑女，君子好逑。"

④碧梧只许来栖凤：挺拔茂盛的梧桐为祥瑞之树，凤凰为百鸟之王。人们常把梧桐和凤凰联系在一起，强调它们的特殊与高贵。

⑤恙：疾病。

⑥指腹为婚：我国古代的一种特殊嫁娶形式。所谓"指腹婚"，就是指子女尚在娘肚子里，父母亲就给指定了婚姻。

⑦杳无音讯：形容信息断绝，了解不到对方的情况。

⑧幽冥：这里指阴曹地府。

⑨臬司：按察使的别称，主管司法。

【剧情简介】

王千户之女娇鸾，花园游玩，遗失香罗帕一方，被邻衙周司教之子周延章拾得。娇鸾命丫鬟索取，延章不但不还，并用诗词挑逗，后竟认亲混入王家，与娇鸾私定婚约。不久，周父调任四川，周延章背约弃义，另与魏女成婚，置娇鸾不闻不问。娇鸾因久无音信，差人往探，始知前情，愤而自尽。在自尽前，写下诉状投至吴江县控告，并附所订合约为证。吴江县传讯周延章，请由臬司亲审，立予法办。

【简评】

《香罗帕》看似一个惩罚负心郎的故事，实际上揭露了封建婚姻制杀人的罪恶。众所周知，只有以爱情为基础的婚姻才是符合道德的。但在我国封建婚姻制中，父母之命、媒妁之言是不可冲破的束缚。大多时候结婚成了一种政治的行为，是一种借新的联姻来扩大自己势力的机会。起决定作用的是家族的利益，而不是个人的意愿。这种不尊重当事人的意愿的制度，酿成了不少爱情悲剧。剧中的王娇鸾与周延章，相遇、相识、相爱，然后私定终身。相约分离后，仍要相互惦念、互相守候。但是他们这份在当时社会背景下艰难萌发的爱情，根本无法与家族利益和社会制度的强大势力相抗衡。尽管他们离世的方式完全不同，但是他们都是封建婚姻制的受害者，共同上演了一出爱情悲剧、一幕人生悲剧。

此剧由容观送发掘、许世芳记录保存 。

一榜三元

剧中人物

⊙赵通（行当：小生，简称：赵）
⊙李玉芬（行当：旦，简称：李）
⊙蒋富廷（行当：末，简称：蒋）
⊙张氏（行当：老旦，简称：张）
⊙蒋玉荣（行当：旦，简称：荣）
⊙春桃（行当：花旦，简称：春）
⊙陈惠民（行当：丑，简称：陈）
⊙曾恩良（行当：丑，简称：曾）
⊙小子（行当：丑，简称：小）

第一场

赵　通　（长锣。上，数课子）喂，我名赵通，自幼家中是贫穷。耕种几亩田和地，勤耕苦累冬过冬。自从双亲亡故后，几亩田地变卖空，生活难维持，砍柴打零工。时未转、运未通，耐烦守分过几冬。池中养着金丝鲤，耐心等它化成龙、化成龙。（坐，白）冰冷心不冷，人穷志不穷。白天砍柴卖，夜晚把书攻。想我赵通，配妻李玉芬，乃是城厢李贡生之女，尚通文字。想我自幼读得三年多书，后来爹娘不在，家道贫寒，丢书不读。因为埋葬双亲，田地卖完，生活难度。无法可施，只得砍柴来度日。我那妻子李氏做点针线来补助，一天度一天，这也不言。今日天气晴和，我想上山砍柴。还是叫我贤妻出来，看守门户吧。贤妻哪里？

李玉芬　（内白）啊，就来了。（上）夫妻相和好，勤俭把家兴。见过丈夫有礼。

赵　通　夫妻之间，不要行礼，坐下就是。

李玉芬　夫君打叫为妻出来，有何话说呀？

赵　通　叫你出来，非为别事，今日天气晴和，为夫想上山砍柴，将柴卖去，也好买些油盐米菜回来，恐怕明天下大雨难以出门。叫你出来，关上门户。

李玉芬　夫君，你看今日太阳如同火热，家中油盐菜米还可以过得，莫去吧。

赵　通　唉！贤妻，古话说得好来，为人在世，夏天又怕暑热，冬寒又怕出门，那就不是个男子汉大丈夫了。为夫去意已决，你到后面拿我的扁担出来吧。

李玉芬　夫君既然要去，待为妻去拿来就是。（下）

赵　通　唉！能受苦中苦，方成人上人。

李玉芬　（拿扁担上）拿来了。

赵　通　拿过来，把门关上。

李玉芬　上山下岭要小心些。（下）

赵　通　（出）知道。唉！想我贤妻李玉芬，不恃她家中势力，不嫌我家贫苦，真不愧是一个名门贤德之女呀。（唱四平腔流水板）李玉芬为人真可敬，一举一动合我心。她一来不恃她家富，二来不嫌我家贫。真不愧有名人家贤德女，不由我赵通喜在心。我心中欢喜走得快，前面来至在大山林。（白）好，来到大山林了，还是上山去砍下一担柴来，好挑到大街上发卖，也好买点油米回家。（下）

第二场

蒋富廷 （上，念）家中钱万贯，庭前半子存。虽然家富贵，淡泊过平生。（白）我，蒋富廷。承接祖上家业，田园千顷，家财万贯，配妻张氏。可是膝下无儿，单生一女。我时常和安人[1]商量，要接一个有才有貌的男子，栽培他攻书，日后光荣上进，显耀门庭。可是，我们本地缺少这样人才。今天我写些招贴，到处贴着，或有人到来，也未可知。言之在理！小子走来。

小　子 （内白）来了！（上）忽听员外宣，忙步到堂前。见过员外有礼。

蒋富廷　不消行礼，一旁站着。

小　子　员外打叫小子出来，有何吩咐？

蒋富廷　下去取文房四宝上来。

小　子 （下取文具上）得来了。

蒋富廷　与我磨墨。

小　子　是。（磨墨完）好了。

蒋富廷　下面等候。

[小下。

蒋富廷　待我提笔写起来呀。（长锣。写帖完）小子走来。

小　子 （上）吃饭刚放碗，又听员外喊。见过员外叩头。

蒋富廷　小子，你拿这几张字到大街上和凉亭上贴着，贴完了就回来，不可在外面贪玩爱耍。

小　子　从命。

蒋富廷　小心为是。（下）

小　子　好，领了员外命，要到外边行呀！（唱八字眉毛腔）离了家中往前走，一心要到外面行。三十五里桃花店，四十五里杏花村。打个转身来得快，不觉来到十里亭。（白）来到十里凉亭了，我还是把字贴起来吧。（贴介）好，贴好了。再进街去走一走，到酒店去喝几杯酒，谈谈心吧。（下）

第三场

赵　通　(上)呵，柴火卖去了，又买得油盐米了，还是打转归家吧。(唱四平腔)终日砍柴在山岗，砍柴换米度时光。朱买臣[②]砍樵时运转，文章高中四海扬。想我赵通受磨难，要转鸿均[③]费周章。人生在世说不尽，江水滩头难上航。散开大步回家转，不觉来到我村庄。(白)来到我家门了，我那贤妻恐怕在堂上剪花吧，我还是叫她开门。娘子开门来呀！

李玉芬　(内白)来了。(上，唱补缸调)方才堂上剪花朵，忽听门外叫开门。双手打开门来看，哦,(唱)原来是当家转回程。(白)夫君，你回来了，请进。

赵　通　一同进去。(进屋)好，时光不早了，拿米去煮吧。

李玉芬　是。(接米)请夫君下面休息吧。

[赵、李同下。

第四场

[陈、曾同上。

陈惠民　强盗强盗，

曾恩良　强抢强要。

陈惠民、曾恩良　抢富救贫，做贼公道。

陈惠民　喂，伙计，前几天我们发那批大财，已经用完了。我们到外面去走走看，如有外方的大客商来，做一些买卖好吧？

曾恩良　好呀，走吧。老陈，你看出门有彩，喜鹊不断地叫呀。

陈惠民　喜鹊喜鹊，不是报喜，便是报财。

陈惠民、曾恩良　(唱路腔)出得门来往前走，一心要往前面行。举目抬头来观看，不觉来到十里亭。

陈惠民　好！来到凉亭了，太阳正热，坐下先，再走好吧？

曾恩良　好呀！哟，这里是什么字呀？是哪家失牛吧？

陈惠民　唉，不是的。你不认字的人就外行了。这乃蒋员外出的字，他要买一个公子咧。你看，他要有才有貌的，年纪在二十岁以下的。若有人才貌双全带到他家去看，他中意了，辛苦的钱，最少五十两银子，一百两也未可料。

曾恩良　啊，有此事呀！我又想起来了，这一场生意，有一批大财捞咧。

陈惠民　怎么呀？伙计，你见哪里有这等人才呀？

曾恩良　吔，赵通他两公婆也穷得无路可走了，天天砍柴卖。今晚我们把他两公婆拿到山洞去，明早天亮，带到蒋家去，如果那员外中意了，我们不是得了一批大财吗？

陈惠民　此计要得。但是那赵通，人生得黑一点，不像个读书人呀。

曾恩良　这个容易，我们将他老婆李氏，扮成公子，不得吗？

陈惠民　哈哈！要得要得。那李氏乃是一个白面瓜子脸，打扮起来，真漂亮呀。

曾恩良　好！我们就准备去嘛，天色不早了。

陈惠民　（笑）哈哈哈！此计真妙呀！（唱强盗腔）吃好酒来吹好烟，腾云驾雾上西天。（唱流水板）我们只要事成就，哪怕饮酒与吹烟。

曾恩良　（唱）财来就人三寸土，人去寻财在天边。

陈惠民、曾恩良　（接唱）二人走路如驾雾，不觉来在他门前。

陈惠民　好，来到他家门前了。将门把好，我去叫门。喂，快开门来！不然就将房屋一把火烧了。

［赵、李忙上。

赵　通　是什么人呀？

李玉芬　不要开门好吧，不晓得是什么人呀！

赵　通　黑麻麻的，怎么办呢？

曾恩良　（大喊）快点开门呀！

陈惠民　不开门，我就是一脚。(踢开门)莫跑莫跑，带你们去吃饭咧。

赵　通、李玉芬　好汉，饶命呀！

曾恩良　(捉介，捆介)不要你们的命，带你们去吃饱饭。(推介)走。(圆场)到了。

陈惠民　把一个关在左边，一个关在右边。

曾恩良　要得。(推介)走吧。

[陈、曾推赵、李同下。

陈惠民　(上)一夜好辛勤，捉来两个人。刚弄饭吃罢，鸡叫天大明。好，天已亮了，我还是打叫曾兄出来，看看怎么打算。吔，曾兄，有请。

曾恩良　(上)喝了两杯酒，昏昏醉不醒。做什么正门早④的？

陈惠民　还早呢？太阳都上山了。看看怎么打算，那钱才能拿到手呀。

曾恩良　容易的，你叫那女子出来，讲清楚给她听。我去讨我那套旧衣裳出来。

陈惠民　对！曾兄讲得很好，你去讨来吧。

曾恩良　是！你要好好地和她谈清楚。我去拿衣啦。(下)

陈惠民　曾兄说得不错，待我叫那女子出来。嫂子，有请。

李玉芬　(内白)啊，来了。(上)忽听叫一声，奴家胆战惊。见过好汉，有礼。

陈惠民　唉，你不要害怕，我们都是好人，请坐吧。

李玉芬　(诧异望陈)坐。望好汉哥饶我们的命，让我夫妻相见一面，死也瞑目了。

陈惠民　(安慰地)唉，你不要害怕，我们不是害你们的。我们见你夫妻二人，穷苦无靠，所以要带你们去找吃饭的，不但有好饭好菜吃，还有好衣裳穿呢。现在我老实对你说，蒋员外膝下无儿，他想买一个公子。我见你人才生得好，将你女扮男装，送到蒋员外家享福去。

李玉芬　恐怕别人知道，怎么好呀？

陈惠民　这乃是秘密的事，神鬼不知。

曾恩良　（拿衣上）得来了。

陈惠民　得来了，嫂子拿去穿吧。

李玉芬　唉！（下）

陈惠民　曾兄，等下一个人送去，还是两个人一起去呀？

曾恩良　一个人去得了。陈兄你去吧，你这一路的语言讲得平点，又会说两句土话。我在家看守那一个男的。

陈惠民　也好，你就在家吧。

李玉芬　（男装上，有点羞愧地）女扮男人装，心中喜又慌。见过二位好汉。

曾恩良　不消见礼，于今以叔侄相称吧。贤侄呀，请你走几步路，看看像不像男人。

陈惠民　好，待我喊口令。一、二、三。

［李走介。

陈惠民　不像，要大步一些。再来！

曾恩良　好，待我走走你看。一、二、三。

李玉芬　好，我记得了。一、二、三。

陈惠民　好，这样才对啦。还有一样，去到员外家，你要叫我做叔父，千祈不可露出马脚。

李玉芬　是的，我晓得的。

陈惠民　好，我们叔侄二人就走了，曾兄你看守家门呀。

曾恩良　好，你们好走吧。（下）

李玉芬　请叔父前面带路。

陈惠民　侄儿随我来，叔侄二人要到蒋员外家去走走呀！（唱流水腔）我陈某带侄儿往前走，要到蒋家走一程。你到蒋家有好处，员外栽培你读书文。日后侄若有上进，千祈莫忘叔父恩。

李玉芬　（接唱）小侄遵从叔父训，愿到蒋家去安身。永远不忘叔恩惠，

（言甘心恨）那时定要报恩情。

陈惠民、李玉芬 （唱）叔侄二人走得快，不觉到了蒋家门。

陈惠民 侄儿呀，这里就是蒋员外的家了，待为叔上前问来。喂，门内可有人在？

小 子 （上）有人在。你是何人？到此何事？

陈惠民 我乃是陈惠民，这位是我的侄儿陈金光。见你家员外有事商量。

小 子 请暂等片刻，待我先禀过员外，再来相请。

陈惠民 烦劳小哥了。

小 子 有请员外，有客来拜访。

蒋富廷 （上）昨晚一梦大不同，梦见玉凤化为龙，醒来鸡鸣天大亮，窗外太阳红东东⑤。（白）小子，所请何事？

小 子 启禀员外，外面来了一位老人，带来一个后生，他说他们是叔侄，要见员外，有事商量。

蒋富廷 好，请他进来相见吧。

小 子 （出）啊，两位客人，员外有请。

陈惠民 小哥带路。

小 子 随我来。

陈惠民 员外在上，叔侄拜见。

蒋富廷 不消行礼，一旁请坐。

陈惠民、李玉芬 告坐。

蒋富廷 小子，看茶。

小 子 （下，倒茶上）二位客人请茶，员外请茶。（下）

蒋富廷 请问客人高姓贵名。什么相称？到我家来有何事商量？

陈惠民 小的叫陈惠民，这位后生乃是我的侄儿陈金光。他自幼父母双亡，无依无靠。那一天，我在凉亭上看见你老人家出的字，要招买公子。我回家与他谈到，他情愿为员外义子。金光侄儿上前拜见员外。

李玉芬　拜见员外。

蒋富廷　免。（看李）啊，原来是这样。请问你今年多大年纪了？

李玉芬　今年虚度春光一十八。

蒋富廷　在家可曾读过诗书？

李玉芬　只因父母双亡，读过五年蒙馆[6]，略识诗书。

陈惠民　是的，就是因为我兄长不在了，因此丢书不读。

蒋富廷　唉！很好的一位书生，可惜家贫失学。请问金光贤契[7]，愿意在我家中攻书吗？

李玉芬　得员外如此栽培，小生甘心愿意。请上受孩儿一拜。父亲在上，孩儿施礼参拜。

蒋富廷　陈兄，你侄儿情愿，但不知身价如何？

陈惠民　唉，员外，我的侄儿得员外如此栽培，感恩匪浅，说什么身价，只要出得员外的手就得了。

蒋富廷　好的、好的！本人给你身价一百两银子。陈兄，你带回去，兄嫂维持生活。

陈惠民　多蒙员外恩惠，永远不忘。

蒋富廷　应该的。小子过来，带公子下去更衣。今为公子改名为蒋金光。顺便把一百两银子拿了上来。

小　子　从命。公子随我来。

李玉芬　是，叔父，就此告别了。

陈惠民　用心攻书为要。

李玉芬　是。（下）

陈惠民　多蒙员外，指示于他。

小　子　（拿银上）员外，银子在此。

蒋富廷　拿过来。陈兄，这小小薄礼，请收下。

陈惠民　多蒙员外厚赐，小的告别了。

蒋富廷　请转来。

陈惠民　员外有何指教？

蒋富廷　非为别事，想本府还缺少一个丫鬟，烦劳陈兄与我在外用心访查，若有贫家幼女，愿意来的，帮带一个来，服侍公子。不然公子在书房攻书，无人伺候。

陈惠民　得的，这个容易。我们本村邻家，有一个女儿，今年十八岁。他父母老早就想把女儿卖出来。

蒋富廷　好，那你明天就带来吧。身价，带来后再议吧。

陈惠民　容易的。好，员外，话就是这样说，我走了，你请坐。

蒋富廷　好走了。（下）

陈惠民　（笑）哈哈，真是财宝重重，愁富不愁穷了。闲话少说，还是归家再说吧。今天好不高兴呀。（唱）有了银子好高兴，走路犹如风送云。还要代寻个小女子，这事真真合我心。真是财就人来三寸土，人去寻财万丈深。时来手上石成玉，福至田中土变金。手摸花银走得快，不觉来至我家门。（下）

第五场

陈惠民　（笑上）哈哈哈！曾兄，快开门来啊！

曾恩良　（内白）啊，就来了。（上）树上喜鹊叫喳喳，想必陈兄发财转回家。（开门）啊，陈兄回来了，请进。观看陈兄红光满面，钱财到手了吧？

陈惠民　（笑）哈哈哈！这真是财出山土，土出三财，叠叠而来啊。

曾恩良　怎么一回事呀？卖那女子得回几多钱呀？

陈惠民　那女子呀，我也不和他讲，那员外就老老实实给我一百两花银。

曾恩良　啊！一百两花银啊，那女子看不出能值这么多钱呀。

陈惠民　我临走时，员外还交代我呢。

曾恩良　他交代你什么？

陈惠民　他交代我，帮他找一个女子，做丫鬟使用。我想起这事真是凑巧得很啊。

曾恩良　怎么凑巧？你说得怪呀，这个人又到哪里去找呢？

陈惠民　唉，曾兄，你真是聪明一世，懵懂一时了。我们把前晚捉来的那个男子，扮成一个女子，拿去哄员外要钱，不是得了嘛？

曾恩良　哈哈！陈兄，你真有妙计，比我高强了。

陈惠民　不用夸奖了，这乃是计为人施。蒋员外这些冤枉财，不去剥来用，还要去哪里打交道呀？不用多讲，快去办吧。

曾恩良　好，等我去讨那女子那套衣服来先。（下）

陈惠民　小哥走来。

赵　通　（惊慌，上）一夜心胆慌，坐卧不耐烦。见过好汉哥，有礼。

陈惠民　不消行礼，请坐。请小哥不要惊慌，今天有事和你商量。

赵　通　敢莫是放我回家？

陈惠民　不是。

赵　通　敢莫是要我的命？

陈惠民　更加不是。我们都是好心的强盗。我来告诉你，我们二人因为手头无钱用，因此把你捉来。如今把你男扮女装，卖与蒋员外家，当丫鬟使用。

赵　通　（惊）唉，这个都使得吗？漏出风声，怎么办呢？

陈惠民　唉，不要紧的，总要你举动小心，他不会看出的，你放心吧！

曾恩良　（上）得来了。

陈惠民　小哥，拿下去装扮吧，快点上来，莫要延迟。

赵　通　是。（背场）唉，被迫如此，只得暂时依从。（下）

陈惠民　曾兄，我们这次得了这么多的钱，照我看来，我们也不须走黑路了，另找别的行情来干，度过半生好吧？

曾恩良　好呀，我也时常为此事设想，我们不改行，真要做强盗到老嘛？

陈惠民　对啦！（向内）喂，装扮好了没有？快点出来呀。

赵　通　（内白）啊，好了，就来了。（上）男人扮女流，（低头）唉，闷气在心头。见过二位好汉有礼。

陈惠民　不消讲礼。我交代你，去到蒋员外家，不要喊什么好汉哥了。

赵　通　怎么喊呢？

陈惠民　你喊他叔叔。

赵　通　啊，喊叔叔，我记到了。

曾恩良　我们来试一试看。

赵　通　（女声）见过叔父，有礼。

曾恩良　好，得了，就是这样，千祈不要泄露风声，莫露马脚。随我来吧。

［曾、赵、陈分下。

第六场

［陈、曾、赵同出。

陈惠民　（唱四平腔）出得门来观山景，青山绿水喜在心。

曾恩良　（接唱）叫声侄女往前走，要到蒋家讲行情。

赵　通　（唱）二位叔叔往前进，侄女小心随后行。

陈惠民　（唱）侄女儿且把脚立定，这里就是蒋家门。（白）到了，请站一旁，待我上前叫门。喂！里面可有人么？

小　子　（上）有，原来是陈老板来了，待我通禀员外，再来请进。

陈惠民　烦劳小哥通禀。

小　子　有请员外。

蒋富廷　（上）锦上添花彩，福禄云集来。小子，所请何事？

小　子　启禀员外，陈老板与一位老人家，带着一个小女子来在门口，要见员外。

蒋富廷　传他们进来。

小　子　（出）陈老板，我们员外传你们大家进去相见。

陈惠民、曾恩良　烦劳小哥带路。

小　子　随我来。

陈惠民、曾恩良、赵通　见过员外，参拜。

蒋富廷　免拜，两厢请坐。

陈惠民、曾恩良、赵通　谢坐。（坐下）

蒋富廷　小子，看茶来。

小　子　是。（下）

陈惠民　员外，那天你交代我帮找一个使女，这个女子就是。

蒋富廷　啊，原来就是她，家中还有什么人没有？

曾恩良　她是我亲亲的侄女，父母都早亡了，一路来跟我打零工度日。如今她情愿来府上当使女。

蒋富廷　那是好的。今年你多大年纪了？

赵　通　小女子今年一十七岁了。蒙员外收留教养，请受小女子一拜。

蒋富廷　不消，站着。想我家原来那个丫鬟名叫春桃，我与你安个名字，叫作秋菊。你二人今后姐妹相称。你每日起来，不用做什么太重的事，只与公子送饭去书房，服侍公子就是。我亲热看待于你，你不必忧虑。

曾恩良　唉，多得员外如此恩惠，我们叔侄二人，礼当拜谢。

蒋富廷　春桃走来。

春　桃　（上）员外太太真好心，待奴使女如亲人。见过员外，有礼。

蒋富廷　方才接来一个女子，你们相见。

［赵、春二人点头。

春　桃　啊，好姐姐呀。

赵　通　好姐姐呀，今后妹妹望姐姐多多指教。

春　桃　不敢，彼此帮助。

蒋富廷　春桃，你带秋菊去拜见太太。

春　桃　是。秋菊姐，随我来。（下）

赵　通　是。（背场）明知不是伴，逼得紧相随。（下）

蒋富廷　唉，陈老板，多得你操心，但不知此女身价如何？

陈惠民　（指曾）员外问他吧。

曾恩良　（忙立）唉，这是惭愧之事，何说身价，但随员外恩惠便了。

蒋富廷　应该讲的。我也知道的，给你身价一百五十两花银。

曾恩良　感谢了！

蒋富廷　小子，把我那皮箱取来。

小　子　（内白）啊。（上，下取皮箱复上）员外，取来了。

蒋富廷　打开，取出一百五十面花银交与曾叔叔。

小　子　从命。（取银）这里一百两一封，这里五十两，共一百五十两，请收下。

曾恩良　（收银）谢过员外。

蒋富廷　应该的，不必道谢。

陈惠民　好了，我们就此告别了。

蒋富廷　好吧，下次有事走过敝舍，请进来歇歇吧。

陈惠民、曾恩良　是的！是的！我们知道，员外请坐。

蒋富廷　好走了。（下）

陈惠民　唉，好一个慷慨的财主。曾兄呀，如今我们二人，有这么多的本钱，另找一样活路做吧，莫做强盗了。

曾恩良　陈兄说得有理。好，一同上街看看行情吧。

陈惠民、曾恩良　好呀！（唱挑担腔）身带几百银，一同上街行。歹事莫再做，生活得安宁。（重句。同下）

第七场

蒋富廷　（上，念）义子攻书经，女儿提花针。家事安排好，老汉放宽心。（笑白）哈哈！如今我老汉孩儿接到了，使女丫鬟齐备，我无论在家出外，都放心了，这且不言。前几个月，我在苏州，贩卖珍珠玛瑙，还有点尾数，尚未收清。如今家事，放得下了，我想到那里去走一趟，收收尾数，玩玩风景。但是我去之后，我那安人的事，与我那女儿，还是放心不下，要叫她们出来，吩咐一番才好。春桃走来！

春　桃　（内白）啊，来了！（上）员外一声宣，忙步到跟前。参见员外。

蒋富廷　不消。请夫人、小姐上堂来。

春　桃　是。（向内）有请夫人，小姐出堂。

张　氏　（上）庭前草青青，

蒋玉荣　（上）春色好撩人。

张氏、蒋玉荣　参见老爷（父亲）。

蒋富廷　不消。一旁坐下。

张氏、蒋玉荣　告坐。（坐）

张　氏　员外，今日打叫为妻出来，有何吩咐？

蒋富廷　夫人，我不讲，你们哪曾知道，只因我前几个月在外贸易，还有点数尚未收清。今天我想到外面收数，叫你们出来，有几句话吩咐你们。

张　氏　员外有话请讲。

蒋富廷　你们要细听呀。（唱四平腔）坐在二堂把话论，说一声夫人你细听。我到外面去收数，一年半载转回程。家中事务要注意，一举一动要小心。

张　氏　员外请放心，为妻知道的。

蒋富廷　（唱）义子书房攻书卷，千祈不要给他入内庭。要什么叫秋菊送过去，他回家就怕有野心。

张　氏　知道的。

蒋富廷　女儿要守闺门道，不要擅自出门庭。黄花女抛头露了脸，败坏家声出丑名。这一篇言语要切记，不枉我费劳一片心。

蒋玉荣　女儿遵守父亲教训，请父亲放心！

张　氏　但不知老爷几时登程？

蒋富廷　我马上就要去了。

蒋玉荣　好，待女儿下面拣行李出来。（下）

蒋富廷　唉，夫人，你千祈要严格地教管才是。

张　氏　为妻知道，请放心！决不辜负老爷嘱托的。

蒋玉荣　（上）爹爹，得来了。

蒋富廷　拿过来，就此告别。我的话，你们要记在心呀。（唱四平腔）今日我收账往外行，嘱咐的话要记在心。将身且把门外走，直到苏州讨欠银。（下）

张氏、蒋玉荣　（唱）一见老爷（父亲）有远行，不由我们不担心。母女将身把房进，等候老爷（父亲）好信音。（下）

蒋富廷　（上）走呀！（唱流水板）家中事事吩咐清，我到外面放宽心。我独行心中暗思忖，想到家中诸事情。那孩儿攻书望上进，我愿他文章中头名。女儿闺门正待字，我愿她配着好郎君。一家和睦真可喜，相亲相爱度光阴。家庭事务说难尽，还要举步往前行。只为收账走得紧，又不觉来在苏州城。（白）好，来此已到苏州城了，先去找个客店居住，再去收数吧。（下）

第八场

赵　通　（上）奉了夫人命，送饭往书房。方才夫人吩咐我，把饭拿到书房给公子过早。（四望无人）唉，想我赵通，堂堂的一个大丈夫，今天装扮女人，为人使用，好不受气呀！（唱化子腔）自己心事自己知，不敢泄露真底细。在外秘密暗查访，我妻何处把身栖。但愿苍天暗保佑，保佑早日会着妻。心中祷告来得快，前面望见是书帏[⑧]。（白）好，来到了。喂，公子啊，我拿早饭来了。

李玉芬　（内白）啊，就来。（上）女扮男装把书攻，整日闷煞在心中。

赵　通　（上前）见过公子，有礼。

李玉芬　免，站下。

赵　通　饭在这里。

[赵、李互暗瞧。

李玉芬　（背台）唉，我观看这位女子，好像我的丈夫一样。待我上前相认。（欲上又退）不行，男女授受不亲，孟浪⑨不得。（转对赵）丫鬟姐，请放在这里吧。

赵　通　（放下又望，背台）唉，我观看这位公子，好像是我贤妻李氏一样。待我上前相认吧。（欲上又退）不行，他乃是一个公子，我乃是丫鬟，恐防得罪了他，有命难逃。（对李）公子，（大胆地问）你敢莫是李，李氏女假装的呀？

李玉芬　正是。丫鬟姐，你敢莫是我的丈夫赵……赵通吗？

赵　通　正是。

李玉芬　哎哟！我的夫君呀。

赵　通　我的贤妻呀。

[赵、李亲热相抱。

李玉芬　夫君，你我相别已久，今日相会，夫君呀。（欲说又止）

赵　通　贤妻，这里不是说话之处，被人看见，实为不妙。

李玉芬　是。一同进房中叙谈吧。

[赵、李挽手同下。音乐过场。赵、李二人笑上。

李玉芬　夫君呀，你还是保守秘密，不要露出马脚为要。

赵　通　是的，我晓得，你放心吧。好，我回去了。不然，夫人看见久不回去，恐生意外。

李玉芬　好，暂别，明天再会。

赵　通　是。（目送下，笑）这下我才放心呀。（唱四平腔）辞别李氏把路行，不由赵通喜在心。今天云雨相聚会，犹如脚踏云梯上天庭。高高兴兴回得快，又不觉来到了后厅。（白）好，回到了，进去吧。（下）

第九场

蒋玉荣 （上，念）八月桂花香，九月菊花黄。二八青春女，打扮出绣房。（坐，白）奴乃蒋玉荣。天天在家插花绣朵，多么烦闷。今日天气晴和，百花盛开，不免打叫春桃、秋菊出来，一同到花园赏花饮酒散闷。春桃、秋菊，一同上来。

春桃、赵通 （内白）来了！（上）

春　桃　红花令人爱，

赵　通　黄卉令人怜。

春桃、赵通　见过小姐。

蒋玉荣　免，两旁站立。

春桃、赵通　小姐打叫奴婢，有何吩咐？

蒋玉荣　我心中烦闷，叫你二人出来，到下面叫厨房办台酒席，我们三人一同到花园饮酒赏花散闷。

赵　通 （闻说酒，高兴）好，小姐，待小奴去办来。（下）

蒋玉荣　秋菊此人做事真灵便，令人喜爱。

赵　通 （上）小姐，取来了。

春　桃　取来了，待我来拿。

赵　通　春桃姐，我拿啦。

蒋玉荣　好好带上门户，莫给夫人晓得。

春桃、赵通　是！（关门）走吧。

赵　通　春桃姐，你看今天真好风光啊。

春桃、赵通 （唱鼓打太平春）春天花开光景好，游春人儿喜在心。

蒋玉荣　春桃秋菊留心呀！（唱四平腔）行在路上把话训，路上言谈要轻声。如今世上人眼浅，知人知面不知心。

春桃、赵通 （唱）我们谨遵小姐训，以后言语要小心。（唱采莲青）三人同行真快乐，不觉来到花园门。

春　桃　好，来到花园门了，待我打开园门，小姐请进！

蒋玉荣　好，一同进去。哟，你们看，满园百花开放，多么好的景致呀！

赵　通　小姐呀，把酒席摆在花亭内好吧？

蒋玉荣　好。

春桃、赵通　（把酒）请小姐上坐。

蒋玉荣　一同来坐。今天我们不要分什么主仆，皆以姐妹相称。大家痛饮，醉了才回去好吧？

春桃、赵通　（拜）奴婢不敢，主是主、仆是仆。

蒋玉荣　不必谦让，我意已决。

春桃、赵通　（拜）谢过小姐大恩。

蒋玉荣　不要客气，一同请坐。

赵　通　好。（很想饮酒）待我来斟酒吧。小姐，请酒呀！

蒋玉荣　大家请呀！（唱饮酒腔）一杯酒来酒又甜，姐妹饮酒在花间。

春　桃　（唱）好似小神仙。（重句。白）饮酒呀。

赵　通　（唱）姐坐东来妹坐西，好似仙女伴仙姬，真是好稀奇。（重句）

蒋玉荣　（唱）二杯酒来酒又香，手拿杯儿劝妹尝，莫把酒来荡。（重句）

蒋玉荣、赵通、春桃　（唱）大家饮酒把花赏，酒醉沉沉喜洋洋，一片好风光。（重句）

赵　通　唉，姐姐们，我酒醉了。（醉倒）唉，好酒呀。（起又倒）

春　桃　小姐，你看秋菊醉了，待我去要碗冷水来给她解酒好吧？

蒋玉荣　好的。

［春下。

［赵翻身，裤脱了，现出下体。

蒋玉荣　（看见赵，用手比动作）唉，这个秋菊，乃是男子。我还是将他瞒过，不要给春桃知道。唔，这一个宝贝。（正将裤扎好）

春　桃　（咳上）啊，小姐，得水来了。我给她吃吧。

蒋玉荣　好吧。

赵　通　唉，（立起）真好酒呀。小姐，这是什么时候了？

蒋玉荣　太阳差不多下山了。

赵　通　我们快点回去吧。

蒋玉荣　好吧。

赵　通　待我来收拾东西。

春　桃　待我关上园门。

蒋玉荣、赵通、春桃　离了园门，一同归家走呀！（唱仙腔）春来满山百花放，粉蝶蜜蜂飞过墙。蜂采百花把蜜酿，粉蝶作茧把冬防。为人不把长久想，反被小虫气一场。（收腔）

蒋玉荣　（唱仙姑下山腔）双双蝴蝶伴花香，快快乐乐过时光。

赵通、春桃　（唱）我的好小姐。

蒋玉荣　我的好妹妹。

蒋玉荣、赵通、春桃　（唱）同赏花月喜洋洋。（重句。唱采莲春）姐妹三人走得快，不觉来到自家门。

春　桃　好，来到了，小姐请进！

蒋玉荣　一同进去吧。

［荣、赵、春同下。

第十场

蒋玉荣　（上，念）花园赏花回，一夜不安睡。讲到今天事，独占百花魁。（白）讲到今天看见他是男子，唉，想奴家今天偷观秋菊那时，（手势比出）唉，害得奴家坐不安席，睡不安床。（立）唉，我还是偷偷地去和秋菊说说奴的心事吧。（念）蝶儿花心不得采，休怪奴家气心怀。（拍门）喂，秋菊妹开门来！

［赵在内惊慌，急忙把衣穿好提灯上。

蒋玉荣　秋菊妹，开门来！

赵　通　啊，就来了。（开门）啊，原来是小姐来了，请进请进！请坐吧。

蒋玉荣　大家同坐。（坐）秋菊妹，不消讲礼。我有一句知心话来和你商量。

赵　通　小姐有话请讲，小奴依从就是。

蒋玉荣　唉，秋菊，这里无人，不要瞒住了，好好把真情说与我听，我不会失漏你的根底的。

赵　通　（惶骇）小姐呀，告罪。小奴，唉！

蒋玉荣　你要好好地讲，今天酒醉时，露出形体，什么已明，不必隐瞒了。

赵　通　唉，我的好心的小姐呀，我就是赵通。被强人捉住了，将我扮成女子，卖给你家，这是真情。请小姐饶我的命，感恩不浅。

蒋玉荣　啊，原来是这么一回事。这是不由己的，哪能怪你呀？你乃是赵相公。

赵　通　不敢！

蒋玉荣　赵相公，今晚夜已更深，四面无人，我想和相公唱几句小调散心。

赵　通　（惊立）小姐说哪里话来？倘若第二天员外和太太知觉，你我性命难保。

蒋玉荣　只要相公依从，奴家保稳无事。倘不依从，奴家就去告诉我妈妈知道。相公，依从为妙，奴家实在爱你。

赵　通　如此，小生从命就是。

蒋玉荣　这才是好的，那我们兄妹就唱起来呀。

赵通、蒋玉荣　（唱五更调、七月花）一更里来月出墙，哥妹二人进了房。爹娘问着什么东西响，黑猫捉鼠响叮当。二更里来月儿光，兄妹二人上牙床。妈妈问我什么响，老鼠偷油跌进缸。

春　桃　（上，手示二人偷情，门边觑望，小声）小姐呀，夫人请你相见。害我到处去找，哪知你在这里取乐。

赵　通　（惊）春桃姐姐，小姐不在这里，你还进来没有？不要进了吧，夜已深了。

春　桃　在不在也要开门呀。

赵　通　你实在要进，待我来开门。（开门）啊，春桃姐来了，请进！

春　桃　啊，有进。啊，小姐，你在这里。

蒋玉荣　是，今天我见秋菊酒醉昏迷，怕她酒后成病，特来看她的。

春　桃　（笑）唉，小姐、秋菊，你们二人之事，我早听得明白了。难道我春桃是泥土的心肠，就不会动摇吗？

蒋玉荣　春桃你既知道就算了吧，那我们兄妹三人一同来唱吧，千万不要告夫人知道。

春　桃　晓得的。这才是有福同享，有酒同喝呀。

赵　通　好，那我们兄妹三人就唱将起来呀！

蒋玉荣、赵通、春桃　（唱）三更里来月放光，兄妹三人同上床。夫人若问什么响，双猫抢鼠打烂缸。

赵　通　啊，天要亮了，你们听见么，太太都起来了。

蒋玉荣　好，那我们三人暂时分别吧，今晚再来。

赵　通　好，不送了。

［荣、赵、春各下。

［不久李、荣、春三人都有身孕了。

第十一场

蒋富廷　（上，念）自从离家到如今，犹如孤鸟宿寒林。虽则此地风光好，还有思乡一片心。（白）想我出来收账，已有一年多了，账目今已收清，还是早早回家为妙。（向内）喂，店老板，我要回家去了。

［内白："你好走了，下次来苏州，还是来我店住宿呀。"

蒋富廷　好！离了店家，还要归家走呀！（唱四平腔）太阳出来照山林，一人走路好冷清。喜鹊不断枝头叫，黄莺飞来树上鸣。归心似箭往前迈，两脚奔波不留停。散开大步来得快，不觉来到我门庭。（白）来到自己门庭了，喂开门来！

小　子　（上，开门）啊，员外回来了，请进！

蒋富廷　有请夫人出来。

小　子　（向内）有请夫人。（下）

张　氏　（内白）啊，来了。（上）一家相和好，快乐过光阴。啊，员外回来了。

蒋富廷　回来了，夫人请坐。

张　氏　告坐。春桃看茶。

春　桃　啊，就来。（挺大肚捧茶上）员外请茶。

蒋富廷　（惊）夫人，你在家做的好事！

［春下。

［蒋望着，大怒。

张　氏　员外呀，为什么刚回来就大喊小叫，我怕你发癫了吧？

蒋富廷　发癫了，你看春桃那个肚子，成个什么样子呀！与我快叫她出来！

张　氏　呀，怪啦！我家没有什么人来往呀。

蒋富廷　不要多嘴。春桃快点滚出来！

张　氏　（见势不妙，叹气）唉！（下）

春　桃　（上）员外叫一声——

［蒋又大声喊。

春　桃　呀，吓得奴家落了魂。

蒋富廷　（怒）快与我跪下！（扭春跪，怒）我好恨呀。你好好把实情告诉我听，与何人来往？还是公子回家有私情？快点讲来！

春　桃　我好冤枉呀！

蒋富廷　冤枉！冤枉！（骂板）一见春桃心发火，不由老汉气心窝。

手拿家法将你打，打死贱人见阎罗。

春　桃　（肚痛，将产，大声）哎哟，莫打了，痛死我也！（当堂产子）

［子哭呱呱。

张　氏　（急上）老鬼，你莫打了！（抱子扶春下）

蒋富廷　（怒气）小子，快来！

小　子　（内白）来了！（上）员外怒气冲，不知为哪宗？见过员外。

蒋富廷　快去书房叫公子回来，有事问他。

小　子　是。（下）

蒋富廷　女儿玉荣，快走上来。

蒋玉荣　（挺怀孕大肚上）爹爹一声叫——

蒋富廷　唔。

蒋玉荣　吓奴魂魄掉。爹爹、爹爹。

蒋富廷　唔。（怒）你做的好事呀？（唱）见此情不由我怒冲天外，提鞭打你鬼孕神胎。

蒋玉荣　哎呀，爹爹呀，女儿要生产了，打不得呀！（产子）

［子哭呱呱。

张　氏　（急上）老鬼呀，你要死了。（扶荣，抱娃下）

蒋富廷　奴才呀！

小　子　（上）启禀员外，公子来了。

蒋富廷　传他上前跪见。

小　子　是！公子，员外传你跪见。

李玉芬　（上，挺大肚长衫涨开）父亲在上，孩儿跪见。

蒋富廷　（又气又好笑，怒）不守家规的畜生，你敢擅离书房回家搞鬼。看鞭来。（唱骂板）不守家规的畜生，不由为父怒气生。手拿家法将你打，打断畜生脚后跟。

李玉芬　（临盆，大声）哎哟，痛死我也！（产子）

［子哭呱呱。

张　氏　（又急跑上）好毒的老鬼呀！（抱儿，扶李下）

蒋富廷　（怒）唔，城隍庙里有鬼啦？男人也养起仔来了。秋菊快点与我滚出来！

赵　通　（内应）就到！（上）事已露马脚，怎样躲得脱。见过员外。

蒋富廷　好大胆的奴才，事情我已知道清楚，你还来隐瞒呀。快从实把原因说出，饶你性命。不然，将你活活打死。

赵　通　唉！要问小生原因，请听呀！（唱数板）员外在上容告禀，请听小生说原因。父母双双早去世，丢下赵通一个人。

蒋富廷　啊，你就是赵通呀。你可曾娶妻呀？

赵　通　（接唱）在家我已有婚配，李氏玉芬我妻名。夫妻相亲又相爱，勤劳俭朴把家兴。

蒋富廷　为什么你又扮成女子来哄我呢？

赵　通　（接唱）那一夜强人把家来围住，捉拿夫妻两个人。他将我改装来发卖，卖与员外做佣人。

蒋富廷　那你的老婆在何处？有下落么？

赵　通　我的妻子李氏呀，请听呀！（唱）员外接来贵公子，就是我妻李玉芬。

蒋富廷　啊，有这么凑巧的事？公子就是你的妻呀？

赵　通　（沉思）有一日我与小姐把花赏，酒醉露体现真情。从此与小姐、春桃常留恋，书房里又同我妻叙旧情。日往月来皆有孕，吓得我赵通胆战惊。这是小生实在话，不敢欺瞒员外与夫人。还望员外施恻隐[10]，赵通当报九重[11]恩。

蒋富廷　啊，原来是这样的，也怪不得你们。如今生米成饭，木已成舟[12]，想我夫妻年已半百，膝下无儿，索性将计就计，家丑不可外扬，就叫玉荣、李氏、春桃三人一概与赵通成亲就算了。好，请夫人出来商量吧。夫人有请。

［赵照传。

张　氏　（喜上）三元共一榜，心中喜洋洋。员外，叫妻出来何事？

蒋富廷　她们三人如何了？

张　氏　（喜）她们每人生下一子，哈哈哈！好啊！

蒋富廷　哈哈哈！这真是一榜三元啦。夫人。

张　氏　怎样？

蒋富廷　我想将计就计，叫她三人与赵通成亲好吧？

张　氏　为妻也有此心。

蒋富廷　叫她们出来，将此事同她们讲吧。

张　氏　好呀。（向内）玉荣、春桃、玉芬一齐出来。

［李、荣、春三人各抱子上。

赵　通　（念）事情发觉喜又惊，

蒋玉荣　（观子，念）眼看宝儿喜在心。

李玉芬　（念）夫妻相会生贵子，

春　桃　（念）小奴今日有后根。

张　氏　你们一同坐吧。你看三个都是男娃娃呢。

蒋富廷　（大笑）哈哈哈！连产三孙实为万幸。好，你们四人皆在这里，想我二老，年已半百，膝下无子，意欲让你四人，结亲团圆。你们意下如何？

赵通、李玉芬、蒋玉荣、春桃　（喜拜）谢过父亲母亲大人恩情。

蒋富廷　（大笑）哈哈哈！今日我们蒋门连生三贵，一榜三元，真高兴无比啊。

张　氏　好！今日我们举家欢庆，三元并举，乐而无穷，同上二堂，摆宴庆祝。

赵通、李玉芬、蒋玉荣、春桃　好呀！

蒋富廷、张氏　（唱）今日一榜中三元，儿媳子孙满堂前。自古吉人有天相，举家团圆乐无边。

［众人同下。

（剧终）

【注释】

① 安人：犹夫人，对妇人的尊称。

② 朱买臣：西汉吴县（今属江苏）人，字翁子。朱买臣家贫好学，靠卖柴生活。武帝时经荐，拜会稽太守。

③鸿均：太平。

④ 正门早：这么早。桂林话。

⑤ 红东东：红彤彤。桂林话。

⑥蒙馆：中国旧时对儿童进行启蒙教育的地方。

⑦ 贤契：长辈对子侄辈或先生对门生弟子的爱称。

⑧ 书帏：书斋。

⑨ 孟浪：鲁莽；言语轻率不当。

⑩ 恻隐：对别人的不幸表示同情、怜悯。

⑪ 九重：泛指多层。

⑫ 木已成舟：树木已经做成了船。比喻事情已成定局，无法改变。

【剧情简介】

蒋员外夫妇年已半百，只有一女名叫玉荣。因此想买一聪俊少年为义子，乃出帖招买。时有书生赵通夫妻二人，年少家贫。陈惠民、曾恩良两个强盗见帖，将赵通夫妇劫走，逼迫赵通之妻李氏扮男，赵通扮女，先后卖入蒋家作义子、丫鬟。不久，蒋员外去苏州收账，历时逾年。在这期间，赵通与小姐玉荣、丫鬟春桃及妻李氏暗相来往，以致三女怀孕。及蒋员外返家，三人各生一子。蒋氏夫妇认为家丑不可外传，便叫三人都嫁给赵通为妻。前以无后为虑，今则三孙在怀，可谓喜出望外。

【简评】

此剧共有十一场，叙述了一直担心子嗣不旺的蒋富廷连得三孙、一榜三元，令他喜出望外的故事。剧中的不谐调情节，使该剧的喜剧色彩得以呈现。不谐调情节是由人物间不谐调的关系所构成，可见孤立的性格不可能单独创造喜剧效果。因此，事件的地位与偶然的因素尤为重要。这个剧是利用一些巧合来建构情节的，如赵通夫妻被劫后，正巧蒋员外需要招买的是一男一女两人，于是夫妻得以团圆；小姐玉荣在赵通酒醉后无意中发现他男扮女装的事情真相；丫鬟春桃意外看到玉荣赵通间的私情等，阴错阳差、三凑六合，使剧情渐趋复杂，冲突有所变化，喜剧色彩也逐步浓郁起来。

此剧由吴吉扬发掘、高霭如记录保存 。